Het Paleis van de Hemelse Lusten

D1078686

ADAM WILLIAMS

Het Paleis van de Hemelse Lusten

Vertaald door Ineke van Bronswijk

UITGEVERIJ LUITINGH ~ SIJTHOFF

Voor meer informatie: kijk op **www.boekenwereld.com**

Eerste druk gebonden (ISBN 90 245 4917 5)
Tweede druk paperback (ISBN 90 245 4840 3)

© 2003 Adam Williams
All rights reserved
© 2003 Nederlandse vertaling
Uitgeverij Luitingh ~ Sijthoff B.V., Amsterdam
Alle rechten voorbehouden
Oorspronkelijke titel: *The Palace of Heavenly Pleasure*
Vertaling: Ineke van Bronswijk
Omslagontwerp: Wouter van der Struys
Omslagfotografie: © AKG London (Achtergrond), © Getty Images (Paleis),
© Corbis (Menigte)

NUR 342

Voor HHA, PDLW en FR lePW

DE SPELLING VAN CHINESE KARAKTERS EN HOE CHINESE NAMEN IN ELKAAR ZITTEN

Bij het overzetten van de klanken van de Chinese taal in het Latijnse schrift is zoveel mogelijk gebruik gemaakt van het zogenaamde pinyin, het moderne romaniseringssysteem, in plaats van het Engelse Wade-Gilessysteem dat in 1900 werd gebruikt.

Voor bekende plaatsnamen en historische personages heb ik echter wel de spelling gebruikt die toentertijd gebruikelijk was. De Chinese hoofdstad is dan ook Peking en niet Beijing. De Boxer-beweging is ontstaan in de provincie Shantung, niet in het moderne Shandong. De hervormingsgezinde Chinese minister is Li Hungchang, in plaats van Li Hongzhang, zoals zijn naam tegenwoordig in geschiedenisboeken wordt gespeld. Ook heb ik het woord Ch'ing gebruikt voor de Chinese dynastie die nu met Qing wordt aangeduid.

In China komt de achternaam voor de voornaam. Fan Yimei is dus Miss Fan en niet Miss Yimei. En zoals ook bij ons honderd jaar geleden gebruikelijk was, wordt vaker de achternaam gebruikt dan de voornaam, zelfs onder vrienden. Een titel komt na de achternaam. Neem bijvoorbeeld de woorden voor 'meneer' (*xiansheng*, letterlijk 'eerstgeborene'), 'juffrouw' (*xiaojie*, letterlijk 'kleine zus'), of 'meester' (geschoold vakman: *shifu*). Meneer Lu wordt dan 'Lu Xiansheng', Mandarijn Liu 'Liu Da Ren' (Liu Groot Man), meester Zhao 'Zhao Shifu', tante Ma (Franks huishoudster) 'Ma Ayi'. Bijnamen volgen dezelfde regel.

Chinezen tonen ook genegenheid of respect door iets aan de naam toe te voegen, voor of na de achternaam. De portier noemt Fan Yimei 'Fan Jiejie', wat 'oudere zuster Fan' betekent. Een oudere vriend zou haar 'Xiao Fan' kunnen noemen, 'Kleine Fan'. Dat is volstrekt niet kleinerend, net zomin als het tegenovergestelde, 'Lao Fan', 'Oude Fan', wat een jongere vriend zou kunnen zeggen. Soms betekent het adjectief als het voor de naam staat iets anders dan als het erna komt. De kamerheer wordt meestal aangesproken met 'Jin Lao', letterlijk 'Jin Oud', maar in feite laat dit zich vertalen als 'de Eerwaardige Jin'. Hiermee wordt eerbied uitgedrukt – een mindere die respect toont voor zijn meerdere. 'Lao Jin' zou in dit geval veel te familiair zijn.

De vertaler heeft de spelling van de auteur overgenomen (met inbegrip van de eigenaardigheden ervan).

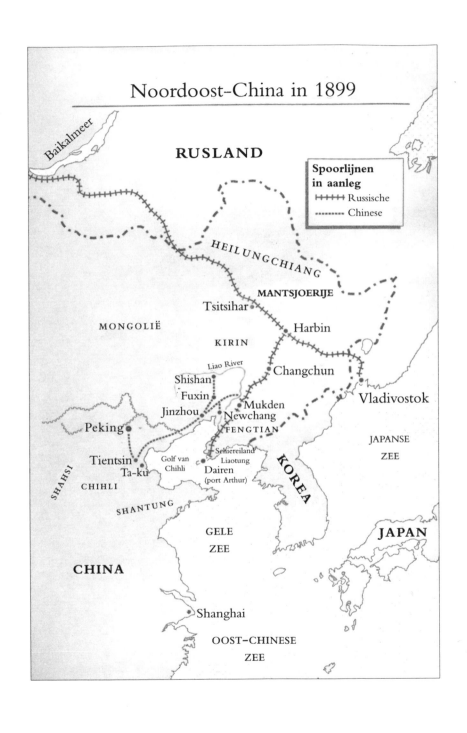

Noordoost-China in 1899

Baikalmeer

RUSLAND

Spoorlijnen
in aanleg
├┼┼┼┤ Russische
········· Chinese

HEILUNGCHIANG

MANTSJOERIJE

MONGOLIË

Tsitsihar

KIRIN

Harbin

Liao River

Changchun

Shishan

Fuxin

Mukden

Jinzhou

Newchang

FENGTIAN

Vladivostok

Peking

JAPANSE
ZEE

Tientsin

Golf van
Chihli

Schiereiland
Liaotung

Ta-ku

KOREA

SHAHSI

Dairen
(port Arthur)

CHIHLI

SHANTUNG

JAPAN

GELE
ZEE

CHINA

Shanghai

OOST–CHINESE
ZEE

DE PERSONAGES

(1) In Peking

Keizerlijk hof en regering

Keizerin-weduwe Tz'u-Hsi: niet de officiële maar wel de ware machthebber in China

Li Hung-chang: oudere staatsman, 'vader' van de Chinese internationale diplomatie en de moderniseringen onder de Ch'ing-dynastie. Nadat China in 1895 door Japan wordt verslagen, valt hij in ongenade

Prins Tuan: aanvoerder van de xenofobe factie aan het Chinese hof

Prins Yi: hoge functionaris aan het hof

Li Lien-ying: hoofd van Tz'u-Hsi's eunuchen

De buitenlandse gemeenschap

Sir Claude MacDonald: de Britse ambassadeur, hoofd van het Britse gezantschap

Lady MacDonald: zijn echtgenote

Douglas Pritchett: ogenschijnlijk tolk van het Britse gezantschap, in werkelijkheid belast met spionage

Monsieur Pichon: de Franse gezant, hoofd van het Franse gezantschap

Madame Pichon: zijn echtgenote

G. E. Morrison: correspondent van *Times*, wereldreiziger en avonturier

Herbert Squiers: eerste secretaris op het Amerikaanse gezantschap

Gravin Esterhazy: aristocratische Europese avonturierster, op bezoek in Peking

B. L. Simpson: medewerker van de Chinese douane onder sir Robert Hart

Mr. en Mrs. Dawson: vertegenwoordigers van Babbit & Brenner, een bedrijf dat chemicaliën produceert

Kolonel Taro Hideyoshi: militair attaché op het Japanse gezantschap

(2) In Shishan

De plaatselijke overheid

De Mandarijn, Liu Daguang: de 'Taotai', oftewel de belangrijkste magistraat in Shishan

Jin Zhijian (Jin Lao, Eerwaardige Jin): kamerheer van de Mandarijn en hoofd van diens huishouding

Majoor Lin Fubo: hoofd van de troepen van de Mandarijn

De buitenlandse zending en hun aanhang

Dokter Edward Airton: Schotse zendeling-arts, woont en werkt in Shishan

Nellie Airton: zijn echtgenote

George en Jenny Airton: hun jongste kinderen

Pater Adolphus: hoofd van de katholieke missie in Shishan, inmiddels overleden

Zuster Elena en zuster Caterina: katholieke nonnen die nu in Airtons ziekenhuis werken

Ah Lee en Ah Sun: Kantonese bedienden van de dokter

Zhang Erhao: dokter Airtons huismeester

dominee Septimus Millward: Amerikaanse zendeling, woont in Shishan

Laetitia Millward: zijn echtgenote

Hiram, Mildred, Isaiah, Miriam, Thomas, Martha, Lettie en Hannah Millward: hun kinderen

Handelaars en spoorwegpersoneel

Frank Delamere: 'zeephandelaar', vertegenwoordigt Babbit & Brenner in Shishan

Ma Ayi: Delameres huishoudster

Tang Dexin, Jin Shangui, Lu Jincai: kooplieden in Shishan

Mr. Ding: textielverver uit Tsitsihar, klant van Frank Delamere

Hermann Fischer: hoofdingenieur van de Chinese spoorwegen, belast met de aanleg van de spoorlijn in Shishan

Zhang Dongren (Charlie): westers ingestelde rechterhand van Herr Fischer en diens tolk

Zhang Haobin: voorman van de Chinese spoorwegarbeiders

Lao Zhao: muilezeldrijver in dienst van de spoorwegen

Het Paleis van de Hemelse Lusten

Madame Liu: eigenaresse van het Paleis van de Hemelse Lusten, een berucht bordeel

Ren Ren: haar zoon

Fan Yimei: courtisane in het bordeel, de maîtresse van majoor Lin

Shen Ping, Su Liping, Chen Meina: courtisanes

Aap: een van Ren Rens louche vrienden

In de Zwarte Heuvels

Wang Tieren (IJzeren Man Wang): duistere figuur, leider van een bende bandieten

In Bashu, een afgelegen dorp

Pater John Wang en zijn vrouw: leiders van de christelijke gemeenschap

Mary en Martha: hun dochters

Hoofdman Yang: dorpshoofd

Molenaar Zhang en Lao Yi: christelijke dorpelingen

Vrouw Yang, Lao Dai, Wang Hao-tian, Zheng Fujia: niet-christelijke dorpelingen

De *bonze*: plaatselijke boeddhistische priester

(3) Nieuwkomers in Shishan

Henry Manners: voormalig officier in het Britse leger, nu werkzaam voor de Chinese spoorwegen

Helen Frances Delamere: Frank Delameres dochter, net klaar met de kloosterschool

Tom Cabot: Frank Delameres nieuwe assistent

Dominee Burton Fielding: afgezant van de Amerikaanse Raad van
Commissarissen voor de Buitenlandse Zending in China
Frederick Bowers: machinist
De Boxer-priester

(4) Andere personages

Orkhon Baatar: Mongoolse herder
Sarantuya: zijn echtgenote
Luitenant Panin, kolonel Toebaitsjev: Russische officieren
Richard Brown: zendeling-arts
Arthur Topps: in dienst van Babbit & Brenner
James Airton: Edward Airtons broer, boekverkoper in Glasgow
De familie Gillespie: zendeling-arts en zijn gezin, vrienden van de
Airtons
Admiraal Seymour, generaal Von Waldersee: bevelhebbers van het ge-
allieerde leger te Peking
Edmund en Mary Airton: Airtons oudste kinderen, die op een kost-
school in Schotland zitten

HET BRITSE GEZANTSCHAP IN

PEKING, JULI 1899

In aardrijkskundeboeken is te lezen dat de zomerse stofstormen zich weliswaar zelden voordoen, maar wel zeer hevig zijn.

Zo was het deze zomer.

Rukwinden uit Siberië werden in de kom van de al door drie jaren van droogte geteisterde Noord-Chinese vlakte gezogen, tilden daar achteloos zand van de Gobi-woestijn en poederachtige löss van de oevers van de Gele Rivier op en bedolven de gebarsten akkers onder een amberkleurige wolk.

Het was een hevige storm, die even plotseling kwam opzetten als het oprukken van een barbaarse horde, of zo'n boerenbeweging die in de keizerlijke geschiedenis van tijd tot tijd uit het niets leek te ontstaan en de decadente legers moeiteloos onder de voet liep. Zoals de Gele Tulbanden, de Taipings, de Witte Lotus of andere opstandige bewegingen, geleid door bandieten die soms zelfs de Drakentroon wisten te veroveren, groeiden door hun eigen successen, zo ook zwol het natuurgeweld in afmeting en hevigheid aan, totdat het leger sterk genoeg was om de hoge muren en poorten van de keizerlijke hoofdstad te bestormen, door de smalle stegen te razen en zelfs door te dringen tot op de binnenplaatsen van de Verboden Stad, waar een zwakke keizer het Hemels Mandaat ternauwernood wist vast te houden.

Aldus teisterde deze zandstorm op een zomeravond in het laatste jaar van de negentiende eeuw de straten van Peking. Het zegevierende leger plunderde de veroverde stad. Stofderwisjen trokken huilend een spoor van vernieling door de *hutongs*, ze rukten de uithangborden van de winkels, versplinterden de poorten van huizen met binnenplaatsen, sneden in de huid van de paar voorbijgangers die zo onbezonnen waren om naar buiten te gaan en de rondvliegende zandpijlen te trotseren.

Het was een dag zonder schemering, want de versluierde zon was op het hoogste punt verduisterd. Het onnatuurlijke donker van de middag ging onmerkbaar over in het nog zwartere donker van een nacht zonder sterren. De inwoners van Peking verschansten zich in hun bloedhete, bedompte huizen, in elkaar gedoken tegen het krijsen en huilen van de roofzuchtige wind. Op een avond als deze waarde het kwaad overal rond.

Die avond waren er geen feesten in het gezantschap. Er brandden geen kroonluchters in de balzalen. Landauers en kalessen stonden in de stallen, samen met de paarden. Ramen waren met schalmlatten afgedekt. Mariniers die de pech hadden dat ze op wacht moesten staan, bedekten hun gezichten en zochten zo goed en zo kwaad als het ging dekking tegen het zand. De gezanten en hun echtgenotes gingen vroeg naar bed.

Op zomeravonden bood het Britse gezantschap doorgaans een sprookjesachtige aanblik, met lantaarns op alle binnenplaatsen. Lady MacDonald, kasteelvrouwe van een. paleis dat ooit van een Mantsjoerijse edelman was geweest, hield van een kitscherige, quasi-oosterse inrichting. Ze trok zich niets aan van de weinige échte oriëntalisten op het gezantschap, die protesteerden dat het geen gezicht was om Chinese gebouwen op te tuigen alsof ze decors voor de operette *De Mikado* waren; de Chinezen zelf noemden het een 'slang met poten'. Als de voornaamste gastvrouw in Peking wist ze precies wat de notabelen die op haar feesten kwamen aansprak: het was belangrijk om China te laten zien zoals het hoorde te zijn, en niet de smerige werkelijkheid zoals die zich tussen de stinkende riolen en kanalen buiten haar muren afspeelde. Als Gilbert en Sullivan door middel van een operette een drieduizend jaar oude beschaving konden verbeteren, dan was zij daar alleen maar blij mee.

Die avond was alle opzichtige opsmuk echter verwijderd, en de Chinese paviljoens en de poorten met hun pilaren en sierlijke daken waren net zomin beschermd tegen de zandstorm als alle andere gebouwen in de stad. Harde windvlagen stoven over de veranda's en rukten aan de schalmlatten waarmee de geïmporteerde ruiten waren afgedekt. De takken van de ginkgobomen schudden als demente geesten en de waaiervormige bladeren zwiepten tussen het stuivende zand. De oude gebouwen, donkergrijze schaduwen tegen een nog donkerder hemel, zetten zich schrap tegen de aanval. Het was alsof ze weer net zo verlaten en vervallen waren als voordat de Engelsen waren gekomen om ze op te knappen. De silhouetten van tempelachtige daken deden denken aan de verlaten heiligdommen in de Chinese literatuur waar volgens het volksgeloof geesten en duivels rondspookten. De tuin van lady MacDonald was door het geweld veranderd in een woestenij die eruitzag alsof er inderdaad geesten van vroegere bewoners rondwaarden, evenals schepsels uit Chinese volksverhalen – vossengeesten, slangengoden, hongerige monsters – en andere aan bijgeloof ontsproten fantasiewezens die volgens de traditie op avonden als deze te voorschijn kwamen.

Niet dat sir Claude of lady MacDonald zich ermee bezighielden. Ze lagen vast te slapen in het hoofdgebouw, de voormalige Hal van de Voorouders, in hun met klamboes beklede bedden.

Slechts één functionaris was wakker en zich bewust van de gevaren van de nacht. Een zwak schijnsel was zichtbaar achter een raam op de bovenverdieping van een van de minder indrukwekkende gebouwen aan de rand van het complex, een voormalige opslagplaats waarin de hertogen vroeger hun schatten bewaarden. Het was de kamer van de tolk, een jonge Engelsman die nog niet zo lang op het gezantschap werkte en die nu, slechts gekleed in een hemd, over een klein bureau met een flakkerende olielamp gebogen zat. In het schijnsel waren kale houten muren zichtbaar, een ziekenhuisbed en planken die vol stonden met boeken, voornamelijk Chinese. Uit het feit dat hij in het holst van deze stormachtige nacht buiten de kanselarij en buiten kantooruren een brief zat te schrijven, kon worden opgemaakt dat het niet om een officiële depêche ging. Bovendien bleek uit zijn heimelijke manier van doen dat er geheimen in het spel waren. Hij zweette, zijn magere gezicht was getekend door vermoeidheid, en zijn rood omrande ogen werden groot bij elk geluid dat hij hoorde. Af en toe legde hij zijn pen neer en liep hij naar de deur om een kijkje te nemen in de donkere gang buiten zijn kamer. Dan keerde hij terug naar zijn manuscript en doopte hij zijn pen weer in de inkt. Hij schreef gejaagd, maar wel in een keurig handschrift.

Mylord, u bent op de hoogte van de Duitse activiteiten in Shantung. We hebben gehoord dat de Duitsers al een koloniale regering hebben geïnstalleerd in het grondgebied dat ze verleden jaar in Chiao-chou hebben veroverd. Er blijft grote bezorgdheid bestaan over het aanmatigende gedrag van hun zendelingen, die bij de 'verdediging' van christelijke gemeenschappen maar al te vaak door Duitse troepen worden gesteund. Bovendien worden er exorbitante vergoedingen geëist voor zogenaamde aanvallen op christelijke eigendommen. Dit vormt een potentieel gevaar in een provincie die niet alleen bekendstaat om de opstanden en het banditisme in het verleden, maar waar het tevens wemelt van in vechtsporten gespecialiseerde sektes en geheime genootschappen, die in dit soort arme streken veel aanhangers hebben.

Er klonk een harde klap op de verdieping beneden hem. Hij keek op en staarde naar de deur. Nog een keer hetzelfde geluid. 'Luiken. De wind. Meer niet,' mompelde hij bij zichzelf, en hij hervatte zijn werk.

Nog alarmerender zijn de activiteiten van de Russen in het noordoosten. Een groot deel van Mantsjoerije is in de praktijk al een Russisch protectoraat, al is dat niet officieel erkend. Hun bedoelingen werden al duidelijk in 1896, toen ze de voormalige minister van buitenlandse zaken, Li Hung-chang, onder druk zetten om een 'defensieve alliantie' aan te gaan waarbij Rusland het recht kreeg om de Transsiberische Spoorweg door Heilungchiang naar het oosten door te trekken. Verleden jaar werd het schiereiland Liaotung door hen bezet, waarna ze toestemming eisten voor de aanleg van een spoorlijn van noord naar zuid, van Harbin naar Port Arthur. Ondanks onze protesten werd deze toestemming verleend. Toegegeven, sinds Li Hung-chang in ongenade is gevallen en er vorige zomer een conservatieve staatsgreep werd gepleegd, lijkt de huidige behoudende regering minder snel bereid om aan de buitenlandse eisen tegemoet te komen, maar dat verandert niets aan het feit dat de Russen doorgaan met het aanleggen van spoorlijnen. In Noord-Mantsjoerije is al sprake van een uitgebreid netwerk, en als dit eenmaal tot aan zee wordt doorgetrokken, zal het niet meevallen om Ruslands economische (en de facto militaire) expansie het hoofd te bieden. Russische annexatie is dan niet langer een ondenkbeeldig vooruitzicht.

Tot voor kort was ons enige antwoord op deze dreiging het organiseren van financiële steun voor de spoorlijn van Peking naar Mukden, die door de Chinezen wordt gerealiseerd. De aanleg van de hoofdlijn naar Mukden is bijna voltooid. Het voorstel voor uitbreiding met een noordelijke tak, van Jinzhou naar Shishan, of zelfs verder naar de Liao-rivier, is door de directie enthousiast ontvangen. Er zijn goede economische redenen voor: het vergemakkelijkt het vervoer van sojabonen uit de westelijke streken van deze provincies naar de havens in het zuiden. Tevens zijn er strategische overwegingen voor het doortrekken van de lijn: als dit het begin kan zijn van een spoorlijn die parallel loopt aan die van de Russen, zou dit hun militaire voordeel tot op zekere hoogte neutraliseren.

Aanvankelijk vreesden we dat de directeur van het bedrijf, toevallig dezelfde Li Hung-chang die de Russen hun gang heeft laten gaan, bezwaar zou hebben tegen de plannen, maar tot ieders verbazing stemde ook hij ermee in. Wellicht heeft hij zijn eigen fouten ingezien.

De aanleg van de spoorlijn is echter niet de oplossing van onze problemen. De werkzaamheden verlopen tot nu toe traag, ondanks de inzet van de Britse en Duitse ingenieurs die met de aanleg zijn belast. Het wordt dan ook tijd om...

Een dikke zweetdruppel viel van zijn voorhoofd op het manuscript, met een spinachtige inktvlek tot gevolg. Zorgvuldig legde hij het vloeipapier op het blad. Hij leunde achterover in zijn stoel en deed zijn ogen dicht. Hij was moe, heel erg moe. Als hij nou maar even kon slapen... Met een schok werd hij wakker en hij sprong overeind. Zijn hand gleed over een van de planken en vond de halflege fles cognac, die hij aan zijn mond zette. Er klonk een plof, zo te horen op de overloop. Hij verstijfde. Toen liep hij naar de deur. Deze keer bleef hij wel vijf minuten staan voordat hij verder ging met zijn werk.

Het wordt dan ook tijd om alternatieve strategieën in overweging te nemen. Ik weet dat u, mylord, er weinig voor voelt om meer geld en middelen uit te trekken voor een provincie die niet rechtstreeks tot de Engelse invloedssfeer behoort. U hebt me verzocht de Japanners te polsen over hun bedoelingen, en tot mijn genoegen kan ik u mededelen dat hun argwaan met betrekking tot de Russische activiteiten steeds sterker wordt. Eén factie binnen het keizerlijke leger pleit zelfs voor agressieve stappen om de Russische opmars in Mantsjoerije te stoppen.

Onze agent bij het keizerlijke opperbevel in Hokkaido – u weet, mylord, wie ik bedoel – meldt dat het leger regelmatig schijnaanvallen uitvoert op Port Arthur en dat officieren in de mess openlijk klinken op de dag dat de Japanse vlag in de haven zal wapperen. Velen verwachten dat er binnen een paar jaar oorlog tussen de twee grootmachten zal uitbreken, en dat de overwinnaar de gehele provincie Mantsjoerije zal annexeren. In dat geval zou het in ons belang zijn als die overwinnaar Japan is, niet Rusland.

Op dat moment klonk er gekrab aan de deur dat hem aan het schrikken maakte, gevolgd door een geluid dat hij niet kon plaatsen – een kreet die boven het geweld van de storm en het kapotte luik op de benedenverdieping uit kwam. Het was een ijle, menselijke stem die iets weg had van een kreun of een gil van extase. De jongeman stond zo onbeheerst op dat zijn stoel omviel, en bij gebrek aan een ander wapen pakte hij een cricketbat. Dit hield hij boven zijn hoofd in de aanslag toen hij de deur opentrok.

'Wie is daar?' piepte hij met schorre stem. 'Wie is daar?' herhaalde hij, deze keer op iets heldhaftiger toon. Aan beide kanten was de donkere, verlaten gang leeg. Het kaarslicht wierp een flakkerend schijnsel op het geboende hout. 'Kom maar op, als je er bent!' riep hij. 'Ik ben niet bang.' Hij herhaalde de woorden in het Chinees. *'Ni shi shei? Ni shi shei? Chulaiba! Wo bu pa.'*

Er klonk geen antwoord, alleen het ratelen van het luik beneden. 'Ik ben níét bang,' fluisterde hij. Hij giechelde nerveus. 'Kom maar op!' schreeuwde hij nog een keer. 'Kom te voorschijn, achterbakse zwarte toverkollen. Denken jullie nou echt dat een Engelsman bang is voor een vossengeest?' Het bat zakte omlaag, en met zijn vrije hand veegde hij zijn voorhoofd af. 'Je bent gek,' fluisterde hij. 'Gek. Volslagen krankzinnig. Allemachtig, wat ik niet zou geven voor een uurtje slaap...' Zacht deed hij de deur dicht en hij ging weer achter zijn bureau zitten, maar voordat hij zijn pen weer oppakte, moest hij eerst kalmeren en nog een paar slokken cognac nemen.

Tussen Noord-Mantsjoerije en Harbin strekt zich een groot grondgebied uit dat nog steeds onder het Chinese gezag valt, al staat het niet sterk. We weten dat de Russen met alle mogelijke middelen proberen om plaatselijke functionarissen, legerbevelhebbers en zelfs machtige bandieten voor zich te winnen. We vermoeden dat wapens uit het Oost-Siberische arsenaal bij het Baikalmeer (tegen betaling) bij plaatselijke functionarissen terechtkomen. Japan zou er belang bij hebben om deze 'handel in invloed' over te nemen. Ik denk dat we hieraan een discrete bijdrage zouden kunnen leveren.

Ik heb bekeken waar we onze inspanningen het beste op kunnen concentreren, en ik ben een voorstander van Shishan. Wanneer u op de kaart kijkt, zult u in een oogopslag zien dat de stad strategisch gelegen is in de grensstreek, tussen de Russische spoorlijn in aanleg en de Chinese spoorlijn in aanleg. De stad ligt tussen heuvels, en is daarmee een van de weinige goed te verdedigen plaatsen op de uitgestrekte vlakte. Ik heb gehoord dat een goed getrainde eenheid in de Zwarte Heuvels een heel leger kan weerstaan, hetgeen waarschijnlijk de reden is dat Shishan altijd een garnizoensstad is geweest en een veilige overnachtingsplaats voor karavanen.

Hij gaf een beknopte beschrijving van Shishan, van de bevolking en de markteconomie, en vertelde wat hij wist van de Mandarijn. Hij beschreef de buitenlanders die in de stad woonden: de spoorwegin-

genieurs in het kamp, de handelaar in chemicaliën van Babbit &
Brenner en de excentrieke zendeling-arts dokter Airton, op wie zijn
hoop was gevestigd. Was het wel verstandig om zoveel vertrouwen
in hem te hebben?

Hij dacht terug aan het etentje dat het hoofd van de kanselarij
voor Airton had gegeven toen deze een keer in Peking was. Sir Claude weigerde uit principe met zendelingen te dineren, vandaar dat iemand anders de honneurs had waargenomen, en hij was uitgenodigd
om tot een even aantal gasten te komen. Tot zijn verbazing had hij
de man bijzonder aardig gevonden. Hij had gezond verstand en droge humor, en zijn obsessie met goedkope romannetjes en cowboyverhalen was opmerkelijk voor een zendeling.

Kon hij hem aanbevelen? Voorlopig was er niemand anders. Hij
besloot het erop te wagen. 'Door Airtons vriendschap met de Mandarijn, die hij regelmatig ontmoet om over filosofische en politieke
vraagstukken te discussiëren, zou hij precies het contact kunnen zijn
dat we nodig hebben.'

En toen was hij klaar – althans bijna. Hij kon zijn ogen nauwelijks openhouden. In elk geval begon het kabaal van de storm een
beetje af te nemen en hoorde hij geen vreemde geluiden meer op
de gang. Wat had hem toch bezield? Vossengeesten!

Voor zijn vertrek uit Londen was hij gewaarschuwd voor de gevaren. 'Al maken ze ogenschijnlijk nog zo'n beschaafde indruk,' had
men gezegd, 'die lui zijn net zo primitief als de andere inboorlingen
waarmee we in het Britse Rijk te maken krijgen. Vergis je niet in
die elegante theeceremonies van ze, want ondertussen houden ze er
rare en vaak onsmakelijke ideeën op na. Naast je politieke werk ga
je ook onderzoek doen naar de sektes en geheime genootschappen,
omdat wij denken dat die gevaarlijk zijn, maar je hoeft je niet te bekeren, is dat duidelijk?' Er was hartelijk gelachen boven de glazen
met port, terwijl hij met een beleefd glimlachje had volstaan omdat
hij vond dat hij vanwege zijn doctoraat in de oriëntaalse talen veel
beter op de hoogte was dan zijn opdrachtgevers.

Ik hoop, mylord, dat u het eens bent met mijn voorstel. Ik raak
er steeds meer van overtuigd dat de Mandarijn van Shishan de

grote machthebber in deze regio kan worden en tevens ons instrument om de Russische invloed tot staan te brengen. Hij heeft veel nuttige eigenschappen: een indrukwekkend militair verleden, de reputatie van een sterke, onafhankelijke bestuurder, en bovendien is hij meedogenloos, wreed en zeer corrupt. Verder is hij ambitieus. Onlangs heeft hij pogingen ondernomen om zijn kleine garnizoen te trainen in de moderne manier van oorlog voeren. Met uw goedkeuring, en met de hulp van het Japanse leger en hun geweren, is zijn positie volgens mij gemakkelijk te versterken. In dat geval zouden we weleens kunnen ontdekken dat Zijne Excellentie de Mandarijn Liu Daguang zich tot onze eigen krijgsheer zal ontpoppen...

Zijn hoofd zakte op zijn armen en al snel was hij onder zeil. Voordat hij in slaap viel, zag hij beelden voor zich van een wapperend gewaad, zacht haar en prachtige bruine ogen, van rode lippen die opengingen, scherpe kleine tanden, het trage zwiepen van een staart, klauwen en venijnige hoektanden...

Maar een zonnestraal wierp al een rode gloed op de houten muren. De zandstorm was met het aanbreken van de dageraad gaan liggen, en de rust keerde weer op de binnenplaatsen van lady MacDonald. De nachtwezens waren — als ze ooit hadden bestaan — teruggekeerd naar het rijk van de verbeelding waaraan ze waren ontsproten. De tolk bewoog in zijn slaap, en de lange brief — die in zekere zin even bizar was omdat de complotten en samenzweringen in een andere denkbeeldige wereld thuis leken te horen, een wereld van spionage en Realpolitik — viel bladzijde voor bladzijde op de grond.

Deel een

HOOFDSTUK I

Bandieten kwamen in de nacht en stalen onze muilezel.

Hoe moeten we nu de oogst vervoeren als het zover is?

D r. Airton vertelde de Mandarijn over een beruchte bende out-
laws in het Amerikaanse Wilde Westen. 'Butch Cassidy is dan wel een
bandiet, dom is hij niet,' zei de dokter terwijl hij in zijn vestzakken
naar lucifers en zijn bruyèrepijp zocht.

De Mandarijn, rustend op zijn *kang* (hij had al twee opiumpijpen
gerookt en voelde zich prettig verzadigd na een lichte lunch en een
uur met zijn derde en favoriete concubine) keek zelfgenoegzaam
naar de buitenlander die in een geklede jas naast hem op een kruk
zat. Met het knisterende geluid van zijde en het geklingel van juwelen leunde een dienstmeisje over zijn schouder om zorgvuldig
thee in porseleinen kopjes te schenken. Met een vloeiende beweging zette ze de pot terug in de rieten warmer en buigend verliet
ze de studeerkamer.

'Dank je wel, kindje,' zei dokter Airton tegen het gracieuze meisje, zijn hoofd gehuld in een rookwolk. 'Het zal u misschien verbazen, maar Butch Cassidy komt uit een goede Engelse familie,' vervolgde hij. 'Zijn vader is in Accrington in Lancashire geboren, al was
hij een mormoon. De ouders van de jonge Butch hadden niet genoeg geld om hem naar de goede scholen aan de Oostkust te sturen, maar hij moet wel een behoorlijke opleiding hebben gehad. Je
moet per slot van rekening hersens hebben om de ene succesvolle

treinroof na de andere te beramen en uit te voeren.'

Zijn laatste woorden werden overstemd door een ruzie die uit-brak op de zonovergoten binnenplaats, voor de studeerkamer van de Mandarijn. Boze stemmen blaften en krijsten. Het waren de kok en de dienstbode, besefte de dokter, die elkaar weer eens in de haren vlogen. Hij vond het onvoorstelbaar dat het personeel in het huis-houden van een magistraat zo luid en zo ongegeneerd tekeer kon gaan waar hun meester bij was. Ten huize van een Engelse rechter zou dit ondenkbaar zijn. De Mandarijn wond zich er niet over op en wachtte geduldig totdat het rumoer afnam.

'Is het dan moeilijk om een trein te beroven?' mompelde hij.

'Nou en of,' zei de dokter. 'Zoiets moet je van tevoren zorgvul-dig uitstippelen. Je moet de dienstregeling kennen, je moet spionnen hebben op het station en een overtuigend obstakel op het spoor, je moet handig zijn met een lasso en een goed vluchtplan hebben. En je moet voor een zekere discipline in je bende zorgen. Cowboys zijn geen lieverdjes.'

'Ik moet zorgen dat mijn soldaten goed op dat soort bandieten letten als onze spoorlijn eenmaal voltooid is,' zei de Mandarijn.

Dokter Airton grinnikte bij de gedachte aan Chinezen met lange vlechten die maskers en sombrero's droegen, met geweren dreigden en in galop een rijdende trein inhaalden. 'Ik denk echt niet dat u met dat soort problemen te maken zult krijgen, Da Ren.' Hij ge-bruikte de formele aanspreekvorm voor een mandarijn, letterlijk 'Grote Man', al waren ze inmiddels vrienden.

Op zijn beurt verwachtte hij aangesproken te worden als Yisheng, 'Arts' of Daifu, 'Dokter'. Hij wist dat hij in de stad een minder vlei-ende bijnaam had, maar niemand durfde hem recht in zijn gezicht Chi Laoshu te noemen, 'Ratteneter'. Toch was hij trots op deze bij-naam, die hij had overgehouden aan zijn optreden tijdens een uit-braak van de builenpest, nu vier jaar geleden.

Hij was vanwege die epidemie naar Shishan gekomen. Kort na zijn komst had hij omroepers op pad gestuurd om aan te kondigen dat hij de vorstelijke som van tien taël contant zou betalen voor el-ke rat die hem werd gebracht, dood of levend. Voor de inwoners van Shishan was dat de bevestiging geweest dat alle buitenlanders getikt waren, maar het terugbrengen van het aantal *rattus rattus*, de knaagdieren die de ziekte overbrachten, had ten zeerste bijgedragen aan het elimineren van de pest.

De lof van de Mandarijn en het gerucht dat hij een keizerlijke onderscheiding had gekregen voor zijn werk als wonderdokter hadden zijn reputatie weer een beetje hersteld, maar de bijnaam was blijven hangen, en nog steeds kreeg hij van boeren af en toe een mand met dode muizen aangeboden, in de veronderstelling dat ze hem blij maakten met een lekkernij.

De Mandarijn leunde naar voren en nam een slokje thee. Aangezien hij ontspannen in zijn studeervertrek vertoefde, was hij niet in vol ornaat. Zijn grijze vlecht hing rond zijn nek, en zijn wijde witte pyjamabroek was opgerold tot aan zijn knieën. Het blauwe ambtsgewaad en de met jade versierde muts hingen keurig op een houten standaard.

De boekenplanken boven de *kang* liepen door tot aan het met houtsnijwerk versierde en beschilderde plafond. Elke plank ging schuil achter een gordijn van gele zijde en bevatte antieke exemplaren van de Chinese klassieken, maar ook populaire werken en perkamentrollen. De dokter wist dat daar ook een kostbare verzameling pornografische tekeningen bij was. De Mandarijn had hem de nietsverhullende prenten een keer laten zien en de van schaamte blozende dokter hartelijk uitgelachen.

Een blauw-wit Tientsin-tapijt bedekte de stenen vloer onder de *kang* en werd half beschenen door de zon, die aarzelend door het raam naar binnen kwam. In het donkere deel van de kamer stonden tafels en stoelen in de eenvoudige Ming-stijl, en een bureau bezaaid met papieren, inktstenen en penselen in porseleinen potjes. Aan de achtermuur hingen verschillende rollen met kalligrafie, geschenken van leraren, schilders en andere functionarissen. In een hoek tikte een staande klok. In de smalle strepen licht bij de deuren en ramen waren de blauwe rookwolken zichtbaar die als draken uit de pijp van de dokter omhoog kringelden, en ook de ontelbare stofdeeltjes die alles met een dun laagje bedekten. De geur van tabak vermengde zich met de vage geur van wierook en verschaald reukwater, schimmel en vuil.

Het was een kleine kamer, die Airton aan een scheepshut op een klipper deed denken, maar hij genoot van de gezellige, bedompte atmosfeer. Het feit dat de Mandarijn hem uitnodigde om in dit privévertrek thee te komen drinken, bewees dat de twee mannen op vertrouwelijke voet stonden.

De Mandarijn zelf was gezet en klein van stuk, maar door zijn brede gezicht en gespierde bouw leek hij groter. 'Hij heeft de schouders van een rugbyspeler,' had de dokter zijn vrouw een keer verteld, 'en de handen van een slager. Ik zie hem al helemaal voor me in de *yamen*, in zijn ambtsgewaad, met een afkeurende blik op zijn gezicht. Achter hem staat de beul met zijn lange mes, en voor hem likken onfortuinlijke misdadigers in een schandbord het stof aan zijn voeten en vragen zich af of het honderd stokslagen wordt of een kopje kleiner. Hij is een echte Tataar, m'n lieve schat, van top tot teen, met koude, doodse ogen en een hart van steen. Een schurk die je de stuipen op het lijf jaagt, al is hij vriendelijk tegen mij.'

'Maar je hebt me verteld dat hij oud is, Edward. Ja toch?' vroeg Nellie nerveus.

'Aye, dat is hij ook. Hij kan wel zestig of tachtig zijn, maar hij is opmerkelijk goed geconserveerd, en ondanks zijn dikke buik en vlezige kin zo fit als een matroos. In alle opzichten een sterke man. Hij gaat nog te paard jagen, hij doet aan boogschieten, en ik heb hem een keer op zijn binnenplaats zien oefenen met een zwaard toen ik te vroeg was voor een afspraak. Een kolossaal gevaarte, maar hij zwaaide het rond zijn hoofd alsof het een veertje was, en hij bewoog zijn lichaam en voeten als een acrobaat. Hij deed *t'ai chi*, je weet wel, de gymnastiek die mensen 's ochtends doen bij de rivier, maar ik heb nooit eerder iemand met zo'n monsterlijk stuk ijzer bezig gezien. Hij liet het me voelen toen hij klaar was. Ik kon het bijna niet optillen. Hij vertelde dat het van een Taiping-generaal was geweest die hij als jongen had verslagen. Een prachtig met jade bezet gevest, en zo scherp als een scheermes. Ik vraag me af hoeveel hoofden er in het verleden mee zijn afgehakt.'

'Wees nou maar voorzichtig,' zei zijn vrouw. 'Ik weet dat je het grappig vindt om dingen te zeggen waar je mij en de kinderen bang mee maakt, en dat begrijp ik nog steeds niet, maar dit klinkt als een vreselijke man, Edward. Het kan niet goed zijn dat je – '

'Hij is mijn vriend, Nellie,' had de dokter gezegd.

Daar was hij ook echt van overtuigd. Ze waren allebei filosofisch ingesteld en goed opgeleid, en ze hielden er uitgesproken ideeën op na. Bovendien had de Mandarijn een onuitputtelijke belangstelling voor alles wat met de buitenwereld te maken had, en kon de dokter hem uitvoerig informeren over Engeland, het Britse Rijk en Europa, over de internationale machtsverhoudingen, over technische en wetenschappelijke ontwikkelingen, en zelfs over wapentuig. De dokter meende dat het uitwisselen van dit soort informatie goed was voor een beter begrip en een betere samenwerking, goed voor China, goed voor Groot-Brittannië, goed voor iedereen. Natuurlijk ook voor het ziekenhuis en de spoorlijn. Nu hij tot de officiële arts van de spoorwegen was benoemd, was het zijn plicht om steun te zoeken bij de plaatselijke functionarissen die zo belangrijk waren voor het welslagen van dit nuttige project.

Dokter Airton zuchtte. Hij was zich ervan bewust dat zijn gedachten waren afgedwaald. Dat gebeurde vaak tijdens de lange, meditatieve pauzes die de Mandarijn liet vallen. Waar hadden ze het over? De spoorweg, uiteraard, en hij had de Mandarijn verteld over de bende van Butch Cassidy, waarover hij had gelezen in een van de sensatiebladen waarop hij was geabonneerd. Elke maand ontving hij een pakket uit Edinburgh, waar het hoofdkwartier van het zendelingengenootschap gevestigd was. In dat pakket zaten niet alleen Engelse kranten, het tijdschrift *Blackwood's*, medicijnen en huishoudelijke artikelen voor zijn vrouw, maar ook avonturenromans.

Hij was blij dat de Mandarijn naar het spoorwegnet in Amerika had gevraagd, want dit gaf hem een aanleiding om het onderwerp van de bandieten aan te snijden, momenteel zijn grootste bron van zorg. Hij voelde dat de halfdichte ogen van de Mandarijn hem peinzend opnamen.

'Het verbaast me dat een wetenschapper zoals uzelf, mijn beste Daifu, bewonderend spreekt over een bandiet en de opleiding die hij heeft genoten. Kennis leidt tot deugdzaamheid. In mijn ogen is een treinrover geen deugdzaam mens, hoe handig hij het ook aanpakt. Ik kan geen bewondering hebben voor een land dat trots is op zijn criminelen, zelfs al is dat Amerika volgens u een nieuw land.'

'In China bestaan toch zeker ook legendes over beroemde bandieten en piraten? Verleden week heb ik op het marktplein nog met plezier naar een reizend gezelschap gekeken dat scènes uit de grote Chinese klassieker *De Waterkant* opvoerde. De kostuums waren schitterend en de acrobatiek was adembenemend, maar het was en bleef *Robin Hood*. Vogelvrij verklaarde helden beschermen het onderdrukte volk. Is dat niet romantisch?'

'Ik laat bandieten en piraten onthoofden,' zei de Mandarijn, 'dus ben ik degene die het volk beschermt.'

'Zeker, natuurlijk, we hebben het niet over gewone dieven en misdadigers,' zei de dokter. 'Maar de gewone man houdt nu eenmaal van een beetje kleur in zijn leven en die vindt hij vaak in helden die de wet aan hun laars lappen. Bent u weleens in de gelegenheid geweest om de romans van sir Walter Scott te lezen?'

De Mandarijn ontkende beleefd.

'Ik zou *Rob Roy* graag voor u vertalen.'

'Dat zou ongetwijfeld een exotische ervaring zijn, beste Daifu, maar als dat verhaal lijkt op *De Waterkant* zou ik de vertaling waarschijnlijk verbieden. U hebt gelijk als u zegt dat de gewone man heldendaden sensationeel vindt, en als verhalen voor kinderen en kleurrijke scènes in opera's kunnen ze geen kwaad, maar het is de taak van elke bestuurder het gewone volk te leren dat het beter is om bewondering te hebben voor deugdzame mensen. Iemand die de wet overtreedt, verdient geen bewondering. Zelfs in Amerika moeten de mandarijnen zich zorgen maken over het ophemelen van iemand die treinen berooft.'

'Ik weet dat Mr. Harriman zich zorgen maakt, en ook de directie van de Union Pacific Railroad Company,' gaf Airton toe. 'Maar het is inderdaad een wild, nieuw land. Ik hoop dat de spoorlijn Peking-Mukden niet met dit soort problemen te maken krijgt als de lijn naar dit deel van het land wordt doorgetrokken. Hopelijk hebben we niets te vrezen van lieden als IJzeren Man Wang en zijn bende.'

Er gleed een uitdrukking van ergernis over het beheerste gezicht van de Mandarijn, als een gladde vijver die rimpelt in de wind. 'Mijn beste Daifu, ik vraag me af waarom u die IJzeren Man Wang toch zo fascinerend vindt. Ik heb al heel vaak tegen u gezegd dat hij waarschijnlijk niet eens bestaat. Er zijn misschien wel bendes, maar dat zijn groepjes onbeduidende dieven die in grotten wonen en hooguit af en toe een koopman beroven, als zo'n man dom genoeg is om 's nachts te reizen. Van een zogenaamde IJzeren Man Wang hebt u niets te vrezen.'

'Daar twijfel ik niet aan, Da Ren. Ik noemde zijn naam alleen omdat er in de stad en door de bedienden over hem wordt gepraat. Het zijn ongetwijfeld aangedikte verhalen...'

'Overdrijvingen van kooplieden die beweren dat ze door bandieten zijn overvallen om hun winsten voor mijn belastingontvangers te verbergen,' zei de Mandarijn.

'Natuurlijk,' zei de dokter voorzichtig. 'Desalniettemin waren we allemaal verheugd – onze spoorwegingenieurs, mijn vriend de heer Delamere...'

'Die zeephandelaar?'

'Alkali, Da Ren. Hij produceert alkalikristallen. We waren allemaal zeer verheugd toen we hoorden dat majoor Lin binnenkort naar de Zwarte Heuvels gaat met zijn troepen. We hebben gehoord dat hij het probleem van de bandieten wil aanpakken.'

'Majoor Lin voert allerlei oefeningen uit met de keizerlijke soldaten, nu en dan in de vorm van marsen naar de Zwarte Heuvels. Mochten majoor Lin en zijn troepen toevallig op misdadigers stuiten, dan zullen deze ongetwijfeld worden gearresteerd, maar het is beslist geen expeditie tegen een bandiet. Voor zo'n soort actie zou ik alleen toestemming geven als er problemen waren met bandieten, en zoals ik net al zei, die zijn er niet.'

'In april zijn de muilezels van Mr. Delamere overvallen – '

'Een betreurenswaardig incident dat mij in grote verlegenheid heeft gebracht. Ik heb de kwestie laten onderzoeken, en enkele criminele dorpelingen zijn gearresteerd en bestraft.'

'Er is iemand onthoofd, ja.'

'En daarmee is recht gedaan. Die diefstal was niet het werk van een mythische IJzeren Man Wang.'

De houding van de Mandarijn veranderde en hij glimlachte breed. Dokter Airton had het druk met zijn pijp. Lachend leunde de Mandarijn naar voren om de dokter op zijn dij te kloppen. 'Maakt u zich toch geen zorgen, mijn beste Daifu. U en uw vrienden zijn mijn gasten, en gasten van de keizer en de grote keizerin-weduwe. Ik wil het niet meer over bandieten en treinrovers hebben. Vertel me eens, hebt u nieuws over de spoorlijn zelf? Vordert het werk naar behoren?'

Airton voelde het gewicht van de hand die op zijn dij rustte en de koele jade van de ring door de stof van zijn broek. Het verontrustte hem niet. Hij wist dat lichamelijk contact voor de Chinezen een teken van intimiteit was waarmee twee mannen uiting gaven aan hun vriendschap voor elkaar. Hij dacht aan Lins stoere soldaten die in hun vrije tijd hand in hand door de straat liepen, en soms zelfs als ze in functie waren.

Sommige zendelingen veroordeelden deze onschuldige blijk van genegenheid als onwelvoeglijke handtastelijkheden. Niet voor het eerst bedacht hij dat het ware geloof misschien beter verspreid zou kunnen worden als de zendelingen niet zo star waren. Zijn eigen denkbeelden waren niet zo rigide; hij bestempelde zichzelf het liefst als sociaal denkend en tolerant. Als arts aanvaardde hij de zwakte van het vlees en veroordeelde hij anderen niet snel om hun slippertjes of slechte gewoonten.

Aan de andere kant zou hij het als Schot prettiger hebben gevonden als de Mandarijn zijn handen thuishield. Aangezien hij verschillende concubines van de Mandarijn had behandeld, kon hij zich levendig voorstellen dat dezelfde hand nog niet zo lang geleden een heel wat aantrekkelijker dijbeen had gestreeld. Met moeite concentreerde hij zich op het onderwerp.

'De spoorlijn, Da Ren? Mr. Fischer zal u in het kamp natuurlijk uitgebreider verslag uitbrengen, maar toen ik er een paar dagen geleden een kijkje ging nemen, gonsde het er van de bedrijvigheid. De fundering voor de brug wordt in de rivierbedding geslagen, en het schijnt dat er een inspectieteam in de Zwarte Heuvels op zoek is naar de beste plek voor een tunnel.'

'Wanneer denkt u dat de verbinding met de hoofdlijn naar Tientsin klaar kan zijn?'

'Binnen enkele maanden. Mr. Fischer heeft me verteld dat hij dankbaar is voor uw hulp. Hij heeft nauwelijks problemen met boeren die hun land moeten verlaten. Ik neem aan dat die een behoorlijke compensatie ontvangen?'

'De spoorwegmaatschappij is heel royaal geweest,' zei de Mandarijn.

'Daar ben ik blij om,' zei de dokter. 'Ik heb gehoord dat de boeren soms erg bijgelovig zijn omtrent de vooruitgang die wij brengen. U weet wel, fluitende, rokende, puffende vuurwagens en het merkwaardige gegons van de rails. Kwade geesten die hier door buitenlandse duivels heen worden gebracht. Heb ik gelijk, Da Ren?'

De Mandarijn lachte, een eigenaardig schril kakelen voor iemand van zijn postuur. Hij haalde zijn hand weg van Airtons dij en waaierde zichzelf koelte toe. 'Eerst bandieten, nu geesten! Arme Daifu, u leeft in een angstige wereld! Mijn beste dokter, waarom zouden wij ons bezighouden met de onzin waar ongeletterde mensen in geloven? Drink nog wat thee. Denk eens aan de voorspoed die de wonderen van uw beschaving ons zal brengen.'

De dokter lachte ook. 'Neem me niet kwalijk, Da Ren, maar ik maak me nu eenmaal af en toe zorgen. Het komt door de roddels. Neemt u het ons alstublieft niet kwalijk. Wij zijn vreemdelingen in een vreemd land, dus vinden we het zorgelijk als we horen praten over – '

'Bandieten en geesten!'

'Precies, bandieten en geesten. Maar ook bijeenkomsten van geheime genootschappen die vechtsporten beoefenen, Da Ren, om het bijgeloof van de dorpelingen aan te wakkeren. Allemaal onzin, natuurlijk, maar er zijn rellen geweest waarbij buitenlanders zijn gedood. Die nonnen in Tientsin...'

'Dat is twintig jaar geleden.' De Mandarijn lachte niet langer. 'En minister Li Hung-chang en onze regering hebben de buitenlandse mogendheden schadeloosgesteld.' De dokter meende een ongebruikelijke sarcastische ondertoon te bespeuren.

'Niet iedereen is zo vooruitstrevend als u, Da Ren,' zei de dokter zonder overtuiging, 'en ik vrees dat wij buitenlanders niet altijd welkom zijn in dit land.'

De Mandarijn leunde achterover tegen de kussens. 'Daifu, ik ben niet iemand die om de waarheid heen draait. Dit zijn moeilijke tijden voor mijn land, en sommige mensen maken zich zorgen over wat de buitenlanders ons brengen. U had het net over de angst van bijgelovige mensen. Zelfs sommige van mijn collega's zijn afkerig van de activiteiten van uw zendelingen. Ik ken u al jaren en ik weet dat u een arts bent die hart heeft voor mijn mensen, maar er zijn andere zendelingen – zelfs een in deze stad – die minder duidelijke motieven hebben. Het gewone volk wordt bang als uw missieposten onze kinderen opnemen.'

'Meisjes die door hun familie in de steek zijn gelaten.'

'Het verstoten van ongewenste meisjes is een oud gebruik. Geen goed gebruik, Daifu, maar het is wel onze manier. Ik besef dat u dat soort meisjes met de beste bedoelingen opneemt, maar onze boeren horen verhalen over vreemde religieuze rituelen waar ze aan mee moeten doen. Er wordt gesproken over het eten van mensenvlees –'

'Dat is onzin.'

'Natuurlijk is het onzin, maar u luistert zelf ook naar de geruchten en verhalen van ongeletterde lieden. Hadden we het daarnet niet over bandieten en geesten?

Ik weet niets van geheime genootschappen. Als ik ervan wist, zou ik ze dan laten bestaan? Geen sprake van. En ik heb de buitenlanders juist altijd met open armen ontvangen. U, Daifu, en Mr. Fischer, de ingenieur, en zelfs die dikke zeephandelaar, Delamere, kunnen ons dingen leren. Het Keizerrijk van de Grote Ch'ing staat machteloos tegenover uw technologie.

De barbaarse dwergen van overzee hebben van de buitenlanders geleerd, en vijf jaar geleden hebben ze ons aangevallen, onze marine verslagen en ons land bezet. Ja, ik heb het over de Japanners. En nu komen er allerlei andere buitenlandse aasgieren naar ons land. De Russen in het westen en het noorden, de Duitsers in Shantung, en de Britten overal. Een haven hier, een eiland of een lapje grond daar. In onze regering en zelfs aan het keizerlijk hof vragen velen zich af: "Wanneer houdt dit op?" Zij willen de aasgieren verdrijven.

Ik niet. Ik wil niet dat jullie weggaan. Ik ben juist blij met jullie. Als ons keizerrijk zwak is, moeten we het versterken. We moeten leren wat een moderne natie sterk maakt. Deels zijn dat wapens. Ik heb zelf tegen de buitenlandse wapens gevochten. Als jongen heb ik gezien dat het Zomerpaleis van onze keizers afbrandde. Wij waren moedig genoeg, en bedreven met de lans en de boog, maar jullie hadden geweren. Majoor Lin wil altijd meer geweren. Maar het zijn niet alleen geweren. Jullie zijn rijk. Jullie hebben de technologie en de uitvindingen. Jullie hebben moderne medicijnen, Daifu. Jullie kunnen niet alleen doden, jullie kunnen ook genezen. Als China weer sterk wil worden, en als de keizer rustig op zijn troon wil blijven zitten, dan moeten wij weten wat jullie weten.

Ik ben dus blij met de buitenlanders, Daifu, en ik zal jullie beschermen.'

De Mandarijn lachte weer, en Airton voelde opnieuw de hand op zijn dij.

'Ik zal jullie beschermen tegen bandieten, tegen geesten en tegen geheime genootschappen.'

De Mandarijn leunde naar voren, zodat Airton recht in zijn half-toegeknepen ogen keek. Hij liet zijn stem dalen. 'En daarom geniet ik zo van onze gesprekjes, Daifu. Daarvan leer ik wat ik weten wil.' Alweer dat kakellachje, een ferme tik op zijn knie, en de Mandarijn kwam lenig overeind om de beide handen van de nog half zittende dokter ferm in de zijne te nemen. 'Tot de volgende keer. Het is altijd een genoegen om met u te praten, Daifu. Bandieten en geesten! Ha! Ha!'

De audiëntie was afgelopen. Beleefd gaf de Mandarijn de dokter zijn hoed en wandelstok aan en met een arm om zijn schouders bracht hij hem naar de deur. 'Ik kom binnenkort eens kijken hoe het er met de spoorlijn voor staat,' zei de Mandarijn. 'Doet u vooral de groeten aan Mr. Fischer en zijn ploeg.'

'Dat zal ik doen, Da Ren. U weet dat hij een dezer dagen een assistent krijgt, een Engelsman?'

'Dat heb ik vernomen,' bevestigde de Mandarijn. 'Hij is welkom. U bent allemaal welkom in Shishan.'

Jin Zhijian, de oudere kamerheer, stond onder aan de trap naar de werkkamer van de Mandarijn te wachten. Zijn handen waren gevouwen in de mouwen van zijn verschoten blauwe gewaad en hij droeg de kegelvormige witte hoed van een lagere functionaris. Zijn waterige ogen glimlachten.

'Jin Lao vergezelt u naar het hek,' zei de Mandarijn. 'Ik verheug me op onze volgende ontmoeting.'

'Tot ziens, Da Ren, en de hartelijke groeten aan uw gezin. Neemt lady Fan haar medicijnen wel in?'

'Ze heeft geen maagpijn meer. Ik dank u.'

De Mandarijn zag de dokter achter de rijzige Jin Lao aan over de binnenplaats lopen en door de rode deuren naar de buitenhof van de *yamen* verdwijnen. Wat droegen die buitenlanders toch een rare kleren op zo'n warme zomerdag. Hij begreep niet waarom ze een zwarte pandjesjas en een glimmende hoge hoed de gepaste kledij vonden voor een bezoek aan een magistraat, en hij was blij dat hij zelf een koele zijden pyjama droeg.

Zijn blik gleed over de bladeren van de ginkgoboom en de zwarte schaduwen die ze wierpen op de lichte, zonovergoten tegels eronder, als een kalligrafie. Hij rekte zich uit en snoof de vochtige, geurige lucht diep in zijn longen.

Vanaf het balkon van de woonvertrekken aan de zijkant ving hij zacht geroezemoes op en het geluid van hoge stemmen. Alweer een ruzie? Nee, een klaterende lach en het tokkelen van een muziekinstrument. Hij glimlachte bij de herinnering aan zijn kleine Mot, haar speelse witte vingers die uit het rode brokaat kwamen, de scherpe nagels op zijn buik, haar uitdagende ogen toen haar hand omlaag ging...

Wat moest hij denken van Airtons vragen? Die waren scherpzinnig, zoals gewoonlijk. Goed geïnformeerd, maar ook naïef. Het bleef hem verbazen dat de buitenlanders met al hun kennis en uitzonderlijke praktische vaardigheden tegelijkertijd geen flauw benul hadden van de politiek die je in het dagelijks leven bedrijven moest. Ze waren net slimme kinderen bij hun eerste Lantaarnfestival, kraaiend van blijdschap als ze het eerste raadsel in een gedicht hadden opgelost, zonder te begrijpen dat de dichter tussen de regels allerlei dubbele bodems had verstopt.

Had de dokter bijbedoelingen als hij het over IJzeren Man Wang en geheime genootschappen had? Vermoedde hij dat de Mandarijn bij verborgen samenzweringen betrokken was? Hij betwijfelde het.

Het was een merkwaardig fenomeen dat buitenlanders er vaak zomaar alles uit flapten wat bij ze opkwam. Veel van zijn landgenoten vonden het verwarrend dat elke vorm van subtiliteit in de gesprekken met barbaren ontbrak, en het leidde tot veel misverstanden omdat men tevergeefs naar scherpzinnigheden zocht en deze dan zelf maar ging verzinnen.

Het was ongetwijfeld waar dat de dokter geruchten had gehoord – er waren altijd geruchten, en geruchten waren handig omdat ze niet alleen dingen aan het licht brachten maar ze ook konden versluieren – maar het was ondenkbaar dat hij iets wist van de vaderlandslievende verenigingen. Hij kon niet horen dat er houtwormen kropen in de balken van het paleis, dat maden zich roerden in de mesthopen van de boeren, dat het Hemels Mandaat binnenkort aan een nieuwe dynastie zou worden doorgegeven.

China had aspecten die geen enkele buitenlander ooit zou begrijpen. Toch zou de Mandarijn op zijn tellen moeten passen. Het was gevaarlijk als een buitenlandse barbaar de draden kon waarnemen, zelfs al kon hij het patroon van het grote geheel niet thuisbrengen.

Hij had de dokter verteld dat hij de brand in het Zomerpaleis had gezien. Had hij daarmee te veel onthuld? Hij dacht van niet. De dokter zou het zien als een ontboezeming die blijk gaf van de persoonlijke intimiteit waar hij zoveel waarde aan scheen te hechten. Toch was hij oprecht geweest toen hij Airton vertelde dat hij onder de indruk was van de macht van het Westen.

Tot op de dag van vandaag herinnerde hij zich zijn mislukte aanval op de Franse linies. Hij zag de wapperende vaandels, het rood en brons van de wapenrusting, de tienduizend speren van hun onoverwinnelijke leger die glommen in het zonlicht. Het was niet zijn eerste slag geweest. Een aantal jaren daarvoor had hij zijn paardenstaart verworven, met generaal Tseng Kuo-fan en zijn krijgers tegen het plebs van de Taipings, maar het was wel de eerste keer dat hij tegen de barbaren vocht. Nog steeds kon hij het stof en het zand ruiken, de geur van paarden, de weeë lucht van zweet en angst. De vijand had zich ingegraven in een rivierbedding, en aan de andere kant van een platgetrapt gierstveld wachtte de rij vaandeldragers op het bevel. Hij had op zijn nerveuze pony gezeten, wapenrusting rinkelend, in het volste vertrouwen dat de strijd snel afgelopen zou zijn.

En dat was ook zo. In een oogwenk was het voorbij. Het kabaal kon hij zich niet meer herinneren, maar er moest een oorverdovend gebulder van vuurwapens zijn geweest. Voordat hij zich had kunnen bewegen, laat staan aanvallen, werd zijn paard onder hem vandaan geschoten. Hij herinnerde zich nog wel dat hij stil was blijven staan terwijl het Chinese leger om hem heen sneuvelde – paarden die steigerden, ruiters die op de grond vielen, ledematen en klonters aarde die in het rond vlogen, vlammen van explosies. Op dat moment had hij zich onoverwinnelijk gevoeld, verwonderd dat hij een slag had overleefd die een keerpunt voor zijn land zou betekenen. Niets zou ooit nog hetzelfde zijn.

Hij voelde geen animositeit tegenover de buitenlandse soldaten. Het waren mannen als ieder ander. Die avond had hij er een gedood tijdens zijn vlucht naar het noorden, een jonge soldaat die het huis waarin hij zich schuilhield kwam plunderen. De jongen was luidruchtig gestorven, kreunend en gorgelend door zijn doorgesneden keel. Hij had hem het geweer en de patronen afgenomen, verrukt over de schoonheid van dit machtige wapen. Hij had geen woede gevoeld toen hij zich later in de bosjes bij het meer had verscholen en keek naar het brandende paleis, het symbool van de Manchudynastie. Het had hem een gevoel van blijdschap gegeven. Het mandaat was ingetrokken en er was een nieuwe macht op komst. Hij was vastbesloten om er op een dag deel van uit te maken.

In de moeilijke jaren na de oorlog was die toekomstdroom vervaagd, maar niet helemaal weggegaan. Hij had zich als soldaat aangesloten bij de opkomende generaal Li Hung-chang en deelgenomen aan expedities tegen de Taipings en de Nien-rebellen. Generaal Li had hem opgemerkt en ervoor gezorgd dat hij aan het keizerlijk examen kon deelnemen. Hij had zich bewezen als een efficiënt magistraat en een trouwe handlanger van generaal Li, die later carrière had gemaakt als politiek adviseur aan het hof.

Nog steeds profiteerde hij van deze verbintenis. Nu, ouder en wijzer, was hij de alleenheerser van een stad en provincie. Hij was rijk en gevreesd, maar tot zijn verbazing zat de wankele Ch'ingdynastie nog steeds op de troon.

Hij wist dat het een kwestie van tijd was voordat de dynastie vervangen zou worden. De Ch'ing was zijn mandaat om te regeren kwijtgeraakt op de dag dat zijn leger op de vlakte van Chih-li in de pan was gehakt. De val van de dynastie was overmijdelijk, en de buitenlanders zouden dat proces versnellen. Ze zouden hier en daar stukken land bezetten, maar ze zouden nooit heersen over het Chinese rijk. Ondertussen zou hij er, geholpen door hun kennis, van profiteren als de grote Ch'ing instortte. Er zou een chaos ontstaan, maar hij die macht had in zijn eigen domein zou overleven.

Hij zuchtte en gaapte. Na een laatste blik op de ginkgoboom draaide hij zich om, en in zijn schemerdonkere werkvertrek ging hij aan zijn tafel zitten, waar een blanco vel papier wachtte op zijn penseelstreken.

Het leek wel of Jin Lao's glimlach in zijn flinterdunne huid was ge-kerfd toen hij de barbaarse dokter voorging naar de buitenhof. Wacht-posten en bedienden kwamen haastig overeind, maar de kaarsrechte Jin Lao keek strak voor zich uit. Hij begreep niet waarom Liu Da Ren urenlange gesprekken voerde met deze muisachtige, kleine, be-snorde buitenlander, die tot ieders verbazing Chinees sprak, maar hij nam aan dat de Mandarijn er zijn redenen voor had. Jin Lao werk-te al meer dan twintig jaar voor de Mandarijn en hij had geleerd diens wijsheid niet in twijfel te trekken. Zijn meester had hem ro-yaal beloond voor zijn stilzwijgen.

De portier duwde de grote, met koper beslagen houten poort open. Jin Lao draaide zich naar de dokter om en maakte een bui-ging.

De dokter boog terug. 'Bedankt, Jin Lao, zoals altijd,' zei hij. 'Uw gezondheid? Gaat het al wat beter?'

'Helaas heb ik nog steeds last van hoofdpijn.' Een lange witte hand kwam uit de mouw te voorschijn en streek traag over de geschoren slaap. 'Het zal de leeftijd wel zijn.'

'Wat akelig nou toch,' zei de dokter. 'Zouden deze pillen misschien helpen?'

'U bent zeer attent.' Jin Lao pakte het doosje dat de dokter uit de zak van zijn vest had gehaald aan, en de hand verdween weer met doosje en al in de mouw.

De dokter glimlachte. Dit was een ritueel. Hij betwijfelde of de oude kamerheer ooit hoofdpijn had gehad, maar hij wist dat wes-terse medicijnen op de markt voor flinke bedragen werden verkocht. Niet dat deze pillen zouden helpen tegen ernstige klachten; het was een mengsel van sodium en bicarbonaat dat hij aan zijn kinderen gaf als ze over denkbeeldige kwaaltjes klaagden. 'Neem er 's ochtends en 's avonds twee, totdat de hoofdpijn weg is,' zei hij opgewekt. 'Tot ziens, mijn beste Jin Lao.'

Hij nam zijn hoed af en liep kwiek naar de stenen trap die langs de heuvel omlaag liep naar de stad. Hij hoorde het hek achter hem dichtvallen en bleef even staan om van het uitzicht te genieten. Een welkom briesje streek langs zijn gezicht. Nu al begon hij te zweten in de drukkende hitte. Krekels tjirpten in de naaldbomen aan weers-zijden van het pad.

De grijze daken van Shishan lagen beneden hem, aan de voet van de heuvel waar de *yamen* op was gebouwd. Van deze afstand kon hij slechts een paar straten onderscheiden, maar de belangrijkste oriëntatiepunten waren duidelijk zichtbaar in de zon.

Het meest opvallende aan de stad beneden hem waren de stadsmuren. De kantelen waren er niet best aan toe, en hier en daar waren er zo veel stenen weggehaald dat er niet veel meer over was dan een aarden wal waar bomen op groeiden en huisjes van handwerkslieden tegenaan waren genesteld. De vier torens op de hoeken hadden de tand des tijds echter weerstaan, en ook het poorthuis in de zuidelijke muur was nog intact. De kantelen en het sierlijke dak van het poorthuis riepen bij de dokter beelden op van middeleeuwse legers en belegeringen. In het gebouw huisde een klein garnizoen dat verantwoordelijk was voor het sluiten van de zware houten hekken bij zonsondergang en het controleren van de stroom mensen, pakezels en kamelen die de stad overdag in- en uitliepen. De twee antieke veldkanonnen aan weerszijden van de poort, de grote trots van majoor Lin, waren net te onderscheiden.

Het was een vredig en pittoresk tafereel, een aquarel zoals de prenten in de grote, in leer gebonden verzameling reisverhalen die hij zich uit de bibliotheek van zijn grootvader herinnerde. Tussen de balken van de torens nestelden zwaluwen, die capriolen maakten in het zonlicht. Erachter strekte zich de zinderende gele vlakte van Mantsjoerije uit, honderden li's tot aan de grens met Rusland in het noorden en de grens met Korea in het oosten. De dokter tuurde langs de zuidoostelijke toren, maar het spoorwegkamp aan de rivier was die dag niet zichtbaar door de nevel. Wel kon hij in het zuidwesten de blauwe contouren van de Zwarte Heuvels zien, en de pagode van het boeddhistische klooster op een kleinere heuvel dichter bij de stad. Boven hem zweefden schapenwolkjes langs een blauwe lucht.

Het meest opvallende gebouw in het centrum van de stad, aan het marktplein, was de Confucius-tempel. Van deze afstand zagen de oranje, rode en groene dakpannen en de sierlijke dakranden er indrukwekkend uit. Van dichtbij was het allemaal een stuk minder fraai. Bij zijn laatste bezoek aan de tempel had hij de afbladderende verf gezien, de algehele verwaarlozing, de verzameling nietszeggende vergulde beelden in het rokerige halfdonker, monniken die doelloos tussen de brandende komforen door slenterden, mannen van alle klassen die lukraak ergens knielden in gebed of, wat vaker het geval was, rondlummelden, met elkaar kletsten en hun waren aan de man brachten. Woekeraars in de tempel waren kennelijk volkomen acceptabel, maar het Chinese geloof was dan ook in alle opzichten informeel en rommelig. Met een glimlach dacht hij aan de kleine, schone kerk die hij in Dumfries had achtergelaten.

Om de tempel heen stonden de koopmanshuizen, twee of drie verdiepingen hoog, onopmerkelijk qua architectuur, maar wel met keurige balkons met bloempotten, bonsaiboompjes en vogelkooien, en goed onderhouden grijze dakpannen. Op de begane grond waren winkels gevestigd. Sommige puien waren schitterend versierd met houtsnijwerk of verguld filigrein.

Straten waren genoemd naar een bepaald beroep – de schoenlappers- of pannenmakersstraat, en straten voor kleermakers en apothekers en de verkopers van porselein, grijsgroen celadon en het prachtige blauw-met-witte Jingdezhen dat uit het zuiden kwam. De dokter genoot ervan om hier te winkelen: het rinkelen van kraaltjes als je de winkel binnenkwam, de stoel die je kreeg aangeboden en het ritueel van het theedrinken, de theatrale presentatie van rollen zijde, de ene stof nog mooier dan de andere, het afdingen, de complimentjes, de zuchten, het kreunen, de blijdschap als er een voor iedereen eerlijke prijs werd bedongen. Hij hield ervan om te snuffelen in de boekwinkels en winkels met curiosa.

De rijkere kooplieden – zoals de handelaars in graan en zout, Delameres vriend Lu Jincai, de alkalikoning, Tang Dexin, eigenaar van de tinmijnen in de Zwarte Heuvels, Jin Shangui, de ondernemer – bezaten behalve hun winkels en pakhuizen ook luxueuze villa's in het zuidelijke deel van de stad, niet ver van de muur. Zelfs van deze afstand kon de dokter het groen van de tuinen op hun binnenplaatsen onderscheiden.

Soms nodigden deze kooplieden leden van de buitenlandse gemeenschap uit voor een banket ter ere van een huwelijk, of als een neef hoge cijfers had gehaald voor het keizerlijk examen. De hal van de voorouders werd dan met rode zijde versierd en in de rotstuinen stonden tafeltjes tussen de bloemen. Nellie worstelde bij dit soort gelegenheden lankmoedig met zeekomkommer en geroosterde schorpioenen, soep met vogelnestjes of kleine, in zijn geheel gebakken rijstvogels, af en toe een berenklauw of de bult van een kameel, en alle andere naamloze lekkernijen die haar werden voorgezet. Airton glimlachte. Arme Nellie.

Hij dacht terug aan zijn gesprek met de Mandarijn, aan diens geruststellende woorden. Airton verheugde zich erop om Frank Delamere te vertellen dat de geruchten over onrust ongegrond waren. Delamere was een goedgelovige kerel, besloot hij. Sommige oude rotten hadden jarenlang ervaring met China, en toch slikten ze de meest onzinnige verzinsels voor zoete koek.

Bovendien verkeerde Delamere vaak in slecht gezelschap. Hij dronk te veel en deed mee aan braspartijen met de kooplieden in dat vreselijke huis des verderfs, het Paleis van de Hemelse Lusten. Het was jammer dat de buitenlandse gemeenschap in Shishan zo klein was dat er geen behoorlijke club was waar de mannen 's avonds bij elkaar konden komen. Toch zou hij hem niet veroordelen. Delamere was weduwnaar en niet meer de jongste. Het was triest dat een man met zijn kwaliteiten en charme in een achterlijk gat als Shishan terecht was gekomen. Hij dankte de Voorzienigheid dat hij zelf met vrouw en kinderen was gezegend en daalde met veerkrachtige tred het pad naar de stad af.

Toevallig was Frank Delamere een van de eerste mensen die hij onder aan de heuvel tegenkwam. De dokter had de verleiding niet kunnen weerstaan om even op het bruggetje over de gracht uit te rusten. Hij plofte in zijn pak van stevig kamgaren, en het zweet liep in straaltjes langs zijn lichaam, dus had hij zijn lange zwarte jas en vest uitgedaan en waaierde hij zichzelf koelte toe met een zakdoek.

Het was een rustig plekje, en hij schrok dan ook toen hij zo informeel gekleed werd betrapt. Het was typisch iets voor Delamere; die man had de irritante gewoonte om altijd net het verkeerde te doen of te zeggen. Toen hij opkeek naar de stralende, blozende figuur in een blazer en witlinnen broek die zijn strohoed afnam, vrolijke bruine ogen twinkelend boven een bossige snor, ving hij de geur van cognac en sigaren op. Kennelijk had Delamere weer een copieuze lunch achter de rug.

'Op je paasbest, Airton?' zei Delamere met bulderende stem. 'Dat je niet smelt in dat pak! Zijn we soms bij de grote seigneur op de thee geweest? Wat had hij te zeggen?'

'Delamere,' begroette de dokter hem. 'Wat een verrassing. Ik had je niet verwacht in dit deel van de stad.'

'De oude Lu wilde me zijn nieuwe pakhuis laten zien, hier vlakbij. Zeg, Airton, ik heb geweldig nieuws. Raad eens? Mijn dochter komt!'

'Dochter? Waar?'

'Hier! Mijn kleine Helen Frances. Ik heb haar niet meer gezien sinds ze zó was. Nu moet ze een grote meid van een jaar of achttien zijn. Wie had dat ooit gedacht? Ze komt helemaal naar China om d'r ouwe heer op te zoeken! Sorry, kerel, zal ik je even helpen met die jas?'

'Ik kan me heel goed redden, bedankt,' zei Airton zuinig. Toen drong het tot hem door wat Delamere hem net had verteld. 'Maar mijn beste kerel, dat is goed nieuws! Ik wist niet eens dat je een dochter had.'

'Ja, daar sta je van te kijken, hè? Als ze op haar moeder lijkt moet ze een schoonheid zijn, al zeg ik het zelf. Ik heb haar niet meer dan een paar keer gezien sinds haar moeder in 1882 in Assam aan de cholera overleed. Ik heb haar als baby ondergebracht bij haar tante in Sussex, weet je. Het was beter dat ze daar opgroeide dan met zo'n oude schavuit als ik. Ik ben niet opnieuw getrouwd...' Een ongebruikelijke wolk van melancholie leek over zijn trekken neer te dalen. 'Maar daar gaat het nu niet om.' Zijn gezicht klaarde op. 'Ze komt, Airton! Mijn kleine meisje komt naar Shishan! Ik kreeg het bericht vanochtend.'

Airton glimlachte naar zijn dolblije metgezel. 'Dat moeten we vieren,' zei hij. 'Nellie zal in de wolken zijn als ze het hoort. Welke kant loop je uit, Delamere? Je moet me er meer over vertellen.'

Naast elkaar kuierden de twee mannen door een steegje tussen huizen met lemen muren. Ze woonden allebei al zo lang in Shishan dat ze gewend waren aan de stank van open riolen, en zonder erbij na te denken ontweken ze het afval, de stront en de ondefinieerbare slijmerige plassen die een wandeling door deze arme wijk een beproeving maakten.

Even later bereikten ze de hoofdstraat, waar ze met het kabaal en de chaos van het dagelijkse leven in Shishan werden geconfronteerd.

Muildieren, zwoegend met enorme bundels stof of zakken graan, draafden door de modderige straat, opgezweept door muilezeldrijvers die zelfs in de zomerhitte hun karakteristieke bontmutsen droegen. Van de andere kant kwamen boerenkarren met houten wielen, beladen met groente, ganzen of varkens. De voermannen van de karren schreeuwden verwensingen naar elkaar.

Koelies navigeerden door deze heksenketel met emmers die aan lange palen over hun schouder hingen, of ze gingen gebukt onder meubelstukken. Een man wankelde onder het gewicht van drie houten stoelen, een tafel en een lamp, die als een piramide boven hem uit torende. Een koopmansvrouw die boodschappen had gedaan, hield een zakdoek tegen haar neus gedrukt in een schommelende draagstoel met twee potige dragers. Venters en groenteverkopers zaten op matten langs de kant van de straat en prezen luidkeels hun waren aan. Sjofele kinderen plaagden een blinde bedelaar. Een barbier schoor het hoofd van een jonge student die met zijn lange vlecht om zijn nek gewikkeld en zijn neus in een boek op een kruk zat. Net als de buitenlandse dokter en de alkalihandelaar, die opgingen in hun gesprek, lette hij niet op het pandemonium om hem heen.

Frank Delamere moest zijn stem verheffen om zich verstaanbaar te maken en legde de dokter uit dat zijn dochter niet op een beter moment naar China had kunnen komen. Zijn zus, die een kattenbelletje bij de enthousiaste brief van zijn dochter had gedaan, schreef dat het meisje haar al sinds ze van school af was had gesmeekt om haar mee te nemen naar haar vader. Zijn zus was wel bereid geweest om de tocht te maken, ondanks haar artritis en zeeziekte, maar toen ze contact opnam met het hoofdkantoor van zijn firma in Londen had ze tot haar opluchting vernomen dat zijn toekomstige assistent op het punt stond om de overtocht uit Engeland te maken. Ze had de jongeman ontmoet en was tot de conclusie gekomen dat deze keurige, verstandige jongen, die bovendien niet onverdienstelijk cricket speelde, de perfecte chaperon voor haar nichtje was.

'Een jongeman als chaperon?' vroeg de dokter met opgetrokken wenkbrauwen.

'Doe toch niet zo ouderwets,' zei Delamere. 'Je kunt het je tegenwoordig niet permitteren om conservatief te zijn. We staan op de drempel van de twintigste eeuw, man. Bovendien heb ik het volste vertrouwen in Rosemary's mensenkennis, en ik heb niets dan goeds over de jonge Cabot gehoord. Dit wordt zijn tweede bezoek aan China. Hij is al eens in Nanchang geweest, en de oude Jarvis was vol lof over hem. Noemde hem iemand met een goed stel hersens, zo iemand die al op zijn twintigste middelbaar is, als je snapt wat ik bedoel. Enorm betrouwbaar. Niet iemand om handtastelijk te worden of matig te presteren.'

Hij trok de dokter aan zijn arm opzij omdat ongeladen kamelen in volle galop door de straat kwamen, aangespoord door een lachende man op een pony.

'Stomme idioot,' mopperde hij, maar het volgende moment lachte hij uitbundig en gaf hij Airton een gemoedelijke klap op zijn rug. 'Eindelijk zie ik mijn kleine meisje weer!' riep hij uit. 'Na zes jaar!'

'Ik ben erg blij voor je,' zei de dokter. 'Je had me trouwens niet verteld dat je een assistent wilde nemen.'

'O nee? Ach, ik word een dagje ouder en het wordt tijd om een opvolger op te leiden. Wie weet, over een paar jaar hou ik er misschien wel mee op en ga ik terug naar Engeland, voordat mijn lever er de brui aan geeft.'

'De toestand van jouw lever is niet iets om grapjes over te maken,' zei Airton glimlachend. 'Laat me je handen eens zien. Kijk nou eens naar die bruine vlekken.'

'Kom op, dokter, geen gepreek. Dit is een feestelijke dag. Ik verwacht haar al heel snel, weet je. De brief was van... even nadenken... twee en een halve maand geleden, en de P&O zou binnen enkele dagen vertrekken. Ze moet nu al op de Indische Oceaan zijn, of zelfs al in de buurt van China. Ik vraag me af hoe ze eruitziet. Haar moeder was een schoonheid. Heb ik je dat weleens verteld?'

'Ja, daarnet nog.'

'Ach ja. Clarissa was de dochter van een theeplanter, en ik was daar maar een eenvoudige opzichter. We zijn in 1880 getrouwd. Ik heb nooit begrepen wat ze in me zag. Ze was zo... zo mooi en eigenzinnig en pittig. Haar vader wilde me er een keer van langs geven met de zweep, maar zij kwam tussenbeide. Ik zal nooit vergeten hoe ze daar stond, hoe ze met gloeiende wangen haar haren naar achteren schudde. Zo gebiedend. Haar vader was niet tegen haar opgewassen. Ik ook niet. Niemand. Ze eiste dat we elkaar de vijf gaven en de strijdbijl begroeven. Een jaar later huilden we samen aan haar sterfbed...'

Hij snufte luid. 'Neem me niet kwalijk, ik heb al heel lang niet meer aan die tijd gedacht. Vreselijk was het. Haar vader en moeder stierven ook aan cholera, en ik bleef in dat grote lege huis achter met een baby, en met bedienden die me met grote witte ogen in donkere gezichten aankeken en vroegen wat ze met alle doden moesten doen. En ik verdroeg het niet om naar dat kleine meisje te kijken, het enige dat me nog herinnerde aan... Pas toch op, kerel, zie je die kar dan niet? Je vindt het toch niet erg om erover te praten? Af en toe word ik een beetje sentimenteel. Trek het je niet aan... Vertel me eens, hoe was het bij de Mandarijn?'

Airton had Delamere nog nooit zo emotioneel gezien. De grote man keek glimlachend op hem neer, zijn ogen vochtig in een zonverbrand gezicht, en er liep een glinsterende streep over zijn wang. Even zag hij er bijna nobel en zachtaardig uit, en hij leek volkomen misplaatst in die drukke straat.

De dokter vatte zijn gesprek met de Mandarijn samen, en Delamere luisterde aandachtig, zijn wenkbrauwen gefronst.

'Dus die ouwe bok ontkent dat er geheime genootschappen bestaan,' zei hij na een tijdje, 'en mijn karavaan is aangevallen door een bejaarde boer en niet door IJzeren Man Wang. Majoor Lin gaat zeker bramen plukken in de Zwarte Heuvels?'

'Je overdrijft schromelijk, m'n beste. De Mandarijn probeerde ons gewoon gerust te stellen. Geloof je hem soms niet?'

'Hmmm. Jij bent hier degene die een wit voetje heeft bij de hoogste machthebber. Als jij zegt dat alles jofel is, vind ik het allang best. Ik heb je gewoon verteld wat die oude Lu laatst allemaal uitkraamde, maar die man windt zich altijd wel ergens over op. Wie weet wat Jantje Chinees allemaal uitspookt? Hoe dan ook, mij kan 't niet bommen. M'n dochter komt.'

Airton verwachtte een nieuwe klap op zijn rug. Hij wist niet wat hij liever had, een uitgelaten Delamere of een melancholieke, dronken Delamere. Een nieuwe blijk van genegenheid bleef hem echter bespaard aangezien zijn metgezel plotseling bleef staan en vooruit wees.

'Als je het over de duivel hebt...' Hij lachte. 'Volgens mij komt het

Hemelse Leger eraan. Majoor Lin en zijn heldhaftige grenadiers!'

'Doe me een lol en hou je in.' De dokter liep rood aan bij de herinnering aan de vorige keer dat hij en Delamere Lin langs hadden zien rijden. Wat had hij zich geschaamd toen hij diens wangedrag later aan de Mandarijn probeerde uit te leggen. De Mandarijn had het incident amusant gevonden, maar hij betwijfelde of majoor Lin het Delamere ooit zou vergeven dat hij het leger ten overstaan van een juichende menigte belachelijk had gemaakt door met zijn dronken kop voor hen langs te paraderen als een generaal uit een goedkope klucht. Al moest hij toegeven dat het leger iets van een operettegezelschap had en dat Lins poging om dit zootje ongeregeld het aanzien van een modern leger te geven inderdaad een beetje lachwekkend was.

Vloekend en tierend dreven de muildierdrijvers hun dieren naar de kant van de weg. Majoor Lin reed op een witte Mongoolse pony voor de kleine colonne uit. Hij was voor de gelegenheid gekleed in een opzichtig uniform met grote epauletten, door hemzelf ontworpen, en een sjako met witte veren. Zilveren sporen glinsterden op zijn glimmende zwarte laarzen.

Zijn manschappen droegen blauwe tunieken met koperen knopen en grijze petten. Het effect werd tenietgedaan door traditionele Chinese beenwindsels en schoenen van vilt, en de parasol die aan de rugzak van elke soldaat was gebonden. De eerste twintig mannen waren gewapend met redelijk moderne karabijnen van Chinese makelij, maar de rest moest het doen met antieke musketten en voorladers die misschien nog wel uit de Opiumoorlog dateerden.

Toch was de dokter onder de indruk van de ernst en het enthousiasme waarmee de mannen marcheerden, al ging het zwaaien met de armen en het schoppen van de benen niet synchroon. Een korporaal blafte bevelen. 'Yi! Er! Yi! Er! Een! Twee! Een! Twee!'

Majoor Lin zat kaarsrecht op zijn paard, met een grimmige uitdrukking op zijn benige, knappe gezicht. De dokter wist van de Mandarijn dat Lin tijdens de recente Chinees-Japanse oorlog krijgsgevangen was gemaakt en bewondering had gekregen voor de militaire technieken van de Japanners. Kennelijk probeerde hij hun voorbeeld te volgen. Toch was duidelijk dat Lin geen soldaatje speelde, hoe komisch zijn legertje er ook uitzag.

'Moet je dat nou zien,' zei Delamere. 'Geef het nou toe, Airton. Een soldaat kan niet hemels zijn.'

'Gedraag je,' siste de dokter. Majoor Lin reed net langs hen. Hij draaide zijn hoofd opzij en staarde hen ijzig aan. Door zijn kleine ogen en hoge jukbeenderen leek hij net een havik. Hij was halverwege de dertig, maar zijn gezicht had iets jongensachtigs, ondanks het wrede glimlachje om zijn mond. De dokter nam zijn hoed af en Lin gaf zijn paard de sporen. Vervolgens kwam ook de rest van de colonne voorbij.

'Wat kijkt die vent toch sinister uit zijn ogen,' zei Delamere toen ze verder liepen. 'Een van Madame Liu's meisjes vertelde me dat hij hen slaat. Sorry,' voegde hij er lachend aan toe. 'Je vindt het vervelend als ik over het Paleis van de Hemelse Lusten praat, hè?'

'Inderdaad,' beaamde de dokter. 'En nu je dochter komt, zou je eens verandering moeten brengen in die slechte gewoontes van je. En dan heb ik het niet alleen over de drank.'

'Ik kan niet ontkennen dat je gelijk hebt. Helen Frances mag vooral niet denken dat haar ouweheer een losbol is. De verantwoordelijkheden van een vader en zo. Denk je echt dat ik mijn leven kan beteren?'

'Ik betwijfel het.'

'Ik ook. Nou, ik hoop dat ze behalve het uiterlijk van haar moeder niet ook haar opvliegendheid heeft geërfd.'

Zwijgend liepen ze verder naar het marktplein, waar zich voor de tempel een menigte had verzameld. Handwerkslieden in blauwe pyjama's lachten en gebaarden. Heren in bruine gewaden met zwarte vesten keken nieuwsgierig toe. Boven het geroezemoes van stemmen uit konden ze een trombone horen, die het bekende 'Onward Christian Soldiers' speelde. Tussen de hoofden door zagen ze een grote blonde man, die samen met een vrouw en meerdere kinderen stond te zingen.

Delamere kreunde. 'Sorry, beste kerel, ik ga ervandoor. Dit is wel het laatste waar ik vandaag behoefte aan heb, die vreselijke Millwards die de heidenen proberen te bekeren.'

'Erg veel succes hebben ze er niet mee,' merkte de dokter op. 'Tot mijn schande moet ik toegeven dat ik je mening over de Millwards deel. Toch moeten we vriendelijk blijven.'

'Wees jij maar vriendelijk. Ik vind die lui een aanfluiting voor de menselijke soort.'

'Voor de waardigheid van de blanken, wellicht,' gaf Airton toe, 'maar ze bedoelen het goed. Zeg, Delamere, ik ben echt geweldig blij voor je, en ik weet zeker dat Nellie het erg gezellig zal vinden dat je dochter komt. Er is altijd werk voor haar in het ziekenhuis, als ze wil. Laat ons een etentje voor haar organiseren, voor haar en die... Cabot, is het niet?'

'Ja, Tom Cabot.'

'Zodra ze in Shishan aankomen. Nellie kan pianospelen en dan vraag ik of Herr Fischer zijn viool meeneemt. We maken er een dolle avond van. Wat zeg je ervan? We moeten de nieuwkomers warm onthalen.'

'Bedankt, Airton. Ik verheug me erop.' Delamere grijnsde breed. 'Ik kan het nog steeds niet geloven, weet je. Mijn dochter komt!' En weer snakte de dokter naar adem na een krachtige klap op zijn rug.

Met tegenzin liep hij in de richting van de Millwards. Als zendeling-arts richtte hij zich eerder op het genezen van lichamen dan op het redden van zieltjes, maar hij voelde toch een zekere verbondenheid met zijn evangelische collega's, zelfs al waren ze van een andere gezindte. De Millwards waren Amerikaanse congregationalisten die drie jaar geleden waren aangekomen uit New Jersey. In de ogen van de dokter waren ze totaal niet voorbereid op hun taak, er zelfs niet geschikt voor. Hij wist niet eens of ze wel door een organisatie werden gesteund, want ze leken nooit geld of post te ontvangen. Voor zover Airton wist leefden ze van aalmoezen van het boeddhistische klooster, een buitengewoon gênante gang van zaken.

Professioneel waren ze niet, maar idealistisch des te meer. Septimus Millward was een lange man van tegen de veertig, met een smal, humorloos gezicht en een ronde bril met dikke glazen. Ronde brillen met dikke glazen leken wel het handelsmerk van dit gezin. Zijn vrouw, Laetitia, en drie van hun acht kinderen droegen ook een bril – hoe jonger het kind, des te dikker de glazen. Door al die brillen zag het gezin er nog excentrieker uit, vond de dokter.

En ze zagen er al zo vreemd uit. Bij hun komst had Septimus al hun westerse kleren verbrand, zelfs hun schoenen, en het hele gezin uitgedost in Chinese gewaden, kennelijk omdat hij dacht dat ze dan sneller geaccepteerd zouden worden. Hij had de voorkant van zijn hoofd geschoren en droeg zijn dunne gele haar in een vlecht. Het effect was nogal merkwaardig omdat hij wel zijn volle westerse baard had behouden.

Zijn oudste zoon, Hiram, een zuur kijkende jongen van een jaar of veertien, vijftien, droeg ook een vlecht. Airton zag dat het Hiram was die op de trombone speelde, niet eens onverdienstelijk, al trok hij een gezicht als een oorwurm. Wie kon het hem kwalijk nemen met zo'n vader? Wel was hij onder de indruk geraakt van Hirams intelligentie. In tegenstelling tot zijn vader, die preken hield in een beschamend koeterwaals, sprak hij vloeiend Chinees. De dokter had weleens gezien dat hij met jonge boefjes omging. Het was een wonder dat de jongen niet wegvluchtte uit het ouderlijk nest.

En wat voor nest! Airton was een keer bij het gezin thuis geweest. Elke Chinese boer zou zich hebben geschaamd voor de smerige, armoedige gribus, en toch liet Millward daar zijn eigen kinderen opgroeien en ook baby's die te vondeling waren gelegd en andere in de steek gelaten kinderen. Airton wist dat het de plaatselijke bevolking wantrouwig maakte, maar hij kon moeilijk voorkomen dat de Millwards levens redden.

Nellie en hij deden wat ze konden om het gezin te helpen. Nellie maakte zich zorgen om de kinderen en liet soms warme maaltijden brengen. Septimus leek te vinden dat hij recht had op deze liefdadigheid. Nellie had Laetitia een keer gevraagd of ze in het ziekenhuis wilde werken. Haar man had voor haar geantwoord dat ze daar geen tijd voor had; er moesten zielen gered worden, dat was veel belangrijker dan het genezen van lichamelijke kwaaltjes. Dit ging zelfs Nellie te ver, en dus had ze hem eens flink de waarheid gezegd. Niet dat het had geholpen. Septimus had zijn hele gezin laten knielen om voor haar te bidden.

Het gezang kwam ten einde toen Airton de rand van de menigte bereikte. Laetitia's schrille stem stierf als laatste weg. Septimus begon met zijn preek en er viel een verbaasde stilte omdat de toehoorders probeerden te begrijpen wat hij zei. Normaal gesproken had Septimus een niet onplezierige stem, maar als hij Chinees probeerde te spreken zette hij een falset op die klonk als een valse viool. Hij gebruikte zelden de juiste woorden, zijn grammatica rammelde, en de tonen waren bijna altijd de verkeerde. Aangezien de tonen de betekenis van de woorden bepaalden, produceerde hij de raarste zinnen. Zelfs de dokter begreep nauwelijks waar hij het over had.

'Jezus' oudere broeder en kleine zus,' begon Septimus. Waarschijnlijk bedoelde hij: 'Broeders en zusters in Jezus'. 'Ik breng goede vragen. U gaat allen dood. Maar Jezus heeft oude wijn voor u. Ja, het is waar. Hij zal u tot Gods varkens brengen. Maar eerst moet u vergiffenis vragen aan uw rovers. De bijbel zegt dat u goed moet zijn, dus u moet het huis van de inkt verlaten.' Met streng gefronste wenkbrauwen wees hij op de tempel achter hem, waar twee dikke *bonzes* – boeddhistische priesters – in hun saffraangele gewaden vanuit de deuropening naar hem glimlachten. 'Daar!' riep hij. 'Daar is het inkthuis!' (*Moshui*? Inkt? Het duurde even voordat Airton besefte dat hij *Mogui* bedoelde, duivel.) 'Maar ik zal u leren de harten van kleine kinderen te eten,' krijste Septimus, 'en Jezus zal uw wijn drinken! Hoed u, het geld van de rovers is zijde!'

De meeste mensen glimlachten geamuseerd, maar Airton zag hier en daar ook vijandige blikken. Septimus sloeg wartaal uit, maar zijn bedoeling was duidelijk. Hij was pal voor de tempel gaan staan en zijn boze gebaren naar de priesters lieten geen ruimte voor twijfel. De dokter wilde dat de Millwards voor een minder provocerende aanpak zouden kiezen. Bovendien kon Septimus' mallepraat verkeerd worden uitgelegd. Het eten van kinderharten was een buitengewoon ongelukkige verspreking.

'Er was een man die Samson heette,' vervolgde Septimus. 'God maakte hem lang. Hij doodde de soldaten van de koning met de tanden van een hert. Hij at leeuwenvlees met honing. Ze brachten hem naar de slechte tempel en bonden hem vast aan een boom. Toen viel hij van het dak. Ja,' beklemtoonde hij, 'hij viel van het dak. God zij geloofd en geprezen.'

Een jonge handwerksman met ontbloot bovenlijf en een lange vlecht danste naar Septimus toe en begon zijn gebaren en stem te imiteren. 'Gilly gooloo gilly gooloo gilly gooloo!' riep hij in Septimus' gezicht. Septimus deed een stap opzij, en de jongen ook. 'Gilly gooloo! Gilly gooloo!' Septimus begon te zweten van kwaadheid en verhief zijn stem. De komediant knipoogde naar zijn vrienden in de menigte en overstemde hem. 'Gilly gooloo!'

De toeschouwers gierden van het lachen. Een oude dame naast Airton liet zich op de grond zakken en wiste de tranen uit haar ogen. Zelf kon hij zijn lachen nauwelijks inhouden, hoewel hij tegelijkertijd geschokt naar het tafereel stond te kijken. Laetitia trok haar drie kleinste kinderen beschermend tegen zich aan. Mildred, een van de oudere meisjes, was duidelijk bang en staarde met grote ogen door haar dikke brillenglazen. Hiram trok een vreemde grimas en zijn schouders schokten. Toen hield hij het niet langer vol en barstte hij in lachen uit. De trombone gleed uit zijn handen en viel kletterend op de grond.

Septimus staakte zijn preek en draaide zich met ogen die vuur schoten om naar zijn zoon. 'Duivelsgebroed!' krijste hij. 'Hoe durf je iemand uit te lachen die het werk van de Heer doet?' Hij sloeg Hiram hard in zijn gezicht, en nog een keer, even hard, op de andere wang. 'Op je knieën!' brulde hij. 'Bid om vergiffenis!' Hiram huilde, maar gaf zich niet gewonnen. De meute viel stil. Laetitia knielde en trok haar kinderen mee, en allemaal bogen ze hun hoofd en hielden ze hun gevouwen handen tegen hun voorhoofd. 'Bid, jongen, bid!' riep Septimus met zijn donkere stem, en ook hij liet zich op zijn knieën vallen. Met zijn gezicht omhoog begon hij het onzevader op te zeggen. De jonge komediant bleef nog even aarzelend staan en liep toen terug naar zijn vrienden, die hem lachend en joelend begroetten.

'Onze Vader die in de hemelen zijt, uw naam worde geheiligd...'

'Ik haat je!' gilde Hiram door zijn tranen heen.

'Vergeef ons onze schulden en leid ons niet in verzoeking...'

'Ik loop weg, vader,' riep Hiram in paniek. 'Ik loop weg. Echt waar.'

'Want Uwer is het koninkrijk en de kracht en de heerlijkheid...'

Hiram slaakte een laatste wanhopige snik en wees op zijn vader. 'Moge God je vervloeken. Ik kom nooit meer terug, nooit meer!' Het volgende moment dook hij weg, de menigte in.

'... in der eeuwigheid. Amen,' zeiden de Millwards in koor.

'Hiram! Hiram!' riep de dokter, maar het duurde even voordat hij zich door de verbluffte menigte had gewurmd, al waren er ook mensen die vol walging wegliepen. Tegen de tijd dat hij het open plein had bereikt, was de jongen rond een *pailou* gerend en in een steegje tussen twee huizen verdwenen.

Airton voelde zich om de een of andere reden vernederd door het incident. Hij was bezorgd om de jongen en wat hem kon overkomen, en woedend op Septimus Millward. Die man was een gesel. Hij had een negatief en mogelijk gevaarlijk effect op de reputatie van het christendom, en op de hele buitenlandse gemeenschap. In de ogen van de gewone man was hij een clown, maar anderen legden zijn abracadabra misschien wel als hekserij uit. Hij was ongehoord wreed voor zijn gezin, en de macht die hij over hen had was onnatuurlijk. De Millwards zaten nog steeds geknield op de grond, maar de menigte verspreidde zich nu het spektakel voorbij was. Iemand had een ei naar Septimus gegooid, en er droop eigeel uit zijn baard.

'Millward,' riep Airton, 'luister naar me, man.'

Het was alsof Septimus hem niet hoorde.

'Millward, beheers je een beetje. Wat ga je aan je zoon doen?'

Septimus opende zijn ogen en staarde Airton uitdrukkingsloos aan. '"Indien dan uw rechteroog u tot zonde zou verleiden, ruk het uit en werp het van u,"' zei hij koud. 'Ik zal voor hem bidden.'

'In godsnaam, man, denk toch na. Hiram is nog maar een jongen.'

'Hij heeft het huis van God verlaten, dokter. Als hij terugkomt en berouw toont, zal ik zeker het gemeste kalf slachten en feestvieren met de verloren zoon. Tot dan is hij mijn zoon niet meer.'

'In 's hemelsnaam!' Die man was niet voor rede vatbaar. 'Mrs. Millward? Laetitia?' smeekte hij.

Haar brillenglazen waren beslagen door haar tranen, maar ze sprak kalm. 'Mijn man heeft gesproken, dokter. Ik laat me door hem leiden. Ik zal ook bidden dat de duivel mijn zoon laat gaan.' Haar laatste woorden eindigden in een gesmoorde snik. Mildred sloeg een arm om haar moeder heen en keek de dokter verwijtend aan.

'Laat ons met ons verdriet alleen, dokter,' zei Septimus. 'U kunt niets voor ons doen.'

'Ik kan in elk geval proberen of ik je zoon kan vinden.' Airton wilde geërgerd weglopen, maar draaide zich toch nog een keer naar Septimus om, zoekend naar woorden. 'Als ik hem vind, neem ik hem mee naar mijn ziekenhuis,' zei hij, al klonk het slap. 'Denk toch aan jullie ouderlijke plicht.' Hij liet het gezin in gebed verzonken achter.

De jonge komediant die Septimus had nagedaan stond nog steeds te kijken met zijn vrienden, en hij trok een gezicht naar de dokter toen hij langsliep.

Airton bleef staan. 'Bespaar me je grollen, brutale nakomeling van een mislukte schildpad. Ga opzij, stinkende zoon van een muildier en een blinde slang.'

De jongeman grijnsde breed om deze scheldkanonnade in vloeiend Chinees. '*Ta made!*' vloekte hij. 'Een van die bleekscheten kan toch een fatsoenlijke taal spreken!'

En tot Airtons grote ergernis kreeg hij die dag voor de derde keer een klap op zijn rug. Kwaad duwde hij de man opzij, en hij liep verder, onder de *pailou*, de erepoort, aan de zuidkant van het plein door, en via de hoofdstraat naar de stadspoort.

Het ziekenhuis en de dokterswoning lagen ongeveer drie kilometer buiten de stad, op een kleine heuvel boven de tarwevelden. Oorspronkelijk had hier het huis van een rijke boer gestaan, en de dokter had er in het jaar van de pest een provisorisch herstellingsoord van gemaakt, ver weg van de giftige dampen in de stad. Sinds die tijd was het altijd een ziekenhuis gebleven. Door de jaren heen waren de lemen hutten vervangen door bescheiden percelen van baksteen rond drie onderling met elkaar verbonden binnenplaatsen. Hij had de rieten daken door grijze dakpannen laten vervangen en de ramen vergroot, met glas in de rode kozijnen. Nellie had bomen en bloemen geplant op de binnenplaatsen. In de lente gonsden er bijen tussen de azalea's en de kersenbloesem, en in de zomer fladderden er mussen en tjirpten de krekels in de platanen. Altijd hing er een vredige, landelijke sfeer. De kamers waren licht en schoon, met houten vloeren en witte muren. Zuster Caterina, een van de twee nonnen die voor Airton werkten, zei dat het kleine ziekenhuis haar deed denken aan het klooster in haar geboorteplaats in Toscane.

De gebouwen rond de eerste binnenplaats bestonden uit een grote voorraadkamer, een apotheek en de polikliniek. Elke ochtend opende zijn Chinese assistent Zhang Erhao de poort, en namen de zieken geduldig plaats op de houten banken bij Nellies favoriete dwergspar, of in de winter rond de kolenkachel in de voorraadschuur. Er kwamen niet alleen stadsmensen met hun zweren, kiespijn en jicht, maar ook boeren van verder weg. Vaak hadden ze de hele nacht gelopen, of hadden familieleden hen getrokken op handkarren als ze te ziek waren om zelf te kunnen lopen. Deze grofgebouwde boeren, met hun brede, verweerde gezichten zaten urenlang flegmatiek te wachten, zelfs als ze crepeerden van de pijn, totdat de buitenlandse dokter tijd voor hen had. Ze gingen zelden ontevreden weg, hoewel de dokter zich er zelf van bewust was hoe weinig hij kon doen met het beperkte assortiment medicijnen en verbandmiddelen. Bovendien zou hij hun armoede nooit kunnen genezen.

In het hoofdgebouw bevond zich de kapel. Elke avond verzamelde zich daar om halfzeven een kleine gemeente voor het avondgebed, en werden er in het Chinees vertaalde psalmen gezongen. De binnenplaats daarachter, met drie ziekenzalen, was het domein van de twee energieke Italiaanse nonnen, zuster Caterina en zuster Elena, allebei tegen de dertig. De twee in wit habijt geklede vrouwen hadden sinds het begin de verzorging van de bedlegerige patiënten op zich genomen, en zelfs Nellie bemoeide zich zelden met hun kleine koninkrijk.

Oorspronkelijk waren de nonnen naar Shishan gekomen om pater Adolphus te helpen, een geleerde jezuïet die met zijn grijze baard wel een heilige leek, en al zo lang in Shishan woonde dat niemand meer wist wanneer hij was gekomen. Helaas was ten tijde van hun komst de pest net uitgebroken, en pater Adolphus was een van de eerste slachtoffers geweest.

Airton had de twee nonnen in een van de zwaarst getroffen wijken aangetroffen, waar ze de kinderen verzorgden die wees waren geworden doordat hun ouders aan de ziekte waren bezweken. Na de epidemie had hij het hoofd van hun missie in Rome geschreven, hun werk en opofferingsgezindheid geprezen, en gevraagd of ze bij hem mochten blijven totdat er een vervanger voor pater Adolphus was gevonden. Sindsdien waren ze altijd gebleven.

Eén keer per jaar gingen ze met Pasen naar Tientsin voor de heilige communie en de biecht, maar verder woonden ze bij Airton als leden van zijn gezin, en namen ze zelfs deel aan de diensten in de kapel. Het waren allebei simpele, opgewekte zielen. De vrolijke lach van zuster Elena was even onlosmakelijk met het ziekenhuis verbonden als de geur van carbol en jodium.

Ze woonden in een vleugel van de derde binnenplaats. Daar waren ook een slaapzaal en een school voor de weeskinderen met wie ze tijdens de epidemie vriendschap hadden gesloten. Sommige oudere kinderen hielpen in het ziekenhuis.

Airton en Nellie en hun kinderen woonden met hun bedienden, Ah Lee en Ah Sun – een Kantonees echtpaar dat al voor de dokter zorgde sinds hij vijftien jaar daarvoor naar China was gekomen – in een geel gepleisterde bungalow, een klein eindje lopen bij het ziekenhuis vandaan. Het was een groot huis, omringd door een goed onderhouden tuin en een houten hek. De zitkamer en eetkamer zouden in hun geboorteplaats Edinburgh niet hebben misstaan. Op eigen kosten had Airton meubels en familieportretten laten verschepen, tegelijk met behang, Sheffield-bestek, gordijnen, Nellies piano, en haar grote trots, een modern, gietijzeren fornuis uit Birmingham, dat het huis heerlijk warm hield in de winter en op elk gewenst moment warm water leverde.

De dokter hield van zijn huis, van de geur van de geboende houten vloeren, van het aroma van bacon en warme toast met boter als hij opstond, het gebabbel van de kinderen in de kinderkamer, de heerlijke rust in zijn werkkamer. Toch leken de lange witte gangen sinds een jaar akelig leeg. Hij miste zijn oudere kinderen enorm. Edmund van veertien en zijn drie jaar jongere zus Mary waren de vorige zomer teruggegaan naar Schotland, begeleid door een bevriend echtpaar uit Tientsin. Nu zaten ze op een kostschool in Dundee.

Nellie en Airton wisten allebei dat Jenny en George, nu tien en acht jaar oud, op een dag zouden volgen, maar voorlopig gingen ze nog naar school met de weeskinderen. De dokter grapte vaak dat Nellie, hoe dol ze ook op de twee nonnen was, bang was dat haar kinderen zich door hun lessen tot het katholicisme zouden bekeren en dat ze daarom de bijbellessen wilde bijwonen. Nellie glimlachte erom, maar het glimlachje was een tikkeltje wrang omdat er wel degelijk een kern van waarheid in school.

Toen Airton tegen de avond thuiskwam, was hij moe, prikkelbaar en bezweet door de hitte. Hij verlangde naar een bad. Het was een frustrerende middag geweest. Zodra hij terug was uit de stad had hij Zhang Erhao en een aantal anderen opgedragen om een zoektocht naar Hiram op touw te zetten. Zhang was onwillig geweest en het had de dokter moeite gekost om hem te overreden.

Vervolgens was zuster Elena hysterisch naar hem toe gekomen omdat de helft van de nieuwe zending verband door motten was opgevreten, en hij had haar met moeite tot bedaren weten te brengen. Daarna had hij een gecompliceerde operatie uitgevoerd bij een voerman wiens been tussen twee karren bekneld was geraakt.

Aan het eind van de middag was Zhang Erhao eindelijk teruggekeerd, met de mededeling dat Hiram spoorloos was verdwenen. Hij was gezien toen hij de stad verliet en samen met zijn criminele vriendjes in de richting van de Zwarte Heuvels liep. Zhang had triest zijn hoofd geschud en het doorsnijden van een keel nagedaan. 'IJzeren Man Wang,' fluisterde hij. 'Heel slecht.' Airton had tegen deze voorbarige conclusie geprotesteerd, waarop Zhang breed was gaan grijnzen. 'Misschien eist hij eerst losgeld,' zei hij, 'en snijdt hij pas daarná zijn keel door!' De dokter had hem opgedragen om een lantaarn te halen en desnoods de hele nacht door te gaan met zoeken. Zhang was grinnikend weggegaan. Hij had de dokter expres geërgerd om hem betaald te zetten dat hij zo'n vervelend karwei moest opknappen.

Airton liet zich in zijn leunstoel zakken en pakte dankbaar een glas whisky aan van Ah Lee. Nellie zat aan haar tafel naaiwerk te doen maar glimlachte naar hem met een draadje tussen haar tanden. Hij glimlachte terug. Wat was ze toch een knappe vrouw, met haar roodbruine haar opgestoken boven een hoog voorhoofd, haar wilskrachtige kaak en helderblauwe ogen. Ze begon lichte tekenen van ouderdom te vertonen – haar dat begon te grijzen bij haar slapen, wangen en een neus die een rodere kleur hadden gekregen, rimpels bij haar mond die misschien wat harder werden – maar haar bewegingen waren soepel en haar rug was kaarsrecht. Met haar lengte en brede schouders bezat ze een natuurlijke statigheid.

Hij viste zijn horloge uit zijn vestzak. Hij had een halfuur om zich te ontspannen voordat ze naar de kapel moesten. Op dat moment wilde hij niet aan vervelende dingen denken, dus besloot hij nu nog niet over Hiram te beginnen. Zij zou erger van streek zijn dan hij. In plaats daarvan vertelde hij haar van zijn ontmoeting met Frank Delamere en de op handen zijnde komst van Helen Frances.

'Ik hoop dat ze niet zo'n moderne jonge vrouw is,' zei Nellie.

'Wees nou toch gewoon blij,' verzuchtte de dokter. 'Ik heb een el lendige dag gehad en dit is het enige goede nieuws dat ik vandaag heb gehoord.'

'Arme jij,' zei Nellie. 'Ik dacht dat je het juist leuk vond om bij die moordzuchtige oude Mandarijn op bezoek te gaan.'

Airton had geen zin om uit te leggen waarom hij in zo'n slecht humeur was. Somber nam hij een slok whisky, en hij probeerde te bedenken wat hij over een halfuur in de kapel zou gaan zeggen. Hij dacht aan de vreselijke preek van Septimus en de idiote opmerking over Samson, en begon te grinniken. 'Hij viel van het dak!'

'Wat zei je, schat?'

'Niets, liefje. Ik probeer een tekst voor vanavond te bedenken. Wat vind je van Richteren? Het verhaal over Samson, misschien. "Spijze ging uit van de eter, en zoetigheid van de sterke."'

'Als je nog steeds aan Mr. Delamere en zijn dochter denkt, lijkt me dat zeer ongepast. Ik kan me niet voorstellen dat er van die oude leeuw zoetigheid uitgaat, hoe knap de jonge Helen Frances ook moge zijn.'

'O, Nellie, wat ben je toch gemeen,' zei Airton. 'En je hebt dat meisje nog nooit gezien!'

Maar ze lachten allebei. Nellie stond op en gaf haar man een vluchtig kusje op zijn wang. De deur vloog open en de kinderen stormden de kamer binnen. Het volgende moment veranderde de hele familie Airton in een kluwen van ledematen.

HOOFDSTUK 2

We bidden in de tempel om regen, maar nog steeds
blakert de zon de dorre velden.

Het Britse gezantschap gaf een picknick in de Westelijke Heuvels. De hele stoet van coupés, rijtuigen, palankijnen en ruiters te paard was om zes uur 's ochtends vertrokken, geëscorteerd door bereden bedienden. Sir Claude MacDonald, koningin Victoria's gezant aan het keizerlijk hof, nestor van de diplomatieke gemeenschap en woordvoerder van invloedrijke westerse naties als Japan en de Verenigde Staten, had Peking de avond daarvoor verlaten, en zijn vrouw en hij waren al in de tot weekendvilla omgetoverde taoïstische tempel om hun gasten op te wachten.

Tempels lieten zich vrij eenvoudig ombouwen tot vakantiehuizen van diplomaten. Aan de groene daken met tierelantijnen en de gecompliceerde houten balken kon niets worden gedaan, en net zomin aan de panelen met draken van houtsnijwerk en de grote houten pilaren van massieve boomstammen, maar met geïmporteerd behang en uitgekiende verlichting kwam je een heel eind. De sofa's, de chaise longue, de mahoniehouten eettafel, de piano, en de paar mooie schilderijen aan de muur, waaronder een portret van lady Mac-Donalds grootvader in Waterloo-uniform, vormden een verrukkelijk geheel, chic en toch oosters, met de verlakte kamerschermen, de lantaarns en de stoelen uit de Mingdynastie.

Twee ramen, uitgehakt in de muren van de oorspronkelijke Gebedshal, zorgden voor het nodige licht, en lady MacDonald had smaakvolle gele gordijnen opgehangen om de heiligschennis te compenseren. Over het algemeen hielden de buitenlanders rekening met plaatselijke gevoeligheden – het waren immers gebedshuizen die ze vorderden – en werden muurschilderingen en religieuze kunstwerken intact gelaten. Dan bewees Engels behang goede diensten. Lady MacDonald herinnerde zich nog goed hoe hevig ze de eerste nacht dat ze hier had geslapen was geschrokken toen ze in het flakkerende kaarslicht de grijnzende demonen en *bodhisattva*'s op een vijftiende-eeuwse muurschildering had gezien. Daar had een laag William Morris verandering in gebracht, en het bloempatroon combineerde bovendien prachtig met haar Perzische tapijten.

Hoe trots ze ook was op het interieur, ze was nog veel trotser op de door haar aangelegde tuin. Ze had de muur rond de binnenplaats en een altaar laten slechten en een gazon laten aanleggen dat doorliep tot aan de rand van de klif. Met de bloembedden en borders, de witte tuinstoelen, de tafels en de schommel waande je je in Surrey, niet in China.

Het was op dat gazon, in de schaduw van de wilgenbomen, dat de geüniformeerde huisjongens met hun lange vlechten in de weer waren met zilver en kristal om de laatste van de vier tafels te dekken. Het wit van hun jasjes en de gesteven tafelkleden leek nog witter door het groen van het gazon en de met naaldbomen begroeide heuvel. De jongens werkten snel en efficiënt, scherp in de gaten gehouden door lady MacDonald, die de laatste hand aan haar bloemstukken legde. Ze droeg een grote hoed met veren en een zachtpaarse, tafzijden jurk met ingesnoerde taille, en de grote tuinschaar leek misplaatst in haar in een handschoen gehulde hand. Sir Claude, informeel gekleed in een blazer, een witte broek en een strohoed, rookte volkomen op zijn gemak een lange sigaar en staarde dromerig voor zich uit.

Sir Claude werd door zijn Europese collega's enorm bewonderd. Hij was onverstoorbaar, een man van weinig woorden, zijn analyses waren altijd even scherp, en hij liet zich nooit voorstaan op zijn natuurlijke overwicht. Al met al was deze typische Engelsman, vond men, meer een mandarijn dan de mandarijnen. Toch was hij in feite verlegen van aard, en zijn gereserveerdheid werd vaak voor kilheid of arrogantie aangezien. Bij zijn ondergeschikten op het gezantschap was hij eerder gerespecteerd dan geliefd. Hij was bijna vijftig, maar zag er met zijn dikke, zandkleurige haar en magere rode wangen met sproeten jonger uit. De met was tot scherpe punten gedraaide blonde snor stak aan beide zijden van zijn smalle gezicht een heel eind uit. De punten trilden als hij bewoog, en het leek wel alsof de snor niet bij zijn gezicht hoorde, alsof er toevallig een gele vleermuis op zijn bovenlip was neergestreken. Smalle wenkbrauwen waren gefronst boven lichte, doordringende ogen. Hij was lang van stuk en liep een beetje gebogen, maar zelfs in zijn vrijetijdskleren ging er van al zijn bewegingen een plechtige grandeur uit. Onder sir Claude functioneerde het gezantschap in keizerlijke stijl, zelfs tijdens een picknick.

Opscheppen over zijn prestaties was niets voor sir Claude, al had hij meerdere diplomatieke successen geboekt en was het aan zijn onderhandelingen te danken dat het Britse territorium in China flink was uitgebreid, evenals de Britse invloed. Wei Hai Wei was gepacht als een nieuwe kolonie, evenals Hongkong, en de Chinese regering had erkend dat de Yangtse-vallei onder de Britse invloedssfeer viel.

Nadat China in 1895 onverwacht door Japan was verslagen, hadden andere mogendheden ook op uitbreiding van hun invloed geaasd, maar die had hij met succes de voet dwars gezet. Nog steeds hield sir Claude de activiteiten van de Duitsers in Shantung en die van de Russen langs de Chinees-Russische grens met argusogen in de gaten. De vorige dag had hij nog een zorgelijk telegram ontvangen uit het verre Kashgar, waarin melding was gemaakt van verdachte troepenbewegingen in de bergen tussen China en India. Hij had de Russische minister uitgenodigd voor de picknick en zou hem op een geschikt moment een verholen waarschuwing geven. Het was niet zijn stijl om een confrontatie aan te gaan als een gesprek achter de schermen spanningen kon wegnemen.

De manier waarop hij diplomatie bedreef, sloot aardig aan bij die van de Chinezen, en hij had een goede relatie opgebouwd met de functionarissen van de *Tsungli Yamen*. Gezamenlijk hadden ze een aantal netelige kwesties opgelost. Sir Claude was nog steeds trots op zijn ingrijpen in de herfst van het vorige jaar, nadat keizerin-weduwe Tz'u-Hsi, de eigenlijke machthebber, de jonge keizer van de troon had gestoten na diens zogenaamde 'honderd-daagse hervormingen', gevolgd door een golf van executies van bedienden en adviseurs van de keizer.

De gezantschappen, die de reputatie van de keizerin-weduwe maar al te goed kenden, vreesden het ergste voor haar neef, zeker toen het paleis een communiqué uitgaf waarin werd aangekondigd dat de keizer ziek was en dat 'alle medische behandelingen' zonder resultaat waren gebleven. Sir Claude had vervolgens een briefje bij de *Tsungli Yamen* laten bezorgen waarin hij het paleis adviseerde om een remedie voor de ziekte te vinden, aangezien de dood van de keizer desastreuze gevolgen zou hebben voor de Chinese betrekkingen met de Westerse mogendheden. Het resultaat was dat de keizer op wonderbaarlijke wijze herstelde, hoewel hij nog steeds een gevangene was in zijn eigen Zomerpaleis. Tot zijn tevredenheid had sir Claude hem in december wel gezien op een door de douairière georganiseerde receptie voor de buitenlandse gemeenschap. In elk geval had hij een moord weten te voorkomen.

Het was een memorabele bijeenkomst geweest, aangezien de oude dame voor het eerst de echtgenotes van de gezanten had uitgenodigd. Hij wist niet wat hem het meest had verbaasd, de mythische keizerin die beschaafd theedronk met de in korset geregen diplomatenvrouwen, of de woorden die de oude feeks steeds weer had gemompeld: 'Eén familie. Eén familie.'

Deze raadselachtige opmerking kon op verschillende manieren worden geïnterpreteerd. Persoonlijk meende hij dat de douairière hervormingen weliswaar de kop indrukte, maar een goede relatie met de Westerse mogendheden kennelijk wel belangrijk vond. Hij hechtte dan ook weinig belang aan de geruchten over anti-buitenlandse geheime genootschappen op het platteland, en de verhalen van zijn collega's over een xenofobe beweging die door het paleis werd gevoed. Tot nu toe was geen enkel bericht over deze zogenaamde 'Boxer-beweging' verifieerbaar geweest, en dat sterkte hem in de overtuiging dat het gewoon ging om onrust onder de boeren, een regelmatig terugkerend fenomeen in China. Zonder de problemen in het land te bagatelliseren, had sir Claude het ministerie van buitenlandse zaken in Londen onlangs nog laten weten dat er reden bestond voor voorzichtig optimisme over de invloed en de handelsbelangen van Groot-Brittannië in de komende jaren.

Het stof van de stoet was zichtbaar aan de voet van de heuvel. Het zou nog een minuut of twintig duren voordat de hoog gelegen villa via het kronkelpad was bereikt. Na een laatste trekje van zijn sigaar liep sir Claude naar de poort, klaar om het puikje van de buitenlandse gemeenschap in Peking welkom te heten.

Voorzichtig nipte Helen Frances van haar champagne terwijl ze met grote ogen naar de andere gasten keek. Ze was nog nooit op een bijeenkomst geweest waar door zo'n indrukwekkende verzameling mensen zoveel verschillende talen werden gesproken. Toen Tom haar vertelde dat ze waren uitgenodigd voor een picknick, had ze zich voorgesteld dat het zoiets zou zijn als de uitjes met haar tante naar Ashdown Forest. Een klein groepje vrienden op plaids in het gras, met kippenpootjes, hardgekookte eieren en sandwiches, en misschien een rit na de lunch of een toer langs de tempels die er volgens Tom in de Westelijke Heuvels te vinden waren. Het was geen moment bij haar opgekomen dat ze terecht zouden komen in een luxueuze villa met exotisch meubilair die ooit een tempel was geweest. Evenmin dat het een uitgebreide maaltijd in een gemanicuurde tuin zou worden, aan tafels die fraaier gedekt waren dan die in de eetzaal van het Hôtel de Pékin of de tafel van de kapitein op het lijnschip dat hen hierheen had gebracht. En ze had al helemaal niet verwacht dat iedereen in vol ornaat zou zijn.

Zeker, sommige mannen, onder wie hun gastheer, droegen vrijetijdskleding, maar onder de omstandigheden was dat een overdreven nonchalance. Veel van de Europese diplomaten waren in jacquet, compleet met hoge hoed. De Russische minister droeg al zijn medailles, en de stille Japanse gezant, in gezelschap van zijn in kimono gestoken vrouw, was in gala.

Toch leken de mannen sjofel in vergelijking met hun vrouwen, die op Ascot niet zouden hebben misstaan. Helen Frances keek haar ogen uit toen gravin Esterhazy, die te gast was op de Oostenrijkse ambassade, langszeilde in een wolk van blauwe mousseline en pauwenveren, lachend om een *bon mot* van de parmantige Franse militaire attaché. Veren op enorme hoeden golfden als een bloeiend katoenveld in de wind.

Sommige vrouwen droegen ruiterkledij, net als Helen Frances zelf, maar het verschil was dat die van hen ontworpen had kunnen zijn voor een koninklijke jachtpartij, met elegante fluwelen rokken, glimmende zwarte hoeden met lange linten van blauwe zijde, en jasjes die strak om de taille sloten. Helen Frances voelde zich in haar bruine reiskleren en stevige bolhoed even misplaatst als een gouvernante op een bal.

Ze had Tom gesmeekt om haar niet alleen te laten, maar hij was vrijwel meteen opgeëist door een stel jonge mannen die aan het eind van de tuin een spelletje rounders speelden. Ze had een tijdje naar hem staan kijken toen hij in het veld stond, wilde sprongen maakte om de bal te vangen en '*howzat!*' riep met de anderen als het was gelukt. Zijn rode gezicht straalde van blijdschap, zijn vlasblonde haar zat in de war. Ze was vanbinnen warm geworden van genegenheid en trots, en hij had haar vanaf het veld de ene grijns na de andere toegeworpen.

Toen had lady MacDonald zich over haar ontfermd en haar voorgesteld aan Madame Pichon, de vrouw van de Franse gezant, die haar schoolse Frans tot het uiterste op de proef had gesteld. Na enige opmerkingen over het weer waren ze het erover eens geworden dat de Chinese muur inderdaad bijzonder lang was, waarna Madame Pichon zich opgelucht uit de voeten had gemaakt. Helen Frances bleef alleen achter met haar champagne, minstens even opgelucht als de Française.

Ze kon het gesprek opvangen van een klein groepje mannen dat zich rond Mr. Morrison had geschaard, de beroemde wereldreiziger en correspondent van de *Times* die Tom haar in het hotel had aangewezen. Haar aandacht werd getrokken door een gespierde jonge man die naast hem stond, opvallend knap, met zwart haar en brede schouders en een ontspannen houding, gekleed in een tweedpak met een zwierige coupe. Hij deed haar denken aan de panter die ze ooit in de London Zoo had gezien, slaperig en toch vol energie, met een ingehouden kracht onder de gladde huid, altijd klaar om te springen.

Ze had hem tijdens de rit hierheen al gezien, toen hij langs haar rijtuig reed en zich moeiteloos omdraaide in het zadel om iets grappigs te roepen naar een van zijn vrienden. Op dat moment had hij haar met zijn blauwe ogen vluchtig aangekeken, waarna hij zijn paard de sporen gaf en in een stofwolk was verdwenen. Het beeld van zijn rechte rug en militaire houding was haar bijgebleven. Bij haar in het rijtuig zaten de heer en mevrouw Dawson, de vertegenwoordigers van Toms firma in Peking, maar ze had hen niet durven vragen wie hij was. Om de een of andere reden leek dat niet eerlijk tegenover Tom. Opeens werd ze een beetje bang dat hij naar haar zou kijken en zou zien dat ze naar hem staarde. Aan de andere kant hoopte ze vurig dat het zou gebeuren.

'Ja, ik neem de Boxers bijzonder serieus,' zei Mr. Morrison met een zachte stem die niet bij zijn grove gelaatstrekken paste. Helen Frances kon aan zijn accent horen dat hij uit Australië kwam, zoals Tom haar had verteld.

'Dat is toch allemaal zwaar overdreven, meneer. Spooksoldaten die uit het niets komen. Bezweringen tegen zilveren kogels en hocus-pocus. We zijn hier niet in Afrika.' De spreker was een gedrongen jongeman met rood haar en een luide, schallende stem. Helen Frances had hem die ochtend gezien toen hij een wedren deed met de knappe man met het zwarte haar. Waarschijnlijk was hij een van de douane-jongens waar Tom zo geringschattend over praatte.

'Nee, we zijn hier niet in Afrika, Mr. Simpson,' antwoordde Morrison. 'Deze beschaving had al een rijke geschiedenis toen uw voorouders nog in lemen hutten woonden. Bijgeloof is niet voorbehouden aan rassen die wij zo hooghartig als primitief afdoen. Wanneer bent u voor het laatst opzij gegaan omdat u niet onder een ladder door wilde lopen?'

'Oudewijvenpraatjes, meneer. U gelooft toch zeker niet – '

'Zeker, het zijn oudewijvenpraatjes, maar ze gaan wel diep. Toegegeven, de laatste paar honderd jaar hebben de westerse naties op het gebied van de rede en de wetenschap een paar stappen vooruit gedaan, maar in Shakespeares tijd – en vergeleken met de Chinese geschiedenis is dat gisteren – geloofden we zelf nog in kabouters en elfjes en dwaallichten. Neem nou een Chinese boer. Hij heeft geen agrarische revolutie meegemaakt, laat staan een industriële. Hij leeft met de seizoenen en de oogst, en als de hemel boos is, wordt zijn gewas vernield door een overstroming of een onweersbui. Geen wonder dat hij in goden en godinnen en toverspreuken gelooft. Dat is zo ongeveer de enige bescherming die hij heeft. Denkt u zich eens in dat u in zijn schoenen zou staan, Mr. Simpson. Stelt u zich eens voor dat u een Chinese boer bent.'

Helen Frances zag de man met het zwarte haar glimlachen omdat zijn vriend met de mond vol tanden stond en zuur in zijn wijnglas staarde.

Morrison was genadeloos. 'Stelt u zich eens voor dat u een Chinese koelie in de rimboe bent, Mr. Simpson, soppend in uw rijstveld. Wat zou u dan onwaarschijnlijker vinden, een toverspreuk of een stoommachine?'

Morrison wachtte af, een strenge uitdrukking op zijn gezicht. Simpson grijnsde schaapachtig.

'U snapt dus wat ik bedoel. Bijgeloof lééft hier en het is verdomd gevaarlijk. Ik neem aan dat u niet bent vergeten wat de Taipings nog maar vijftig jaar geleden in dit land hebben aangericht. Weet u nog waar ze in geloofden?'

'Nou, het christendom. Ja toch?' hakkelde Simpson. 'In elk geval een soort van christendom. De jongere broer van Christus die op aarde was gekomen en zo.'

'Het christendom, zei u dat? En twintig miljoen doden! En u bent niet nerveus, Mr. Simpson? Volgens mij hoef ik niets meer te zeggen.'

De knappe man lachte. Helen Frances zag witte tanden in een gebruind gezicht. Ze begreep niet precies waar het gesprek over ging. Wilde Mr. Morrison beweren dat het christendom ook een soort bijgeloof was? Ze had wel van de Boxers gehoord, maar wat waren de Taipings? Tom had het met haar nooit over politiek. Waarschijnlijk wilde hij haar beschermen. Dat waardeerde ze, maar ze was wel nieuwsgierig en vond het soms frustrerend dat hij de meeste dingen tegenover haar als trivialiteiten afdeed.

Een gladgeschoren Amerikaanse diplomaat, Herbert Squiers, aan wie ze die ochtend vluchtig was voorgesteld tijdens een tussenstop, mengde zich in het gesprek. 'Ik twijfel niet aan de invloed van bijgeloof, Mr. Morrison, maar ik ben het wel met Mr. Simpson eens dat we van de Boxers niets te vrezen hebben. We hebben een paar brieven van zendelingen ontvangen met onrustbarende verhalen over nachtelijke bijeenkomsten en oproerkraaiers. We hebben er onderzoek naar gedaan, maar er zijn geen harde feiten aan het licht gekomen. De ene dag winden boeren zich geweldig op, de volgende dag staan ze weer tevreden op hun akker. Voor zover ik weet, is er niemand bedreigd. Er zijn geen missieposten in de fik gestoken. Het zijn opgeklopte verhalen. Wij adviseren onze mensen om het hoofd koel te houden.'

'En wat gebeurt er als de eerste missiepost in brand wordt gestoken? Adviseert u uw mensen dan nog steeds om het hoofd koel te houden?'

'Denkt u echt dat het zover komt?'

'Ik weet het niet, Squiers,' zei Morrison. 'Wist ik het maar. Misschien zijn het inderdaad opgeklopte verhalen. Eén ding weet ik wel, de politieke onvrede is wel degelijk echt. Veel mensen hadden verleden jaar hooggespannen verwachtingen van de hervormingen, en de mandarijnen mogen dan blij zijn dat Tz'u-Hsi met haar coup de status quo heeft hersteld, maar de kooplieden en veel geleerden zijn bijzonder pessimistisch. God sta ons bij als de oogst slecht is.'

'De Boxers zijn geen kooplieden of geleerden.'

'Natuurlijk niet. Maar wie leidden de boerenopstand tijdens de Franse Revolutie? Intellectuelen zoals Robespierre en Danton. Nee, niet lachen. Er is geen bewijs dat de Boxer-beweging iets met de hervormingen te maken heeft, of met het paleis. Het is gewoon dat alles in China altijd complexer is dan je denkt. En geheime genootschappen zijn wat het woord al zegt.'

'Wat dan?'

'Geheim. Neem nou die Boxer-beweging. Wij noemen die lui "boksers" omdat ze aan vechtsport doen, maar zelf noemen ze zich: "De Vuisten van Rechtvaardige Eendracht." Dat klinkt nogal gewichtig. Niemand maakt mij wijs dat een boer dat heeft verzonnen.'

'Wie dan wel?'

'Dat weet ik niet. Maar geheime genootschappen zijn onlosmakelijk met dit land verbonden. Triades. Bendes afpersers. Het zijn criminele broederschappen, maar wel met een respectabel tintje. Ze noemen zichzelf vaderlandslievend, ze beschermen het volk tegen corrupte dynastieën. De Witte Lotus, dat waren helden die in opstand kwamen tegen de Mongolen en de Ming stichtten en zich later weer tegen de Ming keerden toen die degenereerde. Ze bestaan nog steeds, net als allerlei andere sektes, zoals de Acht Diagrammen, de Rode Vuisten, de Grote Zwaarden, de Lange Messen en de Zwarte Stokken. Het zijn er honderden, en wie weet tot hoe ver hun tentakels reiken? Iedereen heeft bescherming nodig. Ik durf te wedden dat die Boxers banden hebben met een of meer van deze zwarte genootschappen.'

'Allemachtig, Simpson,' hoorde Helen Frances de man met het zwarte haar tot haar verbazing zeggen, 'ik had nooit gedacht dat China zo spannend zou zijn. Begrijp ik het goed, meneer,' vervolgde hij tegen Morrison, 'dat ik mijn leven op het spel zet als ik de veiligheid en bescherming van de diplomatieke gemeenschap' – hij maakte een spottend gebaar naar de mensen om hen heen – 'verlaat en me op het platteland waag?'

'U bent Manners, als ik het goed heb.' Morrison keek hem kil aan. 'Ik had al gehoord dat u hier zou zijn. Nee, meneer, dat zeg ik niet, althans nu nog niet. Ik vind de Boxers een zorgelijk fenomeen, maar tot nu toe hebben ze nog geen blanken aangevallen. En als ik de verhalen over u mag geloven, bent u heel goed in staat om op uzelf te passen.'

'Er wordt kennelijk veel over me gepraat.'

'Adviseur van het Japanse leger. Ja, ik heb over u gehoord, en ik heb begrepen dat u tegenwoordig een baan hebt bij de spoorwegen. Waar sturen ze u naar toe?'

Helen Frances voelde het bloed naar haar wangen stijgen toen ze zijn antwoord hoorde: 'Shishan.' Ze kreeg echter niet de kans om te blijven luisteren, want een dolenthousiaste en zwetende Tom stond opeens naast haar en vertelde dat zijn team de wedstrijd had gewonnen – en hemel, waarom stond ze daar helemaal in haar eentje? Ze moest nog maar snel een glas bubbels halen, dan zou hij haar voorstellen aan zijn maten van het gezantschap. Vlak voordat ze zich omdraaide, zag ze dat Manners' ogen lachend in haar richting keken.

Tijdens de lunch onder de bomen zat ze tussen een stille tolk van het gezantschap, Pritchett geheten, en de Franse gezant, Monsieur Pichon. Na een paar beleefdheden negeerde Monsieur Pichon haar verder en knoopte hij voor de vrouw van de Japanse gezant langs een gesprek aan met sir Claude, die aan het hoofd van de tafel zat. Tom zat aan de andere kant, te ver weg om met hem te kunnen praten. Vandaar dat ze aangewezen was op Pritchett, die zo ontzettend verlegen was dat het gesprek niet erg wilde vlotten.

Haar blik dwaalde af naar de andere tafels. Lady MacDonald had zich ontfermd over sir Robert Hart, het hoofd van de Chinese douane, een man met een witte baard die al heel lang in Peking woonde. Aan dezelfde tafel zat de schitterend uitgedoste gravin Esterhazy, die een bijzonder intiem gesprek leek te voeren met haar tafelheer. Ze kon niet zien wie het was doordat het grote hoofd van Mr. Squiers hem aan het zicht onttrok. Toen bewoog Mr. Squiers en herkende ze Manners. Snel wendde ze haar blik af.

'Mr. Pritchett,' vroeg ze liefjes, 'kent u alle mensen hier?'

'De meesten,' antwoordde hij. 'De buitenlandse gemeenschap in Peking is niet erg groot. Sommige bezoekers ken ik niet. Vanwaar uw belangstelling?'

'O, zomaar. Ik vroeg het me gewoon af. Vanochtend zag ik onderweg hierheen een staaltje van uitmuntende ruiterkunst, een paar ruiters die een wedren deden, en ik vroeg me gewoon af wie het waren.'

'Nou, dat waren vast de douane-jongens die zich weer eens uitsloofden. Neem me niet kwalijk, ik bedoelde niet...'

'U hebt gelijk, ze probeerden inderdaad indruk te maken,' zei Helen Frances lachend. 'Er was iemand bij wiens naam ik vluchtig heb opgevangen. Manners, meen ik. Hij is werkelijk een eersteklas ruiter.'

'Het spijt me, Miss Delamere, ik heb geen verstand van paardrijden.'

'Ik ben er dol op,' zei Helen Frances. 'Worden hier weleens vossenjachten gehouden?'

'Snipperjachten wel, geloof ik, en er is een jockeyclub. Zelf rijd ik niet.'

'Mr. Manners moet een van de beste ruiters van deze jockeyclub zijn.'

'Henry Manners, de zoon van de politicus? Nee, Miss Delamere, hij is hier alleen op bezoek. Het gezantschap heeft een telegram over hem ontvangen.'

'Dat klinkt spannend.'

'Ach, het is niets bijzonders. Sir Claude heeft hem aan een baan bij de Chinese spoorwegen geholpen, ergens in het noorden. Hij is een oude bekende van Manners' vader, lord Beverley, een lid van de regering.'

'Dus Mr. Manners is ingenieur, Mr. Pritchett?'

De tolk, die Helen Frances nog steeds niet had aangekeken, sloeg plotseling zijn bedroefde ogen op om haar aan te kijken, zijn wenkbrauwen vragend opgetrokken. 'Ik geloof dat hij vroeger genieofficier is geweest bij de Royal Engineers en in India heeft gediend. Ik heb begrepen dat hij al van alles heeft gedaan. De laatste tijd is hij in Japan geweest. Een kleurrijke persoonlijkheid, Miss Delamere. Mag ik vragen waarom u zo in hem bent geïnteresseerd? Afgezien van zijn paardrijkunst, bedoel ik.'

Helen Frances voelde tot haar ergernis dat ze bloosde en probeerde dat met een speels lachje te verhullen. Het klonk schriller dan haar bedoeling was geweest. Ze hoopte dat ze niet te veel champagne had gedronken. 'Wat bent u ondeugend, Mr. Pritchett. Ik ben niet geïnteresseerd in Mr. Manners. Hoe komt u daarbij?'

Nu was het de beurt aan Pritchett om te blozen. 'Mijn verontschuldigingen, Miss Delamere, als ik domme dingen heb gezegd.' Hij glimlachte triest. 'Ik denk weleens dat ik beter Chinees dan Engels spreek.' Het gaf hem nieuwe moed dat Helen Frances naar hem glimlachte. 'Toevallig is Mr. Manners ook een kei in oosterse talen. Hij spreekt goed Japans en hij heeft in de maanden dat hij nu hier is al een aardig mondje Chinees geleerd.'

'U schijnt hem goed te kennen.'

'Peking is een kleine stad, Miss Delamere. Ik zie hem niet vaak. Hij beweegt zich in andere kringen dan de mijne.'

'De douane-jongens?'

Pritchett lachte zacht en leek zich steeds beter op zijn gemak te gaan voelen. 'Dat is wat hier voor de beau monde doorgaat. B.L. Simpson en zijn collega's, en sommige militaire attachés.'

'Ik zou u niet durven vragen waar ze allemaal toe in staat zijn.'

'En ik zou het u zeker niet durven vertellen, zelfs als ik het wist.'

'Mag ik aannemen dat Mr. Manners een losbandig leven leidt, Mr. Pritchett?'

'Volgens mij heb ik hem kleurrijk genoemd, Miss Delamere.' Hij leunde achterover zodat een bediende de haast onaangeroerde kreeft

– het voorgerecht – kon weghalen. 'Mag ik u vragen waar u en Mr. Cabot...'

'Mijn verloofde.'

'Ja. Mag ik vragen wanneer u van plan bent om uit Peking te vertrekken? Uw vader doet iets met chemicaliën, als ik me niet vergis, ergens in het noorden?'

'Hij werkt in Shishan. Daar gaan we heen.'

'Aha,' zei Pritchett, 'Shishan.' Zijn trieste ogen twinkelden. 'En u zei dat alleen Mr. Manners' paardrijkunst u interesseerde.'

Dit keer lachte Helen Frances ongekunsteld. 'U doorziet me, Mr. Pritchett. Ja, ik hoorde vandaag dat Mr. Manners ook naar Shishan gaat, en ik probeerde u over hem uit te horen. Kunt u het me vergeven?'

'Dat deed u heel handig. Ik hoop dat ik geen dingen hcb gezegd waardoor u nu al een hekel hebt gekregen aan uw nieuwe buurman.'

'Integendeel. U beschrijft hem als een boeiende persoonlijkheid. Ik verheug me erop om iemand te leren kennen die zo... kleurrijk is.'

En aantrekkelijk, bekende zc zichzelf in stilte. Wat een slechte gedachte. Ze kon maar beter geen wijn meer drinken. Toen een bediende het hoofdgerecht voor haar neerzette – rosbief met *Yorkshire pudding* – wierp ze heimelijk een blik in Manners' richting. Hij bulderde van het lachen om een grapje van gravin Esterhazy, zijn tanden blinkend wit onder zijn smalle snorretje. Ze keek opzij naar die lieve, eerlijke Tom, die zo te zien het spelletje rounders nadeed met het peper-en-zoutstel. Een van zijn vrienden keek toe en verschoof af en toe een broodje op het speelveld. De dame die tussen hen in zat verveelde zich duidelijk mateloos. Goeie ouwe Tom, dacht ze vertederd.

'Als u naar Shishan gaat, Miss Delamere,' zei Pritchett, 'mag ik dan zo brutaal zijn om u te waarschuwen?'

'Voor Mr. Manners?' vroeg ze verbaasd.

'Zo vrijpostig zou ik nooit zijn,' zei Pritchett. 'Nee, ik wil u niet bang maken, maar hebt u weleens van de Boxers gehoord?'

'Volgens mij wordt er zelden over iets anders gepraat,' zei ze, 'maar ik hoorde Mr. Squiers net zeggen dat zijn gezantschap het als opgeklopte verhalen beschouwt.'

'Dat is ook het officiële standpunt van ons gezantschap. Ik hoop dat we gelijk hebben, maar ik heb Chinese vrienden die er anders over denken. Shishan is hier een heel eind vandaan en het spoor is nog niet doorgetrokken. Ik zeg alleen dat u alert moet zijn, en mocht u iets horen over onrust, beschouw het dan niet als een schande om direct te vertrekken. Ik adviseer Mr. Cabot en uw vader hetzelfde. Ik zou het als een eer beschouwen als u me van tijd tot tijd zou willen schrijven om me te laten weten hoe de situatie in Shishan is. Zo. Dat wilde ik zeggen.' Hij glimlachte bedroefd.

'Ik waardeer uw bezorgdheid, Mr. Pritchett. Natuurlijk neem ik het... zeer serieus wat u me daarnet hebt verteld, en ik zal u zeker schrijven. Met genoegen.' Wat een grappig en treurig mannetje, dacht ze. 'Maar laten we het nu niet meer over die vreselijke Boxers hebben.'

Na de derde gang, een nogal ambitieuze roompudding, lieten de dames de heren alleen voor de cognac, met uitzondering van gravin Esterhazy. Tot grote verontwaardiging van sommige dames wilde ze niet alleen bij de heren blijven, maar eiste ze zelfs een grote sigaar, die sir Claude, als altijd de onverstoorbare en volmaakte gastheer, grijnzend voor haar aanstak.

Bij de koffie in lady MacDonalds zitkamer werd uiteraard uitvoerig gepraat over de talloze liaisons die de gravin naar verluidt had gehad met invloedrijke figuren aan het Oostenrijkse en het Russische hof. Er waren geruchten dat ze ook in Peking niet stilzat. Madame Pichon, die kennelijk roddels over de Franse militair attaché de kop wilde indrukken, merkte op dat er zelfs een jonge Engelsman was die niet onverschillig was voor haar charmes. Lieve help, tijdens de lunch die dag...

Op dat moment had lady MacDonald vriendelijk geïnformeerd of Mrs. Dawson en haar jeugdige vriendin niet moe waren van alle inspanningen van die dag, en had Mrs. Dawson dankbaar beaamd dat ze zich lichtelijk afgemat voelde. Vandaar dat Mrs. Dawson en Helen Frances tot grote frustratie van de laatste naar een kleine, eenvoudig ingerichte kamer aan de achterkant van de tempel werden gebracht, waar ze konden uitrusten.

Terwijl Mrs. Dawson lag te snurken, lag Helen Frances met open ogen op het ijzeren bed te denken aan de verhalen over de Boxers en haar gesprek met Pritchett, en aan Manners en gravin Esterhazy. Vooral aan Manners, die omgedraaid in zijn zadel zat, met zijn witte tanden en blauwe ogen en gladde zwarte haar. Wat had Mr. Morrison ook alweer gezegd? Adviseur van het Japanse leger. En iets over de spoorwegen. Ging hij echt naar Shishan? Hij was heel anders dan Tom. Die schat van een Tom. Tom met zijn brede borst en sterke armen, met zijn scheve grijns en aanstekelijke lach. Onmerkbaar begon het beeld van Tom echter te versmelten met dat van Manners, en opeens had ze een heel levendig beeld van hem – zijn brede schouders, zijn lenige lichaam, zijn smalle, modieuze snor. Gevaarlijk. Een zwarte panter, alert, geruisloos. En wat was Tom? Een leeuw? Nee, een grote, harige hond. Een zwarte panter en een harige collie, een lieve, trouwe collie...

Ze werd met hoofdpijn wakker. Eigen schuld, dacht ze, had je maar niet zoveel champagne moeten drinken. Slaperig volgde ze Mrs. Dawson naar het gazon. Daar zag ze Tom, die stond te praten met Henry Manners.

'Lieveling, ik heb goed nieuws,' zei Tom. 'Raad eens? Deze voortreffelijke kerel wordt ook in Shishan gestationeerd. Henry Manners. Mijn verloofde, Helen Frances Delamere. We kunnen samen reizen. Is het niet puik?'

'Aangenaam,' zei Manners, die haar hand naar zijn lippen bracht. Ze voelde zijn snor langs haar vingers strijken. Met lachende ogen keek hij haar aan.

'Manners gaat erheen voor de aanleg van de spoorlijn. Hij gaat in het kamp wonen, maar dat is vlak buiten de stad, dus we kunnen elkaar regelmatig zien. En als ik weg moet voor zaken kun je met hem gaan paardrijden. Het schijnt dat je daar mooie tochten kunt maken, en Manners zegt dat je er zelfs kunt jagen.'

'Dat heb ik gehoord,' zei Manners, 'maar ik geloof dat het alleen om de berenjacht gaat. Of een enkel hert.'

'Ik zag u vanochtend op uw paard,' flapte Helen Frances er uit.

'O ja?' zei Tom. 'Heb je die wedren gezien? Daar hou ik altijd wel van. Manners en ik hebben afgesproken dat we een eind gaan galopperen op de terugweg, als het tenminste nog licht genoeg is. HF, schat, is het niet geweldig? Ik zat er eigenlijk een beetje mee in m'n maag – heb ik jou natuurlijk niet verteld – dat we in Shishan alleen gezelschap zouden hebben van je vader en een oude dokter. Met Manners erbij is het iets heel anders.'

Ze hoefde geen antwoord te geven, want sir Claude MacDonald dook naast hen op. 'Manners,' zei hij met een hoofdknikje.

'Sir Claude,' antwoordde Manners. 'Dat was een mooie picknick.'

'Zo noemen we dit soort informele ontvangsten. Het hoort bij de diplomatie. Ik ben erg blij dat jullie elkaar hebben leren kennen. Reizen jullie gezamenlijk naar Shishan?'

'Dat zijn we wel van plan. Dit is nog eens een gelukkig toeval, niet?'

'Zeg dat wel. Ik vind het tegenwoordig prettiger als mensen in grote groepen reizen. Het is natuurlijk allemaal flauwekul, die Boxers, maar er zijn incidenten met bandieten geweest en het is beter om voorzorgsmaatregelen te treffen. Zorg dat jullie gewapend zijn. In Shishan kunnen jullie kennismaken met Airton, een geweldige vent. Zeer intelligent, en hij kent de Mandarijn goed. Met hem in de buurt kan jullie niets overkomen.'

'Ik verheug me erop hem te leren kennen, sir Claude.'

'Airton is een wijs man, jonge Henry. Luister naar hem, dat is mijn advies. Luister naar hem.' Sir Claude keek Manners strak aan om zijn woorden kracht bij te zetten. Manners glimlachte en sloeg zijn ogen neer. Sir Claude richtte zich tot Helen Frances en Tom. 'Ik heb uw vader nooit ontmoet, Miss Delamere, maar Dawson heeft me verteld dat zijn firma bijzonder over hem te spreken is. Overigens heb ik begrepen dat felicitaties op z'n plaats zijn. Jullie zijn toch verloofd?'

'Nog niet officieel, meneer. Het is wat we willen.'

'U moet natuurlijk nog toestemming hebben van haar vader, dat begrijp ik heel goed. Nou, ik weet zeker dat hij verheugd zal zijn. U mag van geluk spreken. U gaat daar aan de slag als assistent van Mr. Delamere, heb ik begrepen?'

'Ja, meneer. Ik verheug me erop.'

'Mooi zo. Mooi zo. Nou, ik hou jullie niet langer op. Jullie hebben een lange rit voor de boeg. Fijn dat jullie er waren. Pas goed op elkaar in Shishan. En Manners, denk aan mijn advies.'

'Nou,' zei Tom toen ze naar de paarden en rijtuigen liepen, 'ik voelde me net een schooljongen die bij de directeur op het matje wordt geroepen.'

'Die man is niet goed wijs,' zei Manners. 'Hoofd in de wolken, geen verstand van zaken.'

'Wat bedoelde hij nou met dat advies? Het klonk erg gewichtig.'

'Advies? Ach, hij kletst maar wat. Hij denkt dat hij het verplicht is aan mijn vader om mij op het rechte pad te houden. Nogal onbeschaamd, vind ik.'

'Bent u dan van plan om het zwarte schaap van uw familie te worden, Mr. Manners?' vroeg Helen Frances.

'Toe nou, HF, dat soort dingen zeg je niet!' Nerveus keek Tom naar zijn nieuwe vriend, maar Manners lachte.

'Ik bén al het zwarte schaap van mijn familie, Miss Delamere,' zei hij met zijn voet in de stijgbeugel. 'Ik heb u vanochtend trouwens ook gezien. Het maakte Morrisons oersaaie preek een stuk levendiger dat u van een afstand meeluisterde. Cabot, sir Claude had gelijk. Je mag van geluk spreken. Ik zie je tijdens de rit.'

Helen Frances zag dat Manners zijn paard handig tussen de geparkeerde rijtuigen door manoeuvreerde, naar de plek waar B.L. Simpson en andere ruiters op hem stonden te wachten. Samen met Tom liep ze tussen de glimmende kalessen, buggy's, landauers en rijtuigen door, elk met een geüniformeerde koetsier, op zoek naar het rijtuig van de Dawsons.

'Vind je Henry Manners aardig, Tom?' vroeg ze zacht, terwijl ze haar hand in de zijne schoof.

'Nou en of, hij is een verdomd sympathieke kerel. Dol op sport. Waarom vraag je dat?'

'Hij lijkt me zo anders dan jij.'

'Wereldser dan ik, bedoel je?' Tom grijnsde. 'Hij heeft inderdaad het nodige van de wereld gezien en van alles en nog wat gedaan.'

'Dat is deels wat ik bedoel,' zei Helen Frances. 'Hij schijnt nogal een reputatie te hebben.'

'Allicht. Hij is soldaat geweest, en genieofficier. Heeft in India gewoond, in Oost-Indië, in Japan. Hij kan ons onderweg naar Shishan vast en zeker mooie verhalen vertellen bij het kampvuur. Je vindt het toch niet erg dat hij met ons meegaat? Ik weet zeker dat we geen last van hem zullen hebben.'

'Natuurlijk vind ik het niet erg, Tom, als jij er blij mee bent.' Ze drukte een snelle kus op zijn wang. 'Je bent een goed mens, Tom. Wist je dat?'

'Rustig een beetje, meisje, straks ziet iemand ons nog,' zei Tom, maar zijn ogen glinsterden van blijdschap en trots toen ze hem giechelend nog een kusje gaf. Ze legde haar hoofd tegen zijn borst, en in een keurige omhelzing bleven ze staan, tussen een kales en een landauer, slechts gadegeslagen door een ongeïnteresseerde Chinese knecht. Toen ze stemmen hoorden, lieten ze elkaar snel los en draaiden ze zich met een onschuldig glimlachje om naar het echtpaar Dawson, met wie Helen Frances terug zou rijden naar Peking.

'Wie is dat juffertje?' vroeg Simpson toen Manners naast hem kwam rijden.

'Helen Frances Delamere,' antwoordde Manners lijzig. 'Het schijnt dat ze met me meereist naar Shishan.'

'Bof jij even. Er gaat niets boven een meisje met rode haren om een bezwaard gemoed op te vrolijken.'

'Dat zou weleens een uitdaging kunnen zijn. Kennelijk is ze verloofd.'

'Wat, met Cricketer Tom? Dat moet voor jou toch geen enkel probleem zijn.'

'In elk geval wordt Shishan er interessanter door. Nou, waar wedden we om?'

'Twintig gienje als ik eerder bij de stadsmuur ben dan jij. Nee wacht, we verdubbelen de inzet en dan krijg ik een uur met die nieuwe Mongoolse stoeipoes van je bij Madame Zhou.'

'Die keurt je toch geen blik waardig. Maar goed, jij je zin. Maak er vijftig gienje van. Die heb ik voor zonsondergang in m'n zak.'

'Dat wordt pezen, beste kerel.' Simpson lachte luid.

'Pezen is mijn specialiteit,' zei Manners, en hij gaf zijn paard de sporen.

Sir Claude stond op zijn favoriete plekje met uitzicht over de vlakte, een sigaar tussen zijn lippen en zijn handen verstrengeld op zijn rug. In de verte zag hij de stofwolken die zijn gasten op weg naar huis opwierpen. Aan de horizon kon hij net de torens en stadsmuren onderscheiden. Tussen de bomen ging de zon onder.

Het was een vermoeiende maar bevredigende dag geweest. Hij had een halfuur met de Russische gezant gepraat, en de aanvankelijke verontwaardiging was zoals hij had verwacht overgegaan in zoetsappige gemeenplaatsen over harmonie tussen de beide landen en hun gemeenschappelijke doel om de Aziaten beschaving bij te brengen. Hij had er het volste vertrouwen in dat er die avond van het Russische gezantschap een telegram zou worden verzonden en dat hij binnenkort geruststellende berichten uit Kashgar kon verwachten.

Ook had hij een nuttig gesprek gehad met de Japanse gezant, die zijn mening over de situatie in China leek te delen. Je wist het maar nooit met die Japanners, maar gelukkig zag het ernaar uit dat hij een bondgenoot zou hebben als het tijdens het overleg op dinsdag tot een confrontatie kwam met Monsieur Pichon. Was het die Pichon in zijn bol geslagen? De gezantschappen bewapenen? Over een provocatie gesproken!

Achter hem ruimden de bedienden de tafels af, en de tuinlieden veegden sigarenpeuken van het gazon. Zijn vrouw had zich teruggetrokken om een bad te nemen. Hij verheugde zich op een rustige avond met Trollope en een glas goede whisky.

Hij hoorde een kuchje en zag tot zijn verbazing dat Pritchett zenuwachtig achter hem stond. 'Pritchett, man, wat doe je hier? Iedereen is allang naar huis.'

'Het spijt me, meneer. Ik was zelf ook vertrokken, maar bij nader inzien vond ik dat dit niet tot maandag kon wachten. Vandaar dat ik terug ben gekomen.'

Sir Claude had bewondering voor Pritchetts professionele kwaliteiten. Hoewel zijn werk als tolk niet meer dan een dekmantel was, deed hij het uitstekend. Zijn kennis van oosterse talen was verbluffend. Verder verzamelde hij geheime informatie voor het gezantschap, en ook daarin was hij bijzonder competent. Maar hij was wel irritant verlegen. 'Je had me vanmiddag toch even apart kunnen nemen.'

'Ja, meneer.'

'Nou, vooruit, wat is er?'

'We hebben weer een brief ontvangen, meneer.'

'Weer over de Boxers?'

'Ja, meneer.'

'O, Pritchett, jij en je Boxers. Wat is er nu weer?'

'Het is een brief van onze agent in Fuxin, meneer. Dat ligt in Mantsjoerije, ten westen van Mukden, dicht tegen de Mongoolse regio aan. Bekend om zijn oude graftombe.'

'Ik weet waar Fuxin is. Ga verder.'

'Nou, meneer, onze agent schrijft dat er daar een opstootje is geweest waarbij Boxers betrokken waren, naar het schijnt na de komst van een bedelbroeder. Het is niet de eerste keer dat we over deze priester horen, meneer – '

'Of anderen zoals hij. Er zijn duizenden rondtrekkende charlatans in China, allemaal raddraaiers.'

'Ja, meneer. Misschien is het niet belangrijk of het dezelfde priester is. Dit incident is anders omdat er een dode is gevallen. Er is iemand vermoord, meneer.'

'Vermoord? Een zendeling? Een blanke?'

'Nee, meneer. Er waren daar wel zendelingen, het echtpaar Henderson uit Schotland. Ze zijn bedreigd, hun huis is omsingeld door een woedende menigte, maar ze zijn geen haar gekrenkt. Ze waren uiteraard doodsbang. Ze hebben Fuxin verlaten, heb ik begrepen, en zijn nu onderweg naar Peking.'

'Dat zou paniek kunnen veroorzaken. We moeten zorgen dat we dat echtpaar te spreken krijgen voordat ze naar de kranten gaan. Maar wie is er dan wel vermoord?'

'Een Chinese christen, meneer. Een bekende koopman die handelsbetrekkingen had met verschillende Britse firma's. Hij is eh... met hakmessen in stukken gehakt, meneer.'

'Door de Boxers?'

'Ja, meneer.'

'Weet je dat zeker? Is die agent betrouwbaar?'

'Ja, meneer.'

'Hoe is de situatie in Fuxin nu?'

'De plaatselijke autoriteiten hebben soldaten gestuurd en de opstand de kop ingedrukt. Enkele leiders zijn gearresteerd, waaronder de moordenaars van de koopman. De priester is verdwenen. De toestand lijkt weer normaal. Er komt een proces in de plaatselijke *yamen* en er zullen wel executies volgen.'

'Nou, in dat geval lijkt het me een binnenlandse aangelegenheid van de Chinezen.'

'Neem me niet kwalijk, meneer?'

'Een kwestie van misdaad en straf, man. Een of ander opstandje, wat de reden ook was, en het gezag treedt op. Hoe weet je dat die koopman geen corrupte, gehate man was? In dat geval is het logisch dat de volkswoede zich tegen hem richt.'

'Hij was een christen.'

'Dat zegt toch niets. Ik ken christenen die behoorlijk corrupt zijn. Misschien hamsterde die koopman wel graan. Weet jij veel. Nee, dit is niets bijzonders. Een doodgewoon opstandje. Niks aan de hand.'

'Mijn agent heeft het over de Boxers. En er is een dode gevallen. De eerste, meneer.'

'Iedereen heeft het tegenwoordig over Boxers. Nee, Pritchett, ik zou het onverantwoord vinden om dit op te blazen. Vergeet het nou maar, man. Geniet van je weekend. Of wat er nog van over is. We hebben het er maandag wel over.'

'Meneer, kunnen we dit incident niet nader onderzoeken? Het zou weleens belangrijk kunnen zijn.'

'O, Pritchett, je ziet ze vliegen. Wat wil je precies?'

'Nou, meneer, Manners komt onderweg naar Shishan in de buurt van Fuxin. We zouden hem om een onafhankelijk verslag kunnen vragen.'

'Ik kan niet zeggen dat ik jouw vertrouwen in die Manners deel. Hij is me veel te intiem met de Japanners, en trouwens ook met alles wat verder op twee benen rondloopt. Hij heeft een slechte reputatie, Pritchett. Ik heb hem geholpen omdat zijn vader het me heeft gevraagd, en omdat jij het een goed idee scheen te vinden, maar ik heb mijn bedenkingen. Ik ben het ook helemaal niet eens met de krankzinnige wapensmokkel die jij en Londen achter mijn rug hebben bekokstoofd. Het is spelen met vuur, geloof me.'

'Maar als tegenwicht voor de Russische invloed in Mantsjoerije...'

'Ja, ja, ik heb je verslag gelezen. Toch bevalt het me niet, en als ik dan bedenk dat je uitgerekend van die Manners afhankelijk bent...'

'Zijn betrekkingen met de Japanners zouden ons goed van pas kunnen komen, meneer.'

'Zoals je wilt, Pritchett, zoals je wilt. Wat dat incident in Fuxin betreft, laat hem maar een verslag sturen. Maar wel vertrouwelijk. De officiële opstelling blijft dat het een alledaags opstandje was.'

'Ja, meneer. Bedankt, meneer.'

'En zorg dat ik die Hendersons bij me krijg zodra ze in Peking zijn.'

'Ja, meneer.'

'En geen bangmakerij meer over de Boxers.'

'Nee, meneer.'

'Goed dan, Pritchett, terug naar Peking dan maar. Je hebt een lange rit voor de boeg. En Pritchett, bedankt. Je doet je werk uitstekend.'

Sir Claude zuchtte. Hoewel de laatste zonnestralen nog over de vlakte schenen, begon het in de heuvels al te schemeren. In het huis waren de eerste lampen aangestoken, en de gele gloed achter de ramen was warm en uitnodigend. Zijn sigaar was uitgegaan. Hij haalde lucifers uit zijn zak maar merkte dat het doosje leeg was. Een mug zoemde bij zijn oor. 'Stik,' mompelde hij hardop, en hij liep terug naar het huis.

De locomotief stond witte rook uit te braken tegen de lichtblauwe hemel toen Tom en Helen Frances op het provisorische houten perron stonden te wachten, naast een berg hutkoffers en pakjes. Henry Manners was voor hen uit gereisd en had hier klaar moeten staan met de paarden en muildieren voor de tocht naar Shishan, maar hij was nergens te bekennen.

Voorlopig zaten ze vast in dit niemandsland. Honderd meter verderop lag een armoedig dorp met een lemen muur. Aan de rook die uit een gat in een plat dak omhoogkringelde kon Helen Frances zien dat het bewoond moest zijn, maar verder was het enige teken van leven een hond die aan haar voeten op een bot lag te kluiven. Aan de andere kant van de locomotief strekte zich de pasgegraven bedding voor de spoorlijn uit, een streep zwartbruine aarde die zich tot aan de horizon uitstrekte. De rails en de bielzen waren echter nog niet aangelegd, dus hier hield de lijn op.

Tom liep ongeduldig heen en weer, nerveus omdat Manners er niet was, maar Helen Frances voelde eigenlijk alleen maar opwinding. Er stond een straffe wind, de geur van gras prikkelde haar neusgaten, en ze genoot van de eenzaamheid op deze lege vlakte.

Ze had ook van de driedaagse reis uit Peking genoten. Het rijtuig, met een zitkamer en aparte slaapvertrekken, een keuken en een eetkamer, compleet met een tiental bedienden en een kok, was onvoorstelbaar luxueus geweest. Manners had voor het privérijtuig kunnen zorgen door zijn betrekking bij de spoorwegen. Het was achter aan de gewone trein naar Tientsin gekoppeld. Na Tientsin hadden ze een eigen locomotief gekregen, die hen naar het eind van de lijn had gebracht. Helen Frances was nog nooit van haar leven zo vorstelijk behandeld. Samen met Tom had ze eindeloze spelletjes mens-erger-je-niet en halma gespeeld, en 's avonds hadden ze als een prinselijk paar van zilveren borden gedineerd.

Het landschap was merendeels plat en oninteressant geweest, maar de tweede dag was er opwinding ontstaan omdat ze langs de Chinese muur waren gereden, die zich als een eindeloos lange slang door de bergen kronkelde. Daarna waren ze afgedaald naar de kust en waren ze langs de Golf van Bohai gereden. De blauwe zee en de naaldbomen hadden een beeldig schilderij gevormd, omlijst door de gordijnen van hun ramen.

Tom was charmant en attent geweest en had haar steeds nieuwe grapjes en verhalen verteld. Het was de eerste keer dat ze echt met hem alleen was, maar hij was zo lief en keurig, bracht haar 's avonds naar de deur van haar slaapcoupé en bezegelde de dag dan met een omhelzing en kuise kus. Meer had hij uiteraard niet geprobeerd. Hij nam zijn verantwoordelijkheid en haar eer even serieus als het leven zelf.

In stilte had ze zich afgevraagd hoe het geweest zou zijn om met Henry Manners alleen te reizen temidden van zoveel luxe. Zou hij ook een heer zijn gebleven? Een jonge vrouw, weerloos en alleen. De panter en zijn prooi.

Ze vroeg zich af waarom hij het eerste deel van de reis niet met haar en Tom mee was gegaan. Iemand in Peking had zich afkeurend uitgelaten over zijn vrienden, de douane-jongens, en wat zij zijn harem van lichtekooien had genoemd. Manners had ook een privérijtuig genomen, en het was nog maar de vraag of hij alleen was geweest. Had hij een exotische Chinese courtisane meegenomen, een meisje in blauwe zijde, met jade spelden in haar glanzende haar, met lange, roodgelakte nagels en piepkleine voeten? Ze kreeg een beeld voor ogen van een beeldig poppetje dat bij Manners op schoot zat, terwijl hij haar spottend bekeek, met zijn overhemd losgemaakt, een sigaar in zijn mond en een glas cognac in zijn hand. Blozend om haar eigen levendige verbeelding keek ze naar het vrolijke, open gezicht van Tom, die verdiept was in een feuilleton in het tijdschrift *Blackwood's*. Ze schudde haar hoofd.

Ze wist dat ze verliefd was op Tom, al sinds die avond op de Indische Oceaan na het gekostumeerde bal. Samen stonden ze onder de sterrenhemel op het bovenste dek, omringd door de zachte klanken van het orkest die zich vermengden met het klotsen van de golven, de duisternis en de fosforescerende zee. Shakespeare was het thema van het bal geweest, en Helen Frances had voor Othello en Desdemona gekozen.

Op haar voorstel hadden ze, heel gewaagd, de rollen omgedraaid, zodat zij in een strakke broek en wambuis, haar gezicht zwart gemaakt met schoensmeer, als een tengere, bevallige Othello op het bal verscheen, en Tom de ster van de avond was als een lachwekkende parodie op Desdemona, in een opgevulde jurk, gemaakt van een gordijn, met een mop op zijn hoofd bij wijze van golvende krullen en een clownsmond van felrode lippenstift.

Uiteraard wonnen ze de eerste prijs, en ondertussen stal Tom haar hart. Ze was niet verbaasd geweest toen hij haar die avond aan dek een aanzoek deed, onhandig, bijna verontschuldigend, en zij had ja gezegd, helemaal vertederd door dat idiote clownsgezicht van hem. Hij had haar gekust, en zo was zijn eigen gezicht ook zwart geworden. Gierend van het lachen hadden ze elkaar aangekeken, hun handen innig verstrengeld.

De volgende dag voelde hij zich vanzelfsprekend schuldig tegenover haar vader en haar tante. Hij had erin toegestemd om haar te begeleiden. Had hij hun vertrouwen beschaamd? Had hij misbruik gemaakt van de situatie? 'Nou en of,' antwoordde ze, 'gelukkig wel!' En ze barstte in lachen uit omdat Tom zo in de piepzak zat.

Gelukkig was hij nu weer zijn opgewekte zelf en hij leek zich er inmiddels zelfs op te verheugen om haar vader formeel om haar hand te vragen. Zij had daarentegen nooit bedenkingen gehad. Sinds het schip onder een zwerm krijsende zeemeeuwen de kade in Southampton had verlaten, leek het alsof haar vorige leven even klein was geworden als haar tante die haar op de kade uitzwaaide, totdat er niet meer dan een herinnering van over was. Haar huidige werkelijkheid bestond uit de gebeurtenissen die ze tijdens deze lange reis mee- maakte.

Zelfs het begin van die spannende reis – de storm in de Golf van Biskaje, de rots van Gibraltar die opdoemde uit de mist, de dolfijnen en vliegende vissen in de Middellandse Zee – leek nu tot een ver verleden te horen, zo veel was er sindsdien gebeurd. De kamelen in de woestijn toen ze door het drukke Suezkanaal stoomden, de spe- cerijenmarkt in Aden, Bombay, Colombo, Penang. De specerijeilan- den in de ondergaande zon. Hongkong, Shanghai, Tientsin, Peking. Ze leefde van dag tot dag in een spannend heden waar Tom deel van uitmaakte, dus leek het niet meer dan vanzelfsprekend, bijna onver- mijdelijk, dat ze verliefd op hem was geworden.

Bang voor haar vader was ze niet. Ze was twaalf geweest toen ze hem voor het laatst had gezien en ze herinnerde zich niet veel meer van hem dan dat hij opeens levensgroot in het huisje van haar tan- te stond, zijn armen vol pakjes. Het was de eerste keer geweest dat ze een volwassene had zien huilen. Hij had haar lachend en huilend tegelijk omhelsd, met grote zoute tranen die over zijn rode wangen liepen en in zijn bossige snor verdwenen, terwijl zijn bulderende stem in haar oor klonk: 'Mijn meisje. Mijn lieve meisje.' Na een paar da- gen was hij weer verdwenen, maar ze was zijn hartelijkheid en zorg- zaamheid nooit vergeten, net zomin als zijn typische geur, een men- geling van gekookt rundvlees en tabak. Ze was ontroostbaar geweest toen hij weer weg was.

Ze was ervan overtuigd dat hij Tom aardig zou vinden, maar zo- ver was het nog lang niet. Voorlopig vond ze het een geweldig avon- tuur om op een houten perron te staan, midden in een uitgestrekte vlakte, wachtend op Henry Manners. Dat was de opwindende wer- kelijkheid van het moment.

Terwijl Tom bleef ijsberen en de wind in haar oren floot, bedacht ze dat het wel een beetje vreemd was dat ze nooit over Tom had ge- fantaseerd zoals ze over Henry Manners fantaseerde. Tom was uiter- aard een toonbeeld van deugdzaamheid. Af en toe een voorzichtige omhelzing en een kus, maar afgezien daarvan was een lichamelijke relatie voor het huwelijk uitgesloten, hoewel ze het liefst zou smel- ten in zijn armen. Ze wist wat er na hun huwelijk zou gebeuren en verheugde zich erop, dat dacht ze tenminste. Eigenlijk had ze bij de daad zelf nooit stilgestaan, totdat ze Henry Manners' spieren en pezen had zien golven onder zijn tweedjasje en de dijen waarmee hij zijn paard omklemde. En nu leek het wel alsof ze nergens anders meer aan kon denken, vooral als ze alleen was.

Ze was natuurlijk niet gek. Ze had zichzelf in het verleden aangeraakt, op school, en had de warmte en het genot in haar onderbuik gevoeld, maar het leek een ongeïnspireerde opwinding en ze had geleerd de verleiding te weerstaan. Het was misschien niet onnatuurlijk, maar wel beschamend, en ze deed nooit mee als de andere meisjes in de slaapzaal giechelden en fluisterden en hetzelfde en meer deden, met zichzelf en elkaar. Dan trok ze een kussen over haar hoofd om zo min mogelijk te hoeven horen.

Sinds de picknick op zaterdag werd ze echter elke nacht wakker met dezelfde warmte en vochtigheid tussen haar benen die ze zich uit haar schooltijd herinnerde, en een warme tinteling in haar buik en borsten. Ze hield zichzelf voor dat het normaal was, dat ze van Tom had gedroomd. Het was heel normaal dat ze zich onbewust voorbereidde op de huwelijksnacht. Maar vaak zag ze het gezicht van Henry Manners als ze haar ogen dichtdeed, en dan lag ze wakker in het donker en probeerde ze uit alle macht aan Tom te denken.

Ze maakte zichzelf wijs dat ze Manners niet eens aardig vond. Hij was een flierefluiter, zoals Tom het zou zeggen. Een rokkenjager, een man met een verleden. Was ze maar niet zo provinciaals, had ze maar meer ervaring. Een zelfverzekerde vrouw als gravin Esterhazy had dit soort onzekerheden vast nooit gehad. Maar hoe ze haar best ook deed, ze kon Manners niet uit haar gedachten bannen. 'Hoe eerder je trouwt, lieve meid, des te beter,' zei ze tegen zichzelf, met een stem die op de bas van haar vader moest lijken.

'Wat zei je?' vroeg Tom.

'Niets. Ik praatte tegen mezelf.'

'Pas maar op. Dat is een veeg teken. Waar is die verrekte kerel? Ik had nooit gedacht dat iemand zoals Henry Manners onbetrouwbaar zou zijn.'

'Zeker niet. Henry Manners is een koorknaap.'

'Wat heb jij toch, HF? Soms krijg ik het gevoel dat je Manners helemaal niet aardig vindt. We zijn van hem afhankelijk, weet je.'

'Wees maar niet bang, Tom, hij komt heus wel. Koorknapen houden altijd woord.'

'Nou doe je het weer.'

'Ik heb niets tegen Mr. Manners, Tom. Ik vind het alleen jammer dat we niet meer met z'n tweeën zijn. Ik vond het de afgelopen drie dagen erg gezellig. Ik zal je missen.'

'O, m'n lieve schattebout,' zei Tom. 'Kom eens hier, dan krijg je een kus.'

En terwijl ze elkaar omhelsden op het perron verscheen Henry Manners met de lastdieren, in draf, in een grote stofwolk. Helen Frances haalde haar hand van Toms schouder en keek recht in Manners' lachende blauwe ogen. Grijnzend nam hij zijn hoed af, terwijl hij met zijn vrije hand zijn paard kalmeerde.

In een karavaan werd de reis voortgezet. Acht muildieren droegen hun bagage en de proviand voor onderweg. Manners had zes bereden dragers ingehuurd, die ook als bewakers dienst deden. Helen Frances was geschrokken toen ze hen voor het eerst zag. Ze hadden ruwe, verweerde gezichten, hangsnorren en felle spleetogen boven brede, bruine jukbeenderen. Ze droegen knielange jassen, leren laarzen en bontmutsen, met lange geweren op hun rug en messen in hun riem. Hun vlechten waren ingesmeerd met dierlijk vet en werden onder hun mutsen opgerold, of om hun nek gewikkeld. Ze zei tegen Tom dat ze haar aan de rovers uit Ali Baba deden denken. Toen ze hen beter leerde kennen, bleken ze tot haar verbazing enorm vriendelijk en geestig te zijn. 's Avonds zaten ze om hun eigen kampvuur en gaven ze een fles met kleurloze sterkedrank aan elkaar door, rookten ze lange pijpen en zongen ze melancholieke liederen.

Lao Zhao, de hoofdman, benoemde zichzelf tot haar persoonlijke oppasser en knecht. Hij hielp haar bij elke stop in en uit het zadel (niet dat dat nodig was, want de Mongoolse pony's waren heel klein), schepte noedels en vlees voor haar op, zeulde met haar bagage, zette haar tent op en legde een deken om haar schouders als er een koude wind stond. Bij alles wat hij deed babbelde en lachte hij, en toverde hij de meest lachwekkende uitdrukkingen op zijn beweeglijke gezicht. Ze verstond natuurlijk geen woord van wat hij zei, maar ze wist dat het goed bedoeld was, en na de eerste dag voelde ze zich volkomen op haar gemak met hem.

De eerste twee dagen reden ze over grasland en zoutvlaktes en zagen ze weinig tekenen van menselijke bewoning. Soms kwamen ze een herder tegen met een kudde schapen of geiten. Dan wenkte Lao Zhao hem en volgden er langdurige onderhandelingen over een schaap of lam voor het avondeten. Manners en Tom reden voorop en keken uit naar wild. Manners schoot vanuit het zadel een trapgans; in één vloeiende beweging haalde hij het geweer uit het foedraal en richtte en vuurde hij op het kleine stipje in de lucht. Ook zag hij een keer sporen van herten. Tom en hij galoppeerden weg met een van de dragers, en ze kwamen drie uur later terug met een steenbok over Manners' zadel.

Tom en Manners werden dikke vrienden. Ze reden altijd naast elkaar, en Tom luisterde geboeid als Manners zijn jachtpartijen in de heuvels aan de voet van de Himalaya beschreef. Soms deden ze wedstrijden, en zag Helen Frances de blije uitdrukking op Toms gezicht als hij sneller probeerde te zijn dan zijn vriend. Zelf vond ze het niet erg om bij de muildieren te blijven, dromerig naar de eindeloze grasvlakte onder de wolkenloze hemel te staren of naar de liederen van de dragers te luisteren.

Als ze 's avonds rond het kampvuur zaten, was Henry Manners verbazend goed gezelschap. Tom had gelijk gehad, hij vertelde allerlei verhalen over de met onkruid overwoekerde en door apen bewoonde hindoetempels die hij in de Indiase jungle had gezien, en over de reliëfs van angstaanjagende goden en de Thuggee-cultus, die volgens hem in afgelegen bergen en bossen nog steeds te vinden was. Hij beschreef de schitterende paleizen in Delhi en Agra, expedities tegen de wilde stammen in het noordwesten, en het krankzinnige sociale leven in Simla, een onbeduidend plaatsje in de heuvels dat tot leven kwam als de onderkoning er neerstreek met zijn hofhouding om de zomerse hitte te ontlopen.

Ook vertelde hij over zijn jaren in Japan. Details over zijn werk als militair adviseur gaf hij niet, maar hij beschreef wel de tuinen en tempels, de boeddha in Kamakura, het hertenpark in Nara, de schoonheid van de kustweg langs de binnenzee, de Fuji, en de merkwaardige rituelen aan het Japanse hof. Hij sprak met veel enthousiasme en toonde een grote tolerantie voor vreemde culturen, terwijl hij in Peking juist cynisch en blasé had geleken.

De verhalen waren doorspekt met namen van de mensen met wie Manners omging, namen die Helen Frances alleen maar in kranten had gezien – politici zoals George Curzon en Arthur Balfour, schrijvers zoals Bernard Shaw en Max Beerbohm, en beroemde toneelspelers als Sarah Bernhardt, Ellen Terry en Beerbohm Tree. Het wees er allemaal op dat Manners zich in een milieu bewoog dat ver boven het hare stond. Ze begreep dat hij zelfs was ontvangen door de kroonprins – Bertie, zoals hij hem noemde – voordat hij aan het begin van de jaren negentig om mysterieuze redenen van de Guards naar de Royal Engineers in India was overgeplaatst. Voor Helen Frances was de wereld van de Engelse aristocratie even exotisch als de sterrenhemel boven Azië, en veel intimiderender.

Toch schepte Manners nooit op en was hij evenmin arrogant. Ze begon zich zelfs af te vragen of ze zich zijn roofdierachtige avances in Peking soms had verbeeld. Hij was vriendelijk en voorkomend, en minstens even hoffelijk als Tom. Maar Tom, die waarschijnlijk niet meer dan een paar jaar jonger was dan Manners, leek vergeleken bij hem even onhandig als een schooljongen, en hij hing met haast kinderlijke gretigheid aan Manners' lippen als deze over zijn kleurrijke verleden vertelde.

Op de middag van de derde dag veranderde het landschap en bereikten ze golvende heuvels. Nu reden ze tussen boomgaarden door, langs boerderijen met akkers. Vertrouwde eiken en olmen groeiden op de hellingen. Boeren in het blauw maaiden gierst met een zeis, of reden op ezelkarren over uitgesleten wegen. Regelmatig kwamen ze door dorpen, en die avond en de volgende wilden de dragers in een karavanserai overnachten. De drie Europeanen voelden er weinig voor om in rokerige kamers te slapen, tussen de muilezeldrijvers op smerige *kangs*, en lieten hun tenten buiten op de binnenplaats opzetten. Toch hadden ze genoeg verhalen over bandieten en rovers gehoord om blij te zijn met de dikke lemen muren die hen tegen een mogelijke dreiging van buitenaf beschermden. Helen Frances vond het een belevenis om tussen de wagens onder de sterren te zitten en te kijken naar de reusachtige schaduwen van muilezeldrijvers die bewogen achter het felgekleurde oliepapier voor de ramen, met het tokkelen van muziekinstrumenten op de achtergrond. Het deed haar denken aan de herberg in *Don Quixote*, of de middeleeuwse verhalen die ze als meisje had gelezen.

Alle details van het primitieve boerenleven fascineerden haar, en ze reageerde dan ook geestdriftig toen Manners hun de vijfde dag vertelde dat ze bijna bij de eerste ommuurde stad op hun route waren, Fuxin. Hij legde uit dat de stichter van de Manchu-natie, Nurhachi, hier een buitenpost had opgezet, en dat een van zijn neven hier begraven was. De stad deed aan Shishan denken, zei hij.

In de verte doemden de torens op de muren op. Het was een kleine stad, tegen een heuvel aangeplakt. De muren leken op die van Peking, maar dan kleinschaliger. Ten westen stond een pagode op een heuveltje.

Tom en Helen Frances bespraken opgewonden wat ze op de markt zouden gaan kopen. Ze passeerden steeds meer mensen toen ze de grote poort naderden. Manners was die ochtend met Lao Zhao vooruit gereden om proviand in te slaan en een slaapplaats voor de nacht te regelen. Het was een schrik om hen op een meter of vijfhonderd van de poort opeens in galop uit de stad te zien komen, alsof de duivel hen op de hielen zat.

Opeens werd hun aandacht getrokken door het luide roepen van heel veel stemmen links van hen. Op een kale paradeplaats, die tussen hen en de naderende Manners in lag, had zich een enorme mensenmenigte verzameld rond een open plek in het midden. Zittend op hun paarden konden ze over de hoofden heen kijken en zien wat daar gebeurde.

Helen Frances begreep niet meteen wat er aan de hand was. Tien of elf mannen zaten geknield op de grond, en hun armen werden vastgebonden op hun rug door potige mannen met ontbloot bovenlijf. Andere mannen stonden voor de geknielde figuren en trokken hun vlechten naar voren om de nek te ontbloten. Een grijsaard in een blauw gewaad stond voor een groep functionarissen en las met een hoge, beverige stem iets voor van een rol. Toen maakte hij een gebaar, en een aantal reusachtige kerels, ook met ontbloot bovenlijf, kwam naar voren. Zij stelden zich elk naast een van de geknielde figuren op. In hun handen hielden ze lange kromzwaarden.

'O mijn god, HF, niet kijken!' riep Tom.

Maar Helen Frances kon haar ogen niet van het tafereel afhouden. De man met het grijze haar stak zijn arm omhoog, en de reuzen hieven hun zwaarden. '*Chie-e!*' krijste de grijsaard, en de zwaarden zwiepten soepel omlaag. Elf hoofden leken weg te stuiteren, terwijl de lichamen in elkaar zakten en bleven liggen in het zand. Er steeg een goedkeurend gejuich op uit de menigte. Bloed spoot in stralen uit de onthoofde lichamen. Helen Frances draaide met een ruk haar hoofd weg, hevig geschokt door wat ze had gezien, tranen van schrik in haar ogen. Ze zag dat de dragers lachend en grijnzend toekeken vanuit het zadel. De paniek sloeg toe, ze wilde alleen nog maar weg, en ze gaf haar pony de sporen. In wilde galop stoof ze weg, zonder te horen dat Tom haar riep.

Op dat moment bereikte Manners hen. Hij wilde net zijn pony inhouden, maar zag dat Helen Frances bij de groep vandaan reed, en galoppeerde achter haar aan. Het lukte hem om haar bungelende teugels te pakken, en de twee paarden stoven naast elkaar voort totdat Manners de dieren geleidelijk tot stilstand wist te brengen. Met de teugels van de twee paarden in zijn hand sprong hij van zijn paard, en met zijn vrije arm trok hij Helen Frances omlaag uit het zadel. Ze was hysterisch en snakte naar adem. Manners trok haar tegen zijn borst en streelde haar haren. 'Rustig maar,' mompelde hij. 'Het is voorbij. Stil maar.'

Tom rende met grote ogen naar hen toe, duidelijk bezorgd, maar hij bleef aarzelend staan, wist niet goed wat hij moest doen.

'Kom op, man, ze heeft je nodig,' zei Manners. 'Hou haar maar stevig vast. Ze heeft een shock.'

Zacht duwde hij Helen Frances naar Tom toe. Ze voelde zijn sterke armen om haar heen. Haar lichaam schokte, ze trilde als een espenblad en ze probeerde zich los te maken. Haar nagels krabden over Toms rug, toen zakte ze tegen hem aan en kwam ze geleidelijk een beetje tot bedaren.

'Ik had jullie willen waarschuwen. We kunnen hier beter niet blijven, Cabot. We moeten verder. Buitenlanders zijn op dit moment niet erg geliefd in Fuxin.'

'Wie waren dat, Manners? Wat gebeurt hier?'

'Dat vertel ik je later wel. We kunnen beter zo snel mogelijk verder gaan. Kun jij haar bij je nemen op je eigen paard? Haar een tijdje vasthouden? Mooi. Daar is Lao Zhao met de proviand. Kom op, we gaan.'

De dragers hadden de karavaan gekeerd en de paarden tot rust gebracht. Manners en Lao Zhao tilden Helen Frances teder voor Tom in het zadel, en hij sloeg beschermend een arm om haar middel. Aan weerszijden van de weg had zich een zwijgende menigte verzameld. De mensen die de executie hadden gezien, kwamen nu dreigend op de buitenlanders af.

'Geen paniek,' zei Manners. 'Kalm blijven. Lao Zhao, *zoule*!'

Lao Zhao gaf een ruk aan zijn teugels en gaf de voorste pakezel een ferme tik met zijn stok. De karavaan draafde weg in de richting waaruit ze waren gekomen, en de zwijgende, vijandige bevolking van Fuxin bleef achter.

Na ruim een kilometer sloegen ze van de weg af om via een omweg door de gierstvelden met een grote boog om de stad heen te rijden. Helen Frances was inmiddels wat rustiger, en Manners stelde voor dat ze weer zelf zou rijden. Ze reden door totdat het helemaal donker was en kampeerden die nacht langs de kant van de weg. Helen Frances ging vroeg naar haar tent, en Tom en Manners bleven met een sigaar achter bij het kampvuur.

'Ze is een kranige meid, Cabot,' zei Manners. 'Zoals ik eerder al een keer zei, je mag van geluk spreken.'

'Wat gebeurde daar nou? Ik heb wel vaker executies gezien. Gezellig is anders, maar zo'n sfeer heb ik nog nooit meegemaakt.'

'Er is hier een tijd geleden een opstand uitgebroken. Een koopman is vermoord – een christen naar het schijnt. De autoriteiten hebben hard opgetreden. Er waren populaire figuren onder de geëxecuteerden. Misschien dat ze de buitenlanders de schuld geven, alle christenen over één kam scheren.'

'Mijn hemel, Manners, het waren toch geen Boxers?'

'Boxers? Wie weet? Wat is een Boxer? De mensen in dit land maken meer dan genoeg misère mee en ze kunnen heus wel op eigen houtje in opstand komen. Het schijnt dat die koopman de mensen bedroog door diervoeder door zijn graan te mengen. China is nu eenmaal door en door corrupt. Maar ja, soms pikken mensen het niet.'

'Wat zeggen we tegen HF?'

'Zeg maar niets. Als ze maar lang genoeg in China blijft, zal ze nog heel wat executies meemaken. De eerste keer is het schokkend, maar ze komt er heus wel overheen. Zeg maar tegen haar dat het een kwestie is van misdaad en straf, zoals mijn goede vriend sir Claude altijd zegt.'

'Zijn we veilig?'

'Ja, we zijn veilig. We hebben deze, nietwaar?' Manners klopte op zijn geweer, dat naast hem tegen zijn zadel stond. 'Met Mr. Remington ben je altijd veilig.'

De volgende dag regende het. De weg was modderig en ze kwamen maar moeizaam vooruit. Helen Frances was nog steeds bleek, maar ze had zich voldoende hersteld om zich dapper voor te doen en de twee mannen haar verontschuldigingen aan te bieden voor wat ze zelf haar erbarmelijke gedrag noemde. Die middag leek ze weer net zo opgewekt als anders, maar de regen en donkere wolken waren deprimerend, en iedereen was blij toen het kamp werd opgeslagen. Het terrein begon te stijgen. Ze hadden de lagere hellingen van de Zwarte Heuvels bereikt.

'Morgen komen we door een bos,' zei Manners, 'en dan is het nog maar een dag rijden voordat we in Shishan zijn.'

Helen Frances had een rusteloze nacht, en de regen tikte zacht op het tentdoek. Ze had haar ontzetting over wat ze de vorige dag had gezien overwonnen en probeerde het af te doen als een van de avonturen waarop ze zich bij haar vertrek uit Sussex had verheugd. 'Wat had je dan verwacht, moppie?' vroeg ze zichzelf met de stem van haar vader, die ze altijd geruststellend vond. Ze herinnerde zich nog maar vaag wat er was gebeurd na het neerkomen van de zwaarden. Ze was weggereden en had een moment van soelaas gevoeld toen Manners haar vasthield en probeerde te kalmeren. Ze wist nog dat hij haar haren had gestreeld. Hij was zo lief geweest. Had hij vluchtig haar voorhoofd gekust? Dat wist ze niet meer. Het was vreemd dat ze in paniek was geraakt toen hij haar aan Tom had overgedragen. In gedachten hoorde ze de stem van haar vader: Slaap, meisje, slaap. Ga toch slapen. En uiteindelijk dommelde ze in, maar ze sliep de hele nacht onrustig.

Ze was al vroeg wakker. Vogels zongen en ze zag het vroege zonlicht op het tentdoek. Ze wilde haar behoefte doen voordat de anderen op waren, dus sloeg ze een sjaal om haar schouders, ze maakte de flap van de tent los en kroop naar buiten op het natte gras. Toen ze opkeek, gilde ze het uit van schrik.

Op nog geen tien pas van haar vandaan stond een man bij de struiken. Hij was gekleed als een priester, met een kaalgeschoren hoofd en witte beenwindsels, een staf en bedelnap, attributen waaraan ze rondreizende heilige mannen inmiddels had leren herkennen. Het gewaad dat hij droeg was echter niet zoals gebruikelijk bruin of saffraangeel, maar veelkleurig, met sterren en zonnen en bloedrode karakters op een basispatroon van granaatappels. Toch schrok ze het ergst van zijn gezicht. Het was bleek, vlezig, leeftijdloos en ongerimpeld. Hij leek haar doordringend aan te staren, maar zijn ogen waren geheel wit, zonder pupillen. De geopende mond, tandeloos en zonder tong, grijnsde kwaadaardig. Het leek wel alsof er helemaal niets in die schedel zat. Geruisloos deed hij een stap naar achteren en het volgende moment was hij verdwenen in de struiken.

Manners kwam als eerste uit zijn tent, een revolver in zijn hand, kort daarna gevolgd door Tom en de muilezeldrijvers. Een uitgebreide zoektocht in de struiken en het bos erachter leverde geen enkel spoor van de priester op.

'Ik heb hem echt gezien, Tom, echt waar,' zei ze.

'Natuurlijk, moppie,' zei Tom. 'Dat weet ik toch.'

'Laten we hier weggaan,' stelde Manners voor. 'We ontbijten later wel.'

Snel werd het kamp opgebroken, en de karavaan trok het donkere woud van de Zwarte Heuvels in.

HOOFDSTUK 3

Lao Tian zegt dat de vuurwagens de handel op de kanalen hebben

opgevreten, zodat de slepers nu geen werk meer hebben.

Het Tian Le Yuan, het Paleis van de Hemelse Lusten, was niet het enige bordeel in Shishan maar wel het beste. De meisjes waren mooi en bedreven in alle kunsten, niet alleen de amoureuze: ze konden zingen, dansen, gedichten voordragen, en de luit, citer en fluit spelen. De koks waren creatief, het eten was beroemd. Er waren baden en stoomkamers en miniatuurtuinen, er was zelfs een kleine bibliotheek, en op de divan kon de beste kwaliteit opium worden gerookt. Maar het belangrijkst van alles was dat de klanten wisten dat ze op de discretie van Madame Liu konden rekenen. Voor de kooplieden in Shishan was het de ideale plek om gasten te onthalen.

Vanaf het marktplein zag je nauwelijks verschil tussen het bordeel en de andere huizen in de straat tegenover de tempel. Er was een bord met drie gouden karakters op een blauwe achtergrond, maar dat had net zo goed van het restaurant op de begane grond kunnen zijn. De zoon van Madame Liu, Ren Ren, zwaaide de scepter over deze tak van het familiebedrijf. Het was een drukbezocht theehuis waar iedereen kon komen om noedels, pasteitjes en andere typisch noordelijke specialiteiten te nuttigen. Het was betrekkelijk winstgevend, maar voor Ren Ren was het belangrijker dat zijn handlangers hier onopgemerkt bij elkaar konden komen.

Hoewel Ren Ren jong was en zich onopvallend gedroeg, werd in

Shishan gefluisterd dat hij de leiding had over het innen van de contributie voor het genootschap van de Zwarte Stokken. Vandaar dat de klanten van zijn moeder hem met respect en een zekere behoedzaamheid behandelden. In kleine kring stond hij als pervers en sadistisch bekend, en door deze mensen werd hij angstvallig gemeden. Die luxe was niet weggelegd voor de meisjes en jongens die in het Paleis van de Hemelse Lusten werkten.

Het restaurant was geheel gescheiden van de belangrijkste activiteit in het huis. De onderneming van Madame Liu, waar Ren Ren een ondergeschikte rol in speelde, was gevestigd op de hogere verdiepingen en in het doolhof van gebouwen en binnenplaatsen erachter. Hier kwam men via een veel discretere ingang verderop in de straat, in een smal, donker steegje tussen een hoge stenen muur en de hutjes van handwerkslieden. Een kaars in een lantaarn flakkerde boven een deur met afgebladderde rode verf en twee beelden van leeuwen. Werd er geklopt, dan ging er een luikje open waardoor de portier de bezoeker kon bekijken, en alleen als hij werd herkend of het juiste wachtwoord zei werd hij binnengelaten. Vervolgens bereikte hij via de portiersloge, waar twee potige bewakers steevast zaten te schaken, de binnenplaats. Daar zag de gelukkige ingewijde een sprookjeslandschap van rode lantaarns boven een sierlijke brug, en werd hij door een glimlachend meisje meegenomen naar het paradijs.

Deze keer stond Madame Liu zelf te wachten bij de brug. Ze was een lange vrouw van tegen de vijftig, die in haar jeugd duidelijk knap was geweest. Nog steeds besteedde ze veel aandacht aan haar uiterlijk. Haar haar, opgestoken in een gladde knot, was zwart geverfd om de grijze strepen te camoufleren, en haar lange, arrogante gezicht was zwaar gepoederd en opgemaakt. Ze droeg een bescheiden japon van bruine zijde, maar als ze bewoog op haar piepkleine, afgebonden voeten, schitterden goudborduursel en een parelsnoer in het licht van de lantaarns. Hoewel de herfst nog maar net was begonnen, had ze het koud. Huiverend trok ze de zwarte wollen omslagdoek dichter om haar smalle schouders.

Kritisch keek ze om zich heen, en ze zag de bladeren die niet waren weggeharkt van het pad. Ze eiste altijd het hoogst haalbare en bestrafte tekortkomingen streng. Voor het bestieren van een huis als het hare waren orde en discipline onontbeerlijk. Alleen op die manier kon ze haar reputatie handhaven. Het had haar vijftien jaar gekost om het Paleis van de Hemelse Lusten zoveel prestige te geven. Het was zwaar geweest. Ze zat al haar hele leven in het vak. Als meisje van dertien was ze aan een hoerenkast in Shenyang verkocht toen haar vader, een koopman, bankroet was gegaan. Ze was verkracht, geslagen en naakt vastgeketend op een ijskoude zolder totdat haar verzet was gebroken. Het was haar redding geweest dat ze mooi was, een sterk karakter had en de wil om te overleven.

Op haar twintigste was ze uitgekocht door een betrekkelijk welvarende koopman en zijn derde concubine geworden. In zijn huishouden had ze erger geleden dan in het bordeel. Tot op de dag van vandaag koesterde ze haat tegen de twee andere vrouwen en haar schoonmoeder. Het was als een kooltje dat ze brandend hield in haar hart. Nooit meer zou ze zich laten vernederen. Toen ze de koopman een zoon had geschonken, waren de andere vrouwen nog jaloerser en gemener geworden, maar haar wraak was zoet toen een cholera-epidemie de stad trof. Allemaal waren ze overleden, de koopman, zijn moeder en zijn twee vrouwen.

Men had het indertijd vreemd gevonden dat alleen zij, haar zoon en twee dochters van de koopman de epidemie hadden overleefd. Er was een onderzoek ingesteld, maar er waren geen bewijzen tegen haar gevonden. Veel gezinnen in de stad waren even zwaar getroffen. Zij en haar zoon hadden het geld van de koopman geërfd. Het had haar een satanisch genoegen verschaft om zijn twee dochters te verkopen aan hetzelfde bordeel waar hij haar had gevonden. Daarna was ze naar Shishan gegaan en had ze met het geld van de koopman het huis gekocht dat later het Paleis van de Hemelse Lusten zou worden.

Aanvankelijk had ze geprobeerd stoffen te verkopen, maar dat was een mislukking geworden. Het was winstgevender geweest om haar oude beroep weer op te pakken, eerst alleen, met een discreet portret van haarzelf op de deur, en later als de madam van haar eigen etablissement. Het genootschap van de Zwarte Stokken had haar flink voor haar onafhankelijkheid laten dokken, maar ze zorgden ook voor klandizie.

Tegenwoordig stond ze aan het hoofd van een winstgevend be-

drijf, met getalenteerde meisjes en vaste klanten. Haar zoon, die weliswaar een andere voorkeur had, bleek als geen ander in staat om
nieuwe meisjes af te richten. Je kon zowel jongens als meisjes van
achteren nemen, met als voordeel dat hun maagdelijkheid behouden
bleef en voor een extra bedrag verkocht kon worden. En er bestond
geen enkel risico dat Ren Ren zou smelten voor een van de nieuwe meisjes, hoe mooi of innemend ze ook waren. Hij verachtte ze
allemaal. Ze glimlachte. Er was geen enkel gevaar dat Ren Ren tegenover wie dan ook gevoel zou tonen. Ze had hem goed opgevoed.

Het leven was mooi, vond ze. Met haar voorzichtigheid, strenge
discipline en de bescheiden bedragen die ze afdroegen voor hun bescherming had ze heel wat bereikt. Ze nam zich voor om die avond
wierook te branden als dank aan de Voorzienigheid. Ondertussen had
ze last van haar voeten. Ze hoopte dat haar bezoeker niet te laat zou
zijn.

Lang hoefde ze niet te wachten. Ze hoorde dat er buiten de poort
een draagstoel werd neergezet, een klopje, en enige woorden die met
de portier werden gewisseld. Toen kwam een gebogen man in een
allesverhullende mantel snel uit de portiersloge naar buiten.

'Excellentie,' zei ze met een formele buiging van haar hoofd, 'we
beschouwen het als een eer om zo'n vooraanstaande persoon in ons
nederige huis te ontvangen.'

'Het genoegen is geheel aan mijn kant, Madame Liu,' mompelde
de man. 'Het doet me deugd u in goede gezondheid te zien, maar u
zou eigenlijk niet buiten moeten zijn op deze koude avond. Misschien kunnen we beter binnen praten.'

'Zeker,' beaamde Madame Liu. 'Ik heb voor enige verversingen
gezorgd.'

'U bent even voorkomend als altijd.'

Ondanks haar afgebonden voeten hobbelde Madame Liu snel over
de brug, gevolgd door de man. Ze kwamen op een andere binnenplaats. Aan de ene kant brandde licht in een paviljoen, en de klanken van de Chinese citer, een *chin*, waren hoorbaar.

'Majoor Lin heeft ons vanavond met een bezoekje vereerd.' Met
een schalkse glimlach keek Madame Liu de man aan.

'In dat geval moet het de mooie Miss Fan zijn die we horen spelen. Ze musiceert voortreffelijk. U kunt trots op haar zijn.'

'Ze is niet meer dan een stuntelende beginner, vrees ik. Maar ik bedank u voor het compliment. Ik wil u trouwens iets vragen over majoor Lin en dat meisje.'

'Straks,' zei de man. 'Als we binnen zijn.'

Ze liepen door nog een tuin en gingen een groot gebouw binnen, waar twee krakende houten trappen beklommen moesten worden. Het kostte Madame Liu moeite, en de man steunde haar arm. Van beneden hoorden ze gelach en mannenstemmen, een ervan luider dan de rest.

'Dat zijn de kooplieden Lu Jincai en Jin Shangui,' zei Madame Liu afkeurend. 'Ze fêteren die dikke barbaar, De Falang.' Ze gebruikte Delameres Chinese naam. 'Zoals gewoonlijk zijn ze allemaal ladderzat.'

'U bent bijzonder gastvrij,' zei de man zacht.

'Ik verleen diensten aan mensen die ervoor betalen. Zo wilt u het toch zeker?'

'Vanzelfsprekend.'

Ze liepen door een gang met dichte deuren. Achter sommige deuren waren geluiden hoorbaar – fluitspel, gesprekken, stemmen van mannen en vrouwen, achter andere kraken en zuchten, soms van plezier, soms van pijn.

Naast een van de deuren bleef Madame Liu staan. Ze schoof een rol aan de muur opzij en onthulde een verborgen kijkgaatje. 'Kan ik u plezieren met...'

'Straks,' zei de man. 'Ik stel voor dat we eerst praten.'

'Dan gaan we naar mijn zitkamer.'

'Zoals u wilt.'

Hij volgde haar naar het eind van de gang en door een volgende, die dood leek te lopen op een muur. Er hing een grote rol op met de afbeelding van een keizerlijk paleis met vele binnenplaatsen, en als je beter keek kon je in de kamers concubines en eunuchen zien die elkaar op verrassende manieren plezierden. Madame Liu tilde de rol op en duwde tegen een paneel, waarop een kleine deur openging. Een trapje voerde naar een andere lange gang, deze keer met kale houten muren en een vloer zonder kleed. Ze haalde een sleutelbos uit haar zak, maakte een van de deuren open en deed een stap

99

opzij om de man voor te laten gaan.

Het was een klein vertrek, weelderig ingericht met tapijten op de vloer en aan de muren. Op een groot hemelbed lag een pekineesje te slapen. In een van de hoeken stond een altaar met beeldjes van Guang Gong en andere goden. Er brandden twee kaarsen en de kamer rook naar wierook. Op een lage tafel met twee stoelen stond een schaal met fruit, een theepot in een mand en verscheidene rieten warmers voor eten.

'Welkom in mijn nederige stulpje.' Ze haalde de deksels van de mandjes en zette schaaltjes met zoetigheid en gekookte groenten neer. 'Wilt u een glaasje wijn?'

'Thee, graag,' zei Jin Lao, de kamerheer van de Mandarijn, terwijl hij zijn mantel uitdeed en over een kruk legde. 'Ik waardeer uw gastvrijheid, maar u had zich voor mij niet zo uit hoeven te sloven.'

'Zoals de dichter zegt: "Een duizendtal kopjes zou te weinig zijn om te drinken met een goede vriend."'

'Oude vrienden zijn we zeker. We doen ook al heel lang zaken met elkaar,' zei Jin Lao. 'En volgens mij moeten we het vanavond over zaken hebben.'

'Laten we de genoegens niet vergeten. Ik heb u verteld dat ik iets voor u in petto heb, nog boeiender en prikkelender dan u van mij gewend bent...'

'Maar eerst de zaken, Madame Liu. Dat is de juiste volgorde. Ik mag mijn meester niet teleurstellen.'

'Verkeert de Mandarijn in goede gezondheid?'

'In uitstekende gezondheid, Madame Liu, dank u. Zijn welvarendheid is "als een geluksster in de ascendant op golven van voorspoed". Het is, met permissie, een kwestie die betrekking heeft op zijn welvaart waarover ik met u wil praten. Er staat nog een kleine bijdrage open van... Was het niet vierhonderd *taël*? Meer, wellicht, deze maand? Uw huis wordt goed bezocht.'

'Zeker niet meer. Het gaat heel slecht met de zaken.' Madame Liu schudde haar hoofd.

'De zaken gaan nooit zo goed als men wel zou willen. "Oneindig is de zee van moeilijkheden. De mens is stuurloos in deze wereld alsof het een droom was."' Met een glimlach citeerde Jin Lao het spreekwoord. 'Het is iets om dankbaar voor te zijn dat dit etablissement nooit tegenslagen heeft gekend. Dankzij uw eigen goede beleid, uiteraard, maar ook dankzij de voortdurende bescherming van uw vrienden.'

'Ik ben altijd dankbaar voor de vaderlijke bescherming van de Mandarijn,' zei Madame Liu. 'Hij is een grote steun voor me in deze zware tijden.'

'Zware tijden? Dat kunt u toch niet menen.'

'U hebt geen idee, Jin Lao. Onze klanten zijn tegenwoordig zo kritisch, en ze zijn altijd op zoek naar iets nieuws, iets anders. En de enige meisjes die we momenteel kunnen vinden zijn donker, dwergachtig en dom, gespeend van ieder talent. Een zangeresje uit Yangzhou, of een danseresje uit Suzhou is er niet meer bij. Laat staan een maagd! Weet u wel wat het kost om een maagd hierheen te halen? Of om een meisje op te leiden in de kunsten? Ik beschouw ze als mijn kinderen, mijn meisjes, en ik overstelp ze met liefde en aandacht. De reputatie van dit huis is erg belangrijk voor me, Jin Lao. Maar de kosten zijn zo hoog.'

'Ik ben ervan overtuigd dat u verstandig en prudent investeert, mijn beste Madame. En uw investeringen leveren heel wat op. Ik zie vanavond geen tekort aan klanten.'

'En dan zijn er de andere kosten. Weet u wel hoe inhalig die Zwarte Stokken zijn geworden? De gunsten die we aan hun leden moeten verlenen. Ik wil niets zeggen ten nadele van de Mandarijn, die als een vader voor me is, maar die afpersers...'

'Is uw zoon geen vooraanstaand lid van de Zwarte Stokken? Niet dat ik veel wil weten over wat ik onder andere omstandigheden als een criminele organisatie moet veroordelen. U bent ongetwijfeld tot een vergelijk gekomen.'

'Maar dat doet niets af aan de kosten, Jin Lao. Ik ben een arme weduwe en ik heb zeker bescherming nodig. Maar men kan niet van mij verwachten dat ik iedereen er hetzelfde voor betaal.'

'Liu Da Ren is zoals u weet een buitengewoon genereus man. Hij zal zeker met een of twee taël minder genoegen willen nemen als een oude partner in de problemen zit.'

'Driehonderd taël,' zei Madame Liu.

'Driehonderdnegentig,' zei Jin Lao.

'Als alle klanten nou netjes betaalden, dan zou het makkelijker zijn,' betoogde Madame Liu, 'maar u hebt geen idee hoeveel mensen – fatsoenlijke mensen – er naar mijn huis komen, hier eten en drinken, en zich daarna laten verwennen en weggaan zonder de rekening te betalen. Veel te veel mensen zijn mij geld schuldig, Jin Lao.'

'Is dat niet precies de reden waarom u voor bescherming betaalt? Ik zou toch denken dat de Zwarte Stokken u hierbij uitstekend kunnen helpen.'

'Niet in alle gevallen, Jin Lao. Ik heb grote schuldenaren... Welnu, een in het bijzonder, een man die zijn eigen bescherming heeft.'

'Op wie doelt u precies?'

'Op majoor Lin, natuurlijk. Ik had toch gezegd dat er iets was waarover ik met u wilde praten. Ik zeg niet dat hij hier niet welkom is. We zijn vereerd met zijn bezoeken. Hij is zeer respectabel. Charmant en knap. Een held. Hij is bij ons allemaal even populair... maar hij heeft me al maanden niet betaald.'

'Hebt u hem om geld gevraagd?'

'Ik heb erop gezinspeeld. Maar ik handel in opdracht.'

'Van wie?'

'Van u, Jin Lao. U hebt gezegd dat ik hem op al zijn wenken moet bedienen.'

'Het is voor de Mandarijn erg belangrijk dat majoor Lin tevreden is. Hij is zeer belangrijk voor ons. Hij leidt onze troepen op.'

'Maar zonder enige beperking, Jin Lao?'

'Als ik driehonderdtachtig taël zou zeggen, maak ik het dan iets makkelijker voor u?'

'Driehonderdtwintig. Ik geef u driehonderdtwintig. Dat is redelijk.'

'Driehonderdtachtig is meer dan redelijk.'

'Dan is er nog het probleem van Fan Yimei, majoor Lins lievelingetje.'

'Wat is er met haar? Ik dacht dat hij blij met haar was.'

'Dat is hij ook. Hij is zo ongeveer verliefd op haar. Dat is nu juist het probleem. Hij wil haar helemaal voor zichzelf houden. Ze mag van hem met niemand anders omgaan, ze mag tijdens het eten zelfs geen *chin* voor anderen spelen. Het heeft mij jaren gekost om haar op te leiden, en veel geld. Ze is de feniks in ons kleine nest. Alle klanten willen haar, en ik moet de hele tijd uitvluchten verzinnen.

Ik kan ze niet vertellen dat ze aan majoor Lin toebehoort.'

'Waarom niet?'

'Behoort ze hem dan toe? Daar zou ik een groot bedrag voor moeten vragen.'

'Hoe groot?'

'Drieduizend taël. Minstens.' Ze zweeg even en bestudeerde Jin Lao's gezicht om zijn reactie te peilen. Tevergeefs. 'Dat vraag ik natuurlijk niet,' vervolgde ze. 'Ik ben de Mandarijn graag ter wille. Maar ik verlies geld aan haar. Dat geeft niet, maar dat is niet het enige. Majoor Lin eist dat ik een heel paviljoen voor hen reserveer. Hun persoonlijke liefdesnestje. Bedenk eens hoe arrogant ze daardoor is geworden, en hoe jaloers de andere meisjes zijn. Zo loopt het nog uit de hand. En hij slaat haar. Dat is niet erg als hij er genoegen aan beleeft, maar het tekent haar lichaam, waardoor ze in waarde daalt. En majoor Lin is zelf soms onvoorspelbaar. Laatst is hij in woede ontstoken toen hij De Falang de barbaar hier zag. Hij maakt er bezwaar tegen dat buitenlanders met Chinese meisjes slapen. Het is moeilijk, Jin Lao, erg moeilijk.'

'Driehonderdzeventig taël,' zei Jin Lao.

'Niet meer dan driehonderdvijftig. Dat is vrijwel mijn hele winst over de afgelopen maand.'

Ze onderhandelden nog een tijdje verder, en uiteindelijk werden ze het eens over driehonderdzestig taël. Madame Liu knielde naast haar bed en trok er een kist met een hangslot onder vandaan. De kist was zwaar, dus hielp Jin Lao haar. Hijgend van inspanning maakte ze het slot open en tilde ze het deksel op. Nauwgezet haalde ze er zeven zilveren 'klompjes' uit, en die legde ze met tien zilveren muntstukken uit een geborduurde beurs op een doek, zodat Jin Lao kon controleren of alles klopte. Madame Liu deed de kist weer dicht en sloot het hangslot. Terwijl ze met haar rug naar hem toe zat, pakte Jin Lao een van de klompjes en liet het door een split in zijn gewaad in een binnenzak glijden, waarna hij de punten van de doek dichtknoopte. Hij had de Mandarijn al laten weten dat de opbrengst voor die maand driehonderd taël zou zijn, dus eigende hij zich de extra vijftig zonder scrupules toe. Hij hielp Madame Liu de zware kist weer onder het bed te schuiven.

'Het geld is tot uw vertrek veilig in deze kamer,' zei Madame Liu toen ze weer op adem was gekomen. 'Hebt u het gebruikelijke aantal bewakers voor de terugreis? Ik zou niet graag willen dat u ook wordt beroofd, net als ik.'

'Uw bijnaam is niet voor niets Liu met de scherpe tong.' Jin Lao gierde van het lachen. 'Ik doe bijzonder graag zaken met u. Vertel me eens, voordat we overstappen op het aangename, is majoor Lin echt een probleem voor u?'

'Zoals ik al zei, het is een genoegen om de Mandarijn een dienst te bewijzen.'

'Laat het me weten als het echt een probleem wordt. Majoor Lin maakt zich verdienstelijk en hij is een favoriet van de Mandarijn, maar hij heeft vijanden en niemand is onmisbaar. U begrijpt ongetwijfeld wat ik bedoel.'

Madame Liu knikte langzaam.

'Ik had er graag bij willen zijn toen hij kwaad werd op die buitenlander,' zei Jin Lao. 'Zijn ze elkaar aangevlogen?'

'O nee, zo ver ging het niet, maar De Falang is ook zo'n hilarische, dronken idioot. Hij betaalt het dubbele voor zijn pleziertjes en beseft niet dat we hem te veel laten betalen. Shen Ping is een van onze onbenulligste en lelijkste meisjes, maar hij denkt dat ze een godin is. Zij is de enige die hem wil. Harig beest.'

Ze glimlachten allebei. Madame Liu had Jin Lao een keer door een kijkgaatje laten kijken toen Delamere in bed lag. Jin Lao trok een gezicht bij de herinnering aan de grote man, die het liggend op zijn rug had uitgeschreeuwd van genot terwijl het ranke meisje tussen zijn benen haar mond op en neer liet gaan langs zijn enorme lid. Die man was net een harige aap met een rood gezicht, zijn armen en benen en borst bedekt door een zwarte vacht. Hij rilde er gewoon van. Wat afzichtelijk om tegen zo'n lichaam aan te moeten liggen. Waarschijnlijk stonk hij ook. Het was geen prikkelend kijkje geweest.

'Is het niet onvoorstelbaar?' zei Madame Liu. 'Hij is echt verliefd op Shen Ping. Hij wil me later vanavond spreken omdat hij haar vrij wil kopen.'

'Wat aandoenlijk. Gaat u haar verkopen?'

'Natuurlijk niet. Hoe kan ik nou zaken doen als mijn klanten verliefd worden op al mijn meisjes? Vertel me eens, Jin Lao, nu we het toch over barbaren hebben. Hoe zou u het vinden om er een te beminnen?'

Even stond er verwarring te lezen op het ondoorgrondelijke gezicht van Jin Lao. 'Ik hoop van harte dat u een grapje maakt,' zei hij. 'U hebt het toch zeker niet over De Falang?'

'Nee, niet over De Falang.' Madame Liu nam een slokje thee en keek Jin Lao glimlachend aan. 'O nee, iemand die veel interessanter en aantrekkelijker is.'

'Een aantrekkelijke barbaar? Daar heb ik nog nooit van gehoord. Bestaan die dan?'

'Kom maar mee, dan laat ik het u zien.'

Ze deed haar kamer zorgvuldig op slot, hoewel de kamer waar ze naar toe gingen vlak naast de hare lag. Voor een andere deur in de gang bleef ze staan, en door een klepje opzij te houden maakte ze het kijkgat vrij. 'Kijk maar,' zei ze lachend. 'Ik denk dat het u wel zal bevallen.'

Gretig ging Jin Lao door zijn knieën. Madame Liu glimlachte toen ze zijn ogen groot zag worden en het puntje van zijn tong zijn lippen likte. 'O ja,' hijgde hij. 'O ja.'

Het was een van de stoomkamers. In een hoek brandde een kolenvuur, met een emmer water en een schep ernaast. De kamer stond vol dichte stoom, maar Jin Lao kon de twee figuren in de houten badkuip in het midden van de kamer duidelijk onderscheiden. De een was Ren Ren, de zoon van Madame Liu, en de ander een jongen in zijn tienerjaren. Het was duidelijk een buitenlands kind, hoewel hij zijn blonde haar in een vlecht droeg. Zo te zien lag het tweetal te slapen in het warme bad, de jongen met zijn hoofd op Ren Rens borst. Ren Rens arm lag losjes rond de benige schouders van de jongen. Zijn huid was heel wit vergeleken bij die van Ren Ren. Jin Lao kon de magere borst en ribben zien.

'Kunt u zorgen dat hij opstaat?' fluisterde Jin Lao.

Zacht tikte Madame Liu op de deur. De jongen hoorde het niet, maar de ogen van Ren Ren vlogen open. Hij knikte in de richting van het kijkgaatje en trok zijn arm langzaam weg van de schouder van de jongen. Voorzichtig schudde hij hem wakker. Jin Lao zag groene ogen in een geschrokken gezicht. Glimlachend kneep Ren Ren in zijn wang. De jongen glimlachte terug. Ren Ren ging staan en trok hem overeind. Ze waren allebei naakt.

'Uw zoon is ook aantrekkelijk,' mompelde Jin Lao terwijl hij gefascineerd door het kijkgat tuurde.

'Als ik het hem zou vragen, zou hij het ongetwijfeld als een eer beschouwen...'

'Nee, Madame Liu, de buitenlandse jongen. Die jongen is... inderdaad interessant, zoals u zei.'

Jin Lao zag dat de jongen bibberde nu hij niet meer in het warme water lag. Ren Ren bukte zich om een stuk zeep te pakken. Met de schep goot hij water over het hoofd van de jongen en daarna begon hij hem in te zepen, zijn borst, zijn buik, onderwijl grijnzend naar het kijkgaatje. De jongen glimlachte onzeker en opende gedwee zijn benen om Ren Ren zijn geslacht en billen te laten inzepen. Zacht draaide Ren Ren hem om, zodat Jin Lao zijn rug en smalle billen kon zien, en weer terug. Ren Ren bleef de jongen van onderen masseren en Jin Lao zag tot zijn opwinding het begin van een erectie. Madame Liu liet het klepje weer voor het kijkgat vallen. Jin Lao zuchtte.

'U moet zuinig zijn met uw energie,' zei ze. 'Maar ik hoop dat u tevreden bent.'

'Ik ben niet alleen tevreden, Madame Liu, ik ben gefascineerd. U bent de enige die weet hoe je een oude man kunt behagen.'

'Ik heb een kamer voor u in gereedheid gebracht, en Ren Ren komt de jongen straks brengen. U kunt er vast heen gaan om te ontspannen, of anders thee drinken met mij totdat ze klaar zijn. Of wilt u misschien dat ik een opiumpijp voor u maak?'

'Thee lijkt me in deze omstandigheden heel verfrissend. En ik brand van nieuwsgierigheid. Waar hebt u hem gevonden?'

Madame Liu nam hem mee terug naar haar kamer en schonk thee voor hem in. 'Ik zou u dit eigenlijk niet moeten vertellen, maar ik weet dat ik op uw discretie kan rekenen. Hij is de zoon van die geschifte zendeling.'

'Ik had het kunnen weten.' Jin Lao slaakte een zucht. 'Natuurlijk, de jongen die een paar weken geleden is verdwenen. Die rattenetende dokter was naar hem op zoek. Dus u had hem al die tijd hier. Ik hoop dat u hem niet hebt ontvoerd. Dat zou ik niet zomaar door de vingers kunnen zien.'

'Alsof ik ooit zoiets zou doen! Nee, Ren Ren heeft zich over hem ontfermd nadat hij zelf was weggelopen. Hij was met een straatbende, en die jongens dachten dat het beter was als Ren Ren hem zou beschermen. Zoals u weet is Ren Ren daar erg goed in. De jongen is hem geweldig dankbaar, zoals u daarnet zelf hebt gezien.'

'Zeker, zeker. Maar was u niet bang voor de consequenties? De zoon van een buitenlander. U weet dat de oude dokter naar de Mandarijn is gegaan om over die jongen te praten? Met het verhaal dat men hem in de richting van de Zwarte Heuvels had zien vertrekken.'

'Was het niet slim van Ren Ren om dat verhaal te verzinnen? De bediende van de dokter, Zhang Erhao, is een Zwarte Stok, dus hij geloofde het direct. Bovendien was de dokter de enige die zich erom bekommerde. De familie van de jongen schijnt blij te zijn dat ze van hem af zijn. Ik zou het erg jammer vinden als die jongen na al die moeite moet verdwijnen, maar komt het niet goed uit dat we IJzeren Man Wang de schuld kunnen geven als het nodig is?'

'U en uw zoon zijn bijzonder praktisch.' Jin Lao nam een slok thee. 'U hebt ongetwijfeld gelijk. En na een tijdje windt niemand zich er meer over op. Vooral als hij het leuk vindt om hier te werken. Ik neem aan dat hij bereid is om een van uw schandknapen te worden? Het is niet alleen een verhouding met uw zoon?'

'Vanavond zullen we het weten. U bent zijn eerste betalende klant, Jin Lao, en ik ken uw overredingskracht.'

'Betalende klant?'

'Een verspreking. Maar vindt u niet dat de ervaring ten minste tien taël waard is?'

'Dat zou ik zeker vinden als ik u tien taël kon betalen. Zoals u weet betaalt de Mandarijn een bedroevend laag salaris...'

'Ik plaagde u alleen maar, Jin Lao. U bent familie, u hoeft mij echt niet te betalen. Maakt u zich maar geen zorgen over die jongen. Ik weet zeker dat Ren Ren hem goed heeft voorbereid. Dat doet hij altijd. En als er problemen zijn? Nou, dan is er altijd nog IJzeren Man Wang.'

'Dat zou ik zonde vinden,' zei Jin Lao. 'De jongen is erg mooi. Een uitzonderlijke vondst. Hij lijkt niet eens op een barbaar. Luister...

"Slavenmeisjes van Yueh, met glanzende, boterzachte huid
Huisjongens van Hsi, het voorhoofd glad en de ogen
glinsterend..."

Of herinnert u zich deze regels van Li He?

"De westerse jongen met krullend haar en groene ogen
In de hoge toren, als het 's nachts stil is en de bamboe
fluistert..."

Wat bent u goed voor een arme oude man, Madame Liu.'

'Ik doe altijd mijn best om het u naar de zin te maken. Kon ik op
een dag maar hetzelfde doen voor de Mandarijn. Dat zou een eer
zijn voor ons hele huis.'

'De Mandarijn heeft al veel mooie concubines, en voor zover ik
weet is hij niet geïnteresseerd in jongens, zelfs niet in buitenlandse.'

'En buitenlandse meisjes?'

'Waar zou u een buitenlands meisje vandaan halen, Madame Liu?'

'Ik heb toch ook een buitenlandse jongen gevonden.'

'Vind eerst maar een buitenlands meisje. Dan kunnen we verder
praten.'

'Zou hij belangstelling hebben?'

'Ik denk het wel. Maar u vindt er geen. Niet in Shishan.'

'Misschien wel in Shanghai.'

'Vind haar eerst, dan zien we wel verder.'

Ren Ren slenterde de kamer binnen en ging op het bed zitten.
'Hij is klaar,' zei hij, en hij beet in een appel die hij uit de fruitschaal
had gepakt.

Moeder en zoon brachten de oude man naar een slaapkamer naast
de stoomkamer. Madame Liu wachtte bij het kijkgaatje. Ren Ren
had gezegd dat Jin Lao geen enkel probleem met de jongen zou hebben, maar ze wilde het toch controleren.

Ren Ren was ongeduldig. 'Hij is klaar, mama,' zei hij. 'Hij is een
natuurtalent. Ik hoefde hem zelfs niet te slaan. Hij doet het voor mij.
Hij houdt van me. Bovendien staat hij stijf van de opium. Het gaat
heus goed.'

'Wacht nou nog even,' zei ze. 'Jin Lao is belangrijk voor ons.'

'Jin Lao is een weerzinwekkende oude klootzak,' zei Ren Ren. 'Waarom hebben we de Mandarijn eigenlijk nodig? We hebben het genootschap.'

'En wie staat er aan het hoofd van het genootschap?' snauwde ze. 'Dat weet je niet, want je bent maar een loopjongen.'

'Ga iemand anders beledigen,' zei hij. '*Ta made.*' Maar hij ging niet weg. Nors kijkend ging hij naast zijn moeder op zijn hurken zitten, terwijl zij door het kijkgaatje gluurde.

Hiram zat ineengedoken op de rand van het bed. Jin Lao had zijn gewaad uitgedaan en zat in zijn witte ondergoed op een stoel naar de jongen te kijken. Madame Liu zag hem opstaan, en hij ging naast de jongen op het bed zitten. Hij schoof zijn lange handen bij Hirams schouders onder de groene pyjama en begon hem te strelen. Hirams gezicht vertrok. Met gesloten ogen liet Jin Lao zijn handen over het lichaam van de jongen gaan, omlaag naar zijn kruis.

Hiram begon heen en weer te wiegen en kreunde woorden in zijn eigen taal. 'Nee. Nee. Ik wil het niet.' Aarzelend probeerde hij Jin Lao weg te duwen, toen gaf hij de oude man een hardere zet, waardoor hij zijn evenwicht verloor.

Jin Lao sloeg hem twee keer in zijn gezicht. De jongen kreunde en zijn schouders zakten omlaag. De grimas op zijn gezicht was terug, en Jin Lao ging verder met het verkennen van zijn lichaam.

Madame Liu kreunde voldaan. 'Het komt wel goed.' Ze liet het klepje voor het kijkgat vallen.

'Dat zei ik toch. Je weet dat je me kunt vertrouwen,' zei Ren Ren humeurig. 'Heb je me vanavond nog nodig?'

'We moeten met die barbaar praten, De Falang. Hij wil Shen Ping kopen.'

'Hij kan de pot op.' Zijn ogen fonkelden van woede. 'Ik sla die slet bont en blauw.'

'Geen sprake van,' zei Madame Liu. 'Ze is de enige van de meisjes die met hem naar bed wil, en daar verdienen we goed aan.'

'Die krengen zijn bereid om met een ezel te neuken als ik het ze vraag. Wat kan mij dat klotegeld nou schelen.'

'Wind je niet zo op. Er is geen probleem. Ik wil dat je erbij bent en dat je je netjes gedraagt, mocht hij moeilijk gaan doen. Maar dat verwacht ik niet. We willen hem als klant niet kwijt.'

'Ik zou er niet mee zitten. Er zijn een hoop mensen die het maar niets vinden dat die oceaanduivels hier komen. Heb je het nog niet gehoord? Het gist in dit land. Weet je wat de Eendrachtige Vuisten in Fuxin hebben gedaan? Op een dag ontdoen we ons voorgoed van de barbaren.'

'Nou, dat zien we dan wel weer,' zei Madame Liu. 'Voorlopig is De Falang een klant en ik wil niet dat jij hem wegjaagt.'

Frank Delamere zat in de eetzaal geduldig te wachten met Shen Ping. De kooplieden met wie hij had gegeten waren al weg. Het tweetal zat naast elkaar op een bank, zo formeel alsof ze in de wachtkamer van een station zaten. Hij stond op toen Madame Liu en haar zoon binnenkwamen. Van de zenuwen maakte hij wilde armbewegingen en hij bewoog zijn hoofd heen en weer in een poging om innemend te zijn. Hij had als een berg tegen dit gesprek opgezien. 'Mijn beste Madame Liu,' riep hij uit. 'Wat een genoegen. Wat een genoegen.'

Elegant ging Madame Liu op een stoel aan de tafel zitten. 'De Falang Xiansheng.' Ze glimlachte liefjes. 'We zijn altijd vereerd als u ons bezoekt. Wat kan ik voor u doen? Was de bediening naar wens? Ik hoop dat mijn meisjes u niet hebben vermoeid met hun kletspraatjes.' Ze knikte vriendelijk naar Shen Ping, een klein meisje met een rond gezicht, dat doodsbang voor zich uit staarde.

'O nee, Madame Liu, zeker niet. Alles was tiptop in orde.'

'Wat kan ik dan wel voor u doen? Gaat u toch zitten.'

'Nou, het gaat over Shen Ping.' Hij legde een grote hand op de hare, en het meisje verstijfde.

'Bent u ontevreden over Shen Ping? Wilt u liever een ander meisje?'

'Nee, nee, integendeel. Ze is een snoes. In alle opzichten. Ik ben zeer op haar gesteld.'

'Dat is fijn om te horen.'

'En ik denk dat ze ook op mij is gesteld.'

'We zijn allemaal op u gesteld, De Falang Xiansheng.'

Frank schoof heen en weer.

'Zou het misschien makkelijker voor u zijn, De Falang Xiansheng, als we Xiao Shen vragen om ons even alleen te laten? Het gaat immers over haar.'

'Dat is misschien niet zo'n gek idee. Shen Ping, vind je het erg?'

Ren Ren, die naast de deur tegen de muur leunde, gaf een ruk met zijn kin, en Shen Ping haastte zich de kamer uit, zonder hem aan te kijken.

Frank sloeg zijn handen in elkaar, haalde diep adem, leek een beslissing te nemen en keek Madame Liu aan. 'Ik wil haar graag kopen, Madame Liu. Ik wil dat ze bij mij komt wonen.'

'Ik geloof niet dat ik u begrijp. Shen Ping werkt hier.'

'Dat weet ik, maar ik heb gehoord dat het mogelijk is om een bedrag af te spreken – een fors bedrag, uiteraard – en bloemenmeisjes vrij te kopen. Ik wil graag betalen.'

'Aha,' zei Madame Liu. 'Dit is een groot compliment voor Shen Ping. Ze is zeker erg lief voor u.'

'Het is een allerliefst meisje. Ik weet dat ik zelf nou niet bepaald moeders mooiste ben, en ik word een dagje ouder. Een oceaanduivel, zoals jullie ons noemen. Ha! Maar ik ben dol op haar, en ik denk dat ik goed voor haar kan zorgen...'

'Ik betreur dit zeer.'

'Wat betreurt u? Ik begrijp u niet.'

'Shen Ping heeft tal van andere verplichtingen, weet u. Ze heeft veel andere klanten, De Falang Xiansheng, die diep teleurgesteld zouden zijn als ze bij ons wegging.'

'Veel andere klanten?' Franks rode gezicht liep paars aan.

'Jazeker, ze is een van onze meest getalenteerde meisjes. Ze is bijzonder in trek. U weet natuurlijk hoe bedreven ze is, vooral in bed. Het zou indiscreet van me zijn om u te herinneren aan alle technieken die ze beheerst. Ze is een expert in de kunst van de liefde, en daarom erg populair. Ze heeft elke dag meerdere afspraken.'

'Elke dag?'

'O ja, 's ochtends, 's middags. Soms is ze 's avonds met u, soms met anderen. Er is altijd vraag naar haar. We zijn enorm trots op haar. En vaak bezorgd omdat ze zo hard werkt. Is het niet, Ren Ren?'

Ren Ren kreunde.

'U begrijpt mijn probleem, De Falang Xiansheng. Het is geen kwestie van geld. Ik moet ook aan mijn andere klanten denken. Als ze weg zou gaan om bij u te komen wonen, nou, dan zou ze 's ochtends en 's middags terug moeten komen om hier haar werk te doen.

En dat zou u waarschijnlijk niet zo prettig vinden.'

Frank schraapte zijn keel. 'Het is niet wat mij voor ogen stond. Ik had op een zekere exclusiviteit gehoopt. Ik dacht dat dat een stilzwijgende afspraak was.'

'O nee, De Falang Xiansheng. Er is geen exclusiviteit. In dit huis wordt gewoon gewerkt. Onze meisjes zijn er voor al onze klanten.'

'Verdomme, ik heb jullie altijd veel te veel betaald. Ik dacht dat Shen Ping – '

'Exclusief van u was? O nee. Maar ze zorgt graag voor u als u hier bent. Geen van onze meisjes verleent exclusieve diensten.'

'Hoe zit het dan met majoor Lin en Fan Yimei? Ik kreeg de indruk dat zij alleen Lin bedient.'

'Fan Yimei? Bent u geïnteresseerd in Fan Yimei, De Falang Xiansheng? Nou, ik zal zien wat ik kan doen.'

'Ik ben niet geïnteresseerd in Fan Yimei. Ik... ik wilde Shen Ping hier alleen weghalen omdat ik dacht dat ze... Ze heeft tegen me gezegd dat ze geen andere minnaars had. Althans heel weinig. Ik... ik weet best wat voor soort huis dit is. Ik ben niet van gisteren. Maar zij... ze zei dat ik... bijzonder voor haar was. Ze zei dat ik haar goed behandelde.' Franks stem stierf weg, zo diep schaamde hij zich.

'Een dorpsmeisje zegt alles om een man gelukkig te maken.' Madame Liu lachte schril. 'Dat hoort bij haar werk. Veinzen hoort nu eenmaal bij de kunst van de liefde. Shen Ping heeft veel minnaars. Ze is zeer ervaren, ze strekt ons huis tot eer. Vanzelfsprekend is het ook een zeer consciëntieus meisje. Ze heeft me vaak verteld op welke manieren ze u behaagt: Fluitspelen tijdens het drinken uit de jade fontein, De kikker die tussen de vijvers duikt, De wilde eenden die achteruit vliegen, De feniks die speelt in de scharlaken grot... zal ik doorgaan, De Falang Xiansheng? U bent een erg veeleisende, energieke man, heb ik begrepen. Ik heb haar natuurlijk gevraagd om al deze dingen met haar andere klanten te oefenen, zodat haar techniek nog beter zou worden voor u...'

'Heeft ze dat verteld?' mompelde Frank haast onhoorbaar.

'Maar natuurlijk. We bespreken regelmatig hoe we het u naar de zin kunnen maken. U bent een zeer gewaardeerde klant. En we hebben ook gepraat over uw ideetje om haar mee te nemen. Ik vond dat ze u moest aanmoedigen. Nou niet boos worden, ik verzeker u dat ze het met de beste bedoelingen heeft gezegd. Om uw genot te verhogen, om u gelukkig te maken.'

'Ik geloofde haar. Jezus, wat ben ik stom.'

Madame Liu wist wanneer ze haar mond moest houden. Ren Ren gaapte en spuugde op de grond.

Frank zat diep ongelukkig op de bank. Hij schraapte zijn keel en glimlachte spottend. 'Nou, ik heb mezelf aardig belachelijk gemaakt, Madame Liu. Ik denk dat ik beter weg kan gaan.'

'Wilt u Shen Ping nog zien?'

'Nee, ik ben vanavond een beetje moe. Bedankt. Ik... ik denk dat ik maar eens naar huis ga, als u daar geen bezwaar tegen hebt. Ik heb het eten betaald. Goedenavond.'

Madame Liu kwam overeind. 'Het is altijd een genoegen, Da Falang Xiansheng. Ik hoop u snel weer te zien. Een bediende zal u uitlaten.'

Hij pakte zijn hoed van het haakje en verliet met gebogen schouders de kamer, nagekeken door Madame Liu.

Ren Ren liet zich op een stoel vallen. 'Dat was briljant, moeder,' hoonde hij. 'Volgens mij heb je hem voorgoed weggejaagd.'

'Hij komt heus wel terug,' zei ze. 'Ze komen altijd terug.' Ze legde een hand tegen haar voorhoofd. 'Ik heb hoofdpijn. Het is een lange dag geweest. Misschien wil hij Shen Ping niet meer. Bereid voor de zekerheid maar een ander meisje voor op die harige aap.'

'Fan Yimei?'

'Fan Yimei is van majoor Lin, dat weet je. Probeer Chen Meina maar, die is toch nergens goed voor.' Ze gaapte. 'Ren Ren?'

'Ja, moeder?'

'Ik heb me bedacht. Geef Shen Ping er toch maar van langs. En dit keer kan het me niet schelen als je haar beschadigt. Zorg maar dat je haar flink pijn doet, dat kleine kreng.'

'Met genoegen, mama,' zei Ren Ren. Hij gaapte, rekte zich uit en slenterde fluitend weg. Madame Liu bleef alleen achter, pakte een tandenstoker van de tafel en begon afwezig haar gebit schoon te maken.

Majoor Lin lag op zijn zij op het rommelige beddengoed. Fan Yimei kon niet slapen en lag op haar rug naar zijn zachte gesnurk te luisteren. De zijden gordijnen bewogen in een koel briesje en buiten ritselden de wilgen. Fan Yimei staarde omhoog naar haar spiegelbeeld in de spiegel van het hemelbed. Majoor Lin lag in de schaduw, maar zij werd beschenen door het maanlicht dat door het open raam binnenviel en haar naakte lichaam een spookachtig witte glans gaf.

Het witte spiegelbeeld leek onwerkelijk, als een geest die boven haar hing, of een lijk. Het gezicht was een glanzende witte ovaal in een poel zwart haar, dat uitwaaierde over het kussen, haar schouders en haar armen. Achteloos bestudeerde ze de contouren van het lichaam dat boven haar zweefde, de aspecten die mannen zo bewonderden: de welving van haar borsten en buik, het donkere driehoekje tussen het wit van haar dijen, de slanke benen die eindigden in stompjes met verband erom. Maar de huid van dit wezen was flets en levenloos.

Ze vroeg zich af of ze er zo zou uitzien als ze doodging en naar het Huis van de Doden werd gebracht. Een homp levenloos vlees. Een stuk varkensvlees op de markt. Bij die gedachte zag ze het lijk boven haar glimlachen, en ze wist dat zij ook glimlachte. Wat een bittere grap. Misschien was de figuur in de spiegel wel de echte Fan Yimei, terwijl datgene in bed alleen maar een mooie schim was, opgeleid in de kunst van de liefde. Als haar hart en ziel al dood waren, was haar lichaam toch zeker ook dood?

Altijd had ze het gevoel gehad dat haar leven was opgehouden op de dag dat haar vader was begraven en zij hierheen was gebracht. Was het dode wezen in de spiegel alleen maar opgeroepen om haar aan de werkelijkheid te herinneren? Ze dacht aan Li Po's gedicht over Chuang Tse: 'Droomde Chuang Tse dat hij de vlinder was, of de vlinder dat hij Chuang Tse was?' Was de werkelijkheid een allang dode Fan Yimei, nu een lijk in de spiegel, dromend van een prostituee die werktuiglijk bleef bewegen in het Paleis van de Hemelse Lusten?

Er schoof een wolk voor de maan, en het spiegelbeeld vervaagde. De schim op het bed zuchtte en rilde. De kou was echt.

Ze trok een zijden kamerjas aan en bleef naast het bed even staan kijken naar de slapende majoor Lin. Hij had een knap gezicht, maar zelfs als hij sliep waren zijn wenkbrauwen hooghartig opgetrokken en speelde er een arrogant lachje om zijn lippen. Het gaf hem een wrede uitdrukking. Die hielp ongetwijfeld bij zijn carrière in het leger, maar het was geen afspiegeling van de echte man, of jongen, zoals ze vaak aan hem dacht. Ze had medelijden met hem. Hij was zo trots. Zij was misschien de enige die wist hoe zwak en onzeker hij was.

Zachtjes, om hem niet wakker te maken, trok ze een laken over hem heen. Hij dronk de laatste tijd veel, maar dat vond ze niet erg. Als hij had gedronken werd hij vaak gewelddadig, maar dan bedreef hij kort en plichtmatig de liefde en viel hij daarna snel in slaap. Dat had ze liever dan de nachten dat hij zijn potentie wilde bewijzen en het heel lang duurde voordat hij de wolken en regen bereikte.

Soms wilden de wolken en regen niet komen, en dan moest ze hem slaan met een wilgentwijg totdat hij voldoende was gestimuleerd om het nog een keer te proberen. Ze vroeg zich af waarom Madame Liu het verhaal verspreidde dat hij haar sloeg. De andere meisjes zouden haar uitlachen als ze het hoorden, en niet zo zachtjes ook. In werkelijkheid was zij degene die de tak hanteerde. Waarom wilde hij dat zij hem pijn deed? Schaamde hij zich soms ergens voor? Het kon haar niet schelen. Ze had veel ergere dingen moeten doen, met klanten en met die vreselijke Ren Ren. Majoor Lin mocht dan nog zo grillig zijn, ze kon hem makkelijk aan.

Eigenlijk mocht ze van geluk spreken met een beschermer als majoor Lin. Het verleende haar tijdelijk respijt van alle ellende, maar ze maakte zich geen illusies. Hij eiste haar weliswaar helemaal op en overstelpte haar met genegenheid, maar ze was ervan overtuigd dat hij op een dag genoeg van haar zou krijgen. En dan zou ze geen enkele verdediging hebben tegen de rancune van Madame Liu en de andere meisjes.

Ren Ren zou wraak nemen, dat was onvermijdelijk. Ze had het gillen gehoord in de hut aan het eind van de verste binnenplaats, waar hij de meisjes die hij wilde straffen mee naar toe nam. Ze was bang voor de vreselijke dingen die hij met haar zou doen en verstijfde als ze eraan dacht, maar diep vanbinnen kon het haar eigenlijk niet schelen. Door de jaren heen had ze geleerd om niets van het leven te verwachten.

Soms lukte het niet om sterk te zijn. Soms, zoals toen ze die avond afgunstig naar het lijk in de spiegel had gekeken, verlangde ze naar vergetelheid, naar de dood. Op een avond, na een onaangename dronken scène met majoor Lin, toen hij uit zelfmedelijden in huilen was uitgebarsten, haar had geslagen en haar ervan had beschuldigd dat ze hem ontrouw was (ze begreep totaal niet waarom Madame Liu dat soort verhalen verzon), had ze gewacht tot hij sliep. Omdat ze ervan overtuigd was dat hij haar de volgende dag in de steek zou laten en zij aan de martelpraktijken van Ren Ren overgeleverd zou zijn, was ze op een kruk geklommen, had ze haar ceintuur over een balk geslagen en geprobeerd zichzelf te verhangen. Haar kleine, afgebonden voeten waren van de kruk gegleden, en ze was op de grond gevallen. Majoor Lin was wakker geworden en had haar slaperig geroepen. Hij had teder de liefde met haar bedreven, lieve woordjes in haar oor gefluisterd, en zij had onder hem gelegen, in stilte huilend om wat er van haar geworden was.

Jarenlang had Fan Yimei geprobeerd haar leven als meisje te vergeten, maar tegenwoordig dacht ze vaak aan haar vader, vooral als ze alleen in het paviljoen was. Niet dat Madame Liu haar vaak rust gunde. Majoor Lin eiste dat ze geen andere klanten had, maar Madame Liu was heel vindingrijk in het verzinnen van vernederende taken die ze Fan Yimei kon opdragen als de majoor er overdag niet was. Een groot deel van de dag zeulde ze met emmers uit de latrines om de inhoud te legen in de kuil, of ze moest bladeren vegen of de keuken schoonmaken. Toch bracht ze ook nog tijd alleen door in het schaduwrijke paviljoen, speelde ze *chin* of staarde ze melancholiek naar buiten. Ze had heimwee naar haar jeugd.

Levendig herinnerde ze zich de zonnige middagen met haar vader, als hij haar geduldig lesgaf op hetzelfde instrument, lachte als ze een fout maakte, of haar trots begeleidde op de fluit. Toen ze wat ouder was, speelde ze voor hem terwijl hij in zijn werkkamer betoverende vogels en bloemen schilderde. Hij had haar altijd behandeld als de zoon die hij niet had.

Ze kon zich haar moeder nauwelijks herinneren, maar hij had na haar dood geen nieuwe vrouw of concubine genomen. Hij leerde haar lezen toen ze zes was, citeerde uit de klassieken, hield haar hand vast om haar te leren kalligraferen. Ze wist dat ze arm waren en leefden van wat haar rijke ooms hun met tegenzin toestopten, maar ze had veel later pas ontdekt dat de ooms een bloedhekel hadden aan de zachtaardige geleerde die voor de keizerlijke examens was gezakt en totaal ongeschikt was voor het familiebedrijf.

Haar jeugd was een gelukkige tijd geweest. Haar vader zong altijd. 's Ochtends nam hij haar vaak mee naar de tuin van de tempel om te vliegeren. Ze herinnerde zich dat hij langs de bloembedden rende, met de grote vlieger achter hem aan, en dat hij haar verhalen voorlas. Nooit zou ze de twinkeling in zijn ogen vergeten.

Toen de pest uitbrak in Shishan, hadden ze er aanvankelijk weinig aandacht aan besteed, ook niet toen hij koorts kreeg en een bobbel in zijn oksel. Maar de bobbel was groter geworden, en op een dag lag hij ijlend in bed en herkende hij haar niet. Ze had gehoord van een buitenlandse dokter die naar de stad was gekomen en mensen op wonderbaarlijke wijze beter kon maken. Hij scheen alleen in ratten betaald te willen worden, had ze gehoord, dus zocht ze de hele ochtend wanhopig naar ratten in de donkere hoekjes van hun huis. Uiteindelijk had ze buiten op de vuilnisbelt een grote dode rat gevonden, bedekt met vliegen. Rillend had ze het beest in een doek gewikkeld, en toen was ze op zoek gegaan naar de dokter.

Pas tegen het vallen van de avond vond ze hem. Het was de eerste keer dat ze een oceaanduivel zag. Hij deed haar denken aan een gerimpelde muis omdat hij klein was en een grappige snor had, maar zijn vermoeide ogen keken haar vriendelijk aan. Ze liet hem zien wat ze voor hem had meegebracht, en hij lachte. Hij had zich door haar bij de hand laten nemen naar haar huis. Haar vader lag te kreunen in bed, badend in het zweet. De dokter waste hem met een in warm water gedoopte doek.

Na een tijdje was er een buitenlandse vrouw gekomen in een zwarte jurk met een witte kap, maar ze had een vrolijk gezicht met rode appelwangen, al had ze kringen van vermoeidheid onder haar ogen, net als de dokter. De dokter was weggegaan, maar de vrouw had de hele nacht aan het bed van haar vader gezeten en hem elk uur gewassen. Een paar keer was ze geknield op de grond gaan zitten en had ze haar handen gevouwen. Fan Yimei nam aan dat ze buitenlandse geesten te hulp riep.

De dokter kwam bij het krieken van de dag terug, maar haar vader bewoog niet meer. Na een kort onderzoek had hij haar in zijn armen genomen, en ze had gehuild op zijn schouder. 'Ik had toch een rat meegenomen,' snikte ze. 'Ik heb u een rat gegeven.' Hij streelde haar haren. 'Dat weet ik. Ik weet het,' had hij sussend herhaald. Ze had hem aangekeken en zoveel verdriet in zijn ogen gelezen.

Op verzoek van de dokter gingen de buren haar oom halen. Geduldig legde hij uit dat hij weg moest. Er waren veel mensen ziek in de stad, maar de vrouw, Caterina, zou blijven totdat haar oom kwam. Ze kon zich de gebeurtenissen van de twee dagen daarna nauwelijks herinneren. Gehuld in witte gewaden waren zij en haar ooms achter de kar aangelopen naar een veld buiten de stadsmuren. Er waren in die tijd alleen massabegrafenissen. Ze herinnerde zich de huilende mensen, de rook en de stank van de ongebluste kalk.

Meteen na de begrafenis was ze meegenomen naar het Paleis van de Hemelse Lusten. Madame Liu was heel aardig voor haar geweest, had haar snoepjes gegeven terwijl ze onderhandelde met haar oom. Die avond was Ren Ren naar haar kamer gekomen. Dat was vier dagen voordat ze zestien zou worden.

Met een zucht leunde Fan Yimei op de vensterbank om naar de wilgen in de tuin te kijken. Lin haalde zwaar en regelmatig adem. De tuin was wit in het maanlicht. Ze wilde dat ze *chin* kon spelen, maar dan zou ze hem wakker maken. In plaats daarvan neuriede ze zacht een lied. Voor de klanten had ze populaire deuntjes geleerd, en majoor Lin hield van krijgsliederen, maar als ze alleen was gaf ze de voorkeur aan de melancholieke gedichten van Li Ching'chao, de dichteres uit de Songdynastie wier leven net zo eenzaam was geweest als het hare.

Ik liet de wierook koud worden
In de brander. Mijn brokaten sprei
Rimpelt als de golven van de zee.
Lusteloos ben ik al sinds het
Opstaan, en ik verwaarloos
Mijn haar. Mijn toilettafel
Is ongeopend. Ik laat de gordijnen
Dicht totdat de zon over de
Gordijnringen schijnt.
De scheiding verlamt me,

De afstand maakt me bang.
Ik wil zo graag nog een keer met hem praten.
In de komende jaren zal er alleen
Stilte tussen ons zijn, voorgoed,
Ik ben uitgeteerd, maar
Niet door ziekte, niet door wijn,
Niet door de herfst.
Het is allemaal voorbij, voorgoed.
Eindeloos zing ik het lied
'Voorgoed vaarwel.'
Ik blijf de woorden vergeten.
In gedachten ben ik ver weg in Wu Ling.
Mijn lichaam is een gevangene
In deze kamer boven de mistige
Rivier, de jadegroene rivier,
Mijn enige gezelschap
Op mijn eindeloze dagen. Ik
Staar naar het water, ver weg,
In de verte. Ik staar in de verte.
Mijn ogen vinden alleen mijn eigen verdriet.

Ze zag twee figuren langzaam door de tuin lopen. Madame Liu hobbelde over het pad, gevolgd door een lange man die onherkenbaar was door de zwarte mantel. Een of andere belangrijke klant die een van haar collega's had moeten bevredigen. Ze wist dat ze niet geliefd was bij de andere meisjes. De meesten waren jaloers op haar. Behalve Shen Ping, de praatgrage Shen Ping die werd bemind door een barbaar die zij ook beminde, een barbaar die aardig voor haar was. Ze wist dat haar minnaar die avond over haar vrijlating zou praten. Ze hoopte vurig dat Madame Liu het bod zou aanvaarden. Het gebeurde wel vaker. Shen Ping was die middag met glinsterende ogen naar haar toe gekomen. Fan Yimei had haar gefeliciteerd. Ze vond het naar om een vriendin kwijt te raken, maar gunde het Shen Ping van harte. Ze hadden gehuild op elkaars schouder, Shen Ping van blijdschap, Fan Yimei omdat ze geen afscheid wilde nemen. Shen Ping was snel weer weggegaan, uit angst dat ze anders gezien zou worden.

Wolken schoven voor de maan. Fan Yimei gaapte. Ze was moe. Heel moe.

Ze hoorde een kermend geluid en zag Ren Ren aankomen. Hij sleurde iets achter zich aan. Het was Shen Ping. Hij sleepte haar aan haar haren over de binnenplaats, en ze kwam struikelend achter hem aan, snikkend van pijn en angst. Fan Yimei verstijfde. Er was maar één plek waar hij haar op dit uur van de nacht heen kon brengen. Nog even en het gillen zou beginnen, maar zo ver weg dat de gasten het niet konden horen.

Roerloos stond Fan Yimei voor het raam, een witte figuur in het maanlicht. Haar gevoelens waren weer begraven, de verdoving was terug. Na een uur liep ze langzaam terug naar het bed en ging ze geruisloos naast de majoor liggen. De maan kwam van achter het wolkendek te voorschijn en ze staarde wezenloos naar het lijk boven haar hoofd.

Frank Delamere bracht het grootste deel van de nacht met een fles whisky door, en hij werd de volgende ochtend in zijn stoel wakker. De zon scheen naar binnen door de ramen en zijn huishoudster, Ma Ayi, was aan het afstoffen. Uiteraard had hij een kater. Zijn tong voelde als watten, zijn mond en keel waren droog en hij had een kloppende pijn in zijn slapen.

Het duurde even voordat hij weer half bij bewustzijn was. Hij keek op de klok in de vensterbank en kreunde. Hij was laat voor zijn afspraak met Mr. Ding, een textielverver uit Tsitsihar. Hoewel Mr. Ding wel de laatste persoon was die hij wilde zien, zeker die ochtend, en hij totaal geen zin had om het productieproces van zeepkristallen uit te leggen, had Frank zijn firma nog nooit teleurgesteld.

Zijn vriend en zakenpartner Lu Jincai was er heilig van overtuigd dat deze Mr. Ding een sleutelrol zou spelen bij de expansie van zijn eigen alkali en Franks sodakristallen, dus hij kon er niet onderuit. De plicht riep, en Frank liet het vage besef van een gebroken hart achter tussen de volle asbakken en lege flessen bij zijn stoel. Als een verkreukelde, slaapwandelende walrus strompelde hij naar de deur. Hij slaagde er zelfs in om enige beleefde woorden te mompelen tegen de afkeurend kijkende Ma Ayi.

Frank huurde de kamers rond een binnenplaats van een klein pension met een eigen restaurant, een wasserij, en de meeste andere faciliteiten die een vrijgezel nodig heeft. Het personeel kende zijn gewoontes, dus stond er een kop dampende koffie voor hem klaar en was er al een knecht naar de stallen gestuurd om zijn paard te halen. Na een paar slokken van de hete, zoete drank (Frank had er maanden voor nodig gehad om ze te leren hoe ze koffie moesten zetten zoals hij het lekker vond) kwam hij weer een beetje bij zijn positieven. De herinnering aan het vernederende gesprek met Madame Liu kwam boven, samen met een verpletterend gevoel van verdriet en verlies.

Dat gevoel bleef bij hem toen hij zich vermoeid in het zadel hees en via zijstraten naar de hoofdweg reed en de stad uit. Hij had afgesproken op de zeepziederij van Babbit & Brenner, bij het eindpunt van de spoorlijn in aanleg, zodat Mr. Ding de fabricage van de kristallen zou kunnen zien. Het was een tamelijk lange rit over het platteland, maar Frank was blind voor het landschappelijk schoon om hem heen, voor het dorsen van de gierst en voor de rode bladeren van de esdoorns langs de kant van de weg. Sombere zelfverwijten namen hem geheel in beslag.

Hij was er echt van overtuigd geweest dat ze van hem hield, dat was het tragische. Wat was hij een idioot. Een stomme, blinde idioot. Hij had een onbetamelijk voorstel gedaan. Het had altijd iets ranzigs, een man van middelbare leeftijd die samenwoonde met een jong meisje, vooral als het een bekeerde prostituee was. Nou, kennelijk niet zo heel erg bekeerd, dacht hij bitter.

Het zou trouwens erg lastig zijn geweest om het allemaal te realiseren, want volgende maand zou zijn dochter arriveren. Hij had een geschikt huis gevonden dat hij voor Shen Ping kon kopen, en hij was van plan geweest om gescheiden van haar te blijven wonen totdat Helen Frances zich met het idee had verzoend. Hoe hij dat precies had willen bereiken had hij niet eens bedacht.

Nu was het niet meer nodig. Misschien was het beter zo. Wat een dromer was hij geweest. Hij had zich voorgesteld dat Helen Frances en Shen Ping, die ongeveer even oud waren, hartsvriendinnen zouden worden, en dat ze met zijn allen zouden gaan picknicken. Picknicken, goeie genade!

Hoe was het haar gelukt om hem zo voor het lapje te houden?

Hij had het kunnen weten. Wat had hij tegen Madame Liu gezegd? Dat hij niet van gisteren was? Een lachertje! Hij was een onnozele hals. Wat zouden Lu Jincai en de anderen op hem neerkijken. Nee, Lu Jincai misschien niet, die had zich altijd heel begripvol getoond. Een echte vriend. Maar wat was het vernederend! Hij stond voor joker! Wat had Madame Liu gezegd? 'Veinzen hoort nu eenmaal bij de kunst van de liefde.' En hij was er met open ogen ingestonken. Toch had hij het kunnen weten. Jin Shangui had het hem voordat hij voor het eerst naar het Paleis van de Hemelse Lusten ging van a tot z uit de doeken gedaan. Hij herinnerde zich dat gesprek nog goed.

Ze zaten in Jins kantoor thee te drinken. Jin leunde naar voren, zijn ogen twinkelend achter zijn bril, een brede grijns op zijn mollige gezicht. 'Het is een zeer hoogstaand etablissement,' had hij gezegd. 'Het is geen gewone hoerenkast, weet je, niet zoals jullie in Europa schijnen te hebben. Je moet de meisjes paaien. Ze willen de eerste keer niet met je slapen, en ook niet de tweede, de derde of zelfs de vierde keer. Het is een spel. Zij vleien jou, jij vleit hen. Je neemt cadeautjes voor ze mee. Je moet ze echt het hof maken.'

'Wat heb je daar nou aan?' vroeg Frank. 'Het is toch een bordeel?'

'Natuurlijk is het een bordeel, maar wat is er opwindend aan het kopen van een stuk vlees? Het zijn bloemenmeisjes. Elfjes. Het zijn getalenteerde artiestes. Ze kunnen zingen, dansen, muziek maken, gedichten voordragen.'

'Gedichten voordragen? Nou, dat klinkt spannend.'

'Dan luister je naar de muziek. Denk je eens in, De Falang. Als je niet meer wil dan je jade roede in de orchidee dopen, neem ik je wel een keer mee naar die tenten achter de tempel. Wat de bloemenmeisjes je geven, is de illusie van liefde. En zoals dat met liefde nu eenmaal gaat, die moet je veroveren. Als je haar eenmaal voor je hebt gewonnen en het meisje stemt er ten slotte in toe om je van haar bloem te laten proeven, denk je eens in hoe groot het genot dan is, de extase. Door het lange wachten en de fantasieën is de uitkomst net het paradijs. Daarna vorm je een paar en wordt ze elke keer dat je komt voor jou gereserveerd. Zoals man en vrouw.'

'Ik wil niet naar het bordeel om te trouwen,' zei Frank.

'Het is een spel, zeg ik toch. Als je genoeg hebt van dat meisje, ga je met de hoerenmadam praten en stelt ze een ander meisje aan je voor en begint het hele verrukkelijke spel weer van voren af aan.'

'Het klinkt omslachtig,' zei Frank grinnikend, 'maar men moet huilen met de wolven in het bos. Ik probeer het een keer.'

En natuurlijk had hij zich laten inpalmen. Hij had Shen Ping de eerste avond ontmoet. Ze was kleiner en minder mooi dan de andere meisjes, maar ze had een grappig, lachend gezicht en ze praatte honderduit. Zij en Frank speelden tot diep in de nacht spelletjes met elkaar. Ze deed alsof ze als de dood was voor zijn snor en had grapjes gemaakt over zijn grote rode neus, en gevraagd of al zijn lichaamsdelen zo groot waren. Giechelend had ze haar handen voor haar gezicht geslagen, quasi-geschrokken van haar eigen vrijpostigheid. Frank had het allemaal even prachtig gevonden en was vrolijk en tipsy naar huis gelopen, grinnikend als hij alleen al aan haar dacht.

Tien keer had hij haar bezocht in een maand tijd. Jin Shangui had volkomen gelijk gehad. Het voelde niet alleen natuurlijk om haar het hof te maken, hij had er zelfs veel plezier aan beleefd. Frank had zich weer jong en verliefd gevoeld. Het was steeds minder belangrijk voor hem geworden om uiteindelijk met haar naar bed te gaan.

Geleidelijk ging hij steeds meer van Shen Pings gezelschap genieten, van het geluid van haar hese stem als ze grapjes met hem maakte, van de manier waarop ze speels aan zijn snor trok of giechelde als ze tegen de haartjes op de rug van zijn hand blies. Het was leuk om haar Engelse volksliedjes te leren op de fluit, met een chaotisch resultaat waar ze allebei om lachten totdat ze er buikpijn van hadden. Hij kon met haar praten over zijn leven, zijn dochter in Engeland, zelfs over zijn werk, allemaal even makkelijk en vanzelfsprekend, en ze luisterde altijd aandachtig. Op zijn beurt glimlachte hij vaderlijk als ze hem roddeltjes vertelde over de andere meisjes, watertandend haar favoriete gerechten beschreef, of de dieren op de boerderij waar ze was opgegroeid.

Wat had ze het handig aangepakt, bedacht hij treurig. Wat had ze hem sluw om de tuin geleid.

Op een avond wachtte ze hem niet op in de kamer waar ze elkaar gewoonlijk zagen. In plaats daarvan werd hij ontvangen door Madame Liu, die hem een bofkont had genoemd, een sterke, aantrekkelijke, onweerstaanbare man, gevolgd door grovere toespelingen. Met kloppend hart was hij haar naar boven gevolgd, naar een deel van het huis waar hij nog nooit was geweest, en in een lange gang met allerlei opzichtige prenten had ze een deur voor hem geopend.

Shen Ping lag al in bed. Haar kleine hoofd stak boven de lakens uit en haar haren golfden los over het kussen. Hij had vermoed dat ze niets aanhad. Tot zijn schrik had ze een blauw oog, alsof iemand haar had geslagen, maar ze had gezegd dat het niets voorstelde, dat ze was gestruikeld op de trap. Toch klonk haar lach geforceerd. Het leek wel alsof zij net zo zenuwachtig was als hij. Opeens was hij zich ervan bewust geweest hoe groot en lelijk hij was. Ze had haar hand uitgestoken en hem zacht geroepen, en hij was op de rand van het bed gaan zitten. Met haar vochtige bruine ogen had ze hem verdrietig, bijna vragend aangekeken.

Hij herinnerde zich zijn huwelijksnacht, zoveel jaren geleden, de nervositeit van zijn jonge vrouw, de mengeling van verlangen en angst. Shen Ping kon geen maagd zijn, niet als ze hier werkte. Dat was ze ook niet, en toch was er het gevoel geweest van de magische intimiteit van twee geliefden die elkaar ontdekten.

Na zijn gesprek met Madame Liu wist hij natuurlijk beter. Shen Ping was duidelijk een briljante actrice, want die eerste nacht met haar had hij alleen tederheid en genegenheid gevoeld, en het gevoel gehad dat dat wederzijds was. Ze had hem de leiding laten nemen, en na de climax had ze hem bijna wanhopig vastgehouden totdat ze allebei sliepen. Allemaal huichelarij, wist hij nu.

Madame Liu had hem de vorige avond vernederd, waarschijnlijk opzettelijk – gelukkig maar, want hij had het nodig gehad om wakker geschud te worden – door alle standjes op te sommen die Shen Ping en hij het afgelopen jaar inderdaad hadden uitgeprobeerd. Al die tijd had hij geloofd dat het voor hen allebei nieuw en opwindend was, hun eigen geheime wereld van hartstocht en extase. Nu besefte hij dat Shen Ping volgens het handboek had gewerkt, in opdracht van de directie. Het was gênant, maar het was niet de ergste klap die hij gisteravond had gehad. Het ging hem niet om de seks met Shen Ping, maar om haar vriendschap. Ook die had ze natuurlijk geveinsd, en dat voelde als verraad.

Wat was hij dom geweest. Wat vreselijk dom. En hij kon het haar niet eens kwalijk nemen, daarvoor gaf hij te veel om haar. Naar haar

maatstaven had ze hem goed behandeld. Consciëntieus had Madame Liu haar genoemd. Een van de besten in haar beroep. Nou, inderdaad.

Tijdens zijn laatste bezoeken hadden ze maar zelden de liefde bedreven. Ze zaten meestal hand in hand te praten over hun toekomstige leven samen, als hij Shen Ping eenmaal had bevrijd. Hij had gezegd dat hij haar mee zou nemen naar Londen, en zij had hem
ontelbare vragen gesteld over het huis waar ze zouden gaan wonen
en de dingen die ze zouden gaan doen. Ze hadden veel geknuffeld.
Hij had haar grappige afgebonden voeten gestreeld. In het begin had
hij er bijna van gegriezeld, maar later niet meer. Ze hoorden bij haar,
net als de lachrimpeltjes bij haar ogen. Haar nieuwsgierigheid en enthousiasme waren zo overtuigend geweest, en toch waren het allemaal aangeleerde technieken, net als het zuigen op de jade roede en
al haar andere trucjes.

Hoe ouder hoe gekker, dacht hij. Nou, in de toekomst zou hij
verstandiger zijn. Toch verlangde hij naar haar, wilde hij niets liever
dan met haar samen zijn. Het zou tijd kosten om dit te verwerken,
besefte hij. Misschien kwam hij er wel nooit overheen.

In de verte zag hij de gebouwen van Babbit & Brenner. Lu Jincai
en Mr. Ding stonden bij het hek. Ze droegen allebei een lang blauw
gewaad, een zwart hoofddeksel en een zwart zijden vest, kleding die
kenmerkend was voor kooplieden. Mr. Ding had bovendien een ronde zonnebril op. Door de twee zwarte rondjes leek zijn hoofd nog
meer op een doodshoofd.

Lu Jincai, een jongensachtige man van tegen de veertig, zwaaide
naar zijn vriend. 'Je bent laat, De Falang. Volgens mij heb je het vannacht erg naar je zin gehad in het Paleis van de Hemelse Lusten.'

Lu Jincai en Mr. Ding lachten allebei. Ze waren akelig opgewekt.
Frank stapte moeizaam van zijn paard. Lu klopte hem gemoedelijk
op de rug. 'Mr. Ding en ik zijn erg benieuwd naar je gesprek met
keizerin Liu. Is de mooie Miss Shen vrij? Heb ik u niet verteld wat
een onweerstaanbare minnaar onze De Falang is, Mr. Ding? Laten
we hem feliciteren met de verovering van het mooiste meisje van
Shishan!'

'Ik heb me bedacht,' zei Frank kortaf. 'Ik zie ervan af.' Hij probeerde een manier te verzinnen om te doen alsof het weinig voor-

stelde. Dit was het laatste waarover hij wilde praten, maar hij wilde geen gezichtsverlies lijden tegenover zijn vrienden. Lu Jincais gezicht stond al zorgelijk. Frank lachte zo hartelijk mogelijk. 'Ik ben te jong om me weer voorgoed te binden. Zeg jij niet altijd dat ik het ervan moet nemen? Nou, beste kerel, ik had me bijna laten strikken, maar toen heb ik besloten om je advies ter harte te nemen. Wie wil er nou aan handen en voeten gebonden zijn? Ha-ha! Nee, geef mij maar verse groene blaadjes!'

Mr. Ding grijnsde stralend en Lu lachte beleefd. 'Miss Shen zal ongetwijfeld diep teleurgesteld zijn,' zei hij. Hij nam Frank vorsend op.

'Pech gehad, volgende keer beter.' Frank voelde het breken van zijn hart. 'In liefde en oorlog is alles geoorloofd. Bovendien, waarom zou zij vast willen zitten aan een harige oude barbaar? Nu kan ze weer op ander wild jagen.'

'Ja,' zei Mr. Ding, die genoot van het prikkelende gesprek. Hij stotterde licht. 'En als u naar T-Tsitsihar komt, gaan we s-samen op jacht. U w-weet niet wat j-jagen is totdat u een van onze l-leuke M-Mongoolse schonen hebt gevangen.'

'Zo mag ik het horen!' Op de een of andere manier lukte het hem om joviaal te klinken. 'Altijd geweten dat u diepzinnig bent, Mr. Ding. Ik weet zeker dat onze onderneming een succes zal worden.'

'Niet alleen een succes, we gaan ook goud geld verdienen,' zei Lu, die zo tactvol was om van onderwerp te veranderen. 'Mr. Ding verheugt zich op een demonstratie van het productieproces, De Falang Xiansheng.'

'Anders ik wel.' Frank sloeg een arm om de stralende Mr. Ding heen en voerde hem mee naar de zeepziederij.

De paar uur daarna concentreerde hij zich op de fabricage van soda. Hij liet de verhouding water en soda in de kookpot zien, legde uit wanneer je moest roeren, wanneer de oplossing in de ijzeren koelvaten met vloeistof gegoten moest worden en hoe de uiteindelijke kristallen van de vloeistof gescheiden werden.

Mr. Ding luisterde geboeid, gluurde in de vaten en maakte uitgebreid aantekeningen. Tot slot demonstreerde Frank het verschil tussen waspoeder van kristallen en gewone onbehandelde alkali om aan te tonen hoe effectief de nieuwe formule was.

Na afloop bespraken ze onder het genot van een kop thee voor welke toepassingen Mr. Ding het product zou kunnen gebruiken in zijn verffabriek. Mr. Ding maakte een tevreden indruk. Besloten werd om aan het eind van de herfst met de leverantie te beginnen. Frank vertelde hem dat hij tegen die tijd een jonge assistent zou hebben die het transport waarschijnlijk zou kunnen begeleiden.

'K-komt u dan niet zelf, D-De Falang X-Xiansheng? Vergeet de M-Mongoolse m-meisjes niet!'

Het was Frank gelukt om twee uur lang aan andere dingen te denken, maar nu kwam zijn depressie in alle hevigheid terug. Lu Jincai vermoedde al dat er iets mis was gegaan en begon haastig weer over soda. Kort daarna ging hij met Mr. Ding terug naar de stad om op tijd te zijn voor de lunch. Frank bleef achter met zijn sombere gedachten.

Hij zat in zijn kantoor en probeerde wat werk te doen, maar hij kon zich niet concentreren. Tussen de stapels brieven en facturen zag hij alleen Shen Pings lachende gezicht. Diep ongelukkig ijsbeerde hij door de kamer, nog steeds met barstende hoofdpijn van zijn kater. Hij wist dat hij weg moest gaan, iets moest doen, anders werd hij gek. Opeens nam hij een besluit. Hij beende het kantoor uit en liet zijn paard brengen. Hij zou naar het spoorwegkamp rijden, anderhalve kilometer verderop, om Fischer te vragen of hij wist wanneer de karavaan uit Peking werd verwacht.

Het zou natuurlijk nooit goed zijn gegaan. Hoe had hij ooit kunnen denken dat Helen Frances het zou accepteren? Ze zou waarschijnlijk met de eerste de beste boot terug zijn gegaan en alle contact met haar vader hebben verbroken. Nellie Airton zou er geen goed woord voor over hebben gehad. Waarschijnlijk had ze sowieso al erg veel op hem aan te merken. Hij kon zich niet voorstellen dat Nellie thee zou drinken met Shen Ping en de nonnen. Het zou een buitengewoon lastige situatie zijn geweest. Het was veel beter zo.

Uiteraard kon hij Shen Ping nooit meer zien. Dat zou hij niet verdragen. Wat ze had gedaan was niet haar schuld, het was zijn eigen stupiditeit. Hopelijk vond ze het niet erg om een klant kwijt te raken en betekende het geen gezichtsverlies voor haar. Hij zou haar een of ander duur cadeau sturen, of wat extra geld. Lu Jincai kon hem wel vertellen wat het beste was. Madame Liu had hem verteld dat ze genoeg andere klanten had, dat ze populair was. Hij wist als geen ander waarom. Maar haar andere klanten waren vast geen naïeve sufferds zoals hij. Had ze op hem neergekeken? Over hem geroddeld met de andere meisjes? Hem achter zijn rug uitgelachen? Hij verdiende het.

Waarschijnlijk moest hij wel terug naar het Paleis van de Hemelse Lusten. Dat was eigenlijk niet te vermijden, want elke week gaf er wel iemand een diner. Het hoorde bij het zakendoen in Shishan, maar niemand was verplicht om van de bloemen te proeven. Dokter Airton zei altijd dat hij iets aan zijn gedrag moest doen. Nu dan maar? Het idee van een nieuwe liaison sprak hem nu niet aan, maar hij wist hoe hij was. Misschien kwam er een dag dat hij Shen Ping kon vergeten en het met een ander meisje wilde proberen. Alleen zou hij zich dan geen illusies maken. Hij zou het spel net zo cynisch spelen als alle anderen. Op een gegeven moment had Madame Liu iets over Fan Yimei gezegd. Dat was ontegenzeglijk een schoonheid. Te hoog gegrepen voor hem, dacht hij, maar misschien ook niet. Hij had geen zin in problemen met majoor Lin, maar als die op een dag genoeg van haar had...

Wat bezielde hem? Het beeld van Shen Pings slapende gezicht op het kussen kwam hem levendig voor de geest. Haar kleine platte neusje, haar lippen die altijd leken te glimlachen, zelfs in haar slaap. Een lok haar op haar voorhoofd. Terwijl hij tussen de gierstvelden door reed, besefte Frank hoe groot zijn verlies was. Hij snikte het uit, huilde met lange, wanhopige uithalen, en hij moest zijn paard laten stoppen om een beetje tot bedaren te komen. Hij kon moeilijk huilend bij Herr Fischer komen aanzetten.

Toen Frank het kamp binnen reed, viel het hem op dat de spoorlijn een heel eind was gevorderd sinds de laatste keer dat hij hier was geweest. Nog maar zes weken geleden waren de eerste pijlers in de rivierbedding geslagen, en nu was de bovenbouw van de brug al bijna klaar. Hij kon koelies zien die over de bovenkant klommen, of balken en planken uit boten in het water omhoogtakelden. De bedding van de spoorlijn was gegraven tot aan de Zwarte Heuvels in de verte.

Hij wist dat een andere ploeg in de heuvels aan het werk was om een tunnel te graven met dynamiet. Als de tunnel eenmaal klaar was, zou er een verbinding zijn met de lijn naar Tientsin aan de andere kant van de berg. Dan was het alleen nog een kwestie van rails en bielzen leggen, en de eerste locomotieven zouden opstomen naar Shishan. Frank had alle stadia van het project nauwlettend gevolgd. Een spoorlijn naar Tientsin en de haven van Taku zou hem veel kosten besparen en snellere leveranties mogelijk maken. Toch kon hij die dag zijn gebruikelijke enthousiasme niet opbrengen.

Herr Fischers kantoor bevond zich in een tentje in het hart van het kamp. Toen Frank binnenkwam, waren Fischer en zijn jonge assistent, Charlie Zhang, het resultaat van recent geologisch onderzoek aan het bestuderen met het oog op de aanleg van de tunnel. Hermann Fischer was een kleine man met grijs haar, een ingenieur uit Berlijn, een vrome protestant die in zijn vrije tijd meestal in de bijbel zat te lezen. Frank was op hem gesteld, want hij was altijd opgewekt, al was zijn gevoel voor humor niet erg subtiel.

Zhang Dongren, die liever Charlie genoemd wilde worden, had een tijdje aan de technische hogeschool in Shanghai gestudeerd en was benoemd door de Raad van Commissarissen in Peking. Elke dag bracht hij verslag uit aan de directeur, Mr. Li Tsoi Chee, en hij scheen zelfs persoonlijk contact te hebben met minister Li Hung-chang, die grote belangstelling had voor dit project.

Frank vond Zhang een bescheiden, vrolijke jongeman met een innemende brutaliteit. Hij deed zijn werk uitstekend en genoot het vertrouwen van de arbeiders, die vaak onder zware omstandigheden werkten. Frank had hem goed leren kennen, en was het eens met Herr Fischer dat hij precies het soort man was dat China voor de modernisering nodig had. Hij wilde dat hij zelf mensen van dit kaliber in dienst had. Charlie droeg zijn haar in een vlecht en kleedde zich Chinees, maar Frank constateerde vaak dat hij dacht als een Europeaan. Zhang en Fischer begroetten hem allebei even hartelijk.

'Mijn beste Mr. Delamere!' zei Fischer toen hij opkeek van zijn kaarten. 'Wat een blije verrassing. Ik dacht al dat u ons was vergeten.'

'Helemaal niet,' zei Frank. 'Het komt gewoon doordat jullie het zo druk hebben. Allemachtig, wat zijn jullie opgeschoten met die brug. Bravo.'

'U moet op een dag naar de tunnel komen kijken,' zei Zhang glimlachend. Ook hij sprak vloeiend Engels, met een opmerkelijk bekakt accent. 'We gaan binnenkort voor het eerst met dynamiet aan het werk. Kunnen we dat niet met zijn allen vieren met een picknick? Ik ben dol op die picknicks van jullie. Lekkere Franse wijn en kaas.'

'Mr. Zhang, Charlie, waar zijn je manieren?' brieste Herr Fischer. 'Laten we wat van die Amerikaanse koffie zetten waar Mr. Delamere zo van houdt. We weten dat u een fijnproever bent, Mr. Delamere. Wat een genoegen om een oude vriend te zien! Ga er even lekker voor zitten en vertel me al het nieuws. Ik kom tegenwoordig nooit meer in de stad. Ik heb het hier veel te druk.'

'Er is de laatste tijd niets bijzonders gebeurd, voor zover ik weet,' zei Frank, worstelend met de trieste gebeurtenis in zijn eigen leven. 'Ik ga misschien zaken doen met iemand in het noordwesten van Mantsjoerije. Dat zou je een nieuwtje kunnen noemen.'

'Maar dat is groot nieuws!' riep Fischer uit. 'Van harte gefeliciteerd. Zie je wel, Charlie, die rijke kooplieden verdienen steeds meer geld, terwijl wij ingenieurs in tentjes zitten en maar buffelen en buffelen en geen cent verdienen.'

Zhang lachte hartelijk terwijl hij de koffiekopjes op tafel zette. 'Mr. Delamere is de koning van alle kooplieden!'

'Was het maar waar,' zei Frank. 'Een oude werkezel, meer niet.' Hij kwam weer een klein beetje tot leven door de hartelijke ontvangst en de grappen van zijn vrienden. 'Eigenlijk ben ik gekomen omdat ik iets wil vragen. Hebben jullie nog iets over de karavaan gehoord? Ik ben trouwens erg blij dat die knaap van jullie mijn clubje begeleidt.'

'*Ja, ja*, natuurlijk,' zei Fischer. 'De Chinese spoorwegen doen alles wat ze kunnen voor een goede vriend zoals u, Mr. Delamere, vooral om uw mooie dochter van dienst te zijn. Charlie, wat is het laatste nieuws?'

'Niet veel sinds de eerste brief die ik u heb gestuurd, Mr. Delamere.' Zorgvuldig schonk Zhang koffie in. 'Ik ontving bericht dat ze allemaal samen zouden reizen, zoals ik u heb laten weten. Ze moeten een dag of tien geleden uit Tientsin zijn vertrokken. Volgens mij kunnen ze elke dag hier zijn.'

'Werkelijk? Wat zeg je me daarvan. Ik dacht om de een of andere reden dat het veel langer zou duren.'

'Nee hoor,' zei Fischer. 'Onze konvooien reizen heel snel. We hebben uitstekende drijvers. Is het niet spannend dat uw dochter komt? Grote veranderingen in Shishan, *ja*? Eindelijk wordt het hier gezellig. Dokter Airton heeft gezegd dat ik moet gaan oefenen op mijn viool. En Charlie, jij moet de westerse dansen leren. De wals, de polka.'

'Ik ben blij dat ik eindelijk een assistent krijg,' merkte Frank op. 'Dan hoef ik niet meer zo vaak naar van die afgelegen gebieden te reizen.'

'Wij krijgen ook een assistent, de hooggeboren heer Henry Manners. Een soort *Junker, ja*?' Het viel Frank op dat Fischer en Zhang een blik van verstandhouding wisselden. 'Mr. Manners gaat ons bijstaan met de politieke betrekkingen. Ik weet zeker dat er knappe koppen in de directie zitten die precies weten waarom ze juist deze man sturen. Zijn ervaring is ongetwijfeld precies wat we nodig hebben.'

'Politieke betrekkingen? Ik dacht dat dokter Airton uw tussenpersoon was bij de Mandarijn.'

'*Ja*? Nou, het wordt er alleen maar beter op. Straks hebben we twee tussenpersonen. Prachtig, toch? En hoe smaakt de koffie? Kan Charlies brouwsel ermee door?'

'Charlie is een meester,' zei Frank na een slok van het smerige bocht. 'Verrukkelijk.'

Zhang glunderde. Frank voelde aan dat het onderwerp Manners om de een of andere reden gevoelig lag en vroeg naar het werk aan de spoorlijn. Even later waren ze allemaal verdiept in een grote stapel kaarten en vertelden Fischer en Zhang enthousiast hoe het ervoor stond met hun grootse plannen. Na een tijdje viel het Frank op dat er een koelie aarzelend bij de opening van de tent stond. Zhang vond het vervelend om gestoord te worden maar stond hem wel te woord, en met een brede grijns op zijn gezicht kwam hij terug.

'Mr. Delamere, u had het tijdstip niet beter kunnen kiezen,' zei hij. 'Dat was iemand die aan de tunnel werkt in de Zwarte Heuvels. Uw dochter en haar gezelschap zijn gearriveerd en zijn onderweg hierheen. Ze kunnen binnen een uur hier zijn.'

Franks eerste reactie was schrik. Er gebeurde vandaag gewoon veel te veel. Hij was nog niet klaar voor Helen Frances. Hij had niets voorbereid. Jezus, hij was niet eens geschoren. Hij moest nog extra kamers regelen in het hotel, en dan was er nog het hele gedoe met Shen Ping. Toen ging er een golf van blijdschap door hem heen. Zijn kleine meisje zou binnen een uur hier zijn. O hemel, nou schoot hij alweer vol!

Helen Frances zag haar vader en kwam in galop naar hem toe. Hij had het gezelschap als eerste willen begroeten, maar keek afwezig de verkeerde kant op. Ze sprong van haar paard en vloog hem in de armen. Meteen rook ze de vertrouwde combinatie van gekookt rundvlees en tabak, en ze voelde de hete tranen op zijn wangen.

'Mijn kleine meisje!' riep hij uit. 'Ben je het echt?'

'Ja, papa, ik ben het echt. Ik ben terug,' zei ze struikelend over haar woorden. Zij huilde ook en omhelsde hem onstuimig.

De verblufte Frank sloeg zijn armen ook om haar heen. Hij had het gevoel dat hij droomde. Het meisje in zijn armen was het evenbeeld van zijn overleden vrouw. Pas na een hele tijd keek hij op en zag hij twee jonge mannen te paard, die hem glimlachend aankeken. De een was een elegante man met donker haar en een snor, de ander een grote, blonde, een beetje onnozel kijkende kerel met een rood gezicht.

'Papa, dit is Henry Manners, die ons hierheen heeft gebracht. Hij is zo heldhaftig geweest. Er waren Boxers, en onthoofdingen.' Ze ratelde achter elkaar door. Boxers, dacht Frank geschrokken. Onthoofdingen? 'En in de Zwarte Heuvels wilden bandieten ons beroven, maar ze gingen ervandoor toen Mr. Manners op ze schoot.'

'Mr. Delamere, aangenaam. Uw dochter overdrijft schromelijk,' zei Manners glimlachend.

'En papa, dit is Tom,' zei ze terwijl ze hem meetrok naar de andere man. 'Tom heeft me begeleid vanuit Engeland. Hij gaat voor je werken. Papa, Tom is mijn aanstaande.'

Frank was te overdonderd om precies te begrijpen wat ze bedoelde. 'Aanstaande?' herhaalde hij stompzinnig. 'Wie staat waar aan?'

'Mallerd!' Ze lachte. 'Hij is mijn aanstaande. We zijn verloofd!'

'Met uw permissie, meneer,' voegde Tom eraan toe.

Frank was met stomheid geslagen. Zijn hoofdpijn was terug, en zijn mond ging open en dicht. 'Maar ik... ik... jij... Wie...'

Herr Fischer leek uit het niets op te duiken, met een brede grijns op zijn gezicht. 'Een verloving!' riep hij geestdriftig. 'Dat is prachtig, *ja*? En dat hebt u voor me verborgen gehouden!' Hij sloeg Frank joviaal op zijn rug. 'Charlie, de schnapps, de schnapps!' Het volgende moment drukte een van oor tot oor grijnzende Charlie Zhang iedereen een glas in de hand.

HOOFDSTUK 4

We graven in de velden en zien dat alles zwart is geworden.

Het nieuws over de verloving en Franks ongenoegen daarover verspreidde zich als een lopend vuurtje door Shishan. Na twee dagen begon Nellie Airton zich ernstig zorgen te maken over het feestje dat ze voor de nieuwkomers zou organiseren, en drong ze er tijdens het ontbijt bij haar man op aan om poolshoogte te gaan nemen.

Ze wist dat het drietal – Delamere, zijn dochter en de jongeman, Cabot – naar het hotel was gegaan na de hysterische scène die Frank in het spoorwegkamp had geschopt, en sindsdien waren ze niet meer gezien.

De wildste geruchten deden de ronde, verspreid door de Chinese kooplieden en bedienden: De Falang had zijn dochter opgesloten in haar kamer, er was een gevecht geweest tussen haar vader en haar verloofde, de gasten in het hotel werden horendol van de voortdurende scheldpartijen op de binnenplaats van de Delameres, De Falang dronk 's ochtends, 's middags en 's avonds whisky, hij had een scheermes meegenomen toen hij in bad ging en overwoog zelfmoord te plegen en/of hij had iemand naar zijn fabriek gestuurd om een wapen te halen...

Volgens het laatste roddeltje had De Falangs roodharige dochter zich opgehangen. Franks klerk, Liu Haowen, had het met eigen oren gehoord van een kamermeisje in het hotel, dat een bruine jurk en een paar schoenen had zien hangen achter het raam. Liu had het verteld aan Wang Pu-ch'ing, de secretaris van Jin Shangui de koopman, die hij tegenkwam op de vroege markt. Wang had het sensationele nieuws op zijn beurt doorverteld aan zijn vriend uit het ziekenhuis, Zhang Erhao, toen ze een partijtje schaak speelden in het theehuis van Ren Ren.

Zhang bracht het nieuws mee terug naar het ziekenhuis, en daar hoorde Ah Sun het toen ze het wasgoed ophaalde uit de ziekenzalen. Uiteraard vertelde ze het inmiddels aangedikte verhaal aan haar man, Ah Lee. Het was een triomfantelijke Ah Lee die uiteindelijk een gruwelijke versie ten beste gaf terwijl hij Nellie en de kinderen roereieren met spek serveerde aan de ontbijttafel.

Ah Lee bootste de dood van het slachtoffer met veel gevoel voor drama na en maakte met zijn ene hand tegen zijn keel gedrukt een pirouette, waarbij hij het dienblad op wonderbaarlijke wijze in evenwicht wist te houden in zijn andere hand. Jenny en George waren diep onder de indruk van zijn beschrijving van de opgezette zwarte tong en de starende, bloeddoorlopen ogen, maar voor Nellie was de maat vol. Zodra haar man terug was van het ochtendspreekuur, zelfs nog voordat hij de kans had gehad om zijn eerste kop thee te drinken, drong ze er bij hem op aan dat hij direct naar het hotel zou gaan om te zien wat er allemaal aan de hand was.

'Ze rusten gewoon uit van een lange reis,' mopperde Airton. 'Ik weet zeker dat ze niet gestoord willen worden. Bovendien zijn het onze zaken niet.'

'O jawel, wel als ik een dezer dagen een groot diner moet organiseren. Wie is er trouwens de bemoeial in onze familie? Volgens mij popel je om erheen te gaan.'

'Dat is niet waar, Nellie,' zei Airton verontwaardigd. 'Dat is helemaal niet waar.'

'Wordt je hele lichaam blauw als je wordt opgehangen, mama?' vroeg George.

'Mag ik met papa mee om het lijk te zien?' wilde Jenny weten.

'Jullie gaan stante pede naar de kinderkamer, en geen woord meer,' bitste Nellie. 'Luister goed, Edward, als jij er niets aan doet, dan doe ik het. Dit begint steeds meer op een circus te lijken.' Ze zag dat Ah Lee glimlachend bij het buffet stond. 'En jij kunt die stupide grijns van je gezicht poetsen, onruststoker. Hoe durf je mijn kinderen zulke vreselijke verhalen te vertellen!'

Ah Lee deed alsof hij er geen woord van begreep, bleef grijnzen en knikte enthousiast. 'Nog wat meel spek, Missy? Of blood?'

Uiteindelijk zwichtte Airton en beloofde hij naar Frank Delamere toe te gaan als hij klaar was met zijn patiënten.

Hij voelde de nodige schroom toen hij door de smalle straten naar het hotel liep. Nog een keer zijn vingers branden aan andermans problemen was wel het laatste waar hij behoefte aan had. De verdwijning van Hiram Millward, weken geleden, had hem al genoeg hoofdbrekens gekost. Meerdere bezoeken aan de *yamen* hadden niets opgeleverd. De Mandarijn had wel begrip getoond, maar wilde alleen officieel in actie komen als de vader een petitie indiende. Door de status aparte van de zendelingen was hij aan handen en voeten gebonden. Hij kon alleen interveniëren als hij een klacht kreeg over een Chinees of het bewijs dat een Chinees een misdrijf had gepleegd, anders bleef het een buitenlandse aangelegenheid, vooral omdat de jongen volgens ooggetuigen zelf was weggelopen, kennelijk met toestemming van zijn vader.

Airton betoogde dat de jongen minderjarig was en bescherming nodig had, waarop de Mandarijn antwoordde dat men daar in China anders over dacht. Zelf was hij op zijn vijftiende het huis uit gegaan om als soldaat tegen de Taipings te vechten. Hoe dan ook, de uiteindelijke verantwoordelijkheid lag bij de ouders. De vader moest maar met bewijzen komen dat de wet was overtreden, dan zou hij zijn macht laten gelden.

Pogingen om met Septimus te praten waren al net zo frustrerend geweest. Eerst dacht hij nog dat zijn woorden enig effect hadden, want het gezicht van de man was vertrokken van verdriet en zorgen toen de dokter zich ongerust toonde over de veiligheid van zijn zoon. Airton vertelde hem dat alle zoektochten in de stad niets hadden opgeleverd. Hij begon het ergste te vrezen: dat Hiram inderdaad naar de Zwarte Heuvels was gegaan om zich bij de bandieten aan te sluiten.

Septimus luisterde aandachtig. Soms boog hij zijn hoofd en leek het alsof hij huilde. Hij was nog maar een schim van de boze man die zoveel onzin had uitgekraamd op het marktplein. Hij was afgevallen, en zijn vlecht en baard hingen slap op zijn rug en borst. Zoals hij daar zat, temidden van zijn zwijgende gezinsleden, had de sfeer de dokter aan een wake doen denken. Het verdriet was haast tastbaar. Kennelijk had hij zich vergist in de Millwards. Deze mensen hielden van hun zoon en ze vonden het allemaal even erg dat hij er niet meer was. Toch kon hij Septimus er niet toe bewegen om een petitie te schrijven en de hulp van de Mandarijn in te roepen.

'"Geeft dan de keizer wat des keizers is, en Gode wat Gods is,"' had Septimus toonloos opgedreund. 'Het is de duivel die mijn zoon heeft weggehaald, dokter, en alleen door de gratie Gods zal hij aan ons teruggegeven worden. Er is niets wat u of ik kunnen doen.'

'Maar in dit geval kan de keizer u helpen,' betoogde Airton langzaam en geduldig, alsof hij het tegen een zwakzinnige had. 'En u hoeft niets te geven behalve een brief.'

Septimus' rood omrande ogen stonden afwezig, maar hij bleef onvermurwbaar. '"Vertrouw niet op prinsen," dokter, "noch in enig kind of man, want zij zullen u niet helpen." Ik weet dat u het goed bedoelt, maar wie ben ik om de wil van de Heer te loochenen?'

Ondanks zijn onverzettelijkheid sprak hij haast op smekende toon, en Airton besefte dat de man aan tegenstrijdige emoties ten prooi was. 'U kunt toch niet denken dat het Gods wil is dat uw zoon zoek is geraakt en mogelijk in gevaar verkeert? Bovendien, denk eens aan het gezegde: "God helpt degenen die zichzelve helpen." Er moet gewoon een degelijke zoektocht in de Zwarte Heuvels plaatsvinden.'

'Dokter, ik zou er mijn leven voor willen geven om mijn jongen, mijn dierbare zoon, terug te hebben in de boezem van ons gezin. Maar Hij stelt Zijn dienaren op de proef, dokter. De Almachtige heeft een doel. Het is nog niet onthuld, maar er is een doel. "Want nu zien wij nog door een spiegel, in raadselen," zoals de apostel zei. Hij heeft ons geroepen om als soldaten in Zijn dienst naar de heidenen te gaan, en hoe het gevecht ook verloopt, we moeten wachten op Zijn bevelen.'

'Amen,' zei Laetitia, gevolgd door haar kinderen.

Gek, had de dokter gedacht. Knettergek, allemaal. Hij had gehoord over vreemde sektes in de Verenigde Staten: de mormonen met hun harems van vrouwen, de gebedsgenezers, de sprekers in tongen. Meer dan ooit was hij ervan overtuigd dat de Millwards niet tot de gevestigde zending behoorden. Hij had verschillende vertegenwoordigers van Amerikaanse missies ontmoet die in Noord-China werkten. Doorgaans waren ze een beetje te fanatiek en evangelisch naar zijn smaak, maar verder waren het fatsoenlijke mensen, streng en gedisciplineerd in de manier waarop ze Gods woord verspreidden, en voor zover hij wist deden ze goed werk.

De Millwards waren daarentegen fanatici, niet voor rede vatbaar, en ze leken in hun eigen wereld te leven, een wereld vol demonen en engelen. Hij vroeg zich af wat dit excentrieke gezin ertoe had bewogen om de oceaan over te steken naar China, en waarom ze uitgerekend in Shishan terecht waren gekomen. Als hij het aan Septimus zou vragen, zou deze ongetwijfeld antwoorden dat God hem hierheen had geroepen.

Airton betwijfelde of er goddelijke hulp zou komen bij het zoeken naar Hiram. Zelf was hij ten einde raad. Hij was zelfs zo ver gegaan dat hij de kamerheer van de Mandarijn, Jin Lao, geld had toegestopt. Als de overheid niet kon helpen, moest hij het maar met omkoping proberen. Een week geleden had majoor Lin een van zijn officieren en de helft van zijn troepen op oefening naar de Zwarte Heuvels gestuurd. Jin Lao had beloofd dat hij zijn best zou doen om van het leger gedaan te krijgen dat ze naar de jongen zouden uitkijken. Veel hoop had de dokter niet. Het was al zes weken geleden dat Hiram was verdwenen. Hij stelde zich alle verschrikkingen voor die de jongen overkomen konden zijn: de hongerdood, wolven, beren, tijgers. Hij durfde niet eens te denken aan wat IJzeren Man Wang met hem zou doen als hij hem vond. In zijn hart had hij het eigenlijk al opgegeven.

En nu stuurde Nellie hem op pad om de problemen van een andere familie op te lossen. Frank Delamere was onder normale omstandigheden al een beproeving. Je wist nooit in wat voor stemming je hem aantrof. Hij dronk. Hij was opvliegend. Als hij iets verkeerds zou zeggen, zou hij op straat worden gesmeten. Airton beet van ergernis op zijn lip. Het hele gedoe was typerend voor die man. Alleen Delamere kon een blijde gebeurtenis, de hereniging met zijn dochter, in een knetterende ruzie laten ontaarden. De dokter begreep niet dat andere mensen niet net zo rustig en ordelijk konden leven als hijzelf.

Niet dat hij daar trots op was. Vergeleken met andere mensen leidde hij een uiterst saai leven. Hij was geen Jesse James of Wyatt Earp uit de cowboyverhalen die hij 's avonds in bed graag las. Toch zag hij zijn tevredenheid en de voorspelbaarheid van zijn leven als een geschenk uit de hemel.

Misschien was het allemaal te makkelijk gegaan. Hij was opgegroeid in Dumfriesshire en Edinburgh, in een groot, liefdevol gezin. Het geloof en het verschil tussen goed en kwaad waren hem met de paplepel ingegoten. In een huis vol broers en zussen had hij domweg uit zelfbehoud geleerd dat hij de gevoelens van anderen moest ontzien en andermans tekortkomingen door de vingers moest zien, want dat deden anderen ook jegens hem. Een christen die naar de tien geboden leefde, wist zich verzekerd van orde en regelmaat. Dat vond hij zo prettig van het christendom, dat het simpel en praktisch was.

Dat gold natuurlijk ook voor de leer van Confucius, al miste hij de belofte van de verlossing aan het eind van een godvruchtig leven. Hij was blij dat hij al jong Chinees had geleerd en de klassieken had kunnen gelezen, het hielp hem bij zijn werk in China. Op een dag zou dit intelligente volk de spirituele voordelen van het christendom vanzelf inzien, daarvan was hij overtuigd.

Geduld was nog zo'n eigenschap die hem van sommige bevlogen collega's onderscheidde. Alles kostte nu eenmaal tijd, en Rome was ook niet op één dag gebouwd. Het zou wat anders zijn als hij zijn tijd verdeed, maar ondertussen maakte hij zich nuttig. Hij vond het zijn plicht als mens en als zendeling om de ellende van dit door armoede en ziektes geteisterde volk te verzachten. Zijn jeugd, zijn geloof, zijn school, zijn studie medicijnen aan de universiteit van Edinburgh, alles had geleid tot zijn huidige post. Zijn werk schonk hem voldoening, en in Nellie had hij de ideale echtgenote gevonden. Bovendien waren ze gezegend met vier fijne kinderen. In feite was alles in zijn leven altijd van een leien dakje gegaan.

Dat iemand kon leven zoals Frank Delamere was hem een raadsel. Die man moest een wel heel erg chaotische ster volgen, want er was altijd wat met hem. Airton had zelfs geen idee hoe hij het onderwerp ter sprake moest brengen. Van de liefde tussen jonge mensen wist hij weinig meer dan wat hij in Shakespeare en allerlei romannetjes had gelezen. Zelf was hij getrouwd met zijn jeugdliefde, een meisje dat door zijn familie met open armen was ontvangen. Zijn huwelijk was net zo voorspelbaar geweest als de uitslag van zijn artsexamen. Hij was geneigd om Delamere te adviseren dat hij beter geen pater familias à la Capulet kon spelen. Delamere had hem zelf verteld dat Cabot een fatsoenlijke jongeman was. Hij en Delameres dochter waren waarschijnlijk dol op elkaar. Zijn gezonde verstand zei hem dat het onverstandig was om in verzet te komen tegen iets wat niet te voorkomen was.

Wanneer zijn eigen dochters, Mary en Jenny, eenmaal met verloofdes aan kwamen zetten zou hij ongetwijfeld net zo jaloers zijn als Delamere, maar hij vertrouwde op zijn eigen redelijkheid en verwachtte niet dat hij in een tiran zou veranderen. Maar hoe moest je iemand die zo onberekenbaar was als Delamere tot inkeer brengen? Het succes van dit gesprek zou afhangen van de hoeveelheid drank die Delamere de afgelopen vierentwintig uur tot zich had genomen. De gestoorde Millward en een dronken Delamere – de een was nog erger dan de ander. Somber liep Airton over de vismarkt, als een man onderweg naar zijn executie.

Hij was dan ook verbaasd toen hij het hotel binnenkwam, want het eerste dat hij hoorde was Delameres luide lach uit het restaurant, gevolgd door de hoge klanken van een vrolijke vrouwenstem. Nieuwsgierig schoof hij het zware gordijn in de deuropening opzij en hij zag hem zitten aan een van de tafeltjes, samen met een jonge man en een jonge vrouw. Ze dronken koffie en zaten geanimeerd met elkaar te praten.

De schoonheid van de jonge vrouw trof hem onmiddellijk. Ze had vlammend rood haar, een blank gezicht met sproeten, glinsterende groene ogen en een brede, stralende glimlach. Vrolijk gooide ze haar hoofd in haar nek, en de dokter zag een met robijnen bezet medaillon tegen een blanke zwanenhals.

De jongeman, een grote kerel met rommelig geel haar, hing tevreden onderuitgezakt in zijn stoel, een scheve grijns op zijn brede, eerlijke gezicht, zijn blauwe ogen glinsterend van pret.

Het enige merkwaardige aan het opgewekte tafereel was dat zowel Frank Delamere als de jongeman, ongetwijfeld Tom Cabot, een blauw oog had.

Delamere sprong overeind toen hij de dokter zag, zo enthousiast dat zijn stoel omviel. Zijn brede grijns onthulde dat er ook een stukje van een tand was afgebroken. 'Dokter Airton!' riep hij uit. 'Geweldig. Kom toch binnen, dan kun je mijn allerliefste dochter en haar aanstaande ontmoeten.'

'Ik weet niet wat ik zie,' zei de dokter glimlachend. 'In de stad doet het verhaal de ronde dat hier het armageddon is losgebarsten.'

Bulderend van het lachen keek Delamere naar Tom, die grijnzend terugkeek. Hij wees op hun blauwe ogen. 'Nou, er was een ernstig gesprek voor nodig om mij voor het idee te winnen. Je weet hoe conservatief ik ben. Maar Tom had krachtige argumenten.'

'Dat zie ik,' zei Airton. 'Het moet een pittige discussie zijn geweest. Ik denk dat een likje zalf op die blauwe plekken geen kwaad kan. Jongedame,' vervolgde hij tegen Helen Frances, 'het is een groot genoegen om je eindelijk te ontmoeten. Ik heb veel over je gehoord van je vader, maar de werkelijkheid tart elke beschrijving.'

'Ze is een schoonheid, hè?' zei de trotse vader. 'Veel te goed voor dit stuk onbenul, maar wat kan ik doen?' Beide mannen lachten, Helen Frances glimlachte. 'Ga toch zitten, Airton, pak een stoel. Jongen!' brulde hij. 'Meer koffie. *Kwai kwai kwai.*'

'Als je wat langer in Shishan bent,' zei Airton tegen Helen Frances, 'zul je helaas merken dat roddels zich in deze kleine gemeenschap als een lopend vuurtje verspreiden. We waren allemaal bezorgd toen we hoorden van de eh... de discussies tussen je vader en je verloofde. Het doet me genoegen dat de uitkomst zo positief is. Mag ik je van harte feliciteren?'

Helen Frances' glimlach was aanstekelijk, net als haar klaterende lach. 'Natuurlijk mag dat, dokter Airton,' zei ze met een aantrekkelijke, enigszins hese stem. 'Zit u maar niet in over papa en Tom. Ik kan u verzekeren dat ze heel handelbaar zijn. Mijn enige probleem is dat ik niet weet wie van de twee het grootste kind is – mijn vader of mijn verloofde.'

'De brutaliteit, HF!' zei Tom lachend. 'U kunt zich wel voorstellen wat voor huwelijk dat wordt! Binnen de kortste keren heb ik natuurlijk de bijnaam Pantoffelheld Tom. Meneer' – hij stak zijn hand uit – 'ik beschouw het als een eer om kennis met u te maken. Sir Claude MacDonald heeft me veel over u verteld.'

'Je mag van geluk spreken, beste jongen. Hebben jullie al een datum gekozen voor de blije dag?' Airton trok zijn hand terug uit die van Tom, opgelucht dat zijn vingers niet gebroken waren.

'We willen nog een paar maandjes wachten,' zei Delamere snel, 'dan kunnen we elkaar allemaal wat beter leren kennen. Tom moet zich inwerken, en ik wil graag nog een paar maanden met mijn dochter samen kunnen zijn voordat ik haar weggeef aan deze krachtpatser. Er is meer dan genoeg tijd. We hebben geen haast. En tot die tijd kunnen we elkaar zo vaak zien als we maar willen. Ja toch, Tom?'

'Zeker, meneer,' beaamde Tom een tikje stuurs.

'Heel verstandig,' zei de dokter. 'Maar we kunnen de verloving toch vieren? Dit soort heuglijke gebeurtenissen maken we hier niet elke dag mee. Ik had al gezegd dat Nellie graag een klein welkomstdiner wil organiseren. Ik zou het als een eer beschouwen als we dat met een verlovingsfeest kunnen combineren.'

Vragend keek Helen Frances naar haar verloofde en ze legde haar hand in de zijne. 'Wat vind je ervan, Tom?'

'Ik vind het prima. Een fantastisch idee. Erg aardig van u, meneer.'

'Dat is dan geregeld,' zei de dokter. 'Wat vinden jullie van aanstaande vrijdag? We vragen alle buitenlanders in Shishan en we maken er een mooi feest van.'

'Niet die ellendige Millwards,' protesteerde Delamere. 'We willen geen gebedsbijeenkomst.'

'Nee, de arme familie Millward misschien maar niet. Ze kunnen niet met de nonnen opschieten en ze zijn op dit moment geen erg vrolijk gezelschap. Wist je dat ze hun weggelopen zoon nog steeds niet hebben gevonden?'

Helen Frances wilde alle details horen, en een halfuur lang zat de dokter met het trio te babbelen. Hij beantwoordde Helen Frances' onuitputtelijke vragen over het leven in Shishan, en was onder de indruk van haar intelligentie en gecharmeerd van haar opgewektheid. Tom vond hij sympathiek, hoewel hij eruitzag als een man die zo van het rugbyveld kwam.

Helen Frances beschreef een paar voorvallen tijdens hun reis uit Peking toen Delamere op zijn zakhorloge keek. 'Sorry dat ik voor spelbreker moet spelen,' zei hij, 'maar Tom en ik moeten naar onze lunch met de oude Lu en de andere kooplieden. Je bent van harte welkom als je zin hebt om mee te gaan, Airton. Het spijt me, schat,' voegde hij er tegen Helen Frances aan toe. 'Je zult je de komende twee uur zelf moeten amuseren. Tom, zou jij zo vriendelijk willen zijn om de cadeautjes uit mijn kamer te halen? Alles ligt ingepakt klaar.'

'Ik ga met Tom mee,' zei Helen Frances. 'Er moet nog van alles worden uitgepakt. Tot ziens, dokter, het was gezellig om met u te praten. Ik verheug me erop om vrijdag uw vrouw te leren kennen.'

'Weet je wel zeker dat je me bij die lunch van jullie wil hebben?' vroeg Airton toen het jonge stel weg was. 'Het is toch zakelijk?'

'Nee hoor, ik wil Tom gewoon aan de kooplieden voorstellen. Goede betrekkingen met onze Chinese vrienden, je weet wel. Wat vind je van mijn kleine meisje? Is ze niet beeldschoon? Het evenbeeld van haar arme moeder.'

'Ze is buitengewoon charmant,' zei de dokter. 'En die Cabot is een aardige vent.'

'Ja, het is een beste jongen,' zei Delamere. 'Weet je dat hij slagman is geweest bij Middlesex? In tweeënnegentig. Hij heeft nog tegen de grote W.G. Grace in eigen persoon gespeeld. Wat zeg je me daarvan!'

De dokter bestudeerde Delameres bloeddoorlopen ogen en afgetobde gezicht. Hoe vrolijk hij ook deed, Airton bespeurde iets van melancholie. 'Dus je hebt die verloving echt geaccepteerd? Nellie heeft me hierheen gestuurd als vredestichter.'

'Dat vermoedde ik al. Je hebt een schat van een vrouw, mijn beste, weet je dat wel? Hoe ik me voel? Nou, ik ben niet bepaald in de wolken. Je krijgt je dochter met de ene hand aangereikt, en met de andere wordt ze al weer weggegrist. Het is echt een klap voor me. En ik moet je eerlijk bekennen dat mijn trots is gekrenkt. Alsof ik ben afgezet. Maar ik mag Tom graag. Volgens mij is hij echt mijn type. Ik kan moeilijk kritiek hebben op een man die bereid is om zijn aanstaande schoonvader een watjekouw te geven. Dat is iemand die het leven serieus neemt, vind je niet?'

'Ik weet zeker dat het niet Tom is geweest die de eerste klap heeft uitgedeeld.'

'Nu je het zegt, nee. Ik geloof dat je gelijk hebt. Ik heb me niet erg best gedragen, vrees ik.'

'Ik denk dat Herr Fischer behoorlijk is geschrokken toen zijn eigen fles schnapps naar zijn hoofd werd geslingerd. Zijn schnapps is bijna heilig voor hem. Maar hij zal het je vast niet kwalijk nemen. Iedereen begrijpt dat het een hele schrik moet zijn geweest, het nieuws van de verloving toen je na al die jaren eindelijk je dochter terugzag. Dat is inderdaad een beetje veel van het goede.'

'Zeg dat wel. Ik heb de laatste tijd toch al weinig om over naar huis te schrijven.'

'Hoe dat zo?'

Delamere leek zich erg ongemakkelijk te voelen. 'Niets. Het is indiscreet van me om het ter sprake te brengen. De wisselvalligheden van het leven, je weet wel.'

'Als het iets te maken heeft met wat zich in dat vreselijke Paleis van de Hemelse Lusten afspeelt, wil ik er geen woord meer over horen. Tenzij je me als arts consulteert. Het zal niet de eerste keer zijn dat je je broek moet laten zakken voor een dosis kwik.'

'God verhoede! Daar heeft het niets mee te maken. Wat kun jij iemand voor schut zetten, zeg. Er waren complicaties. Dat is alles. Ik ben een beetje dom geweest. Het trekt al bij. Het is de hoogste tijd om mijn leven te beteren.'

'Ik ben blij het te horen. En met het oog op je dochter geen dag te laat, lijkt me.'

'Hemel, Airton, wat kun jij toch een schoolmeester zijn. Maar je hebt wel gelijk. Ik heb de laatste dagen veel nagedacht.'

Als Delamere zijn hart bij de dokter wilde uitstorten, zou hij dat een andere keer moeten doen, want het volgende moment was Tom terug met de cadeautjes, en de drie mannen begaven zich naar het restaurant in de hoofdstraat waar Delamere had gereserveerd. Ze liepen door het volle restaurant op de begane grond en gingen naar een aparte kamer op de eerste verdieping, waar de kooplieden Lu Jincai, Tang Dexin en Jin Shangui al op hen zaten te wachten.

De dokter kende ze alle drie goed. Lu Jincai vond hij aardig. Ondanks zijn jongensachtige uiterlijk was hij een betrouwbare, serieuze kerel. Goudeerlijk, bedacht Airton. Voor een betrekkelijk jonge man was hij uitzonderlijk ernstig, maar door zijn natuurlijke tact en goede gevoel voor humor was hij toch niet zwaar op de hand.

Tang Dexin, de tinmagnaat, was een joviale oude dandy die het altijd over zijn dieet had en vaak lange monologen afstak, vooral in gemengd gezelschap, over het belang van een gezond seksleven om een hoge ouderdom te bereiken. In dat opzicht deed hij het niet slecht. De dokter schatte hem op dik in de tachtig, misschien nog ouder. Hij was een kleine, gerimpelde man met een huid als perkament en een vrolijk gezicht. Hij deed Airton aan een ondeugende kabouter denken.

Het derde lid van het gezelschap, Jin Shangui, was een dikke man met een pafferig gezicht van tegen de vijftig. Hij lachte altijd, met ogen als vrolijke spleetjes achter zijn brillenglazen, vlezige oorlellen en dikke, natte lippen die trilden als hij glimlachte. Hij was iemand die voortdurend met bloemrijke, haast zalvende complimenten strooide. Hij handelde in van alles en nog wat en had overal wel een vinger in de pap. De dokter vertrouwde hem niet. Hij was te glad en gewiekst om geloofwaardig te kunnen zijn. Maar vandaag vormden de drie goed gezelschap, en Delamere en zijn assistent werden hartelijk welkom geheten.

Delamere had niet op het eten beknibbeld, en al snel stond de tafel vol met allerlei verrukkelijke gerechten – vettig stoofvlees, varkenskluif, gestoomde mandarijnvis, berenklauwen en kamelenpoten, met daarbij knoedels en gestoomd brood, bakjes met kool en een soort dikke, doorschijnende noedels in een saus van zwarte azijn.

Zodra hij het nieuws van zijn dochters verloving had verteld, stonden de drie kooplieden erop om een fles *gaoliang*-wijn open te trekken. De dokter bedankte met als excuus dat hij die middag nog moest opereren, maar in werkelijkheid vond hij de zure sterkedrank gewoon smerig, en het ritueel schreef voor dat je bleef drinken als je eenmaal een kommetje had gehad. Delamere vond het echter geen probleem om al bij de lunch aan de drank te gaan, of op enig ander moment.

Het duurde niet lang of de ene toast na de andere werd uitgebracht, en hoe meer drank er achterover werd geslagen, des te bloemrijker en onzinniger werden de complimenten.

Het viel Airton op dat Tom goed tegen de drank kon. Zijn Chinees was niet zo vloeiend als dat van Delamere of de dokter, maar goed genoeg voor de gelegenheid. Hij kon goed opschieten met Lu Jincai, die hem vertelde dat hij binnen afzienbare tijd naar Tsitsihar moest en hoopte dat Tom hem zou vergezellen als hij eenmaal een beetje was gewend in Shishan.

'Je kunt je geen beter gezelschap wensen, Lu.' Delamere straalde. 'Tom weet meer van de kristalfabricage dan ik. Die oude Ding zal diep van hem onder de indruk zijn.'

'Ik zei net tegen Tom dat we zo snel mogelijk moeten vertrekken,' zei Lu. 'Het is een lange reis, en ik zou graag voor de eerste sneeuwval terug willen zijn.'

'De eerste bestelling is over een week of drie klaar. Ben jij dan zo ver, Tom?'

'Ik verheug me op de tocht, meneer,' zei Tom.

Jin Shangui stelde voor om op de nieuwe handelsonderneming te klinken. Zijn onderkin lilde toen hij moeizaam ging staan en zijn kom hief. 'Op De Falang Xiansheng, prins van de buitenlandse kooplieden, en zijn zakelijke successen. En op Lao Lu, onze oude vriend. Opdat ze samen het hele noordoosten van China mogen veroveren! En tientallen keren duizend jaren lang voorspoed brengen voor hun nakomelingen!'

'Tientallen keren tientallen duizenden jaren!' riep Tang Dexin, en hij ontblootte zijn tandvlees in een plagerige grijns. 'En op de assistent van De Falang, deze jonge hengst die gaat trouwen met de dochter van De Falang. Moge zij, als zijn zaad haar bevrucht, stevige dikke kleinzoons baren die net zo sterk en welvarend worden als De Falang!' Met een benige hand klopte hij op Toms knie.

'*Ganbei! Ganbei!*' Delamere leegde zijn kommetje. 'Kom op, Tom, drinken. Ze klinken op alle kleinzoons die je voor me gaat verwekken!'

Blozend dronk Tom zijn kom leeg.

'Heel sterk.' Tang knikte goedkeurend naar Delamere terwijl hij in Toms been kneep. 'Je dochter zal grote zoons baren. Grote zoons!' Hij wierp zijn hoofd naar achteren en kakelde schril. En zoals dat alleen heel oude mensen overkomt, zakte zijn hoofd abrupt naar voren, de glimlach nog op zijn lippen, en viel hij in slaap, ineengedoken als een verschrompeld vogeltje.

'Maak je je dan geen zorgen, Lao Lu?' Jin Shangui kwam terug op het alkalitransport. 'Zulke waardevolle koopwaar door de Zwarte Heuvels en verder. De bandieten worden steeds brutaler. Als IJzeren Man Wang ervan hoort...'

'Tom heeft al eens bandieten weggejaagd, is het niet, beste jongen? Onderweg hierheen.' Trots keek Delamere naar zijn aanstaande schoonzoon. 'Vertel ze eens hoe het is gegaan.'

'Daar heb ik iets over gehoord,' zei de dokter. 'Het was toch in de Zwarte Heuvels? De Mandarijn zegt altijd tegen me dat ik me geen zorgen hoef te maken, maar het gebeurt wel erg regelmatig.'

Tom glimlachte. 'Nou meneer, HF – dat is Miss Delamere – is ervan overtuigd dat we met de roverhoofdman in eigen persoon te maken hebben gehad. We waren allemaal een beetje gespannen door de executies die we in Fuxin hadden gezien, verhalen over Boxers en zo, toen we mannen met geweren tegenkwamen. Het was in die pas met de watervallen, dat gedeelte tussen de twee naaldwouden in, en opeens kwamen er een stuk of zes kerels achter de bomen vandaan, een sinister stelletje. Bovendien schemerde het en het regende, dus ze joegen ons de stuipen op het lijf.

Hoe dan ook, Henry – Mr. Manners – vuurde in de lucht met zijn geweer. Die kerels, wie het ook waren, verdwenen als spoken, en we gingen in draf verder om er zo snel mogelijk weg te zijn. Het zou heel goed kunnen dat ze volmaakt onschuldig waren, misschien waren het jagers of reizigers zoals wij. Ze hebben ons nooit echt bedreigd, maar Henry heeft wel de hele nacht iemand op wacht laten staan. Dat is het hele verhaal. Eigenlijk niets bijzonders als je het op klaarlichte dag vertelt.'

'Tom is zo bescheiden,' zei Jin Shangui. 'Een dronk, dit is zeker een dronk waard. Op zijn heldhaftige optreden. *Ganbei*! En op dat van je dochter. Nogmaals *ganbei*! Wat een vreselijke ervaring. In één woord vreselijk,' zei hij, knipperend achter zijn brillenglazen. 'Wat moet er van dit land worden als een man niet eens meer zonder angst zaken kan doen? En je wil toch nog een keer dezelfde tocht maken met Lao Lu? Naar Tsitsihar, is het niet? Ik heb bewondering voor je moed. Wanneer wilden jullie ook alweer gaan?'

'Wanneer we gaan?' zei Delamere. 'O, ik denk – '

'De datum is nog niet vastgelegd,' viel Lu hem kalm in de rede. 'We willen geen roddels aanmoedigen of het lot tarten. Het is me opgevallen,' zei hij met een waarschuwende blik op Delamere, 'dat overvallen op karavanen met koopwaar vaak plaatsvinden als het vertrek van tevoren is aangekondigd.'

'Precies,' beaamde Delamere schaapachtig. 'Zwijgen is goud.'

'Je hebt volkomen gelijk,' zei Jin. 'Ze zeggen dat IJzeren Man Wang overal in de stad spionnen heeft. Wij zijn hier onder vrienden, dus kunnen we vrijuit spreken, maar het is verstandig om voorzichtig te zijn. De Falang, luister naar het wijze advies van Lao Lu en onthul niets over je bedoelingen.'

'In dit geval is er niets aan de hand,' zei Lu. 'Zelfs al zou IJzeren Man Wang ervan weten. Onze handel verkeert nog in het beginstadium en we vervoeren niets van waarde. Ik waardeer je bezorgdheid, Lao Jin, maar we hebben deze keer alleen monsters, een paar waardeloze kristallen waar we geen betaling voor vragen, dus we hebben zelfs geen geld op de terugtocht.'

'Zo is het,' zei Frank. 'Geen zakken vol geld deze keer. De grote partijen komen pas na de lente. Dan zit er wel een taël of wat in de geldkist. O nee,' zei hij met een blik op Lu, die hem hoofdschuddend aankeek, 'ben ik nu alweer indiscreet geweest?'

Lachend hief Lu Jincai zijn kom. 'De Falang, je bent een en al tact en discretie en ik ben er trots op dat je mijn vriend en partner bent. Laat mij ook een toast uitbrengen op het geluk van je dochter en schoonzoon. Ik beschouw het als een eer dat ik hem heb mogen ontmoeten.'

Ze klonken en dronken. De oude Mr. Tang ontwaakte uit zijn hazenslaapje en keek met glimoogjes naar Frank. 'Heeft je dochter brede heupen, De Falang Xiansheng? Ze moet brede heupen hebben als ze grote zoons wil baren. En jij, jongeman, moet je viriele sappen niet te snel laten lopen als je de wolken en de regen maakt. Rek haar genot zo lang als je kunt. Hoe groter haar genot, des te dikker zijn de zoons die ze zal baren.'

'Bedankt voor de tip, meneer,' zei Tom. 'Ik zal het zeker in gedachten houden.'

De serveersters brachten fruit – appels, dadelpruimen en peren – en kort daarna ging het gezelschap uiteen. Jin Shangui hielp Tang Dexin, die tamelijk wankel op zijn benen stond, de trap af naar de draagstoel die voor hem klaarstond. De anderen volgden. Opnieuw regende het felicitaties, en Jin Shangui bood aan om een groot bruiloftsmaal voor het jonge paar te geven, terwijl de oude Mr. Tang het huren van een operagezelschap voor zijn rekening wilde nemen.

Voordat Frank de anderen kon volgen, legde Lu een hand op zijn arm.

'Kan ik je even spreken?'

'Tom en de dokter?'

'Die zijn al naar beneden. Ze zijn druk met elkaar in gesprek.'

'Ik weet het al. Je gaat me de les lezen omdat ik te veel heb losgelaten over Tsitsihar. Het spijt me echt, maar ik dacht dat we vandaag onder vrienden waren.'

'Het is niet verstandig om te veel los te laten, zelfs niet tegen vrienden. Je kent China niet goed genoeg. Er zijn allerlei banden en loyaliteitsconflicten die van vriendschap een inwisselbaar goed maken, ook al hechten we er nog zoveel waarde aan. Doe me een lol en vertel Jin Shangui niets meer over onze transporten.'

'Je kunt toch niet denken dat goeie ouwe Jin –'

'Is het niet vreemd dat zijn karavanen meerdere keren zijn overvallen zonder dat hij ooit daadwerkelijk is beroofd?'

'Hij heeft goede bewakers die de bandieten hebben verjaagd. Mannen zoals Tom.'

'Zeker,' zei Lu glimlachend. 'En we moeten onze karavaan goed beschermen tijdens onze geheime reis. Geheim, De Falang.' Lu's ogen twinkelden vriendelijk. 'Maar dat is niet waarover ik het wilde hebben.' Zijn dikke wenkbrauwen werden zorgelijk gefronst. 'Ik heb je boodschap over je vriendinnetje in het Paleis van de Hemelse Lusten ontvangen, en er ligt nu een brief en een geschikt presentje voor haar klaar. Nee, je hoeft me niet te bedanken. Denk liever nog een keer goed na, De Falang. Wil je echt definitief met haar breken?'

Frank zuchtte. 'Waarschijnlijk is het beter zo,' zei hij met een klein stemmetje, en hij keek Lu verdrietig aan. 'Luister, kerel, Madame Liu heeft me met mijn neus op de feiten gedrukt, zodat zelfs een stomme barbaar als ik het kon begrijpen. Die relatie stelt niets voor. Zij is een hoer en ik ben een domme oude man.'

'Ik zou je willen adviseren om de woorden van een vrouw zoals Madame Liu met een korreltje zout te nemen. Ik kon Shen Ping niet vinden toen ik er gisteravond was...'

'Waarschijnlijk was ze boven met een klant,' zei Frank verbitterd. 'Spelend op zijn jade fluit.'

'Ze zeiden dat ze ziek was, onwel. Ze deden er allemaal nogal eigenaardig over toen ik naar haar vroeg. Ik zal mijn best doen om meer aan de weet te komen... Ondertussen denk ik dat je te hard voor haar bent. Ik heb begrepen dat ze zich er bijzonder op verheugde om met jou samen te gaan wonen.'

'Zodat ze mijn huis als peeskamertje kon gebruiken? Zodat ik haar pooier kon worden in plaats van Madame Liu? Kom nou toch, Lu. Vossen raken hun streken niet kwijt. Ze heeft me om de tuin geleid. Vind ik niet erg, maar nu is het afgelopen.'

Lu haalde zijn schouders op. 'Zoals je wil. Ik zal je brief en cadeau bezorgen, of ervoor zorgen dat zij ze ontvangt.'

Frank nam Lu's beide handen in de zijne. 'Bedankt, ouwe makker. Wat zou ik zonder jou moeten doen?'

'Je hebt je dochter weer terug, en een schoonzoon om trots op te zijn. Je mag van geluk spreken.'

'Dat is waar,' zei Frank. 'Dat is waar.'

Op vrijdagavond waren de Airtons om zeven uur helemaal klaar om hun gasten te ontvangen. Nellie had de kinderen een halfuur daarvoor in bed gestopt, maar zodra ze het licht had uitgedaan en de kamer uit was gelopen, kropen Jenny en George weer uit bed en slopen ze in hun pyjama door de gang naar de hal. Daar verstopten ze zich achter de kapstok, bevend van opwinding.

Eindelijk zouden ze de opgehangen dame kunnen zien die door een wonder weer tot leven was gewekt. Hun moeder had hun uiteraard verteld dat Ah Lee's verhaal van begin tot eind verzonnen was en dat Miss Delamere al die tijd kerngezond was geweest. De kinderen hadden echter genoeg meegemaakt om te weten dat de waarheid meerdere lagen kon bevatten en dat je nooit iets voor zoete koek moest slikken.

Jenny en George twijfelden al helemaal aan de oprechtheid van hun ouders sinds de vroegtijdige dood van Archie, hun chow-chow. Toen Archie was overreden door een kar, had Ah Lee hen meteen meegenomen naar de keuken om hun alle bloederige details te vertellen. Hij had beschreven dat hun vader Archies gebroken poten en rug had gezien en ter plekke zijn nek had gebroken om hem verder lijden te besparen. Dat begrepen de kinderen heel goed; in de cowboyverhalen die de dokter hun graag voorlas, gaven cowboys hun zielige, gewonde paarden vaak genoeg het genadeschot.

Het verhaal dat hun ouders hun die avond tijdens het eten hadden verteld, was heel wat schokkender geweest. In deze gekuiste versie van de gebeurtenissen had Archie geleden aan een dodelijke ziekte (wat nogal vreemd was, want hij mankeerde niets toen hij die
ochtend met de kinderen aan het ravotten was), had God besloten
hem uit zijn lijden te verlossen en was hij in zijn slaap rustig overleden, na een laatste blafje en likje, en nu was hij in de hondenhe-
mel.

Het was een sentimenteel en ongeloofwaardig verhaal, en de kinderen hadden zich opgelaten gevoeld. Kennelijk was de dood van
hun huisdier zo'n schrik geweest dat hun ouders de waarheid niet
onder ogen konden zien en zichzelf probeerden te troosten met deze aperte leugen. Ze waren te beleefd om hun vader tegen te spreken toen hij vertelde dat hij een graf voor Archie zou maken op de
heuvel, terwijl ze met hun eigen ogen hadden gezien dat Ah Lee de
dode hond de keuken binnendroeg om soep van hem te koken. Dit
soort akelige details wilden ze hun arme vader besparen.

Dat Miss Delamere zich helemaal niet had verhangen, zoals hun
moeder beweerde, stond voor George en Jenny dan ook geenszins
vast. Ze waren eerder geneigd om Ah Lee het voordeel van de twijfel te gunnen, want hij was in het verleden vaak een openhartige en
bovenal betrouwbare getuige geweest. Ah Lee had de gehangene heel
overtuigend beschreven. Het feit dat het lijk weer tot leven was gekomen en die avond zou komen eten was verrassend, maar ze hadden verhalen gehoord over dingen die heel wat vreemder waren.

Ze wisten dat het op het platteland wemelde van de spoken en de
vampiers en de vossengeesten. Ah Lee vertelde hun 's middags vaak
huiveringwekkende verhalen als ze bij hem in de keuken zaten terwijl hij het zilver of de schoenen poetste, en Ah Sun was een keer
helemaal over haar toeren binnengekomen omdat ze de geest van
een van de patiënten in de struiken had gezien. Ze wisten dat er buiten hun beschermde omgeving wonderlijke dingen gebeurden.

Als Miss Delamere zich echt had opgehangen, betoogde George,
dan was het logisch dat ze in een vossengeest was veranderd. In dat
geval kon ze ook best komen eten. Iedereen wist dat vossengeesten
in de huid van mooie vrouwen kropen en 's nachts op stille wegge-

tjes op de loer lagen en nietsvermoedende mannen naar hun huis in het bos lokten, waar ze hun wijn te drinken gaven en hen verslonden als ze in slaap vielen. Ah Lee had hun verteld dat ze ook vaak de geesten waren van eenzame vrouwen die zich hadden opgehangen omdat ze waren afgewezen door hun geliefde. 'Precies zoals Miss Delamere,' concludeerde George. 'Zoals we allemaal hebben kunnen zien.'

'Maar haar geliefde heeft haar niet afgewezen,' protesteerde Jenny. 'Ze mocht alleen niet trouwen van haar vader.'

'Dat komt op hetzelfde neer,' zei George. 'Ze kon niet trouwen en daarom heeft ze zelfmoord gepleegd.'

'Maar nu gaan ze wél trouwen. Dit etentje van vanavond is toch een verlovingsfeestje? Als ze gaat trouwen, waarom zou ze zich dan hebben opgehangen?'

'Ja, maar is dit wel de echte Miss Delamere? Misschien weten ze helemaal niet dat ze zich heeft opgehangen en een vossengeest is geworden. Misschien dat ze alleen maar mag trouwen van Mr. Delamere omdat hij door haar is betoverd.'

'Misschien,' zei Jenny weifelend. 'We moeten goed kijken of er iets te zien is in haar nek. 'Een blauwe plek van het touw, of zo.'

Ineengedoken achter de kapstok wachtte het tweetal af, terwijl Ah Lee de gasten binnenliet. De spoorwegmensen kwamen het eerst – Herr Fischer en zijn grappige assistent, Charlie Zhang, glimlachend en babbelend in zijn zijden gewaad. Jenny vond het altijd leuk als Mr. Charlie kwam. Hij was de meest onchinese Chinees die ze kende, en ze verheugde zich op zijn cadeautjes – een rood envelopje met geld erin, of snoepjes, en ook een keer een pop in boerenkleren – die hij haar met een knipoog en een glimlach in de handen drukte als haar moeder niet keek. Die avond had hij waarschijnlijk ook iets voor haar bij zich, maar net als George wilde ze zich liever blijven verstoppen totdat de mysterieuze dame kwam. In tegenstelling tot George was ze er maar half van overtuigd dat Miss Delamere een vossengeest was, maar ze was toch een beetje bang.

George trok aan haar hand. 'Jen, Jen, kijk. Daar is ze,' fluisterde hij opgewonden. 'En kijk! Ze draagt een choker.'

Een mooie jonge vrouw deed haar jas uit. Ze had heel erg witte armen met sproeten en donkerrood haar, dat in het kaarslicht van tint veranderde, van kastanjebruin tot kersenrood tot amber. Ze droeg een lange paarse avondjurk van tafzijde en kant, en ze had de groene ogen van een kat. Ze deed Jenny aan een van de prinsessen uit haar boek met Keltische sprookjes denken. Om haar nek droeg ze een breed zwart lint met een groot medaillon met een amethist. Achter haar gaven Mr. Delamere en een kolossaal grote man met geel haar en een vriendelijk gezicht hun hoed af.

'Dat bewijst het,' zei George triomfantelijk. 'Ze verbergt de plekken in haar nek.'

'Ze is zo mooi,' zwijmelde Jenny.

'Natuurlijk is ze mooi. Alle vossengeesten zijn mooi. Daarom zijn ze ook zo gevaarlijk.'

'Nou, volgens mij is ze echt, gewoon van vlees en bloed, en dat ga ik bewijzen.' Ze verzamelde al haar moed, kwam achter de kapstok vandaan en maakte een buiging.

'Hallo daar,' zei de grote man. 'Hoe heet jij?'

'Ik weet het al. Jij moet Jenny zijn,' zei de dame met een lieve stem. 'Ik ben Helen Frances. Wat leuk je te zien.'

Jenny verstijfde. Hoe wist ze haar naam? Was ze dan toch een geest? Ze rook parfum en voelde het kriebelende rode haar tegen haar wang toen Miss Delamere zich vooroverboog om een kusje op haar voorhoofd te drukken. Jenny deed haar ogen dicht, deels van angst, deels van verrukking.

Het volgende moment liep het gezelschap, inclusief de mooie dame, alweer door naar de zitkamer, waar Jenny's vader en moeder klaar stonden om hun gasten te begroeten. Toen Jenny haar ogen weer opendeed, stond er een andere man voor haar die met een geamuseerd gezicht op haar neerkeek. Nog nooit had ze iemand gezien die beter gekleed of eleganter was dan deze man. Hij droeg een zwarte smoking met een rode cape en borg zijn witte handschoenen weg in zijn mouw. Hij had een klein snorretje en lachende blauwe ogen. Ze dacht dat hij een prins moest zijn, of minstens een hertog.

'Hallo,' zei hij tegen haar. 'Ik ben Manners. Ben jij mijn mooie gastvrouw? Ik zal je wat zeggen, als jij over tien jaar nog steeds zo'n perzikhuidje hebt, dan breng je heel wat mannen het hoofd op hol.' En vervolgens boog ook hij zich voorover om een kus op haar voorhoofd te drukken.

Jenny was met stomheid geslagen. Pas toen de kust veilig was en George aan haar mouw trok, durfde ze haar ogen weer open te doen.

'Heb je plekken of littekens gezien?' vroeg George, die inmiddels ook achter de kapstok vandaan was gekomen.

'Nee,' zei Jenny. 'Ze is zo mooi. Een engel.'

'Dat zeggen alle slachtoffers van vossengeesten,' zei hij. 'Er is dus nog niets bewezen. En die donkere man vertrouw ik ook niet. Zou hij haar minnaar zijn?'

Maar Jenny kon nog steeds geen woord uitbrengen.

'Kom op, Jen,' drong George aan. 'Ze heeft je toch niet gebeten? Je bent toch niet in trance? We moeten terug naar onze kamer voordat mama of papa ons betrapt.'

Jenny treuzelde, staarde verlangend naar de deur van de zitkamer, waar het geroezemoes van stemmen klonk. 'Ik wilde dat ik al groot was en erbij kon zijn,' verzuchtte ze. 'Dan kon ik horen wat ze allemaal zeggen. Het is vast heel spannend.'

Spannend was niet het woord dat Helen Frances gebruikt zou hebben. Kijkend naar de gezichten van deze vreemden kreeg ze het gevoel dat er iets niet klopte. Toen ze er nog van droomde om naar haar vader te gaan, had ze zich voorgesteld dat Shishan een mysterieuze stad zou zijn, donker en exotisch, vol gevaren en verlokkingen. Ze had er geen moment rekening mee gehouden dat ze al een paar dagen na aankomst zou dineren in een burgerlijk, typisch Engels huis (de eetkamer met houten lambriseringen deed sterk denken aan die van haar tante in Crowborough) of dat ze te gast zou zijn bij zulke conventionele mensen als de heer en mevrouw Airton.

Ze was natuurlijk naïef geweest. Hoe zouden Britten in het buitenland zich dan gedragen? Was het nou echt zo verbazingwekkend dat mensen die zo lang zo ver van huis waren heimwee hadden en een vertrouwde sfeer probeerden op te roepen? Had ze soms verwacht dat de Airtons in een paleis woonden? Toch kon ze een gevoel van teleurstelling niet onderdrukken. Ze verlangde in de eerste plaats naar het onbekende, naar nieuwe ervaringen. Tijdens de reis had ze steeds verwondering gevoeld. Wat ze zag en meemaakte versterkte haar verwachting, en ze had zich voorgesteld dat Shishan, de magische bestemming die haar jeugddromen had gekleurd, een avontuurlijk lustoord zou zijn. Tot nu toe had ze echter alleen een armoedig, stinkend stadje gezien, met stoffige straten en afstotelijke, nogal grimmige inwoners. En in het huis van de Airtons kon ze zich in Engeland wanen, terwijl dat wel het laatste was waar ze behoefte aan had.

Ontgoocheld luisterde ze naar Mrs. Airton en Herr Fischer, de man die ze bij aankomst in het spoorwegkamp had ontmoet, die over het weer praatten. Ze had niets tegen Herr Fischer, maar alles aan hem was even saai. Zijn hoofd stak als dat van een schichtige rob uit een ouderwetse pandjesjas. Met zijn in Pruisische stijl kortgeknipte haar, zijn zonverbrande gezicht, grijze snor en eeltige handen nam hij de sfeer van vuil en stof uit het spoorwegkamp met zich mee, en zijn lichte ogen knipperden als die van een woelmuis toen hij haar met overdreven bloemrijke complimenten overlaadde. Hij deed haar denken aan een van de winkeliers in de hoofdstraat van het dorp waar haar tante woonde.

Toegegeven, de twee nonnen in hun zwarte habijt zouden bij een etentje in Sussex een tikkeltje misplaatst zijn geweest. Dan was er natuurlijk de wel heel ongewone Chinese man met zijn lange vlecht en zijden gewaad die de twee nonnen terwijl hij soep naar binnen lepelde en slokken wijn nam in bekakt Engels uitlegde waarom hij Franse camembert lekkerder vond dan Hollandse of Zwitserse kaas.

Toch was Charlie Zhangs buitenissigheid in deze doodgewone omgeving voor Helen Frances juist de bevestiging van haar teleurstelling. Voor haar was hij de uitzondering die de regel bevestigde. Hij was als een persiflage op al het exotische dat ze hier had gehoopt te ontdekken, de excentrieke buitenlander die op de thee was gevraagd en tegen wie goed opgevoede meisjes zoals zij extra beleefd moesten zijn om hem vooral niet te beledigen. Na een uur opzitten en pootjes geven zou de ponywagen hem weer komen halen en zou de orde en regelmaat in het Engelse huishouden zijn hersteld.

Naarmate de avond vorderde, begon Helen Frances zich steeds erger te vervelen. Ze had het gevoel dat ze in een val was gelokt. Hoe idioot het ook was, ze had zin om te gaan gillen of een scène te schoppen, of de beleefdheden en gemeenplaatsen te beantwoorden op een manier die iedereen zou choqueren. Toen ze besefte dat deze mensen de komende maanden en jaren haar enige gezelschap zouden zijn, voelde ze paniek opkomen.

Zelfs de dokter, die ze aardig vond, was die avond in haar ogen lachwekkend. Met zijn lichte bakkebaarden en onderzoekende ogen, zijn aimabele houding en innemende gestuntel hoorde hij in de *Pickwick Papers* thuis, niet in de avonturenroman die Helen Frances in China had gehoopt te vinden. Vertwijfeld keek ze toe toen hij, met zijn duimen in zijn vest gehaakt, controleerde of er geen lege wijnglazen waren en de gasten met veel misbaar naar hun plaatsen bracht, alsof het succes van de avond afhankelijk was van zijn drukdoenerij.

Wat haar vader betreft, ze hield veel van hem, maar in zijn slecht zittende jacquet, zijn haar met brillantine naar achteren gekamd en zijn snor gekruld, zag ze hem die avond als een bombastische karikatuur. Hij had beloofd dat hij zich netjes zou gedragen, maar zijn rode gezicht en bulderende lach pasten eerder bij de kroeg en het variététheater dan bij een keurig Engels gezelschap.

Kon ze maar een blik van verstandhouding wisselen met Tom, zoals ze aan boord van het schip altijd had kunnen doen, om het lachwekkende van het tafereel met hem te delen, maar Tom was in gesprek met Mrs. Airton. In plaats daarvan keek ze naar Henry Manners, die door zijn elegante avondkleding en loomheid eigenlijk nog het meest uit de toon viel. Het was duidelijk dat hij zich normaal gesproken in meer mondaine kringen bewoog. Helen Frances stelde zich voor dat hij zojuist het aperitief had gebruikt in de Reform Club of White's en nu aan deze provinciale tafel terecht was gekomen.

Ze meende te zien dat er een verveeld trekje om zijn mond speelde, hoewel hij hoffelijk was tegen de gastvrouw en aandachtig naar haar leek te luisteren. Helen Frances wist beter. Plotseling richtte hij zijn blauwe ogen op haar, en met een haast onmerkbare beweging van zijn hoofd liet hij blijken dat hij wist dat ze naar hem keek. Ze grijnsde onwillekeurig en dronk snel een glas water om te voorkomen dat ze ging giechelen. Hij kreeg lachrimpeltjes bij zijn ogen en ontblootte zijn tanden in een brede glimlach. De rest van de avond bleef ze het gevoel houden dat er een stilzwijgende verstandhouding tussen hen bestond.

De dokter tikte tijdens de eerste gang tegen zijn glas en ging staan om de nieuwkomers welkom te heten in Shishan. De twee nonnen klapten enthousiast in hun handen toen Airton het blije nieuws van de verloving bekendmaakte. Hij hoopte dat zijn gasten hem wilden vergeven dat hij naar Chinees gebruik de toespraken voor het hoofd-gerecht wilde afronden. 'Zaken gaan voor het plezier, zoals jullie za-kenlieden zeggen.' Hij knikte naar Frank.

Helen Frances had het gevoel dat ze niet bij dit gezelschap hoor-de. Ze zag de ironische uitdrukking op Manners' gezicht toen hij op haar proostte, en ze wilde naar hem glimlachen. In plaats daarvan bloosde ze, en Herr Fischer maakte een hoogdravende opmerking over het schaamtegevoel van meisjes en jonge vrouwen. Tom ging op zijn onhandige manier staan en hield een studentikoze toespraak waarin hij zichzelf omlaaghaalde. Haar vader werd sentimenteel en had het over zijn kleine meisje. Gelukkig waren de formaliteiten al snel achter de rug, en de dokter liep naar het buffet om het vlees te snijden.

Ze moest toegeven dat iedereen heel erg aardig voor haar was. Herr Fischer beschreef zichzelf als een vrijgezel voor het leven, maar voegde eraan toe dat het alleen maar kwam doordat hij in zijn jon-ge jaren nooit iemand had ontmoet die zo mooi en betoverend was als zij. Als hij wel zo iemand had ontmoet, vertelde hij haar, zou hij met elke student in Heidelberg hebben geduelleerd om haar hand te winnen. Zuster Caterina, haar appelwangen rozig na het eerste glas wijn, smeekte haar of ze de trouwjurk mocht maken als de blije dag naderde. De heel donkere zuster Elena wilde tot in de details weten hoe ze elkaar hadden leren kennen en verliefd waren gewor-den, dus beschreef Tom de reis en het gekostumeerde bal, en ieder-een lachte toen hij vertelde dat hij als Desdemona verkleed was ge-weest. Zuster Caterina vroeg Mrs. Airton of zij niet ook een keer zo'n gekostumeerd bal konden houden, en Nellie glimlachte zuinig. 'We zien wel.'

Helen Frances wist niet precies wat ze van Nellie Airton moest denken. Ze bewonderde haar statige houding en knappe gezicht maar vond haar strengheid een beetje intimiderend. Ze deed alsof ze zich gevleid voelde toen Nellie vroeg of ze zin had om in het ziekenhuis te komen werken, maar was bang dat ze haar had beledigd met haar nietszeggende antwoord.

In werkelijkheid sprak het idee haar totaal niet aan. Ze was niet naar de andere kant van de wereld gegaan om in een westers ziekenhuis te gaan werken en in een huis te wonen dat in Surrey had kunnen staan. De gedachte dat ze opgesloten zou worden in een ziekenzaal met deze twee opgewekte nonnen was meer dan beklemmend en riep herinneringen op aan de kostschool waar ze nog maar net van af was.

'Ik wil je niet dwingen, liefje,' had Nellie op haar slappe smoesje geantwoord. 'Ik zeg het voor je bestwil. Als Mr. Cabot en je vader de hele dag op kantoor zitten of op reis zijn voor zaken, is de kans groot dat je je gaat vervelen. We doen hier goed werk en we kunnen altijd wel een paar helpende handen gebruiken.'

'Laat dat arme kind toch met rust, Nellie,' riep Airton gemoedelijk vanaf zijn stoel aan het hoofd van de tafel. 'Geef haar de tijd. Ze moet eerst een beetje aan Shishan wennen, aan haar verloving, aan ons. Wat moet ze wel niet denken, net weggerukt uit haar Engelse omgeving, plotseling terechtgekomen in dit rare oord met een stel wildvreemde zonderlingen zoals wij. Het moest er nog bij komen dat we haar direct dwingen om een gesteven uniform aan te trekken en ondersteken te gaan legen!'

'Ik denk dat Helen Frances een verdomd goede verpleegster zou zijn, jij niet, Tom?' zei haar vader, die de strekking verkeerd had begrepen.

'Fräulein Delamere,' zei Herr Fischer hoffelijk, 'als ik ooit ziek mocht worden, zou ik liever door u verpleegd worden dan door een engel uit de hemel.'

'Jij kunt nou wel zeggen dat er geen haast bij is, Edward,' zei Nellie, 'maar je weet dat we zitten te springen om hulp, en Miss Delamere kan toch zeker niet de hele dag op een hotelkamer blijven zitten? Dat zou ongezond voor je zijn, liefje. Je komt op me over als een meisje met pit, en ik zou het heel naar vinden als je straks met je ziel onder je arm loopt.'

Helen Frances had het gevoel dat ze in het nauw was gedreven, en was dan ook opgelucht dat Henry Manners haar te hulp schoot. 'Mag ik zo vrij zijn me ermee te bemoeien, Mrs. Airton? Hij glimlachte. 'Ik vind dat u Miss Delamere een buitengewoon vriendelijk aanbod hebt gedaan, en ik ben ervan overtuigd dat ze op een dag een echte Florence Nightingale in uw ziekenhuis zal worden. Maar ik ben zelf ook een nieuwkomer, dus ben ik het met de dokter eens. Gun haar de tijd. En ik kan u in één woord uitleggen waarom: Shishan.'

Nellie begreep hem niet en was een beetje argwanend omdat ze niet wist waar hij naar toe wilde. 'Ik kan u niet volgen, Mr. Manners. Wat bedoelt u met Shishan?'

'Nou, u hebt misschien gehoord dat ik aardig wat van de wereld heb gezien, maar ik kan u wel vertellen dat ik nu al weet dat dit een van de meest fascinerende plaatsen is waar ik ooit ben geweest.'

'Ik zie niet in wat er zo bijzonder aan is, Mr. Manners.'

'U woont al jaren in China, Mrs. Airton. Miss Delamere en ik zijn nieuwkomers. Voor mij – en ik durf te beweren voor haar ook – is deze stad met zijn muren en torens, zijn tempels en markten, even boeiend en romantisch als we ons China hebben voorgesteld, al sinds de tijd dat we op school de verhalen van Marco Polo lazen. Ik moet bekennen dat ik mijn ogen uitkijk, en ik popel om deze stad en de omgeving tot in de kleinste hoekjes te gaan verkennen.'

'Wat een romanticus bent u, Mr. Manners. Maar een jongedame kan niet op eigen houtje een Chinese stad gaan verkennen. Dat zou gevaarlijk zijn.'

'Daarom wil ik ook iets voorstellen, uiteraard met toestemming van Mr. Delamere en Mr. Cabot. Momenteel hoef ik nog niet veel te doen voor de spoorlijn en heb ik tijd over. Zo is het toch, Herr Fischer?'

Fischer haalde zijn schouders op. '*Ja*. U bent eigen baas.'

'Dan stel ik voor dat Miss Delamere en ik de komende twee of drie maanden 's middags toeristen worden en samen Shishan gaan verkennen. De kloosters, de omgeving, de tempels. Daarna kan ze beslissen of ze in het ziekenhuis wil gaan werken, en kan ik me weer volledig inzetten voor de spoorwegen.'

Er viel een stilte. Henry leunde met een zelfverzekerd glimlachje achterover op zijn stoel. Helen Frances voelde dat haar wangen gloeiden.

Uiteindelijk verbrak de dokter het stilzwijgen. 'Ik weet niet goed wat ik van dat voorstel moet denken, Mr. Manners. In mijn jeugd zou men het vooruitstrevend, om niet te zeggen choquerend, hebben gevonden als een verloofde vrouw in haar eentje op stap zou gaan met een andere man.'

'Ik heb het over het bekijken van bezienswaardigheden, dokter, en misschien een paar ritten in de omgeving. Bovendien zijn we niet alleen. Onze *mafu's*, onze knechten, gaan mee. Ik zou niet weten wat daar choquerend aan is.'

Weer viel het stil. Helen Frances hoorde het tikken van de staande klok in de gang.

'Het is maar een idee,' voegde hij eraan toe.

Tom leunde naar voren, zijn gezicht roder dan gewoonlijk. 'HF, als je dat graag wil, dan lijkt het me een geweldig goed idee. Echt waar. Ik sta bij je in het krijt, Henry. Ik wilde alleen dat ik zelf meer tijd had om met jullie mee te gaan. Mr. Delamere, u hebt hopelijk geen bezwaren?'

'Ik? Nee hoor,' zei haar vader. 'Je moet met je tijd meegaan, zeg ik altijd.'

'Dat is dan geregeld,' zei Tom. 'Bedankt, Henry, ik ben je erkentelijk.'

Helen Frances voelde dat ze iets moest bijdragen om de gespannen sfeer die ze onbewust had veroorzaakt te verdrijven. 'Ik... ik waardeer het bijzonder dat iedereen zo met me begaan is. En Mrs. Airton, ik zou echt graag komen helpen als u me wilt hebben. Maar zoals Mr. Manners al zei, ik ben heel erg nieuwsgierig naar Shishan, en als... als...'

Dokter Airton legde zijn hand op de hare. 'Je hoeft verder niets meer te zeggen, liefje. Het is geregeld. Ik zou me moeten schamen omdat ik zo conservatief ben. Natuurlijk moet je op het voorstel van Mr. Manners ingaan, en als je over een tijdje in het ziekenhuis wil komen werken, ben je meer dan welkom. Nu ik het zeg... zal ik je morgen een rondleiding geven, zodat je kunt zien wat we hier doen? Zie het maar als je eerste toeristische uitstapje. Nellie, wat vind je ervan?'

'Zeg jij het maar, Edward,' zei Nellie. 'Ik moet me nu even met het dessert bezighouden.'

'Ha, kaas!' riep Charlie Zhang met een opgeluchte glimlach. Het laatste deel van de conversatie was grotendeels aan hem voorbijgegaan.

'Engelse pudding,' zei Nellie ijzig.

'Maar daarna is er toch nog wel een stukje kaas?' zei de dokter in een wanhopige poging om de harmonie te herstellen.

'Als er kaas in huis is.' Nellie verliet de kamer.

Maar de vrolijke en feestelijke stemming keerde niet terug, zelfs niet bij de Engelse pudding. Er leek een onuitgesproken en vage beschuldiging van onbetamelijkheid boven de tafel te hangen.

De dames lieten de heren alleen met de port (en een stukje beschimmelde parmezaanse kaas dat Ah Lee voor Charlie Zhang had opgespoord) en trokken zich terug in de zitkamer. Nellie was beleefd maar afstandelijk tegen Helen Frances, en ze waren allebei opgelucht dat de nonnen het initiatief namen en uitgebreid over hun patiënten begonnen te vertellen.

In de eetkamer vroeg de dokter Henry en Tom naar de bijzonderheden van hun avonturen tijdens de reis. Frank vertelde hun dat het nieuws over de gebeurtenissen in Fuxin tot onrust had geleid bij de kooplieden met wie hij bevriend was, maar de dokter wilde er zoals gewoonlijk niet van horen dat er een verband met de Boxers zou bestaan, met als argument dat de Mandarijn hem gerust had gesteld. Tom beschreef de vreemde ontmoeting tussen Helen Frances en de blinde priester, en pas op dat moment keek Charlie Zhang op van zijn kaas.

'Hij was gisteren in ons kamp,' zei hij.

De anderen keken hem niet-begrijpend aan.

'Wie was er in het kamp, Charlie?' zei Manners, en hij liet de lucifer waarmee hij zijn sigaar wilde opsteken zakken.

'Die blinde priester natuurlijk.'

'Dat heb je me helemaal niet verteld,' zei Herr Fischer.

'Het leek me niet belangrijk,' zei Charlie. 'Ik heb hem eruit getrapt. Een vreemde vogel is het. Het maakte de mannen onrustig. Lekkere kaas, dokter.'

'Wat deed hij?' vroeg Manners.

'O, eigenlijk niets. Hij is niet alleen blind maar ook doofstom, dus hij kon niets zeggen. Hij stond daar gewoon, terwijl het werk op de brug stillag en de mannen naar hem staarden. Griezelig, bijna, alsof hij ze behekste. Anders dan de gebruikelijke oproerkraaiers die toespraken houden over kwade geesten in de spoorlijnen. Ik weet niet waar de mannen bang voor waren. Bijgeloof, neem ik aan. Dat is een vloek voor mijn land. Hoe dan ook, ik heb hem geld gegeven, een Mexicaanse zilveren dollar, en weet je wat hij ermee deed? Hij stopte hem in zijn mond en slikte hem door.' Charlie giechelde. 'Ik dacht dat de mannen erom zouden lachen, maar ze leken er nog zenuwachtiger van te worden. Uiteindelijk moest ik die man bij de arm nemen en hem meenemen naar de weg. De mannen zijn weer aan het werk gegaan en ik heb ze een dubbele portie *gaoliang* gegeven, en dat was dat. Waarom vinden jullie het allemaal zo belangrijk?'

'Zo'n soort figuur is ook in Fuxin gezien, voor de onlusten,' zei Manners. 'Er wordt beweerd dat hij tot de rellen heeft aangezet.'

'Een soort Boxer-priester?' vroeg Frank. 'Dat klinkt nogal alarmerend.'

'Dat schijnen sommige mensen te denken.'

Het voelde opeens koud in de kamer. Een van de kaarsen knetterde en ging sissend uit.

'O, mijn land zit vol met gekken,' zei Charlie lachend. 'We moeten het bijgeloof niet aanmoedigen. China moet mee in de vaart der volkeren. Gaan Herr Fischer en Mrs. Airton geen verrukkelijke muziek voor ons spelen? Kijk, dat is nou het soort magie waar mijn land behoefte aan heeft.'

'Goed gezegd!' zei de dokter. 'Al die onzin over Boxers, dat is slecht voor de spijsvertering. Charlie is de nuchterste van ons allemaal. Kom op, de dames wachten op ons. Hebt u uw viool meegenomen, Herr Fischer?'

Toen ze door de gang naar de zitkamer liepen, mompelde Manners tegen Tom: 'Ik ging toch niet over de schreef, beste kerel? Ik begrijp niet waarom de dokter zich zo opwond. Het lijkt wel of hij denkt dat ik oneerbare plannen heb met Helen Frances.'

'Ik vind het echt een goed idee, zoals ik net al zei,' zei Tom, hoewel hij hem een beetje kil aankeek. 'Maar overleg het een volgende keer eerst even met mij, wil je? Mensen zoals de Airtons zijn nu eenmaal een beetje ouderwets. En ik trouwens ook.'

'Ik laat het idee gewoon varen, beste kerel. Het is me echt om het even.'

Tom zuchtte en bleef staan. Zijn gezicht vertrok en plooide zich in een scheve grijns. 'Kom op, Henry, we zijn vrienden. Ga vooral uitstapjes met haar maken. Ik ga zo vaak ik kan met jullie mee. Vooruit, de muziek begint.' Hij sloeg een arm om Manners' schouders en troonde hem mee naar de zitkamer.

Het uur daarna luisterden ze naar Nellie die piano speelde en op de viool werd begeleid door Herr Fischer. Helen Frances liet zich overhalen om een aria te zingen, maar alleen Charlie Zhang was enthousiast over de optredens, klapte en riep 'Bis! Bis!' alsof hij in een concertzaal zat. Gedanst werd er niet – geen foxtrots, geen polka's. De gasten vertrokken eerder dan de dokter had gehoopt. Hij liep met de laatste gasten, Herr Fischer en Charlie Zhang, mee naar het tuinhek, waar hij wel een volle minuut bleef staan voordat hij met lood in zijn schoenen weer naar binnen ging, wetend dat Nellie in een slecht humeur zou zijn. Het feestje was duidelijk geen succes geweest.

Het detachement soldaten dat majoor Lin naar de Zwarte Heuvels had gestuurd, keerde de volgende dag terug in Shishan met drie haveloze, geboeide boeren die in het woud gevangen waren genomen. De gevangenen werden naar de *yamen* gebracht en berecht wegens roofovervallen. De Mandarijn veroordeelde de drie tot onmiddellijke executie, en die middag verzamelde zich een menigte op het marktplein om de onthoofdingen bij te wonen.

Tot besluit van een lichte lunch rookte de Mandarijn een opiumpijp, waarna hij zich in zijn ambtsgewaad hulde en zijn privé-vertrekken verliet.

Majoor Lin en een compagnie soldaten wachtten hem op de buitenhof op met de gevangenen. Hun bovenlijven waren ontbloot en vastgeketend aan grote houten schandplanken met gaten voor het hoofd en de handen. Boven hun hoofden wapperden kennisgevingen waar hun misdaden op werden beschreven. Troosteloos ineengedoken zaten ze bij de muur van de *yamen*, gebogen onder het gewicht van de schandplanken en bewaakt door gewapende soldaten. Ze keken op toen de Mandarijn langsliep, maar zonder een sprankje hoop in hun doffe, doodse ogen.

De Mandarijn negeerde hen en liep naar zijn palankijn, waarvan de buigende Jin Lao onderdanig de deur openhield. Met een kort knikje naar zijn kamerheer stapte hij in, en Jin kwam tegenover hem zitten. De palankijn wiebelde toen de acht dragers de stoel op hun schouders tilden.

Majoor Lin besteeg zijn witte paard. Zijn sergeant blafte een bevel. De veroordeelde mannen werden ruw overeind getrokken, en op het langzame dreunen van een trommel en het schetteren van een hoorn bewoog de processie zich langzaam omlaag van de heuvel naar de stad.

Achterovergeleund in de deinende draagstoel sloot de Mandarijn zijn ogen. 'Misschien dat je me nu kunt vertellen wat het doel van deze schertsvertoning is, Jin Lao, en waarom ik drie onschuldige boerenkinkels op kosten van de staat moet laten executeren.'

'Het zijn bandieten, Da Ren. En ontvoerders. Die buitenlandse jongen. Wreed vermoord. Zo triest.' Jin Lao zuchtte.

'Dat hebben we vanochtend tijdens de hoorzitting uitgebreid besproken,' zei de Mandarijn. 'Ik geloofde je toen al niet en ik geloof je nu net zomin.'

Jin Lao's glimlach bleef even sereen. 'We hebben officiële bekentenissen, Da Ren. En de soldaten hebben de graven gezien in het bos.'

'Van de vermoorde jongen en zijn vrienden?'

'Natuurlijk, Da Ren.'

Vluchtig deed de Mandarijn zijn ogen open, maar ze waren al weer dicht toen hij zachtjes begon te praten. 'Verspil mijn tijd niet, kamerheer Jin. De zogenaamd vermoorde jongen is een schandknaap in het bordeel van Madame Liu. Hij wordt daar vastgehouden om door jou en die ontaarde zoon van haar misbruikt te worden. Verspil mijn tijd niet en stel mijn intelligentie niet op de proef.'

Als Jin Lao schrok van wat de Mandarijn wist, liet hij dat niet blijken. 'U bent alwetend en alziend, meester, met "ogen die duizenden *li* ver kunnen zien en oren die de wind opvangen",' zei hij.

De Mandarijn slaakte een zucht. 'Is het IJzeren Man Wang die voor deze drie slachtoffers heeft gezorgd?'

Jin Lao boog zijn hoofd.

'Ik neem aan dat ze schulden bij hem hebben en de veiligheid van hun gezinnen afkopen door hun leven te offeren.'

'Dat is de gebruikelijke gang van zaken.'

'En de schulden van deze arme sloebers worden afgetrokken van het smeergeld dat de bandieten mij schuldig zijn?'

'Net als voorheen, Da Ren.'

'Voorheen, kamerheer, ensceneerden we onze executies alleen als mijn kooplieden waren beroofd en de bandieten er meerdere keren met een rijke buit vandoor waren gegaan. Dat was in een tijd dat de mensen kwaad en bang waren en er ontevredenheid heerste in de stad. Het is mijn plicht om toe te zien op de naleving van de wet en het handhaven van de orde. Daartoe is het noodzakelijk om soms te straffen, en tot op zekere hoogte restitutie te eisen. Vandaar dat ik, geholpen door het genootschap, IJzeren Man Wang kon overhalen om ons een bescheiden aantal schuldigen te leveren. Een klein deel van de geroofde schatten werd aan de rechtmatige eigenaars terug-gegeven. Er werd recht gedaan, het volk kon er getuige van zijn, al-le partijen waren tevreden en de harmonie werd bewaard.'

'Een wijze en geniale oplossing, zoals te verwachten valt van een groot mandarijn zoals u,' mompelde Jin Lao.

'Vind je? Ook al zijn de veroordeelden volmaakt onschuldig?'

'Het waren gewone mensen, uit de criminele klasse. Zeker geen groot verlies,' zei Jin Lao.

'En toch kan een veel grotere crimineel zoals IJzeren Man Wang op mijn bescherming rekenen en tref ik zelfs schikkingen met hem. Waarom denk je dat ik dat doe?'

'Ik neem aan, Da Ren, omdat IJzeren Man Wang u altijd de schat-tingen heeft betaald die hij iemand van uw aanzien en gezag ver-schuldigd is,' zei Jin Lao.

'Jij vindt voor alles een veile rechtvaardiging. Ja, Jin Lao, door on-ze regelingen word ik goed genoeg gecompenseerd, hoewel ik zou kunnen betogen dat ik via IJzeren Man Wang alleen maar de onbe-taalde belastinggelden ontvang die de kooplieden me zo handig door de neus boren door met hun boeken te knoeien. Desalniettemin vind ik het onverteerbaar dat ik met zulk addergebroed zaken moet doen. En deze gesanctioneerde moorden, die jij zo achteloos accepteert, stuiten mij als man van eer tegen de borst. Is het weleens bij je op-gekomen dat er andere redenen dan zelfverrijking of het bevredigen van de eigen lusten kunnen zijn die dit soort bedrog rechtvaardigen? Dat het om staatszaken zou kunnen gaan? Dat IJzeren Man Wang en zijn bandietenleger weleens een hoger doel zouden kunnen dienen? Je zou het een vaderlandslievend doel kunnen noemen. Heb je enig idee waar ik het over heb? Heb je ook maar het flauwste vermoeden van wat er op het spel staat?'

De Mandarijn bestudeerde de nietszeggende trekken van zijn kamerheer, zijn raadselachtige glimlach en waterige ogen. 'Nee, dat verwachtte ik ook niet. Hebzucht is per definitie kortzichtig. En ik heb je niet in dienst genomen vanwege je deugdzaamheid.

Wat je wel heel goed moet begrijpen, is dat ik niet met me laat sollen, en dat het niet aan jou is, kamerheer, om mijn autoriteit aan te wenden zodat je IJzeren Man Wang of wie dan ook voor je eigen karretje kunt spannen. Ik weet niet wat voor onsmakelijke plannen jij en die hoerenmadam bekokstoven, of waarom je iedereen wil laten denken dat die buitenlandse jongen dood is. Misschien ben je van plan hem te laten verdwijnen als jij je lusten niet langer op hem wil botvieren. Of misschien ben je bang dat de dokter of een van de andere buitenlanders ontdekt waar hij zit. Dat gaat me niet aan.

Maar luister goed naar me, het bloedgeld voor de beklagenswaardige boeren die we vanmiddag executeren komt dit keer niet uit mijn schatkist. Dit keer betaal je het zelf. Trek het maar af van de fooi die je regelmatig van me steelt, of van je andere smeergeld. En zorg ervoor dat ik nooit meer in deze positie hoef te verkeren, anders is het de volgende keer geen hoofd van een boer dat in het zand rolt.

Heb ik mezelf duidelijk gemaakt, oude vriend?' Hij leunde naar voren en klopte zijn kamerheer breed grijnzend op de knie. 'Nou?'

Jin Lao ontweek de slangachtige ogen. Zijn glimlach was bevroren. 'Volkomen duidelijk, Da Ren,' fluisterde hij. Een magere hand kwam uit zijn mouw en veegde een zweetdruppel van zijn voorhoofd.

'Mooi zo,' zei de Mandarijn glimlachend. 'Dan kan de onthoofding gewoon doorgaan.'

Zijn goede humeur en energie leken weer helemaal terug te keren. 'Ik hoop dat deze buitenlandse jongen al je inspanningen waard is, beste vriend. Op een dag moet je me eens over hem vertellen, hoewel ik niet kan zeggen dat ik je voorkeur in die richting deel. Op één punt heb je me een dienst bewezen. Nu de dood van die jongen is vastgesteld, kan de dokter me er tenminste niet meer over lastig vallen. Zijn eindeloze smeekbedes hangen me de keel uit. Trouwens, jij en Madame Liu kunnen er maar beter voor zorgen dat die knaap verborgen blijft. Denk erom dat ik niet nog een ontvoering of moord wil laten onderzoeken.'

'Nee, Da Ren,' zei Jin Lao.

'Wat fijn dat ik op je discretie kan rekenen – vooral waar je eigen belangen in het geding zijn. Kom op, man, kijk niet zo sip. Ik heb je gezicht nog nooit zo lang gezien. Rol die jaloezie eens omhoog en laat me zien waar we zijn. Volgens mij zijn we in de buurt van het plein.'

Jin Lao trok aan een koordje en de bamboe jaloezie ging omhoog. Ze bevonden zich in de hoofdstraat, met aan weerszijden juichende mensen.

'Kijk eens aan, we hebben het over de dokter en daar zul je hem hebben,' zei de Mandarijn. Hij herkende Airton, die het duidelijk moeilijk had in het gedrang. Zijn doorgaans onberispelijke kleding was nu een beetje verfomfaaid, en hij wierp afkeurende, bijna kwade blikken in de richting van de stoet en de meelijwekkende gevangenen, strompelend onder hun schandplanken. Hij was in gezelschap van een buitenlandse vrouw – een jonge, zag de Mandarijn. Wat hadden die barbaren toch een smakeloze gewoontes, in het openbaar rondparaderen met hun vrouwen, alsof het gelijken waren! Hij nam aan dat het de dochter van die zeephandelaar was. De dokter had een arm om haar schouders geslagen en probeerde haar te beschermen tegen de duwende menigte die zich naar het plein haastte. De Mandarijn ving een glimp op van groene ogen in een wit gezicht en een massa vlamrood haar. Ze staarde verwonderd naar de stoet en de veroordeelde mannen, haar mond een eindje open. Las de Mandarijn opwinding in haar ogen, of was ze alleen gefascineerd?

Al snel was de palankijn gepasseerd en kwamen ze het plein op. De menigte brulde bloeddorstig toen de gevangenen in zicht kwamen. De Mandarijn zorgde voor een verveelde uitdrukking van dédain op zijn gezicht, zoals passend was voor een hoge functionaris tijdens dit soort gebeurtenissen. Ondertussen vroeg hij zich in stilte af hoe buitenlanders vrouwen met zo'n uiterlijk aantrekkelijk konden vinden. Het witte gezicht van een spook? De ogen van een kat? Het vlammende haar van een vossengeest? Boeiend vond hij het wel.

HOOFDSTUK 5

Kan het zijn dat de buitenlanders alle bronnen
in Chih-li hebben vergiftigd?

De palankijn van de Mandarijn ging verder, en de dokter bleef achter in de duwende en trekkende stroom mensen. Achter het raam van de draagstoel had hij vluchtig zijn oude vriend gezien, die heimelijk naar buiten gluurde. Op dat moment had Airton zo'n slecht humeur dat hij het liefst zijn vuist in het hooghartige gezicht zou hebben geplant. Woedend op de Mandarijn, op zichzelf, en tijdelijk op alle Chinezen, draaide hij zich naar Helen Frances om. 'Kom op, liefje, ik breng je naar huis. Dit is geen plek voor een jonge vrouw.'

Maar Helen Frances verroerde zich niet. Ze stond als aan de grond genageld te kijken, haar ene hand voor haar geopende mond, haar ogen groot van nieuwsgierigheid of ontzetting, de dokter wist niet welke van de twee.

Op niet meer dan een paar passen bij hen vandaan strompelden de veroordeelde mannen langs: twee van middelbare leeftijd, de derde van dik in de twintig. Hun hoofd hing omlaag onder de zware schandplanken, en rug en nek waren gekromd door de inspanning. Gedwongen als ze waren om half te kruipen, leek het alsof ze gebukt gingen onder schaamte over hun misdaden, die in bloedrode karakters op spandoeken boven hun hoofden waren geschreven. De doffe ogen in de brede gezichten van de oudere mannen waren strak op hun eigen schuifelende voeten en ketens gericht. Hun uitdruk-

king was flegmatiek en gelaten. Alleen de jongere man had belangstelling voor zijn omgeving. Zijn ogen, opvallend wit in zijn bruine
gezicht, schoten nerveus van de ene kant naar de andere, als die van
een schichtig veulen. Het leek hem te verbazen dat er zoveel mensen waren toegestroomd om hem te zien sterven.

Iedere man werd geflankeerd door twee soldaten. Hun mooie uniformen en stramme, krijgshaftige houding vormden een scherp con-
trast met de gebroken, strompelende mannen tussen hen in. Deze tegenstelling was op zichzelf al een lesje, de waardigheid van het gezag
versus de verschoppelingen, een soort stichtelijk toneelstukje dat voor
het plebs werd opgevoerd. De trommel achter hen pulseerde als een
hartslag. De achterhoede werd gevormd door gewapende soldaten en
majoor Lin op zijn witte paard, het toonbeeld van fatsoen en gezag.

'Kom nou mee, liefje, we moeten echt weg. Ik wil de wreedheden van die heidenen niet zien.' Zacht trok hij aan Helen Frances'
arm. 'Doe wat ik zeg, meisje.'

'Het doet me denken aan Christus en de dieven onderweg naar
Getsemane,' mompelde Helen Frances. 'Alleen droegen zij een kruis.'

'Zeker, ik ben het met je eens,' antwoordde de dokter. 'De mensheid is er door de eeuwen heen niet beschaafder op geworden. De
wreedheden zijn nu subtieler, dat is alles. Het is een meelijwekkend
gezicht. Kom op, kindje.'

Maar nog steeds wilde Helen Frances niet meekomen. Ze strekte
haar nek uit om een laatste glimp van de stoet op te vangen voordat die in een stofwolk door de *pailou* verdween.

De dokter zag dat ze blossen op haar wangen had gekregen, en
haar arm trilde een beetje. 'Wind je niet op, liefje, het is niets.' In een
poging haar te kalmeren sloeg hij onhandig een arm om haar schouders.

Rustig maakte Helen Frances zich los uit zijn omhelzing. Haar
groene ogen keken hem kalm aan, maar ze waren wel vochtig, glinsterden zelfs. De pupillen waren verwijd, en ze glimlachte op een
vreemde manier. 'Ik mankeer niets, dokter.' Ze zei het bedaard, maar
haar stem was een octaaf hoger dan gewoonlijk. 'Ik heb al eens eerder een executie gezien. Ik sta echt niet op het punt om flauw te
vallen, wees maar gerust. Integendeel, ik ben... ik ben... ik weet eigenlijk niet wat ik voel. Ik... toen ik klein was, las ik over de piraten

en struikrovers die in Tyburn werden opgehangen en alle mensen die ernaar kwamen kijken. Ik kon me toen niet voorstellen dat iemand zoiets vreselijks zou willen zien. Maar ik denk dat ik het nu begrijp. Ik denk dat ze ernaar gingen kijken omdat... omdat ze het opwindend vonden.'

'Ik weet niet zo goed wat ik moet zeggen, liefje. Het lijkt me beter als ik je naar huis breng.'

De menigte was inmiddels verdwenen naar het plein. De straat was leeg, op een neerdwarrelende stofwolk na. Een geluid dat aan de branding deed denken steeg op uit de blauw met bruine mensenmassa die ze door de *pailou* nog vaag konden zien. Het was bijna onheilspellend om deze normaal gesproken zo drukke hoofdstraat leeg en verlaten te zien, op een enkeling na die zich nog naar het plein haastte. Een jonge man in werkmanskleding botste tegen de dokter op, vloekte, en begon stompzinnig te lachen toen hij zag dat het een buitenlander was. Vervolgens rende hij weer verder.

'Bloeddorstige heiden!' riep de dokter hem na, zwaaiend met zijn gebalde vuist. Hij wist niet of het van boosheid of uit wanhoop was, maar hij voelde tranen branden in zijn ogen. Wat een dag. Wát een dag. Hij besefte dat hij zijn emoties al sinds het eind van de ochtend had onderdrukt, sinds hij het briefje van de Mandarijn had ontvangen...

Tot op dat moment was er eigenlijk niets aan de hand geweest. Het opgelaten gevoel over het etentje leek onbeduidend in het ochtendlicht, hoewel Nellie nog wel een paar stekelige opmerkingen had gemaakt over 'domme gansjes' die niet wisten wat goed voor ze was, en jongemannen van twijfelachtig allooi die beter zouden moeten weten. Haar trots was duidelijk gekrenkt doordat haar bezwaren waren weggewimpeld. Ze had gezegd dat ze hoofdpijn had en was de hele ochtend thuis gebleven, een wel erg doorzichtig excuus om niet geconfronteerd te hoeven worden met Miss Delamere, die de beloofde rondleiding door het ziekenhuis kreeg. Airton drong verder niet aan. Er was meer dan genoeg tijd om een verzoening tussen de twee vrouwen tot stand te brengen. Het zou ongetwijfeld aan hem zijn, de 'bemoeial in de familie' (die opmerking deed nog steeds pijn), om dat voor elkaar te krijgen.

Onderweg naar de factorij van Babbit & Brenner werd Helen Frances bij het hek van de missie afgezet door haar opgewekte vader en verloofde, en de dokter nam haar direct mee naar zijn spreekkamer, waar hij op het punt stond om de grauwe staar uit het oog van een oude dame te verwijderen.

Hij was onder de indruk van de kalmte waarmee het meisje de hele operatie gadesloeg, en later ook van haar houding in de ziekenzalen. Ze stelde intelligente vragen en raakte zelfs niet van streek bij het zien van een patiëntje met ernstige brandwonden, een jongetje van vier dat een wok omver had getrokken en kokendheet vet over zich heen had gekregen.

Helen Frances was naast het bed van het jongetje gaan zitten, had zijn niet-verbrande hand in de hare genomen en allemaal onzin tegen hem gefluisterd totdat hij een zacht kreetje van blijdschap slaakte. Dat overtuigde de dokter ervan dat Helen Frances de kracht en de gevoeligheid had om op een dag een uitstekende verpleegster of hulp in het ziekenhuis te worden. Jammer dat Nellie het niet had gezien.

Het was een genoegen geweest om haar rond te leiden en haar scherpzinnige vragen te beantwoorden. Haar beeldschone verschijning wekte zijn hoffelijkheid tot leven, en hij voelde de behoefte om onderhoudend te zijn. Tegen de tijd dat ze op de opiumafdeling kwamen – meestal een deprimerende plek met lusteloze, zwetende verslaafden – legde de dokter in een opperbest humeur uit hoe de patiënten werden behandeld. 'Terwijl ik hun een steeds kleinere dosis morfine toedien om hun behoefte te verminderen, dient zuster Elena hun een steeds grotere dosis bijbelverhalen toe om ze bezig te houden. Of het nou komt door mijn verdunde morfine of door hun angst dat ze nog een verhaal over Elia te horen krijgen, ik weet het niet,' grapte hij, 'maar het schijnt wel te werken. Een enkeling komt echt voorgoed van de opium af.'

Helen Frances lachte beleefd en vroeg hoe het eigenlijk kwam dat zoveel Chinezen aan opium verslaafd waren.

'Armoede, meisje,' antwoordde hij opgewekt. 'Uiteindelijk is alles terug te voeren op armoede. De roes van de opium is een manier om tijdelijk aan de hardheid van het leven te ontsnappen – een illusie natuurlijk, maar toch. De verslaafde hunkert zowel lichamelijk als geestelijk naar opium. In ons ziekenhuis proberen we voor zowel het een als het ander soelaas te bieden.'

'Dus het evangelische werk gaat hand in hand met de medische behandeling?'

'In theorie wel,' zei de dokter. 'Als mijn opdrachtgevers bij de Schotse missie hun zin zouden krijgen, zou ik het grootste deel van mijn tijd traktaten uitdelen. In de praktijk komt het erop neer dat ik het lichaam niet kan genezen zonder dat ik me ook met de ziel bezighoud. En is dat soms verkeerd? Op mijn eigen bescheiden manier laat ik de heidenen kennismaken met de voordelen van de westerse beschaving. Ik doe met mijn lancet en mijn drankjes wat Herr Fischer doet met zijn spoorlijn, en jouw vader met zijn chemicaliën. In zekere zin zijn we allemaal zendelingen.'

'Ik heb mijn vader nooit als zendeling gezien.'

Airton lachte. 'Hij is beslist geen Septimus Millward, maar hij ontwikkelt nieuwe zeep en wasmiddelen. Ik weet niet of je op school hebt geleerd dat reinheid een deugd is, maar goede hygiëne is net zo belangrijk bij het voorkomen van ziektes als mijn medicijnen. En is het zo dom om te veronderstellen dat de ziel vanzelf zal volgen als je het lichaam geneest?'

'En de spoorwegen?'

'Geloof me, meisje, de spoorlijn zal meer Chinezen tot Jezus brengen dan alle preken van mij en mijn collega's bij elkaar. De trein zal graan vervoeren naar mensen die honger lijden, en in de arme provincies zal industrie die de welvaart vergroot van de grond komen. De spoorlijn zal een grotere bijdrage leveren aan het elimineren van de armoede dan al het andere, en het leven van de gewone man zal erdoor verbeteren. Op den duur zal dat oude Hemelse Rijk verbrokkelen en plaats maken voor een krachtige, stabiele samenleving, zoals de onze. En denk je dat er dan nog plaats is voor al dat oude bijgeloof? Breng China dichter bij het Westen en het ware geloof waar onze wereld op drijft zal hier vanzelf ingeburgerd raken.'

'Dan bent u toch een evangelist, dokter.' Helen Frances glimlachte.

'Geen erg succesvolle,' bekende hij lachend. 'Weet je wel hoeveel van de honderden christenen in Shishan ik persoonlijk heb bekeerd? Twee, en die heb je allebei ontmoet. Ah Lee en Ah Sun, mijn huispersoneel. En uit alle onzin die mijn goedgelovige kinderen doorvertellen, leid ik af dat die twee nog net zo heidens en bijgelovig zijn als toen ik ze twintig jaar geleden leerde kennen. Ik hou veel van ze, maar ze hebben zich uit eigenbelang laten bekeren, allebei. Ik ben ervan overtuigd dat ze aan het kruis zouden sterven als ik het ze vroeg, maar dat zou niets met het geloof te maken hebben; het zou negen delen trots en eigenwijsheid zijn en één deel trouw aan mij. Waar het op neerkomt, is dat deze Chinese beschaving, met al zijn heidense en achterlijke aspecten, zo vastgeroest is dat onze bijbelverhalen er niets tegen kunnen beginnen.'

'Je zou toch denken dat ze blij zouden zijn als hun de weg van de waarheid wordt gewezen. Dat zei Mrs. Airton gisteravond althans.'

'Ach, Nellie houdt er over de meeste dingen een nogal uitgesproken mening op na. Maar bedenk eens waar we tegenover staan, Miss Delamere. Vraag de eerste de beste blanke hoe hij over een Chinees denkt, en hij zal je vertellen dat Chinezen liegen en bedriegen. Nou, dat doen kinderen ook, totdat je ze het verschil tussen goed en kwaad leert. Het probleem is dat deze cultuur geen goed en kwaad kent. Er is alleen harmonie en de gulden middenweg. Wij vinden liegen een zonde. De Chinees vindt het onbeleefd om iemand iets te vertellen wat hij niet wil horen. Ze hebben niet de absolute waarden die wij kennen. Jij zegt: wijs hun de weg van de waarheid. Zij hebben gedurende duizenden jaren een complexe samenleving ontwikkeld waarin de waarheid dátgene is wat jou voor ogen staat. Uiterlijkheden zijn belangrijker dan inhoud.

Maar wat is het een indrukwekkende beschaving! Een rijk cultureel erfgoed, verfijnd, met wetten en een regering en wetenschap. Hun filosofen kwamen tweeduizend jaar geleden al met het concept van de deugdzame mens – geen christen, maar in alle andere opzichten rechtschapen.'

'Behalve dat hij niet de waarheid vertelt.'

'Nu worden we ondeugend, Miss Delamere. Goed, hij is misschien niet zo gewetensvol als jij of ik, maar dat maakt hem niet minder deugdzaam. En hij kent zijn klassieken. Net als de Mandarijn, die je nog niet hebt ontmoet. Een zeer aimabele man, maar wat nog belangrijker is, een intelligente en erudiete man, een confucianistische wijsgeer. Hij is overtuigd van de superioriteit van zijn culturele erfgoed.

Denk je dan eens in hoe er tegen onze zendelingen wordt aangekeken. Daar komen we, zelfverzekerd en onuitstaanbaar zelfingenomen, en we delen onze vertalingen van de bijbel uit. Volgens ons zal de bijbel verlossing brengen. Voor de Chinees is het gewoon het zoveelste boek, en een nogal zonderling boek. Vergeet niet dat in dit land alles anders is. Zwart is wit. Links is rechts. Ze denken niet zoals wij. En ze slaan de bijbel open en lezen "de draak, dat is de duivel en de satan", terwijl de draak voor hen het symbool van de deugd is, het embleem van de keizer. Zeggen wij dan dat de keizer slecht is?

Dan heb je nog alle verwijzingen naar schapen en herders. De helft van de bevolking van dit land heeft nog nooit een schaap gezien, en de andere helft is opgegroeid met het idee dat herders uitschot zijn. En dan zeggen wij tegen ze: "Komt als lammeren tot de goede herder en Hij zal uw zonden vergeven." Voor hen bestaat het hele begrip zonde niet. Als hen iets slechts overkomt, is dat de fout van een of andere god, niet de hunne.

En in één moeite door vertellen we ze dat ze moeten ophouden met het vereren van hun voorouders, alsof het een misdaad is om respect voor je ouders te hebben, en dat ze gesneden beelden de rug moeten toekeren omdat het afgoderij is. Het resultaat is dat bekeerde christelijke gezinnen geen contributie aan de tempel meer betalen. Dat is tot op zekere hoogte niet erg, maar in dit land is dat de manier om de gemeenschappelijke activiteiten in de dorpen te bekostigen. Vandaar dat de christenen als asociale elementen worden gezien, want ze betalen niet mee aan de rondreizende operagezelschappen en ander vertier in het dorp. Men koestert dus wrok tegen de bekeerlingen. Men is op zijn best jaloers, op zijn slechtst zet men aan tot opruiing.

Zodra er droogte of hongersnood heerst, zoals nu in delen van Shantung en Chih-li het geval is, doen er verhalen de ronde dat christenen de bronnen vergiftigen, of dat dokters op missieposten harten van mensen uitsnijden en voor magische rituelen gebruiken, of dat de telegraafdraden kwade geesten brengen. Wrok kweekt bijgeloof, en bijgeloof kweekt wrok. Het komt allemaal doordat we het verkeerd aanpakken.'

'Is dat de achtergrond van de Boxer-beweging? U schetst een wel heel deprimerend beeld, dokter.'

'Er zijn niet veel mensen die mijn mening delen. De meeste pro-testantse zendelingen geloven dat ze goed werk doen en dat de paar bekeerlingen op den duur aan zullen zwellen tot een vloed van mil-joenen christenen. Het schijnt de meesten niet te deren dat ze geen jota van deze samenleving begrijpen. Ze beseffen niet hoe beledi-gend hun goede bedoelingen vaak zijn. Blindelings doen ze Gods werk. Einde verhaal. Nou, ik geloof dat we wel wat subtieler mogen zijn. Het is niet goed genoeg om de Chinezen met de bijbel om de oren te slaan – tot overmaat van ramp in slecht Chinees. We komen nergens zolang we de mandarijnen niet aan onze kant hebben, en dat bereiken we echt niet door ze neerbuigend te behandelen of hun gebruiken te bekritiseren. Daarom vind ik het beter om zieken-huizen te openen en spoorwegen aan te leggen. Als we de mensen hier de voordelen van onze manier van leven laten zien, volgt het chris-tendom vanzelf in de bagagewagen.'

Een uitstekende discussie, vond de dokter, al moest hij bij nader inzien toegeven dat hij veel langer aan het woord was geweest dan zij. Ze stonden op het punt om de opiumafdeling te verlaten en naar de kapel te gaan toen zijn huismeester, Zhang Erhao, een bood-schapper van de *yamen* met een brief kwam brengen en de dag van de dokter in duigen viel.

Aan de Weledelgeleerde Ai Er Dun Daifu, uit naam van Zijne Excellentie de Mandarijn Liu Daguang. Wij willen u ervan verwittigen dat de bandie-ten Zhang Nankai, Xu Boren en Zhang Hongna een bekentenis hebben af-gelegd over de moord op de jonge buitenlander Hairun Meilewude in de Zwarte Heuvels. Zij zijn door de yamen veroordeeld en zullen hedenmid-dag ter dood worden gebracht voor deze misdaad en andere, waaronder struik-roverij en verschillende moorden. Er kan geen sprake zijn van enigerlei com-pensatie aangezien de drie daders, ondanks de door hen gepleegde overvallen en afpersing, ten tijde van hun aanhouding niet in bezit van geld of goede-ren waren. We vertrouwen erop dat uw vragen over dit onderwerp hiermee bevredigend zijn beantwoord en verlenen u hierbij toestemming om de fami-lieleden van het slachtoffer van het vonnis op de hoogte te brengen.

Het officiële zegel van de *yamen* stond eronder.

'Wat is er aan de hand, dokter Airton?' riep Helen Frances geschrokken.

Krachteloos gebaarde de dokter dat de boodschapper en Zhang Erhao konden vertrekken, en hij liet zich met tranen in zijn ogen op een bed zakken. 'Die arme, arme jongen,' mompelde hij. 'Dat is precies waar ik bang voor was. Wat moet ik zijn ouders nou vertellen?'

En toen pas besefte hij hoe kort en gevoelloos het officiële briefje was. 'Monsterlijk!' riep hij uit. 'Het is monsterlijk! "We vertrouwen erop dat uw vragen hiermee bevredigend zijn beantwoord." Het staat er alsof ik een klacht heb ingediend over schade die ik heb geleden. Wat voor compensatie kan er nou zijn voor een mensenleven? En waarom ben ik niet geïnformeerd over het proces? Dit is ongehoord. Wilden zijn het, barbaren.'

Helen Frances, die het lesje van de dokter over de verfijnde Chinese cultuur goed in haar oren had geknoopt, wist duidelijk wanneer ze beter haar mond kon houden.

Er hielp geen lievemoederen aan. Hij moest direct naar de Millwards om hun het nieuws te vertellen. Hij bood aan om Helen Frances eerst terug te brengen naar haar hotel, maar ze ging liever met hem mee naar de Millwards. Dat was een opluchting voor hem. Hij zag als een berg tegen het gesprek op en was blij dat hij het niet alleen hoefde te doen. Samen liepen ze over het landelijke pad van de missie naar de zuiderpoort, door de hoofdstraat naar het arme deel van de stad, waar de Millwards woonden.

De dokter was bang dat Helen Frances geschokt zou zijn als ze de smeerboel bij de Millwards zag. Als dat zo was liet ze het niet blijken, behalve dat ze een zakdoekje tegen haar neus drukte toen ze over het open riool voor de poort stapte. Hij pakte zijn wandelstok steviger beet, maar de straathonden die op de vuilnisbelt aan het eind van het steegje naar eten zochten, hielden zich koest. Hij gebruikte de stok wel om ermee tegen de verveloze deur te tikken. Een nors kijkend kind, een van de verschoppelingetjes die de Millwards hadden 'gered', deed open. Ze droeg een rafelige pyjamabroek zonder bovenstuk en haar knappe gezichtje ging schuil onder een dikke laag vuil.

'Dank je wel, kleintje,' zei de dokter, en hij stak een hand in zijn zak om er een muntstuk uit op te diepen. Het kind stak de munt lusteloos in de tailleband van haar broek en ging hen voor over een binnenplaats.

De Millwards zaten aan de lunch, in een halve kring rond een kolenkachel. De kommen watergruwel in hun handen bevatten meer water dan gort. Airton vond de uitzichtloze armoede deprimerend, en hij had het gevoel dat de kinderen met hun bleke, uitgemergelde gezichtjes hem beschuldigend aankeken. Hij vroeg of hij Septimus en Laetitia alleen kon spreken, maar Septimus stond niet op van zijn kruk en vroeg wat de dokter kwam doen. Hij vertelde hun van de brief. Laetitia slaakte een gesmoorde kreet en sloeg haar handen voor haar gezicht. Septimus boog zijn hoofd. De kinderen bleven hem uitdrukkingsloos aankijken terwijl ze hun gruwel aten.

'Ik ga uiteraard naar de *yamen* om nadere informatie te vragen,' hakkelde Airton. 'Dit is niet bevredigend. Het gezantschap in Peking moet op de hoogte worden gebracht. Er zijn ongetwijfeld procedures voor een onderzoek. Als ik iets voor jullie kan doen...'

Septimus keek op. Zijn blauwe ogen lichtten op achter de brillenglazen in een lichtstraal die door een gat in het dak naar binnen viel. 'Mijn zoon is niet dood, dokter.'

'Natuurlijk niet. Vanzelfsprekend,' mompelde Airton. 'Hij is nu in een gelukkiger land. Daaruit moeten we troost putten. Ja. Hij is nu gezegend met het eeuwige leven. Zeker.'

De blauwe ogen bleven hem strak aankijken. 'Hij heeft deze wereld niet verlaten, dokter. Hij is nog steeds onder de mensen.'

'Zijn ziel. Ja, voor eeuwig. In onze herinnering.'

'Dat bedoel ik niet, dokter. Ik weet dat mijn zoon niet is vermoord. De duivel heeft u een rad voor ogen gedraaid.'

Airton schraapte zijn keel. 'En deze brief dan?'

'Woorden, dokter, woorden. Wat zijn de woorden van de mens tegenover de waarheid van de Heer? Ik weet dat mijn zoon nog leeft en in goede gezondheid is. Ik heb hem gezien.'

'Gezien? Dat begrijp ik niet.'

'Gisteren, dokter. De Heer heeft Hiram aan me geopenbaard in een visioen. Hij zei tegen me: "Vader, vergeef me dat ik u in angst heb laten zitten. Weet dat alle dingen een doel hebben. En ik zal terugkomen als de tijd er rijp voor is. Ik zal terugkeren gelijk de verloren zoon. En het verdriet zal plaatsmaken voor vreugde."'

'Halleluja,' zei Laetitia, en de kinderen zeiden haar zachtjes na.

'Maar... maar waar is hij dan?' vroeg Airton.

'Dat heeft de Heer niet onthuld.'

'Aha,' zei de dokter.

Septimus ging staan en legde een arm om de schouders van de dokter. 'U bent een goed mens, dokter. Bedankt dat u me dit belangrijke nieuws bent komen brengen. Ik weet wat me te doen staat.'

'Mr. Millward... Septimus. Ik weet hoe graag je wilt geloven dat deze tragedie voorkomen had kunnen worden – '

'Het is om een tragedie te voorkomen dat de Heer mij roept, mede dankzij u, dokter. Er moeten onschuldige mannen worden gered, en de tijd dringt. Laat ons nu alleen, wij moeten bidden.'

De dokter werd door een sterke arm naar de deur geduwd. 'Mr. Millward, ik moet – '

'De tijd dringt,' herhaalde Septimus. 'Ga nu. De Heer roept mij.'

Het volgende moment stonden Airton en Helen Frances op de binnenplaats en werd de deur in hun gezicht dichtgesmeten.

'Hij is gek, die man,' zei Airton.

'Dat blijkt,' zei Helen Frances.

'Door het gebeurde is hij helemaal de kluts kwijt. Wat een ellende. Wat moeten we nu doen?'

'Kúnnen we iets doen?'

'Nee, ik denk het niet,' beaamde Airton. 'Misschien is deze krankzinnigheid wel een godsgeschenk. Die arme, arme mensen. Ik... ik ga morgen weer langs om te zien hoe het met ze is.'

Tijdens hun wandeling door de hoofdstraat onderweg naar Helen Frances' hotel raakten ze verstrikt in de opgewonden menigte. Jong en oud, winkeliers en handwerkslieden, mannen en vrouwen, vaders met hun zoontjes op de schouders, een oude dame strompelend met een stok... De bloeddorstige, verwachtingsvolle uitdrukking op hun gezichten stuitte hem tegen de borst. Het leek wel of ze naar het circus gingen. Tegelijkertijd namen schuldgevoelens en schaamte bezit van hem. Wat had hij nou helemaal gepresteerd? Had hij die arme, onschuldige jongen kunnen beschermen, of zijn treurige, misleide ouders troost kunnen bieden? Hoe goed hij het ook bedoelde, was hij niet gewoon, zoals Nellie al had gezegd, een naïeve bemoeial?

Wat was hij blind geweest in zijn vertrouwen in de Mandarijn en de Chinese gerechtigheid.

Zo ging de Chinese gerechtigheid dus in zijn werk. Die avond zouden er bij de stadspoorten drie hoofden in kooien hangen, en het leven in de stad zou doorgaan alsof er niets was gebeurd. Een aantekening in het archief van de *yamen*. Moord, gevolgd door executie. 's Ochtends de uitspraak, en 's middags rolden er drie hoofden. Daarmee was de harmonie hersteld. Hirams dood en de executie van zijn moordenaars waren volksvermaak geworden.

Hij wilde razen en tieren tegen de onverschilligheid, het gemak waarmee Chinezen een mensenleven namen, zelfs al was het van een armzalige boer. Vermoedelijk waren ze inderdaad schuldig aan moord, maar vanwaar de haast waarmee de mensen die van Hirams laatste uren getuige waren geweest, een kopje kleiner werden gemaakt? Waarom was hij niet geïnformeerd over het proces? Moest er geen speciale procedure worden gevolgd omdat Hiram een buitenlander was?

Beschaamd besefte hij wat een van de voornaamste redenen voor zijn boosheid was. De Mandarijn had hem niet verteld wat er gaande was, en dat voelde een beetje als verraad. Terwijl het stof weer ging liggen en hij nog machteloos met zijn vuist stond te zwaaien tegen iemand die hem bijna omver had gelopen, zag hij in gedachten de bedaarde, wrede gelaatstrekken van de Mandarijn voor zich. De sardonische glimlach leek hem en alles waarvoor hij zich inzette te bespotten.

Hij schrok op uit zijn sombere overpeinzingen door een beschaafde stem boven zijn linkeroor. 'Dokter Airton. Miss Delamere. Wat een verrassing om u hier aan te treffen. Bent u onderweg naar de executie of komt u er net vandaan? Ik hoop dat ik niet te laat ben.'

Hij keek op en zag Henry Manners op zijn paard, zwart afgetekend tegen de felle middagzon. De man was keurig gekleed in een tweedjasje, met een bolhoed op zijn hoofd, en het bruine leer van zijn laarzen en zijn zadel glom als een spiegel. Zijn grijze merrie snoof en bewoog rusteloos haar hoofd, maar hij hield het dartele dier moeiteloos in bedwang.

'De dokter brengt me naar huis, Mr. Manners,' zei Helen Frances. 'Hij zegt dat dit geen plek is voor een jongedame.'

'Ik ben het roerend met de dokter eens,' zei Manners. 'Een smerige bedoening, zo'n executie. Ik was even bang dat u na uw ervaring in Fuxin een hoogst ondamesachtige smaak had ontwikkeld.'

'Maakt u zich geen zorgen. Eén keer was meer dan genoeg,' antwoordde ze, 'maar laat u zich door ons vooral niet van uw eigen verzetje weerhouden.'

Airton was stomverbaasd dat ze dezelfde plagerige toon gebruikte als Manners. Het leek wel alsof ze met elkaar flirtten in een salon. En hij zag nu dezelfde merkwaardige schittering in haar ogen als toen de stoet met de veroordeelde mannen voorbij was getrokken.

'Helaas is het geen verzetje. Het hoort bij mijn werk, ben ik bang,' zei Manners. 'Onplezierige omstandigheden, dat is waar, maar ik ben naar iemand op zoek die ik hier waarschijnlijk kan vinden. Executies zijn tot op zekere hoogte sociale gebeurtenissen, vindt u niet, dokter? In een barbaars land moeten we leren ons aan de heidense gebruiken aan te passen.'

'Ik begrijp jullie niet,' zei Airton. 'Als u zo'n spektakel per se wilt bijwonen kan ik u niet tegenhouden, Mr. Manners. Maar wat jou betreft, meisje, ik heb een verantwoordelijkheid tegenover je vader, en ik sta erop dat we nu naar je hotel gaan.'

'Het was een genoegen, dokter, al was het maar kort,' zei Manners. 'Het diner van gisteravond was overigens voortreffelijk. Nogmaals mijn dank. En ik verheug me op ons eerste tochtje, Miss Delamere. Morgen, als ik me niet vergis? Ik kom u om twee uur halen.'

Hij tikte met zijn rijzweepje tegen de rand van zijn hoed, en in lichte draf reed hij weg naar het plein, waar hij versmolt met het stof en de menigte. Toen de dokter en Helen Frances aanstalten maakten om weg te lopen, verstomde het geroezemoes en daalde er een dreigende stilte over het plein neer.

'O hemel, ze lezen de uitspraak voordat het vonnis wordt voltrokken,' zei Airton. 'Kunnen we nu alsjeblíéft gaan?'

De Mandarijn zat op een eenvoudig houten podium vlak bij de ingang van de tempel. Een bediende hield een parasol boven zijn hoofd en hij dronk thee terwijl hij met majoor Lin converseerde. Jin Lao stond voor het podium en las een tekst op van een rol, met theatrale uithalen van zijn hoge stem. De Mandarijn betwijfelde of de inmiddels zwijgende menigte ook maar een woord begreep van wat hij zei. Zeker was in elk geval dat de drie arme sloebers die door Lins soldaten met hun gezicht tegen de grond werden gedrukt het literaire hoogstandje niet zouden waarderen.

Traag gleed zijn blik over de stadsmensen die naar de proclamatie luisterden. Er hing een gespannen sfeer in afwachting van de onthoofding, en de blikken van de mensen waren met hongerige aandacht op Jin Lao gericht, terwijl anderen gefascineerd naar de drie veroordeelden staarden. Wat bracht deze vreedzame winkeliers naar dit abattoir, vroeg hij zich vluchtig af. Nieuwsgierigheid? Bloeddorstigheid? In Fuxin was een menigte zoals deze in opstand gekomen. Hij moest oppassen dat de Boxer-gekte niet naar Shishan oversloeg.

Achter de menigte zag hij een buitenlander te paard. Een goedgebouwde jongeman met een militaire houding die zelfverzekerd in het zadel zat. Hij had hem nooit eerder gezien. Het was merkwaardig dat een buitenlander naar een executie kwam kijken. Van deze afstand kon hij het gezicht van de man niet goed zien, maar hij meende een geamuseerde glimlach te bespeuren. De man keek in de richting van de Mandarijn, alsof hij voelde dat er naar hem werd gekeken. Dat werd bevestigd toen hij plotseling zijn hoed afnam, terwijl hij de Mandarijn met brutale ogen bleef aankijken. Voor de tweede keer die middag werd de Mandarijn gefascineerd door een buitenlander, maar de uitdrukking op zijn gezicht bleef even nietszeggend. In plaats daarvan leunde hij opzij naar majoor Lin. 'Wat was het antwoord van IJzeren Man Wang?' vroeg hij. 'Heeft hij al contact gemaakt?' Het was de eerste keer dat hij met de majoor kon praten sinds zijn troepen uit de Zwarte Heuvels waren teruggekeerd.

'Hij heeft luitenant Li verdere toezeggingen gedaan, maar er is nog geen datum afgesproken voor de levering.' Majoor Lin sprak op lijzige toon, maar zijn lichaam was niet ontspannen en hij hield de menigte angstvallig in de gaten.

'Komt die leverantie er wel?' schamperde de Mandarijn. 'Ik heb genoeg betaald voor al die beloftes. Wanneer krijg ik mijn wapens?'

'Luitenant Li heeft te horen gekregen dat de wapens nog in de opslagplaats bij Baikal liggen. IJzeren Man Wang beweert dat er een nieuwe commandant van het arsenaal is benoemd, en die wil geld zien.'

'Ik had luitenant Li opgedragen om niet over verdere betalingen te praten totdat de wapens zijn geleverd.'

'Dat waren zijn oorspronkelijke instructies, maar hij moest onderhandelen over het aankopen van deze criminelen, en door deze nieuwe instructies werd het een stuk lastiger. IJzeren Man Wang maakte er gebruik van om de onderhandelingen open te breken.'

'Nieuwe instructies?'

'De instructies zoals die door kamerheer Jin zijn doorgegeven, Da Ren. IJzeren Man Wang heeft het luitenant Li niet makkelijk gemaakt.'

'Juist. In de toekomst luister je alleen naar de instructies die ik je persoonlijk geef. Het is jammer dat je de troepen niet zelf hebt geleid.'

'Ik was ziek, Da Ren.'

'Je was niet bij die courtisane weg te slaan.'

Majoor Lin kreeg een kleur en verstijfde, maar toen hij zag dat de Mandarijn glimlachte, grijnsde hij. 'Ik beschouw uw gift nog steeds als een grote eer, Da Ren.'

'Bevalt ze je?'

'Meer dan ik zeggen kan.'

'Zorg nou maar dat ze je niet afleidt van je werk, anders pak ik haar af en geef ik haar aan iemand anders. Misschien is ze wel iets voor mij. Ik heb gehoord dat ze niet lelijk is.' Heimelijk keek de Mandarijn naar zijn ondergeschikte, en hij barstte in lachen uit toen hij zag dat de majoor rood werd van boosheid. 'Jaloers, majoor? Vanwege een hoer? Kom, kom. Luister, als ik mijn wapens eenmaal heb, koop ik haar weg uit dat bordeel. Dan kun je met haar trouwen, als je wil.'

Majoor Lin spuugde op de grond. 'Ik begrijp niet dat we Peking niet gewoon om meer wapens vragen. Mijn troepen zitten erom te springen. Het is vernederend om via een bandiet te onderhandelen met corrupte Russische barbaren, die sowieso niet te vertrouwen zijn. Het spijt me dat ik zo kritisch ben, Da Ren, maar zo denk ik er nu eenmaal over.'

De Mandarijn deed zijn ogen dicht. 'Mijn beste, vaderlandslievende majoor Lin. Ik stel je eerlijkheid zeer op prijs. Hád onze regering maar wapens voor ons! Maar dat is niet zo. We verkeren in een hachelijke positie, zoals je weet. Zowel de Russen als de Japanners willen hun invloedssfeer uitbreiden. De Russische troepen zitten al in grote delen van Mantsjoerije, dus ik heb geen keus en ik moet bij de vijand aankloppen. We mogen van geluk spreken dat ze corrupt zijn, want daardoor kunnen we de wapens bemachtigen die we nodig hebben om onszelf tegen hen te beschermen.'

'Heimelijk onderhandelen met een bandiet, Da Ren? Is er echt geen andere manier?'

'De Zwarte Stokken en IJzeren Man Wang hebben contacten met de Russen. Heb jij soms een beter idee? Als we nou gebruik konden maken van jouw contacten bij de Japanners...'

'Mijn bewakers waren mannen van eer, Da Ren.'

'Natuurlijk, majoor. Maar toch... Zeg, wat gebeurt daar?'

Een man wurmde zich door de menigte naar voren. Gevloek en gescheld begonnen het geluid van Jin Lao's falset te overstemmen. Boos gemompel golfde door de menigte toen Septimus Millward de open plek voor het podium bereikte. Zijn jasje was gescheurd en er liep een dun straaltje bloed over zijn voorhoofd.

'Hou hiermee op!' krijste hij in zijn abominabele Chinees, wijzend op Jin Lao, die zijn toespraak had gestaakt en met open mond naar de zendeling staarde. 'Hou op met jullie slechte werk. God zegt dat mijn zoon nog leeft. Deze mannen,' brulde hij, gebarend naar de al even verbijsterde veroordeelden, 'deze mannen zijn zonder trommels. Zonder trommels zeg ik, in het aangezicht van goden en mensen.'

Majoor Lin schreeuwde trillend van woede bevelen naar zijn mannen, en aarzelend naderden ze de grote blonde man, die nog steeds tegen Jin Lao stond te raaskallen. De Mandarijn zag dat hij moeiteloos twee soldaten afschudde die zijn armen beet wilden pakken. De menigte begon rusteloos te worden, en Lins troepen konden de mensen slechts met moeite in bedwang houden. Groente en andere projectielen vlogen in het rond. 'Dood aan de buitenlandse duivels!' meende de Mandarijn op te vangen. Dit werd vrijwel meteen bevestigd doordat steeds meer mensen luidkeels dezelfde leus begonnen te scanderen. Aan de andere kant van het plein zag hij de zoon van de hoerenmadam, Ren Ren, met een paar van zijn vriendjes op het balkon van het Paleis van de Hemelse Lusten staan, zwaaiend met hun armen om de menigte op te zwepen. De Mandarijn herkende de tekenen van een beginnende volksopstand. Hij kwam overeind en duwde de parasol weg.

Op hetzelfde moment gaf een van Lins soldaten Millward een klap met de kolf van zijn geweer. Verbluft zakte de man op handen en knieën. Een andere soldaat gaf een trap tegen zijn rug, en hij viel met zijn gezicht in het stof. Soldaten sloegen en trapten hem, en de menigte juichte.

'Vuur je pistool af!' brulde de Mandarijn naar Lin.

Door de zes kort na elkaar afgevuurde schoten verstomde het rumoer op het plein. Een van de soldaten stond nog klaar om Millward te slaan met zijn geweerkolf. Een sinaasappel die vlak voor de schoten was gegooid, kaatste tegen het hoofd van een van de veroordeelden en rolde in het zand.

De Mandarijn nam het woord. 'Deze gek krijgt twintig zweepslagen voor het verstoren van de openbare orde,' kondigde hij op luide toon aan. 'Breng hem naar de *yamen*.'

Lin blafte een bevel, en twee soldaten sleepten de kreunende, bloedende Millward weg. Deze keer maakte de menigte ruim baan.

'De proclamatie is duidelijk. Ga door met de executie!' riep de Mandarijn.

De menigte juichte goedkeurend, en de beulen met hun lange zwaarden, hun bovenlijf ontbloot en ingesmeerd met olie, kwamen naar voren.

'Je mag van geluk spreken, kamerheer Jin,' zei de Mandarijn zacht toen hij langs hem liep, 'dat niemand de wartaal van die barbaar begreep. Toen hij zei dat de veroordeelde mannen "zonder trommels" waren, probeerde hij te zeggen dat ze "onschuldig" waren. Hou die jongen verborgen, anders onteigen ik je.'

'Goed, Da Ren,' zei een trillende Jin Lao.

De Mandarijn ging weer zitten en pakte zijn thee. De assistenten van de beulen trokken de vlechten van de veroordeelden naar voren. Hij zag dat de andere buitenlander nog steeds achter de menigte op zijn paard zat, volmaakt onverstoorbaar, met een spottende, haast verveelde uitdrukking op zijn gezicht. Tijdens de hele executie bleef de Mandarijn naar hem kijken. De man vertrok geen spier toen de zwaarden neerkwamen, zelfs niet toen de hoofden omhoog werden gehouden en op spiezen werden geprikt, en evenmin toen de menigte naar voren kwam om souvenirs voor hun medicijnen van de lijken weg te grissen. Deze man was duidelijk van een heel ander slag dan zijn sentimentele vriend, de dokter.

'Kom met me mee in mijn palankijn,' droeg de Mandarijn majoor Lin op. 'De kamerheer loopt wel terug.'

De trommels roffelden, de hoorn schalde, en de stoet trok tussen de weglopende mensen door over het plein, terug naar de *yamen*.

'Dat was boeiender dan gewoonlijk,' merkte de Mandarijn op. 'Je weet nooit wat je van die zendelingen kunt verwachten.'

'Als ik het voor het zeggen had, zouden alle buitenlanders worden uitgewezen,' zei Lin.

'Je bent een echte patriot, en dat is prijzenswaardig,' zei de Mandarijn. 'In een ideale wereld zou ik je gevoelens ongetwijfeld delen. Het probleem is echter dat we hen nodig hebben.'

'Dat ben ik niet met u eens.'

'Je bent nog jong, mijn vriend, en idealistisch. Als je zo oud bent als ik, leer je helaas om de dingen te nemen zoals ze zijn, niet zoals je ze hebben wil. En soms is het deprimerend om te beseffen hoe opportunistisch men moet zijn om een bepaald doel te bereiken. Het doel, zeg ik altijd tegen mezelf, heiligt de middelen, al lijken dic nog zo verwerpelijk.

Dit is een standpunt waar mijn buitenlandse gesprekspartner, de goede Ai Er Dun Daifu – en hij is een goed mens, al is hij een barbaar – helemaal niets van begrijpt. Hij vertelt me over de wereld buiten onze landsgrenzen. Het is opmerkelijk hoeveel technische hoogstandjes de barbaren hebben ontwikkeld. Ogenschijnlijk maakt dit ze zeer machtig, maar ik heb ontdekt dat buitenlanders denken in absolute termen van goed en kwaad. Dat nu is een ernstige zwakte, en ik beschouw deze kennis als enorm waardevol. Het rechtvaardigt zelfs de vele saaie uren die ik in zijn gezelschap heb doorgebracht. Je bent het hopelijk met me eens dat je altijd de zwakke kanten van je vijand moet leren kennen. Hoe moet je hem anders verslaan?'

'Dus u ziet de buitenlanders wél als onze vijand?'

'Ja, maar ook als een middel om ons doel te bereiken.'

'Ik ben maar een eenvoudige soldaat. Ik kan u niet volgen.'

'Nou, we hopen bijvoorbeeld dat ze jou wapens zullen leveren. Is dat geen middel om een doel te bereiken? Ik begrijp trouwens nog steeds niet waarom je niet gewoon je Japanse vrienden benadert – overigens óók buitenlanders, al schijn jij ze op handen te dragen.'

'De Japanners zijn anders. Ze behoren tot hetzelfde ras als wij. Hoe kunt u ze vergelijken met die harige westerse barbaren? Hoe dan ook, ik word niet graag aan die tijd herinnerd.'

'Waarom niet? Het is echt geen schande om krijgsgevangen gemaakt te worden. En volgens mij heb je er veel van geleerd. Ik ben onder de indruk van je militaire technieken. Als je vrienden hebt gemaakt bij de Japanse militairen, en die indruk krijg ik, zou je volgens mij niet op IJzeren Man Wang of de Russen aangewezen hoeven zijn. Sommigen moeten toch omkoopbaar zijn. Dat zijn de meeste mensen.'

'De Japanners zijn eerbaar, dat heb ik u al verteld. Hij zou zich nooit verlagen tot het smokkelen – '

'Hij? O ja, de officier die je heeft vrijgekocht. De mysterieuze kapitein. Hoe heette hij ook alweer? Je hebt me eens verteld wat hij voor je heeft gedaan.'

Zelfs in de deinende draagstoel hield majoor Lin zijn rug kaarsrecht, en de uitdrukking op zijn starre gezicht was feller dan gewoonlijk. Zijn stem klonk gespannen en formeel. 'Alstublieft, Da Ren, ik wil liever niet over die tijd praten. Ik zal u helpen met IJzeren Man Wang en al uw andere bevelen uitvoeren. Ik ben soldaat en ik doe mijn plicht. Mijn excuses als ik iets heb gezegd wat oneerbiedig was, of als ik uw wijsheid in twijfel heb getrokken.'

De Mandarijn glimlachte. 'Je hoeft mij je geheimen niet te vertellen, majoor, maar zorg wel dat ik mijn wapens krijg. Dat is een bevel... Wat nu weer? Er is de hele tijd wat.'

Een van Lins soldaten rende naast de palankijn, zijn hoofd ter hoogte van het raam. 'Een buitenlandse duivel, Uwe Excellentie. Een buitenlandse duivel te paard, Excellentie. Wil praten, Excellentie. Excuses, Excellentie.'

'De brutaliteit!' viel Lin kwaad uit. 'Geen zorgen, Da Ren, laat het maar aan mij over. Haal mijn paard!' beval hij de rennende man.

'Nee, stop de palankijn,' zei de Mandarijn. 'Laat hem maar komen.'

Majoor Lin keek alsof hij wilde protesteren, maar toen leunde hij uit de draagstoel, en gaf hij de dragers bevel om te stoppen en de stoel neer te zetten. Een aantal voorbijgangers bleef nieuwsgierig staan, totdat majoor Lin zijn mannen opdracht gaf om een haag te vormen, zodat de ontmoeting ongestoord kon verlopen. Even later werd de Europeaan gehaald.

De Mandarijn stapte uit de palankijn. 'Dit is niet de gangbare procedure voor een audiëntie,' zei hij. 'Waarmee kan ik u van dienst zijn?'

'Liu Daguang.' Manners klikte met zijn hielen en hield zijn hoed voor zijn borst. 'En majoor Lin Fubo. Ik hoop dat u mij deze onderbreking wilt vergeven. Ik heb bij de *yamen* een verzoek om een audiëntie ingediend, maar dat werd geweigerd. Daarnet op het plein lukte het niet om naar u beiden toe te komen omdat er te veel mensen waren. Ik wilde mezelf voorstellen. Ik ben Henry Manners, nieuw bij de spoorlijn.'

'En?' vroeg de Mandarijn na een stilte. 'Nu hebt u zich voorgesteld. Is er verder nog iets?'

'Op dit moment niet,' antwoordde Manners, 'maar ik vond het belangrijk om zo snel mogelijk na mijn komst mijn opwachting te maken.'

'Dokter Ai Er Dun houdt mij nauwgezet op de hoogte van alles wat met de spoorlijn te maken heeft. Is er een reden waarom ik dan ook nog een functionaris van de spoorlijn moet ontvangen? Hoewel het uiteraard een genoegen is om kennis met u te maken.'

'In een nieuwe omgeving is het altijd verstandig om gemeenschappelijke belangen veilig te stellen, Da Ren.'

'Gemeenschappelijke belangen?'

'Dat hoop ik van harte.'

Met zijn lachende ogen keek hij de Mandarijn recht aan. De twee leken elkaar te taxeren.

Majoor Lin kon zich niet beheersen. 'De onbeschaamdheid van deze barbaar, Da Ren! We zouden deze ook zweepslagen moeten geven.'

'Ik ben bang dat ik die andere zelfs niet kan laten geselen, want als buitenlander valt hij buiten mijn rechtspraak,' zei de Mandarijn. 'Bovendien bevalt zijn onbeschaamdheid me wel. Het getuigt van durf. Welkom in Shishan, Ma Na Si Xiansheng. Laat het me alstublieft weten wanneer we elkaar kunnen helpen. U kunt mijn kamerheer om een audiëntie vragen.'

'Dat zal ik doen, Da Ren. Hartelijk dank.'

'Is dat echt alles wat u te zeggen had? Meer is er niet? Dan neem ik nu afscheid van u.'

'Nog één ding, Da Ren.'

De Mandarijn, die al weer in de palankijn had willen stappen, draaide zich om. 'Ja?'

'Eigenlijk is het een boodschap voor majoor Lin, van een oude vriend. Kolonel Taro Hideyoshi. Hij heeft promotie gemaakt, majoor. Hij laat u hartelijk groeten. Tegenwoordig werkt hij op het Japanse gezantschap in Peking. Hij verheugt zich er zeer op om zijn goede vriend terug te zien, ditmaal in vredestijd. Hij heeft me een aanbevelingsbrief gegeven. Alstublieft, meneer.'

'Pak aan, majoor,' drong de Mandarijn aan, want Lin stond erbij als een zoutpilaar. 'Dit is werkelijk heel toevallig, Ma Na Si Xiansheng. Majoor Lin en ik hadden het daarnet over zijn oude vriend uit die betreurenswaardige oorlog.'

'Kolonel Taro heeft me veel over majoor Lin verteld, Da Ren. Hij praat over hem als zijn eigen broer en wil het contact graag herstellen. En hij heeft mij gevraagd om majoor Lin in alle mogelijke opzichten te helpen.'

'Op wat voor soort hulp doelt u precies?'

'Dat is afhankelijk van datgene waaraan majoor Lin behoefte heeft, Da Ren. De hulp zou zeer substantieel kunnen zijn, heeft kolonel Taro me laten weten, en op zeer schappelijke voorwaarden.'

'Ik begrijp de insinuaties van deze man niet,' brieste Lin.

'Maar ik wel,' zei de Mandarijn. 'Hoe wonderlijk dat we het er net nog over hadden dat het zo nuttig zou zijn als jij het contact met je oude vrienden herstelde.'

'Wellicht kunnen majoor Lin en ik elkaar in een wat rustiger omgeving ontmoeten, zodat we ook minder in het oog lopen. Dan zou ik hem uitvoerig uit de doeken kunnen doen wat zijn oude vriend voorstelt,' zei Manners.

'Wat vreemd dat hij een Engelsman als zijn afgezant stuurt.'

'U kunt mijn antecedenten natrekken bij de spoorwegdirectie. Ik heb jarenlang in Japan gewoond en Japanse officieren opgeleid. Ik ben ook soldaat geweest, majoor Lin, en net als u heb ik... hoe zal ik het zeggen... goede contacten met de Japanners opgebouwd, echte vriendschappen. En is het geen vriendschap die ons vandaag allemaal samen brengt?'

'Ik weet zeker dat majoor Lin het een genoegen zal vinden om uitgebreider met u over deze vriendschap van gedachten te wisselen. Ik stel voor dat u elkaar morgenavond ontmoet in het Paleis van de Hemelse Lusten. Afgesproken, majoor? Uitstekend. Nou, dat was een interessante kennismaking.'

Manners maakte een buiging, en de Mandarijn stapte in zijn palankijn.

'Voordat u verder gaat, Engelsman, heb ik een vraag voor u.' De Mandarijn stak zijn hoofd uit het raampje. 'Was u niet bang toen de menigte onrustig werd tijdens de executie?'

'Waarom zou ik bang zijn als de Mandarijn zelf aanwezig is om de orde te handhaven?'

'En als ik de xenofobe gevoelens van mijn volk nou zou aanmoedigen?'

'Dan zou ik erop vertrouwen dat de Mandarijn heel goed weet welke buitenlanders vrienden van China zijn.'

'Er zijn mensen die geloven dat geen enkele oceaanduivel een vriend van China kan zijn.'

'Zolang de Mandarijn Shishan bestuurt, vertrouw ik op zijn inzicht en bescherming.'

'Zolang ik Shishan bestuur? Twijfelt u soms aan mijn positie?'

'Integendeel. Ik vertrouw erop dat u nog tienduizend jaren zult regeren,' zei Manners glimlachend.

De Mandarijn lachte en tikte tegen de zijkant van de palankijn, waarop de dragers de stoel optilden en de tocht voortzetten.

Majoor Lin ziedde van ingehouden woede en kon gedurende de rest van de rit geen woord uitbrengen, en de Mandarijn verzonk in gepeins. Slechts één keer verbrak hij de stilte om een opmerking te maken. 'Ik ben er altijd trots op geweest dat ik een bandiet of een omkoopbaar man kan herkennen. Het is intrigerend om met de Engelse variant kennis te maken. Volgens mij wordt het een interessant etentje, majoor. Zorg ervoor dat hij in de watten wordt gelegd. Laat jouw Fan Yimei hem betoveren met haar muziek.'

Het was maar goed dat de Mandarijn vervolgens zijn ogen sloot, want de verbitterde uitdrukking op het gezicht van de majoor was bepaald niet respectvol te noemen.

Fan Yimei bevond zich in een uiterst lastig parket sinds de koopman Lu Jincai haar de brief had gegeven. Hij had hem haar heimelijk toegestopt door tegen haar op te botsen toen ze elkaar passeerden op de binnenplaats. 'Dit is voor Shen Ping,' had hij gefluisterd, zogenaamd zo dronken dat hij een hand op haar schouder moest leggen om zijn evenwicht te bewaren. 'Ik weet dat zelfs de bomen hier ogen en oren hebben. Jij bent haar vriendin. Lees die brief, dan weet je wat je te doen staat.' Luid zingend, zwaaiend op zijn benen, was hij verder gelopen.

Met de brief brandend tegen haar borst was Fan Yimei langs een achterdochtige Madame Liu gelopen, die in de deuropening stond om Lu uit te laten. 'Wat zei die man tegen je?' wilde Madame Liu weten.

'Niets. Een of andere schuine opmerking. Hij is dronken,' antwoordde Fan Yimei.

Madame Liu kreunde. 'Waarom ben je niet bij majoor Lin?'

'Hij wil nog een kan wijn,' zei ze naar waarheid.

'Hij drinkt me nog arm, die man,' zei Madame Liu. 'Ga dan, schiet op. Geef hem een kan verdunde wijn. Zo laat op de avond proeft hij het verschil toch niet.' Gelukkig had ze Fan Yimei zonder verdere vragen te stellen laten gaan.

Fan Yimei durfde de brief pas open te maken toen majoor Lin sliep. Hij was de hele avond kwaad en grof geweest, en had ineengedoken in zijn stoel de ene kom wijn na de andere gedronken en zijn eten nauwelijks aangeraakt. Ze had hem gevraagd wat er was gebeurd dat hij zo uit zijn humeur was, maar bij wijze van antwoord had hij alleen gegromd dat ze hem bij moest schenken. Ze had zijn favoriete muziek gespeeld op de *chin*, maar hij had een kussen naar haar gesmeten en gezegd dat ze op moest houden. Later, halverwege de tweede kan, toen hij zo veel had gedronken dat hij alleen nog maar met dikke tong kon lallen, begon hij te zeuren over de Mandarijn en de buitenlandse duivels, over IJzeren Man Wang en wapens.

Op een gegeven moment werd hij agressief, pakte hij de kraag van haar jurk beet en brulde hij dat hij haar zou wurgen als ze het waagde om zelfs maar naar een Engelsman te kijken. Meteen daarna barstte hij in snikken uit, begroef hij zijn gezicht in haar hals, en herhaalde hij telkens hetzelfde woord: 'Tarosama. Tarosama.' Ze begreep er niets van.

Uiteindelijk wist ze hem in bed te krijgen, en hij klampte zich als een bang kind aan haar vast. Na een tijdje begon hij haar te betasten. Ze deed haar best en draaide zich op haar buik, zodat hij haar als een hondje kon nemen – zijn favoriete standje als hij dronken was – maar de drank had hem van zijn manlijkheid beroofd. Ze sloeg hem zelfs met de wilgentwijg, maar ook dat mocht niet baten. Ten slotte viel hij in slaap.

Toen pas durfde ze de brief te pakken die Lu haar had gegeven. De brief was gericht aan Shen Ping, en de naam van De Falang stond eronder. Ze hield het papier dicht bij de kaars, en haar blik gleed snel over de keurige kalligrafie (waarvan ze vermoedde dat het Lu Jincais handschrift was). De tekst was mooi, in vleiende bewoordingen gesteld, maar de boodschap liet geen enkele ruimte voor twijfel. Tussen de opgevouwen brief zat een rode envelop. Die maakte ze niet open. Ze wilde niet weten welke prijs er was betaald voor het einde van Shen Pings hoop.

Ze wist dat haar vriendin er nog lang niet aan toe was om een brief als deze te lezen. Ze had haar nauwelijks herkend toen Madame Liu Fan Yimei twee dagen na de aframmeling toestemming had gegeven om naar haar toe te gaan in de strafhut. Waarschijnlijk was dit privilege haar alleen verleend omdat Madame Liu bang was dat Ren Ren dit keer te ver was gegaan en Shen Ping de martelingen niet zou overleven. Vermoedelijk hoopte ze dat het bezoek van een vriendin haar weer een beetje tot leven zou wekken.

Fan Yimei moest een van de luiken openwrikken om iets te kunnen zien in de donkere kamer, die naar bloed en menselijke uitwerpselen stonk. Aan een van de muren hingen handboeien en kettingen, en in een hoek zag ze een opgerolde zweep en verschillende metalen instrumenten die ze niet thuis kon brengen.

Shen Ping lag met opgetrokken benen onder een deken op een stromat. Haar gezicht was een pulp van paarse plekken en wonden.

Toen Fan Yimei bij haar in de buurt kwam, kreunde ze en probeerde ze bij haar vandaan te schuiven. Het duurde een tijdje voordat Fan Yimei haar had gekalmeerd, en ze wist pas zeker dat haar vriendin haar herkende toen een gebroken hand onder de deken vandaan kwam en aarzelend haar gezicht streelde. Het kostte Fan Yimei de grootste moeite om zelf niet in snikken uit te barsten.

Madame Liu had gezegd dat ze een emmer water en een bakje kippensoep mee mocht nemen. 'Zorg dat je dat kreng wast en voert,' had ze haar opgedragen. 'Jij bent verantwoordelijk voor haar.'

Fan Yimei moest een zakdoek in de soep dopen en het vocht er tussen Shen Pings kapotte lippen uit knijpen, en toch verslikte ze zich er nog in. Voorzichtig tilde Fan Yimei de deken op. Op sommige plaatsen was de deken vastgeplakt aan opgedroogd bloed. Ze moest bijna kokhalzen bij het zien van de striemen op Shen Pings rug en de schade aan haar onderbuik en haar kruis. Het duurde bijna een uur om haar te wassen, maar hoe voorzichtig Fan Yimei ook te werk ging, Shen Ping gilde en siste van pijn. Fan Yimei huilde maar hield vol. Toen ze klaar was, legde ze het hoofd van haar vriendin in haar schoot. Shen Ping sprak maar één keer, en Fan Yimei moest haar oor dicht bij haar mond houden om het te kunnen verstaan. 'Komt hij?' rochelde ze. 'Komt De Falang?'

'Natuurlijk, lieve schat,' loog Fan Yimei tussen haar tranen door. 'Natuurlijk komt hij.'

'Dan is het goed.' Shen Ping slaakte een zucht, sloot haar ogen en viel in slaap.

Madame Liu stond Fan Yimei buiten de hut op te wachten. 'Hoe is het met haar?'

'Ze heeft een dokter nodig.'

'Er komt heus een dokter. Jij rept hier met geen woord over, hoor je me? Denk erom, dit kan jou ook overkomen als je niet doet wat je wordt gezegd. Met of zonder je beschermheer.'

Die avond brachten ze Shen Ping naar een kamer in een afgelegen deel van het huis. De volgende dag mocht Fan Yimei naar haar toe. Ze was amateuristisch behandeld. Haar wonden waren verbonden en Fan Yimei rook de sterke geur van zalf. De tweede dag kreeg Shen Ping hoge koorts, en Fan Yimei moest bij haar blijven totdat het gevaar was geweken.

Ze was niet onder de indruk van de dokter, een man die Zhang Erhao heette en in het ziekenhuis van de buitenlandse dokter werkte. Ze had hem een keer gezelschap moeten houden voordat majoor Lin zijn intrede deed. Hij was een grove, opschepperige man die dikke maatjes was met Ren Ren. Madame Liu had hem laten halen vanwege de koorts. Hij leek zich geen raad te weten met de patiënte, had zelfs meer belangstelling voor Fan Yimei dan voor Shen Ping, totdat Madame Liu hem vertelde dat ze aan majoor Lin toebehoorde. Hij vertrok nadat hij opdracht had gegeven om de zieke met meer dekens toe te dekken.

Fan Yimei sloeg zijn advies in de wind. Ze herinnerde zich dat de buitenlandse vrouw in het zwart haar vader elk uur had gewassen toen zijn lichaam brandde van de koorts, en de hele nacht lang deed ze hetzelfde voor haar vriendin. De volgende ochtend was de koorts gezakt.

Shen Ping leek aan de beterende hand te zijn, hoewel ze nog heel zwak was, en soms was Fan Yimei bang dat ze haar zelfrespect en energie nooit terug zou krijgen. Haar ogen stonden dof en lusteloos in haar gehavende gezicht, en er was geen spoor meer te bekennen van het vrolijke, praatgrage boerenmeisje dat ze tot voor kort was geweest.

De enige keren dat ze belangstelling toonde, was als Fan Yimei het over De Falang had. Dan pakte ze de hand van haar vriendin stevig beet en fluisterde ze: 'Is hij gekomen?' Hoewel Fan Yimei zichzelf erom haatte, verzon ze het verhaal dat Shen Pings geliefde naar het bordeel was gekomen en naar haar had gevraagd, maar van Madame Liu te horen had gekregen dat hij haar pas weer kon zien als ze beter was. Ze borduurde erop voort en vertelde Shen Ping dat Madame Liu hem een ander meisje had aangeboden, waarop hij woedend het pand had verlaten. Dat was de enige keer dat Shen Ping glimlachte.

Fan Yimei hoopte vurig dat er een kern van waarheid in zat. Ze had immers gehoord dat de vriend van De Falang, Lu Jincai, bij de andere meisjes naar Shen Ping had geïnformeerd, en misschien zou hij op een dag zelf komen. Toch vreesde ze diep in haar hart het ergste, en nu ze de brief in haar hand hield, wist ze zeker dat hij niet zou komen.

De hele volgende dag bleef ze erover tobben. Het verdrong zelfs het verbijsterende nieuws dat majoor Lin haar die ochtend achteloos had verteld terwijl hij zich aankleedde. Hij was in een slecht humeur en had een kater. Zoals gewoonlijk stond hij vroeg op, en staand voor de spiegel blafte hij bevelen naar haar. Ze moest zorgen dat er bij zonsondergang een banket klaarstond in het paviljoen, met het beste eten en de beste wijn, want hij zou een gast meenemen. O ja, en ze moest tegen Madame Liu zeggen dat ze een van haar knappere hoertjes vrij moest houden. Op tafel had hij geschreven instructies neergelegd.

Dit alles was op zichzelf al verbazingwekkend – hij had nooit eerder een gast meegebracht – maar zijn laatste opmerking was nog raadselachtiger. 'En zorg dat je iets fatsoenlijks draagt,' droeg hij haar op. 'Het kan me niet schelen wat hij met die andere snol doet, maar ik wil niet dat een buitenlandse duivel naar jou lonkt.'

'Een buitenlandse duivel?' herhaalde ze. 'De Falang?' Ze kon haar oren niet geloven.

'Nee, niet die aap. Een andere.'

'Maar je haat buitenlandse duivels.'

'Precies. Hou dus je mond. Ik wil niet dat erover wordt gepraat.'

'Moet ik het Madame Liu vertellen?'

'Nee. Ja, zij moet het wel weten. Maar zeg dat ze discreet moet zijn.' En het volgende moment was hij vertrokken.

Met tegenzin ging ze op zoek naar Madame Liu, die zoals gewoonlijk mopperde over de kosten, maar vreemd genoeg niet kwaad was. Ze glimlachte zelfs toen ze het briefje van majoor Lin had gelezen en in haar jurk schoof. 'Hij mag Su Liping hebben,' zei ze. Dat was een van de mooiere, jongere meisjes die ze meestal voor haar beste klanten reserveerde – een van Madame Liu's weinige lievelingetjes, waarschijnlijk omdat ze een van haar verklikkers was. 'Ik geloof niet dat de kleine Liping al eens eerder zo'n barbaar heeft geproefd, maar er is voor alles een eerste keer. Alleen het beste is goed genoeg voor majoor Lin en zijn gasten. Nou, schiet op. Wat sta je daar nou te staren? Schiet op en ga naar die zieke slet. Ik wil dat ze beter wordt en weer aan het werk gaat. Al die medicijnen en verzorging kosten handenvol geld.'

Gelukkig lag Shen Ping te slapen toen Fan Yimei haar kamer binnenkwam, zodat ze een excuus had om haar nog niet van de brief te vertellen. Als ze weer beter is, nam ze zich voor toen ze naar het slapende gezicht op het kussen keek. Dan vertel ik het haar. Als ze weer is aangesterkt. Ze overleeft het niet als ik het haar nu vertel. Maar diep in haar hart vroeg ze zich af of haar vriendin het nieuws ooit zou kunnen verdragen. Alleen de gedachte dat De Falang haar zou redden hield haar nog in leven.

Wat voor soort werk zou Madame Liu haar geven als ze beter werd? Ze had verhalen gehoord over andere meisjes die door Ren Ren waren gestraft en over de smerige peeskamertjes achter Ren Rens theehuis, waar de afgedankte meisjes eindigden als hoertjes voor muilezeldrijvers en ander tuig.

Kon ze De Falang maar laten weten wat er werkelijk aan de hand was. Zou hij zich dan bedenken? De buitenlander die vanavond kwam, moest hem kennen. Misschien dat hij De Falang een brief kon geven? Ze kon hem vandaag schrijven.

Die middag ging ze achter haar bureau zitten met een vel papier en een penseel. In haar fraaie karakters schreef ze dat Shen Ping hem nog altijd trouw was, hoeveel pijn ze had, en dat alleen de gedachte aan hem haar de wil gaf om te blijven leven. Als De Falang haar ware gevoelens kende, schreef ze, zou hij zeker beseffen dat er sprake was van een misverstand. Als de vriendin van Shen Ping smeekte ze hem om al het mogelijke te doen en naar haar toe te komen. Als hij zou zien hoe erg ze eraan toe was... Als hij... ja, wat?

Lang voordat ze de brief af had, besefte ze hoe zinloos het allemaal was. Verdrietig legde ze haar penseel neer. Zelfs al kon ze een manier verzinnen om de brief te laten bezorgen, dan zou het niets veranderen. Wat verwachtte ze nou van De Falang, of van welke man dan ook? Wie luisterde er naar de klaagzang van een hoer? Gekooide vogels hadden meer vrijheid. Mensen hielden in elk geval van ze omdat ze zo mooi zongen. Wie hield er nou echt van een animeermeisje?

De Falang had oprecht geklonken, maar waarschijnlijk had hij alleen maar een beetje gefantaseerd, zoals mannen graag deden, en was hij nu uit zijn droom ontwaakt. Ze had zijn brief. Op een dag zou majoor Lin genoeg van haar krijgen, dat wist ze. Waarom was ze dan zo dom om te dromen, zoals Shen Ping had gedroomd? Waarom had ze niet de moed om er een eind aan te maken? Ze legde haar hoofd op het bureau en zuchtte.

Buiten klonken voetstappen, en snel stopte ze haar eigen onvoltooide brief en die van De Falang in een la. Ze had niet de tijd om de la op slot te doen, maar ze wist zeker dat niemand haar had gezien en ze stond beheerst in het midden van de kamer toen Su Liping binnenkwam.

'Liping, wat ben je vroeg. Ik had nog niet op je – '

'O, Oudere Zus, ik was zo ongeduldig!' babbelde Su Liping. 'We zijn allemaal zo jaloers op je, en ik wilde je prachtige paviljoen zo graag zien. Wat ben je toch een bofkont! Madame Liu zei dat ik al naar je toe mocht. Ik vind het zo fijn dat ze mij voor vanavond heeft gekozen. O, wat een mooie meubels heb je.'

Snel trippelde ze door de kamer. Hier raakte ze een vaas aan, daar het houtsnijwerk. Haar handen gleden over de snaren van de *chin*, en ze drukte haar wang tegen het brokaat. 'Madame Liu heeft gezegd dat ik het paviljoen hier tegenover krijg als de gast me wil. Ze zijn nog bezig om alles in orde te maken, maar ik heb gehoord dat het net zo mooi is als het jouwe. O, wat een prachtig bed. En die spiegel! Wat moet het heerlijk zijn om hier te wonen.'

'Vind je het niet erg dat het een barbaar is?'

'Nou, het is wel een beetje eng, maar ook spannend.' Ze giechelde. 'Ik heb gehoord dat die buitenlandse duivels nogal fors zijn geschapen. Ik hoop maar dat het geen pijn doet. Denk jij dat ik een pot vet mee moet nemen? Volgens mij was Shen Ping heel gelukkig met haar buitenlander, ja toch? Arme Shen Ping. Zo ziek, heb ik gehoord.' Ze liep naar Fan Yimei toe en fluisterde met heel grote ogen: 'Zou het waar zijn?'

'Zou wat waar zijn?'

'Dat ze is gestraft. In de hut. Gestraft door Ren Ren omdat ze iets vreselijks heeft gedaan.'

'Dat weet ik niet,' zei Fan Yimei.

'O, vast wel. Jij bent haar vriendin en je bent de enige die bij haar op bezoek mag komen. Maar je hoeft het me niet te vertellen, ik weet dat je niet roddelt. Ik wel. Ik luister naar alle roddels. Er gebeuren hier vreemde dingen. Weet je wat er nu wordt gefluisterd? Dat er een nieuwe schandknaap is die ze in een kamer op de bo-

venste verdieping verborgen houden. Voor Ren Ren. Een buitenlandse jongen. Is het niet onvoorstelbaar? Ik weet niet of ik het moet
geloven. Jij wel?'

'Je hebt gelijk, ik hou niet van roddelen. Sorry.'

'Je hoeft echt geen sorry te zeggen, hoor, mij kan het niet schelen. Weet je wat nou zo interessant is? Er is een buitenlandse jongen
verdwenen. Gisteren zijn er drie mannen onthoofd die hem hebben
vermoord. We hebben gekeken vanuit het raam. Maar stel nou dat
het dezelfde jongen is? Zou dat niet érg toevallig zijn?'

Fan Yimei hoorde dat ze werd geroepen.

'O, Oudere Zus, Madame Liu roept je. Ga maar snel! Ik vind het
niet erg, ik wacht wel op je.'

Fan Yimei vond het vervelend om Su Liping alleen te laten met
het oog op de brieven in de la, maar ze had geen keus. Madame Liu
wilde de voorbereidingen voor de avond met haar doornemen en
gaf een gedetailleerde en tijdrovende opsomming van het menu.

Tegen de tijd dat ze terugkwam, lag Su Liping languit op het bed.
'Ik hoop dat het bed in het andere paviljoen ook een spiegel heeft,'
zei ze. 'Stel je voor, je kunt naar jezelf kijken terwijl je het doet! Jij
boft toch maar, Oudere Zus. En majoor Lin is zo knap.'

'Su Liping, ik wil niet onbeleefd zijn, maar misschien komt majoor Lin al voor het diner terug...'

'Ik ga al, ik ga al!' Giechelend sprong ze van het bed. 'Dank je wel,
Oudere Zus. Ik vind het erg fijn dat ik vanavond bij je mag zijn. Ik
verheug me er zó op!'

De lade waarin ze de brieven had weggestopt was leeg. Verslagen
ging Fan Yimei op de kruk zitten, starend naar de lege la. Ze kwam
pas weer in beweging toen de bedienden de tafel kwamen dekken
voor het diner en ging zich lusteloos verkleden in de zijkamer.

Vaag drong het tot haar door dat Lins gast knap was voor een buitenlander. Hij was lang van stuk en stevig gebouwd, en hij had hoffelijke manieren en blauwe ogen die soms lachten en haar op andere momenten indringend en peinzend aankeken, alsof hij haar
gedachten probeerde te lezen. Hij was net zo'n type als Lin, ook een
soldaat, maar ze voelde aan dat hij een veel sterker karakter had. Ze
hoopte dat hij een vriend was van Lin, want hij zou een geduchte

vijand zijn. Terwijl ze dit dacht, zat ze afwezig voor haar *chin* en speelde ze de muziek waar Lin van hield, zich nauwelijks bewust van wat ze deed. Ze was beheerst en sereen. Bang was ze niet, kome wat er komen moest.

Aan het begin van de avond, toen Lin en de buitenlander opgingen in hun gesprek, had ze Su Liping apart genomen om te vragen waarom ze de brieven had gestolen. Ze was niet boos en koesterde geen wrok, ze wilde alleen begrijpen waarom ze het had gedaan.

Su Liping ontweek haar blik en gaf nukkig antwoord. 'Ik moest je kamer doorzoeken van Madame Liu. Ze laat me altijd voor haar spioneren. Ik heb ze meegenomen omdat ze er interessant uitzagen.'

'Maar waarom doe je het? Voor haar spioneren, bedoel ik.'

'O, Oudere Zus, ze zegt dat ze me anders met Ren Ren naar de hut stuurt. Ik wil niet dat hij met mij doet wat hij met Shen Ping heeft gedaan.'

'Zou dat nu niet met mij kunnen gebeuren?'

Su Liping keek op, en opeens fonkelde er haat in haar ogen. 'Natuurlijk niet,' siste ze schamper. 'Jij wordt beschermd. Je bent zo mooi. Zo begaafd. Helemaal volmaakt.'

'Ik vind het jammer dat je zo'n hekel aan me hebt,' zei Fan Yimei. 'Vertel me eens, heb je die rode envelop gehouden? Met het geld erin? Of heb je die ook aan Madame Liu gegeven?'

Su Lipings ogen werden groot van angst.

'Wees maar niet bang, ik zal het haar niet vertellen,' stelde Fan Yimei haar gerust. 'Maar verstop het geld goed. Als ze het vinden, ga je wél naar de hut. Kom, wees nou maar niet bang. Schenk de buitenlander nog wat wijn in. Geniet van deze avond. Drink zelf ook wat wijn. Het helpt.'

Majoor Lin was een stijve gastheer. Fan Yimei merkte dat hij in het begin zijn afkeer van de buitenlander probeerde te verbergen, en hoe nijdig hij was dat hij een diner voor hem moest geven. Ze vermoedde dat het hem was opgedragen door zijn superieuren, misschien wel de Mandarijn.

De buitenlander was daarentegen zo innemend en charmant dat hij zelfs de uiterst prikkelbare Lin op zijn gemak kon stellen. Hij was complimenteus en eerbiedig. Tijdens het diner zorgde hij ervoor dat de majoor kon praten over dingen die hem interesseerden: militaire

zaken over tactiek en bewapening die Fan Yimei nauwelijks kon volgen. De man luisterde aandachtig toen Lin zijn theorieën uiteenzet-
te, en als hij zelf aan het woord was, sprak hij met zo veel kennis van
zaken dat Lin aandachtig naar hem luisterde, wetend dat hij met een
expert te maken had.

Su Liping deed enorm haar best om de aandacht van de buitenlander te trekken, maar ze had niet veel ervaring en haar arsenaal aan
trucjes was beperkt. Ze legde haar hand op zijn dij en glimlachte
schalks als hij haar kant op keek. De buitenlander glimlachte toegeeflijk terug, maar het grootste deel van de tijd concentreerde hij
zich op Lin en negeerde hij haar.

Er werd veel over Japan gepraat, en tegen het eind van het maal
kwam het gesprek op iemand die kennelijk een gemeenschappelijke vriend was, een zekere Taro. In eerste instantie verbaasde het haar
dat Lin een Japanner kende, maar toen herinnerde ze zich zijn on-
begrijpelijke gemompel van de afgelopen nacht, toen hij dronken
was: 'Tarosama. Tarosama.' Ze vroeg zich af hoe goed Lin die Taro
had gekend.

Op een gegeven moment, toen de buitenlander de 'deugden van
de samoerai' ter sprake bracht, leek hij te schrikken en boos te worden, maar de buitenlander lachte en zei dat hij alleen maar doelde
op de trouw van een samoerai aan zijn vriend. Lin had kennelijk gedacht dat hij iets anders bedoelde, maar wat? Majoor Lin bloosde en
leek zich slecht op zijn gemak te voelen. De buitenlander vertelde
hem dat hij deze kolonel Taro had uitgenodigd om een keer te komen jagen in Shishan, misschien als de spoorlijn klaar was, en ook
dat leek de majoor in verlegenheid te brengen, hoewel hij zei dat hij
zich erop verheugde hem te zien. Inmiddels aten ze fruit tot besluit
van het maal.

'In mijn land,' zei de buitenlander, 'is het gebruikelijk om de dames na het diner te vragen om de kamer te verlaten, zodat de heren
over zaken kunnen praten. Ik heb geen idee hoe dat in dit land gaat,
en de attenties van de jonge sirene aan mijn linkerzijde zijn bijzonder vleiend, maar lijkt het u geen goed idee om het Engelse voorbeeld te volgen, zodat we... laat ik zeggen ongehinderd met elkaar
kunnen praten?'

'U mag Su Liping de hele nacht hebben als u haar wilt. Er is al voor haar betaald,' zei majoor Lin.

'U windt er geen doekjes om,' zei de buitenlander. 'En ik ben u vanzelfsprekend heel dankbaar, maar ik ben bang dat ik het aanbod moet afslaan. De dame is bijzonder charmant, maar een beetje te jong voor mij. Bovendien kies ik mijn vrouwen graag zelf.'

'Ik kan de madam wel iemand anders laten brengen als deze u niet bevalt.'

Fan Yimei voelde dat de vreemdeling haar indringend aankeek. 'Ik ben erg onder de indruk van de andere dame hier. Als zij niet uw eigen keuze is voor de nacht, majoor...'

Snel boog Fan Yimei het hoofd en probeerde ze het gevaar af te wenden. 'Ik heb de eer elke nacht de keus van majoor Lin te zijn, Xiansheng. Ik behoor hem toe.'

'Vergeef me, majoor, ik sprak uit onwetendheid. U hebt een uitstekende smaak. Mijn complimenten.'

Fan Yimei was bang geweest dat majoor Lin kwaad zou zijn, maar tot haar opluchting knikte hij voldaan.

'Veel bijzonders is ze niet, maar ze voldoet,' zei hij. 'Ze speelt heel aardig op de *chin*, Ma Na Si Xiansheng. Als u rustig wilt praten, mag ik dan voorstellen dat we dat doen terwijl zij speelt? Ze zal ons niet afluisteren. Dat andere meisje kan weggaan.'

Su Liping was duidelijk bang dat Madame Liu kwaad op haar zou zijn als het haar niet lukte om een klant te strikken, en deed nog een laatste vertwijfelde poging. 'Ik ken veel trucjes, Xiansheng,' fluisterde ze, en ze was zo dom om haar hand op Manners' kruis te leggen.

'Ongetwijfeld, schatje.' Glimlachend haalde hij haar hand weg.

'Eruit!' siste Lin.

Met een rood gezicht van schaamte rende Su Liping naar de deur.

Fan Yimei bleef alleen achter en speelde de melancholieke muziek die gewoonlijk het verdriet in haar eigen ziel weerspiegelde, maar die avond raakten de melodieën haar niet. Niets raakte haar, zo gespannen wachtte ze op Madame Liu's onvermijdelijke reactie op de brieven.

De twee mannen spraken op vertrouwelijke toon met elkaar, en de buitenlander rookte een sterk geurende tabak die in een bruin blad was gerold. Af en toe ving ze woorden of flarden van zinnen op: 'invloedssfeer', 'wapens', 'betrouwbaar', 'snelle levering', 'Japanners', 'zes tot negen maanden', 'privé-aangelegenheid', 'Taro zal de afspraak persoonlijk bezegelen.' Het betekende niets voor haar. Het interesseerde haar ook niet.

Tot besluit gaven de twee heren elkaar een hand. Shen Ping had haar over dat vreemde westerse gebruik verteld. Het gezicht van majoor Lin was rood en hij maakte een opgewonden indruk. Wat voor zaken ze ook hadden gedaan, hij was er duidelijk enthousiast over. Ze wist dat hij die nacht extra energiek zou zijn en dat was geen aanlokkelijk vooruitzicht. Gelaten zakten haar schouders omlaag. Kome wat er komen moest.

Ze ging staan en maakte een buiging voor de buitenlander. Tot haar verbazing pakte hij haar hand om er een kus op te drukken. Ook al zo'n raar westers gebruik. Geschrokken keek ze op, recht in zijn lachende blauwe ogen. Angstig wierp ze een blik op Lin, maar hij glimlachte glunderend. De twee mannen liepen samen over de binnenplaats, waarbij Lin de hoffelijke gastheer speelde die zijn gast naar de poort bracht. Zij bleef in de deuropening staan, en opeens voelde ze een beweging in het donker. Madame Liu. De hand van de oude vrouw sloot zich als een klauw rond haar arm en de lange nagels boorden zich pijnlijk in haar huid.

'Ik zou je naar de hut moeten sturen voor wat je hebt gedaan,' snauwde ze in Fan Yimeis oor. 'Ik doe het niet. Nog niet. De nieuwe ontwikkeling met deze barbaar is veel te interessant. Ik verwacht wel dat je me op de hoogte houdt van wat er wordt gezegd. Die stomme trut heeft er een potje van gemaakt. Zorg dat jij het beter doet.

Je hebt die brief natuurlijk van die koopman gekregen, hè? Ik dacht al dat er iets niet klopte. Lu is nooit dronken. Nou, waarom heb je die brief niet bezorgd? Bang voor het effect?

Maak je geen zorgen, schatje, ik ben niet iemand die andermans brieven verdonkeremaant. O nee, zo ben ik niet. Ren Ren is zo vriendelijk geweest om de brief persoonlijk te bezorgen. Is dat niet aardig van hem? Waarschijnlijk leest de kleine Shen Ping op dit moment net het laatste stukje...'

Fan Yimei voelde het bonzen van haar hart. 'Shen Ping!' riep ze uit, en ze rukte haar arm los uit Madame Liu's greep. Strompelend op haar afgebonden voeten rende ze naar de andere binnenplaats, hijgend van angst en inspanning. Ze zag dat er licht brandde in Shen Pings kamer.

Sterke armen grepen haar beet en tilden haar van de grond. Ze verzette zich uit alle macht, gilde, beet, maar Ren Ren hield haar stevig vast tegen zijn borst en trok haar hoofd aan haar haren naar achteren. 'Hou je koest, anders sla ik de tanden uit je mond,' gromde hij. 'We moeten dat meisje de tijd geven om de brief in alle rust te lezen.'

Ze hoorde het gieren van haar eigen ademhaling op de stille binnenplaats. Ren Ren bleef haar vasthouden, kijkend naar de bewegingen van het vage silhouet achter het oliepapier voor het raam. Na een tijdje hielden de bewegingen op. Hij bleef wachten totdat hij helemaal zeker was van zijn zaak. Toen liet hij zijn last voldaan vallen en liep hij fluitend weg naar het hoofdgebouw. Fan Yimei lag snikkend op de stenen vloer van de binnenplaats.

In de kamer liet Shen Ping de brief uit haar gebroken vingers glijden. Onder de blauwe plekken speelde er een dromerige glimlach over haar gezicht. Een tijdlang bleef ze nog op haar rug liggen, zonder aan iets bijzonders te denken. Toen kwam ze langzaam, heel langzaam – de pijn kon haar niet meer schelen – overeind van het bed en kroop ze over de grond naar de stoel in het midden van de kamer. Met heel veel moeite wist ze zichzelf erop te hijsen, maar ze viel er nog ontelbare keren af voordat ze eindelijk min of meer rechtop op de zitting stond.

Gelukkig hoefde ze de sjerp niet over de balk te slaan en een strop te knopen. Ze giechelde zacht. Het was de enige keer dat Ren Ren haar ooit een dienst had bewezen. De strop zat precies op de goede hoogte voor haar hoofd. Omdat ze haar vingers niet kon bewegen duurde het nog even voordat het haar lukte om de lus over haar hoofd te trekken.

Ze vroeg zich af of ze nog iets zou zeggen, een laatste woord, om haar waardeloze leven te beschrijven. Ze zag er het nut niet van in. Pas toen ze de stoel wegschopte en viel, dacht ze aan de enige persoon in haar leven die aardig voor haar was geweest, maar op het moment dat ze aan Fan Yimei dacht, brak de strop haar nek. Er kwam geen woord over haar lippen.

HOOFDSTUK 6

Er is geen werk en weinig voedsel. Lao Tian heeft
zich bij de bandieten aangesloten.

Niemand vertelde Frank Delamere dat Shen Ping zelfmoord had gepleegd. Lu Jincai hoorde het verhaal de volgende dag van Tang Dexin, en ze waren het erover eens dat het beter was om de buitenlander onkundig te laten van een zo verdrietige en onaangename kwestie.

Lu trof snel de nodige voorzorgen. Het leek hem onwaarschijnlijk dat De Falang zou besluiten om het bordeel te bezoeken en naar het meisje te vragen, maar mocht hij dat toch doen, dan zou hij te horen krijgen dat ze bezig was met een andere klant. Een zilveren taël aan Madame Liu garandeerde dat zij en haar meisjes zouden zwijgen. Lu Jincai wilde niet dat De Falang van streek zou raken voordat de karavaan naar Tsitsihar vertrok. Hij wist hoe onvoorspelbaar zijn partner kon zijn als hij geëmotioneerd was, en vermoedde dat De Falang verteerd zou worden door schuldgevoelens en wroeging als hij hoorde dat het meisje dood was.

Voor de zekerheid vroeg hij Madame Liu ook om een aantrekkelijke vervangster te zoeken die bereid zou zijn om zijn vriend bezig te houden, mocht dat nodig zijn, wat hem nog een taël kostte. Zelf zou hij hem niet zo snel weer meenemen naar het Paleis van de Hemelse Lusten, en hij drong er bij de andere kooplieden, Tang en Jin, op aan om voorlopig ergens anders met De Falang te gaan dineren.

Zo raakte Shen Ping in de vergetelheid. Sommige meisjes geloofden dat haar geest rondwaarde in de tuinen en de paviljoens. In haar verdriet meende Fan Yimei op een avond het lachende witte gezicht van haar vriendin te zien in de spiegel op haar kaptafel, maar ze zag alleen de maan op de gordijnen toen ze zich omdraaide. Tot opluchting van Madame Liu kwam Shen Ping niet terug als een vossengeest om wraak te nemen op haar vijanden en haar trouweloze geliefde. Frank werd op de weg naar Babbit & Brenner nooit door een geestverschijning opgewacht, en evenmin door een hongerige geest tussen zijn potten met sodakristallen verrast.

Nadat ze voor de zekerheid wierook had aangestoken op haar altaar stopte Madame Liu Shen Pings spullen in een bundel die ze vervolgens verbrandde. Haar bed gaf ze aan een nieuwe aanwinst van het huis, een schuchter meisje van twaalf uit Tieling, dat herstelde van een dubbele marteling: het breken en afbinden van haar voeten en de nachtelijke bezoekjes van Ren Ren. Shen Pings naam werd nooit meer genoemd.

Na een tijdje was Fan Yimei de enige die haar aanwezigheid nog voelde, maar naarmate de tijd verstreek, voelde ook zij haar steeds minder duidelijk. Op een avond toen ze dorre bladeren verbrandde in een hoek van de tuin voelde ze opeens dat haar vriendin klaar was om te vertrekken. Fan Yimei fluisterde gebeden die ze zich vaag herinnerde terwijl ze bladeren in het vuur gooide. Als iemand de tranen in haar ogen had gezien, zouden die zijn toegeschreven aan de hitte en de rook van het vuur, maar toen ze wegliep had ze er vrede mee, omdat ze geloofde – of wilde geloven – dat de ziel van haar vriendin eindelijk rust had gevonden tussen de wolken.

Die avond trokken er inderdaad langgerekte roze wolken langs het zwerk, als de sleep van een feeërieke jurk. Als de ziel van Shen Ping naar de wolken was opgestegen, zoals Fan Yimei hoopte, dan zou ze hebben neergekeken op een ogenschijnlijk vreedzaam Shishan. Het goud van de ondergaande zon verguldde het landschap. Het najaar duurde langer dan gewoonlijk, alsof de herfst de komst van de winter en de onzekerheden van een nieuwe eeuw wilde uitstellen. Over de akkers lag nog steeds een tapijt van graan van de tweede oogst, stro ritselde op de wegen onder de wielen van ezelkarren, boeren stonden met hun dorsvlegels afgetekend tegen het goud op de dors-vloer. In de koele, schone lucht vermengde de geur van brandend hooi zich met die van de appels en de pruimen aan de bomen. Bladeren dwarrelden rond en werden over de velden geblazen, strandden tegen heggen en glansden als koper in het zonlicht.

Een knappe jonge man en een goedgeklede jonge vrouw, beiden buitenlanders, reden te paard over de lanen, en stopten om de ruïne van een tempel te bewonderen. Iemand met een poëtische instelling, zoals Herr Fischer, zou parallellen hebben getrokken met een klassiek Arcadië.

Toch was het schilderachtige landschap rond Shishan het enige lieflijke eiland in een uitgestrekte, troosteloos grijze zee. De regenwolken die zich meestal vormden rond de pieken in de Zwarte Heuvels hadden door het jaar heen voldoende vocht verzameld om het westelijk deel van Mantsjoerije te behoeden voor de droogte die andere delen van Noord-China teisterde, maar elders was weinig regen gevallen. In de droge strook die zich uitstrekte van Shantung in het oosten en door de hele provincie Chih-li naar Shansi in het westen, en zelfs tot aan de randen van Mongolië, heerste hongersnood.

De vrienden van Frank Delamere kwamen in het kantoor van Jin Shangui bij elkaar en bespraken de vreselijke geruchten, meegebracht door karavanen, dat gezinnen in grote delen van China boombast kookten om te eten, dat ouden van dagen en kinderen met honderden tegelijk stierven, dat er meldingen waren van kannibalisme, dat hele dorpen verlaten waren omdat de bevolking massaal op jacht ging naar eten, en dat wanhopige jonge mensen zich aansloten bij de Boxers, die de buitenlanders de schuld gaven van de natuurrampen.

Zoals gewoonlijk waren de buitenlanders zich voor het overgrote deel niet van de dreiging bewust. De circulaires die de dokter van het gezantschap in Peking ontving waren geruststellend – droogte en hongersnood kwamen in China vaker voor – en bovendien hadden de leden van de kleine buitenlandse gemeenschap het te druk met de dingen die in hun eigen wereldje gebeurden om lang stil te staan bij wat er daarbuiten plaatsvond. Gelaten reageerden ze op de problemen in het zuiden, als picknickers op een berg die onbekommerd naar het onweer in de verte keken.

Toch bleven geruchten over de activiteiten van de Boxers hard-
nekkig de ronde doen. Het werden er zelfs meer naarmate de hongersnood zich uitbreidde, en begin oktober kwam er een melding
dat groepen Boxers uit een aantal bergdorpen in Shantung een eigen militie hadden gevormd en een stad waren aangevallen. Het
Boxer-leger zou, beweerde men, als een vloedgolf over de vlaktes
van Chih-li stromen en de buitenlanders terugdrijven in zee. Een
paar dagen lang was de sfeer gespannen, zelfs in Shishan.

Uiteindelijk bleek het oproer, als het die naam al verdiende, van
korte duur te zijn. Het werd met gemak neergeslagen door het keizerlijke leger; eigenlijk was het zelfs eerder een politionele actie geweest dan een echte veldslag. De overwinning op deze volksmilitie
leidde op de gezantschappen in Peking echter tot grote voldoening,
en bij Babbit & Brenner en in het spoorwegkamp werd rumoerig
feestgevierd toen het nieuws bekend werd. Men was het erover eens
dat het kloeke optreden van onderkoning Yu de rebellie in de kiem
had gesmoord. Als de Boxers al ooit een bedreiging hadden gevormd, dan was daar nu doortastend mee afgerekend.

Uit latere rapporten bleek dit optimisme toch wat prematuur. Onderkoning Yu scheen niet alleen heimelijk met het ontevreden jan-
hagel te sympathiseren, hij had enkele beruchte leden zelfs banen gegeven in zijn *yamen*. De *North China Herald* riep luidkeels om zijn
aftreden, en sir Claude MacDonald diende een officieel protest in bij
de *Tsungli Yamen*.

Dokter Airton was veel te opgewonden om zich zorgen te maken
over gebeurtenissen die zich zo ver weg afspeelden. Een paar dagen
na de executie van Hirams moordenaars was hij naar de *yamen* gegaan, vast van plan om de Mandarijn eens flink de waarheid te zeggen. De wind was hem uit de zeilen genomen doordat de Mandarijn zich uit eigen beweging verontschuldigde voor de stijlloze manier
waarop de dokter was geïnformeerd. Hij legde uit dat de persoonlijke brief waarvoor hij zelf het concept had geschreven door zijn
gevoelloze klerken terzijde was geschoven, zodat de dokter alleen
een officieel bericht had ontvangen. Het was nooit zijn bedoeling
geweest om onbeleefd te zijn en hij betreurde de gang van zaken.
Airton luisterde nauwelijks naar wat de Mandarijn zei. Zijn aandacht
werd geheel in beslag genomen door de in het Chinees vertaalde

bijbel die op de theetafel tussen hen in lag.

'Aha, het valt u op dat ik uw heilige boek bestudeer,' merkte de Mandarijn glimlachend op. 'Het is een merkwaardig geschrift. Ik zie veel overeenkomsten met de Analecten van Confucius en ook een paar met boeddhistische werken, vooral in de meer filosofische passages. De nadruk op liefde en het offer van uw god is interessant. In een van de vroegste incarnaties van de Boeddha liet hij zich opeten door een paar tijgerjongen omdat ze honger hadden. Waarschijnlijk had de kruisiging van uw Jezus een soortgelijk doel. Wellicht kunt u het me uitleggen.

Ook op het punt van de vergiffenis heb ik een aantal vragen voor u. Ik krijg de indruk dat er een discrepantie bestaat tussen wat de christenen nastreven en hoe ze zich gedragen. Ik vraag u dit als magistraat die de extraterritoriale wetten moet interpreteren. Kunt u me misschien uitleggen hoe de onverbiddelijke boetes die de Chinese regering moet betalen bij de kleinste schending van de buitenlandse voorwaarden zich verhouden tot de christelijke leer van verdraagzaamheid?'

Airton kon nauwelijks ademhalen, zo blij was hij. Onverwacht had hij bereikt wat hem voor ogen had gestaan toen hij naar China kwam. Deze man, een mandarijn – een confucianist, een heiden, maar wel iemand met enorm veel invloed – las de bijbel en probeerde de geboden te doorgronden. Waar zou dit toe kunnen leiden, vroeg hij zich af. De eerste vragen van de Mandarijn waren sceptisch, cynisch zelfs. Heel begrijpelijk, maar het was een begin. Het begin waar hij en zijn collega-zendelingen altijd van hadden gedroomd.

De eerste ontmoeting werd gevolgd door een tweede, enkele dagen later, en na een tijdje ontstond er een vast patroon. De Mandarijn nam telkens een parabel als uitgangspunt en liet daar dan zijn strengste logica op los om tot de achterliggende betekenis door te dringen. De sessies waren bijzonder uitputtend, en de dokter was na afloop zowel lichamelijk als geestelijk net zo moe als na de spelletjes squash die hij als jongen op de universiteit had gespeeld. Hij wist nooit waar de bal van de Mandarijn vandaan zou komen.

Stilzwijgend kwamen ze overeen om Hirams dood nooit meer ter sprake te brengen, en de executie die erop was gevolgd evenmin. Boxers of bandieten werden nog maar zelden genoemd, en als er iets over werd gezegd, werd het onderwerp met een lachertje afgedaan. De dokter had het gevoel dat de vragen van de Mandarijn steeds diepzinniger werden. Het christelijke begrip goedheid leek hem te fascineren en hij vroeg wat het verschil was met de deugden die door Confucius waren geformuleerd. Als een vorst werkelijk met het welzijn van zijn onderdanen begaan was, vroeg hij bijvoorbeeld, dan was het toch onbelangrijk dat hij dit doel door slechte middelen bereikte? Werd een christen een beloning in de hemel ontzegd als hij afweek van de Tien Geboden? Was het werkelijk de moeite waard om de zekere beloningen op deze aarde op te offeren voor slechts de belofte van verlossing? Als het christendom een zachtaardige godsdienst was, zoals de goede dokter beweerde, waarom waren de geboden dan zo fanatiek en absoluut? Niet dat hij de zoon van God op enigerlei wijze wilde beledigen, maar was deze Jezus wellicht niet een beetje wereldvreemd? En kon de dokter alsjeblieft uitleggen hoe het mogelijk was dat het Westen de wereld had veroverd als hun principes bestonden uit het liefhebben van hun naasten en het toekeren van de andere wang?

'Van mij mag het, dit geven aan de keizer wat des keizers is en Gode wat Gods is,' zei de Mandarijn, 'maar in ons systeem is het veel eenvoudiger, aangezien onze keizer tegelijkertijd god is. Als die Jezus van u de macht had om over de wereld te heersen, waarom is hij zelf dan geen keizer geworden? In dat geval had hij zich nooit druk hoeven maken over het probleem van de vrije wil.'

'Da Ren, begrijpt u het dan niet? Doordat Hij ons een vrije wil heeft gegeven, kennen wij de verlossing.'

'Als hij in een *yamen* had gewerkt in plaats van door heuvels te zwerven, zou hij een beter begrip hebben gehad van de menselijke onwetendheid. Ik weet uit ervaring dat vrije wil een vloek is die tot buitensporig gedrag kan leiden als er geen paal en perk aan wordt gesteld. Ik kan niet geloven dat deze Jezus van zijn volk hield als hij zulke onmogelijk hoge eisen aan hen stelde.'

'Maar Jezus was de god van de liefde!' riep Airton uit.

'Dat zegt u,' mompelde de Mandarijn, en hij zette zijn tanden in een perzik.

De dokter liet zich niet ontmoedigen. Integendeel, hoop glinsterde in zijn ogen. Dit was een hoge functionaris, een mandarijn, en hij stelde serieuze vragen over de bijbel! Dat was in jaren niet gebeurd! Zijn natuurlijke bescheidenheid worstelde tevergeefs met zijn ambitie. Als nieuwsgierigheid tot begrip leidde, kon het begrip dan niet tot bekering leiden? De bekering van een mandarijn kon tot de bekering van een heel district leiden... de nederige Airton uit Shishan die vergeleken zou worden met de heilige Augustinus die Engeland bekeerde... Maar dan beet de dokter altijd beslist op zijn pijp en berispte hij zichzelf vanwege zijn belachelijke ijdelheid. Dat weerhield hem er echter niet van om 's avonds in zijn studeerkamer de werken van Plato, Thomas van Aquino en Boëthius te bestuderen, boeken die hij sinds zijn studietijd niet meer had ingezien, en op dagen dat hij met de Mandarijn had afgesproken de deur uit te rennen zodra hij de laatste hap van zijn lunch had doorgeslikt.

De andere buitenlandse inwoners van Shishan hadden geen idee waar de dokter zich mee bezighield. Helen Frances en Henry Manners maakten elke middag tochten. Frank Delamere en Tom Cabot waren koortsachtig bezig met het voorbereiden van de grote expeditie die hen rijk zou maken.

Het was eind oktober toen ze op een avond de fabriek afsloten voor de nacht, na een laatste controle van de bundels met monsters en de proviand die de volgende dag op muilezels zou worden geladen voor de tocht naar Tsitsihar, waar ze met Mr. Ding hadden afgesproken. Aan de horizon verbleekte het laatste streepje roze en er kwam wind opzetten.

'Dit wordt de laatste, beste jongen,' mompelde Frank, met onder zijn bossige snor een pijp stevig in zijn mond geklemd. Zijn vriendelijke bruine ogen traanden nog van het lachen om een grap van zijn toekomstige schoonzoon. Tom leek over een onuitputtelijke voorraad komische verhalen te beschikken. 'De laatste avond dat we van de luxe van huis en haard kunnen genieten. Vanaf morgen zwerven we door de vrije natuur. Ik verheug me erop. En wat doet het me een plezier dat jij en mijn kleine Helen Frances binnenkort gaan trouwen. Ik prijs mezelf gelukkig, bijzonder gelukkig.'

'We kunnen maar beter gaan, meneer, als we niet te laat willen zijn voor HF,' zei Tom, die Frank de teugels van zijn paard aangaf. 'Henry zei dat ze kort na het donker op het kruispunt zouden zijn.'

'Ho daar!' riep Frank. 'Ben jij het, lieverdje?'

Samen met Tom stond hij te wachten op een kruispunt, waar een op en neer deinende lantaarn uit de richting van het spoorwegkamp hen langzaam tegemoet kwam. Vaag kon hij het geluid van paarden-hoeven horen. Hij zag dat Tom geruisloos het geweer uit het foe-draal haalde. Het was natuurlijk verstandig van Tom dat hij op zijn hoede was. Tegenwoordig wist je nooit wie je in het donker op je pad kon vinden.

'Ho daar!' riep hij nog een keer. 'Manners! Helen Frances! Zijn jullie het?'

Er kwam geen antwoord, maar er stond een harde wind en mis-schien werd het geluid in de verkeerde richting geblazen.

'Ik weet zeker dat zij het zijn, Tom,' zei hij. 'Wie kan het nou an-ders zijn? Het is anders wel verrekte laat. Ik vraag me af waar ze zijn geweest.'

'Er schijnt een vervallen tempel te zijn op een kilometer of tien ten zuiden van het kamp,' zei Tom.

'O heer,' kreunde Frank. 'Tempels. Kloosters. Je zou nog gaan den-ken dat die Manners boeddhist is, of zo. Manners! Ben jij het?' brul-de hij. 'Helen Frances?'

Nog steeds geen antwoord.

'Ik heb nooit begrepen waarom je het goed vindt dat ze die stom-me tochten maken,' mopperde Frank. 'Mrs. Airton was zo aardig om mijn meisje een baantje in het ziekenhuis aan te bieden, en als Man-ners zo weinig te doen heeft, begrijp ik niet waarom de spoorweg-directie hem hierheen heeft gestuurd. Denk erom, jongeman.' Hij keek opzij naar Tom. 'Bij Babbit & Brenner doen we niet aan halve dagen.'

'Nee meneer.' Tom glimlachte. 'Daar ging ik ook niet van uit.'

'Waarom schieten ze niet een beetje op?' foeterde Frank. 'Luister, ik zal je vertellen wat ik ga doen. Ik ga een lamp aansteken. Het heeft geen enkele zin om te schreeuwen als het zo hard waait. Ik heb er een in mijn tas. Kan ik meteen een slokje whisky nemen.' Met een zware plof sprong hij op de grond.

'Hulp nodig?' vroeg Tom.

'Nee hoor. Ik ben nog niet seniel.'

Tom kon hem horen puffen in het donker. Hij hoorde het rinkelen van glas en het klokken van vloeistof, daarna het geluid van glas op metaal toen Frank de stormlamp in elkaar zette. Zelf keek hij met zijn geweer stevig in de hand naar de deinende lantaarn, die nog ongeveer vierhonderd meter bij hen vandaan was en heel erg langzaam bewoog.

'Ziezo,' zei Frank. 'Daar gaan we.'

Tom knipperde tegen het plotselinge felle licht. Toen hoorde hij Frank een kreet slaken. De lamp viel kletterend op de grond en ging uit. Franks paard steigerde, en zijn eigen paard bokte van schrik. Het kostte hem de grootste moeite om in het zadel te blijven, en in de paniek haalde hij per ongeluk de trekker over. Het geweer ging af met een steekvlam en een knal. Het duurde even voordat hij zijn nerveuze paard weer onder controle had, en boven het snuiven van het dier uit hoorde hij Frank fluisteren: 'Heb je hem gezien?'

Tom fluisterde ook. 'Wie?'

'Die priester,' zei Frank. 'De blinde kerel die Helen Frances zo aan het schrikken heeft gemaakt. Die Boxer-priester, je weet wel, de sinistere gast waar Charlie ons over vertelde. Ik zag hem op de weg zitten.'

'Waar?'

'Daar. Pal voor onze voeten. Geen ogen in zijn kop, en toch keek hij onheilspellend en dreigend. Hij kwam overeind toen ik de lamp aandeed en botste tegen me op. Hij voelde koud en kwabbig toen ik hem beetpakte, en hij glipte als een paling uit mijn vingers. Toen was de lamp al uit, en steigerden de paarden. Ik mag van geluk spreken dat hij geen mes tussen mijn ribben heeft gestoken. Wacht eens even, waar is die stomme stormlamp? Ik steek hem weer aan.'

Na wat gehijg en gepruts brandde de lamp weer. Frank hield hem heel hoog om het licht zo ver mogelijk te laten schijnen, maar de wegen en kale velden waren naar alle kanten leeg.

'Verdomme, hij is ervandoor,' zei Frank. 'Het is toch niet te geloven! Ik ga nog denken dat ik het me heb verbeeld.'

'Weet u zeker dat het geen dier was, meneer? Een wilde kat? Een hert?'

'Nee, nee, het was echt een man. Zo voelde hij ook. Zo ongeveer dan. En ik zal die lege oogkassen nooit vergeten. Luister, Tom, geen woord hierover tegen Helen Frances, hoor je? Wij gaan morgen voor een paar weken op reis en ik wil niet dat ze in de piepzak zit als wij er niet zijn.'

Er klonk hoefgetrappel en Henry Manners en Helen Frances bereikten de kring van licht. Lao Zhao volgde hen op de voet, met zijn muildier en een lantaarn. Manners hield een geweer in de hand, net als Lao Zhao.

'We hoorden een schot.' Manners keek om zich heen, ontspande zich en borg zijn geweer weg. 'Wat gebeurde er?'

'O, niets aan het handje, je weet hoe ik ben,' zei Frank luchtig. 'Altijd even onhandig. Ik wilde de whiskyfles uit mijn zadeltas pakken en stootte tegen het been van mijn paard. Hij steigerde. Van het een kwam het ander. Tom schrok en haalde per ongeluk de trekker over. Is het geen klucht? Joost mag weten hoe we ooit in Tsitsihar moeten komen.'

'Vader, Tom, mankeert jullie iets?' vroeg Helen Frances. Haar hoed zat scheef en haar ogen waren groot van bezorgdheid.

'Niks niemendal, meisje, alles kits. Ja toch, Tom?'

'En bovendien maakten wij ons juist zorgen om jullie. Waar bleven jullie nou?' vroeg Tom, en hij leunde opzij in zijn zadel om zijn verloofde een kusje op haar wang te geven. 'We dachten dat jullie waren verdwaald.'

'We hebben zo'n schitterende tempel gezien. Er was ook een ommuurde grafheuvel... Henry heeft me geholpen, zodat ik naar de top kon klimmen en – '

'Dat klinkt fantastisch, liefste,' zei Tom. 'Bedankt, Henry, zoals altijd. Maar we moeten er nu echt vandoor. Je weet dat het de laatste avond is dat je vader en ik in de stad zijn, HF, en we hebben beloofd om onderweg nog even bij de dokter langs te gaan. Henry, ga jij terug naar het kamp? Je kunt natuurlijk met ons meerijden.'

'Maak je over Lao Zhao en mij maar geen zorgen, beste kerel, wij redden ons wel. Nu Miss Delamere eenmaal veilig is afgeleverd, hebben wij onze plicht gedaan. Je zou echt een keer met ons mee moeten gaan. Je weet niet wat je mist.'

'Misschien als we terug zijn uit Tsitsihar,' zei Tom. 'Ik ben je dankbaar, Henry, dat je zo goed voor haar zorgt.'

'Geen dank,' zei Manners. 'En je hoeft je nergens zorgen over te maken tijdens jullie reis. Je kunt erop vertrouwen dat Lao Zhao en ik er steeds – '

'Bedankt, Henry,' zei Tom, zijn toon een beetje afstandelijk. 'Ik weet dat ze in goede handen is.'

'De beste,' mompelde Manners. 'Ik heb het natuurlijk over Lao Zhao. Hij kent deze streek als zijn broekzak. Elke tempel en elk klooster tot mijlenver in de omtrek.'

'Dus jullie blijven tochten maken als wij weg zijn?' vroeg Frank knorrig. 'Hoeveel van die stomme tempels zijn er hier nog te zien? Hebben jullie er inmiddels niet schoon genoeg van?'

'O papa,' zei Helen Frances geërgerd.

'Er wordt trouwens een leuk weekend georganiseerd in de tijd dat u weg bent, Mr. Delamere,' zei Manners. 'Jammer dat jullie het moeten missen. Het laatste stuk voor de tunnel wordt opgeblazen in de Zwarte Heuvels, en Charlie organiseert een weekend met picknicks. Ik heb begrepen dat de Airtons ook komen.'

'Als de Airtons gaan, vind ik het best,' zei Frank. 'Zij zorgen tijdens onze afwezigheid voor Helen Frances. Ze logeert overigens ook bij hen. Ze chaperonneren haar. Niet dat ik tegenwoordig nog veel vertrouwen heb in chaperons; Tom was haar chaperon op het schip hierheen, en moet je eens zien waar dat op uitgelopen is.'

'Ik hoop dat u niet teleurgesteld bent, meneer,' zei Tom.

'Teleurgesteld is zacht uitgedrukt, Tom. Maar ach, als mijn dochter dan toch met een gorilla moet trouwen, dan had ze een ergere kunnen kiezen.' Moeizaam hees hij zich in het zadel. 'Kom op, jongens, gaan we nou of niet? Tot ziens, Manners. Tot over een maand, of zo. Veel plezier met je tempels. *Om mani padme hom* en de rest. Ik verwacht dat jullie compleet verlicht zijn tegen de tijd dat we terugkomen. Volmaakte boeddha's. Tot ziens.'

'Bedankt voor de fijne dag, Henry.' Helen Frances stak haar hand uit en raakte de flank van zijn paard aan, vlak bij zijn knie.

'Over een paar dagen kom ik je opzoeken bij de Airtons,' zei Manners. 'Goeie reis, Tom. Ik heb gehoord dat er daar in het noorden goed gejaagd kan worden. Maak je geen zorgen om Helen Frances.'

Tom draaide zich om. 'Waarom blijf je zeggen dat ik me geen zorgen hoef te maken over HF, Henry?'

'Tot kijk!' Manners salueerde met zijn rijzweepje. '*Zoule*, Lao

Zhao!' Hij keerde zijn paard en werd vrijwel meteen door de duisternis opgeslokt.

'Hij wil gewoon niet dat je je zorgen maakt als je op reis bent, meer niet,' zei Helen Frances, misschien omdat ze het gevoel had dat iemand de stilte moest verbreken.

'De vraag is, waar zou ik me zorgen over moeten maken?' zei Tom.

'Ik weet niet wat je bedoelt,' zei Helen Frances na een tijdje.

'Ik ook niet,' zei Tom, ook na een stilte. 'Zullen we het maar gewoon vergeten? Vertel me liever wat je vanmiddag allemaal hebt gedaan.'

Toen het groepje was weggereden en Franks lamp niet meer dan een lichtpuntje in de verte was, kwam er in de greppel langs de kant van de weg een figuur overeind. Met zijn blinde ogen staarde hij uitdrukkingsloos in de richting van de wegrijdende buitenlanders, terwijl zijn rechterhand omhoogging naar zijn linkerschouder.

Met benige vingers pookte hij in het gat in zijn huid waar Toms kogel hem had geraakt. Een zacht miauwen kwam uit zijn mond. Na een tijdje had hij de kogel gevonden en langzaam trok hij hem uit de wond. Even liet hij het verwrongen metaal liggen in zijn geopende hand, toen stak hij het achteloos in zijn mond en slikte het door.

Nadat hij zijn bedelnap en staf had opgeraapt, schuifelde hij zonder nog aandacht te besteden aan de wond weg in de richting van Shishan.

Meer dan ooit verheugde Helen Frances zich op de middagen met Manners en Lao Zhao, vooral omdat ze door Mrs. Airton in een keurslijf van goed gedrag werd gedwongen en ze behoefte had aan ontspanning. Na de ellenlange lunches met Nellie en de nonnen verontschuldigde ze zich met het smoesje dat ze moe was en ging ze voor het raam van haar kamer op hem zitten wachten. Haar hart maakte altijd een sprongetje als ze de paarden uit het sparrenbos zag komen en Manners en Lao Zhao tegen de heuvel op reden naar de missiepost. Tegen die tijd had ze zich al in ruiterkleding en laarzen gestoken, en zodra de deurbel rinkelde, kwam ze met blozende wangen de gang in, waar Ah Lee klaarstond om haar hoed en rijzweepje aan te geven.

Henry kwam niet vaak binnen. Meestal stond hij een sigaartje te roken op de veranda, of hij ging bij de kinderen in de tuin op zijn hurken zitten en vouwde dan voorzichtig zijn zakdoek open om hun een krekel of kever te laten zien die hij op zijn rit uit het kamp had gevonden. Vaak haalde hij uit een andere zak nog een zakdoek, met daarin een orchidee of een andere wilde bloem die Helen Frances kon opspelden.

Mrs. Airton was er altijd bij als ze weggingen, al was het alleen maar om haar afkeuring te laten blijken, en ze glimlachte zuur als hij hetzelfde hoffelijke gebaar naar haar maakte. Met haar sterke Schotse accent bedankte ze hem dan voor de 'wee bloom', die ze aan Ah Lee gaf om in een vaasje te zetten. Altijd vroeg ze Henry hoe laat hij Miss Delamere terug zou brengen, met een strenge uitleg over het belang van op tijd eten in een huis met kinderen, en een opmerking over de dienst ervoor, die stipt op tijd moest beginnen en niet overgeslagen mocht worden, al vonden de jonge mensen van tegenwoordig het geloof minder belangrijk dan in haar jonge jaren.

Henry wist haar steevast te ontwapenen met een levendige beschrijving van de tocht die ze gingen maken en de bezienswaardigheden die ze zouden bezoeken, en hij verzekerde haar dat hij Helen Frances, mochten ze helaas te laat terug zijn voor de dienst, op tijd terug zou brengen voor het eten, veilig en wel, met een flinke eetlust na een middag in de buitenlucht, zodat ze de uitstekende kookkunst van Mrs. Airton alle eer zou aandoen.

En dan was ze eindelijk weg, en galoppeerde ze de heuvel af, de wind in haar gezicht, met tranende ogen en wapperende haren, en het hoefgetrappel in haar oren. Henry reed dan lachend naast haar terwijl hij zijn eigen paard en het hare opzweepte om sneller te gaan, wilder, zijn tanden blinkend wit en lachrimpeltjes bij zijn blauwe ogen. Dan riep ze het uit van blijdschap omdat ze vrij was, haar zelfbeheersing kon laten varen, kon genieten van de wilde galop, en schopte ze uitgelaten met haar hielen en zwiepte ze met het zweepje. De twee paarden stormden langs het ziekenhuis naar de sparren, het bos weer uit en de vlakte op, met Lao Zhao die hen in een grote stofwolk grijnzend volgde.

'Zo, waar gaan we vandaag naar toe, mijn blozende, zwetende, ondamesachtige jongedame?' zei Manners op een dag na zo'n wilde galop.

'Een tempel?'

'Sorry, die zijn op. Al blijf ik denkbeeldige tempels verzinnen voor Mrs. Dragonder.'

'Het kan me niet schelen wat we doen, zolang ik maar weg ben bij de Airtons.'

'O, néé! Wat ben je een ondankbaar nest, zo onbeleefd tegen die arme, aardige mensen.'

'De dokter valt wel mee, hij is alleen een beetje saai. De kinderen zijn ondeugende schatten. Ik heb alleen een hekel aan Nellie, en aan die opgewekte nonnen.' Ze giechelde. 'Hemel, die nonnen. Ze zijn zo vreselijk... jolig!' En ze gooide haar hoofd naar achteren en lachte. Een krul die was losgeraakt uit haar hoedje viel over haar wang en oog. Henry stak een hand uit en streek de lok weg, volgde met zijn vingers zacht de lijn van haar wenkbrauw. Geschrokken trok ze haar hoofd weg en haar pupillen werden groot.

'Je haar. Er hing een lok voor je oog,' zei hij.

'Dank je,' mompelde ze. Haar wangen gloeiden en ze vroeg zich af of ze bloosde.

'Ik weet het al,' zei hij na een stilte. 'We gaan gewoon een lange tocht maken. Ik neem je mee naar de rivier. Kom op.'

Toen ze achter hem aan reed dacht ze niet voor het eerst aan de keuzes die ze op een dag misschien zou moeten maken.

Voor Lao Zhao was de kwestie veel eenvoudiger, hoewel hij zijn mening voor zich hield. Niemand vroeg er trouwens naar. Hij was een veehoeder die alles wist van hengsten en merries. Het was hem vanaf het eerste begin duidelijk geweest, al toen ze over de vlaktes naar Shishan trokken, dat Ma Na Si Xiansheng zijn superioriteit en autoriteit over de andere grote Engelsman, Tom, had laten gelden en daarmee het recht had verworven op de roodharige vrouw die eruitzag als een kat. Tijdens die hele reis had ze hem onafgebroken hongerig gevolgd met haar ogen, vooral als hij paardreed. Ze had hem steeds toebehoord, al voordat hij haar openlijk opeiste, tijdens de executies in Fuxin, toen hij achter haar aan was gereden en haar in zijn armen had genomen.

Het enige dat Lao Zhao niet begreep, was waarom ze er sindsdien niets mee hadden gedaan, behalve praten, praten en nog eens praten.

Elke dag dat ze tochten maakten, kon hij zien dat de lichamelijke aantrekkingskracht tussen hen groter werd, en vaak liet hij hen tactvol alleen, zogenaamd om voor de paarden te zorgen of heel lang te slapen, terwijl zij een of andere ruïne bekeken, maar voor zover hij wist, maakten ze nooit gebruik van de momenten dat ze met elkaar alleen waren.

Waarschijnlijk was het een of ander Engels gebruik of een erotisch spelletje. Onthouding verhoogde de hartstocht, dus misschien stelden ze de uiteindelijke liefdesdaad (want elke idioot kon zien dat die er ten slotte onvermijdelijk van zou komen) uit om er extra van te kunnen genieten. Sommige mensen konden dat, had hij weleens gehoord – een hoertje in Mukden had hem eens drie hele dagen lang geplaagd voordat ze hem eindelijk haar lotus had aangeboden, en die was bijzonder geurig geweest na al dat gespannen wachten – maar hij hoopte wel dat ze er niet al te lang meer mee zouden wachten. De winter naderde, en hij had geen zin om buiten in de sneeuw voor een of andere tempel te staan wachten terwijl zij binnen hun tijd stonden te verdoen.

Vandaag was het juist warm en zonnig, met alleen een lichte bries. Een mooie dag, vond Lao Zhao, om te gaan jagen, om te gaan rijden, om aan sport te doen, en wat deden die twee? Praten, alwéér. Als ze in dit tempo doorgingen, kon het weleens lente worden voordat het eindelijk zover was.

Liever in de lente dan in de winter, wat hem betrof. Hij werd goed betaald, hij kreeg goed te eten en het was een makkelijk baantje. Het was boffen om voor een oceaanduivel te werken; ze waren allemaal prettig gestoord en kenden de waarde van geld niet. 'Ta made,' vloekte hij, en hij pulkte een stukje schapenvlees tussen zijn tanden vandaan. Lui gaf hij zijn muildier een klap, en ze draafden achter het tweetal aan over de velden.

'Henry,' zei Helen Frances, voor haar gevoel op een kokette, geaffecteerde manier, 'het irriteert me – je weet hoe dom en nieuwsgierig wij vrouwen nu eenmaal zijn – maar elke keer als ik probeer iets over je aan de weet te komen, doe je het af met een grapje.'

'Onzin. Ik ben een open boek. Overduidelijk verliefd op jou. Een en al bewondering. En jaloers op Tom.'

'Zie je wel, nou doe je het alweer. Geef het toch toe, alles aan je is even raadselachtig. Je hebt me nooit iets over jezelf verteld.'

'Ik doe niet anders dan je elke middag over mezelf vertellen. Ik geef antwoord op al je vragen over het leven in Londen en de beau monde. "Ooo, Henry, vertel nog een keer over dat bal bij lady Dartmouth!" Dat heb je me nu al honderdentien keer gevraagd, of is het honderdenelf?'

'Best, lach me maar uit. Maar het is wel waar, ik weet echt niets over je. Behalve de gewone dingen.'

'Zoals?'

'Dat je geweldig goed paardrijdt. Dat je geestig bent. En knap. En... en...'

'En wat?'

'En aardig voor mij. Lief voor mij.'

'En ben jij ook lief voor mij?' vroeg hij op gekscherende toon.

'Ja,' zei ze. 'Je bent een goede vriend. Je bent Toms vriend.'

'En als Tom niet mijn vriend zou zijn, zou je dan toch lief voor me zijn? Hoe lief zou je voor me zijn als wij Tom geen van beiden hadden gekend?'

'Ik weet zeker dat we vrienden zouden zijn.'

'Niet meer dan vrienden? Kom op, Helen Frances, vertel me eens, als er nou nooit een Tom was geweest, hoe lief zou je dan voor me zijn?'

'Gaan we flirten, Mr. Manners? Hoe lief zou ik voor je moeten zijn?'

'O, ik zou willen dat je heel erg lief voor me was,' zei Henry zacht. Zijn gezicht stond opeens ernstig. 'Maar vertel me eens, verloofde van Tom, je zei dat je meer over me wilde weten. Goed dan. Wat wil je weten?'

'Beloof je dat je je er niet weer met een grapje van afmaakt? Dat je het me echt vertelt?'

'Probeer het maar.'

'Goed.' Haar groene ogen glinsterden uitdagend. 'Waarom ben je weggegaan bij de Horse Guards en bij de genie in India terechtgekomen?'

Henry leek zich te concentreren op het pad dat het gemaaide gierstveld doorkruiste. Een paar magere schapen stonden in een hoek van het veld te grazen, beschenen door schuine zonnestralen. Boven hun hoofden maakten een torenvalk en een ekster luidruchtig ruzie.

'Waarom zeg je niets?' vroeg Helen Frances.

'Ik vraag me af of je het antwoord wel wilt horen.'

'Natuurlijk wil ik dat. Waarom zou ik het niet willen horen? Is de reden soms... beschamend?' Ze giechelde nerveus.

'Ik vind van niet. Anderen vinden van wel. Mijn ouweheer bijvoorbeeld. Daarom heeft hij me onterfd. En de beau monde, de hoge kringen, nou, die hebben zich kostelijk vermaakt, natuurlijk. Ze waren jaloers en hypocriet en ongelofelijk rancuneus. En nu ben ik dus hier.'

'Wat heb je dan gedaan?' Haar stem klonk opeens onzeker.

'Wat ik heb gedaan? Wat een onschuldig vraagje. En gesteld door zo'n onschuldig dametje. Wil Toms allerliefste verloofde echt weten wat ik heb gedaan? Misschien ben ik wel heel erg stout geweest, weet je.'

'Noem me geen "dametje",' snauwde Helen Frances, en ze spoorde haar paard aan en draafde voor hem uit. 'Je hebt het recht niet om me uit te lachen. En Tom ook niet.' Ze draaide zich in het zadel naar hem om. 'Vertel het me gewoon. Vertel me wat je hebt gedaan.'

Henry draafde naar haar toe en hield zijn paard in. Hij leunde opzij, raakte licht haar schouder aan en bracht zijn mond vlak bij haar oor. 'Wil je het echt weten?' fluisterde hij terwijl hij met zijn vinger over haar wang streek. Boos trok ze haar hoofd weg. 'Zal het je prikkelen, vraag ik me af, net als die executies? Goed dan.' Hij lachte cynisch en trok zijn paard bij haar vandaan. 'Ik zal je vertellen waarvan ik ben beschuldigd. Onoorbaar gedrag. Overspel. Verkrachting. Schending van vertrouwen. Is dat wat je wilde horen?'

Aan Helen Frances' geschrokken gezicht was duidelijk te zien dat het wel het laatste was wat ze had willen horen.

'Volgens de beschuldigingen heb ik de vrouw van mijn kolonel – een heuse graaf – met bruut geweld tot overspel gedwongen en later zijn dochter, lady Caroline, onteerd. Schandelijk gedrag, geef maar toe. Je wist niet dat je uit rijden ging met iemand die zich twee keer aan ontucht schuldig heeft gemaakt! Ik ben nog op heterdaad betrapt ook, *in flagrante delicto*... Mijn beste Helen Frances, je bent helemaal rood geworden. Ik hoop dat je bloost van schaamte en niet van iets anders. Het zou nogal onbetamelijk zijn als je van mijn bekentenis genoot.'

Helen Frances slaakte een kreet alsof ze een klap had gehad. Henry draafde naar haar toe en draaide zich naar haar opzij. Ze tilde haar hoofd op en keek hem uitdagend aan, maar ze hield de teugels stevig vast om niet te laten zien dat haar handen trilden.

'Dat is beter,' zei Henry. 'Kijk me aan. Wees maar kwaad. Je hebt het volste recht om kwaad te zijn. Dit had je per slot van rekening niet verwacht. Je goede vriend – o ja, en Toms goede vriend, we mogen Tom niet vergeten, natuurlijk. Ik vraag me trouwens af waar hij nu is. Hij zal wel met bandieten aan het vechten zijn, onze held... Wat jammer nou toch dat goeie ouwe Henry zo door en door slecht blijkt te zijn. Wie had dat nou gedacht?'

'Waarom ben je zo gemeen tegen me?' vroeg ze met een klein maar wel beslist stemmetje.

'Gemeen? Ik dacht dat je mijn raadsels wilde ontsluieren.'

'Hoe kun je deze dingen tegen me zeggen, Henry?' siste ze.

'Je vroeg ernaar.'

'Maar je zegt dat je vreselijke dingen hebt gedaan, en die gemene, spottende toon... zo ben je helemaal niet.'

'O nee? Ken je me dan zo goed?'

'Bruut geweld en verkrachting. Weerzinwekkende dingen. Nee.'

'O, mijn lieve Helen Frances. En ik dacht dat je zo nieuwsgierig was naar mijn verhalen over de hoge kringen. Ik dacht dat je daarom zo graag in mijn gezelschap verkeerde. Ik dacht dat je weg wilde vluchten uit je eigen kleinburgerlijke wereldje.'

'Hou op. Alsjeblieft.'

Ze draafde bij hem vandaan, maar hij kwam lachend achter haar aan.

'Wil je mijn kant van het verhaal dan niet horen? Die is er wel, weet je. Het is begonnen met wat die beste graaf mij heeft aangedaan, en dat was lang voordat ik zijn vrouw verleidde. Hij heeft me beledigd. Hij heeft mijn eer in twijfel getrokken. Mijn blazoen besmet. Wat moest ik doen?'

'Nu maak je me alweer belachelijk!' riep ze uit. Een zwerm mussen vloog op voor de benen van haar paard. 'Waaraan had die man het verdiend dat jij die vreselijke dingen met zijn vrouw en dochter hebt gedaan?'

Henry lachte. 'Beste, lieve Helen Frances, zijn vrouw vond het helemaal niet vreselijk wat ik deed. Integendeel, ze kon er geen genoeg van krijgen. Maar ik had het over het onrecht dat die graaf mij heeft aangedaan. Als je een vrouw van de wereld wilt zijn, Helen Frances, moet je accepteren hoe het eraan toegaat.'

'Wat kan hij nou hebben gedaan dat hij zo'n wraak verdiende?'

'Ik vond hem vervelend,' zei Henry zacht.

'Je vond hem vervelend? Is dat alles?'

'Soms is dat genoeg. Vergeet niet dat ik nog jong was in die tijd. Ik was nieuw bij het regiment, vers van Eton en Sandhurst. Ik was krijgshaftig, hunkerde naar eer en roem. De goede graaf, mijn bevelvoerend officier, beschuldigde me van vals spelen bij het kaarten tijdens mijn eerste diner in de mess. Het is natuurlijk een spelletje dat ze met alle nieuwe officieren spelen. Elk regiment kent een vorm van ontgroening. Breng de groene jonge luitenant in een onmogelijke positie, test zijn karakter, en later kun je er fijn om lachen.

Het probleem was dat ik te veel had gedronken, en... nou, ik vond het gewoon niet grappig. Ik vond het niet leuk dat ik werd vastgehouden op mijn stoel terwijl ze de extra azen uit mijn zakken trokken die ze er zelf in hadden gestopt. Ik was woedend, en dat verhoogde de pret natuurlijk. Om een lang verhaal kort te maken, ik heb mijn vuist in het gezicht van de graaf geplant. En dat vond hij weer niet grappig. Ik kreeg een maand lang straf, en werd min of meer tot gewoon soldaat gedegradeerd.'

'Wat ontzettend gemeen,' zei Helen Frances.

'Vind je?' zei Henry. 'Je kunt niet toelaten dat een luitenant op de vuist gaat met een kolonel. Wat zou er dan worden van het Britse Rijk? Ik had het regiment natuurlijk kunnen verlaten, dat zou een echte gentleman misschien hebben gedaan, maar die voldoening gunde ik hem niet. Ik hield dus mijn mond en accepteerde de straf. Dat leverde me wel respect op van mijn mede-officieren. Geen soldaat zag er zo tot in de puntjes verzorgd uit tijdens het exerceren. Het zou allemaal met een sisser zijn afgelopen, maar ik ben helaas niet iemand die een belediging zomaar vergeet. Niet zo makkelijk.

Toevallig kwam de hertog van Connaught, de erekolonel van ons regiment, ons die maand inspecteren. Grote dag. Veel vertoon. Veel publiek. Onze kolonel, de illustere graaf, reed natuurlijk naast hem. Erg indrukwekkend allemaal. Jammer genoeg begon zijn paard te poepen zodra het de stal verliet en dat ging door tot aan het eind van de plechtigheid. Ik had met zijn voer geknoeid, weet je. Reuze gênant. Hij was natuurlijk de risee van de roddelpers, en Connaught vond het absoluut niet grappig.'

Helen Frances giechelde onwillekeurig. 'En moest je daarom naar de genie?'

'O nee,' zei Henry. 'Ze konden niet bewijzen dat ik iets had gedaan. Maar de kolonel wist het wel. En toen was het oorlog, al zei niemand een woord. Ik zal je niet met de details vervelen. Uiteindelijk zou hij me hebben overgeplaatst, maar ik zorgde ervoor dat hij dat niet kon doen.'

'Hoe dan?'

'Door zijn vrouw te verleiden, schatje.'

'Wát?'

'Nou, hij zou pas echt in zijn hemd hebben gestaan als hij de jaloerse echtgenoot had gespeeld, of niet soms? Eigenlijk kon hij geen kant op.' Henry lachte bitter. 'In dat soort verheven kringen is het niet beschamend om de bedrogen echtgenoot te zijn, maar om te laten merken dat je het erg vindt. Je gelooft het misschien niet, maar voor mij was het bed van zijn vrouw de veiligste plek. *C'est trop drôle, n'est-ce pas?* Het was natuurlijk stom van me om hem te onderschatten. Ik was jong, dat zei ik al. De dochter kwam in mijn oorspronkelijke plan helemaal niet voor, weet je. Enfin, ik werd gestraft voor mijn roekeloosheid. Verbannen uit het vaderland. Ben ik trouwens te eerlijk voor je? Is dit niet wat je wilde horen?'

'Je doet nu heel cynisch, maar zo bitter ben je niet. Dat geloof ik niet. Waarom vertel je me dit allemaal?' Haar lip trilde en haar ogen waren vochtig.

Ze hadden een sloot bereikt die twee velden van elkaar scheidde. Met een heftige beweging spoorde ze haar paard aan. Ze sprong over de sloot en landde op de steile oever aan de overkant, alsof ze afstand wilde nemen van het gesprek.

Peinzend keek Henry haar na voordat hij zelf de sloot overstak, bedreven en beheerst, en achter haar aan kwam. Ze was al enkele honderden meters verder, maar stond nu stil om op hem te wachten.

'Ik had tegen je kunnen liegen,' zei hij toen hij haar had ingehaald. 'Ik had een of ander flauw en romantisch verhaal kunnen verzinnen. Ik had je bijvoorbeeld wijs kunnen maken dat een door en door slecht familielid me mijn erfenis afhandig had gemaakt, dat ik naar de koloniën moest vluchten omdat mijn schuldeisers me op de hielen zaten, en dat ik van plan was om terug te keren en mijn landgoed op te eisen... Is dat niet wat er gebeurt met jonge helden in nette romannetjes? Maar zo is het leven niet. En jij bent niet iemand om dat soort verhalen voor zoete koek te slikken, Helen Frances. Diep in je hart lijk je op mij, al weet je het zelf nog niet. Je bent niet sentimenteel. Je ziet de dingen zoals ze zijn. En je bent gulzig. Ook net als ik. Je hunkert naar ervaringen.'

Helen Frances schudde haar hoofd, maar ze bewoog zich niet. Het was alsof haar paard en zij waren gehypnotiseerd door wat hij zei.

'Ik heb zijn vrouw wel degelijk verleid, maar ik was echt niet de eerste die van de verboden vrucht proefde. Heel wat van mijn collega-officieren waren me al voorgegaan, en ik durf te wedden dat ze knappe korporaals ook niet versmaadde. Je hebt echt geen flauw idee hoe dat soort aristocratische dames zijn, hè? Er gaat niets boven een discrete affaire met een jongere man om de verwelkte roos weer tot bloei te brengen – niet dat ze verwelkt was, op haar eigen manier was ze prachtig – alleen was ik niet discreet. Expres niet. Ik wilde dat haar man en de rest van Mayfair het zouden weten. Ik moest het hem betaald zetten. En iedereen vond me geweldig, in elk geval in de dure clubs, en die ouwe geit, meneer de graaf, kon er helemaal niets aan doen.

Want weet je, Helen Frances, zondigen, zoals jij het waarschijnlijk nog steeds noemt, is wat heren en getrouwde dames met elkaar doen als ze de kans krijgen. We wisselen van slaapkamer tijdens logeerpartijen zoals je van boot wisselt op de rivier, en dan ga je de volgende ochtend breed grijnzend jagen met de bedrogen echtgenoot. Zo gaat het als je erbij wilt horen.'

'En de dochter?' vroeg ze schril. 'Je zei dat je zijn dochter hebt onteerd. Is dat zo?'

Henry keek alsof hij opnieuw een spottend verhaal wilde houden, maar slaakte toen een diepe zucht. 'Nee, Helen Frances,' zei hij, ditmaal zonder enige ironie, 'ik heb niemand onteerd. Het was eerder andersom. Caroline heeft mij verslonden, met huid en haar. Ik heb nooit van mijn leven zo'n mooi en zo'n doortrapt schepsel gekend. Het was in Leylands, en ze betrapte me op een zomerochtend toen ik uit de slaapkamer van haar moeder kwam. Het eerste daglicht scheen door de gordijnen, vogels zongen, en zij stond in haar nachtjapon in de gang, glimlachend als een ondeugend engeltje. Vanaf dat moment was ik verkocht, en ze wist het. Ze glimlachte veelzeggend naar me en glipte haar kamer weer binnen. Ze liet de deur op een kier staan en ik ging haar achterna.'

Lao Zhao had zijn muildier op flinke afstand tot staan gebracht en keek nieuwsgierig naar de twee bewegingloze ruiters die stokstijf in het zadel zaten, zonder te merken dat hun paarden graasden van de stoppels, en praatten, praatten, praatten, zoals gewoonlijk. Maar deze keer waren ze wel erg serieus. Hij had zijn meester nog nooit zo gespannen gezien, noch de vrouw zo bleek en geboeid door zijn woorden.

'Ze had het natuurlijk allemaal van te voren beraamd,' zei Henry na een lange, weemoedige stilte. 'Ze was al zwanger, hoewel je dat nooit zou hebben vermoed. Ze had het lichaam van een elfje, een taille die je met een hand kon omsluiten. Later negeerde ze me tijdens het ontbijt – o, wat was ze hooghartig – en dat wakkerde mijn gevoelens alleen maar aan.

Die week leefde ik alleen maar voor de vroege ochtenden, als ik met haar alleen kon zijn. Overdag droomde ik van haar haren, haar ogen, haar aanraking, haar geur. Zelfs als ik in bed lag met haar moeder dacht ik aan haar. Ja, ze wilde dat ik doorging met de verhouding met haar moeder, ik neem aan omdat ze het grappig vond. Elke ochtend was ik als de dood dat haar deur dicht zou zijn, en mijn hart zong als ik de deurknop omdraaide, als ik haar naar me zag glimlachen, haar kastanjebruine haar uitgespreid over het kussen, als ze haar slanke, blanke armen naar me uitstrekte, terwijl buiten de vogels floten...'

'Je praat alsof je verliefd was.'

'Dat was ik ook. Het hoorde bij haar plan.'

'Ik begrijp je niet.'

'Op de vijfde ochtend wachtte ze totdat ik naar mijn kleren liep, die op een stoel naast het bed lagen. Ik wilde me aankleden en even stilletjes haar kamer uitglippen als ik binnen was gekomen. En toen begon ze te gillen. Heel hoog, heel hard, heel lang, als een gewond dier. Ik zal dat geluid nooit vergeten. Vreselijk. Stomverbaasd stond ik naar haar te kijken terwijl ze zichzelf op haar borsten en dijen krabde en met haar hoofd tegen de bedstijl bonkte totdat ze blauwe plekken had.

Haar vader kwam binnenstormen in zijn pyjama, zwaaiend met een wandelstok. Die had hij duidelijk van tevoren klaargezet. Het zal hem wel voldoening hebben geschonken dat hij me in elkaar kon slaan voordat de andere gasten eraan kwamen, wakker geworden van het kabaal. Iedereen zag natuurlijk in één oogopslag wat er was gebeurd; vader en dochter hadden alles zorgvuldig voorbereid. Het onteerde meisje snikkend tussen de gekreukelde lakens, de verkrachter op heterdaad betrapt.

Er was geen schandaal. Ik kreeg het aanbod om met haar te trouwen. Kennelijk vonden ze mijn achternaam goed genoeg, en ze hadden natuurlijk liever geen onwettig kind in de familie. Uiteraard kreeg ik te horen dat ik nooit met Caroline in hetzelfde huis zou mogen wonen, en dat we van elkaar moesten scheiden zodra het fatsoenshalve mogelijk was. Ik was te trots om me op die manier te laten gebruiken en weigerde.

Vervolgens werd ik ontslagen, maar zonder dat er ruchtbaarheid aan werd gegeven. Ik viel in ongenade zoals dat alleen in Engeland kan, zonder dat het leven in de hoge kringen erdoor werd verstoord, maar iedereen wist het, en elke deur bleef voor mij gesloten. Ik had het geluk dat mijn vader me aan een betrekking bij de genie kon helpen, maar sommige mensen vonden India nog niet ver genoeg voor iemand zoals ik. Weet je nog dat ik je over de feestjes van de onderkoning in Simla vertelde? Nou, daar was ik lang niet zo welkom als ik je heb wijsgemaakt. Mijn reputatie vergezelde me overal en altijd. Ach, ik mag niet klagen. Ze hebben me tenminste niet van mijn vrijheid beroofd. Ik was per slot van rekening een verkrachter, en dat is levenslang of de strop als je voor een rechter komt.'

Henry zweeg even en klakte met zijn tong. Zijn paard begon weer te lopen, en Helen Frances volgde hem.

'Wat is er van de baby geworden?' vroeg ze zacht.

'Caroline verdween naar een of ander kuuroord en na de bevalling is het kind naar een weeshuis gegaan. Geen smet op haar reputatie. Niet dat er veel mensen waren die er iets van wisten, maar de weinigen die het wel wisten beschouwden haar als het zielige slachtoffer van een rokkenjager die eerder ook haar moeder had verleid. Iedereen was een en al begrip voor haar en uiteindelijk werd ze uitgehuwelijkt aan een oude edelman.

Er is een hele schijnvertoning opgevoerd om de echte vader te beschermen, en je bent vast benieuwd wie dat was. Ik weet het niet zeker, maar Caroline had het grootste deel van dat seizoen op Kensington Palace en Windsor doorgebracht, en Bertie was in die tijd erg wellustig. Iedereen weet dat hij er maîtresses op na houdt en sommige mensen weten dat hij een paar onwettige kinderen heeft. Dat is ook niet erg, want zijn liefjes zijn altijd actrices of revuemeisjes die er niet toe doen, of getrouwde vrouwen met toegeeflijke, ambitieuze echtgenoten. Een onecht kind van de jonge, ongetrouwde dochter van een graaf zou iets heel anders zijn geweest. Onze aristocratische jongedames horen maagd te blijven totdat ze voor het altaar staan, zoals je weet, al komt dat bijna nooit voor.

Begin je de mores van de zogenaamde crème de la crème een beetje te begrijpen? Speel het spel volgens de regels en je kunt je naar hartenlust te buiten gaan, de beau monde zal je er alleen maar om bewonderen. Hou je je niet aan de regels, dan word je voor eeuwig vervloekt.

Het is meneer de graaf voor de wind gegaan. Een eervolle vermelding aan het eind van het jaar, en in de lente van het jaar daarop werd hij tot generaal-majoor gepromoveerd. Zijn beloning voor het prostitueren van zijn dochter en het keurig wegwerken van de schandvlek. Zijn vrouw heeft ongetwijfeld een nieuwe minnaar gevonden om haar te troosten. En ik durf te beweren dat de eigenzinnige dochter, nu haar kostbare reputatie is gered, haar heil zoekt bij de huzaren in Londen, naar het voorbeeld van haar moeder. Ondertussen ben ik naar de koloniën verbannen. Waarom? Omdat ik indiscreet ben geweest. Ik had niet over de moeder moeten opscheppen in de clubs. Dat was onfatsoenlijk, vragen om moeilijkheden.

Nou, dat is het hele verhaal, Helen Frances. Stichtelijk, hè? Je vroeg ernaar. Ik heb antwoord gegeven. Misschien zou ik me moeten schamen voor mijn jeugdige onbezonnenheid, maar dat is niet zo. Natuurlijk zou ik het wel begrijpen als je nooit meer iets met me te maken wil hebben. Wil je dat ik je nu naar huis breng?'

'Nee, maar ik ben wel in de war.' Langzaam schudde ze haar hoofd. 'Je bent geen slecht mens. Dat weet ik. En ik kan mezelf er niet toe brengen om je te haten. Ik vind het wel heel erg dat je het me hebt verteld.'

'Je vroeg er toch naar.'

'Dat weet ik wel. Maar... je praat erover alsof je het... de gewoonste zaak van de wereld vindt. Hoe kan dat nou?'

'O,' zei hij glimlachend, 'dus jij vindt dat ik me moet schamen? Ik moet berouw hebben omdat ik met meerdere vrouwen heb geslapen zonder dat ik met ze getrouwd was? Of omdat ik het jou niet had verteld? Tegen je heb gelogen? Maar ik vind het helemaal niet onnatuurlijk of beschamend dat een man en een vrouw van de liefdesdaad willen genieten,' zei Henry zacht. 'Daar zijn jonge lichamen op gebouwd. Het is de samenleving die ons schuldgevoelens wil aanpraten. Dáár zit het probleem. Of het nou de bekrompen burgerlijke moraal is of de hypocrisie van de hoge kringen, de meest natuurlijke daad van de wereld wordt een misdaad. In het Oosten doen ze niet aan dat soort onzin. Er is slechtheid in de wereld, uiteraard. Slechtheid die anderen kwetst, maar er is niets slecht aan de liefde tussen een man en een vrouw, en de daad die daar de vervulling van is.'

'Binnen het huwelijk,' zei Helen Frances, starend naar de manen van haar paard.

'Binnen het huwelijk of erbuiten,' zei Henry. 'Liefde is liefde. Je zoekt het waar je kunt.'

'Ik hou van Tom.' Smekend keek ze hem aan.

'Dat zeg je, ja. Je houdt van Tom. Hoeveel hou je van hem? Heb je met hem geslapen?'

'Wat?'

'Ik vroeg of je met hem hebt geslapen. Je houdt toch van hem?'

'Hoe kun je me dat vragen? Je weet heel goed dat het niet zo is. Hoe dúrf je?'

Henry bleef haar strak aankijken. Uiteindelijk haalde hij zijn schouders op. 'Ik ga naar de rivier, en ik ga zwemmen. Ik heb het warm.'

'Hoe durf je me zoiets te vragen?' riep ze uit. 'Wat ben je eigenlijk voor een man? Waar zie je me voor aan?'

'Ga je nog mee?' Hij speelde met zijn teugels.

'Je bent walgelijk,' tierde ze. 'Een monster.'

'Kom op.' Hij gaf zijn paard de sporen en reed naar de bomen langs de oever van de rivier, wetend dat ze zou volgen.

Ze reed achter hem aan naar de rivier, haar gedachten en gevoelens verward door het vreselijke verhaal dat hij haar had verteld. Onder het rijden werd ze zich ervan bewust dat ze niet alleen afschuw voelde, maar ook, haast in weerwil van zichzelf, sympathie. Ze had zich gekwetst gevoeld door zijn wreedheid en sarcasme, zijn kille houding, en de schokkende bekentenis over zijn losbandigheid, hoewel ze intuïtief aanvoelde dat hij met zijn houding diepe wonden maskeerde.

Opeens herinnerde ze zich de heftige tinteling die door haar heen was gegaan toen hij haar wang had aangeraakt, en een eerder beeld van hem, dat ze al wekenlang onderdrukte, kwam weer boven: de panter met zijn prooi. Er ging een niet onplezierige huivering door haar heen, en dat was op zichzelf alarmerend, want ze wist dat ze zich juist door zijn vrije geest, zijn bevrijding uit het maatschappelijke keurslijf, tot hem aangetrokken voelde. Kijkend naar de man die voor haar uit reed, vroeg ze zich met een plotseling gevoel van angst af waar hij haar naartoe zou leiden.

Hij had zijn paard vastgemaakt aan een boom waarvan de takken over de zanderige oever van de rivier hingen. Hij knoopte net zijn jasje open toen hij naar haar opkeek. Achter hem stroomde het water in diepe poelen tussen eilandjes van riet, die de andere oever aan het oog onttrokken. Met opzet of per ongeluk, in elk geval hadden ze een besloten plekje gevonden waar ze onzichtbaar zouden zijn voor nieuwsgierige ogen.

'Je kunt kiezen,' zei hij. 'Lao Zhao en ik gaan hier zwemmen. Je kunt kijken, je kunt meegaan of je kunt je ogen afwenden. Je kunt damesachtig en kuis zijn als je wil, maar als ik jou was zou ik meegaan, want het is warm weer en het water is net koud genoeg om je lekker op te frissen.'

'Hoe kan ik nou gaan zwemmen?' hoorde ze zichzelf zeggen. 'Ik heb geen badpak bij me.'

'We zijn allemaal met een badpak geboren.' Hij had zijn laarzen en sokken uitgetrokken en stond nu in zijn overhemd en broek voor haar, bezig de knoopjes van zijn hemd open te maken.

Lao Zhao, die meer schaamte voelde maar minder had om uit te trekken, was achter een struik gaan staan. Ze hoorde een plons en een kreet, en zag zijn lachende hoofd boven het stromende water opduiken. Onder het water ving ze een glimp van bruine ledematen op, waaruit ze opmaakte dat hij naakt was. Hij riep iets in het Chinees, duidelijk genietend van zijn duik.

'Je draagt toch een onderjurk onder al die rokken? Wat is dan het probleem? Doe het net zoals Lao Zhao en kruip achter een struik. We zullen niet gluren.'

Inmiddels droeg hij alleen nog zijn hemd en lange onderbroek. Ze kon haar ogen niet van hem afhouden. Ze zag de spieren in zijn armen en benen opbollen onder de strakke katoen en de zwarte borstharen in de halsopening van het hemd.

Half omgedraaid, klaar om in het water te springen, keek hij haar lachend aan. 'Heb je me niet gehoord?' zei hij. 'Je bent misschien mooier dan de meeste andere vrouwen, maar je hebt niets wat Lao Zhao en ik niet al eens eerder hebben gezien.'

Toen rende hij lachend door het zand en sprong hij in het water, om met een plons naast Lao Zhao te belanden. Met wangen die gloeiden van boosheid en schaamte keek ze naar de twee hoofden boven het water. De twee mannen negeerden haar, dolden en ravotten met elkaar, joelend en roepend in een taal waar ze niets van verstond.

'Kom nou, Helen Frances,' hoorde ze hem roepen. 'Het is heerlijk in het water. Je hoeft echt niet te doen alsof je een ruiterstandbeeld bent. Spring van je paard en kom lekker zwemmen.'

Het was voornamelijk uit boosheid dat ze het deed. Misschien was dat wel zijn bedoeling geweest, misschien had hij haar expres zo geplaagd. Ze verschool zich niet achter een struik maar trok op het strandje haar kleren uit en staarde hooghartig voor zich uit toen ze in haar onderjurk het water in liep. Haar voet bleef haken achter een steen en het volgende moment ging ze kopje-onder in het koude water. Snakkend naar adem kwam ze weer boven, en ze zag Henry's hoofd naast haar.

'Het is ijskoud,' hakkelde ze klappertandend.

'Je krijgt het zo weer warm en straks gloei je er helemaal van.' Bewonderend keek hij haar aan. 'Ik moet zeggen dat je vol verrassingen zit, Helen Frances. Ik vind je echt heel erg dapper. Weet je, ik heb nooit – ' Maar hij kon zijn zin niet afmaken, want Helen Frances spatte een grote plens water in zijn gezicht.

Later zwommen ze lachend naar de kant, en Henry trok haar uit het water. Lao Zhao zwom weg naar zijn struik. Pas toen ze op de oever stond besefte ze hoe onfatsoenlijk ze eruitzag, en ze vroeg zich af of de stof die koud en nat aan haar huid plakte net zo doorschijnend was als Henry's ondergoed. Ze wendde haar blik af van de donkere bobbel op zijn onderlichaam en probeerde haar borsten en kruis met haar handen te bedekken, maar Henry keek nauwelijks naar haar.

'Wacht,' zei hij, 'dan geef ik je een handdoek. Ik had er voor de zekerheid een paar in mijn zadeltas gedaan. Hier. Vangen.' Ook terwijl ze zich afdroogde en aankleedde, probeerde hij niet één keer naar haar te kijken.

Genietend zat ze op de oever. Haar huid tintelde. Ze voelde zich fris, energiek en bruisend. Haar oren, borsten en dijen gloeiden, en haar bloed leek sneller te stromen. Ze voelde dat hij naar haar toe liep toen ze haar tweede laars aantrok. In gedachten verzonken bleef hij voor haar staan.

'O, Henry,' zei ze. 'Dat was lekker.'

'Jij bent lekker,' zei hij, en hij kuste haar vol op haar lippen.

Ze voelde het kriebelen van zijn snor tegen haar neus, toen de zachtheid van zijn mond, het bewegen van zijn tong tegen haar tanden, en zijn armen om haar lichaam toen hij haar dicht tegen zich aan trok. Smachtend van verlangen ontspande ze zich tegen de ruwe tweed van zijn jasje. Ze sloot haar ogen en gaf zich over aan zijn kracht en de warmte van zijn mond.

'Het wordt tijd om je naar huis te brengen,' zei hij toen hij haar na een hele tijd losliet. 'Lao Zhao is de paarden gaan halen.'

De volgende vrijdag gingen de Airtons en Helen Frances al vroeg op weg naar het spoorwegkamp. De dokter en Helen Frances gingen te paard, en Nellie, zuster Elena en de kinderen zaten in een ezelkar die speciaal voor de gelegenheid was geleend. Zuster Caterina moest tot haar teleurstelling achterblijven om de missiepost te beheren. Charlie Zhang wachtte hen op in het kamp en zou hun gids zijn naar de plek in de Zwarte Heuvels waar de tunnel zou komen. Herr Fischer en Henry Manners waren al vooruitgegaan om toe te zien op het opzetten van de tenten waar het gezelschap twee nachten zou slapen. De plechtige opening van de tunnel zou later die dag plaatsvinden, en de dag erna zou iedereen kunnen genieten van de uitgebreide en feestelijke picknick die Herr Fischer en Charlie Zhang hadden georganiseerd.

Het was een avontuur voor de kinderen en een bijzonder uitje voor zuster Elena, die zelden de kans kreeg om weg te gaan uit Shishan, en de kou tijdens de rit werd verdreven door vrolijke liedjes en opgewonden gesprekken. De stemming bleef even opgewekt toen het vertrouwde platte landschap plaatsmaakte voor de donkere naaldbomen en rotsformaties aan de voet van de Zwarte Heuvels.

De nieuwe spoorlijn liep parallel aan het pad dat ze nu volgden, door een vallei met een rivier, en al snel waren ze gewend aan het bulderen van het schuimende water dat links van hen over de stenen kolkte. De naaldbomen werden talrijker en groter. Boven hun hoofden konden ze tussen de laaghangende wolken door af en toe de ruige toppen van de heuvels zien. De kou begon door hun kleren heen te bijten. Nog maar een paar dagen geleden hadden de inwoners van Shishan kunnen genieten van een ongewoon warme herfstdag, maar inmiddels had de winter zijn intrede gedaan. Zonder de blije kinderstemmen zou Helen Frances het landschap dreigend en somber hebben gevonden. Ze herinnerde zich de sinistere tocht door de Zwarte Heuvels van de heenreis naar Shishan als de dag van gisteren.

Het pad ging omlaag en de hoge bomen aan weerszijden vormden een baldakijn boven hun hoofden, als het gewelf van een gotische kathedraal of een grot met stalactieten. Met luid geraas en gekras vloog een grote vogel weg van zijn stek en klapwiekte de duisternis in.

Even later kwamen ze uit het donkere bos terug in het daglicht. Voor hen doemde een hoge klip op, met mistflarden rond de top.

Een smalle waterval klaterde omlaag door de spleten en geulen in de rotswand en vormde een diepe poel aan de voet van de klip. De poel lag in de schaduw van de klip en het zwarte water werd maar zelden door de zon beschenen, zodat een laag mos de randen bedekte. Daar, op een grauwe weide, had Herr Fischer de tenten laten opzetten.

Niet ver van de tenten waren rotsblokken opgestapeld tegen de rotswand, naast het begin van de tunnel. Charlie had hun verteld dat de staven dynamiet al op hun plaats lagen, en door het aansteken van een lont zou de springstof een gat blazen dat de tunnel aan deze kant van de berg zou verbinden met die aan de kant van de vlakte. Glimmend van trots vertelde hij welke problemen ze hadden overwonnen. Het was een idee van hemzelf en Herr Fischer geweest om dit gat door de bergen te maken. Het was zwaar werk geweest dat veel geld had gekost, maar het scheelde bijna honderd kilometer in de afstand en het had de werkzaamheden zeker met een halfjaar bekort. Herr Fischer had Charlie de eervolle taak beloofd om de lont aan de steken.

'Wees maar niet bang, Miss Delamere,' had hij haar verzekerd. 'Het is volstrekt niet gevaarlijk. De explosie vindt diep in het hart van de berg plaats, waar de twee tunnels samenkomen. Er zal alleen een doffe knal te horen zijn, en als we aan deze kant stof en rook uit de tunnel zien komen, drinken we allemaal champagne!'

Toen het eenmaal zover was, hoorde niemand de explosie. Een zware regenbui roffelde als artillerievuur op het baldakijn waar de kletsnatte gasten onder schuilden. De stortbui had het gezelschap overvallen tijdens de wandeling van de tenten naar de rotswand, en niemand had eraan gedacht om een paraplu mee te nemen. Charlie trok zich niets van de regen aan en drukte de plunjer met flamboyant enthousiasme omlaag, buigend en stralend in zijn kletsnatte gewaad, maar het was niet duidelijk of het waas voor de ingang van de tunnel rook was of een regengordijn. Herr Fischer nam desalniettemin het initiatief om de tunnel voor geopend te verklaren, en de knal van de champagnekurk was in elk geval wel hoorbaar.

Nellie maakte zich zorgen over de kinderen, die tot haar ergernis waren weggerend om in de regen een dansje te maken met een uitgelaten Charlie, maar de dokter en zuster Elena klonken met iedereen en zongen 'For He's a Jolly Good Fellow'.

Helen Frances had alleen maar oog voor Henry, die tegen een tentpaal leunde met zijn glas en spottend naar de feestvierders keek. Hij draaide zich opzij en glimlachte naar haar, en ze voelde vlinders in haar buik en een hete blos die naar haar wangen steeg. Het was de eerste keer dat ze elkaar weer zagen na hun uitstapje naar de rivier, vier dagen en een eeuwigheid geleden.

Sindsdien had ze zichzelf meerdere keren verteld dat ze Henry nooit meer wilde zien, en soms geloofde ze het zelf. Dan pakte ze de foto van Tom die ze door een fotograaf op het lijnschip had laten maken nadat hij een spelletje ringwerpen had gespeeld op het dek. Hij zag eruit zoals ze hem het liefst zag: in zijn crickettrui en linnen broek, zijn haar in de war en zijn gezicht nog blozend van inspanning.

Wanhopig probeerde ze dan tedere gevoelens voor hem op te roepen, en af en toe lukte dat ook. Dan slaakte ze een diepe zucht van verlichting en glimlachte ze bij zichzelf, denkend aan de vele gelukkige momenten die ze met elkaar hadden beleefd, hun tochten door de vreemde en opwindende havenplaatsen onderweg, zijn grappen en verhalen, zijn vertederende verlegenheid. Deze nostalgie duurde nooit langer dan ze ervoor nodig had om weer aan Henry te denken, aan de rit en alles wat er die middag was gebeurd.

Nu ze hem onder dat natte tentdoek zag staan, temidden van de vrolijke familie Airton en Charlie en Herr Fischer, herleefde ze wat ze had gevoeld toen hij haar kuste. Alles en iedereen vervaagde om hem heen. Alleen hij stond daar, levendig tot in de kleinste details, en ze had het gevoel dat hij haar aanraakte, ondanks de afstand die hen van elkaar scheidde. Nonchalant slenterde hij naar haar toe, en hij leek haar te hypnotiseren met zijn nabijheid, zodat ze geen vin meer kon verroeren.

'Morgen,' mompelde hij toen hij langs haar liep. 'Morgen maken we een tocht. Morgen. Na de picknick.'

'Morgen na de picknick,' fluisterde ze, alsof ze antwoord gaf in de kerk. Terwijl ze de woorden uitsprak, wist ze dat ze nu niet meer terug kon.

Het gevoel dat hij naast haar stond bleef ook nadat hij bij haar weg was gelopen, de hele avond lang: tijdens het eten rond het kampvuur, toen zijn gezicht oplichtte in de dansende vlammen, die nacht in haar rusteloze dromen, en de hele volgende ochtend toen het haar op de een of andere manier lukte om met de kinderen te spelen en zelfs een tijdje met dokter Airton te converseren.

Het was alsof er uit haar binnenste een poppenspeler te voorschijn was gekomen die haar nu onafhankelijk van haar ware zelf bespeelde, haar liet lachen en praten en grapjes maken, haar met andere mensen liet omgaan, terwijl ze in feite met heel haar wezen gericht was op Henry, die aan de andere kant van het veld op een klapstoel voor zijn tent een boek zat te lezen.

Ze wilde dat hij naar haar zou kijken, ze was jaloers op de beduimelde vertaling van Vergilius die hem zo boeide. Het liefst was ze een bladzijde geweest die door zijn slanke vingers werd omgeslagen. 'Morgen, na de picknick.' Zijn woorden bleven door haar hoofd spoken. Ze echoden, klonken sneller en luider, een opzwepende koorzang voor de muzikale symfonie van de waterval, die op zichzelf de begeleiding vormde van het pulseren van haar bloed en de opwinding die door haar aderen stroomde. Toch leek de tijd stil te staan.

Het was de afstandelijke marionet die tijdens de picknick vrolijke gesprekken voerde met Herr Fischer en Charlie. Ze had nauwelijks oog voor de spectaculaire plek die Charlie had gekozen, hoog op een rots boven de waterval, met de toppen van de Zwarte Heuvels boven hen en het tapijt van het woud in de diepte. Evenmin had ze waardering voor de inspanningen van de bedienden, die de plaids en pannen en picknickmanden vol eten langs de steile helling naar boven hadden gezeuld, gevolgd door de gasten.

Het enige waar ze oog voor had, was Henry. Hij lag op zijn zij tegen een steen, maakte grapjes met George en Jenny, complimenteerde zuster Elena totdat ze ervan bloosde en zelfs Nellie smolt voor zijn charme. Helen Frances telde de momenten totdat ze met elkaar alleen konden zijn.

Later kon ze zich niet meer precies herinneren hoe Henry het had klaargespeeld om zich te onttrekken aan de activiteiten die Charlie voor de middag op het programma had staan. Opeens werd ze zich bewust van het vertrouwde gevoel van in het zadel zitten, Henry's brede rug voor haar, het hoefgetrappel van Lao Zhao's muildier achter haar en een verrukkelijk gevoel van vrijheid en opwinding over wat komen ging.

'We zouden weleens slecht weer kunnen krijgen,' hoorde ze de dokter zeggen toen ze wegreden. 'Ga niet te ver.'

Toen draafden de paarden omlaag over een smal ruiterpad en slokte het halfduister van het woud hen op. Ze meende een eekhoorn te zien verdwijnen over een boomtak, maar verder waren er geen tekenen van vogels of andere dieren. Het was een vochtige, stille wereld; zelfs het geluid van de paardenhoeven werd gedempt door de natte bladeren op de bosgrond. Af en toe streek de tak van een naaldboom langs haar gezicht en voelde ze ijzige druppels in haar nek, en dan huiverde ze onwillekeurig. Henry reed zwijgend voor haar. Hij maakte een gespannen en afwezige indruk, maar hij draaide zich met een brede glimlach naar haar om toen ze nerveus vroeg waar ze heen gingen.

'Het schijnt dat we zo uit dit bos komen. Er is daar een klip, zodat we uit kunnen kijken over de omgeving,' zei hij. 'Daarna volgen we een overwoekerd kronkelpad omhoog, waar een nieuw bos begint. Er schijnt daar ergens een taoïstische tempel te zijn.'

'Ik wil niet naar een tempel. Ik wil gewoon met jou samen zijn,' zei ze.

'En ik met jou,' mompelde hij.

'Je hebt me de hele ochtend genegeerd,' zei ze. 'Je was helemaal verdiept in dat boek.'

'Ik was naar iets op zoek, een passage die ik ooit op school heb geleerd. *Et vera incessu patuit dea.* "Door haar tred bleek dat zij een ware godin was." Ik meende me te herinneren dat dit betrekking had op Dido, maar het was Venus. Toen ik je gisteravond in de regen zag, moest ik denken aan onze middag bij de rivier en kwamen die woorden opeens bij me op. Zo zag je eruit.'

'O, Henry, hoe moet dit nou? Hoe heeft dit ooit kunnen gebeuren?'

Hij keek omhoog naar het bladerdak en spitste zijn oren. De boomtoppen begonnen te ritselen en te zwiepen in de aanwakkerende wind. 'Ik denk dat we om te beginnen naar een schuilplaats moeten zoeken,' zei hij. 'Zie je niet hoe donker het wordt? Het lijkt wel nacht hier. Ik denk dat we onweer krijgen. Laten we zorgen dat we uit dit bos zijn voordat de bliksem... Die tempel kan niet ver meer zijn. Kom op.'

Hij spoorde zijn paard aan om hun tempo op te drijven, maar soms was het door het dichte gebladerte moeilijk te zien welk van de smalle paden ze moesten nemen, en af en toe bleven Henry en Lao Zhao staan om te bespreken welke vork ze zouden nemen. Al een tijdje hoorden ze de donder rommelen in de verte, en opeens klonk er een kletterend geluid. Grote regendruppels, maar niet al te veel, spetterden op de takken en de bosgrond.

'Het is al te laat, ben ik bang,' zei Henry. 'Kom op, volgens mij moeten we die kant op. Als we omhoog blijven gaan, moeten we op een gegeven moment uit dit bos komen. Volg me, zo snel als je kunt.'

Een meter of honderd reden ze in korte galop. De regen striemde omlaag vanuit de duisternis, prikte tegen haar wangen, en ze moest zich volledig concentreren om het achterste van Henry's paard niet uit het oog te verliezen. Handig manoeuvreerde hij tussen de boomstammen door, maar niets wees erop dat ze de rand van het bos naderden. Henry moest zelfs langzamer gaan rijden omdat de naaldbomen zo dicht op elkaar stonden.

De regen roffelde en klaterde nu overal om hen heen, zodat ze in combinatie met de duisternis haast geen hand voor ogen meer konden zien. Helen Frances begon het gewicht van het water te voelen op haar cape van stevige tweed en wist dat het niet lang meer zou duren of de dikke stof zou water door gaan laten. De donder kwam dichterbij, waardoor het drukkende, claustrofobische gevoel werd versterkt.

Henry schreeuwde iets, maar ze kon hem nauwelijks verstaan met alle kabaal om hen heen. 'We zijn verdwaald,' ving ze op. 'Enige hoop... omhoog blijven gaan... Te ver om terug te gaan.'

Ze draaide zich om en zag dat Lao Zhao nog steeds achter haar reed. Ze kon zijn gezicht nauwelijks onderscheiden in de duisternis, maar ze voelde dat hij naar haar glimlachte, haar aanmoedigde.

Op dat moment lichtte het bos op in een fel wit licht, en in het aardedonker dat er onmiddellijk op volgde, dreunde de donder vlak boven hun hoofden. Helen Frances' paard hinnikte en bokte. Nog een lichtflits, en ze zag Henry gebaren en wijzen, zijn gezicht vertrokken tot een grimas terwijl hij zich temidden van het natuurgeweld vergeefs verstaanbaar probeerde te maken. Ze spoorde haar bange paard aan, en even later kwamen ze uit het bos. Het leek wel alsof ze in een zwart niets terecht waren gekomen. Een huilende wind beukte op haar en haar paard in. Ze voelde dat een sterke hand de teugels van haar overnam, en Henry's stem schreeuwde in haar oor: 'Blijf in het midden, het midden. Koers op de klip voor ons. Voorzichtig. Er is aan allebei de kanten een afgrond.'

De wereld explodeerde in een oogverblindend wit, en gedurende een tijdloos moment had Helen Frances het gevoel dat ze vloog. Onder haar strekten zich de witte boomtoppen uit, en in de verte, aan de andere kant van een vlakte, lichtte een spookachtig grijze bergketen op. Boven haar woedde een oorlog, werd een torenhoge veste van wolken belegerd door geschut dat grillige bliksemschichten uitbraakte en oorverdovend knetterde. Toen besefte ze hoe hachelijk hun positie was, balancerend op een smalle richel die twee heuvels met elkaar verbond. Een paar passen naar links of naar rechts, en zij en haar paard zouden in een bodemloos ravijn storten.

Voordat de bliksem doofde en ze weer in het onnatuurlijke donker van het noodweer was gehuld, zag ze de klip die Henry had aangewezen aan de andere kant van de pas. Ze drukte haar knieën in de flanken van haar paard, dat voetje voor voetje door de wind en het donker stapte, doodsbang voor de leegte links en rechts van haar, haar gezicht en lichaam drijfnat en haar ogen verblind door het regengordijn.

In haar verdoofde staat klampte ze zich vast aan het idee dat de rotswand bescherming zou bieden tegen het geweld van de elementen. Ze hadden alleen de bescherming van een spleet in de rotsen nodig, hield ze zichzelf voor, al was het maar een kleine spleet waar ze in weg konden kruipen om te wachten op het eind van deze nachtmerrie. De donder dreunde om haar heen, ze voelde de trilling in haar lichaam, en het geluid leek te exploderen in haar hoofd. Ze verloor de controle over haar bange paard, dat onverwacht naar rechts afdwaalde, in de richting van het ravijn. Met een wanhopige kreet gooide ze zichzelf naar opzij...

...in de sterke armen van Henry, die haar opving en in evenwicht hield op de grond. 'We zijn aan de andere kant. Wees maar niet bang,' brulde hij in haar oor. 'Er is geen gevaar meer. En er is een grot. Kom op. Lao Zhao zorgt wel voor de paarden.'

Een diepe spleet in de rotswand gaf toegang tot een grot. Eenmaal binnen voelde Helen Frances opnieuw leegte om zich heen. Henry liet haar rillend in het donker achter terwijl hij samen met Lao Zhao de paarden vastzette en op onderzoek ging in hun schuilplaats. Ze hoorde hem bewegen in het donker. Ze had het koud, ze was moe, haar tanden klapperden en haar natte kleren kleefden ijskoud aan haar huid, maar het kon haar allemaal niet schelen. De donder klonk nu gedempt en het was droog in de grot. Dat was genoeg. Het kon haar niet schelen als ze hier dood zou gaan, als deze kille holte in de rotsen haar graf zou worden, zolang er maar geen regen en bliksem meer was.

'Helen Frances, gaat het een beetje?' hoorde ze Henry roepen, en zijn stem weergalmde tussen de muren. Ze kon niet bepalen uit welke richting hij haar had geroepen.

Ze raapte haar krachten bijeen. 'Ik heb in geen tijden zo'n leuk avontuur meegemaakt,' wist ze uit te brengen. Haar stem gaf een zwakkere weergalm. 'Jij weet echt hoe je het een meisje naar de zin moet maken!'

Zijn lach weerkaatste tussen de muren als het geluid van een racketbal op de baan. 'Zo mag ik het horen!' riep hij. 'Luister, het valt best mee. Andere mensen hebben deze grot al eens gebruikt. Er ligt een stapel hout en Lao Zhao is al bezig vuur te maken. En ja, ik voel... ja, er is een opening in de rotsen en het tocht hier een beetje. Het is een soort schoorsteenkanaal, dus dan worden we in elk geval niet uitgerookt.'

'Wat handig!' riep ze terug. Haar handen en voeten waren al gevoelloos, en ze rilde van top tot teen en haar tanden klapperden. Ze drukte de rug van haar hand tegen haar mond om het rillen tegen te gaan. Haar gezicht voelde zo koud en glad als marmer.

'Wat zei je? Ik kan je niet verstaan!' klonk zijn stem. 'Laat ook maar. Ik heb goed nieuws. Er ligt zelfs een laag dennennaalden op de grond. Ze voelen droog aan. Waarschijnlijk heeft iemand hier geslapen. Hou de moed erin, meisje, het komt allemaal goed.'

Ze dwong zichzelf om nog iets tegen hem te zeggen, ondanks het klapperen van haar tanden. 'Wat een luxe, lakens van dennennaalden! Staat er soms ook een hemelbed?'

'Wat zei je? Een hemelbed?' Weer die weerkaatsende lach. 'Goed geraden. Het Savoy kan er niet tegenop. Dit is een koninklijke suite. Pure verwennerij.'

Helen Frances sloot haar ogen en haar schouders begonnen te schokken. Ze wist niet of ze lachte of hysterisch was, of misschien was het gewoon pijn omdat ze het zo verschrikkelijk koud had. In het donker was de kou als een soort succubus die haar streelde, haar omhelsde, en kouvlagen in haar keel ademde waarvan ze pijnlijke steken in haar longen kreeg. Ze was heel erg moe en wilde het liefst gaan liggen. Wat zou het makkelijk zijn om toe te geven aan de omhelzing, om weg te glijden in de schijnwarmte van de bewusteloosheid.

'Het is hem gelukt!' hoorde ze Henry van heel ver weg schreeuwen. 'Er is een vlam.'

Even later dansten er rossige schaduwen over de muren en hoorde ze het knappen van brandend hout. Vaag drong tot haar door dat de grot in feite een smalle, bochtige tunnel was. Henry en Lao Zhao hadden ergens verderop vuur gemaakt, buiten haar gezichtsveld. Aarzelend deed ze een stap in de richting van de gloed, maar Henry was al bij haar. Hij nam haar in zijn armen en droeg haar verder de grot in.

'Welkom in het Savoy van de Zwarte Heuvels,' hoorde ze hem zeggen. 'Kijk eens, ons eigen vuur. Lao Zhao gaat voor zichzelf vuur maken bij de opening van de grot.'

'Kan hij niet bij het onze komen zitten?' vroeg ze stompzinnig. Het kostte haar moeite om te praten en tegelijk het bibberen onder controle te houden.

'Beter van niet,' zei Henry. 'Om te beginnen moet jij al die natte kleren uittrekken, anders ga je dood aan een longontsteking. Kom maar lekker bij het vuur staan, dan help ik je.'

Ze zag dat Lao Zhao glimlachte toen hij met een brandende tak in zijn hand langs haar heen liep. Het volgende moment was ze zich alleen nog maar bewust van het knappende vuur, de rode vlammen tussen de stapel houtblokken, en warmte, een pijnlijke, sensuele warmte die haar wangen streelde, terugkroop in haar verdoofde ledematen en een pijnlijke tinteling in haar slapende tenen en vingers veroorzaakte.

Zorgvuldig tilde hij de drijfnatte cape van haar schouders en maakte hij de knoopjes van haar al even natte jas en blouse open. Hij maakte haar rok los, die op de grond gleed. Half glimlachend stond ze voor hem, zonder zich te verzetten. Gedwee stak ze haar armen in de lucht, zodat hij haar kletsnatte onderjurk kon uittrekken, en tilde ze een voor een haar benen op om hem haar kousen omlaag te laten stropen. Al snel was ze naakt.

Henry bleef met de natte kleren in zijn armen staan en bewonderde haar. De gloed van het vuur flakkerde over haar slanke, roomwitte lichaam. Haar natte, verwarde haren golfden over haar schouders, felrood in het licht van de vlammen, en bedekten een van haar borsten. De ronde welving was desalniettemin verleidelijk zichtbaar, als een peer verborgen in een mand met herfstbladeren. Een lichte trilling golfde door haar buik en het zachte dons op haar dijen, zodat haar huid net satijn leek in het licht van een kaars. Tussen de sproeten had ze nog wat kippenvel, maar haar ademhaling was nu beheerst en het bibberen was bijna over. Ongekunsteld stond ze voor hem – als een veulen, maagdelijk – haar gewicht rustend op haar ene been, met een hand die losjes voor haar schaambeen hing, terwijl ze hem rustig aankeek.

'Wat ben je ongelofelijk mooi,' mompelde hij. 'Echt een Venus. Die van Botticelli. Je hebt alleen nog een grote schelp nodig. "Door haar tred bleek dat zij een ware godin was." Je bent beeldschoon.'

'En ga je me nu verleiden?' vroeg ze met een slaperige stem. 'Net als lady Caroline?'

'Ik heb Caroline niet verleid,' zei hij. 'Zij heeft mij verleid.'

'Wat dan ook.'

'Nee, ik ga zorgen dat je het weer warm krijgt,' zei hij. 'Sla deze deken om je heen. Ik ben blij dat ik er een bij me had. Er zat oliedoek omheen, dus hij is alleen vochtig, niet nat. En ga zo dicht mogelijk bij het vuur zitten. Die dennennaalden zijn aardig zacht. Ik leg nog een blok op het vuur. Voor je het weet zijn jij en die deken weer droog. Het is belangrijk dat je het zo snel mogelijk warm krijgt.'

'Ga je me dan straks verleiden?' vroeg ze.

'We zien wel.'

'Doe jij ook je kleren uit?'

'Ik zal wel moeten als ik het warm wil krijgen en droog wil worden.'

'Daar verheug ik me op,' zei ze. 'Jij bent ook mooi.'

Ze moest heel kort in slaap zijn gevallen, want ze voelde het prikken van dennennaalden tegen haar wang en wist even niet waar ze was. Henry stond nog op dezelfde plek als daarvoor en hing haar kleren over een geïmproviseerde waslijn bij het vuur. Met zijn blauwe ogen keek hij glimlachend op haar neer. Er was niets veranderd, behalve dat ze niet langer twijfelde. Ze wist wat ze wilde. Henry was een schelm, en diep in haar hart wist ze dat ze hem nooit zou kunnen vertrouwen, maar hij was mooi, zo mooi. En het enige dat ze hoefde te doen, was haar hand uitsteken en hem aanraken.

'Als je me gaat verleiden, is dit het goede moment ervoor.' Ze gaapte. 'En de goede plek. Na al die citaten van Vergilius moet je iets zoals dit in gedachten hebben gehad. Aeneas verleidde Dido toch in een grot na een storm? Ben je zo op het idee gekomen? Erg romantisch van je. Prachtig theater.' Ze richtte zich half op, steunend op een elleboog, en de deken gleed omlaag tot onder haar roze tepel. 'Daar heb je vanochtend vast op zitten broeden toen je dat boek las. Ik ben diep onder de indruk en ik voel me bijzonder gevleid.'

Terwijl zij tegen hem praatte had Henry zijn kleren uitgetrokken, en glimlachend ging hij naast haar op zijn knieën zitten. Met een hand op haar borst kuste hij haar zacht op haar lippen, toen liet hij zijn mond omlaaggaan langs haar hals om haar tepel te plagen met zijn tong. Zijn hand schoof onder de deken omlaag naar haar dijbeen.

'Natuurlijk,' zei hij. 'Ik heb dat onweer speciaal voor jou besteld. Maar aangezien we samen moeten doen met deze ene deken... en terwijl we wachten tot onze kleren droog zijn...'

'Je bent net Aeneas, is het niet? Een zwerver, een balling,' mompelde ze dromerig. 'Het is alleen jammer dat Dido zo tragisch aan haar einde kwam.'

'Stil maar,' fluisterde hij. 'Er is niets om bang voor te zijn.'

Haar rug kromde zich en er ging een siddering door haar lichaam, niet van de kou, maar omdat zijn tong een vochtig spoor trok over haar buik, talmde bij haar venusheuvel en haar onderbuik deed gloeien. 'Ooo,' kreunde ze terwijl ze haar vingers door zijn haren haalde. 'Kus me, Henry. Kus me voordat een van ons hier spijt van krijgt.'

Hete lippen werden op de hare gedrukt, en ze voelde dat zijn handen haar lichaam verkenden, over haar dijen, haar armen, haar borsten streken. Kort speelden hun tongen met elkaar, toen sloot zijn mond zich weer rond haar borst. Ze voelde de aanraking van zijn tanden, en een sensuele warmte verspreidde zich door haar ledematen. Zijn vingers fladderden over haar buik, bleven liggen in haar lies, dartelden naar de andere dij, speels als een vuurvliegje, en veroorzaakten een tinteling waar hij haar aanraakte. Ze had het gevoel dat ze in fijne draden zachte zijde werd gewikkeld. Heel licht streken zijn vingertoppen over de haartjes op haar pubis voordat zijn hand omlaagging, en ze beleefde een gevoel dat ze nooit eerder had gehad, zelfs niet in haar fantasieën, toen zijn gevoelige vingers haar binnengingen, daar wachtten, haar verkenden, haar prikkelden, en met elke aanraking een nieuwe noot toevoegden aan een symfonie van haast ondraaglijk genot. Enerzijds wilde ze dat hij nooit meer op zou houden, maar ze voelde tegelijkertijd dat ze het niet kon volhouden.

Haar eigen handen streken over zijn borst, zijn schouders. Ze drukte haar wang tegen de zijne en hoorde zijn diepe ademhaling alsof die vanuit haarzelf kwam. Haar hand voelde de stevige spieren onder de zachte huid van zijn schouders. Met ingehouden adem liet ze haar handen omlaaggaan en ze kreunde zacht toen ze het harde, zware gewicht voelde.

'Ja,' fluisterde hij, 'mijn liefste.' Zijn lippen streken over haar voorhoofd, haar neus, haar ogen, en ze voelde zijn ademhaling tegen haar oor.

'Ja, ja,' mompelde ze. 'O ja, mijn lief. Toe dan.'

Ze voelde dat hij zijn gewicht verplaatste en opende haar benen, leidde hem met haar handen naar het vuur dat zijn vingers hadden aangestoken. Het leek de normaalste zaak van de wereld. Ze voelde een lichte druk, toen een scherpe pijn, en ze gilde. De echo bleef hangen tussen de muren, maar al snel slaakte ze een heel ander soort kreten omdat de pijn plaats maakte voor extase. Met haar benen en armen probeerde ze hem tegen zich aan te drukken en hem voor altijd binnen in haar te houden.

Lao Zhao zat ondertussen naakt naast het kleinere vuur aan de andere kant van de grot en droogde zijn gewatteerde jas aan het eind van een stok. Hij hoorde de geluiden en glimlachte.

Een scherpe gil van pijn. Het maagdenvlies. Ze was dus maagd geweest, zoals hij al had gedacht. Hij had het wat dit betreft meestal bij het rechte eind. Vervolgens ritmische bewegingen, gekreun en gezucht, mooi zo, en luider kreunen, dat ging goed, gevolgd door een kreet van genot, uitstekend. Zijn meester had duidelijk een goede techniek. Het kwam niet vaak voor dat een vrouw al de eerste keer zo bevredigend de wolken en regen bereikte. Een uitzonderlijke paring.

Hij ging staan en liep de grot uit. Aan de rand van de klip ging hij op zijn hurken zitten om het landschap te bewonderen. Het onweer was voorbij, en hij kon hier en daar blauwe lucht zien. Een rode gloed in het westen kondigde de naderende zonsondergang aan, en rozerode cirrus deelde de hemel met de paar zwarte regenwolken die nog over waren van het noodweer. Nu de lucht weer helder was, kon hij precies zien waar ze waren en hoe ze waren verdwaald, en hij meende in de verte zelfs de tenten te kunnen onderscheiden. Het zou niet lang duren om weer beneden te komen. Vanwege het onweer zouden de anderen misschien een zoektocht op touw zetten – die ratten-etende dokter bemoeide zich altijd overal mee – dus zou hij de wacht houden om het paar te waarschuwen als er iemand aankwam.

Ze hadden nog zeker een uur de tijd. Dat zou hun de kans geven om nog minstens een keer de wolken en regen te bereiken, misschien nog twee keer.

Wat was die vrouw lelijk, dacht hij bij zichzelf, mager, met rare kleuren. Hij had haar goed bekeken toen ze in die doorzichtige onderjurk uit de rivier was gekomen. Grappig dat het haar daar beneden net zo rood was als het haar op haar hoofd.

Niks voor hem. Barbaren waren alleen gemaakt voor andere barbaren, mijmerde hij filosofisch. Zelf had hij liever een menselijk wezen, bij voorkeur zo'n stevig meisje met een gladde huid uit het noorden, maar toch wond de gedachte aan wat er zich in de grot afspeelde hem op. Niet dat hij daar veel aan kon doen in deze kou, besloot hij met een blik op zijn verschrompelde haantje. Bovendien was het beschamend om op zijn leeftijd nog zijn hand te gebruiken, hoewel hij tegelijkertijd vrolijk werd bij de gedachte om zijn sappen over de rand van de klip te spuiten. Wie weet kwam zijn kwakje wel op die rare buitenlanders in het dal terecht.

Maar nee, als ze morgenavond terug waren in Shishan zou hij naar Ren Rens theehuis gaan en een van de achterkamertjes gebruiken. Hij nam tenminste aan dat zijn meester naar het Paleis van de Hemelse Lusten zou gaan, zoals hij 's avonds meestal deed. Het leek hem onwaarschijnlijk dat een man als Ma Na Si zijn gewoontes zou veranderen nu hij met dit buitenlandse meisje samen was geweest. Hij begreep wel waarom een barbaar af en toe nog van zijn eigen soort wilde proeven (zoals je huiselijke gerechten ook altijd lekker bleef vinden), maar omdat Ma Na Si de afgelopen maand het geluk had gehad om échte meisjes te proberen – vooral de verfijnde in het Paleis van de Hemelse Lusten – moest hij zich nu al op een meer exquise schone verheugen.

Aan de andere kant wist je het nooit met die oceaanduivels, zelfs niet met half menselijke zoals Ma Na Si. Daarom was het ook zo'n fascinerend tijdverdrijf om voor ze te werken. Je wist nooit wat je van die lui kon verwachten.

HOOFDSTUK 7

Moeder huilde toen we weggingen. De wind snijdt door mijn jas, de
voeten van Kleine Broer bloeden en toch hebben
we nog maar tien li *afgelegd.*

Kort na zonsondergang waren ze terug in het kamp. Ondanks het zware onweer had niemand zich echt ongerust gemaakt over hun afwezigheid. Het verhaal dat ze in een taoïstische tempel voor de regen hadden geschuild werd zonder commentaar aanvaard.

De dokter, zijn kinderen en zuster Elena vonden het eigenlijk veel leuker om hun eigen avonturen van die middag te vertellen. Schaterlachend beschreven ze dat ze holderdebolder omlaag waren gerend van de berg, in een soort lawine van picknickmanden, tafels en stoelen, en dat Charlie, razend en tierend tegen de regenwolken die zijn zorgvuldig voorbereide picknick hadden verpest, was gestruikeld, een alarmerende buiteling had gemaakt en zonder verwondingen maar wel geschrokken in de takken van een spar was geëindigd.

'Stel het je eens voor!' zei de dokter grinnikend. 'Een spartelende Chinees in zijn kleurrijke officiële gewaad, kermend als een verzopen papegaai in een boomtop! Het gaf een heel nieuwe betekenis aan de Chinese term "hemels". Het is gemeen van me dat ik erom lach. Het zal nog wel even duren voordat Charlie zijn gevoel van eigenwaarde weer een beetje terug heeft. We hebben hem naar zijn tent gestuurd, en hij troost zichzelf nu met een fles wijn en een stuk gruyère.'

Helen Frances glimlachte beleefd, een beetje verbluft dat alles in de wereld die ze nog maar een paar uur daarvoor had verlaten (of was het lichtjaren geleden?) nog zijn normale gangetje ging, alsof er niets was gebeurd. Ze was verbijsterd dat niemand kon zien dat ze was veranderd. Hoe was het mogelijk dat het geen mens opviel dat ze niet meer dezelfde was? Dat ze een metamorfose had ondergaan? Ze was nu een vrouw. Haar lichaam tintelde, en haar borsten en onderbuik gloeiden. Het gevoel van geluk lag als een waas over haar huid, het straalde uit haar ogen, en niemand zag het! Ze had er al haar wilskracht voor nodig om niet waar iedereen bij was Henry's hand vast te pakken en te kussen, om niet zijn hele gezicht en lichaam met kussen te overdekken – het kon haar niet schelen, ze wilde haar blijdschap van de daken schreeuwen. Hij stond ontspannen naast haar, lachte heel natuurlijk om het verhaal van de dokter en knipoogde naar haar toen hij een sigaar opstak.

Nellie was de enige die aandachtig naar hun verhaal luisterde. Wat een gelukkig toeval, had ze opgemerkt, dat ze midden in de wildernis zomaar een kleine tempel hadden ontdekt die niet alleen beschutting had geboden maar zo te zien zelfs was uitgerust met een wasserij waar ze hun natte kleren hadden kunnen drogen.

'Ja, hebben we niet geweldig geboft?' zei Henry kalm. 'Helen Frances mocht met de nonnen mee naar een warme *kang* in hun woonvertrek, terwijl Lao Zhao en ik bij het kacheltje in de portierswoning moesten blijven. Maar ze waren bijzonder vriendelijk. Erg attent. Het was een heel avontuur, vind je niet, Helen Frances?'

Helen Frances zag de samenzweerderige twinkeling in Henry's ogen en vergat op slag al haar remmingen. 'Ja, Mrs. Airton,' riep ze uit, 'het was een spannend avontuur. En ook heel leerzaam,' voegde ze er liefjes glimlachend aan toe. Henry moest zijn hoofd wegdraaien om een grijns te verbergen.

Nellie trok haar wenkbrauwen op. 'Werkelijk?'

De frustrerende avond leek eindeloos lang te duren. Het enige dat Helen Frances wilde, was met Henry samen zijn, maar de kinderen trokken aan haar arm omdat ze met haar wilden spelen, en toen ze eindelijk weer vrij was, nadat Nellie de kinderen in bed had gestopt, kwam ze tot de ontdekking dat dokter Airton en Herr Fischer Henry al hadden gestrikt, en ze wist dat de mannenpraat onder het genot van cognac en sigaren tot diep in de nacht zou kunnen duren. Ze ging op een kampstoel zitten, luisterde met een half oor naar de verhalen van zuster Elena die naast haar zat, en staarde door de dansende vlammen naar het gezicht van haar minnaar. Haar minnaar. Ze genoot van het woord. Af en toe glimlachte hij van opzij naar haar, en dan voelde ze het bloed naar haar wangen kruipen. Toen het tijd was om naar bed te gaan, ging ze met tegenzin naar de tent die ze deelde met zuster Elena. Ze voelde Henry's ogen in haar rug priemen.

Ze bleef de hele nacht wakker en herleefde elk zoet moment dat ze in de grot had beleefd. Toen ze tegen het krieken van de dag in slaap viel, droomde ze dat een panter haar lichaam likte en dat ze op zijn rug over een vlakte reed, nagekeken door gravin Esterhazy, die op een ezel zat.

De volgende dag draafden ze voor de stoet uit, hun paarden zij aan zij, hun knieën tegen elkaar, en hielden ze elkaars hand vast wanneer het maar kon. Toen de heuvel in zicht kwam waar de missiepost op was gebouwd, gaven ze hun paarden de sporen zodat ze de anderen uit het zicht verloren. Henry leunde opzij en kuste haar. Ze drukte haar hoofd tegen zijn borst. 'Ik wil niet dat je weggaat. Dat kan ik niet verdragen,' zei ze.

'Morgen,' beloofde hij. 'Ik zal kijken of ik weg kan. Ik laat het je weten. We kunnen naar de oude graven gaan.'

Maar de volgende ochtend begon het te sneeuwen. Helen Frances keek met stijgende wanhoop naar de grijze lucht en het witte gazon. Ze kon zich pas ontspannen toen ze Lao Zhao's lachende gezicht voor haar raam zag verschijnen en hij haar de brief had gegeven, maar zelfs na het lezen van Henry's plannen was ze nog bang dat hij niet zou komen. Tergend traag tikten de minuten voorbij, en de lunch was een nachtmerrie.

'Hoe kun je nu gaan rijden op een dag als deze?' barstte Nellie uit. Helen Frances had zich al in rijkostuum gestoken, in afwachting van Henry's komst.

'Henry's *mafu* heeft vanochtend een boodschap gebracht,' legde Helen Frances uit. 'Er is een tempel bij de rivier – '

'Tempels!' snoof Nellie. 'Zijn het echt de tempels die je zo boeiend vindt, meisje, of is het iets anders?'

'Ik weet niet wat u bedoelt,' zei Helen Frances blozend.

'Ik weet niet eens óf ik er wel iets mee bedoel,' mopperde Nellie. 'Ik weet alleen dat ik erg blij zal zijn als je vader en je verloofde weer terug zijn.'

Kwaad keek Helen Frances haar aan. 'Als u liever hebt dat ik mijn koffers pak en terugga naar het hotel, Mrs. Airton...' begon ze.

'O, hou toch op met die onzin,' viel Nellie uit. 'Je hoeft niet zo hoog van de toren te blazen, jongedame. Dat hooghartige gedoe bevalt me helemaal niet. Daar zul je die charmeur van je trouwens net hebben. Waarom doe ik eigenlijk zo mijn best? Jullie zijn niet voor rede vatbaar. Ga dan maar met hem mee. Vries dan maar dood, voor mijn part. Ik weet niet wat ik straks tegen je vader moet zeggen.'

Twee uur later lag ze in een oude graftombe in Henry's armen. De tombe was vijfhonderd jaar daarvoor gebouwd voor een Chinese generaal die bij gevechten tegen barbaarse stammen was gesneuveld. De stijl was dezelfde als die van de Ming-graven in Peking, maar de schaal was kleiner, passend bij de lagere rang van generaal. In de oorspronkelijke staat moest het een magnifiek gebouw zijn geweest, en zelfs nu had het nog een wilde, romantische schoonheid. Er waren twee met sneeuw bedekte binnenplaatsen, met aan het eind een hoge toren. Het dak was vervallen, en de dakpannen en balken waren overdekt met een dikke laag mos. Achter de toren lag de met onkruid overwoekerde grafheuvel. Een muur met kantelen omringde het geheel, en ook die vertoonde sporen van verval. Tussen de stenen groeiden bomen en onkruid.

In de toren ondersteunde een stenen schildpad een grote rechthoekige steen waarin de naam van de dode en zijn heldendaden waren gegraveerd. Naast dit monument had Henry een bed geïmproviseerd van wolvenvachten. Tussen het zachte, gespikkelde bont hadden Helen Frances en hij de liefde bedreven, en nu lag ze in de holte van zijn arm en staarde ze naar de sneeuwvlokken die door de open boog naar binnen dwarrelden. Er landde een vlok op haar neus, en ze lachte. Ze kroop dichter tegen hem aan, en hij kuste haar ogen en haar kin.

'Ik zou hier altijd kunnen blijven liggen,' fluisterde ze. 'Samen met jou.'

'Ik weet niet wat de generaal daarvan zou zeggen,' zei Henry.

'Ik denk dat hij er reuze mee in zijn sas zou zijn,' zei Helen Frances met haar lippen tegen Henry's borst. 'Als hij braaf is, mag hij mij misschien wel een keertje met jou delen.'

'Is dat zo?' zei Henry lachend. 'Hoe durf je! Je denkt nu al aan andere mannen.'

'Alleen als ik genoeg heb van jou,' zei ze. 'En dat is pas over honderden en honderden jaren.'

'Arme generaal,' zei hij. 'Erg frustrerend voor hem.'

Helen Frances giechelde. Ze schoof omhoog op Henry's borst en kuste zijn lippen, waardoor de vacht van haar afgleed en haar rug blootstond aan de elementen. Een windvlaag blies sneeuw tegen haar billen. Ze kreunde en draaide zich om, haar hand uitgestrekt naar de warme vacht. Tot haar schrik zag ze het hoofd van Lao Zhao, die met een pijp met een lange steel tussen zijn tanden geklemd door de boog naar binnen gluurde. Hij glimlachte naar haar en knikte. Met een gilletje begroef ze haar hoofd onder de bontvellen.

'*Ta made*, Lao Zhao, jij *wangbadan*!' riep Henry. 'Wat doe je hier?'

'Neem me niet kwalijk, meester,' zei Lao Zhao. 'De paarden krijgen het koud. En... nou ja, ik ook. En het begint harder te sneeuwen. Ik vroeg me af of jullie eh... misschien een beetje voort kunnen maken met de wolken en de regen, dan kunnen we naar huis.'

Met een vloek pakte Henry een van zijn rijlaarzen en die smeet hij naar Lao Zhao's hoofd. Lao Zhao maakte zich haastig uit de voeten.

Helen Frances schudde van het lachen onder de bontvellen.

'De brutaliteit van die man!' zei Henry. 'Maar hij heeft natuurlijk wel groot gelijk.'

'Die van jou is groter,' klonk haar stem van diep onder het bont.

'Gedraag je een beetje!' Lachend trok Henry de dikke vacht over zijn eigen hoofd. Na een tijdje begon het zilverkleurige bont ritmisch te bewegen, alsof de wolf weer tot leven was gekomen.

'Dit kan zo niet verder, weet je,' zei Henry toen ze terugreden door het witte landschap, rillend in de snijdende wind. Lao Zhao reed voor hen uit met het paard van Helen Frances, die achter Henry's zadel zat, haar armen om hem heen geslagen, haar hoofd rustend tegen zijn schouder.

'Wat kan zo niet verder?' mompelde ze.

'Kijk eens om je heen. Het is winter,' zei hij. 'De sneeuw is uitzonderlijk vroeg en zal wel weer wegsmelten, maar Nellie heeft gelijk. We kunnen geen tochten meer maken.'

'Dan kom ik naar het spoorwegkamp. Ik zie het gezicht van Herr Fischer al voor me.' Ze glimlachte. 'En dat van Charlie.'

Hij lachte. 'Ik heb een beter idee. Als je vader en Tom terug zijn, ga jij toch weer in het hotel wonen? En zij zijn de hele dag op de factorij.'

'Daar kunnen we het niet doen.' Ze giechelde. 'Denk eens aan de bedienden en Ma Ayi!'

'Nee, maar jij kunt 's middags wel gaan winkelen, of niet soms? Ik heb een Chinees paviljoen aangeboden gekregen, midden in het centrum, niet ver van jouw hotel. Volgens mij is het de ideale plek. Sterker nog, het paviljoen is ervoor gemaakt.'

'Ga door,' fluisterde ze met haar mond in zijn nek, terwijl ze haar hand onder zijn overhemd schoof.

'Als je daar niet mee ophoudt, val ik nog van mijn paard,' waarschuwde hij.

'Nou, waar breng je me precies naar toe?'

'Naar het Paleis van de Hemelse Lusten.'

Overlopend van enthousiasme keerden Frank en Tom terug naar Shishan, ervan overtuigd dat het project met Mr. Ding een succes zou worden. Ze haalden Helen Frances op bij de Airtons, en ze gingen met zijn allen naar een restaurant voor een feestelijk diner met de Chinese kooplieden. Helen Frances deed geestdriftig mee en dronk evenveel als de mannen. Stralend van blijdschap zat Tom naar haar te kijken. Hij had haar zelden gelukkiger gezien, of mooier.

Ze waren benieuwd naar alles wat er in de tussentijd was gebeurd. Eenmaal terug in het hotel vertelde Helen Frances haar vader en Tom over het uitstapje naar de Zwarte Heuvels, en ze maakte hen aan het lachen met haar beschrijving van de in het water gevallen openingsplechtigheid en het idiote ongeluk dat Charlie was overkomen. Tom wilde weten of het werk aan de spoorlijn een beetje opschoot, en ze probeerde zich te herinneren wat Herr Fischer haar over de tunnel en de vorderingen had verteld, maar haar vader kon al nauwelijks meer rechtop zitten.

'Volgens mij gaat het allemaal van een leien dakje,' schalde hij. Hij sprak nogal onduidelijk door alle alcohol die hij had genuttigd. 'Fischer is een verdomd fijne kerel, en zijn spoorlijn is een van de zeven wereldwonderen, en we worden allemaal stinkend rijk als we het rijdend materieel eenmaal hier hebben, maar wat ik wel graag zou willen weten, en dat vind ik pas écht belangrijk' – hij sloeg op zijn eigen dijbeen – 'of jij en die Manners het al op z'n boeddhistisch doen.'

'Wat bedoel je, papa?' vroeg Helen Frances, geschrokken van zijn vraag.

'Ik kan u niet volgen, meneer,' zei Tom.

'Jullie weten best wat ik bedoel,' zei Frank. 'Al die tempels waar je zo nodig met die gast naar toe moet. Zijn jullie al bekeerd?'

Glimlachend pakte Helen Frances zijn handen beet. 'Nee, vader,' zei ze zacht, 'dat is afgelopen. Geen tochten met Henry meer. Geen tempels meer.'

'Echt waar, HF?' vroeg Tom. 'Je gaat niet meer met Henry uit rijden?'

Nog steeds glimlachend draaide ze haar gezicht naar hem toe. 'Zal ik heel eerlijk zijn, Tom? Als ik nog één tempel moet bekijken, ga ik dood van verveling. En Henry? Vind je niet dat het tijd wordt dat hij teruggaat naar zijn spoorlijn of wat hij hier dan ook moet doen?'

'Je hebt toch geen ruzie met hem gehad, liefje?' vroeg Tom met gefronste wenkbrauwen.

'Nee, natuurlijk niet. Maar' – ze nam zijn hand in de hare – 'hij is jou niet, weet je. Ik heb je gemist, Tom, en ik ben blij dat je terug bent.' Ze leunde opzij en drukte een kus op zijn wang.

'Nou, HF,' zei hij zacht, 'het is natuurlijk egoïstisch van me, maar ik kan niet zeggen dat ik het erg vind. Daar in Tsitsihar, weet je, moest ik de hele tijd aan jou en Henry denken. Het zat me gewoon niet lekker dat jullie elke dag samen waren. Ziezo. Ik heb het gezegd.'

'O, Tom,' zei ze. 'Wat ben je toch een lieverd.'

'Maar wacht eens even, meisje, wat ga je dan doen als je elke middag alleen thuis zit? Je weet dat ik overdag naar de factorij moet...'

'Precies,' gromde Frank, die met gesloten ogen heen en weer wiegde.

'O, maak je over mij maar geen zorgen,' zei Helen Frances luchtig. 'Ik heb meer dan genoeg te doen. Ik heb mijn boeken, en ik wil mijn dagboek bijwerken. En er is in de stad van alles te beleven en te zien. Je weet dat meisjes dol zijn op winkelen.'

'Vind je het echt niet vervelend, HF?'

'Ik ben nog nooit van mijn leven zo gelukkig geweest,' zei Helen Frances.

Naakt lag ze op de rode lakens, kijkend naar haar spiegelbeeld. Henry stond, eveneens naakt, met zijn rug tegen de bedstijl een sigaar te roken en keek glimlachend op haar neer.

Plotseling stak ze haar beide benen recht omhoog. Ze strekte haar armen om haar enkels beet te pakken en kromde haar lange rug als een strak gespannen boog. Even later rolde ze zich op haar zij, en steunend op een elleboog keek ze Henry schalks aan.

'Wat ben je dartel vanmiddag,' mompelde hij.

'Mmm.' Ze zuchtte. 'Wat ga je eraan doen?'

Hij lachte. 'Heb ik nog niet genoeg gedaan? Je bent onverzadigbaar.'

Ze trok een pruilmondje, en glimlachte toen. Op de tast stak ze een hand onder een van de kussens en ze haalde er een boek met een kaft van rode zijde onder vandaan. Quasi-geconcentreerd, haar wenkbrauwen gefronst, sloeg ze de bladzijden om en liet ze haar vinger over de illustraties gaan totdat ze vond wat ze zocht. Schalks schoof ze het boek over het bed zodat Henry het kon zien, terwijl ze tegelijkertijd haar been optilde om met haar tenen zijn kruis te plagen. Haar groene ogen twinkelden toen hij haar been opzijduwde en zich vooroverboog om te zien wat ze had gekozen. 'Neuriënde aap die de boom omhelst?' Hij grinnikte. 'Dat kun je niet menen. Jij bent er misschien atletisch genoeg voor, maar ik niet.'

'Alsjeblieft,' smeekte ze met getuite lippen.

'Nee,' zei hij. 'Genoeg is genoeg. Ik heb bijna mijn rug gebroken door de Ezels in de lente die je me eerder hebt laten doen. Ik begin er spijt van te krijgen dat ik je dat ellendige boek ooit heb laten zien.'

'Je hebt het me niet laten zien.' Ze giechelde. 'Ik heb het in de la gevonden, naast de opiumpijp. Henry, wat is dit voor huis? Is het wat ik denk?'

'Dit is het Paleis van de Hemelse Lusten, lieve schat. Dat heb ik je al verteld.'

'Dus al die meisjes op de binnenplaats... Die vrouw in het paviljoen hier tegenover... Zijn dat...'

'Vind je dat choquerend?'

Ze ging op het bed zitten en kruiste haar benen. 'Nee,' zei ze peinzend. 'Ik vind het eigenlijk heel opwindend. Het is... Op een rare manier is het precies wat ik in China hoopte te vinden toen ik wegging uit Engeland.'

'Wat voor soort aardrijkskunde gaven die nonnen in dat klooster van jou, schatje?' Henry kwam naast haar zitten en streek met zijn snor langs haar arm.

'Je weet best wat ik bedoel.' Ze gaf een gemoedelijke duw tegen zijn schouder. 'Het mysterieuze Verre Oosten, sensueel, exotisch, decadent, spannend. De eeuwenlange corruptie. Het is hier echt helemaal zoals jij, weet je,' voegde ze eraan toe.

'Zoals ik? Wat ben ik dan, sensueel, decadent of corrupt?'

'Dat ben je allemaal tegelijk.' Ze gaf hem een kus. 'En je bent bovendien onfatsoenlijk... maar dat maakt je juist zo opwindend. Vrij nog een keer met me,' mompelde ze, en ze trok hem tegen zich aan.

Hij glimlachte. 'Neuriënde apen, was het niet?'

'Nee,' fluisterde ze terwijl ze met haar nagels over zijn rug kraste. 'Ik wil dat je me bezit. Zoals die keer in de grot. Ik wil je binnen in me. Ik wil dat je me uit mezelf laat treden. Ik wil dat je me alles laat vergeten. O, ja, ja...' Haar stem stierf weg toen zijn handen haar begonnen te strelen en hun tongen zich verstrengelden.

'O, Henry,' hijgde ze toen ze allebei bevredigd waren, 'vind je me slecht?'

'Nee,' mompelde hij. 'Jij bent jij. En ik ben ik. En moeder natuur heeft ons bij elkaar gebracht. Het zou onnatuurlijk zijn als we iets anders deden.'

'Is dat zo? Echt waar? Ja, het voelt natuurlijk en het voelt goed als ik met je samen ben, alsof ik alles kan doen en alles kan zijn. Henry, is het verkeerd van me dat ik alles wil uitproberen en alles wil doen?'

'Ssst,' zei hij slaperig. 'Kom lekker liggen.'

'Weet je wat? Ik geloof dat ik het leuk vind om Tom en mijn vader om de tuin te leiden. Is dat niet schaamteloos?'

Hij gromde iets onverstaanbaars. Hij was in slaap gevallen. Ze boog zich over hem heen en keek vertederd naar zijn gezicht. Er viel een lok haar over zijn voorhoofd die zijn ene oog bedekte. Zacht streek ze het haar weg, en ze liet haar vinger heel licht over zijn jukbeen en de haartjes van zijn snor gaan. Glimlachend legde ze haar hoofd op zijn borst en met haar armen om zijn slapende lichaam geslagen bleef ze stil liggen, maar het bloed klopte in haar aderen. Ze was nerveus, rusteloos, opgewonden. Behoedzaam, om hem niet wakker te maken, zwaaide ze haar benen van het bed, ze zette haar voeten op het blauwe Tientsin-tapijt en rekte zich uit.

Haar blik ging door de kamer, over de wandtapijten, de Ming-stoelen en de prenten aan de muren, en bleef rusten op het kastje van rood lakwerk waarin ze het erotische boek had gevonden. Ze herinnerde zich de opiumpijp en liep naar het kastje. Met de pijp in haar handen ging ze op een stoel zitten. Het gladde mahoniehout voelde koud onder haar blote billen. Aandachtig bestudeerde ze de pijp, die wel een beetje op een fluit leek. Ze hield de pijp tussen haar borsten en deed alsof ze een instrument bespeelde. Het mondstuk smaakte vreemd, een beetje muf, en een scherpe, bitterzoete geur prikkelde haar neus.

'Wat doe je?' Steunend op een elleboog lag Henry naar haar te kijken.

'Henry, heb jij weleens opium gerookt?'

'Een paar keer.'

'Mag ik het een keer proberen?' vroeg ze. 'Er ligt een zakje met een zwarte pasta in de la.'

Kalm keek hij haar aan. 'Is dat wel een goed idee?' vroeg hij zich hardop af. 'Het kan verslavend zijn, weet je.'

'Jij bent toch niet verslaafd?'

'Nee, ik niet,' zei hij. 'Maar niet iedereen reageert er hetzelfde op.'

Haar groene ogen waren katachtiger dan ooit. 'Het kan toch geen kwaad als ik het een keer probeer?' zei ze. 'Je weet dat ik alles een keer wil proberen. Alsjeblieft.'

Hij lachte. 'Goed dan, voor deze ene keer. Misschien rook ik wel met je mee. Het is in elk geval rustgevender dan dat erotische boek van jou.'

Buiten huilde de koude wind. Het was een gure, barre winter. Er viel nog maar weinig sneeuw, want er zat niet veel vocht in de lucht, dat jaar van de grote droogte in Noord-China. Snijdende stormen uit Siberië bliezen stof over kale, dorre velden, en de boeren hadden weinig te eten in hun ijskoude huisjes.

Voor de buitenlanders in Shishan was de winter een gezellige tijd van dikke bontjassen en kastanjes boven hete vuren. George en Jenny gingen schaatsen en sleeën op de dichtgevroren rivier en de meren. Het zakendoen ging gewoon door. Ook het werk aan het spoor ging door, ondanks de kou, en Herr Fischer en Charlie pochten dat de rails in de lente klaar zouden zijn. De wachtkamer van de dokter zat vol met bonafide patiënten, mensen die aan allerlei winterse kwalen leden, maar er zaten ook arme sloebers die alleen kwamen om zich te warmen aan de kachel. Airton zelf had minder tijd voor zijn filosofische debatten met de Mandarijn, hoewel hij zo vaak mogelijk naar de *yamen* ging.

Frank en Tom waren druk bezig met het voorbereiden van de potten alkali voor de expeditie in de lente. Elke avond reden ze terug naar het warme hotel, waar ze verkleumd van de rit arriveerden en Helen Frances hen opwachtte met de whisky. Soms liet ze hun een lap zijde zien, of een porseleinen vaas die ze op de kop had getikt bij het afstruinen van de antiekmarkten. Ze hadden uiteraard geen idee dat de stukken meestal waren gekocht door Henry Manners' *mafu*, Lao Zhao, terwijl Helen Frances zich op een heel andere manier vermaakte in het Paleis van de Hemelse Lusten.

In een hechte gemeenschap als die van Shishan, waar men weinig verborgen kon houden voor nieuwsgierige ogen of roddelende tongen, leek het onvoorstelbaar dat de vrijwel dagelijkse bezoekjes van een buitenlandse vrouw, gehuld in een cape, aan een van de meest beruchte huizen van de stad geheim konden blijven. Op het marktplein en in het theehuis van Ren Ren werd er wel over gepraat, maar er was een stilzwijgende afspraak, in elk geval tussen de Chinezen onderling, dat sommige dingen niet met de buitenlanders gedeeld hoefden te worden. Bovendien waren de slippertjes van de oceaanduivels op zich niet erg interessant voor een volk dat al eeuwenlang op sensualiteit was ingesteld. Helen Frances' geheimpje was veilig, zo veilig alsof het gelijk een afgedankte concubine in zware ketenen werd verborgen in een diepe put.

Er waren natuurlijk andere geheimen, echte geheimen, die zelfs de Chinezen niet met elkaar uitwisselden. Slechts weinig mensen in Shishan wisten wat de meesten zelfs niet zouden willen geloven als ze ervan hoorden: dat er op de bovenste verdieping van het Paleis van de Hemelse Lusten, waar de vossenvrouw en haar Engelsman zich 's middags langdurig vermaakten, nóg een buitenlander te vinden was, een magere, mishandelde verschoppeling met een opgemaakt en betraand gezicht, vastgebonden aan een bed, de pyjamabroek rond zijn enkels, een jongen die doodsbang en wanhopig wachtte op het bewegen van de deurknop en de verschrikkingen die er onvermijdelijk op volgden. Dat was een diep en donker geheim, en zelfs degenen die er wel van hadden gehoord, of het nou de nieuwsgierige animeermeisjes waren die in het Paleis van de Hemelse Lusten werkten of de kooplieden die het etablissement bezochten, wisten dat er bepaalde dingen waren die je maar beter zo snel mogelijk kon vergeten.

Het leek zelfs wel of de laatste winter van de oude eeuw geheel door vergeetachtigheid werd overheerst. Men zou kunnen zeggen dat met de eerste sneeuw in november een opzettelijke amnesie over de inwoners van Shishan, zowel de buitenlandse als de Chinese, was neergedaald. Ze leefden hun leven. Ze maakten plannen. Ze bekokstoofden samenzweringen en ze maakten pret, sommigen in het Paleis van de Hemelse Lusten, anderen gewoon thuis.

Over de Boxers werd in huize Airton niet meer gepraat, ondanks de bloedstollende verhalen in de *North China Herald*. Een tijdlang werd er zelfs in de theehuizen van de Zwarte Stokken niet meer geluisterd naar de hypnotiserende muziek uit de dorpen en tempels in het zuiden, al had die maanden daarvoor nog zoveel enthousiasme gewekt. De magie leek hen niet meer aan te spreken; de oerkracht van straatarme en uitgehongerde mensen, het klaroengeschal van de Boxers, de oproep aan de goden om hun hemelse paleizen en lusten te verlaten en zich bij de rechtvaardigen op aarde te voegen en gezamenlijk, als een onoverwinnelijk leger, de buitenlanders terug te drijven in zee.

Het was een aantrekkelijk idee geweest – de hemelbewoners die zich langs de stralen van de zon omlaag lieten glijden, met glinsterende speren en banieren in alle kleuren van de regenboog, om onzichtbaar achter de trouwe krijgers van de Eendrachtige Vuisten te gaan staan en hen aan te sporen met hun magie, zeker van de overwinning. Toch hadden de inwoners van Shishan in het algemeen meer belangstelling voor hun noedels en andere lekkernijen, en het tellen van hun zilveren taëls na een succesvolle handelsdag. En de Airtons waren druk in de weer met de kerstversiering.

Vandaar dat ze onaangenaam verrast waren toen ze kort na nieuwjaarsdag – na die onvergetelijke oudejaarsavond waarop de kinderen tot na middernacht op hadden mogen blijven om de nieuwe eeuw in te luiden – het nieuws hoorden dat een jonge Engelse zendeling, Sidney Brooks, in het verre Shantung wreed was vermoord. Volgens de berichten was hij overvallen toen hij op de laatste avond van het oude jaar in zijn eentje over een landweggetje reed. Aanvankelijk had niemand het over Boxers, maar iedereen wist het.

De winterslaap was voorbij, de werkelijkheid stond voor de deur.

Ongeveer een week later ontving dokter Airton een brief van een vriend in Tsinan die Mr. Brooks persoonlijk had gekend en de gruwelijke details van de slachtpartij had vernomen. Het naakte, verminkte lichaam was in een greppel gevonden. Hij was met duizenden messteken toegetakeld. Zijn hoofd was afgehakt. Het meest gruwelijke was dat de moordenaars een gat in zijn neus hadden gemaakt, waar ze een touw doorheen hadden gehaald. De overvallers moesten de arme man vlak voor zijn dood als een ezel over de weg hebben getrokken.

Het opmerkelijke was dat Mr. Brooks een voorgevoel had gehad van wat hem te wachten stond. Met Kerstmis had hij zijn zus verteld van een droom die hij had gehad: hij had zijn eigen naam gezien op een gedenksteen voor martelaars in de aula van zijn vroegere school. Airtons vriend concludeerde dan ook dat Mr. Brooks inderdaad een christelijke martelaar was geworden, iemand die was gestorven voor zijn geloof en de stichting die de verbreiding van Gods woord nastreefde.

Nog weer een week daarna ontving de dokter een brief van een andere vriend, een collega-zendeling die in Baoding werkte, in het zuidwesten van Chih-li. Hij maakte bekend dat hij had besloten om terug te gaan naar Engeland. De autoriteiten in zijn district hadden nu lang genoeg hun ogen gesloten voor de activiteiten van de Boxers, schreef hij. Ze werden met de dag brutaler en bedreigender, met als gevolg dat hij bang begon te worden voor het welzijn van zijn vrouw en kinderen.

'Weathers is altijd een beetje bangig geweest,' mompelde Airton bij de koffie tegen Nellie. 'Hij is niet geschikt voor het leven van een zendeling, dat heb ik altijd geweten.'

'Hij laat in elk geval blijken dat hij begaan is met zijn gezin,' antwoordde Nellie, 'en dat kun je niet van iedereen zeggen. Mr. Weathers steekt zijn kop tenminste niet in het zand.'

'Wat bedoel je daarmee? Wie steekt zijn kop in het zand, Nellie? Ik heb mijn licht opgestoken bij mensen die het weten kunnen, en er is me verzekerd dat we niets te vrezen hebben van de Boxers. In elk geval niet in Shishan.'

'Dat zeg jij, schat, maar ik denk aan mijn kinderen.'

'Dit is niets voor jou, liefste.' Hij leunde over de tafel en nam haar hand in de zijne. 'Zijn de bedienden soms weer aan het roddelen? Je zou Jenny en George moeten verbieden om naar die praatjes van Ah Lee te luisteren. Maak ze toch duidelijk dat hij onzin uitkraamt. Ik beloof je dat ik jou en de kinderen op de eerste de beste boot naar huis zal zetten als ik ook maar iets concreets hoor. Zo nodig kom ik jullie zelf achterna. Maar er ís geen reden voor paniek, liefste, geen enkele. Toe nou, Nellie, jij en ik wonen nu lang genoeg in China om te weten dat we ons niet druk hoeven te maken om een paar geruchten en bangmakerij. Bovendien zal ik de eerste zijn die het hoort als de situatie voor ons bedreigend wordt. De Mandarijn zal me waarschuwen. Daar kunnen we op vertrouwen. Geloof me.'

Er volgden geen nieuwe moorden. De moordenaars van Mr. Brooks werden al snel opgepakt en door de autoriteiten geëxecuteerd. Vreemd genoeg bleken het zowel bandieten als Boxers te zijn geweest – dat wil zeggen, een bende bandieten die het in de vechtsport gebruikelijke tenue droegen. 'Dat bewijst dus niets,' concludeerde de dokter. 'En bovendien is het hier een heel eind vandaan gebeurd.'

Toch kon de kwestie niet in het vergeetboek raken. Jenny's peetvader dokter Wilson, net als Airton lid van de Schotse Medische Zending en zijn beste vriend in China, schreef half februari een lange brief. Sinds ongeveer een jaar werkte hij in een missiehospitaal in Taiyuan in het binnenland. Hij schreef dat de Boxer-gekte plotseling naar het westen was overgeslagen, over de grens van Chih-li naar Shansi, en zich in een razend tempo verspreidde. In de dorpen in zijn district mochten Boxers openlijk hun vechtsport beoefenen op de pleinen voor de tempels, en soms bouwden ze hun altaars zelfs voor de poorten van de *yamen*. Er ontstonden spanningen tussen bekeerde families en de andere boeren, wier zoons zich massaal bij de Boxers aansloten. Zelfs de plaatselijke adel ondersteunde genootschappen die vechtsporten beoefenden. Toch was dokter Wilson niet pessimistisch. Hij had gehoord dat Peking een daadkrachtige nieuwe gouverneur had aangesteld om de provincie te besturen. Deze sterke man kon elk moment arriveren en zou een eind maken aan de onlusten.

'Zie je nou wel, Nellie,' zei Airton toen hij haar de hele brief had voorgelezen. 'Dit bewijst hoe de regering over opstandelingen zoals de Boxers denkt. Er is nu even wat machtsvertoon nodig, maar dan gaan de Boxers weer op in de rook van het bijgeloof en de folklore waaruit ze zijn voortgekomen.'

Drie weken later schreef dokter Wilson echter opnieuw. Hij was teleurgesteld en verbaasd dat de nieuwe sterke man dezelfde onderkoning Yu bleek te zijn die het jaar daarvoor in Shantung uit zijn functie was gezet vanwege zijn Boxer-sympathieën. In plaats van zijn troepen op pad te sturen om de Boxers tot de orde te roepen, stelde hij een aantal vechtersbazen als zijn persoonlijke lijfwacht aan. Nellie en de dokter wisselden niet meer dan een paar woorden nadat de brief was voorgelezen. Het tikken van messen en vorken op de borden was het enige geluid dat de drukkende stilte verbrak.

De enige troost was nu nog dat het allemaal ver weg gebeurde.

De buitenlandse gemeenschap was dan ook een stuk minder zelfingenomen toen zij zich op een koude dag aan het eind van de maand maart in het spoorwegkamp van Herr Fischer verzamelde om de aankomst van de eerste stoomtrein uit Tientsin mee te maken.

HOOFDSTUK 8

We zagen een demonstratie van vechtsporten op het plein;
een jongen brak een ijzeren staaf met zijn vuisten.

Herr Fischer, uitgedost in een glimmende hoge hoed en een te
grote pandjesjas, tuurde nerveus door zijn verrekijker. Een grote menigte nieuwsgierigen was de palankijn van de Mandarijn vanuit de
stad gevolgd. Stof wolkte op boven de kale heggen. Fischer schatte
het aantal mensen op enige honderden. Hoewel hij geen menselijke vormen kon onderscheiden, zag hij wel verschillende wapperende banieren en een groot aantal vliegers, en hij hoorde trompetgeschal en het aanzwellende geroezemoes van stemmen. Kennelijk vond
het gewone volk de komst van de eerste vuurwagen naar Shishan
een hele belevenis. Hij vroeg zich af of hij wel genoeg staanplaatsen
had.

Hij stak zijn vingers in zijn vestzak en keek hoe laat het was. De
stoet zou nog een minuut of twintig onderweg zijn voordat ze het
kamp bereikten, schatte hij. Het was van groot belang dat de Mandarijn een kwartier voordat de rookpluim van de locomotief zichtbaar werd onder de vlaggen op het podium had plaatsgenomen. Het
begon erom te spannen. Hij had de stoomfluit al gehoord. De trein
moest nu allang door de tunnel zijn gereden en inmiddels de vlakte hebben bereikt. Hij troostte zich met de gedachte dat machinist
Bowers een betrouwbaar man was, die expliciete instructies had gekregen over het tijdstip van aankomst, om twaalf uur 's middags pre-

cies. Er was nog tijd. Het was nog geen tien over elf.

Samen met Charlie had hij alles tot in de kleinste details voorbereid. Hij was tevreden met het podium voor de hoogwaardigheidsbekleders, dat wel een beetje op een paviljoen leek. Ondanks het koude maartse weer was het in de tent van dik vilt, waar meerdere kolenkachels brandden, zo warm dat de buitenlandse gasten hun dikke bontjassen hadden uitgedaan. Verversingen stonden klaar en de bedienden waren zorgvuldig geïnstrueerd. Het wachten was nu alleen nog op de Mandarijn.

Zenuwachtig gleed zijn blik over de aantekeningen voor zijn toespraak en binnensmonds oefende hij de aanhef en de opening. 'Hoogwelgeboren Excellentie. Het verheugt mij hooglijk...' Nee, 'hoog' kwam in 'hoogwelgeboren' al voor, dat was herhaling. 'Weledelgestrenge Excellentie,' probeerde hij. 'Hoogeerwaarde Excellentie.' Hij kwam er niet uit. Hoe vervelend het ook was, hij zou zijn trots in moeten slikken en de hooggeboren Manners om advies moeten vragen. Die man was arrogant en brutaal, maar hij was wel een aristocraat, al gedroeg hij zich er niet altijd naar. Hij moest weten hoe je dit soort mensen hoorde aan te spreken.

Zelfs op een dag als vandaag droeg hij niet de formele kleding die Herr Fischer gepast vond. Nijdig keek hij om naar de Engelsman, die achter hem zat en afwezig een sigaartje rookte. Een functionaris van de spoorlijn, gekleed in een bruin pak! Vermoedelijk was deze ongepaste nonchalance alleen bedoeld om hem te ergeren. Herr Fischer keek naar de andere buitenlanders, die op het podium op een rijtje zaten en vrolijk met elkaar praatten. Gelukkig hadden de dokter, Mr. Delamere en Mr. Cabot wel de moeite genomen om zich fatsoenlijk te kleden, hoewel de hoge hoed een beetje aan de kleine kant was voor Mr. Cabots grote hoofd, en zijn geklede jas spande om de brede schouders. Dat gaf niet. Volstrekt niet. Het ging om het principe.

Over de dames had hij niets te klagen. Mrs. Airton was een uitzonderlijk knappe verschijning met haar grote hoed met bloemen en blauwgestreepte jurk met een smalle taille en modieuze pofmouwen. Herr Fischer had haar altijd een geweldige vrouw gevonden. Hij bewonderde haar trotse houding en prachtige roodbruine haar. Bovendien was hij altijd onder de indruk geweest van de manier waarop ze haar huishouden bestierde; zelfs in dit barbaarse land liep bij haar alles op rolletjes. Het huishouden van een Duitse vrouw had niet netter en degelijker kunnen zijn. Haar man kon trots op haar zijn. Tevreden stelde hij vast dat haar kinderen er schoon en verzorgd uitzagen in hun parmantige matrozenpakjes. Ze bleven keurig zitten en staarden verwonderd naar de pas voltooide en met vlaggen versierde brug, de ordelijke rijen koelies aan weerszijden van het spoor, met hun hamers en pikhouwelen over de schouder, de muziekkapel die de instrumenten stemde, en de glimmende rails, een lang lint dat uiteindelijk vol trots bij de buffers voor de tribune eindigde.

Het was dan ook beslist iets om je aan te vergapen. Een indrukwekkende prestatie, geheel volgens schema voltooid. Een moderne spoorlijn voor een modern China. Even kreeg hij tranen in zijn ogen. Hij en zijn vriend Charlie hadden het volste recht om trots te zijn. Op hun eigen bescheiden manier schreven ze geschiedenis.

Nadat hij zijn keel had geschraapt, ging zijn blik van de Airtons en de nonnen – hemel, die waren zo te zien twee keer zo opgewonden als de kinderen – naar Miss Delamere, die naast haar verloofde zat in een modieuze lila japon, met een strohoedje op haar hoofd. Zoals gewoonlijk straalde ze frisheid en schoonheid uit. Ze was de laatste paar maanden helemaal tot bloei gekomen. Het meisje was een vrouw geworden. Ze was altijd een lust voor het oog geweest, en bovendien intelligent, maar nu had haar houding een nieuwe rijpheid, een zelfvertrouwen dat bleek uit haar geheven kin en haar kalme, uitdagende blik.

Wat vooral opviel, was haar passie. Hartstocht fonkelde in haar ogen en trilde op haar lippen, en ze had ook iets ongeduldigs, een soort opgekropt verlangen, zichtbaar in haar levendige gebaren en het nerveuze draaien van haar hoofd. Ze verheugde zich er natuurlijk op om getrouwd te zijn. Wat kon het anders zijn? Zelf was Herr Fischer vrijgezel, maar hij kon het wel zien als er liefde brandde op het gezicht van een vrouw. Die Mr. Cabot mocht van geluk spreken, hij had het goed getroffen. En nu luisterde ze als een lentegodin zijn plechtige opening op. Hij voelde zich vereerd, echt vereerd, dat de andere buitenlanders in Shishan zulke goede vrienden bleken te zijn.

Alleen Manners stelde hem teleur, en niet voor de eerste keer. 'Mr. Manners,' zei hij, 'zou ik u even om raad mogen vragen? Wilt u zo vriendelijk zijn om mij te vertellen welk woord ik het beste kan gebruiken voorafgaand aan "Excellentie"? Is dat "hoogwelgeboren" of "weleerwaarde" of toch "weledelgestrenge"?'

'Probeer het eens met "doorluchtige",' opperde Manners lijzig. 'Of "hoogheid"? Je kunt zeggen wat je wil, beste kerel, Charlie vertaalt het toch allemaal hetzelfde.'

'Mr. Manners, ik ben het aan de spoorwegen verplicht om correct te zijn, zowel in het Engels als in het Chinees. Het is een eer dat deze magistraat onze spoorlijn komt openen, en hij verdient al het respect dat bij zijn functie hoort.'

'De enige keer dat ik ooit een magistraat heb aangesproken,' zei Frank Delamere, 'was om te zeggen: "Sorry, edelachtbare, dat kan ik niet hebben gedaan." Maar ik kreeg toch tien shilling boete.'

'Hou nou op, papa,' zei Helen Frances.

Wanhopig maakte Herr Fischer nog een paar aantekeningen bij zijn toespraak met het potlood dat hij voor de zekerheid in zijn borstzakje had gestoken. Vervolgens keek hij nog een keer op zijn horloge. Vijf voor halftwaalf en de Mandarijn was er nog steeds niet.

'Ik kom u even feliciteren, Herr Fischer,' zei de dokter, die had gezien hoe nerveus hij was. 'U hebt alles tot in de puntjes geregeld. Wat een triomf. U kunt trots zijn op uw werk.'

'U mag me na de plechtigheid feliciteren,' zei de Duitser. 'Voorlopig ben ik bang dat er veel te veel mensen zullen komen.'

'Hoe meer zielen, hoe meer vreugd, beste kerel,' zei Delamere. Hij fronste zijn wenkbrauwen omdat hij zich opeens iets leek te bedenken. 'Ik hoop maar dat er geen Boxers komen kijken. Is de spoorlijn niet een van de dingen waartegen ze zich verzetten? Geesten die door de rails gonzen, vuurspuwende monsters, dat soort dingen?'

Haastig probeerde de dokter hem het zwijgen op te leggen. 'Delamere, dit lijkt me niet het juiste moment – '

'Maak je geen zorgen, Airton, er is niets om bang voor te zijn,' ging Delamere onverstoorbaar verder. 'Die boeren zijn nu eenmaal bijgelovig. Het is altijd hetzelfde liedje. We hebben in Assam ook een keer problemen gehad – relletjes toen iemand een elektrische generator in de plaatselijke tinmijn installeerde. Die roetmoppen dachten dat we de duivel hadden gewekt of een of andere oude god, maar wij waren de baas daar, dus het gaf niet. Stuur er een paar Gurkha's met geweren op af, schakel de leider van de oproerkraaiers uit, en je hebt nergens meer last van.'

'Wij zijn hier niet de baas,' zei Manners in de stilte die volgde.

'Nee, dat is de Mandarijn. Een betrouwbare kerel, heb ik altijd begrepen. En we hebben majoor Lin en de Hemelse Wachters.'

'Mocht het zover komen, hoe weet u dan zo zeker op wie majoor Lin zal schieten?' zei Manners.

Herr Fischer had met stijgende ontzetting geluisterd en kon zich niet langer beheersen. 'Heren, heren!' riep hij uit. 'Waarom hebben we het over schieten? Dit is een blijde gebeurtenis. Een historische dag. Alles staat in het teken van de vooruitgang.' Hij wapperde met zijn aantekeningen. 'Dat ga ik straks zeggen. We bannen het bijgeloof uit. We vernietigen het feodale systeem, we verjagen de tirannie van armoede en gebrek. Met stoommachines stuwen we China op in de vaart der volkeren. Het staat er allemaal in. In deze aantekeningen. We wekken China uit een eeuwenoude winterslaap en slingeren nieuwe krachten aan waar Shishan zich niet eens van bewust was...'

'Volgens mij zijn het juist de nieuwe krachten waar Mr. Delamere bang voor is.' Manners lachte spottend. 'Boxers.'

'Nee, nee, nee!' Herr Fischers gezicht liep rood aan van woede. 'Moderne, verstandige krachten bedoel ik, economische krachten. Geen... geen Boxers!'

'Ik vermoed, beste kerel, dat we eerst met het een moeten afrekenen voordat we het volgende te zien krijgen. Onderschat niet wat u hebt bereikt, Herr Direktor. Wat u vandaag hierheen haalt, is grote *ju-ju*. De trommels roffelen. De toverdokters zijn kwaad. Het volk is rusteloos.'

Herr Fischer beefde van woede en richtte zich tot zijn volle lengte op. 'Mr. Manners, mag ik u verzoeken om niet te vergeten dat u in dienst bent van de Peking-Mukden Railway Company, en dat ik... dat ik uw meerdere ben? Jazeker, uw meerdere. En ik ben ingenieur, meneer. Ik ben niet een jaar lang bezig geweest met het maken van *ju-ju*.'

Manners glimlachte naar zijn briesende collega, die zich omdraaide en met veel vertoon zijn papieren op het spreekgestoelte rangschikte.

Dokter Airton, de geboren vredestichter, probeerde tussenbeide te komen. 'Mr. Manners,' zei hij rustig, 'het is niet verstandig om over Boxers te praten waar onschuldige kinderen bij zijn.' Hij knikte naar Jenny en George, die allebei met grote ogen zaten te luisteren. 'Verder vind ik dat u rekening kunt houden met Herr Fischers gevoelens, zeker op een dag als vandaag.'

'Ja, hou je een beetje in, ouwe jongen,' mompelde Delamere, die zich waarschijnlijk schuldig voelde omdat hij het verkeerde onderwerp had aangesneden. 'Misschien zijn verontschuldigingen op zijn plaats, mmm? Zand erover.'

'Vader!' siste Helen Frances, maar het was al te laat.

Manners glimlachte gevaarlijk. 'Verontschuldigingen, Mr. Delamere? Goed dan. Het zou jammer zijn als de kleine Teutoon van streek is op zijn grote dag.' Hij stond op van zijn stoel.

Haastig kwam de dokter overeind. 'Mr. Manners, weest u alstublieft discreet.'

Fischer, die geen woord had gemist, draaide zich met fonkelende ogen om. 'Ik waarschuw u, Herr Manners. Als u het waagt om nog één onfatsoenlijk woord te zeggen, eis ik dat u mijn podium verlaat!' Tijdens het spreken hief hij zijn vuisten.

Op dat moment arriveerde de stoet van de Mandarijn, met wapperende vaandels, dreunende trommels, schallende hoorns, als een kleurige cocktail die over het terrein stroomde. Herr Fischer draaide zich om en zag dat de palankijn van de Mandarijn naast het podium werd neergezet. De soldaten van majoor Lin hielden een zee van vrolijke nieuwsgierigen op afstand. De Mandarijn kwam uit de heksenketel te voorschijn en zonder een moment te aarzelen liep hij het trapje op. Met een brede grijns op zijn gezicht kwam hij naar de westerlingen toe.

Tot zijn schrik besefte Herr Fischer dat hij met gebalde vuisten in de bokshouding stond. Snel liet hij zijn armen zakken, en hij maakte een diepe buiging. Zijn mond was droog geworden. Waar was zijn tolk, Charlie? 'Doorluchtige, Hooggeboren Excellentie,' kraakte hij, 'uit naam van de Peking-Mukden Railway Company heet ik u van harte welkom op station Shishan.' Maar toen hij zich oprichtte uit zijn buiging zag hij tot zijn verdriet dat de Mandarijn hem had genegeerd, langs hem was gelopen alsof hij niet bestond, en nu die verfoeide Manners de hand schudde. Als oude vrienden wisselden de twee in het Chinees begroetingen uit. Toen kreeg de Mandarijn Airton in het oog en weer volgde er een hartelijk begroetingsritueel, waarbij de Mandarijn de dokter lachend op de rug klopte. Herr Fischer begon zich als een vreemde op zijn eigen feestje te voelen.

Na een eeuwigheid zag hij dat de dokter de Mandarijn op hem attent maakte. De laatste draaide zich om en knikte vriendelijk glimlachend naar hem. Eindelijk, dacht Herr Fischer terwijl hij opnieuw aan een buiging begon, nu kunnen we eindelijk beginnen. Maar toen hij opkeek, zag hij de Mandarijn weer weglopen, dit keer naar Airtons twee kinderen, die hem duidelijk meer interesseerden dan Herr Fischer. Hij haalde een hand door het haar van de jongen en kneep in de wang van het meisje, en er klonk een verrukte uitroep toen Jenny hem in herkenbaar Chinees begroette.

De Mandarijn was een en al jovialiteit. Hij had waardering voor de revérences van de dames en bestudeerde met een spottend glimlachje de nonnen. Zelf maakte hij een elegante buiging voor Mrs. Airton, uit respect voor zijn oude gesprekspartner, de dokter. Afwezig liet hij zich de hand schudden door Delamere en Cabot, en hij bleef heel lang voor Helen Frances staan om haar ongegeneerd van top tot teen te bekijken. Daarna maakte hij een opmerking tegen Henry Manners, waar deze luid om lachte, terwijl de dokter glimlachte en Tom Cabots wangen opeens rood werden. Helen Frances, het voorwerp van de opmerking, keek ondertussen verward om zich heen. Schaterlachend pakte de Mandarijn een bedremmelde Tom bij de hand en met zijn andere hand kneep hij in Toms biceps. Vervolgens trok hij Helen Frances met zachte hand naar haar verloofde toe. Hij haakte hun armen in elkaar, deed een stap naar achteren om als een beeldhouwer zijn werk te bekijken, en maakte nogmaals een opmerking tegen Manners, waar het gezelschap beleefd om glimlachte.

'Wat zei hij? Wat zei hij?' fluisterde Fischer tegen Charlie, die eindelijk naast hem was komen staan, nadat hij de andere Chinese hoogwaardigheidsbekleders, waaronder Jin Lao en majoor Lin, naar hun plaatsen had gebracht.

'Wat hij zei was tamelijk grof, ben ik bang,' antwoordde Charlie zuinig. 'Vindt u niet dat hij zich nogal informeel gedraagt?'

'Wil je alsjeblieft vertalen wat hij heeft gezegd?' Het was niet zijn bedoeling geweest om te snauwen, maar zijn geduld werd zwaar op de proef gesteld.

'Wat hij zei' – Charlie liet zijn stem dalen – 'was dat Mr. Cabot de bouw heeft van een strijdros, en dat het geen wonder is dat Miss Delamere met hem wil trouwen, en dat Mr. Manners maar beter kan gaan trainen als hij een vrouw wil vinden, want hij kan dan nog zo'n bedreven ruiter zijn, wat een vrouw wil is een sterke hengst die doet wat ze wil. Toen zei hij nog iets schunnigs over hengsten en merries in het algemeen. Ik zei toch dat het grof was.'

'Dit gaat alle perken te buiten,' mompelde Fischer. 'We zijn bij elkaar om een historische gebeurtenis plechtig te vieren, en zij... zij maken er een cocktailparty van. De trein kan elk moment hier zijn.'

Hij trok een zakdoek uit zijn zak en veegde het zweet van zijn voorhoofd. Opeens stond de Mandarijn voor hem, breed grijnzend, tussen de dokter en Manners in, die hij allebei een arm had gegeven. Herr Fischer vond het hoogst ongepast; het deed hem denken aan een wufte gastvrouw die twee gasten meesleept om een derde te ontmoeten. Gejaagd stopte hij de zakdoek terug in zijn zak, hij klikte zijn hielen tegen elkaar en boog voor de derde keer. 'Welkom, Hoogheid, Uwe Excellentie, bedoel ik, op ons station,' begon hij, maar hij viel verbluft stil toen iemand in zijn oor begon te tetteren. Het was Charlie, die energiek vertaalde.

De Mandarijn bekeek hem aandachtig, met sluwe, halfdichte ogen. 'Dus dit is de grote ingenieur,' zei hij glimlachend, 'wiens prestaties we vandaag bewonderen. Ha, ik dacht eerst dat hij een krijger was die met me wilde vechten!' Met een zwierige beweging van zijn handen imiteerde hij de houding waarin hij Herr Fischer had aangetroffen. 'Ha, ha! Gaat dat zó in die westerse vechtsport van jullie?' Licht tikte hij de ontzette Herr Fischer tegen de borst, met zo verbazend veel kracht voor zo'n onschuldig gebaar dat de ingenieur zijn evenwicht verloor. Meteen voelde Herr Fischer een sterke arm om zijn schouders. Toen werd hij hartelijk op de rug geklopt en voerde de Mandarijn hem schaterlachend aan de hand mee naar een stoel met rode kussens op de eerste rij. 'O, grote Ingenieur Xiansheng, gaat u toch zitten en vertel me alles over de wonderen der moderne wetenschap die u ons brengt.'

'Ik... ik weet niet wat ik moet zeggen. Ik heb een toespraak voorbereid,' hakkelde Herr Fischer met een nerveuze blik op zijn aantekeningen, die hij op het spreekgestoelte had laten liggen.

'Mooi zo, mooi zo,' zei de Mandarijn terwijl hij plaatsnam. 'Een toespraak past bij een gelegenheid als deze.' Hij gaapte en keek om zich heen alsof hij iets miste. 'Ik heb eigenlijk wel trek in enige versnaperingen,' mompelde hij. 'Geef me maar iets westers, iets wat ik niet ken. Ik ben vandaag naar een andere wereld gekomen en ik wil graag nieuwe dingen proberen. Daifu, hoe noemt u die drank ook alweer die volgens u superieur is aan onze wijnen?'

'Waarschijnlijk heb ik u whisky aanbevolen, Da Ren.' Glimlachend leunde Airton naar voren. 'Het levenselixer, in elk geval voor de Schotten. Maar volgens Herr Fischer gaat er niets boven zijn eigen Duitse schnapps. Zo is het toch, beste kerel?'

'Maar dokter Airton, de schnapps is voor de toast, voor ná de plechtigheid. Het is nu nog te vroeg. Voor nu heb ik limonade en biscuitjes klaar staan. O ja, en rozijnenkoekjes...'

'De hemel beware ons,' verzuchtte Manners en hij rolde theatraal wanhopig met zijn ogen. Die blik werd opgevangen door Helen Frances, en haar schouders begonnen onmiddellijk te schokken van het giechelen, hoewel ze probeerde te doen alsof het een hoestaanval was.

Tom zat met stijf over elkaar geslagen armen naast haar en keek haar streng aan. 'Doe me een lol, HF,' fluisterde hij. 'Het is zo al gênant genoeg.'

'S-sorry,' hikte ze, huilend van het lachen. 'Ik... ik...' Op dat moment knipoogde Manners naar haar, en opnieuw proestte ze het uit. Tom wierp hem een hatelijke blik toe.

Inmiddels keek de Mandarijn weifelend naar het rozijnenkoekje dat hij tussen duim en middelvinger van zijn ene hand vasthield, terwijl de andere hand een glas limonade in evenwicht hield. 'Die zwarte vlekjes,' vroeg hij, 'zijn dat een soort... een soort insecten?'

'O nee, Da Ren, absoluut niet. Het is fruit. Rozijnen. Gedroogde druiven,' legde de dokter uit.

Manners kon de verleiding niet weerstaan. 'Maar de fabrikanten zorgen er wel voor dat de rozijnen eruitzien als geplette vliegen, Da Ren. Dat maakt de koekjes extra lekker.'

Weer klonk er gesmoord gegiechel uit de buurt van Helen Frances' stoel, en ook de kinderen deden eraan mee.

'Interessant.' De Mandarijn nam een hapje. 'Erg lekker.'

Sterk gedemoraliseerd begaf Herr Fischer zich naar het spreekgestoelte. Hij keek op zijn horloge. Het was al bijna twaalf uur, ze liepen achter op schema. Hij hoopte van harte dat Bowers te laat zou zijn, want anders was er niet genoeg tijd om zijn toespraak af te maken. Geagiteerd keek hij over de rand van zijn bril heen naar zijn gasten, de roezemoezende menigte, de koelies langs de rails en de hoogwaardigheidsbekleders achter hem. De Mandarijn leek zich volkomen op zijn gemak te voelen. Achter hem zat een oudere functionaris met een lange witte baard, die kieskeurig alle rozijnen uit een koekje pulkte.

'Doorluchtige Hoogheid!' riep hij luid genoeg om zich verstaanbaar te maken. 'Dames en heren, dit is een historische dag.'

Fischer zag dat Charlie hem aanstaarde. 'Vertaal dan,' siste hij. 'Wat mankeert jou, man?'

'Weet u zeker dat u "Doorluchtige Hoogheid" bedoelt, Herr Fischer? Is dat wel gepast? De Mandarijn is geen keizer... Al goed, al goed, ik vertaal het wel,' suste Charlie bij het zien van de uitdrukking op het gezicht van zijn baas. In het Chinees zei hij: 'O goddelijke en mysterieuze Da Ren, boeren en buitenlui...'

'"Goddelijk en mysterieus"?' zei de Mandarijn. 'Zo ben ik nog nooit genoemd. Wat aardig van hem.' Hij draaide zich om naar Airton. 'Ziet u mij als goddelijk en mysterieus, Daifu?'

'Mysterieus wellicht, Da Ren, maar niet goddelijk. U weet hoe ik over dit onderwerp denk.'

De Mandarijn ging er eens lekker voor zitten. Hij had wel zin in een filosofisch debat met zijn vriend de dokter, want hij verveelde zich nu al met het hoogdravende gezwets van Herr Fischer. Geen van de Chinese functionarissen nam trouwens de moeite om naar de toespraak te luisteren, en onmerkbaar gingen de stemmen van Herr Fischer en Charlie omhoog om alle rumoer om hen heen te overstemmen.

Ondertussen reageerde de Mandarijn op Airtons opmerking. 'Ik weet inderdaad hoe u over dat onderwerp denkt,' zei hij zalvend. 'U aanbidt de tirannieke Jezus Christus met zijn angstaanjagend strikte ideeën over goed en kwaad. Sidder en gehoorzaam. Sidder en gehoorzaam. Zo is het toch?'

'Niet helemaal, Da Ren. Mijn God staat voor oneindige genade en liefde.'

'Dat zegt u, maar ik heb uw Tien Geboden gelezen. Heb alleen mij lief. Gij zult niet stelen. Gij zult niet doden. Slaap niet met de vrouw van een ander... Vertel me eens, Daifu, denkt u dat Jezus van zijn leven op aarde heeft genoten? Ma Na Si Xiansheng,' vervolgde hij tegen Manners, 'de dokter en ik zijn oud. U bent jong en daarom wijs. Wat vindt u van die christelijke geboden? De rechtschapen dokter vindt het verkeerd om de vrouw van een ander te begeren. Als magistraat ben ik dat natuurlijk met hem eens. Maar ik ben ook jong geweest. Ma Na Si, vertel deze oude man eens of het slecht is om de vrouw van een andere man lief te hebben.' Zijn aimabele glimlach leek voor alle buitenlanders bestemd te zijn.

De dokter keek hem doordringend aan. Verbeeldde hij het zich of waren de halfdichte ogen even op Helen Frances en Tom blijven rusten? En meteen daarna op de stramme majoor Lin? Hij wist het niet zeker, maar hij kende de Mandarijn al heel lang en voelde dat hij iets in zijn schild voerde. Had de stem van de Mandarijn een veelbetekenende ondertoon gehad toen hij Manners aankeek? Had hij hem uitgedaagd of een teken gegeven? Hij kon met de beste wil van de wereld niet bedenken waarom hij dat zou doen. Tenzij... maar nee, hij had Nellies vermoedens al als ongefundeerde vooroordelen weggewuifd.

De twee vrouwen konden elkaar niet luchten of zien. Het was meteen de eerste avond al misgegaan, toen Helen Frances Nellies aanbod om in het ziekenhuis te komen werken had afgeslagen, en de relatie was niet verbeterd in de tijd dat Helen Frances bij hen logeerde toen Frank en Tom in het noorden waren. Doorgaans had Nellie een opzienbarende mensenkennis, maar in dit geval liet ze zich meeslepen door haar gevoelens en gedroeg ze zich geen haar beter dan een roddelaarster. Zelf vond hij dat er niets op het gedrag van Miss Delamere was aan te merken, laat staan dat hij een onoorbare relatie met Manners vermoedde. Helen Frances was een allerliefste, keurig opgevoede jongedame. Hij was ervan overtuigd dat de relatie tussen Helen Frances en Mr. Manners strikt vriendschappelijk was. Je hoefde Tom en Helen Frances maar samen te zien of je wist dat ze stapelverliefd waren. Tom en Manners waren zelf vrienden. Bovendien wist hij, zonder dat hij het aan iemand had verteld, dat Manners' voorkeur elders lag. Op een avond had hij hem uit het steegje zien komen dat uitkwam bij het walgelijke etablissement dat Frank Delamere zo graag bezocht. Het Paleis van de Hemelse Lusten, of hoe ze dat vreselijke oord ook noemden.

Het was niet aan hem om Manners te veroordelen. Jonge kerels waren nu eenmaal jonge kerels, en hij verwachtte geen moment dat Manners beter was dan de rest. Eén ding wist hij wel zeker: als Manners zich met courtisanes vermaakte, kon hij onmogelijk tegelijkertijd de verloofde van zijn vriend het hof maken. Niemand kon zo ontaard zijn. Wat insinueerde de Mandarijn dan? Als hij tenminste iets insinueerde. Hoe kon hij trouwens iets van Manners en Helen Frances weten? En wat betekende de blik op majoor Lin? Je bent niet goed bij je hoofd, berispte hij zichzelf. Straks ga je nog achter je eigen schaduw aan jagen.

Ondertussen glimlachte Manners traag naar de Mandarijn. 'Ik ben maar een eenvoudig soldaat, Da Ren. Ik ben het niet gewend om over dit soort filosofische kwesties na te denken.'

'Ha, ha! Filosofische kwesties! Noemt u dat zo, overspel? Kom, kom, Ma Na Si, ik stel alleen een hypothetische vraag aan de orde. Terwijl de brave ingenieur iedereen verveelt met zijn geschiedenisles en zijn lofzang op de moderne techniek, kunnen wij onze tijd beter aan een intelligente discussie besteden. Vertel me eens, hoe beantwoordt u mijn vraag?'

'Zoals ik al zei, Da Ren, ik ben maar een soldaat, en mijn moraal, als ik die al heb – daar heb ik eigenlijk nooit over nagedacht – is waarschijnlijk gebaseerd op de reglementen van het leger.'

'Werkelijk? En wat staat daar dan zoal in?'

Manners glimlachte breder. 'Nou, meneer, bijvoorbeeld dat je een kans om een tactisch voordeel in het veld te behalen nooit moet laten schieten. En volgens mij was het Napoleon die ooit heeft gezegd dat vermetelheid de grootste kans op succes biedt.'

'Ha! Vermetelheid! Hoort u dat, Daifu? Dit is een jongeman die precies weet wat hij wil en hoe hij het moet bemachtigen. Hoe hij dat gaat doen zal hij natuurlijk nooit verklappen aan twee mummelende oude schoolmeesters zoals u en ik, die het liefst bij een warm vuur zitten en over religie praten. Jonge mensen zijn zo egoïstisch, vindt u niet? En wreed.

Heb ik u weleens verteld,' vervolgde hij, 'wat de lijfspreuk was van Temujin, de voorouder van een van onze grootste keizers, de Khan der Khans, die volgens de overlevering de hele wereld veroverde met zijn legers? Hij was een soldaat, Ma Na Si, net als u en, voor ik het vergeet, majoor Lin. Weet u wat hij zei?' De Mandarijn sloot zijn ogen en citeerde op dromerige toon: '"Er bestaat geen groter genoegen dan de vijand door een list te verslaan, zijn kinderen tot slaaf te maken en zijn gewassen te verbranden, en zijn vrouwen en dochters in bed te nemen."'

'Wat monsterlijk en barbaars. Wat slecht!' brieste de dokter.

'Ja, dat is waar. Het gaat lijnrecht in tegen bijna al uw Tien Geboden. Maar aan de andere kant klinkt het ook erg eerlijk, vindt u niet, Ma Na Si? Het credo van een soldaat. In feite is het even absoluut en onverbiddelijk als het strikte onderscheid tussen goed en kwaad van uw eigen godsdienst. Alleen de waarden zijn precies omgekeerd. Wat zou ik graag getuige zijn van een gesprek tussen mijn Temujin en uw Jezus Christus. Dat zou nog eens een vermakelijke ontmoeting zijn, wat u!'

'Da Ren, ik verzoek u om over dit soort zaken geen grapjes te maken. Er zijn grenzen.'

'Ik maak geen grapje, Daifu. U en ik, wij vertegenwoordigen twee tegenpolen. U bent de idealist, ik de pragmaticus. Daar lijkt het althans op. Maar staan we wel zo ver van elkaar af? Zou er nooit een dag komen dat u, mijn vriend, de pragmaticus speelt en ik de idealist? Wie weet, wie weet wat het lot in deze roerige tijden voor ons in petto heeft. Wat zal uw beproeving zijn, en wat de mijne? Zullen we allebei trouw blijven aan ons eigen geloof, of worden we gedwongen tot een zeker opportunisme, zoals onze jonge vriend Ma Na Si, die tactische voordelen in het veld probeert te behalen?

Maar wat hoor ik toch? Een dreunend geluid overstemt de toespraak van de ingenieur, en ik hoor ook een schrille fluit. Is dit dan eindelijk het geluid van de beschaving waar we al zo lang op wachten? Is dit de vooruitgang die u ons hebt beloofd, Daifu? Als ik zo vrij mag zijn, de beschaving heeft in dit geval een nogal luidruchtige gedaante aangenomen.'

Alle ogen waren op de rails en de snel naderende rookpluim gericht. De lucht gonsde van het geluid van stoom en het ratelen van de wagons over de rails. Een kreun van verbijstering steeg op uit de menigte, die golfde als een zwart gespikkelde slang doordat alle mensen op hun tenen gingen staan om beter te kunnen zien. Zelfs de gasten op het podium, waarvan het merendeel echt wel vaker treinen had gezien, kwamen overeind alsof ze gehypnotiseerd waren door de donderende massa zwart met rood metaal die op hen af kwam. De schoorsteen en de stoomketel waren nu duidelijk zichtbaar. De fluit huilde als een roedel wolven, de sirene loeide als een storm over een besneeuwde vlakte. Grijze rook walmde uit de schoorsteen, en de wolken blauwe stoom aan weerszijden leken op schuimende golven die door een schoener werden doorkliefd.

Herr Fischer, die zijn toespraak had gestaakt — hij had halverwege al bedroefd vastgesteld dat er toch niemand naar hem luisterde — kon het grijnzende, besnorde gezicht van machinist Bowers onderscheiden, die vrolijk aan het koord trok. Zijn Chinese stokers leunden stralend van enthousiasme uit de locomotief. Herr Fischer besefte dat Bowers van plan was om er een spectaculair schouwspel van te maken door op volle kracht het provisorische station te naderen, wetend dat de remmen het bakbeest tot stilstand zouden brengen voordat de buffer werd geraakt. Als een Vliegende Hollander die door een storm naar de haven werd gedreven, had de trein de hekken van het kamp bereikt.

'Bravo, Fischer, bravo!' hoorde hij de dokter naast hem roepen.

'Schitterend!' brulde Delamere.

Snel wierp Fischer een blik op zijn Chinese gasten. De Mandarijn zat onbewogen op zijn stoel, evenals de militair. De kamerheer kromp echter zichtbaar ineen van angst. Ook de menigte vertoonde tekenen van nervositeit. Er werd wat geduwd en getrokken, maar de rij koelies hield de mensen bij de rails en het gevaar vandaan. Het zou allemaal goed gaan, hield hij zichzelf voor.

Hij hoorde het snerpende piepen van de remmen en zag dat Bowers precies op het juiste punt zou stoppen. De locomotief begon vaart te minderen, zodat metaal ratelde en kreunde. Hij zag de von-kenregen van de wielen, de inmiddels stilstaande wielen. De trein leek nog steeds in hoog tempo voort te denderen, maar Fischer wist dat het hele gevaarte over honderd meter stil zou staan. Hij deed zijn mond open om te juichen.

Toen zag hij een man op de rails staan.

De toeschouwers zagen hem op hetzelfde moment. Er klonk een spookachtige uitroep, een geluid dat het midden hield tussen een schreeuw en collectief ingehouden adem. Bowers zag hem ook en hij deed alles wat hij kon. Hij zette de stoomklep helemaal open en trok uit alle macht aan de rem. Stoom spoot aan beide kanten uit de locomotief, maar de trein kon niet sneller vaart minderen dan toch al gebeurde. De toeschouwers langs de rails deinsden achteruit, ter-wijl de mensen achteraan naar voren probeerden te komen om te zien wat er gebeurde. Ontzet zag Herr Fischer dat een aantal men-sen in het gedrang onder de voet werd gelopen. Hun kreten van pijn vermengden zich met het angstige gillen dat van alle kanten kwam.

Helen Frances herkende de man zodra ze hem zag, en een rilling ging langs haar rug. Haar vader mompelde: 'Hij weer!' Het bloed trok weg uit Toms gezicht.

Het was de Boxer-priester, die kalm op de rails stond terwijl het onheil dreunend op hem af raasde. Hij hief een hand, als een magiër die een boze geest afweerde, en het volgende moment was hij in stoom gehuld en denderde het metalen monster gierend over de plek waar hij had gestaan.

Op een paar meter van de buffers kwam de trein tot stilstand. Er was een laatste stoomwolk, en vervolgens werd het stil in het spoor-wegkamp. Het wegstervende gesis van de locomotief en het gehuil en gegil van de mensen die gewond waren geraakt, intensiveerden de stilte.

Herr Fischer was even erg geschrokken als alle anderen. Hij voel-de zich zelfs verantwoordelijk voor het ongeluk, maar desondanks, of misschien wel juist daardoor, had hij het gevoel dat de orde alleen hersteld kon worden door gewoon door te gaan met het program-ma. Zonder aandacht te besteden aan Airton, de nonnen en Tom, die haastig het podium hadden verlaten om te zien wat ze voor de ge-wonden en de priester konden doen, maakte hij een buiging voor de Mandarijn. 'Excellentie, mag ik u verzoeken,' zei hij, gebarend dat hij moest gaan staan en hem naar het spreekgestoelte moest volgen. Daar wees hij op een hendel, waar de Mandarijn aan moest trekken. Hij en Charlie hadden dit zorgvuldig ontworpen. Een fles champagne aan een touw zeilde omlaag van een paal en spatte sissend uiteen tegen de locomotief. Op hetzelfde moment kwamen de touwen van een net in de nok los en daalde een regen van gedroogde bloemblaadjes over de trein en de menigte neer.

'Uit naam van de Peking-Mukden Railway Company verklaar ik de lijn Tientsin-Shishan hierbij officieel voor geopend.'

Nu was het tijd voor de schnapps, en dat was het teken voor de kleine muziekkapel waar Charlie maandenlang mee had geoefend om een onsamenhangende maar opgewekte versie van 'Garryowen' in te zetten.

Het kostte de troepen van majoor Lin de nodige tijd en inspanning om de orde te herstellen. De monsterlijke machine had de toeschouwers bang gemaakt, en ze waren hevig geschrokken van de ogenschijnlijke dood van de Boxer-priester. De paniek werd alleen maar groter toen onder de wielen van de trein geen spoor van een lichaam gevonden kon worden. Was de Boxer-magie dan toch sterker dan de westerse magie? Was het waar dat de wapens en machines van de oceaanduivels volgelingen van de Eendrachtige Vuisten niet konden verwonden? Voor velen was het de eerste keer dat ze zelf te maken kregen met bewijs dat de Boxer-beweging bestond. Ze hadden er allemaal verhalen over gehoord en wisten dat de beweging actief was in andere steden, maar de fanatieke toespraken van oproerkraaiers en volksmenners waren door de meeste mensen met een korreltje zout genomen. Vandaag echter had iedereen met eigen ogen kunnen zien hoe boosaardig die buitenlandse machine was. Men had het helse kabaal gehoord en rook en vuur gezien, men was in paniek geraakt, en ondanks alle dreigende kenmerken was een leider van de Boxers moedig genoeg geweest om het gevaar met succes te trotseren. Hierdoor sloeg de mening om. Misschien waren de verhalen over de Boxers bij nader inzien toch niet zo ongeloofwaardig.

Bovendien had het de mensen woedend gemaakt dat Fischer zo

tactloos was geweest om met bloemblaadjes te strooien en een muziekkapel een triomfantelijk westers deuntje te laten spelen. Het was
alsof de buitenlanders hun bijgeloof opzettelijk belachelijk maakten,
en juichten om de dood van de priester. Sommigen herinnerden zich
de arrogante toespraak van de buitenlandse ingenieur. Niet veel mensen hadden de moeite genomen om ernaar te luisteren, maar nu werden de woorden herhaald en aangedikt. Had hij niet gepocht dat hij
nieuwe krachten in het leven riep die hun oude tradities zouden uitwissen? Dat monsterlijke machines zoals deze vuurwagen in de toekomst het transport van goederen zouden overnemen, zodat eerlijke slepers en sjouwers van hun broodwinning werden beroofd? Was
hij niet nog verder gegaan door te zeggen dat de nieuwe westerse
wetenschap – waar magie een ander woord voor was – de manier
van leven van het volk zou veranderen en oude tradities door nieuwe ideeën zou vervangen? Was dit geen poging om de eeuwige kos-
mische orde te verstoren en de Drakentroon aan het wankelen te
brengen?

Het duurde niet lang of de menigte werd agressief. Stenen werden naar de trein gegooid, en de ruiten in sommige rijtuigen sneuvelden. Majoor Lin moest een compagnie soldaten inzetten om de
dokter en zijn vrouw, de twee nonnen, Tom en Helen Frances te
ontzetten. Terwijl ze bezig waren met het verlenen van medische
hulp aan de mensen die onder de voet waren gelopen, werden ze
door een menigte woedende jonge mensen omsingeld. Aanvankelijk
bleef het bij scheldwoorden, maar toen begonnen ze hen met klui-
ten aarde en later ook grotere projectielen te bekogelen. Zuster Elena kreeg een steen tegen haar slaap en verloor kort het bewustzijn.
Nadat de soldaten van majoor Lin een paar keer in de lucht hadden
geschoten dropen de mannen af, en onder bewaking van de soldaten gingen de dokter en de anderen rustig door met hun werk. Gelukkig waren de meeste verwondingen niet ernstig. Snel en efficiënt
werden de slachtoffers behandeld, en het duurde niet lang voordat
ze terug konden keren naar de veiligheid en de warmte van het podium.

Ondertussen was machinist Bowers, een lange man met een baard
en een puriteins gezicht, in alle staten omdat hij iemand had overreden. Hij stond perplex toen men hem vertelde dat het lichaam

spoorloos was verdwenen. 'Ik heb hem zelf gezien,' sputterde hij. 'Ik zag hem onder de wielen tuimelen. Ik heb het met mijn eigen ogen gezien! Niemand overleeft het als hij door een trein wordt overreden. Als er geen lichaam is, heeft iemand het verplaatst. Een andere verklaring is er niet.'

De trein had twee passagiers naar Shishan vervoerd, en Manners herkende een van de twee mannen die naar het podium werden begeleid. 'Taro-san!' riep hij hartelijk, en hij stond op om de man te omhelzen. 'Ouwe jongen. Je hebt mijn uitnodiging aangenomen.'

De lange, goed geproportioneerde Japanner zag er elegant en zelfverzekerd uit in zijn westerse kleren. Hij droeg een goed passend tweedpak en lakschoenen. Een zwarte militaire overjas hing zwierig over zijn schouders. Hij had een smal snorretje, en zijn wenkbrauwen waren geamuseerd gefronst. 'Mijn beste vriend,' zei hij in vloeiend Engels, 'in je telegram schreef je over de jacht hier. Hoe kon ik die verleiding weerstaan?'

'Kom, laat me je voorstellen,' zei Manners.

De Mandarijn had plaatsgenomen aan een tafeltje waarop een schaal met sandwiches belegd met cornedbeef was neergezet. Daar proefde hij nu van bij een glaasje schnapps. Als hij al verontrust was over het onbeheerste gedrag van de menigte dan liet hij dat niet blijken. Hij gedroeg zich nog even zorgeloos en joviaal als tijdens het begin van de plechtigheid. Glimlachend keek hij op toen de twee mannen voor hem bleven staan.

Taro klikte met zijn hielen en maakte een diepe buiging. 'Da Ren,' zei Manners, 'mag ik u voorstellen aan kolonel Taro Hideyoshi, verbonden aan het Japanse gezantschap in Peking.'

'Geweldig,' zei de Mandarijn met volle mond. 'Ik heb veel over u gehoord, kolonel. Ma Na Si Xiansheng heeft me over u verteld, net als de commandant van mijn garnizoen, majoor Lin Fubo.'

'Ik heb de eer gehad om de majoor in de vorige oorlog te leren kennen, toen hij nog luitenant was.' Taro sprak vloeiend Chinees, net als Manners. 'Lin en ik waren tegenstanders, maar er groeide al snel vriendschap tussen ons, zoals dat bij soldaten nu eenmaal gaat.'

'Was het vriendschap? Niet de relatie tussen een bewaker en zijn gevangene? Ik krijg altijd de indruk dat majoor Lin u zeer dankbaar is. U moet erg aardig voor hem zijn geweest. In uw cultuur en de mijne hebben we respect voor de verplichtingen die een vriendschap met zich meebrengt. We beschouwen het ook als een schande om te worden verslagen in de strijd, en meestal verachten we onze krijgsgevangenen. Een netelige situatie. Ik ben bijzonder blij dat u en majoor Lin daar met uw vriendschap een oplossing voor hebben gevonden.'

Kolonel Taro glimlachte. 'Ma Na Si Xiansheng heeft me in zijn brieven vaak over de scherpzinnigheid van de Mandarijn verteld. Ik beschouw het als een grote eer om u te ontmoeten.'

'Ik weet zeker dat majoor Lin zich verheugt op het hernieuwen van uw vriendschap, kolonel. Uit de hartelijke manier waarop hij over u praat, maak ik op dat het een hechte verbondenheid was.'

'U streelt mijn ijdelheid, Excellentie. Het was inderdaad een zeer goede vriendschap,' beaamde Taro. 'Mag ik zo vrij zijn om te informeren waar majoor Lin is?'

'Hij is buiten aan het schieten op de boeren die bang werden van uw stoomtrein. Hij komt ongetwijfeld zo weer terug.' De Mandarijn nam nog een sandwich. 'Welkom in Shishan, kolonel. Ma Na Si heeft me verteld van uw voornemen om hier te gaan jagen. Hij heeft uw plannen besproken met majoor Lin, die bij mij verslag heeft uitgebracht. Ik hoop van harte dat u drieën voor uw sportieve inspanningen zult worden beloond en dat u de gewenste prooi zult vellen. U zult begrijpen dat ik in mijn positie niet mee kan doen aan deze jacht, hoewel ik me erop verheug om de jachttrofeeën te zien.'

'Het doet me genoegen dat u ons steunt. Ik kan u mededelen dat ook ik mijn eigen minister op de hoogte heb gebracht van mijn voornemen om hier te gaan jagen, en hem heb laten weten welke prooi ik zoek. Hij wenst me veel geluk, en is zelfs zo attent geweest om mij enige nuttige tips te geven. Ook heeft hij laten weten welke trofeeën hij het liefst zou willen zien. Uiteraard kan hij door zijn verplichtingen net zomin persoonlijk aan de jacht deelnemen als u, Da Ren.'

'Wat prettig dat we elkaar meteen al zo goed begrijpen, kolonel. Laat me via majoor Lin weten of ik tijdens uw verblijf behulpzaam kan zijn. Hij zal ervoor zorgen dat het u aan niets ontbreekt. Als goede vriend weet hij vanzelfsprekend precies waar u behoefte aan hebt. Kijk eens aan, kolonel, daar heb je hem, blozend van zijn militaire overwinningen. Ik zal uw hereniging niet langer in de weg staan.'

Majoor Lin was binnengekomen, na de dokter en de anderen die de gewonden hadden behandeld. Aanvankelijk zag hij kolonel Taro helemaal niet. Enigszins afwezig ontdeed hij zich van zijn handschoenen en gewatteerde overjas, en hij warmde zijn handen bij de kachel. Hij schrok toen iemand hem op de schouder tikte, draaide zich met geërgerd gefronste wenkbrauwen om, en verstijfde toen hij de glimlachende Taro zag. 'Taro-sama.' Het woord kwam eruit als een gesmoorde kreet.

De Mandarijn en Manners keken van enige afstand toe en zagen alle kleur wegtrekken uit het gezicht van de jonge officier. Zijn lijkbleke gezicht vertrok alsof hij doodsbang was.

'Mijn goede, oude vriend.' Taro pakte Lin bij de arm en omhelsde hem.

Trillend maakte majoor Lin zich los uit de armen van de Japanner. Zijn lippen beefden en aan zijn verwrongen trekken was te zien dat hij met tegenstrijdige gevoelens worstelde. Pas na een zichtbare inspanning wist hij zich te beheersen en kreeg zijn gezicht weer de gebruikelijke kille uitdrukking. Hij klikte met zijn hielen en maakte een scherpe buiging. 'Kolonel Taro, welkom in Shishan.'

'Wat ontroerend,' zei de Mandarijn. 'Ik heb nooit geweten dat soldaten zo hartstochtelijk bevriend kunnen zijn.'

'Kolonel Taro heeft me verteld dat ze intieme vrienden waren,' zei Manners glimlachend.

'Ik vermoed dat majoor Lin graag zou willen vergeten hoe intiem hun vriendschap precies was,' mompelde de Mandarijn. Zijn stem klonk niet langer spottend, en hij keek de Engelsman met harde ogen aan. 'Ma Na Si,' zei hij heel zacht, 'u en ik weten beiden wat er is gebeurd toen Lin de gevangene was van deze man, en op welke oneervolle manier hij zijn leven heeft gekocht, of in elk geval aan dwangarbeid heeft kunnen ontkomen. Ik zal hem niet veroordelen. Ik profiteer van de militaire kennis die Lin heeft opgedaan toen hij met Taro... bevriend was. En dat is een hele tijd geleden. We hebben allemaal een verleden, nietwaar, Ma Na Si?

Nu doet zich echter een interessante situatie voor. Het verleden is teruggekeerd en achtervolgt onze dappere jonge officier. Ik vertrouw erop dat u de onderhandelingen tot een succesvol einde zult brengen. De relatie tussen deze twee mannen is... hoe zal ik het zeggen... prettig beladen. Ik gok erop, Ma Na Si, dat het precaire evenwicht tussen plicht en schaamte – en majoor Lin voelt dat allebei, zoals u weet – licht naar de kant van de schaamte zal overhellen. In de balans tussen liefde en haat zal de weegschaal net iets naar haat doorslaan, want dan zal Lin zich het vurigst voor me inzetten. Maar de weegschaal mag niet te ver doorslaan, anders valt de hele transactie in het water.

Kunt u me volgen? Ongetwijfeld. Daarom spreek ik zo openhartig met u. Ik vertel u niets wat u niet al wist. U bepaalt het evenwicht van de weegschaal, Engelsman. Ik wil u er graag aan herinneren dat er geen winst gemaakt kan worden als de weegschaal te zwaar doorslaat, naar welke kant dan ook.'

'Men zegt niet voor niets dat een Engelsman op zijn woord te vertrouwen is, Da Ren.'

'Uw woord is niets waard. U bent een opportunist, mijn vriend. Ik vertrouw alleen op uw eigenbelang. En op uw honger.'

'Het genoegen is geheel wederzijds, Da Ren.'

'Ha! Ma Na Si, we begrijpen elkaar. Daarom kan ik het zo goed met u vinden. Wel wil ik u graag een woord van advies geven. Hongerig zijn mag, maar u moet vooral niet inhalig worden.'

'Wat bedoelt u daarmee?'

'Fan Yimei, dat meisje in het bordeel, behoort toe aan majoor Lin. Neem er genoegen mee dat u de roodharige Engelse schone van haar jeugdige sukkel hebt gestolen. Laat u verwennen door de andere hoertjes in het Paleis van de Hemelse Lusten, maar laat Fan Yimei met rust.'

'Interessant,' zei Manners. 'Ik zal u niet vragen hoe u deze dingen weet. Het is waar dat Fan Yimei aantrekkelijk is en ik haar wel... weleens heb gezien. Ik ben echter, met permissie, verbaasd dat een groot man als u belangstelling heeft voor de klanten van een hoer, of voor de gevoelens van een barbaar.'

'U hebt geen gevoelens, Ma Na Si. U bent bovendien brutaal. Ik heb inderdaad belangstelling voor dat meisje, dat wil zeggen, ik heb haar in bescherming genomen. Haar vader heeft ooit... laat ook maar. Ik kan haar niet weghalen uit dat huis, maar ik kan haar binnen de muren wel weggeven. Dat is een manier om haar te beschermen. Ze is ook een pion in mijn politieke steekspel, en momenteel heb ik haar aan majoor Lin gegeven. Hij koestert hartstochtelijke gevoelens voor haar. Dit zijn moeilijke tijden voor hem. Hij is al van streek, en dat wil ik niet nog erger maken.'

'En als de transactie eenmaal rond is? Als de gemoedstoestand van majoor Lin niet langer belangrijk is?'

'O, Engelsman, wat bent u arrogant! Maar ik vind het goed. Als de transactie eenmaal rond is, kunnen we erover praten. Bedenk wel dat u een hoge prijs voor haar zult betalen. Ik verzin wel een geschikte tegenprestatie. Nee, genoeg gepraat. Ik wil hier zo snel mogelijk weg, en voor de vorm moet ik eerst nog beleefdheden uitwisselen met die komische collega van u, de ingenieur, en zijn half buitenlandse tolk.'

Dokter Airton, die van plan was geweest om uitgebreid met de Mandarijn te praten als hij terug was in de tent, zag tot zijn verbazing en lichte ergernis dat hij druk in gesprek was met Manners. Het was indrukwekkend hoe snel de betrekkelijke nieuwkomer zich bemind had weten te maken bij de invloedrijke mensen in Shishan. Hij scheen ook op goede voet te staan met majoor Lin, wat opmerkelijk was, want de kille jonge officier haatte buitenlanders. Daarnet had hij gezien dat de majoor nota bene werd omhelsd door de Japanse dandy die per trein was aangekomen. De uitdrukking op Lins gezicht was onbetaalbaar geweest! Waarom had die man hem in 's hemelsnaam omhelsd? De Jappen waren echt ondoorgrondelijk. Lin kennend, had de dokter agressie verwacht. Toch was het nu al tien minuten geleden. Er was geen uitbarsting geweest, en de twee zaten nog steeds gemoedelijk te keuvelen in een hoek van de tent. Het was een raadsel, maar de dokter voelde geen behoefte om het op te lossen. Wat hij wel wilde, was een kop thee.

'Dokter Airton?' Een luide Amerikaanse stem sprak hem aan, de tweede treinreiziger, een eenvoudig geklede oudere maar fit uitziende man die een vilthoed en een reiscape droeg. 'Mag ik mezelf voorstellen? Mijn naam is Burton Fielding, en ik ben van de Amerikaanse Raad van Commissarissen voor de Buitenlandse Zending in Tientsin. U bent zo vriendelijk geweest ons een brief te schrijven.'

'Mijn beste kerel, natuurlijk, dat is waar! Over die arme Millward.

Kijk eens aan, ik had eigenlijk geen reactie verwacht. Het was een beetje impertinent van me.'

'Volstrekt niet, meneer. Onze raad heeft uw brief heel serieus genomen. We maken ons allemaal grote zorgen, vooral over het tragische en vreselijke verlies van zijn zoon. Ik heb begrepen dat Mr. Millward erdoor uit zijn evenwicht is geraakt.'

'Nou, hij wás al behoorlijk onevenwichtig. We hebben altijd geprobeerd om beleefd te blijven...'

'U hebt genoeg gezegd, meneer. Uw brief was volkomen duidelijk. Ik blijf drie dagen hier, totdat de trein weer vertrekt, en ik hoop in die tijd afspraken te kunnen maken met Mr. Millward, zodat u en de rest van de gemeenschap nieuwe pijnlijke ervaringen bespaard zullen blijven.'

'Wat kan ik zeggen? Welkom in Shishan. Het is jammer dat uw komst werd verstoord door dat gruwelijke ongeluk op de rails.'

'Meneer, dit zijn onvoorspelbare tijden. Als het geen Boxers zijn, is er wel iets anders.' Fieldings plotselinge gulle lach was aanstekelijk. 'Maar wie heeft gezegd dat zendelingenwerk makkelijk zou zijn? Dokter, u hebt ongetwijfeld gehoord van de levensschool van de harde klappen. Nou, daar heb ik eindexamen gedaan. Ik neem de dingen zoals ze zijn. Geef mij maar het juk van het gezonde verstand en de zweep van Gods wil. Daarmee kan ik de meeste rivieren oversteken en obstakels overwinnen. Het is mijn credo om pragmatisch te zijn: vertrouw in Jezus, neem het leven en de mensen zoals ze zijn, en breek in vredesnaam je hoofd niet over dingen waar je toch niets aan kunt doen.'

Fieldings manier van praten was opwindend vertrouwd; zijn beeldspraak en zijn lijzige Amerikaanse accent deden Airton opeens aan zijn tijdschriften denken. 'Mr. Fielding, mag ik zo vrij zijn u te vragen uit welk deel van de Verenigde Staten u komt?'

'Ik kom uit het stadje Laredo, meneer, in Webb County in Zuid-Texas. In de buurt van de Mexicaanse grens, niet ver van de Rio Grande.'

'De Rio Grande?' zei de dokter met glinsterende ogen. 'Dat is het land van de cowboys.'

'Nou, en of, meneer. Mijn vader was predikant, zendeling bij de pueblo-indianen totdat een *bandido* hem in een canyon te grazen

nam en hem met lood doorzeefde. Ik studeerde toen in Albuquer-
que en ben naar huis gekomen om de begrafenis bij te wonen. Toen
ik daar stond bij het graf van mijn pa, met de dorre bergen om me
heen, de cactussen in de zinderende hitte van de woestijn en de stilte in het hemelgewelf, zodat je gewoon wist dat God overal om je
heen was, nou, toen heb ik besloten om in de voetsporen van m'n
pa te treden en ook zendeling te worden. Alleen ben ik veel verder
van huis terechtgekomen, dus hier sta ik dan.'

'Nellie,' zei Airton tegen zijn vrouw, die net naast hem was komen staan, 'zou je me geloven als ik je vertelde dat deze heer uit het
Wilde Westen komt, uit de buurt van de Rio Grande? En vanavond
komt hij bij ons logeren!'

'Dat is te veel moeite voor u, mevrouw,' zei Fielding. 'Ik was van
plan om vannacht bij de Millwards te blijven.'

'Geen sprake van, meneer,' zei Nellie. 'Ik weet niet wie u bent en
waarom u hier bent, maar ik kan u wel vertellen dat ik u onder geen
beding bij de Millwards laat logeren. Zij zullen u niet uitnodigen, en
als u eenmaal hebt gezien waar ze wonen, zult u er beslist niet willen blijven.

Bovendien, als u echt uit het Wilde Westen komt, dan zit u straks
ongetwijfeld tot in de kleine uurtjes met mijn man te praten. Hij
ziet er misschien wel uit als een oudere en respectabele kerkvader,
maar in werkelijkheid is hij jongensachtiger dan mijn zoon, en
droomt hij er alleen maar van om cowboy te zijn. Zijn bibliotheek
puilt uit van de stripboeken en de sensatieverhalen – een triest voorbeeld voor zijn gemeente en beschamend voor zijn gezin. Dus wie
u ook bent, meneer, u bent een godsgeschenk. Ik vertrouw erop dat
u hem eindelijk van zijn waanideeën zult genezen.'

Fieldings lach bulderde door de tent. 'Als de zaken er zo voor staan,
mevrouw, dan heb ik geen keus. Nooit gedacht, dokter, dat ik helemaal naar deze uithoek zou komen om úw ziel te redden! Ik weet
niet wat voor boeken u hebt gelezen, maar praten met de Millwards
lijkt me makkelijker dan een man bekeren die gelooft in Buffalo Bill.
Mevrouw, mijn naam is Burton Fielding. Ik weet niet of ik de taak
aankan, maar ik ga graag op uw uitnodiging in.'

Abrupt stond de Mandarijn op uit zijn stoel. Hij zwaaide lusteloos naar Herr Fischer en liep naar de opening. Jin Lao drapeerde

haastig een bontcape om zijn schouders en hield de tentflap open voor zijn meester. Dit was voor alle andere Chinezen het teken om te vertrekken. De palankijn stond klaar. De soldaten van majoor Lin stonden er in een kring omheen, maar na de eerdere onlusten had de menigte zich verspreid, en de koelies hadden zich teruggetrokken in hun barakken. Afval slingerde rond, en de locomotief en de wagons stonden in melancholieke pracht roerloos op de rails. De kracht en de energie waren eruit weggesijpeld. Het was een wonder dat deze levenloze bergen metaal daarnet nog zoveel angst hadden ingeboezemd. De Mandarijn stapte in zijn palankijn, en geflankeerd door soldaten werd de stoel opgetild. Er klonk geen tromgeroffel, geen hoorngeschal. Al snel waren ze weg.

Ook de Europeanen trokken hun jassen aan.

'Geweldige ceremonie, Fischer. Heel feestelijk,' zei Frank Delamere toen hij samen met Tom Cabot en zijn dochter vertrok.

'Meent u dat?' vroeg Fischer ernstig.

'Natuurlijk meen ik het,' zei Delamere. 'U hebt geschiedenis geschreven.'

'Het spijt me, Jin Lao, ik kan u de buitenlandse jongen vanmiddag niet geven. Hij is bezet. Voor de verandering een keer met een betalende klant.'

Madame Liu genoot van de vluchtige uitdrukking van ergernis die over het gezicht van de oude man gleed. Ze moest goed kijken, anders zou het haar zijn ontgaan. Tegen de tijd dat hij zijn theekop had neergezet, was hij weer zijn ondoorgrondelijke zelf.

'Ik begon toch genoeg van hem te krijgen,' zei hij luchtig. 'Hij jankt.'

'Dat komt doordat hij verdrietig is,' zei Madame Liu. 'Het joch beseft inmiddels dat Ren Ren niet meer van hem houdt.'

Ze lachten allebei.

'Dat had hij allang kunnen weten,' zei Jin Lao. 'Ik had eigenlijk gehoopt dat hij een beetje genegenheid voor mij zou gaan voelen. Ik heb hem altijd goed behandeld. Ik was bijzonder van streek toen hij – '

'Zijn polsen wilde doorsnijden en we hem een week lang op zijn buik vast moesten binden op het bed? Daar leek u op dat moment weinig last van te hebben. In en uit vloog u, als een zwaluw die een nest maakt tussen de balken van het paleis. Ik had u nog nooit zo dartel meegemaakt. Als een speelse geit.'

'Het was dan ook prikkelend.' Hij glimlachte. 'Die arme lieve jongen. Zijn kussen nat van de tranen. Ik werd er helemaal wee van.'

'U werd er geil van.'

'Wat bent u toch een duivelin met die scherpe tong van u.'

Madame Liu glimlachte voldaan en schonk nog een keer thee in.

'Vertel me eens,' zei Jin Lao, 'wie is die betalende klant? Of is dat geheim? Het moet iemand zijn die bulkt van het geld, anders had u het risico niet genomen. Ik hoop dat zijn discretie even groot is als zijn rijkdom. Is het niet gevaarlijk om zulke exotische waar op de open markt te brengen? Vergeet niet dat het erg veel moeite heeft gekost om hct bewijs dat die jongen bestaat uit te wissen.'

'We hebben geen geheimen voor elkaar, Jin Lao, u en ik. U weet hoeveel ik u en de Mandarijn verplicht ben. U bent zo vriendelijk me daar elke maand aan te herinneren. Hoeveel hebt u vandaag van me opgestreken? Driehonderd taël?'

'Aanzienlijk minder dan ik meestal vraag,' mompelde Jin Lao.

'Ik doe dan ook aanzienlijk meer voor u. Eerst was het Lin en zijn monopolie op mijn beste meisje en mijn mooiste paviljoen. Gratis. Toen was het open huis voor die buitenlander, Ma Na Si. Hij is belangrijk voor de Mandarijn, zegt u. Hij mag elk meisje hebben dat hij wil. Toegegeven, hij is een charmeur, hij is populair bij de meisjes en hij betaalt nog royaal ook, in tegenstelling tot anderen, maar veel van mijn klanten vinden het geen prettig idee dat een barbaar de eerste keus heeft. Vroeger ging het nog wel, toen we die weerzinwekkende De Falang af konden schepen met een slet zoals Shen Ping, de duivel hale haar. Maar deze Ma Na Si heeft oog voor kwaliteit.

Mijn zoon is er niet blij mee, Jin Lao. Het bevalt hem helemaal niet. En na dat voorval bij het station, verleden week, betwijfel ik of er in Shishan andere mensen zijn die bereid zijn om een barbaar bij hen thuis te ontvangen. Hebt u het niet gehoord? Het zijn allemaal boosaardige tovenaars die het keizerrijk ten val willen brengen. Dat vertelt Ren Ren me tenminste.'

'Zo te horen zijn het benarde tijden voor u.'

'En nu haalt Ma Na Si die buitenlandse hoer hierheen – ze gebruiken mijn huis als hun geheime liefdesnestje! Ik ontvang zelfs geen huur van hem.'

'Welke buitenlandse hoer?'

'U weet wel, de roodharige vrouw die eruitziet als een vossengeest.'

'De dochter van De Falang? Wel heb je ooit.'

'Ik dacht dat u het wist. Hij heeft me verteld dat de Mandarijn ermee instemt. Ze zijn elke middag in een van de paviljoens, ze hebben gemeenschap en ze roken opium. Allemaal heel heimelijk. Ze komt altijd in een gesloten draagstoel in een mantel met capuchon, net als u. Ik ben de enige die het mag weten. En zo heb ik het gehouden. De hemel beware me als Ren Ren erachter komt. Ik vraag me wel af wat er van mijn huis moet worden. Is dit soms een bordeel voor barbaren?'

'Het zijn er inderdaad tamelijk veel,' beaamde Jin Lao begrijpend. 'Is De Falang al weer terug? Ik moet er niet aan denken dat hij zijn dochter hier zou tegenkomen. Dat zou een komische scène geven.'

'Praat me er niet van! Nee, hij is hier alleen een paar keer geweest met zijn Chinese vrienden, en altijd 's avonds. Ik heb hem Chen Meina aangeboden, maar hij had geen belangstelling.'

'Hij verlangt natuurlijk nog steeds naar de kleine Shen Ping. Hebt u hem het tragische nieuws verteld?'

'Natuurlijk niet. Hij denkt dat ze terug is naar haar dorp.'

'Hij is altijd erg goedgelovig geweest.'

'Jin Lao, doet u alleen alsof of wist u echt niet dat die buitenlanders hier hun liefdesnest hebben?'

'Nee, Liu Mama, ik wist het echt niet. Het was brutaal van Ma Na Si dat hij de naam van de Mandarijn heeft gebruikt om u te vermurwen. Toch ben ik blij dat u hem ter wille bent. Deze man is belangrijk voor ons. Erg interessant, trouwens, van dat meisje. Dus de bekakte dochter van De Falang is een hoer en een opiumrookster. Asjemenou. Ik zie mogelijkheden.'

'Ik ook, Jin Lao.' De twee glimlachten veelzeggend naar elkaar.

'Vertel me eens,' zei Jin Lao alsof er opeens een onbelangrijke gedachte bij hem was opgekomen, 'hoe gaat het tussen Ma Na Si en majoor Lin? Zijn ze nog steeds bevriend?'

'Het is werkelijk niet te geloven. Ze eten samen. Ze praten tot diep in de nacht met elkaar. Soms bekijken ze kaarten en bestuderen ze lijsten en documenten. De enige die bij hen in de kamer mag zijn is Fan Yimei, maar ze vertelt me nooit iets. Ik begrijp niet dat majoor Lin haar bij Ma Na Si in de buurt laat komen. Iedereen kan zien hoe wellustig die barbaar naar haar kijkt. Eigenlijk was ik van plan om dat secreet aan hem te geven. Zo zet ik het ze alle drie in één klap betaald. Dat gaat u me toch niet verbieden, beste kamerheer? Ik weet dat u een hekel hebt aan de majoor. Zou u het niet leuk vinden om hem als hoorndrager te zien? Jammer dat hij Ma Na Si waarschijnlijk zou vermoorden als hij het te weten kwam, en Ren Ren zou dat heilige boontje natuurlijk moeten straffen – ach, het is sowieso de hoogste tijd dat ze een keer naar het tuinhuis gaat. Ik zou de huid eigenhandig van haar rug willen slaan.'

'Wat bent u humeurig vandaag. Is de lunch niet goed gevallen? Wat u voorstelt is vermakelijk, maar niet erg zakelijk. U vergeet volgens mij dat de Mandarijn majoor Lin en Ma Na Si graag tevreden wil houden om de samenwerking te bevorderen.'

'Wat voeren ze toch in hun schild, Jin Lao? Al die besprekingen. Wat zijn ze aan het beramen? Ik pijnig mijn hersens, maar ik kan het niet bedenken.'

De oude man glimlachte veelbetekenend. 'Staatszaken, mijn beste Madame. Het is niet de bedoeling dat u ergens van weet.'

'Natuurlijk, alleen de wijze mannen in de *yamen* mogen zich met staatszaken bezighouden. Vertelt u mij dan eens, welke rol speelt die Japanse man in dit verhaal?'

Deze keer wist ze zeker dat ze Jin Lao had verrast, want zijn mond ging open en dicht, zijn ogen gingen snel heen en weer en hij streek over zijn kin.

'Japanner? Welke Japanner? De man die met de trein is gekomen?' Jin Lao herstelde zich snel. 'Die Engelsman heeft hem natuurlijk meegenomen naar het bordeel. En wat dan nog? Ik begrijp niet dat u dat vreemd vindt. Waarom zou hij een oude vriend geen pleziertje gunnen?'

'Als het daarom ging, zou daar niets vreemds aan zijn, maar het ging om een afspraak met majoor Lin. En nu komt de Japanner op eigen gelegenheid hier om met majoor Lin te praten, en dan moet zelfs Fan Yimei het paviljoen verlaten. Majoor Lin en de Japanner willen geen pottenkijkers.'

Jin Lao staarde haar aan.

Madame Liu lachte triomfantelijk. 'Geef het maar toe, Jin Lao,' kraaide ze. 'U weet niet wat er speelt, hè? Deze keer heeft de Mandarijn u niet in vertrouwen genomen. Ik durf te wedden dat het al een tijd zo gaat. Vertrouwt hij majoor Lin wel en u niet?'

'We zijn allebei in dienst van de *yamen*,' zei hij met een klein stemmetje, zijn wenkbrauwen gefronst. 'De Mandarijn vertelt me alleen wat ik weten moet, en verder niets. Ik heb hem altijd trouw gediend.'

'Wat bent u toch bescheiden,' zei Madame Liu.

Hij negeerde haar sarcasme en dronk langzaam zijn thee. 'Ja, majoor Lin herkende de Japanner toen hij aankwam. Dat vond ik al vreemd. Maar wat kan er nou voor relatie zijn tussen majoor Lin en een Japanner? We weten dat Lin in het verleden krijgsgevangene is geweest. Er ontgaat me iets. Er zit iets achter en dat zie ik niet.'

'Meer dan staatszaken wellicht,' zei Madame Liu breed grijnzend. 'Ik vertelde daarnet dat de buitenlandse jongen een betalende klant heeft. Raad eens wie het is?'

'Natuurlijk.' Zijn ogen kregen een zachte glans en er gleed een glimlach over het bleke gezicht. Meer dan ooit zag hij eruit als een bejaarde geleerde. 'Natuurlijk. En Lin heeft het geregeld?'

'Jazeker, en hij heeft zelfs betaald. Het is de eerste keer dat ik ooit geld van hem heb ontvangen,' zei Madame Liu.

'Werkelijk? Wel, wel, een Chinese majoor als pooier voor een Japanse officier. Je gaat je afvragen wat voor relatie die twee in het verleden hebben gehad. Mijn beste Madame, wat ben ik blij met een vriendin zoals u. Nooit verlaat ik teleurgesteld uw zitkamer.'

'Dat zou ik denken, als u elke keer driehonderd taël mee naar huis neemt.' Ze lachte.

'Kom, kom, wat is een klein bedrag tussen vrienden? Laten we het niet over geld hebben. Ik verlang naar genot:

"De bij steelt wilde nectar
En geniet van de zoete smaak;
De wielewaal pikt in een perzik
Het zachte vruchtvlees smelt op de tong..."

288

Zo, u hebt me van mijn buitenlandse jongen beroofd. Welk ander amusement hebt u vanmiddag voor me in petto?'

'U kunt kijken naar de Japanner die Dansende tijgers doet met de buitenlandse jongen,' zei ze, 'maar dat zou u jaloers kunnen maken. Er is ook een meer exotische mogelijkheid. U zou kunnen kijken naar de buitenlandse duivel en de vossengeest die de liefde bedrijven. Spreekt dat u aan?'

'Zijn ze vanmiddag hier?'

'Ze zijn hier. En tegen de tijd dat u bent uitgelachen om hun capriolen, kunt u zich heerlijk ontspannen in het warme bad dat ik voor u in gereedheid heb laten brengen. Daar wacht een knappe jonge fluitspeler uit Yangzhou op u, met instructies om al uw verlangens te bevredigen.'

'Het is niet leuk meer, hè?'

Ze hadden de liefde bedreven en lagen dicht tegen elkaar aan op de rode lakens, onder de opzichtige draperieën met geborduurde mythische beesten. Voorzichtig trok Henry zijn handen weg van Helen Frances' borsten, en steunend op een elleboog keek hij haar ernstig aan. 'Waarom zeg je dat?' vroeg hij na een lange stilte, die alleen werd verbroken door het tikken van de klok in een hoek van de kamer.

Ze gaf geen antwoord. Een traan welde op in haar oog en viel op het kussen. Zacht streek Henry een lok haar van haar vochtige voorhoofd.

'Hou me vast,' zei ze met een klein stemmetje. Ze draaide zich om en begroef haar hoofd tegen zijn borst.

'Ik weet dat je nooit van me hebt gehouden,' zei ze na nog een lange stilte. 'Nee, zeg maar niets, liefste. Ik wist vanaf het begin dat het voor jou alleen... alleen een spelletje was. Je bent door zoveel mooie vrouwen bemind. Ik was alleen maar – '

'Niet doen,' zei hij.

'In het begin hield ik ook niet van jou. Ik voelde me gevleid, ik was nieuwsgierig en opgewonden... En ik heb genoten. In de grot, en daarna. Die avond toen je naar binnen klom door het raam, en de dokter...'

'... buiten over het grasveld heen en weer liep in het maanlicht en zijn pijp rookte.'

'En je paard niet eens zag terwijl het pal voor zijn neus stond te wachten. Dat was zo grappig.'

Ze lachten geen van beiden.

Ze trok hem dichter tegen zich aan. 'Kerstmis was zo'n hel,' zei ze, en haar stem brak.

Hij drukte een kus op haar hoofd. 'Ik weet het. Ik had met je te doen.'

'Tom houdt zoveel van me.'

'En jij houdt niet van hem.'

'Nee, maar ik ben wel dol op hem. En mijn vader ziet hem als de zoon die hij nooit heeft gehad. Die twee waren zo vrolijk toen ze met die idiote mutsen op hun hoofd de plumpudding probeerden aan te steken.'

Hij streelde haar haren.

'Ik weet niet of ik door kan gaan met veinzen,' zei ze.

'Wat is er veranderd?'

'Tom, denk ik. Hij is serieuzer geworden. Misschien komt het door het werk. Misschien door al dat gepraat over Boxers. Soms heb ik het gevoel dat hij een vermoeden heeft van jou en mij. Hij is zo ernstig. Hij was altijd zo joviaal en speels. Nu is hij stijver. Nee, dat is niet het goede woord. Hij denkt meer na, hij voelt een grotere verantwoordelijkheid.' Ze lachte bitter. 'Tegenwoordig rookt hij zelfs een pijp. Hij was trouwens woedend op je na die vreselijke plechtigheid op het treinstation, toen je zo gemeen was tegen Herr Fischer.'

'Tom is een echte Engelsman. Altijd even beleefd.'

'Maar hij is niet meer die grote, goeiige sukkel van vroeger. In het begin was het makkelijk, de eerste keer dat hij terugkwam uit Tsitsihar. Hij nam me in zijn armen en zwierde me rond over de binnenplaats. Hij was altijd krankzinnig blij om me te zien en overlaadde me met malle cadeautjes. Hij noemde me "lieve meid" en "HF" en "makker". En ik verachtte hem. Hij kuste me en dan rook ik jouw zweet op me van die middag. Hij omhelsde me en dan dacht ik aan jouw handen op mijn huid. Ik vond dat hij het verdiende dat ik hem bedroog, omdat hij me zo blind vertrouwde. Dus het deed me niets. Ik vond het zelfs... spannend.'

Hij kuste haar wang. 'Maar nu begint je geweten opeens te knagen?'

Ze deed haar ogen dicht, vechtend tegen haar tranen. 'Ik heb geen geweten meer. Ik leef alleen als ik met jou samen ben. Ik ben alleen mezelf als ik met jou ben. Ik zou iedereen willen bedriegen als jij van me hield... maar dat is niet zo.'

Abrupt rolde ze bij Henry vandaan en ze zwaaide haar benen over het bed. 'Waar is de pijp?' fluisterde ze. 'Ik wil nog een pijp.' Ze schoof het dunne gordijn opzij en stapte naakt uit bed, in de poel van flets zonlicht op het tapijt. 'Waar is hij?' riep ze prikkelbaar. Ze trok een la van het kastje open, schopte een kruk weg en liet zich verslagen op haar knieën zakken. 'Ik wil een pijp,' kreunde ze.

Er klonken zachte geluiden buiten de deur, geritsel, gefluister. Helen Frances smeet een kussen in de richting van het geluid, en er klonken haastig schuifelende voeten. 'Dat vreselijke ouwe wijf!' gilde ze. 'Ellendige gluurders. Ik haat het hier.' Haar schouders zakten omlaag, haar hoofd viel naar voren en stille tranen biggelden over haar wangen.

Henry knielde naast haar neer, legde zijn wang tegen de hare en nam haar in zijn armen. In zijn beschermende omhelzing wiegden ze samen heen en weer.

Na een tijdje stond hij op. Hij liep naar een kast en haalde er de lange pijp uit, een soort fluit met een metalen bakje aan het uiteinde. Uit een doosje van lakwerk schraapte hij wat zwarte pasta, die hij tussen zijn vingers tot een balletje rolde. Hij legde het balletje in het metalen bakje, pakte een kaars van tafel, en met de pijp en de brandende kaars liep hij terug naar Helen Frances, die zich in foetushouding op de kussens had genesteld, haar hoofd rustend op een houten steun. Ze stak haar hand uit naar de pijp en keek Henry aan.

'Dit is de laatste keer dat ik je dit geef,' zei hij. 'Ik zou het mezelf nooit vergeven als je hier een gewoonte van ging maken.'

Ze lachte zonder humor. 'Heb je me niet al genoeg slechte gewoontes geleerd?'

Langzaam bewoog hij de kaarsvlam heen en weer onder het metalen bakje. Het balletje opium begon te smelten en verspreidde een zoetgeurende blauwe rook. 'Adem uit,' zei hij. 'En adem diep in. Nu.'

Ze zoog de rook in haar longen, hoestte, en ging met gesloten ogen liggen. Henry herhaalde het proces, zoog zijn longen vol rook, wachtte op het effect en legde de pijp en de opium loom terug op het kastje. Toen tilde hij Helen Frances op en droeg haar naar het bed.

Doezelig van de opium lagen ze dicht tegen elkaar aan. Haar hoofd rustte in de kromming van zijn arm. Afwezig streelde zijn hand haar schouder, haar bovenarm, haar borst. Haar vingers streken over zijn buik. Genietend van de warmte die haar lichaam vulde kroop ze tegen hem aan. 'Henry?' mompelde ze.

'Ja?'

'Als je hier alleen bent, als ik niet bij je ben, met al die beschikbare meisjes, ga je dan... ga je dan weleens...'

Hij kuste haar mond. 'Ssst,' fluisterde hij. 'Niet doen.'

'Ik zou het niet erg vinden,' zei ze. 'Ik weet zeker dat als ik een man was... Ik zag een van die meisjes staan toen ik vanmiddag aan kwam lopen. Ze was heel erg mooi. Ze stond in de deuropening van het paviljoen aan de overkant, aan de andere kant van het pad. Een heel bleek gezicht, en prachtige, donkergrijze, stralende ogen... Ze was slank en gracieus, met glanzend haar, maar ze was triest, zo triest. Alles aan haar was triest. Wie is ze?'

'Waarschijnlijk was het Fan Yimei,' zei Henry.

'Ze leek me aardig,' zei ze zacht. 'We hebben elkaar even aangekeken, weet je, heel even maar. Ze keek zo... begrijpend. Grappig. Voor het eerst zag ik een Chinese van wie ik het gevoel had dat ze mijn vriendin zou kunnen zijn. Is dat niet raar? En ik heb haar zelfs nooit gesproken. Heb je weleens... met haar...'

'Nee,' zei hij.

'Misschien moet je dat een keer doen.' Ze streek met haar lippen over zijn schouder, kuste zijn oor, zijn nek, zijn kin. Haar hand ging naar zijn kruis, en hij reageerde direct. Ze ging op zijn borst liggen en keek hem verdrietig aan. 'Dit is de laatste keer, Henry.'

'Waarom?' vroeg hij, licht hijgend vanwege haar streling. 'Ik dacht dat je dit fijn vond.'

'Ik leef ervoor.'

'Waarom wil je het dan niet meer?'

'Omdat je niet van mij kunt zijn en ik niet twee levens kan leiden.'

'O liefste,' verzuchtte hij, 'het is niet dat ik niet wil... Ik wil het wel, echt waar...'

'Wat? Van me houden?' fluisterde ze, zittend op zijn buik. 'Dat hoef je niet te zeggen, liefste. Ik begrijp het.' Ze trok zijn handen omhoog naar haar borsten en zuchtte zelf toen hij haar tepels aanraakte.

'Ik heb hier werk te doen,' hijgde hij. 'Het is een rol die ik moet spelen, liefje. Ik ben niet degene die je... O god, kon ik je maar...' Hij kreunde toen ze hem bij haar naar binnen leidde, hem bereed.

'Het geeft niet. Ik begrijp het,' mompelde ze. 'Het geeft niet. Het komt wel goed. Alles komt goed. Echt waar. Ik begrijp het...' Hortend en stotend kwamen de woorden eruit, in het ritme van hun bewegingen.

'Je begrijpt het niet.' Hij veerde overeind en legde zijn handen om haar rug, maar hij zorgde dat hij in haar bleef en de cadans niet verbrak. Zijn mond vond de hare en begerig kusten ze elkaar. 'Je kunt niet... je kunt niet met die sukkel trouwen,' fluisterde hij fel nadat hij zijn tong had teruggetrokken.

Maar ze hoorde hem alleen kreunen, in koor met haar, terwijl ze elkaar hartstochtelijk beminden. Hun verhitte lichamen, nat van het zweet, leken een eigen leven te leiden in een heftige paringsdans, smachtend naar de verlossende bevrediging...

Jin Lao liet het klepje voor het kijkgaatje dichtvallen. 'Inderdaad exotisch, zoals u had gezegd, beste Madame. Een merkwaardige vertoning, maar zonder enig talent. En die vrouw is ongelofelijk lelijk.'

'U vindt elke vrouw lelijk, Jin Lao. De vraag is: vinden anderen haar lelijk?'

'Er zijn misschien lieden die alle andere variaties al een keer hebben geprobeerd en het misschien wel aardig vinden om met een vossengeest naar bed te gaan.'

'Zou het de Mandarijn aanspreken, Jin Lao?'

'Misschien,' zei hij, 'maar hoe wilt u haar zo ver krijgen dat ze zich aan hem geeft? Dat zijn dromen, beste vriendin.'

'U hebt gezien dat ze opium rookte. Dat zou het lokaas kunnen zijn.'

'Ja, maar ze wordt beschermd door een vader en een minnaar en een ezelachtige verloofde die, net als een boer die genoegen neemt met de restjes uit de keuken, zo stom is dat hij haar nog wil als Ma Na Si genoeg van haar heeft. Hoe wilt u met al die mensen afrekenen?'

'Misschien is dat niet nodig, Jin Lao. U was erbij toen de vuur-wagen kwam, en u hebt de magische verdwijning van de Boxer-priester gezien. Mijn zoon zegt dat de Eendrachtige Vuisten mach-tig zullen worden in Shishan, en snel ook. En wat is de bescherming van een buitenlander dan nog waard? Wat is zelfs de bescherming van de Mandarijn dan nog waard?'

Jin Lao keek haar lang en doordringend aan. 'Niemand weet wat de toekomst brengen zal, Liu Mama. Het is veiliger om niet te spe-culeren. Eén ding weet ik wel: als er inderdaad een omwenteling op-handen is, zoals u zegt, dan hebben we echt wel iets anders aan ons hoofd dan het prostitueren van een buitenlandse duivelin. Ik beperk mijn voorspellingen liever tot het tastbare. Had u in dat verband niet iets gezegd over een bad?'

Arm in arm wandelden de twee weg over het tuinpad. Madame Liu trok haar sjaal dichter om zich heen. De kou in de lucht was de voorbode van een pak sneeuw.

HOOFDSTUK 9

Kleine Broer kan de Aanvallende Kraanvogel imiteren. Meester Zhang
zegt dat we door veel te oefenen de goden gunstig stemmen.

De kinderen hadden duidelijk stiekeme plannetjes.

Het was verbazingwekkend hoe gewillig Jenny en George opeens waren als het bedtijd was, vooral op avonden dat de Airtons gasten ontvingen. Zelfs op gewone avonden draafden ze meteen na het eten zonder enig protest naar hun kamers.

Als Nellie naar hen toe kwam en aankondigde dat het tijd was om het licht uit te doen, werd er niet gesmeekt om 'nog een paar minuutjes', of 'mag ik mijn hoofdstuk uitlezen?' Boeken werden onmiddellijk dichtgeklapt en op het nachtkastje gelegd. In een vloeiende beweging lieten de kinderen zich uit bed glijden en knielden ze op de grond voor hun avondgebed. Daarna kropen ze weer even snel terug in bed, en wachtten ze met grote, onschuldige ogen boven het opgetrokken laken op hun nachtzoen. Er klonk geen gekerm als de kaars werd uitgeblazen. Het was erg raadselachtig allemaal.

Nellie zou het geheim hebben ontraadseld als ze op het idee was gekomen om tijdens hun eigen maaltijd het zware linnen tafelkleed op te tillen. Daar zou ze hen hebben aangetroffen, hun armen rond hun opgetrokken knieën geslagen, ogen glinsterend in het halfduister, alert op de vele benen die elk moment uitgestrekt konden worden, met ontdekking als gevolg. Wekenlang luisterden ze als een soort verstekelingen onder de tafel naar de échte verhalen voor het slapengaan, die veel spannender waren dan hun eigen kinderboeken.

Tijdens het avondeten praatten hun ouders en de andere volwassenen namelijk over de Boxers.

Ze wisten inmiddels dat het geen zin had om te proberen hun ouders te waarschuwen als Ah Lee en Ah Sun hun in de keuken weer eens verhalen hadden verteld: verhalen over een steeds groter en onoverwinnelijk leger dat magie en gevaar over het land verspreidde. De kinderen hadden zelf gezien dat de Boxer-priester onder de wielen van de trein was getuimeld en als een tovenaar in rook was opgegaan, zonder verwondingen op te lopen. Zijn lijkwitte gezicht en blinde ogen achtervolgden hen in hun dromen. En nu die grote Amerikaanse meneer bij hen logeerde, waren ze ervan overtuigd dat ze eindelijk meer aan de weet zouden komen. Meneer Fielding was niet alleen behoorlijk indrukwekkend voor een volwassene (hij was cowboy geweest in het Wilde Westen), ook was hij als commissaris voor de Buitenlandse Zending overal in China geweest. Bovendien had hij de Boxers met eigen ogen gezien, zoals hij hun vader de eerste avond had verteld.

En nu ging hij ze beschrijven!

'In het zuiden maken de Boxers deel uit van het landschap,' vertelde Mr. Fielding, die net zijn tweede sigaar had opgestoken. 'In elk dorp in Shantung en Chih-li tref je ze aan, in groepjes langs de kant van de weg. Meestal geven ze dan een of andere vechtsportdemonstratie – een jonge kerel met ontbloot bovenlijf die een zwaard laat ronddraaien boven zijn hoofd terwijl de toeschouwers hem bewonderen, of ze tonen hun kracht door bakstenen met hun blote handen doormidden te slaan. Het is werkelijk verbijsterend wat die lui allemaal kunnen. Normaal gesproken besteden ze weinig aandacht aan je als je langskomt. Ze roepen misschien een of ander scheldwoord of ze fluiten naar je, maar ze lachen als je iets terugzegt. In hun hart zijn ze gewoon eenvoudige boeren, al zien ze er nog zo kleurrijk uit.'

'Kleurrijk?' vroeg hun vader. 'Hun uniformen bedoelt u?'

'Nou, je zou het uniformen kunnen noemen, maar het lijken eerder kostuums voor een reizend toneelgezelschap: gele tunieken en rode bandana's, een hemelsblauwe sjerp om hun middel, en bloedrode karakters op hun borst. Sommigen hebben de wapenarsenalen in hun dorpen geplunderd en lopen rond in antieke harnassen, zwaaiend met lange messen.'

'Klinkt lachwekkend.'

'Ze zijn absoluut niet lachwekkend, dokter. Je zou Cochise net zo goed lachwekkend kunnen noemen omdat hij een leren lendendoek en een hoge hoed met een veer droeg. Als jonge predikant heb ik een tijd bij de Apachen gewerkt. Ik zat in een reservaat, zo'n diep treurig oord waar we de geest van een trots en wild volk proberen te breken door ze kennis te laten maken met onze zogenaamde beschaving: rantsoenen waar je net niet dood van gaat en de fles. Ik heb hun bijbellessen gegeven, God sta me bij, en ik herinner me de geduldige haat in hun ogen, terwijl vliegen over hun gezicht en hun trots kropen. Het was een gebroken volk, en ik word nog steeds helemaal ellendig als ik eraan denk. Maar als u een Chiricahua-Apache op zijn paard had gezien, met een geweer in zijn hand, zoals mij een keer overkwam nadat Geronimo in de jaren zeventig de opstand had geleid, dan had u een man gezien. Zo trots als een adelaar, zo vrij als de wind, al droeg hij wat u en ik lompen zouden noemen, en al bezat hij niet meer dan een wapen en een paar kralen. Angstaanjagend als een poema, meedogenlozer dan elke andere moordenaar op Gods aarde. Alles had hij tegen zich, en toch hield hij zijn hoofd hoog. Ik wil u niet bang maken, dokter, maar die man leek in bepaalde opzichten op de Boxers die ik in dit land zie.'

'U bedoelt dat het gevaarlijke wilden zijn?'

'Als ze worden opgehitst, zouden ze heel erg gevaarlijk kunnen worden, maar dat is niet wat ik bedoel. Wat ik in hun ogen heb gezien, dokter, is trots. Trots. U en ik wonen al jaren in China, u langer dan ik. We zijn gewend geraakt aan de onderdanigheid van de Chinese boeren. Kom, ontken het maar niet. Kijkt de boer u aan als u hem behandelt? Blijft de ezeldrijver op het pad rijden als u eraan komt op uw paard? Nee, meneer. De een begroet u binnensmonds met zijn ogen neergeslagen, de ander gaat haastig voor u opzij. Elke Chinees heeft iets kruiperigs, het wordt ze met de paplepel ingegeven. Dit is een samenleving van twee klassen: superieur en inferieur. Je beveelt of je kruipt, en de boer is het laagste van het laagste. Maar als een Boxer me onderweg trotseert, zie ik een man. Hij is geen wilde zoals de Apache, maar hij kijkt me met dezelfde dreiging in zijn ogen aan, en ik zweer het u, ik behandel hem behoedzaam en met respect en ik maak zo snel mogelijk dat ik wegkom.'

'Denkt u dat de Boxers echt een gevaar zijn voor de zendelingen?'

De kinderen hoorden de Amerikaan zuchten, gevolgd door het rinkelen van glas op glas toen hij zichzelf nog een glas port inschonk.

'Gevaarlijk? Fysiek gevaarlijk? Ik denk het niet. Voorlopig nog niet. Nu zijn het nog de arme bekeerlingen die worden bedreigd. Ze keren zich eerst tegen hun eigen soort, dan pas tegen ons. Ik heb gehoord dat er in Shantung en Chih-li christelijke dorpelingen zijn vermoord, en die verhalen zijn bevestigd. Er vindt in afgelegen parochies beslist opruiing plaats. Huizen van christenen worden in brand gestoken, net als de kerken. Dat soort dingen. Dit zijn vreselijke tijden, en die boerenjongens zijn zo door het dolle heen dat ze tot de meest duivelse wreedheden in staat zijn. Ik durf te beweren dat criminelen en bandieten zich bij de Boxers aansluiten en hen ophitsen. De bekeerde gemeenschappen in Noord-China zijn uiteraard bevreesd...

Maar wat mij nog veel banger maakt, is dat de regering en de machthebbers dergelijke opstootjes manipuleren om er zelf beter van te worden. Tot nu toe staan de meeste mandarijnen nog aan de kant van de wet. Mensen die geweld gebruiken tegen christenen worden nu nog bestraft. Toch zijn de Boxers een zwaard dat tweesnijdend kan zijn. Ik heb gehoord dat er aan het hof anti-buitenlandse facties zijn, zoals prins Tuan en de zijnen, die de Boxers heimelijk steunen. Hoe dan ook, het aantal Boxers groeit gestaag. Ik heb het gevoel dat er sprake is van stilzwijgende aanmoediging. Volgens mij is er minstens één groep die de mogelijkheid ziet om ons angst aan te jagen, om een paar concessies uit ons te persen, om ons bepaalde vernederingen uit het verleden betaald te zetten.'

'De regering zou de verdragen nooit schenden,' zei dokter Airton. 'Ze weten welke gevolgen dat zou hebben voor henzelf. Ik schrik wel van wat u vertelt over de bekeerlingen. Zelfs in goede tijden zijn er spanningen tussen christenen en hun niet-bekeerde buren. Doodgewone geschillen over land ontaarden soms in religieuze ruzies. Er zit wrok.'

'Ik vrees dat we met ons goede werk onbedoeld een kruitvat hebben gecreëerd. Is de christelijke gemeenschap in Shishan groot, dokter?'

'Niet groot, nee. Er zijn drie of vier christelijke dorpen in de omgeving. Helaas kan ik niet beweren dat ik de mensen heb bekeerd, want dat was het werk van de Kerk van Rome, niet van de hervormde kerk. Mijn twee Italiaanse nonnen doen wel enig pastoraal werk, al is dat lastig zonder priester, en ze gaan er af en toe op bezoek.'

'Het is me opgevallen dat u hier prijzenswaardig oecumenisch met elkaar omgaat, Airton.'

'Het zijn bijzondere omstandigheden, Fielding. Op een dag zal Rome een nieuwe priester benoemen om wijlen pater Antonius te vervangen, en dan raak ik twee uitstekende verpleegsters kwijt. Maar als het waar is wat u zegt, zouden zendelingen van alle gezindten solidair met elkaar moeten zijn als tegenwicht tegen de Boxers. Toch blijf ik me afvragen of we ze echt wel zo serieus moeten nemen.'

'Ik raad u aan om ze zeer serieus te nemen. Begrijp me niet verkeerd, meneer, ik laat me niet intimideren, niet door Boxers en niet door anderen. Ik heb nog geen oproep gedaan om de Amerikaanse missieposten te evacueren, en dat zal ik ook niet doen. Dat lijkt me niet nodig. Ik denk zelfs dat het ons siert om in deze moeilijke tijden niet te wijken. Het is onze plicht. We moeten de kalmte bewaren. Als we ons hoofd niet verliezen en vertrouwen op de Here, kan ons niets overkomen.'

Het werd stil. De kinderen hoorden dat er een sigaar werd uitgedrukt in de asbak boven hun hoofden.

'Wat we ondertussen kunnen missen als kiespijn, zijn idioten zoals Septimus Millward die onze goede naam bezoedelen en alle vooroordelen tegen ons bevestigen.'

'Zeg dat wel,' zei Airton. 'U bent vandaag bij ze geweest?'

'Ja, ik ben vanmiddag in hun huis geweest, als je het tenminste een huis kunt noemen. De misère in een indiaans reservaat is niets vergeleken bij die toestanden. Dokter, ik werd haast wanhopig toen ik zag hoe mager al die mensen zijn. Vel over been! Ik heb ze gevraagd waarom ze niet eten, en weet u wat hij zei? De Heer heeft hun opgedragen om te vasten totdat de verloren zoon is teruggekeerd.'

'Ja, hij gelooft dat zijn vermoorde zoon nog in leven is.'

'Volgens Mr. Millward verkeert hij in uitstekende gezondheid. U weet dat hij regelmatig hemelse boodschappen ontvangt, neem ik aan. Volgens de laatste berichten leidt de jonge Hiram een luxeleventje tussen de hoeren en gruwelen van de kookpotten van Babylon, die zich volgens hem bevinden tegenover de tempel van Baäl.'

'Die man is gek, stapelgek.'

'Te meer omdat hij me vertelde dat de kookpot van Babylon in deze stad te vinden is, boven een theehuis op het marktplein. Hij heeft het beschilderde gezicht van zijn zoon gezien achter een van de ramen, terwijl de volgelingen van Satan hem sloegen op het plein.'

'Het is waar dat hij een keer is geslagen op het marktplein, weet u. Hij probeerde een onthoofding te voorkomen, de executie van de moordenaars van zijn zoon, om precies te zijn. Volgens hem waren ze valselijk beschuldigd. Toevallig is er inderdaad een bordeel boven een theehuis, tegenover de tempel van Confucius.'

'Het is dus niet allemaal wartaal, maar dat neemt niet weg, dokter, dat die man pertinent krankzinnig is. Wat me verontrust is dat hij door deze persoonlijke tragedie zo mogelijk nog fanatieker is geworden. Het is een ongelofelijke smeerboel op zijn erf, maar er lopen wel allerlei weeskinderen rond, die tussen de honden en de kippen in de modder spelen. Volgens mij zijn het er wel honderd. En toen ik er was, zag ik zijn vrouw terugkomen met twee nieuwe baby's in haar armen. Kennelijk had ze de kinderen net gevonden buiten het boeddhistische klooster waar ze om aalmoezen was gaan vragen. Stelt u zich eens voor! Op de een of andere manier blijven ze allemaal in leven, God mag weten hoe. Er zijn ook volwassenen bij. Kreupelen en bedelaars die hij volgens eigen zeggen heeft gedoopt. Hij zegt dat hij hen leert spreken in tongen. Ja, u hoort het goed.

Tot overmaat van ramp is hij bezig met het voorbereiden van een nieuwe evangelische campagne om Gods woord naar de poorten van Babylon te brengen. Ik vrees dat hij de *yamen* van de Mandarijn bedoelt. Hij wil er met dat haveloze zootje ongeregeld in processie naartoe, en als de zondaars tot inkeer zijn gekomen, zal de Heer overwegen om hem zijn zoon terug te geven. Niet lachen, Jezus heeft hem dit persoonlijk opgedragen in een visioen.'

'Zo te horen is hij bijzonder openhartig geweest.'

'Hij was de welwillendheid zelve. Hij beschouwde me als zijn meerdere aan wie hij verslag moest uitbrengen. In zekere zin ben ik dat ook. Technisch gezien valt hij onder onze raad. Het brengt me in een lastig parket. Ik kan geen kritiek hebben op het feit dat hij wezen verzorgt en bedelaars bekeert, maar zijn benadering is zeer gevaarlijk. Zijn leefomstandigheden zijn onhygiënisch. Als een van die weesjes ziek wordt en komt te overlijden...'

'Dan hebben we de poppen aan het dansen, zeker. Dan komen alle oude beschuldigingen boven dat de christenen weeskinderen stelen om hun lichaamsdelen voor religieuze rituelen te gebruiken...'

'Precies. En de mars die hij voorbereidt... Dat zou in deze tijd de lont in het kruitvat kunnen zijn.'

'Kunt u hem niet bevelen om terug te gaan naar Amerika?'

'Niet echt. Ik ben hier alleen om de zaak te onderzoeken. We kunnen hem alleen terugsturen als de voltallige raad de beslissing neemt. Misschien moet de bisschop er zelfs aan te pas komen. Iemand dwingen is... lastig. Lieve heer, waarschijnlijk zouden de Chinese autoriteiten er zelfs bij moeten helpen. Toch moet ik iets doen, in zijn eigen belang.'

'En dat van zijn kinderen,' voegde de dokter eraan toe.

'Nou, laten we bidden dat er de komende paar maanden geen vervelende dingen gebeuren. Zo lang duurt het om onze bureaucratie in gang te zetten. Gelukkig is de spoorlijn nu doorgetrokken tot Shishan, dat maakt het makkelijker om met elkaar te communiceren. Het stuit me tegen de borst om u op te zadelen met een kwestie die u in feite niet aangaat, maar ik zou het bijzonder op prijs stellen als u me op de hoogte houdt. En ik verzeker u dat ik zo snel mogelijk terug zal komen om een oplossing te regelen.'

'Mijn beste man,' hoorden de kinderen hun vader uitroepen, 'ik wil net zo graag als u dat de problemen van dit treurige gezin worden opgelost.'

'Het trieste is dat Septimus Millward ooit zo veelbelovend was. Ik heb verslagen over hem gelezen. Op Oberlin was hij een bron van inspiratie voor zijn klas, weet u. Zijn bijbelkennis was fenomenaal, en hij had een edelmoedigheid die respect afdwong en mensen sterkte in het geloof. Iedereen die hem kende hield van hem. Iedereen was verheugd toen hij naar China besloot te gaan met zijn gezin, als een David die de strijd met de heidenen zou aanbinden. Afgelegen dorpen, moeilijke omstandigheden, het maakte hem allemaal niet uit, en de brieven die hij schreef waren altijd opgewekt, enthousiast, vol compassie. Pas toen hij eenmaal in Shishan was werd hij... Het lijkt wel of hij hier bezeten is geraakt. Demonen, waanideeën...'

'Kom, kom, Fielding, van demonen bezeten... Toen we het over de Boxers hadden, waren we het erover eens dat we daar niet in geloven. Straks gaat u me nog vertellen dat die arme Millward tegenwoordig de vechtsport beoefent.'

'Dat komt nog wel!' Fielding lachte hartelijk en zijn vallende hand deed het aardewerk op tafel rinkelen. 'Dat komt nog wel.'

Opgewonden slopen de twee kinderen terug naar hun kamer. 'Hoorde je dat?' fluisterde George tegen Jenny. 'Mr. Fielding denkt dat Mr. Millward bezeten is! Net als de Boxers.'

'Hij is een christen. Dat kan helemaal niet.'

'Hij kan toch van christelijke geesten bezeten zijn. Van engelen, zoals... zoals Michaël. Je weet wat Ah Lee heeft gezegd: als we tegen de Boxers willen vechten, moeten we zorgen dat we net zoveel magie hebben als zij. Misschien is Mr. Millward wel ons geheime wapen! Alleen weet niemand dat nog.'

Kort na het vertrek van Mr. Fielding kwam Helen Frances weer bij hen logeren. Tot ieders verbazing besloot ze plotseling om toch in het ziekenhuis te gaan werken. De kinderen waren aanvankelijk enthousiast, maar het duurde niet lang of ze beseften dat Helen Frances op een ondefinieerbare manier was veranderd.

Ze was nog steeds even vriendelijk en lief, en ze glimlachte dromerig naar hen als ze hen zag, maar ze wilde niet meer met hen spelen en ravotten zoals vroeger. Op de een of andere manier was ze afstandelijk. 's Avonds na het werk zat ze uren achter elkaar met een ongelezen tijdschrift in haar hand in het niets te staren. Ze reed niet langer paard, ze ging niet meer wandelen. Tom en haar vader kwamen soms op bezoek, maar ze leek nooit blij om hen te zien. Als ze met hen praatte, was haar glimlach geforceerd. Mr. Manners kwam haar nooit opzoeken, en voor de kinderen was dat misschien wel de grootste teleurstelling.

Vreemd genoeg was ook haar uiterlijk veranderd. De kinderen herinnerden zich haar als een gezond meisje met blozende wangen, pittig en energiek. Nu waren haar wangen bleek en had ze blauwe kringen onder haar ogen. In sommige opzichten was ze mooier dan ooit – haar haren gloeiden feller rood tegen het wit van haar huid, en haar groene ogen waren op de een of andere manier glanzender dan ooit, al was die glans triest en melancholiek, niet stralend en aanstekelijk zoals voorheen. Verder was ze loom en lusteloos, alsof al haar energie was opgebruikt.

'Het kan niet alleen maar vermoeidheid zijn,' zei George op een dag, nadat ze vriendelijk had geweigerd om met hen te komen hoepelen. 'Mama en zuster Elena zien er nooit moe uit als ze in het ziekenhuis hebben gewerkt.'

'Ze is nieuw,' betoogde Jenny. 'Misschien moet ze er nog aan wennen. Het is ook helemaal niet leuk om met die vreselijke opiumverslaafden te werken. Ze zit er vaak uren. Ik begrijp niet waarom ze juist voor die afdeling kiest.'

'Ik ook niet. Ik vind het zulke griezels, die verslaafden, met hun flonkerende ogen. Ze zijn zo mager dat je hun ribben kunt tellen, en ze botsen de hele tijd tegen dingen aan, of ze zitten als spoken op hun bed. Zuster Elena vertelde dat Helen Frances speciaal om de opiumafdeling heeft gevraagd. Ze zei tegen papa dat ze nergens anders wil werken.'

'Weet je wat ik denk?' zei Jenny. 'Ik denk dat ze verdriet heeft. Een gebroken hart. Daarom wil ze de hele dag bij verdrietige mensen zijn.'

'O nee,' kreunde George. 'Begin nou niet weer over die Mr. Manners! Luister, Jen, ik heb beloofd dat ik op zou houden over de vossengeest. Wil jij dan alsjeblieft ophouden met dat gezeur over liefde? Ze gaat met Tom trouwen.'

'Ze is tegenwoordig zo bleek dat ze echt wel een beetje op een vossengeest begint te lijken,' zei zijn zusje peinzend. 'Toch denk ik dat ze verliefd waren. We hebben vorig jaar toch gezien dat ze elkaar onder tafel aanraakten met hun benen en hun voeten? Ja toch?'

'Hou op, Jen. Doe niet zo stom. Ze gaat met Tom trouwen.'

En zo eindigde de discussie, met Jenny die haar tong uitstak en George die Jenny achtervolgde door de tuin en aan haar haren trok. Twee avonden later hoorden ze echter een gesprek waaruit bleek dat Jenny's kinderlijke fantasie helemaal niet zo dom was.

Het was op de avond dat Tom en de vader van Helen Frances kwamen eten. Het was hun laatste avond in Shishan voordat ze opnieuw naar Tsitsihar zouden gaan. Tegenwoordig hadden hun ouders het nooit meer over Boxers en het begon een beetje saai te worden om elke avond onder de tafel te zitten. Op een avond waren ze in slaap gevallen, en toen ze wakker werden waren alle lichten uit en lag iedereen al in bed. Het was heel eng geweest om door het donkere huis naar hun kamer te sluipen. Maar die avond kwam Mr. Delamere, en hij had altijd boeiende verhalen te vertellen.

Onderweg naar de eetkamer werden ze bijna betrapt. Helen Frances stond in haar eentje in de gang en ze bekeek zichzelf in de spiegel. Ze werd zo in beslag genomen door haar eigen spiegelbeeld dat ze de schuifelende voeten van de kinderen niet hoorde toen ze achteruitdeinsden. In de schaduw bleven ze staan wachten. Ze hoorden stemmen in de zitkamer en begrepen niet waarom Helen Frances niet bij de anderen was. Ze zagen dat ze haar ogen dichtdeed en met haar voorhoofd tegen de spiegel leunde. Haar gezicht stond heel erg verdrietig. Toen rechtte ze haar schouders en liep ze vermoeid naar de zitkamer.

Voor de deur bleef ze staan, en pas nadat ze zichtbaar moeite had gedaan om te glimlachen ging ze naar binnen. Ze hoorden de bulderende stem van haar vader die haar begroette, en haar hoge stem toen ze antwoordde. Het geroezemoes overstemde het trippelen van de kindervoeten in de gang, en net op tijd doken ze weg onder het tafelkleed. Even later kwam Ah Lee al binnen met de soep.

Het was voor de verandering een vrolijk maal. Mr. Delamere was goed in vorm, pochte over het kapitaal dat hij en Tom zouden verdienen als ze zeep gingen verkopen aan hun nieuwe klant, Mr. Ding in Binnen-Mongolië. Ze gingen erheen met acht wagens en tien gewapende bewakers.

'Voor jullie hebben we natuurlijk geen geheimen,' voegde Mr. Delamere er vertrouwelijk aan toe, 'maar we hebben erg geheimzinnig moeten doen over dit reisje. Mijn partner Lu vermoedt dat een van de andere kooplieden onder één hoedje speelt met IJzeren Man Wang. Eigenlijk mag ik niet verklappen wie het is, Airton, maar laten we zeggen dat het een gerespecteerde koopman is die we allebei kennen.' Hij liet zijn stem dalen en siste: 'Jin Shangui. Hij laat Wang weten wanneer de transporten plaatsvinden, zodat zijn bandieten de karavanen in een hinderlaag kunnen lokken.'

'Mijn beste Delamere, als het een geheim is, hoor je het me niet te vertellen,' protesteerde de dokter. 'Bovendien geloof ik je niet. Ik ken Jin al jaren.'

'Eerlijk gezegd was ik zelf ook nogal verbaasd,' gaf Frank toe, 'maar Lu is vrij zeker van zijn zaak. Aan de oppervlakte blijven we natuurlijk de beste vrienden, maar we vertellen Jin niet meer waar we mee bezig zijn, of we spelden hem iets op de mouw om hem in verwarring te brengen. Echte geheim agenten zijn we tegenwoordig, niet dan, Tom?'

Tom gaf geen antwoord. Hij en Helen Frances hadden tijdens het hele maal nauwelijks een woord gezegd.

'Ik begrijp al die verhalen over geheimen en kooplieden niet,' zei hun moeder, die aan het hoofd van de tafel zat, 'maar ik heb wel van IJzeren Man Wang gehoord. Mr. Delamere, ik hoop dat Tom en u voorzichtig zullen zijn tijdens dat grote avontuur van jullie. Bandieten zijn al gevaarlijk genoeg, maar met de geruchten over Boxers die een bedreiging vormen voor godvrezende mensen begin ik me echt zorgen te maken.'

'Voor Boxers hoeft u echt niet bang te zijn!' zei Delamere lachend. 'Die zitten hier in het noorden niet eens. In elk geval nu nog niet. En we hebben al eens eerder met die jongens van IJzeren Man Wang afgerekend. Of liever, dat heeft Tom gedaan, die dappere kerel. Kijk, het wordt natuurlijk pas echt spannend op de terugweg uit Tsitsihar, als we al het zilver bij ons hebben dat we voor de alkali krijgen. Helen Frances, lieve schat, je weet toch dat je verloofde en je pa rijk gaan worden, hè? Ik verwacht dat de directie van Babbit & Brenner ons met een fikse bonus zal belonen als ze horen hoeveel winst we deze keer voor ze hebben gemaakt. Heb jij weleens een wagen vol zilver gezien, Airton? Je weet niet wat je ziet. Daarom nemen we ook bewakers mee. Niet voor de heenreis, maar voor als we terugkomen.'

'Ik vind dat je discreter zou moeten zijn, papa.' Helen Frances mengde zich voor het eerst in het gesprek.

'Onzin, meisje.' Mr. Delamere nam een schaaltje karamelcrème van het dienblad dat Ah Lee presenteerde. 'We zijn hier met vrienden onder elkaar. Wie kan er nou bij de Airtons afluisteren?' De kinderen zagen dat hij zijn zware torso opzij draaide naar zijn dochter. 'Je ziet een beetje pips, snoesje,' zei hij tegen haar. 'Ben je ziek geweest? Of ben je gewoon verdrietig omdat je pa weer op reis moet?'

'Jou zal ze echt niet missen, Delamere. Ze kwijnt weg vanwege de jonge Cabot,' zei Airton joviaal.

'Nu je het zegt... We hebben de hele avond ook al geen woord van Tom gehoord. Wat een stelletje zuurpruimen zijn jullie! Ben ik even blij dat mijn oude huid te dik is voor Cupido's pijlen. Kijk eens hoe sip ze kijken. Afscheid nemen valt niet mee, hè?'

De dokter schraapte zijn keel. 'Ik vraag me af of ik zo brutaal mag zijn om te vragen of er al een datum voor het huwelijk is bepaald.'

'Ja, Tom,' viel zijn vrouw hem bij. 'Het is een genoegen om Helen Frances bij ons in huis te hebben en we waarderen haar hulp in het ziekenhuis, maar soms vragen we ons af wat jullie toekomstplannen zijn. Ik weet dat ze je heel erg mist. Ze is erg stil de laatste tijd. Ik ben het met u eens, Mr. Delamere, ze ziet inderdaad witjes.'

De kinderen zagen dat Tom onder de tafel zacht met zijn vuist in zijn handpalm sloeg, en zijn ene voet tikte rusteloos op de grond. Ze hadden het gevoel dat hij grote moeite had om zijn energie in te dammen. Opeens verdwenen de grote handen uit hun zicht en hoorden ze gerinkel op de tafel boven hen.

'Mevrouw en meneer Airton, mag ik alstublieft zondigen tegen uw gastvrijheid?'

Er viel een plotselinge stilte na dit ongebruikelijke verzoek. 'Maar natuurlijk, Tom,' zei de dokter.

'Ik zou graag even alleen willen zijn met mijn verloofde. We kunnen... straks weer bij jullie komen zitten in de zitkamer.'

'Natuurlijk, natuurlijk,' zei hij na een stilte. 'Wat dom van me. Ik begrijp heel goed dat jullie even met elkaar alleen willen zijn. Waarom heb ik dat zelf niet bedacht?'

'Waarschijnlijk omdat je het jammer vindt dat we de port en de sigaren missen als we eerder van tafel gaan,' mompelde Mr. Delamere.

'Mr. Delamere,' zei Nellie, 'u krijgt uw glas port en een sigaar, en ook een kop koffie, maar wel in de zitkamer. Kom. Volgens mij hebben deze jonge mensen iets met elkaar te bespreken.'

Stoelpoten schraapten over de grond, en twee paar benen in krijtstreep en een japon met queue verdwenen. De zware stem van Mr. Delamere stierf weg, en even later bleven alleen Toms sportpantalon en de gestreepte jurk van Helen Frances over. De twee mensen boven hun hoofden bewogen zich niet. In de gespannen stilte keken de twee kinderen elkaar met grote ogen aan, terwijl het verloofde stel zich opmaakte voor de confrontatie.

'Morgen weer op weg naar Tsitsihar,' zei Tom na een stilte. 'Je zult me een tijd niet zien. Een week of zes.'

Hij leek op antwoord te wachten, maar dat kwam niet.

'Mr. Lu heeft er alle vertrouwen in dat Mr. Ding de hele lading alkali zal kopen. Het wordt de eerste grote doorbraak voor Babbit & Brenner. Eindelijk wordt je vader voor zijn inspanningen beloond.'

'Ik ben blij voor hem,' mompelde Helen Frances. 'En voor jou ook.' Ze sprak zo zacht dat de kinderen haar nauwelijks konden horen.

Tom bleef zwijgen, alsof hij verwachtte dat ze nog iets zou zeggen. 'Ik ben ook blij,' zei hij na een tijd. 'Ja, het geeft... voldoening.' Weer viel hij stil. 'De reis... Luister, maak je nou maar geen zorgen over ons. We redden ons wel.'

'Mijn vader zou niet iedereen over het zilver moeten vertellen.'

'Nee, dat is niet verstandig.' De kinderen zagen dat Toms voet weer begon te tikken op het kleed. Met zijn handen frunnikte hij aan de zitting van zijn stoel.

'Hij is zo'n opschepper geworden. Stom. Kinderachtig,' viel Helen Frances nijdig uit. De kinderen schrokken van zoveel venijn. 'Ik word doodziek van die man. Doodziek! Drinken. Opscheppen. Sentimenteel gezeur over zijn kleine meisje. Ik ben zijn kleine meisje niet! Heeft hij wel bedacht dat hij jou in gevaar brengt? Is deze transactie zo belangrijk dat hij zijn leven en het jouwe in de waagschaal moet stellen? Het is monsterlijk, en je bent niet goed bij je hoofd dat je met hem meegaat.'

'Toe nou, HF,' verzuchtte Tom. 'We hebben de noodzakelijke voorzorgsmaatregelen genomen. We zijn er al eens eerder geweest. Dit is een heel gewone zakenreis.'

'Niet met Boxers die het land onveilig maken en bandieten die op de hoogte zijn van jullie doen en laten. Maar jij bent al net zo erg als hij, hè? Wat een stel zijn jullie. Een spannend avontuur. Alles is grappig, of jullie zien het als een spelletje cricket. Ik veracht jullie.'

Tom verstijfde tijdens haar uitbarsting, maar Helen Frances was zelf ook gespannen. Jenny zag de knokkels van haar verstrengelde handen wit worden, en haar benen en lichaam trilden onder haar jurk. Net als Tom daarnet leek ze moeite te doen om een sterke emotie te beheersen.

'Wat is er toch met je, HF?' vroeg Tom zacht. 'Je doet al wekenlang vreemd. Al maanden, zelfs.'

'Begin jij nou ook al?' schamperde ze. 'Ga je net zo zeuren als Nellie? "Ach, Helen Frances, je bent een beetje bleekjes vandaag." "Ach, Helen Frances, eet je je soep niet op?" Ik wilde dat mensen me gewoon met rust lieten. Laat – me – met – rust!'

'Je vader en ik zijn gewoon bezorgd,' zei Tom zonder veel overtuiging.

'Mijn vader en jij. Het is altijd en eeuwig mijn vader en jij. Jullie zijn onafscheidelijk. Zijn we daarom soms verloofd? Zodat we gezellig met zijn drietjes grote dingen voor Babbit & Brenner kunnen doen?' Ze lachte. Het was een lelijk geluid. 'Jullie hebben mij niet nodig, Tom. Ik ben geen lid van jullie jongensclub. Jullie zouden blij moeten zijn dat ik weg ben gegaan om hier te komen werken. Nu kunnen jullie allebei naar hartenlust drinken en grappen maken. Heeft mijn vader je al aan een van zijn snolletjes voorgesteld? Je weet toch wat hij allemaal uitspookte voordat wij kwamen?'

Zwaar ademde Tom uit. 'Nou, meisje, als ik niet had gezien dat je de hele avond water hebt gedronken, zou ik zeggen dat je een glaasje te veel op had. Ik heb echt geen idee waar je het over hebt.'

'Keurige, eerlijke Tom. Het braafste jongetje van de klas.'

Tom schoof zijn stoel naar achteren. De kinderen hoorden het tikken van zijn schoenen terwijl hij heen en weer liep. Helen Frances leek tot bedaren te komen. Haar handen lagen slap in haar schoot.

Even later ging Tom weer zitten. 'Ik heb je nooit gevraagd wat er tussen jou en Manners is gebeurd,' zei hij, zijn stem zachter maar op de een of andere manier ook beslister, 'terwijl wij in Tsitsihar waren en daarna. Ik heb jou noch hem aan de tand gevoeld. Mrs. Airton heeft me een keer iets verteld over een onweersbui... Eén ding moet je goed begrijpen, HF, namelijk dat ik een simpele kerel ben. Ik ben niet fantasierijk of intelligent. Ik neem de dingen zoals ze zijn. En ik vertrouw mensen totdat ze me een reden geven om dat niet te doen. Misschien is het dom om het beste van mensen te denken. Misschien is het laf, weglopen voor de feiten. Maar soms hoop je dat het vanzelf goed komt als je de dingen op hun beloop laat.

Nee, zeg nog maar niets. Jij hebt net je hart gelucht, en nu ben ik aan de beurt. Ik geloof niet dat je me haat, hoewel je de afgelopen paar weken geen... geen erg aardige dingen tegen me hebt gezegd... in elk geval niet de dingen die je horen wil van het meisje waar je van houdt. Volgens mij heb ik je geen reden gegeven om boos op me te zijn. Als ik dat wel heb gedaan, dan deed ik het onbewust en dan spijt me dat.

Maar weet je, eigenlijk denk ik niet dat je kwaad bent op mij of je vader. Ik denk dat je razend bent op jezelf. De paar keer dat ik op school over de rooie ging, vierde ik bot op een ander dat ik kwaad was op mezelf. Ik weet niet hoe de psyche van een vrouw in elkaar zit, maar waarschijnlijk is er niet zoveel verschil. Laat me dit zeggen, eens en voor altijd. Het kan me niet schelen wat er tussen jou en Manners is gebeurd. Als het voorbij is, HF, als het voorbij is. Zolang het voorbij is, wil ik het niet weten. Zand erover. Vergeten.'

'Vergeten?'

'Ik hou van je, HF,' zei Tom simpel. 'Ik meen het. Vergeten. Tenzij hij je pijn heeft gedaan.' Zijn stem kreeg een hardere klank. 'Als hij je pijn heeft gedaan vermoord ik hem.'

George slaakte een kreet en Jenny drukte snel een hand voor zijn mond. De grote mensen hoorden het gelukkig niet. Tom stompte onder de tafel weer in zijn handpalm. Ze zagen zijn borst uitzetten toen hij diep inademde. 'Maar als het niet voorbij is... Als het niet voorbij is...' Zijn stem stierf weg en hij haalde nog een keer diep adem. 'Dan moet je het me vertellen, beste meid, en dan laat ik je gaan.'

De kinderen zaten muisstil te luisteren. Helen Frances pakte haar tas en haalde er een zakdoek uit. De stof was verkreukeld toen ze de zakdoek terugstopte. Waarschijnlijk huilde ze. Toch klonk haar stem kalm en toonloos. Vermoeid.

'Het is voorbij. Hij heeft me geen pijn gedaan, dus je hoeft hem niet te vermoorden. Tevreden?'

Tom zakte in elkaar op zijn stoel en maakte een geluid dat het midden hield tussen een kreun en een snik. Het bleef heel lang stil. De kinderen hoorden het tikken van de staande klok in de gang. Er klonk een lach uit de zitkamer.

'En wij?' vroeg hij na een tijd.

'Ik weet het niet,' antwoordde Helen Frances.

'Onze verloving?'

'Ik weet het niet.' Ze balde haar handen tot vuisten.

Tom sloeg met zijn vuist op tafel. De borden en glazen rinkelden. Een wijnglas viel om, en de kinderen zagen dat het tafelkleed rood kleurde en een straaltje wijn op het parket druppelde.

'Soms denk ik dat ik hem sowieso wil vermoorden. De smeerlap. De schoft. De...' De uitbarsting was alweer voorbij. Zijn stem stierf weg. Helen Frances zei niets.

Een nieuwe uitbarsting. Tom was weer gaan staan, en George en Jenny hoorden hem driftig heen en weer lopen.

'Jezus, HF. Waarom? Waarom?'

Ze zei niets.

De kinderen hoorden de voetstappen om de tafel heen gaan naar de kant waar Helen Frances zat. Plotseling werd ze omhooggetrokken van haar stoel. Ze gluurden onder het kleed door en konden net zien dat Tom haar onstuimig in zijn armen trok, maar zij reageerde niet en hing slap tegen hem aan. Het leek wel of hij haar door elkaar rammelde.

'Ik hou van je. Ik hou van je,' kreunde hij, maar haar hoofd was afgewend.

Na een tijdje zette hij haar zacht terug op haar stoel en begon hij weer te ijsberen. 'Ik blijf zes weken tot twee maanden weg.' De woorden klonken emotieloos. 'Als ik terugkom, vraag ik je of je nog steeds met me wil trouwen. Mijn gevoelens voor jou zullen niet veranderen. Ik ben de jouwe, HF. Je bent mijn lust en mijn leven. Niets minder. Ik heb van je gehouden vanaf het eerste moment dat ik je zag, in het huis van je tante. Jij kwam binnen en het gaslicht begon feller te branden. Voor mij is dat de beste beschrijving. Je straalde. Ik had nooit durven dromen... Op de boot, die avond dat je... Ik voelde me... hoe kan een mens zoveel geluk verdienen? Eigenlijk zou ik dankbaar moeten zijn. Die herinnering kan niemand me meer afpakken.'

Het lopen hield op.

'En we hebben zoveel lol gehad samen. Weet je niet meer hoe vaak we samen hebben gelachen? We hoefden elkaar maar aan te kijken en dan lazen we elkaars gedachten... Het is mijn schuld. Ik had je niet de hele dag alleen moeten laten. Ik had niet net zo fanatiek moeten worden over die stomme zeep als je vader. Ik had bij jou moeten blijven, zodat je niet met hem uit rijden had hoeven gaan... met die...'

'Hou op, Tom. Het was niet jouw schuld.' Helen Frances' stem klonk als een langgerekte zucht.

Tom wilde iets gaan zeggen, maar hij bedacht zich. De kinderen hoorden hem zuchten.

'Als het antwoord nee is wanneer ik terugkom, zal ik het je niet moeilijk maken. Ik blijf dan natuurlijk niet in Shishan, dat zul je me niet kwalijk nemen. Dat zou ik niet verdragen. Babbit & Brenner sturen me wel naar een andere uithoek. Het kan me trouwens ook niet schelen als ze me ontslaan. Het leven gaat toch wel door. Zoals ik al zei, ik heb mijn herinneringen. Als een man weg wil kwijnen van verdriet, moet hij dat toch zeker zelf weten.

Maar denk wel goed na, beste meid. Denk goed na als ik weg ben. Ik vind het niet erg dat je mijn leven kapotmaakt, maar ik wil niet dat je het jouwe vergooit.' Zijn stem haperde. 'Sorry, ik kan de anderen vanavond niet meer onder ogen komen. Bedank Mrs. Airton van me. Verzin maar een smoesje... O god, HF, je haar in het licht van die kaars... Wat hou ik veel van je... God zij met je, liefste. Vergeet me niet.'

De deur naar de gang ging open en zacht weer dicht. De kinderen hoorden Toms voetstappen wegsterven. Helen Frances had zich niet bewogen. Stokstijf bleef ze op haar stoel zitten, totdat haar lichaam opeens verslapte en ze zachtjes begon te snikken. Er leek een soort gonzen uit haar binnenste te komen, een gonzen dat aanzwol tot een schril gejammer van verdriet. Ze wiegde heen en weer terwijl het kermen luider werd.

Jenny kon er niet tegen. Ze verliet haar schuilplaats en sloeg haar armen om de huilende Helen Frances heen. Tranen liepen over haar eigen wangen. Het kermen hield op. Helen Frances sloeg haar armen om haar heen en geluidloos huilden ze in elkaars armen. Als een mol stak George zijn eigen hoofd onder de tafel vandaan. Even later werd ook hij in de omhelzing getrokken.

Stilletjes wiegden ze met zijn drieën heen en weer, en het was dit tafereel dat Frank Delamere zag toen hij zijn hoofd, met een sigaar in zijn mond, om de hoek van de deur stak.

'Wel heb je ooit!' riep hij naar de Airtons achter hem in de zitkamer. 'Er wordt hier een heuse tragedie opgevoerd. Mariana huilt tranen met tuiten in de torenkamer en ze wordt getroost door twee cherubijntjes. Geen spoor van sir Lancelot te bekennen. De diepbedroefde ridder heeft zich natuurlijk al spoorslags uit de voeten gemaakt omdat het afscheid nemen hem zo zwaar valt. Is het niet ontroerend? Asjemenou. Kop op, meisje. We gaan alleen maar naar Tsitsihar. We zijn terug voor je het weet. Maak je geen zorgen, als we terug zijn gaan we plannen maken voor de bruiloft. Airton, hoe komt het dat je kinderen zo laat nog op zijn? Ik dacht dat jij een strengere pa zou zijn. In mijn tijd moest ik om zes uur met een boterham naar de kinderkamer.'

Drie kilometer verderop, in het Paleis van de Hemelse Lusten, nam Fan Yimei een besluit. Majoor Lin was weg met zijn troepen. Ze was alleen in het paviljoen.

Aan de andere kant van de binnenplaats zag ze licht branden in het paviljoen dat het spiegelbeeld vormde van het hare. Eerder die avond had de Engelsman Ma Na Si er gedineerd, gevolgd door een drinkgelag met zijn Japanse vriend. Oorspronkelijk had majoor Lin er ook bij zullen zijn, ongetwijfeld om voor de zoveelste keer eindeloos over wapensmokkel te discussiëren. Er waren echter onlusten uitgebroken in een van de afgelegen dorpen – een stel oproerkraaiers, misschien wel zo'n groep Boxers waar iedereen het tegenwoordig over had, had de dorpelingen opgezet tegen de plaatselijke christenen en er was een schuur in brand gestoken – dus had de Mandarijn majoor Lin erop uitgestuurd om de orde te herstellen. Hij had gemopperd maar was wel gegaan. Hij had gezegd dat hij zeker twee dagen weg zou blijven.

Ze had gezien dat de Japanse man die haar aan een slang deed denken het paviljoen van Ma Na Si nog niet zo lang geleden had verlaten, en met Madame Liu was meegegaan naar het hoofdgebouw. Ze wist waar hij heenging, en ze voelde diep medelijden met de blanke schandknaap die op hem wachtte. Al vanaf de eerste keer dat ze kolonel Taro had gezien, wekte hij afkeer bij haar op. Hoe hoffelijk en knap hij ook was, ze voelde dat er wreedheid schuilging achter die fluwelen charmes. Zijn ogen lachten nooit; hij deed haar denken aan een hagedis, zoals zijn blik van de ene persoon naar de andere ging, kil, berekenend. Hij had een vreselijk effect op majoor Lin. Hoe meer de Japanner zich ontspande, hoe meer hij ontdooide, des te stijver en meer kortaangebonden haar minnaar op hem reageerde. Hij gedroeg zich zo extreem correct dat het aan het onfatsoenlijke grensde, alsof hij de man met wie hij zaken moest doen verachtte. Toch waren er momenten, als er een pauze viel in het gesprek en Taro het niet merkte, dat ze Lin smachtend naar de Japanner zag kijken, bijna als een spaniël. Het was de blik van een aanbidder of een minnaar.

Lin dronk altijd meer dan gewoonlijk voor en na de bezoeken van de Japanse kolonel. Als ze na alle drank 's nachts met elkaar alleen waren, kwam onveranderlijk de rotting te voorschijn en wilde hij geslagen worden. Hij was haar ruw gaan behandelen, hij sloeg haar, dwong haar om voor hem op haar knieën te gaan zitten. Als hij haar nam, was het zoals honden het doen. Soms hoorde ze hem huilen als ze 's nachts wakker werd. Ze had altijd vermoed dat haar minnaar een gevoel van schaamte verborg, iets wat waarschijnlijk met de oorlog te maken had. Nu twijfelde ze niet langer. Omdat ze zelf een slaaf was, herkende ze de symptomen.

Haar vermoedens over Taro's geaardheid waren een paar dagen eerder bevestigd toen Madame Liu haar kwaad en nerveus in het hoofdgebouw had ontboden. Het lievelingetje van Madame Liu, Su Liping, had haar meegenomen naar een trap waarvan ze het bestaan niet eens had gekend, naar een kale houten gang met kamers aan weerszijden. In een van die kamers wachtte Madame Liu haar op. Ze tilde een deken op en op het bed werd een ineengedoken figuur zichtbaar. Het was alsof een nare droom terugkwam. In een flits ging het door haar heen dat het bloederige, bont en blauw geslagen lichaam dat van Shen Ping was, opgestaan uit het graf. Het volgende moment maakte de schrik plaats voor nieuwsgierigheid en verbazing. Dit was geen meisje en ook geen Chinees, maar een magere buitenlandse jongen.

313

Madame Liu greep haar bij de keel. 'Geen woord hierover, hoor je me? Anders vermoord ik je. Ik wil dat je dit stuk ongeluk oplapt. Lap hem op en zorg dat hij weer beter wordt, net zoals je verleden jaar met dat stomme loeder Shen Ping hebt gedaan. Ik wil niet dat deze doodgaat. Nog niet. Er valt nog geld aan hem te verdienen. Is dat duidelijk? Ik heb jou gekozen omdat je zorgzaam bent, en om- dat je intelligent genoeg bent om te weten wanneer je je mond moet houden. Stel me niet teleur. Duidelijk?'

Aarzelend begon ze aan haar taak. De jongen was onmiskenbaar geslagen, maar niet in het wilde weg, zoals Ren Ren deed. De won- den zaten vooral op de billen en hoog op de dijen, en afwezig be- dacht ze dat majoor Lin op dezelfde plaatsen littekens had. Veel er- ger nog waren de brandwonden van sigaretten op zijn tepels en geslachtsdeel.

De jongen was bij bewustzijn en kreunde van pijn, en hij gilde toen ze zalf op zijn wonden smeerde. Doodsbang volgden zijn lich- te ogen in zijn opgezwollen rode gezicht haar bewegingen. Toen ze tegen hem begon te praten, schudde hij heftig zijn hoofd en vertrok zijn smalle gezicht van angst. 'Geen woorden,' kermde hij, 'geen woor- den. Ren Ren zal... Ren Ren zal...'

Het kostte tijd, maar ze was zo vriendelijk dat hij zich op de der- de dag gewonnen gaf. Aarzelend begon hij antwoord te geven op haar vragen, in verbazend vloeiend Chinees. Ze vroeg hem of hij door Ren Ren was geslagen.

Hij sperde zijn ogen wijd open. 'Nee,' antwoordde hij. 'Ik heb niets verkeerd gedaan. Echt niet. Zeg alsjeblieft niet tegen hem dat ik iets verkeerd heb gedaan.' Hij glimlachte geforceerd. 'Soms komt hij bij me als ik mijn best heb gedaan.' Opeens stroomden er tranen over zijn gezicht. 'Ik heb het geprobeerd. Echt waar. De oude mannen vinden me leuk. Hij straft me nooit voor de oude mannen. Vroeger beloonde hij me weleens... soms bleef hij de hele nacht bij me als ik het goed had gedaan. En dit keer heb ik zo mijn best gedaan. Toen hij het uitlegde van de pijn heb ik goed naar hem geluisterd. Hij zei dat er geen liefde kan zijn zonder straf. Dus heb ik hem... ik heb hem zijn gang...'

'Ren Ren?' vroeg Fan Yimei, in verwarring gebracht.

'Nee!' riep de jongen uit. 'Ren Ren houdt van me. Het was die andere man. Het was de duivel voor wie ik van Madame Liu extra mijn best moest doen. De Japanner,' fluisterde hij.

Toen wist Fan Yimei genoeg. Haar afkeer van kolonel Taro was nog groter geworden. Ze wist natuurlijk wel dat veel mannen agressief werden als ze dronken waren, dat was niet abnormaal. Mannen gedroegen zich gewelddadig en onbeheerst als ze in een roes waren – haar eigen majoor Lin was daarvan een sprekend voorbeeld. Maar kolonel Taro was anders. Hij was zoals Ren Ren, een sadist die ervan genoot om anderen pijn te doen, hoewel hij in tegenstelling tot de brute, onbehouwen Ren Ren geraffineerd en geduldig was in zijn wreedheid. Bovendien werd hij alleen maar killer en genadelozer door de drank. 'Hij zegt dat liefde een kunst is,' had de buitenlandse jongen gekreund toen ze de wonden op zijn rug en dijen verbond. 'Hij zegt dat liefde een kunst is.'

Nu ze het begreep, kreeg ze ook medelijden met majoor Lin. Als hij in de oorlog de gevangene van kolonel Taro was geweest, verklaarde dat alles. Die arme, trotse man...

Ze wist dat haar eigen situatie zorgwekkend was. Het was niet helemaal duidelijk waarom Madame Liu het risico had genomen om haar de geheime kamer en de buitenlandse jongen te laten zien – zijn aanwezigheid in het bordeel was meer dan verbijsterend. Misschien had dat oude secreet zich inderdaad herinnerd dat ze Shen Ping had verpleegd, hoewel het waarschijnlijker was dat Madame Liu haar onbelangrijk vond en van plan was om zich van haar te ontdoen als majoor Lin genoeg van haar had. Ach, wat maakte het uit? Ze wist nu al dat ze op een dag naar de hut aan het eind van de tuin zou worden gestuurd. Madame Liu had niets te vrezen. Hun geheim was veilig. Hoe zou ze kunnen vluchten? Waar kon ze heen? Aan wie kon ze het vertellen? Wel had ze te doen met de jongen die door Madame Liu gevangen werd gehouden.

Die middag was haar medelijden met hem omgeslagen in acute angst voor zijn leven. Ren Ren en zijn maten vermaakten zich met gokken en zuipen in een van de eetkamers in het hoofdgebouw. Dat was op zich niet ongewoon. Het was wel ongewoon dat ze aan het begin van de middag naar buiten kwamen en op de binnenplaats aan een rumoerige demonstratie begonnen. Ze hadden gele sjaals om hun hoofd gewikkeld en een van hen droeg een zijden vlag met de

afbeelding van een zwarte stok en het woord VERGELDING in bloedrode karakters. Een andere man sloeg op een trommel terwijl Ren
Ren met ontbloot bovenlijf sprongen maakte en kreten slaakte,
zwaaiend met een zwaard, alsof hij dronken of bezeten was. Zijn lachwekkende capriolen hadden niets met een echte vechtsport te maken.

Fan Yimei had opdracht gekregen om binnen te blijven, uit het
zicht van de mannen, omdat een *yin*-kracht de magie zou verstoren:
vrouwelijke vervuiling zou de goden ervan weerhouden om af te
dalen in de lichamen van de sporters. Dat was tenminste wat Aap,
een van Ren Rens meest weerzinwekkende trawanten, tegen haar
had geblaft voordat hij haar opsloot in haar paviljoen. Dat weerhield
haar er niet van om door de kieren in de deur te gluren en te luisteren naar de kreten van Ren Ren en de drie anderen, die dansten
tot ze erbij neervielen. Ze kon niet geloven dat er een god was die
in Ren Rens lichaam zou willen kruipen, dus nam ze aan dat hij to-
neelspeelde of indruk wilde maken, maar ze kende hem goed genoeg om te weten dat het, wat voor spel hij ook speelde, voor een
bepaalde persoon niet veel goeds voorspelde.

'Behoed de Ch'ing! Dood aan de buitenlanders!' brulden ze. 'Verdelg de buitenlandse duivels!' Een van hen was naar het afgesloten
paviljoen aan de overkant gerend en had met overslaande stem geschreeuwd: 'Hier brengt een van die duivels zijn hoerige vossengeest
naar toe. Dood! Dood! Dood!' De anderen lachten toen hij tegen de
deurpost waterde.

De vertoning had de hele middag geduurd en was pas afgelopen
toen Ren Ren zich uitgeput op de grond had laten zakken. Daarna
waren de mannen in groepjes van twee en drie in de richting van
de poort gelopen. 'Naar het altaar in de Zwarte Heuvels,' schreeuwde een van hen, 'waar het hemelse leger neerdaalt.' Iemand anders
begon te zingen en alle anderen deden luidkeels mee.

'Geen druppel valt uit de lucht
De aarde is uitgedroogd en dor
Allemaal omdat de kerken
De hemel hebben afgesloten.

De goden zijn zeer vertoornd
De geesten dorsten naar wraak.
Met zijn allen dalen ze op aarde neer
Om de mens de weg te wijzen.'

Zwaaiend met zwaarden en speren vertrokken ze, zelfs Ren Ren, ondersteund door een vriend. Het geluid van de trommel en de woedende stemmen stierf weg.

Hevig verontrust zat Fan Yimei op de rand van haar bed. Ze had er nooit veel aandacht aan besteed als de andere meisjes over de Boxers roddelden. Haar vader had haar geleerd om niet in toverspreuken te geloven, en verhalen over goden die afdaalden naar de aarde konden niet waar zijn. Evenmin kon ze enthousiast worden over een leger dat uit de aarde voort zou komen om de samenleving te verlossen van boosdoeners, en al het onrecht dat de buitenlanders de dynastie hadden aangedaan te herroepen. Het zou een uitzonderlijk leger moeten zijn, bedacht ze bitter, om al het onrecht te herroepen dat meisjes zoals zij binnen de muren van het Paleis van de Hemelse Lusten werd aangedaan. Dat was uitgesloten als zo'n leger uit mannen bestond.

Wat hadden de problemen van de dynastie trouwens met haar te maken? Ze was even grondig van de buitenwereld afgesloten als een boeddhistische non in het klooster. Ze glimlachte om de bizarre vergelijking. Toch waren er opvallende overeenkomsten tussen het leven in een bordeel en het kloosterleven: de meisjes moesten zich aan strenge regels houden, er gold een verdraaide vorm van het celibaat, en het bijna geheiligde ritueel van de onderdrukking bestond al eeuwenlang. Het maakte deel uit van hetzelfde sociale systeem dat de Boxers wilden behoeden en handhaven. Wat had zij dan van de Boxers te verwachten, behalve nog meer onderdrukking? In zekere zin was het Paleis van de Hemelse Lusten evenzeer een symbool van traditie en gevestigde orde als de tempel of de *yamen*, of zelfs de dynastie. Er waren altijd bloemenmeisjes geweest, en altijd mannen die hen uitbuitten. Nu kon Ren Ren zich niet snel genoeg bij de Boxers aansluiten. Het zei alles.

Dit soort vijandigheid tegen buitenlanders was nieuw. Ze herinnerde zich de vriendelijke dokter die haar aan een muis had doen denken en had geprobeerd het leven van haar vader te redden. Op welke manier kon hij nou een bedreiging voor de dynastie vormen? Of de onhandige, naïeve De Falang, die waarschijnlijk nog steeds niet wist wat er met zijn Shen Ping was gebeurd en de leugen geloofde die Madame Liu hem had verteld, dat ze naar het platteland was gestuurd. Die man deed toch geen vlieg kwaad? Dan de zoon van die missionaris. Hij was een slachtoffer, net als zij. Dan bleef alleen Ma Na Si nog over.

Ma Na Si. Zoals altijd als ze aan hem dacht, kwam er onmiddellijk een levendig beeld boven van een glimlach en lachende blauwe ogen, zo sterk dat het was alsof hij bij haar in de kamer was. Ja, gaf ze toe, Ma Na Si zou misschien gevaarlijk kunnen zijn. Onwillekeurig was ze nieuwsgierig geworden naar de hoffelijke en zelfverzekerde buitenlander die majoor Lin zo moeiteloos had ingepalmd, en Madame Liu zelfs zover had gekregen om hem het andere paviljoen aan te bieden zodat hij daar zijn buitenlandse maîtresse kon ontvangen.

Na die eerste avond, de avond dat haar vriendin was vermoord, had hij haar alleen nog maar beleefde complimentjes gemaakt. Verder negeerde hij haar, zoals het hoorde – ze was immers majoor Lins concubine – of deed hij althans alsof. Toch was er iets. Soms keek ze op van haar *chin* en zag ze zijn blauwe ogen op haar gericht, en als ze elkaar aankeken, gleed er een trage glimlach over zijn gebruinde gezicht. Eén keer – ze kon het nauwelijks geloven – had hij naar haar geknipoogd. Die keer had ze gebloosd en haar ogen neergeslagen, en toen ze weer opkeek, hield hij zijn hoofd dicht bij dat van majoor Lin om hun vertrouwelijke gesprek voort te zetten. Ze vroeg zich af of ze het zich had verbeeld, want de rest van de avond keek hij nauwelijks meer naar haar. Toch had ze sindsdien steeds het gevoel gehad dat er een soort onuitgesproken samenzwering tussen hen was en, dieper dan dat, dat hij haar probeerde te doorgronden, dat hij het ware karakter achter het masker van het bloemenmeisje probeerde te vinden. En soms, als hij naar haar glimlachte, hoopte ze dat hij iets had gezien, en durfde ze zich zelfs te verbeelden dat ze respect las in de vorsende blik van deze barbaar.

Ze was geschrokken van haar eigen reactie toen Ma Na Si het paviljoen tegenover het hare had betrokken en de bezoeken van de buitenlandse vrouw begonnen. Vaak zat ze op sombere wintermiddagen voor haar raam te wachten op de vrouw in de zwarte cape, die zich over de binnenplaats naar het paviljoen haastte. Ma Na Si deed dan in zijn witte overhemd de deur voor haar open en trok haar naar binnen. Ze had het gezicht van de vrouw nooit goed kunnen zien, maar er was wel een keer een lok felrood haar van onder de capuchon vandaan gekomen. Als gehypnotiseerd was ze blijven kijken toen een lange hand met sproeten onder de cape vandaan was gekomen om het haar nerveus weg te strijken.

Toch was het niet de buitenlandse vrouw die haar fascineerde. Waar ze op wachtte, het moment dat ze tegelijk vreesde, was de glimp van Ma Na Si's gezicht als hij zijn liefje begroette, en elke keer sneed zijn stralende, blije glimlach door haar hart. Aanvankelijk begreep ze haar eigen gevoelens niet. Ze zou voor zichzelf nooit kunnen toegeven dat ze jaloers was, maar de eerste keer dat ze Ma Na Si de vrouw in de zwarte cape zag omhelzen, perste ze haar lippen op elkaar, kreeg ze het benauwd, werden haar ogen vochtig en voelde ze een ader kloppen in haar slaap. Daarna stond ze het zichzelf nooit meer toe dat ze zich zo liet gaan. Ze bleef wel kijken, maar triest en kalm, zoals ze alles wat zich in het Paleis van de Hemelse Lusten afspeelde triest en kalm bekeek. Dit was per slot van rekening niet meer dan een nieuwe snee in de ziel die had geleerd de Dood door Duizend Sneden te doorstaan.

Opeens waren de bezoekjes van de vrouw opgehouden. Er waren nu al een maand geen afspraakjes meer geweest. Ma Na Si kwam nog steeds naar het paviljoen, maar altijd alleen, en Fan Yimei kon zien dat zijn houding vermoeid was, alsof een enorm verdriet zwaar op zijn schouders rustte. Hele middagen bleef hij alleen in het paviljoen, en pas als de schemering overging in duisternis liet hij lampen brengen. In het begin had Madame Liu meisjes naar hem toe gestuurd, Su Liping en Chen Meina, maar ze bleven nooit lang bij hem en hij had Su Liping zelfs een keer kwaad weggestuurd. Ren Ren was erbij gehaald en die had er een enorme scène van gemaakt, met veel geschreeuw en gezwaai met vuisten. Geld had er een einde aan gemaakt. Ma Na Si had een buidel met goudstukken aan Ren Rens voeten gegooid en had spottend staan kijken toen de jonge knaap naar de munten graaide.

's Avonds dineerde hij meestal met de Japanse kolonel, en soms voegde majoor Lin zich bij hen. Op die avonden kwam majoor Lin diep in de nacht dronken terug. Fan Yimei vermoedde dat Ma Na Si ook veel dronk als hij alleen was. Op een dag, toen hij wegging nadat hij urenlang alleen in het paviljoen was geweest, had ze gezien dat hij wankelde, zijn evenwicht moest hervinden en toen pas verder liep. Fan Yimei was ondertussen alleen met haar eigen overpeinzingen, hopend op het onmogelijke, maar uiteindelijk had ze die gedachte van zich afgezet. Ze had jaren geleden al geleerd dat hoop haar grootste vijand was.

Vanavond was het geen hoop die haar naar de andere kant van de binnenplaats dreef, maar angst. Ze had nagedacht over alles wat ze die middag op de binnenplaats had gezien. Ren Ren had misschien alleen maar gespeeld dat hij een Boxer was, maar ze voelde dat er meer achter stak dan zijn gebruikelijke theatrale dikdoenerij. De leuzen die hij en zijn vrienden hadden geschreeuwd waren niet door hen zelf verzonnen, dus waren de dreigementen aan het adres van de buitenlanders echt.

Meteen dacht ze aan de jongen. Ze besefte dat zijn leven aan de zijden draad van de geheimhouding hing. Ze twijfelde er niet aan dat Madame Liu en Ren Ren al hadden bedacht hoe ze zich van hem zouden ontdoen als er een risico was dat hij ontdekt zou worden. Zelfs zij had gehoord dat er boeren waren geëxecuteerd die hem zogenaamd hadden vermoord. De jongen was daarom al zo goed als dood. Nu Ren Ren zich bij de Boxers had aangesloten, had hij al een kant-en-klaar buitenlands slachtoffer in zijn macht. Ontsnappen en teruggaan naar zijn eigen mensen was voor hem de enige hoop.

Ze dacht aan Ma Na Si. Een plan had ze nog niet, maar als iemand de jongen kon helpen... Bovendien moest Ma Na Si zelf gewaarschuwd worden...Vanavond had ze de kans... Niemand zou haar zien...

Halverwege de binnenplaats besefte ze pas hoe hopeloos en onrealistisch haar voornemen was. Het was de Japanner van wie de jongen het ergst te lijden had, en dat was een vriend van Ma Na Si. Waarom zou die Engelsman haar trouwens willen helpen? Of haar zelfs maar willen geloven?

Wat kon ze aanbieden om hem over te halen?

Het bloed trok weg uit haar gezicht toen ze besefte wat het antwoord was. Besluiteloos bleef ze stilstaan op de trap van het paviljoen. Had ze dat niet steeds geweten? Was ze werkelijk gekomen om de jongen te redden? Haar knieën knikten en ze wankelde op haar lotusvoetjes, overspoeld door een golf van schaamte en wanhoop. Ze leunde tegen een pilaar en er welden tranen op in haar ogen. Hijgend draaide ze zich om, van plan om terug te gaan.

Op dat moment ging de deur open en verscheen Manners. Hij was in hemdsmouwen met bretels en hield een fles wijn in zijn hand. Zijn ogen waren bloeddoorlopen en opgezet. Hij zwaaide op zijn benen.

'Het spijt me, Ma Na Si Xiansheng, het spijt me,' fluisterde ze. 'Ik wilde u niet storen... Ik ga meteen weer weg. Het spijt me.'

Manners keek haar aan, draaide zich opzij en staarde geleund op de balustrade van de veranda naar de schaduwen op de binnenplaats. 'Nee,' zei hij over zijn schouder. 'Ga alsjeblieft niet weg.'

'Ik kan niet blijven,' mompelde Fan Yimei.

'Even maar. Kom bij me zitten. Praat met me. Ik heb... ik heb vanavond behoefte aan gezelschap.'

'Ik kan... ik kan Madame Liu wel roepen,' bood Fan Yimei aan. 'Misschien dat Chen Meina...'

'Nee,' zei Manners. 'Je begrijpt me niet... Alsjeblieft.'

'Majoor Lin...' begon ze.

'Ik weet het,' antwoordde hij. 'Ik weet het... Maar alsjeblieft. Even maar. Hou me gezelschap.'

Fan Yimei bleef heel stil staan, haar hoofd gebogen. Manners tilde een zware hand op en streek een lok haar van zijn voorhoofd. Hij haalde zijn schouders op, leek iets te willen zeggen, en tilde toen zacht haar kin op om haar doordringend aan te kijken.

'Je huilt,' zei hij. 'Niet huilen, alsjeblieft. Hier.' Hij haalde een zakdoek uit zijn zak en veegde haar tranen weg. 'Je bent heel erg mooi,' zei hij zacht. 'Hoe ben je hier terechtgekomen? Ik heb naar je gekeken. Je luistert en je begrijpt. Je bent goed opgeleid. Door wat voor tragedie is iemand zoals jij in dit vreselijke oord beland? Dit land,' verzuchtte hij. 'Zoveel tragedies...' Hij deed een stap naar achteren om haar te bekijken. 'Ik zou je nooit pijn doen. Voor geen goud.'

De twee stonden tegenover elkaar, de een met gebogen hoofd,

leunend tegen de pilaar, de ander onvast ter been in de deuropening. Uiteindelijk knikte ze. 'Er is een jongen,' zei ze met een klein stemmetje. 'Ik wil u om hulp vragen.'

'Ja,' zei hij na een stilte. 'Geen probleem.' Zwaar draaide hij zich om en liep hij weer naar binnen.

Fan Yimei volgde en de deur ging dicht.

Het was stil op de binnenplaats. Een tak bewoog in een lichte bries. Buiten in de steeg blafte een hond.

Een figuur kwam uit de schaduw van de bomen te voorschijn, een ranke figuur op veel te kleine voetjes. Het was Su Liping. Op haar tenen sloop ze naar het paviljoen, en de trap op naar het balkon. Geruisloos gleed ze langs de muur. Met ingehouden adem verschoof ze het kleine paneel dat het kijkgaatje van Madame Liu verborg. Trillend hield ze haar oog voor de opening, en ze bleef een hele tijd staan kijken.

De volgende middag gingen George en Jenny begeleid door Ah Lee een wandeling maken over het pad dat langs de voet van hun heuvel liep. Het was een stralende lentemiddag. Dikke knoppen overdekten de boomtakken. Een groen waas van jonge scheuten lag over de winters kale velden. In de boomgaarden stonden de pruimenbomen al in bloei. In de verte konden ze een koekoek horen, de eerste na de lange winter. Het was Nellies idee geweest om de kinderen erop uit te sturen, zodat ze wilde bloemen konden plukken voor op de eettafel.

George praatte opgewonden over de jaarlijkse tijgerjacht van de Mandarijn, die over een maand in de Zwarte Heuvels zou worden gehouden. Zoals gebruikelijk hadden de buitenlanders een uitnodiging ontvangen. Het jaar daarvoor was hun vader meegegaan en hadden de jagers geluk gehad. Ze hadden een tijger gevonden. Voor het slapengaan had hij hun een huiveringwekkend verslag van de jacht gegeven. Het enorme beest had een van de honden helemaal opengereten met zijn poot, een van de speerdragers met paard en al tegen de grond geslagen, en was door de kring jagers heen gebroken en in razende vaart naar het heuveltje gerend waar de dokter zat te wachten met de Mandarijn. De Mandarijn had zijn boog gespannen en de tijger met drie snel achter elkaar afgeschoten pijlen geveld, terwijl de dokter alleen nog maar trillend van de zenuwen aan de veiligheidspal van zijn geweer had kunnen frunniken. George zou nooit vergeten hoe groot het dode dier was geweest dat door vier mannen in een triomfantelijke optocht naar Shishan was gedragen.

Het was een bittere teleurstelling voor hen dat men hen niet oud genoeg vond om met hun vader en Helen Frances mee te gaan, en niet meer dan een schrale troost dat hun moeder uit medelijden had besloten om thuis te blijven en hen gezelschap te houden. Dit jaar beloofde de jacht extra spannend te worden omdat Mr. Manners en zijn Japanse vriend eraan meededen. Ze waren ervan overtuigd dat Mr. Manners indrukwekkende heldendaden zou verrichten.

George had een kromme stok gevonden, die hij als een geweer tegen zijn schouder hield. Als een jager die zijn prooi besluipt was hij alvast een eindje doorgelopen, terwijl Jenny en Ah Lee viooltjes plukten in de berm. Hij kwam bij een bocht, en daar stond een grote treurwilg met overhangende takken die de rest van het pad aan het oog onttrok. Behoedzaam sloop George tussen de lange takken door. In zijn verbeelding kroop hij door een dicht oerwoud en kon hij elk moment het grommen van een tijger horen. Met een woeste kreet sprong hij tussen de takken vandaan en belandde hij op het pad aan de andere kant, zijn geweer in de aanslag, klaar om te vuren. 'Beng! Beng!' riep hij.

Tot zijn verbazing stond hij oog in oog met een Chinese jongen van zijn eigen leeftijd. De jongen, met ontbloot bovenlijf, donker gebruind zoals elke boer, stond hem met zijn armen over elkaar geslagen zwijgend aan te kijken. George was zich bewust van grote witte ogen in het donkere gezicht, die hem aanvankelijk nieuwsgierig aankeken en toen wantrouwig tot spleetjes werden geknepen bij het zien van de stok die George op zijn gezicht gericht hield.

George was nog niet eens van de schrik bekomen toen de jongen plotseling in de lucht sprong, onder het uitstoten van een schrille kreet, zoals het krijsen van een zeemeeuw of een kraanvogel. Een seconde lang leek hij in de lucht te blijven hangen, een been en een arm naar voren gestrekt, het andere been gebogen achter hem. Het volgende moment voelde George dat de stok uit zijn handen werd gerukt doordat de voet van de jongen hem doormidden brak. Het ene eind van de stok schoot omhoog en schramde zijn wang en slaap, terwijl hij met een krachtige trap tegen zijn schouder tegen de grond werd geslagen.

Toen hij liggend op het pad omhoogkeek, stond de jongen weer net zo naar hem te kijken als daarvoor, zijn armen over elkaar geslagen. Achter hem stonden meerdere grote jonge kerels, sommigen gewapend met zwaarden en speren, de meesten met een gele sjaal om hun hoofd. Een van de mannen legde zijn hand op de schouder van de jongen, die met een trotse glimlach omhoog keek. George begon te huilen.

Ah Lee en Jenny kwamen de bocht om, hun armen vol bloemen.

Ah Lee schreeuwde iets, liet zijn bloemen vallen en rende naar voren. De man die de jongen had gecomplimenteerd versperde hem de weg. Ah Lee probeerde langs hem heen te lopen, maar werd door een andere man tegengehouden. De andere mannen en de jongen begonnen te lachen.

De man gaf een zetje tegen Ah Lee's borst, zodat hij achteruitwankelde. Ah Lee vloekte en mikte een vuistslag op het hoofd van de man. Moeiteloos ontweek de man de klap, zijn been schoot omhoog en Ah Lee viel op zijn achterste op de grond. 'Jij smerig schildpadei!' siste hij, en hij stoof naar voren. De man nam zijn hoofd in een houdgreep en begon te draaien.

De andere Boxers begonnen te schreeuwen. '*Sha! Sha! Sha!*' Het was een woord waarvan George de betekenis kende: 'Doden.'

Jenny stond als versteend op het pad met de bloemen tegen zich aan gedrukt.

Opeens werden de Boxers stil. Met een schok herkende George de Boxer-priester in hun midden. Het was alsof de man uit het niets was opgedoken. Hij droeg dezelfde merkwaardige, met granaatappels bedrukte kleren als de vorige keer dat George hem had gezien, tijdens de onvergetelijke seconden dat de man voor de rijdende trein had gestaan. Met een uitdrukkingsloos gezicht maakte de blinde priester een gebaar met zijn hand, hij draaide zich om en liep weg over het pad dat naar de Zwarte Heuvels voerde.

De man die Ah Lee probeerde te wurgen spuugde hem in zijn gezicht en liet hem op de grond vallen. Hij gaf nog een trap tegen het kreunende lichaam en ging achter de priester aan, die al een heel eind verder was gelopen. De anderen volgden, ook de jongen, en even later lag de weg er weer verlaten bij, op het aangeslagen trio na.

George kroop naar Ah Lee, die zijn hoofd schudde en met zijn handen om zijn pijnlijke nek geslagen in het stof zat. Hij haalde met horten en stoten adem. Jenny stond nog steeds stokstijf stil, de wilde hyacinten en viooltjes tegen haar geopende mond gedrukt, haar ogen groot van angst en schrik.

HOOFDSTUK 10

De goden zijn neergedaald. Het is waar. Ik heb het gezien –
met mijn eigen ogen.

Dokter Airton zat in zijn eentje bij het kampvuur met een mok thee in zijn handen. Vlammen dansten boven het knappende hout, hoge bomen tekenden zich af, schaduwen kropen dichterbij, en ergens in het woud klonk het zachte dreunen van een trom. Hij nam aan dat het de drijvers waren die het succes van de jacht vierden. Het geluid golfde, zwol aan en stierf weg, werd soms geheel overstemd door een windvlaag. Hij had niet kunnen zeggen waar het vandaan kwam of hoe ver weg het was, zelfs niet of hij het zich verbeeldde, en dit gaf hem een gevoel van verwarring en onzekerheid. Dat er buiten de lichtkring van het vuur een paar bewakers stonden, achtergelaten door de Mandarijn, was geen geruststelling. Integendeel, hun aanwezigheid leek het gevoel van dreiging alleen maar te versterken.

Meestal vond de dokter het heerlijk om te kamperen. Hij genoot van de sterren aan de donkere hemel en van de geur van rook. In een weids landschap voelde hij zich altijd heel klein en nietig. Hij kon intens genieten van een bedauwde dageraad en het ademstokkende mysterie wanneer de ochtendnevel oploste in de eerste zonnestralen en de natuur in al haar pracht werd onthuld.

Nellie had hem eens gevraagd wat hem toch zo aansprak in die cowboyverhalen van hem, en hij had in alle ernst geantwoord: 'De ongerepte natuur, lieve schat. Het zijn verhalen over mannen die in het paradijs wonen.' Dat geloofde hij ook echt. Al ging zo'n goedkoop romannetje over een of ander stompzinnig vuurgevecht of een spectaculaire treinroof, de achtergrond vormde altijd de prairie die zo tot zijn verbeelding sprak. Onder het lezen zweefden zijn gedachten over de cactussen. De cowboy die aan het eind van een lange, zware dag zijn hoofd te rusten legt op het zadel, de smalle rookkolom die naast de huifkar opstijgt naar de blauwe lucht, de donder die rommelt in de heuvels in de verte, en loeiend vee bij een snelstromende rivier – dat was het vreedzame leven van de mens in de schepping van voor de zondeval. Dat was althans de boodschap die hij onlangs in een preek had geprobeerd over te brengen op zijn verwarde congregatie van katholieke nonnen en Chinese invaliden. Hij had uit de psalmen geciteerd: 'De hemelen vertellen van Gods eer, en het uitspansel verkondigt het werk zijner handen.' Voor hem leefden cowboys in een hof van Eden, geschapen door de god van de zonsopkomst en de zonsondergang, en als hij zelf in een tent sliep, voelde hij zich er een klein beetje dichterbij.

Alleen was het die avond een donkerder godheid die neerkeek op dit kamp in de Zwarte Heuvels.

Hij rilde en trok de deken dichter om zijn schouders. 'Stel je toch niet zo aan, man,' mompelde hij hardop. 'Je windt je op als een oude vrouw die haar kunstgebit kwijt is.'

Met gesloten ogen hield hij zijn adem in om het bonzen van zijn hart onder controle te krijgen, maar het beeld van een spottend kijkende Mandarijn verscheen op zijn netvlies, en meteen welden de woede en teleurstelling van de afgelopen weken weer in hem op.

Drie hele dagen had het geduurd, en zelfs toen was een audiëntie hem geweigerd. Drie hele dagen, terwijl George woelde in zijn ziekbed en Jenny zich zo klein mogelijk had gemaakt op een stoel in haar kamer en geen woord zei, zelfs niet op haar moeder reageerde.

Hij rilde bij de gedachte aan die eerste gruwelijke en chaotische momenten. Zuster Caterina die zijn kantoor binnen kwam stormen, roepend in een waterval van Italiaans, zodat het een hele tijd duurde voordat hij begreep wat er was gebeurd, daarna de halsbrekende sprint over de binnenplaats en door de gangen naar zijn behandelkamer, waar Nellie en Helen Frances allebei een hevig trillend kind tot bedaren probeerden te brengen. Nellie veegde het bloed weg dat uit het hoofd van haar zoon gutste. In een oogopslag had hij de angst in de starre ogen van zijn dochter gezien, en haar onnatuurlijk bleke gezicht. Eerst verstijfde hij, want zijn hersenen waren niet meteen in staat om te bevatten wat hij zag. Zijn eigen bloed klopte in zijn oren, zo luid dat hij niet kon horen wat Nellie tegen hem zei.

Het hele tafereel leek enerzijds net een nachtmerrie, anderzijds net een klucht, alsof er een poppenkastvoorstelling van Jan Klaassen en Katrijn werd opgevoerd in een lijkenhuis. Op de voorgrond stroomde het levensbloed van zijn zoon geluidloos op de jurk van zijn vrouw. Achter dit centrale tableau was Ah Sun haar man aan het slaan met een bezem, vloekend en krijsend omdat hij de kinderen niet had beschermd. Ah Lee, die bijna flauwviel op het bed, hield met zijn ene hand zijn rode en gezwollen nek vast, terwijl hij met de andere tevergeefs de klappen probeerde af te weren. Aan de andere kant van de kamer ging een wild gesticulerende zuster Elena krijsend tekeer tegen de huismeester, Zhang Erhao, die vertwijfeld bij het raam stond en duidelijk geen zier begreep van haar tegenstrijdige instructies. Buiten het raam keken de opiumverslaafden toe, met uitdrukkingsloze gezichten zo rond en bleek als manen.

Na een eeuwigheid nam zijn professionele instinct het over en kwam hij werktuiglijk in actie. Hij kon zich niet herinneren wat hij had gezegd of hoe hij de orde had hersteld. Na een kort onderzoek kon hij vaststellen dat gelukkig niemand ernstige verwondingen had opgelopen. George had blauwe plekken en een lelijke wond op zijn slaap, Jenny mankeerde godzijdank helemaal niets, en Ah Lee had wel pijn, maar zou snel weer de oude zijn. Het viel echter niet te ontkennen dat zijn kinderen een afschuwelijke ervaring hadden gehad en nu doodsbang en getraumatiseerd waren. Hij kon zijn woede dan ook nauwelijks inhouden toen hij zijn formele kleren aantrok en de eindeloos lange drie kilometer naar de *yamen* aflegde, om daar tot de ontdekking te komen dat de grote houten poort gesloten was en twee gewapende wachtposten hem de toegang ontzegden.

'Weten jullie dan niet wie ik ben?' tierde hij tegen de uitgestreken gezichten. 'Ik ben de buitenlandse dokter, een goede vriend van de Mandarijn. Ik eis dat jullie me binnenlaten.'

De twee wachters keken elkaar grijnzend aan en sloegen hun armen over elkaar.

Woedend duwde hij de mannen opzij om met zijn wandelstok op de poort te slaan, waarop hij werd beetgepakt en ruw op de grond gesmeten. De wachtposten glimlachten niet langer, keken zelfs dreigend, en een van de twee had zijn zwaard getrokken.

De kleine deur in de poort ging knarsend open en de kamerheer, Jin Lao, keek glimlachend op hem neer. 'Weleerwaarde Daifu, waarom ligt u op de grond? Uw kleren zitten onder het stof.'

'Jin Lao! Jin Lao! Ik ben nog nooit zo blij geweest om u te zien.' Puffend kwam Airton overeind. 'U moet me bij de Mandarijn brengen. Er is iets vreselijks gebeurd. Ik moet hem direct spreken.'

'Iets vreselijks? Wat naar om dat te horen. Is er soms weer een kind van die geschifte Amerikaan weggelopen?'

'Nee, man, het zijn mijn eigen kinderen.'

'Zijn uw eigen kinderen weggelopen? Dat is inderdaad bijzonder vervelend.'

'Klets toch niet, man. Ik eis dat u me onmiddellijk naar uw meester brengt. Mijn kinderen zijn aangevallen door Boxers. Begrijpt u wat ik zeg? Boxers. Ik weet waar die groep naartoe gaat. Als we opschieten, kunnen we ze nog te pakken krijgen.'

'Wat naar nou toch! Kinderen die worden aangevallen door Boxers, wel heb ik ooit. En ze beoefenden een vechtsport, zei u dat? Dat klinkt me een beetje vreemd in de oren. De mannen die in deze stad 's ochtends *t'ai chi* en *qi gong* oefenen, vallen doorgaans geen kinderen aan, zeker geen buitenlandse. Hebben uw kinderen hen wellicht geplaagd?'

'Jin Lao, bent u opzettelijk traag van begrip of neemt u me in de maling? U weet heel goed wie ik met de Boxers bedoel. Brengt u me nou wel of niet naar de Mandarijn?'

'Laat me eerst nog even informeren of uw kinderen ernstig gewond zijn. Verminkt, wellicht? Of was het een aanval van seksuele aard?'

'Ik kan mijn oren niet geloven. Nee, Jin Lao, het was geen seksuele aanval. En gelukkig, godzijdank, zijn mijn kinderen niet ernstig gewond geraakt, maar mijn zoon George heeft wel enorme blauwe plekken en hij is doodsbang.'

'Blauwe plekken? Hè, wat akelig,' zei Jin Lao. 'Kunt u de man beschrijven die hem deze blauwe plekken heeft bezorgd?'

'Nou, degene die dat heeft gedaan was een jongen, ongeveer net zo oud als George. Dat is tenminste wat ik heb begrepen. Ik was er zelf niet bij. Mijn bediende vertelde me dat de jongen vocht als een Boxer. Het was een hele groep. Kom, Jin Lao, alsjeblieft. We hebben nu wel genoeg tijd verdaan. Ik moet de Mandarijn spreken.'

'Het spijt me heel erg, Daifu, maar ik kan u niet bij hem brengen.'

'Waarom niet, man? Ik heb toch net verteld dat die Boxers op deze manier kunnen ontkomen.'

'De Mandarijn houdt rust,' zei Jin Lao, 'en ik kan hem niet storen met een verhaal over een vechtpartijtje tussen twee kleine jongens. Bovendien hebt u het hele verhaal alleen maar van een bediende gehoord. U geeft zelf toe dat niemand ernstig gewond is geraakt. Een blauwe plek is geen zaak voor het gerecht van deze *yamen*.'

'O, jij slang van een man,' siste de dokter. 'Wil je soms geld? Ik had het kunnen weten. Hier, pak aan en laat me binnen.'

Het perkamenten gezicht van Jin Lao bleef volkomen onbewogen. 'Stop uw geld weer weg, Daifu. U bent duidelijk van streek, anders zou u nooit proberen om een functionaris van de *yamen* om te kopen.'

'Maar de Mandarijn – "

'Houdt rust. Als hij wakker is, zal ik melden dat u bent geweest, en als hij de zaak wil onderzoeken, zal hij u ongetwijfeld ontbieden. Ik stel voor dat u nu naar huis gaat.'

'Ik ga pas naar huis als ik de Mandarijn heb gesproken. Niemand heeft me hier ooit de toegang geweigerd.'

'Tot nu toe, Daifu, kwam u alleen op uitnodiging van de *da ren*, en alleen als het de *da ren* convenieerde. Mag ik u eraan herinneren dat ik ook een functionaris van de *yamen* ben? Ik heb uw petitie in ontvangst genomen. Ik zal de *da ren* op de hoogte brengen, en dan zal hij al dan niet een onderzoek instellen, maar als hij dat doet, doet hij dat wanneer het hem schikt. Vandaag kunt u hier verder niets doen. Ik raad u aan om naar huis te gaan.'

En Jin Lao blafte een bevel. De twee wachters namen hun agressieve houding voor de poort weer aan. Jin Lao maakte een korte buiging voor de dokter en verdween door de kleine deur, die achter hem dichtviel. Een van de wachters keek de dokter met een spottend opgetrokken wenkbrauw aan.

'Lachen jullie maar. Ik ga niet weg,' mompelde de dokter terwijl hij het zand van zijn hoed klopte. 'Wacht maar af. Er zwaait wat als de Mandarijn het hoort.'

Hij was blijven wachten. En wachten. De avondzon scheen over de daken van Shishan. Een koekoek riep uit het bos op de heuvel. De poort bleef gesloten. Tegen het vallen van de schemering verscheen een oude vrouw met een theepot in een mandje. Ze schonk in en de oudste van de twee wachtposten, een guitig kijkende man met een verweerd gezicht en slechte tanden, bood de dokter zijn kommetje aan. Airton weigerde gepikeerd. De man haalde zijn schouders op, stak een hand tussen de plooien van zijn kleding en haalde er een fles van aardewerk uit. Hij haalde de stop eraf, rook aan de fles en speelde dat hij genoot van de geur, waarna hij de dokter breed grijnzend de fles aanbood. Airton draaide zich met brandende oren om. Hij wachtte op het lachen van de man, maar dat kwam niet. De wachter nam zelf een slok uit de fles, liet zijn collega drinken, en stopte de fles terug tussen zijn kleren.

Het wachten duurde voort. Er kwam een koude wind opzetten. De wachtposten staken de lantaarns aan en hingen die boven de poort. Airton trok zijn jas dichter om zich heen. De vriendelijke man blies op zijn handen en wees op de bleke maan, die inmiddels was opgekomen. Opnieuw voerde hij een pantomime op: hij gaapte en deed alsof hij zijn hoofd op een kussen legde. Vragend keek hij de dokter aan. Airton keek wanhopig naar de gesloten poort. Triest schudde de wachter zijn hoofd. Na een korte aarzeling knikte Airton, toen nog een keer. Hij draaide zich om en daalde langzaam de heuvel af.

Drie weken later, kleumend bij een kampvuur in het bos, herleefde hij de schaamte van die wandeling terug naar huis. Iedereen die hij passeerde leek de spot met hem te drijven. Een groep vrouwen giechelde, en hij haastte zich erlangs. Een andere vrouw gooide vlak achter hem een emmer smerig water leeg, en hij ging sneller lopen. Met gebogen hoofd manoeuvreerde hij door de drukke hoofdstraat. Uit elke steeg leek hij scheldwoorden en gefluit te horen.

Hij dacht liever niet terug aan zijn trieste thuiskomst, Nellies verwijten, de tranen van de nonnen, en de bedroevende aanblik van zijn kinderen in hun bedden – George's toegetakelde gezicht, en erger nog, de starre, wijd opengesperde ogen van zijn zwijgende dochter. Hij voelde een verstikkende onmacht; haar angstig starende ogen leken hem als vader én als arts te beschuldigen. De hele nacht zat hij bij haar. Hij waakte over haar toen ze in een rusteloze slaap viel, hield haar stevig vast als ze gilde en gloeide in haar nachtmerries, en pas tegen de dageraad kon hij zich een beetje ontspannen. Toen werd ze wakker en herkende ze hem, en ze begon te snikken in zijn armen. 'Beloof me dat je nooit meer Boxers laat komen, papa, beloof het me. Beloof het me,' had ze gesmeekt, en hij had het haar meerdere keren beloofd, waarna ze eindelijk rustig kon slapen.

Gesterkt door het ochtendlicht en een opwekkende kop thee was hij wat rustiger geworden, en doordat hij beter kon nadenken was hij tot de conclusie gekomen dat de Mandarijn hem misschien toch niet in de kou had laten staan. Het was veel waarschijnlijker dat die rancuneuze Jin Lao zijn boodschap nooit had doorgegeven. Vandaar dat hij besloot om de Mandarijn persoonlijk een brief te schrijven. Hij betwijfelde of Jin Lao het aan zou durven om een brief te verdonkeremanen. De Mandarijn zou hem zeker laten komen als hij hoorde wat er was gebeurd.

Zhang Erhao werd naar de *yamen* gestuurd met een envelop, die de dokter van zijn meest indrukwekkende zegel had voorzien. Ook stuurde hij briefjes naar Herr Fischer en Henry Manners in het spoorwegkamp om te vragen of zij problemen hadden gehad met Boxers.

Die middag kwam Herr Fischer persoonlijk naar het ziekenhuis, een en al bezorgdheid. Manners was zoals gewoonlijk afwezig, meldde hij – waarschijnlijk vermaakte hij zich in de stad – maar zelf had hij niets onrustbarends gezien of gehoord en Charlie evenmin. Wist Airton wel zeker dat het Boxers waren geweest en geen gewapende zwervers? Opnieuw ondervroegen ze Ah Lee, die tegen Airtons adviezen in al weg was van de ziekenzaal en weer aan het werk was gegaan in de keuken. De kok had de gebeurtenissen inmiddels zo aangedikt dat het klonk als een epische veldslag, maar hij kon geen overtuigend bewijs geven dat het werkelijk de Eendrachtige Vuisten waren geweest. De dokter en Herr Fischer besloten dat alleen het onderzoek van de Mandarijn zekerheid zou geven.

Ondertussen moesten ze uit voorzorg hun bezittingen beschermen. Ze spraken af om dagelijks contact te houden. Fischer reed terug naar zijn kamp en de dokter hervatte zo goed en zo kwaad als het ging zijn werk in het ziekenhuis, terwijl hij ongeduldig wachtte op een oproep van de Mandarijn. Maar er kwam geen oproep.

Ook de volgende dag kwam er geen bericht, net zomin als de dag daarna. In plaats daarvan kwam op de derde dag na het incident een van de officieren van majoor Lin naar de missiepost. Hij had vier gewapende en bereden soldaten bij zich en een draagstoel, plus het bevel dat de dokter direct mee moest komen om een terechtzitting in de *yamen* bij te wonen.

De dokter protesteerde dat hij nog niet klaar was met zijn patiënten, en bovendien was hij niet gekleed voor een officiële audiëntie bij de Mandarijn.

De jonge luitenant had beleefd doch beslist duidelijk gemaakt dat het geen uitnodiging was om thee te komen drinken. Er werd een strafzaak behandeld en de dokter moest getuigen. Hij zou het waarderen als de dokter plaats zou nemen in de draagstoel. Zoals hij zelf kon zien, was er gezorgd voor een escorte om zijn veiligheid te garanderen.

'Is dit een antwoord op mijn brief?' Airton schoof het gordijn van de draagstoel open om zijn vraag te kunnen stellen. 'Heeft dit te maken met de aanval op mijn kinderen?'

De luitenant die naast hem reed, keek niet eens opzij.

Bij de *yamen* stegen de soldaten af. Twee kwamen er voor hem staan en twee achter hem, nog steeds met hun geweren in de hand, alsof hij een gevaarlijke crimineel was. De luitenant stond bij de poort, zijn getrokken zwaard tegen de schouder.

'Sta ik onder arrest?' brieste de dokter. 'Waarom word ik bewaakt?'

Deze keer werd hij niet via de centrale binnenplaats naar de privévertrekken van de Mandarijn gebracht, maar nam de luitenant hem mee naar een kleine deur, die toegang gaf tot een gang met banken langs de bakstenen muren. Via deze gang kwamen ze op een kleinere binnenplaats waar de dokter nooit eerder was geweest. Soldaten met speren bewaakten een poort.

Er bevonden zich heel veel mensen op de binnenplaats, mannen en vrouwen die hurkten op de grond of tegen de muren leunden. Ze waren afkomstig uit alle klassen – de dokter herkende kooplieden aan hun lange gewaden van bruine zijde en boeren aan hun pyjama's van blauwe katoen. Al die mensen hadden de wezenloze uitdrukking van passagiers die een hele nacht op een vertraagde trein hadden zitten wachten. Met doffe ogen keken ze hem zonder nieuwsgierigheid aan.

Toen zag hij in een hoek een man die gebukt ging onder een schandplank. In een andere hoek hingen drie ijzeren kooien aan een paal. Tot zijn ontzetting zag de dokter armen en benen in de kooien – lichamen in een onmogelijke houding omdat staan, liggen of zitten onmogelijk was. Aan ringen in de muur links van hem hingen kettingen.

De luitenant hield halt. 'Hier wachten we,' kondigde hij aan.

'Wat is dit hier?' De dokter moest moeite doen om zijn stem een ferme klank te geven. 'Is dit een gevangenis?'

'Zoals ik al zei, dit is de rechtbank van de *yamen*. Heb geduld, dokter. Uw zaak wordt zo behandeld.'

'Mijn zaak?' hakkelde de dokter, maar de luitenant liep naar de poort, waar een bebrilde functionaris aan een tafel zat met penseel en perkament. Gespannen stond de dokter te kijken terwijl de twee mannen een gesprek voerden. Hij voelde dat er aan zijn broekspijp werd getrokken, en zag de ziekelijk uitpuilende ogen en de openhangende mond van een kreupele bedelaar. Een van de soldaten sloeg hem met de kolf van zijn geweer, en de man kroop weg. Rechts van hem klonk een hoge lach. Een jonge, goedgebouwde man met boeien om zijn polsen en enkels knipoogde naar hem alsof het allemaal erg lachwekkend was. De dokter draaide zijn hoofd weg.

'Ik wil weten wat dit te betekenen heeft,' zei hij toen de luitenant terugkwam. 'Weet Liu Da Ren dat ik hier ben? Op welke wijze ik hierheen ben gebracht, als een ordinaire crimineel?'

De luitenant negeerde zijn vraag en wenkte dat hij hem moest volgen. 'Uw zaak wordt nu behandeld,' zei hij. 'Kom mee.'

'Wat voor zaak? Sta ik terecht? Wat is de aanklacht? Dit is krankzinnig! Ik ben een buitenlander, ik ben niet onderworpen aan de rechtspraak in dit land.'

334

'Kom mee, dokter, dit is tijdverspilling,' zei de luitenant.

De poort ging open en ze kwamen in een met kaarsen verlichte hal. Het duurde even voordat Airtons ogen aan het halfdonker waren gewend. Aan het eind van de hal stond een tafel met een rood kleed op een podium. Achter de tafel zat de Mandarijn, in een schitterend blauw gewaad. Een bediende met de officiële gele parasol stond achter hem. Naast hem zat een jongere man, ook in het blauw, ook onder een parasol, en ook hij droeg de hoed met pauwenveren. De Mandarijn zat zo stijf als een standbeeld in zijn stoel, zijn brede gezicht volkomen uitdrukkingsloos, maar de jonge man naast hem hing lui onderuit, hield zijn waaier voor zijn mond om een geeuw te verbergen, en zijn vochtige bruine ogen gleden traag door de ruimte. Hij zat erbij als iemand die zich volkomen op zijn gemak voelde.

De dokter was in de war. Snel zette hij op een rijtje wat hij van het Chinese protocol afwist. Er was niemand van dezelfde rang als de Mandarijn in Shishan, dat wist hij zeker. Wie was dan de knappe kerel die zich gedroeg alsof hij een gelijke zo niet hogere status had dan de Mandarijn?

Voor de tafel, maar niet op het podium, zaten de schrijvers en andere functionarissen. Het verbaasde hem niet dat hij Jin Lao herkende. De kamerheer bestudeerde een geschrift.

Drie figuren maakten een knieval op de grond voor de magistraat, twee volwassenen en een kleine jongen. De handen van de man aan de linkerkant waren vastgebonden op zijn rug. Een gewapende bewaker stond op twee pas afstand. De lange magere nek en stakerige ledematen van de geboeide man kwamen de dokter vaag bekend voor. Met een steek van woede en angst herkende hij Ah Lee.

De luitenant kwam naar voren, klapte boven zijn hoofd in zijn handen, knielde en boog. 'Moge de rechtbank de buitenlandse dokter Ai Er Dun aanschouwen,' schreeuwde hij.

'De rechtbank aanschouwt hem,' bromde de Mandarijn. 'U mag zich terugtrekken.'

Jin Lao verhief zijn schrille stem. 'Het is gebruikelijk dat de beklaagde een voetval maakt.'

'De buitenlandse dokter wordt daarvan hierbij vrijgesteld,' zei de Mandarijn. 'En ik verbied u om hem de beklaagde te noemen, kamerheer. Zoals u weet kan hij niet door deze rechtbank worden berecht. Volgens de wet zijn buitenlanders niet aan de Chinese rechtspraak onderworpen, en bij mijn weten is die wet niet ingetrokken.' Hij wendde zich tot de man naast hem. 'Zo is het toch, prins?'

De jonge man glimlachte. 'Helaas wel. Erg jammer. Ik had weleens willen zien dat een harige barbaar op een beschaafde manier probeert te buigen.'

'Gaat u door, kamerheer,' zei de Mandarijn.

Jin Lao begon voor te lezen, zijn stem vervormd tot een kunstmatige falset, zoals het hoorde bij het oplezen van een aanklacht. De zinnen waren lang en obscuur en werden in een zangerig ritme met schrille crescendo's voorgelezen, zodat het de dokter de grootste moeite kostte om te begrijpen wat er werd gezegd. Het leek wel alsof de kamerheer optrad in een opera – het overdreven Chinese protocol had hem altijd aan opera's doen denken – maar Jin Lao was geen theatrale koning met een baard en een beschilderd gezicht. Het venijn in zijn taalgebruik was een speer die hij rechtstreeks op de dokter richtte, en Airton begon te beseffen dat hij deze man niet langer als een functionaris moest zien maar als een dodelijke vijand. Hij voelde 's mans ogen op zich gericht, slangachtig, triomfantelijk, kwaadaardig.

Een hand gleed gracieus uit de mouw van de kamerheer en een vinger met een lange nagel werd beschuldigend op de ineengedoken Ah Lee gericht, als een tovenaar met een toverstafje, maar de slangenogen bleven de dokter aankijken. Airton voelde zweetdruppels parelen op zijn brandende voorhoofd, terwijl hem tegelijkertijd het koude angstzweet uitbrak. Jin Lao had het over zijn kinderen. In de rechtbank van de *yamen*. Dit was zo onwerkelijk. Hij had het gevoel dat hij in een nachtmerrie terecht was gekomen.

Achter de bloemrijke taal ging een simpele aanklacht schuil. Er was een vechtpartijtje tussen kinderen geweest. Op een dag hadden de zoon en dochter van de buitenlandse dokter in een baldadige bui een paar kleinere kinderen aangevallen, zoals verwacht kon worden van barbaarse snotapen die nog niet hadden geleerd zich naar de gebruiken van hun eigen cultuur te gedragen, laat staan naar die van een beschaafde samenleving. Een oudere jongen in het dorp had het vreselijk gevonden om te zien dat zijn broers en zusjes zo mishandeld werden en was hen dapper te hulp geschoten. Hij had de buitenlandse plaaggeesten hun verdiende loon gegeven, waarbij de zoon van de dokter helaas enkele klappen had opgelopen. Het was een onbeduidend voorval waar de *yamen* formeel op geen enkele wijze bij betrokken was. Een paar kinderen hadden zich schandelijk misdragen en waren geheel terecht op hun nummer gezet, en daarmee had de kous af moeten zijn.

De buitenlandse dokter had echter stampij gemaakt. Deze barbaar was door de inwoners van Shishan altijd met alle egards behandeld, hij werd gewaardeerd vanwege zijn goede werk en hij had het voorrecht genoten dat hij in de gunst had gestaan van niemand minder dan de Da Ren Liu Daguang in eigen persoon, maar nu had hij zijn ware gedaante getoond, zijn trots en zijn arrogantie. Woedend dat iemand de moed had gehad om zijn kinderen tot de orde te roepen, had hij onbeschaamd bij de *yamen* aangeklopt om te eisen dat een paar onschuldige kinderen voor de rechter werden gesleept, alleen maar omdat hij zich wilde wreken voor wat hij beschouwde als een belediging aan zijn adres en dat van de christenen die hij vertegenwoordigde.

Toen het woord 'christenen' viel, zag de dokter tot zijn schrik dat de jonge man naast de Mandarijn, die tijdens het eerste deel van Jin Lao's toespraak had zitten gapen, opeens zijn wenkbrauwen fronste en heftig knikte. De Mandarijn bleef onbewogen en gebaarde met zijn waaier dat Jin Lao verder kon gaan.

Zelf was hij gedwongen geweest, vervolgde Jin Lao, om bij de poort van de *yamen* het verhaal van de buitenlandse dokter aan te horen – een bedroevende ervaring. De dokter was zo verblind geweest door woede dat hij op een gegeven moment over de grond was gaan rollen, en de bewakers waren ontzet geweest over zijn vulgaire taalgebruik. Hij had een verhaal opgedist dat zijn kinderen door een criminele bende vechtkunstenaars waren aangevallen. Het was duidelijk zijn bedoeling geweest om de *yamen* om de tuin te leiden en een onschuldig dorp te laten straffen – waarschijnlijk een dorp dat zijn zendingswerk had afgewezen. Ook nu knikte de jonge man achter de tafel enthousiast. Dit was niet zomaar wraak vanwege een belediging, maar de zoveelste aanval van de christenen op hun vijanden. Jin Lao had de woedende man aangeraden om naar huis te

337

gaan, wat hij uiteindelijk had gedaan, niet wetend hoe wraakzuchtig hij zou zijn.

Gefrustreerd omdat hij de Chinese justitie niet voor zijn eigen karretje had kunnen spannen, was de buitenlandse dokter eigenmachtig opgetreden en had hij zijn bediende, een christen die bij hem in dienst was ('Kijk eens naar dit kruipende insect!'), 's nachts naar het dorp gestuurd om de jongen die zijn zoon had geslagen te zoeken. Hij had opdracht gekregen om de jongen volgens specifieke instructies te verwonden, zoals alleen een dokter kan weten hoe het menselijk lichaam de ergste schade kon worden toegebracht. De bediende had de instructies van zijn doortrapte meester zo nauwgezet uitgevoerd dat de jonge held uit het dorp waarschijnlijk nooit meer zou kunnen lopen.

'Zo gedragen de christenen zich!' riep Jin Lao uit. 'Kijk eens waartoe ze in staat zijn!' Gebiedend wees hij met zijn vinger.

Een bewaker – Airton herkende de vriendelijke man die hem thee had aangeboden bij de poort – tilde voorzichtig de middelste van de drie geknielde figuren op. Het was de jongen, en hij zag nu dat hij in een cape was gewikkeld. De bewaker ondersteunde hem en liet de cape op de grond vallen, zodat de jongen spiernaakt voor de rechtbank stond. Het wankelende lichaam was overdekt met wonden, striemen en blauwe plekken, nauwelijks een stukje huid was gespaard gebleven. De dokter zag de onnatuurlijke stand van het ene been, dat duidelijk gebroken was en gespalkt moest worden. De ene schouder hing lager dan de andere, wat op ontwrichting wees. Zijn gezicht vertrok en hij draaide met tranen in zijn ogen zijn hoofd weg. Beesten, dacht hij in stilte.

'Kijk dan wat ze hebben aangericht!' kraaide Jin Lao. 'Kijk dan, de christelijke dokter wendt zijn blik af. Wil de buitenlandse arts zijn patiënt dan niet onderzoeken?'

De ruwe stem van de Mandarijn verdreef de stemming die Jin Lao had gecreëerd. 'De rechtbank heeft het bewijs gezien. De jongen kan gaan en breng hem naar een dokter. Dit is de *yamen*, geen kermis. Kom ter zake, kamerheer, en snel een beetje.'

Jin Lao maakte een buiging. 'Hoogheid, prins Yi, Liu Da Ren, ik wil u nog één getuige laten horen en dan ben ik klaar.'

Hij wees op de derde geknielde figuur, die zwierig overeind sprong toen de bewaker hem aanstootte. Airton zag een jonge, goedgebouwde man met een verzuurd, pokdalig gezicht. Zijn uitdrukking hield het midden tussen honen en grijnzen.

'En wie is dit?' wilde de Mandarijn weten.

'Een patriot en een modelburger, Da Ren,' zei Jin Lao. 'Hij is de eigenaar van het theehuis, meester Liu Ren Ren. Gelukkig voor ons was hij toevallig in het dorp in de nacht dat deze wandaad werd begaan. Helaas was hij te laat om het slaan van de jongen te voorkomen, maar hij heeft de dader wel herkend en aan kunnen houden. Hij heeft hem geïdentificeerd als de bediende van de christelijke dokter. Deze stad is hem dank verschuldigd. Geen van de dorpelingen zou deze kwestie hebben gemeld,' voegde hij er dreigend aan toe. 'Ze zouden bang zijn geweest voor de christenen. We hebben het aan meester Liu te danken dat de dader kan worden bestraft.'

'Wat deed u die nacht in dat dorp?' vroeg de Mandarijn.

'Ik was op bezoek bij mijn tante,' antwoordde Ren Ren. 'Ze woont daar.'

'Hij is niet alleen begaan met onbekende dorpsjongens, hij zorgt ook goed voor zijn oudere familieleden,' zei Jin Lao.

'Werkelijk?' zei de Mandarijn.

'Het lijkt me een uitgemaakte zaak,' zei de prins. 'Dit voorval is typerend voor de wandaden van christenen in andere delen van het keizerrijk. Het is goed dat ik ben gekomen. Ik vind dat u hen moet straffen.'

'Hen?'

'Goed dan, alleen de christelijke bediende. Die ellendige wetten om buitenlanders te beschermen... U kunt de meester een reprimande geven en de bediende straffen.'

'Veroordelen wij hen, prins, zonder hun de kans te geven om zichzelf te verdedigen?'

De jonge aristocraat trok zijn wenkbrauwen op en glimlachte toegeeflijk naar de Mandarijn. 'Mijn beste Daguang, wat bent u nauwgezet! Wat heeft het voor zin om ze te ondervragen? Het zijn christenen. Christenen liegen. Uw kamerheer heeft lovenswaardig werk verricht en hun schuld afdoende aangetoond. U mag van geluk spreken met zo'n medewerker. Kom op, beste kerel, spreek een afschrikwekkend vonnis uit, dan kunnen we gaan lunchen.'

'Prins, ik hoor wat u zegt,' zei de Mandarijn, 'maar als we ons niet aan de bijzondere wetgeving houden, en de gezantschappen krijgen er lucht van...'

'O, daar zou ik me maar geen zorgen om maken.' Prins Yi glimlachte. 'Zoals ik eerder al zei, er gaan dingen veranderen. Ingrijpend. Dit zijn roerige tijden.'

'Da Ren, ik zou graag iets willen zeggen.' Airtons keel was droog van de zenuwen, en hij moest zijn woorden herhalen.

Verbaasd liet prins Yi zijn waaier zakken. 'Hemelse goedheid, die barbaar spreekt onze taal. Wat grappig.'

De Mandarijn zuchtte. 'Daifu.' Hij knikte ten teken dat Airton verder kon gaan.

'Mandarijn. Da Ren. Ik smeek u, open uw ogen voor de waarheid. Wat u net hebt gehoord, is een... karikatuur. Ik weet niet welk monster die arme jongen zo vreselijk heeft toegetakeld, maar Ah Lee kan het niet zijn geweest. Hij heeft de afgelopen twee dagen in mijn ziekenhuis gelegen. Hij is zelf gewond geraakt. Dit is een kwaadaardige aanval op mijn gezin, mijn bedienden en mijn geloof, waarbij onschuldige slachtoffers als instrumenten zijn gebruikt. U kent mij, Da Ren. U weet waarom ik u wilde spreken. Ik wilde u waarschuwen voor de Boxers – '

'Daar heb je weer zo'n liegende christen die puur uit eigenbelang met beschuldigingen komt!' begon Jin Lao in zijn hoge falset.

'Genoeg, heren, allebei,' gromde de Mandarijn. 'Daifu,' zei hij, zijn blik strak op de dokter gericht. 'U wordt niet door deze rechtbank berecht.' Hij wierp een kille blik op prins Yi en keek de dokter weer aan. 'U hoort hier zelfs helemaal niet te zijn. Niet onder de huidige wetgeving. Evenmin ben ik ervan overtuigd dat u de opdracht voor dit misdrijf hebt gegeven. Kamerheer, u hebt alleen verdenkingen, geen harde bewijzen.' Hij zweeg even. 'De zaak van de bediende is echter van een geheel andere orde, en hij zal worden gestraft.'

Airton ontplofte. 'Hoe kunt u deze leugens geloven?' tierde hij. 'Ah Lee is volkomen onschuldig. Die man zou nog geen vlieg kwaad doen.'

'Daifu, alstublieft,' zei de Mandarijn zacht. 'Ik wil u niet vernederen door u te laten verwijderen. Ik moet uw bediende wel straffen want hij heeft zelf bekend.'

'Bekénd?'

Het gezicht van de Mandarijn stond weer uitdrukkingsloos. 'Ja, hij heeft een bekentenis getekend en geeft daarmee toe dat hij schuldig is. Ik heb hem hier. Hij noemt geen medeplichtigen en heeft niet expliciet verklaard dat hij in opdracht heeft gehandeld. Het document is stuitend slecht geschreven. Het is wel interessant dat hij afziet van zijn recht als christen om voor een andere rechtbank te verschijnen. Merkwaardig, vindt u niet, dat een kok zoveel van de wetgeving weet? Voor mij maakt dit het makkelijker, en u kunt niet protesteren bij uw consulaat, Daifu. Bij nader inzien zal ik hem niet de gebruikelijke straf van honderd stokslagen geven, maar slechts vijftig.' Hij pakte een pen en zette zijn naam onder het vonnis. 'Vijftig stokslagen, terstond toegediend, en een week in de cel. Wachters, zorg dat het gebeurt. Sidder en gehoorzaam.'

'Wat bent u teerhartig, mijn beste,' hoorde Airton de prins tegen de Mandarijn zeggen terwijl ze allebei opstonden. 'U hoeft echt niet in te zitten over de reactie van deze christenen, weet u. Wacht maar tot u hoort wat ik u zo ga vertellen. We moeten voortmaken. Ik zet vanmiddag mijn reis naar het noorden voort.'

'Neem me niet kwalijk, prins. Ik moet nog iets tegen de dokter zeggen.'

Voor Airton bleef hij staan. 'In China doen we de dingen op de Chinese manier, Daifu,' zei hij bars. 'Probeer dat te begrijpen. Het is belangrijk. U gaat toch nog wel mee jagen, hoop ik?'

'Jagen?' Hij was zo geschrokken dat hij volkomen in de war was. Vaag was hij zich ervan bewust dat er nog iemand naast hem was komen staan.

Jin Lao's vochtige ogen keken hem vriendelijk aan. 'Daifu.' Hij maakte een buiging en er speelde een gelukzalige glimlach om zijn lippen. 'Zoals u ziet heb ik gedaan wat ik heb beloofd en een onderzoek naar dit misdrijf ingesteld.' Jin Lao liep verder, gevolgd door zijn getuige, die langs de dokter heen slenterde en hem brutaal van hoofd tot voeten opnam. Airton hoorde lachen en het woord 'ratteneter' voordat de twee naar buiten liepen.

Even later liep hij naar Ah Lee, die nog steeds geknield op de grond lag, bewaakt door wachtposten.

'Mijn vriend, mijn vriend, wat hebben ze met je gedaan?' fluisterde Airton toen hij de blauwe plekken in het gezicht van zijn kok zag. 'Ben je gewond?'

Tranen welden op in zijn ogen toen Ah Lee zijn hoofd schudde.

'Waarom, wáárom heb je dan bekend dat je zoiets vreselijks hebt gedaan?'

'Ze kwamen 's nachts. Ze hielden een mes tegen Ah Suns keel. Ze zeiden dat ze haar zouden vermoorden en mij zouden steken. Ik was bang,' mompelde hij. 'Ze zeiden ook dat ze de juffrouwen weg zouden halen, Helen en Jenny, en dat ze... dat ze...' Zijn hoofd zakte op zijn borst en hij snikte het uit. 'Ik wist dat ik naar het eeuwige vagevuur zou gaan als ik loog, maar als ze Missie Jenny en Missie Helen kwaad doen...'

'Je gaat niet naar het vagevuur, mijn goede vriend.'

De vriendelijke wachtpost schraapte zijn keel. 'Daifu, het is zover. Volg ons niet. U wilt er niet bij zijn als hij wordt gestraft. Dat is niets voor een nette meneer zoals u, maar u hoeft er ook niet wakker van te liggen. Dit is een taaie, dat zie je zo. Hij overleeft het heus wel. Ik zal ervoor zorgen dat hij nog kan lopen als hij weer bij u wordt afgeleverd.'

Drie weken later zat Airton bij een kampvuur in de Zwarte Heuvels, starend naar de vonken in de lucht, maar hij herinnerde zich het smekende gezicht van zijn bediende toen hij werd weggevoerd als de dag van gisteren. Net als de kreten en tranen van Ah Sun toen haar zwaar toegetakelde man een week later op een handkar thuis werd gebracht. Net als het zwakke maar nog steeds vriendelijke glimlachje van Ah Lee op zijn ziekbed, waar hij ditmaal echt dagen aan gekluisterd was.

Rillend pakte Airton de ketel om zijn beker bij te schenken. Hij wist dat hij naar zijn tent moest gaan, want hij had rust nodig, hij moest nadenken, maar de herinnering aan de gebeurtenissen in de *yamen* liet hem niet met rust. Tot overmaat van ramp was het een enerverende dag geweest, compleet met een schokkende ontdekking die hij weigerde te geloven. Ook was er een allesoverheersend onbehaaglijk gevoel, de kille duisternis, het tromgeroffel uit het woud – een groeiende overtuiging, al bleef hij zich er verstandelijk tegen verzetten, dat er onheil dreigde, dat er kwaad op de loer lag.

Het was een dag vol geweld geweest. Het kamp was al voor het aanbreken van de dag gewekt door tromgeroffel en trompetgeschal. Toen de dokter uit zijn tent kwam, zag hij de exotisch uitgedoste drijvers in de mist tussen de bomen verdwijnen. De Mandarijn, Liu Daguang, kwam vanuit zijn eigen kamp naar de open plek in een schitterende rode wapenrusting, een boog en een koker met pijlen op zijn rug, en een lange speer met een vaandel in zijn gepantserde hand, als een oorlogsgod in de bloei van zijn leven. Hij liet zijn paard steigeren en lachte joviaal. De andere jagers, Henry Manners en kolonel Taro, verschenen op hun eigen paarden, allebei met leren beenkappen en een cape van tweed. Lao Zhao en een andere knecht droegen de geweren. Er klonk het rinkelen van een harnas, en het strijdros van de Mandarijn brieste en stampte.

'Daifu, u bent nog niet klaar. Kom! De voortekenen zijn gunstig. Sterker nog, mijn oude wonden kloppen, en dat betekent dat we vandaag gaan doden. Maak nou voort.'

'Wanneer kunnen we praten, Da Ren?'

'Praten?' De Mandarijn liet zijn bekende hoge gegiechel horen. 'Dit is geen dag om te praten, Daifu. Dit is een dag om te doden.'

De dokter had gehoopt dat hij in het kamp kon achterblijven met Helen Frances en de jacht niet hoefde mee te maken. Zowel Nellie als hij hadden haar aangeraden om niet mee te gaan naar de Zwarte Heuvels. Ze was niet meer het gezonde meisje van vroeger, hoewel de dokter niet kon verklaren waarom ze in dit lustloze, sombere schepsel was veranderd. Hij had zich eerlijk gezegd te veel zorgen gemaakt over zijn kinderen en Ah Lee en de Boxers om in te zitten over zijn assistente. Waarschijnlijk had haar toestand met hartenleed en haar langdurige verloving met Tom te maken, en dat soort dingen liet hij graag aan Nellie over.

Kort voor hun vertrek, toen hij zich opeens bewust werd van de zwarte kringen onder haar rode ogen en de ongezonde kleur van haar huid, had hij zich afgevraagd of er niet toch sprake was van een of andere kwaal. 'Als ik niet beter wist, zou ik hebben gezegd dat je eruitziet als een opiumverslaafde,' had hij gekscherend gezegd toen hij haar tong bekeek. Ze had met een merkwaardig glimlachje gereageerd. 'Nou, misschien zal de frisse lucht je goed doen,' had hij gezegd, 'maar ik vind het niet goed dat je je te veel inspant. Ik kan me ook niet voorstellen dat een fatsoenlijk meisje zoals jij al te dicht bij zoiets gevaarlijks als de jacht zelf wilt komen.'

'Ik wil de jacht zien,' had ze gezegd.

'Jij en ik kunnen in het kamp afwachten totdat ze met de trofee terugkomen, en dan kunnen we meedoen aan de feestelijkheden,' zei de dokter. Daar leek ze zich bij neer te leggen. Ze had er in elk geval niets meer over gezegd. De rit naar de Zwarte Heuvels was een beproeving geweest. De dokter had verwacht dat Helen Frances zich zou verheugen op een excursie met haar oude vriend Henry Manners – het was een hele tijd geleden dat ze er samen opuit waren getrokken – maar tot zijn verbazing negeerden ze elkaar vrijwel geheel. Manners reed voor de stoet uit met de Japanse kolonel, aan wie de dokter een hekel had. Aangezien de Mandarijn ook niet erg sociaal was – hij had zich met een stapel papieren opgesloten in zijn draagstoel – en Helen Frances zwijgzaam en gesloten was, ook al reed ze naast hem, voelde de dokter zich geïsoleerd en geïrriteerd. Bovendien vond hij het buitengewoon frustrerend dat hij geen gelegenheid kreeg om met de Mandarijn te praten, terwijl dat in feite zijn enige reden was geweest om mee te gaan.

Terwijl de Mandarijn in zijn wapenrusting rond het vuur draafde, gevolgd door majoor Lin en zijn soldaten, en Manners en Taro klaarstonden, zag de dokter tot zijn schrik dat Helen Frances in ruiterkleding op haar paard klom, geholpen door Lao Zhao. Er zat niets anders op. Hij was er totaal niet op voorbereid, maar liet snel zijn eigen paard komen. Even later stormde het hele gezelschap, aangevoerd door een brullende Mandarijn, in volle galop achter de drijvers aan. De achterhoede werd gevormd door de dokter, die angstvallig zijn hoed vasthield.

De jacht was even beestachtig en bloederig als hij had verwacht. De drijvers hadden hun werk goed gedaan, en al snel werden met de geweren van Manners en Taro en de pijlen van de Mandarijn herten, hazen en wilde zwijnen geveld. Voor hen uit hoorden ze steeds het blaffen van de honden die de grote prooi op het spoor waren, een beer of een tijger, dat wist de dokter niet. Van alle kanten klonk het trommelen van de drijvers en het schrille schetteren van hun trompetten om het overgebleven wild naar de van tevoren gekozen open plek te drijven. Het kostte de dokter de grootste moeite om in het zadel te blijven. Hij voelde niet de behoefte om zoals Manners en zijn vriend vanuit het zadel te vuren, zeker niet in dit halsbrekende tempo. In feite voelde hij helemaal geen behoefte om te schieten. Hij wilde dat het achter de rug zou zijn.

Het eindigde op een open plek met een in het nauw gedreven beer. Toen ze naderden, klonk er een waterval van geluiden van de honden, gegrom en geblaf en gehuil, versmolten tot een duivelse kakofonie. De drijvers hadden de open plek omsingeld en lieten hun trommels roffelen. Speerdragers dansten rond buiten bereik van de zwarte reuzin. Met ontblote tanden en diabolisch glinsterende gele ogen mepte de schuimbekkende berin naar de honden die tegen haar opsprongen. Een aantal van haar slachtoffers lag kermend of levenloos op de grond. Ze zwaaide op haar achterpoten en brulde van woede.

De Mandarijn bracht zijn paard tot stilstand. De anderen kwamen in een halve kring om hem heen staan. Hij hief zijn rechterarm hoog in de lucht. Een van Lins mannen blies hard op de trompet. De trommels vielen stil. Het was een teken. De speerdragers dribbelden achteruit. Drijvers renden fluitend tussen de honden door, lokten de dieren met vlees, en geleidelijk stierf het geroezemoes weg. Na nog een paar sprongen volgden de meeste honden de mannen, aangetrokken door het vlees. De beer wiegde heen en weer, verbaasd over de plotselinge stilte. Ze brulde nog twee keer, liet zich toen grommend op haar voorpoten vallen, en keek met haar gele ogen wantrouwig naar de groep ruiters.

'Ma Na Si Xiansheng,' zei de Mandarijn luchtig. 'Voor wie zal ze zijn? En met welk wapen, het geweer, de speer of de boog?'

'Ik kan Uwe Excellentie nooit evenaren met de boog,' zei Manners glimlachend.

'En een oude vaandeldrager die op de traditionele manier heeft leren vechten, weet weinig van het nieuwerwetse sportgeweer,' pareerde de Mandarijn.

'Dan lijkt het me logisch om als compromis voor de speer te kiezen,' concludeerde Manners.

'Dat is het traditionele wapen,' zei de Mandarijn voldaan.

'Te voet of te paard?'

'Te voet is de beste manier,' zei de Mandarijn. 'Ik ga eerst en u volgt om mij te dekken. Uw vriend?' Hij keek naar Taro, die met

een buiging bedankte voor de uitnodiging voordat hij zich nadrukkelijk opzij draaide naar majoor Lin. Met een vrolijke twinkeling in
zijn ogen bracht hij de onuitgesproken uitdaging over. Majoor Lin
kleurde, maar bleef streng voor zich uit kijken.

'Nee, dank u, Da Ren-sama,' zei de Japanner. 'Bij nader inzien kijk
ik liever toe als Uwe Excellentie en Mr. Manners de trofee in de
wacht slepen.'

'Dokter?' Manners was van zijn paard gesprongen en had zijn cape
uitgedaan. Hij stak zijn armen omhoog, zodat een jachtmeester een
leren wambuis over zijn hoofd kon trekken, waarna hij enorme metalen handschoenen over zijn armen schoof. 'Levert u geen sportieve prestatie vandaag?'

'Beslist niet, Manners, en als je het mij vraagt, gedraag je je als een
grote stommeling.'

'Dat ben ik altijd geweest, Airton. Alleen voel ik me vandaag goed
beschermd. Het komt niet elke dag voor dat er een dokter bij de
hand is voor het geval er ongelukken gebeuren, een dokter die zelfs
wordt bijgestaan door een verpleegster.' Hij keek glimlachend omhoog naar Helen Frances, die kil op hem neerkeek. 'Wenst deze bevallige jonkvrouwe me succes in de strijd?' Helen Frances beet op
haar lip en draaide haar hoofd weg. 'Kennelijk niet,' concludeerde
hij.

'Ma Na Si!' schreeuwde de Mandarijn. 'Het is tijd om onze beer
te doden.'

Ongelovig keek Airton toe toen de twee mannen in de richting
van de beer slenterden, hun speren nonchalant over de schouder. De
beer zag de beweging en richtte zich op haar achterpoten op. Ze
spreidde haar voorpoten vanuit de kolossale schouders, en de kop
met de ontblote tanden ging langzaam heen en weer. De Mandarijn
en de Engelsman liepen doelbewust op haar af.

Plotseling rende de Mandarijn naar voren met zijn speer in de aanslag. Een machtige poot zwiepte, de Mandarijn rolde over de grond
terwijl hij tegelijkertijd stootte, en de beer brulde toen de gekartel-
de punt van de speer in haar borst sneed. De Mandarijn was alweer
overeind, dribbelde lichtvoetig achteruit, zijn ogen op de beer gericht, speer in de aanslag. De verzamelde drijvers juichten hem toe.

'Ma Na Si!' hoorde de dokter de Mandarijn roepen.

Manners was aan de beurt, maar de beer had zich nu op haar voorpoten laten zakken en gromde van woede en pijn. Toen hij een stap naar voren deed, viel de kolossale berg vlees en bont en dodelijke klauwen hem aan.

'Handvat op de grond!' schreeuwde de Mandarijn. 'Snel!'

Hij liet zich op een knie vallen en ramde het uiteinde van de speer in het gras, de punt wijzend op het aanstormende beest.

'Dat houdt haar niet tegen,' hoorde de dokter zichzelf kreunen, en hij voelde Helen Frances' hand op zijn arm. Met ingehouden adem keek hij naar de beer.

De Mandarijn rende naar Manners toe en knielde gracieus naast hem neer. Nu was er een tweede speer op de aanvallende beer gericht. Airton durfde nauwelijks te blijven kijken. Hij hoorde een gesmoorde kreet van de mannen om hem heen en een zucht van Helen Frances, en opende zijn ogen.

De twee mannen worstelden met het gewicht van de beer. Twee speren hadden zich in haar geboord, en kronkelend van pijn zwaaide haar enorme lichaam heen en weer op de zwiepende speren boven hen. Met haar tanden en klauwen haalde ze uit naar haar kwelduivels. Bloed en schuim regenden op hen neer. De beer maakte een vastberaden grommend geluid terwijl ze haar krachten verzamelde om hen te doden. Manners en de Mandarijn moesten wegduiken om hun onbeschermde hoofden buiten haar bereik te houden. De drijvers keken zwijgend naar de wanhopige strijd tussen mens en dier.

Er klonk een geluid als een zweepslag. De speer van de Mandarijn brak. De beer haalde uit met haar poot en ramde de schouder van de Mandarijn, die tegen de grond werd geslagen. Het gewicht van de beer leunde zwaarder op de overgebleven speer. De dokter kon zien dat Manners uit alle macht duwde om niet door de kolos verpletterd te worden. Hij wist dat de speerpunt zich nu snel door het overgebleven spierweefsel zou boren, en dan zou het dier boven op de man terechtkomen. Dat zou hij niet overleven. Airton zag dat de Mandarijn wegkroop, duidelijk half verdoofd, en hij riep iets dat hij niet kon verstaan.

Het volgende moment klonk er luid hoefgetrappel en reed majoor Lin de open plek op, gevolgd door Taro. Hij zag dat Lin iets naar de Mandarijn gooide, die in een vloeiende beweging zijn boog en pijlkoker opving en een pijl tegen de pees legde. Sierlijk draaide hij zich om en hij schoot van korte afstand een pijl recht in de borst van de berin. Tegelijkertijd klonk de knal van een schot en explodeerde de kop van de beer in bloed en pulp. Taro keerde zijn paard en vuurde nog een keer. De beer zakte naar voren op de speer. De strijd was gestreden.

Toen hoorde hij nog een keer hoefgetrappel. 'Helen Frances, niet doen!' riep hij. 'Het kan nog steeds gevaarlijk zijn...'

Maar ze galoppeerde weg naar Manners, en de dokter volgde. Even later sprong ze van haar paard en rende naar Manners, die moeizaam overeind kwam. Ze begroef haar hoofd tegen zijn met bloed besmeurde borst.

'Zei ik niet dat het slim is om een verpleegster bij de hand te hebben?' zei Manners glimlachend. Toen sloeg de uitputting toe. Hij wankelde op zijn benen en zijn hoofd zakte slap op haar schouder. Bijna als vanzelfsprekend had hij een arm om haar rug en billen geslagen toen hij viel. Helen Frances drukte zich trillend tegen hem aan.

De dokter was ook van zijn paard gesprongen en rende naar hen toe, maar het zien van die innige omhelzing – kennelijk zo vertrouwd – bracht hem in verlegenheid en hij bleef staan. 'Helen Frances? Wat doe je?'

Haar hoofd kwam langzaam overeind, en Airton zag tranen in de ogen achter haar losgeraakte haar. Dof staarde ze hem aan, toen rilde ze en kwam ze met een schok bij haar positieven. Haar wangen zagen rood van het bloed van de beer. 'Het spijt me, dokter,' fluisterde ze. 'Ik dacht... ik dacht...'

'Het geeft niet, meisje. Ik begrijp het,' zei hij, hoewel hij worstelde met een plotseling en onaangenaam besef. Ze zijn minnaars, riep een klein stemmetje in zijn hoofd. 'Kom op, meisje, we moeten die wambuis uittrekken. Voorzichtig.'

Ze lieten Manners op het vertrapte gras zakken. Airtons gedachten waren verward, maar zijn handen bleven de professionele gebaren maken om Manners' hartslag en pols te voelen en af te tasten of er geen inwendige verwondingen waren. Minnaars! Het vermoeden gierde door zijn hoofd. Mijn god, wat zal Nellie ervan zeggen? We hebben eraan meegewerkt. O heer! Arme Tom! Helen Frances was nu weer de professionele verpleegster en stelpte kalm het bloeden uit een wond in Manners' bovenarm. Hij kreunde maar bleef bewusteloos. De dokter werd afgeleid door een geluid aan de andere kant van het reusachtig grote dode dier dat naast hen lag en inmiddels door alle drijvers werd bewonderd. Het was de luide stem van de Mandarijn. Hij overwoog hem te roepen om te vragen of hij ook behandeld moest worden, maar in plaats daarvan spitste hij zijn oren.

'Kolonel Taro.' Door een speling van de wind kon hij de stem van de Mandarijn goed horen, hoewel hij door de dode beer aan het oog werd onttrokken, ondanks het geroezemoes van de drijvers. 'Ik ben u dankbaar voor uw attente poging om mijn leven te redden. U zult echter zien dat mijn pijl het hart van de beer al had doorboord.'

Het kwam misschien door de kille toon waarop Taro antwoordde dat Airton zich concentreerde op wat hij opving. 'Da Ren-sama,' siste de Japanner, 'als ik had geweten hoe stom die Engelsman en u zich zouden gedragen, zou ik eerder hebben ingegrepen. U beiden mag zich op een ander moment laten doden, maar ik herinner u eraan dat we nog zaken met elkaar moeten doen, zaken die uw land en het Japanse keizerrijk aangaan. Ik kan niet toestaan dat u of Manners de keizerlijke belangen opoffert aan een stompzinnig vertoon van heldenmoed met een wild beest.'

Had hij het goed verstaan? Keizerlijke belangen? Wat hadden Manners of de Mandarijn met de belangen van de Japanse keizer te maken?

'U stelt me teleur,' antwoordde de Mandarijn. 'Ik had zoveel over uw erecode gehoord – uw *bushido*. Ik had verwacht dat een samoerai zoals u de ridderlijke traditie van de jacht zou appreciëren.'

'Da Ren-sama, speel alstublieft geen spelletjes met me. Juist u hoort te weten dat oorlog geen sport is, en een machtsovername evenmin. Ik ben niet naar deze bergen gekomen om te jagen, maar omdat Manners en Lin een heel eind zijn gekomen met hun besprekingen, zodat er nu een overeenkomst ligt die u en ik alleen nog maar hoeven goed te keuren.'

'Misschien verleen ik mijn goedkeuring. Ik moet eerst de details weten.'

'U krijgt de details vanavond te horen van Mr. Manners, die dankzij de voorzienigheid en het goede functioneren van mijn geweer nog in leven is.'

'Het zou kunnen dat ik vanavond tijd voor u heb. Ik heb echter nog een afspraak, die eveneens betrekking heeft op deze kwestie.'

'Nog een afspraak? Hier? Juist... Dus... u onderhandelt nog steeds over Russische geweren met die bandieten? Ik had het kunnen weten. Dus daarom zijn we in de Zwarte Heuvels. En u durft mij aan te spreken op mijn eer, Da Ren-sama?'

'Kolonel, voordat men tot een aankoop overgaat, kijkt men altijd eerst wat de concurrentie te bieden heeft. Alles in het leven draait om onderhandelen en het sluiten van compromissen. Volgens mij bent u ervaren genoeg om dat te weten, hoewel u nog heel jong bent.'

'Ik heb er geen behoefte aan om oud te zijn, Da Ren-sama, zoals u. Maar ik blijf onderhandelen... in elk geval nog een tijdje.' De dokter hoorde paardenhoeven. Taro reed weg.

Airton richtte zich weer op zijn taak. 'Trek hem zijn overhemd maar weer aan, Helen Frances. We willen niet dat hij kou vat.' Geweren? De belangen van de Japanse keizer? Onderhandelingen met bandieten? De woorden bleven zich als ontploffende mijnen herhalen in zijn hoofd. Met afschuw keek Airton neer op de man die hij behandelde en er ging een rilling langs zijn rug. Manners begon bij te komen uit zijn appelflauwte, maar zijn ogen waren nog gesloten, en zijn hoofd lag in Helen Frances' schoot. Toch speelde er nu een voorzichtig glimlachje over zijn knappe gebruinde gezicht. Wie was deze man? Wat voerde hij in zijn schild? Het klonk als verraad. In elk geval kon het niet door de beugel. Maar als dat waar was... en als het waar was dat Helen Frances zich met zo'n man had ingelaten... Een crimineel, een wapensmokkelaar!

Opeens kon hij alleen nog maar denken aan Nellies boze reactie als ze dit hoorde, maar toen drong er nog iets anders tot hem door. De Mandarijn was er ook bij betrokken! De man die hij sinds zijn komst naar Shishan had vertrouwd. Zijn vriend. Zijn weldoener. De man die hij vandaag nog om advies had willen vragen over de Boxers, zijn kinderen, Ah Lee's onrechtvaardige straf, de zorgwekkende opmerkingen over christenen van zijn kamerheer, Jin Lao — belangrijke kwesties over leven en dood die betrekking hadden op de hele gemeenschap waarvoor de dokter verantwoordelijk was. Toch had hij deze paladijn daarnet over wapensmokkel horen praten met een agent van een buitenlandse mogendheid! En over een ontmoeting met bandieten! Bandieten tegen wie de Mandarijn in het verleden het leger had ingezet. Of niet? Was alles een leugen geweest? Wie kon hij nu nog vertrouwen?

'Daifu.' Hij hoorde de lach van de Mandarijn boven zijn hoofd. 'Ik zie dat u de wonden van onze held al hebt verbonden, en u hebt zelfs voor een mooie dienstmaagd gezorgd die hem weer helemaal beter gaat maken. Vertelt u de grote zeepkoopman maar niet te veel over Ma Na Si's daden van vandaag, anders wordt hij nog jaloers. Maar wat hebben we een schitterende overwinning behaald, deze Engelsman en ik! Hebt u ons gevecht gezien? Een beer is beter dan een tijger! We gaan vanavond smullen van de poten!'

'Ik heb gezien dat u door deze beer tegen de grond bent geslagen, Da Ren. Zal ik u onderzoeken?'

'Nee, dank u. Ik geniet van de pijn, al ben ik bont en blauw geslagen. Waarom dat zo is? Omdat het me herinnert aan het nobele dier dat we hebben verslagen. Ik draag de wond ter cre van deze berin. Wilt u me trouwens nog steeds spreken, Daifu, nu de strijd achter de rug is? Ik heb wel even tijd voor u als we terugrijden naar het kamp.'

'Dank u, Da Ren,' hoorde de dokter zichzelf mompelen. 'Op dit moment komt het misschien niet zo goed uit.'

Nieuwsgierig keek de Mandarijn hem aan. 'Het komt niet goed uit? En vanochtend drong u er nog zo op aan.'

'Da Ren, er was niets van belang...'

De Mandarijn keerde zijn paard. 'U hebt me niets te vragen over de gang van zaken in onze rechtbank? Niets over christenen of Boxers, of over de veranderlijke wind die er over dit land waait? Of over de afgezant van het keizerlijke hof, van wiens bezoek u zelf getuige bent geweest? Dit herinnert me aan mijn eigen nalatigheid. Ik heb nooit naar de gezondheid van uw kinderen geïnformeerd. Zijn ze inmiddels hersteld?'

'Ja, dank u, Da Ren, ze zijn geheel hersteld.'

'Ik kan u niet garanderen dat ik tijdens deze excursie nog een keer tijd voor u heb, Daifu. U weet dat ik onze gesprekken altijd bijzonder op prijs stel. Rijdt u echt niet met me mee? Volgens mij is Ma Na Si in goede handen.'

Plotseling was Airton in de greep van een kille woede, en hij flapte de woorden eruit. 'Hoe durft u te informeren naar de gezondheid van mijn kinderen na wat u ons in de rechtszaal hebt aangedaan! En hoe zit het met onze gesprekken, Da Ren? Wat betekenen ze voor u? Hebt u ooit een waar woord tegen mij gesproken? Ik ken u niet meer terug, Da Ren. Ik weet niet meer wie u bent. En dat is jammer, want ik was ervan overtuigd dat er een nobele ziel in u huisde.'

De Mandarijn klakte met zijn tong om zijn paard in te tomen. 'Kijk eens aan, het gif van de berin schijnt een groter effect te hebben op u, Daifu, dan op Ma Na Si of op mij. De jacht roept sterke en merkwaardige gevoelens op. Misschien hebt u gelijk. Dit is geen goed moment om te praten. Er komen wel weer andere dagen – wanneer u me weer beter kent, en hopelijk uzelf ook.

Ik heb vanavond veel te doen en moet nu afscheid van u nemen, maar ik wil nog wel iets zeggen over onze gesprekken, waar ik altijd van heb genoten. Ik weet dat u probeert me te bekeren. U ziet onze dialoog als een beschaafd debat tussen een meedogenloze en pragmatische heiden, en uzelf, een man vol idealen. U prijst zich gelukkig omdat u het geloof hebt, en u probeert te leven volgens de absolute code van goed en kwaad zoals die in uw bijbel is opgetekend. U lijkt wel een beetje op onze strenge confucianisten – de academici, niet de praktische mensen. Ik ben daarentegen een bestuurder, en ik doe wat ik gezien de omstandigheden van het moment moet doen. Weet u wel zeker, Daifu, dat het bekeringsproces geen tweesnijdend zwaard is? Wordt u niet op uw beurt beïnvloed door mijn relativerende benadering? Zult u uw idealen nooit en te nimmer aan de omstandigheden aanpassen, Daifu, zelfs niet als u er zelf beter van wordt?

Het zal u misschien verbazen, maar ik ben net zo geïnteresseerd in uw ziel als u in de mijne. Als ik het me goed herinner, staat er in uw bijbel een verhaal over de duivel die Jezus meeneemt naar een zeer hoge berg om hem met de heerlijkheid van al de koninkrijken der wereld te verzoeken. Dat vind ik een prachtig verhaal. O, ik hoop van harte dat we ons debat op een dag kunnen hervatten. Misschien kunnen we dan een soort test organiseren, zoiets als dat uitstapje naar de hoge berg, en dan een weddenschap sluiten over de uitkomst.'

'Maakt u me belachelijk?'

'Weet dit, Daifu. Het zou weleens zo kunnen zijn dat we binnenkort allemaal praktisch moeten zijn, als we onze verantwoordelijkheden serieus nemen en onze gezinnen willen beschermen. Vergeet mijn woorden niet. Ik zeg nooit zomaar iets, en ik ben echt uw vriend.'

'Voor mij zijn die woorden niet genoeg, Da Ren. U hebt mijn bediende monsterlijk behandeld. Een onschuldig man.'

'U bent arts. Soms is het voor het behoud van het geheel noodzakelijk om gezonde ledematen af te hakken. Ik respecteer uw christelijke droom. Uw volmaakte wereld. Helaas denk ik dat u dergelijke perfectie alleen in de hemel zult vinden. Het leven is een zee van smarten, Daifu, een zee van smarten. Maar vergeet nooit dat ik uw vriend ben.'

De Mandarijn legde zijn zweep over het achterwerk van zijn paard en galoppeerde weg, gevolgd door zijn volgelingen en Lins mannen.

De rest van de dag was in een soort roes aan hem voorbijgegaan. De dokter was samen met Manners en Helen Frances teruggegaan naar het kamp. Niemand zei een woord. Helen Frances was even somber als altijd en Manners in gedachten verzonken. Airton kon zichzelf bijna wijsmaken dat hij zich zijn vermoeden had verbeeld. Iedereen die het meisje en de jongeman zag, zou denken dat die twee een hekel aan elkaar hadden. De Mandarijn nodigde Helen Frances uit om tijdens het feestmaal in de grote tent aan het hoofd van de tafel te komen zitten, maar ze weigerde en ging bij Lao Zhao en de andere knechten zitten – hoogst ongepast en onbeleefd, vond de dokter. Manners en Taro vermaakten zich ondertussen luidruchtig met de Mandarijn, die de ene dronk na de andere uitbracht en luidkeels de loftrompet stak over zijn eigen prestaties en die van Manners. De dokter deed zijn best om sociabel te zijn en dronk meer dan hem lief was. Na het eten verontschuldigde Helen Frances zich en trok ze zich onder het mom van hoofdpijn terug in haar tent.

Airton ging naar het kampvuur op hun eigen open plek om een sigaar te roken, in de verwachting dat de anderen zich bij hem zouden voegen. Zijn nieuwe vermoedens werden bevestigd toen Manners en Taro in de tent van de Mandarijn achterbleven met majoor Lin. Het was duidelijk dat ze iets met elkaar te bespreken hadden waar ze geen pottenkijkers bij konden gebruiken, en het onderonsje duurde bijna drie uur. Wat moest hij in 's hemelsnaam doen? Hij overwoog sir Claude MacDonald te schrijven, maar dat idee liet hij snel weer varen. Wat had hij nou voor bewijzen? En waren het zijn zaken wel?

'Nog niet naar bed, Airton?' Manners dook zo onverwacht achter hem op dat hij ervan schrok. 'Sorry dat we u aan uw lot hebben overgelaten. Er moest over de spoorlijn worden gepraat met de Mandarijn.'

'Juist,' zei Airton. 'Kan ik u een sigaar aanbieden?'

'Dank u, liever niet. Het is een zware dag geweest. Ik ga naar mijn tent. Misschien wil Taro u wel gezelschap houden. Die kerel slaapt echt nooit, of wel soms, ouwe jongen?'

Maar Taro was niet met hem meegekomen. Ze zagen hem staan waar de bomen begonnen. Hij rookte een sigaar en keek zo te zien naar iets in het bos. Airton tuurde in het donker. Er waren bewegingen in het donker – rode lantaarns, de schaduwen van paarden, een gesmoorde kreet, het rinkelen van leidsels, geluiden en vormen die als spoken oplosten in de duisternis.

'Kijk eens aan,' zei Manners. 'De Mandarijn in eigen persoon, als ik me niet vergis. En Lins soldaten. Wat voor donkere daden willen zij vannacht in het bos gaan plegen? Een of ander heidens ritueel, wellicht. Een offer om de geest van de gedode berin te bezweren? Jakkes, wat zijn deze bossen toch spookachtig. Blijf niet te lang op, dokter. Straks wordt u nog ontvoerd door een vossengeest!'

'Ik kan heel goed op mezelf passen,' zei Airton. 'Maak je over mij maar geen zorgen.'

Taro kwam nog even bij het vuur staan om zijn sigaar op te roken. Ongemakkelijk wisselden ze beleefdheden uit. Airton wist nooit wat hij tegen de Japanner moest zeggen. Taro verontschuldigde zich beleefd, en de dokter bleef alleen achter in het donker, met zijn gedachten en de kou, vanbinnen en vanbuiten. Korte tijd later hoorde hij in de verte het dreunen van trommels.

'Beschouwt u zichzelf als een bijgelovig man?' vroeg de Mandarijn aan majoor Lin. De paarden baanden zich een weg tussen de naald-bomen, en voor hen uit ging de lantaarn van hun gids op en neer tussen de takken.

'Ik ben soldaat,' mompelde Lin.

'Zeer zeker. Vergeet dat vannacht vooral niet, wat u ook ziet of hoort. Zijn uw mannen te vertrouwen?'

'Ook zij zijn soldaten, Da Ren. Ik heb de moedigste mannen ge-kozen, zoals u me had opgedragen.'

'Een man kan moedig zijn in het daglicht en een lafaard in het donker. Angst kan gemanipuleerd worden, net als de werkelijkheid. U moet waakzaam zijn, majoor. Vergeet geen moment dat we te maken hebben met mannen die niet anders zijn dan u en ik.'

'Van gewone bandieten hebben we toch niets te vrezen, Da Ren? En we hebben IJzeren Man Wang al eens eerder ontmoet.'

'Wees waakzaam, majoor. Meer vraag ik niet.'

Ze reden verder. De wind zuchtte tussen de bomen. Door de mist vervaagden de contouren van de boomstammen waar ze achter el-kaar aan tussendoor laveerden. Na een tijdje werden ze zich bewust van een vaag licht aan weerszijden van hun stoet, en fakkels in de handen van onzichtbare escortes die gelijke tred met hen hielden, de route bepaalden en hen geen moment uit het oog verloren. Het leer van hun zadels kraakte en een paard snoof luid, maar niemand sprak. Een eindje verder klonk een hoorn, en overal om hen heen begon-nen trommels spookachtig te dreunen.

De bomen hielden op en ze kwamen op een donkere open plek, met in het midden een groot vuur. Drie mannen stonden te wach-ten, afgetekend tegen de vlammen. De man in het midden was niet groot, maar zijn brede schouders en stierennek verrieden een enor-me kracht. Hij leunde op een tweekoppige bijl. De weerschijn van de vuurgloed speelde over zijn platte, emotieloze gelaatstrekken en kleurde de punten van zijn rafelige baard rood. Een bontmuts was over zijn voorhoofd getrokken en wierp een slagschaduw over zijn ogen, maar zijn lichaamshouding wees op achterdocht, spanning en waakzaamheid.

De Mandarijn en Lin hielden halt, en de acht soldaten kwamen in een beschermende halve cirkel om hen heen staan, hun geweren losjes in de hand. Ondertussen vormden de fakkeldragers die hen door het bos hadden begeleid een kring vlak achter de laatste bomen, en al snel was de hele open plek door een flakkerend schijnsel omringd. Het roffelen van de onzichtbare trommels zwol aan en hield toen abrupt op. De Mandarijn steeg af en beende samen met Lin naar de mannen bij het vuur.

'Meester Wang, wat hebt u een theatrale begroeting voor me geënsceneerd.'

IJzeren Man Wang gromde. Hij gaf de bijl aan de grootste van zijn twee kameraden en wees op een tafel en een bank in het gras. 'Eerst eten en drinken,' zei hij. 'We praten als de anderen er zijn.'

Hij ging hen voor en liet zich zwaar op een kruk zakken. Zonder te wachten totdat de Mandarijn had plaatsgenomen pakte hij een kruik en beker van aardewerk en schonk hij zichzelf een witte drank in. Hij slurpte de beker luidruchtig leeg en schoof de kruik en de beker naar de Mandarijn, die behoedzaam op de bank tegenover hem was gaan zitten. Majoor Lin en de twee metgezellen van IJzeren Man Wang keken vanaf de zijkant angstvallig toe.

De Mandarijn nam een slok. 'Mmm,' zei hij goedkeurend. 'Rijstwijn uit Shantung. Ik voel me vereerd.'

'Afkomstig van een van de karavanen die u verleden jaar aan me hebt afgestaan. Tien grote kruiken.'

'Ik weet nog dat die arme Jin Shangui me vertelde van zijn verlies. De wijn die hij uiteindelijk op de bruiloft van zijn neef liet schenken was lang niet zo goed als deze.'

IJzeren Man Wang rochelde en spuugde, veegde met de rug van zijn hand zijn mond af en wees op de schalen op tafel. 'Vlees,' zei hij. 'Eet.'

'Later misschien. En wie zijn er verder uitgenodigd voor dit... feestmaal?'

'De oude Tang.'

'Ik dacht dat u deze keer onafhankelijk van de Zwarte Stokken zou werken. Ik weet niet of ik het er wel mee eens ben.'

De donkere ogen van IJzeren Man Wang flonkerden nijdig. 'O nee? Nou, misschien hebben we geen keus. Tang zal het u vertellen.'

'Ik ben benieuwd.'

'Drink,' beval IJzeren Man Wang. 'Hij kan elk moment hier zijn.'

De verborgen trommels begonnen weer te dreunen, eerst langzaam in het ritme van de hartslag, daarna steeds sneller, om net als daarvoor abrupt stil te vallen. De Mandarijn zag vanaf de andere kant van de open plek enkele personen te voet naderen. Een ervan was een magere, gebogen figuur in een dikke bontcape, de ander werd door een kleine jongen geleid. Het vuur scheen op een kaal hoofd en een kleurige mantel. De houding en kleding van de man kwamen de Mandarijn vaag bekend voor, maar het was te donker om het zeker te weten. Terwijl de figuren langzaam naar hen toe liepen, vormde een andere groep onzichtbare fakkeldragers eveneens een kring tussen de bomen aan de rand van de open plek. De fakkels bewogen en veranderden van positie als gloeiwormen in het donker, zodat het was alsof de open plek door bleke geesten werd omsingeld.

Vlak achter het kampvuur gebaarde de man in de cape dat de jongen en de priester moesten blijven staan, in schaduwen gehuld. Zelf schuifelde hij moeizaam naar de tafel en hij liet zich dankbaar naast de Mandarijn op de bank zakken. 'Ik word hier echt te oud voor,' verzuchtte de tinhandelaar, Tang Dexin. Hij schoof zijn capuchon naar achteren en zijn witte vlecht werd zichtbaar. 'Maar dit is een gedenkwaardige dag. Da Ren, ik beschouw het als een eer dat u bij ons bent. U maakt een oude man blij. Alstublieft, laat me even op adem komen.'

'Het is een even grote eer om ontvangen te worden door de Grootmeester van het Genootschap van de Zwarte Stok. Wel een onverwachte,' voegde de Mandarijn eraan toe. 'Ik was alleen voorbereid op het gezelschap van Meester Wang en een gesprek over privézaken.'

'Ik weet alles van uw zaken,' zei Tang. 'Die kwestie is inmiddels achterhaald.'

'O ja?'

'Ik adviseer u er niet mee door te gaan. IJzeren Man en ik vinden het in deze tijden niet verstandig om met barbaren te onderhandelen, vooral niet met de stinkende Russen die al een groot deel van ons gewijde territorium in het noorden hebben bezet. En als de aanwezigheid van die Japanse soldaat in uw gezelschap betekent wat ik denk, namelijk dat u een ander bod dan het Russische voorstel overweegt, dan raad ik u aan daar nog eens goed over na te denken. Chinezen hebben geen buitenlandse geweren nodig. Hopelijk wilt u het een oude man vergeven dat ik, met alle respect, kritiek heb op uw beleid. Ik ben van mening dat de *Da Ren* te tolerant is geweest jegens de buitenlanders in onze stad. We hebben hen niet nodig. En hun speelgoed evenmin.'

'Werkelijk? Meester Wang en u zijn opeens erg vaderlandslievend en altruïstisch geworden. Meester Wang? IJzeren Man? Hoor ik het goed? Bent u niet langer bereid om mij met mijn transactie te helpen?'

De bandiet haalde zijn schouders op. 'Tang legt het wel uit,' bromde hij.

'Dat zal hem geraden zijn,' zei de Mandarijn.

'Ik heb gehoord dat u onlangs bezoek hebt gehad van een prins van het keizerlijk hof,' zei Tang.

'Dat is geen geheim. Prins Yi maakte een inspectiereis. Niet ongebruikelijk in deze tijd van het jaar.'

'Zeker, zeker. Als ik me niet vergis, heeft de prins tijdens dit bezoek echter ook uit de doeken gedaan dat er in Peking een discussie op gang is gekomen aangaande bepaalde christelijke wetten.'

'Kennelijk moet ik alweer een van mijn bedienden ontslaan. Ik herinner me inderdaad dat ik het tijdens de lunch met de prins over dit onderwerp heb gehad. Ik neem aan dat uw spionnen goede oren hebben, dus u bent waarschijnlijk op de hoogte van de details.'

'Niet van alle details, Da Ren. Genoeg om te weten dat bepaalde groeperingen aan het hof vrezen dat het keizerrijk in gevaar verkeert, en dat het tijd wordt dat loyale Chinezen – alle loyale Chinezen – hun krachten bundelen om de Ch'ing te beschermen tegen zijn vijanden en de duistere krachten die ons land bedreigen.'

'Er zijn veel verschillende groeperingen aan het hof met veel tegenstrijdige meningen.'

'Waar het om gaat, is dat de vaderlandslievende elementen die zich rond prins Tuan hebben geschaard in dit geval door de Oude Boeddha in eigen persoon gesteund schijnen te worden. De ster van uw oude meester, de collaborateur Li Hung-chang, is aan het verbleken – in hoog tempo, naar het schijnt. U bent zich er ongetwijfeld van bewust dat er in dit land krachten zijn opgestaan die pleiten voor de verdrijving van de barbaren, hun religie en al het andere kwaad dat ze hierheen hebben gebracht.'

'Ik ben me ervan bewust dat er in verschillende delen van het rijk groepen raddraaiers zijn gearresteerd wegens vandalisme en rebellie.'

De oude man zuchtte en trok de bontcape dichter om zijn schouders. 'Ik hoop van harte dat we het vanavond eens zullen worden.' Hij glimlachte, en een gouden tand glinsterde in het licht van het vuur. 'De Zwarte Stokken hopen op uw blijvende vriendschap, weet u. Ik weet zeker dat ik ook namens IJzeren Man Wang spreek, en namens de andere sterke beweging die vanavond bij ons is en nog steeds in omvang toeneemt.'

'Ik weet uit ervaring dat belangen betrouwbaarder zijn dan vriendschappen. U kunt me om te beginnen vertellen welke belangen de Zwarte Stokken en de bandieten van IJzeren Man gemeen hebben met de Eendrachtige Vuisten. U hebt het toch over de Boxers, neem ik aan? De *bonze* in de schaduw is de priester die in het spoorwegkamp zijn goocheltrucjes heeft laten zien. Waarom roept u hem niet bij ons? Of bent u vanavond zijn spreekbuis? Voor zover ik me herinner is hij zowel blind als doofstom.'

'U zult vannacht nog kennismaken met zijn welsprekendheid, en als u geluk hebt, zult u ook zijn visioen zien. Dit wordt een tijdperk van wonderen, Da Ren... wonderen.'

'Zoals ik net al zei ben ik alleen geïnteresseerd in belangen. En het ontgaat me waarom het voor uw organisaties voordelig zou kunnen zijn om mee te doen aan een boerenopstand.'

'Met de steun van het hof kan het geen opstand zijn. Denkt u dat de Zwarte Stokken een ordinaire criminele bende is, Da Ren? Ik geloof dat de keizer en de dynastie geen loyalere en meer toegewijde dienaren hebben dan IJzeren Man Wang en ikzelf. En toch hebben we in ballingschap moeten leven, ondergronds of aan de verkeerde kant van de wet, en moesten we toekijken terwijl kwaadaardige dieven en barbaren ons erfgoed stalen, moesten we toekijken toen de keizer zwichtte voor de intimidaties van de buitenlanders, en hebben we gezien dat de giftige magie van de christenen zich als een kankergezwel over ons land verspreidde. IJzeren Man woont dan misschien in een woud tussen de dieren, maar hij houdt de traditionele waarden in ere – '

'Door karavanen van kooplieden te beroven?'

IJzeren Man Wang gromde van ergernis. Tang Dexin glimlachte.

'Een heffing voor degenen die het verdienen – hebt u het in het verleden niet zo omschreven? IJzeren Man heeft het bijzonder goed gedaan, en daar hebben we in het verleden beiden van geprofiteerd. Wellicht blijft dat nog een tijdje doorgaan. De lading zilver uit Tsitsihar zal bijvoorbeeld een bruikbare aanvulling zijn...'

'Die Engelse zeepverkopers vergezellen Lu Jincai. Is dat echt wel een goed idee?'

'Is de Mandarijn zo bezorgd over de veiligheid van de barbaren?'

'Een aanval op buitenlanders brengt altijd complicaties met zich mee, en administratieve rompslomp.'

'Binnenkort misschien niet meer.'

'"Verdelg de buitenlanders. Behoed de Ch'ing." Heeft het Genootschap van de Zwarte Stok nu formeel het motto van de Boxers overgenomen? Ik dacht dat u praktischer was.'

'Da Ren, we kennen elkaar al vele jaren. Kunt u me in alle eerlijkheid vertellen dat u niet beseft wat er in ons land gebeurt? Dat u het belang van de Eendrachtige Vuisten niet inziet? Dat u niet ziet welke krachten ze hebben losgemaakt? De buitenlanders zullen niet verdreven worden door een leger dat alleen uit mannen bestaat. Als duizenden goden ons komen steunen...'

'Mijn beste vriend, Tang Dexin – '

'Da Ren, Da Ren, ik geloofde het zelf eerst ook niet. Waarom zou ik het geloven? Ik deduceer de waarheid uit de feiten, net als u. Maar mijn ogen zijn geopend door de opmerkelijke dingen die ik heb gezien. Kijk eens om u heen. Luister. Voelt u het niet? Luister met uw zintuigen, niet met uw verstand. Luister met uw hart.'

De Mandarijn had gedacht dat het de wind was die aanwakkerde, maar nu besefte hij dat het zuchten om hem heen waar hij zich vaag van bewust was geweest meer op zingen leek, ergens ver weg, stemmen van mannen en vrouwen die van verschillende kanten aanzwollen en weer wegstierven, begeleid door een melancholieke fluit. De fakkels wervelden tussen de bomen. Trommels dreunden met onregelmatige tussenpozen.

'Dus nu komt u ook al met goocheltrucs aanzetten. Wat kunnen we hierna verwachten? Geesten? Misschien wordt u oud, Tang Lao. Dit getuigt bepaald niet van respect voor mijn intelligentie. Of wilt u alleen mijn bewakers bang maken?'

Maar Tang Dexin had zich omgedraaid op de bank en tuurde nu achter zich. IJzeren Man Wang was al opgestaan en zocht op de tast zijn bijl, alsof hij steun zocht. Zijn ogen staarden, en hij had een nerveuze tic in zijn wang.

De blinde priester was onder begeleiding van de jongen naar het vuur gelopen. Bewegingloos stond hij in het licht, zijn armen gestrekt en zijn blinde ogen op een punt boven de bomen gericht. Het zangerige geluid werd luider.

Boven een aantal bomen vormde zich een witte fosforescentie met linten van gele en groene rook.

'Vuurwerk, Tang Lao? Erg mooi.'

De oude man negeerde hem en bleef staren. Onmerkbaar ging zijn hand naar zijn mond en afwezig begon hij op zijn duim te zuigen.

Een deel van de fosforescentie zakte omlaag tussen de hogere takken van de bomen, als slierten doorschijnend materiaal die kronkelden op het ritme van de trommels en het zuchten van het lied in de verte. Het was sprookjesachtig, en de Mandarijn meende vage witte vormen te kunnen onderscheiden in de rook, de glans van zilver op witte armen, de sleep van een jurk die achter de takken verdween. De muziek – behalve de fluit nu ook een luit – zwol aan.

Behoedzaam draaide de Mandarijn zich om, nieuwsgierig naar het effect dat dit alles had op zijn mannen. Majoor Lin stond roerloos achter hem, zijn mond open, zijn ogen tot spleetjes geknepen, zijn ene hand op zijn pistoolholster. De soldaten zaten kaarsrecht op hun paarden, met een blik van angst in hun starende ogen. IJzeren Man Wang en zijn mannen leken al net zo verbijsterd, en Tang Dexin maakte zachte kreunende geluidjes. Hij zag eruit alsof hij in trance was.

Er bewogen nu onmiskenbaar zwevende figuren rond de boomtoppen. De Mandarijn herkende verschillende *apsara's*, de elegante hemelse maagden uit boeddhistische manuscripten en van kloosterschilderingen, die in de zinderende nevel leken te zweven. De rook veranderde van kleur, van geel naar rood, en in de nieuwe roze gloed ontwaarde de Mandarijn een processie van schitterend geklede dames met witte sluiers die langzaam tussen de hoogste takken bewogen. De onzichtbare zangeressen zongen ijle, betoverende noten, en onwillekeurig voelde de Mandarijn een smachtend verlangen opkomen, een gloeiende hartstocht in zijn kruis. Het lied en het visioen van de vrouwen begon te vervagen en werd vervangen door luid, aanhoudend tromgeroffel en de wanklank van trompetgeschal – paleismuziek die plaatsmaakte voor de oproep tot de oorlog. Grotere vormen doemden op tussen de hoogste takken.

Hij had geen idee hoe lang dit al duurde. Iets trok zijn aandacht weg van de boomtoppen en naar de open plek zelf... en zijn ogen werden groot van schrik. De open plek was volgestroomd met mensen.

Het waren er honderden. Ze stonden in het gelid, onderverdeeld in compagnieën, als een leger op het slagveld. Elk onderdeel had een eigen uniform en kleur. Rode tulbanden en rode tunieken met speren en spiezen. Gele tulbanden en gele jasjes met grote zwaarden. Een groep met vaandels was zo te zien gekleed in tijgervellen. Er was een klein groepje meisjes, nietig in hun rode pyjama's, maar hun ogen glansden uitdagend en ook zij waren gewapend met zwaarden, terwijl anderen grote rode lantaarns omhooghielden.

De Mandarijn had zijn hele leven troepen geïnspecteerd. Hij zag in één oogopslag dat dit een gedisciplineerd leger was. Het ontging hem evenmin dat de meeste mannen uitzonderlijk jong waren – hij schatte minstens de helft op jonger dan zestien of zeventien – en van boerenafkomst: grote ogen in zonverbrande, rustieke gezichten staarden met de stompzinnige verwondering van kinderen naar het tafereel boven de bomen. Maar ook de oudere, meer robuuste mannen staarden omhoog, net als de blekere jochies die zo te zien uit de stad kwamen – waarschijnlijk straatschoffies uit de bende van IJzeren Man Wang en het Genootschap van de Zwarte Stok. Wat zijn professionele oog echter direct herkende en hem deed huiveren, was het feit dat dit – als het inderdaad de Eendrachtige Vuisten waren – niet het zootje ongeregeld was dat hij zich had voorgesteld. Ze waren ongetwijfeld ruw en onervaren, maar ze verschilden niet van de jonge rekruten zoals hijzelf die zich veertig jaar geleden op de dorpspleinen hadden verzameld om zich bij de Hunan-krijgers aan te sluiten, en zij waren uitgegroeid tot een van de meest formidabele legers die het keizerrijk ooit had gekend. Welke diabolische kracht had de macht om in zo'n korte tijd een zo groot aantal mannen op de been te brengen, in het geheim, zonder een organisatie waar hij iets van wist? En dit was in zijn eigen district gebeurd, zonder dat hij het had geweten. Het was onnatuurlijk.

De rook in de boomtoppen was van vorm veranderd, en dichte grijze slierten leken een soort podium te vormen. De spookachtige witte vormen die hij had gezien voordat hij zijn ogen neersloeg, begonnen substantiëler te worden. Met een huivering herkende hij ze. Op een paard in de lucht, met zijn ruige baard en zijn knotje duidelijk zichtbaar boven de wapenrusting, de enorme speer in zijn hand, zijn borstelige wenkbrauwen gefronst, en zijn vastberaden grimas herkenbaar van duizenden beelden in duizenden tempels, zat de oorlogsgod Guandi, glinsterend tegen de donkere lucht, een standbeeld dat tot leven was gekomen en angst inboezemde. Er klonk een luid rumoer toen honderden mannen hun adem inhielden of een kreet van verbazing slaakten. Even overstemde het menselijke geluid uit al die kelen het gedreun van de trommels en het geschetter van de trompetten. De Mandarijn schrok toen hij het zelf uitriep, en wat was het een nietig geluid.

De Boxer-priester stond nog in dezelfde houding, zijn armen gestrekt, hoewel zijn lippen nu bewogen alsof hij geluidloos een gebed of bezwering uitsprak. Door de dansende vlammen speelden er schaduwen over zijn gezicht, maar de blinde witte oogballen bleven strak op de hemel gericht. Hij leek zich niet bewust te zijn van het groeiende aantal mensen achter hem, en toch had de Mandarijn het gevoel dat hij de bijeenkomst orkestreerde en bovendien de geestverschijningen in de bomen opriep... maar het was natuurlijk precies de bedoeling dat hij dat geloofde, probeerde hij zichzelf voor te houden. Hij moest zich tegen de hypnose verzetten. Hij dwong zichzelf scherp te zijn: er zijn loopbruggen tussen de bomen, acteurs, vertelde hij zichzelf, vuurwerk en touwen, ja, touwen waaraan de *apsara's* slingeren – dit is opera, dit is circus, dit is een illusie. Het zijn mensen...

Opnieuw overstemde een langgerekte uitroep van verbazing de trommels. Overal boven de kring van boomtoppen ontstonden herkenbare vormen uit de fosforescentie, figuren die naar voren marcheerden en met hun wapens in de hand op de wolk bleven staan. De Mandarijn herkende Guandi's metgezellen uit de Oorlog van de

Drie Koninkrijken: Liu Bei, Zhang Fei, Zhu Geliang, en hun aartsvijand Cao Cao, wiens baard wapperde in de wind. Ook zag hij de Shang-krijger, Zhao Yun, en de eenbenige Sun Bin van de Strijdende Staten. Weer klonk er een collectieve zucht toen de menigte de helden uit *De Reis naar het Westen* herkende: de magische apengod Sun Wu-kong en zijn volgelingen Paard en Varken. De luidste kreet was gereserveerd voor de verschijning van de Jade Keizer in eigen persoon, geflankeerd door zijn reusachtige bewakers. De glinsterende figuren hingen in de donkere nacht boven de bomen, wazig vanwege hun afstand tot de grond, maar duidelijk herkenbaar als de hoofdpersonen uit folkloristische verhalen, en ze bewogen, converseerden zelfs, keken vriendelijk omlaag naar hun aanbidders.

De onzichtbare trommels dreunden in een opzwepend ritme. De Boxer-priester sloeg langzaam zijn armen over elkaar. Zijn zware hoofd zakte naar voren en de witte oogbollen leken naar de groep bij de tafel te kijken. De Mandarijn besefte dat hij doelbewust naar het groepje liep, naar hem. Hij moest zichzelf dwingen om in de blinde ogen te kijken. De priester bleef voor hem staan en hoewel het onmogelijk was, leek hij hem te bestuderen, te doorgronden, zijn gedachten te lezen. De Mandarijn voelde zweetdruppels op zijn voorhoofd.

Toen stond de priester voor Tang Dexin, die wegdook in zijn bontcape en zijn ogen neersloeg. Na een poosje liep de priester naar IJzeren Man Wang, die verstijfd naast de tafel stond, zijn bijl met twee handen omklemd. De blinde man strekte zijn arm en raakte met zijn hand het handvat aan, tilde het wapen moeiteloos uit de handen van de bandiet, en zwaaide ermee alsof het een gewichtloos voorwerp was. Hij stak zijn andere arm uit, pakte de hand van IJzeren Man Wang en voerde de bandiet mee naar het vuur. IJzeren Man Wang bood geen weerstand. Hij leek in trance te zijn, een schooljongen die een strenge meester volgt om zijn straf te ondergaan.

De priester liet IJzeren Man Wangs hand los maar bleef de bijl vasthouden. Langzaam liep hij naar het midden van de open plek, naar de voorste gelederen van de Boxers. Gezichten waren geestdriftig op de priester gericht, hoewel veel anderen hun blik niet konden losmaken van de visioenen boven hun hoofden. IJzeren Man volgde hem. De priester tilde zijn hoofd op in de richting van de oorlogsgod Guandi en hief met beide handen de bijl boven zijn hoofd alsof hij een offer bracht. Gracieus boog hij zich voorover en langzaam liet hij zich op zijn knieën zakken, om weer overeind te veren en opnieuw te buigen. Zo maakte hij de negen knievallen waar een keizer of een god recht op had. IJzeren Man deed hetzelfde, alleen dan een stuk lomper. Hij zat nog steeds op zijn knieën toen de priester zich naar hem omdraaide met de bijl, die hij opnieuw boven zijn hoofd tilde en vervolgens in de handen van IJzeren Man legde. Met zijn armen over elkaar geslagen deed hij een stap naar achteren en wachtte hij af.

IJzeren Man keek nerveus opzij en omhoog naar Guandi, wiens mantel wapperde in de wind toen hij een enorme bijl boven zijn hoofd tilde. Aarzelend deed IJzeren Man hetzelfde met zijn eigen bijl. Eerst langzaam, maar geleidelijk met meer zelfvertrouwen, zwaaide hij de bijl in grote bogen rond boven zijn hoofd. Hij gooide de bijl met zijn ene hand in de lucht en ving hem met de andere moeiteloos op. De bijl vloog door de lucht als een tamboerstok, en IJzeren Man begon te dansen. Zijn lichaam leek door een innerlijke kracht voortbewogen te worden, zijn voeten sprongen en schopten met een sierlijkheid die niet bij zijn logge lichaam paste. De twee bladen van de bijl glinsterden in de vuurgloed. Steeds sneller en agressiever bewoog IJzeren Man, onder het uitstoten van luide kreten. De Mandarijn was verbijsterd over de snelheid van zijn bewegingen. Dit was vechtsport van uitzonderlijke klasse.

De priester had zich met geheven armen naar de oorlogsgod gekeerd. Er klonk luid geroezemoes uit de gelederen van de Boxers. Guandi en zijn paard leken tegelijkertijd groter te worden en te vervagen, terwijl groene rook om hen heen kringelde. Toen was hij weg. Waar de god en zijn paard waren geweest, was nu alleen nog een zwart gat. Op dat moment bleef IJzeren Man stokstijf staan, zonder zijn beweging af te maken, zijn ene been op de grond, het andere gekromd, de bijl boven zijn hoofd. Hij leek wel een beeld uit een tempel. De Mandarijn kon zijn ogen niet van hem afhouden. Toch was het nog steeds IJzeren Man, met zijn bossige wenkbrauwen, ruige baard en platte wangen, al was zijn gezichtsuitdrukking subtiel veranderd. Wat hij nu zag, was onmiskenbaar de dreigende frons van Guandi.

'Zag je dat?' piepte Tang Dexin. 'Zag je dat?'

'Guandi! Guandi!' brulden de Boxers. Overal begonnen mannen opgewonden te bewegen en reikhalzend keken ze naar de transformatie die voor hun ogen plaats had gehad.

Langzaam strekte IJzeren Man zijn benen. Hij legde de bijl over zijn schouder en draaide zich om naar het leger. Het leek wel of hij groter was geworden, en hij bewoog zich met een gratie die nieuw was. Hij bracht de bijl boven zijn hoofd en met alle macht omlaag, zodat een van de bijlbladen helemaal tussen het gras verdween. 'Verdelg de buitenlanders en behoed de Ch'ing!' schreeuwde hij, en de hele menigte nam de slogan over.

IJzeren Man en de priester liepen tussen de gelederen door om de enthousiaste rekruten te bestuderen. Samen bekeken ze aandachtig de gezichten van de mannen, en als ze tevreden waren, werd iemand gevraagd om naar voren te komen. De meeste jongemannen deden dat gretig, en energiek maakten ze de knievallen terwijl hun wapens werden aangeboden aan de god die voor hen was uitgekozen. Al snel wervelden en dansten ontelbare mannen op het ritme van de trommels over de open plek. De figuren op de wolk vervaagden en verdwenen een voor een, en het volgende moment veranderde een van de wilde vechtkunstenaars in een roerloos standbeeld. Even later kwam het standbeeld in beweging en kreeg de man alle kenmerken van de god in wie hij was getransformeerd.

Tang Dexin wiegde heen en weer in zijn bontcape en giechelde nu onophoudelijk. 'Heb ik het niet gezegd, Da Ren? Heb ik het niet gezegd? U wilde geweren voor uw soldaten, maar ik geef u een door de goden geleide militie!'

'Majoor Lin!' riep de Mandarijn. 'Majoor Lin!'

'Ik ben hier, Da Ren.' Het duurde even voordat hij uit zijn verdoofde toestand ontwaakte en salueerde. Net als de anderen was hij gehypnotiseerd door het spektakel.

'Als je echt een militair bent, haal dan je soldaten en laat ze om ons heen komen staan. En onthoud wat ik tegen je heb gezegd, we hebben hier met mensen te maken.'

'Maar Da Ren, u hebt zelf gezien – '

'Ik heb mensen gezien, majoor, verder niets. Haal nu je mannen en doe het stil. We gaan hier weg. Ongedeerd, hoop ik.'

'Da Ren!' Lin maakte een korte buiging en rende terug naar zijn mannen, die ineengedoken op hun paarden zaten, mompelden en wezen.

De Mandarijn draaide zich om, en de schrik sloeg hem om het hart toen hij majoor Lin druk zag gebaren naar een van de sergeanten, die met een van woede vertrokken gezicht en fonkelende ogen met zijn karabijn zwaaide. Hij hield zijn adem in en zag dat Lin zijn pistool tegen het voorhoofd van de man drukte. Het leek een eeuwigheid te duren voordat de man zichtbaar huiverde, bij zijn positieven kwam en salueerde. De Mandarijn liet zijn ingehouden adem opgelucht ontsnappen. Mooi zo. Lin kende zijn mannen. Met zijn tweeën moesten ze de rest tot de orde kunnen roepen. Het hoefde niet lang te duren. Hij was al bang geweest dat hij de mannen aan de Boxers was kwijtgeraakt. Naast hem zat Tang Dexin nog steeds onsamenhangend te brabbelen. 'Dus IJzeren man gaat een vaderlandslievende militie leiden, gefinancierd door de Zwarte Stokken?' vroeg hij aan hem.

'De god Guandi gaat de militie leiden, Da Ren. U hebt hem zelf zien neerdalen.'

'En wanneer zal dit goddelijke leger Shishan met zijn komst vereren?'

'Als de tijd er rijp voor is, Da Ren. De goden zullen een gunstig moment kiezen om het land van de barbaren te bevrijden. Nu al hebben ze het keizerlijke hof met wijsheid begunstigd. Het zal nu niet lang meer duren. Zorg dat u erop bent voorbereid.' Tang leunde naar voren en pakte de mouw van de Mandarijn beet. 'U bent nog steeds de Tao Tai, Da Ren. U bent de autoriteit. Maar we zullen er voor u zijn. Ik wist dat u ons zou steunen.'

'Verdelg de buitenlanders! Behoed de Ch'ing!' klonk het overal om hen heen. De Mandarijn zag dat de Boxer-priester en IJzeren Man en de andere uitverkoren leiders doelbewust op hen afkwamen.

'Ze zijn onoverwinnelijk geworden, Da Ren.' Tang Dexin gniffelde. 'Een god kun je niet doden. Niet met van die buitenlandse speeltjes. U hebt het met eigen ogen kunnen zien, het is niet meer nodig om geweren te kopen. Zal ik het u laten zien? Ja, dat is een goed idee.' Hij stak een hand onder zijn cape en haalde er een klein pistool onder vandaan. 'Schiet u maar op IJzeren Man Wang. Kijk maar wat er gebeurt. U hoeft niet bang te zijn, u zult hem niet eens verwonden. Daar gaat het allemaal om. Wilt u het echt niet proberen? Dan doe ik het zelf wel.'

'Ga zitten, Tang Lao, als u wilt blijven leven.'

Maar Tang Dexin was breed grijnzend gaan staan en stiefelde de naderende groep tegemoet, het pistool in zijn uitgestoken hand. 'IJzeren Man, heer Guandi, we moeten de *Da Ren* nog laten zien dat je onaantastbaar bent geworden. Ik voel me vereerd.'

Het gebeurde razendsnel. De Boxer-priester bleef staan en leek te snuffelen, toen wees hij met zijn vinger op Tang Dexin, die achteruitdeinsde. Terwijl hij dat deed ging het pistool, zo te zien per ongeluk, twee keer af. De Mandarijn zag dat het nog steeds van heel dichtbij op IJzeren Man Wang was gericht, maar de bandiet gaf geen krimp en bleef met zijn nieuwe goddelijke tred op hem afkomen. Onder het lopen tilde hij met twee handen zijn bijl op en zwaaide ermee. Het hoofd van Tang Dexin sprong van zijn romp, en de bontcape zakte langzaam op de grond. De Boxers slaakten een kreet van triomf.

'Guandi! Guandi!'

Het jongetje dat zorgde voor de Boxer-priester rende naar voren en raapte het hoofd met de witte vlecht op voordat het de grond raakte. Hij gaf het aan de priester, die het hoog in de lucht hield. IJzeren Man Wang leunde op zijn bijl. De Boxers riepen hun leuzen, ratelden met hun speren, zwaaiden met hun vaandels.

Een paar mannen met een kersverse goddelijke status inspecteerden het hoofd onaangedaan. Een van hen, een jonge kerel met een verzuurd en pokdalig gezicht, kwam de Mandarijn bekend voor, al kon hij niet bedenken waar hij hem eerder had gezien. Deze jongen pakte het hoofd, grijnsde kwaadaardig – triomfantelijk, leek het – liet het vallen en schopte het met zijn voet hoog in de lucht boven de menigte Boxers. Met veel gejoel werd het opgevangen en van de een naar de ander gegooid.

'Verdelg de buitenlanders! Behoed de Ch'ing!' De leus was een onophoudelijk koor geworden, even luid als de trommels.

'Da Ren!' hoorde hij een stem roepen. 'Uw paard! Snel!'

Op de tast pakte hij de teugels en hij zwaaide zich in het zadel, zijn ogen strak op het groepje mannen gericht. De ogen van de blinde priester doorboorden hem. De jonge Boxer-kapitein met het verzuurde gezicht grijnsde.

IJzeren Man leunde dreigend op zijn bijl. 'Tao Tai, u mag gaan,' zei hij, 'maar zorg dat u klaar bent als het tijd wordt om de buitenlanders te doden.'

De Mandarijn keerde zijn paard en reed in galop achter majoor Lin en zijn soldaten aan, weg van de open plek. Opeens herinnerde hij zich waar hij die chagrijnig kijkende jongen eerder had gezien. Hij was de getuige geweest tijdens het proces tegen de kok van de dokter.

Pas heel laat trok de dokter zich terug in zijn tent. Nog steeds klonk er ver weg in het woud tromgeroffel. Volledig gekleed lag hij op zijn kampbed en hij dommelde rusteloos een beetje in, maar zijn gedachten tolden en de slaap wilde niet komen. In een soort droom herhaalde hij eindeloos hetzelfde gesprek met Nellie. Het speelde zich op de een of andere manier af in Ah Lee's keuken, terwijl de kok en zijn vrouw op de achtergrond in een wolk van dwarrelende veertjes kippen plukten. Hij deed enorm zijn best om haar uit te leggen waarom Henry Manners hun schoonzoon moest worden en met Jenny moest trouwen, zodra hij zelf een slagschip en een geweer had gekocht. Ondertussen moest Helen Frances haar pillen blijven slikken. Maar Nellie stelde zich zoals gewoonlijk onvermurwbaar op en weigerde begrip te hebben voor zijn lastige positie...

Met een schok werd hij wakker. Er klonken hoefgetrappel en snuivende paarden buiten zijn tent. Hij herkende de stem van de Mandarijn, en Manners gaf antwoord. Slaperig hield hij zijn zakhorloge bij het nachtlampje en hij tuurde naar de wijzerplaat. Het was vier uur 's ochtends. Wat waren ze op dat uur in 's hemelsnaam aan het doen? Zo stil mogelijk kroop hij naar de tentflap en hij gluurde naar buiten. De Mandarijn zat op zijn paard met een deken om zijn schouders, en Manners stond naast hem in zijn lange ondergoed, kennelijk omdat hij in zijn slaap was verrast. Het was duidelijk dat ze hun gesprek net hadden afgerond. Manners stak een hand uit. De Mandarijn bleef nog even in gedachten verzonken voor zich uit staren maar gaf de Engelsman uiteindelijk wel een hand. Toen keerde hij meteen zijn paard en reed hij stapvoets weg.

De dokter verwachtte dat Manners terug zou gaan naar zijn eigen tent, maar in plaats daarvan liep hij naar de tent van kolonel Taro. Daar bleef hij een tijdlang staan. Het leek erop dat hij de Japanner wakker zou maken om hem het nieuws dat hij had gehoord te vertellen, maar hij leek zich te bedenken, gaapte, rekte zich uit en liep toen langzaam terug naar zijn eigen tent, langs de tent van Helen Frances. Weer bleef hij staan. De dokter hield zijn adem in. Besluiteloos stond Manners voor de tent. Hij draaide zich om, wilde weglopen, maar riep toen één keer Helen Frances' naam en wachtte af. Het bleef heel lang stil, en Airton liet zijn ingehouden adem ontsnappen. Ze had hem duidelijk niet gehoord. Toen zag hij de tentflap bewegen en verscheen er een droevig, betraand gezicht, omlijst door felrood haar. In het zachte schijnsel van de sterren leek het wel een spookverschijning. Twee witte armen werden uitgestrekt om Manners te omhelzen, en samen verdwenen ze in het donker van de tent.

De dokter zakte met een plof op de kruk naast zijn bed en legde zijn hoofd in zijn handen.

'Ik dacht dat je dood was,' zei ze nadat ze de liefde hadden bedreven en zijn hoofd op haar borst lag. 'Ik dacht dat die beer je had gedood.'

Hij kuste haar hals. 'Kun je me vergeven dat ik me voor je wilde uitsloven?'

'Je deed het helemaal niet voor mij. Ik zag de glinstering in je ogen toen je met de Mandarijn praatte. Je bent een egoïst en je doet altijd waar je zelf zin in hebt. En toch hou ik van je. Het is jouw schuld. Doet het je iets?'

Henry tilde met een zucht zijn hoofd op en kwam op zijn rug naast haar liggen. 'Ga nou niet weg,' zei ze zacht. 'Het is zo lang geleden dat je me hebt aangeraakt.'

Hij legde een arm over haar heen en trok haar dicht tegen zich aan. 'Heb vertrouwen in me,' zei hij heftig, terwijl hij haar doordringend aankeek. 'Het is niet wat het lijkt...'

'Ja, ik weet het. Dat heb je al eens eerder gezegd. Wist ik maar wat je bedoelde... Maar het kan me niet schelen wat je geheimen zijn, Henry. Het maakt niet uit. Echt niet. Ik ga binnenkort toch weg. Ik kan niet veel langer toneel blijven spelen. Volgens mij vermoedt dat Nellie-mens al van alles.'

'Niemand vermoedt iets over ons,' mompelde Henry. 'Geloof me.'

'Jou geloven?' Ze duwde hem weg en boog zich met een vreemd glimlachje op haar gezicht over hem heen. 'In jou geloven?' Ze lachte kort, een harde, bittere lach, en schudde haar hoofd. 'Ik heb medelijden met Tom, weet je. Dat komt nooit meer goed. Ik verdien hem trouwens toch niet. Ik ben van plan om naar Shanghai te gaan. Het schijnt dat mensen daar kunnen verdwijnen... tussen de opiumholen.'

'O god, Helen, je gaat me toch niet vertellen dat – '

'Dacht je dat ik ermee was opgehouden toen ik bij je wegging? O nee, Henry. Waarom denk je dat ik in het ziekenhuis werk? Op de opiumafdeling? Wees maar niet bang. Ik geniet ervan. Het is zo ongeveer het enige aandenken aan jou dat ik nog heb.'

'Wat heb ik met je gedaan?' fluisterde Henry.

'Je hebt me gebruikt.' Ze kuste hem. 'Maar het geeft niet, dat heb ik al tegen je gezegd. Zo ben je nu eenmaal. En ik trouwens ook. De schuld ligt net zo goed bij mij als bij jou. Meer nog bij mij.' Glimlachend keek ze op hem neer. Hij haalde zwaar adem, en zijn mond bewoog alsof hij niet wist wat hij moest doen of zeggen. Met haar ene hand streek ze zacht zijn haar glad, met de andere streelde ze zijn borst. 'Je zou me met je mee kunnen nemen,' zei ze met een klein stemmetje. 'Je hoeft niet met me te trouwen, als ik maar bij je kan zijn.'

'Ik... ik kan nu niet weg.' Verwilderd keek hij haar aan. 'Het is onmogelijk.'

Lachend liet ze zich op haar rug vallen. 'Natuurlijk kun je niet weg. Spoorwegen,' voegde ze eraan toe. 'Zo belangrijk. De dokter denkt dat de trein de Chinezen naar Jezus zal brengen. Doe jij dat ook? De Chinezen naar Jezus brengen?'

'Helen Frances, liefste, ik beloof je... Ik verzin wel iets. Ga alsjeblieft niet...'

Maar ze legde een vinger tegen zijn lippen en drukte haar mond op de zijne. Ze omhelsde hem hartstochtelijk en smeekte hem haar nog een keer te beminnen.

Ver weg in Tsitsihar, in het laatste koude donker voor het ochtend-gloren, zagen Frank Delamere, Lu Jincai en Tom Cabot toe op het inladen van de kisten met zilver. Mr. Ding dribbelde zenuwachtig rond en gaf goedbedoelde maar niet erg bruikbare adviezen.

Op ongeveer hetzelfde moment verleende de dageraad een roze gloed aan de wolken boven de open plekken in de Zwarte Heuvels waar de jagers begonnen te ontwaken. In het hele kamp had maar één man lekker geslapen: kolonel Taro.

Hetzelfde roze schijnsel verlichtte een veel grotere open plek in het bos, waar groepen Boxers rond vuren zaten, dunne haverpap aten en naar de onschuldig uitziende bomen keken waaruit nog maar een paar uur geleden de goden waren neergedaald. IJzeren Man Wang, die op dat moment bepaald niet op een god leek, zat met zijn nieu-we kapiteins onder een ruw houten afdak en bestudeerde een land-kaart. In zijn grote harige hand hield hij een schapenbout en met volle mond gromde hij bevelen. Achter hem lag de Boxer-priester onder het wakend oog van zijn jonge helper te slapen op een mat, zijn blinde ogen geopend en omhoog gericht.

Vijf kilometer naar het oosten voelde Ren Ren, die nu kapitein bij de Boxers was, de eerste regendruppels. Glimmend van trots reed hij door het woud, met in zijn knapzak bevelen van IJzeren Man Wang voor de afdelingshoofden van de Zwarte Stokken, met de aan-kondiging dat het leiderschap van hun genootschap in andere han-den was overgegaan en een oproep om de nieuwe meester trouw te dienen. Ren Ren vond het niet erg om nat te worden. Hij dacht aan de reactie van zijn moeder als hij haar verraste met het nieuws over zijn nieuwe status. Hij hield van dat soort verrassingen.

Het regende ook in Shishan, waar Fan Yimei uit het raam van haar paviljoen naar het hoofdgebouw keek, denkend aan de buitenland-se jongen die daar gevangen werd gehouden. Nu ze alleen was – ma-joor Lin en Ma Na Si waren allebei weg – kon ze op haar gemak voor haar altaar knielen en bidden om een manier waarop ze hem zou kunnen redden. Hiram bevrijden was het enige zinvolle doel in haar waardeloze leven. Ze bedankte Guanyin, de godin van de ge-nade, omdat ze haar een kans had gegeven om te boeten voor haar zonden en mislukkingen. Met Shen Ping had ze gefaald, maar nu had de voorzienigheid haar een nieuwe kans gegeven. Ze wist dat

Ma Na Si haar zou helpen nu ze zich aan hem had gegeven. Hij had het beloofd, en hij was een man die woord hield. Nu hoefde ze alleen nog maar een plan te beramen.

Buiten de stadsmuren, op de missiepost, kreunden twee rusteloos woelende kinderen in hun door nachtmerries geteisterde slaap, terwijl hun moeder tussen hen in zat te dommelen op een stoel. In het ziekenhuis voerde Ah Sun haar gewonde man, die zich vreselijk geneerde voor zijn toestand van hulpeloosheid. In een andere, veel armoediger missiepost ten westen van de stad zat de familie Millward geknield te bidden.

Zwarte wolken dreven het noordoosten van China binnen, als voorbode van een storm.

Honderden kilometers naar het zuiden hing een grijze mist over de hoofdstad en de groen met zwarte daken van de gezantschappen waar sir Claude MacDonald en de andere gezanten lagen te slapen.

De uitgestrekte Verboden Stad sluimerde nog in de duisternis, hoewel de lantaarns op de wachttorens begonnen te verbleken in het eerste licht dat door de dikke wolken heen drong. Lampen gaven nog wel een helder licht in de staatsievertrekken van de keizerinweduwe, waar de oude dame, weggekropen in een mantel die haar tegen de kou beschermde, een document las dat haar was overhandigd door prins Tuan en aan aantal andere hovelingen. Haar eerste eunuch en adviseur, Li Lien-ying, stond in gebukte houding naast haar.

'Het zij zo.' Ze zette haar bril af en strekte haar hand uit naar haar penseel en de bloedrode inkt. '"Verdelg de buitenlanders en behoed de Ch'ing."'

Deel twee

HOOFDSTUK I I

We rukken uit voor onze keizer, en we zullen de
buitenlandse duivels uit Tientsin in zee drijven.

Dokter Airton maakte een hoop nodeloze drukte, zoals hij altijd
deed als een van de nonnen een bezoek ging brengen aan een of ander afgelegen dorp. Een paar jaar eerder, toen zuster Elena en zuster
Caterina hem hadden verteld dat ze van plan waren om het pasto-
rale werk van pater Adolphus voort te zetten, had hij alle mogelijke
soorten gevaren opgesomd en zelfs aangeboden om met hen mee te
gaan.

Nellie had hem erop moeten wijzen hoe ongepast dat zou zijn.
'Je wil toch niet dat onze dierbare katholieke collega's gaan denken
dat jij hun gelovigen inpikt om ze tot presbyterianen te bekeren!'
had ze gezegd. 'Bovendien zwierven Elena en Caterina al maandenlang in hun eentje rond over het Chinese platteland voordat jij in
Shishan kwam. Hoe kom je erbij dat ze jouw bescherming nodig
zouden hebben? Het zijn kranige Italiaanse boerinnen, lieve schat.
Uiteindelijk zouden ze waarschijnlijk op jou moeten passen.'

Hij moest toegeven dat de nonnen nooit iets was overkomen, zelfs
al lagen sommige katholieke dorpen op meerdere dagreizen van de
missiepost, genesteld tegen de hellingen van de door bandieten onveilig gemaakte bergen. Pater Adolphus had op zijn ezel onvermoeibaar rondgereisd in de door hem gecreëerde parochie. Niet alleen had de oude priester zich als een heilige gedragen, als echte

jezuïet beschikte hij ook over organisatorische en diplomatieke talenten. Zelfs de niet-christenen die in deze afgelegen gehuchten zij aan zij woonden met zijn bekeerlingen hadden respect voor hem. De dokter had tal van verhalen gehoord over de oude man met zijn witte baard, die hier een geschil over een put had opgelost, daar met een Salomonsoordeel een familieruzie had bezworen, of tot tevredenheid van alle partijen had bemiddeld in een al generaties oude vete over een lapje grond.

Pater Adolphus had in een stuk of tien verschillende dorpen kerkjes gesticht en al met al zeker duizend mensen bekeerd. Als pastors had hij vooraanstaande figuren gekozen die op sympathie van hun gemeenschap konden rekenen. Toch lukte het hen na de dood van pater Adolphus niet om de heethoofden op afstand te houden of de rancune te temperen als de christenen weigerden de jaarlijkse bijdrage aan de plaatselijke tempel te betalen. Het behoud van de harmonie was alleen te danken aan de herinnering aan de goede oude man en het voorbeeld dat hij had gegeven. Vandaar dat de dokter wel inzag hoe belangrijk het was dat de nonnen de dorpen regelmatig bezochten. Zij vormden niet alleen de schakel met de grotere christelijke gemeenschap in de streek, ze hielden bovendien de herinnering aan de eerbiedwaardige Adolphus levend, en dit had op zowel christenen als niet-christenen een kalmerend effect. Vandaar dat de dokter hen moeilijk kon verbieden om te gaan, al vond hij hun persoonlijke veiligheid nog zo zorgelijk.

Ook besefte hij dat de recente incidenten in sommige dorpen, waar niet-christenen eigendommen van christenen in brand hadden gestoken, niet genegeerd konden worden. Deze incidenten, al dan niet door de Boxers geïnspireerd, waren zo ernstig dat majoor Lin erop uit was gestuurd om de zaak te onderzoeken, hoewel er tot nu toe bij zijn weten nog niemand was gestraft. In deze moeilijke tijden was het nog belangrijker dat de nonnen contact hielden met hun parochianen.

'Toch is het mijn goed recht om bezorgd te zijn,' zei hij tegen de lachende zuster Elena, die in het donker voor de dageraad bij het licht van een lantaarn haar bagage op een pakezel vastsnoerde. In plaats van haar witte kap droeg ze nu een gewone boerensjaal, en haar mollige figuur was nog vormelozer dan normaal onder de dikke gewatteerde jas en dito broek. Als de nonnen zich buiten Shishan begaven, droegen ze altijd de praktische reiskleding van de Chinese bevolking.

'Ik herhaal, heb je genoeg eten voor de reis meegenomen?' vroeg dokter Airton.

'En ik herhaal: ja. Ja, ja, ja! *Mamma mia!* U bent net mijn grootmoeder. *Carissimo Dottore*, wees nou maar gerust. Als ik terugkom, ben ik net zo dik als deze ezel. Dan moet u me pillen geven tegen de indigestie.'

'Goed dan,' bromde de dokter. 'Je zult wel weten wat je doet. Ben je al eens eerder in dit dorp geweest?'

'Heel vaak, heel vaak,' verzekerde zuster Elena hem, sjorrend aan een touw. 'Luister. Ik verblijf bij vrienden. U hoeft nergens bang voor te zijn. De mensen in Bashu houden van me. En ze houden ook van Caterina, daar in Bashu. Ze ontvangen ons met open armen, en ze geven ons lekker eten en sterke wijn. Maakt u zich nou maar geen zorgen.'

'Ik geloof je wel, maar ik begrijp nog steeds niet waarom je weigert om een knecht mee te nemen.'

'Waar zou ik nou een *mafu* voor nodig hebben? Ik ben een zuster van de armen, geen dame in deftige kleren, fa-la-la. O dokter,' zei ze terwijl ze impulsief zijn handen beetpakte, 'pieker toch niet zo. De here Jezus zal me beschermen, en de goede pater Adolphus waakt altijd over me vanuit de hemel.'

Bij wijze van uitzondering was ze nu opeens ernstig. De dokter keek omlaag naar de appelwangen en de warme bruine ogen, en hij zag dat haar gezicht was getekend door zorgen, dat ze kraaienpootjes had en rimpels in haar voorhoofd. Zuster Elena zag er ouder uit dan haar achtentwintig jaren.

'Dokter,' zei ze, 'ik maak me juist zorgen om u. Caterina en ik hebben gezien dat u bent veranderd sinds u terug bent uit de Zwarte Heuvels. Waarom, dokter? Waarom loopt u zo te piekeren? Het kan niet alleen met die halfgare Boxers te maken hebben. Is het... Miss Delamere?'

Airton probeerde zijn handen los te trekken. 'Waarom zeg je dat?'

'Het is de manier waarop u naar haar kijkt. Als u denkt dat niemand het ziet. Uw ogen... ik zie het verdriet,' zei ze zacht.

'Onzin!'

'Nee, dokter, we zien het allebei, Caterina en ik. En het is terecht dat u zich zorgen maakt... Het gaat niet goed met Miss Delamere. Luister naar een eenvoudig boerenmeisje. Haar ziel wordt gekweld, en misschien is er meer.'

'Wat bedoel je?'

'Vrouwen zien dat soort dingen, en u, *Dottore*, volgens mij ziet u het ook, hoewel u het misschien liever niet wilt zien. Maar ze heeft pit, die jongedame, en ze zit vol liefde en levenslust.' Ze pakte zijn handen nog steviger beet. 'U helpt haar toch, dokter Airton, nu ze het moeilijk heeft? Zuster Caterina vond dat ik niets moest zeggen, maar volgens mij voelt u aan dat er iets mis is, helemaal mis. Ik weet dat u zult doen wat voor haar het beste is.'

'Ik weet niet waarover... waarover je het hebt,' mompelde Airton. De punten van zijn snor trilden een beetje.

Zuster Elena's intelligente ogen bleven hem nog even doordringend aankijken. Toen ging ze glimlachend op haar tenen staan en drukte ze een kusje op de wang van de dokter. 'Bedankt, dokter. *Grazie*. U bent een goed mens.' Ze liet zijn handen los. 'Maar u houdt me wel op,' klaagde ze met een blik op de roze wolken boven de daken, 'en ik moet opschieten als ik voor zonsondergang in Bashu wil zijn. Tot ziens, dokter, tot over vier of vijf dagen. Lao Zhang, doe alsjeblieft het hek open. Ik ben klaar.'

Airton schraapte zijn keel. 'Goede reis, lieve schat.' Zijn wangen waren roder dan anders en zijn ogen vochtig. 'Pas goed op jezelf!' riep hij haar na toen ze in een sukkeldrafje wegreed.

Hij bleef staan waar hij stond. Zijn huismeester, Zhang Erhao, deed het hek dicht en keek hem nieuwsgierig aan toen hij langsliep. Airton haalde zijn pijp uit zijn zak maar deed geen moeite om tabak te pakken, hij draaide de steel rond tussen zijn vingers terwijl hij naar de grond staarde.

Hij wist wat hem te doen stond, maar hij zag er als een berg tegen op. Zuster Elena had gelijk, hij had zich na zijn afschuwelijke ervaring in de Zwarte Heuvels inderdaad anders gedragen dan anders. Voor het eerst van zijn leven had hij niet aan Nellie verteld wat hij had ontdekt. Hij kon zichzelf er evenmin toe brengen om haar te vertellen wat hij over Helen Frances' toestand vermoedde – nee, het waren geen vermoedens. Hij was arts en had de tekenen allang gezien. Het was een feit, en als hij het kon zien, zou het anderen ook gaan opvallen. De nonnen hadden duidelijk iets door. Hij moest het onder ogen zien: het meisje was in verwachting. Van Manners' kind. *Van Manners' kind.* Bij die gedachte raakte hij weer helemaal in verwarring. Haar vader en Tom konden elke dag terugkomen. Wat moest hij doen?

Maar dat was niet alles. Wat haar mankeerde kon niet alleen ochtendmisselijkheid zijn. Haar bleke kleur, haar lusteloosheid, de zwarte kringen onder haar ogen. Maandenlang had hij zijn ogen gesloten voor de logische gevolgtrekking. Een keurig opgevoed meisje zoals Helen Frances? Hoe was dat nou mogelijk? Nu zag hij haar echter in een nieuw licht, als Henry Manners' minnares, en met die man was alles mogelijk. Toch had hij niets gedaan, ondanks zijn eed van Hippocrates, ondanks zijn rol als haar beschermer. Tot zijn schaamte besefte hij dat hij heimelijk de hoop had gekoesterd dat de geliefden het probleem zelf zouden oplossen, door samen weg te lopen, door te trouwen, wat dan ook, zolang hij er maar niet verantwoordelijk voor was. Hij verachtte zichzelf. Wat voelde hij zich hypocriet als hij in de kapel stond en een preek hield over de goede herder die over zijn schaapjes waakte. Voor het eerst van zijn leven loog hij tegenover zichzelf en zijn omgeving. Wat zou de Mandarijn ervan zeggen als hij het wist? Hij zou erom lachen.

Inmiddels waren er weken verstreken, en de geliefden hadden het probleem niet zelf opgelost. Ze hadden elkaar de laatste tijd zelfs nauwelijks gezien. Een paar dagen na hun terugkeer uit de Zwarte Heuvels was Henry Manners op bezoek gekomen in de missie. Stijf en vormelijk, als echte Engelsen, hadden ze thee gedronken. Nellie had over koetjes en kalfjes gepraat en hij had grapjes gemaakt waar hij zelf van gruwde. Helen Frances was er op verzoek bij komen zitten en had zwijgend naar het gesprek geluisterd en eenlettergrepige antwoorden gegeven als haar iets werd gevraagd, zoals ze tegenwoordig van haar gewend waren.

Hij had gezien dat Manners haar aandacht probeerde te trekken, smoesjes had verzonnen om even met haar alleen te kunnen zijn. De dokter, die zich net een pooier voelde, had Nellie onder een of ander voorwendsel naar de keuken gelokt, zodat de geliefden ongestoord samen konden zijn. Maar toen ze terugkwamen, zaten ze als standbeelden tegenover elkaar, Helen Frances bewegingloos op haar stoel met hoge rug, Manners met zijn kin in zijn hand starend in het vuur.

Een week later had hij geopperd dat ze een keer naar het spoorwegkamp moest gaan – de rit zou haar goed doen, zei hij – maar ze had iets gemompeld over haar drukke werkzaamheden in het ziekenhuis. Het was alsof ze zich in het donker van haar eigen ziel wilde terugtrekken. Zelfs Nellie vond de atmosfeer gespannen, hoewel hij geloofde dat ze de oorzaak nog niet besefte.

Er moest iets gebeuren, het was de hoogste tijd. Ze was ziek. Ze was zwanger. Misschien overwoog ze zelfs wel, God verhoede, om een eind aan haar leven te maken.

En waar was zijn compassie? Vond hij het belangrijker om de schone schijn binnen de kleine buitenlandse gemeenschap op te houden dan een dolende ziel de helpende hand te bieden?

'Hypocriet die je bent, farizeeër,' mompelde hij. Hij sloeg zijn handen voor zijn gezicht, en zijn pijp viel op de grond.

Na een hele tijd pakte hij zijn zakdoek en veegde hij zijn ogen af. Toen snoot hij zijn neus. Hij rechtte zijn schouders, ging het ziekenhuis binnen en liep kordaat door de gangen naar de apotheek achter de zaal met opiumverslaafden. Hij probeerde de deur. Die zat op slot. Hij had altijd een bos reservesleutels op zak, maar het duurde even voordat hij de juiste sleutel had gevonden. Hij duwde de deur open en zag Helen Frances voor het raam op de grond zitten. Ze had haar schort uitgetrokken en de bovenste knoopjes van haar jurk losgemaakt. Ze haalde hijgend adem, en hij zag de schaduw van haar borsten ritmisch bewegen onder haar onderjurk. Een witte arm met sproeten was uit de mouw gehaald en lag slap naast haar, leek niet eens meer vast te zitten aan haar torso. Haar haar zat in de war en hing in losse lokken voor haar gezicht, dat verleidelijk glimlachte. Haar kattenogen glinsterden in het ochtendlicht, en ze begroette hem zo hartelijk dat ze hem deed denken aan het vrolijke meisje dat nog maar zo kort en toch zo lang geleden naar Shishan was gekomen.

'Hallo, dokter Airton,' riep ze vrolijk. 'Wat slim van u. U hebt mijn geheimpje ontdekt.'

Airton bukte zich om de injectiespuit en een lege ampul morfine op te rapen. 'O, de bruut,' verzuchtte hij, 'de bruut. Wat heeft hij met je gedaan, mijn arme lieve meisje?'

Een uur voor diezelfde dageraad lag Fan Yimei naast Manners in zijn paviljoen. Voorzichtig, want ze wilde hem niet wakker maken, tilde ze de zware hand die loom op haar schouder lag op en ze legde hem zacht terug op het krullende haar dat zijn borst bedekte. Ze glipte tussen de gordijnen door en pakte haar kamerjas, die op de grond was gevallen.

'Moet je nu al weg?' Manners gaapte zoals iemand die net uit een diepe slaap was ontwaakt.

'U weet wat er met me gebeurt als ze me hier vinden.'

'Er gebeurt niets met je. Dat zal ik verhinderen.'

'U kunt het niet verhinderen.'

'Je bent heel erg mooi, weet je,' zei Manners. 'Het fijnste porselein.'

'Ik ben blij dat ik u kan behagen.'

'Je bent de laatste tijd ook een beetje kil tegen me. Net als porselein.'

Ze gaf geen antwoord, maar concentreerde zich in plaats daarvan op het strikken van de ceintuur rond haar middel. Toen ze klaar was, hield ze een van de gordijnen opzij en kwam ze voorzichtig op de rand van het bed zitten. Manners pakte haar hand, maar ze trok hem meteen weer weg. 'U moet me betalen, Ma Na Si Xiansheng.'

'Beginnen we daar weer over? Je weigert al het geld en de cadeaus die ik je aanbied.'

'Ik dacht dat we een afspraak hadden, Ma Na Si Xiansheng.'

'Xiansheng, xiansheng. Kun je niet wat minder formeel zijn? We zijn minnaars!'

'Nee, Ma Na Si Xiansheng. Ik ben uw hoer.'

'Zo heb ik je nooit gezien,' zei Manners zacht.

'Dat is dan verkeerd, en u... u beledigt me.'

'O, alsjeblieft! Luister, je vraagt het onmogelijke van me. Die jongen – als hij al bestaat, en dat vind ik erg onwaarschijnlijk – zit opgesloten in het best beveiligde deel van dit etablissement.'

'Ik heb toch gezegd dat ik u erheen kan brengen.'

'Langs Ren Ren en al zijn bewakers?'

'U bent vindingrijk. U verzint wel een manier.'

'Liefje van me, luister. Het beste wat je kunt doen, dat heb ik je al honderd keer gezegd, is de kwestie melden bij de autoriteiten.'

'Dat staat gelijk aan een terdoodveroordeling. Ze laten hem verdwijnen voordat de eerste functionaris van de *yamen* voor de poort staat.'

Manners legde zijn hoofd weer op het kussen. 'En wat gebeurt er met jou als ik hem bevrijd?'

'Dat is niet belangrijk.'

'Dat is niet belangrijk,' herhaalde Manners, en hij legde een arm om haar middel. 'Kom op, meisje.'

Fan Yimei verloor haar broze zelfbeheersing en draaide zich om. Rode vlekken van boosheid brandden op haar wangen. Haar ogen waren een stille wanhoopskreet. Haar lange nagels krasten een rode streep over zijn borst. Met haar vuisten bewerkte ze zijn armen, zijn gezicht. Toen keerde ze zich hijgend van hem af en rechtte ze haar rug, hoewel ze nog steeds beefde van machteloze woede. Haar gezicht vertrok tot een wit masker en een traan trok een streep in de poeder op haar gezicht. 'Ik ben al dood,' lispelde ze heel zacht.

'Goed dan,' zei Manners.

'Ma Na Si Xiansheng, ik begrijp het niet.' Wantrouwig keek ze hem aan.

'Ik zei: goed dan. Ik doe het. Op één voorwaarde.'

'Wat voor... voorwaarde?' vroeg ze honend.

'Dat ik jou ook meeneem.'

'Dat kan niet.'

'Het is mijn voorwaarde.'

'Nee,' zei ze. 'Nee. Dat is niet... nodig.'

'Ik neem jou tegelijk mee met die jongen. Anders doe ik het niet.'

'Nee, alleen de jongen.'

'Ik doe niet aan onderhandelen, schatje.'

'We hebben al een afspraak. Ik heb mijn... diensten aangeboden. Vele keren.'

'Ik verander de voorwaarden.'

'Ik behoor toe aan majoor Lin.'

Manners kuste haar lippen. 'Nu niet meer.'

'En uw maîtresse? Dat meisje met het rode haar? Van wie u... houdt?'

Manners kuste haar nog een keer en veegde de tranen van haar wangen. 'Wat is daarmee?' fluisterde hij.

'Hoe gaat u het doen?'

'Ik heb geen flauw idee,' zei hij in het Engels. En in het Chinees: 'We moeten de aandacht afleiden.'

'Ja,' zei ze peinzend. 'Een afleidingsmanoeuvre. Dat is een goed idee. Hoe gaat u dat doen?'

'Vertrouw me nou maar.'

Na een korte aarzeling knikte ze. 'Wanneer?'

'Snel,' zei hij. 'Vandaag. Morgen. Zorg dat je klaar bent.'

Fan Yimei keek hem doordringend aan en haar gezicht kreeg een zachtere uitdrukking. Met haar vinger raakte ze voorzichtig zijn lippen aan. Toen stond ze op en liet ze zich op haar knieën vallen. Ze maakte zo'n diepe buiging dat haar knotje op het kleed gleed. 'Duoxie! Duoxie! Dank u wel, Xiansheng.'

'Ik wil geen Xiansheng meer horen, goed?' Zacht trok Manners haar overeind en hij kuste haar voorhoofd.

'Ja, Xiansheng,' zei ze. 'Ik moet... ik moet weg.'

Manners liet haar los. 'Een afleidingsmanoeuvre?' zei hij hardop toen ze weg was. 'God beware me! Geef mij maar gewoon wapensmokkel.'

'Denk je dat ze iets bekokstoven?' vroeg Madame Liu loom. Ze had ontbeten en haar gebeden gezegd bij haar altaartje. Su Liping had verslag uitgebracht, en ze had Ren Ren naar haar boudoir laten komen om de dagelijkse zaken te bespreken. Zoals gebruikelijk had ze haar pijp gepakt en ze verhitte nu een bolletje opium boven een kaars.

Ren Ren lag languit op het bed, gekleed in zijn gewone kleren; het uniform van de Eendrachtige Vuisten droeg hij alleen voor nachtelijke overvallen op christelijke dorpen. Hij had hoofdpijn, want hij had de avond ervoor veel gedronken na een vergadering met de Zwarte Stokken.

'Waarom vraag je dat?' gromde hij. 'Die man is een beest, net als alle andere barbaren. Zij is een hoer. Ze neuken. Wat is daar nou zo sinister aan?'

'Wat ben je toch cru, schat van me.' Madame Liu legde haar hoofd op de houten steun en bracht de pijp naar haar mond. Ze zoog de rook in haar longen en slaakte een tevreden zucht. 'Waar het om gaat, is dat ze niet alleen maar neuken. Kleine Su zegt dat ze heel vaak praten.'

'Misschien is hij zo'n bloem die de steel niet omhoog kan krijgen.'

'Hij is bijna net zo goed geschapen als jij,' zei zijn moeder, 'en bijzonder actief.'

'Ja, nou? Misschien wordt hij er geil van als ze gedichten voorleest. Je hebt altijd gezegd dat die trut artistiek is.'

'Nee, ik denk niet dat Ma Na Si belangstelling heeft voor poëzie. Ik sta voor een raadsel. Wat kan er nou zo belangrijk zijn dat ze er voortdurend over praten?'

'Als je dat zo graag wil weten, neem ik haar wel mee naar de hut. Dan sla ik het eruit.'

'Die tijd komt heus wel, schat, maar nu nog niet.'

'Ik begrijp niet waarom je Lin niet vertelt dat die barbaar zich aan zijn hoer vergrijpt. Ik vermoord die Engelsman als Lin te laf is om het zelf te doen. Dan reken ik meteen ook met die meid af.'

'Arme Ren Ren. Al zo lang geen verzetje meer gehad. Je moet leren om geduld te hebben en eerst aan de zaken te denken.'

'Wat heb je er nou aan om twee van onze cliënten voor noppes hun gang te laten gaan met een van onze meisjes? Een ervan is bovendien een barbaar. We kunnen net zo goed onze deuren openzetten, wierook in ons eigen gat steken en ons geurige hol aanbieden aan iedereen die er zin in heeft.'

'Wat druk je je weer beeldend uit. Ik wist niet dat je zo op je waardeloze vader leek! Dat vulgaire gedoe heb je in elk geval niet van mij. Je vroeg me iets, en daarop geef ik als antwoord dat je nog een hele hoop moet leren voordat je de kunst van het zakendoen onder de knie hebt, al ben je nu nog zo belangrijk bij die Boxers en de Zwarte Stokken.'

'Pas op je tellen, moeder. Er zijn dingen waar zelfs jij geen grapjes over moet maken.'

'Wie zegt dat ik grapjes maak? Ik ben enorm trots op je. Ik denk dat je nieuwe verheven positie goed zal zijn voor de zaken – als de tijd er rijp voor is.'

'De tijd is bijna rijp, moeder. Zo goed als rijp. Binnenkort is het afgelopen met de buitenlandse klandizie, dat staat vast. Dan zijn ze allemaal dood, stuk voor stuk.'

'Zelfs je kleine speeltje hiernaast?'

'Zijn gezeur hangt me de keel uit. Eigenlijk wil ik hem sowieso uit de weg ruimen.'

'Van mij mag je, maar doe het wel voorzichtig. Hij heeft onze investering ruimschoots terugbetaald. Wat we alleen al van die Japanner hebben opgestreken... Maar de voortdurende geheimhouding is erg vermoeiend, en onze gasten krijgen na een tijdje zelfs van het meest exotische fruit genoeg. Neem Jin Lao. Hij wil dat joch niet meer aanraken, terwijl hij hem in het begin "een perzikbloesem na de regen" noemde. We hebben niets meer aan hem, lieverd.'

'Dat is ook iets waar ik niets van begrijp. Jij en Jin Lao. Waarom zit je zo vaak met die ouwe homo op je kamer? Als ik niet wist dat hij van de verkeerde kant was, zou ik nog denken dat hij je ouwe botten een beurt gaf. Stel je eens voor, zijn gerimpelde oude haantje wriemelend in jouw opgedroogde grot! Twee skeletten aan de rol, hè, lieve moeder? Wat een afschuwelijk vooruitzicht.' Hij barstte in een snuivend gelach uit, zo hard dat het hele bed ervan schudde.

Kil keek Madame Liu hem aan. Met grote waardigheid pakte ze nog een balletje opium om het te verhitten.

'Je zou je eigen gezicht eens moeten zien, ma. Waarom kun je nou nooit eens tegen een grapje? Al goed, al goed. Ik bied mijn excuses aan. Jij en Jin. Het is een zakelijke relatie, ik weet het.' Opnieuw gierde hij het uit.

'Toevallig is het inderdaad een zakelijke relatie,' zei Madame Liu ijzig, 'en een zeer lucratieve. Dat is waar ook. Als de tijd rijp is, moet je een van die buitenlanders voor me sparen. Om zakelijke redenen...'

'O ja? En wie mag dat dan wel zijn?'

'Dat meisje met het rode haar. Die vossengeest. De dochter van De Falang.'

'Die lelijke teef? De hoer van die Engelsman? Die is oudbakken. Wat wil je met haar?'

'Ik heb een speciale klant die belangstelling voor haar heeft.'

'Wie dan?'

'Dat vertel ik je te zijner tijd wel. Maak je geen zorgen. Het zal je heus wel bevallen. Het komt misschien zelfs van pas voor je nieuwe carrière.'

'Mag ik haar eerst meenemen naar het schuurtje?'

'Natuurlijk mag dat. Ze moet worden ingewerkt.'

'Dan vind ik het best. Ik zorg wel dat je haar krijgt. Wat doe ik ondertussen met Ma Na Si en die achterbakse teef?'

Madame Liu rookte haar tweede pijp. 'Ik voel aan mijn water dat ze iets in hun schild voeren. Er is meer dan alleen hartstocht tussen die twee. Waarom zou een intelligent meisje als Fan Yimei zoveel op het spel zetten? We gaan ze voorlopig nog scherper in de gaten houden. En het is misschien een goed idee om de komende tijd een paar van je jongens bij de hand te houden. Voor de zekerheid. Geloof me, deze oude vrouw heeft echt wel geleerd te overleven in deze zee van smarten. Wil je dat voor me doen, mijn allerliefste Ren Ren?'

Ren Ren haalde zijn schouders op en gaapte. 'Natuurlijk.'

'Je had eerder bij me moeten komen,' zei Nellie.

Helen Frances keek stuurs naar de grond. De staande klok in de eetkamer tikte luid. Vanuit de keuken klonk kattengejammer: Ah Lee die een Chinese opera zong terwijl hij de lunch bereidde.

Airton stond bij de schoorsteenmantel en rookte een pijp. 'Nellie,' begon hij, maar hij bevroor onder de woedende blik van zijn vrouw.

'Je dacht natuurlijk dat ik er geen begrip voor zou hebben,' vervolgde Nellie. 'Ik heb het gevoel dat je altijd een beetje bang voor me bent geweest, Helen Frances. Ik weet dat je me niet mag.'

Helen Frances tilde haar hoofd op en keek haar aan. 'Ik heb uw begrip niet nodig,' zei ze. 'Ik had veel eerder weg willen gaan, dat heb ik al gezegd. Alleen... alleen had ik niet genoeg geld. Als u me mijn loon voor april en mei betaalt, kan ik met de eerstvolgende trein vertrekken.'

'En waar wil je dan naar toe?'

'Maakt dat wat uit?'

'Ik denk dat het wat uitmaakt voor je vader... en voor Tom.'

'Mrs. Airton, ik weet hoe u over me denkt. Laten we dit onplezierige gesprek niet nodeloos rekken. Ik heb uw man om mijn loon gevraagd. Dat kunt u toch wel voor me doen. Laat me vertrekken met de trein die morgen uit Tientsin komt.'

'Je vader en Tom kunnen elk moment terugkomen.'

'Daarom wil ik morgen weg uit Shishan.'

'Je wil weglopen?'

Helen Frances' ogen fonkelden. 'Ja, Mrs. Airton, als u het niet erg vindt, wil ik graag weglopen.'

Nellie keek naar haar man.

Airton schraapte nerveus zijn keel. 'Dat kunnen we niet toestaan, lieve meid. Je toestand – '

'Mijn toestand, dokter, is iets waar ik helemaal zelf verantwoordelijk voor ben. Niemand anders valt iets te verwijten. En ik vraag u niet om hulp.'

'En wat moeten we tegen je vader zeggen?' vroeg Nellie kalm.

'De waarheid,' zei Helen Frances op schrille toon. 'Hoe eerder hij weet dat ik hem te schande heb gemaakt, des te eerder kan hij vergeten dat hij ooit een dochter heeft gehad. En wat Tom betreft, voor hem is het duizend keer beter.'

'Volgens mij heb je geen idee hoeveel ze van je houden.'

'Hoe vaak moet ik het nog zeggen, Mrs. Airton? Ik ben een gevallen vrouw. Zo ziet u me toch? Ik heb overspel gepleegd, Mrs. Airton. En Mrs. Airton, ik heb ervan genoten. En ik ben een opiumverslaafde. Staat er in die mooie bijbel van u niet dat zondaars zoals ik verstoten moeten worden?'

'Er staat in mijn bijbel dat ik niet de eerste steen mag werpen,' zei Nellie.

'Hou toch op met die schijnheilige praat, Mrs. Airton. Ik weet hoezeer u me veracht. En vertel me niet dat u mijn ziel wilt redden. Ik ben niet zo'n lachwekkende bekeerling in uw ziekenhuis die u probeert te lijmen met een pleister en een kom noedels. Als u me echt wil helpen, geef me dan mijn geld zodat ik een treinkaartje kan kopen. Mijn vervloeking is mijn eigen zaak en van niemand anders.'

'En Mr. Manners? Gaat hij met je mee, wil hij voor je zorgen?'

'Nee. Hij heeft niets met mijn beslissing te maken.'

'De man die je te gronde heeft gericht heeft niets met je beslissing te maken?'

'Niemand heeft me te gronde gericht, Mrs. Airton. Ik ben verantwoordelijk voor mijn eigen daden. Henry heeft zich van het begin tot het eind als een... heer gedragen. U zult het niet begrijpen, maar wat ik in mijn hart voor Henry voel, is dankbaarheid en respect. Vooral dankbaarheid.'

'Omdat hij je met een onwettige baby opzadelt?'

'Ik wist dat u het niet zou begrijpen. Henry is een vrije geest. Hij heeft de mijne bevrijd.'

Airton kuchte. 'Dit gaat me boven m'n pet. Wat mij betreft is die man een schoft, een leugenaar, een versierder... en nog veel meer. Hij moet wel een erg kwade genius zijn als hij nog steeds zoveel macht over je heeft, nadat hij je zo abominabel heeft behandeld. Nou ja, dat houdt misschien verband met de opium.

Ik ben maar een heel gewone dokter, en voor mij is het een praktische kwestie. Hoe krijg ik je weer beter, hoe kom je van de verslaving af? In elk geval niet door een beetje rond te zwerven in een vreemd land, met weinig of geen geld om aan opium te komen. De consequenties, zowel moreel als lichamelijk, zijn zo erg dat ik er niet eens aan wil denken. En dan is er nog de kwestie van de baby. Je wil toch zeker dat je kind blijft leven? Voor een gezonde baby moeten we in de eerste plaats voor een gezonde moeder zorgen. Voor jou dus, meisje. En ik kan niet voor je zorgen als jij weg wilt lopen voor alle dingen waar jij je geweten mee kwelt.

Ik sta dus niet toe dat je morgen naar Tientsin vertrekt, en daarmee basta. En ga alsjeblieft niet sputteren dat je zelf verantwoordelijk bent voor je eigen daden. We hebben meer dan genoeg van die moderne prietpraat, hartelijk bedankt. Bovendien herinner ik je eraan dat je onder de eenentwintig bent, dus val je onder het wettelijk gezag van je vader. En aangezien wij in zijn afwezigheid tot je voogden zijn benoemd, zul je moeten doen wat wij zeggen.

Om te beginnen, jongedame, ga je nu naar je kamer. Je gaat naar bed en je gaat uitrusten. Vanavond begint je behandeling. Je hebt op de afdeling gewerkt, dus je weet hoe moeilijk het zal zijn. Maar ik ben er voor je, en Nellie ook – zij houdt net zo goed van je als ik, al ben je te dom om dat te zien. Wij zullen je er weer bovenop helpen, en we gaan die kleine van je beschermen. Als ik me niet vergis, is dat kleintje de enige onschuldige partij in deze tragische affaire.'

'Hij heeft gelijk, liefje. We geven heel veel om je, en we zullen voor je zorgen,' voegde Nellie eraan toe.

'Ik heb geen behoefte aan jullie liefdadigheid of schijnheiligheid,' zei Helen Frances. Twee rode vlekken gloeiden op haar lijkbleke wangen.

'Je mag het noemen zoals je wil, maar je hebt geen keus. Het is voor je eigen bestwil en die van je kind.'

'Mijn bastaard,' schamperde Helen Frances.

'Je baby,' hield Nellie vol.

Helen Frances opende haar mond om iets terug te zeggen, maar haar gezicht vertrok onwillekeurig. Het verschrompelde als een uitgedroogde pruim, en haar schouders begonnen te schokken. Snikkend wierp ze zich aan Nellies voeten en ze greep de zoom van haar jurk vast. Tussen de snikken door snakte ze naar adem. 'Ik smeek u... ik smeek u... alstublieft... Heb medelijden... alstublieft... laat me gaan... Ik kan niet... Ik durf niet... Mijn vader... To-om... Hoe kan ik...'

Nellie knielde naast haar neer, sloeg haar armen om haar heen en drukte haar wang stevig tegen het gloeiende, betraande gezicht, alsof ze door haar wilskracht haar kalmte op het huilende meisje kon overbrengen. Helen Frances schokte en trilde als een pas gevangen vis die stikt op het droge. Haar gezucht was als het geruis van een briesje door het tuig van een schip. Uiteindelijk bedaarde ze. Nellie hield Helen Frances' hoofd tegen haar brede boezem en streelde haar haren. 'Rustig maar. Stil maar. Het komt heus goed. Alles komt weer goed.' Helen Frances staarde met ronde, verbijsterde ogen voor zich uit.

Met zachte hand trok Nellie haar overeind op haar knieën. Ze pakte haar beide handen stevig beet en keek haar gebiedend aan om haar te dwingen terug te kijken. 'Luister goed naar me, meisje. Je moet sterk zijn. Sterker dan je ooit van je leven bent geweest. Ja, je zult met je vader moeten praten, en op een gegeven moment ook met je verloofde, en dat zal heel naar voor je zijn, en voor hen ook. Maar dat is van later zorg. Nu breng ik je eerst naar je kamer. Edward geeft je... wat je nodig hebt. En dan moet je lekker gaan slapen.'

Helen Frances knikte gedwee.

'Mooi zo. Flinke meid.'

Terwijl de deugden naastenliefde en vergevingsgezindheid acte de présence gaven in de missiepost van de Airtons, klonk in de gribus van de Millwards het trompetgeschal van een heel wat krijgshaftiger christelijkheid. Septimus had gebeden en gevast, en maakte zich nu op voor het figuurlijke gevecht.

Hij was tijdelijk in verwarring geraakt na het bezoek van de afgezant van de Amerikaanse Raad voor de Buitenlandse Zending, die hem had bevolen om af te zien van alle evangelische activiteiten totdat het bestuur zich over zijn 'zaak' had uitgesproken. Aanvankelijk had hij zich gelaten bij deze opdracht neergelegd. Weken had hij ervoor nodig gehad om zich te realiseren dat de duivel hem bijna had weten te strikken. Het was tot hem gekomen in een visioen, kort nadat hij door ondervoeding buiten bewustzijn was geraakt. Gelukkig had zijn reddende engel, Laetitia, dispensatie gekregen van de heiligen en mocht hij zijn vasten onderbreken en een kom haverpap eten. In zijn onrustige slaap na dit maal, terwijl zijn vrouw en kinderen rond zijn bed zaten te bidden, was de engel Gabriël aan hem verschenen om in een droom de waarheid te onthullen over het schepsel dat zich Mr. Burton Fielding had genoemd. Hij wist dat er een echte Mr. Burton Fielding bestond; hij had zijn naam in brieven gezien en op de lijst met bestuursleden onder aan de pamfletten van de commissie. Dat was echter niet de Burton Fielding geweest die naar Shishan was gekomen. Septimus was misleid door een wereldbeheerser der duisternis, een door Lucifer gezonden demon in de gedaante van Mr. Fielding, om hem weg te lokken van het ware pad der gerechtigheid. Hij was heel simpel om de tuin geleid.

Nu had hij boete gedaan. Hij was blijven vasten. Hij had zichzelf geslagen met een gesel – of liever, hij had zich door Laetitia laten kastijden, en haar nu en dan een reprimande gegeven als ze hem niet hard genoeg sloeg. Twee weken later had hij opnieuw een visioen gekregen, en bij de herinnering eraan trilde hij nog steeds van deemoed. De Here God was aanwezig geweest, maar het was de Zoon in eigen persoon die hem overeind had geholpen en de wonden op zijn rug had gebet. Toen wist hij dat hij was vergeven. De verlosser had hem vervolgens in een zilveren wapenrusting getooid, met een mantel en scheenplaten en een glimmende helm, en Hij had een brandend zwaard in zijn handen gelegd. Michaël had hem op een paard gezet dat Standvastigheid heette, en een leger van engelen werd met hem meegestuurd in de strijd. Bij het ontwaken wist hij wat hem te doen stond.

Het probleem was dat hij zo verzwakt was door het vasten dat hij nauwelijks op zijn benen kon staan, en Laetitia had haar uiterste best moeten doen om hem weer een klein beetje op krachten te laten komen. Toch was hij nog steeds niet volledig hersteld. Af en toe verloor hij het bewustzijn en zag hij letterlijk sterretjes, zelfs als hij zijn bril goed had schoongemaakt. Desalniettemin wist hij dat hij er klaar voor was. Zijn lichaam was nog zwak, maar zijn geest was sterk. De Heere der heerscharen was met hem.

En vandaag was de dag. Hij had zijn gezin al vroeg gewekt. Samen hadden ze gebeden en verscheidene psalmen gezongen. Vervolgens waren ze op pad gegaan, zijn hele gezin op zijn dochter Mildred na, want zij bleef achter om voor de weesjes te zorgen. In hun handen droegen ze alleen toortsen van biezen in de vorm van een kruis – sinds Hirams vertrek maakten ze geen muziek meer. De Here zou hen de andere wapens verschaffen die ze nodig hadden. In een ernstige, stille rij liepen de Millwards achter Septimus aan, door de poort en over het riool.

Voor hen lag het Huis van Babylon waar zijn verloren zoon Hiram volgens de Here gevangen werd gehouden. Vandaag zou Septimus de strijd aanbinden met de duistere machten. Hij zou deze tempel van hoeren en gruwelen neerhalen, en hij zou de goede inwoners van Shishan bevrijden van hun onderwerping aan de krachten van het kwaad. Misschien zou hij dan tegelijk zijn zoon Hiram kunnen bevrijden, maar dat was van ondergeschikt belang.

De dokter had een bescheiden dosis morfine toegediend en het aan Nellie overgelaten om Helen Frances in bed te stoppen. Zelf was hij teruggegaan naar zijn plekje bij de schoorsteenmantel om een pijp te roken. Nellie was bij Helen Frances blijven zitten totdat ze zeker wist dat het meisje sliep.

Nu was ook Nellie terug in de zitkamer. Ze liet zich met een plof op een stoel zakken, leunde achterover en sloot haar ogen. 'O, Edward,' mompelde ze, 'wat moeten we nu doen?'

Tot Airtons verbazing en verwarring was Nellie in tranen. Onhandig knielde hij naast haar neer en nam hij haar hand in de zijne.

'Het is zo weer over,' zei ze terwijl ze haar ogen afveegde. 'Het is gewoon dat... O, als ik aan dat arme kind denk, dan zou ik willen...'

'Manners is een monster,' zei Airton.

'We zijn allemaal verantwoordelijk. Als ik bedenk dat deze affaire onder ons eigen dak is begonnen, toen het onze taak was om haar te beschermen. Ik had moeten zien wat er gaande was.'

'Dat kon je niet weten,' zei haar man.

'Ik zal het mezelf nooit vergeven,' verzuchtte Nellie. 'En ik zou het jou ook nooit moeten vergeven, mallerd, dat je me niet eerder hebt verteld wat je vermoedde.'

'Ik wilde je er niet mee belasten,' zei Airton schaapachtig.

'Dat arme, arme kind. Kun je je voorstellen wat ze heeft doorgemaakt? Ze denkt waarschijnlijk dat ze op de hele wereld niemand heeft die om haar geeft. Dank je.' Ze pakte het kopje thee aan dat haar man voor haar had ingeschonken. 'Het is niet dat ik wil vergoelijken wat ze heeft gedaan. In zekere zin heeft ze gelijk, weet je, als ze zegt dat het haar eigen verantwoordelijkheid is... zelfs als die vreselijke man haar ertoe heeft aangezet. Ze heeft gezondigd, Edward, en ze heeft zichzelf en anderen pijn gedaan.'

'We moeten haar niet te hard veroordelen.'

'Waarom niet? Ze is ijdel, lichtzinnig en koppig geweest, en ze heeft toegegeven aan lustgevoelens en kwade verleidingen. Dit zal het hart van haar vader breken, en dan heb ik het nog niet eens over de nobele kerel die zo dom is dat hij met haar wilde trouwen.'

'Dat is nu natuurlijk van de baan.'

'Helen Frances heeft me net verteld hoe bang ze is dat Tom nog steeds met haar zal willen trouwen, hoe beschamend ze dat vindt. Dat is de voornaamste reden waarom ze weg wilde gaan. Hij is op en top een heer, weet je, met malle ideeën over zelfopoffering en edelmoedigheid. En hij houdt oprecht van haar. Dat zie je aan de kwijnende uitdrukking als hij naar haar kijkt. Tom is een goedhartige sukkel, echt zo iemand die bereid zou zijn om de bastaard van een andere man groot te brengen.'

'Het zou erg fijn zijn als ze een wettig kind zou krijgen.'

'De man die gedwongen zou moeten worden om met haar te trouwen – met een pistool tegen zijn slaap, als het aan mij lag – is de heer Henry Manners. Laat die twee maar samen de vruchten van hun ontucht plukken. Wat zei ze ook al weer over haar vervloeking? Laten ze maar samen vervloekt worden.'

Airton zuchtte. 'Je zegt allemaal dingen die je niet meent, Nellie.'

'Het spijt me, Edward. Ik ben moe en ik ben boos. Op haar. Op mezelf. Op jou. Wat is dit een afschuwelijke tragedie.'

Ze dronken hun thee.

'We moeten Frank en Tom het nieuws vertellen zodra ze terug zijn,' zei de dokter op de aarzelende toon van iemand die graag tegengesproken zou willen worden.

'Kunnen we het voor hen verborgen houden?'

'Ik denk het niet.'

'Kun je haar van haar verslaving genezen?'

'Ja. Maar dat kost tijd.'

'En de kleine? Is haar verslaving schadelijk voor de baby?'

'Dat hoeft niet. Als de voorzienigheid ons gunstig is gezind, hoop ik dat we het ergste kunnen voorkomen. Het is nog vroeg in de zwangerschap.'

'Laten we dan maar op de voorzienigheid vertrouwen. En bidden om een zekere mate van begrip en vergevingsgezindheid van haar vader en Tom.'

'Zeg dat wel.' Airton zette zijn kopje neer. 'Wat hoor ik nou?' Hij liep naar het raam en tuurde door de luiken.

Op dat moment stormde Ah Lee de kamer binnen, op de voet gevolgd door George en Jenny, die uit hun schoolklas naar buiten waren gerend zodra ze hoorden dat er iets aan de hand was. Ah Lee stond in het wilde weg te wijzen. Het was George die uitriep: 'Vader, kom snel! Het is oom Frank. Ze zijn terug, en ik geloof dat Tom gewond is. Hij zit onder het bloed en hij ligt heel stil op een kar. Misschien is hij dood.'

'Wat nu weer?' mopperde een geërgerde Madame Liu, die door een klopje op de deur uit haar middagslaapje werd gewekt. 'Kom dan binnen!' blafte ze kwaad. 'O, ben jij het. Wat moet je?'

'Het spijt me, moeder, het spijt me heel erg,' piepte Su Liping met een mengeling van nervositeit en opwinding. 'Ik hoop dat ik u niet wakker heb gemaakt.'

'Je hebt me wel degelijk wakker gemaakt. Wat is er? Wat is er zo belangrijk dat je me durft te storen? Voor de draad ermee.'

'Het zijn buitenlanders, moeder. Ze staan buiten op het plein en ze demonstreren tegen ons huis.'

'Wat sta je nou te raaskallen? Wat voor buitenlanders?'

'Die rare, moeder. Die missionaris in Chinese kleren, die met al die kinderen. Ze proberen in te breken in het theehuis.'

'Het theehuis? Ons theehuis? Goed, ik kom eraan. Help me met mijn slippers. Waar is Ren Ren?'

'Dat weet ik niet, moeder. Ik geloof dat hij weg is gegaan. Voor de lunch moest ik het van hem met een van zijn vrienden doen, die vreselijke Aap, en hij kwam voordat we klaar waren binnen en zei tegen Aap dat hij zich moest aankleden. Ze moesten naar een of ander dorp en ze zijn meteen weggegaan. Ik heb niet eens een fooi gekregen, terwijl ik de Wilde Eend die Achteruit Vliegt voor hem heb gedaan, en de Fladderende Vlinders.' Ze trok een pruillip.

'Daar gaat het nu niet over. Heeft hij gezegd hoe lang hij weg zou blijven?'

'Nee, moeder, maar volgens mij blijven ze een hele tijd weg. Hij droeg reiskleding en hij had beenkappen omgedaan om paard te rijden.'

'En hoe zit het met zijn andere mannen? Trekken, meisje, een gordel strikt zich niet vanzelf. Waar zijn de anderen? Ik heb tegen hem gezegd dat hij voor bewaking van het huis moest zorgen.'

'Ik geloof dat ze allemaal weg zijn. Ze hadden ontzettende haast.'

'Bedoel je dat er níémand meer hier is? Is er hier niet één man achtergebleven?'

'Nou, de portier is er nog, en de koks zijn er, en Chen Meina is met die dikke stoffenhandelaar uit de Shuang-qianstraat, en Xiao Gen is met de oude tweeling die elke week bij haar komt om de Kat en de muis samen in het hol te doen, en – '

Met een gezicht dat paars was van woede sloeg Madame Liu het meisje in haar gezicht.

Su Liping gilde en begon te huilen. 'Waarom slaat u me, moeder?' kermde ze. 'Wat heb ik verkeerd gedaan?'

'Hou je mond, dan kan ik nadenken,' snauwde Madame Liu. 'Ik word omringd door idioten. De grootste idioot is waarschijnlijk mijn eigen zoon. Laat maar,' bitste ze terwijl ze de gordel uit Su Lipings trillende vingers trok.

Half aangekleed strompelde ze naar de deur, en Su Liping trippelde achter haar aan. Door hun lotusvoeten viel lopen niet mee, maar Madame Liu was zo boos dat ze in een sukkeldrafje door de gang hobbelde. Bij een van de deuren bleef ze staan om door het kijkgat te gluren. In de kamer zat de buitenlandse jongen op het bed, zijn ene been vastgeketend aan de bedstijl. Zijn uitdrukking was alert, en hij hield een hand achter zijn oor. Madame Liu werd zich bewust van geroezemoes buiten het gebouw. Ze kreunde en liep verder. Aan het eind van de gang was een raam met uitzicht op het plein. Het zat hoog in de muur, zodat Madame Liu aan Su Liping moest vragen om een bank te gaan halen. Staand op de bank kon ze het met papier geblindeerde raam opendoen. Onmiddellijk hoorde ze het joelen van een menigte, kreten, gelach en gefluit.

Su Liping was naast haar komen staan en wees. 'Daar zijn ze, moeder, ze staan hier beneden. Ziet u ze?'

Een grote meute leeglopers verdrong zich rond de familie Millward, die in een halve kring op hun knieën zat te bidden. Madame Liu zag dat ze allemaal een kruis in hun hand hadden, zo te zien gemaakt van stro. De vader, een lange, broodmagere figuur met een onverzorgde gele vlecht en dito baard, sprak met schrille stem een of andere bezwering uit. Naast hem zat een vrouw die bezorgd naar hem keek. Sommige kinderen, in leeftijd variërend van tiener tot peuter, hielden hun ogen stijf dicht, anderen keken doodsbang om zich heen. Vreemd genoeg droeg de helft van de buitenlanders, ook de ouders, brillen met heel dikke glazen, die glinsterden in de middagzon.

'Ze zien er volmaakt onschuldig uit,' zei Madame Liu.

'Daarnet schreeuwden ze van alles tegen ons huis. Hun rare Chinees is haast niet te verstaan, maar die man zei iets over een verloren zoon die hier woonde.' Onschuldig keek Su Liping haar aan.

'Werkelijk?' antwoordde Madame Liu. 'Je weet toch dat dat onzin is?'

'Maar natuurlijk, moeder.'

'Nou, ik ga mijn middag niet verdoen met kijken naar een stel geschifte buitenlanders die zitten te bidden, als dat is wat ze doen. Help me eraf.'

'O kijk, moeder!' krijste Su Liping.

Madame Liu keek nog een keer en verstijfde. De lange magere man had een hand in zijn kleren gestoken en een grote groene fles gepakt. Voorzichtig sprenkelde hij een bruine vloeistof op zijn kruis van stro. Toen gaf hij de fles door aan zijn vrouw, en zij deed hetzelfde. Uit zijn riem haalde de man twee voorwerpen van metaal, die hij in zijn handen tegen elkaar tikte. Tot haar ontzetting zag Madame Liu de eerste vonk. Het volgende moment had het kruis van de man vlam gevat.

'Help me eraf!' schreeuwde ze, en ze trok aan de mouw van Su Liping. 'Nu!'

Even later hobbelde ze in een halsbrekend tempo door de gang naar het gordijn dat de verborgen deur naar de trap bedekte.

'Emmers!' riep ze toen ze een verdieping lager was. 'Emmers! Water! Snel!'

Deuren gingen open en er kwamen verbaasde meisjes en een paar geschrokken klanten naar buiten. Een poedelnaakt meisje leek net een nimf in een tempelfries geflankeerd door twee eerbiedwaardige maar even naakte oude mannen, die hun lusteloze edele delen met hun lange witte baard probeerden te bedekken. Een dikke man, gekleed en opgemaakt als een hoofdrolspeelster in de Peking Opera, klampte zich aan Chen Meina vast.

'Sta daar niet zo stom te staan!' gilde Madame Liu. 'Ga emmers water halen. Ze proberen het pand in brand te steken!'

Dat was geen verstandige opmerking. Er brak uiteraard onmiddellijk paniek uit. Voor ze het wist werd ze tussen naakte lijven en beddengoed omlaaggeduwd over de smalle wenteltrap naar de begane grond. Ze verloor haar evenwicht, viel en stootte haar hoofd. Half verdoofd bleef ze liggen, terwijl blote voeten naar de binnenplaats renden. Het rumoer van het plein klonk hier gedempt. Met moeite ging ze weer staan.

Su Liping verscheen met twee koks, zeulend met een enorme tobbe vol zeepsop. 'Waar wilt u dit hebben?' vroeg ze nerveus.

'Kom maar mee,' mompelde ze. Nog steeds duizelig en een beetje gedesoriënteerd door haar val nam ze hen mee naar de kamer die Ren Ren als kantoor gebruikte. Ze haalde een grove pornografische schildering van de muur, raakte een verborgen veer aan, en een paneel schoof opzij. Een klein trapje voerde naar de kelder, waar zakken meel en vaten rijstwijn kriskras door elkaar lagen en stonden. Dit was de voorraadkelder van het theehuis. 'Hierheen,' riep ze, wijzend op een andere trap, omhoog naar een andere deur met een versleten leren gordijn ervoor. De koks en Su Liping kreunden onder het gewicht van de tobbe. Het geluid aan de andere kant van de deur was oorverdovend. In haar haast rukte Madame Liu het gordijn van de rail.

Ongelovig staarden ze naar de heksenketel.

Het had een scène uit de opera *Aap in de perzikboomgaard* kunnen zijn, met de kindacrobaten die Sun Wukongs antropoïde volgelingen speelden buitelend en ravottend in de hemel. Het kleine theehuis was een kluwen worstelende lichamen, omgevallen tafels en stoelen. Hier, daar en overal, als palingen die wegglipten, ontweken de kinderen Millward de graaiende handen van mensen die hen probeerden te grijpen, en ze sprongen lenig over hun belagers heen als die waren gestruikeld. In het midden van de ruimte vocht de rijzige Septimus met drie potige kruiers, waarvan er een op zijn rug hing met zijn armen om zijn nek, in een poging hem neer te halen. Laetitia lag op de grond, maaiend met een soeplepel in haar ene hand terwijl ze met de andere aan de vlecht trok van de jonge, half ontklede man die boven op haar zat.

Madame Liu zag tot haar opluchting dat de aanval met de brandende kruisen slechts ten dele was geslaagd. Rokende toortsen van stro lagen overal op de grond, kennelijk zonder goed vlam te hebben gevat. Tegen een van de muren was wel een klein brandje ontstaan doordat een van de toortsen in een omgevallen vat *gaoliang*-wijn was gevallen en de drank in brand was gevlogen. Twee serveersters annex animeermeisjes probeerden het brandje dapper maar tevergeefs te blussen door met een tafelkleed te wapperen, terwijl ze ondertussen schopten naar twee van de kleinste Millwards die in hun enkels probeerden te bijten. Zorgelijker vond Madame Liu dat Septimus al vechtend steeds dichter in de buurt kwam van de rij open kolenkachels waar noedels op werden gekookt. Als die omvielen, was de ramp niet te overzien. De uitslaande brand zou dan niet meer te blussen zijn.

Met een bovenmenselijke inspanning hadden de koks de tobbe de trap op getild. Nu overtroffen ze zichzelf door de zware houten kuip met zeepsop tot schouderhoogte op te tillen en het hele gevaarte luid brullend, met veel kracht en weinig beleid, boven de krioelende massa in de lucht te gooien. Onmiddellijk gingen ze ervandoor, met een angstige blik over hun schouder op Madame Liu, terug zoals ze gekomen waren. Liever de toorn van Madame Liu, moesten ze hebben gedacht, dan dood door verbranding.

Hun projectiel trof echter op spectaculaire wijze doel. De tobbe leek even in de lucht te blijven hangen, maar het volgende moment was er een explosie van water en schuim die als een wolk over de strijdende partijen neerdaalde. Niemand bleef droog, en zelfs het kleine brandje ging sissend uit. Tot slot, als klap op de vuurpijl, kwam de tobbe zelf op het hoofd van Septimus Millward terecht. Madame Liu zag het besef dagen in de uitvergrote blauwe ogen achter de dikke brillenglazen, vlak voordat de gedoemde missionaris het volle gewicht van de kuip op zich voelde neerkomen. De hoepels raakten los, en de duigen vielen kletterend op de grond en zijn uitgestrekte lichaam.

'Septimus!' gilde Laetitia wanhopig, gevolgd door kreten van de kinderen, maar het verzet was effectief gebroken. Binnen de kortste keren waren de kinderen opgepakt, een voor een, en werden ze hardhandig in bedwang gehouden. Madame Liu greep eigenhandig een klein bebrild meisje dat zich achter de kachel probeerde te verstoppen. Ze trok haar er aan haar oor achter vandaan, kneep haar gemeen in haar nek en wenkte een stevige ezeldrijver, die het schoppende meisje optilde en onder zijn arm klemde.

Toen Jin Lao en de dienders van de *yamen* arriveerden, waren Mrs. Millward en haar kinderen bij elkaar gedreven binnen een vierkant van tafels. Laetitia hield het hoofd van de nog steeds bewusteloze Septimus in haar schoot en probeerde tevergeefs het bloed uit de wond op zijn kruin te stelpen.

De klanten, die opgewonden door elkaar heen hadden gepraat, vielen stil en gingen opzij om de eerbiedwaardige functionaris en zijn bewakers langs te laten.

'Asjemenou, Madame Liu, wat een bezoeking.' Jin Lao glimlachte.

'Ik hoop dat u deze brandstichters meeneemt en de zwaarste straf oplegt die de wet mogelijk maakt. Kijk eens hoeveel schade ze in ons theehuis hebben aangericht.'

'Inderdaad. Ren Ren zal er wel niet zo blij mee zijn. Dat vrouwen en kinderen zo agressief kunnen zijn! Waar moet dat heen?'

Hij werd onderbroken door een heftige uitbarsting van Laetitia, die in haar gebroken Chinees een beroep deed op de sterke arm.

'Kan iemand me vertellen wat die barbaarse vrouw zegt?' vroeg Jin Lao. 'Als ze een beschaafde taal probeert te spreken, is het er geen die ik versta.'

Omstanders begonnen door elkaar heen te praten, gaven elk hun eigen interpretatie van wat de vrouw had gezegd.

'Zo te horen ben ik in een huis vol geleerden,' zei Jin Lao. 'Jij.' Hij wees op een grote man met een baard die het leren schort van een leerlooier droeg. 'Begrijp jij wat deze vrouw zegt?'

'Ze zegt dat haar zoon hier is, meneer. Dat hij boven in het bordeel gevangen wordt gehouden.'

'Werkelijk?' zei Jin Lao. 'Ik herinner me dat we verleden jaar een aantal criminelen hebben geëxecuteerd wegens moord op een van haar kinderen. Is ze nu alweer een kind kwijt?'

'Ze bedoelt hetzelfde kind, meneer,' zei de man. 'Ze zegt dat haar zoon helemaal niet is vermoord. Hij is ontvoerd en naar het bordeel gebracht, meneer. Allemaal onzin natuurlijk. Die lui zijn getikt, maar dat is wat ze zegt.'

'Juist. Nou, als dat het motief is voor dit vandalisme, dan moet er een onderzoek worden ingesteld. Houdt u een buitenlandse jongen gevangen in uw etablissement, Madame Liu?'

'Natuurlijk niet, Jin Lao, meneer,' zei Madame Liu liefjes.

'Het zou me verbazen als het wel zo was,' zei Jin Lao, 'vooral een dode of een geest. Dat staat zo slordig,' merkte hij gevat op. 'Uiteraard moet ik uw huis wel inspecteren.'

Madame Liu's ogen fonkelden van kwaadheid. 'Dat lijkt me niet nodig. U gelooft die kwaadaardige verzinsels toch zeker niet?'

'Of ik erin geloof of niet, het recht moet zijn loop hebben,' zei Jin Lao. 'Ik kom uw huis morgenmiddag inspecteren. Hebt u dan genoeg tijd om het een en ander... voor te bereiden?' Hij glimlachte weer.

Nu glimlachte Madame Liu ook. 'Meer dan genoeg tijd, Jin Lao. Ik verzeker u dat alles tiptop in orde zal zijn.'

'Ik verwacht niet anders,' zei Jin Lao.

De familie Millward werd met gebonden handen weggevoerd door de wachters. Twee bezoekers van het theehuis kregen opdracht de kreunende Septimus weg te dragen op een brancard. Zijn hoofd was verbonden, en een plaatselijke arts had na een vluchtig onderzoek vastgesteld dat zijn verwonding niet ernstig was. Jin Lao liet de hele familie terugbrengen naar hun huis, dat bewaakt zou worden totdat de Mandarijn had besloten welke stappen er genomen moesten worden.

Met een geduld dat ze niet voelde, wist Madame Liu de nieuwsgierige klanten er uiteindelijk toe te bewegen om het theehuis te verlaten, met de belofte van een gratis maal als de zaak werd heropend. Ze stelde vast dat de schade niet al te groot was. Het kostte haar nog een uur om de boze klanten van het bordeel te sussen. Vooral de tweeling ziedde van woede. Hun waardigheid had een gevoelige knauw gekregen doordat ze spiernaakt op de binnenplaats hadden gestaan, en een van de twee had zijn teen gestoten tijdens de chaotische vlucht over de smalle trap. De belofte van een tweede rondje Kat en muis samen in het hol, ditmaal van het huis en met een geërgerde Su Liping, die in alle opzichten knapper was dan de boerse Xiao Gen, bracht hen ten slotte tot bedaren.

Het was al bijna donker voordat ze klaar was, en toen moest ze zich nog van de buitenlandse jongen ontdoen. Vloekend op Ren Ren sjokte ze de trap naar haar eigen verdieping op. Waar was hij als ze hem nodig had? En wanneer had ze hem ooit zo hard nodig gehad als vandaag?

Haar hoofd bonsde. Ze vroeg zich af of ze misschien te oud werd voor een leven als het hare. Wat ze nodig had, was een kop thee en misschien een pijp. Maar eerst die jongen. Het zou niet de eerste keer zijn dat de put aan het eind van de tuin voor dit doel werd gebruikt. Het zou lastig zijn in haar eentje, maar op de een of andere manier zou het wel lukken. Ze had het in het verleden wel vaker gedaan. Ze moest alleen een smoesje verzinnen om te voorkomen dat hij iets vermoedde. Een klant die op hem wachtte in het paviljoen? De belofte om hem vrij te laten? De bakstenen langs de rand van de put zaten al los, dus een harde zet was genoeg. Niemand zou het merken.

Boven aan de trap moest ze blijven staan om op adem te komen. Langzaam hobbelde ze door de gang en voor Hirams deur bleef ze staan. Vermoeid tilde ze haar hand op naar het schuifje voor het kijkgat, en ze schrok toen de deur al bij de eerste aanraking openging. Met kloppend hart keek ze rond in de lege kamer en naar de kapotte ketting.

De jongen was weg.

'Gaat het, Hiram?' vroeg Henry. Nu het donker begon te worden en hij zeker wist dat niemand hen achtervolgde, had hij zijn merrie ingehouden, en nu liepen ze stapvoets over de kronkelpaden naar de rivier en het spoorwegkamp. Hij hield Hiram in evenwicht op de voorste zadelboog. Achter hem, gehuld in een lange cape en haar armen stevig rond zijn middel geslagen, zat Fan Yimei.

'Ja hoor, meneer,' antwoordde Hiram. De jongen was een beetje stil, maar afgezien daarvan leek hij alle beproevingen althans uiterlijk ongeschonden te hebben doorstaan.

'Je houdt je kranig. Ik zal je wat beloven. De belofte van een officier van het Britse leger, en je weet dat je er dan van op aan kunt. Je hoeft nooit meer terug naar dat oord. Hoor je me? Dat is een belofte. Mijn belofte, en belofte maakt schuld. Nooit meer, nooit en te nimmer. En jij ook niet.' Hij knikte over zijn schouder naar Fan Yimei.

'Ik versta u niet als u in uw eigen taal spreekt,' antwoordde ze, 'maar na wat u vandaag hebt gedaan ben ik u eeuwige dank verschuldigd. Ik ben uw slavin.'

'Niemand is de slavin van iemand anders, Fan Yimei. We hadden een afspraak, weet je nog? En bovendien is slavernij verboden in het land waar ik vandaan kom. In 1833 afgeschaft!'

Hij voelde dat een serieuzer antwoord nodig was en stopte zijn paard. Hij zocht haar koude handen en legde de zijne erover. 'Luister. Jij hebt net zo goed in een nachtmerrie geleefd als Hiram, maar dat is nu voorbij. Het duurt misschien een tijdje voordat je het echt begint te beseffen, maar je bent vrij. Je hoeft nooit meer terug, niet naar majoor Lin, niet naar Ren Ren, niet naar Madame Liu. En je bent mij helemaal niets verschuldigd. Mij in de laatste plaats. Bovendien, wat heb ik nou helemaal gedaan?'

Lachend spoorde hij zijn paard weer aan. 'Ik zei dat ik een afleidingsmanoeuvre wilde, en die heb ik gekregen, dankzij de vader van deze jongen. Ik had nooit durven dromen dat het zo makkelijk zou zijn. Volgens mij heeft niemand ons gezien. Al die naakte mensen op de binnenplaats, blozend van schaamte! De portier was zo gefascineerd door al dat bloot dat hij ons niet eens langs zag lopen. Niet dat hij ons herkend zou hebben onder onze capes. Waarschijnlijk dacht hij dat we eerbare burgers waren die ervandoor wilden voordat hun vrouwen hen vonden... Ik heb in geen jaren zo gelachen! En ik hoefde zelfs mijn vuisten niet te gebruiken! Aan de andere kant is dat jammer,' voegde hij er met een zucht aan toe, 'want ik zou Ren Ren graag een pak rammel hebben gegeven. Daarmee zou ik de samenleving een dienst hebben bewezen.'

'Maak alstublieft geen grapjes, Ma Na Si. Ik ben nog steeds bang voor Ren Ren, zelfs nu hij me niet meer in zijn macht heeft. En ik ben bang voor majoor Lin, want hij is ongetwijfeld woedend. U zegt dat u me kunt laten verdwijnen, maar ik ben bang dat ze u te grazen nemen als ze wraak willen.'

'Niemand zal zelfs maar vermoeden dat ik er iets mee te maken heb. De volgende keer dat ik naar het Paleis van de Hemelse Lusten ga, mag majoor Lin uithuilen op mijn schouder. Hij moet trouwens nog steeds zaken met me doen op bevel van de Mandarijn. Hij kan me met geen vinger aanraken, zelfs al heeft hij vermoedens.

En voor jezelf hoef je echt niet bang te zijn. In het spoorwegkamp ben je veilig totdat de trein komt. Als je eenmaal in Tientsin bent, breng ik je onder bij mensen die ik ken. Je kunt er een nieuw leven beginnen als een fatsoenlijke dame. Nou ja, niet al te fatsoenlijk, hoop ik. Daar ben je te mooi voor!'

'Het is een droom, Ma Na Si. Net als deze rit. Ik was vergeten hoe de sterren eruitzien als je de hele lucht kunt zien, en hoe het platteland ruikt.'

'Op dit moment ruik je mest, schat. Het stinkt.'

'Nee, het ruikt lekker. U hebt geen idee hoe prachtig alles is voor iemand die net uit een gevangenis is bevrijd. Vanochtend voelde ik me dood, een klont aarde, niets in een gapend gat van niets. Nu is het alsof de godin Nu Wa dode klei weer leven inblaast, alsof ze sterren en de zon en de maan schept, net zoals ze aan het begin van de wereld deed. En dit nieuwe leven heb ik aan u te danken, Ma Na

Si. Zelfs als ik morgen wakker word en terug blijk te zijn in mijn gevangenis, zal ik u dankbaar zijn voor deze droom.'

'Het is geen droom, liefje. En je gaat niet terug. Nooit meer.'

'Mr. Manners?'

'Ja, Hiram?'

'Moet ik terug naar mijn ouders?'

'Dat lijkt me voorlopig geen goed idee. Na je vaders escapade van vandaag zullen de autoriteiten wel een appeltje met hem te schillen hebben. Het is beter dat je een tijdje bij mij blijft in het spoorweg-kamp, totdat de gemoederen weer zijn bedaard. Ik kan hem wel een boodschap laten brengen.'

'Ik wil mijn ouders nooit meer zien,' zei Hiram met een klein stemmetje.

'Je bent vrij, dus dat hoeft ook niet,' zei Henry na een lange stil-te. 'Kijk,' zei hij, wijzend op twinkelende lichtjes op een heuvel rechts van hen. 'Daar wonen de Airtons. Dat is de missiepost en het zie-kenhuis. Ik neem je er op een dag mee naartoe, als je dat leuk vindt. Airton heeft kinderen. Ze zijn wat jonger dan jij, maar ze hebben paarden en dieren en boeken. Je hebt een heel leven in te halen, jon-geman.'

'Is dat waar de dokter met de bakkebaarden woont, Ma Na Si?'

'Natuurlijk, je hebt hem gekend, hè? Je hebt me verteld dat hij ooit eens erg aardig voor je is geweest.'

Fan Yimei keek omhoog naar de lichtjes. Ze gaf geen antwoord. Ze bedacht dat er nog iemand was die daar tussen die lichtjes woon-de. Ma Na Si had haar verteld dat het meisje met het rode haar in het ziekenhuis werkte. Als ze echt had kunnen geloven dat ze vrij was, zou ze jaloers zijn geweest.

Airton zag er doodmoe uit en er zat bloed op zijn manchet. Dank-baar pakte hij een kop thee aan van zijn vrouw. Frank Delamere zat slecht op zijn gemak op de bank, nog steeds in zijn reiskleren. Zijn gewoonlijk blozende gezicht zag wit van het stof en zijn zwarte snor was grijs. Het kleine porseleinen theekopje zag er misplaatst uit in zijn grote handen, net zo misplaatst als zijn verfomfaaide verschijn-ning in deze keurige huiskamer. Met ingehouden adem wachtte hij op het ergste.

'Hij zal het wel overleven,' zei de dokter. 'Je hebt hem keurig verbonden. Daardoor heeft hij minder bloed verloren. En hij heeft een ijzeren gestel. Gelukkig dat de kogels geen ader hebben geraakt, al is zijn linkerarm verbrijzeld. Maar de wond in zijn kruis is zorgelijker. Hoe is hij daaraan gekomen? Het is een gemene snee.'

'Het was een soort spies,' mompelde Frank.

'Nou, hij mag van geluk spreken. Het scheelde niet meer dan een centimeter, anders zou hij de reis niet hebben overleefd.'

'Die jongen is een held,' zei Frank. 'Een echte held.'

'Hij is nog niet genezen. Hij heeft een ontsteking, maar ik denk dat ik die bijtijds heb uitgebrand. Hij zal zeker nog een paar dagen koorts houden – hij ligt nu een beetje te ijlen, ben ik bang. Maar hij is een sterke kerel. Hij komt er wel weer bovenop.'

'Godzijdank.' Franks ogen waren vochtig geworden. 'Ik dacht echt...'

'Het scheelde niet veel,' herhaalde Airton. Hij zag het rinkelende theekopje in Franks knuist. 'Hé kerel, zet dat maar weg. Nellie, geef die man eens een glas whisky.'

'Heb je dat? Graag...'

'Geef hem de fles maar, en schenk mij ook een drupje in als je toch bezig bent. Zeg Delamere, ben je zelf niet compleet gevloerd? Kun je ons vertellen wat er is gebeurd?'

'We zijn in een hinderlaag gelokt,' zei Frank. 'Door Boxers.'

'Boxers? Weet je het zeker? Waren het geen gewone bandieten, net als de vorige keer?'

'Boxers, bandieten, wat is het verschil?' Frank haalde zijn schouders op. 'Het waren er honderden, en ze stonden klaar tussen de bomen waar de noordelijke weg onder de Zwarte Heuvels langs het bos komt. Ze wisten dat we eraan kwamen, dat weet ik honderd procent zeker. Lu is meteen doorgegaan naar de stad. Dit keer wil hij de informant echt ontmaskeren.'

'Dus Lu is ongedeerd? Ik vroeg me al af waarom hij niet bij jullie was.'

'Hij heeft een jaap van een zwaard op zijn scheenbeen. Niets ernstigs. Niet zoals Tom. Of Lao Pang, een van de ezeldrijvers. Hij werd door een van de eerste schoten gedood, arme drommel.'

'Ik zag al aan Toms wond dat ze vuurwapens hadden. Het was bovendien een geweer en geen musket. Dat moet iets nieuws zijn'

'Ze hadden een paar geweren. Gelukkig konden ze er niet goed mee omgaan, anders zouden we nu allemaal dood zijn. Het hele gedoe was nogal eigenaardig. Ze droegen bijna allemaal uniformen. Gele tunieken en een oranje band om hun hoofd. Daarom noemde ik hen Boxers.'

'Begin maar bij het begin. En schenk jezelf nog een glas in.'

'Er valt niet zo veel te vertellen. De reis verliep goed. De oude Ding heeft onze hele lading opgekocht en hij heeft ons vorstelijk betaald toen we het productieproces eenmaal op gang hadden gebracht. Prima vent, die Ding. Nou ja, we zijn onderweg uit Tsitsihar heel voorzichtig geweest. We hebben de wegen zoveel mogelijk gemeden. Je kunt niet voorzichtig genoeg zijn als je een kist vol zilverstukken bij je hebt. Het leek allemaal goed te gaan. De eerste paar weken hebben we niemand gezien, alleen eindeloze zoutvlaktes. Vreselijk saai, hoewel Tom een paar keer heeft gejaagd. Hij is een held, die jongen, een echte held.'

'Dat zei je al. Ga door.'

'Lu nam geen enkel risico, hij stond erop om bij de doorgaande wegen uit de buurt te blijven. Maar we wisten dat we op een gegeven moment door het Zwarte Woud moesten, want een andere weg naar Shishan is er niet. Lu wilde zelfs dat we een nog grotere omweg zouden maken, richting Mukden en dan door de zuidelijke pas, maar dat was eigenlijk geen optie. We raakten door onze proviand heen, en we dachten dat we met zes bereden ezeldrijvers genoeg vuurkracht hadden om een verrassingsaanval van IJzeren Man Wang en zijn bende af te slaan. Dat was een misrekening.

We hebben wel voorzorgsmaatregelen genomen. Tom en Lao Zhao gingen als verkenners vooruit toen we bij de smalle pas door het bos kwamen. Ze zagen en hoorden niets verdachts. Die mannen moeten zich heel diep tussen de bomen verborgen hebben gehouden. Dat was ook al vreemd. Je verwacht niet dat bandieten zo goed georganiseerd zijn.

Vlak voor twaalf uur 's middags reden we erin, met de zon op het hoogste punt, zodat we tenminste nog iets konden zien. Vanwege de wagens lag ons tempo niet zo hoog, maar we reden zo snel we konden. We hadden het rottigste stuk achter de rug en dachten dat we opgelucht adem konden halen. Toen brak opeens de hel los. Ik heb echt nog nooit zoiets gezien. Rook uit de struiken, knallen van musketten en geweervuur. Kogels suisden over onze hoofden als ganzen, en pijlen als zwermen duiven. Toen werd Lao Pang geraakt, recht in zijn nek. Gorgelde nog even en viel van zijn muildier. Plassen bloed. Ik schrok me rot.

Opeens waren we van alle kanten omsingeld. Bijna allemaal jongens, daar leek het tenminste op. Jonge kerels in carnavalskostuums, maar zo gevaarlijk als de pest: witte ogen rolden in bruine gezichten, en ze dreigden met hun zwaarden en speren en spiezen. Inmiddels vuurden we terug met onze repeteergeweren, en ze vielen bij bosjes, maar ze bleven komen, krijsend en zwaaiend met hun steekwapens. "Dit gaat mis!" schreeuw ik tegen Tom, die om zich heen slaat en als een hedendaagse Lancelot op die duivels schiet. "Laten we proberen te ontsnappen," zeg ik. "En het zilver dan?" zegt hij. "Jammer," zeg ik. "Het zijn er te veel." Nou, we geven onze paarden de sporen en galopperen tussen die drommen door. Lao Zhao en de andere ezeldrijvers komen achter ons aan. En dan, het is werkelijk niet te geloven, zijn we eruit, en het is helemaal stil om ons heen. We horen alleen vogels tjilpen in de bomen en we zien vlinders fladderen tussen de bloemen.

'"Waar is Lu Jincai?" vraagt Tom heel bezorgd. En verdomd, Lu is er niet. Ik voel me schuldig als ik bedenk dat Lu op de wagen met zilver reed. "Waarschijnlijk hebben ze hem te pakken," zeg ik. "Ik ga hem zoeken," zegt Tom. Voor ik er erg in heb heeft hij mijn geweer uit mijn hand gegrist en er een nieuwe patroongordel op gezet. Zijn eigen geweer had hij al opnieuw geladen, en met in elke hand een geweer galoppeert hij terug in de richting waaruit we zijn gekomen. Lao Zhao gaat achter hem aan, even onstuitbaar als Tom. Dat effect heeft Tom op mensen, hij is een geboren leider. God is mijn getuige, ik ben er trots op dat hij mijn schoonzoon gaat worden.

Later heb ik het hele verhaal van Lu gehoord. Op dat moment was hij omsingeld en klommen ze op de wagen, en hij vocht met een hele kluit stinkende boeren die de kist met zilver los probeerden te maken, maar Lu vocht uit alle macht. Als ze die kist in handen kregen, zei hij tegen me, dan alleen over zijn lijk, en dat meende hij. Maar zover komt het niet, want plotseling duiken Tom en Lao Zhao op uit het niet, ratelende geweren in beide handen, en de Boxers rollen als neergeschoten konijnen van de wagen. Tom had ze verrast, snap je wel. Ze denken dat de strijd is gestreden en dat ze de buit te pakken hebben, dus ze zijn niet meer alert. Sommigen hadden zelfs hun wapens weggelegd.

Tom springt van zijn paard en op de wagen en pakt de teugels. Lu heeft de tegenwoordigheid van geest om een repeteergeweer te pakken en hij begint in het wilde weg te vuren. Lao Zhao grijpt het voorste paard bij het bit en ramt hem op zijn kop met zijn geweerkolf totdat hij begint te galopperen en de andere ezels in het koppel volgen.

Op de een of andere manier zijn de Boxers zo verbijsterd dat ze de zware wagen snelheid laten maken en het nakijken hebben. Een paar krijgers proberen nog aan te vallen met hun spiezen, maar die worden verpletterd onder de wielen. De schutters vuren nog steeds vanuit de struiken, en toen is Tom gewond geraakt, al had niemand dat in de gaten. Hij bleef de teugels stevig vasthouden totdat het gevaar was geweken. Ik zei het al, hij is een held.

Inmiddels ben ik van de eerste schrik bekomen en samen met de andere ezeldrijvers rijd ik terug om te zien wat ik kan doen. Nou, op dat moment komen ze eraan, in volle vaart tussen de bomen door. Hebben jullie die prent gezien van de oorlog in Zuid-Afrika? Hij heeft in alle geïllustreerde kranten gestaan, het moment dat de wapens in veiligheid worden gebracht bij de Modder-rivier. Geloof me, als een tekenaar Tom en Lao Zhao en Lu had afgebeeld, op die voortdenderende wagen met mijn zilver, terwijl alle kwade geesten uit de hel hen op de hielen zaten, nou, die prent zou meteen zijn gekocht... Wát een schouwspel!'

Stralend van trots, met tranen van sentiment die over zijn wangen biggelden en sporen trokken in het stof, dronk Frank zijn glas leeg en schonk hij nog eens in.

'Hoe zijn jullie ontkomen?' vroeg Nellie ademloos, verbaasd en ook een beetje opgewonden omdat ze in haar eigen huiskamer naar zo'n spannend verhaal luisterde.

'Nou, daarna was het eigenlijk niet moeilijk meer. Ze hebben ons nog wel een eindje achtervolgd, maar inmiddels waren wij in het voordeel. We waren uit de hinderlaag ontsnapt, en wij vuurden, met betere geweren en veel betere schutters. Geen idee hoeveel we er hebben gedood. Na een tijdje werd de grond ze toch te heet onder de voeten en gaven ze het op. Toen pas kregen we in de gaten wat er met Tom was gebeurd, de stakker. Hij bleef de hele tijd vuren, tot het eind, terwijl hij maar één arm kon gebruiken. Pas toen hij wist dat we in veiligheid waren ging hij van zijn graat. Wat een kerel!'

'Dus jullie hebben hem zo goed mogelijk opgelapt en hem hierheen gebracht?' zei Airton.

'Precies. Dat was nog wel het zwaarste deel van de hele tocht,' beaamde Frank, nu iets minder uitgelaten. 'We moesten langzaam rijden, weet je, met Tom in die toestand, maar tegelijkertijd waren we bang dat hij het niet zou halen als we niet opschoten. Na twee dagen was hij bijna onafgebroken bewusteloos en... nou, ik dacht dat het met hem was gedaan. Het duurde nog een hele dag voordat we hier waren.'

'Ik vind dat jij en Lu Jincai en de anderen buitengewoon heldhaftig zijn geweest,' zei de dokter zacht.

Opnieuw kreeg Frank tranen in zijn ogen. 'Tom heeft het bijna met de dood moeten bekopen dat hij zo nodig ons zilver in veiligheid moest brengen! Als hij... als hij... dáárvoor! Hoe had ik het mezelf ooit kunnen vergeven?'

'Tom is gewond geraakt toen hij het leven van een van zijn kameraden ging redden,' zei de dokter. 'Het zilver heeft er niets mee te maken. Zoals Johannes het zei: "Niemand heeft grotere liefde, dan dat hij zijn leven inzet voor zijn vrienden." Je hoeft je nergens voor te schamen, ouwe kerel, en je hebt gelijk, Tom heeft zich als een held gedragen.'

'U zult wel erg moe zijn, Mr. Delamere,' zei Nellie. 'Blijf vannacht toch hier logeren.'

'Morgen gaan we naar de Mandarijn om deze aanslag te melden,' zei Airton, 'maar Nellie heeft gelijk, eerst heb je rust nodig. En misschien een bad.' Hij grinnikte.

'Ik stink waarschijnlijk een uur in de wind,' zei Frank. 'Luister, het is erg aardig van jullie, maar ik wil graag eerst even naar Helen Frances. Ze is zeker in de ziekenzaal bij Tom? Wat zal dat arme kind van streek zijn.'

Nellie en de dokter keken elkaar aan, en Nellie knikte haast onmerkbaar naar haar man.

'Delamere,' zei Airton vriendelijk, 'ze is niet in de ziekenzaal. Ze weet zelfs nog niet wat er is gebeurd. Ze is hier in huis, ze ligt te slapen in een van de logeerkamers. Ik ben bang dat ze niet helemaal in orde is.'

'Niet in orde?' herhaalde Frank verbluft. 'Hoe bedoel je? Wat heeft ze dan?' Hij stond al half naast de bank. 'Als ze ziek is, moet ik meteen naar haar toe.'

'Blijf nog even zitten. Ik ben bang dat ik geen goed nieuws voor je heb,' zei Airton. 'Toen jij weg was, hebben we ontdekt dat Helen Frances...' Hij kuchte nerveus. 'Dat Helen Frances...'

'Besmet is geraakt met influenza,' vulde Nellie snel aan.

Airton keek zijn vrouw stomverbaasd aan.

'Ze heeft kou gevat?' vroeg Frank niet-begrijpend. 'Is dat alles?'

'Nou, het is wel wat ernstiger dan een verkoudheid,' zei Airton, die voelde dat zijn wangen gloeiden. 'Het is een nieuw influenzavirus, zeer besmettelijk, en... ze is heel erg ziek geweest,' besloot hij zuchtend.

Frank begreep er steeds minder van. 'Zo erg is het toch niet? Je gaat toch niet dood aan griep? Als het nou een longontsteking was... Ze verkeert toch niet in levensgevaar?'

'O nee,' zei Airton, 'het is gewoon griep. Maar ze is echt erg ziek geweest, en op dit moment...'

'Je gaat me toch niet vertellen dat ik mijn eigen dochter niet mag zien!'

'Het lijkt ons geen goed idee als ze van streek raakt, Mr. Delamere,' suste Nellie. 'Ze is behoorlijk verzwakt, en ik denk dat mijn man bang is dat het slecht voor haar is als ze hoort welke vreselijke dingen er zijn gebeurd. Zo is het toch, Edward? Gaat u maar lekker in bad, Mr. Delamere, en vroeg naar bed. Morgenochtend, als we allemaal weer wat rustiger zijn, en als uw dochter zich sterker voelt, kunnen we haar vertellen dat u weer thuis bent... en ook wat Tom is overkomen.'

'Goed dan,' bromde Frank een beetje geïrriteerd. 'Morgenochtend. Maar ze is toch wel aan de beterende hand?'

'Zeker,' zei Nellie. 'Het lijkt mijn man alleen beter om haar vanavond niet te storen.'

Nadat Ah Lee was geroepen om Frank mee te nemen naar de badkamer, leunde Nellie zuchtend achterover in haar stoel.

'Wat bezielt jou in 's hemelsnaam, schat?' vroeg Airton verbouwereerd. 'Waarom heb je gelogen?'

'Snap je het dan niet, Edward?' antwoordde ze. 'Tom zweeft tussen leven en dood. Hoe kunnen we hem dan de waarheid vertellen? Frank Delamere is een beste kerel, maar ook de meest opvliegende en de meest indiscrete man die we kennen. De hemel weet hoe hij zal reageren. En stel dat hij het aan Tom vertelt! Als je Frank laat delen in een geheim kun je er net zo goed een openbare aankondiging van maken. Ik wil de dood van zo'n uitmuntende jongeman niet op mijn geweten hebben, niet als we het ook een week uit kunnen stellen om het hem te vertellen, als hij sterk genoeg is om de schrik te verwerken. Als hij het nu hoort, verliest hij de wil om te leven. Dat begrijp je toch wel?'

'Jawel, maar hoe houden we het geheim?'

'Jij houdt Helen Frances in bed en je doet alsof je haar behandelt voor griep en alle andere kwalen die je maar kunt verzinnen. Je hoeft niet bang te zijn dat ze er niet ziek genoeg uitziet als de ontwenningsverschijnselen eenmaal beginnen. En morgenochtend, voordat ze haar vader ziet, vertellen we haar samen wat er op het spel staat. Geloof me, ze zal heus meewerken. Ze heeft geen keus.'

Airton knikte inschikkelijk en nam een slok whisky. 'Nellie,' zei hij na een lange stilte, 'er is iemand om wie ik me nog veel meer zorgen maak.'

'Wie dan?'

'Na Franks verhaal van vandaag kunnen we het gevaar van de Boxers echt niet langer ontkennen. En zuster Elena is in een van de christelijke dorpen.'

'Ik weet het,' zei Nellie. 'Het baart mij ook zorgen. Maar vanavond kunnen we er niets aan doen.'

'Morgenochtend vroeg stuur ik Zhang Erhao achter haar aan.'

'Tot het zover is, kunnen we alleen maar bidden dat haar niets overkomt. O, Edward, wat een dag! Wat gebeurt er toch allemaal? Ons kleine wereldje valt in duigen.'

Tegen het vallen van de avond bereikte zuster Elena de eerste huizen van Bashu. Pater John en zijn twee dochters, Mary en Martha, hadden haar op de heuvel opgewacht en waren even opgelucht om het geluid van de paardenhoeven te horen als zij was om hen te zien.

De twee meisjes waren nog net zo vrolijk als ze zich hen herinnerde. Mary was veertien en een schoonheid naar dorpse begrippen. Ze had de hoge jukbeenderen en het stompe neusje van de boeren uit die streek, maar het perzikroze van haar huid, de ondeugende ogen, de ovale rode lippen en de kuiltjes in haar wangen als ze lachte, hoorden bij een kokette prinses uit de opera. Haar glanzende vlecht met een blauwe strik erin danste heen en weer op haar rug toen ze voor Elena uit over het pad liep, zodat ze haar deed denken aan een veulen of een hert, dartel en blij. Ze kon zich geen onwaarschijnlijker bruid van Christus voorstellen, maar Mary wilde graag non worden, en Elena en Caterina hadden met toestemming van haar vader beloofd om haar naar het klooster in Tientsin te brengen als ze zestien was. Martha van twaalf was het tegenovergestelde van haar zus, een klein, ernstig kind dat Elena met haar grote ogen peinzend aankeek, wijs en triest. Het liefst zou de non haar in haar armen nemen en stevig omhelzen. Elena hield van allebei de meisjes, die ze al sinds hun geboorte kende.

Lachend zongen de zusjes een lied dat Caterina hun twee maanden daarvoor had geleerd:

'Yesu ai wo, wo zhidao
Shengjing shuoguo wo hen hao...'

Jezus houdt van mij, ja gewis,
Want de bijbel zegt dat het zo is.

Normaal gesproken liep Elena altijd naast hen en zong ze met hen mee, maar daar was ze die avond niet voor in de stemming, en dat kwam niet alleen doordat ze moe was van de lange reis. Pater John, die naast haar liep, was ook ongebruikelijk stil. Al waren de meisjes nog zo vrolijk, de wandeling naar het dorpje verliep in een sombere' stemming.

Pater Johns vrouw begroette haar hartelijk, maar het viel zuster Elena op dat ze ondanks haar glimlach zorgelijk keek. Na een snel maal van maïssoep en kip gingen ze vroeg naar bed. Zuster Elena lag nog een tijd wakker, luisterend naar de ademhaling van het gezin op de *kang*, terwijl ze in gedachten de vreemde gebeurtenissen van die dag de revue liet passeren.

Het had haar wel bevreemd dat de wegen verlaten waren geweest, maar daar konden allerlei redenen voor zijn. Het verbaasde haar ook niet echt dat de christenen in Bashu gespannen waren. Het was logisch dat ze zich zorgen maakten over de geruchten nu er voortdurend over Boxers en het platbranden van eigendommen werd gepraat. Voor haar was het juist een van de redenen geweest om de reis te maken.

Wat haar verontrustte, was haar ontmoeting met majoor Lin en zijn compagnie toen ze rond het middaguur was gestopt om te eten. Hun paarden stonden te drinken bij de bron toen zij er aankwam. Ze had hen op haar gebruikelijke vriendelijke manier begroet, maar de mannen hadden haar alleen zwijgend, met kille gezichten, aangestaard.

De majoor liep naar haar toe toen ze in de schaduw van een boom haar lunch zat te eten. 'Spreekt u onze taal?' vroeg hij op spottende toon. Door het litteken en zijn vertrokken gezicht had hij iets dreigends.

'Een beetje,' antwoordde ze.

'Wilt u me vertellen waar u naar toe gaat?'

'Naar Bashu.'

'Dat christelijke dorp,' schamperde hij. Hij spuugde, en de klodder miste op een haar na haar ene schoen. 'Jullie christenen veroorzaken de laatste tijd veel problemen.'

'Ik heb gehoord dat de christenen juist het slachtoffer worden van allerlei problemen.'

'Dat maakt geen verschil,' zei hij. 'De rust wordt verstoord. Waarom gaat u naar Bashu?'

'Dat zijn mijn mensen,' antwoordde ze simpel.

'Het zijn niet uw mensen. U bent een buitenlander. Ze zijn alleen door uw buitenlandse ideeën beïnvloed. Ze weigeren belasting te betalen.'

'Ze betalen geen contributie aan de tempel, maar ze houden zich wel aan de wet.'

'Buitenlandse wetten.' Weer spuugde de majoor. 'Beseft u wel dat het gevaarlijk is om in uw eentje te reizen? Een vrouw kan van alles overkomen.'

'Ik vertrouw erop dat soldaten zoals uzelf heel goed in staat zijn om eerlijke burgers die geen vlieg kwaad doen te beschermen.'

'Mijn mannen en ik keren terug naar Shishan. De afgelopen weken hebben we de rust in die christelijke dorpen van u hersteld. Nu gaan we terug naar huis. U kunt met ons meekomen, dan bent u beschermd.'

'Ik ga naar Bashu.'

'Dat raad ik u met klem af.'

'Het is mijn plicht.'

'Ook ik heb mijn plicht. Ik heb u gewaarschuwd voor de gevaren die u te wachten staan.'

'Welke gevaren staan me in Bashu te wachten, majoor?'

Kil keek hij haar aan voordat hij zich omdraaide.

'Welke gevaren staan me in Bashu te wachten?' riep ze hem na.

Hij draaide zich weer naar haar om. 'U bent gewaarschuwd,' zei hij. 'Ik ben niet verantwoordelijk voor wat u overkomt.'

Hij blafte een bevel, en zijn mannen bestegen hun paarden. Zijn sergeant bracht hem zijn eigen grijze pony, en aan het hoofd van zijn regiment zwaaide hij zich in het zadel. Even later kletterden ze in een grote stofwolk weg.

Nu lag ze op de *kang* en dacht ze terug aan de vijandige woorden van de majoor. 'U bent gewaarschuwd,' had hij tegen haar gezegd. Gewaarschuwd waarvoor?

Ze had het gevoel dat ze nog maar net in slaap was gevallen toen het kraaien van hanen haar wekte. Om haar heen stonden de gezinsleden op om aan hun dag te beginnen. Het waren normale ochtendgeluiden.

De woorden bleven door haar hoofd spoken. 'U bent gewaarschuwd.' 'Ik ben niet verantwoordelijk voor wat u overkomt.'

HOOFDSTUK 12

Deze stad is zo groot, maar we marcheren door
de straten als helden uit het verleden.

Helen Frances zat geheel gekleed op haar opgemaakte bed, met een uitdagende, norse uitdrukking op haar gezicht. Ze had de luiken opengedaan en helder zonlicht stroomde de kamer binnen. Nellie, die met haar rug naar de deur was blijven staan, zag dat Helen Frances de kast had leeggehaald en al haar kleren in drie valiezen had gepakt. Het was een zonnige, frisse kamer, en de ingelijste Schotse prenten aan de witte muren creëerden een opgewektheid die geen van de drie aanwezige personen voelde.

'Waarom ben je opgestaan?' Airton schoof een stoel naar het bed en kwam tegenover haar zitten.

'Ik heb me bedacht,' zei Helen Frances. 'Ik wil dat u me mijn geld geeft en dan ga ik weg... nadat u me de morfine hebt gegeven die u me gisteravond hebt beloofd. Ik ben van plan om de trein te nemen.'

De dokter negeerde haar laatste opmerking. 'Heb ik je gisteravond morfine beloofd?'

Helen Frances zette grote ogen op en fronste vervolgens haar wenkbrauwen. Haar grimmige uitdrukking deed Nellie aan een grommende vos denken. 'Ja. U weet dat u het me hebt beloofd, dokter.' Haar stem was hard en schril, en leek in Nellies oren wel de stem van een vreemde. 'Ik heb het nodig. Het is twaalf uur geleden. Gisteravond. U hebt me beloofd dat u vanochtend terug zou komen.'

'Ik ben toch ook gekomen, liefje,' zei Airton.

Helen Frances' wantrouwige ogen gingen van de dokter naar Nellie naar de kast. 'Nou, waar is het dan? Het blad? Gisteravond had u een dienblad. Waar is het?'

Onbeweeglijk keek Airton haar aan. Daarnet was haar houding beheerst geweest, maar nu begon ze te trillen, en haar knokkels werden even wit als de sprei die ze krampachtig tussen haar bevende vingers klemde.

'Alstublieft, dokter, doe niet zo gemeen. Geef me mijn dosis. Eén ampul is genoeg.' Opeens begonnen haar ogen hoopvol te glinsteren. 'Of mijn pijp. Geef me mijn pijp terug. U hebt hem uit mijn la gehaald, maar het is mijn pijp. Hij is van mij, dokter. Geef hem nou terug. U kunt niet afpakken wat van mij is. Mrs. Airton' – smekend keek ze naar de figuur bij de deur – 'vraag uw man alstublieft om me wat morfine te geven. Of mijn pijp. Ik smeek het u.'

'Ik vind dat je weer naar bed moet gaan,' zei Nellie.

'Luister, ik heb vanochtend met mijn vader gepraat, zoals u me had gevraagd.' Helen Frances' woorden tuimelden over elkaar heen en het zweet parelde op haar voorhoofd. 'Hij mocht binnenkomen en ik ben in bed blijven liggen, zogenaamd omdat ik griep had. Ik heb tegen hem gelogen, zoals u had gezegd. Ik heb gedaan wat ik had beloofd. Nu moet u uw belofte nakomen en mij morfine geven. En dan ga ik weg. U hoeft me nooit meer terug te zien. Dat hadden we afgesproken.' Opeens begon ze te krijsen. 'Dat hadden we afgesproken!'

Airton probeerde haar handen te pakken maar ze trok ze los, rolde over het bed en ging aan de andere kant ervan staan, zwaar hijgend, haar handen tot vuisten gebald. 'Ik ga mijn vader de waarheid vertellen,' siste ze. 'Dat u me hier tegen mijn wil vasthoudt. Dat ik door jullie verslaafd ben geraakt. Ik ga tegen hem zeggen... ik ga zeggen...'

In een paar stappen was ze bij de deur, ze duwde Nellie opzij en stak haar hand uit naar de deurknop. Nellie sloeg haar armen om haar heen en hield haar stevig vast. Zuster Caterina, die voor de deur had staan wachten, kwam binnen en schoot Nellie te hulp. Met verbazend gemak droegen ze met zijn drieën het vechtende, krabbende en bijtende meisje naar het bed. Terwijl de vrouwen haar vasthielden, haalde dokter Airton nog hijgend van inspanning een paar stukken touw uit zijn zak. Het kostte hem enige moeite om haar maaiende armen te pakken te krijgen en haar polsen aan de bedstijl vast te binden. Nadat ze haar schoenen hadden uitgetrokken, deed hij hetzelfde met haar schoppende voeten. Helen Frances lag languit op het bed. Ze waren allemaal, ook Helen Frances, uitgeput van de worsteling, en een tijdlang klonk er in de kamer alleen gesnik en gehijg.

Een traan biggelde over Caterina's blozende wang, maar de gezichten van het echtpaar Airton stonden grimmig. Helen Frances, haar lijkwitte gezicht gedeeltelijk bedekt door verwarde lokken rood haar, keek met grote, verbaasde ogen naar de mensen naast haar bed. Ze leek net een gewond dier.

'Nee, lieve schat,' zei de dokter ijzig, 'je krijgt geen morfine meer van me. Dat is niet wat ik je gisteravond heb beloofd. Ik heb beloofd dat ik je beter zou maken, en dat ga ik ook doen.'

Nellie zag de paniek op Helen Frances' gezicht toen het haar begon te dagen, en het kostte haar moeite om beheerst te blijven. Ze moest haar hoofd afwenden, maar kon haar oren niet sluiten voor het meelijwekkende stemmetje dat van het bed kwam.

'Dat is niet eerlijk. Het is niet eerlijk! U geeft de Chinese patiënten wel opium. Kleine beetjes. Ik heb het u zien doen, en u hebt het me uitgelegd. U geeft ze een steeds kleinere dosis. Ik heb net zo hard opium nodig, dokter, dat weet u. U kunt het me niet... niet... onthouden.' Heftig schudde ze haar hoofd. 'Dit kunt u me niet aandoen.'

'Luister, Helen Frances. Je moet sterk zijn. We laten je niet in de steek. We zullen zorgen dat er steeds iemand bij je is, ikzelf, mijn vrouw of zuster Caterina. Het is waar dat ik de Chinese verslaafden een steeds kleinere dosis geef, maar die mensen zijn meestal al jarenlang verslaafd. Als ik ze van het ene moment op het andere niets meer zou geven, zouden ze het waarschijnlijk niet overleven. Maar jij bent jong, je bent sterk en je bent nog maar een paar maanden verslaafd. Ik denk dat ik je helemaal van je verslaving kan genezen. Ik ga het in elk geval proberen, dat is in je eigen belang en dat van je vader en Tom, maar het is vooral belangrijk voor de baby in je schoot. Ik heb het gevoel dat je diep in je hart wil dat ik je help. Dat ik je tegen jezelf bescherm. Dat ik je baby bescherm.

Je kunt gillen en vechten zoveel je wilt, maar dat zal niets veranderen. Het spijt me, maar de komende paar dagen blijf je vastgebonden op dit bed. Zuster Caterina zal je straks helpen bij het uittrekken van je kleren en je een nachtjapon geven. Je krijgt water, en eten als je wil. Je moet straks een beetje soep eten, of je trek hebt of niet.'

De ogen van Helen Frances, die glinsterden als stenen, bleven strak op dokter Airton gericht. Haar uitdrukkingg verried schrik en ontzetting.

'Luister goed,' vervolgde Airton. 'Je bent nu nog bij zinnen en je kunt begrijpen wat ik tegen je zeg, dus zal ik je uitleggen wat er met je gaat gebeuren als je geen opium meer krijgt. Let goed op. Ik zal er geen doekjes om winden, je gaat afschuwelijke dagen tegemoet, maar het helpt misschien als je het weet.'

Terwijl hij dit zei keek hij naar Nellie alsof hij steun bij haar zocht. Zacht legde ze een hand op zijn schouder. De dokter probeerde zijn verhaal zo zakelijk mogelijk te vertellen, maar hij kon zijn emoties niet geheel verbergen. 'Al heel snel, na niet meer dan een paar uur, wordt het eerste effect merkbaar. Je zult merken dat je onophoudelijk moet gapen, je gaat huilen, je gaat zweten. Je gaat snotteren. Op een gegeven moment val je in slaap. Het wordt een rusteloze slaap en je zult vreselijke nachtmerries hebben. En als je dan wakker wordt, zou je willen dat de nachtmerries echt waren omdat die nog beter te verdragen zijn dan de werkelijkheid. Je hele lichaam doet pijn. Je kunt geen moment stil liggen. Je pupillen trekken samen. Je krijgt hevige pijn in je benen.

Dan begin je te braken. Daar kun je niets tegen doen. En ik ben bang dat je ook ernstige diarree zult krijgen. Je verkeert in een half wakende, half bewusteloze toestand, je wil slapen en dat lukt niet. Als je je in dat stadium bewust bent van je toestand, zul je walgen van jezelf. Het spijt me, dat is nog niet alles. Je krijgt koorts, hoge bloeddruk, je gaat ijlen, maar wees niet bang, ik hou je heel goed in de gaten en ik zorg ervoor dat je niets overkomt.

Je zult het gevoel hebben dat het een nachtmerrie zonder einde is. Sommige patiënten proberen de hand aan zichzelf te slaan. Daarom bind ik je vast aan het bed. Maar geloof me, lieve kind, er komt echt een eind aan. Over twee of drie dagen ga je door het diepste dal, en dan wordt je toestand geleidelijk, heel geleidelijk, weer normaal, dat kan ik je verzekeren. En op een dag, God sta ons bij, word je wakker en ben je eindelijk weer jezelf. Dan heb je geen drugs meer nodig. Mogelijk duurt het niet langer dan tien dagen. Het zou ook langer kunnen duren. Maar die dag komt echt.'

Hij zuchtte en ontweek Helen Frances' blik, want haar ogen fonkelden van haat. 'Welnu, Helen Frances, ik ben eerlijk tegen je geweest. Ik heb niets voor je verzwegen. Ik heb het je verteld zodat je terwijl je deze hel en alle kwellingen ondergaat ergens heel diep vanbinnen zult begrijpen wat er met je gebeurt en waarom. Hou daaraan vast, want op die manier sleep je jezelf erdoorheen. Nu laat ik je alleen, dan kunnen de dames je uitkleden. Ik kom snel weer terug.'

Haastig verliet hij de kamer.

Voor Helen Frances, die hulpeloos op het bed lag, waren de bezorgde gezichten van Nellie en zuster Caterina, de vingers die zorgvuldig haar kleren uittrokken en de koele handen op haar zwetende voorhoofd als een omhelzing door demonen die haar ziel naar de hel sleurden. Een tijdlang bleef ze stokstijf liggen, toen spuugde ze Nellie in haar gezicht. Haar ogen schoten vuur, haar lippen waren opgetrokken tot aan haar tandvlees, zodat haar knarsende tanden zichtbaar waren, en in haar machteloosheid en wanhoop huilde ze, huilde ze als een vos die in een val zit.

Zodra hij bericht had gekregen van Zhang Erhao, de belangrijkste bediende van de buitenlandse dokter, dat een van de heksen, de twee nonnen, die ochtend in haar eentje naar een afgelegen dorp was vertrokken, verzamelde Ren Ren zijn mannen. Sommigen moest hij bij de meisjes vandaan slepen, anderen bij nauwelijks aangeroerde maaltijden.

Hij was nog steeds geërgerd over het gesprek dat hij die ochtend met zijn moeder had gehad. Hij kon er niet tegen dat hij belachelijk werd gemaakt, maar haar toon klonk altijd spottend, al was ze te slim om hem recht in zijn gezicht te zeggen dat ze hem een idioot vond. Hij, een bloedbroeder van het Genootschap van de Zwarte Stok en tegenwoordig aanvoerder van een compagnie Eendrachtige Vuisten, iemand die het vertrouwen genoot van IJzeren Man Wang en alle andere leiders! Nou, hij zou bewijzen dat hij geen idioot was. Ze had hem om een gunst gevraagd. Ze had hem gevraagd of hij een buitenlandse vrouw naar het bordeel kon brengen. Hij zou haar meteen laten zien dat zoiets een koud kunstje voor hem was. Het zou niet die teef met het rode haar worden, maar wie merkte het verschil? Al die barbaren leken op elkaar, en wat hem betreft waren ze allemaal even ranzig. Als zijn moeder indruk wilde maken op de oude Mandarijn en Jin Lao – hij vermoedde dat het daar allemaal om draaide – kon ze dat net zo goed met die non doen.

Hij had al besloten dat hij zich van dat jankerige joch zou ontdoen. Een dag of twee met die heks in de hut – waarvan hij zou genieten – en ze kon naar de kamer van die jongen. Wie zou het merken? Het kon hem niet schelen als de andere buitenlanders haar verdwijning ontdekten. Het zou niet lang meer duren voordat ze allemaal de rekening kregen gepresenteerd. Bovendien zou hij stijgen in de achting van IJzeren Man Wang en de Eendrachtige Vuisten als hij een christelijk dorp overviel. Dus wie was er nou eigenlijk een idioot?

Met Aap en de anderen galoppeerde hij op gestolen paarden de stad uit, naar de ruïne van een tempel in het bos bij de rivier. Daar kreeg zijn honderd man sterke compagnie Boxers onderricht in verschillende vechtsporten. Rond Shishan waren nog veel meer van dit soort verborgen trainingskampen. Binnenkort zouden ze bevel krijgen om gezamenlijk op te rukken naar de stad, en dan zou er bloed vloeien. Voorlopig gold er echter strikte geheimhouding. Ren Ren was het daarmee eens. Hij was lang genoeg bij de Zwarte Stokken betrokken geweest om te weten hoe belangrijk het was om kennis over kleine, niet met elkaar verbonden cellen te verdelen. Op die manier bleef de macht geconcentreerd bij degenen aan wie de cellen verantwoording aflegden. De grote meester van het geheel, de spin in het web, was nu IJzeren Man Wang, maar op een dag zou dat Ren Ren zijn, reken maar! Voorlopig kwam het echter in zijn kraam te pas om loyaal te zijn. Bovendien voelde hij zich als Boxer in zijn element, met macht en magie tot zijn beschikking. Soms lukte het hem zelfs om te denken dat hij in het hele gedoe geloofde.

Door alle verwarring duurde het zoals gewoonlijk uren voordat zijn groep klaar was om in actie te komen, dus gingen ze pas aan het eind van de middag op weg naar Bashu. Er deed zich een spannend moment voor toen majoor Lin en zijn militie hen tegemoet kwamen. Ze hadden geen tijd om zich te verschuilen, maar dat gaf niet. Ren Ren nam aan dat majoor Lin opdracht had om hun geen strobreed in de weg te leggen. Hij keek strak voor zich uit toen hij langs de Boxers reed, alsof ze niet bestonden. Dat beviel Ren Ren eigenlijk wel. Hij kon fantaseren dat ze een leger van onzichtbare spoken waren, uitgerukt om onrecht te wreken. Aan de andere kant zou hij het prettig hebben gevonden als majoor Lin net als hij had gesalueerd – de ene soldaat die de andere begroette – maar Lin had hem genegeerd. Arrogant schildpadei! Op een dag zou Ren Ren het hem betaald zetten.

De mars door het donker was vermoeiend, en iedereen had het koud. In de kleine uurtjes van de nacht hielden ze drie uur rust, maar er was geen enkel comfort en Ren Ren kon niet slapen. De volgende ochtend was hij gedurende het eerste stadium van de mars slechtgehumeurd en chagrijnig, en hij snoerde Aap de mond toen hij een van zijn langdradige moppen wilde vertellen. Hij begon zich pas een beetje beter te voelen toen de ochtendmist optrok en ze vanaf een heuveltop op Bashu neerkeken.

Hij riep zijn luitenanten bij elkaar en deelde bevelen uit. De helft van de groep moest het dorp omsingelen. De mannen moesten zich schuilhouden tussen de bomen en iedereen grijpen die uit de val probeerde te ontsnappen. De rest moest hem volgen als hij naar het dorp ging. Hij gaf zijn mannen twee uur de tijd om hun posities in te nemen en doodde de tijd met dobbelen, samen met Aap en zijn andere vrienden. Een van de Boxers klom op zijn bevel in een boom om te melden wat er in het dorp gebeurde. Vlak voor het middaguur riep de jongen dat er zich een menigte had gevormd op het dorpsplein, en kort daarna meldde hij dat het op een soort vergadering van dorpsoudsten leek. En er was een vrouw bij die zo te zien niet Chinees was.

'Mooi,' zei Ren Ren terwijl hij het gewonnen geld in zijn zak stak. 'Ze zijn allemaal bij elkaar. Dat maakt het makkelijker voor ons. Kom op, we gaan.'

Zuster Elena voelde zich gefrustreerd en machteloos. De bijeenkomst duurde nu al een uur. Hoofdman Yang, een bullebak van een man die ze nooit had gemogen, en de andere dorpsoudsten waren vanaf het eerste begin vijandig geweest. Het deed haar verdriet. Ze had gedacht dat ze deze mensen door en door kende. Daar zat Lao Dai, de ezeldrijver annex herbergier bij wie ze zo vaak had gelogeerd. Naast hem zat Wang Hao-tian, de oom van pater John, die haar vaak had uitgenodigd als hij met zijn gezin ging picknicken in zijn appelboomgaard in de heuvels. Aan het eind van de tafel zat de aimabele, dommige Zheng Fujia, de vader van Kleine Vlinder, die de hele nacht voor de deur van de slaapkamer heen en weer had gelopen terwijl zij hielp bij de bevalling van zijn kleinzoon. Zelfs deze mannen, die ze gisteren nog haar vrienden genoemd zou hebben, keken haar koud en vol haat aan.

Ondertussen brandde de zon meedogenloos neer op de tafel op het plein. Ze kreeg er hoofdpijn van. In Italië zouden ze onder druivenranken hebben gezeten, maar hier was geen schaduw. Ze moest zich concentreren om het ruwe dialect te kunnen volgen, vooral toen het debat ontaardde in een scheldpartij tussen hoofdman Yang en zijn onbehouwen neef, molenaar Zhang, die tussen zijn onguur uitziende zoons in zat. Molenaar Zhang was een christen, maar iedereen wist dat hij zich alleen maar had bekeerd omdat hij altijd ruzie had over land met zijn neef en hij pater Adolphus voor zijn karretje wilde spannen.

Was pater Adolphus er maar bij. Hij zou de wijze woorden hebben gevonden om de harmonie te herstellen. Of zelfs dokter Airton, die de spanning misschien had kunnen verlichten met zijn sprankelende gevoel voor humor. Zuster Elena voelde zich alleen en gedeprimeerd. En vooral machteloos.

Pater John had zijn best gedaan om de agendapunten tot de grootste ergernissen te beperken, in de hoop dat er een compromis bereikt zou worden over het belangrijkste geschilpunt. De bijeenkomst was echter begonnen met gekissebis en beschuldigingen over en weer, waar de pater niet aan had meegedaan. Als iedereen de kans kreeg om zijn ergste woede te ventileren, had zijn verzoenende voorstel een grotere kans van slagen.

Eerst deed de boeddhistische priester nog zijn zegje over de tempelbelasting. De *bonze* legde uit dat de weigering van de christenen om te betalen ertoe leidde dat de tempel niet genoeg geld had om bij te dragen aan projecten voor het hele dorp, zoals het nieuwe afvoersysteem en de nieuwjaarsviering. In tegenstelling tot veel andere dorpelingen erkende hij het recht van de christenen om niet te betalen. Hij wilde alleen uitleggen dat het tot problemen leidde.

Dit leek pater John een goed moment om zijn eigen toespraak te houden. Hij had alles van tevoren op papier gezet, zodat hij een kalm en goed onderbouwd betoog kon houden. Aanvankelijk werd er aandachtig naar hem geluisterd toen hij wees op hun gemeenschappelijke voorouders, de geschiedenis van het dorp, alle jaren dat de dorpelingen samen hadden gezaaid en geoogst. Kon er geen wederzijds respect zijn, vroeg hij zijn gehoor, tussen hen die in één god geloofden en zij die vele goden aanbaden? Helaas waren er de laatste tijd spanningen tussen christenen en niet-christenen, maar dat had weinig met het geloof zelf te maken. Hij bedankte de boeddhistische priester voor zijn wijze woorden over de tempelbelasting en stelde voor om naar andere manieren te zoeken waarop de christenen aan het welzijn van het dorp konden bijdragen. Tot slot opperde hij de mogelijkheid dat de wijze mannen van het dorp hun hoofd zouden buigen over het geschil tussen hoofdman Yang en molenaar Zhang.

Verder kwam hij niet. De twee neven vlogen elkaar meteen weer in de haren, en slingerden elkaar beledigingen en beschuldigingen naar het hoofd. Het zag er zelfs naar uit dat ze met elkaar op de vuist zouden gaan. Pater John sloeg op tafel en riep de kemphanen op om de herinnering aan pater Adolphus in ere te houden.

Dat was niet verstandig. Hoofdman Yang keerde zich af van zijn neef en keek eerst pater John spottend aan, toen zuster Elena. Opzettelijk spuugde hij vlak voor haar op tafel. 'Zo denk ik over die pater Adolphus van jou,' zei hij. 'Hij was een boosaardige tovenaar die zijn bezweringen gebruikte om eerlijke mensen te bedriegen en de duivelse christenen te bevoordelen. Nu komt die heks van hem hierheen om hetzelfde te doen.'

De christenen aan Elena's kant van de tafel kwamen kwaad overeind. Molenaar Zhang stak zijn hand uit naar het mes in zijn riem, maar pater John sloeg opnieuw op tafel. 'Orde! Orde!'

Het werd stil rond de tafel, en pater John nam het woord. 'Hoe kun je zo beledigend zijn, hoofdman? En zo ondankbaar voor alle goede dingen die onze vrienden door de jaren heen voor ons hebben gedaan. Ik smeek je, bied onze Oudere Zuster je verontschuldigingen aan voor je krenkende opmerking. Wij dorpelingen hebben onze geschillen, maar Oudere Zuster is altijd even aardig voor ons geweest. Ze heeft nog nooit een vlieg kwaad gedaan.'

Hoofdman Yang gooide zijn hoofd in de nek en lachte. 'Geen vlieg kwaad gedaan? Ga dat maar aan mijn koe vertellen! Die is vanochtend ziek geworden, direct na haar komst in het dorp. Of aan jouw ezel, Lao Dai, het dier dat doodging nadat die andere heks hier twee maanden geleden was geweest. Geen vlieg kwaad gedaan? De moeders in het dorp vrezen voor het leven van hun kinderen! Wat gebeurt er als die heks hen als slachtoffer kiest?'

'Mijn kleinzoon kreeg vanochtend koorts,' vertelde Zheng Fujia nerveus. 'Zijn hoofd gloeide helemaal toen mijn dochter thuiskwam van de rivier... nadat ze die daar had gezien bij de wasplaats,' voegde hij eraan toe, wijzend op zuster Elena.

Elena's mond ging open van ontzetting en tevergeefs zocht ze naar woorden om te protesteren. Op dat moment werd ze zich bewust van alle kabaal om haar heen. Ze had zo ingespannen naar de sprekers aan de tafel geluisterd dat ze niet had gemerkt hoeveel mensen, christenen en niet-christenen, zich in groepjes op het plein hadden verzameld. Nu klonken er van alle kanten boze kreten.

Een oude vrouw richtte een benige vinger op Elena. 'Mijn kleindochtertje roept om wraak!' krijste ze. 'Jij hebt haar vergiftigd, jij hebt haar medicijnen gegeven, en twee dagen later was ze dood!'

'Dat is niet waar, dat is niet waar,' fluisterde ze, en smekend keek ze naar pater John. 'Dat kind had een hersenziekte. Ik heb haar alleen medicijnen gegeven om de pijn te stillen. Ik heb nooit gezegd dat ik haar beter kon maken. Waarom zeggen ze zulke dingen?'

Maar de gewoonlijk onverstoorbare pater John was gaan staan, trillend van woede, en schudde met zijn vuisten. 'Hoe dúrf je?' riep hij luid. 'Hoe durf je ons met die gemene, bijgelovige onzin te belasteren? Jullie beschuldigen ons ervan dat we de duivel aanbidden, maar jullie tempels staan vol met afgodsbeelden! Waarom denken jullie dat wij christenen zijn geworden? Om eindelijk verlost te zijn uit het moeras van onwetendheid waarin jullie wegzakken. Omdat we een betere wereld willen. Beseffen jullie dan niet dat de Here Jezus ons de kans geeft om onszelf te bevrijden uit de slavernij?'

Hoofdman Yang was ook gaan staan en hij grijnsde triomfantelijk. 'Hoor hem!' brulde hij nog luider. 'Hij geeft het toe. Hebben jullie het gehoord? Hij geeft toe dat hij onze tradities verguist, hij drijft de spot met onze goden. Hij zegt dat hij een betere wereld wil en hij noemt ons slaven! Dat is een aanval op de keizer zelf! Mensen, moeten wij deze verrader in ons midden dulden? Verraad en zwarte magie die onze huizen bedreigen!'

'Hier heb je verraad, jij smerige zak vol geitenpis!' Molenaar Zhang sprong over de tafel heen en ging de hoofdman te lijf.

Het gevecht tussen de twee mannen was olie op het vuur. Groepjes christenen en niet-christenen begonnen te bekvechten en elkaar te duwen, en hier en daar braken zelfs vechtpartijen uit. De oude mannen op de banken rond de tafel keken elkaar verward aan. Pater John was met stomheid geslagen.

Elena had het gevoel dat ze iets moest doen, en zonder erbij na te denken klom ze op de tafel. Zonder vooropgezet plan, gewoon uit frustratie over haar onvermogen om een einde te maken aan de schermutselingen, legde ze haar hoofd in haar nek en slaakte ze een schrille, langgerekte kreet. Van pure schrik hield iedereen op met vechten. Hoofden werden omgedraaid en gezichten keken omhoog naar de buitenlandse vrouw die op de tafel stond. 'Hou op! Genoeg! Basta! In naam van de heilige Maria, hou op!' schreeuwde ze zo hard ze kon, maar niemand kon haar verstaan, want in haar verwarring sprak ze Italiaans. Zich bewust van de plotselinge stilte om haar heen, viel ze zelf ook stil. Ze bloosde van schaamte en keek naar pater John alsof ze hem vroeg wat ze nu moest doen.

Het was een van de niet-christenen die de onheilspellende stilte verbrak. 'Dat was een toverspreuk! In haar duivelstaal. Heks! *Wupo!* Heks!'

De kreet werd links en rechts overgenomen. '*Wupo! Wupo! Wupo! Wupo!*'

Dat leek Ren Ren een geschikt moment, en hij gaf Aap opdracht om boven alle commotie met zijn musket in de lucht te vuren. De echo van de knal weergalmde over het plein en legde de geschrokken dorpelingen het zwijgen op. Verward staarden ze naar de figuren die een hermetisch gesloten kordon rond het plein hadden gevormd. Geen van hen had ooit Boxers gezien, maar door de gele tulbanden, de oranje sjerpen en de aanvalshouding uit de vechtsport wisten ze direct wat voor vlees ze in de kuip hadden.

Ren Ren liep langs de van angst verstijfde dorpsbewoners naar het midden van het plein, gevolgd door Aap en zijn andere luitenanten. 'Vrienden,' begon hij, maar zijn stem klonk te zacht en hij moest opnieuw beginnen. 'Vrienden! Zo te zien komen we precies op het juiste moment. Hebben jullie een heks te pakken gekregen? Wat goed van jullie! Het is een buitenlandse, zie ik. Wat is die teef dik en lelijk.'

Zuster Elena stond nog steeds op de tafel. Ze voelde haar knieën knikken maar wist dat ze haar angst moest onderdrukken. 'Ik ben zuster Elena van de christelijke missie in Shishan. Ik weet niet wie jullie zijn, maar er komt narigheid van als jullie iemand hier kwaad doen.'

Ren Ren glimlachte. 'Wie is de hoofdman?'

Hoofdman Yang liet zich naar voren vallen en maakte een knieval aan de voeten van de jonge man. 'Meester, we hebben geen kwaad in de zin,' mompelde hij in het stof.

'Als jullie op zoek zijn naar heksen is dat juist goed,' zei Ren Ren. 'Prijzenswaardig. Nuttig. Ik ben alleen een beetje in de war. We hebben vreselijke verhalen gehoord, nietwaar, Aap? We hebben gehoord dat dit hele dorp door christenen onder de voet is gelopen. Ik vraag me af waarom een goede hoofdman, iemand die trouw heeft gezworen aan het rijk van de Ch'ing, zijn dorp door christenen en verraders laat vergiftigen. Ben je soms zelf een christen?'

Er volgde een onsamenhangende waterval van snikken en protesten aan Ren Rens voeten, waar hij uit opmaakte dat hoofdman Yang geen christen was. Integendeel, hij haatte en vreesde de christenen. Ze hadden betoveringen uitgesproken over onschuldige dorpelingen en ze stalen hun land. Hij had zelf te lijden gehad van hun magie, hij en zijn hele gezin, alleen waren ze met zovelen. Het waren er zoveel – vergiffenis, meester – hij kon het niet helpen...

'Ga staan en hou op met dat gejammer,' zei Ren Ren. 'Ik wil dat je me de christenen aanwijst, dan zal ik je laten zien hoe je met die schildpadeieren afrekent.' Hij draaide zich om naar zijn mannen, maar stond tot zijn verbazing oog in oog met de boomlange pater John, die met grote waardigheid naar hem toe was gelopen en hem de weg versperde. Ren Ren keek omhoog naar het kalme, verweerde gezicht en het grijze haar. 'Wie ben jij?'

'Met alle respect, maar ik zou u dezelfde vraag kunnen stellen,' zei pater John. 'Ik zou ook graag willen weten met welk gezag u onze gemeenschap intimideert. Ik ben de onderwijzer en mijn naam is Wang. Tevens ben ik de pater van de katholieke kerk in ons dorp, een eer en een voorrecht. Wij zijn geen heksen, meneer, en we zijn trouwe onderdanen van de keizer. Ik zou uw aanstelling graag willen zien. Met alle respect, u en uw... soldaten lijken me geen reguliere troepen van de Ch'ing.'

Even keken Ren Ren en zijn luitenanten pater John verbluft aan. Toen begon Aap te giechelen. 'Zal ik hem onze aanstelling laten zien, Ren Ren?' Onder het praten trok hij een enorme sabel uit zijn riem.

'Nog niet,' zei Ren Ren glimlachend. 'Deze man heeft wel een beetje gelijk. We hadden ons netjes voor moeten stellen. Met alle respect, meneer de christelijke onderwijzer,' vervolgde hij op sarcastische toon, 'ik zal dit dorp een staaltje van mijn gezag laten zien. Ga dus niet weg.'

Met drie snelle stappen was hij bij de tafel. Zuster Elena deinsde achteruit toen hij erop klom, maar Ren Ren pakte haar pols beet. 'Blijf hier, teef,' fluisterde hij. 'Goed zo.' Hij liet haar los en draaide zich om naar de menigte. Alle ogen waren angstig op hem gericht. Breed grijnzend hield hij een hand omhoog, alsof hij wilde bedanken voor een applaus. 'Die meneer daar heeft me net gevraagd wie wij zijn,' zei hij met stemverheffing. 'Hij wil graag weten op welk gezag wij hierheen zijn gekomen. Maar ik denk dat de meeste mensen hier wel weten wie we zijn en wie ons naar Bashu heeft gestuurd. Zijn er nog mensen die twijfelen?'

Een voorspelbare stilte volgde op zijn vraag. 'Xiao Tan,' riep hij naar een van de Boxers. 'Kom eens hier en laat zien wat je kunt!'

De jongen die hij had geroepen rende naar het midden van het plein en trok onderwijl zijn tuniek uit. Hij maakte een buiging voor Ren Ren en begon aan een sierlijke demonstratie kung fu, eerst met langzame bewegingen, maar geleidelijk steeds sneller. Hij schopte en stompte, wervelde in het rond, sprong hoog in de lucht en liet zijn benen scharen. Soepel landde hij op zijn ene voet, terwijl zijn vuisten zó snel bewogen dat alleen een roze waas zichtbaar was. Zijn snelle ademhaling vermengde zich ritmisch met het ruisen en zwiepen van zijn ledematen, en het geheel vormde een haast muzikaal geluid dat de perfecte begeleiding vormde voor de schoonheid van zijn bewegingen. Plotseling verstijfde hij in een onmogelijke houding, en zijn oogballen rolden omhoog. Het leek wel of hij bezeten was, of in trance. Toen hij weer in beweging kwam, was het in een eigenaardige, niet-menselijke houding. Hij galoppeerde rond, bleef op één been staan, en legde een hand achter zijn oor alsof hij naar een geluid in de verte luisterde. Met opengesperde neusgaten bleef hij luisteren. Zijn ogen knipperden en rolden, zijn bewegingen waren alert en aapachtig.

Een ingehouden kreet golfde door de menigte, want iedereen kende de vleesgeworden figuur die voor hen stond.

'Herkennen jullie hem?' riep Ren Ren. 'Uiteraard! Het is Sun Wukong, de apengod in eigen persoon, in de gedaante van deze jongen. En hij is nog maar een van de goden die we te hulp kunnen roepen. Kijk eens naar hem, kijk eens goed. Zie hoe hij beweegt! Jullie kunnen met eigen ogen zien hoe het is om van een van de goden bezeten te zijn! Wij zijn in staat om de goden uit de hemel omlaag te roepen. Het maakt ons onkwetsbaar en het geeft ons bovenmenselijke kracht in onze vechtsport. Het maakt ons de Hemelse Boksers. Boxers, dat zijn we. Wij zijn de Tijgercompagnie uit Shishan, onderdeel van het Bataljon van de Gerechtvaardigde Harmonie. Als trouwe militie dienen we de keizer, en de hemel staat achter ons.'

Ren Ren veinsde teleurstelling omdat er niet werd gejuicht. 'Geloof het nou maar,' vervolgde hij. 'De goden dalen neer op aarde om van ons een onoverwinnelijk leger te maken. Wij zijn hun voorhoede. Goede mensen van Bashu, waarom denken jullie dat wij zijn gekomen, dat wij jullie met een bezoek vereren? Omdat ons land in gevaar verkeert, daarom. Ons land en ons keizerrijk worden bedreigd door de magie van de buitenlanders, door de hekserij van de christenen.

Jullie hebben christenen in jullie midden, dat is bekend. Mensen zoals ieder ander, nietwaar? Afgezien van hun vreemde rituelen en hun rare ideeën over het betalen van belastingen zou je kunnen denken dat ze eigenlijk onschuldig zijn. Aardige mensen die het hebben over broederliefde, die je de hemel beloven als je in Jezus gelooft. Laat je niet bedriegen! Dat maakt ze nou juist zo duivels en gevaarlijk. Ze zien er net zo uit als wij, maar kijk eens in hun hart, daar zie je alleen kwaadaardigheid en corruptie. Ze zweren met elkaar samen. O ja, ze glimlachen heel vriendelijk, maar in hun zwarte hart willen ze maar één ding: jullie en jullie gezinnen vernietigen, het keizerrijk omverwerpen.'

Tevreden constateerde hij dat zijn woorden het gewenste effect hadden: groepjes mensen in de menigte distantieerden zich van hun buren.

'We moeten voortdurend waakzaam zijn,' ging hij verder. 'De goden staan achter ons, maar de magie van onze vijand is ook heel sterk. Soms is het kwaad zo sterk dat zelfs de goden het alleen met grote moeite kunnen overwinnen. Onze goden zijn bestand tegen de kogels van onze vijanden, maar niet altijd tegen de zwarte magie van de christelijke tovenaars. Daarom is het nodig dat we de heksen en demonen die zichzelf christenen noemen uitroeien.

En daarom zijn we hier in Bashu. We wilden zien of jullie inderdaad in gevaar verkeren. En wat vinden we? Jullie hebben zelf al een heks ontmaskerd.' Hij pakte Elena's hand en trok haar naar zich toe. 'Deze hier, neem ik aan. Nou, ze is er lelijk genoeg voor, dat is zeker. En ze stinkt, ze is smerig, maar is ze echt een boze heks? Ik stel voor dat we het bewijzen, goede mensen van Bashu, zodat jullie zelf kunnen zien welk gevaar jullie bedreigt.'

Hij zweeg om het effect te vergroten. 'Sun Wukong!' riep hij luid. 'Mag ik u verzoeken om dit podium te betreden?'

Terwijl het aapachtige schepsel naar de tafel sprong, trok Ren Ren met een snelle beweging Elena's handen achter haar rug. De bezeten Boxer sprong op de tafel, balanceerde op een been, en hield zijn hoofd schuin – een perfecte imitatie van de Sun Wukong die ze allemaal uit de opera kenden. Ondertussen had Ren Ren een mes gepakt. Zuster Elena was zo verbaasd dat ze ondanks de pijn niet gilde, maar pater John, die vlak bij de tafel stond, schreeuwde van kwaadheid. Hij werd onmiddellijk beetgepakt, en hem werd de mond gesnoerd door twee van Ren Rens mannen, zodat hij haar niet te hulp kon komen. Vervolgens werd er een prop in zijn mond gestopt.

'Nu zullen we zien wiens magie sterker is!' brulde Ren Ren, en hij sneed de voorkant van het jasje van de non van boven tot beneden open. Tegelijkertijd sneed hij het koord van haar pyjamabroek door, zodat de broek op haar knieën zakte.

Iedereen kon Elena's naaktheid zien, haar onderlichaam, haar buik, het kruisje tussen haar zware borsten. De toeschouwers schrokken hoorbaar, niet alleen doordat iemand die ze altijd hadden vereerd plotseling halfnaakt voor hen stond, maar vooral ook vanwege het dramatische effect dat dit had op de apengod.

De aapjongen begon te krijsen, hoog en schril, hij gromde en mompelde, kromp ineen, deinsde achteruit. Er bleef niets van zijn heroïsche houding over. Hij zakte op de tafel in elkaar en bleef stuiptrekkend liggen, zijn rug gekromd alsof hij verrekte van de pijn. Dierlijk kreunend roffelde hij met zijn voeten op het hout, waarna hij stil bleef liggen. Dat duurde echter maar even, want het volgende moment kwam de jonge Boxer overeind. Hij zag er moe uit maar was duidelijk niet langer bezeten. Versuft krabde hij op zijn hoofd en hij vroeg zich kennelijk af hoe hij daar terecht was gekomen, op een podium naast een halfnaakte buitenlandse vrouw.

'Verbaasd?' vroeg Ren Ren, alsof dit niet volstrekt duidelijk was. 'Dat begrijp ik niet. Zulke dingen gebeuren nu eenmaal als de ene magie de andere overwint. In dit geval had de heks een zo sterk vervuilend effect op de apengod dat hij naar de hemel werd verdreven. Hij kon de aanblik van haar weerzinwekkende lichaam niet verdragen. De obsceniteit van een heks en hoer die met christelijke duivels neukt.' Ren Ren stak zijn hand tussen Elena's benen en rook theatraal aan zijn vingers. 'Jakkes, wat een stank! De stank van corruptie en het kwaad.

Maar verlies de moed niet, goede mensen. Wij hebben andere magie en die is net zo krachtig. Ik wilde jullie alleen laten zien hoe gevaarlijk de vijand is, hoe slecht de christenen zijn. We hebben nu bewezen dat ze een duivelin is. Hoeveel anderen zoals zij telt dit dorp?'

Niet langer geïnteresseerd in zuster Elena gaf hij haar een duw. Ze viel van de tafel op de grond, bedekte zich zo goed en zo kwaad als het ging met wat er van haar kleren over was en bleef snikkend liggen, ineengedoken als een foetus. Geen van de christenen durfde naar haar toe te gaan. Hun doodsbange ogen waren strak op Ren Ren gericht.

'Opgeruimd staat netjes. Deze heks is uitgeschakeld. We nemen haar mee naar het hoofdkwartier van de Eendrachtige Vuisten en daar rekenen we met haar af. Wat ik op dit moment belangrijker vind, is wat we gaan doen met de andere duivelsaanbidders in dit dorp. De christenen hier.

Ze zullen niet ontkomen, dat moet niemand denken. We hebben dit plein omsingeld, en mijn mannen zijn nu al bezig met het doorzoeken van de huizen, zodat niemand zich daar kan verbergen. We hoeven alleen nog maar de goeden van de kwaden te scheiden. Jullie weten natuurlijk allang wie wie is. Nog even, en we kunnen wel ruiken wie het zijn. Als ze niet nu al in hun broek hebben gescheten, dan komt het nog.'

Hij liep van het ene eind van de tafel naar het andere. 'Ruiken jullie hun angst? Ik wel. En hun boosaardigheid? Ik wel. Neem nou deze priester, deze onderwijzer, de man die mijn aanstelling wil zien. Jij daar, hoofdman, geef me eens goede raad! Wat zullen we met hem doen? Hij heeft al bekend dat hij het hoofd van de christenen is, en jij hebt me net verteld dat de christenen magie gebruiken tegen jou en je gezin. Als hij hun leider is, moet hij ook een soort tovenaar zijn.'

Ren Ren hield zijn hoofd schuin, een komische houding die aan de apengod deed denken. 'Harder,' zei hij. 'Ik kan je niet verstaan. Kom op man! Je lijkt wel een verlegen bruid in haar huwelijksnacht. Wat zullen we met hem doen?'

'Dood hem!' riep een vrouw in de menigte luid.

'Wonderlijk,' zei Ren Ren. 'Vrouwen zijn altijd bloeddorstiger dan mannen. Nou, wil jij dat ook? Jij bent de hoofdman hier. Vind jij dat we hem moeten doden?'

Een of twee andere stemmen herhaalden de roep, en al snel eiste een aarzelend koor van bange dorpelingen de dood van de pater. Hoofdman Yang, zelf sidderend van angst, knikte. 'Ja, dood hem,' zei hij uiteindelijk. 'Verlos ons van hem.'

'Breng hem dan maar hier,' beval Ren Ren, en de geboeide en geknevelde pater werd op de tafel gesleurd. 'En kom jij ook maar hier,' voegde hij eraan toe. Nerveus deed hoofdman Yang wat hem werd gevraagd.

'Zo,' zei Ren Ren tevreden. 'En hoe ga je het doen? Mes? Bijl? Hooivork? Zo moeilijk kan dat toch niet zijn voor een boer... O, je wilde dat ik het voor je zou doen? Nee, nee, nee! Dat is jouw verantwoordelijkheid, hoofdman. Het is per slot van rekening jouw dorp.'

Ren Ren bleef hem nog wat langer treiteren, maar uiteindelijk verloor hij zijn geduld. Hij trok zijn eigen mes en drukte dat in Yangs hand. 'In zijn hart,' zei hij. 'Steek het er gewoon in. Doe maar alsof je een schaap slacht.'

Yang draaide zich met een van afschuw vertrokken gezicht om naar de pater. 'Vergeef me,' mompelde hij. 'Het spijt me, oude Wang. Hij dwingt me...'

De ogen van pater John fonkelden van minachting.

'Schiet nou op,' drong Ren Ren aan.

Yang kneep zijn ogen stijf dicht, en met zijn beide handen om het handvat geklemd stak hij het mes met een luide kreun in de borst van zijn slachtoffer.

Ren Ren hield zijn gezicht vlak bij dat van pater John en glimlachte toen hij de ogen van de oude man groot zag worden van pijn en hij het kreunen hoorde onder de lap voor zijn mond. 'Ben je nu tevreden?' fluisterde hij. 'Geen vragen meer over mijn gezag of mijn aanstelling?' Hij spuugde op het lichaam toen het stuiptrekkend op de grond viel.

De menigte maakte geen enkel geluid tijdens de executie van de pater, maar er klonken drie ijselijke kreten. Twee jonge meisjes en een oude vrouw renden naar voren, maar stuitten op het kordon van Boxers rond het lichaam van hun vader en echtgenoot. Het viel Ren Ren op dat een van de meisjes bijzonder knap was. Hij zou haar cadeau kunnen geven aan zijn moeder. Dat oude mens was altijd op zoek naar wat nieuws. Zo te zien had ze ook de juiste leeftijd. Later, dacht hij. Daar zou hij later wel over nadenken.

'Nou, wie volgt?' vroeg hij de hijgende en met bloed besmeurde hoofdman, die als verdoofd naar het rode mes in zijn hand staarde. 'Laten we er de volgende keer niet zo'n vertoning van maken, alsjeblieft.'

Er was weinig voor nodig om de dorpelingen zover te krijgen dat ze de christenen aangaven, en het kostte de Boxers geen moeite om

433

hen samen te drijven in een klein zaaltje aan de zijkant van het plein dat pater John als kerk had gebruikt. Er was geen verzet. Iedereen gehoorzaamde gedwee, geïntimideerd door de Boxers, Ren Rens toneelstukjes, de vernedering van zuster Elena en de moord op pater John. Zelfs molenaar Zhang en zijn twee zoons leverden zonder protest hun messen in en volgden de anderen als makke schapen naar de kerk, in afwachting van hun lot.

Lang hoefden ze niet te wachten. De familie Zhang werd als eerste naar het plein geroepen, waar Ren Ren een geïmproviseerd tribunaal had ingericht. Dezelfde dorpsoudsten die eerder op de ochtend met de christenen hadden gedebatteerd, zaten nu als rechters achter de tafel. Ren Ren liep voldaan heen en weer, een impresario die zijn eigen productie bewonderde.

Molenaar Zhang en zijn zoons strompelden knipperend tegen het felle zonlicht naar buiten en moesten langs een haag van dorpelingen naar de tafel lopen. Velen waren naar huis gegaan om hooivorken en schoffels te halen, en de haat tegen de familie Zhang zat zo diep dat er al klappen werden uitgedeeld voordat de molenaar de tafel had bereikt.

Het proces stelde niets voor. Hoofdman Yang had zijn zelfbeheersing hervonden en keek voldaan uit zijn ogen nu hij zichzelf had wijsgemaakt dat hij geen moord had gepleegd, maar een nobele, zelfs heroïsche daad had verricht. Het geschil over land werd niet genoemd. Molenaar Zhang was te trots om te ontkennen dat hij een christen was. Bovendien had hij er in het verleden zo mee te koop gelopen dat er nu weinig te ontkennen viel. Daar zou Yang hem trouwens de kans niet voor geven. In de kerk had hij zich al voorgenomen dat hij moedig zou sterven. Of dat hem lukte, was uiteindelijk moeilijk vast te stellen. Op een teken van Yang werden hij en zijn zoons omsingeld door dorpelingen en in stukken gehakt.

Er was meer discussie over het volgende slachtoffer, een schoenmaker. Dit was, in tegenstelling tot Zhang, zo'n vriendelijke man dat niemand in het dorp ooit animositeit had gevoeld. Hij knielde en huilde, bekende zijn dwaling en beloofde het christendom af te zweren. Uiteindelijk moest Ren Ren ingrijpen, de dorpelingen eraan herinneren dat alle christenen leugenaars waren en 's mans voornemen dus ongeloofwaardig was. De schoenmaker stierf onder de schoffels.

Na de derde executie complimenteerde Ren Ren het tribunaal. 'Jullie beginnen de smaak te pakken te krijgen,' zei hij. 'Goed zo.'

Ondertussen lag zuster Elena nog steeds op de grond, ziek van schaamte en door de dorpelingen genegeerd. Vaag was ze zich bewust van wat er gaande was, maar het leek onwerkelijk, alsof het een toneelstuk was. In haar hart wist ze dat ze laf was, dat ze iets moest doen om te voorkomen dat haar vrienden voor haar ogen werden afgeslacht, maar ze voelde zich machteloos, verlaten en bezoedeld, niet in staat zich te bewegen. Het aanroepen van de heiligen was zinloos. Altijd had ze diep vanbinnen liefde en warmte gevoeld, en daar had ze kracht uit geput als ze het moeilijk had, maar nu lukte dat haar niet Ze trok de kapotte kleren rond haar lichaam alsof ze een misdaad probeerde te verbergen en weende telkens bittere tranen wanneer de bloeddorstige menigte zich triomfantelijk joelend op het volgende slachtoffer stortte.

Zelfs met haar ogen dicht voelde ze dat er iemand naast haar knielde en ze opende haar ogen. Het gerimpelde gezicht van de boeddhistische dorpspriester was over haar heen gebogen en de *bonze* bood haar glimlachend een van zijn eigen saffraangele pijen aan.

'Ik begrijp uw geloof niet,' zei hij, 'maar ik heb nooit gedacht dat het slecht was. Kom, trek deze pij aan. Er zijn mensen die u nodig hebben. U kunt hen helpen voordat ze aan hun lange reis beginnen.'

Gedwee deed ze wat hij van haar vroeg en met trillende vingers strikte ze het koord in haar hals. De priester gaf haar zijn eigen sjerp, waarmee ze de pij stevig dicht kon knopen. Achter de kromme figuur aan liep ze over het plein, totdat een van de Boxers hen dreigend de weg versperde.

De *bonze* gebaarde vriendelijk dat hij opzij moest gaan. 'Ik breng haar naar de zaal waar de anderen al zijn,' vertelde hij hem. 'Ik neem de verantwoordelijkheid voor haar.'

De wachtposten bij de deur van de kerk stonden er om te voorkomen dat er mensen naar buiten gingen, niet naar binnen. 'Hier moet ik u verlaten,' zei de *bonze*. 'U voelt zich vernederd en verward, maar als u eenmaal binnen bent weet u vanzelf wat u te doen staat. Vanavond zal ik wierook branden en bidden om een gelukkige reïncarnatie voor u en de schoolmeester, meneer Wang. Hij is altijd een goede vriend van me geweest. Misschien ontmoeten we elkaar nog een keer, aan gene zijde van deze zee van smarten.'

Zuster Elena knikte en ging in haar boeddhistische pij de kerk binnen. Haar ogen moesten wennen aan het donker, en ze voelde paniek opkomen door het luide geweeklaag. Ze wist niet of ze tegen deze situatie opgewassen was. Ze had zich nog nooit zo machteloos gevoeld. Geleidelijk kon ze figuren onderscheiden in het halfdonker. Vrouw Wang zat op de kale stenen vloer, haar wangen nat van de tranen, haar mond geopend, haar hele gezicht vertrokken van verdriet. Mary had haar hoofd begraven in haar schoot en haar lichaam schokte van het huilen. De kleine Martha zat naast haar op haar knieën, een wanhopige uitdrukking op haar smalle gezichtje. Het was duidelijk dat ze haar moeder wilde troosten, maar dat ze geen idee had hoe ze dat moest aanpakken. Elena zag ook de andere vrouwen die ze kende, allemaal ineengedoken van angst en verdriet. Er waren nog een paar mannen in de kerk – allemaal ouderen, want de jonge mannen waren het eerst weggehaald. Sommigen zaten geknield op de grond te bidden, anderen leunden tegen de muur en staarden dof voor zich uit. Buiten klonk opnieuw het juichen van de menigte, en kort daarna kwamen er twee Boxers binnen. Ze keken om zich heen en kozen een van de biddende mannen om weg te voeren. Een koor van protest steeg op, en de zware deuren vielen dicht.

Ze voelde een kleine hand in de hare en zag dat Martha haar vragend aankeek. 'Tante, waar was je nou? We hebben je zo gemist.'

Elena trok haar tegen zich aan en omhelsde haar. Tranen welden op in haar ogen, en ze wiegden allebei huilend heen en weer.

'Ze kwamen naar ons huis,' zei Martha, 'en we moesten mee naar het plein. Toen zagen we vader... we zagen dat *baba*...'

'Ik weet het, ik weet het,' fluisterde Elena. 'Denk er maar niet aan. Niet nu.'

'Ze hebben tegen ons gelogen. Ze zeiden dat we weg zouden gaan, dat we weg moesten uit het dorp en dat we onze waardevolle bezittingen in moesten pakken. En toen hebben ze alles gestolen en we konden er niets tegen doen.'

'Ik weet het,' zei Elena. 'Denk er maar niet aan, kleintje.'

'Snap je het dan niet, tante? Wat die vreselijke man zei, dat wij christenen heksen zijn. Daar heeft het niets mee te maken. Het zijn gewoon dieven, tante. Ze doden ons alleen maar omdat ze onze spullen willen stelen...'

Elena drukte een kus op haar gloeiende voorhoofd. 'Stil maar, lieverdje,' suste ze. Ze voelde nog een arm om haar middel en drukte ook Mary aan haar boezem. Om zich heen zag ze andere mensen, met gezichten die haar vol verwachting aankeken. Het geweeklaag was iets afgenomen nu de christenen in de kerk een voor een zagen dat zuster Elena weer bij hen was.

Lao Yi, een boer die als een van de eersten in Bashu door pater Adolphus was bekeerd, keek haar hoopvol aan. 'Oudere Zuster, kunnen we iets doen om onszelf te redden?'

'Nee, Lao Yi, ik denk het niet,' zei Elena, en ze voelde haar hart een beetje breken.

'Dat dacht ik al,' zei hij. 'Ik ben nooit erg slim geweest, weet u, en ik kon de bijbel niet lezen. Pater Adolphus was weleens boos op me omdat ik de verhalen altijd door elkaar haalde. Maar u kunt het ons vast wel vertellen. Heeft dit een bedoeling? Heeft de Heer hier een bedoeling mee?'

'Natuurlijk, Lao Yi. De Heer heeft altijd een bedoeling,' zei Elena, vechtend tegen haar tranen. 'Zelfs als wij niet kunnen begrijpen wat die is.'

Lao Yi knikte. 'Mooi zo. Dan is er niets aan de hand. Oudere Zuster, ik ben blij dat u bij ons bent nu het einde nadert. Luister,' vervolgde hij verlegen, 'ik weet dat u geen priester bent of zo, maar ik dacht dat u misschien kunt voorgaan in het gebed, of misschien kunnen we psalmen zingen. Veel mensen hier zijn heel erg bang, weet u, en dan helpt het om te bidden en te zingen.'

De volgende keer dat de Boxers binnenkwamen, stond zuster Elena in een boeddhistische pij bij het altaar, met de christenen op hun knieën in een halve cirkel om haar heen. Met krachtige stem zei ze een gebed op, het Magnificat, en de anderen mompelden de woorden mee. Toen de Boxers Lao Yi op de schouder tikten, stond hij direct op. Hij maakte een buiging voor het altaar, rechtte zijn schouders en liep voor hen uit naar de deur. Ditmaal bleven de protesten en kreten uit. Het gebed was afgelopen, en voordat de deur dichtviel, hoorde Lao Yi de eerste regels van een hymne. Hij liep naar buiten en begon in zijn schorre, toonloze stem mee te zingen:

'Yesu ai wo, wo zhidao
Shengjing shuoguo wo hen hao...'

'Jezus houdt van mij, ja gewis,
Want de bijbel zegt dat het zo is.'

Nog vijf keer kwamen de Boxers binnen, totdat alle mannen weg waren. De vrouwen bleven zingen, hoewel de meesten huilden.

Ze zongen nog steeds toen de deuren openvlogen en Ren Ren binnenkwam, geflankeerd door zijn luitenanten. Hij werd op de voet gevolgd door hoofdman Yang en meerdere dorpelingen met bebloede schoffels en hooivorken in hun handen. Veel vrouwen draaiden angstig hun hoofd om, maar Elena dwong zichzelf om door te zingen, haar blik strak op Ren Ren gericht, haar toon uitdagend, en de vrouwen bleven met haar meezingen, al was het aarzelend. Ze zongen psalm 23, die dokter Airton had vertaald en waar zuster Caterina een pakkend deuntje voor had gecomponeerd. Onder het zingen voelde ze haar kracht en doorzettingsvermogen terugkeren. 'Zelfs al ga ik door een dal van diepe duisternis, ik vrees geen kwaad, want Gij zijt bij mij; uw stok en uw staf die vertroosten mij...' Ze bleef Ren Ren aankijken totdat hij zijn hoofd afwendde.

Hij lachte nerveus, knipoogde naar zijn maten, en begon langzaam in zijn handen te klappen. '*Hao!* Bravo!' riep hij luid, bij wijze van parodie op het applaus bij een Chinese opera, en grijnzend volgden de anderen zijn voorbeeld.

De vrouwen aarzelden, het gezang stierf weg, en alle ogen waren als gehypnotiseerd gericht op het bloed dat van de schoffels droop.

Zuster Elena liet zich niet afschrikken. Ze sloot haar ogen om haar hart te sterken en begon met luide stem het onzevader op te zeggen: 'Onze Vader die in de hemel zijt, uw naam worde geheiligd...'

Ren Ren overstemde haar met gemak. 'Zoals die heksen met hun bezweringen te koop lopen! Ze geven het ook nooit op. Het is alsof ze erom vragen om verbrand te worden. Komt dat even mooi uit! Dat is precies wat we hier komen doen.'

Het duurde even voordat de betekenis van zijn woorden doordrong. Toen begon een van de vrouwen te gillen, en Elena's gebed ging ten onder in een aanzwellend koor van wanhoopskreten.

Ren Ren stak zijn hand omhoog. 'Dames, dames,' zei hij. 'Kalm een beetje. We gaan jullie niet allemaal verbranden, in elk geval niet totdat we eerst wat plezier aan jullie hebben beleefd. Het zou zonde zijn om niet van de gelegenheid gebruik te maken. Misschien maken we voor een paar van jullie wel een uitzondering... als jullie tenminste lief voor ons zijn.'

Terwijl hij aan het woord was, omcirkelden de andere mannen de angstig ineengedoken vrouwen. Iedereen begreep nu wat de Boxers van plan waren, en sommige vrouwen met jonge dochters probeerden tevergeefs de meisjes te verbergen. Het gevolg was dat ze nog meer opvielen. Een van de dorpelingen keek verlekkerd om zich heen, kreeg een meisje van zestien in het oog en trok haar uit de wanhopig graaiende handen van haar moeder. Binnen enkele minuten werden er tien of elf meisjes naar de deur gesleept. En nog steeds waren de mannen op zoek.

Een van de oudere meisjes – zuster Elena herkende haar, ze was de vrouw van Zhang Aifan, een boer die als een van de eersten was gedood – kroop naar voren en sloeg haar armen om Ren Rens benen. 'Neem mij!' riep ze uit. 'Neem mij. Ik ben niet echt een christen. Ik wil nog niet dood.'

'Nee, jij bent lelijk.' Ren Ren schopte haar terug in de kring. 'Waar is het juffertje dat ik eerder heb gezien? Die met dat roze gezicht. Ha, daar ben je.'

Met een schok besefte zuster Elena dat zijn blik was blijven rusten op Mary, die zich tegen haar moeder had aangedrukt. Er ging een steek door haar hart toen ze zag dat Mary's ogen groot waren geworden van angst. Ze moest iets doen. Ze wist dat het geen zin zou hebben, maar ze kon niet lijdzaam toezien terwijl de dochter van pater John werd verkracht.

Martha was haar echter voor. Met fonkelende ogen en gebalde vuisten ging het kleine meisje voor Ren Ren staan. 'Blijf van mijn zus af!' zei ze met heldere stem. 'Ze wil non worden.'

Verschillende mannen lachten, maar Ren Ren keek haar glimlachend en goedkeurend aan. 'Wat een dapper meisje,' zei hij. 'Ik denk dat ik jou ook maar meeneem. Over een paar jaartjes zie je er denk ik heel aardig uit. Een mooie maagd voor de handel, denk je niet, Aap? Breng haar weg, wil je.'

Aap stak zijn arm uit om haar beet te pakken, en Martha beet in zijn hand. Hij brulde van pijn, trok het mes uit zijn riem en sneed haar keel door, van oor tot oor. 'Sorry, Ren Ren,' zei hij terwijl hij het mes afveegde aan zijn tuniek, 'maar dat deed pijn.'

'Néé!' krijste zuster Elena. Ze zag Aap zijn mes pakken terwijl zij nog naar hen toe rende, en ook zag ze Martha's kalme gezicht, haar wenkbrauwen licht gefronst, toen ze viel. Het was te laat, besefte ze, maar haar boosheid gaf haar vleugels. Ren Ren had Mary weggerukt uit de armen van haar moeder en hield haar nu bij haar middel onder zijn arm, terwijl haar benen in het luchtledige schopten. Aap en hij zagen de non tegelijkertijd op hen afstormen. Elena stortte zich op Aap, krabde met haar nagels zijn gezicht open. Instinctief haalde hij zijn mes omhoog, voordat hij door haar gewicht en vaart zijn evenwicht verloor. Hij rolde bij haar vandaan zodra hij de grond raakte, maar zijn mes bleef achter in haar borst.

In totale verwarring lag ze op haar rug, en langzaam begon een gevoel van verdoving zich te verspreiden door haar borst en naar haar armen en benen. Ze hoorde het gorgelende geluid van haar eigen ademhaling, en de verongelijkte stem van die kerel, die vreselijke kerel.

'Wat bezielt jou opeens, Aap? Dat is al mijn tweede griet die je doodsteekt. Verdomd schilpadei dat je bent. Ik kots echt van je.'

Dat taalgebruik, dacht ze doelloos, dat afschuwelijke taalgebruik. Pater Adolphus zou er schande van spreken. Boven haar zag ze Mary's gezicht, dat op een vreemde manier in de lucht hing. Ze zag haar geschrokken uitdrukking en probeerde iets te zeggen om haar gerust te stellen. Haar lippen bewogen wel, maar ze voelde dat ze alleen maar kon glimlachen. Het volgende moment kwam er iets neer op haar buik, met grote kracht, en haar hoofd leek te ontploffen. Alles werd zwart.

Ren Ren had Mary laten vallen. Het meisje lag huilend op de grond in een grote plas bloed. Hij stond met zijn handen in zijn zij naar twee dorpelingen te kijken. De een trok stompzinnig giechelend een hooivork uit de buik van de dode non, de ander triomfantelijk juichend een schoffel uit wat er over was van haar hoofd.

'Stomme boeren,' zei hij hoofdschuddend. Hij gaf bevel om de meisjes waar de mannen zich mee wilden vermaken naar buiten te brengen. Anderen gaf hij opdracht om de deuren te barricaderen en het gebouw in brand te steken. Terwijl de eerste vlammen likten aan de zijkant van de kerk en het geluid van de gillende vrouwen aanzwol tot een oorverdovend crescendo vroeg hij zich af hoe ze alle spullen uit de geplunderde huizen van de christenen mee terug moesten nemen naar Shishan.

Alles was stil in de missiepost van de Airtons. Het sikkeltje van de maan piepte even achter de wolken vandaan, en een bleek licht scheen naar binnen in een kamer aan het eind van de gang, waar een meisje was vastgebonden op een bed. Het stonk in de kamer. Bij het hoofdeinde stond een emmer met braaksel. Zuster Caterina zou de emmer zo gaan legen en schoonspoelen, maar ze wilde eerst de met diarree besmeurde lakens van het bed halen. Helen Frances was naakt. Al haar nachtjaponnen waren bevuild, en er zat een vlek op haar blanke dij waar ze nog niet was gewassen.

In een stoel naast het bed zat de dokter te knikkebollen, zo uitgeput dat haar dierlijke grommen en grauwen niet tot hem doordrong. Al vijf uur lang lag zijn patiënte te vechten in het bed, kreunend met haar kaken op elkaar geklemd, rukkend en trekkend aan de touwen. In het maanlicht lichtten haar starende ogen op, ogen die niet knipperden en niets leken te zien behalve de nachtmerries die haar teisterden. Slechts heel af en toe kwam ze bij uit haar delirium, maar dan kneep ze haar ogen vrijwel onmiddellijk weer dicht en kromde ze haar rug vanwege de ondraaglijke pijn in haar armen en benen.

Als Caterina dat zag haastte ze zich meteen naar haar toe en hield ze Helen Frances' hoofd vast met haar ene hand en de emmer met de andere, want na dit soort aanvallen begon ze altijd te braken. Het was een soort routine geworden waar de dokter, de non en Nellie, als ze tijd had, de afgelopen dag en nacht aan gewend waren geraakt.

En ergens tussen dromen en waken in zweefde het bewustzijn van Helen Frances, worstelend met de vraag wat er met haar gebeurde en met de haat die ze voelde voor de mensen die haar in hun macht hadden, maar vooral met de haat jegens zichzelf.

Twee dagen later zat Frank Delamere in een restaurant met zijn twee vrienden, de kooplieden Lu Jincai en Jin Shangui. Vanaf het moment dat Lu had gehoord van de mysterieuze verdwijning van de oude Tang Dexin, en de geruchten dat hij lid was geweest van een geheim genootschap en samenspande met IJzeren Man Wang, had hij zijn argwaan jegens Jin laten varen en gingen ze weer bijna even hartelijk met elkaar om als vroeger. Het eten was zoals gewoonlijk verrukkelijk, maar Frank merkte dat zijn vrienden gespannen waren. Ze bestookten hem met vragen over het gesprek dat hij en de dokter die ochtend met de Mandarijn hadden gehad.

'Nou, het was nogal eigenaardig allemaal.' Frank schonk zichzelf nog een kommetje warme rijstwijn in. 'Dat zei de dokter tenminste, en hij heeft dat soort audiënties veel vaker meegemaakt dan ik. Het schijnt dat de dokter vroeger altijd werd ontvangen in de privévertrekken van de Mandarijn, zonder dat er andere mensen bij waren, maar nu werden we naar een grote zaal gebracht. Ik vond het behoorlijk intimiderend, vooral omdat er allerlei louche types rondhingen die de dokter nooit eerder had gezien. Heel andere figuren dan de gladde functionarissen die je meestal in de *yamen* ziet. Erg vreemd.'

Jin en Lu keken elkaar aan. 'Weet je wie het waren?' vroeg Lu zacht.

'Geen flauw idee. Onbehouwen kerels waren het, een paar in schaapsvellen, en ze leunden tegen de muur alsof ze heer en meester waren in die zaal. Een van die knakkers maakte zelfs zijn tanden schoon met een mes. Is het niet onvoorstelbaar? En de bewakers negeerden hem gewoon!'

'Zei de Mandarijn er niets van?' vroeg Jin. 'Hij vindt etiquette altijd erg belangrijk.'

'Nee, dat was juist zo raar. De Mandarijn zei sowieso heel weinig. Hij zat daar maar op dat podium met een nietszeggende uitdrukking op zijn gezicht. Ik kreeg de indruk dat hij zich stierlijk verveelde.'

'Wie hield die audiëntie dan eigenlijk?'

'Die sinistere kamerheer van hem, die was bijna de hele tijd aan het woord. Wat een griezel is die vent. Volgens mij is hij niet goed snik. Hij wond zich vreselijk op over christenen. Een hoop geraaskal over christenen die de vrede bedreigen en allerlei criminele activiteiten beramen.'

Weer wisselden Jin en Lu blikken uit.

'Ze waren natuurlijk nog steeds verontwaardigd over die vertoning van de Millwards, een paar dagen geleden, dat begrijp ik best. Zelfs voor dat stelletje geschifte excentriekelingen was hun gedrag buitensporig. We hebben natuurlijk uitgelegd dat Millward een maniak is, dat we niets met hem te maken hebben, dat zelfs zijn eigen club hem wil muilkorven, maar volgens mij luisterde die kamerheer niet eens. Zoals hij tegen de dokter praatte! Hij deed alsof Airton het hele gedoe had bekokstoofd en Millward persoonlijk naar het plein had gestuurd. Airton bleef heel rustig, legde geduldig nog een keer uit hoe de vork in de steel zat, maar ik kon zien dat hij uit zijn doen was. Vooral omdat de Mandarijn niet ingreep. Arme kerel, daar zou ik ook van uit mijn doen raken!' Hij dronk zijn kom leeg en schonk nogmaals in.

'Heb je hem verteld van de overval op onze karavaan?' vroeg Lu. 'En dat Mr. Cabot gewond is geraakt?'

'Uiteindelijk wel, ja, toen die kamerheer eindelijk ophield met razen en tieren over de christenen. Wat dat aangaat heb ik eigenlijk niets te klagen, ze reageerden zoals het hoort. Je weet wel, een zeer betreurenswaardig incident, beschamend dat een gast in hun land was aangevallen en zo, en ze beloofden dat de boosdoeners gestraft zouden worden. Er werden wat vragen gesteld over waar het was gebeurd, en hoeveel overvallers er waren geweest. We moesten de jonge Tom namens hen complimenteren met zijn moed – dat was de Mandarijn, een van de weinige keren dat hij zijn mond opendeed – en hem beterschap wensen. Niets bijzonders, nogal plichtmatig. Ondertussen stonden die ongure types een beetje te grijnzen. Maar goed, ze hebben een onderzoek toegezegd en een schadevergoeding, afhankelijk van wat ze ontdekken. Meer kun je eigenlijk niet vragen.'

'Heb je gezegd dat het volgens ons waarschijnlijk Boxers waren? Dat ze van die rare uniformen droegen?' vroeg Lu.

'Dat was ook al zo merkwaardig. Het leek ze niet te interesseren. Ze wimpelden het idee weg, zeiden dat iedereen dit soort verhalen heeft gehoord, dat de Mandarijn te hoog verheven is om zich met die kletspraatjes bezig te houden. De dokter bleef volhouden, benadrukte dat de overvallers gele tulbanden droegen en behoorlijk gedisciplineerd waren, maar die kamerheer viel hem nogal onfatsoen-

443

lijk in de rede. Hij zei dat de dokter goedgelovig was en hield een heel verhaal over bandieten. Of we hadden bedacht dat IJzeren Man Wang, of wie de overval dan ook had gepleegd, zijn mannen misschien wel in dat soort kostuums liet lopen om hun slachtoffers extra bang te maken. Nou ja, het zou natuurlijk kunnen.' Frank haalde zijn schouders op en nam een flinke teug rijstwijn. 'Een slimme tactiek, als je er goed over nadenkt. Die schurken aan de kant vonden het in elk geval erg grappig. Ze lachten alsof de kamerheer een mop had verteld, al kon ik er de lol niet van inzien.'

'Drink je niet een beetje veel, De Falang?' vroeg Jin, nadat Frank de ober om een nieuwe kan rijstwijn had gevraagd.

'Misschien wel,' gaf Frank toe, 'maar ik heb zin om een beetje dronken te worden na de laatste paar dagen op die missiepost. Airton is een aardige kerel, maar zuinig met de whisky alsof het de communiewijn is. Nou ja, en ik maak me natuurlijk zorgen om Tom – die trouwens aardig opknapt – en mijn dochter die een of andere ziekte heeft waar niemand me het fijne van wil vertellen. Het was al met al geen pretje.'

'Ik vind het heel naar om te horen dat je dochter onwel is,' zei Lu na een nieuwe blik op Jin. 'Wat heeft ze precies?'

'Ze zeggen dat ze griep heeft, maar ze doen er om de een of andere reden heel geheimzinnig over. Misschien is het een of ander vrouwenkwaaltje en vinden ze het te gênant om het me te vertellen. Ik heb haar maar een keer mogen zien, en toen was er nauwelijks een woord uit haar te krijgen. Ik begrijp gewoon niet wat haar mankeert, de afgelopen paar maanden. Nellie waakt over haar als een kloek, en de dokter gaat op de raarste tijden naar haar kamer met een blad vol injectiespuiten. Echt waar, goede vrienden, ik vreet me op van de zorgen om haar.' Franks gezicht werd rood en zijn ogen werden vochtig. 'Ze ziet er zo slecht uit.'

'Hebben ze het met je over die andere Engelsman gehad, Ma Na Si?' vroeg Lu voorzichtig.

Verbaasd keek Frank op. 'Nee. Wat heeft die er nou weer mee te maken?' vroeg hij een beetje opstandig.

'Misschien is het niets, De Falang, maar sinds die rare zendeling heeft geprobeerd om het Paleis van de Hemelse Lusten in de fik te steken, doen er allerlei geruchten de ronde. Lao Jin en ik zijn er gisteravond geweest, en sommige meisjes namen geen blad voor de mond. Ze hebben ons vreemde verhalen verteld over Ma Na Si en een... buitenlandse vrouw die hem daar regelmatig opzocht in zijn paviljoen.'

Franks rood aangelopen gezicht verschoot als een kameleon van kleur en werd krijtwit. 'Ik heb geen idee wat je wil insinueren, beste vriend,' zei hij zacht en dreigend.

'Alsjeblieft, De Falang, dit is nogal pijnlijk voor me. Jin en ik hebben het er uitgebreid over gehad, en we vonden dat je het moest weten. Het zou kunnen dat er levens op het spel staan.'

'Ga verder,' zei Frank op kille toon. Hij schonk zichzelf in uit de nieuwe kan, dronk de kom leeg en schonk weer in.

'De Falang,' zei Jin langzaam, 'heb je misschien gehoord dat er tijdens de aanval op het Paleis van de Hemelse Lusten een van de meisjes is ontsnapt?'

'Nee, daar heb ik niets over gehoord,' zei Frank. 'En ik zou je willen verzoeken om niet af te dwalen.'

Onverstoorbaar ging Jin verder. 'Dat meisje was Fan Yimei. Je kunt je haar misschien wel herinneren. Ze was een goede vriendin van Shen Ping.'

'Ik weet het. Wat is er met haar?'

'Fan Yimei had een bijzondere positie in dat etablissement. Ze was de vaste maîtresse van majoor Lin Fubo, de aanvoerder van de militie van de Mandarijn. Majoor Lin is gisteren teruggekomen van het platteland, en ik heb gehoord dat hij woedend is nu hij Fan Yimei kwijt is. Het schijnt dat hij wraak wil nemen op degene die haar heeft geholpen.'

'Gelijk heeft ie,' zei Frank. 'Maar ik begrijp nog steeds niet waar je naartoe wil.'

Lu nam het van zijn vriend over. 'Er zijn andere geruchten, De Falang. Er wordt gezegd dat Fan Yimei niet de enige is die uit het bordeel is ontsnapt. Er wordt gefluisterd dat Madame Liu en haar zoon een buitenlandse jongen gevangenhielden als schandknaap, misschien de zoon van die rare Millward, en dat hij tijdens alle commotie eveneens is verdwenen.'

'Wat een lariekoek!' barstte Frank uit. 'Iedereen weet dat die jongen door bandieten is vermoord. Zijn moordenaars zijn geëxecuteerd! En wat heeft dit trouwens met mijn dochter te maken?'

'Als het waar is, De Falang, zou je dochter in gevaar kunnen ver-keren, want de meeste mensen denken dat het de Engelsman was, Ma Na Si, die Fan Yimei en de jongen heeft helpen ontsnappen.'

'Daar gaan we weer! Draai toch niet zo om de hete brij heen. Wat is er gebeurd tussen Ma Na Si en mijn Helen Frances?'

'Als het waar is dat Madame Liu en haar zoon een jongen gevan-genhielden, dan zullen ze alles doen wat er in hun macht ligt om het bewijs te vernietigen en iedereen te elimineren die hen zou kunnen beschuldigen. Anders staat ze een veroordeling wegens ontvoering te wachten... en daar zal het heus niet bij blijven. Ongetwijfeld ver-denken ze Ma Na Si, en iedereen met wie hij bevriend is. Dat geldt zeker voor je dochter, die vaak bij Ma Na Si is geweest. Het spijt me, goede vriend, maar dat moet je onder ogen zien. Jin en ik heb-ben het grondig onderzocht. Ik ben bang dat ze misschien zelfs zwan-ger van hem is. Helaas, je verhaal over haar ziekte lijkt het alleen maar te bevestigen.'

Jin en Lu keken Frank met grote genegenheid aan. Zijn hele ge-zicht was vertrokken van verdriet en hij kon geen woord uitbren-gen.

'Ren Ren is vanochtend teruggekomen in Shishan. Hij weet wat er is gebeurd. Ik kan niet genoeg benadrukken hoe gevaarlijk die man voor je is. Hij deinst nergens voor terug, geloof me.'

'Waarom zou ik bang zijn voor een pooier zoals Ren Ren?' fluis-terde Frank.

'Omdat hij meer is dan dat. Ik heb gehoord dat hij machtig is bin-nen het Genootschap van de Zwarte Stok. Er zijn ook geruchten dat hij aanvoerder is van een groep Boxers. Normaal gesproken had je misschien naar de autoriteiten kunnen gaan, maar de situatie ver-slechtert met de dag, zoals je vanochtend tijdens je bezoek aan de Mandarijn zelf hebt kunnen zien. Is het niet vreemd dat de Manda-rijn niets zei? Dat er onbekende mensen in de *yamen* zijn? Ik vrees dat we zeer moeilijke tijden tegemoet gaan.'

'We vertellen je dit om je te waarschuwen, De Falang,' zei Jin. 'Het is nog niet te laat, je kunt samen met je dochter en Mr. Cabot weg-gaan uit Shishan. Ik denk dat je de andere buitenlanders ook moet waarschuwen. Wij zijn je vrienden en we adviseren je met klem om

weg te gaan nu het nog kan. Ik denk dat de Boxers een echte bedreiging vormen, wat de autoriteiten er ook van zeggen, en ze kunnen elk moment naar Shishan komen. Als dat gebeurt, geldt het gezag van de Mandarijn niet langer. Alle buitenlanders – en alle
vrienden van de buitenlanders – verkeren dan in groot gevaar. Bovendien heeft Ren Ren nu een motief om jou en je dochter te vermoorden. Als de Boxers naar Shishan komen, worden hij en zijn
soortgenoten almachtig.'

'Ik ben niet bang voor hem,' gromde Frank.

Lu keek naar Jin, die knikte. 'Dat is niet verstandig, beste vriend,'
zei hij. 'Hij heeft al een van je dierbaren vermoord.'

'Wat bedoel je?'

'Ik vind het heel erg om je dit te vertellen – ik had gehoopt dat
het niet nodig zou zijn – maar het staat vrijwel vast dat hij Shen Ping
heeft vermoord.'

Frank staarde hem aan.

'Ze is niet teruggegaan naar het platteland, zoals ik je heb verteld.
Ze is door Ren Ren geslagen en gemarteld omdat ze de brutaliteit
had om verliefd op je te worden. Madame Liu heeft jou wijsgemaakt
dat Shen Ping je ontrouw was, en daarna heeft dat arme kind zich
verhangen. Het zou heel goed kunnen dat Ren Ren zelf de strop
om haar nek heeft gelegd. Ik vind het echt heel erg, beste vriend.'

Frank probeerde iets te zeggen, maar er wilden geen woorden komen. Tranen rolden over zijn wangen. Blindelings veegde hij zijn gezicht af met een servet, hij snufte, ging staan, ging weer zitten, kreunde – een vreselijk, wanhopig geluid – en stormde naar de deur.

Lu en Jin probeerden hem tegen te houden, maar hij duwde hen
weg. 'Het spijt me, heren,' mompelde hij tussen zijn snikken door.
'Ik voel me niet goed.'

Lu en Jin bleven aan tafel achter met de restjes van hun lunch. Ze
keken elkaar aan, maar woorden schoten tekort.

'Arme De Falang,' zei Jin.

'Arme wij,' zei Lu Jincai na nog een lange stilte.

Frank verliet het restaurant zonder duidelijk idee van wat hij zou
gaan doen of waar hij heen zou gaan. Hij deinsde terug voor het kabaal en de drukte in de hoofdstraat, voor de bedwelmende geuren.
Een ezeldrijver met een zwaar beladen wagen brulde dat hij opzij

moest gaan, en Frank sprong naar achteren, midden in een plas paardenpis en onduidelijke uitwerpselen. Geel slijm bleef achter op zijn nette zwarte schoenen – na zijn bezoek aan de *yamen* droeg hij nog zijn jacquet. De zon brandde op zijn onbedekte hoofd en hij knipperde tegen het felle licht. Hij had niet beseft hoeveel hij had gedronken en voelde zich nu volkomen gedesoriënteerd. Voorbijgangers staarden nieuwsgierig naar de buitenlander met het rode gezicht die nauwelijks op zijn benen kon staan.

Hij was zich nauwelijks bewust van waar hij was. In gedachten zag hij maar één beeld: een lachend gezicht op zijden kussens van een meisje aan wie hij de afgelopen paar maanden nauwelijks had gedacht. Nu zag hij haar vrolijk twinkelende ogen boven de vertrouwde platte jukbeenderen, en haar brede mond met de witte tanden, half geopend in een ondeugende glimlach.

De herinnering sneed door zijn hart en het bloed klopte in zijn aderen. Hij stikte haast van verdriet en wroeging. Andere beelden kwamen boven, zo levendig alsof de taferelen met een cinematograaf werden geprojecteerd, zoals zijn gesprek met Madame Liu, die wreed glimlachte terwijl ze met haar parels speelde en met haar genadeloze beschrijving van Shen Pings ontrouw zijn hart brak. Nu pas wist hij dat haar gemene woorden leugens waren geweest en dat alleen iemand die zo naïef en goedgelovig was als hij haar had kunnen geloven. Hij zag de spottende lach van haar zoon toen hij wanhopig de kamer verliet, de lange nacht achter zijn schrijftafel met een fles whisky, papier en inkt, de wrede brief waarin hij haar had afgewezen, een brief die bijgedragen moest hebben aan de bezegeling van haar lot. Lu Jincais woorden van daarnet waren als een beschuldiging van de wraakgodinnen: '... omdat ze de brutaliteit had om verliefd op je te worden... Madame Liu heeft jou wijsgemaakt dat ze je ontrouw was, en daarna heeft ze zich verhangen.'

Doelloos strompelde Frank door de drukke straat, zonder te merken dat de mensen voor hem opzij moesten gaan. Een ander beeld spookte door zijn hoofd: hetzelfde gezicht van zijn geliefde Shen Ping, maar nu lijkwit, bungelend aan een touw in een donkere kamer, met verwijtende glazige ogen omdat hij zo blind was geweest.

Zonder er bewust voor te kiezen sloeg Frank een steeg in. Hij werd zo misselijk van de stank van het open riool in combinatie met alle rijstwijn die hij had gedronken dat hij kokhalsde en overgaf. Op zijn knieën, met zijn handen in alle smeer, begon hij hulpeloos te snikken.

Toen herinnerde hij zich wat Lu daarnet nog meer had gezegd: 'Ze is door Ren Ren geslagen en gemarteld... Het zou heel goed kunnen dat Ren Ren zelf de strop om haar nek heeft gelegd.' Hoewel hij zich nog steeds even schuldig voelde over zijn eigen stommiteit begon hij nu ook kwaad te worden. Hij voelde zich iets minder versuft nu hij had overgegeven, en de volle betekenis van Lu's woorden drong tot hem door. Geslagen en gemarteld. Gemárteld? Zijn Shen Ping gemarteld? Geslagen? Nu zag hij een ander gezicht, pokdalig, ratachtig, dat hem spottend lachend aankeek, zonder enige wroeging, kauwend op een meloenpit die daarna voor zijn voeten werd uitgespuugd.

'Ren Ren,' siste hij op handen en knieën in de goot. In het troebele water zag hij niet zijn eigen spiegelbeeld, maar dat van de gehate Ren Ren. 'Ik ga je vermoorden,' zei hij bijna vriendelijk tegen het grijnzende gezicht, 'nadat ik je eerst in stukken heb gescheurd.'

Hij was nog steeds in de war en hij wist niet precies waar hij was, maar zijn voornemen om de deuren van het Paleis van de Hemelse Lusten open te breken en die rat de nek om te draaien gaf hem een tomeloze energie. Verblind door wraakgevoelens liep hij de steeg uit, niet naar de hoofdstraat maar naar een andere zijstraat, waar het vrij rustig was. Vaag was hij zich ervan bewust dat hij niet alleen met Ren Ren moest afrekenen, maar ook met Manners, vanwege de schandelijke manier waarop hij zijn dochter had behandeld. 'Eén tegelijk, één tegelijk,' mompelde hij, geheel gericht op het beeld van de ploertige pooier.

Het drong tot hem door dat een klein groepje mensen de doorgang bij het kruispunt aan het eind van de straat versperde. Ze waren gekleed in de blauwe tunieken van handwerkslieden en leken naar een of andere vertoning te kijken, hoewel Frank niet kon zien wat het was. Het interesseerde hem ook niet, hij zag de mensen alleen als een obstakel tussen hemzelf en het Paleis van de Hemelse Lusten.

Met handen en ellebogen werkte hij zich naar voren, totdat hij het midden van de kring mensen bereikte. Daar stond hij oog in oog met een atletische jongeman die een demonstratie van een vechtsport gaf. De kleren die hij droeg – de gele tulband, de tuniek van tijgerhuid, de rode sjerp – kwamen hem om de een of andere reden bekend voor, maar daar wilde Frank nu niet aan denken. Afrekenen met Ren Ren, daar ging het om.

De jonge vechtkunstenaar reageerde als door een wesp gestoken op het zien van de rood aangelopen buitenlander. Hij hield onmiddellijk op met wat hij deed, plantte zijn handen in zijn zij en versperde Frank de weg.

Ongeduldig probeerde Frank langs hem heen te lopen, maar de man deed een stap opzij en stond weer voor hem. Frank probeerde het aan de andere kant, met hetzelfde gevolg. Een paar omstanders lachten en jouwden hem uit, maar de jongeman bleef hem strak aankijken.

Frank tilde zijn hand op, denkend dat hij zijn wandelstok vasthield waarmee hij de man opzij kon duwen. Te laat besefte hij dat hij zijn stok niet bij zich had. Er werd harder gelachen omdat hij zijn lege hand komisch op en neer bewoog. De ogen van de man bleven op Franks gezicht gericht.

'Nu is het mooi geweest,' gromde Frank. 'Laat me erdoor.'

De man bleef staan waar hij stond.

Deze keer probeerde Frank hem onhandig een dreun in zijn gezicht te verkopen. De man dook opzij, ontweek de vuist met gemak, terwijl Frank, die zijn evenwicht had verloren, wankelde op zijn benen. Het joelen van de toeschouwers zwol aan.

Grommend van woede stormde Frank naar voren, zijn armen gestrekt om de man beet te pakken en opzij te duwen. Precies op tijd ging de man achteruit. Tegelijkertijd haalde hij een kleine handbijl met een rood kwastje uit de plooien van zijn tuniek. Met een sierlijke beweging gooide hij het bijltje in de lucht. Vervolgens ving hij het op en begroef hij het in een vloeiende beweging in Franks borst.

Ditmaal bleven de omstanders stil. Frank keek omlaag naar zijn witte overhemd, alsof hij het bloed dat in een straaltje omlaagliep wilde bestuderen. Misschien viel het hem op dat het bloed dezelfde kleur had als de kwast aan het bijltje. Met enige moeite bracht hij een arm omhoog om te voelen aan het wapen dat in hem vastzat. Zijn hand zakte slap omlaag toen er een golf bloed uit zijn mond kwam en hij voorover in elkaar zakte.

Even bleef de groep mensen nog staan, gefascineerd door het lichaam. Toen maakten ze zich een voor een los uit de kring en renden ze weg. De Boxer bleef nog wat langer staan, misschien omdat hij overwoog het zware lichaam op te tillen zodat hij zijn bijltje zou kunnen pakken. Uiteindelijk zag hij ervan af. Hij liet Frank onaangeroerd liggen, pakte zijn knapzak, rende lichtvoetig weg en verdween in een van de zijstraten.

Franks bloeddoorlopen ogen staarden kwaad voor zich uit. Na een tijdje begonnen er vliegen te gonzen rond de kleverige gestolde substantie die zijn snor en kin kleurde.

HOOFDSTUK 13

De buitenlanders kruipen weg achter hun muren,
maar wij zijn niet bang.

Herr Fischer zat aan zijn tekentafel en probeerde te bedenken wat hij wel had moeten zeggen tijdens het hemeltergende gesprek dat hij die ochtend met die 'verrekte Hooggeboren Heer' Manners had gehad. Zijn gedachten over die vervloekte man waren even zwart als de inhoud van de grote mok koffie waar hij met een lepeltje in roerde.

De nacht ervoor had hij nauwelijks geslapen. De hele dag had hij lopen tobben omdat de trein uit Tientsin niet was gekomen. Om twee uur 's nachts had hij het wachten opgegeven en was hij naar zijn tent gestrompeld. Hij had zijn schoenen uitgetrokken en was in zijn rood gestreepte nachthemd en slaapmuts in bed gekropen, maar de kaars op het tafeltje naast zijn bed was nog maar net begonnen te flakkeren door zijn gesnurk of hij schrok weer wakker van de fluit van de locomotief en het sissen van stoom. De trein was vijftien uur en tweeëntwintig minuten te laat.

Machinist Bowers was totaal de kluts kwijt, zo uitgeput was de man. Zijn verklaring voor de vertraging was een onsamenhangend relaas over obstakels op de rails en boze boeren die stenen gooiden. Fischer begreep wel dat het geen enkele zin had om de stugge, bebaarde man nu verder te ondervragen en stuurde hem direct naar bed. Ondanks zijn vermoeidheid was de machinist daar echter te professioneel voor. Voordat hij naar bed ging, reed Bowers de locomotief eerst nog naar een zijspoor, maakte een rondje, en koppelde de loc aan de andere kant weer aan de wagons, zodat de trein de volgende ochtend klaar zou staan voor de terugreis naar Tientsin.

Er waren maar weinig passagiers aan boord van de trein. De Chinezen verzamelden hun bundels en verdwenen uit het zicht. De Amerikaanse zendeling, Burton Fielding, de enige passagier in de eerste klasse, was evenmin erg spraakzaam. Hij vertrok direct naar de Airtons met de ezelkar die de hele vorige dag op hem had staan wachten.

Met behulp van lantaarns inspecteerden Fischer en Charlie de locomotief en de rijtuigen. Ze deden de deuren op slot, zetten de rem vast en bedekten het vuur met as om het smeulend te houden in de vuurkist. Een bleekoranje gloed begon de oostelijke hemel al te kleuren tegen de tijd dat ze klaar waren met hun verschillende taken.

Toen Fischer onderweg was naar zijn tent om zich te wassen en te scheren zag hij Manners uit zijn tent komen, gevolgd door een Europese jongen met verward haar en een Chinese vrouw in een elegante blauwe japon. Herr Fischer was niet stom, en hij was trots op zijn mensenkennis en analytisch vermogen. Bovendien was hij objectief genoeg, dacht hij zelf, om feiten onder ogen te zien.

Een enkele blik was voldoende om de hele situatie te overzien, en nadere bestudering van de details leverde slechts een bevestiging van zijn hypothese op. Het doorslaggevende bewijs vormden het zwaar opgemaakte gezicht van de vrouw en haar ingewikkelde kapsel, compleet met een kam waar tinkelende ornamenten aan hingen. Het was zonneklaar welk beroep ze uitoefende.

Tot zijn verbijstering zag hij zelfs sporen van verf op het gezicht van de jongen, die een geborduurde zijden pyjama droeg! Vluchtig vroeg hij zich af hoe een buitenlandse jongen in 's hemelsnaam als schandknaap in Shishan terecht was gekomen. Hij meende zich te herinneren dat Charlie hem eens van mensensmokkel in Shanghai en het zuiden van China had verteld. Waren er ondeugden, hoe onwaarschijnlijk en vergezocht ook, waartoe deze Manners níét in staat was?

Herr Fischer probeerde zijn gezicht weer in de plooi te zetten, in de hoop dat zijn uitdrukking aan een waardige Cato of Cicero deed denken. Hij rechtte zijn rug en schouders, van plan om een strenge en teleurgestelde reprimande te formuleren, maar hij kreeg niet de kans om een woord te zeggen.

Manners keek hem zonder enige gêne of wroeging aan en nam opgewekt zijn hoed af. 'Goeiemorgen, Fischer,' begroette hij hem brutaal. 'Lekker weer voor een ritje, vindt u niet? Ik zie dat de trein er is. Komt dat even goed uit. Ik heb een paar passagiers voor u.'

De waardige oratie die Fischer in gedachten had opgebouwd, stortte als een kaartenhuis in elkaar, en wat er uit zijn mond kwam, was een verwarde lawine van verwijten en klachten. Hoe dúrfde Mr. Manners zo'n brutale toon aan te slaan? Schaamde hij zich dan helemaal nergens voor? Kon het hem niet schelen dat hij de naam van zijn vader door het slijk haalde? Hij eiste een verklaring voor dit wangedrag! Dat de Engelsman verdorven was wist hij natuurlijk wel, maar dat hij de moed had om zijn liefjes mee te nemen naar het spoorwegkamp... En dan had hij het nog niet eens over deze opgedirkte jongen, deze... deze... Ganymedes! Herr Fischer had hem op heterdaad betrapt, want het was wel duidelijk dat ze de nacht met zijn drieën in deze tent hadden doorgebracht, in strijd met elk gevoel voor fatsoen en de regels van de spoorwegen. Dit kon zelfs Manners niet ontkennen.

'U houdt er een levendige fantasie op na,' antwoordde Manners met ergerlijke kalmte. 'Als u iets beter had gekeken, zou u zien dat er naast de tent twee kampbedden staan. Hiram heeft in het ene geslapen, ik in het andere. Als een roos, kan ik eraan toevoegen. U bent onze gasten excuses schuldig, m'n beste.'

Vervolgens was Manners zo onbeschaamd geweest om de twee schepsels, zo formeel alsof ze allemaal op een receptie waren, voor te stellen als zijn vrienden: juffrouw Fan Yimei, die zich voorbereidde op de reis naar Tientsin, en de jongeheer Hiram (geen achternaam), haar begeleider.

'Ik had het u graag allemaal op een wat rustiger moment uit willen leggen,' vervolgde Manners, zonder zich iets aan te trekken van Fischers afkeurend gefronste wenkbrauwen. 'Als u hoort hoe de vork in de steel zit, zult u ongetwijfeld begrijpen dat discretie noodzakelijk is. En u zult hen net zo graag willen helpen als ik.'

'Discretie, Mr. Manners?' brieste Herr Fischer honend. 'Wat uw liefjes betreft? Moet ik ze soms een eigen coupé met gordijnen en

454

bedden geven, zodat ze zich ongestoord kunnen vermaken?'

'Ik had het niet over de treinkaartjes. Dit is niet de plek of het moment om dat te bespreken, lijkt me. U ziet er een beetje moe uit, Herr Fischer, en ik heb mijn vrienden beloofd dat we een tochtje zouden maken. Ik kom later wel bij u langs, als u wat tot rust bent gekomen.'

Op dat moment verloor Herr Fischer zijn laatste restje zelfbeheersing en begon hij te schreeuwen. 'Ja, ik spreek u later wel, Hooggeboren Heer Manners! U bent veel te ver gegaan. Niet alleen omdat u deze onzedelijke lieden hebt meegenomen naar het kamp. U hebt van het begin af aan de spot gedreven met mijn gezag, en het bedrijf waarvoor u werkt met verachting behandeld. Bovendien voert u nooit een spat uit. U bent...' – koortsachtig zocht hij naar een geschikt woord om zijn minachting te beschrijven – 'u bent hier een passagier, Mr. Manners. Ik zal de directie vandaag nog schrijven. U bent ontslagen, Mr. Manners. Ik ontsla u, is dat duidelijk? Op staande voet.'

'Dus u hebt er geen bezwaar tegen dat ik een tochtje ga maken met mijn vrienden?' De man keek hem glimlachend aan en kuierde weg in de richting van de stallen, gevolgd door zijn twee 'vrienden', die nog een nerveuze blik op Herr Fischer wierpen voordat ze zich uit de voeten maakten.

Nou, hij zou Manners inderdaad ontslaan, besloot Fischer later die ochtend. Het kon hem niet schelen wie hem de hand boven het hoofd hield. Hij zou deze kwestie tot in de hoogste regionen uitvechten, zelfs al leidde dat uiteindelijk tot zijn eigen ontslag. Dit was onacceptabel! Die man was zijn ondergeschikte, en toch had hij geen idee wat hij allemaal uitspookte als hij weer eens langdurig in de stad was. Wat Manners ook allemaal met de Mandarijn besprak, Fischer was ervan overtuigd dat het niet in het belang van de spoorlijn was. Als die twee tenminste werkelijk contacten onderhielden. Het leek hem veel waarschijnlijker dat Manners al zijn tijd doorbracht in dat verfoeide bordeel, waar hij die arme Charlie zelfs een keer mee naar toe had genomen.

Waarom de spoorwegdirectie Manners eigenlijk naar Shishan had gestuurd was hem een raadsel. Waarschijnlijk zat er iets oosters achter, gunsten die werden uitgewisseld, of misschien een duistere intrige. Wat de reden ook was, het was godgeklaagd dat ze hem met deze nietsnut hadden opgezadeld. *Gott sei Dank* was hij een simpele ingenieur met een duidelijke taak, een vaststaand budget en een schema waar hij zich aan had te houden. Van nu af aan zou hij zijn plicht doen, maar meer ook niet. 'Meer ook niet,' mompelde hij bij zichzelf. 'Ik ben geen aristocratische *Junker*, maar ik ken mijn plicht en ik heb mijn trots.'

Hij nam een grote slok koffie en brandde zijn tong. Dat maakte hem alleen nog maar chagrijniger, met als gevolg dat Charlie het moest ontgelden toen hij de tent binnen kwam stormen. Fischer schreeuwde tegen hem dat hij geen manieren had, en dat hij moest kloppen voordat hij binnenkwam.

Charlie negeerde hem. Van zijn gebruikelijke vrolijkheid was niets te bekennen. Deze man met zijn starende ogen en trillende lippen was doodsbang. Toch klonk zijn stem kalm; kennelijk putte hij uit zijn laatste restje kracht en zelfbeheersing. 'Ik heb u nodig, Herr Fischer. De arbeiders... ze staken, en ze willen niet naar me luisteren.'

Herr Fischer vloog overeind en onmiddellijk was elke gedachte aan Manners vergeten. 'Wat doen ze precies?' vroeg hij zakelijk.

'Sommige mannen gooien stenen naar de trein, anderen trekken de rails naar de brug los.'

'Beter daar dan op de lijn naar Tientsin. Wie is de leider?'

'De voorman, Zhang Haobin.'

'Lao Zhang? Maar hij is helemaal geen onruststoker.'

Fischer wilde al naar buiten lopen, maar toen bedacht hij zich en liep terug naar zijn bureau. Hij haalde een pistool uit een van de laden en stak dat in zijn riem. Van een rek aan de zijkant van de tent pakte hij een jachtgeweer en patronen. 'Kun jij hiermee omgaan?' vroeg hij aan Charlie, maar die schudde afwerend zijn hoofd. 'Breng dit dan naar Mr. Bowers. Maak hem wakker als hij nog slaapt en zeg dat hij onmiddellijk hierheen moet komen. Ik wacht hier op je. Snel.'

Charlie rende weg. Herr Fischer keek peinzend om zich heen in de tent. Hij pakte een stapel papieren, knielde op de grond om een grote metalen brandkast te openen en legde het pakket erin. Een stapel Amerikaanse dollarbiljetten stak hij in zijn zak, evenals het zwarte boekje waarin hij al zijn uitgaven bijhield. Hij deed de brandkast weer op slot, pakte nog een geweer en patronen van het rek en liep resoluut naar buiten.

Er hing een dreigende stilte in het kamp, alle normale geluiden ontbraken. Vanuit zijn hoge positie kon hij op het spoor en de brug neerkijken. Hij zag een menigte koelies en sjouwers door elkaar lopen, zonder dat ze ergens mee bezig leken te zijn. Toen merkte hij op dat het merendeel zich vergaapte aan een aantal arbeiders die onder leiding van Zhang Haobin stukken rails en bielzen loswrikten met ijzeren staven. Er klonk gekletter van metaal op metaal – het geluid droeg ver in de stilte – maar afgezien daarvan was er niets te horen, zelfs geen stemmen. Dit was beslist geen menigte boze arbeiders die op luide toon hun grieven en eisen kenbaar maakten. De schoorsteen en stoomdom van de locomotief waren zichtbaar achter de tenten rechts van hem, en uit die richting hoorde hij ook het geluid van stenen op metaal, maar alweer geen boze stemmen.

Verward begon hij zijn revolver en geweer te laden. Na een paar minuten kwam Charlie terug met Bowers. De machinist zag er merkwaardig formeel uit in zijn blauwe jasje met koperen knopen en hoge, puntige pet. Met het geweer over zijn schouders, zijn rechte rug, zwarte baard en ernstige gezicht deed hij Fischer aan een politieagent denken. Hij wilde dat hij een paar echte politiemannen bij de hand had.

'Goeiemorgen, Bowers. Lekker geslapen?'

'Gaat wel, meneer,' antwoordde hij somber.

'Voel je je goed genoeg om samen met mij een babbeltje te gaan maken met dat schorem daar?'

'Graag zelfs, als we daardoor kunnen voorkomen dat ze mijn locomotief beschadigen.'

'Uitstekend,' zei Herr Fischer. 'We gaan samen een eindje wandelen, *ja*? Kom op, Charlie, jij gaat voor.'

Met zijn drieën liepen ze langzaam de heuvel af. Charlie bleef nerveus om zich heen kijken.

'Staat er helemaal niemand achter ons?' vroeg Fischer aan Charlie.

'Deze keer niet. Ze doen allemaal mee, sommigen onder dwang.'

'Juist. En wie zet ze onder dwang?'

'Dat weet ik niet. Als er in het verleden problemen waren, kon ik tenminste met ze gaan praten en luisteren naar hun grieven. Ditmaal gooiden ze met stenen toen ik naar ze toe wilde gaan.'

Ze hadden de rand van de menigte bereikt, en de mensen gingen opzij om de gewapende mannen door te laten. Herr Fischer keek naar de gezichten aan weerszijden van het pad en zag weinig tekenen van onverholen vijandigheid. Hier en daar zag hij een spottend lachje of gefronste wenkbrauwen of hoorde hij gemompel, en sommige jongere arbeiders, het gespierde bovenlijf trots ontbloot, rechtten dreigend hun schouders, maar die waren in de minderheid. De meeste verweerde gezichten keken hem nietszeggend aan, sommigen nors, anderen alleen maar nieuwsgierig. Er waren zelfs mannen die glimlachten of naar hem knikten omdat ze elkaar kenden. Fischer knikte terug naar een paar veteranen, die stralend grijnsden.

Eigenaardig, dacht hij. Het was duidelijk een staking, en dat was zorgwekkend, vooral omdat alle arbeiders eraan meededen, maar persoonlijk voelde hij zich niet echt bedreigd. Er hing een soort opgewonden stemming, maar de verbittering die normaal gesproken bij stakingen hoorde ontbrak geheel. Wel was hij zich ervan bewust dat hij en de zijnen veruit in de minderheid waren als de situatie uit de hand mocht lopen.

'De mannen van Mr. Bowers, de stokers en het bedieningspersoneel die vannacht zijn aangekomen, waar zijn die?' vroeg hij aan Charlie.

'Die hebben zich in hun tent verschanst. Ze weigerden naar buiten te komen, zelfs toen Mr. Bowers kwaad werd.'

'Bowers, is dat waar?'

'Aye,' was het korte antwoord.

'In dat geval, heren, staan we er alleen voor.' Hij zei het op opgewekte toon, maar was zich bewust van een akelig hol gevoel in zijn buik. In stilte begon hij met het opzeggen van alle gebeden die hij kende.

De laatste mannen gingen opzij om hen door te laten, en toen stonden ze tegenover de voorman, een man met een grijze vlecht en een gerimpeld, eerlijk gezicht met een permanente melancholieke frons. Op het moment dat de drie mannen omhoogliepen naar de rails staakten de arbeiders hun vernielingen met de ijzeren staven en keken ze vragend naar Zhang Haobin.

'Hola, jongens,' zei de voorman triest. 'Korte pauze.' Hij keek naar Herr Fischer en wachtte geduldig totdat de Duitser het woord zou nemen.

'Mr. Zhang,' begon Herr Fischer beleefd, en Charlie vertaalde.'We storen u bij het werk.'

'Dat geeft niet,' mompelde Zhang.

'Mag ik vragen wat uw redenen zijn om onze mooie spoorlijn te vernielen? U hebt er, samen met vele anderen, jarenlang keihard aan gewerkt. U bent er altijd trots op geweest.'

Zhang liet somber zijn hoofd hangen, maar toen hij het weer optilde, keek hij Herr Fischer recht in de ogen. De eerste zin mompelde hij binnensmonds, maar geleidelijk kreeg hij zelfvertrouwen, en uiteindelijk sprak hij luid genoeg om verstaanbaar te zijn voor alle arbeiders. Charlie vertaalde.

'Hij zegt dat hij inderdaad hard heeft gewerkt, maar dat was voordat ze wisten dat ze werden misleid en dat het verkeerd was om deze spoorlijn voor buitenlanders en verraders aan te leggen.' Zhang sprak op kille toon. Woede had zijn nervositeit verdreven, en hij had op elke wang een vurig rode vlek. 'Hij zegt dat zijn mannen en hij niets tegen u hebben, Herr Fischer, dat u ze altijd goed hebt behandeld. En ook niet tegen Mr. Bowers. Nu heeft hij echter instructies van de nieuwe machthebbers – ik weet niet wie hij daarmee bedoelt – dat de buitenlandse magie vernietigd moet worden. Vandaar dat hij de spoorlijn onklaar maakt.'

'Zeg tegen hem dat ik zijn argumenten interessant vind, maar dat ik geen weet heb van een nieuwe regering in China of van een nieuw beleid van de spoorwegdirectie. Verder ben ik verbaasd dat hij zo bijgelovig over de spoorlijn praat, zeg dat er maar bij.'

Zhang luisterde aandachtig naar Charlies vertaling en gaf kalm antwoord. Wat het antwoord ook was, het maakte Charlie zo kwaad dat hij iets naar hem snauwde. De arbeiders om hen heen begonnen te mompelen, maar Zhang stak zijn armen omhoog om hen het zwijgen op te leggen. Toen hij opnieuw het woord nam, klonk zijn stem hard en vastberaden, en Charlie werd nog bozer over wat hij zei.

Herr Fischer raakte zacht Charlies arm aan. 'Vertaal het nou maar gewoon, Charlie. Wind je niet zo op.'

'Deze hondsbrutale man sprak oneerbiedig over de spoorwegdirectie en hij noemde Zijne Excellentie minister Li Hung-chang een verrader van de Drakentroon. Ik heb tegen hem gezegd dat de enige verraders schildpadeieren zijn, zoals hijzelf en degenen die de aanleg van de spoorlijn saboteren.'

'Dat was moedig van je, Charlie, maar onder de huidige omstandigheden is het beter om niet zo fel van leer te trekken. Wat zei hij verder nog?'

'Hij zegt dat hij handelt in opdracht van de *yamen*. Ik weet dat hij liegt. Hij en zijn mannen hebben geluisterd naar de domme boeren die zich tegen de nieuwe beschaving keren en al het goede in ons land vernietigen.'

'Toch wil ik graag dat je je mening voor je houdt, Charlie, en dat je je strikt beperkt tot je rol als tolk. Zeg tegen Mr. Zhang dat ik alles heb gehoord, maar dat ik als onderdirecteur van deze afdeling nieuwe bevelen uitsluitend kan opvolgen als ik ze schriftelijk ontvang. Als dergelijke bevelen aan de Mandarijn zijn overhandigd, moeten we wachten totdat ze aan ons worden doorgegeven. We kunnen geen dingen gaan doen waar we later misschien spijt van krijgen. Zeg tegen hem dat er nog geen grote schade is aangericht, en dat ik hem beleefd wil verzoeken om zijn mannen opdracht te geven hun huidige werkzaamheden te staken en te wachten totdat de situatie is opgehelderd. Dat is toch redelijk, vind je niet?'

Met grote tegenzin vertaalde Charlie het voorstel. Herr Fischer vond dat zijn toon nog steeds vijandig was. Zhang Haobin knikte echter instemmend en raadpleegde een aantal arbeiders die om hem heen stonden. Er ontspon zich een levendig debat.

'Wat zeggen ze?'

'Het is allemaal verraad,' zei Charlie honend. 'Ze hebben het over de Boxers, de Eendrachtige Vuisten. Het schijnt dat er vannacht in hun kamp een soort verschijning is geweest. Ze beweren dat het de goden zijn die de opdracht hebben gegeven om dit te doen,' voegde hij er sarcastisch aan toe.

Ondertussen leek Zhang overeenstemming te hebben bereikt met zijn mannen, en Charlie liet hem uitpraten voordat hij de woorden vertaalde. 'Precies zoals ik dacht,' concludeerde hij. 'Allemaal bijgeloof. Ze beweren dat ze opdracht hebben van een hogere autoriteit dan de wereldlijke macht. Goden zijn neergedaald om hen toe te spreken – de wonderen zijn de wereld nog niet uit – en hoe kunnen ze bevelen van de goden nou in de wind slaan? Volgens hem is de *yamen* het helemaal eens met deze hemelse instructies. Een van deze acrobaten-annex-goden schijnt een memorandum met het zegel van de Mandarijn te hebben getoond. Is het niet komisch?'

'Moeten wij wachten totdat we dit memorandum te zien krijgen?'

'Nee, zij vinden het bevel van de goden goed genoeg. Ik zal ze vragen welke god groter is dan onze keizer op de Drakentroon, die dagelijks in contact staat met de Jade Keizer in de hemel. En ze erop wijzen dat ongehoorzaamheid aan onze keizer gelijk staat aan verraad.'

'Nee, Charlie,' zei Fischer, maar Charlie luisterde niet eens naar hem.

De menigte begon steeds luider te protesteren, en ditmaal deed Zhang niets om ze tot bedaren te brengen. Zhang blafte iets terug in reactie op Charlies opmerking.

Charlie lachte hem uit. 'Hij zegt dat de Jade Keizer in eigen persoon een van de goden was die vannacht in het kamp van de koelies is geweest en dat hij hem met zijn eigen oren heeft gehoord.' Hij riep drie woorden die Herr Fischer herkende: 'Leugenaar! Verrader! Schildpadei!'

Ontzet keek Fischer toe toen er een haaknagel uit de meute omhoogkwam, een trage boog door de lucht beschreef en neerkwam op Charlies hoofd. Hij wilde zijn geweer pakken, maar zijn armen werden van achteren stevig vastgepind. Hij hoorde een schot, Bowers was duidelijk sneller geweest, maar nu werd ook hij vastgepakt. Fischer ving een vluchtige glimp op van het bloed dat omlaagdroop naar de zwarte baard, maar ingeklemd tussen twee potige grondwerkers kon hij zich nauwelijks bewegen. Toen zag hij de ijzeren staven omhoogkomen en weer omlaaggaan, telkens weer. Hij dacht dat hij zich dingen verbeeldde. Daar kwam Charlies glimlachende gezicht omhoog uit het groepje mannen dat hem probeerde te vermoorden, maar het bleef omhoogkomen, steeds hoger. Fischer besefte dat ze Charlie hadden onthoofd en zijn hoofd op een van de ijzeren staven hadden gestoken.

Nu hoorde hij het brullen van de menigte. Het was afgelopen met de stilte.

Hij kon zijn ogen niet van het hoofd van Charlie afhouden. Deinend op die ijzeren staaf leek het net zo geanimeerd als toen Charlie nog leefde. Zijn jonge assistent leek helemaal hersteld van zijn slechte humeur en zijn lippen bewogen alsof hij een spottende op- merking over zijn bijgelovige landgenoten maakte. Toen besefte Fi- scher dat het niet zijn tong was die bewoog, maar het bloed dat uit zijn gapende mond sijpelde en glinsterde in het licht. Hij hoorde een stem bij zijn oor en zag dat de voorman, Zhang Haobin, heftig te- gen hem stond te praten, maar hij begreep niet wat hij hem pro- beerde te vertellen.

Zhang maakte een gefrustreerd gebaar, sloot zijn ogen alsof hij zich iets probeerde te herinneren en zei toen in gebroken Engels: 'U. Meester. Naar Kamp.' Hij klopte op zijn hoofd alsof dat zijn geheu- gen activeerde en voegde er ten slotte nog een woord aan toe. 'Vriend,' zei hij, eerst op Fischers borst wijzend en toen op zijn eigen.

Fischers eerste reactie was boosheid. Hoe durfde die man zichzelf een vriend te noemen? Hij had net voor zijn ogen de beste assistent die hij ooit had gehad vermoord, of laten vermoorden! Een grom- mend geluid ontsnapte uit zijn keel, zijn muisachtige gezicht ver- trok, en hij worstelde in de armen van de mannen die hem vast- hielden. Het liefst wilde hij hen met zijn nagels krabben... Toen herinnerde hij zich Bowers en hun hulpeloosheid. En hij besefte dat de zorgelijk kijkende man die voor hem stond en steeds maar 'vriend' bleef mompelen hem echt wilde helpen.

'Ga je gang,' mompelde hij. Opeens spoelde er een overweldigende golf van verdriet over Charlie door hem heen, en hij staakte zijn ver- zet. Hij was zich nauwelijks bewust van de ruwe maar niet on- vriendelijke handen die hem en Bowers terugvoerden door de me- nigte, tegen de heuvel op en naar de tent waar hij aan het werk was geweest toen het allemaal was begonnen.

De vertrouwdheid van zijn tafels en kaarten bracht hem terug tot de werkelijkheid en herinnerde hem aan zijn plicht. Hij was ingeni- eur, bedacht hij, en hij moest iets praktisch doen. De beslissing om de wond op Bowers slaap schoon te maken en te verbinden was een makkelijke en een uitvoerbare. Toen hij echter een plan probeerde te bedenken voor wat hij daarna moest doen, kwam hij tot zijn schrik tot de ontdekking dat het hem daarvoor aan ervaring ontbrak. Het drong tot hem door hoezeer hij voor alles wat de Chinezen aanging afhankelijk was geweest van Charlie. Zonder Charlie kon hij zelfs met niemand praten en was hij feitelijk doofstom. Als gevangene in zijn eigen tent besefte Fischer plotseling dat er nog maar één persoon was die hem misschien zou kunnen helpen: Henry Manners.

Het uitstapje was lang niet zo leuk geweest als Henry had gehoopt. Het landschap en de belevenissen waren niet genoeg om de jongen op zijn gemak te stellen. Hiram bleef in zichzelf gekeerd en zat stuurs op zijn pony, zonder enige belangstelling voor de omgeving. Fan Yimei probeerde hem uit zijn tent te lokken door een tocht te beschrijven die ze als meisje met haar vader had gemaakt. Hij had haar de namen van alle bloemen en planten geleerd en haar verteld met wat voor penseelstreken hij ze zou schilderen, en samen hadden ze over het pad gerend en alle vogels nagebootst die toen over de velden scheerden, net als nu. Hiram knikte alleen maar, en zijn lippen bleven krampachtig op elkaar geperst. De starende ogen in zijn witte gezicht weerspiegelden niets dan de vreselijke nachtmerries die hem bleven achtervolgen.

Na een tijdje werd Fan Yimei zelf ook steeds melancholieker en ze verzonk in stille overpeinzingen. De picknick aan de rivier verliep in stilte.

Op de terugweg probeerde Henry het enthousiasme van zijn twee metgezellen te wekken door hun nieuwe leven in Tientsin te beschrijven. Hij zou hun een brief meegeven voor zijn vriend George Detring, de manager van het Astor House Hotel, en die zou hen in een van zijn beste suites installeren en voor hen zorgen totdat Manners zelf klaar was met zijn werk in Shishan. Dan zou hij zich bij hen voegen en op zoek gaan naar een geschikt huis, over niet al te lange tijd. De onderhandelingen met majoor Lin waren bijna afgerond. Detring kon ondertussen zorgen dat Hiram werd aangenomen op het prestigieuze gymnasium van Tientsin. Als vrienden van Manners zouden ze met alle respect en egards worden behandeld. Fan Yimei, grapte hij, kon zelfs met de Engelse dames gaan flaneren in Victoria Park. Ze zouden over de rand van hun waaiers naar haar kijken en denken dat ze een of andere exotische prinses was die na een mysterieuze hofintrige naar Tientsin was verbannen.

Zijn grapje sloeg totaal niet aan.

Henry's opmerkingen konden Fan Yimei niet opvrolijken. De opmerking over Engelse dames had haar alleen maar aan Helen Frances herinnerd. Ze maakte zich geen illusies over haar leven als de maîtresse van een buitenlander en wist dat ze door beide rassen met de nek zou worden aangekeken. Bovendien zou hij op een gegeven moment genoeg van haar krijgen. Misschien wilde hij haar nu al niet meer. Die nacht had ze wakker gelegen in de vreemde tent en op hem gewacht, verlangend naar de bescherming van zijn armen, ook al wist ze dat hij niet zoveel van haar hield als van het meisje met het rode haar. Het was haar een raadsel waarom hij ervoor koos om buiten te slapen, samen met Hiram. Ze probeerde zichzelf te troosten met de gedachte dat Ma Na Si zich zorgen maakte over de jongen en hem niet alleen wilde laten met zijn demonen. Dat zou typerend zijn voor zijn hartelijkheid en zorgzaamheid. Haar was hij niets meer schuldig. Hij had zich aan hun afspraak gehouden, had zelfs meer gedaan dan ze hem had gevraagd. Ze had juist het gevoel dat ze bij hem in het krijt stond en hem alleen kon terugbetalen door haar leven aan hem op te offeren. Niets was erger dan de hel waaruit hij haar had gered. Als ze bleef leven, zou ze alles doen wat hij van haar verlangde, al eiste hij nog zoveel. Zelfs als hij deed waarmee hij dreigde: haar helemaal vrijlaten.

Gelukkig kon ze hem ondertussen helpen met de jongen. Zelf was ze ook een slachtoffer van Ren Ren, net als Hiram, en ze had het gevoel dat ze hem zou kunnen bereiken, net als toen ze zijn wonden had verzorgd nadat hij door de Japanner was mishandeld. Ze begreep de angst die hij nu onderging, en de oorzaak ervan. Als jong meisje had ze de vreselijkste dingen meegemaakt in het Paleis van de Hemelse Lusten. Ze was verkracht en geslagen en vernederd op manieren die ze zich niet meer wilde herinneren. Nog steeds kon ze dat gevoel van toen oproepen, het kind dat in de steek is gelaten, de schuldgevoelens en de zelfverachting, want elk kind dat nare dingen meemaakt denkt dat het zijn eigen schuld is. Het meest beschamende van alles stond nog steeds in haar geheugen gegrift, het goed bewaarde geheim dat alleen mensen die zijn mishandeld kennen en nooit uitgewist kan worden. Ze wist dat het slachtoffer ondanks de pijn liefde kan voelen voor degene die martelt, de persoon die straft. Het was een gevoel van intimiteit waarnaar je hunkerde, terwijl je er tegelijkertijd bang voor was. Dat schaamtegevoel had Hiram ook. Als lotgenote had ze het herkend: ze waren allebei minnaars geweest van Ren Ren, en heel diep vanbinnen deelden ze dezelfde schaamte.

Zwijgend reden ze door het zomerse landschap, alle drie in hun eigen gedachten verzonken. Ze werden zozeer door hun overpeinzingen in beslag genomen dat het ze niet opviel hoe stil het was in het spoorwegkamp, en pas toen er geen knechten waren die hen begroetten bij de stallen drong het tot Henry door dat er iets helemaal mis was.

'Hiram,' zei hij, 'ik wil dat je hier blijft met Fan Yimei. Als ik over tien minuten niet terug ben, of als je het gevoel hebt dat er iets niet klopt, dan gaan jullie terug naar de pony's en rijden jullie hier vandaan, zo hard als jullie kunnen. Ga naar het huis van de dokter, via dezelfde weg als we zijn gekomen, maar zorg dat je niet wordt gezien. Probeer zo min mogelijk over de weg te rijden. Wil je dat voor me doen?'

Hiram en Fan Yimei staarden hem stomverbaasd aan. Henry pakte Hirams hand en keek hem doordringend aan. 'Jij bent de man hier, en je moet deze dame beschermen. Ik weet niet wat hier aan de hand is, maar ik moet eerst weten wat er met Herr Fischer en de anderen is gebeurd. Waarschijnlijk ben ik in een wip weer terug, maar als ik er over tien minuten nog niet ben, doe jij dan wat ik net heb gevraagd?'

Voor het eerst sinds zijn ontsnapping begonnen Hirams ogen voorzichtig te glinsteren. 'Ja, meneer,' zei hij aarzelend.

'Goed zo.' Hij drukte hem even tegen zich aan en kuste Fan Yimei op haar voorhoofd. 'Blijf bij Hiram, wat er ook gebeurt,' droeg hij haar op. 'Begrepen?' Ze bleef hem rustig aankijken en knikte.

'En ik geef je deze, Hiram.' Henry haalde zijn revolver uit het holster. 'Dit is de veiligheidspal, daar klik je op. Kijk maar, zo. Gebruik dit alleen als het echt moet, maar onthou mijn belofte. Jullie gaan geen van beiden ooit terug naar dat huis.'

Hij rende weg naar de tenten, gluurde heel voorzichtig om de hoek van de eerste, stapte over de scheerlijnen heen en verdween uit het zicht.

De flegmatieke Bowers had een ketel water opgezet op de kachel in de tent. Er zat een verband om zijn hoofd, maar verder leek hij nergens last van te hebben. Herr Fischer liep rusteloos heen en weer, mompelend in het Duits. Ze hadden in een uur tijd zes pijpen gerookt en besproken wat hun te doen stond – dat wil zeggen, eigenlijk had Herr Fischer het ene onmogelijke plan na het andere bedacht en had Bowers alleen geluisterd en telkens zijn hoofd geschud. Toen Fischer met zijn laatste plan was gekomen en Manners voor de zoveelste keer hartgrondig had vervloekt omdat hij er niet was, had Bowers voorgesteld om een kopje thee te zetten.

'Ik hoop dat u het niet aanmatigend van me vindt, meneer, als ik u vertel hoe ik erover denk,' zei hij onder het inschenken van twee koppen sterke thee. 'In dit soort situaties kun je altijd het best op de Voorzienigheid vertrouwen. Tot nu toe zijn we er goed van afgekomen. We leven nog, en zelfs een stelletje koelies zijn niet in staat om een degelijke Engelse locomotief onklaar te maken. Tot nu toe is het nog allemaal goed gegaan, afgezien van het trieste verlies van uw jonge vriend. Zolang de drie heren die hier voor de deur staan onze geweren hebben, lijkt het me erg dom om al te avontuurlijk te worden. Volgens mij kunnen we beter afwachten.'

'Maar wat kunnen we doen?' Fischer gebaarde wild met zijn armen. 'We zijn in handen van moordenaars en gekken die in demonen geloven.'

'Ja meneer, leuk is anders. Maar ik meen me te herinneren dat u Mr. Manners een vindingrijke kerel hebt genoemd. En als er in Shishan nog steeds een bestuur is, zullen ze waarschijnlijk niet al te enthousiast reageren op het vernielen van staatseigendommen. Volgens mij komt alles uiteindelijk op zijn pootjes terecht, als we maar geduld hebben.'

'Maar waar ís Manners?' riep Fischer gefrustreerd uit. 'Die man is gaan picknicken. Picknicken! Hij is gaan picknicken met twee hoeren. Het kan nog wel uren duren voordat hij terug is.'

Tot zijn verontwaardiging zag hij de ondoorgrondelijke machinist grinniken. 'Neem me niet kwalijk, Bowers, maar ik zie niet in wat er grappig is aan onze situatie of aan wat ik heb gezegd.'

'Vergeef me, meneer.' Bowers kuchte, zijn gezicht rood aangelopen van het lachen. 'Ik bedacht net dat de Heer vreemde instrumenten uitkiest voor het verrichten van Zijn wondere werken.'

En hij had werkelijk veel weg van een gevleugelde verlosser of een *deus ex machina* aan het eind van een melodrama zoals Henry Manners enige ogenblikken later in de tent verscheen. De twee mannen schrokken toen de tentflap bewoog en een gebogen figuur met de hoed en jas van een koelie zich oprichtte en de Hooggeboren Heer Manners bleek te zijn. Onder zijn arm hield hij drie Remington-geweren, waarvan hij er een achteloos naar Fischer gooide en het tweede naar Bowers.

'Heren,' zei hij, 'vergeef me mijn uitdossing, maar Engelse serge wordt tegenwoordig niet zo gewaardeerd. Ik stel voor dat jullie mijn voorbeeld volgen.' Hij draaide zich om en trok een bundel kleren de tent in. 'De drie bewakers voor de deur zijn... even onder zeil, zal ik maar zeggen. Ze zullen hun kleren niet missen, maar het lijkt me geen goed idee om erbij te zijn als ze wakker worden. Op dit moment is de kust veilig, en ik heb gezadelde paarden klaarstaan bij de stallen.'

'En mijn spoorwegkamp dan, Mr. Manners? Vindt u dat ik de boel maar gewoon in de steek moet laten?'

'Jazeker vind ik dat, Herr Fischer, vooral omdat het al door uw arbeiders onder de voet is gelopen en is versierd met de hoofden van uw medewerkers.'

'Hoofden? Mijn Charlie is wreed vermoord, maar – '

'Zo te zien hebben anderen hetzelfde lot ondergaan. Ik herkende die stoker van je, Bowers. De grijns op zijn afgehakte hoofd is bijna net zo vrolijk als die van Charlie. Het begint hier steeds bloederiger te worden, heren. Erg bloederig.'

Bowers boog zijn hoofd, maar zijn uitdrukking was rustig toen hij weer opkeek. 'Kunnen we niet op de een of andere manier bij de locomotief komen, meneer?' vroeg hij. 'Als we die op stoom krijgen...'

'Sorry, Bowers, het is daar een mierennest. Kom op, kapitein Fischer, uw schip is aan het zinken, en snel ook. U moet de brug verlaten. Verstandige ratten nemen de benen. Nu. Voordat het te laat is.'

Maar het was al te laat, en dat ontdekten ze al voordat ze de tent hadden verlaten.

Hiram zag het allemaal gebeuren. Toen hij en Fan Yimei het stof op de heuvel zagen en het hoefgetrappel van galopperende paarden hoorden, wilde Fan Yimei teruggaan naar het kamp om Henry te waarschuwen. Hij probeerde haar tegen te houden, maar ze had haar pony al een klap gegeven met de stok die ze als zweepje gebruikte en reed in draf terug naar de tenten. Hiram probeerde zich vergeefs in evenwicht te houden toen zijn pony steigerde, en hij viel op de grond. Liggend op de grond, verborgen achter een rotsblok, zag hij het peloton geüniformeerde ruiters uit het bos komen. Fan Yimei was binnen de kortste keren ingehaald. De teugels werden uit haar handen getrokken en haar pony werd tot stilstand gebracht.

De officier van het peloton, een elegante man met een wreed gezicht dat aan de kop van een havik deed denken, draafde op zijn witte hengst naar haar toe, en de twee keken elkaar aan, hij onaangedaan, zij met een uitdrukking die het midden hield tussen uitdagend en gelaten. Met een snelle beweging haalde de man uit met zijn rijzweep, en op haar witte wang bleef een rode striem achter. Daarna blafte hij een bevel en reden er twee soldaten naar hen toe om Fan Yimei te flankeren. Aldus tussen twee bewakers ingeklemd, had ze geen keus dan met het peloton mee te rijden naar het kamp. Het stof ging weer liggen toen de ruiters tussen de tenten uit het zicht verdwenen.

Door met de straatschoffies in Shishan te spelen, had Hiram als kind al geleerd zich geruisloos en onopvallend te bewegen. Heel behoedzaam volgde hij dezelfde route die Mr. Manners eerder had genomen. Hij zorgde dat hij in de schaduw van de tenten bleef en kroop op zijn buik over de open plekken. Tussen een stapel grote blikken waar dieselolie in had gezeten kon hij zich verstoppen en vandaar had hij onbelemmerd zicht op de tent van Herr Fischer.

Voor die tent hadden de soldaten halt gehouden, en hun karabijnen waren op de tentopening gericht. Achter hen verdrongen zich enkele honderden nieuwsgierig reikhalzende arbeiders. De officier met het haviksgezicht was afgestegen en stond te praten met een grijsharige arbeider, kennelijk degene die de leiding had. De man wees eerst op de tent, toen op drie naakte koelies die schaapachtig op de grond zaten en over hun pijnlijke hoofd wreven. Tot Hirams opluchting zat Fan Yimei nog steeds op haar pony, tussen de twee bewakers in. Een van de twee mannen hield zelfs een parasol boven haar hoofd tegen de felle zon.

De officier liep naar de tentopening en riep luid: 'Ma Na Si!'

Kennelijk werd er een gesprek gevoerd, maar dat kon Hiram niet verstaan. De officier liep terug naar de ruiters en schreeuwde een bevel. Een van de soldaten vuurde in de lucht met zijn karabijn. De knal weergalmde in het stille kamp, gevolgd door geroezemoes van de arbeiders. Na ongeveer een minuut blafte de officier opnieuw een bevel, en nu schoot de soldaat op de nok van de tent. De kogel ketste hoorbaar af op de tentpaal.

De tentflap ging open en drie mannen in Chinese boerenkleren kwamen naar buiten. Een van hen was Mr. Manners, de ander was Mr. Fischer en de derde was een grote kerel met een baard die Hiram nooit eerder had gezien. Ze hadden alle drie een geweer, en hij dacht even dat ze hun wapens zouden gaan gebruiken. Hij trok de revolver uit zijn riem en maakte de veiligheidspal los.

Op dat moment lachte Mr. Manners, en hij gooide zijn geweer op de grond. De anderen deden hetzelfde. Zes soldaten renden snel naar voren en bonden hun armen achter hun rug vast.

De officier draaide zich om naar de menigte en verhief zijn stem. Wat hij zei klonk als een soort proclamatie. Hiram kon de woorden 'vrijgeleide' en 'bescherming' onderscheiden.

Mr. Manners glimlachte nonchalant naar de soldaten, maar toen draaide hij zijn hoofd opzij en zag hij Fan Yimei. Hij verstijfde. Ook Fan Yimei schrok zichtbaar, en ze riep iets wat Hiram niet kon verstaan. Op hetzelfde moment begon hij te worstelen om zich uit de greep van de twee soldaten te bevrijden.

De officier met het haviksgezicht keek langzaam van de een naar de ander, en zijn mondhoeken gingen omhoog in een spottende glimlach. Hij liep naar Mr. Manners toe, zijn sabel achter zich aan slepend door het zand, pakte een geweer van een van de soldaten en ramde de kolf in de buik van de Engelsman, en hij gaf hem nog een klap tegen zijn hoofd toen hij viel. Toen Mr. Manners op de grond lag, schopte hij hem in zijn zij en in zijn gezicht, en hij sloeg met de geweerkolf uit alle macht tegen zijn achterhoofd.

Hiram voelde hete tranen branden in zijn ogen. Hij richtte de revolver op de rug van de officier, maar de loop trilde en beefde en zakte omlaag naar de grond. Hij onderdrukte een snik van boosheid en schaamte, maar hij kon zijn blik niet afwenden.

De officier liet het aan zijn mannen over om Mr. Manners in elkaar te slaan. Twee soldaten trokken hem overeind en terwijl hij tussen hen in hing, bewerkte een potige sergeant hem met zijn vuisten. Zijn gezicht was een masker van bloed en blauwe plekken. Ze bleven hem slaan, ook toen hij allang bewusteloos was. De menigte keek zwijgend toe, en het enige geluid was het doffe dreunen van de vuistslagen en de gesmoorde uitroepen van Fan Yimei, die nog steeds door twee soldaten werd vastgehouden.

Wreed grijnzend keek de officier toe, en na een eeuwigheid gaf hij opdracht op te houden. Mr. Manners vertoonde geen enkel teken van leven. Ze lieten het bebloede lichaam onverschillig in het zand vallen.

De twee andere buitenlanders hadden angstig zwijgend toegekeken. Nu liep de officier naar hen toe en maakte een buiging. Hij gaf de soldaten bevel de mannen los te laten. Er werden twee paarden gebracht, en begeleid door een kleine compagnie reden ze weg in de richting van Shishan.

Na uitvoerig overleg tussen de officier en de voorman van de spoorwegarbeiders kreeg de menigte opdracht zich te verspreiden, en werden soldaten naar het provisorische station gestuurd. Ongeveer een uur later maakten de overgebleven soldaten zich op om te vertrekken. Alsof ze het bijna waren vergeten werd het lichaam van Henry Manners over het zadel van een paard gelegd, waar het slap en levenloos bleef hangen. De officier met het koude gezicht reed het kamp uit, gevolgd door zijn mannen. Hij besteedde geen aandacht aan Fan Yimei die, nog steeds tussen haar bewakers in, de achterhoede vormde. Ze huilde allang niet meer en haar gezicht stond nu even kil en uitdrukkingsloos als het zijne.

Hiram bleef wachten totdat alle soldaten uit het zicht waren verdwenen en kwam toen stilletjes uit zijn schuilplaats te voorschijn. Zonder paard was het niet nodig om op de weg te blijven, en een paar minuten later liep hij dwars door een gierstveld in de richting van de stad.

Nellie sloeg zich voortreffelijk door alle moeilijkheden heen, vond Airton. Ze bleef hem verbazen, en niet voor de eerste keer dankte hij de Voorzienigheid voor een zo onmisbare rechterhand. De meeste andere vrouwen – hij was geen expert op dit gebied en baseerde zijn kennis voornamelijk op sentimentele romans – zouden zich onder het mom van vapeurs in hun boudoir hebben teruggetrokken. Niet dat Nellie een boudoir tot haar beschikking had in zo'n betrekkelijk klein huis, maar ze had wel in paniek kunnen raken, zoals hem bijna was overkomen toen Zhang Erhao hun het vreselijke nieuws kwam brengen. Kort daarna werd Delameres lichaam bij de poort van de missiepost afgeleverd, op een handkar en bedekt met jutezakken.

Airton en zuster Caterina waren net bezig met een gecompliceerde blindedarmoperatie, dus was het aan Nellie om af te rekenen met de meute nieuwsgierigen die de kar uit de stad was gevolgd. Geholpen door Ah Lee en Zhang Erhao lukte het haar om de kar weg te halen bij de graaiende handen van mensen die wilden zien wat er onder de bloederige jutezakken lag. De kar werd naar binnen gereden, waarna ze in haar eentje de poort met de zware balken vergrendelde.

Ondanks alles had ze zelfs de tegenwoordigheid van geest om Franks twee vrienden te herkennen, de kooplieden Lu Jincai en Jin Shangui, die besluiteloos aan de rand van de menigte stonden. Zij hadden ervoor gezorgd dat het lichaam uit de stad naar de missiepost was gebracht, en nu waren ze allebei nerveus en uitgeput. Nellie nam hen mee naar binnen, bracht hen naar de wachtkamer van het ziekenhuis en gaf Ah Sun opdracht om thee te zetten. Voor Frank kon ze toch niets meer doen, dus besloot ze dat het nuttiger was om zijn twee vrienden te troosten. Ze ging tussen hen in zitten en hield hun handen vast totdat de dokter klaar was met zijn patiënt.

Onder andere omstandigheden zouden de twee confucianisten zich nooit en te nimmer door een buitenlandse vrouw hebben laten aanraken, maar ze waren hevig ontdaan en ook opgelucht dat ze bij de meute vandaan waren, dus lieten ze zich het troostende gebaar welgevallen terwijl ze met hun vrije hand thee dronken.

Al die gebeurtenissen leken nu lang geleden, en sindsdien was er veel gebeurd, maar de dokter herinnerde zich levendig dat Lu Jincai hem iets had laten zien waar hij vreselijk van was geschrokken. Toen de koopman eenmaal een beetje van de schrik en het verdriet was bekomen, haalde hij uit zijn mantel een klein pakketje, gewikkeld in grijze zijde. Hij haalde de stof eraf en liet de dokter een handbijltje

met een rood kwastje zien. Dit, vertelde hij, was het wapen waarmee Mr. Delamere was vermoord. Pas later besefte de dokter dat het
op dat moment tot hem was doorgedrongen dat hun leven en omstandigheden in Shishan nooit meer dezelfde zouden zijn.

Hij onderdrukte de huivering die langs zijn rug ging en stelde de
vraag waar hij het antwoord eigenlijk al op wist. 'Is dit wapen typerend voor de Boxers?'

'Ja, Daifu,' antwoordde Lu Jincai zacht.

'Dus ze zijn in Shishan?'

Lu Jincai knikte. Jin Shangui was bezig zijn bril op te poetsen met
een zakdoek die hij uit zijn mouw had getrokken.

'En wat gaat de Mandarijn eraan doen?' vroeg hij een beetje al te
verontwaardigd.

Er kwam geen antwoord. De twee kooplieden staarden naar de
vloer.

'Juist,' zei Airton, maar hij kwam onmiddellijk in verzet tegen zijn
eigen gelatenheid. 'Nee, het is helemaal niet juist! Dit gaat om moord,
een bloederige moord op een buitenlander. De Mandarijn wil niets
met de Boxers te maken hebben. Wat gaat hij eraan doen?'

De twee heren bleven zwijgen. Jin Shangui haalde zijn schouders
op.

Airton voelde de hand van zijn vrouw op zijn knie. 'Bedaar, Edward,' fluisterde ze. 'Het is niet de schuld van deze twee vriendelijke heren.'

Een glimlach speelde over het knappe gezicht van Lu Jincai. 'Shangui en ik waren hier al een tijd bang voor,' zei hij. 'Niemand weet
waarom de wereld met telkens terugkerende waanzin wordt overspoeld, maar het lot zorgt ervoor dat elke generatie zijn deel krijgt.
We moeten ons allemaal voorbereiden op... moeilijke tijden. Zeer
moeilijke tijden. Dit is nog maar het begin, Daifu. We moeten dankbaar zijn dat onze goede vriend De Falang nauwelijks heeft geleden.
Hij zal bijna geen pijn hebben gehad. Misschien heeft hij alleen lichte verbazing gevoeld, vlak voor het eind.'

Hij glimlachte breder en zijn ogen stonden vertederd. 'Ik moet
bekennen dat hij enigszins beschonken was toen het gebeurde. De
goden zijn hem genadig geweest, zoals ze altijd zijn voor grote, simpele mensen van wie ze houden. Wie weet? Wellicht wachten ons

nog grotere verschrikkingen, en zullen wij hem op een dag misschien zelfs benijden om zijn snelle en makkelijke dood. Wat ik nu zeg, Daifu, komt recht uit mijn hart.'

Airton schraapte zijn keel. Zijn wangen gloeiden en hij voelde sentimentele tranen opwellen in zijn ogen bij de gedachte aan Frank, die moederziel alleen op straat was gestorven. 'Uw woorden zijn hard,' zei hij, 'maar ik denk dat die arme Delamere geluk heeft gehad met zijn vrienden.'

'Misschien dat we daar op een dag voor zullen boeten,' zei Lu zacht. 'Dit zijn geen tijden van begrip.'

'Maar jullie zijn Chinezen!' protesteerde Airton. 'De Boxers hebben het toch zeker alleen op buitenlanders gemunt?'

'Dit is China, Daifu. Wij bewaren de grootste wreedheden voor andere Chinezen. Dat is onze manier. Zo is het altijd geweest.'

'Dan is het bijzonder moedig van jullie dat jullie hierheen zijn gekomen,' zei Airton, worstelend met zijn emoties.

'De Falang was onze vriend,' zei Jin Shangui. Hij was klaar met het oppoetsen van zijn bril, maar de glazen besloegen opnieuw zodra hij de bril op zijn neus zette.

Ze zadelden de pony's van de twee kinderen, zodat de kooplieden terug konden rijden naar de stad. Lu Jincai bedankte de dokter voor zijn voorkomendheid en beloofde de pony's terug te laten brengen zodra het kon. Hij drukte de dokter op het hart om vooral niemand te vertrouwen, zelfs zijn bedienden niet. 'In deze tijden,' zei hij, 'wordt op elke man grote druk uitgeoefend.'

Nog steeds verdrong zich een klein groepje nieuwsgierigen bij de poort van de missie, dus vertrokken de kooplieden via een achterdeur. Het afscheid had iets definitiefs.

Met lood in de schoenen waren Airton en Nellie teruggegaan naar de eerste binnenplaats, waar Franks lichaam nog steeds op de kar lag. Vliegen gonsden rond de bebloede jute, ook al deed Ah Lee nog zo zijn best om ze weg te jagen. Airton zag zich geconfronteerd met zoveel problemen dat hij geen idee had waar hij moest beginnen.

Hij probeerde niet te denken aan Helen Frances, die hij in haar zieke toestand over de dood van haar vader zou moeten vertellen, en aan Tom, die nog herstellende was van zijn verwondingen. Nu moesten ze eerst een plek vinden waar ze Franks lichaam naartoe konden brengen. De wonden moesten schoongemaakt worden om hem enigszins toonbaar te maken, en het lichaam moest afgelegd worden. Daar kon Caterina bij helpen. Tijdens de pest hadden ze samen heel wat lijken afgelegd.

Ondertussen maakte hij zich grote zorgen over de andere non, en Caterina ongetwijfeld ook. Het was dagen geleden dat ze voor het laatst iets van zuster Elena hadden gehoord, en nu met deze moord zou het een wonder zijn als Caterina niet het ergste ging vrezen voor haar collega. Hoe onrustbarend haar verdwijning ook was, het was een probleem waar hij op een ander moment over na moest denken.

Een opbeurende gedachte was het feit dat Burton Fielding die ochtend vroeg was gearriveerd. Hij was nu in hun huis met de kinderen en rustte uit van de vermoeiende reis. In elk geval was er nu een man van stavast in de buurt, een praktische, daadkrachtige kerel, gehard door het leven in het Wilde Westen. Die avond konden ze samen bespreken hoe de Mandarijn het beste benaderd kon worden voor hulp. Misschien dat een aantal van zijn soldaten de missie kon beschermen. De Mandarijn zou ten minste kunnen helpen bij het evacueren van de vrouwen en kinderen naar Tientsin, als dat nodig mocht zijn... Maar dat alles moest tot later wachten.

Eerst moest Frank Delamere weg van de binnenplaats. Arme, beschonken Frank, die zich uiteindelijk toch dood had gedronken. Tot zijn schaamte kon hij er op dit moment nauwelijks om treuren, zoveel andere problemen had hij aan zijn hoofd.

De moord op Frank had zijn zekerheid over hun prettige leventje ondermijnd. De combinatie van deze schokkende gebeurtenis en Lu Jincais omineuze waarschuwingen over de Boxers en de Mandarijn die de macht over de stad kwijt dreigde te raken, was hard aangekomen. Voor hem was het een bevestiging van zijn eigen angsten, vooral na zijn onbevredigende audiëntie bij de Mandarijn van die ochtend. Dan was er nog zijn knagende bezorgdheid over zuster Elena, plus het feit dat Tom in de ene kamer herstelde van schotwonden en Helen Frances in een andere van haar opiumverslaving. Alles bij elkaar begon het steeds meer op een akelige nachtmerrie te lijken.

Hij had niet eens de tijd om de jutezakken van Franks lichaam te halen, of er werd luid op de poort geklopt. Caterina bleef achter bij de dode, en zelf rende hij door de ziekenhuisgangen naar de poort. Nellie en Burton Fielding waren er al, en Ah Lee en Zhang Erhao hadden aarzelend hun handen op de balk gelegd, maar ze waren kennelijk te bang om open te doen.

'Doe open in naam van de *yamen*!' riep een stem van buiten, gevolgd door nieuw gedreun op de poort.

'Wat vind jij?' vroeg de dokter aan Fielding.

'Als die man zegt dat je in naam van de *yamen* open moet doen, dan zou ik maar doen wat hij zegt,' was het laconieke antwoord.

'Je hebt gelijk,' zei de dokter, die opeens hoop voelde. 'Misschien is het een boodschap van de Mandarijn. Over de moord. Wie weet stellen ze toch een onderzoek in.'

'Als je niet opendoet, zul je het nooit weten,' zei Fielding.

'Zou het de Mandarijn zelf zijn?' vroeg de dokter zich hardop af, en hij gebaarde naar zijn bedienden dat ze de balk weg moesten halen.

Maar het was de Mandarijn niet. Het was Septimus Millward met zijn gezin. In de vallende avondschemering stonden ze voor de poort, terwijl een boze menigte hen met modder bekogelde.

Een boodschapper van de *yamen* die de dokter niet kende, overhandigde hem een document dat hij moest ondertekenen. 'U bent de Ai Er Dun *daifu*? Wij dragen deze oproerkraaiers en criminelen aan u over, in afwachting van hun berechting. Zijne Excellentie de Mandarijn heeft besloten dat alle oceaanduivels in één huis ondergebracht moeten worden totdat de noodtoestand in de stad wordt opgeheven.'

'De noodtoestand? Wat voor noodtoestand?' sputterde de dokter, maar de man gaf geen antwoord en hield hem het papier, een penseel en inkt onder de neus.

'Ik zou maar doen wat hij zegt,' zei Fielding, kijkend naar de met modder en rotte groente besmeurde familie. 'Straks zijn ze zo smerig dat je niet eens genoeg badwater hebt om hen allemaal weer schoon te krijgen. Bovendien denk ik dat we sowieso met ze opgezadeld worden, of we het leuk vinden of niet. Merkwaardig,' voegde hij eraan toe. 'Ik was van plan om morgen zelf naar ze toe te gaan. Nu komt de berg naar Mohammed.'

Zodra de poort weer was vergrendeld liet de hele familie Millward zich op de binnenplaats op de knieën vallen, zonder het gastvrije echtpaar Airton zelfs maar beleefd te begroeten. Het uitzonderlijk smerige verband rond Septimus' hoofd had wel iets weg van een lauwerkrans door alle koolbladeren en spinazie die eraan waren blijven plakken. De pater familias hief zijn armen ten hemel, bedankte de Almachtige luidkeels voor Zijn goedertierenheid en riep Hem op om alle goddelozen met harde hand te straffen.

Nellie maakte er korte metten mee. 'Genoeg!' zei ze streng, en ze trok de verblufte Septimus aan zijn baard. 'Sta op, en dat kroost van je ook. Als jullie hier te gast willen zijn, gaan jullie in bad en dan naar bed. Jullie kunnen net zo lang bidden als jullie willen, maar pas nadat ik jullie een behoorlijk maal heb gegeven. Begrepen? Goeie genade, wat zijn die arme kinderen mager. Het is hartverscheurend.'

En de meest verbazingwekkende gebeurtenis van die lange, veelbewogen dag was misschien nog wel dat de Millwards als makke lammeren achter haar aan liepen.

De dokter en Burton Fielding bleven alleen achter op de binnenplaats, allebei zwijgend. Na een hele tijd stak Fielding een hand in zijn zak om zijn sigaren te pakken. 'Geniet er maar van, dokter. Het zou voorlopig weleens je laatste kunnen zijn.'

'Wat bedoel je, Fielding?'

'Ik bedoel dat de situatie inmiddels duidelijk is. Kennelijk wordt er van ons verwacht dat we ons met de vrouwen en kinderen in Fort Laramie verschansen terwijl de roodhuiden buiten op het oorlogspad gaan. Het probleem is alleen dat er geen Amerikaanse cavalerie is die ons kan komen redden. En herhaal dat niet tegen de dames, wil je?'

'Ik kan me gewoon niet voorstellen dat de Mandarijn – '

'Misschien heb je gelijk. Jij kent die man, ik niet. Maar het lijkt me dat we er niet van uit kunnen gaan dat de Mandarijn in de gelegenheid is om ons te helpen, zelfs al zou hij het willen. Ik raad je aan om in een situatie als deze onafhankelijk op te treden en het zinkende schip te verlaten. Ik stel voor dat we morgenochtend zodra het licht wordt alles en iedereen op je wagens laden en er als de bliksem vandoor gaan naar het spoorwegkamp, voordat de trein waarmee ik ben gekomen teruggaat naar Tientsin. Als die trein vertrekt, moeten we zorgen dat we erin zitten.'

'Dat kun je toch niet menen! Mijn beste Fielding, het lijkt me niet nodig om in paniek te raken. En hoe kunnen we nou zomaar weggaan? Ik moet voor mijn patiënten zorgen. Het is uitgesloten.'

'Jij hebt je verplichtingen, Airton, en ik de mijne. Als het om mijn vrouw en kinderen ging, zou ik wel weten wat me te doen stond. Gelukkig ben ik alleen verantwoordelijk voor dat arme misleide gezin. Ik was toch al van plan om ze hier weg te halen. De directie heeft besloten dat ze een gevaar zijn voor zichzelf en voor de hele gemeenschap hier, dus ik ga weg, samen met de Millwards, al moet ik ze vastbinden om ze mee te krijgen. Ik was van plan geweest om wat langer te blijven, maar dat gaat helaas niet door. Ik kan niet voor je beslissen wat je moet doen. Je moet de stem van je eigen geweten volgen.'

'Fielding, Fielding...' Airton wist niet wat hij moest zeggen. Hij had het gevoel dat hij kopje-onder ging in de stortvloed van opeenvolgende gebeurtenissen en beslissingen. 'Zelfs de Millwards kunnen niet zomaar weggaan. Wie moet er voor alle wezen zorgen als zij er niet meer zijn?'

'Wie er nu ook voor die wezen zorgt, in elk geval niet de Millwards, daar heeft de Mandarijn wel voor gezorgd. Luister, dokter, op een gegeven moment bereik je een punt dat je alleen maar kunt doen wat je kunt doen. In een noodsituatie moet je harde beslissingen nemen. Als je niet iedereen kunt redden, moet je redden wie je kunt.'

'Ik ben er gewoon nog niet van overtuigd dat dit een uitzichtloze situatie is. Ik zou Nellie kunnen vragen of zij en de kinderen... Maar ja, ik zit ook met Helen Frances en Tom. Helen Frances is nog veel te zwak om te kunnen reizen, en Nellie laat haar nooit alleen. Dat zal ze weigeren, ik weet het zeker. Ik ken haar. Tom trouwens ook. En dan zijn er nog al mijn Chinese patiënten...'

'Het valt niet mee om beslissingen te nemen, dokter. Het valt niet mee,' mompelde Fielding in een wolk sigarenrook.

Twee uur later werd er opnieuw dreunend op de poort gebonsd, en weer was het hele ziekenhuis in rep en roer. Deze keer waren het Lins soldaten, die Herr Fischer en Mr. Bowers afleverden, 'voor hun eigen veiligheid'.

Nellie, Fielding en de dokter namen de twee doodsbange mannen mee naar het huis en luisterden zwijgend naar hun vreselijke verhaal, zo aangeslagen door alle gebeurtenissen van die dag dat ze niet eens meer verbaasd konden zijn. Herr Fischer barstte in tranen uit toen hij Charlies dood probeerde te beschrijven, en daarna volgde het nieuws dat Henry Manners hoogstwaarschijnlijk dood was geslagen door majoor Lin en zijn mannen. De dokter kon alleen maar verdrietig zijn hoofd schudden, en Nellie pakte zijn hand en kneep erin.

Nadat de twee mannen hun verhaal hadden verteld, iets hadden gedronken en de kom soep hadden genuttigd die Nellie voor hen had opgewarmd, werd er weinig meer gezegd. Ze waren allemaal even moe, en beslissingen konden wel tot de volgende ochtend wachten. Op dat moment was het genoeg om te weten dat ze als ratten in de val zaten.

Elke beschaafde gemeenschap heeft een veiligheidsmechanisme dat ervoor zorgt dat mensen zich zelfs in de meest onmogelijke omstandigheden aan een normale gang van zaken vastklampen. Twee dagen na de dood van Frank en de onverwachte komst van de Millwards en de twee spoorwegbeambten bestierde Nellie haar uitgedijde huishouden alsof het een grote logeerpartij was. De dokter zat achter zijn bureau in zijn werkkamer om een brief aan de Mandarijn te schrijven en hoorde spelende kinderen in de gang. Uit de keuken klonken de vertrouwde geluiden van kletterende pannen en de schrille stemmen van Ah Lee en Ah Sun, die zoals gewoonlijk ruzie maakten. De gezellige geur van stoofvlees drong tot in zijn werkkamer door.

De dokter was niet alleen trots op Nellie, maar ook op zijn kinderen, die zonder enig protest hun speelkamer aan het gezin Millward hadden afgestaan. Onder zijn dak leefde het gezin misschien wel voor het eerst niet in bittere armoede. Ze hadden zich snel aangepast aan Nellies strenge regels. Matrassen en dekens werden gelucht, kleren werden keurig opgeborgen en regelmatig werden er inspecties gehouden. Nellie ging dan met een grote veren plumeau in de hand voorop, en Laetitia volgde gedwee in haar magistrale kielzog. Het was ontroerend geweest om te zien hoe de kinderen Millward hadden gekeken toen ze op de eerste ochtend na hun komst het speelgoed van George en Jenny zagen, half verwonderd en verlangend, half angstig voor hun vader, die in een hoek van de kamer in de bijbel zat te lezen.

George en Jenny hadden de situatie onmiddellijk door. Nadat de dokter de kinderen Millward aan hen had voorgesteld viel er heel even een ongemakkelijke stilte, maar toen tilde George de kleinste van het hele stel op het hobbelpaard. Het meisje knipperde verschrikt met haar ogen achter de dikke brillenglazen, maar begon te kraaien van pret toen George het paard liet hobbelen. Jenny deelde poppen uit aan de meisjes, en George pakte zijn tinnen soldaatjes voor de jongens. Laetitia bleef zenuwachtig naar haar man kijken, maar Septimus keek niet eens op. Dat de kinderen geen idee hadden wat ze met de poppen en de soldaatjes moesten doen, maakte George en Jenny niet uit. Ze bleven even geduldig en vriendelijk, en nu leek het erop dat de oudere kinderen vriendschap hadden gesloten. Vandaar het kabaal in de gang.

Nellie en Airton hadden verwacht dat Septimus zou protesteren, maar de man had zich in zijn eigen wereld teruggetrokken. De hele dag zat hij in de bijbel te lezen, en de maaltijden gebruikte hij op zijn kamer. Voor Nellie voelde het als een kleine overwinning dat Laetitia haar de tweede dag aanbood om met het huishouden te helpen.

Eigenlijk ging alles soepeler dan verwacht, bedacht Airton. De algemene situatie was nog even onzeker, maar in hun kleine wereldje heerste tenminste orde en zelfs een zekere opgewektheid.

Op de eerste ochtend na de 'Dag van de Catastrofe', zoals Fischer het in zijn wonderlijk hoogdravende Engels noemde, was de dokter minder optimistisch geweest. Airton stond vroeg op en haastte zich naar het ziekenhuis om de ronde te doen. Tot zijn opluchting maakte de patiënt met de ontstoken blindedarm het uitstekend, en Toms snelle herstel stemde hem verheugd. Tom popelde om uit bed te komen en brandde van nieuwsgierigheid naar het kabaal en de commotie van de vorige dag.

De dokter besloot ter plekke om hem alles wat er was gebeurd naar waarheid te vertellen. Vroeg of laat zou Tom er toch achter komen. Hij vertelde Tom zelfs van Helen Frances, zonder feiten voor hem verborgen te houden. Met een stalen gezicht luisterde Tom naar het pijnlijke verhaal over Helen Frances' verhouding met Manners, haar zwangerschap en haar opiumverslaving. Het leek hem niet te verbazen, hij knikte alleen als er weer een detail aan de beschrijving werd toegevoegd. De dokter kon de bittere pil op geen enkele manier vergulden, dus somde hij heel precies, haast kil, de feiten op, en Tom leek er al even kil op te reageren.

Toen de dokter klaar was, stelde hij slechts twee vragen. De eerste was: 'Hoe is het met Helen Frances? Wordt ze weer helemaal beter?'

De dokter legde uit dat het nog te vroeg was om daar met zekerheid iets over te zeggen. Hij behandelde haar nu nog voor de ontwenningsverschijnselen. Ze had het zwaar gehad, maar ze was sterk en zou haar verslaving op den duur waarschijnlijk kunnen overwinnen. Nu was ze nog erg zwak, en hij vond het niet goed dat Tom naar haar toe ging. De baby was gezond en groeide in haar schoot.

'Daar ben ik blij om,' zei Tom kortaf. 'Ze mag van geluk spreken dat ze door zo'n goede dokter wordt verzorgd.' Daarna stelde hij de tweede vraag, zo kalm dat Airton het bijna griezelig vond. 'En de vader? Manners? U zegt dat hij dood is?'

'Hij is doodgeslagen, Tom.'

'Weet u dat zeker?'

'Dat is wat Herr Fischer ons heeft verteld. Bowers en hij hebben het zien gebeuren.'

'Bedankt, dokter. Ik wil nu graag uitrusten. Straks kom ik naar uw huis.'

'Tom, het lijkt me echt beter dat je voorlopig in bed blijft...' De dokter viel stil toen hij de uitdrukking op Toms gezicht zag en verliet stilletjes de kamer.

Nellie was uiteraard woedend op hem geweest toen hij haar vertelde dat Tom van alle feiten op de hoogte was. Ze beschuldigde hem van een gebrek aan verstand en gevoel, en tot zijn eigen verbazing trok hij fel tegen haar van leer. 'Hou je mond, mens! Snap je dan nog steeds niet hoe ernstig de situatie is? Tom zal de feiten onder ogen moeten zien, net als wij allemaal, en dat lukt echt niet als we hem als een baby blijven vertroetelen.' Vervolgens droeg hij haar op om aan het werk te gaan, zodat de mannen met elkaar konden overleggen. Het schonk hem voldoening dat Nellie zich gewonnen gaf met de woorden: 'Jij zult het wel het beste weten.' Voor zover hij het zich kon herinneren, was hij nooit eerder op die manier tegen zijn vrouw in verzet gekomen.

Hij begaf zich dan ook met een voor hem nieuw gevoel van autoriteit en vastberadenheid naar de eetkamer, waar Fischer, Bowers en Fielding nog aan het ontbijt zaten. Zo objectief als hij kon zette hij de situatie uiteen.

'Heren, jullie weten allemaal wat er gisteren is gebeurd. We zijn vanzelfsprekend verontrust, maar er zijn nog veel meer dingen die we niet weten. Er is duidelijk iets ernstig mis in de stad Shishan. Delameres dood bewijst dat de Boxers hier zijn, en kennelijk zijn ze zo machtig dat de Mandarijn ons met het oog op onze eigen veiligheid allemaal bij elkaar wil hebben. Ja, onze veiligheid. Dat zeiden de beambten van de *yamen* toen jullie hier werden gebracht. Zoals je gisteravond al zei, Fielding, ik ken de Mandarijn en ik heb geen enkele reden om aan te nemen dat hij mij of ons opeens niet langer vriendelijk gezind is. Als hij zegt dat hij zich om onze veiligheid bekommert, dan geloof ik hem. Ik geloof ook dat het verstandig is om geen onbesuisde dingen te doen, zoals proberen te ontsnappen, zoals sommigen van ons wellicht hebben overwogen.'

Hij zweeg even en keek nadrukkelijk naar Fielding, die glimlachte en met zijn pijp gebaarde dat de dokter verder moest gaan.

'Hoe zouden we trouwens kunnen ontsnappen? Het spoor kunnen we niet gebruiken en het ontbreekt ons aan de middelen om een karavaan samen te stellen. Nee, ontsnappen is onpraktisch en zelfs onwenselijk. We zijn allemaal al jaren in China en we hebben ervaring met dit soort ongeregeldheden. Het waait wel over als de autoriteiten de macht weer in handen hebben. Voorlopig is het gewoon heel belangrijk dat we het hoofd niet verliezen.'

'Neem me niet kwalijk, dokter,' onderbrak Fielding hem nog steeds glimlachend, 'maar onder de omstandigheden is dat een nogal beladen uitdrukking. We moeten zorgen dat we létterlijk ons hoofd niet verliezen. Blijven we echt gewoon hier zitten wachten op wat komen gaat?'

'Nee, Fielding, ik stel niet voor dat we niets doen. Ik ben van plan om de Mandarijn een brief te schrijven, een verzoekschrift als het ware, waarin ik niet alleen zeg dat we verbijsterd zijn over de gebeurtenissen, maar ook dat we bereid zijn hem te steunen in deze crisis. Ik wil hem verzekeren dat hij op alle medewerking van ons kan rekenen. Geloof me, heren, de Mandarijn, en alleen de Mandarijn, is met ons lot begaan en hij is de enige die ons kan helpen. Daar ben ik volledig van overtuigd, zoals ik er ook van overtuigd ben dat de Voorzienigheid ons niet in de steek zal laten.'

'Je gaat een brief schrijven?' Fielding trok zijn wenkbrauwen op. 'Is dat alles?'

'Heb jij soms een beter idee, Fielding?'

'Dit is niet mijn missiepost,' zei Fielding. 'Ik kan alleen maar zeggen dat ik hier vertrek zodra ik de kans krijg, mandarijn of geen mandarijn.'

Het gezelschap keek op toen de deur openging. Steunend op een kruk en met zijn ene arm in een mitella strompelde Tom moeizaam naar een stoel, en hij plofte met een zucht op de zitting. 'Neem me niet kwalijk, heren, maar ik heb bijna alles gehoord wat er daarnet is gezegd. Volgens mij heeft de dokter ons duidelijk gemaakt, Mr. Fielding, dat we hier momenteel niet weg kunnen. Ik ben het dan ook eens met wat hij voorstelt.'

'Dat we vertrouwen op een brief en de Voorzienigheid?'

'U bent hier de dominee, Mr. Fielding, u weet meer van de Voorzienigheid dan ik. De dokter had het erover dat hij wil proberen om de autoriteiten aan onze kant te krijgen. En ja, het helpt misschien om een paar gebeden te zeggen. Maar ik heb nog een suggestie, dokter, met uw permissie.'

'Ja, Tom?' zei de dokter onzeker.

'Het lijkt me een goed idee om een brief aan de Mandarijn te schrijven, en ik ben het ook met u eens dat de orde op een gegeven moment waarschijnlijk zal worden hersteld. Toch kan het geen kwaad om op het ergste voorbereid te zijn, al was het alleen maar omdat het wel een tijdje kan duren voordat de Mandarijn de problemen met de Boxers onder controle heeft. Hij heeft majoor Lin en goed getrainde troepen die hem trouw zijn...'

'De mannen die Henry Manners hebben vermoord,' merkte Fielding op.

'Zeker,' beaamde Tom, 'maar Manners was een man die zijn eigen vijanden maakte. Ik weet niet wat voor persoonlijke vete er was tussen hem en majoor Lin, maar ik weet wel dat ze zaken deden met elkaar, waarschijnlijk dubieuze. Er zijn hier mensen die weten waartoe iemand als Manners in staat was.'

'Het blijft een feit dat hij dood is, Tom.'

'Ik zeg alleen dat we geen reden hebben om aan te nemen dat majoor Lin, ongeacht zijn tekortkomingen en persoonlijke vetes, niet trouw zal blijven aan de Mandarijn. Toch is zelfs dat niet genoeg voor ons. We moeten rekening houden met de mogelijkheid dat de Boxers ons aanvallen voordat het burgerlijk gezag is hersteld.'

'Ga verder,' zei Fielding.

'Nou, als we goed zijn voorbereid, moeten we volgens mij stand kunnen houden. We zitten in een goede positie op deze heuvel. We hebben jachtgeweren en munitie. En voldoende proviand. Er is zelfs een put in de tuin voor het water.'

'Ja, maar... dit is een missiepost, Tom. Een ziekenhuis.'

'Het is een gebouw, meneer, en een gebouw kun je beschermen. De muren zijn van baksteen en het dak is van golfplaat, dus het vliegt niet zo snel in brand. We kunnen de ramen barricaderen en de deuren versterken. We kunnen schietgaten maken. Luister, ik zeg niet dat we moeten vrezen voor een aanval, ik zeg alleen dat het geen kwaad kan om voorbereid te zijn.'

'Dan krijgen we hier toch een Fort Laramie!' zei Fielding lachend. 'Had ik het niet gezegd?'

'Ik vind het een bespottelijk idee,' zei Airton. 'Hoe kunnen we een fort maken van het ziekenhuis? Dat is veel te groot.'

'We moeten het ziekenhuis misschien opgeven,' zei Tom zacht. 'Maar we kunnen het huis wel verdedigen.'

'Nee, nee en nog eens nee,' zei Airton. 'Ik laat mijn patiënten niet in de steek. En wat zullen de vrouwen en kinderen wel niet denken als ze zien dat wij ons voorbereiden op een... een oorlog?'

'Dan zullen ze denken dat je een goede herder bent die zijn kudde zo goed mogelijk verdedigt,' zei Nellie, die onopgemerkt de kamer binnen was gekomen. 'En een moedig man, schat, zoals ik altijd heb geweten.'

'Ik ben ervoor.' Bowers mengde zich voor het eerst in het gesprek. Herr Fischer, nog steeds treurend om Charlies dood, knikte ook.

'Het is misschien alleen een voorzorgsmaatregel,' zei Tom. 'Ik verwacht dat de Mandarijn ons te hulp zal komen voordat we onze geweren moeten gebruiken. U moet die brief natuurlijk wel schrijven, dokter.'

'Ach, dan hebben we tenminste iets te doen om de verveling te verdrijven,' zei Fielding. 'Ik heb al geen huis meer gebarricadeerd sinds de laatste opstand van de Apachen in '86.'

'Dan kunt u ons vertellen wat we moeten doen, meneer,' zei Tom. 'Dokter, wilt u mijn idee alstublieft in overweging nemen?'

En uiteraard had de dokter er uiteindelijk mee ingestemd, en daar had hij nu geen spijt van. Zoals Fielding al had gezegd, waren de voorbereidingen een goed tijdverdrijf en een opsteker voor het moreel. Hij kon zich niet voorstellen dat ze ooit nodig zouden zijn, maar hij was nu al gewend aan de balken voor de ramen die de luiken verstevigden. Het maakte weinig verschil, want in de zomer moesten ze de luiken toch altijd gesloten houden.

Ondertussen werkte hij hard aan zijn brief aan de Mandarijn. Hij raadpleegde woordenboeken op zoek naar precies de juiste vertaling, en pijnigde zijn geheugen om uit de klassieken te citeren.

Gelukkig functioneerde het ziekenhuis bijna normaal. Zuster Caterina sliep nog gewoon in haar eigen kamer naast de ziekenboeg, zodat ze dicht bij de patiënten kon blijven. Nog steeds maakte ze zich grote zorgen over Elena's verdwijning, maar ze ging niet bij de pakken neerzitten en deed haar werk nog net zo opgewekt als vroeger. Als ze in de rats zat over haar vriendin liet ze dat niet merken, hoewel ze in haar vrije tijd meestal in de kapel was om te bidden.

Vanzelfsprekend merkten de patiënten dat er spanningen waren. Sommigen hadden excuses verzonnen om eerder weg te gaan dan medisch verantwoord was, en er kwamen geen nieuwe patiënten, ook niet voor de polikliniek.

Tot teleurstelling van de dokter was zijn huismeester, Zhang Erhao, niet meer op zijn werk verschenen, maar hij kon het de man niet kwalijk nemen. Hij was niet iemand om de eerste steen te werpen.

Aan de andere kant was het goede humeur van de patiënten die wel waren gebleven – voornamelijk bekeerde christenen – voor iedereen een troost. Ah Lee en Ah Sun hadden hun zware werk nog nooit zo enthousiast gedaan als nu. 'Wij zijn christenen en marcheren in hetzelfde leger van Jezus,' had Ah Lee trots tegen de dokter gezegd terwijl hij hem een gemoedelijke klap op de rug gaf. De dokter was ontroerd en geamuseerd. Een van de grappigste voorvallen tijdens de voorbereidingen was toen Tom Ah Lee probeerde te leren hoe hij met een geweer moest omgaan. Na een tijdje hadden ze eensgezind besloten dat Ah Lee beter gewoon een keukenmes kon gebruiken.

Het had de kleine gemeenschap opmerkelijk weinig tijd gekost om aan de nieuwe omstandigheden te wennen. Al heel snel beschouwde iedereen de schietgaten, de zakken graan tegen de deuren en de barricades bij alle openingen in het gebouw als de normaalste zaak van de wereld.

Op de tweede middag had zich een verdrietig moment voorgedaan, toen de dokter een korte begrafenisdienst had gehouden voor Frank Delamere, buiten in het hoekje van de tuin waar de Airtons hun eigen doodgeboren kind hadden begraven, niet lang na hun komst in Shishan. Naast de grafsteen van Teddie stond nu een ruw houten kruis.

Iedereen was erbij, behalve de enige persoon die er werkelijk toe deed: Franks dochter, Helen Frances, die nog steeds niet wist dat haar vader dood was. Haar toestand was nog te precair. De kinderen legden een krans van wilde bloemen met haar naam op het graf, en tijdens de dienst zag de dokter Nellie op een gegeven moment omhoogkijken naar het dichtgespijkerde raam van Helen Frances terwijl de tranen haar over de wangen stroomden. Hoe triest het ook was, het ging niet anders. Het waren vreselijke tijden.

Ze hadden hun best gedaan, en dat was een troost voor de dokter. Airton was ervan overtuigd dat Frank liever iets plechtigers had gehad dan deze heimelijke samenkomst rond een graf onder de hete Chinese zon. Frank zou de korte dienst prozaïsch hebben gevonden, en nog hoogdravend ook. Hij moest toegeven dat Toms afscheidswoorden door hun eenvoud veel ontroerender waren geweest.

Frank was een oude schurk, had Tom gezegd, en hij zou een lastige schoonvader zijn geweest, maar hij kende geen man die hartelijker was, en Tom had van hem gehouden, net als zijn dochter. Tom zou hem missen als een vriend. Meer had hij niet gezegd, maar alle ogen waren vochtig geworden.

Hoewel Frank en Airton een heel verschillend karakter hadden, was de dokter ook oprecht op hem gesteld geweest en ook hij zou hem missen. Als de noodtoestand eenmaal was opgeheven, en als Helen Frances weer zichzelf was, konden ze misschien een echte herdenkingsdienst houden – in de kathedraal van Tientsin wellicht, met een koorzang en ave maria's en wat de katholieken verder nog wilden. Dat moest wachten tot betere tijden. Gelukkiger tijden.

Nu kon hij alleen maar zijn best doen op het verzoekschrift aan de Mandarijn, een taak die hem volledig in beslag nam. Toen de brief klaar was vouwde hij de dichtbeschreven vellen keurig op, en hij stopte ze zorgvuldig in een envelop. Het enige probleem was nu nog hoe hij het epistel naar de *yamen* moest laten brengen, maar dat kon tot morgen wachten. Misschien kon een van de patiënten de brief bezorgen, tegen een kleine vergoeding. Intussen verheugde hij zich op de avond. Net als vroeger hadden Nellie en Herr Fischer beloofd om die avond na het eten een concert te geven op piano en viool.

Nellie speelde een nocturne van Chopin, overigens heel verdienstelijk, waarna Herr Fischer iedereen verbaasde met een zeer gevoelige vertolking van het Vioolconcert van Brahms. Tijdens het Allegro non troppo pinkte menigeen een traantje weg. Allemaal konden ze voelen hoe diep zijn verdriet was over Charlies dood. De dokter kreeg zelf tranen in zijn ogen bij het Adagio, en hij zag dat Bowers stokstijf op de bank zat, een onaangeroerd kopje thee in zijn hand. In zekere zin was het een opluchting toen de hartverscheurende muziek afgelopen was, en Nellie en Fischer besloten de avond met een vrolijke medley uit *Carmen*.

Halverwege de Dans van de smokkelaars hoorden ze de trommels. Ze hadden zich zo laten meeslepen door de muziek dat het even leek alsof het geroffel de onverwachte begeleiding vormde van de zigeunermelodie. Toen verstijfden Nellie en Fischer, en vervolgens alle anderen. Buiten kwam het dreunende geluid steeds dichterbij.

Fielding was als eerste bij het raam, en hij gluurde door een schietgat dat ze in het luik hadden geboord. Tom kwam zo snel zijn krukken het toelieten achter hem aan. Zwijgend maakte Fielding plaats voor hem.

'Wat is het, Fielding? Wat zag je?' vroeg Airton nerveus.

'Het is aardedonker buiten, dokter. Er is misschien enige beweging. Ik weet het niet.'

'Snel, dokter, de deur!' riep Tom. 'Het is die non van u, Caterina. Ze rent naar het huis!'

Nellie, Airton en Bowers stoven naar de gang, waar ze een hele tijd met de balken en grendels worstelden. Aan de andere kant van de deur hoorden ze de non angstig roepen en met haar vuisten op het hout bonzen. Zodra de deur openging, viel Caterina huilend in Nellies armen. Snel deden Bowers en Airton de deur weer op slot.

In de paar seconden dat de deur openstond, zag de dokter rennende figuren op het gazon en zijn bloed leek te stollen. 'Zag je dat, Bowers?' fluisterde hij. 'Die kostuums. Die tulbanden.'

'Aye,' bromde Bowers.

'Lieve heer, Tom had gelijk. Ze zijn hier.'

'Aye,' zei Bowers nog een keer. 'Zag u die vlammen ook, meneer? Volgens mij staat het ziekenhuis in brand.'

'O mijn god, o mijn god.' Airton leunde tegen de muur. Hij zag twee kleine figuren aan het eind van de gang die hem angstig aankeken. 'Ga terug naar jullie kamer, nu meteen!' schreeuwde hij boos, veel bozer dan de bedoeling was geweest. Jenny en George maakten zich als bange hazen uit de voeten. 'O mijn god,' herhaalde hij nog een keer.

'Neem me niet kwalijk, meneer,' zei Bowers. 'Ik haal mijn geweer, dan zal ik de grote slaapkamer dekken.'

In de woonkamer had Tom zijn geweer al in de aanslag, en hij gluurde door het schietgat. Fielding was nergens te bekennen, maar was waarschijnlijk naar de eetkamer gegaan. Herr Fischer schonk een glas cognac in voor Caterina, die trillend in een van de leunstoelen zat. Het dreunen van de trommels hield aan.

'Edward, ik breng de kinderen naar de Millwards in de speelkamer,' zei Nellie. 'Misschien kun je Caterina er ook naartoe brengen als ze is bijgekomen.' Voordat ze wegliep fluisterde ze in zijn oor: 'Stel haar nu geen vragen, Edward. Ze is er slecht aan toe. De Boxers hebben haar in het ziekenhuis verrast en de patiënten vermoord. Ze stond volkomen machteloos.' Ze glipte weg.

Airton balde zijn handen tot vuisten. Dit kon gewoon niet gebeuren, en toch zat Caterina daar, haar anders zo vrolijke gezicht verwrongen van angst, en toch stak Tom zijn geweer door het schiet-gat, de haan gespannen. 'Tom, wat ga je doen?' riep hij geschrokken.

'Ze verzamelen zich op het gazon, meneer. Ik kan het niet zo goed zien allemaal, maar sommigen hebben fakkels. Het zijn er minstens honderd. Ik zie geen geweren. De meesten hebben zwaarden en spe-ren. Ik ga een waarschuwingsschot afvuren.'

'Hemel, Tom, is dat nou wel verstandig?'

Tom negeerde hem. 'Fielding!' brulde hij. 'Ik ga één keer vuren. In de lucht. Doe jij dat ook?'

'Reken maar,' klonk het antwoord.

'Bowers,' riep Tom, 'niet schieten.'

'Aye,' riep hij terug.

Het tromgeroffel werd plotseling overstemd door twee knallen, en opeens hing er een rooklucht in de kamer. De echo stierf weg en het pulserende geluid van de trommels kwam weer terug.

'Zie jij wat, Fielding?' riep Tom.

'Ze blijven gewoon staan, Tom. Nee, wacht even... Mijn god, som-mige kerels beginnen te dansen.'

Airton voelde een onwerkelijke kalmte. Dit gebeurde écht. Alles wat hij had gelezen was waar. 'Ze doen aan vechtsport, Tom.' zei hij. 'Ze trekken de kracht van de goden in hun eigen lichaam. Ze den-ken dat het ze onkwetsbaar maakt voor kogels.'

'Werkelijk?' zei Tom. 'Fielding, Bowers!' riep hij. 'Voor mijn part kunnen die lui nog even blijven dansen, maar dan laten we hun zien wat het betekent om onkwetsbaar te zijn voor kogels.'

'Je gaat toch niet op ze schieten, Tom? Je gaat toch geen mensen doden?'

'Jawel, dokter.' Tom draaide zijn hoofd naar hem om. 'Ze hebben het ziekenhuis in brand gestoken en de patiënten vermoord. Straks doen ze hetzelfde met ons. Wat wilt u dan doen, met ze onderhan-delen?'

De dokter nam een beslissing. 'Je hebt gelijk, Tom. Volgens mij hebben we nóg ergens een geweer. Vertel me maar waar ik me nut-tig kan maken.'

'Bedankt, meneer,' zei Tom. 'Sorry dat ik aan u heb getwijfeld.' Hij sloeg hem op de rug. 'U kunt de keukendeur verdedigen. Dan kunt u meteen kijken hoe het met de bedienden is. We willen niet dat de kok in paniek raakt en de vijand binnenlaat. Als u mij hoort vuren, vuurt u ook. Richt laag.'

Airton schaamde zich dat hij zijn bedienden tot nu toe gewoon was vergeten. Snel rende hij door de gang naar de keuken. Ah Sun zat ineengedoken onder de keukentafel, en Ah Lee stond bij de verstevigde deur met een hakmes in de aanslag.

De kok begon te stralen toen hij de dokter binnen zag komen, gewapend met een geweer. 'O, meester,' riep hij, 'u sluit zich dus ook aan bij het leger van Jezus! Nu sterven we samen en dan gaan we rechtstreeks naar het paradijs.'

'Ik hoop dat we dat nog even uit kunnen stellen.' Airton deed een magazijn in zijn geweer en nam stelling achter de keukendeur.

Nog nooit had vijf minuten wachten zo lang geduurd. Door het smalle schietgat zag hij de Boxers capriolen maken op het gazon. Tot zijn eigen verbazing voelde hij geen haat jegens hen. Integendeel, ze deden hem denken aan het poppentheater op de kermis toen hij nog klein was. Diep vanbinnen wist hij dat hij, als het zover was, met evenveel gemak op deze mannetjes zou kunnen schieten als vroeger op de kermis op kokosnoten. Tegelijkertijd zag hij het paradoxale van de hele situatie: een dienaar Gods die bereid was zijn medemens te doden.

Bijna tot zijn eigen schaamte kwam er een veel plezieriger fantasie bij hem op. Hoe toepasselijk was dit hele gedoe voor iemand die goedkope cowboyromannetjes verslond! Hij, Airton, de grote dromer, had eindelijk een plekje achter de huifkar uit zijn dagdromen, en een geweer in de hand om zijn gezin tegen de roodhuiden te verdedigen. De dreunende trommels hadden net zo goed van de indianen kunnen zijn.

Boven het kabaal uit hoorde hij iemand roepen. Dat moest Tom zijn, die het bevel gaf om klaar te staan. Hij drukte zijn oog tegen het schietgat, en concentreerde zich op een van de grotere figuren, een man in tijgervellen die met een bijl zwaaide. Zijn vinger lag gespannen rond de trekker. 'Lieve Heer, vergeef me,' mompelde hij binnensmonds.

Rennende voetstappen kwamen dichterbij en Caterina stormde schreeuwend de keuken binnen. 'Niet schieten, dokter! Mr. Cabot stuurt me om te zeggen dat u niet moet schieten.'

Verbaasd draaide hij zich om. 'Waarom niet, Caterina?'

'Majoor Lin staat voor de deur. Met zijn ruiters.'

Goeie genade, dacht hij. Toch nog de Amerikaanse cavalerie. Het volgende moment hoorde hij het welkome geluid van paarden op het gazon.

'De Mandarijn heeft u bescherming beloofd, en die zult u krijgen,' kondigde majoor Lin op kille toon aan. Hij zat aan de voorkant van het huis op zijn paard. Achter hem hadden zijn ruiters zich verspreid opgesteld als buffer tegen de Boxers, die nu in losse groepjes waren opgedeeld en sinister zwijgend toekeken.

Airton, Fielding en Tom stonden op de voorgalerij, nog steeds met hun geweren in de hand. Vanuit zijn ooghoeken kon Airton zien dat Bowers' geweerloop nog steeds door het schietgat naar buiten stak. Het hele tafereel werd spookachtig verlicht door het brandende ziekenhuis aan de voet van de heuvel. 'Welke garantie hebben we daarvoor?' vroeg hij.

'De mijne,' zei Lin. 'Er is geen andere.'

'Hoe kunnen we u geloven als uw mannen het goedvinden dat deze Boxers hun wapens houden, terwijl ze daarnet mijn ziekenhuis in brand hebben gestoken en mijn patiënten hebben vermoord?'

'Hoe wij met de Boxers omgaan is een Chinese aangelegenheid. Het spijt me van uw ziekenhuis. Op een dag krijgt u er ongetwijfeld compensatie voor. Is dat niet wat de buitenlanders meestal eisen?' Lins toon was spottend. 'Wat de patiënten betreft, ik heb begrepen dat het Chinezen waren. Dat is dus ook een strikt Chinese aangelegenheid.'

'Ik was verantwoordelijk voor hen,' sputterde Airton. 'Die mannen hebben hen afgeslacht.'

'U verdoet uw tijd, dokter. Ik kan alleen buitenlanders bescherming bieden, volgens de voorwaarden van het extraterritoriale verdrag.' Ook nu klonk zijn stem sarcastisch. 'Wilt u mijn voorwaarden horen?'

'Voorwaarden?' zei Airton. 'Ik luister.'

'Om te beginnen overhandigt u me alle wapens uit dit huis. Mijn mannen zullen het huis doorzoeken om te controleren of u geen wapens verborgen hebt. We willen niet dat u uzelf of anderen in gevaar brengt. U hebt geen wapens nodig omdat mijn mannen u zullen beschermen.'

'Ga verder.'

'In de tweede plaats geldt de bescherming die ik aanbied alleen voor de buitenlanders in dit huis. Alle Chinezen moeten hier weg. Nu direct.'

'Dat kan ik niet accepteren. Was dat alles?'

'In de derde plaats dient u zich aan de noodverordening te houden en tot nader order in dit huis te blijven.'

'Dat is alles?'

'Dat is alles. Mijn mannen zullen u wekelijks van proviand voorzien. Een keer per dag kunt u onder supervisie van mijn soldaten de put in de tuin gebruiken.'

'En als we uw voorwaarden niet accepteren?'

'Dan wordt u behandeld als criminelen, en elke schending van onze noodwetten zal worden bestraft.'

'Juist,' zei Airton. 'Nou, uw voorwaarden zijn niet acceptabel. En zoals u hebt gezien hebben wij geweren, en u hebt ook geweren, dus dan hebben we een patstelling. Als u wilt proberen ons die zogenaamde noodwet op te leggen, zal het u duur komen te staan. Bedankt, majoor Lin, maar we geven er de voorkeur aan om ons zelf te verdedigen.'

Lin hief een arm als teken aan zijn mannen. Even later zagen Airton en de anderen dat de Boxers bij het hek opzijgingen.

'O mijn god,' fluisterde Tom, 'hij heeft die oude kanonnen van de stadswallen gehaald.'

In geschrokken stilzwijgen keken ze toe toen de muildieren de zware kanonnen tegen de heuvel optrokken.

'Volgens mij heb ik grotere wapens dan u, dokter,' zei majoor Lin. 'Wilt u dat ik een demonstratie geef?'

'Schaakmat,' mompelde Fielding.

'Nee, Fielding,' siste de dokter. 'Hij wil dat we Ah Lee en Ah Sun aan hen overdragen. Dat kunnen we niet doen.'

'We zijn niet tegen dat geschut opgewassen.'

'We moeten het proberen. Ik sta niet toe... ik kan mijn bedienden niet laten afslachten. Ik probeer nog een keer met hem te praten. Majoor Lin,' zei hij in het Chinees, 'we gaan met alle voorwaarden akkoord, op één na. We zullen mijn Chinese bedienden niet aan u overdragen.'

Majoor Lin deed alsof hij gaapte. 'Dan trek ik mijn aanbod om u te beschermen in. Goedenavond.' Hij pakte de teugels.

'Luister, majoor Lin. Alstublieft, ik smeek u. Ik heb een verzoekschrift. Ja, hier is het.' Met trillende vingers haalde hij de brief aan de Mandarijn uit zijn jaszak. 'Alstublieft, geef deze brief aan de Mandarijn en laat... laat de kwestie van de Chinezen in ons huis voorlopig even rusten, totdat de Mandarijn een weloverwogen beslissing heeft genomen. Met alle andere voorwaarden gaan we akkoord. We willen zelfs onze wapens inleveren. Maar laat onze bedienden met rust, in naam der menslievendheid.'

Ongeïnteresseerd bekeek Lin de envelop voordat hij hem in zijn zadeltas stak. 'Ik heb al een bevel van de Mandarijn.'

'Ik weet het goed gemaakt. Ik zal u voor ze betalen. Losgeld. Ja, losgeld! Ik heb geld. Hier.' Koortsachtig grabbelde Airton naar zijn portefeuille en met zijn vrije hand greep hij het hoofdstel van Lins paard in een wanhopige poging om hem tegen te houden. Opeens hoorde hij achter zich een vertrouwde stem.

'Meester, laat ons door.' Ah Lee en Ah Sun waren naar buiten gekomen, een bundeltje met hun kleren in de hand.

'Ah Lee.' Hij probeerde zijn stem kwaad te laten klinken, maar dat lukte niet. 'Ga weer naar binnen. Dat is een bevel. Ah Sun, doe wat ik zeg.'

Ah Lee glimlachte, maar er liepen tranen over zijn gerimpelde wangen. Ah Sun huilde ook. 'Meestel heel dom,' zei hij in zijn gebrekkige Engels. 'Hij denken hij heel goed vool alme Ah Lee en Ah Sun. Maal meestel ook zuinig.' Komiek schudde hij zijn hoofd. 'Echte Schot, heel zuinig. Ah Lee wil betele meestel, misskien in hemel, ja? Maken eielen met spek vool Jezus. Hij heel goede meestel. Ah Lee, Ah Sun, heel blij holen bij Jezus.'

Ah Lee zette zijn bundel neer en omhelsde Airton. 'Jij oude vliend niet velgeten? Het is beter zo,' voegde hij er in het Chinees aan toe. 'Meestel goed passen op Missy Nellie en Jongeheel George en Miss Jenny,' vervolgde hij in het Engels. 'Hele lieve kindelen. Ah Sun en ik, vool ons zij zijn als eigen kleinkindelen. Vaalwel, goede meestel.'

Snikkend pakte Ah Sun Airtons handen beet. Ze was te geëmotioneerd om te kunnen praten, net als de dokter, die besluiteloos bleef staan toen zijn twee bedienden langzaam in de richting van het hek liepen. 'Nee!' brulde hij opeens, en hij wilde ze achterna gaan, maar Fielding greep hem vast en majoor Lin versperde hem de weg met zijn paard.

Een van de Boxers kwam naar voren toen de twee bejaarde bedienden naderden. Met een schok herkende de dokter zijn eigen huismeester, Zhang Erhao, hoewel hij nu de kleding van een Boxer droeg, compleet met tulband. Hij maakte een overdreven diepe buiging voor Ah Lee, alsof hij hem welkom heette. Ah Lee spuugde in zijn gezicht. De gelederen van de Boxers sloten zich rondom hen, en de dokter kon hen niet meer zien.

Lins soldaten doorzochten het huis grondig en namen alle wapens mee. Er ontstond alleen even opschudding toen Nellie de deur van Helen Frances' kamer versperde en weggeduwd moest worden. Kort daarna vertrok de ruiterij. Voor alle deuren bleef een wachtpost achter. De Boxers verspreidden zich, hoewel de trommels de hele nacht bleven dreunen. De buitenlanders verzamelden zich in de huiskamer van de Airtons en zakten weg in de fauteuils en sofa's alsof ze zich voor zichzelf probeerden te verstoppen. Niemand had iets te zeggen.

Een tijdje later kwam Septimus de kamer binnen, gevolgd door zijn vrouw en kinderen. Kalm keek hij de anderen aan. 'Heren,' zei hij, 'we zijn in handen van de Heer. Wordt het niet de hoogste tijd voor een gebed?' Met zijn fraaie bariton zette hij een lied in.

Een voor een begonnen de anderen mee te zingen. Ze konden troost putten uit de gezangen en gebeden, die Septimus tot in de kleine uurtjes bleef inzetten. Hij torende boven hen uit als een oudtestamentische profeet, gebruikte zijn staf als wapen om de plagen af te weren en kreeg eindelijk erkenning van de anderen. De andere buitenlanders waren er zo ernstig aan toe dat ze hem voor het eerst sinds ze hem kenden als normaal beschouwden.

Buiten leken de hoofden van Ah Lee en Ah Sun, op stokken geprikt aan weerszijden van het hek, aandachtig naar de geïmproviseerde dienst in het huis te luisteren. In werkelijkheid was het alleen het bedrieglijke spel van flakkerend licht en schaduw, veroorzaakt door de brand die nog steeds in het ziekenhuis woedde.

HOOFDSTUK 14

Zo te zien sneuvelden veel van onze mannen, maar meester Zhang

zegt dat het niet zo is omdat kogels ons niet kunnen verwonden.

Waarom is Kleine Broer dan niet teruggekomen?

Christelijke Missiepost en Ziekenhuis
Shishan, Mantsjoerije, China

Zondag 16 juni 1900

Beste James,

Het is nu vier dagen geleden dat ons ziekenhuis door de Boxers in de as is gelegd, en al die tijd zitten wij al opgesloten in ons huis. Ik heb je niet eerder geschreven omdat de gruwelijke moord op mijn patiënten en mijn bedienden me heel diep heeft geraakt. Toch hebben we reden tot hoop.

Elke dag zien we tekenen dat de Voorzienigheid ons niet in de steek heeft gelaten. Twee dagen geleden omsingelden onze vijanden het huis. Ze sloegen op hun trommels en beschimpten ons dag en nacht met hun leuzen en liederen, en ze gebruikten ons gazon voor hun afzichtelijke dansen en rituelen. Ze maakten obscene gebaren naar ons met hun wapens, wetend dat we ons niet konden verdedigen, riepen hun goden aan om geweld over ons uit te storten, en ze beschuldigden ons van duivelse misdaden die ze op bloedstollende wijze zouden wreken.

Je kunt je wel voorstellen hoe bang de kinderen waren. Ze lagen te trillen in bed, terwijl de angstaanjagende geluiden de hele nacht doorgingen. Ze zijn ontzettend dapper, zo klein als ze zijn. Wat konden we zeggen om ze gerust te stellen? Alleen de wachtposten van majoor Lin stonden tussen ons en de dood in, en volgens ons zijn die ongedisciplineerde soldaten een stelletje slappelingen.

Toch is de crisis op de een of andere manier voorbijgegaan. Septimus Millward gelooft dat we behalve door de soldaten van majoor Lin ook beschermd werden door engelen die met branddende zwaarden voor onze deur stonden. Figuurlijk gezien was dat misschien nog waar ook. De Heer heeft erop toegezien dat ons geen haar is gekrenkt.

Toen we gisteren wakker werden, was het merkwaardig stil. Voor het eerst in dagen konden we het heerlijke geluid van vogelgezang horen. Even waande ik me weer in ons fijne huisje in Dumfries, in mijn eigen oude bed, luisterend naar het getjirp op een zonnige zomerochtend, met het vooruitzicht om te gaan vissen in de beek. We deden de luiken open en zagen dat de Boxers echt weg waren. De enige mensen die we nog zagen, waren Lins soldaten die gapend rond hun kookvuren zaten.

Er werd geen enkele verklaring gegeven – de soldaten mogen niet met ons praten – maar in mijn hart voelde ik een golf van hoop en dankbaarheid. Ik ben ervan overtuigd dat de Mandarijn mijn brief inmiddels heeft ontvangen, en dat we door zijn ingrijpen van onze belagers zijn verlost. Ik snap niets van de huidige politieke situatie in Shishan, maar ik neem aan dat de Mandarijn de problemen een voor een aanpakt. Als de rust en regelmaat in de stad eenmaal zijn weergekeerd, zal hij ons zeker uit onze benarde positie verlossen. Voorlopig beschermt hij ons zo goed als hij kan.

Liefs van mijn sterke en lieve rechterhand, Nellie, en van de kinderen. Zij vinden dit avontuur even spannend als de boeken die jij hun altijd stuurt met Kerstmis. Laten we hopen dat ons avontuur net zo'n gelukkige afloop heeft als die boeken!

Als je onze lieve Edmund en Mary opzoekt op school, zeg dan dat hun ouders hen missen, zoals altijd, en verzeker hen dat het GOED met ons gaat!

Dinsdag 18 juni 1900

De Boxers zijn niet teruggekomen, zodat we een derde rustige nacht hebben gehad.

Majoor Lin houdt woord wat de proviand betreft. Vandaag hebben we zakken rijst en groente gekregen en drie zijden vers varkensvlees. Dat wordt een welkome afwisseling op het blikvlees dat we nu elke dag eten. Gelukkig hadden we zelf nog maar kort geleden nieuwe voorraden ingeslagen, en we hebben zoveel conserven dat we er zeker een maand van kunnen leven als we er zuinig mee zijn. Nellie is een strenge kwartiermeester, en onze maaltijden zijn uiteraard spartaans, maar het lukt haar toch om ons elke dag met iets lekkers te verrassen.

Gisteravond hadden we een plumpudding uit Engeland, die we met Kerstmis van de Gillespies hadden gekregen. Herr Fischer druppelde wat cognac op het dampende dessert, en de kinderen hebben alle lichten uitgedaan, zodat we van de blauwe vlammetjes konden genieten toen Nellie de brandende pudding binnenbracht.

Zoals je ziet houden we goede moed. We zijn allemaal druk bezig; er is geen betere manier om nare gedachten te verdrijven dan flink aanpakken. Nellie is vindingrijk in het bedenken van huishoudelijke klussen. Ze heeft Mr. Bowers benoemd tot haar assistent in de keuken, belast met het bijhouden van de voorraden. Hij heeft elk blikje bonen van een etiket en een nummer voorzien, en elk scheutje bakolie wordt bijgehouden in zijn logboek!

Zuster Caterina, Mrs. Millward en twee van haar dochters zijn onze wasvrouwen. We hebben elke dag schone lakens en schone kleren. Soms ruikt het huis naar een wasserij.

Herr Fischer, met Mr. Fielding als zijn luitenant, is belast met afstoffen en poetsen. Fischer benadert zijn werk met Duitse efficiëntie, hij houdt de plumeau onder zijn arm als de rotting van een veldmaarschalk. Er is in het hele huis geen stofje te bekennen, en de piano en het parket glimmen als spiegels. Zelfs Tom, die nog steeds niet goed kan lopen, steekt de handen uit de mouwen door het zilver te poetsen.

Volgens mij kan geen enkel marineschip zo blinkend schoon zijn als ons nederige stulpje. Het is bijna komisch, een huis waar mensen gedwongen vastzitten dat niet zou misstaan als de 'ideale woning' in *Woman's World*!

Septimus en ik zijn de enigen die geen corvee hebben. Sinds de buitengewone dienst die hij leidde op de avond dat de Boxers kwamen, is hij onze voorganger. Dat vind je misschien vreemd, als je bedenkt wat ik je in het verleden over hem heb verteld. Hij is ook niet veranderd. Die man blijft een verknipte fanaticus die in visioenen gelooft, en zijn preken – van het type hel en verdoemenis waar jij en ik normaal gesproken van zouden gruwelen – grenzen niet aan het krankzinnige, ze gaan ver over die grens heen! Toch heeft hij een rotsvast vertrouwen in zijn geloof, en op de een of andere manier is dat vertrouwen voor ons allemaal een geruststelling. Ik weet niet precies hoe ik het uit moet leggen. Hoe dan ook, we tolereren hem, en zoals Mr. Fielding het zegt, wat moeten we anders met hem beginnen? Doordat hij de avonddienst moet voorbereiden, zit hij tenminste de hele dag op zijn kamer, zodat niemand last van hem heeft. Zijn eigen kinderen gelukkig ook niet, want die hebben volgens Nellie veel te lang geleden onder zijn tirannie.

Ik heb het nog steeds druk met mijn taken als medicus. Het lijkt net of ik een gewone dokterspraktijk heb met al die mensen in huis! Afgezien van mijn twee belangrijkste patiënten, Helen Frances en Tom, behandel ik kleine kwaaltjes als brandwonden en hoofdpijn, en een van de heren (ik zal zijn naam niet noemen) heeft veel last van aambeien.

Gelukkig had ik mijn dokterstas hier in huis toen we werden belegerd, en een hele kist met voorraden die ik nog niet naar het ziekenhuis had laten brengen, waar ook morfine in zit. Tot voor kort kon ik niet zonder, maar tot mijn opluchting heb ik er minder van nodig dan voorheen. Tot nu toe is het niet no-

497

dig geweest om Helen Frances opnieuw morfine toe te dienen.

Het arme kind is bijna genezen van haar verslaving. Ze heeft vreselijk geleden, en er waren dagen dat ik wanhoopte over haar herstel en de baby. Weet je nog dat je een keer bij me bent geweest in het ziekenhuis in Edinburgh? Ik heb je toen patiënten laten zien die met een verslaving worstelden, dus je weet hoe erg ze er aan toe zijn op het hoogtepunt van de ontwenningsverschijnselen. Het arme kind heeft nog steeds striemen op haar polsen en enkels van toen ik haar vast moest binden op haar bed.

Het is niet haar schuld. Er is op een vreselijke manier misbruik gemaakt van haar lichaam en haar geest. Ze is het slachtoffer van Mr. Manners, die haar eerst heeft verleid en haar vervolgens met opium in aanraking heeft gebracht. Het is echt misdadig wat die man heeft gedaan. Maar goed, ik moet geen kwaad spreken over de doden. Voor een wereldse straf is het nu te laat. En hij is wreed aan zijn eind gekomen.

Godzijdank is Helen Frances jong en sterk. Tot mijn blijdschap kan ik melden dat ze nu zo ver is hersteld dat ze weer normaal eet en begint aan te komen. Ze krijgt zelfs iets van haar vroegere schoonheid terug, hoewel ik betwijfel of het verdriet dat haar gezicht nu tekent ooit geheel zal verdwijnen. Vreemd genoeg geeft het haar iets etherisch, iets ongrijpbaars, wat niet onaantrekkelijk is. Ze zou niet misstaan op een romantisch schilderij van sir John Millais.

Eindelijk begint ze weer belangstelling te krijgen voor het leven. Laf als ik ben heb ik het aan Nellie overgelaten om haar te vertellen wat er allemaal is gebeurd toen zij 'van de wereld was', voorwaar geen gemakkelijke taak. De moord op haar vader. De dood van haar minnaar. Boxers, en ga zo maar door. We hadden de morfine bij de hand voor als ze het niet aan zou kunnen, maar die hebben we niet nodig gehad. Ze reageerde wonderbaarlijk kalm en standvastig, en vroeg alleen of we haar naar het raam konden helpen en het luik open wilden doen, zodat ze het graf van haar vader kon zien. Toen heeft ze wel even gehuild. Na wat dat meisje allemaal heeft meegemaakt, is haar kracht werkelijk verbijsterend. Die nacht is zuster Caterina bij haar gebleven. Achteraf gezien was dat niet eens nodig geweest, want ze heeft wel liggen woelen en draaien en een paar keer gepraat in haar slaap, maar eigenlijk heeft ze een heel vreedzame nacht gehad.

Ik weet niet waarom ik je hier zo uitgebreid over vertel. Het zal wel komen doordat ik mijn zorgen hier met niemand anders kan delen. Voor onze kleine gemeenschap moet ik de sterke, alwetende arts zijn en het hoofd van het huishouden, blakend van zelfvertrouwen en gezag. Ik heb mezelf nooit als leider gezien, en toch moet ik die rol nu spelen. Ondertussen maak ik me zorgen, James, grote zorgen. Niet eens zozeer over de Boxers, want volgens mij komt daar wel een oplossing voor, maar wel over Helen Frances en Tom. Ik weet niet wat ik met die twee aan moet.

Helen Frances wil hem namelijk niet zien. Haar kalmte toen Nellie haar vertelde over de dood van Henry Manners was gewoon griezelig. Onnatuurlijk, zelfs. Het leek haar nauwelijks te interesseren. Toch wordt ze hysterisch als ik opper dat Tom bij haar langs komt. Ze schudt haar hoofd op het kussen, ze doet haar ogen dicht en klemt haar kaken op elkaar. Niet dat Tom haar zo graag wil zien. Hij informeert beleefd naar haar, maar plichtmatig, en hij is opgelucht als ik van onderwerp verander.

Ik heb medelijden met die jongclui, allebei zo diep gewond door de wreedheden van het leven. Ik ben nu lang genoeg arts om te weten dat het lichaam alleen volledig kan genezen als ook de geest gezond is; dat weet ik ook wel zonder die zielenknijper in Wenen! Maar wat kan ik doen als ze blijven weigeren elkaar te zien?

Dit is waar artsen de grenzen van hun kunnen bereiken. Ik weet er geen oplossing voor. Ik vrees dat ik uiteindelijk een verzoening tot stand moet brengen, al is het niet wat die twee willen. Helen Frances kan niet eindeloos in bed blijven liggen en zal een rol in dit huishouden moeten krijgen, in elk geval zolang deze noodtoestand aanhoudt. Wat zal er gebeuren met ons fragiele moreel als twee van ons niet met elkaar praten?

Mijn beste James, het was mijn bedoeling om je met deze brief gerust te stellen, maar ik vrees dat ik je in plaats daarvan met mijn zorgen en twijfels heb belast. Dat is verkeerd van me en niet eens in overeenstemming met de omstandigheden, want ik ben er echt van overtuigd dat we het ergste achter de rug hebben, zoals ik eerder al schreef, en dat de Mandarijn zijn best doet om ons vrij te krijgen.

Het was natuurlijk wel een teleurstelling dat er geen brief of boodschap van de Mandarijn was toen majoor Lin de proviand kwam brengen. De majoor was zijn gewone kille zelf en opmerkelijk zwijgzaam. Hij leverde het eten af en vertrok. Toch ben ik niet moedeloos. Helemaal niet. Tegenspoed leert je geduld te hebben.

Ze had het geprobeerd. Wat had ze haar best gedaan.

Van de dagen, weken, maanden, eeuwigheid in dat kleine kamertje kon ze zich weinig herinneren. Ze had een beeld van zichzelf liggend in het bed, een vastgebonden wild dier dat uit alle macht vocht tegen de touwen. Het was alsof ze uit haar eigen lichaam was getreden en zichzelf van bovenaf kon zien. Ze zag zichzelf met haar tanden ontbloot en haar ogen rollend in de kassen, haar rug gekromd en haar benen schoppend. Op een stoel naast het bed zat de dokter in zijn wijde zwarte jas, zijn ogen gesloten en zijn handen tegen zijn oren gedrukt, terwijl de tranen hem over de wangen stroomden. Uit haar mond klonken de vreselijkste verwensingen en haar ogen gloeiden van haat. Het andere deel van haarzelf, haar zwevende ik, had medelijden gekregen met die arme man, die haar alleen maar wilde helpen. Ze had besloten om hem te helpen bij zijn gevecht tegen dat ding op het bed.

Op een dag was ze wakker geworden en wist ze dat ze weer zichzelf was. Toen de dokter binnenkwam met zijn blad vol flesjes en de injectiespuit, had ze haar hoofd geschud en was ze weer in slaap gevallen, en deze keer waren er geen dromen geweest.

Die week herinnerde ze zich als een heerlijk rustige. Er waren buiten wel geluiden geweest, trommels en kreten, maar dat leek allemaal ver weg en had voor haar gevoel niets met haar te maken. Ze was zich alleen bewust van haar eigen lichaam, het bloed dat door haar aderen stroomde, het kloppen van haar hart, het ritme van haar ademhaling, de warmte in haar schoot waar het nieuwe leven groeide. Slapen, eten, slapen, en een gevoel van terugkerende kracht. Geen gedachten, alleen elementaire gevoelens. En slapen zonder dromen.

Toen kwam Nellie haar vertellen van de dood van haar vader en Henry. Met het nieuws van hun dood was haar eigen leven pas echt weer begonnen. Eerst drong het niet eens tot haar door, totdat Nellie haar naar het raam hielp en ze het kruis op het graf van haar vader kon zien. Ze had gehuild, stilletjes, en Nellie dacht waarschijnlijk dat ze huilde om haar vader, maar in feite huilde ze om zichzelf, omdat ze nu niet langer kon ontkennen wat ze had gedaan of wat ze was geworden, en omdat ze zichzelf haatte vanwege de schade die ze had aangericht. Haar vader en Henry waren dood. Van diep binnen in haar, als water uit een vergiftigde put, borrelde de zekerheid op dat het op de een of andere manier haar schuld was.

Later lag ze in bed omhoog te staren naar de vertrouwde barsten in het plafond, en het kapotte pleisterwerk leek een symbool van haar eigen leven.

Waar was het meisje dat zelfverzekerd uit het klooster was gekomen, het meisje dat opgewonden, enthousiast en vol levenslust aan een leven vol beloften was begonnen? Het intelligente meisje, de beste van haar klas, dat door iedereen in de aula werd bewonderd toen ze haar diploma in ontvangst nam. Ze wist nog wat de directrice tegen haar had gezegd: 'Helen Frances, je bent nu een moderne jonge vrouw, goed voorbereid op de moderne nieuwe eeuw. Pas wel op dat je je niet in de vingers snijdt met die beroemde nieuwsgierigheid van je.'

Die nieuwsgierigheid – nee, die honger – naar alles wat het leven te bieden had, had haar bedrogen, net zoals zij iedereen die van haar had gehouden, iedereen die aardig voor haar was geweest, had bedrogen. Haar vader, de simpele ziel, die altijd het beste voor haar had gewild, haar met tranen van bewondering en ontroering in zijn ogen had aangekeken toen ze aankwam en haar zijn prinses had genoemd. Had hij het geweten? Had hij doelbewust de dood gezocht in de steeg waar hij was gevonden, omdat zij zijn hart had gebroken? De dokter en Nellie, wier gastvrijheid ze met voeten had getreden. Kon ze het ooit goedmaken? En Tom. Wat had ze Tom wreed behandeld.

Tom. Lieve, aardige Tom.

Domme, onbehouwen Tom.

Ze had nooit echt van hem gehouden. Hij was een speeltje geweest, een tijdverdrijf, toen de wereld voor haar open lag en er hartstochten in haar ontwaakten, simpelweg doordat hij beschikbaar en in de buurt was. Tom, meegaande Tom, was niet meer geweest dan een van de specerijen in alle exotische gerechten die de Oriënt haar voorschotelde. Ze had geëxperimenteerd met zijn liefde, gewoon omdat het weer iets nieuws was, zoals alles in Azië nieuw voor haar was. In feite had ze alleen maar gedaan alsof ze van hem hield, waarmee ze alle anderen en vooral zichzelf voor het lapje had gehouden. Tom was op zijn eigen manier ook een echte schat, en ze had minstens evenveel genegenheid voor hem gevoeld als voor de collie die ze als meisje had gehad. Maar toen haar hond onder een kar was gekomen, had ze niet langer dan een week om hem getreurd. En haar genegenheid voor Tom was niet bestand geweest tegen haar eerste ontmoeting met Henry, op de picknick van sir Claude MacDonald. Vanaf dat moment was Tom een aanhangsel geweest, en probeerde ze zelf te schitteren in de bekrompen gemeenschap van Shishan.

Hoe had ze zo slecht kunnen zijn?

Maar was het slecht om te hunkeren naar de aanraking van een andere man, die haar alleen al door zijn aanwezigheid veranderde in een onbaatzuchtig vat vol hartstocht? Als ze met Henry samen was, had ze nooit het gevoel gehad dat ze zondigde, al helemaal niet wanneer ze naakt en verstrengeld waren en ze zich tot in haar ziel één met hem had gevoeld. Voor haar gevoel was het volmaakt natuurlijk geweest, volmaakt vanzelfsprekend. Nee, het had gevoeld als een zonde toen ze hun liaison verbrak, omdat ze diep in haar hart niet immuun was voor wat de mensen zeiden of dachten.

Ze wist precies hoe er over Henry werd gedacht. Dat zag ze in de neergeslagen ogen, en ze hoorde het in onuitgesproken woorden, telkens als dokter Airton of Nellie haar baby ter sprake brachten. Zij vonden hem een gewetenloze avonturier, een versierder. Maar wat wisten zij er eigenlijk van? Henry had háár niet verleid, zij had hém in haar netten gestrikt. En als ze de liefde bedreven, was zij steeds degene die meer wilde. Ze was er trots op dat ze hartstocht in hem had wakker gemaakt. Had hij van haar gehouden? Ze hoopte het, in elk geval een beetje.

Maar welk recht had zij om hem op te eisen? Om hem vast te

binden aan een of andere burgerlijke huiskamer, waar zij zat te brei-
en als hij thuiskwam voor het eten? Je kon net zo goed proberen om
de wind te temmen. Hij was een vrije geest, een prachtig wild dier,
een hengst.

Ze wist dat hij tekortkomingen had, dat hij ontrouw was, en hield
daarom des te meer van hem. Hij was haar onvervulde zelf. Hij had
de vrijheid die zij als vrouw nooit zou kennen. Ze wist dat hij met
een of andere belangrijke missie in Shishan was, en dat zij nooit meer
dan een deel van zijn leven zou zijn. Daarom had ze de relatie verbroken, omdat ze hem niet wilde kortwieken. Iedereen dacht dat hij
haar pijn had gedaan, maar dat was niet zo. Het was haar eigen beslissing geweest. En nu was hij dood.

Zij bleef alleen achter, treurend om het heftige, tropische onweer
dat haar universum had verlicht en nu verder was getrokken. Er waren alleen donkere wolken achtergebleven, laaghangend boven een
gladde zee. Een zee waarin ze zichzelf niet eens kon verdrinken omdat ze door moest gaan met leven.

Want haar baby leefde nog, dat had ze aan de dokter te danken,
en ze kende haar plicht.

Saaie, boerse Tom. Ze rilde nu als ze aan hem dacht, maar ze zou
met hem trouwen als hij haar nog steeds wilde. De dokter had haar
weer tot leven gewekt, en ze stond bij het leven in het krijt. Met
volle teugen had ze zich aan het levenswater tegoed gedaan, en nu
moest ze de droesem proeven. Daar was ze toe bereid, want ze wilde de schade die ze had aangericht goedmaken.

Dageraad, vrijdag 21 juni

Ik schrijf in haast. De Boxers zijn terug. Fielding en Tom hadden gelijk en ik heb me vergist. Lins wachtposten zijn weg. We
hebben geen idee wat het te beduiden heeft, maar vrezen het
ergste.

Ik verberg mijn brieven aan jou, plus wat dingen van waarde, onder een van de vloerdelen in de eetkamer. Als je deze
woorden ooit te lezen krijgt, denk dan met genegenheid aan je
broer en zijn gezin. Ik vertrouw Edmund en Mary aan jouw

goede zorgen toe. Voed ze op als goede christenen.

Er is zoveel te zeggen, maar buiten dreunen de trommels.

Moge de Heer ons allen beschermen.

O, Edward, wat is het triest dat het zo moet eindigen. Jenny en George zijn nog zo jong.

Vrijdag 21 juni 1900

We hebben een vreselijke dag overleefd. Vanochtend was ik bijna geneigd om de woorden van wanhoop te spreken: *eli, eli, lama sabachthani?* Maar God heeft ons niet in de steek gelaten. We zijn samen, en we zijn ongedeerd. De Voorzienigheid blijft over ons waken, en de vleugels van Zijn genade omhullen ons en houden ons warm.

De Boxers moeten in de kleine uurtjes zijn teruggekomen, voor het aanbreken van de dag. Ze kwamen geruisloos en zouden ongemerkt naar het huis toe zijn geslopen, ware het niet dat Mr. Bowers toevallig al op was, zoals zijn gewoonte is, en een list verzon.

Hij zat in de bijbel te lezen in de zitkamer toen hij een geluid hoorde. Toen hij naar buiten keek, zag hij vormen op het huis afkomen in het donker. Hij herinnerde zich dat er in de provisiekast een doos Chinese voetzoekers lag, want die had hij George en Jenny zelf afgepakt. Snel haalde hij het vuurwerk, en ook een proppenschieter uit de kinderkamer. De loop stak hij naar buiten door een van de schietgaten, en in de ochtendschemering leek het ongetwijfeld net een echt geweer. Vervolgens liep hij snel van het ene schietgat naar het andere, waar hij de voetzoekers een voor een aanstak en naar buiten gooide.

Het huishouden werd dan ook gewekt door geluiden die op echt geweervuur leken. Dat was natuurlijk ook precies zijn bedoeling. Het had ook op de Boxers het gewenste effect, want ze kozen halsoverkop het hazenpad. Het moet een komisch gezicht zijn geweest, die als paljassen uitgedoste figuren die in het donker door elkaar renden, als geschrokken kinderen die in verkleedkleren zijn betrapt, maar we waren geen van allen in de stemming om te lachen. Blij met onze overwinning waren we ook al niet, we waren veel te erg geschrokken dat de Boxers terug waren. We wisten ook dat we ze met die voetzoekers niet lang op afstand zouden houden.

Kort na de mislukte aanval begonnen de trommels te dreunen. Ook het joelen en roepen van leuzen begon weer van voren af aan, kreten die ons 's nachts teisteren in onze nachtmerries.

Het is echt een afschuwelijk geluid, James. Een eindeloze herhaling van hun leus: 'Verdelg de buitenlanders en behoed de Ch'ing!' gevolgd door de kreten *'Sha! Sha! Sha!'* en dat betekent: 'Dood! Dood! Dood!' Dat doorspekken ze dan met weerzinwekkend smerige verwensingen en beledigingen, en beschrijvingen van onze zogenaamde misdaden. Ik stel me zo voor dat de kreten van de duivels in de hel niet angstaanjagender of weerzinwekkender kunnen zijn.

Ondertussen was het onbegrijpelijk, maar vooral alarmerend, dat Lins soldaten, onze beschermers als het ware, nergens te bekennen waren. Hun provisorische tentjes waren weg, evenals hun kookpotten en andere spullen. Het was duidelijk dat we aan de Boxers overgeleverd waren.

Je kunt je wel voorstellen dat we ons verraden voelden.

We kwamen bij elkaar in de zitkamer, in onze kamerjassen, of met een haastig aangetrokken broek onder ons nachthemd. We zagen eruit als toneelspelers in een klucht. De kinderen waren doodsbang, en het kostte Nellie en zuster Caterina de grootste moeite om tranen te voorkomen. Een van Septimus' zoontjes blèrde als een sirene, een even vreselijk geluid als de kreten van buiten, maar het is niet erg aardig van me om dit te zeggen. Ik hoop dat ik zolang als ik leef nooit meer zoveel bange, lijkwitte gezichten bij elkaar hoef te zien.

Snel belegden de mannen een krijgsraad. Bowers en Tom waren rustig, maar Fischer was er slecht aan toe, en Fielding maakte het er niet beter op door mij te verwijten dat ik te gretig op Lins voorwaarden was ingegaan, zodat we nu door mijn toedoen zonder wapens zitten. Alsof we op dat moment een andere keus hadden.

Ik sla de scherpe woordenwisseling over. Uiteindelijk bedachten we een plan, hopeloos in mijn ogen, maar in die afschuwelijke omstandigheden was alles beter dan niets.

Als de Boxers aanvielen, zouden Bowers en Fielding – de sterkste mannen – de deuren zo lang mogelijk verdedigen met hakmessen, scheppen en andere geïmproviseerde wapens. Dat zou Fischer, Millward en mijzelf, met Tom op zijn krukken, de kans geven om via een klein raam aan de achterkant te vluchten. Op de een of andere manier zou het ons dan moeten lukken om samen met de vrouwen en kinderen de steile heuvel af te dalen. Bowers en Fielding zouden ontsnappen en zich bij ons voegen.

Niemand kwam met suggesties voor wat we daarna moesten doen, domweg omdat we geen idee hadden hoe het verder moest. Het stuitte ons gewoon tegen de borst om lijdzaam op de Boxers te zitten wachten, en een snelle dood leek beter dan levend verbranden. Het leek ons het meest waarschijnlijk dat ons dat lot te wachten stond als we bleven. En wie weet, als we niet allemaal konden ontsnappen, dan misschien toch een paar van ons.

Septimus Millward wilde er niet van horen. 'De Heer heeft mij hierheen gebracht en hier zal ik blijven,' kondigde hij met die galmende stem van hem aan. We staarden hem allemaal sprakeloos van verbazing aan. Burton Fielding trok fel tegen hem van leer. Hij zei: 'Help uzelf, zo helpt u God.' Vervolgens probeerde Tom hem te overreden, onder meer door aan hem te vragen om aan zijn vrouw en kinderen te denken. 'We kunnen net zo goed hier op onze reis naar de hemel wachten,' was zijn antwoord. 'Wie ben ik om Zijn bedoelingen in twijfel te trekken?' Hij hield voet bij stuk.

Wat was ik kwaad op die koppige kerel! Volgens mij heb ik hem zelfs een verknipte idioot genoemd. Het was uitgesloten dat een deel van onze groep zou proberen te ontsnappen terwijl zijn hele gezin achterbleef om in de vlammen te sterven met die tirannieke vader van hen. Bovendien maakte ik me zorgen over Helen Frances, die nog niet ver kan lopen. De enige van ons die sterk genoeg zou zijn om haar te dragen, was Septimus Millward.

Onze verhitte discussie ging maar door. Millward negeerde ons, liet zich op die theatrale manier van hem op zijn knieën vallen om te bidden, met zijn hoofd omhoog. Mr. Bowers zat naast het raam en hield ons regelmatig op de hoogte van wat de Boxers deden. Tegen negen uur – het was toen al urenlang licht – meldde hij dat er onheilspellende activiteit plaatsvond op het gazon. Niet minder dan twintig Boxer-krijgers voerden hun rituele dans uit, en we wisten dat daar meestal een aanval op volgde.

In wanhoop richtte ik me tot de anderen. 'Wat doen we?' vroeg ik. 'Gaan we vechten? Slaan we op de vlucht?' Het bleef stil, dus wist ik dat ik een beslissing moest nemen, en snel ook. 'Millward,' riep ik, 'we voeren ons plan uit. Ik kan je niet dwingen om met ons mee te komen, maar laat Laetitia en de kinderen alsjeblieft meegaan.'

Laetitia stond op, haar gezicht asgrauw. 'De kinderen en ik blijven bij Septimus,' zei ze. Ik keek naar de droefgeestige gezichtjes van de kleintjes en hoorde mijn eigen stem van heel ver weg zeggen: 'Dan gaan we zonder jullie.' Volgens mij heb ik eraan toegevoegd: 'Moge de Heer jullie beschermen.'

Geloof me James, ik heb nooit van mijn leven een vreselijker moment meegemaakt.

Zonder verder nog een woord te zeggen verlieten Bowers en Fielding de kamer om wapens te halen. Nellie keek me met een ondoorgrondelijke blik aan en snelde weg met zuster Caterina om Helen Frances voor te bereiden op de vlucht. Ik bleef bij het raam staan, kijkend naar de Boxers. Ik voelde me zo machteloos!

Ik weet niet wat er gebeurd zou zijn als er geen wonder was geschied. Terwijl ik stond te kijken naar de Boxers op het gazon, die steeds wilder en woester rondsprongen, hoorde ik het geluid van een trompet, lang en luid en vals, van achter de verzamelde Boxers. De trommels vielen stil. Het zingen hield op. In die merkwaardige stilte verstijfden de dansers, en daarna keken ze aarzelend over hun schouder, alsof ze zich geneerden omdat ze op het schoolplein op kattenkwaad waren betrapt.

Een luide stem brulde een bevel, en even later holden die

twintig kerels terug naar de rest. Ik kon mijn ogen niet geloven toen ik zag dat alle Boxers zich omdraaiden en zwijgend wegliepen. Het ging heel snel allemaal. Waar het ene moment een hele horde duivels had gestaan, schreeuwend om ons bloed, was het volgende moment niets meer.

Ongeveer een halfuur later kwam majoor Lin met zijn cavalerie de heuvel op. We zagen hem van zijn paard springen, en toen beende hij kordaat naar de deur, waar hij met zijn gehandschoende hand op klopte. Ik deed open en liep naar de voorgalerij, maar voor ik een woord kon zeggen, zag ik hem tot mijn stomme verbazing een korte buiging maken. Hij verontschuldigde zich!

Hij vertelde dat de mannen die hij had achtergelaten om ons te beschermen waren omgekocht om hun post te verlaten. Het was de bedoeling dat de Boxers met ons konden doen wat ze wilden, en naderhand zouden de soldaten zijn teruggevonden, geboeid en gekneveld alsof ze door Boxers waren overmeesterd. Gelukkig was een van die mannen naar Lin gereden om hem te waarschuwen.

Lin was zo snel mogelijk gekomen, en de Boxers hadden zich teruggetrokken toen ze het stof van zijn naderende paarden zagen. Hij zei dat hij zich schaamde voor het gebrek aan discipline van zijn soldaten. De schuldigen zouden worden gestraft, en hij zou er persoonlijk op toezien dat het nooit meer gebeurde. In het vervolg zou hij ons door betrouwbaarder soldaten laten beschermen.

We zijn dus weer veilig, beste broer – maar wel gevangenen, net als voorheen – en mijn vertrouwen in de Mandarijn is hersteld. Het is duidelijk dat de Mandarijn, aan wie majoor Lin verantwoording schuldig is, de touwtjes in Shishan nog steeds in handen heeft, en dat de Boxers het gezag vrezen. Dat is goed nieuws.

Wel heb ik heel sterk het gevoel dat we onze redding niet alleen aan een tijdelijke macht te danken hebben. Toen ik terugkwam in de zitkamer na mijn gesprek met de majoor zat Millward nog steeds op zijn knieën. Hij zei niets, maar de uitdrukking op zijn gezicht sprak boekdelen: Ik wist het wel. En bewijst dit niet dat hij niet voor niets vertrouwde op de genade van onze enige Verlosser? Ik ben er namelijk van overtuigd dat Hij, en Hij alleen, ons vandaag heeft gered. Van ons allemaal was Septimus Millward – die koppige man – de enige met een rotsvast vertrouwen in zijn geloof, en kijk eens wie er gelijk heeft gekregen.

Mijn ogen vallen dicht. Dit zijn grote mysteries. Op dit moment kan ik weinig anders doen dan de Heer nederig danken omdat Hij mijn dierbare Nellie, George en Jenny heeft gespaard.

Vertrouw op Hem, dierbare broer.

Dinsdag 24 juni 1900

Sinds mijn laatste brief is er eigenlijk weinig gebeurd dat de moeite van het vermelden waard is. Wel loopt de spanning in ons belegerde huishouden sinds de aanval van vorige week hoog op, en de opgewektheid die er in de eerste dagen van onze opsluiting heerste, ontbreekt nu geheel.

De mannen van majoor Lin zorgen ervoor dat de Boxers niet al te dicht bij het huis in de buurt kunnen komen, maar van achter het hek blijven ze een dreigende aanwezigheid. Hun trommels dreunen onophoudelijk, dag en nacht. Onze stemmen zijn hees en onze kelen schor omdat we ons boven het kabaal verstaanbaar moeten maken, al communiceren we zo vaak mogelijk met handgebaren, als cisterciënzer monniken die een zwijgplicht hebben. Onze zenuwen worden zwaar op de proef gesteld, en we hebben slaapproblemen, zodat we moe en prikkelbaar zijn en elkaars eigenaardigheden minder makkelijk vergeven.

Elke dag is er wel een of andere vertoning. De soldaten laten dit toe, waarschijnlijk om onze belagers stoom te laten afblazen. Meestal is het een vechtsportdemonstratie, begeleid door scheldwoorden. We kijken ernaar omdat we niets anders te doen hebben. Het heeft wel iets van een kermisattractie, en hun capriolen met zwaarden zouden grappig zijn als ze er niet van die moorddadige bedoelingen mee hadden. Zouden onze Romeinse voorouders van achter hun stadsmuren met dezelfde mengeling van verachting en angst naar de krijgsdansen van de Germaanse hordes hebben gekeken?

Vanochtend was er voor de verandering een optreden van vrouwelijke Boxers, die zichzelf de Rode Lantaarns noemen. Deze juffers dragen rode pyjama's en hebben fonkelende ogen, en ze lijken de priesteressen van de cultus te zijn. Maar vergis je niet, beste broer, deze jeugdige hellevegen hebben niets vrouwelijks, laat staan dat er heiligheid van hen uitgaat. Ze zijn opgeleid om dezelfde dansen met zwaard en speer uit te voeren als de mannen, en de kreten en scheldwoorden klinken nog onnatuurlijker en nog afschuwelijker omdat ze uit zulke mooie monden komen.

De kleintjes staan onder enorme druk. Ze zien lijkwit en zitten met grote, starende ogen ineengedoken bij elkaar. George en Jenny doen hun best, de schatten, maar het speelgoed dat een week geleden nog voor zoveel blijdschap zorgde, ligt nu vergeten op de grond. George zit urenlang boven zijn avonturenboeken, maar ik kan zien dat hij er met zijn hoofd niet bij is, want hij slaat geen bladzijden om. De kinderen van de Millwards gedragen zich weer net zoals vroeger, ze zitten urenlang op hun knieën met hun moeder terwijl Septimus gebeden zegt – al moet ik erbij zeggen dat er door de trommels geen woord van is te verstaan.

Ik weet niet waar die man zijn kracht vandaan haalt. Of misschien ook wel. Hoe gek hij ook is, zijn blinde geloof heeft iets bewonderenswaardigs. Hij is van ons allemaal misschien de enige die niet gebukt gaat onder de spanningen. Ongemerkt beïnvloedt hij ons allemaal. Gisteren zag ik tot mijn verbazing dat zuster Caterina tussen het gezin op haar knieën zat te bidden.

Burton Fielding kan zijn minachting voor Septimus echter niet verbergen. Hij verlaat zelfs de kamer om te voorkomen dat hij in zijn nabijheid is. Het is alsof Millward zijn gezag ondermijnt. Eigenlijk gedraagt Fielding zich al sinds de aanval nogal vreemd. Het is tragisch om te zien dat de man die ik zo respecteerde, aan wiens oordeel ik zoveel waarde hechtte, geen ruggengraat blijkt te hebben. Er is niets over van zijn laconieke humor, en gesprekken met hem komen neer op een aaneenschakeling van bittere klachten. Hij geeft met name mij de schuld van onze hachelijke situatie, en beweert dat we allemaal ontkomen zouden zijn als we naar hem hadden geluisterd.

Zijn oordeel over de anderen is nauwelijks minder vernietigend. Het lijkt wel alsof hij ons allemaal minacht. Hij is somber en in zichzelf gekeerd en werpt ons felle, hatelijke blikken toe. Vandaar dat we hem zoveel mogelijk negeren. Ik aarzel om hem laf te noemen, want als we zijn verhalen mogen geloven heeft hij ooit de wilde Apachen getrotseerd. In elk geval lijkt hij aan wanhoop ten prooi te zijn.

Gelukkig houden de anderen er tot op zekere hoogte vertrouwen in dat we uiteindelijk zullen worden bevrijd. De flegmatieke Bowers straalt kalmte uit, Fischer vertrouwt blind op onze redding door de spoorwegdirectie, en Tom is in deze wanhopige situatie een rots in de branding, een toonbeeld van moed.

Helaas baart Tom me wel zorgen. Tegen mijn advies in, en zonder dat ik het wist, is hij drie dagen geleden naar de kamer van Helen Frances gegaan. Ik weet niet wat er is gezegd, maar het was zeker niet de verzoening waar ik zo vurig op had gehoopt. Die arme kerel doet alsof er niets is gebeurd, maar de grimmige uitdrukking op zijn gezicht en zijn kille, bedaarde manier van doen getuigen van een gebroken hart. In deze ijzige vreemde is geen spoor meer te bekennen van de beminnelijke, gezellige jongeman die ons allemaal voor zich innam toen hij verleden jaar naar Shishan kwam. Integendeel, we zijn allemaal een beetje bang voor hem omdat hij zo hard en ondoorgrondelijk is. Zelfs Jenny, die dol op hem was en vaak zijn gezelschap opzocht, ontwijkt hem nu. Het trieste is dat hij het zelf niet eens merkt. Of het kan hem niet schelen.

En Helen Frances? Wat haar lichamelijke gezondheid betreft, is haar herstel zonder meer opmerkelijk, en als geneesheer ben ik meer dan tevreden over haar. Daarentegen wil ze bijna niet praten, zelfs niet met Nellie. Ze ligt maar op bed, starend naar een barst in het plafond. Wie weet wat er allemaal omgaat in haar hoofd? Terwijl buiten, en in onze hoofden, de trommels blijven dreunen, dreunen, dreunen.

Konden we onze drukke bezigheden uit het begin maar hervatten, toen we nog optimistisch en vol goede moed waren, maar ik vrees dat onze voorjaarsschoonmaak ten einde is. Ik heb het je in mijn vorige brief niet geschreven omdat ik het toen nog niet wist, maar de aanval van de Boxers van verleden week blijkt ernstige consequenties te hebben.

Tijdens alle commotie hebben de Boxers onze put onklaar gemaakt. We zijn nu geheel afhankelijk van onze bewakers, die twee keer per dag een flinke wandeling maken naar de stroom aan de voet van de heuvel. Het water uit de stroom is niet bepaald schoon, en vier emmers per dag zijn nauwelijks genoeg om onze dorst te lessen, vooral omdat het meeste water tijdens de wandeling naar ons huis uit de emmers klotst. We staan nu op rantsoen: een pot thee 's ochtends en 's avonds, en een kopje 'natuurzuiver' water bij de lunch. Als ik je vertel dat het de afgelopen dagen tegen de dertig graden is geweest, kun je je een voorstelling maken van onze dorst. Onszelf of onze kleren wassen is uitgesloten. De voortdurende jeuk draagt bij aan ons ongemak en verhoogt de spanning, in dezelfde mate als die vreselijke trommels.

In deze hitte en met alles wat we te verduren hebben, moet ik vaak denken aan mijn dierbare Schotland, en dan droom ik van de wind op de hei. Ik heb besloten om een tijdje verlof te nemen als we dit achter de rug hebben. Het lijkt me een genoegen om samen lange wandelingen door de heuvels te maken, beste broer. En om herenigd te zijn met Edmund en Mary, die ik bij deze veel liefs wens, ook van hun moeder en broertje en zusje. Ga af en toe eens bij ze langs op school, James, als je de tijd hebt.

O, die trommels. Die trommels! Wat verlang ik naar de stilte, al is het maar even.

In haar kleine kamer wachtte ze totdat Tom een keer zou komen. Ze staarde naar het gebarsten pleisterwerk dat haar geruïneerde leven symboliseerde, haar in duigen gevallen hoop.

Na heel veel dagen kwam hij eindelijk. Zachtjes kwam hij binnen en geleund tegen de deur bleef hij staan. 'Zo,' zei hij na een hele tijd.

'Ik ben bereid om met je te trouwen, Tom, als je me nog hebben wil,' zei ze, starend naar de barsten en scheuren.

Een harde lach, wreed, een lach zoals ze nooit eerder had gehoord.

'Trouwen? Je denkt toch niet dat ik dat nog wil, HF. Dan moet ik zeker de bastaard van die klootzak grootbrengen. Dank je de koekoek.'

Helen Frances keek naar een mier die uit een van de barsten kroop.

'Bovendien,' vervolgde hij, 'is het hele onderwerp nogal hypothetisch. Je beseft toch wel in wat voor situatie we zitten? Als we niet naar buiten worden gesleept om geëxecuteerd te worden, steken ze waarschijnlijk de boel in de fik om ons met zijn allen levend te verbranden. Mij, jou en je baby. Het spijt me, schatje.'

De mier wandelde langs de muur omlaag totdat ze hem niet meer kon zien.

'Niet echt het juiste moment voor de bruiloftsmars, hè? Bovendien dreunen die trommels zo hard dat je de muziek toch niet zou horen.' Tom lachte weer.

'Heb je gedronken?' vroeg Helen Frances zacht.

'Gedronken? Nou en of. Niet dat de anderen het merken. Voor hen ben ik nog steeds de grote hoop, ook al ben ik kreupel. Maar het is je natuurlijk niet opgevallen dat ik met krukken loop, hè? Jij ligt daar maar te liggen om van je opiumverslaving af te komen. De dokter wilde niet dat ik naar je toe ging omdat je nog niet helemaal bent hersteld, maar ik ben niet zo stom als ik eruitzie. Of misschien ook wel. Het kan me niet schelen. Niet meer.'

'Arme Tom.' Voor het eerst draaide ze haar hoofd opzij om hem aan te kijken.

'Is dat medelijden, schatje? Wel heb je ooit! Ik wist wel dat je het hart op de juiste plaats had, al ging je achter mijn rug met de hele wereld naar bed.'

'Alleen met Henry.' Ze draaide haar hoofd weer weg.

'Alleen met Henry?' Tom lachte spottend. 'Wat een opluchting! Alleen met Henry. Dan moet ik je condoleren met je verlies. Ik vind het zo erg dat die smeerlap is doodgeslagen. Dat meen ik, weet je,' voegde hij eraan toe. 'Ik had het liever zelf gedaan.'

'Wat kom je hier doen?' vroeg ze.

'Nou, lieve schat,' zei Tom, nog steeds met valse jovialiteit, zwaaiend op zijn benen, 'dat is een goeie vraag. Ik zal het je uitleggen. Ik zat in de eetkamer met een neut, in mijn eentje, toen ik opeens moest denken — je weet hoe sentimenteel mannen kunnen zijn — aan mijn dierbare, verloren liefde. En ik dacht: Ze is niet ver. En nu die arme Henry er niet meer is, voelt ze zich misschien wel eenzaam. Nou, daar ben ik dan.'

Helen Frances keek hem koud aan, maar ze zei niets.

'Ik vraag me namelijk al een tijdje af, weet je,' vervolgde Tom, 'wat Henry had en ik niet.'

Tom haalde adem om weer een cynische opmerking te maken, maar schudde in plaats daarvan zijn hoofd. Hij duwde zichzelf weg van de deur waar hij tegenaan leunde, strompelde de kamer in en liet zich op een stoel vallen. Helen Frances schrok en ging met het laken opgetrokken tot aan haar kin recht overeind zitten in bed. Tom had een verloren blik in zijn ogen, en zijn mond hing open.

'Waarom, Helen Frances, waarom?' Het was bijna kermen, en hij kreeg tranen van zelfmedelijden in zijn ogen.

'Ik hield van hem,' antwoordde ze.

'Wist je dan niet dat ik van je hield? Dat ik je wilde?'

'Natuurlijk wist ik dat.'

'We waren verloofd, verdomme! En je hebt jezelf aan hem gege-ven. Je hebt goedgevonden dat hij — '

'Dat hij wat, Tom? Zo was het niet, weet je.'

Ze keek naar de grote man die snikkend als een kind op de klei-ne houten stoel zat. Ze voelde niets voor hem. Hij had een acteur in een toneelstuk kunnen zijn, maar ze herinnerde zich dat ze een plicht had. Dit was de man met wie ze zou trouwen als hij haar wil-de. Vanwege Henry's kind.

'Rustig nou maar, Tom,' zei ze. 'Het komt allemaal wel goed.'

'We gaan hier allemaal dood, HF,' kreunde Tom snikkend. 'De Boxers vermoorden ons allemaal, en dan ga ik dood... dan ga ik dood zonder dat ik het ooit met een vrouw heb gedaan.'

Ze was naar hem toe geschoven over het bed om hem te troos-ten, maar ze verstijfde bij het horen van zijn woorden. 'Ben je daar-om naar me toe gekomen?' vroeg ze. 'Omdat je met me naar bed wilde?'

'Nee!' riep Tom gekweld. 'Maar je hebt je aan Manners gegeven. Je bent zijn hoer geweest.'

'Is dat hoe je over me denkt, Tom? Vind je me een hoer?'

Tom huilde niet langer, maar zijn borstkas zwoegde en hij veeg-de zijn neus af. Zijn stemming was plotseling omgeslagen, onbere-kenbaar als hij was in zijn dronkenschap, en zijn gezicht had nu een quasi-smekende uitdrukking, als die van een kind dat om appels be-delt. 'Zou je dat doen?'

'Met je naar bed gaan? Wil je dat?'

Tom liet zijn hoofd hangen, maar zijn glimlach bleef geslepen. 'Dat meende ik niet,' mompelde hij. 'Het komt door de drank. Ik hou nog steeds van je, HF.'

IJzig keek Helen Frances hem aan terwijl ze het laken wegduw-de. Hij keek naar haar met een uitdrukking die het midden hield tussen droefheid en bravoure.

'Je hoeft het niet te doen,' prevelde hij.

Ze trok de strik bij haar hals los en trok de nachtjapon over haar hoofd terwijl ze hem strak bleef aankijken. Naakt zat ze voor hem. Ze bewogen geen van beiden.

'Blijf je daar zitten?' vroeg ze na een tijdje. 'Of ben je nog niet klaar met je zelfbeklag?'

Langzaam werkte Tom zich overeind, en wankelend op zijn be-nen bleef hij voor haar staan. 'HF?' zei hij onzeker, en aarzelend stak hij een hand uit om haar borst aan te raken.

Onwillekeurig kromp ze ineen toen zijn koude vingers haar huid raakten.

'Zit het zo!' Tom liet zijn hand zakken. 'Smerige teef!' siste hij, en hij sloeg haar zo hard in haar gezicht dat ze naar achteren viel. 'Als ik je ooit nog een keer aanraak, is het om je de nek om te draaien. Hoer.' Hij strompelde de kamer uit en sloeg de deur met een knal achter zich dicht.

Met een tintelende wang bleef ze op het bed liggen. Er kropen meer mieren uit de barst in het plafond. Ze staarde ernaar. Buiten dreunden de trommels. Ze pakte haar nachtjapon maar trok hem niet aan, maakte er een prop van die ze tegen zich aan trok, en met haar knieën opgetrokken tegen haar borst rolde ze zich op haar zij. Ze begroef haar gezicht in het kussen, maar huilen kon ze niet.

Er is iets heel bijzonders gebeurd!

Het was 's avonds laat. Bijna iedereen was al naar bed, en Herr Fischer trof voorbereidingen om de eerste wacht te betrekken. Pietluttig als hij nu eenmaal is legde hij op de eettafel zijn spullen klaar: horloge, bijbel, zakdoek, pijp, tabakszak, heupflesje cognac, het ingelijste portretje van zijn moeder (het is vermoeiend om naar die man te kijken!). Ik draaide de lampen lager en controleerde de luiken voordat ik zelf naar bed ging.

Ik was bezig met het opwinden van de staande klok – het is grappig dat je je vastklampt aan de oude gewoontes uit vreedzamer tijden – en schrok toen ik zacht hoorde tikken tegen de luiken. Toevallig werd er op dat moment niet getrommeld, anders zou ik het helemaal niet hebben gehoord – de laatste tijd kunnen we af en toe van de stilte genieten; zelfs Boxers schijnen zo af en toe moe te worden.

In eerste instantie dacht ik dat het een tak was die tegen het hout tikte. Voor een van de ramen in de eetkamer staat een boom en het woei vrij hard. Door de hitte en de hoge luchtdruk ontstaan er de laatste tijd 's avonds vaak stormen, hoewel het helaas nog steeds niet heeft geregend. Maar het tikken bleef aanhouden en het klonk te regelmatig om door de wind te worden veroorzaakt.

Voorzichtig zette ik het luik op een kiertje en ik gluurde naar buiten bij het licht van een lantaarn. Ik zag een wit gezicht met de tulband van een Boxer, en de moed zonk me in de schoenen. Ik meende dat het huis weer werd aangevallen. Toen zag ik de paniek in de ogen, en een puntige, duidelijk on-Chinese neus, en ik hoorde een stem die in het Engels fluisterde: 'Laat me binnen. Laat me binnen. Ik ben het, Hiram.'

Dat was een hele schrik, zoals je je kunt voorstellen. De enige Hiram die ik kende was maanden geleden vermoord, en ik was erbij geweest toen de moordenaars werden onthoofd! Ik vroeg me zelfs in een flits af of ik oog in oog stond met een geest! Maar toen ik beter keek, zag ik dat het onmiskenbaar Hiram Millward was; dit was het smalle, magere gezicht met de achterdochtige ogen dat ik me herinnerde. Hij was geen geest. 'Snel,' fluisterde hij. 'Laat me binnen voordat ze me zien.'

Ik riep Fischer en deed de luiken open – gelukkig had ik de tegenwoordigheid van geest om eerst de lamp uit te blazen – en met zijn tweeën hesen we de jongen naar binnen. We namen hem mee naar de zitkamer, en bij lamplicht staarden we stomverbaasd naar die tengere jongen, van top tot teen als Boxer uitgedost. 'Mijn beste jongen, je leeft nog,' zei ik. Geen erg intelligente opmerking, dat geef ik toe, maar ik was echt met stomheid geslagen.

Hiram was duidelijk uitgeput. Hij wankelde op zijn benen, kon zijn ogen nauwelijks openhouden en hij bibberde. 'Snel,' zei ik tegen Fischer, 'haal zijn vader, dan geef ik hem een slok cognac.' Ik nam Hiram mee naar de bank en hij ging zonder protest zitten. Hij verslikte zich in de eerste slok cognac, maar wist toch wat binnen te houden.

Het volgende moment stond Septimus in de deuropening. Zijn ogen fonkelden en zijn baard leek in brand te staan in het lamplicht. Hij wierp een reusachtige schaduw in de kamer. Hiram keek op, zag die strenge figuur op hem neerkijken, en het leek wel alsof hij weg wilde kruipen in de kussens. Zijn bleke gezicht werd zo mogelijk nog bleker, zo bang was hij. Gedurende een gespannen moment bleven vader en zoon elkaar aankijken. Septimus' blik was onverbiddelijk. Ik vreesde een uitbarsting. Toen liep hij met twee grote stappen naar zijn zoon toe en tilde hij hem op. Hij omhelsde hem onstuimig, begroef zijn gezicht tegen Hirams benige schouder, en zijn borstkas zwoegde van de emoties.

Toen hij zijn hoofd weer optilde, liepen er tranen over zijn wangen in zijn baard. Hij keek me aan, en tot mijn stomme verbazing hoorde ik hem grinniken. 'Ik weet niet of je een gemest kalf bij de hand hebt, dokter,' zei hij, vriendelijker dan ik hem ooit heb horen praten, 'want dat zou wel toepasselijk zijn. Eerst was mijn zoon dood, en nu leeft hij weer. Eerst was hij zoek, nu is hij gevonden. Neem me niet kwalijk. Hiram heeft zijn moeder nodig.'

Nou, James, de verloren zoon is teruggekeerd. Vader en zoon

gingen samen naar hun kamer, waar we ze ongestoord van hun hereniging laten genieten. Morgenochtend horen we ongetwijfeld meer. We zijn haast sprakeloos van verbazing, en we tasten allemaal in het duister over de wonderbaarlijke terugkeer van iemand die we dood waanden. Mijn hart bruist van vreugde, vandaar dat ik je in het holst van de nacht nog zit te schrijven. Geloof me, we konden een vrolijke gebeurtenis goed gebruiken, en wat kan er vreugdevoller zijn dan deze mysterieuze herrijzenis? Ik wilde dat we echt een gemest kalf konden slachten. Het is lang geleden dat we iets te vieren hadden.

Toch blijft er twijfel aan me knagen. Drie mannen zijn geëxecuteerd voor de moord op die jongen. Het vonnis is uitgesproken door de Mandarijn en hij was bij de voltrekking aanwezig. Was het een vergissing of was het een gerechtelijke moord? Wie ís de man van wie ons leven afhangt?

Zondag 29 juni 1900

Onze blijdschap over Hirams terugkeer wordt getemperd door het nieuws dat hij ons brengt. Het schijnt dat de situatie nog bedroevender is dan we dachten. De vlam is niet alleen hier in de pan geslagen, het hele noorden van China is in opstand. Tot overmaat van ramp betuigt het keizerlijk hof openlijk steun aan de Boxers. Er is geen twijfel mogelijk. Hiram liet ons een pamflet zien dat hij van een muur heeft gescheurd. Daar staat, zwart op wit, onder een keizerlijk zegel, dat alle trouwe burgers de plicht hebben om buitenlanders af te slachten.

De geruchten die zich door de stad verspreiden zijn alarmerend. Boxer-legers en keizerlijke troepen – er lijkt nauwelijks verschil tussen te zijn – hebben in Tientsin en Peking grootscheepse aanvallen op buitenlanders ingezet. De diplomatieke gezantschappen worden belegerd. Sommige mensen zeggen dat ze al zijn gevallen en dat het hoofd van de Britse gezant op een dienblad naar de keizerin-douairière is gebracht. De buitenlandse gemeenschap in Tientsin houdt nog stand, maar hulptroepen uit Taku zijn verslagen, en verscheidene van onze marineschepen zijn door de kanonnen in de forten van Taku tot zinken gebracht. Trofeeën, en zelfs lichaamsdelen van vermoorde buitenlanders, gaan van stad naar stad. Hiram heeft een Boxerbijeenkomst op het marktplein bijgewoond en zag dat er een tuniek met bloedvlekken werd getoond, een ketting van oren en andere onnoembare delen van de menselijke anatomie.

Als we Hiram mogen geloven, is de situatie in Shishan buitengewoon hachelijk. Het schijnt dat de Mandarijn tot een schertsfiguur is gedegradeerd. De werkelijke macht in de stad is in handen van IJzeren Man Wang. Weet je nog dat ik je heb verteld over die min of meer mythische bandiet uit de Zwarte Heuvels? Nou, hij is geen mythe. Hij is een bloeddorstig monster van een man, en hij heeft niet alleen de leiding over de Boxers maar ook over alle misdaadsyndicaten in de stad. Zijn hoofdkwartier is een theehuis aan het plein, waar hij beslist over leven en dood. Hij laat de Mandarijn alleen in functie om zijn moorden te sanctioneren. Elke keer dat het huis van een koopman wordt geplunderd, gebeurt dat met een bevelschrift van de *yamen.* Niemand is veilig voor zijn roofzucht, want het is makkelijk om iemand voor 'christen-sympathisant' uit te maken. Ik vrees dan ook het ergste voor onze goede vrienden Mr. Lu en Mr. Jin.

Het feit dat de Mandarijn deze misdaden goedkeurt stuit me tegen de borst – zelfs al staat hij onder zware druk – maar op die manier kan hij kennelijk nog enige armslag behouden. De militie van majoor Lin staat nog steeds onder zijn bevel, hoewel veel van zijn eigen mannen door handlangers van IJzeren Man Wang zijn vervangen en bandieten de scepter zwaaien in de *yamen.* Misschien moeten we dankbaar zijn dat het wettig gezag nog niet geheel omver is geworpen. Het lijkt erop dat de Mandarijn nog voldoende invloed heeft om de ergste excessen te voorkomen. De Mandarijn vertegenwoordigt per slot van rekening het keizerlijk gezag, en ik neem aan dat IJzeren Man Wang beseft dat hij uiteindelijk, ondanks zijn plaatselijke macht, afhankelijk is van de welwillendheid van het hof, dat al deze wreedheden zelf heeft verordonneerd. Wij hebben er weinig aan, want als de Mandarijn de bevelen uit Peking moet opvolgen, en Peking eist de uitroeiing van de buitenlanders, hoe lang kan hij ons dan nog blijven beschermen?

Uit wat Hiram heeft gezien en gehoord maakt hij op dat niemand er behoefte aan heeft om ons te beschermen. De hele stad is op de hoogte van onze benarde toestand en er wordt openlijk over gepraat. Volgens de geruchten worden we alleen maar beschermd in afwachting van een schijnproces, waarna we allemaal zullen worden geëxecuteerd. Het schijnt dat de datum al is vastgesteld en er een bevelschrift wordt voorbereid.

Ik moet bekennen dat ik voor het eerst begin te accepteren dat mijn vertrouwen in de Mandarijn misplaatst is geweest. Ook zonder een triomfantelijke Burton Fielding weet ik dat het naïef van me was om zo'n zwakke figuur als onze redder in de nood te zien. Mijn gevoelens hierover zijn nogal onstuimig, dus die zal ik je besparen. Het is een zwarte dag, broer, een inktzwarte dag, en we zullen al onze standvastigheid nodig hebben om een plotseling zo onzekere toekomst te overleven.

Maandag 30 juni 1900

De jonge Hiram blijft ons verbazen.

Na de lunch zat hij op de bank, verkwikt na een lange nacht slaap. Septimus zat naast hem en knikte wijs of glimlachte toegeeflijk, als een impresario die zijn wonderkind voorstelt. Hoe afschuwelijker de ervaring die zijn zoon beschreef, des te voldaner was de vader. Die man lijkt de gelijkenis met de bijbelse parabel letterlijk te nemen. Het is niet erg dat de verloren zoon heeft gezondigd, want hij toont berouw en zijn vader heeft hem vergeven. De verschrikkingen die hij heeft meegemaakt zijn niet belangrijk, want hij is in de schoot van zijn familie teruggekeerd.

Septimus is duidelijk zielsgelukkig met de terugkeer van zijn zoon, maar we vonden zijn gelatenheid haast onmenselijk, want wat Hiram ons te vertellen had, zou zelfs een steen aan het huilen hebben gemaakt. Ik had er echt al mijn zelfbeheersing voor nodig om rustig te blijven, en Nellie moest de kamer verlaten.

Hiram sprak zacht en beheerst over ervaringen die menigeen geestelijk gebroken zouden hebben, terwijl hij ze ondanks zijn jeugd heeft verwerkt en achter zich heeft gelaten.

Terwijl wij doorgingen met ons gerieflijke en deugdzame leventje in Shishan, onderging die jongen in het centrum van dezelfde stad de folteringen van de verdoemden. Hij is door schurken naar een huis van zonde gelokt en daar in een kamer op de bovenste verdieping gevangen gehouden. Daar werd hij dag in dag uit, maand in maand uit, onderworpen aan zulke vreselijke vernederingen en wreedheden, James, dat je je er hopelijk geen voorstelling van kunt maken. Hij deed zijn hemd omhoog en liet ons de brandplekken van sigaretten op zijn rug zien, en littekens van alle keren dat hij met een stok werd geslagen. Wie weet welke littekens dit Sodom op zijn arme ziel heeft achtergelaten? Hij is een speeltje van onmensen geweest. Ik heb begrepen dat hij het grootste deel van de tijd was vastgeketend aan een bed. Het is werkelijk te afschuwelijk voor woorden.

Toch gaat hij niet eindeloos over die wreedheden door. Hij vertelde ons over de vriendelijkheid die hij in deze hel heeft ondervonden. Er was een meisje – een prostituee – dat zo goed mogelijk voor hem heeft gezorgd en zijn wonden heeft behandeld. Met haar moed en wilskracht was ze voor hem een voorbeeld om het vol te houden. Het was deze Magdalena die Henry Manners – ja, dezelfde onverlaat die Helen Frances' leven heeft verwoest – heeft overgehaald om hem te redden. Het is vreemd om iemand bewonderend over Manners te horen spreken, maar de jongen beschouwt hem als een held en wil geen kwaad woord over hem horen. Hij wil evenmin accepteren dat Manners dood is, hoewel hij zelf van de afranseling door Lin getuige is geweest.

Naar nu blijkt heeft hij vermomd als Boxer de gevaren in Shishan opgezocht omdat hij hoopte te ontdekken wat er met Manners is gebeurd. Het meest verbijsterende is nog dat die arme jongen zich meteen na zijn redding in het volgende gevaarlijke avontuur heeft gestort, alleen om zijn vriend Manners te vinden. Hij leefde bij de Boxers, at met ze, en nam deel aan hun rituelen. Hij kwam regelmatig in het theehuis waar IJzeren Man Wang hof houdt, en heeft zelfs gesproken met zijn ergste kwelduivel uit het bordeel, ene Ren Ren, een man die nu een hoge functie heeft bij de Boxers.

Het is me een raadsel hoe het hem is gelukt om onopgemerkt te blijven. Hij haalde alleen zijn schouders op toen ik hem ernaar vroeg, en vertelde me dat hij tijdens zijn gevangenschap heeft geleerd om toneel te spelen. Blijkbaar heeft hij zijn westerse trekken kunnen verbergen door de onderkant van zijn gezicht met een deel van een tulband te bedekken, zoals de Toearegs. Verder probeerde hij alleen in het donker bij de Boxers te zijn, en dan bleef hij in de schaduw van de fakkels. Het is opmerkelijk dat hij zich met zo weinig middelen heeft kunnen vermommen. Zijn stoutmoedigheid is adembenemend geweest, en toch komt hij over als een verlegen en bescheiden jongen. Een jongen van vijftien met zoveel moed!

Hiram zegt zelf dat zijn vermetelheid de moeite waard is geweest. Hij ving verhalen op over een gevangene in de kerkers van de *yamen*, een buitenlandse duivel die zulke vreselijke misdaden had gepleegd dat hij in een afgelegen cel gevangen werd gehouden. Er werd heel raadselachtig gedaan over deze gevangene. Het gerucht ging dat de Mandarijn hem persoonlijk verhoorde en martelde, en dat de geheimen van deze man het keizerrijk in gevaar konden brengen.

De jongen besloot de *yamen* binnen te dringen om de geruchten te onderzoeken, en heeft daarbij gebruik gemaakt van een groep Boxers die erheen gingen om hun trouw te betuigen aan de Ch'ing. Op de een of andere manier wist hij de weg naar de kerkers te vinden, en zelfs de afgesloten deur van de geheime cel. Door de tralies zag hij een figuur in een hangende kooi. De man was naakt en een bebloede arm met blauwe plekken hing uit de kooi omlaag, met aan een van de vingers een gouden ring die leek op de zegelring die Manners altijd droeg.

Hij riep zijn naam, en er kwam een reactie. De hangende hand maakte een driftig gebaar, alsof hij Hiram aanspoorde om weg te gaan. De gevangene zei iets met een hese stem, in gebrekkig Chinees. De woorden waren moeilijk te verstaan, maar Hiram meende te horen dat de man zei: 'Weg. Weg. Ga naar de

dokter. Dit is niet wat je denkt. Ik kom binnenkort zelf. Ga.'
Op dat moment klonken de voetstappen van een naderende ci-
pier en moest Hiram zich uit de voeten maken, maar hij is ervan overtuigd dat hij Manners heeft gevonden, en dat Manners
hem heeft opgedragen om hier bij ons op hem te wachten. Voor
zijn gevoel was zijn taak volbracht.

Toch is hij niet direct hierheen gekomen. Hij vond dat hij
nog iemand moest proberen te helpen, zijn vriendin de courtisane, die samen met hem door Henry Manners uit het Paleis
van de Hemelse Lusten was bevrijd. Ze was in het spoorwegkamp door Lins troepen gevangen genomen en teruggebracht
naar hetzelfde bordeel waar ze daarvoor had gezeten, kennelijk
als het persoonlijke liefje van de majoor. Hiram vreesde dat ze
zwaar zou worden gestraft voor haar vluchtpoging.

En nu komt het, James, dit is werkelijk verbijsterend. Hiram
is het etablissement waar hij zo lang gevangen is gehouden binnengedrongen! Stel je voor dat ze hem hadden herkend. Toch
had hij de moed om terug te gaan, uit bezorgdheid om een
vriendin. Hij heeft enorme risico's genomen, maar hij heeft haar
gevonden.

Ze was bruut geslagen door majoor Lin, maar volgens Hiram
heeft ze geluk gehad dat ze niet onder handen is genomen door
de eigenaar van dat bordeel, die Ren Ren waar ik net al iets
over zei, want die staat erom bekend dat hij meisjes heeft dood-
gemarteld. Zulke verschrikkingen, en die jongen praat er zo
achteloos over! Het meisje heeft hem laten weten dat ze veilig
is en opnieuw onder bescherming staat van majoor Lin, die haar
na de afstraffing kennelijk terug heeft genomen als zijn maîtresse. Hiram heeft haar wel een revolver gegeven die hij zelf
van Manners had gekregen en steeds onder zijn kleren verborgen had gehouden.

Helaas werd Hirams verhaal op dit punt onderbroken door
een uitbarsting van Burton Fielding, die woedend de kamer uit-
stormde. 'Stel je voor wat wij met een revolver hadden kunnen
doen!' snauwde hij. 'En dat joch geeft hem aan een hoer!' We
geneerden ons allemaal behoorlijk, maar Hiram besteedde er
niet eens aandacht aan.

Veel had hij niet meer te vertellen. Kort na zijn bezoek aan het bordeel ging hij weg uit Shishan en is hij naar de missiepost gelopen. Wel heeft hij nog twee dagen gewacht voordat hij het aandurfde om naar ons huis te komen.

Wat een verhaal, James! Zelden heb ik zo'n opmerkelijke aaneenschakeling van beproevingen, wreedheden en moed gehoord. We konden het natuurlijk niet over ons hart verkrijgen om tegen Hiram te zeggen dat de gevangene die hij heeft gezien waarschijnlijk iemand anders is geweest. Hij heeft geen doorslaggevend bewijs dat het Manners was, en die zogenaamde boodschap kan heel goed het ijlen zijn geweest van iemand die langdurig aan martelingen is blootgesteld. En als het Manners was, waarom sprak hij dan Chinees? Toch kan het geen kwaad dat de jongen denkt dat Manners het heeft overleefd – zolang Helen Frances het maar niet gaat geloven, want dat zou oude wonden open kunnen rijten.

O James, wat maken we een vreselijke tijden mee, en wat ziet de toekomst er opeens somber uit! Voor mij is het heel triest dat de man op wie ik mijn hoop had gevestigd ons heeft verraden. De Mandarijn heeft ons tot nu toe misschien beschermd, maar klaarblijkelijk alleen om ons in leven te houden voor een erger lot.

Dan te bedenken dat ik zo vertrouwelijk met hem ben geweest, hem als een vriend beschouwde, terwijl ik al die tijd blind ben geweest voor zijn ware aard. Ik vergoelijkte zijn slechte kant en noemde het pragmatisme. Ik zag zijn omkoopbaarheid aan voor de bereidheid om compromissen te sluiten, ik verwarde zijn opportunisme met wijsheid. Nu pas besef ik dat ik mijn ogen heb gesloten voor moord – nee, erger dan dat, want het was moord onder het mom van de wet.

Hirams verhaal bevestigt hoezeer ik me heb vergist. Wat de redenen ook zijn (geld? chantage?), het is duidelijk dat de Mandarijn onder één hoedje speelde met criminelen, en onschuldige mensen heeft laten executeren om te voorkomen dat aan het licht zou komen wat er werkelijk met Hiram gebeurde. Wie zou blijven denken dat de jongen nog leefde nadat zijn moordenaars door de *yamen* waren veroordeeld? Alleen die gestoorde Millward, behalve dat Septimus natuurlijk gelijk bleek te hebben.

Dit is een lesje voor ons allemaal, James, een wijze les. Septimus hield vertrouwen in de Heer, terwijl alle anderen, ook ikzelf, zich lieten verblinden door wat ze voor hun verstand aanzagen. Nu Tientsin en Peking worden belegerd en zelfs het keizerlijk hof zich tegen ons heeft gekeerd, is er voor ons nog maar weinig hoop. Ik denk dat we er goed aan doen om Millwards voorbeeld te volgen en vertrouwen te hebben in de Hogere Macht terwijl we ons voorbereiden op de thuiskomst die de Here Jezus ons heeft beloofd.

Ook nu weer heb ik bewondering voor die jongen, want het getuigt van heel veel moed dat hij zich bij ons heeft gevoegd, wetend dat we ten dode zijn opgeschreven en hem nu hetzelfde lot te wachten staat als ons allemaal. Hij zegt wel dat Manners hem heeft gestuurd, maar ik denk dat hij diep in zijn hart gewoon herenigd wilde zijn met zijn familie voordat het einde komt.

Voor mij is het in elk geval een grote troost dat Nellie en de kinderen bij me zijn. Als er ook maar enige hoop was om hen te kunnen redden zou ik mijn leven ervoor willen geven, maar die hoop is er niet. Onder deze omstandigheden beschouw ik het als een geluk dat we samen zullen sterven. Waartegen is de liefde níét opgewassen?

Het is al laat, ik moet naar bed. We moeten sterk zijn, zodat we opgewassen zijn tegen de dag van morgen, de dagen daarna, en datgene wat ons te wachten staat.

Heb medelijden met ons. Buiten beginnen de trommels weer te dreunen.

De dagen verstreken, en Helen Frances besloot op te staan. Ze zag Tom in de keuken en glimlachte naar hem, maar hij mompelde iets onverstaanbaars en liep weg. Nellie en de dokter waren aardig voor haar, en Herr Fischer nam haar beide handen in de zijne en vertelde haar hoe blij hij was dat ze van haar ziekte was hersteld. Iedereen in huis was afwezig – waarschijnlijk, concludeerde ze, omdat het inmiddels zeker was dat ze allemaal geëxecuteerd zouden worden.

Ze zat een tijdje te breien samen met Jenny. Het meisje leek troost te putten uit haar gezelschap, en zelf vond ze het prettig omdat ze niet na hoefde te denken als ze met Jenny babbelde. Ze was wel verdrietig omdat zo'n lief klein ding moest sterven.

Voor haarzelf was het echter een opluchting. Ze hoefde geen keuzes meer te maken, zelfs niet over het einde van haar treurige leven. Ze verlangde naar het niets, ze verlangde naar de dood.

Donderdag 4 juli 1900

Inmiddels weet ik hoe het voelt om in een dodencel te zitten. Het zal je misschien verbazen, maar dat is niet zo ondraaglijk als je zou denken. Vreemd genoeg heeft de gedachte aan het naderende einde nauwelijks invloed op de stemming. Voor christenen zoals wij betekent de dood in feite niet meer dan de verlossing uit dit aardse tranendal en de overgang naar een gelukkiger wereld. Wat wel vervelend is, is het wachten. We zouden ons stukken beter voelen als we wisten wanneer het ging gebeuren.

Het klinkt misschien onwaarschijnlijk, maar de laatste paar dagen is de sfeer in ons kleine huishouden weer wat opgewekter. We besteden nauwelijks aandacht aan het joelen en jouwen en trommelen van de Boxers. Je zou denken dat de moed ons allemaal in de schoenen gezonken zou zijn door Hirams nieuws, maar het tegendeel is waar. Nu we weten dat we ons op het ergste moeten voorbereiden, zitten we er niet meer over in.

We passen ons allemaal op onze eigen manier aan. De familie Millward gedraagt zich alsof ze op vakantie zijn, zo blij zijn ze met Hirams terugkeer. Nellie vertelde me laatst dat ze Septimus zelfs een mop hoorde vertellen. Geen erg grappige, dus zal ik hem niet herhalen, maar ik kan zijn gedrag van de laatste paar dagen alleen maar als schalks beschrijven – probeer het je eens voor te stellen, een schalkse oudtestamentische profeet! Soms doet hij zelfs mee aan de spelletjes van de kinderen. George heeft zijn speelgoedtrein opgezet in de speelkamer, en Septimus speelt de plechtige stationschef, met een sjaaltje om zijn nek en de pet van Bowers op zijn hoofd. Af en toe blaast hij zelfs op een fluitje. Het is werkelijk erg grappig.

Bowers en Fischer zijn dikke vrienden geworden. 's Ochtends lezen ze elkaar voor uit de bijbel en 's middags spelen ze schaak. Tot onze vreugde heeft Fischer zijn viool weer te voorschijn gehaald, en 's avonds speelt hij regelmatig voor ons, samen met Nellie. Het valt niet mee om iets te horen met al dat kabaal van buiten, maar we doen ons best.

Zuster Caterina kiest de weg van de contemplatie. Elke dag zit ze urenlang te bidden voor de icoon van de Heilige Maagd op haar kamer. Ze heeft me verteld dat ze zich heel dicht bij de arme zuster Elena voelt – we nemen aan dat ze aan gene zijde is – en is blij dat ze binnenkort met haar herenigd zal zijn.

Tom en Helen Frances? Ik heb enorm met ze te doen. Ze hebben hun geschillen niet bij kunnen leggen. Een toekomst hebben ze sowieso niet meer, maar ik zou het toch prettig hebben gevonden als ze weer samen waren geweest. Je weet hoe sentimenteel ik ben. Gelukkig lijken ze geen wrok te koesteren.

Helen Frances ligt niet langer in bed. Ze is nog steeds niet helemaal haar vroegere zelf, maar met haar gezondheid gaat het goed en ze is weer bijna net zo mooi als voorheen, al is haar gezicht wat ouder en triester. Zij en Jenny zijn tegenwoordig onafscheidelijk, ze zitten samen te borduren en kletsen wat af. Arme Jenny, ik kan zien dat ze een mooi meisje geworden zou zijn.

Tom is bezig aan een grote puzzel van de kinderen en lijkt het liefst alleen te zijn. Ook hij ziet er ouder en triester uit, maar als hij zich echt concentreert, fluit hij soms ongemerkt een vrolijk deuntje. Ik ben misschien een dokter van likmevestje, maar je hoeft geen medicijnen te hebben gestudeerd om te weten dat een man die fluit niets mankeert, lichamelijk noch geestelijk!

Wat Nellie en mezelf betreft, we zijn bijna de hele tijd met elkaar samen. We praten over Schotland en halen andere prettige herinneringen op, maar het liefst zitten we stil bij elkaar. Op een dag merkte Nellie dat we hand in hand zaten. Ze bloosde en zei dat dit een mooi moment was om aan onze tweede huwelijksreis te beginnen.

De enige spelbreker in ons gelukkige kringetje is helaas Mr. Fielding, die zich niet bij zijn lot kan neerleggen. Het is een opluchting dat hij niet langer tiert en met verwijten strooit zoals in het begin, maar je wordt er niet vrolijk van als je hem rusteloos heen en weer ziet lopen en telkens door de luiken naar de Boxers ziet gluren. We proberen hem zoveel mogelijk te negeren, net als de Boxers. Dat is beter.

Beste James, treur niet om ons. We zijn heel tevreden.

Ik was van plan geweest om je een lange formele brief te schrijven en je als mijn executeur-testamentair te benoemen en je te vragen of je zus en zo wilde regelen en wilde doen, maar de materiële dingen die eens zo belangrijk waren, vooral voor ons zuinige Schotten, doen er opeens niet meer toe. Ik weet dat je mijn erfenis zorgvuldig zult beheren, en dat je goed voor onze lieve Mary en Edmund zult zorgen. Ze zijn bij niemand in betere handen dan bij jou. Beste James, je bent altijd evenveel een vriend als een broer voor me geweest, en ik weet dat je een zorgzame vader voor mijn kinderen zult zijn.

Ik hoop dat dit niet mijn laatste brief is, maar het zou kunnen. Het is een kwestie van tijd. Hoe dan ook, er valt niet meer zoveel te vertellen. We gaan deze wereld met zijn problemen en wreedheden verlaten, in het volste vertrouwen dat het paradijs ons wacht. We zijn natuurlijk vreselijke zondaars met allerlei kwalijke tekortkomingen, maar ik voel dat de Heer ons genadig zal zijn. En ik twijfel er niet aan, mijn beste James, dat jij en ik vroeg of laat herenigd zullen zijn, zodat we weer samen over de hei kunnen wandelen. Kan er een hemel zijn zonder hei?

Adieu, mijn beste James. Lang leve Schotland!

Zondag 7 juli 1900

Beste James,

Het is zoals we vreesden. Lin is vandaag geweest. Hij had een bevelschrift van de Mandarijn bij zich. Die heeft eindelijk antwoord gegeven op mijn brief, maar niet het antwoord dat ik had gehoopt. Het is een formele proclamatie waarin hij de ontvangst van mijn 'verzoek om gratie' bevestigt, maar hij schrijft verder dat de buitenlanders 'met recht en reden zijn veroordeeld voor hun laakbare gedrag' en dat we het 'vonnis van de keizer' moeten afwachten. En wij maar denken dat er een proces zou komen. Kennelijk heeft dat al plaatsgevonden, maar dan zonder ons.

Misschien is het beter zo. Ik ben blij dat Nellie en de kinderen de vernedering van het moeten knielen in de *yamen* bespaard zal blijven. Ik heb Lin gevraagd wanneer onze executie plaats zal vinden, maar hij was zijn bekende kille zelf. Men zal ons 'verwittigen', liet hij ons weten. Ik verwacht dat het niet lang meer zal duren.

Tot onze verrassing blijkt die man toch een menselijke kant te hebben. Hij had een kar vol verrukkelijke watermeloenen bij zich, een geschenk voor de veroordeelden. Je kunt je wel voorstellen dat dit fruit een welkome traktatie was voor mensen die al wekenlang niet meer dan een paar slokken smerig water per dag te drinken krijgen.

We hebben ze naar de keuken gebracht en er een grote stapel van gemaakt op de keukentafel. De kinderen konden bijna niet wachten om hun tanden erin te zetten. Met nogal twijfelachtige humor hakte Bowers de vruchten open met een hakmes. 'Hak, hak, hak!' zei hij.

O James, wat zou je hebben gelachen als je had gezien...

HOOFDSTUK 15

Elke dag bestormen we de muren, maar zonder succes. Het valt niet
mee om de magie van de oceaanduivels te overwinnen.

Wat zou je hebben gelachen als je had gezien...' Glimlachend zat
Airton achter zijn bureau. Hij probeerde te bedenken hoe hij de blik
op Bowers' ernstige gezicht moest beschrijven toen hij besefte hoe
ongepast zijn woorden waren, en hoe schaapachtig beschaamd hij erna was geweest. Hij wilde het op een grappige manier beschrijven,
want dit zou weleens de laatste brief aan zijn broer kunnen zijn, en
hij wilde James laten weten hoe opgewekt ze waren, ondanks hun
benarde toestand.

Nooit van zijn leven, besefte hij, had hij zo'n innerlijke rust gevoeld. Nooit eerder hadden de simpelste dingen hem zoveel genoegen verschaft, nooit eerder had hij ten volle besefte hoe fantastisch het
was om te leven. Het steeg hem haast naar het hoofd. Zelfs de lelijke metalen presse-papier op zijn bureau leek opeens mooi. Hij liep
over van liefde, voor zijn gezin, voor zijn medegevangenen, zelfs voor
de dode dingen in huis. De stofdeeltjes in het zonlicht deden hem
aan engelen denken.

Uiteraard zag hij vreselijk op tegen wat er komen zou. Hij vond
het afschuwelijk dat zijn kinderen pijn zouden lijden. Hij zou al zijn
kracht nodig hebben. Hoewel hij verstandelijk wist dat het over niet
meer dan een paar dagen afgelopen zou zijn, was de blijdschap dat
hij leefde groot genoeg om alle nare gedachten te verdrijven. Het

deed hem een beetje denken aan de vakanties uit zijn jeugd, toen hij kon ravotten op het strand zonder te denken aan de schoolbanken waar hij onvermijdelijk naar terug moest. Het was alsof hij een voorproefje kreeg van de hemel die hun wachtte.

Afwezig stak hij een hand in zijn zak om zijn tabakszak te pakken, maar in plaats van het vertrouwde zachte leer voelden zijn vingers iets hards. Verbaasd haalde hij een klein pakje in canvas te voorschijn. Met zijn briefopener sneed hij het touw door. Erin zat een opgevouwen vel papier met een gouden zegelring. Met een schok herkende hij de griffioen en het Latijnse motto *auxilium ab alto*. De laatste keer dat hij deze ring had gezien, was aan de vinger van Henry Manners.

Het vel papier lag op zijn vloeiblad. Hij voelde afkeer, wilde het niet aanraken. Totdat dit... dit ding was gekomen, was alles helder en duidelijk geweest. Hij was voorbereid op het martelaarschap. Het enige dat ze hoefden te doen, was accepteren wat het lot voor hen in petto had. Dat gaf een gevoel van rust. Dit was een dissonant. Wat dit ook voor boodschap was, hij wist instinctief dat het hun leven ingewikkeld zou maken. Het idee alleen al dat Manners nog leefde – daar bestond nu geen twijfel meer over – was alarmerend. Waarom had hij niet gewoon dood kunnen blijven? Het enige dat Manners hun in het verleden had bezorgd, was narigheid.

Het feit dat majoor Lin het pakje had gebracht, wees op intriges. Niemand anders kon het hebben gebracht, want Lin was hun enige verbinding met de buitenwereld. Ja, hij herinnerde zich nu dat Lin over zijn sporen was gestruikeld, wat niets voor hem was, en zich aan de dokter had vastgegrepen om niet te vallen. Toen moest hij het in zijn zak hebben laten glijden.

Airton verzette zich tegen de vertrouwde gevoelens die ongevraagd ontwaakten in zijn borst: angst en, veel erger nog, hoop. Met trillende vingers vouwde hij het papier open en las hij het grote handschrift. De boodschap was kort en zakelijk:

U bent allen veroordeeld. Ik kan u, uw gezin en Helen Frances redden, maar niemand anders. Vertel dit aan niemand en zorg dat u klaar bent om snel te vertrekken. Het raam van uw kamer na middernacht. Lin is de boodschapper.

Dokter Airton liet het papier zakken. Hij legde zijn hoofd op het bureau en kreunde.

'Mijn beste Ma Na Si,' zei de Mandarijn, 'voor iemand die langzaam dood wordt gemarteld zijn je kreten wel erg zwak. Hou alsjeblieft rekening met mijn reputatie. Ergens liggen toehoorders op de loer, en ik zou het betreuren als IJzeren Man Wang aan me gaat twijfelen.'

'Sorry,' zei Manners, en hij slaakte een dierlijke kreet van pijn. 'Is het zo beter? Wanneer ga ik eigenlijk dood?'

'Je bent ongeduldig, net als alle buitenlandse duivels. Je hoort te weten dat martelen in dit land door de eeuwen heen tot een ware kunst is verheven. Als experts op dit gebied zijn we in staat om iemand ondraaglijk lang in leven te houden. Probeer je alsjeblieft wat beter te concentreren. De gespleten bamboe in je rectum zou nu je ingewanden uiteen moeten rijten. Ik zou een zeer harde kreet bijzonder waarderen. Dan mag je daarna een tijdje buiten westen blijven.'

Henry brulde het uit.

'Dank je. Dat is genoeg. Nu ben je tijdelijk bewusteloos.'

'Wat een opluchting,' zei Henry. 'Ik heb nooit gedeugd voor het amateurtoneel.' Met een zucht keek hij naar zijn bebloede benen, en de enkels die door de boeien bijna helemaal ontveld waren. 'Niet dat ik echt toneel hoef te spelen.'

'Nee, die kooi moet erg onplezierig zijn geweest. Dat ding is natuurlijk voor kleinere mensen bedoeld, dus was het voor jou extra krap. Tja, dat is de prijs die je moet betalen omdat je een grote, en zeer harige, barbaar bent. Misschien dat je op een dag een boek kunt schrijven over onze heidense en duivelse praktijken.'

'Dat laat ik liever aan de zendelingen over,' zei Henry. 'Als jullie ze tenminste niet allemaal over de kling jagen. Moeten jullie er nou echt zoveel executeren?'

'De keizerlijke edicten zijn op dat punt ondubbelzinnig, en ik ben, zoals je weet, een loyale ambtenaar. Bovendien ben ik op dit moment geen baas in eigen huis. IJzeren Man Wang is erg bloeddorstig, en ik vrees dat ik hem zoet moet houden.'

'U weet toch dat de buitenlandse mogendheden terug zullen komen met een leger? Het was erg dom van de keizerin om de gezantschappen aan te vallen. Dat wint China nooit.'

'Je hebt ongetwijfeld gelijk, en deze zeer zwakke dynastie zal ongetwijfeld ten val worden gebracht, maar we zijn hier gelukkig heel ver bij Peking vandaan. Chaos creëert mogelijkheden voor de gewetenlozen, vooral als ze geweren hebben. Wie weet? Die regering van jou is straks misschien dankbaar dat een plaatselijke bestuurder zijn stad van bandieten en wrede Boxers heeft gezuiverd.'

'U bent een slecht mens, Da Ren.'

'Dat zegt mijn goede vriend de dokter nou ook altijd. Maar je mag niet klagen, Ma Na Si. Volgens onze afspraak krijg ik de geweren, maar jij krijgt mijn goud. Bedenk eens hoe rijkelijk je regering je zal belonen omdat je de schatkist spekt. Als je regering dat goud tenminste ooit in handen krijgt. In een wanordelijk land kan er veel misgaan. Wat zei ik daarnet? Chaos biedt kansen voor de gewetenlozen.'

'Ik zal het onthouden, maar eerst moeten we hier weg. Misschien wilt u me de plannen vertellen nu ik toch nog bewusteloos ben. Hebben we nog steeds een afspraak over de dokter en Helen Frances?'

'Mits aan mijn voorwaarden wordt voldaan.'

'Ik ben me pijnlijk van uw voorwaarden bewust.'

'Je zou me dankbaar moeten zijn. In mijn positie is het dom om anderen dan jou te sparen. Jou heb ik nodig, de anderen niet. Ik moet wel bekennen dat ik een zwak heb voor de dokter. Het wordt een interessante ontwikkeling in het filosofische debat dat ik al jarenlang met hem voer als hij instemt met wat ik met jouw liefje van plan ben. Vanzelfsprekend moet ik ook zijn vrouw en kinderen sparen. Die man is zo rechtschapen dat hij misschien weigert als we zijn gezin aan hun lot overlaten.'

Henry hoestte en spuugde een klodder speeksel met bloed op de grond. 'Die smeerlap van een majoor heeft niet alleen mijn ribben gebroken, volgens mij zijn ook mijn longen beschadigd. U bent trouwens ook een slechte, wellustige smeerlap, als ik zo vrij mag zijn. En ik ben een smeerlap omdat ik u uw zin geef.'

'Je hebt geen keus als je dat meisje wilt redden. Ik heb steeds tegen je gezegd dat je iemand anders moest zoeken, maar de westerse sentimentaliteit gaat erg ver. En ik neem het je kwalijk dat je me wellustig noemt. Jíj bent juist wellustig. Het is je eigen schuld dat Lin je in elkaar heeft geslagen. Ik had je gewaarschuwd om bij die courtisane van hem uit de buurt te blijven.'

De Mandarijn rekte zich gapend uit. 'Ben ik wellustig?' vroeg hij zich hardop af. 'Nee, maar ik ben wel nieuwsgierig. Heb ik je verteld dat ik dat liefje van je een keer vanuit mijn palankijn heb gezien? Die haarkleur van haar is buitengewoon fascinerend.' Hij glimlachte. 'Net de vacht van een vos. Maar kom, dit zijn praatjes voor in het badhuis. Ik vergeet helemaal dat ik je aan het martelen ben. Het lijkt me de hoogste tijd voor een langgerekte kreet, als dat lukt. Probeer je alsjeblieft voor te stellen dat je bijkomt uit je bewusteloosheid en vergaat van de pijn.'

'U hebt nog geen antwoord gegeven op mijn vraag. Hoe kom ik hier weg?'

'Heb ik je dat niet verteld? Wat ben ik toch verstrooid. In een doodkist, mijn beste Ma Na Si, in een doodkist. Hoe anders?'

'En als ik de dokter en de anderen heb opgehaald, waar gaan we dan naartoe?'

'In eerste instantie naar het Paleis van de Hemelse Lusten. Kun jij een betere plek verzinnen?'

In een grote stofwolk ratelde de ponywagen over de wit gebleekte weg de heuvel af. Het tuig rinkelde en de vering kraakte. Overal om hen heen stonden struiken in volle bloei, en de eiken wiegden in de wind. Vogels zongen, en de zon voelde warm op hun gezicht. In de verte konden ze Ashdown Forest zien, en witte wolken zweefden langs het zwerk, schepen en kastelen en steigerende paarden.

Helen Frances zat op haar vaders knie. De tweed van zijn jasje voelde ruw aan tegen haar blote armen, maar ze klemde zich aan hem vast, half bang, half opgewonden, volkomen tevreden. De zon scheen op haar huid, en het verkoelende briesje van hun vaart streek langs haar, en haar vader liet de teugels lachend klapperen. De ponykar meerderde vaart, en in de velden bleven de boeren staan, schoffel tegen de schouder, om naar hen te kijken en te zwaaien. Vol bewondering keek ze omhoog naar Franks diepliggende bruine ogen, die twinkelden van vrolijkheid onder de bossige zwarte wenkbrauwen.

'Hou je vast, m'n kleine schat!' bulderde hij. 'We komen bij de rivier.' Ze hield hem nog steviger vast, durfde nauwelijks te kijken, en toen waren er fonteinen van klaterend water om hen heen, en in een flits was het weer voorbij. Frank lachte en lachte, en zij kraaide en lachte en juichte, en de wagen hobbelde over de onverharde weg, de zitting deinde piepend op en neer, op en neer, een ritmisch wiegen, en zij stak een hand uit om over haar vaders blozende wangen en zwarte snor te aaien...

De beweging bleef doorgaan, op en neer, en ze lachte en kreunde en gilde, en diep vanbinnen voelde ze een vulkaan van vuur, een gloeiende warmte die zich door haar hele lichaam verspreidde. Toen ze haar ogen opende, zag ze Henry boven zich, zijn gezicht vertrokken terwijl hij in haar stootte, en ze omklemde hem met haar dijen, duwde hem met haar kuiten en hielen tegen zijn billen dieper in haar, en haar graaiende handen gingen over zijn bezwete borst en nek. Henry kreunde, en de lava stroomde door haar binnenste terwijl er een siddering door zijn lichaam ging. Even later lag hij naast haar en kon ze zien hoe mooi hij was. Ze hunkerde nog steeds naar hem, streelde zijn vochtige borsthaar, ze boog zich over hem heen, kuste hem, kuste zijn borst, zijn buik, lager, gretig, genietend...

Zuigend aan de opiumpijp wachtte ze op de zoete rook in haar longen die haar zorgen weg zou nemen. Zo'n klein rookwolkje, het was alles wat ze nodig had om loom te worden, rustig te zijn, vrij van alle gedachten of verlangens. Eén pijp maar. Ze kon de papaverpasta boven de kaarsvlam al zien. Nog even. Ze zoog op de pijp, proefde alleen lucht. Het zou niet lang meer duren... maar de pasta borrelde boven de kaars, ze zoog op de pijp, en de rook wilde niet komen...

In paniek werd ze wakker. Even wist ze niet waar ze was. Radeloos keek ze om zich heen, op zoek naar de vertrouwde gordijnen van haar kamer in Sussex, maar ze zag alleen de luiken die het felle Chinese zonlicht niet buiten konden sluiten. Evenmin hielpen ze tegen de verstikkende zomerhitte, en net zomin dempten ze het kabaal van de Boxers buiten het huis. Boven de verkreukelde lakens waar ze op lag, nat van het zweet, hing dat gehate witte plafond, met een spin die zich uit een van de barsten aan een draad had laten zakken.

Ze haatte haar dromen. Welk recht had haar vader om weer tot leven te komen en haar te herinneren aan de blije momenten uit haar jeugd? Welk recht had Henry om de liefde met haar te bedrijven, het vuur in haar onderlichaam aan te wakkeren? Henry en haar vader waren allebei dood, en dat was niet erg, want zelf zou ze binnenkort ook dood zijn en dat was dan dat.

Elke dag hoopte ze dat het eindelijk zover was. Soms stelde ze zich voor dat ze het zwaard zou kunnen kussen voordat het haar hoofd afhakte. Of ze kuste de hand van de beul, als een dankbare boetelinge de ring van een kardinaal. Ze hoopte dat er daarna geen hemel zou zijn, maar gewoon niets, een eeuwig niets, een vergetelheid die slaap noch de opiumpijp konden geven.

Nu moest ze alweer opstaan, zich door nog een dag heen slaan. Ze had lang geslapen, het moest al middag zijn. Zonder erbij na te denken trok ze haar rok en blouse aan en borstelde ze haar haren. Er werd op de deur geklopt.

Het was de dokter, en hij maakte een opgewonden indruk. 'Ga alsjeblieft even zitten,' zei hij. 'Ik heb nogal verrassend nieuws.'

Ze deed wat hij vroeg en ging op de rand van het bed zitten.

De dokter grabbelde in zijn zakken. 'Mijn pijp,' zei hij. 'Vind je het vervelend als ik rook? Het is een smerige gewoonte, ik weet het, en dit is jouw kamer, maar het kalmeert me.'

Ze zat naar hem te kijken terwijl hij met trillende vingers zijn pijp stopte en aanstak. 'Erger dan wat we nu al weten kan het toch niet zijn,' zei ze na een tijdje.

'Nee, liefje, nee, dat is het niet. Het is juist goed nieuws.'

'U kijkt er anders niet blij bij.'

'O, maar ik ben wel blij, heel blij. Het is alleen... Ik weet niet zo goed hoe ik het je moet vertellen. Er is ook iets waar je misschien van zult schrikken.'

Een beetje verveeld wachtte ze af.

'Het is... het zit zo... er is misschien een mogelijkheid dat we gered worden.'

'Ik wil niet gered worden.'

'Daar gaan we weer,' verzuchtte hij. 'Dat meen je helemaal niet. Luister, ik heb een brief gekregen, een geheime brief, je mag het de anderen niet vertellen. Het schijnt dat een paar van ons zijn uitgekozen om gespaard te blijven.'

'Een paar van ons?'

'Ja, helaas worden er maar enkele namen genoemd, maar het is niet anders. Een paar is beter dan niemand. Nou, jij bent een van de gelukkigen. Met mijn vrouw en Jenny en George, godzijdank. En Tom, natuurlijk. Ja, Tom is ook gekozen. Dat stond in de brief.'

'De brief van wie, dokter? Mag ik hem lezen?'

'Ik heb hem verbrand. Dat is beter. Stel je voor dat hij in verkeerde handen was gevallen.' Hij liet zijn stem dalen. 'Ik heb het nog aan niemand verteld. Jij bent de eerste.'

'U doet erg raadselachtig, dokter. Waarom vertelt u het alleen aan mij?'

'Je moet me helpen, Helen Frances. Met Nellie. Je weet hoe koppig ze is, en... nou ja, het zou kunnen dat ze weigert als ze hoort dat ik er niet bij ben.'

'Dus u bent niet gekozen?'

'Nee, helaas niet. Ach, je hebt alleen maar last van zo'n malle ouwe man als ik. Nee, alleen vrouwen en kinderen. Zo hoort het ook.'

'Maar het zijn juist niet de vrouwen en kinderen. Wat gaat er gebeuren met Laetitia en haar kinderen? Zij staan niet op de lijst, hè? En waarom Tom dan wel? Luister, dokter, ik wil niet. U moet mijn plaats innemen. Ik meen het.'

Ze schrok van Airtons gepijnigde blik.

'O, Helen Frances, denk je soms dat ik niet wil blijven leven? Maar het gaat niet. Ik kan niet met jullie meegaan. Mijn plaats is hier, bij mijn... mijn schapen, zal ik maar zeggen. Ik kan ze niet in de steek laten. Dat snap jij toch ook wel?'

Opeens besefte Helen Frances hoe de vork in de steel zat. 'Dus uw naam stond wél op de lijst, hè? En nu probeert u mij te redden door mij uw plaats te laten innemen.'

'Haal je toch niet van die malle dingen in je hoofd,' bitste de dokter, maar zijn wangen waren heel rood geworden. 'Wie denk je dat ik ben, God zelf? Dat ik kan beschikken over leven en dood? Dat is je reinste... je reinste blasfemie!'

Helen Frances pakte zijn hand. 'Nee, dokter, ik denk niet dat u God bent. Maar u bent wel een heel erg goed en dapper en liefdevol mens. Ik ben het niet waard om gered te worden, en u moet uw vrouw en kinderen beschermen.'

Airton trok zijn hand weg. 'Luister goed naar me, meisje. Ik heb jouw naam niet voor de mijne in de plaats gezet. Jij bent uitdrukkelijk gekozen. En je gáát. Als je het niet voor jezelf doet, doe het dan voor je ongeboren kind. Met Tom. Je moet gaan, want anders weigert Nellie misschien. Ze zal meegaan omdat ze voor jou wil zorgen.'

'Ze gaat mee om voor haar eigen kinderen te zorgen. U vertelt me nog steeds niet alles, dokter. De Mandarijn zou mij nooit willen redden. Hij weet niet eens wie ik ben. Waarom ik?'

Met bevende vingers frunnikte Airton aan zijn pijp. 'Het was geen brief van de Mandarijn,' zei hij na een stilte. 'Die brief was van Manners. Hij leeft nog.'

Alles was opeens duidelijk, alsof er in de kamer een fel licht was gaan branden. Ze zag de draadjes op de mouw van de dokter waar hij een knoop was verloren. Ze zag de versleten plek in het kleed, de waskom en lampetkan van blauw email, het stof op de spiegel, en de kleine aquarel van de Hebriden aan de muur. Het was alsof de tijd stilstond, en de dokter en zij figuren op een foto waren geworden, vereeuwigd op dat ene moment.

Toen kwam het dreunen van de trommels terug, met een klap, en ze voelde het bloed naar haar hoofd stijgen. De kamer begon te draaien, en de uitdrukking op het gezicht van de dokter toen hij een arm uitstak om haar op te vangen was bijna komisch.

'Het gaat wel,' hoorde ze zichzelf van heel ver weg zeggen, en toen zweefde ze boven een tropische zee waar een hevig onweer woedde.

Nellie zat op hem te wachten in hun slaapkamer. 'Hoe is het met haar, Edward?'

'O, geschrokken. Wat dacht je dan? Maar ze komt er wel bovenop.'

'Dus je hebt haar het verhaal verteld? Dat ze mee moet komen om mij over te halen?'

'Aye.' Hij kwam naast haar op het bed zitten en pakte haar hand. Zwijgend zaten ze naast elkaar.

'Dus je bent niet te vermurwen?' zei Nellie na een tijd. 'Je bent vastbesloten om je vrouw en je schatten van kinderen in de steek te laten? Niemand zal het je kwalijk nemen, weet je, als je met ons mee-gaat.'

'Ik heb verplichtingen, Nellie, dat weet je best.'

'Gewichtig en egoïstisch tot het eind.'

'Hoe kun je dat nou zeggen?' Verdrietig keek hij haar aan. 'We hebben het erover gehad en we zijn het eens. Helen Frances heeft Tom nodig om haar tegen Manners te beschermen, en ik ben hier nodig. We hebben het van alle kanten bekeken.'

'Ik plaag je alleen maar, mallerd.' Ze stak haar armen naar hem uit, en hij legde zijn hoofd tegen haar boezem, die al snel begon te schok-ken omdat ze haar tranen niet langer kon bedwingen. 'Maar ik vind het zo erg, Edward, zo erg.'

'Ik weet het, ik weet het,' fluisterde hij, en nu trok hij haar hoofd tegen zijn borst. Hij drukte een kus op haar kastanjebruine haar met de grijze strepen.

Een tijdlang bleven ze elkaar vasthouden. Toen richtte Nellie zich op, en ze trok een zakdoek uit haar mouw om haar wangen af te ve-gen. 'Moet je mij nou zien,' zei ze. 'Ik begin al net zo sentimenteel te worden als jij. En nu moet ik mijn haar opnieuw doen.'

'Je bent nog net zo mooi als anders,' zei Airton.

'Niet waar, ik ben oud,' zei Nellie. 'Wat een stel zijn we. Hoe heb-ben we het samen zo lang uitgehouden?'

'Gewoonte?' opperde de dokter.

Nellie lachte, maar fronste toen haar wenkbrauwen en draaide zich ernstig kijkend weer om. 'Je weet dat ik alleen ga vanwege de kin-deren? Je weet toch dat ik bij je zou blijven, Edward, als ik niet voor de kinderen hoefde te zorgen?'

'Als ik het goed zou vinden,' zei Airton.

'Alsof ik naar je zou luisteren, suffie. Ik zou bij je blijven, ik zou bij je blijven...'

'"Till a' the seas gang dry"?'

'Aye, Edward. O, zing het voor me. Zing "The Rose".'

De stem van Edward Airton klonk boven het tromgeroffel uit, een opvallend krachtige bariton:

'Till a' the seas gang dry, my dear,
And the rocks melt wi' the sun:

And I will love thee still, my dear,
While the sands o' life shall run.'

Het was al nacht toen de poort van de *yamen* openging en de dood-kist onder supervisie van majoor Lin naar de kar werd gedragen. De vaste wachtposten van de *yamen* waren al een tijd geleden vervangen door twee bandieten van IJzeren Man Wang, die wilden weten wat er in de kist zat.

Henry, die zich nauwelijks kon verroeren in de te kleine kist, bevroor toen hij majoor Lins antwoord hoorde. 'Maak maar open, dan kun je het zien.'

Hij hoorde dat het deksel open werd gewrikt, voelde frisse lucht en zag lamplicht door het stro en het slachtafval dat hem bedekte.

'Wat een stank,' zei een van de wachters. 'Wat is het?'

'Een verrader,' antwoordde Lin. 'Die stinken allemaal.'

'*Ta made*, hij ziet er zelfs niet meer uit als een mens. Er is niet veel van hem over. Wat heb je met hem gedaan?'

'Ik heb hem ondervraagd.'

'Dat heb je dan grondig gedaan,' merkte de wachter op. 'Waar breng je hem heen?'

'Naar zijn familie. Voor de begrafenis.'

'Daar zullen ze blij mee zijn. Schiet maar op. Verdelg de buiten-landers.'

'En behoed de Ch'ing,' voegde Lin eraan toe.

Henry hoorde dat het deksel weer op de kist werd gedaan en drukte de zakdoek steviger tegen zijn mond en neus, maar de stof hielp nauwelijks tegen de stank van bedorven slachtafval. Even later voelde hij het hobbelen van de kar toen ze de heuvel afreden. Bloed sijpelde op zijn voorhoofd, en het kostte hem de grootste moeite om niet te kokhalzen.

Bij de stadspoort volgde een nieuwe inspectie, en pas toen ze de stad uit waren gaf Lin het kleine konvooi opdracht om halt te houden. Zodra het deksel van de kist openging, klauterde Henry eruit, en met wilde bewegingen sloeg hij de darmen en andere lillende ingewanden van zich af. Geknield op de grond zoog hij de frisse lucht zo diep mogelijk in zijn longen. Zijn naakte lichaam was van top tot teen bedekt met bloed en vuil.

Majoor Lin keek vol verachting op hem neer. 'Ma Na Si, nu zie je er helemaal uit als het beest dat je bent. Er is een stroompje aan de kant van de weg waar je je kunt wassen. Hier zijn kleren. Doe het snel. En probeer niet te vluchten. Mijn vingers jeuken om je neer te schieten.'

'En Fan Yimei, hoe is het met haar?' riep Henry over zijn schouder.

'Breng me niet in verleiding, Ma Na Si. Pas op je tellen.'

De kamerheer rookte een opiumpijp met Madame Liu. Hij was moe na een inspannend uurtje met een boerenjongen die nog naar de boerderij stonk. Het was geen pretje geweest. Misschien begon hij oud te worden. Misschien had hij gewoon te veel andere zaken aan zijn hoofd. Madame Liu moest echt haar uiterste best doen om haar vaste klanten tegenwoordig nog een beetje tevreden te stellen. Haar beste jongens en meisjes waren dag en nacht gereserveerd voor de lomperiken van IJzeren Man Wang, arme kinderen. Zelfs in de afgelegen kamer van Madame Liu kon hij ze horen, de ploerten, luidruchtig lachend in het theehuis, en lallend in de kamers beneden hen. Beesten. Hij moest zichzelf dwingen om te luisteren naar wat zijn oude vriendin te zeggen had. Al die vermoeiende onderhandelingen... maar dit keer was het extra belangrijk.

'Ja, het zijn er zes. Twee kinderen,' herhaalde hij die avond voor minstens de tiende keer. 'Je kunt ze makkelijk verbergen op je geheime verdieping.'

'Maar het gevaar, Jin Lao...'

'Daarom krijgt u ook zo goed betaald. Bovendien zal de Mandarijn u zeer dankbaar zijn. Dat is van onschatbare waarde.'

'Niets is tegenwoordig onschatbaar. Bedenk ook eens hoe lastig het is voor Ren Ren. Hij is tegenwoordig kapitein bij de Boxers. Stel je voor dat IJzeren Man Wang het ontdekt!'

'Het wordt heus niet ontdekt.'

'Ik doe het voor het dubbele van wat u biedt.'

'Dat is absurd. Met het geld dat ik u geef kunt u wel vijf nieuwe bordelen beginnen.'

'Driekwart dan.'

'De helft.'

'Akkoord. Maar dat meisje blijft hier, en de kinderen misschien ook, als ze me bevallen.'

'Dat kan ik niet beloven. Daar gaat de Mandarijn over.'

'Hoe lang kan hij nog aanblijven als mandarijn als ik IJzeren Man Wang vertel dat hij zes buitenlandse duivels verstopt op mijn zolder?'

'Hoe lang denkt u nog van uw woekerwinst te kunnen genieten als u dat doet? Wie beschermt u nou eigenlijk? Hoe lang kunt u het volhouden met IJzeren Man Wang als beschermheer? Bedreig me niet, beste vriendin. U weet dat uw belang bij mij voorop staat.'

'Uw eigen belang, zult u bedoelen. Ik kan net zoveel vuil spuien over u als u over mij.'

'Madame Liu, waarom bent u op zo'n prachtige avond nou zo onhebbelijk?

"Stil is de nacht, leeg de heuvel in de lente
De maan komt op, wekt de vogels in de bergen
Boven de ruisende beek klinkt hun gezang."'

'Dit is geen moment voor gedichten, Jin Lao. Luister, ik denk dat ik Ren Ren kan overhalen. U betaalt genoeg, maar ik weet zeker dat hij een extraatje wil voor de moeite. Geef hem dat meisje. Wat heeft iemand nog aan haar als de Mandarijn met haar klaar is? Wees toch praktisch, Jin Lao. Denk aan een oude vrouw en haar problemen met een opstandig kind.'

'Geef me nog een pijp en laten we ophouden met sjacheren.'

'Dus u stemt toe?'

'Dat heb ik niet gezegd. Ik zal uw verzoek in overweging nemen.'

'Dat is niet goed genoeg.'

'Goed dan. Ik zal uw verzoek welwillend overwegen.'

'O, Jin Lao, u bent een fontein van ruimhartigheid, zoals altijd. Wie ben ik dat ik deze vriendschap verdien? Kom, zeg nog eens een gedicht op voor een arme oude vrouw.'

De dokter keek naar Nellie terwijl ze piano speelde. Het lamplicht scheen over haar opgestoken haar, en de parels rond haar prachtige hals glansden zacht. Het melancholieke gezang tastte zijn zelfbeheersing aan, en hij voelde hete tranen over zijn wangen lopen. Aan de andere kant van de kamer zat Helen Frances, met Jenny's hand in de hare. Ze zag zijn verdriet en glimlachte naar hem. Hij knikte dankbaar en probeerde zich te vermannen. Kracht moest hij uitstralen, maar zijn hart brak. Misschien dat George voelde hoe moeilijk zijn vader het had, want zijn handje kwam omhoog. Airton kneep erin, en weer werden zijn ogen vochtig.

Laat het toch sneller gaan, dacht hij, laat het heel snel middernacht zijn. Hier kan ik niet tegen. Laat in elk geval dat gezang afgelopen zijn. Maar het ene couplet volgde op het andere, en elke noot op de piano was als een pijl die zijn ziel doorboorde.

'Abide with me; fast falls the eventide;
The darkness deepens; Lord with me abide.
When other helpers fail and comforts flee,
Help of the helpless, O abide with me.'

Septimus Millward stond kaarsrecht, zijn ene hand tegen zijn hart, en hij zong uit volle borst. De schrille stem van Laetitia begeleidde hem. De kinderen stonden aan weerszijden van hun ouders, gerangschikt van groot naar klein. Hiram stond trots naast zijn vader.

Kijk ze nou eens, dacht de dokter. Zij zullen sterven als een gezin, verenigd, gelukkig. Opeens voelde hij jaloezie, en hij vroeg zich af of hij het wel vol zou houden als Nellie en zijn kinderen eenmaal weg waren. De paniek sloeg toe toen hij zich voorstelde dat hij in zijn eentje knielde in het zand onder het zwaard van de beul. Zou hij gaan snotteren? Zou hij zijn familie te schande maken, zijn naam, zijn God, en sterven als een lafaard?

Toen zag hij Burton Fielding staan, afzijdig van de rest, een afwezige blik in zijn ogen. Nee, nam hij zich voor, hij zou niet zijn zoals Fielding, hij zou sterk zijn. Dit was zijn eigen keuze, de juiste keuze. Het was wat hij moest doen. Hij had de kans gekregen om te ontsnappen, en hij had de verleiding weerstaan. Hij deed wat goed was. Maar o, wat viel het hem zwaar.

Het laatste couplet van het gezang werd ingezet. Airton klemde zijn gezangenboek steviger beet, en zijn bariton klonk boven de stemmen van de anderen uit, zo mogelijk nog krachtiger dan die van Septimus Millward.

Omdat het de laatste nacht was, namen ze de kinderen mee naar hun eigen slaapkamer. George en Jenny lagen rusteloos te woelen onder het laken, in hun slaap gestoord door het eeuwige dreunen van de trommels. De dokter en zijn vrouw hadden elkaar allang gezegd wat ze te zeggen hadden. Woorden waren overbodig. Ze zaten naast elkaar, hand in hand, kijkend naar hun kinderen. Een klein leren koffertje met kleren stond op de grond.

Kort na middernacht meende de dokter een geluid te horen, maar toen hij het luik opendeed, zag hij niets dan het lege gazon. Ze wachtten. De klok in de gang sloeg één uur.

'Denk je dat het een grap was, Nellie?' fluisterde hij. 'Of dat hem iets is overkomen?'

Ze kneep in zijn hand. Het wachten duurde voort. De klok in de gang sloeg twee uur.

'Dit hou ik niet vol,' bromde Airton. 'Ik kan wel gillen.'

'Houd moed, Edward, houd moed,' zei Nellie.

'Je hebt geen idee hoeveel ik van je hou.'

'Jawel,' zei ze. 'Dat weet ik wel.'

Ze schrokken allebei toen er op het luik werd getikt. Ze verstijfden. Geen van beiden wilden ze toegeven dat het moment gekomen was. Nog een keer werd er driftig geklopt. Het was Nellie die opstond en het luik opende. Ze deinsde achteruit, haar handen tegen haar mond gedrukt.

Snel klom een in het zwart geklede figuur naar binnen. Hij beende naar de deur, opende die op een kier en keek naar links en rechts in de gang. De stilte stelde hem kennelijk gerust, en hij draaide zich naar de Airtons om, zodat het licht van de lamp op zijn gezicht viel.

Nellie slaakte een kreet en Airton zette grote ogen op. 'Mijn god, man, wat is er met je gezicht gebeurd?' fluisterde de dokter.

'Ik ben er waarschijnlijk niet mooier op geworden, de laatste paar weken in de *yamen*,' zei Manners. 'Hebt u een spiegel? Ja, ik zie wat u bedoelt. Erg lelijk. Niets aan te doen. Waar is Helen Frances?'

'In haar kamer,' zei Nellie.

'Ga haar maar halen. Doe het stil en doe het snel. We hebben niet veel tijd.'

Nellie glipte de kamer uit.

'Zo, dokter, dus u maakt het goed.'

'Naar omstandigheden,' antwoordde Airton.

'Mooi zo,' zei Henry.

'Ik ga niet met je mee.'

'O nee?'

'Nee. Mijn plaats is hier, bij de anderen. Zij hebben me nodig.'

'U weet wat er gaat gebeuren met degenen die achterblijven?'

'Dat kan ik wel raden, ja.'

'Dan bent u erg nobel, erg dapper of erg dom. Hoe dan ook, het maakt niet uit. U gaat mee.'

'Je kunt me niet dwingen.'

'Dat is waar. Maar als u niet meekomt, gaan de anderen ook niet.'

'Dat kun je niet menen, man! Neem de vrouwen en kinderen mee. Zelfs een barbaar zou dat doen.'

'Nee, dokter, zo werkt het niet. Jullie komen allemaal, of geen van allen.'

'Ik heb mijn plaats aan Tom afgestaan.'

'Ik vrees dat u daar niet over kunt beslissen. Ik meen wat ik zeg, dokter. Als u niet meekomt, ga ik zonder iemand weer weg. U kunt maar beter snel beslissen.'

'Ga je ook zonder Helen Frances?'

'Ik zou het er niet op wagen, als ik u was.'

'Wat kan het jou nou schelen of ik meekom of niet?'

'Weinig. Maar het kan de Mandarijn wel schelen. Hij heeft de voorwaarden gesteld. Hij beschikt over leven en dood, niet ik.'

'Dit is krankzinnig. Ik geloof je niet.'

De discussie zou nog wel even door zijn gegaan, maar op dat moment stormde Helen Frances de kamer binnen, haar haren in de war, een valies in haar hand. Abrupt bleef ze staan toen ze Henry zag, en ze bleven elkaar even opgelaten aanstaren. Toen stortte ze zich met een kreet in zijn armen. 'O, mijn schat, ze zeiden dat je dood was, dood. Godzijdank, godzijdank...' Wild van vreugde overdekte ze zijn gezicht met kussen.

De kinderen zaten met open mond op het bed, en Airton stond er hulpeloos bij. Hij wist niet wat hij moest doen of zeggen. Nellie kwam de kamer weer binnen. Ze ondersteunde Tom, die nog steeds op krukken liep. Hij wierp een blik op de geliefden en boog zijn hoofd. Airtons gezicht verbleekte van schrik.

Henry stond met zijn gezicht naar de deur en zag Helen Frances' verloofde de kamer binnenkomen. Zacht maakte hij zich van haar los, en ze keek over haar schouder. 'O heer,' zei ze zacht. Ze deed een stap opzij maar bleef Henry's arm vasthouden.

'Airton,' verzuchtte Manners. 'Wat heb je er weer een potje van gemaakt. Ik kan hem niet meenemen. Hallo, Tom,' voegde hij er haast achteloos aan toe.

'Manners,' mompelde Tom zonder zijn hoofd op te tillen.

'We zijn allebei aardig toegetakeld, als ik zo vrij mag zijn het op te merken. Boxers, in jouw geval?'

'Ja,' zei Tom. 'Op de terugweg naar Shishan. Jij?'

'Afgerost door Lin, daarna nog een paar keer klappen van de cipiers van de Mandarijn. Die lui zijn niet bepaald zachtzinnig.'

'Nou ja, je hebt het in elk geval overleefd.'

'Dat is waar,' beaamde Henry.

'Er is een moment geweest dat ik dat jammer zou hebben gevonden. Ik was blij dat je dood was.'

'Dat begrijp ik.'

'Ik had je graag zelf willen doden. Ik droomde ervan... maar dat was voordat de Boxers kwamen.'

'Allicht. Ik heb je de hoorns opgezet.'

'Nee, dat is het niet.' Tom keek met een zorgelijk gezicht op. 'Jij bent... jij bent altijd de beste geweest van ons tweeën.'

'Dat is flauwekul, Tom.'

'Het is waar. Toen HF laatst...'

'Zeg het niet, Tom, alsjeblieft,' smeekte Helen Frances.

'Het is waar,' zei Tom. 'Ik heb je nooit verdiend, HF. Ik ben je dankbaar voor... voor de tijd die we samen hebben gehad, voor wat je me hebt gegeven... En nu ben ik blij voor je dat Henry nog leeft.'

'Ik kan je niet meenemen, Tom,' zei Henry met gevoel.

'Ik ben nooit van plan geweest om mee te gaan. Het spijt me, dokter Airton, ik heb u om de tuin geleid toen u het me vanmiddag vroeg. Voor mij is dit een kans om Henry en HF nog een laatste keer te zien, om te zeggen wat ik op mijn hart heb. Ik wil me verontschuldigen voor mijn stommiteiten.'

'O Tom,' zei Helen Frances. 'Het spijt me zo.'

'Het hoeft je niet te spijten. Ik vind het niet erg. Ik ben klaar voor deze laatste wedstrijd. Misschien kan ik de anderen een beetje op-beuren. Het zal niet makkelijk zijn voor de kinderen van de Mill-wards, en voor Caterina ook niet. En Fischer en die Fielding zijn een beetje laf. Het team heeft een aanvoerder nodig. Deze laatste wed-strijd moeten we goed spelen. Als mijn ouders het horen, kunnen ze misschien nog een beetje trots op me zijn. Ik heb trouwens een brief voor ze. Kunnen jullie die voor me meenemen?'

'Je bent een moedig man, Tom,' zei Henry. 'Ik ben er trots op dat ik je ken.' De mannen gaven elkaar een hand. 'Tom, ik ben bang dat we nu echt weg moeten.'

'HF, dat van laatst...'

'Er is niets gebeurd, Tom, niets.' Ze tilde haar hoofd op om een kus op zijn wang te drukken en sloeg impulsief haar armen om hem heen. Het was Tom die zich uiteindelijk van haar losmaakte.

'Het ga je goed, HF.'

'Het ga je goed, Tom.'

Ze raakte zijn wang aan. De grote man hing op zijn krukken, zijn hoofd gebogen. Met een ruk draaide ze zich om en ze pakte haar valies. Nellie had de kinderen uit bed gehaald. Ze waren helemaal aangekleed en hielden de hand van hun moeder vast, hun ogen groot van schrik en angst.

'Nou, dokter, gaat u mee?' zei Henry. 'Ik heb geen tijd om te re-detwisten. U weet wat het betekent als u nee zegt.'

'Ik... ik kan het niet,' zei Airton.

'Dan kan ik niemand meenemen. Dat is de afspraak die ik met de Mandarijn heb gemaakt.'

'Wat bedoelt u, Mr. Manners?' vroeg Nellie. 'Edward, waar heeft hij het over?'

De deur vloog open en Burton Fielding stormde met een mes in zijn hand de kamer binnen. 'Ik heb jullie wel door, stelletje ratten!' schreeuwde hij. 'Een beetje door de gangen sluipen. Lafaards die jul-lie zijn. In het geniep jullie vlucht voorbereiden. Denk maar niet dat jullie hier zonder mij vandaan komen!'

'Wie is dat nou weer?' zei Manners. 'Dit lijkt wel vaudeville.'

'Jij wil weten wie ik ben?' tierde Fielding. 'En wie ben jíj dan wel? Ik ben inspecteur van de Amerikaanse Raad van Commissarissen van de Buitenlandse Zending in China en de oudste dominee hier, al toont geen van deze stinkdieren enig respect voor me. Vooral die lafaard van een Airton niet. Moet je hem zien, hij is de eerste die probeert zich te drukken en zijn plicht verzaakt. Nou, als er iemand weggaat dan ben ik het,' besloot hij. 'En ik snijd iedereen die me tegen probeert te houden de keel door.'

Ze staarden hem allemaal aan, met een mengeling van medelijden en verbazing. Fieldings ogen fonkelden, en hij zwaaide als een krankzinnige met zijn mes. Er zouden beslist ongelukken zijn gebeurd, ware het niet dat de rijzige Septimus Millward plotseling achter hem opdook, hem beetgreep en de arm met het mes op zijn rug draaide. Het mes viel kletterend op de grond.

'Dames, heren, ik werd wakker van het rumoer. Dokter Airton, valt deze arme man u lastig?' vroeg hij beleefd, zijn enorme hand stevig over Fieldings mond gedrukt.

'We wilden eigenlijk net weggaan,' zei Henry. 'Dat hoop ik tenminste. Dokter?'

'Hoe kan ik nou weggaan?' bitste Airton kwaad. 'Ik laat me niet voor het karretje van de Mandarijn spannen.'

'Dat zou jammer zijn, want dan veroordeelt u uw vrouw en kinderen en Helen Frances ter dood. Het is uw keus,' vervolgde Manners, 'en ik vraag het u voor de laatste keer. Majoor Lin zal zich wel afvragen wat er aan de hand is. Hij kan me elk moment komen halen.'

'Nellie, wat moet ik doen?'

'Die beslissing kan ik niet voor je nemen, Edward.'

'O Heer!' riep Airton getergd, en hij sloeg zijn handen voor zijn gezicht. 'Help mij.'

Allemaal waren ze getuige van zijn gewetensstrijd. Alleen Septimus in zijn lange Chinese gewaad bleef rustig, en hij verbrak de gespannen stilte. 'Neem me niet kwalijk, dokter, het zijn mijn zaken niet, maar begrijp ik het goed dat deze man u wil laten kiezen tussen leven en dood van uw gezin? En u staat in de weg? Riekt dat niet een beetje naar trots, dokter, een doodzonde?'

Hijgend liet Airton zich op de grond zakken. 'Ik wil niets liever dan vluchten met mijn gezin,' zei hij nauwelijks verstaanbaar, 'maar hoe kan ik dat nou doen? Hoe?'

'Door het raam?' opperde Septimus behulpzaam. 'Zo zou ik het doen.'

'Kom op, mallerd, sta op,' zei Nellie. 'Vertel ons wat we moeten doen, Mr. Manners. Gaan we achter je aan?'

De een na de ander klommen ze uit het raam en sprongen ze op het gras, ondersteund door Henry. Septimus sloot de worstelende en geknevelde Fielding voorlopig op in de klerenkast, en hij gaf de dames hun valiezen aan en de dokter zijn dokterstas, die hij in een hoek van de kamer had zien staan.

Henry gebaarde naar de bomen, in de schaduw waarvan de kar klaarstond. Gelukkig ging de maan schuil achter wolken, zodat ze niet zo snel gezien zouden worden door de Boxers, die aan de voet van de heuvel bij hun vuren zaten. Henry joeg hen op en droeg zelf de valiezen. Nellie hielp de struikelende kinderen, en Helen Frances droeg de dokterstas.

De dokter wierp een laatste blik over zijn schouder. Voor altijd zouden de gezichten voor het raam in zijn geheugen gegrift blijven, niet alleen die van Septimus en Tom, maar ook die van Herr Fischer, Caterina en Bowers. Kennelijk was het hele huishouden wakker geworden van de door Fielding veroorzaakte opschudding, en nu keken ze hun zielenherder zwijgend na. Hun gezichten stonden somber, weemoedig, en in de ogen van de dokter verwijtend. Geen van hen zwaaide.

Tijdens hun vlucht zag de dokter niets dan die gezichten. Hij leek zich nauwelijks bewust van wat er gebeurde, en moest door Henry door het struikgewas worden geleid.

Lin en zijn soldaten stonden op hen te wachten bij de kar, kwaad gebarend dat ze op moesten schieten. De Boxers konden hen elk moment in de smiezen krijgen, en de soldaten hielden hun karabijnen in de aanslag. Nijdig keek Lin naar de valiezen, maar hij gooide ze wel op de wagen, waarna hij de achterklep sloot. Langzaam reden ze weg door het donker, achter de soldaten en hun paarden aan.

Pas toen ze de weg hadden bereikt kon Lin zich ontspannen, en gaf hij zijn soldaten toestemming om op te stijgen. Daarna werd het tempo opgevoerd, en hobbelde de wagen over de onverharde weg.

Ze hielden halt bij een kleine boerderij, waar een stapel hooi klaarlag. Lin beval hun om plat op de ruwe planken te gaan liggen, en vervolgens bedekten de soldaten hen met het hooi. Ik word begraven voor mijn zonden, dacht de dokter, die nog steeds de verwijtende gezichten voor zich zag als hij zijn ogen sloot.

Bij de stadspoort werd de kar geïnspecteerd. Een ruwe stem vroeg waarom majoor Lin in het holst van de nacht de stad in wilde. Hij legde uit dat hij hooi kwam brengen voor zijn stallen. En wat ging het hun eigenlijk aan wanneer hij kwam of ging? Dat moesten ze dan maar eens overleggen met de Mandarijn, wiens bevelen hij opvolgde. De poort ging piepend open, en de kar ratelde verder.

Voor het grote plein reden ze een zijstraat in. Eindelijk stopten ze, en Lin beval hun van de kar af te komen. Ze werkten zich onder het verstikkende hooi vandaan en krabden hun jeukende gezichten. Ze bevonden zich in een donkere steeg. Twee stenen leeuwen bewaakten een houten deur. Grote zwarte capes werden uitgedeeld, met capuchons die hun gezichten verborgen, en Lin klopte op de deur.

Een vrouw wachtte hen op. Haar harde gezicht was zwaar opgemaakt en met een dikke laag poeder bedekt. 'Majoor Lin, wat een vreugde om u weer te zien,' lispelde ze. 'En Ma Na Si Xiansheng. Wat is dat lang geleden.' Ze hield haar lantaarn omhoog en herkende Helen Frances. 'Het is niet de eerste keer dat u ons etablissement met een bezoek vereert, nietwaar, Xiaojie?' Met benige, beringde vingers kneep ze zacht in haar wang. 'En nog even mooi als altijd.' Helen Frances deinsde achteruit.

'Kom toch binnen, kom binnen.' De vrouw hobbelde op lotusvoeten voor hen uit over het door lantaarns verlichte pad. 'Jullie zullen wel moe en hongerig zijn na die zware tocht. Wat een schatten van kinderen,' fleemde ze. 'U bent de beroemde Ai Er Dun Yisheng, als ik me niet vergis? Welkom, Daifu, welkom. Alle vrienden van de Mandarijn zijn welkom hier. Voor ons is het een eer om u in ons nederige stulpje te mogen ontvangen.'

Ze liepen over verschillende binnenplaatsen. Helen Frances huiverde toen ze het bekende paviljoen zag, en Henry sloeg beschermend een arm om haar schouders. De kinderen keken met grote ogen om zich heen. Ze hadden nog nooit zo'n paleisachtig complex gezien.

'Jullie moeten heel stil zijn als we de trap opgaan,' maande de vrouw hen. 'Iedereen slaapt, maar je weet nooit wie er nog op is. We ontvangen tegenwoordig zoveel gasten – geen van hen zo welkom als jullie, uiteraard.'

Achter de hijgende vrouw aan beklommen ze de donkere trappen. In het gebouw hing een sterke geur van verschaald parfum, en uit verschillende kamers op de tweede verdieping klonken vreemde krakende geluiden. George slaakte een kreet van schrik toen hij een bulderende lach hoorde, gevolgd door een schrille gil.

De vrouw draaide zich om, en het schijnsel van de lamp onthulde een wrede glimlach. 'Er is niets om bang voor te zijn, kleintje. Het zijn gasten die zich vermaken. Ik zou je wel willen laten kijken, maar dat vindt je moeder vast niet goed.' Ze lachte kakelend toen ze verder liep.

Voor een muur bleef de vrouw staan. Ze tilde een rol op, schoof erachter een grendel weg, en een deur naar nog een trap zwaaide open. 'Het is nu niet ver meer,' zei ze. 'Achter elkaar, graag, en stil zijn. Is het niet spannend, kleintjes? Een geheime deur! O, wat een lekkere schatjes zijn jullie.' Ze streelde Jenny's haar, en Nellie trok haar dochter meteen weg. Madame Liu lachte.

Ze kwamen in een kale houten gang. 'Dit is mijn kamer,' zei ze. 'Aarzel niet, jullie mogen altijd kloppen als jullie iets nodig hebben. En dit is uw kamer, Daifu.' Ze opende de deur van een kamer waar ontelbare kaarsen brandden. In het midden stond een kolossaal hemelbed met een rode sprei, en op de grond lagen twee futons, kennelijk bedoeld voor de kinderen. Nellies blik werd echter naar de schilderingen aan de muur getrokken, van minnaars in allerlei indecente houdingen. 'Aha, u bewondert mijn kunstcollectie.' Madame Liu glimlachte kwaadaardig. 'Het zijn werken van beroemde kunstenaars, weet u. Ik hoop zo dat u het hier naar de zin zult hebben en kunt genieten van uw verblijf.'

Nog steeds glimlachend sloot ze de deur. Even later hoorden ze haar een andere deur opendoen. 'En voor de minnaars heb ik een beeldige kamer in gereedheid laten brengen. Speciaal voor u, Ma Na Si, en uw mooie vriendin...'

Nellie liet haar valies op het dikke tapijt vallen. 'Nou, lieve schat, zo te horen brengen Henry en Helen Frances de nacht in zonde door,' zei ze opgewekt.

Airton liet zich op het bed vallen, met zijn hoofd in zijn handen.

Het kostte hem moeite om zich te concentreren op wat zijn vrouw zei. 'Ja,' mompelde hij. 'Ja, dat zal wel.'

'We kunnen er weinig aan doen,' zei Nellie. 'Bovendien zal het niet de eerste keer zijn. Laten we aannemen dat ze in de ogen van God al getrouwd zijn.'

'Aye,' beaamde Airton zwakjes. 'Dat zou mooi zijn.'

'Kom op, jullie,' zei Nellie tegen de kinderen. 'Jenny, staar niet zo naar die schilderijen. Je bent veel te jong om er iets van te kunnen begrijpen. Hup, naar bed met jullie, allebei. We moeten goed slapen, want we hebben zware dagen voor de boeg.'

Nadat ze de kinderen had ingestopt, kwam ze naast haar man op het bed zitten. 'Edward,' zei ze zacht, 'is dit huis wat ik denk dat het is?'

Airton staarde lusteloos naar de vloer en kreunde alleen maar.

'Wat zou je broer James ervan zeggen, of mijn bejaarde ouders, als ze wisten dat we de nacht in een bordeel doorbrachten? Stel je eens voor wat een lange gezichten ze zouden trekken!' Ze glimlachte en begon toen zó hard te lachen dat het hele bed ervan schudde.

Haar lach wekte Airton uit zijn overpeinzingen. 'Ben je niet goed bij je hoofd, mens?' voer hij tegen haar uit. 'Besef je wel waar we zijn? O, wat heb ik gedaan? Wat heb ik gedaan! Heb je hun gezichten gezien, Nellie, toen we weggingen? En nu zitten we in deze Babylonische woonplaats der duivelen! Wat heb ik gedaan?'

Nellie gaf hem een zoen. 'Je hebt mijn leven en dat van je kinderen gered, dát heb je gedaan. Je bent een goede echtgenoot en vader. En je bent enorm dapper. Je hebt jezelf niets te verwijten, Edward, helemaal niets. Ik hou alleen maar meer van je.'

Maar Airton liet zijn hoofd in zijn handen zakken, denkend aan de verwijtende gezichten van zuster Caterina, Herr Fischer en Frederick Bowers die hem beschuldigden van verraad. Hij voelde zich tot in het diepst van zijn ziel smerig, corrupt, verdoemd.

'Jij kunt hier blijven zitten en zwelgen in zelfmedelijden, schat,' zei Nellie na een tijdje, 'maar ik ben moe en ik ga naar bed.'

Een voor een blies ze de kaarsen uit, totdat het helemaal donker was in de kamer. Airton bleef alleen achter met de gezichten van alle mensen die hij in de steek had gelaten.

Zodra de kakelende Madame Liu de deur achter zich had dichtgedaan, vielen Henry en Helen Frances elkaar in de armen. Wild graaiden ze met hun handen om elkaars kleren uit te trekken terwijl ze elkaar verslonden met hun lippen, tanden, tongen, kreunend van verlangen om naakt te zijn, elkaars huid te voelen.

'O, mijn schat, al die blauwe plekken. Wat heb ik... wat heb ik...'

'O, mijn liefste, mijn liefste. Ik heb zo vaak aan je gedacht...'

Elke onsamenhangende zin werd afgebroken door een hongerige kus.

Hijgend maakten ze zich van elkaar los. Henry hupte op één been terwijl hij zijn schoenen uittrok. Helen Frances had hem zijn overhemd al van het lijf gerukt, en hij haar blouse. Ze liet zich op het bed vallen, maakte haar rok open, trok hem uit en slingerde hem weg. Ondertussen deed Henry zijn broek uit. Ze hield haar armen omhoog, kreunend van ongeduld, zodat hij haar onderjurk over haar hoofd kon trekken. Met haar hoofd op het kussen tilde ze uitnodigend haar onderlichaam op. Haar bloed tintelend, ogen brandend, handen trillend, strekte ze haar armen naar hem uit.

Maar Henry bleef als versteend naar haar staan staren.

Verbaasd richtte ze zich op een elleboog op. 'Wat is er, schat?'

'Je buik,' fluisterde hij.

Ze liet zich terugvallen op het kussen.

'Mijn god, ik had geen idee,' zei hij.

Ze kreunde. Een traan vormde zich in haar oog. 'Ik kon het niet over mijn hart verkrijgen om het je te vertellen,' prevelde ze. 'Ik wist het... ik wist het in de Zwarte Heuvels al. Daarom zei ik toen tegen je dat ik weg wilde uit Shishan. Nu is het toch zeker anders? Het is nu toch niet erg meer?' Met smekende ogen keek ze hem aan terwijl de tranen over haar wangen liepen. 'Nu is het toch anders?'

'Ja, het is anders. O heer,' kreunde hij, nog altijd perplex, 'wat heb ik gedaan? Wat heb ik gedaan?'

'Bemin me,' zei ze nauwelijks verstaanbaar.

'O, mijn liefste.' Hij nam haar in zijn armen en overdekte haar gezicht met kussen. 'Als ik het had geweten...' verzuchtte hij. Zacht legde hij zijn hand over de lichte bolling van haar buik, waar het nieuwe leven groeide. 'Vergeef het me, liefste, vergeef het me. Haar mond vond de zijne en voorzichtig liet hij zich op haar zakken. Ze slaakte een kreet en omklemde zijn rug toen hij haar binnenging.

Beneden in een van de eetkamers van het Paleis van de Hemelse Lusten vuurden de straalbezopen mannen van IJzeren Man Wang hun geweren af op het plafond. Het geluid, als rotjes in de verte, drong nauwelijks tot hen door. Hun lichamen bewogen in een vloeiend ritme. Het oude hemelbed kraakte, en een tijdlang leek het alsof niets hen kwaad kon doen in hun eigen wereld van tederheid, warmte en geuren waarin ze zich hadden teruggetrokken. Niet deze nacht. Niet terwijl ze in elkaars armen lagen, en evenmin erna, toen haar hoofd op zijn schouder lag, en hij de geur van haar haren opsnoof. Die nacht beschermden ze elkaar tegen alle duivels die buiten op de loer lagen.

HOOFDSTUK 16

De keizerlijke troepen zijn wreed. Ze begrijpen de diepe magie niet.
Meester Zhang zegt dat we geduld moeten hebben.
De overwinning zal komen.

De troepen van majoor Lin arriveerden kort na tien uur bij de missiepost. Deze keer bracht hij hun geen meloenen.

Herr Fischer deed open. Hij was in zijn nachthemd en had een theepot in zijn hand.

'Het is tijd,' zei Lin kortaf.

Herr Fischer knipperde met zijn ogen toen hij achter de majoor de grimmige gezichten van diens soldaten zag, en de twee overdekte wagens bij het hek. Hij begreep het. 'Ja. Ik zal de anderen waarschuwen.'

Soldaten met bajonetten op hun geweren volgden hem naar binnen.

Het ging allemaal heel ordelijk. De Millwards waren het eerst klaar. De kinderen liepen in een sliert achter Laetitia aan naar buiten, als een schoolklas achter hun juf. Septimus volgde hen, plechtig schrijdend, een gebedenboek tegen zijn borst gedrukt. Zijn vrije hand lag stevig om de elleboog van Burton Fielding, die niet eens meer tegenstribbelde. Na een halfuur in een kast en de rest van de nacht in gedwongen gebed met Septimus, was de afgezant van de Amerikaanse Raad van Commissarissen voor de Buitenlandse Zending in

555

China niet alleen lichtelijk versuft, hij zong ook heel wat toontjes lager. Daarna kwam Caterina naar buiten, gekleed in het habijt en de nonnenkap van de ursulinen, een rozenkrans in haar handen. Frederick Bowers had zijn uniform aangetrokken. Samen met Herr Fischer, in geklede jas, hielp hij Tom de trap af.

Ze waren dankbaar voor de bescherming van de overdekte wagens toen ze door de gelederen van de Boxers reden. Zoals verwacht werden ze uitgejouwd en uitgescholden en met projectielen bekogeld. Zuster Caterina zat het dichtst bij de achterklep en kon de woedende, van haat vertrokken gezichten zien van mensen die zich verdrongen om een glimp van hun veroordeelde vijanden op te vangen. Een van de mannen viel haar op omdat hij, in tegenstelling tot de rest, glimlachte. Met een schok herkende ze Zhang Erhao, die ooit met haar had samengewerkt in het ziekenhuis. Even keken ze elkaar aan, en hij spuugde naar haar. Een gele klodder speeksel bleef plakken aan haar habijt.

Het was een opluchting om bij de meute weg te zijn.

Het was een prachtige dag. Langs de diepblauwe lucht zweefden grote wolken. De bladeren van de iepen ritselden in een lichte bries. Eksters en kraaien vlogen tussen de takken. In betere tijden zouden ze op een dag als deze misschien een uitstapje hebben gemaakt met Jenny en George, in precies zo'n kar als deze. Opeens dacht zuster Caterina aan Elena, en ze begon te huilen.

'Kop op, beste meid.' Ze voelde een grote hand op haar schouder en zag Toms rode, glimlachende gezicht naast haar. 'Kom, geef me je hand.'

Uit de wagen voor hen, waar de Millwards in zaten, hoorden ze vaag de klanken van een hymne. Septimus' krachtige stem klonk boven het geratel van de wielen uit, en de schrille stemmen van zijn kinderen begeleidden hem:

'*We shall reach the summer land,*
Some sweet day, by and by;
We shall press the golden strand,
Some sweet day, by and by...'

'Die ken ik niet,' zei Tom, 'maar wij kunnen het vast beter dan die

Yanks. Kom op, Bowers, we zingen een Engels lied. Jij hebt een mooie stem, Caterina, dus zorg dat je mij overstemt want ik zing als een misthoorn... Luister goed, ik begin.' Hij haalde diep adem en begon te zingen: *'There is a green hill far away...'*

Bowers grinnikte. 'Een misthoorn, Tom? Het lijkt meer op een schorre kikvors. Ik zal jullie eens laten horen hoe we in het noorden zingen na een paar pinten. Het is een mooie ochtend, en er is vandaag nog genoeg tijd voor religie. Luister, dit is een oud lied dat mijn moeder me heeft geleerd. Voor buitenlanders klinkt het misschien een beetje raar, maar jullie leren het snel genoeg.' Hij schraapte zijn keel en zette in: *'On Ilkley Moor Bar t' At.'*

Tom viel enthousiast in, en Herr Fischer begon te lachen toen hij hoorde hoe schunnig het lied was. 'Jullie Engelsen!' riep hij uit. 'Jullie kunnen je nou nooit eens fatsoenlijk gedragen.' Maar bij het volgende refrein deed hij dapper mee, breed grijnzend, al zong hij zo vals als een kraai.

'Goed zo, Fischer, ga zo door. We maken nog wel een Engelsman van je,' zei Bowers. 'Nou, zuster, doet u mee met het derde couplet?'

Dat deed Caterina, eerst nog aarzelend, maar haar stem won aan kracht, en al snel brulden ze uit volle borst de onzinnige teksten, lachend tussen de coupletten. Na 'Ilkley Moor' leerde Bowers hen nog een lied. Daarna deed Tom een duit in het zakje met een studentenlied, en Herr Fischer herinnerde zich een drinklied uit zijn eigen studententijd, waarna Caterina 'Funiculi Funicula' ten beste gaf. Tot slot werd met algemene instemming nogmaals luidkeels 'Ilkley Moor' gezongen.

Majoor Lin reed achter hen op zijn grijze merrie, een strenge uitdrukking op zijn gezicht. Hij vroeg zich af of deze buitenlanders wel wisten welk lot hun te wachten stond. De herrie die ze maakten! Kenden ze dan geen angst? Een Chinees zou zijn dood waardig tegemoet zijn gegaan. Ja, zelfs uitschot als IJzeren Man Wang en zijn bandieten, en schurftige boeren. Wat verachtte hij die buitenlanders. Zelfs nu leken ze nog de spot met hem te drijven. Hij haatte hen haast net zo diep als de Boxers. Ongedisciplineerd schorriemorrie. Hij droomde van een ordelijke samenleving, het herstel van de oude normen en waarden, respect voor de keizer en angst voor het gezag. Nou, met de geweren van de Mandarijn zou hij de orde herstellen. Eerst moest hij echter afrekenen met deze buitenlanders. Waarom toonden ze geen angst?

Het kleine konvooi trok over het platteland, en het gezang uit de wagens met de veroordeelden steeg op naar de blauwe lucht. Toen de stadsmuren in zicht kwamen, liet majoor Lin de stoet halt houden. De laatste vijfhonderd meter naar het grote plein zouden te voet worden afgelegd.

Hun mooie kleren werden uitgetrokken. Chinese criminelen liepen met ontbloot bovenlijf naar hun executie. Zelfs de vrouwen moesten zich ontkleden, hoewel ze hun rok omhoog mochten houden om hun borsten te bedekken. Het was niet het moment om over dat soort dingen drukte te maken, en Caterina en Laetitia protesteerden dan ook niet. Dat vonden ze beneden hun waardigheid.

Er waren niet genoeg schandplanken voor zoveel personen, dus kregen alleen Septimus, Herr Fischer, Burton Fielding en Bowers een zware houten kraag om hun nek. Vanwege zijn handicap werd Tom deze vernedering bespaard. Er stond een brancard voor hem klaar, maar hij liet verontwaardigd weten dat hij zelf wilde lopen met zijn krukken, en majoor Lin gaf hem zijn zin. De majoor liet hen evenmin in de boeien slaan. Dat zou het lopen alleen maar bemoeilijken. De ketenen werden teruggegooid in een van de wagens.

Beambten van de *yamen* wachtten hen op. Kamerheer Jin zat in zijn palankijn. Het was zijn verantwoordelijkheid om hen naar het plein te leiden. Vaandeldragers stonden klaar met wapperende banieren. Anderen waren gewapend met lange stokken, waarmee ze zo nodig de menigte uiteen konden drijven om plaats te maken. Er was een trommelaar met een tamtam voor zijn borst, en twee blazers hielden lange hoorns vast. Dit drietal zou vooraan lopen om voorbijgangers te waarschuwen dat ze opzij moesten gaan.

Het innemen van de plaatsen ging met de gebruikelijke Chinese chaos gepaard. Majoor Lin zat op zijn paard en ergerde zich mateloos aan de vertraging. Uiteindelijk stak kamerheer Jin een elegante hand uit zijn palankijn, en majoor Lin blafte het bevel om in beweging te komen.

De zware trommel begon te dreunen. De hoorns begonnen te schetteren.

In een tergend traag tempo – dat van de kinderen en Tom op zijn krukken – begon de stoet te lopen.

De stadspoort doemde boven hen op. Soldaten en straatschoffies hingen over de kantelen om een glimp van de buitenlanders op te vangen. Ze werden opgeslokt door het halfduister van de grote poort en het hek met de scherpe punten hing dreigend boven hun hoofden. Aan de andere kant werden ze kort verblind door het felle zonlicht, en toen pas zagen ze de drommen mensen aan weerszijden van de straat. Zelfs de balkons van de huizen stonden vol mensen. De inwoners van Shishan liepen te hoop om de buitenlanders te zien sterven. Toch gedroeg deze meute zich anders dan anders. De mensen waren stil. Het was alsof ze hun ogen niet konden geloven.

Burton Fielding strompelde onder het gewicht van de schandplank, zijn rug gekromd en zijn hoofd gebogen. De anderen liepen wel rechtop. Septimus liep trots voor de anderen uit en blikte niet naar links en niet naar rechts, hoewel hij af en toe vertederd opzij keek naar Hiram, die naast hem liep. De vrouwen probeerden zich niet te bedekken en liepen hand in hand met de kleinere kinderen, aan elke kant een. Tom liep achteraan op zijn krukken, gesteund door Frederick Bowers. De machinist met zijn zwarte baard keek berustend naar de toegestroomde meute.

'Kleurrijk zijn die lui wel, vind je niet, Tom?' zei hij. 'Sneu voor ze dat ze als heiden geboren zijn. Ik heb nooit zo'n hoge dunk gehad van die vijfduizend jaar oude beschaving van ze. Erg ver zijn ze er niet mee gekomen, in mijn ogen.'

'Ze gedragen zich vandaag in elk geval niet bepaald beschaafd,' mompelde Tom hijgend. 'Weet je, volgens mij is het de hoogste tijd voor een lied.'

'"Ilkley Moor" lijkt me niet meer zo toepasselijk.'

'Nee, dit moment vraagt om iets pittigers,' zei Tom. 'Iets waarmee we ze kunnen laten zien uit wat voor hout we gesneden zijn.' Hij haalde diep adem en riep zo luid hij kon: 'Septimus! Ken je "Onward Christian Soldiers"?'

'Nou en of ik dat ken!' riep Septimus terug. Hij tilde zijn hoofd met de lange leeuwenmanen op en begon te zingen. Zijn kinderen volgden zijn voorbeeld, en de anderen, een voor een, eveneens. Zelfs Fielding deed mee. Het strijdlustige christelijke lied uit zoveel kelen overstemde de trommel en de hoorns, en er steeg geroezemoes op uit de menigte,

Majoor Lin draaide zich opzij op zijn paard en keek met gefronste wenkbrauwen achterom, maar hij kon er niets tegen doen. De kamerheer stak zijn hoofd uit de draagstoel. Zijn hand hing tegen de zijkant van de palankijn, en de vingers met de lange nagels begonnen onwillekeurig te tikken op de maat van het lied. Glimlachend dacht hij aan het spektakel dat komen ging.

Een luide stem klonk op uit de meute. 'Verdelg de buitenlanders! Behoed de Ch'ing!' Het bleef echter bij die ene stem. Alle andere toeschouwers bleven zwijgend toekijken en verwonderden zich.

Zingend liep de kleine groep de martelaarsdood tegemoet.

Ze hadden lang uitgeslapen. De kinderen sliepen nog toen Nellie en Airton opstonden. Hij keek op zijn horloge. Het was al over twaalven.

'Laat de kinderen maar slapen, Edward,' zei Nellie. 'Ze zijn volkomen uitgeput, de arme schatten.'

In de hoek van de kamer stond een houten emmer met water klaar, naast een grote kamerpot. Ze wasten zich zo goed en zo kwaad als het ging, en eenmaal aangekleed gingen ze op het bed zitten. Wat moesten ze anders doen?

'Ik heb trek,' zei Nellie. 'Zouden we dat vreselijke mens kunnen vragen of ze iets te eten voor ons wil maken?'

Dat bleek niet nodig te zijn, want voor de deur in de verder volkomen verlaten gang stond een dienblad op een krukje. Onder een theemuts stond een pot thee, met kopjes en gevlochten mandjes met zoetigheid en *mantou* eromheen.

'Room service?' merkte Nellie droog op.

'Aye,' beaamde de dokter somber terwijl hij thee inschonk.

'Geen spoor van de tortelduifjes?'

'Nee.'

'Nou, dan kunnen we volgens mij alleen maar afwachten,' concludeerde Nellie. 'Iemand moet plannen voor ons hebben gemaakt.'

'Aye,' zei de dokter afwezig.

Er werd op de deur geklopt. Het was Henry. Zijn gezicht stond grimmig. 'Dokter, ik denk dat u beter kunt komen kijken,' zei hij.

'Maar u kunt beter hier blijven, Mrs. Airton.'

'Wat het ook is,' zei Nellie beslist, 'ik ga mee met mijn man.'

'Zoals u wilt,' zei Henry. 'Ik heb u gewaarschuwd.'

Ze volgden hem naar de gang. Daar drong het geroezemoes van een grote mensenmassa tot hen door. Helen Frances was op een houten bank geklommen om uit het hoge raam naar buiten te kunnen kijken. Haar gezicht zag asgrauw, en haar uitdrukking was even grimmig als die van Henry.

'Ik help je wel,' zei ze tegen Nellie, en ze stak haar hand uit.

Met zijn vieren stonden ze op de bank en keken ze omlaag. Pal tegenover hen konden ze de sierlijk gebogen daklijsten van de tempel zien, met daarachter een zee van grijze daken van de huizen. Ook hadden ze onbelemmerd uitzicht op het grote plein, dat vol stond met opgewonden mensen. Het midden van het plein was leeg. Er was zand gestrooid, en er stond een kolossaal grote kerel met ontbloot bovenlijf, geleund op een zwaard. Hij babbelde gemoedelijk met het publiek.

'O mijn god!' riep Airton uit. 'Een executie. Manners, het is toch niet... niet... Nee toch?'

Henry gaf geen antwoord.

Terwijl ze stonden te kijken ontstond er deining in de mensenmassa, en ze zagen de Mandarijn in gezelschap van een beer van een man in rafelige bontvellen. Het tweetal praatte met elkaar, en de een moest lachen om iets wat de ander had gezegd. Achter hen aan kwam een bonte stoet van beambten en lieden met een onguur voorkomen. De groep slenterde nonchalant naar stoelen die aan een kant van de open plek voor hen klaarstonden.

'IJzeren Man Wang en zijn schurken,' zei Henry. 'Het was te verwachten.'

Een tijdje leek er niets te gebeuren. De Mandarijn en zijn gezelschap rookten lange pijpen. De harige man naast hem dronk uit een kalebas. De menigte werd rusteloos. Een groep in het uniform van de Boxers begon de bekende leus te scanderen, 'Verdelg de buitenlanders! Behoed de Ch'ing!', maar er was geen animo voor en al snel stierven de klanken weg. Aangespoord door de meute liet de beul het zwaard boven zijn hoofd rondcirkelen en voerde hij een krijgshaftige dans op. Er klonk gejuich. Lang hield hij het niet vol, en er daalde stilte over de afwachtende menigte neer.

Ook op de bank in de gang werd in stilte afgewacht, door vier van angst verstijfde mensen.

In de verte hoorden ze het trage slaan van een trommel en hoorn-geschal. De menigte deinde, mensen gingen reikhalzend op hun te-nen staan. Geleidelijk werd een ander geluid hoorbaar, boven de trom uit. Gezang!

'O, Edward,' zei Nellie met verstikte stem, 'ze zingen "Jerusalem, the Golden". Dat kan ik niet aan.'

Een groep vaandeldragers marcheerde naar het plein, en de man-nen posteerden zich langs de randen van de menigte. Majoor Lin volgde hen, niet langer te paard maar te voet, en naast hem liep ka-merheer Jin met zijn witte haar, die een buiging maakte voor de Mandarijn voordat hij zijn plaats innam, iets voor de anderen. Meer vaandeldragers kwamen het plein op.

Toen zagen ze Septimus, die een arm om de schouders van zijn zoon had geslagen. Een voor een herkenden ze de anderen. Hele-maal achteraan kwam Tom, hobbelend op zijn krukken. Het gezang was ten einde. Zonder acht te slaan op de menigte bleef Septimus kaarsrecht staan, en hij spreidde zijn armen zo ver de schandplank het toeliet. Plechtig opende hij zijn gebedenboek, en de anderen knielden in een kring om hem heen.

De beambte met het witte haar had een rol uitgerold. Met een hoge, bezwerende stem las hij de aanklacht voor, en hij eindigde met een luid: 'Sidder en gehoorzaam.' De Mandarijn legde zijn pijp neer en knikte, en even later gebaarde hij met zijn hand. De grote man met het zwaard maakte een diepe buiging. De menigte hield mas-saal de adem in.

Twee mannen, de assistenten van de beul, liepen over het zand naar de veroordeelde buitenlanders. Willekeurig kozen ze Burton Fielding, die het dichtst bij hen was. Hij verzette zich en begon te kermen toen ze de schandplank losmaakten. De menigte mompel-de voldaan. Septimus keek op van zijn gebedenboek en zei iets te-gen zijn huilende landgenoot. Wat het ook was, zijn woorden had-den direct effect. Fielding ontspande zich en verzette zich niet toen ze hem naar het midden van de open plek sleepten.

Septimus hervatte het gebed. Niemand tilde zijn hoofd op om te kijken, ze bleven zich allemaal op het gebed concentreren. De dokter en de anderen keken wel. Het lukte hen niet om hun ogen af te wenden. Fielding moest op zijn knieën gaan zitten. Zijn armen werden op zijn rug getrokken, en met één slag werd het hoofd van de romp gehouwen.

Henry sloeg zijn arm om Helen Frances heen. Zacht huilend leunde ze tegen hem aan. Dokter Airton stond wezenloos te staren, verlamd van ontzetting en ongeloof.

Herr Fischer was de volgende. In tegenstelling tot Fielding verzette hij zich niet toen de schandplank werd afgedaan. Hij maakte een korte buiging voor Septimus, toen ook voor Bowers, bevrijdde zich uit de greep van de assistenten en liep uit eigen beweging stijf naar de man met het inmiddels bloederige zwaard. Hij liet zich op zijn knieën zakken, sloeg een kruis en legde zelf zijn handen op zijn rug. Dit keer bleef de menigte stil toen het hoofd met het kortgeknipte grijze haar in het zand rolde.

Tom ging klaarstaan toen ze het volgende slachtoffer kwamen halen. Terwijl Fischer werd onthoofd, had hij Bowers een hand gegeven en een kus op Caterina's voorhoofd gedrukt. Al voordat de twee assistenten bij hem waren kwam hij hen zelf tegemoet op zijn krukken. Geroezemoes steeg op uit de menigte, misschien wel omdat men zijn moed bewonderde. Het werd stil toen hij zwierig zijn krukken wegwierp en zich op zijn knieën liet vallen. In de stilte, zelfs daar boven in het Paleis van de Hemelse Lusten, konden ze hem horen fluiten.

'"Jolly Boating Weather",' zei Henry zacht. 'Een beetje vals, maar typisch Tom. Wat is die man dapper.'

'O Henry, ik kan niet kijken,' zei Helen Frances.

'Kijk dan niet.'

Het zwaard viel.

Voor de variatie kozen ze vervolgens een vrouw. Zuster Caterina maakte een nerveuze indruk. Ze keek schichtig naar de mensen rechts en links van haar en bedekte haar borsten met haar handen, maar ze liep met ferme tred. Aarzelend bleef ze voor de beul staan, starend naar het zwaard en de plas bloed in het zand. De beul was zachtzinnig met haar en verzocht haar te knielen. Dat deed ze terwijl ze een kruis sloeg. Een van de assistenten trok haar armen naar achteren, de ander streek haar haar naar voren om de nek te ontbloten, maar het zwaard begon bot te worden en er waren twee slagen nodig om het hoofd af te hakken.

'O Caterina,' fluisterde Nellie. Nu begon ook zij te huilen, net als Helen Frances. Airton bleef verstijfd staan staren, zijn handen rond het raamkozijn geklemd. Hij had zich gesneden aan de scherpe rand en bloedde, maar dat had hij niet in de gaten.

Er was een lang oponthoud omdat er een steen gehaald moest worden om het zwaard te slijpen. De beul veegde zijn zwetende lijf af met een handdoek en dronk gretig uit een kan wijn, die hem uit het theehuis was gebracht. Veel mensen stonden opgewonden met elkaar te praten. De kleinere groep rond Septimus bleef bidden. De hoofden van Fielding, Fischer, Tom en Caterina lagen onaangeroerd in het zand. Er gonsden nu al vliegen omheen.

Uiteindelijk kwamen ze Bowers halen. Als een soldaat marcheerde hij naar de beul, en het was snel voorbij. Zijn hoofd bleef liggen naast dat van Fischer. Het leek wel of ze op een macabere manier met elkaar converseerden. Nu waren alleen de Millwards nog over.

Laetitia had haar armen om haar twee kleinste kinderen heen geslagen, Lettie en Hannah. Ze weigerden hun moeder los te laten, en de assistenten lieten hen gedrieglijk naar de beul lopen. Voordat ze neerknielden, zette Laetitia eerst de brilletjes van de meisjes af, toen haar eigen. De beul sloeg de hoofden van de kinderen eraf, daarna dat van de moeder.

Hiram was de volgende. Hij gaf zijn vader een zoen en liep naar voren, zijn hoofd hoog. Niet lang meer. Zijn oudere zus volgde. Mildred leek zich te schamen voor haar blote borsten, net als zuster Caterina, en ze kreunde toen ze de hoofden van haar moeder, zusjes en broer in het zand zag liggen, maar de beul deed snel zijn werk.

Nu waren er nog vier kinderen en de vader over.

De beul begon zichtbaar moe te worden. Misschien kwam het door de wijn die hij telkens tussen twee onthoofdingen dronk. Hij zette zijn assistenten aan het werk zodat hij zelf een moment rust kon nemen, een pauze die hij gebruikte om grote teugen wijn te drinken. Isaiah, Miriam, Thomas en Martha klampten zich in doodsangst vast aan de benen van hun vader. Geduldig maakten de assistenten hun handjes los, en ze sleepten de tegenstribbelende kinderen achter zich aan. Met slagersmessen sneden ze hun de keel door. Dat ging sneller.

Inmiddels keken Nellie en Helen Frances niet langer. Na Laetitia's dood waren ze op de bank gaan zitten. Helen Frances lag snikkend in Nellies armen, en Nellie staarde met grote ogen naar de muur. Alleen de dokter en Henry bleven staan, de dokter nog steeds roerloos, al een uur lang zo stijf als een standbeeld. Af en toe keek Henry naar hem opzij. Hij maakte zich zorgen.

Septimus had nadat zijn kinderen waren weggevoerd het gebedenboek dichtgeslagen en bleef uitdrukkingsloos staan kijken toen ze stierven. Nu draaide hij zich om naar de Mandarijn en wees met zijn vinger, op en top de oudtestamentische profeet, ongetwijfeld om Gods toorn over hem af te roepen. Airton kon de woorden niet verstaan, maar ze hadden weinig effect. De harige man naast de Mandarijn, IJzeren Man Wang bulderde van het lachen en proostte op Septimus met zijn kalebas. Voor zover de dokter het kon zien, keek de Mandarijn alleen maar verveeld. Hij gebaarde met een hand dat de beul moest opschieten.

Septimus keerde zich om, duwde de twee assistenten weg en liep naar de beul, die hij recht in de ogen keek. De man bleef hem even aankijken, maar draaide toen zijn hoofd weg. Septimus klopte hem op zijn schouder voordat hij uit eigen beweging knielde en de schandplank liet verwijderen door de twee assistenten. Hij boog zijn hoofd in een laatste gebed en liet daarna pas zijn armen op zijn rug trekken. De andere man haalde aarzelend de blonde vlecht weg. Zelfs de beul leek te weifelen voordat hij het zwaard liet neerkomen. Septimus' koppige hoofd bleef zitten waar het zat, en pas na nog vier zware slagen rolde het traag over het zand, terug naar zijn kinderen.

Het was voorbij.

Althans bijna. De dokter stond nog steeds als vastgenageld op de bank, zonder te reageren op Henry, die een hand op zijn schouder had gelegd. Hij zag de Mandarijn opstaan en naar voren lopen om de lijken te inspecteren, zo onverschillig als een generaal na de strijd. Toen tilde hij zijn hoofd op en leek hij recht naar het raam te kijken waar de dokter stond. Zijn uitdrukking was ondoorgrondelijk, maar het leek alsof hij de dokter iets wilde zeggen, dat hij wist wat deze had gezien, wellicht, en dat hij er zelf ook getuige van was geweest. Abrupt draaide hij zich om en liep weg.

'Kom van die bank af, dokter,' zei Henry. 'Er is niets meer te zien.'

Het duurde even voordat hij zijn handen liet zakken en zich om-draaide. Nu pas zag hij zijn bebloede handpalmen. Heftig schudde hij zijn hoofd en hij greep Henry's mouw beet. 'Ik ben een Judas,' fluisterde hij. 'Ik had erbij moeten zijn.' Doordringend staarde hij de ander aan. 'Ik had bij hen moeten zijn.'

'Kom van die bank af, dokter,' herhaalde Henry. 'Pak mijn hand.'

Ze hoorden een kwelende stem en zagen Madame Liu aankomen door de gang. 'O, dáár zijn jullie!' kraaide ze. 'Wat gezellig. Jullie ge-nieten van het zonnetje en ons mooie uitzicht. Hebben jullie lekker geslapen? En was het ontbijt naar wens? Ik heb goed nieuws voor jullie. De Mandarijn, ja, de Mandarijn in eigen persoon, komt jullie morgen opzoeken.'

HOOFDSTUK 17

Toen het begon te regenen wilden sommigen van ons terug naar de
boerderijen, maar de commandant executeerde degenen
die probeerden te vertrekken.

De eerste reactie in haar shocktoestand was ontkenning. Later raakte Helen Frances hysterisch. Trillend lag ze in Henry's armen terwijl hij haar probeerde te kalmeren. Ze wilde weglopen, het gaf niet waarheen, als ze maar weg was uit deze benauwende, beschilderde kamer met de verstikkende draperieën en de herinneringen aan wat ze die middag had gezien. 'Heb je het gezien?' gilde ze. 'Zijn hoofd! Zijn hoofd! Toms hoofd! Ik ben slecht. Slecht! Ik wil dood! Ik wil dood!'

Hij had haar zijn scheermes af moeten pakken, had haar vast moeten houden toen ze met haar hoofd tegen de vergulde spiegel bonkte, en hij had haar handen vast moeten binden om te voorkomen dat ze haar eigen gezicht en het zijne openkrabde. Hij bleef haar vasthouden terwijl ze kronkelde op het bed, met verwilderde ogen om zich heen keek, haar wangen nat van de tranen en het speeksel.

'We moeten blijven leven,' fluisterde hij met zijn lippen tegen haar vochtige voorhoofd. 'Dat zijn we hun verplicht. We moeten blijven leven. Snap je het, liefste? Snap je dat?'

Ze reageerde niet, noch op zijn woorden noch op zijn strelingen. De heftige stuiptrekkingen werden minder toen haar lichaam uitgeput raakte, maar haar gedachten bleven gevangen in de helse realiteit. Stijf lag ze in zijn armen, haar glazige ogen gericht op de nacht-merrie van afgehakte hoofden en rompen en de bloedplassen in het zand. Uit wanhoop sloeg hij haar in haar gezicht om haar weer bij te brengen, en even werd haar blik helder en pakte ze zijn arm beet. 'Laetitia was een goede moeder,' zei ze heftig. 'Ze deed de brillen van haar kinderen af, zodat ze het niet hoefden te zien.' Ze giechel-de, een gestoord geluid dat aan het janken van een jakhals deed den-ken. 'Toch hebben ze de hoofden van die kleintjes afgehakt. Tjak, tjak, tjak! Alsof ze rozen aan het snoeien waren. Een, twee, drie...' Haar woorden verzandden in onsamenhangend gekreun, en ze rol-de onbeheerst over het bed.

Henry liep doelbewust naar een van de kasten en trok de laden open totdat hij vond wat hij zocht: een lange pijp, een kaars en een pakje met een zwarte pasta. Hij rolde een balletje van de pasta, leg-de dat in het bakje van de pijp en liep met de pijp terug naar het bed.

Ze rook de doordringende geur en die kalmeerde haar. Gretig zoog ze aan de eerste pijp. Henry rolde nog een balletje, en ze rook-te nog een pijp. 'Dank je wel, liefste,' mompelde ze voordat ze in slaap viel.

Nog heel lang bleef Henry naast haar zitten, met zijn hoofd in zijn handen.

Later werd ze wakker en strekte ze haar armen naar hem uit, en ze bedreven de liefde. 'Blijf bij me, blijf bij me,' smeekte ze hem tij-dens de climax. 'Ga nooit meer bij me weg.' Hij bleef in haar, bleef haar omhelzen, en samen kwamen ze de lange, donkere nacht door.

De volgende ochtend ontwaakte ze uit een plezierige droom. Ze probeerde de beelden zo lang mogelijk vast te houden, totdat ze in elkaar overliepen en oplosten. Lui strekte ze haar arm uit, maar haar hand voelde een leeg bed. 'Liefste?' Haar ogen vlogen open.

Henry zat helemaal aangekleed op de rand van het bed en staar-de naar de grond. 'Hoe voel je je?' vroeg hij kortaf.

Beelden van de vorige dag kwamen boven en verdreven als een ijzige wind de warme gloed die ze bij het wakker worden had ge-voeld. Levendig zag ze Tom voor zich toen hij knielde in het zand, uitdagend fluitend. Ze kreeg tranen in haar ogen, maar tot haar ver-bazing merkte ze dat ze er nu aan kon denken zonder wanhopig te worden. Het was alsof ze zich een triest toneelstuk herinnerde, een drama dat haar diep had aangegrepen maar nu voorbij was. Wat achterbleef was geen pijn of verwarring, maar een verpletterend gevoel van verlies.

'Ik ben verdrietig,' antwoordde ze, 'maar je had gelijk met wat je gisteren zei. Het leven gaat door. We moeten volhouden.'

'Precies,' zei Henry op haast bittere toon. 'God sta ons bij. We moeten volhouden, hoe zwaar het ook is.'

Helen Frances ging overeind zitten en het laken gleed van haar af. 'Henry?' Ze zag bloeddoorlopen ogen met donkere kringen in een ongeschoren gezicht, ogen die haar taxeerden, keurend gericht bleven op de lange lokken roodbruin haar, golvend over haar roze borsten, haar met sproeten bedekte armen, haar ronde, iets bolle buik. Het maakte haar nerveus en verlegen. 'Henry, wat is er?' drong ze aan.

'Hemel, wat ben je mooi,' antwoordde hij. 'Ik weet niet of ik wel kan doorzetten.'

'Doorzetten? Wat is er in godsnaam aan de hand, Henry?' Onbewust had ze het laken weer omhooggetrokken om zichzelf te beschermen tegen zijn doordringende blik.

'Ik kan het je beter eerlijk vertellen,' verzuchtte hij. 'Ik moest onderhandelen over jullie redding. De Mandarijn eiste er iets voor terug. En waarschijnlijk komt hij zijn betaling vandaag opeisen.'

Helen Frances probeerde niet in paniek te raken. 'Heeft het iets te maken met jouw geheime opdracht hier?'

'Deels,' zei hij. 'Ik leef nog omdat hij me nodig heeft. Ik heb het gevoel dat hij de dokter ook echt wil redden. Hij beschouwt Airton als zijn filosofische sparringpartner. Een vriend. Niet dat dat op zichzelf genoeg reden zou zijn voor de Mandarijn om hem te laten leven. Zijn doortrapte oriëntaalse geest is niet tot altruïsme in staat. Om jou te redden, en de Airtons, heb ik hem iets moeten beloven.' Hij wachtte even. 'Jou, schat,' voegde hij er verbitterd aan toe.

Plotseling voelde ze een ijzige kalmte. Het was alsof iets wat ze eigenlijk al had geweten of gevreesd opeens duidelijk werd. Vreemd genoeg herinnerde ze zich een incident van vroeger op haar school. Samen met een ander meisje was ze op een nacht de keuken binnengeslopen en ze hadden een taart gegapt. Twee dagen lang was er niets gezegd. Op de derde middag werd ze naar de kamer van de directrice geroepen omdat haar vergrijp was ontdekt, en in eerste instantie had ze alleen opluchting gevoeld omdat er een eind was gekomen aan de spanning.

De twee nachten die ze sinds de ontsnapping samen met Henry had doorgebracht waren onwerkelijk geweest. Ze had zichzelf er zelfs van weten te overtuigen dat hij echt van haar hield. Tot aan de executies van de vorige middag was ze gelukkig geweest, uitzinnig gelukkig, en toch had ze al die tijd geweten dat ze zoveel geluk niet verdiende na alle pijn die ze mensen had gedaan, en dat er een eind aan zou komen. Het was eigenlijk wel toepasselijk dat het Henry was, haar valse idool, die ervoor zorgde dat het leven haar kon straffen.

'Wat moet ik doen, Henry, als onderdeel van de afspraak?'

'Het was het enige waar hij mee akkoord wilde gaan. Ik heb echt alles geprobeerd. Gesmeekt heb ik hem. Hij was niet te vermurwen, het was die ene voorwaarde of niets.'

'Wat is die voorwaarde dan precies? Ik kan het wel raden, maar ik wil het jou graag horen zeggen. Mijn beminde,' voegde ze er zacht aan toe.

Henry zuchtte. 'Hij vertelde dat hij jou een keer had gezien vanuit zijn draagstoel. Hij voelde zich aangetrokken tot je rode haar.'

Hoewel Helen Frances het had verwacht, kwam het toch als een schok. De rillingen liepen langs haar rug en haar slapen klopten. 'O, hemel, Henry, wat heb je gedaan?' mompelde ze.

'Ik heb je leven gered, en dat van de Airtons. Op de enige manier die ik kon.'

'Door mij aan de Mandarijn te verkopen voor zijn harem? Is dat waar je mee akkoord bent gegaan? Moet ik de rest van mijn leven als concubine in China blijven?'

'Nee. Je moet een uur met hem alleen zijn. Dat is alles. Madame Liu zei dat hij vandaag zou komen.'

'Een uur,' herhaalde ze. 'Dat is alles.'

'Ik dacht dat je met opium...'

'Misschien niet zou merken wat er met me gebeurt? Wat fijngevoelig van je, Henry. Dan is het... wat? Niet meer dan een nare droom?'

'Zoiets,' zei hij binnensmonds.

'Ik neem aan dat ik geen keus heb.'

'Niet als je wilt blijven leven, en het leven van de Airtons wilt redden.'

'Juist.' Ze lachte schril. 'Het is dus mijn heilige plicht. Denk je dat de nonnen op mijn kloosterschool trots zullen zijn op hun martelares? Niet dat ik nog deugdzaamheid kan opofferen. Daar heb jij wel voor gezorgd, hè, Henry? Geen maagdelijke kuisheid meer, in mijn geval. Daar ben je goedkoop van afgekomen, Henry. Gefeliciteerd.'

'Geen enkel lot is erger dan de dood, Helen Frances. Geen enkel. Het is het leven dat telt, niet stompzinnige burgerlijke bekrompenheid. Denk je nou echt dat ik niets anders heb geprobeerd? Wat had ik verder nog voor mogelijkheden?' viel hij uit. 'Het was de enige manier om je leven te redden. Als ik er niet mee akkoord was gegaan, zou jij gisteren zijn onthoofd op het plein, samen met de anderen. Dan zou je nu dood zijn, Helen Frances, net als Airton, Nellie, Jenny en George. Nu blijf je in elk geval leven.'

'O ja, het leven gaat door. We moeten volhouden. Dat is jouw grote filosofie.'

'Luister, misschien doet de Mandarijn niet eens iets met je. Hij is een oude man, en hij wil de dokter iets bewijzen. Daar draait dit allemaal om. Die twee discussiëren over pragmatisme. Hij denkt dat de dokter ermee heeft ingestemd om jou te prostitueren om onze levens te redden. Daarmee bewijst de Mandarijn dat hij gelijk heeft. Iedereen is omkoopbaar. Dat is dat. En wij blijven leven.'

'Wat zeg je nou allemaal, Henry? Is de dokter er ook bij betrokken?'

'Natuurlijk niet! Hij weet van niets. De Mandarijn dénkt alleen dat hij het weet. Wat maakt het nou uit? Jij blijft leven, mijn liefste, en voor mij is dat het enige dat telt. Jij blijft leven.' Hij schudde zijn hoofd en balde zijn handen tot vuisten. 'Ik wil je niet kwijt. Je bent... Ik leef alleen nog voor jou. Ik zou alles doen, alles zeggen, liegen, bedriegen, doden, mijn ziel aan de duivel verkopen om jou te redden. Ik kon het alleen op deze manier doen. O god...' Zijn hoofd zakte in zijn handen.

'Weet je, Henry,' zei Helen Frances kil, 'dit is de eerste keer dat ik uit jouw mond iets hoor wat op een liefdesverklaring lijkt. Paradoxaal, vind je niet, vlak voordat je me voor hoer laat spelen. Ik heb medelijden met je.'

Met gebogen hoofd ging Henry staan. Rusteloos deed hij een paar stappen, maar toen bleef hij staan en tilde zijn hoofd op om haar aan te kijken. De wroeging die tijdens hun gesprek op zijn gezicht te lezen was geweest, had plaatsgemaakt voor een kille kalmte. Het gebruikelijke spottende lachje speelde om zijn lippen, en zijn stem had weer de vertrouwde lijzige klank. 'Je hebt alle reden om me te haten, beste meid, maar zolang jij dapper genoeg bent om het te doorstaan, ben ik tevreden. Misschien wil je me nooit meer zien. Dan ben ik nog tevreden. Het leven zal pijnlijk zijn zonder jou, maar ik red me wel. Of misschien ook niet. Het dondert niet. Ik ben een gokker. Voor dat leven heb ik zelf gekozen. Of ik win of verlies, het maakt me geen zier uit.

Maar ik vind het wel belangrijk wat er met jou gebeurt. Jij hebt iets gedaan wat geen enkele vrouw ooit is gelukt. Je hebt de weg naar mijn hart gevonden. Verbijsterend. Ik dacht dat ik immuun was. Hoe dan ook, ik ga ervoor zorgen dat jij dit overleeft.

Als ik dacht dat de Mandarijn je kwaad zou doen, zou ik hem vermoorden, maar dat doet hij niet. Hij is gewoon een geile oude man die je een onprettig halfuurtje zal bezorgen. Misschien komt hij aan je. Misschien zelfs in je. Er zijn erger dingen die een vrouw kunnen overkomen. Stel nou dat hij je neukt. Wat jij waard bent zit niet tussen je benen. Wat jij te geven hebt zit in je ziel, Helen Frances, in dat grote hart van je. Het is de moed waarmee je het leven en de onaangename kanten ervan onder ogen ziet. Het is je opgewektheid en je humor. Het is je ongebonden geest die iedereen om je heen tot leven wekt. Het zijn alle eigenschappen die ik liefheb. Die kan de Mandarijn niet raken. Hij kan zelfs niet bij je in de buurt komen, niet bij de Helen Frances die ik ken.

Neem opium, als je het nodig hebt. De pijp ligt daar op tafel. Als je net zo sterk bent als ik denk, zul je van een paar keer roken niet opnieuw verslaafd raken, maar overdrijf het niet. Ik voel me al zo schuldig dat je door mij met dat smerige spul bent begonnen. Bereid jezelf zo goed mogelijk voor, maar speel het spelletje alsjeblieft mee. Daarmee red je het enige leven dat voor mij van belang is.

Neem me niet kwalijk. Ik ga naar de gang om een sigaar te roken.'

Hij verliet de kamer en trok de deur met een klap achter zich dicht.

Langzaam kleedde Helen Frances zich aan. Ze maakte toilet en ging op het krukje naast de tafel zitten. De pijp werd weerspiegeld in het glimmende mahoniehout. Ze pakte hem op en hield het mondstuk tegen haar lippen, proefde de rook van de vorige avond. Met haar ogen dicht stak ze haar hand uit naar het pakje met opium. Haar vingers braken een stukje van de kleverige pasta en afwezig rolde ze er een balletje van. Ze moest zichzelf dwingen ermee op te houden en haar ogen te openen.

Heel lang bleef ze op het krukje zitten, de pijp in haar ene hand, het balletje opium in de andere, geheel in beslag genomen door haar gedachten. Een traan rolde over haar wang. Met een zucht legde ze de pijp weer op tafel en stopte ze de opium terug.

Vermoeid kwam ze overeind, en nadat ze de pijp en de opium terug had gelegd in de la verliet ze de kamer om naar Henry te gaan op de gang. Ze spraken geen van beiden. Henry rookte. Ze sloeg een arm om zijn middel en nestelde haar hoofd tegen zijn zij. Na een tijdje sloeg hij zijn arm om haar schouders.

Ze konden niets doen behalve afwachten.

Op hetzelfde moment dacht ook de Mandarijn aan het roken van een opiumpijp. Hij rookte zelden buiten zijn eigen woning, maar na het gesprek met IJzeren Man Wang had hij iets nodig om te kalmeren. Geduldig wachtte hij terwijl Fan Yimei geknield op het tapijt de pijp klaarmaakte, en met genoegen keek hij naar haar gracieuze figuur.

Hij leunde achterover op een chaise longue in het comfortabel gemeubileerde paviljoen van majoor Lin in het Paleis van de Hemelse Lusten. Af en toe maakte hij van dit paviljoen gebruik voor ontmoetingen die officieel nooit plaatsvonden. Niet één keer had hij IJzeren Man Wang formeel ontvangen in de *yamen*, en hij kon als mandarijn moeilijk besprekingen voeren in een theehuis. Dit paviljoen was een nuttig alternatief, en besprekingen konden worden ontkend.

IJzeren Man Wang was even grof en arrogant geweest als anders, zijn houding dreigend. Met zijn varkensoogjes keek hij de Mandarijn brutaal aan. Zijn gezicht was zo dichtbij dat de Mandarijn zijn naar knoflook stinkende adem kon ruiken.

'Je hebt me bedrogen, Broeder Liu,' siste hij. 'Je hebt me niet alle christenen gegeven.'

'Iedereen die we konden vinden,' antwoordde de Mandarijn luchtig, hoewel hij de huid op zijn slapen voelde samentrekken van woede. 'Is je bloeddorst na vijftien hoofden nog niet gestild?'

'Mijn mannen zeggen dat het er meer waren. Er was een dokter. Zijn vrouw. Kinderen. Waarom zijn die niet geëxecuteerd? Waar zijn ze?'

'Majoor Lin,' vroeg de Mandarijn, 'waarom zijn de dokter en zijn gezin niet samen met de anderen naar het plein gebracht?'

'Ze waren er niet, Da Ren, toen wij het huis doorzochten,' antwoordde Lin. 'Ik had opdracht om alleen degenen die we daar aantroffen te laten executeren.'

'Je wil toch niet beweren dat iemand de dokter en zijn gezin heeft laten ontsnappen!' riep de Mandarijn op ongelovige toon uit. 'Dat huis werd door onze troepen en honderden Boxers bewaakt. Die christenen moeten inderdaad over magische krachten beschikken als ze zomaar kunnen verdwijnen. Asjemenou, dat het ze is gelukt om onder het waakzame oog van al jouw mannen te ontkomen, IJzeren Man Wang! En dan worden jullie nog wel door de goden geholpen. Ongelofelijk.'

IJzeren Man Wang gromde en stak zijn beker uit om Fan Yimei meer wijn te laten inschenken. 'Spelletjes, Broeder Liu? Wil je echt een spelletje met me spelen?'

'Dat is toch geen dreigement, IJzeren Man?'

Van onder zijn bossige wenkbrauwen keek IJzeren Man Wang hem doordringend aan. 'Hoe zit het met die andere buitenlandse duivel, de man die je zou ondervragen?'

'Ma Na Si? Die is dood.'

'Dat heb ik gehoord, ja. Heeft hij je verteld waar de wapens verborgen zijn?'

'Helaas niet, nee. Niet aan de praat te krijgen, die man, zelfs niet met martelingen. Misschien begin ik de kunst te verleren.'

'Speel je nu alweer een spelletje, broeder?' IJzeren Man glimlachte. Hij kwam overeind, soepel voor zo'n dikke man, en opeens hield hij zijn enorme bijl in zijn handen. Moeiteloos zwaaide hij de bijl boven zijn hoofd en hakte hij een houten krukje in twee gelijke helften. 'Ik dacht dat er een rat onder zat,' zei hij in de stilte die volgde.

'Majoor Lin,' zei de Mandarijn, 'begeleid onze gast naar de poort, of naar het bordeel, of waar hij verder maar naartoe wil. Daarna geef je die sergeant van jou opdracht om samen met zijn mannen de stad en het omringende platteland uit te kammen om te zien of ze de ontbrekende christenen kunnen vinden. Onze vriend wil hun hoofden graag hebben voor zijn verzameling en we willen hem niet teleurstellen. Is dat alles, IJzeren Man? Ben je nu tevreden?'

'Nu wel,' gromde de bandiet. 'Maar ik blijf je goed in de gaten houden, broeder.'

'En ik jou,' antwoordde de Mandarijn. 'Met alle respect, uiteraard.'

Gelukkig was het gesprek daarmee ten einde. IJzeren Man Wang en majoor Lin waren vertrokken. Nu pakte hij de opiumpijp aan van Fan Yimei, maar hij wachtte met aansteken. Hij legde zijn mollige hand rond haar kin en bekeek aandachtig haar gezicht. 'Je bent heel erg mooi,' zei hij na een tijdje. 'In tegenstelling tot je vader, die was zo lelijk als de nacht. Je hebt wel dezelfde intelligente ogen als hij.'

Fan Yimei verstijfde, maar haar ogen gloeiden. Een levendige herinnering aan haar vader kwam bij haar op, een keer dat hij op haar neerkeek toen hij aan het werk was in zijn studeerkamer. 'U... u hebt mijn vader gekend?' stamelde ze.

'Heel goed zelfs.' De Mandarijn glimlachte om haar verwarring. 'We zijn jarenlang bevriend geweest. Ach, goeie ouwe Jinghua. Ik zie hem nog voor me zoals hij was toen we elkaar leerden kennen, veertig jaar geleden in het kamp van generaal Zheng Guofan.'

Fan Yimei greep het tapijt vast om de Mandarijn niet te laten zien hoe erg haar handen trilden.

'Heeft hij je niet over mij verteld?' vervolgde hij. 'Dat verbaast me niet. Hij is altijd erg eigenzinnig geweest, mijn vriend Jinghua. Een ander zou hebben opgeschept over een vriendschap met een hoge regeringsfunctionaris. Zo was je vader niet. Of misschien wilde hij niet herinnerd worden aan de jaren in militaire dienst. Dat was een vreselijke tijd.'

Hij praatte met zachte stem, peinzend, alsof hij in een grijs verleden groef. 'Heeft hij je nooit over de grote opstand verteld? Of over zijn carrière als beroepsmilitair? Hij heeft het dan ook niet zo ver geschopt. Jinghua was meer dichter dan soldaat. Bloedvergieten heeft hem altijd tegen de borst gestuit. Hij vond... Laat ook maar. Zoals ik al zei, het waren vreselijke tijden.

Toch betekende hij veel voor ons. Elk leger heeft dichters nodig, mannen die met mooie woorden krijgslust opwekken, of heimwee oproepen. Ik heb gehoord dat jij erg muzikaal bent. Dat heb je ongetwijfeld van je vader. 's Avonds rond het kampvuur, vooral nadat we een nederlaag hadden geleden, troostte hij ons vaak met zijn luit.

Na die tijd heb ik hem jarenlang niet gezien. Ik was al een hele tijd in Shishan toen ik ontdekte dat hij hier woonde. We hebben elkaar een paar keer ontmoet. Een trotse man, je vader. Niet iemand die kruiperig om gunsten bedelde bij mensen met macht – ik was inmiddels natuurlijk een machtig man geworden. Toch heeft hij een keer iets aan me gevraagd. Het was op een avond dat we samen wijn dronken, ongeveer een jaar voordat de pest uitbrak. We haalden herinneringen op en we voelden ons weer Hunan-krijgers. Het was een mooie avond.'

Hij glimlachte bij de herinnering. 'Ja, het was een mooie avond. Toen vroeg hij me om een gunst, lachend, omdat hij niet verwachtte dat het ooit nodig zou zijn. Je weet het waarschijnlijk niet meer, want je was nog heel klein, maar je was wel thuis. Eindeloos zat je te oefenen op de *chin*, in de kamer naast de onze. Hij was heel trots op je, dat weet je vast nog wel. Voor hem was jij de zoon die hij nooit had gehad. We hebben een tijdje naar je geluisterd. Zelfs toen speelde je al heel goed. Toen we allebei dronken waren, en heel erg sentimenteel – de tranen liepen ons allebei over de wangen – vroeg hij me: "Als mij ooit iets overkomt, wil jij dan voor haar zorgen?"'

Fan Yimei hoorde de woorden alsof ze van heel ver weg kwamen. In gedachten zag ze het gezicht van haar vader, glimlachend, duidelijk dronken. De Mandarijn vergiste zich, ze kon zich die avond wel degelijk herinneren. Het kwam zelden voor dat haar vader wijn dronk, en hij was er twee dagen ziek van geweest. Ze had zelfs kinderlijk op hem gemopperd dat hij met de verkeerde mensen omging, maar ze had nooit geweten dat hun bezoeker de Mandarijn was geweest.

'Dat heb ik hem uiteraard beloofd,' ging hij verder. 'We hebben erop geklonken, zoals we in het leger deden. Daarna heb ik hem niet meer gezien. De pest brak uit. Ik had het erg druk. Ja, ik hoorde op een gegeven moment dat je vader dood was, maar er gingen zoveel mensen dood. Vergeef me. We leefden van dag tot dag. Zodra het kon ben ik naar je op zoek gegaan. Ik kreeg te horen dat jij ook dood was, en ik heb voor jou en je vader een offer gebracht in de tempel. Het leven ging door. We verwerken ons verdriet...'

Hij zweeg en fronste zijn wenkbrauwen, alsof hij zich iets pijnlijks herinnerde. Fan Yimei staarde hem aan, met ingehouden adem, haar gedachten verward. De Mandarijn zuchtte en vervolgde zijn verhaal op dezelfde peinzende toon. 'Jaren later stond een van je ooms terecht in mijn *yamen*. Ik ondervroeg hem in het speciale kamertje waar overredingskracht wordt gebruikt en waar de waarheid altijd wordt gevonden. Hij was een slecht mens, die oom van jou, een corrupte bankier die van zijn eigen familie had gestolen, ook van je vader, en van alle anderen die hem hun vertrouwen hadden geschonken. Hij vertelde me dat hij jou hierheen had gestuurd, dat hij de dochter van zijn broer, de dochter van mijn vriend, aan een bordeel had verkocht. Het is waarschijnlijk een schrale troost voor je, maar hij is wreed aan zijn eind gekomen. Die macht had ik tenminste. Toch kon zijn dood natuurlijk niet goedmaken wat hij jou had aangedaan... Ja, nu wil ik graag die pijp.'

Fan Yimei stak de kaars aan, en de Mandarijn zoog de rook naar binnen. 'Dank je.' Hij sloot zijn ogen en bleef stil liggen. Met gebogen hoofd zat ze aan zijn voeten – twee roerloze figuren in een stille kamer. 'Had ik je moeten uitkopen?' vroeg hij zich na een tijd hardop af. 'Dat had ik makkelijk kunnen doen, al vraagt Madame Liu exorbitante bedragen. Maar wat zou er dan van je zijn geworden? Je had niet kunnen trouwen. Ik had je zelf als concubine kunnen nemen, uiteraard alleen in naam, maar mijn vrouwen zouden je leven tot een hel hebben gemaakt. Je zou bij mij net zo'n ellendig leven hebben gehad als hier. Misschien nog wel erger.

Ik heb overwogen je naar een tempel te sturen, maar iemand zoals jij, leven als een non? Ik heb mijn hersens gepijnigd, en steeds kwam ik tot de conclusie dat je uiteindelijk altijd iemands bezit zou worden, dat je een ongewenste koekoek zou zijn in andermans nest. Vandaar dat ik je aan majoor Lin heb gekoppeld. Het leek me een praktische oplossing. Hij heeft zijn problemen, maar hij is geen slecht mens. In het leven is het altijd zoeken naar een evenwicht van goed en kwaad, en ik had het gevoel dat jullie goed zouden zijn voor elkaar. Als zijn vaste maîtresse genoot je tenminste enige bescherming. Bovendien geloof ik dat Lin oprecht dol op je is. Vergeef me. Het was geen ideale oplossing.'

Fan Yimei zei niets. Er viel niets te zeggen.

De Mandarijn kwam half overeind en leunde op een elleboog. 'Ik heb me vaak over je verbaasd,' zei hij. 'Ik herken veel van Jinghua's eigenschappen in jou: moed, compassie, geduld... Ja, ik heb je door de jaren heen van een afstand gevolgd, en ik zie de vader in de dochter. Net als mijn vriend doe je ook vaak onverwachte dingen. Jij hebt Ma Na Si overgehaald om die Amerikaanse jongen te redden, is het niet? Daarmee heb je het mij behoorlijk lastig gemaakt. Als de situatie in ons land niet zo drastisch was veranderd, zou die zaak ernstige repercussies hebben gehad. Toch was ik trots op je, want ik vond het een nobele daad. Ik was ook blij dat Ma Na Si je onder zijn hoede had genomen. Had je maar samen met hem kunnen ontsnappen. Er is in onze samenleving geen plaats voor iemand zoals jij, maar in de zijne misschien wel. Het probleem is dat hij van iemand anders houdt, of dat althans denkt.'

'U praat over hem alsof hij nog leeft,' zei ze zacht.

'Hij is zelfs springlevend,' zei hij. 'Je ziet hem straks. Dat is een van de redenen waarom ik je zoveel heb verteld. Veel heb ik niet voor je kunnen doen, maar ik was een vriend van je vader, en uit zijn naam wil ik je nu om een gunst vragen.'

'Ik begrijp u niet, Da Ren.'

'Luister. Een intelligent meisje zoals jij dat zo lang heeft kunnen overleven in een etablissement als dit weet alles van politiek. Geloof me, de landelijke politiek verschilt in feite nauwelijks van de gang van zaken in dit bordeel. Madame Liu is in haar kleine wereldje net zo goed een keizerin als de Oude Boeddha in Peking. Het hele leven draait om de strijd om macht, want macht betekent overleven. We mijden openlijke conflicten, want dat betekent gevaar, en soms moeten we compromissen sluiten. Dat laatste geldt nu voor mij.

De afgelopen weken ben ik door de omstandigheden gedwongen geweest om tot een vergelijk te komen met de weerzinwekkende bandiet die net weg is. De reden is simpel. Op dit moment heeft IJzeren Man Wang qua mankracht en wapens meer macht dan ik. Onze betrekkingen, dat zul je begrepen hebben uit ons laatste gesprek, dreigen in een crisis te raken. Ik ben in het nauw gedreven en moet me terugtrekken, om later met voldoende overmacht terug te komen en mijn oude positie te heroveren. Hoe ik dat wil doen, is mijn zaak. Voor jou is het alleen van belang om te weten dat Ma Na Si en majoor Lin van cruciaal belang zijn voor mijn plannen. Ik kan geen animositeit tussen die twee gebruiken.

Binnenkort verlaten we Shishan. Jij gaat met ons mee. Ik wil je niet blootstellen aan de wraak van dat vreselijke mens en haar zoon. Op mijn aandringen heeft majoor Lin erin toegestemd om je mee te nemen. Madame Liu kan dit niet voorkomen. Maar jij zult trouw moeten zijn aan majoor Lin, anders lukt het nooit.'

'Ik behoor hem toe,' mompelde Fan Yimei. 'Ik ben zijn slavin.'

'Je bent al eens weggelopen met een andere man, en diezelfde man gaat met ons mee.'

'Ik zal me voorbeeldig gedragen.'

'Ik vraag meer van je dan voorbeeldig gedrag. Je moet sterk genoeg zijn om je gevoelens te verbergen. Ma Na Si is samen met je rivale, het meisje met het rode haar. Hij zal ongetwijfeld hartstochtelijk met haar vrijen. Jij moet sterk genoeg zijn om geen jaloezie te tonen. Ik wil zelfs het tegenovergestelde. Ik wil dat je vriendschap met haar sluit.'

'U had het over overleven, Da Ren,' zei ze zacht. 'In onze wereld – mijn wereld – hebben we een uitdrukking voor meisjes in mijn positie. 'We noemen onszelf "zusters in smarten". Ik heb zo lang kunnen overleven doordat ik heb geleerd om nooit te hopen. U hoeft niet bang te zijn dat ik u of majoor Lin op wat voor manier dan ook in verlegenheid zal brengen.'

Zacht raakte hij haar wang aan, en zijn vinger streek over een sierlijke wenkbrauw. 'Er komt een tijd dat je wel mag hopen,' zei hij. 'Ik heb geleerd dat het menselijk hart zich niet laat dwingen. Ik vraag je alleen om tijdelijk een stapje terug te doen. Blijf nog even je rol spelen. Daarna zal ik je in de gelegenheid stellen Ma Na Si bij zijn vossenvrouw vandaan te lokken, als het je lukt.'

'U bent goed voor me, Da Ren.'

'O nee, je kunt veel van me zeggen, maar ik zou mezelf nooit goed durven noemen.'

Majoor Lin beende de kamer binnen. 'Ik heb gedaan wat u vroeg, Da Ren. Mijn mannen rijden nu zinloos over het platteland.'

'Bedankt. We moeten die bandieten nog een tijdje aan het lijntje houden. Ik heb me ondertussen uitstekend vermaakt met dat lieftallige meisje van je. Je mag van geluk spreken. Ze heeft me verteld dat ze je heel erg bewondert. Ze wees de avances van deze lelijke oude man gedecideerd af.'

Majoor Lin trok een zuur gezicht en maakte een korte buiging. 'Ik ben u veel dank verschuldigd, Da Ren.'

'Je verdient het, en meer dan dat. Welnu, heb je dat doortrapte mens verteld dat Fan Yimei bij de buitenlanders intrekt? Ze moet toch begrijpen dat we hen door iemand die we vertrouwen in de gaten willen laten houden.'

'Ik heb het haar verteld, Da Ren, en ze wil meer geld.'

'Ze wil altijd meer geld, majoor. Daarom kunnen we ook van haar op aan.' Hij gaapte. 'Die opium was geen goed idee. Het maakt me slaperig. Nu is het tijd voor die buitenlanders. Kan dat mens ons naar hen toe brengen?'

'Zij en haar zoon.'

'De Boxer-kapitein? Wat een eer. Het is verbazingwekkend dat zelfs de meest onwaarschijnlijke mensen gekocht kunnen worden. Ik vind het wel amusant dat onze buitenlandse duivels door de Eendrachtige Vuisten worden beschermd. Fan Yimei, bedankt voor de gastvrijheid. Je wil neem ik aan wat spulletjes inpakken voordat je verhuist.'

Helen Frances en Henry stonden nog steeds op de gang toen de Mandarijn, majoor Lin, Fan Yimei en Ren Ren bovenkwamen. De Mandarijn droeg een donkere cape met capuchon om herkenning te voorkomen – op de benedenverdieping zou hij immers mannen van IJzeren Man Wang tegen het lijf kunnen lopen – maar zij herkenden hem direct aan zijn zelfverzekerde manier van lopen. Hij bleef staan toen hij hen zag en begroette hen met een hoofdknikje. Madame Liu wachtte hem bij de deur van haar kamer op. Ze maakte een overdreven diepe buiging en nodigde hem uit voor een kopje thee. Hij knikte kort en ging haar kamer binnen, gevolgd door de anderen. De deur ging dicht en het werd weer stil op de gang.

Helen Frances voelde Henry's hand op de hare, als aansporing om sterk te zijn. Maar nu het zover was voelde ze eigenlijk geen angst, al merkte ze dat ze sneller ademhaalde en had ze een hol gevoel in haar maag. Ook voelde ze, tot haar eigen schrik, een tinteling in haar onderlichaam. Ze had niet alleen geaccepteerd wat ze moest doen, op een perverse manier vond ze het zelfs opwindend.

Ze herinnerde zich de Mandarijn zoals ze hem tijdens de berenjacht had gezien, indrukwekkend in zijn wapenrusting, triomfantelijk na het doden van de beer, viriel en sterk. Het was de eerste keer dat ze aan hem dacht als man. Hij was altijd een haast abstracte magistraat geweest, iemand met wrede ogen en een plat, mongools gezicht, de typische schurk uit een sprookje, zoals Aladdins slechte oom, en bovendien was hij oud, met een grijze vlecht, en net als alle Chinezen rook hij naar niet meer zo vers varkensvlees. Nu vroeg ze zich opeens af hoe het zou zijn om in zijn armen te liggen. Ze was behoorlijk veranderd sinds de kloosterschool! Die ondeugende nieuwsgierigheid van haar brak haar altijd op. Schuldbewust legde ze haar hoofd tegen Henry's borst en drukte ze zich tegen hem aan.

'Het komt wel goed,' zei hij met verstikte stem.

'Ik hou van je. Ik hou van je,' herhaalde ze, alsof ze door de woorden te zeggen kon uitwissen dat ze hem in gedachten al ontrouw was.

Madame Liu kwam langzaam op hen af door de gang, gevolgd door Fan Yimei.

Henry vertaalde voor Helen Frances. Ze hadden een warm bad voor haar klaarstaan. Ze moest met hen meegaan. Na het bad zou de Mandarijn naar haar kamer komen. Ze voelde Henry's arm spannen rond haar middel om haar te steunen.

Madame Liu keek haar zoetsappig glimlachend aan, een twinkeling in haar valse ogen, en zei iets in het Chinees tegen haar.

'Wat zegt ze?' fluisterde Helen Frances.

'Ze zegt dat je van geluk mag spreken,' vertaalde Henry. 'De Mandarijn schijnt een indrukwekkende reputatie als minnaar te hebben.'

'Bof ik even.'

'Je vroeg het zelf.'

Madame Liu maakte een gebaar, en Fan Yimei kwam elegant naar Helen Frances toe. Het gracieuze meisje in haar blauw met rode zijden peignor, haar trotse houding en haar serene gezicht kwam haar bekend voor. Helen Frances herinnerde zich het mysterieuze meisje met de verdrietige ogen dat ze in het paviljoen tegenover dat van Henry had gezien, lang geleden, in een gelukkiger tijd, toen een onschuldige versie van haarzelf hier geheime ontmoetingen had met Henry.

'Dit is Fan Yimei,' vertaalde Henry. 'Zij zal je helpen bij je bad.'

'Je kent haar, hè?' Helen Frances zag hoe hij naar haar keek, en dat het meisje strak naar de houten vloer bleef staren.

'Alsjeblieft, Helen Frances, doe het nou maar gewoon.' Henry liet haar los.

Ze kuste zijn wang. Fan Yimei stond geduldig te wachten totdat Helen Frances haar volgde, haar hoofd hoog, haar schouders recht, nagekeken door Henry.

Madame Liu observeerde hem met een spottend glimlachje. 'Trotse, arrogante Ma Na Si, ridderlijke Ma Na Si, die tegen me heeft samengespannen en de buitenlandse jongen van me heeft gestolen. Jij en die ellendige Fan Yimei dachten dat jullie het lot konden veranderen. Heb je dat joch gisteren zien sterven op het plein? Heb je zijn lot veranderd? En nu zie ik dat je die vrouw van je voor hoer laat spelen, alsof je een hoerenmadam bent zoals ik. Probeer je nog steeds het lot te veranderen, Ma Na Si? Of ben je gewoon een beetje zoals ik, een arme oude vrouw, en doe je alleen wat je moet doen om te overleven?'

'Uw filosofie kan me gestolen worden,' gromde hij.

Madame Liu lachte. 'Ik ben geen filosoof, Ma Na Si. Het enige wat ik doe, is wolken en regen verkopen. Net als jij. Ik hoop dat je de Mandarijn flink laat dokken voor dat uurtje met jouw kippetje. En dat hij echt over de brug komt. Je moest eens weten hoeveel klanten denken dat ze de jade lepel in de kom kunnen dopen zonder ervoor te betalen. Trek het je niet zo aan, Ma Na Si. Het is gewoon een vriendelijke tip van een collega. Dit is zo'n onzekere wereld.'

Dat laatste zei ze over haar schouder toen ze door de gang naar haar kamer hobbelde. Ze lachte kakelend om haar eigen grapje.

Helen Frances lag doezelig op een mat terwijl Fan Yimei haar met zoet geurende olie insmeerde. Haar lichaam tintelde nog van het bad. Eerst had ze het gênant gevonden om zich uit te kleden waar Fan Yimei bij was, en ze had het nog veel gênanter gevonden dat Fan Yimei zich ook had uitgekleed en bij haar in de houten tobbe was gestapt. Haar witte lichaam met sproeten leek zo grof in vergelijking met dat van het ranke Chinese meisje met haar olijfkleurige huid, en ze voelde zich opgelaten, wist zich geen raad met haar handen, wist niet waar ze kijken moest.

Dat ontging Fan Yimei niet. Met haar verdrietige ogen keek ze Helen Frances kalm aan, en ze gebaarde dat ze achterover moest gaan liggen om zich te ontspannen. Geduldig wachtte ze af totdat Helen Frances dromerig en loom werd in het warme water. Toen pas pakte ze haar handen en gebaarde ze dat ze moest gaan staan. Als een moeder die haar kind wast, zeepte ze haar van top tot teen in. Inmiddels genoot Helen Frances van de sensuele ervaring en het warme water dat Fan Yimei over haar heen goot. Fan Yimei zeepte haar nog een keer in, en schraapte de zeep ditmaal weg met een houten spatel. Het voelde tegelijk pijnlijk en prikkelend.

Fan Yimei gaf haar een hand en hielp haar uit de tobbe. Het was een schrik dat ze een emmer ijskoud water over zich heen kreeg, maar ze besefte even later dat ze zich nog nooit zo fris en schoon had gevoeld. Toen werd ze afgedroogd. Een andere handdoek werd gebruikt voor haar haren, die tot slot als een tulband rond haar hoofd werd gewikkeld. Toen pakte Fan Yimei haar hand en voerde ze haar mee naar de aangrenzende slaapkamer.

Liggend op een mat werd ze gemasseerd, eerst door vaardige handen, en toen ze languit op haar buik lag, door de kleine lotusvoeten. Eerst had ze die afgebonden voetjes griezelig gevonden, maar ze liet haar afkeer al snel varen. Fan Yimei liep letterlijk over haar heen, maar zo bedreven dat Helen Frances alleen maar van de massage kon genieten. Uiteindelijk was het hele badritueel een onbekende en sensuele ervaring waarvan ze intens genoot, zoals ze zich haar hele leven al gretig door nieuwe genoegens had laten verleiden.

Ondertussen besefte ze wel dat ze niet zomaar werd vertroeteld, maar werd voorbereid op haar samenzijn met de Mandarijn. Zij, Belle, moest het Beest gaan behagen, maar het kon haar niet langer schelen. Fan Yimeis zachte handen masseerden de olie in de huid van haar schouders, en ongemerkt slaakte ze zelfs een intens tevreden zucht.

Na de massage sloeg Fan Yimei haar een wijde peignoir van dunne groene zijde om. Haar lange rode haar werd gekamd, zodat het in een weelderige waterval rond haar schouders golfde. In het spiegeltje keek Helen Frances gefascineerd toe toen ze werd opgemaakt met wit poeder, rouge op haar wangen, vermiljoen op haar lippen en blauwe oogschaduw. Voor haar ogen veranderde het kloostermeisje in een courtisane, in een vreemde. Ze had nooit gedacht dat ze zo mooi kon zijn.

Zacht schoof Fan Yimei de peignoir open, en tot Helen Frances' verbazing smeerde het meisje rouge op haar tepels. Het kietelde een beetje. Uit een la haalde ze een halsketting met kralen van amber, en die hing ze haar om. De koele stenen hingen tussen haar borsten, en Helen Frances voelde eraan. Het vreemde, beschilderde gezicht in de spiegel glimlachte, totdat ze naar Fan Yimeis spiegelbeeld keek en zag dat er tranen opwelden in haar zachte ogen.

Helen Frances draaide zich om op de kruk en keek omhoog. Aarzelend pakte ze de hand van het Chinese meisje. 'Het komt wel goed,' zei ze in het Engels, en toen in hakkelend Chinees: *'Wo... han hao.'*

'Shi, nin hen hao, hen mei. Nanguai Ma Na Si jemma ai nin.' Fan Yimei sprak langzaam, maar Helen Frances kon haar niet verstaan. Betekende 'mei' mooi? Was Ma Na Si Manners? Betekende 'ai' niet houden van?

'Ik begrijp je niet,' fluisterde ze.

'Shi, nin bu dong.' Fan Yimei leunde naar voren en drukte impulsief een kus op Helen Frances' voorhoofd. Ze voegde er nog iets onbegrijpelijks in het Chinees aan toe, maar dat laatste zou Helen Frances toch wel begrepen hebben, want Fan Yimei wees op het bed. Het was tijd.

'Wat bedoelde hij, voor den duivel, dat hij blij is dat ik me aan de afspraak heb gehouden?' tierde de dokter zodra de Mandarijn weg was. 'Wat kon ik anders? Verwacht hij soms dankbaarheid omdat hij mijn gezin niet heeft vermoord? Over wat voor afspraak heeft hij het, Manners? Verzwijg je soms iets voor ons?'

Manners zat opgelaten op de stoel en staarde naar het kleed. Nellie zat zwijgend op het bed, samen met de kinderen. De dokter, verfomfaaid en ongeschoren, liep rusteloos heen en weer in het kleine kamertje. Hij had sinds het bloedbad van de vorige dag niet meer geslapen. Tot grote bezorgdheid van zijn vrouw en kinderen zat hij onafgebroken op zijn knieën op de grond, alsof hij bad, en weigerde hij te eten en te drinken, of zich te laten troosten. Hij wilde pas opstaan toen de Mandarijn en Henry hun kamer binnenkwamen, maar hij beantwoordde de hartelijke begroeting van de Mandarijn niet en deinsde achteruit toen zijn vroegere vriend hem wilde omhelzen.

Toen de Mandarijn tegen hem begon te praten, wendde hij zijn hoofd af. 'Zeg maar tegen deze man – dit monster – dat ik niet met moordenaars praat!' riep hij in het Engels tegen Henry. Die vertaalde de woorden niet, maar de Mandarijn begreep het zo ook wel.

'Ja, hij heeft verdriet van wat de anderen is overkomen.' De Mandarijn knikte begrijpend. 'En nu geeft hij mij natuurlijk de schuld. We zullen er een andere keer wel over praten, als hij de tijd heeft gehad om na te denken. Ik heb hem een voorstel gedaan dat mij een dubbel genoegen verschaft: vanmiddag een vluchtig moment van genot, en later de blijvende voldoening dat mijn goede vriend een vreselijke dood bespaard is gebleven. Uit het feit dat de dokter mijn voorwaarden heeft geaccepteerd, blijkt dat hij au fond een praktisch man is. Zoals jij en ik, Ma Na Si. Op den duur zal hij mij gaan begrijpen, en dan kunnen we weer vrienden zijn.

Vanmiddag ben ik eigenlijk alleen gekomen om mijn goede vriend te bedanken. Ik heb hem voor een filosofische uitdaging gesteld, en hij heeft waardig zijn nederlaag erkend. Hiermee heeft hij niet alleen zijn eigen leven gered – mijn vrees dat hij uit principe voor de dood zou kiezen was ongegrond – maar ook dat van de dame met het rode haar. Zijn gezonde verstand heeft de overhand gehad. Daarvoor wil ik u bedanken, Daifu. Voor mij is dat belangrijker dan de lichamelijke beloning.'

'Wees alsjeblieft zo vriendelijk om tegen die man te zeggen dat ik geen woord begrijp van wat hij zegt en dat hij hier niet welkom is, al verbeeldt hij zich misschien dat hij ons leven heeft gered,' zei de dokter kwaad, opnieuw in het Engels.

'Volgens mij heeft hij inderdaad ons leven gered, Edward,' zei Nellie zacht. 'Hij is misschien een monster, maar hij heeft ons wel in zijn macht. Lijkt het je niet verstandiger om een beetje respect te tonen?'

'Niet na die gruweldaad van gisteren, Nellie. Ik weiger nog een keer compromissen te sluiten met het kwaad. Manners, ik herhaal dat hij hier niet welkom is.'

De Mandarijn had de woordenwisseling aandachtig gevolgd. 'Je hoeft het niet te vertalen, Ma Na Si. De vrouw toont meer gezond verstand dan haar man. Dat verbaast me niet. Vrouwen zijn misschien broos, maar in geval van nood weten ze beter wat hun te doen staat dan mannen. Ik begrijp dat de dokter nog steeds is gezegend – of vervloekt – met zijn gecompliceerde idealen. Dat doet me genoegen, want dat is stof voor pittige debatten in de toekomst. Op dit moment wil ik hem alleen bedanken voor zijn verstandige beslissing om op mijn voorstel in te gaan. Blijf bij hem, Ma Na Si. Je weet waar ik ben. Jou wil ik trouwens ook hartelijk bedanken. Je bent een bijzonder inschikkelijke tussenpersoon geweest.'

Na zijn vertrek bleef de spanning hangen.

Henry tilde zijn hoofd op en keek de dokter aan. 'Ik weet niet wat hij met dat voorstel bedoelt,' loog hij, 'afgezien van de keus die u hebt gemaakt om uw gezin te redden. En Helen Frances,' voegde hij er bitter aan toe.

De Mandarijn beende door de gang. Hij was in een uitstekend humeur, had zelfs wel hardop willen lachen, maar hij zag dat Madame Liu en Ren Ren hem aan het eind van de gang stonden op te wachten. Met gespeelde waardigheid keek hij hen hooghartig aan.

'Ze is klaar en wacht op u, Da Ren,' kirde Madame Liu. 'Een beeldig schepseltje, werkelijk beeldig. Ik vind het niet meer dan vanzelfsprekend dat u, Da Ren, als eerste van haar exotische charmes mag proeven, hoewel ik onwillekeurig heb bedacht dat ze hierna een geweldige aanwinst zou zijn voor ons etablissement. Iets nieuws voor onze vaste klanten, als ze eenmaal is ingewerkt. Kamerheer Jin en ik hebben het vaak gehad...'

'Ik weet alles van uw gesprekken met kamerheer Jin,' onderbrak de Mandarijn haar bits.

'Zou u het in overweging willen nemen? Ik bedoel, wat is nou een buitenlander meer of minder? En als u eenmaal genoeg van haar hebt... Ik zou een hoge prijs willen betalen,' zei ze vleiend.

'Van het geld dat u al van mij hebt ontvangen?'

'U weet dat we ons in een gevaarlijke positie bevinden doordat we buitenlanders in huis hebben. U kunt Ren Ren en mij natuurlijk vertrouwen, wij zullen er geen woord over loslaten. Loyaliteit is voor ons geen kwestie van geld. Maar als het iemand anders ter ore komt...'

'Ik zal u morgen mijn beslissing laten weten. In principe stem ik toe. U vraagt een hoge prijs voor uw zwijgen.'

'O, Da Ren, uw edelmoedigheid is legendarisch.'

'Nee, Madame Liu, uw hebzucht is legendarisch. Blijven we hier de hele middag in deze tochtige gang staan, of mag ik naar binnen gaan? Als ik trouwens merk dat u ook maar bij dat kijkgat in de buurt komt terwijl ik in die kamer ben, dan laat ik IJzeren Man Wang weten dat u buitenlanders verbergt in uw privévertrekken. U bent niet de enige die kan chanteren, beste Madame Liu.'

'Alsof het ooit bij me op zou komen om u te bespioneren, Da Ren!'

Grinnikend om haar paniek duwde de Mandarijn de deur open en hij ging naar binnen. De gordijnen van het hemelbed waren gesloten. Fan Yimei stond in een onderdanige houding op hem te wachten, en hij glimlachte toen hij haar zag. Opnieuw werd hij getroffen door haar schoonheid. Ze deed hem denken aan zijn vriend Jinghua in zijn jonge jaren. Zelfs de neergeslagen ogen waarmee ze haar afkeuring kenbaar maakte, had ze duidelijk van haar vader. 'Hoe is het met je rivale, liefje?'

Ze gebaarde naar het bed. 'Ze wacht op u, Da Ren.'

'Doet het je plezier dat ik haar afpak van jouw minnaar? Denk je dat Ma Na Si haar nog net zo hartstochtelijk zal beminnen nadat ik haar heb gebruikt?'

'Ik denk dat Ma Na Si van haar houdt, Da Ren, en zij van hem.' Ze keek hem recht in de ogen. 'Het is niet aan mij om voldoening te voelen of niet, maar ik denk niet dat mijn vader goed zou keuren wat u gaat doen.'

'Ha!' riep hij lachend uit. 'Je bent net als hij. Te goed voor deze wereld en jezelf! Maar je durft er tenminste voor uit te komen. Wel heb je ooit. Mijn vriend de dokter blijkt zelfs in deze slaapkamer bondgenoten te hebben.'

'Ik begrijp niet wat u bedoelt, Da Ren. Het was niet mijn bedoeling om brutaal te zijn.Vergeef het me, alstublieft.'

Hij nam haar kin in zijn hand en keek haar vriendelijk aan. 'Als je niet de dochter van mijn vriend was,' zei hij spijtig, 'en als ik jonger was... Kom,' zei hij, 'vort met jou. Ik heb een afspraakje met de vossenvrouw, en wat er tussen ons gebeurt gaat niemand iets aan. MaarYimei...' Bij de deur bleef ze staan. 'Ik ben je vader nooit vergeten. Geloof me, hij zou vandaag trots op je zijn. Ga nu.'

Dat deed ze.

De Mandarijn rekte zich zuchtend uit. Door de dunne roze gordijnen kon hij rode lakens zien en het lichaam van een vrouw eronder. Op het kussen lag een hoofd met vlammend rood haar. Het was zo stil in de kamer dat hij haar ademhaling kon horen. Hij vroeg zich af wat ze nu voelde, wetend dat hij er was, of ze bang zou zijn of juist opgewonden.

Zijn eigen opwinding was voelbaar in zijn kruis, maar die wist hij te beheersen. Het genot van seks lag in de voorpret. Hoe langer je het rekte, des te groter was de beloning. Zacht begon hij te neuriën, een soldatenliedje dat hij samen met Jinghua vaak had gezongen. Hij had in geen jaren aan het deuntje gedacht. Er leek iets te bewegen onder de lakens, en hij viel stil. Nee, besloot hij, ze moest nog maar wat langer wachten, en hij neuriede verder.

Langzaam trok hij zijn schoenen en lange gewaad uit, dat hij zorgvuldig ophing. Eronder droeg hij een pyjama van witte katoen, maar die besloot hij na een lichte aarzeling aan te houden. Dit wilde hij heel langzaam doen.

Behoedzaam schoof hij het gordijn aan het voeteneinde open. Ze had het laken opgetrokken tot aan haar kin. Het eerste dat hem opviel, was haar puntige neusje, zo heel anders dan de platte Chinese neuzen. Hou zouden buitenlanders elkaar kussen? Haar gezicht was zwaar opgemaakt, waarschijnlijk het werk van FanYimei. Ze zag er anders uit dan hij zich haar herinnerde, geraffineerder, ouder, meer ervaren. Niet onaantrekkelijk, maar hij had een jong en bang meisje verwacht. Ze keek hem met die eigenaardige groene ogen aan, wel gespannen, maar niet bang.Wat is ze dapper, dacht hij. Hoe had

Ma Na Si haar over weten te halen?

Rustig kwam hij naast haar zitten op het bed. Haar groene ogen volgden al zijn bewegingen. Ze kromp ineen toen hij een hand onder het laken stak, maar ontspande zich weer omdat hij alleen haar hand pakte. Hij bekeek de lange vingers en de vreemde sproeten op haar arm. Lelijk, maar wel fascinerend. Glimlachend keek hij haar aan, en nu zag hij dat haar ogen niet echt groen waren, eerder groenbruin met grijze vlekjes. Gelukkig had ze geen blauwe ogen, zoals sommige buitenlanders, dat vond hij net de melkachtig witte ogen van blinden. In haar ogen bespeurde hij een vurige gloed, hoewel ze hem nu nerveus aankeek. Hij stak zijn arm uit en raakte haar rode haar aan. Tot zijn verbazing voelde het heel zacht, niet stug zoals hij had verwacht. Opnieuw glimlachte hij naar haar, en deze keer reageerde ze met een voorzichtig trillen van haar lippen. Bewonderenswaardig dapper, vond hij. Ze paste bij Ma Na Si.

Haar ogen werden groot van schrik toen hij haar arm teruglegde en ging staan. Heel kalm trok hij het laken van haar af. Hij maakte de ceintuur rond haar middel los en sloeg de peignoir open, zodat hij haar naakte lichaam kon bekijken. Wat was ze mager! Wel had ze een opvallend ronde buik en volle borsten, groter dan die van Chinese meisjes. En haar voeten, zo lelijk, zo groot! Gelukkig had ze alleen sproeten op haar armen, benen en schouders. Verder was haar huid heel wit en zo dun dat hij de blauwige aderen eronder kon zien. Ze was minder harig dan hij had verwacht, en het rode driehoekje dat haar kruis bedekte... dat intrigeerde hem. Hij had zich afgevraagd of haar schaamhaar even rood zou zijn als haar hoofdhaar, en nu wist hij het.

Weer voelde hij het kloppen van zijn kruis, en hij besefte dat hij een erectie had onder zijn pyjama. Zou zij het hebben gezien? Hij keek naar haar gezicht. Haar ogen waren gesloten en haar mond stond een eindje open.

Hij ging naast haar zitten en schoof zijn ene hand door haar haren onder haar hoofd. Met de andere hand streelde hij haar lichaam, haar schouders en bovenarmen, haar borsten. De kleine roze tepel voelde zacht tussen zijn twee vingers maar werd hard toen hij erop zoog en ermee speelde met zijn tong en zijn lippen. Het viel hem op dat ze een beetje melkachtig rook, anders dan de vrouwen die hij gewend was. Niet onplezierig, hoogstens intrigerend. Hij vroeg zich af of hij haar opwond. Haar ogen waren nu open, de oogleden half gesloten, en de dromerige blik zou passie kunnen zijn, al wist hij dat niet zeker. Deze vrouw was zo anders, in alle opzichten, en hij kon haar gevoelens niet peilen.

Zijn handen gingen over haar ribben, de ronde buik, haar dijen, en weer omhoog naar de stugge rode haartjes, zoekend naar de begeerlijke grot. Zijn vingertoppen vonden het tere vlees, en ja, hij voelde vochtigheid. Ze reageerde op hem.

Aarzelend tilde Helen Frances haar hand op om zijn gezicht aan te raken. Hij voelde de koude handpalm tegen zijn wang. Haar voorhoofd was een beetje gefronst, en ze keek hem recht in de ogen, onderzoekend, vragend. Ze deed hem een beetje aan een nieuwsgierig dier denken, een vossenjong. Roerloos bleef hij zitten toen de lange, koele vingers onder zijn pyjama werden geschoven en over zijn borst en buik streken, omlaag naar zijn kruis. De hand stuitte op de tailleband van zijn pyjamabroek en kon niet verder.

Het ernstige gezicht bleef hem vragend aankijken, maar haar uitdrukking veranderde toen zijn opwinding beweging veroorzaakte in zijn pyjamabroek en zij zag wat er gebeurde. Ineens zag ze er gefascineerd uit. Haast onbewust ging zijn hand naar zijn broek om het zijden koord los te maken. Hij wilde die koele vingers voelen op zijn huid, wilde dat haar hand zijn jade fluit zou omsluiten... Het koord kwam los, en de vingers gingen omlaag, raakten zijn schaamhaar... Maar nee, met grote moeite wist hij zich te beheersen. Dit ging te ver. Haar groene ogen werden groot van verbazing toen hij haar hand uit zijn broek trok en vast bleef houden. Even later voelde hij zijn opwinding wegzakken. Hij glimlachte om haar verbazing.

'Nee, mijn kleine vossenvrouw,' fluisterde hij, 'het gaat niet. Wat ik ook heb gezegd, ik hecht waarde aan mijn vriendschap met Ma Na Si. De schuld tussen ons is ingelost, en jij gaat tegen hem zeggen dat ik je niets heb gedaan. Ik wil zijn schat niet afnemen, al zie ik je bereidheid. Nu sta ik op mijn beurt bij hem in het krijt, en ook bij jou.'

Ze verstond er geen woord van, dat was duidelijk te zien, en hij groef in zijn geheugen naar Engelse woorden. 'Sank... you,' hakkelde hij, en na diep nadenken voegde hij eraan toe: 'You... be-yoo-ti-ful. No... good... old... man.'

Langzaam begon het besef tot haar door te dringen. Haar hele gezicht vertrok, en ze kreeg tranen in haar ogen. Haar lichaam begon te trillen, schokte toen ze zachtjes huilde. Behoedzaam trok de Mandarijn het laken weer omhoog. Hij boog zich over haar heen en drukte een kus op haar voorhoofd. De gordijnen trok hij zacht achter zich dicht.

Terwijl hij zijn ambtsgewaad weer aantrok, neuriede hij hetzelfde soldatenliedje.

Nog steeds neuriënd liep hij de kamer uit en de gang op, waar Madame Liu stond te wachten met haar zoon. Ze hadden inmiddels gezelschap gekregen van majoor Lin, en Ma Na Si stond schaapachtig een eindje bij hen vandaan. De Mandarijn negeerde het drietal en liep recht op hem af, maar Ma Na Si wilde hem niet aankijken.

'Van streek, mijn vriend?' vroeg hij met een joviale lach. 'Dat is niets voor jou. Mijn spelletje is in elk geval ergens goed voor geweest, want voor het eerst zing je een toontje lager.' Hij kwam dichterbij, sloeg zijn arm om de schouders van de Engelsman en liet zijn stem dalen, zodat de anderen hem niet konden verstaan. 'We hebben onszelf niets te verwijten, Ma Na Si, jij niet, ik niet. Je vossenvrouw is onaangeroerd, geloof me. Je zult me niet haten als je haar hebt gesproken.

Luister,' vervolgde hij met zijn mond nog dichter bij Henry's oor, 'we spelen nu allemaal een rol in het spel. Mijn weddenschap met de dokter was triviaal, maar het kan geen kwaad dat majoor Lin denkt dat ik je heb vernederd. Misschien tempert het zijn wraakgevoelens omdat jij zijn concubine hebt gestolen. We hebben hem nodig, jij en ik, voor onze plannen. Blijf je gedragen als de gekrenkte minnaar, dan kunnen jullie misschien vrede sluiten. Maar pas op. Hij is je vijand, en dat terwijl het hier al zo gevaarlijk is. Ik overweeg dan ook om vanavond al weg te gaan, dus zorg dat jullie klaarstaan als ik jullie kom halen...

Denk aan de anderen, en kijk zo kwaad mogelijk. Ze moeten denken dat ik zout in de wonde wrijf nu ik je geliefde heb bezoedeld. Spuug maar naar me, als je wil. Maak er maar een mooi melodrama van.'

'Smeerlap! Je hebt me een loer gedraaid,' viel Henry uit.

'Zou ze het hebben gedaan als ik geen leugens had verteld?'

Henry haalde uit om hem een vuistslag te geven, maar de Mandarijn pakte met een soepele beweging zijn pols en draaide Henry's arm pijnlijk op zijn rug. Majoor Lin wilde hem te hulp schieten, maar de Mandarijn liet Henry lachend los. Henry's ogen fonkelden van echte woede, maar hij wist zich te beheersen. Hij duwde de honend glimlachende majoor opzij en rende naar de kamer die de Mandarijn net had verlaten.

Voldaan keek de Mandarijn hem na. 'Laat hem maar gaan, dan kan hij op zijn gemak de schade opnemen. Kom op, majoor,' vervolgde hij, 'er is werk aan de winkel. Madame Liu, bedankt voor uw gastvrijheid. Wij gaan ervandoor.'

'Mag ik nog even blijven, Da Ren?' vroeg majoor Lin. 'Ik moet nog iets regelen met Fan Yimei.'

'Ik zie je straks in de *yamen*.' Hij drapeerde de cape over zijn schouders en trok de capuchon over zijn hoofd. 'Kom zo snel mogelijk. We moeten onze plannen misschien bijstellen.'

Staand naast Ren Ren keek Lin de Mandarijn na toen hij achter Madame Liu aan de geheime trap afliep. Zodra ze uit het zicht waren, klopte Ren Ren op de deur van een kamer. Er werd opengedaan, en Ren Rens sinistere helper, Aap, kwam naar buiten.

'U had gevraagd of we hier wilden zijn, majoor,' zei Ren Ren. 'Wat kunnen we voor u doen?'

'Vergeef me, vergeef me!' Snikkend lag Helen Frances in Henry's armen, haar armen krampachtig om hem heen geslagen. 'Ik heb mijn best gedaan, maar hij heeft niets... hij liet me niet... Hij heeft alleen naar me gekeken, alsof ik een dier was waar hij van walgde... En toen ging hij weg, zonder... zonder dat hij iets heeft gedaan... En nu gaan we allemaal dood omdat ik niet... O god, Henry, vergeef het me...'

Hij kuste haar wangen, haar ogen, haar oren. 'Er gaat niemand dood,' suste hij. 'Het was een spelletje. Een stom spelletje. Die man speelt altijd spelletjes.'

'Ik zou het hebben gedaan,' kreunde ze, 'echt waar. Ik wilde het doen. Hoor je me? Ik heb je bedrogen. Maar hij... hij liep gewoon weg.'

'Onzin,' zei Henry. 'Je hebt jezelf ertoe gedwongen, dat is alles. Je hebt gedaan wat je moest doen. Het was ontzettend flink van je.'

'Hou me vast,' fluisterde ze. 'Hou me vast. Laat me niet alleen.'

Waarschijnlijk zou ze in zijn armen wel weer tot bedaren zijn gekomen, ware het niet dat de deur op dat moment met een klap openvloog. Door de gordijnen heen zag ze drie mannen de kamer binnenkomen.

Henry sprong direct van het bed om de indringers tegen te houden, maar een van de drie hief zijn been en gaf een harde schop tegen zijn hoofd, dat met een klap de bedstijl raakte. Helen Frances was zo geschrokken dat ze niet eens gilde, en nu was het te laat, want ruwe handen trokken haar van het bed. Ze kreeg een harde klap tegen haar hoofd, zakte op haar knieën, en door een trap tegen haar rug viel ze naar voren, languit op het kleed. Vaag was ze zich ervan bewust dat ze op haar rug werd gedraaid. Ze kokhalsde toen er een lap in haar mond werd gepropt en had het gevoel dat ze zou stikken.

Sterke handen drukten haar schouders en armen tegen de grond. Iemand sloeg haar, en toen ze haar ogen opende, zag ze een pokdalig, grijnzend Chinees gezicht. Ze zag dat Henry ook een prop in zijn mond had, en hij was met touw vastgebonden aan de bedstijl. Zijn ogen schoten vuur uit woede over zijn machteloosheid.

Een lange man in een wit uniform kwam naar voren, en ze voelde een golf van opluchting toen ze majoor Lin herkende. Lang duurde haar opluchting niet. Hij grijnsde als een roofdier en met de kille ogen van een reptiel bekeek hij haar lichaam. Ze zag dat hij zijn riem lostrok en de knopen van zijn gulp openmaakte.

Ze bokte met haar onderlichaam en probeerde te gillen, maar er kwam nauwelijks geluid uit haar mond. Een andere man pakte haar voeten en trok haar benen uit elkaar. Weer werd ze geslagen, en weer, totdat ze sterretjes zag. Ze voelde een gewicht op haar buik en borst, het prikken van koperen knopen tegen haar borsten, en ze rook de zure geur van knoflook. Focussen kostte moeite, maar toen zag ze de van haat fonkelende ogen van majoor Lin vlak boven haar gezicht. Uit alle macht probeerde ze hem af te schudden, maar ze werd stevig vastgehouden.

Pijn sneed door haar onderlichaam toen hij haar binnenging en in haar beukte als een krankzinnig dier, alsof hij haar uit elkaar wilde rijten. Speeksel droop op haar gezicht uit zijn openhangende mond terwijl hij als een bezetene in haar stootte. Het was een nachtmerrie van pijn en schaamte, en ze had het gevoel dat ze van binnenuit kapot ging.

Achter de majoor zag ze de pokdalige Chinees die haar vasthield, en Henry, vanuit haar ooghoeken, zijn gezicht paars aangelopen van de inspanning om zijn handen te bevrijden, zijn ogen uitpuilend van wanhoop en haat.

Majoor Lin kwam klaar en het stoten hield op. Hij maakte zich los, en ze voelde bloed en vies, kleverig sperma uit haar lopen. Nog nooit van haar hele leven had ze zich zo smerig gevoeld, en ze kokhalsde van schaamte en zelfhaat. Hoe zou ze ooit weer schoon kunnen worden?

Lin ging staan en trok zijn broek omhoog. Hij wierp nog een laatste schampere blik op de vrouw die hij had verkracht. Ren Ren en Aap hielden haar niet eens meer vast, ze lag met gespreide benen als verdoofd op de grond. Lin spuugde een klodder speeksel op haar buik en draaide zich om naar Manners. 'Jou mocht ik niets doen van de Mandarijn,' zei hij tegen de geknevelde man, 'maar over die hoer van je heeft hij niets gezegd. Bovendien heb ik niets gedaan wat je hem niet al met haar hebt laten doen. Jij kon met je tengels niet van mijn hoer afblijven. Volgens mij staan we quitte, Ma Na Si.'

Hij draaide zich om, leek zich te bedenken, en bleef staan om wat munten uit zijn zak te vissen. 'Nou vergeet ik je bijna voor haar diensten te betalen.' Hij wierp de munten aan Henry's voeten en verliet zonder verder nog een woord te zeggen de kamer.

Nu was Helen Frances aan Ren Ren en Aap overgeleverd. Met veel vertoon tosten ze met een van de munten. Aap won, dus moest Ren Ren haar vasthouden terwijl Aap zijn broek liet zakken. Hij knielde tussen haar benen en stortte zich op haar. Even draaiden ze zich allebei om omdat ze geluiden hoorden. Henry worstelde uit alle macht om los te komen, nog steeds tevergeefs, en er kwamen alleen gesmoorde geluiden uit zijn mond. Ren Ren en Aap lachten en gingen onverstoorbaar verder.

Weer voelde ze de pijn toen haar lichaam werd misbruikt en bezoedeld. Inmiddels was ze te verzwakt en gebroken door schaamte om zich te verzetten, maar Henry zag de tranen over haar door make-up gevlekte wangen stromen, over de blauwe plekken. Aap had niet lang nodig.

'Draai haar om,' zei Ren Ren. 'Je denkt toch niet dat ik hetzelfde bevuilde gat ga gebruiken als jullie.'

Ruw werd ze op haar buik gerold, en Ren Ren trok haar onderlichaam bij haar middel overeind, wurmde zich tussen haar benen en liet zijn broek zakken. Ze hadden haar echter zo ruw omgedraaid dat de lap uit haar mond was gevallen.

In haar verdoofde staat duurde het even voordat het tot haar doordrong dat haar mond vrij was, en toen begon ze te gillen. Ze gilde uit alle macht, vooral toen ze voelde wat er met haar dreigde te gebeuren, een snerpende kreet die weergalmde in de kamer. Aap sloeg haar en duwde de prop terug, maar tegen die tijd waren de andere mensen op de verdieping gewaarschuwd en klonken er rennende voetstappen in de gang.

De dokter stormde als eerste de kamer binnen, gevolgd door Nellie en Fan Yimei. Ren Ren reageerde snel, maakte zich los van zijn slachtoffer en sprong overeind, maar iedereen kon zien waar hij mee bezig was geweest. Helen Frances lag nog steeds met opgetrokken knieën op de grond, helemaal naakt, haar opgemaakte gezicht nat van de tranen. Haar onderlichaam en dijen zaten onder het bloed, ze had overal blauwe plekken, en er zaten grote vlekken op de grond. De slap geworden penissen van de Chinese mannen hingen nog uit hun broek, ook besmeurd met bloed.

'Mijn god, mijn god,' fluisterde Airton, en hij moest tegen de muur leunen van schrik. Nellie vloog naar Helen Frances toe en nam haar in haar armen, terwijl ze Ren Ren uitdagend aankeek. Fan Yimei stond aarzelend in de deuropening.

'Dit is barbaars!' riep Airton uit nu woede het won van de schrik. Hij richtte zijn pijlen op Henry, ondanks het feit dat hij vastgebonden en gekneveld was. 'Wat ben jij voor een monster? Was dit... dit de afspraak die je hebt gemaakt? Mijn god, man! Heb je tegen de Mandarijn gezegd dat ik hiermee akkoord zou gaan?'

Ren Ren en Aap keken elkaar geamuseerd aan.

'En jullie... jullie beesten! Wat hebben jullie met haar gedaan? Dit is monsterlijk... monsterlijk!'

Ren Ren lachte en Aap giechelde. Dat werd de dokter te veel en hij stortte zich op Ren Ren met een harde zet tegen diens borst. Sterk was hij niet, maar het kleed begon te glijden door zijn vaart, zodat ze in een kluwen van maaiende vuisten op de grond vielen. Airton landde met zijn knieën op de armen van Ren Ren, zodat de sterkste van de twee machteloos de vuistslagen in zijn gezicht moest ondergaan. 'Monster! Monster! Monster!' bleef de dokter roepen terwijl hij sloeg.

Nellie gilde en de vastgebonden Henry schopte met zijn benen. Allebei zagen ze dat Aap een mes uit zijn mouw had getrokken.

'Edward! Achter je!' snerpte Nellie, maar het was al te laat.

Met twee stappen was Aap bij het vechtende tweetal, en hij hief het mes hoog boven zijn hoofd om de dokter tussen zijn schouderbladen te steken.

Een luide knal weerklonk in de kleine kamer, en toen een tweede. Aap wankelde achteruit, een grote rode vlek op zijn witte hemd. Hij draaide zich om, een verbijsterde uitdrukking op zijn gezicht, en viel dood naar voren. Het mes kletterde op de grond.

Fan Yimei stond nog steeds in de deuropening. Een rookwolkje steeg op uit Henry's revolver, die ze met gestrekte armen in haar kleine handen hield. Ze trilde zo erg dat de loop op en neer ging, maar ze bleef het wapen gericht houden.

Met een harde zet duwde Ren Ren de dokter van zich af en hij sprong overeind. Zijn ogen fonkelden van woede en haat en zijn vuisten waren gebald, maar hij verstijfde toen hij Fan Yimei in het oog kreeg.

De buitenlanders in de kamer keken als gehypnotiseerd naar het slanke meisje met de revolver. Strak, zonder met haar ogen te knipperen, staarde ze naar de halfnaakte Ren Ren. Ze probeerden elkaars wilskracht te breken. Henry wist als enige welke verschrikkingen Ren Ren de meisjes die hij in zijn macht had aandeed, hoe bang ze voor hem waren, maar ook de anderen voelden de geladen atmosfeer. Even leek het erop dat zijn slavin het onderspit zou delven. Het begin van een wrede glimlach speelde om Ren Rens mond, en langzaam bracht hij een hand omhoog, de palm naar boven, als onuitgesproken bevel om hem de revolver te geven. Fan Yimei leek te aarzelen, maar dat duurde niet langer dan een seconde.

Nellie zag Ren Rens uitdrukking plotseling veranderen. Hij schudde ongelovig zijn hoofd, zijn mond ging open alsof hij wilde smeken, en zijn pupillen werden groot van angst. De revolver knalde, en Nellie zag zijn keel uiteenspatten in bloed en botten. Hij viel naar achteren en raakte verstrikt in de roze gordijnen van het hemelbed. Hij schopte met zijn benen, en er klonken akelige gorgelende geluiden uit zijn keel. Het duurde heel lang voordat de stuiptrekkingen ophielden.

Fan Yimei liet het wapen vallen. Ze zakte op haar knieën en begon te huilen.

Een gespannen stilte daalde over de kamer neer. De dokter zat in bidhouding op zijn knieën, Nellie hield als een Madonna de naakte Helen Frances in haar armen en Henry hing als de gewonde heilige Sebastiaan in zijn boeien. Het tafereel had veel weg van een barok schilderij.

Een waas van rook hing boven het obscene tableau. Hun oren gonsden nog van de schoten, maar geleidelijk begonnen de geluiden die bij dit huis hoorden weer tot de kamer door te dringen: een meisjesachtig gilletje, ruw gelach, en het dronkemansgezang van IJzeren Man Wangs mannen die zich vermaakten in het Paleis van de Hemelse Lusten.

HOOFDSTUK 18

De legerofficieren rijden op paarden. Hun

geweren glinsteren in het zonlicht.

Was Kleine Broer maar hier.

Een kinderstemmetje verbrak de stilte. 'Mammie?'

Geschrokken draaide Nellie zich om. George en Jenny keken nerveus de kamer in vanuit de gang.

Als moeder wist ze intuïtief dat ze haar kinderen moest beschermen tegen de gruwelen in de kamer, waar ze ongetwijfeld al een glimp van hadden opgevangen, maar omdat ze Helen Frances in haar armen hield kon ze geen kant op. 'Edward!' krijste ze in paniek naar haar man. 'Haal ze hier weg!'

Nog steeds verdoofd van schrik draaide Airton zijn hoofd om, maar het zien van zijn kinderen spoorde hem tot actie aan. 'O nee!' riep hij uit, en hij stoof naar hen toe. Hij sloeg zijn armen om hen heen, bedekte hun starende ogen met zijn handen en stuurde hen de gang in. Met een harde trap schopte hij de deur dicht, alsof hij zich zo kon afsluiten voor de slachtpartij. Hijgend trok hij zijn kinderen mee door de gang naar hun eigen kamer, en na een paar stappen besefte hij pas dat hij hun polsen zo krampachtig omklemde dat hij hun pijn deed. George had tranen in zijn ogen. Airton knielde voor hem neer in de gang en overdekte zijn bleke, bange gezicht met knuffels.

'Het spijt me,' snikte hij. 'Het spijt me zo. O heer, wat heb ik gedaan?'

'Niet huilen, papa.' Jenny sloeg haar armpjes om hem heen. 'Het is niet jouw schuld. Echt niet.'

Airton sloeg een arm om allebei zijn kinderen heen en drukte hen onstuimig tegen zijn borst. Terwijl hij hen vasthield, hoorde hij een stem achter zich. Met een ruk keek hij op, en hij zag het wrede, glimlachende gezicht van Madame Liu.

'De arme schatten,' lispelde ze, en ze hobbelde door de gang op hen af. 'Wat is er aan de hand? Zijn ze soms stout geweest?'

Hij kon nauwelijks ademhalen van angst. Met zijn mond wijd open staarde hij haar aan, en trillend als een espenblad kwam hij overeind.

Ze kneep haar ogen argwanend tot spleetjes. 'Voelt u zich niet goed, Daifu? U ziet een beetje pips.'

'Er is niets.' Zijn stem kraakte en hij moest het nog een keer zeggen. 'Neem me niet kwalijk. Ik mankeer niets. Alles gaat goed.'

'Gelukkig.' Haar sluwe ogen bleven hem onderzoekend aankijken.

Nog steeds staarde hij naar de hoerenmadam. Hij stond midden in de gang met zijn kinderen en versperde haar de weg. Wantrouwig keek ze over zijn schouder. In paniek deed hij hetzelfde, uit angst dat er iets te zien was, en dat ontging haar niet.

'Wilt u me er even doorlaten, Daifu?' Haar stem klonk zacht maar dreigend. 'Laat me erdoor. Ik moet mijn zoon dringend spreken.'

'Die is niet hier,' zei de dokter snel. 'Nee, hij is weggegaan... met zijn vriend. Hij is weg,' herhaalde hij.

'Met zijn vriend? Welke vriend? Ik heb majoor Lin net beneden nog gezien. Ren Ren was niet bij hem, dus moet hij hier nog zijn.'

'Zijn andere vriend, bedoel ik,' hakkelde Airton. Hij besefte dat hij zweette. 'U zult ze hier niet vinden. Ze zijn samen weggegaan. Misschien zijn ze beneden. Ja, beneden. Waarom probeert u het daar niet even?'

Airton deed snel een stap opzij toen Madame Liu probeerde zich langs hem heen te wurmen. 'Alstublieft, Madame Liu. U kunt beter niet verder lopen.'

Ze zei niets, schuifelde naar links en toen weer naar rechts. Hijgend probeerde ze hem opzij te duwen, maar hij pakte haar arm beet. Verbaasd en woedend staarde ze hem aan. Ze probeerde haar arm los te trekken, maar de dokter gaf geen duimbreed. 'Blijf met je smerige handen van me af, buitenlandse duivel!' siste ze. 'Laat me erdoor.'

Hij bleef haar vasthouden. Haar ogen waren zwarte kooltjes van haat. Ze haalde piepend adem en wankelde op haar lotusvoeten. 'Nee, Madame Liu, u komt er niet door,' mompelde hij, net als zij hijgend van inspanning.

Ze spuugde in zijn gezicht, maar hij hield haar alleen maar steviger vast. '*Ta made!*' vloekte ze. Met haar vrije hand trok ze een pen uit de knot op haar hoofd. Hij zag wat ze deed en graaide in paniek naar haar arm, maar hij miste. De lange naald glinsterde in haar hand.

Hij voelde iemand bewegen. Jenny sprong op de oude vrouw af, pakte de arm met de pen beet en trok die met al haar kracht naar achteren. George had zijn armen om haar benen geslagen. Met een vloek verloor Madame Liu haar evenwicht, en samen met de dokter tuimelde ze op de grond. Met verbazingwekkende lenigheid rolde ze zich bij hem vandaan, en ze begon heel snel naar de trap te kruipen.

De dokter voelde een rilling langs zijn rug gaan. Opeens drong het tot hem door wat er zou gebeuren als hij haar liet ontkomen en zij de mannen van IJzeren Man Wang kon waarschuwen: binnen een uur zouden hij, zijn vrouw, zijn kinderen, Helen Frances en Manners dood zijn.

Hij moest haar tegenhouden, op wat voor manier dan ook.

Gejaagd krabbelde hij overeind. De haarspeld was op de grond gevallen. Die raapte hij op en hij rende achter haar aan, al bij voorbaat ontzet over wat hij zou gaan doen.

In haar wanhoop richtte Nellie zich tot Fan Yimei. Het meisje zat nog steeds in elkaar gezakt tegen de muur, en ze staarde glazig naar de revolver op de grond. 'Sta op, meisje, sta alsjeblieft op!' riep Nellie. 'Iemand moet ons helpen. Maak die man los. Sta op, mens, en maak Mr. Manners los.'

Nog even bleef Fan Yimei dof voor zich uit staren, maar ze kwam geleidelijk weer bij haar positieven door de wilde gebaren van de Europese vrouw. Met moeite hees ze zich overeind en wankelend op haar benen hobbelde ze naar Henry. Ze aarzelde toen ze over het been van Aap moest stappen. Met haar hoofd afgewend, zodat ze niet naar Ren Rens lijk op het bed hoefde te kijken, begon ze aan het touw te frunniken.

'Pak dat mes om het touw door te snijden,' schreeuwde Nellie toen ze zag dat Fan Yimei niet erg opschoot. Gebiedend wees ze met haar vinger op het mes naast Aaps hoofd.

Fan Yimei talmde nog even voordat ze het mes heel voorzichtig opraapte. Snikkend begon ze het dikke touw door te zagen.

Zodra er speling kwam in de touwen trok Henry zijn handen los, en hij rukte de prop uit zijn mond. Zwaaiend op zijn benen stond hij op het met bloed besmeurde kleed. Zijn borstkas zwoegde toen hij de lucht diep in zijn longen zoog. Fan Yimei deinsde achteruit, bang voor zijn rollende ogen en de woeste uitdrukking op zijn gezicht. Met zijn gebalde vuisten leek hij wel een woedende stier. Zijn verwilderde ogen schoten door de kamer, maar toen hij Helen Frances zag, veranderde zijn houding direct. Hij slaakte een luide kreet van wanhoop, zijn gezicht vertrok en hij zakte op zijn knieën. Het was alsof alle energie opeens uit zijn lichaam geweken was. Moeizaam kroop hij naar haar toe, een smekende blik in zijn ogen, zijn hand uitgestoken, zijn gezicht een masker van afschuw en wroeging.

Het effect op Helen Frances, die half bewusteloos in Nellies armen lag, was dramatisch. Haar ogen werden groot van angst, en ze kromp ineen toen Henry haar wilde aanraken. Kreunend en rillend van weerzin drukte ze zich aan Nellies boezem, terwijl ze Henry met één oog angstig bleef aankijken.

Henry verstijfde, schudde ongelovig zijn hoofd en schoof verward bij haar vandaan.

Helen Frances kalmeerde toen hij zich terugtrok en ze maakte zich zo klein mogelijk in Nellies armen. Nellie mompelde lieve woordjes alsof Helen Frances een kind was en ze streek het vochtige haar van haar voorhoofd. Geleidelijk kon Helen Frances zich een beetje ontspannen.

Nellie keek woedend naar de beduusde Henry. 'Bent u nou echt verbaasd, Mr. Manners?' zei ze kil. 'U bent een man. Mannen hebben haar verkracht. Geen wonder dat ze bang voor u is. Waarschijnlijk geeft ze u de schuld. En anders ik wel.'

'Ik... ik...' hakkelde hij, maar hij wist niet wat hij moest zeggen.

'Nou, wat gaat u eraan doen?' drong Nellie steeds kwader aan. 'Zijn uw hersenen soms verdampt, tegelijk met uw mannelijkheid? Begrijpt u dat we in gevaar verkeren? Dat vreselijke mens kan elk moment terugkomen. Het zou me niet verbazen als het hele huis de schoten heeft gehoord.'

'Wat... wat moet ik doen, Mrs. Airton?' stamelde Henry.

'Verberg die lijken, man. Wat wil je anders? We kunnen ze hier moeilijk open en bloot laten liggen. Kom op, Mr. Manners, raap uw beheersing bijeen. Ik kan niet alles in mijn eentje regelen. Bovendien,' zei ze met een blik omlaag op Helen Frances, 'heeft die arme schat me nodig. Is er een badkamer achter dat gordijn? Wees zo vriendelijk om aan dat Chinese meisje te vragen of ze me wil helpen. We moeten de vuiligheid van die beesten van haar af wassen. Dan moet Edward haar medisch onderzoeken. Ik neem aan dat hij haar morfine zal moeten geven, na alles wat ze heeft moeten doorstaan. U hebt een hoop op uw geweten, Mr. Manners.'

Fan Yimei begreep direct wat er gebeuren moest. Voorzichtig hielp ze Helen Frances samen met Nellie overeind, en met zijn tweeën ondersteunden ze haar, zodat ze voetje voor voetje naar de badkamer kon schuifelen. Ze deed het gordijn achter hen dicht.

Henry keek van het ene bloederige lijk naar het andere. Even bleef hij weifelend staan, waarschijnlijk omdat hij niet meteen kon bedenken hoe hij dit abattoir het aanzien van een normale kamer moest geven. Hij deed zijn ogen dicht alsof hij zijn innerlijke kracht verzamelde, en toen kwam hij abrupt in actie.

Hij trok het met bloed bevlekte kleed onder Aap vandaan. Met een van weerzin vertrokken gezicht rolde hij het lijk er weer in, en door de zijkanten naar binnen te klappen, kon hij Aap gedeeltelijk bedekken. Trekkend en schuivend werkte hij het hele pakket onder het bed. Het kleed liet rode strepen achter op de vloer.

Ren Rens lijk zat verstrikt in de gordijnen van het bed. Hij raapte Aaps mes op en ging op het bed staan, zijn voeten aan weerszijden van het lichaam, zodat hij bij de gordijnringen kon om de stof los te snijden die Ren Ren niet al in zijn val had losgescheurd. Het lijk zakte op het bed, en toen hoorde hij een timide klopje op de deur.

Henry sprong van het bed, het mes in de aanslag, rende naar de deur en drukte zich ernaast plat tegen de muur. Weer klonk er een aarzelend klopje, en de deur ging heel voorzichtig open. Hij ontspande zich toen hij Jenny's bezorgde gezichtje zag. Op hetzelfde moment zag ze hem, en ze kreunde van angst. Snel ging Henry voor haar op zijn hurken zitten, en hij pakte haar hand. 'Rustig maar,' zei hij vriendelijk. 'Ik doe je niets.'

Jenny barstte in tranen uit. 'Kom alstublieft mee, Mr. Manners. Kom mee,' hikte ze snikkend. 'Papa heeft u nodig.' Wanhopig trok ze aan zijn hand.

Snel liep hij de kamer weer in om de revolver op te rapen, en met het vuurwapen in zijn ene hand en het mes in de andere volgde hij Jenny naar de gang. De moed zonk hem in de schoenen toen hij aan het eind van de gang, niet ver van de trap, twee mensen op de grond zag liggen, de een boven op de ander. George stond er handenwringend naast. 'O nee,' mompelde hij terwijl hij erheen sprintte, 'wat nu weer!'

Zijn angstige vermoeden dat er nog twee lijken bij waren gekomen, bleek ongegrond te zijn. Er ontstond een heftige beweging in de kluwen armen en benen, en toen hij dichterbij kwam, zag hij dat de dokter Madame Liu letterlijk aan de vloer had vastgepind, zo te zien met een haarspeld, die door haar rechterschouder was gestoken. Een bloedvlek kleurde haar geborduurde zijden jasje donkerder, maar de wond had haar niet uitgeschakeld. Haar ogen vonkten van woede en haat, en door met haar lichaam te kronkelen en te bokken probeerde ze Airton af te schudden. Ze kon haar woede niet uiten, want de dokter hield een hand over haar mond. Er stroomde bloed uit, kennelijk omdat ze hem had gebeten.

'Manners? Wil jij haar knevelen of zoiets, en me helpen met deze duivelin?' hijgde de dokter.

Bij wijze van antwoord hield Henry de loop van de revolver tussen haar fonkelende ogen. Dit had het gewenste effect. Onmiddellijk staakte ze haar worsteling. De andere hand stak Henry in zijn zak om er een smoezelige zakdoek uit te halen. 'Voorlopig moet het hier maar even mee,' zei hij tegen Airton. 'Kunt u uw hand van haar mond halen?'

'Ik... ik denk van wel,' zei Airton. 'Jenny, kijk eens in mijn dokterstas en breng me een rol kleefpleister. Snel, meisje.'

Met de pleister en de zakdoek snoerden ze haar de mond.

'Heer, vergeef me,' kreunde Airton. 'Ik heb haar gestoken.'

'Daar zou ik niet mee zitten,' zei Manners. 'Ze zou iets veel erger met u hebben gedaan. U kunt uw hand beter verbinden, anders loopt er straks een spoor van bloed door de gang.'

'Je hebt gelijk,' mompelde hij somber. 'Wat moeten we met haar doen, Manners?' vroeg hij terwijl hij zijn hand verbond. 'Ik moet haar wond ook verbinden. Ze mag niet naar die kamer. Als ze ziet wat er met haar zoon is gebeurd, is ze niet meer te houden.'

'Als ik haar vastbind op het bed in mijn kamer, kunt u haar dan bewaken? Ik geef u mijn revolver. U kunt de kinderen meenemen. Als ik die andere kamer... heb opgeruimd, zien we wel weer.'

Henry hield de revolver tegen het hoofd van Madame Liu, en ze verzette zich niet toen ze door de gang werd geduwd. Terwijl Henry haar vastbond op het bed viel Airtons oog op een valies waar de kleren van Helen Frances uitpuilden. De worsteling met Madame Liu had hem zo in beslag genomen dat hij tijdelijk was vergeten wat er met haar was gebeurd. Nu kwamen zijn woede en afkeer in volle hevigheid weer boven, vooral toen hij bedacht welke rol Henry had gespeeld. Haar ontering was het resultaat van een afspraak tussen Manners en de Mandarijn, waar hij zelf naar het scheen onbewust mee had ingestemd, hetgeen hem medeschuldig maakte.

Briesend van verontwaardiging richtte hij de revolver die Henry hem had gegeven, vastbesloten om dat monster van een Engelsman naar de andere wereld te helpen. Het wapen schudde in zijn trillende hand.

Op dat moment draaide Henry zich om. 'Ziezo, dokter, die kan zich niet meer...' Hij zag de trillende revolver en de giftige blik in de ogen van de dokter. 'Hebben we hier wel tijd voor?' vroeg hij kalm.

'Monster dat je bent!' siste Airton. 'Dat je je eigen vrouw op zo'n mensonterende wijze – '

'Wat er is gebeurd had niets met mij te maken,' viel Henry hem op dezelfde kalme toon in de rede.

'Jij leugenachtig, cynisch...' Airton viel stil, zich ervan bewust dat zijn kinderen hem met open mond aanstaarden. 'O Heer,' kreunde hij met zijn handen in zijn haren, 'vergeef me, vergeef me.'

'Dokter, we kunnen elkaar later verwijten maken, als we hier eenmaal vandaan zijn. Als het ons tenminste lukt om hier weg te komen. Lijkt het u niet beter dat we nu eerst de handen uit de mouwen steken?'

Met een zucht liet Airton het wapen zakken. 'Aye,' beaamde hij toonloos. 'We zitten allemaal in hetzelfde schuitje, en alleen de Heer weet welke koers we varen.'

Zonder nog iets te zeggen verliet Henry de kamer.

Een uur later was al het mogelijke gedaan. Gelukkig waren er geen nieuwe bezoekers naar de geheime verdieping gekomen.

Henry had, later geholpen door Fan Yimei, wonderen verricht, en de slagerij weer in een kitscherig bordeel veranderd. De beide lijken waren onder het bed geschoven. Fan Yimei had een emmer en een spons gehaald en zorgvuldig al het bloed van de vloer en de muur verwijderd, ook in de gang. Aap had zo veel bloed verloren dat de vlek niet meer uit de houten vloer te krijgen was, dus hadden ze er een kleed uit een andere kamer overheen gelegd.

Ook voor het met bloed bevlekte gordijn van het bed moest een oplossing worden gevonden. Terughangen ging niet, want het diende inmiddels als lijkwade voor Ren Ren. Met kunst- en vliegwerk had Henry een gordijn van de andere kant gedeeltelijk losgehaald en aan de voorkant weer opgehangen, zodat je op het eerste oog niet zag dat er iets niet klopte. In een kast hadden ze schone lakens en een sprei gevonden, en de bloederige exemplaren waren net als de lijken onder het bed gepropt. De meubels stonden weer op hun plek, de erotische schilderijen aan de muren hingen weer recht. Toen Fan Yimei en Henry klaar waren, was nergens meer aan te zien dat er hier een slachtpartij had plaatsgevonden.

Ondertussen had de dokter de wond van Madame Liu verbonden, en nogmaals gecontroleerd of ze stevig vastgebonden en gekneveld was. Hij had de kinderen voor de deur op wacht gezet en was naar zijn eigen kamer gegaan om Helen Frances te behandelen. Daar was ze heen gebracht door Nellie en Fan Yimei, nadat ze haar hadden gewassen. Ze hadden haar aangekleed, en als een slaapwandelaarster was ze door de gang gelopen. Nu lag ze in het bed van de Airtons. Hij behandelde de wonden in haar gezicht met jodium en stelde vast dat ze van onderen niet meer bloedde. Voor zover hij het kon beoordelen, was haar ongeboren baby ongedeerd.

Er was niets wat hij kon doen voor haar gebroken geest, en hij kon evenmin de nachtmerrie verdrijven die haar plaagde. Het was pijnlijk voor hem geweest dat ze aanvankelijk ineen was gekrompen van angst toen ze hem zag. Het was wel begrijpelijk, moest hij verdrietig erkennen, dat ze in haar toestand bang was voor elke man die bij haar in de buurt kwam.

Dat was nog wel het ergste wat die bruut van een Manners haar had aangedaan. Haar lichaam was grof misbruikt, maar die wonden zouden helen. De prognose voor haar geestelijke wonden was echter niet rooskleurig. Ze was zwanger en nog maar kort geleden hersteld van een opiumverslaving, ze had gruwelijke executies moeten zien en leefde in vrees voor haar eigen veiligheid, en toen was ze tot overmaat van ramp verraden en verkracht. Geen enkele vrouw kon zulke beproevingen doorstaan zonder compleet de kluts kwijt te raken.

Nellie had haar in haar armen heen en weer gewiegd en eindeloos herhaald: 'Het is de dokter, liefje, je eigen dokter. Hij wil je helpen, hij wil je alleen maar helpen.' Daarna pas had ze zich met tegenzin door hem laten onderzoeken, en ze was hem de hele tijd met bange, wantrouwige ogen blijven aankijken. Wat hem echter het meest alarmeerde, was haar zelfhaat. Ze probeerde zichzelf te slaan en siste dan woorden die klonken als: 'Smerig. Slecht.' Nellie had hem verteld dat Helen Frances in het bad de zeep uit Fan Yimeis handen had gegrist en zichzelf van onderen keer op keer met woeste bewegingen had ingezeept, onder het uitroepen van de wanhoopskreet dat ze nooit meer schoon zou worden.

Uit angst dat ze geestelijk zou instorten leek het de dokter het beste voor haar als ze alle verschrikkingen tijdelijk kon vergeten. Zoals Nellie eerder al had voorspeld, diende hij haar een ampul morfine uit zijn dokterstas toe. Hij had geen idee wat hij moest doen als de morfine op was, maar in elk geval kon hij haar nu een tijdje laten slapen.

Nellie bleef waken aan haar bed, terwijl ze ondertussen aandacht kon besteden aan haar eigen uit het lood geslagen kinderen. Ze zaten aan haar voeten terwijl zij hun voorlas uit *De roos en de ring*, een van de boeken die ze van de plank had gerukt toen ze voor hun vertrek uit de missiepost in allerijl een koffer had gepakt. Ze hoopte dat het verhaal, een van de lievelingsboeken van de kinderen, hen een tijdje kon afleiden van alles wat ze die middag hadden gezien en gehoord. Helaas konden ze zich nauwelijks concentreren – er was meer nodig dan een grappig verhaal om de gebeurtenissen in hun eigen, maar al te echte avontuur naar de achtergrond te dringen – maar bij gebrek aan een andere remedie las ze stug verder.

Ondertussen stonden Henry, Airton en Fan Yimei in de gang. Buiten begon de avond te vallen. Vleermuizen tekenden zich af tegen de paarse hemel. Henry had een vergadering belegd om een plan te bedenken. Hij sprak op gedempte toon om te voorkomen dat de kinderen het zouden horen.

'Ik hoef jullie niet te vertellen dat we flink in de nesten zitten,' zei hij, 'maar we moeten niet wanhopen. Er is nog steeds een kans dat we hier weg kunnen komen. Voordat hij wegging heeft de Mandarijn tegen me gezegd dat hij ons misschien al vanavond wil laten vertrekken. Dat zou goed uitkomen, want ik denk niet dat we het hier nog eens vierentwintig uur uithouden zonder ontdekt te worden. Helaas heeft hij me niet verteld wat hij precies van plan is, maar ik neem aan dat hij majoor Lin hier na middernacht heen wil sturen. Hebt u een zakhorloge, dokter?'

'Het is net acht uur geweest,' bromde Airton nadat hij in het halfdonker op zijn klokje had gekeken.

'Dan duurt het dus nog vier of vijf uur voordat hij komt.'

'Als hij komt,' waarschuwde de dokter,

'Klopt,' beaamde Henry. 'Als hij tenminste komt. Fan Yimei, hoe groot is de kans dat iemand de komende uren naar Madame Liu of Ren Ren op zoek gaat? Wanneer gaan ze hen missen?'

'Van Ren Ren weet ik het niet,' antwoordde ze. 'Madame Liu gaat meestal rond deze tijd langs bij de gasten in de eetkamer, en dan wijst ze hun de meisjes toe. Maar soms heeft ze hoofdpijn en dan komt ze niet.'

'Mooi,' zei Henry, 'dan heeft ze vanavond hoofdpijn. Wat gebeurt er als ze niet komt?'

'Dan wijst Ren Ren de meisjes toe en brengt iemand haar eten in haar kamer.'

'En als Ren Ren er niet is?'

'Ik weet het niet. Misschien geeft ze instructies aan het meisje dat haar eten komt brengen.'

'Dat lijkt me duidelijk. Aangezien Madame Liu vanavond niet in de eetkamers verschijnt, kunnen we dus elk moment een meisje met eten verwachten.'

'Ik denk het, ja. En snel ook. Het is al bijna donker.'

'Weet je welk meisje er naar boven zal komen?'

'Dat hangt ervan af. In elk geval een meisje dat geen klanten heeft. Normaal gesproken zou het Su Liping zijn, haar lievelingetje, maar soms is het een van de nieuwe meisjes die ingewerkt moeten worden.'

'Goed, er komt dus een meisje – misschien Su Liping – naar boven met eten voor Madame Liu. Hoe gaat het met eten voor ons? Ik neem aan dat er ook iemand wordt aangewezen om ons eten te brengen. Denk je dat er meer dan een meisje naar boven komt?'

'Ik betwijfel het, Ma Na Si. Niemand weet dat jullie hier zijn. Ik denk dat Madame Liu en Ren Ren tot nu toe zelf voor jullie eten hebben gezorgd. Het lijkt me onwaarschijnlijk dat ze hun geheim aan anderen hebben verteld. Als een van de meisjes het zou weten, zou iedereen in huis binnen een dag op de hoogte zijn, ook IJzeren Man Wang.'

'Mooi zo. Dat is een zorg minder,' concludeerde Henry. 'We hoeven dus maar één meisje te verwachten, met eten voor Madame Liu. Eén meisje kunnen we wel om de tuin leiden, ja toch, Airton?'

'Is dat zo? Ik zou niet weten hoe.'

'Ik heb ook mijn twijfels, Ma Na Si,' zei Fan Yimei. 'Degene die boven komt, verwacht Madame Liu in haar kamer aan te treffen.'

'Niet als je haar boven aan de trap opwacht en vertelt dat Madame Liu niet gestoord wil worden. Dan zet ze het eten voor de deur neer. Jij geeft haar instructies voor de avond. Ze gaat weer weg. Geen vuiltje aan de lucht.'

'Dat lukt misschien met een van de nieuwe meisjes, maar niet met Su Liping. Die krijgt beslist argwaan als ze dit van mij te horen krijgt.'

'Dan moet Madame Liu het haar zelf vertellen.'

'Maar hoe dan, Ma Na Si?'

'Met mijn revolver tegen haar hoofd zegt ze alles wat ik wil. Kom op, dokter, dan verplaatsen we die heks naar haar eigen kamer. Zo te horen hebben we niet veel tijd.'

'Ben je nou gek geworden, man!' De dokter kon zijn verachting voor Manners nauwelijks verbergen, en na de gebeurtenissen van die middag was hij ook aan diens leiderskwaliteiten gaan twijfelen. 'De risico's zijn veel te groot. Stel nou dat Madame Liu eruit flapt dat ze wordt gedwongen iets te zeggen? Stel nou dat het meisje in kwestie zich niet laat bedotten? Bovendien is de zoon van Madame Liu verdwenen. Stel nou dat IJzeren Man Wang een van zijn mannen naar boven stuurt om hem te zoeken?'

'Dan worden we waarschijnlijk ontdekt, Airton, en dan sterven we een vreselijke dood. Hebt u soms een beter idee? Als we niets doen, worden we in elk geval ontdekt.'

'We weten zelfs niet of de Mandarijn ons echt vannacht zal laten halen. Heeft hij je zijn garantie gegeven?'

'Ik kan u helemaal niets garanderen, dokter, alleen dat ik niet van plan ben om bij de pakken neer te zitten zolang er nog een kans is dat we hier levend vandaan kunnen komen. Als Lin ons niet komt halen, moeten we zelf iets verzinnen. Maar niet nu, want het hele huis zit vol met die boeven van IJzeren Man Wang. Alles op zijn tijd. Ons eerste probleem is nu dat stomme avondeten. Helpt u me met Madame Liu of niet?'

Airton stemde schoorvoetend toe, en terwijl Fan Yimei de wacht hield boven aan de trap, gingen zij samen naar Henry's kamer, waar Madame Liu vastgebonden op het bed lag. De ogen boven de pleister over haar mond schoten vuur, maar verder was ze kalm. De dokter maakte haar los terwijl Henry de revolver op haar gericht hield.

'Sta op,' beval Henry, en ze gehoorzaamde. 'Bind haar handen vast op haar rug,' vervolgde hij tegen de dokter. Airton deed wat hem werd gevraagd, pakte haar arm vast en liep naar de deur. Henry kwam achter hen aan. 'Eén verkeerde beweging,' dreigde hij, 'en u bent er geweest.' In het hobbelende tempo van Madame Liu liepen ze door de gang.

Het was nu bijna helemaal donker buiten. Fan Yimei had een lantaarn gehaald uit de kamer van Madame Liu en was bezig de lamp aan een haak in de muur van de gang te hangen. Het gele schijnsel scheen op haar gezicht. Madame Liu herkende een van haar eigen meisjes, en ze wond zich zo op over dit verraad dat ze ondanks de prop in haar mond probeerde te praten. De woorden waren onverstaanbaar, maar Airton voelde dat haar hele lichaam sidderde van woede.

De kwaadheid maakte haar koppig. Ze liet zich op haar knieën vallen en weigerde nog een stap te verzetten. 'Sta op!' schreeuwde Henry. Ze bleef weigeren en spartelde tegen toen de dokter haar overeind probeerde te trekken. Fan Yimei snelde toe om te helpen.

Iedereen verstijfde toen ze voetstappen hoorden op de trap. Ze waren te laat.

In het vage schijnsel van de lantaarn zagen ze een mooi, slank meisje uit het donker opdoemen, zwoegend met een zwaar dienblad vol schalen en een theepot. Haar ogen werden groot toen ze twee buitenlandse mannen zag, met in hun midden de gevreesde Madame Liu, en ook zij verstijfde. Haar mond viel open van schrik en verbazing.

Henry rende naar haar toe. Het meisje liet het dienblad vallen en wilde op de vlucht slaan, maar hij pakte haar arm beet, draaide haar weer om en drukte de revolver tegen haar voorhoofd. 'Waag het niet om een kik te geven,' siste hij.

'Jezus en Maria,' kreunde ze, 'doe me alsjeblieft geen kwaad.'

Nu was het Henry die verbaasd reageerde. 'Wat zei je?' fluisterde hij terwijl hij de revolver liet zakken.

'Doe me alsjeblieft geen kwaad,' herhaalde ze snikkend. 'Ik heb niets misdaan.'

'Je zei "Jezus en Maria". Je bent een christen. Fan Yimei, wat doet een christelijk meisje hier?'

'Ik ken haar niet, Ma Na Si,' zei Fan Yimei. 'Ren Ren en zijn mannen hebben onlangs een paar nieuwe meisjes gebracht.'

'Hoe heet je, meisje?' vroeg Henry vriendelijk.

Ze voelde dat er geen gevaar meer dreigde. 'Feniks, Xiansheng,' antwoordde ze, 'maar mijn echte naam is Wang Mali. Zo werd ik tenminste genoemd voordat... voordat ik hierheen werd gebracht.'

'Mali,' herhaalde Airton peinzend. 'Dat kan de Chinese variant van Mary zijn. Waar kom je vandaan, kind? Hoe heet je dorp?'

'Bashu, Xiansheng,' zei het meisje. 'Maar ik mag het niet meer over mijn dorp hebben.'

'O, heer, dat is het dorp waar Elena naartoe ging voordat ze verdween! Er woonde daar een meisje dat Mary heette, Manners. Ze had ook een zus, Martha. Elena en Caterina hebben me veel over hen verteld. Vertel me eens kind, hoe heet je vader?'

Het meisje schrok van zijn heftigheid. 'Pater Wang,' zei ze nerveus. Haar stem brak en ze begon te snikken. 'Maar hij is dood. Hij is dood.'

'En zuster Elena, kind?' drong Airton fel en gespannen aan. 'Geef antwoord. De buitenlandse non die weleens naar jullie dorp kwam. Wat is er met haar gebeurd?'

'Zij is ook dood, Xiansheng,' kermde ze. 'Ze hebben eerst Martha vermoord en toen haar. In de kerk. Ze hebben... ze hebben iedereen vermoord, en toen hebben ze mij hierheen gebracht en me gedwongen... me gedwongen...'

Airtons schouders zakten omlaag en hij boog zijn hoofd. Hij had niet geweten wat er met de non was gebeurd, en tegen beter weten in was hij blijven hopen dat Elena nog leefde. Nu werd zijn grootste angst bevestigd. Het was de zoveelste klap die hij te verwerken kreeg.

Mary huilde inmiddels hysterisch. Fan Yimei liet Madame Liu los, ging naar Mary toe en sloeg haar armen om haar heen. 'Ik denk dat we haar kunnen vertrouwen,' zei ze tegen Henry. 'Maak je geen zorgen, ik zal haar uitleggen wat ze moet doen. Laat me maar even met haar alleen. Ze moet eerst tot bedaren komen voordat ze weer naar beneden gaat.'

'Prima. Neem haar maar mee naar de kamer van Madame Liu,' zei Henry. 'Geef haar een kop thee, als er tenminste nog iets in de pot zit. Airton, we kunnen dat mens beter weer naar mijn kamer brengen en vastbinden nu ze haar eten heeft gehad.'

'Geen sprake van!' sputterde Airton. 'Heb je niet gehoord wat dat meisje zei? Mary is een van de onzen, een christen, een onschuldig slachtoffer van wrede mannen die haar gijzelen en dwingen tot hoererij. Ik heb haar vader gekend. De arme Elena was dol op haar. Nu we haar hebben gered kunnen we haar onmogelijk terugsturen naar de mannen die haar misbruiken. We moeten haar beschermen.'

'Háár beschermen? Hoort u zelf wel wat u zegt? We kunnen onszélf nauwelijks beschermen,' zei Henry ijzig, 'laat staan dat we haar of iemand anders kunnen beschermen als we worden ontdekt. En dat zal zeker gebeuren als die Mary van u niet naar beneden gaat om te melden dat alles in orde is. Vier uur, dokter, dat hebben we nodig. Als het zover is, zullen we proberen haar mee te nemen. Op dit moment hebben we meer aan haar als ze teruggaat naar het bordeel.'

Nijdig liep hij terug naar Madame Liu. 'Wat valt er te lachen, secreet?' Madame Liu had de botsing tussen de twee mannen met belangstelling gevolgd. Boven koude, berekenende ogen waren haar wenkbrauwen spottend opgetrokken.

Twee uur later zat Airton op zijn kamer met zijn gezin. Helen Frances lag te slapen in het bed, nog verdoofd door de morfine. Af en toe begon ze rusteloos te woelen, schudde ze wild haar hoofd of sloeg ze met haar handen op haar borst. Ze was ook een keer gaan zitten, haar starende ogen wijd open, en had onsamenhangende woorden gemompeld: 'Zeep. Tom, geef me de zeep. Zeep. Ik moet me wassen!' Een traan rolde over haar wang, en de dokter had al een ampul morfine gepakt, maar ze viel weer achterover tegen het kussen en droomde verder.

Henry zat in de kamer ernaast en bewaakte Madame Liu. Ook zij sliep. Haar raspende gesnurk klonk gesmoord door de pleister, die hij een beetje had losgemaakt om te voorkomen dat ze zou stikken. Fan Yimei was bij hem. Hoewel ze elkaar veel te zeggen hadden, wilden ze er allebei niet over beginnen, dus zaten ze ongemakkelijk zwijgend bij elkaar. Op een gegeven moment bracht Henry het onderwerp van hun laatste gesprek ter sprake, tijdens de rit voordat ze gevangen waren genomen in het spoorwegkamp.

'Je bent me geen dankbaarheid verschuldigd,' zei hij. 'Dat weet je toch, hè?'

'Als u het zegt, Ma Na Si.'

'Omdat ik die jongen heb geholpen, bedoel ik.'

'Ik weet wat u bedoelt.'

'Er is sindsdien veel gebeurd,' vervolgde hij. 'Het zou nooit goed zijn gegaan.'

'Ik weet het,' antwoordde ze zacht.

Het bleef een hele tijd stil.

'U moet uzelf niet de schuld geven van wat er vandaag is gebeurd,' zei ze. 'U probeert mensenlevens te redden, en dat is alleen maar te prijzen, zelfs als er offers voor gebracht moeten worden. Uw vriendin is ook heel moedig geweest.'

'Het is nooit mijn bedoeling geweest...' begon hij, maar hij kon de pijnlijke zin niet afmaken.

'U kon niet weten wat er zou gebeuren,' zei ze. 'Het was niet uw schuld. De wonden van uw dame zullen op een gegeven moment helen. En misschien vergeeft ze het u, als ze verstandig is.'

'De dokter zal het me nooit vergeven.'

'Hij heeft nooit eerder geleden,' zei ze. 'Hij was wijs, maar alleen in de wijsheid van het daglicht, als zekerheden glinsteren in het zonlicht. Hij kon mensen genezen, en hij meende dat hij zijn licht in de donkerste hoeken kon laten schijnen. Maar nu moet hij het opnemen tegen een andere wijsheid, die van de nacht, waar geen licht is en niets zeker is... Daar heeft hij het moeilijk mee.'

'Jij bent degene die wijs is,' zei hij zacht.

'Ik heb geleerd wat verdriet is, en toch blijf ik leven.' Ze glimlachte. 'Is dat wijs?'

'Onzin,' mompelde hij, maar ze reageerde niet. 'Je weet dat de Mandarijn ons misschien niet laat halen?'

'Het is beter om te denken dat hij wel komt.'

'Ja,' beaamde hij. 'Ik zit alleen erg met zijn boodschapper in mijn maag. Ik kan majoor Lin niet laten leven na wat hij heeft gedaan.'

'Maar als je Lin van het leven berooft, is er niemand meer om het jouwe te redden.'

'De ironie van het lot,' verzuchtte Henry. 'Ik weet niet of ik me wel kan beheersen als ik hem zie.'

'Natuurlijk kunt u dat,' verzekerde ze hem. 'In tegenstelling tot de dokter bent u wel geschoold in de wijsheid van de nacht.'

'Is dat zo?'

'Dat hebt u tot nu toe steeds weer bewezen. Ma Na Si, wanneer vraagt u me of ik naar beneden wil gaan?'

'Mag ik dat van je vragen? Is het niet te gevaarlijk? IJzeren Man Wang en zijn mannen liggen beneden op de loer.'

'Als ik niet ga, wie brengt majoor Lin dan hier? Ik neem aan dat de Mandarijn Madame Liu heeft gevraagd dat te regelen. Zij heeft hem uitgelaten, dus hij zal haar wel hebben verteld wat de plannen zijn. Waarschijnlijk wilde ze met Ren Ren overleggen toen ze naar boven kwam en door de dokter werd tegengehouden. Als er niemand is om majoor Lin op te wachten en hem van de laatste ontwikkelingen op de hoogte te brengen, lopen onze plannen in het honderd.'

'Kan dat meisje Mary hem niet boven brengen?'

'Nee, Ma Na Si, zij heeft klanten. Ik heb tegen haar gezegd dat ze na twaalven aangekleed klaar moet staan. Hopelijk slaapt haar klant tegen die tijd, maar eerder kunnen we niet op haar rekenen. Bovendien kent Lin haar niet en zal hij haar zeker niet vertrouwen. Er zit niets anders op, ik zal zelf naar de poort moeten gaan om hem op te wachten.'

'Ben je niet bang dat je een van IJzeren Man Wangs mannen tegen het lijf loopt?'

'Ik weet in dat soort situaties precies wat me te doen staat. Geloof me.'

'Je bent een heel bijzondere vrouw,' zei Henry. 'Je hebt vandaag ons leven al gered, en nu ga je het nog een keer doen.'

'Ik heb twee mannen gedood,' zei ze triest. 'Ik zal met die schande moeten leven.' Abrupt stond ze op. 'Neem me niet kwalijk, Ma Na Si, maar als ik dit ga doen, moet ik nu weg.'

Hij boog zijn hoofd. Hij had niets meer te zeggen.

Ze glipte de kamer uit en de donkere gang op. Toen ze de trap afliep, hoorde ze zingende en luid schreeuwende dronken mannen. Onder haar kleren had ze een buideltje verborgen dat ze op de kamer van Madame Liu had gevonden. Nadat ze had gecontroleerd of het er nog was, maakte ze de verborgen deur naar de tweede verdieping open. Uit de slaapkamers aan weerszijden van de gang klonken stemmen en kreten, maar tot haar opluchting was er niemand te bekennen.

Snel haastte ze zich door de gang, maar vlak voordat ze bij de trap was hoorde ze achter zich een schrille, spottende stem. 'Kijk nou toch eens! Wat een eer. Als dat niet juffertje Fan Yimei is!'

Ze draaide zich om en glimlachte geforceerd. Su Liping stond in de deuropening van een van de kamers. Afgezien van een *doudu* die haar borsten en buik bedekte, was ze helemaal naakt. In haar hand hield ze een kruik wijn. Ze lalde, en aan haar rode gezicht te zien was ze dronken. Normaal gesproken was dat tegen de regels, maar kennelijk was de gang van zaken veranderd nu het bordeel door IJzeren Man Wang en zijn mannen was overgenomen.

'Asjemenou, Hare Majesteit vereert haar nederige zusters met een bezoek,' vervolgde Su Liping, trots op haar sarcasme.

'Madame Liu had me ontboden,' zei Fan Yimei, 'en ik ben nu weer onderweg naar beneden.'

'O, ze had je ontboden!' zei Su Liping met een overdreven geaffecteerd stemmetje. 'Ik ben onder de indruk. Ontboden.' Ze maakte een theatrale buiging.

'Tegen wie heb je het?' zei een ruwe stem uit de kamer achter Su Liping, en even later doemde er een man achter haar op. Wankel deed ze een stap opzij om hem erlangs te laten. Hij was ook naakt, een vierkant monster met een baard en de schouders van een reus. Fan Yimei had nog nooit van haar leven zoveel haar op een mensenlichaam gezien. Met een schok herkende ze hem. Hij was de bandiet die ze die ochtend in het paviljoen van majoor Lin had gezien, de man die met een bijl had gezwaaid.

'Ik weet wie je bent,' zei hij. 'Jij bent die verwaande teef van vanochtend. Je bent wel mooi,' voegde hij eraan toe nadat hij haar aandachtig had bestudeerd.

Su Liping giechelde. 'Je mag haar niet aanraken, hoor! Dat is streng verboden. Ze is van majoor Lin. Zijn persoonlijke eigendom,' zei ze op hetzelfde geaffecteerde toontje.

'Werkelijk?' gromde IJzeren Man. 'Dat zullen we nog weleens zien. Kom hier.'

Fan Yimei aarzelde. Ze vroeg zich koortsachtig af of het haar zou lukken om via de trap achter haar te ontsnappen.

'Met alle respect, Xiansheng,' zei ze vriendelijk, 'wat Su Liping zegt is correct. Ik heb een exclusief contract met de majoor.'

'Schei uit met dat "Xiansheng",' snauwde hij. 'Ik ben geen Xiansheng. En ik geef geen reet om contracten. Kom hier, zei ik.'

Fan Yimei besefte dat ze geen keus had. Zo waardig mogelijk, zoetsappig glimlachend, liep ze naar hem toe. Ze schrok toen haar armen door twee harige poten werden beetgegrepen.

'Contracten,' snoof hij, en hij trok de peignoir van haar schouders. Ze voelde zijn handen op haar borsten, maar was opgelucht dat de buidel nog vastzat onder de tailleband en niet op de grond was gevallen. 'Lekkere meloentjes,' zei hij. 'Groter dan de jouwe,' voegde hij er tegen een pruilende Su Liping aan toe.

'Dus jij bent het meisje van majoor Lin,' zei hij terwijl hij haar verlekkerd bekeek. 'Die maakt het niet lang meer. Die verwaande Mandarijn trouwens ook niet, al weten ze het zelf nog niet. Van nu af aan ben jij van mij, meisje, voor vannacht of totdat ik genoeg van je heb. Schiet op. Naar binnen.'

'En ik dan, IJzeren Man?' kermde Su Liping.

'Sodemieter op, voor mijn part,' snauwde hij. 'Of blijf kijken. Het maakt me geen bal uit.'

Ontevreden kijkend volgde Su Liping hen de kamer in. Ze liet zich op een kruk ploffen en zette de kruik met wijn aan haar mond.

'Zuip niet zoveel, gulzige slet!' tierde IJzeren Man. 'Geef die kruik aan mij.' Hij griste de kruik uit Su Lipings trillende handen en ging op de rand van het bed zitten. 'Jij,' zei hij, wijzend op Fan Yimei, 'kleed je uit.' Hij nam een lange teug uit de kruik.

Fan Yimei veinsde onzekerheid. Ze sloeg bedeesd haar ogen neer en bedekte haar borsten met haar handen. Als ervaren courtisane wist ze al precies wat voor vlees ze in de kuip had met deze on-welkome klant. Koket en quasi-verlegen was de beste aanpak. De-ze ongelikte beer vond het waarschijnlijk opwindend dat zij zo ver-fijnd was. Hij had duidelijk een hekel aan majoor Lin, en door zich ruw aan zijn concubine te vergrijpen kon hij zich in zekere zin wre-ken op de hogere klasse. Als ze hem zonder verzet zijn gang liet gaan, zou dat een teleurstelling voor hem zijn en zou hij argwanend worden. Ze had genoeg over deze man gehoord om hem niet te onderschatten.

'Zijn we verlegen?' IJzeren Man lachte. 'Dan kun je wel een op-kikkertje gebruiken. Je zult het nodig hebben voor wat ik met je ga doen, dametje. Hier, vangen.' Soepel gooide hij de zware wijnkruik naar haar toe.

Ze ving de kruik met gemak, maar overdreef het gewicht en deed alsof het haar moeite kostte om de zware kruik vast te houden.

'O, wat een teer poppetje!' hoonde hij.

'Alstublieft, meneer, ik drink nooit,' zei ze smekend.

'Je doet wat ik zeg,' blafte hij.

Fan Yimei deed alsof ze probeerde de kruik op te tillen. 'Hij is zo zwaar,' kermde ze. 'Mag ik... mag ik de wijn in een kommetje schenken?'

IJzeren Man bulderde van het lachen. 'Ga je gang, schenk dat bocht maar in een kopje. Maak er maar zo'n mooie theeceremonie van.'

Het ging veel makkelijker dan ze had gedacht. In stilte bedankte ze Guanyin met een schietgebedje. Zorgvuldig zette ze de kruik achter de tafel op de grond, zodat IJzeren Man Wang en Su Liping niet konden zien wat ze deed. Ze pakte een kommetje uit de kast, tilde de kruik op en boog zich naar voren om te schenken. Tegelijkertijd leegde ze de inhoud van de buidel in de kruik. Ze ging weer staan, nam voorzichtig een slok uit het kommetje, en trok een vies gezicht toen ze het sterke spul proefde. Met haar voet schopte ze het lege buideltje onder de tafel.

Lachend keek IJzeren Man naar haar vertrokken gezicht. 'Kom op, leegdrinken,' drong hij aan. Fan Yimei deed wat hij vroeg, hoestte en proestte totdat de tranen over haar wangen liepen. Op dat moment was ze blij dat Madame Liu haar door de jaren heen zoveel trucjes had geleerd.

'Nu niet meer, alstublieft,' fluisterde ze, wankelend op haar benen. Ze hoopte dat haar wangen gloeiden.

'Goed, geef me die kruik dan maar terug, dan zal ik je laten zien hoe je drinkt. Zó doe je dat.' Hij zette de kruik aan zijn mond en slurpte een paar lange teugen wijn naar binnen. 'Da's beter,' zei hij, smakkend met zijn lippen. 'En schiet nou een beetje op. Kleed je uit.'

Ze had weleens ergere klanten gehad. Geduldig maakte ze de geluiden die er van haar werden verwacht terwijl het kreunende beest op haar lag. Vanuit haar ooghoeken zag ze Su Liping, en ze verkneukelde zich toen ze zag dat het jaloerse meisje de kruik met wijn pakte, op haar kruk ging zitten en afwezig van de wijn dronk, terwijl ze af en toe tersluikse blikken op Fan Yimei en IJzeren Man wierp. Fan Yimei slaakte kreetjes, zogenaamd van genot, en berekende koel hoe lang het zou duren voordat het slaapmiddel ging werken. Ze maakte zich niet al te druk. Het zou zeker nog wel een uur duren voordat majoor Lin aan de poort zou staan.

IJzeren Man Wang schokte en rolde zich op zijn rug. 'Ik heb weleens betere seks gehad.' Hij gaapte. 'Geef me de wijn.'

Verheugd stelde Fan Yimei vast dat Su Liping al sliep, met haar hoofd achterover en haar mond open. Ze bracht IJzeren Man Wang de kruik wijn en deed nog steeds alsof de kruik erg zwaar was, hoewel er nu niet veel meer in zat.

'Dat stomme wicht,' klaagde hij. 'Ze is een ergere zuiplap dan sommige van mijn mannen. Nu wil ik even uitrusten, en dan doe ik jullie straks met z'n tweetjes. Dansende Tweelingvogels, zo noemen jullie dat toch?' Gapend strekte hij zich uit op het bed.

Wetend dat het hem nog slaperiger zou maken, overwon Fan Yimei haar weerzin en boog ze zich over zijn kruis. Ze stikte haast in de dichte beharing, maar bewoog haar mond zoals het haar was geleerd.

Hij kreunde van genot. 'Jaaaa,' hijgde hij. 'Dat is lekker. Jaaa.'

Ze hield op toen hij begon te snurken. Ze wachtte nog even en gaf toen een tik tegen zijn wang. Er kwam geen reactie.

Nadat ze haar mond had gespoeld met koude thee uit de pot die op tafel stond, kleedde ze zich snel aan. De bijl van IJzeren Man Wang stond tegen de muur. Van de bijl keek ze naar de slapende man. Het zou zo makkelijk zijn, bedacht ze. Ze had die dag al twee mannen vermoord, en dit was de vijand van de Mandarijn, maar ook de grootste bedreiging van haar eigen veiligheid. Ze kon Shishan van dit monster bevrijden. Maar nee, besefte ze, anderen zouden zijn plaats innemen. Er waren zoveel monsters zoals deze bandiet op de wereld.

Bovendien lag het niet in haar aard om te doden. Ze kon zelf nauwelijks geloven dat ze Ren Ren en Aap had neergeschoten. Beesten zoals zij verdienden het misschien wel om te sterven, en ze had het alleen maar gedaan om anderen te redden, maar ze walgde van zichzelf. Ze was haast verlamd door wroeging en kon zichzelf er nauwelijks toe zetten door te gaan. Maar ze kon de anderen niet in de steek laten – de kinderen, dat arme misbruikte Engelse meisje en Ma Na Si, van wie ze hield, hoewel hij een ander beminde.

Overeenkomstig de boeddhistische leer volgde ze de kringloop der wedergeboorten. Wat moest ze in haar vorige levens vreselijke dingen hebben gedaan dat ze nu zoveel te lijden had in dit leven. Haar hele leven was één grote oefening in boetedoening, maar toch vreesde ze dat haar ziel alleen maar meer bezoedeld werd, zodat ze in haar volgende leven nog meer boete zou moeten doen. Ze leunde met haar hoofd tegen de deur, terwijl IJzeren Man Wang en Su

Liping achter haar lagen te snurken. Genadige Guanyin, bad ze, geef me de kracht om door te gaan. Ze tilde de klink op en liep de gang op.

Het was nu stil in huis. Zonder problemen liep ze de trap af naar de verdieping met de eetkamers. De feestvierders waren weg, de lichten waren gedoofd. Op de tast daalde ze de laatste donkere trap af naar de benedenverdieping. Ze slaakte een kreet toen ze een gezicht voelde.

'*Jie, jie*, ik ben het, Mali,' hoorde ze fluisteren.

Haar eerste reactie was boosheid omdat Mary haar zo had laten schrikken, maar ze beheerste zich. 'Ik ben blij dat je er bent,' zei ze bemoedigend. 'Ga maar snel naar de verdieping van Madame Liu en wacht daar op me. Ik blijf niet lang weg.'

Buiten op de binnenplaats kon ze zich weer een beetje ontspannen. Snel liep ze over het pad naar de volgende binnenplaats. De wilgen ritselden in een zacht briesje. Ze bleef even naar het paviljoen van majoor Lin staan kijken, waar ze de afgelopen twee jaar had gewoond. Er brandde geen licht. Majoor Lin was er niet.

Over het door lantaarns verlichte pad en de sierlijke brug liep ze naar de laatste binnenplaats, totdat ze bij het poorthuis kwam. Binnen zag ze het vage schijnsel van een lamp. Ze vergaarde al haar moed, tikte zacht op het raam en riep de naam van de nachtwaker. 'Lao Chen! Lao Chen.'

'Wie is daar?' klonk het slaperige antwoord. Het grote gezicht met bossige wenkbrauwen van de nachtwaker verscheen achter het raam, en hij glimlachte toen hij haar herkende. 'Fan Jiejie,' begroette hij haar. 'Wat doe jij hier op dit uur?'

'Ik heb een boodschap van Madame Liu,' zei ze. 'Je kunt bezoek verwachten. Geheim bezoek. Na middernacht.'

'Niet wéér,' verzuchtte hij. 'Ik moet zeker maken dat ik wegkom, net als de vorige keer.'

Dit had ze niet verwacht, maar ze greep dit buitenkansje met beide handen aan. 'Precies,' zei ze. 'Je kunt vroeg naar huis. Ik moet hier bij de poort blijven om ze binnen te laten.'

'Al dat geheimzinnige gedoe,' mopperde hij. 'Het lijkt hier zo langzamerhand wel een broederschap met alles wat er de laatste tijd gebeurt. Wat is er nu weer aan de hand? Het is verdikkie nog maar twee... nee, drie dagen geleden dat ik 's nachts ook al weg moest. Maar toen was het Madame Liu zelf die me kwam aflossen.' Wantrouwig fronste hij zijn wenkbrauwen. 'Hé, waarom stuurt ze jou en komt ze het me niet zelf vertellen? Ze had toch ook haar zoon kunnen sturen?'

'Dat kan ik je niet vertellen, Lao Chen. Ze zijn iets aan het bespreken met die bandiet, IJzeren Man Wang. Ik weet niet waar het over gaat, maar ze heeft gezegd dat ik je dit moest laten zien.' Uit haar sjerp maakte ze een snoer jade kralen los, dat ze eerder uit Madame Liu's kamer had meegenomen voor het geval ze haar verhaal zou moeten bewijzen.

'Al goed, die herken ik. Het heeft dus met IJzeren Man Wang te maken? Dan zal het wel belangrijk zijn. In dat geval weet ik liever niet wat er is. Wacht even, dan pak ik m'n spullen. Ik ben benieuwd wat mijn vrouw ervan zal zeggen als ik voor de tweede keer in een week 's nachts thuiskom.'

Nadat hij mopperend was vertrokken, ging zij op zijn bed zitten wachten. De uren verstreken.

De moed begon haar in de schoenen te zinken. Misschien had Ma Na Si zich vergist en kwam majoor Lin helemaal niet. Ze kon niet bedenken wat ze dan moesten doen.

Henry liep rusteloos heen en weer in de gang toen Airton uit zijn kamer naar buiten kwam. 'Het is al halfdrie,' zei hij kil.

'Echt waar?' antwoordde Henry op dezelfde toon.

'Ik denk niet dat majoor Lin nog komt.'

Henry bleef ijsberen.

'Nou, wat gaan we doen? Wat is het plan?' Airton gaf hem een zet.

Henry zuchtte. 'We wachten tot drie uur.'

'En dan?'

'Dan gaan we zonder zijn hulp weg.'

'Aha. We wandelen gewoon naar buiten. Kinderen. Vrouwen, waarvan een doodziek – dankzij jou, trouwens. We wandelen langs IJzeren Man Wang en zijn mannen, en dan? Overmeesteren we de wachters bij de stadspoort, áls we die tenminste weten te bereiken?'

'We lopen via kleine steegjes naar het huis van de Millwards. Dat is nu toch verlaten. Daar verbergen we ons, en dan sturen we een boodschap naar de *yamen*. Misschien kan Fan Yimei dat doen. Sorry, dokter, iets beters kan ik niet bedenken.'

'Briljant!' hoonde Airton.

'Blijft u soms liever hier?'

'Dat kan niet, daar ben ik me van bewust, opnieuw dankzij jou en je afspraak met de Mandarijn. Of moet ik zeggen míjn afspraak met de Mandarijn? Hoe dan ook, het is lelijk in het honderd gelopen.'

'*Fato prudentia minor*,' mompelde Henry.

'Het noodlot is sterker dan de wijsheid. Ik walg van je, Manners, van jou en je cynische gekonkel. Je manipuleert onze levens.'

'Vergeet niet dat we tenminste nog leven,' zei Henry zacht. 'Geef het nog niet op, dokter.'

Met een ruk draaide Airton zich om en hij ging zijn kamer weer binnen. 'Nellie, schat, je kunt maar beter gaan pakken,' zei hij tegen zijn vrouw, luid genoeg om verstaanbaar te zijn voor Henry. 'Mr. Manners heeft een plan.'

Henry bleef heen en weer lopen.

Ze wilde net weggaan toen er op de poort werd geklopt. Nerveus gluurde ze door het kijkgaatje. Ze zag paarden en glimmend leer in het licht van de lantaarn. Haar hart bonsde van opluchting.

Majoor Lin had een aantal van zijn mannen meegenomen, zoals verwacht, maar hij werd ook vergezeld door een oude man met wit haar. Ze herkende hem direct. Alle meisjes waren bang voor hem. Ze wisten dat hij pervers was en lieten zich niet bedotten door de glimlachende ogen in het bedrieglijk beminnelijke gezicht. Het was de kamerheer van de Mandarijn, die ze vaak in het bordeel had gezien. Ook was hij, besefte ze met een schok, een oude vriend van Madame Liu.

Onmiddellijk begon ze in gedachten haar verhaal aan te passen. Het was onmogelijk om te verbergen dat Madame Liu gevangen werd gehouden, maar dat kon ze verklaren door te vertellen dat die domme buitenlanders overdreven argwanend waren en haar uit voorzorg de mond hadden gesnoerd. Het zou fataal zijn als deze man ontdekte wat er allemaal was gebeurd, vooral dat Ren Ren dood was. Kamerheer Jin zou zelfs kunnen weigeren om zijn instructies van de Mandarijn op te volgen.

Aanvankelijk vertrouwden majoor Lin en de kamerheer het niet dat Fan Yimei hen ontving en niet Madame Liu persoonlijk. Ze ondervroegen haar uitgebreid, en accepteerden uiteindelijk haar verhaal. Kamerheer Jin vond het zelfs amusant dat Madame Liu was vernederd. 'Vastgebonden en gekneveld?' Hij lachte kwaadaardig. 'Vastgebonden aan een bed? Ik verheug me erop haar te zien.'

Ze ging het gezelschap voor over de uitgestorven binnenplaatsen. Alle mannen, zelfs de soldaten, droegen katoenen schoenen, maar toch kraakten de houten treden toen ze de trap opliepen. Majoor Lin had zijn zwaard getrokken, en de soldaten hielden hun bajonet bij de hand. Als een van IJzeren Man Wangs mannen de pech had om hen per ongeluk tegen het lijf te lopen, zou hij dat niet kunnen navertellen. Gespannen liepen ze door de verlichte gang op de derde verdieping, maar er klonken geen geluiden uit de kamers, behalve hier en daar gesnurk.

Fan Yimei tilde de schildering op die de deur naar Madame Liu's eigen verdieping verborg, en achter elkaar aan liepen ze de trap op.

Boven troffen ze de buitenlanders in de gang aan. Kennelijk stonden ze op het punt om te vertrekken. Nellie en Mary ondersteunden een slaperige Helen Frances, de dokter hield zijn dokterstas in zijn ene hand en een valies in de andere, en Henry haalde net de lantaarn van de muur.

'Godzijdank!' riep de dokter uit toen hij Fan Yimei zag, gevolgd door de kamerheer en een soldaat. De anderen waren nog op de trap. 'Ze zijn toch gekomen. We zijn gered.'

Majoor Lin kwam de gang in, en het lamplicht scheen op zijn gezicht.

Op dat moment tilde de versufte Helen Frances haar hoofd op en zag ze hem. Hij glimlachte, een valse, wolfachtige glimlach. Haar ogen werden groot van angst, haar hele lichaam begon te trillen en ze leek zachtjes te kreunen. In paniek probeerde ze zich uit de armen van Nellie en Mary los te maken, maar ze kon niet eens op haar benen staan. Stuiptrekkend zakte ze op haar knieën.

'Doe iets, Edward!' zei Nellie. 'Ze is niet te houden. Ze krijgt een toeval.'

Snel opende Airton zijn dokterstas om een spuit te pakken. George en Jenny stonden als aan de grond genageld te staren. Henry, zijn gezicht vertrokken van woede, wilde de majoor te lijf gaan, maar hij wist zich op het nippertje te beheersen. Met ogen die fonkelden van woede en gebalde vuisten stond hij voor zijn vijand, die hem kalm, wreed glimlachend, bekeek.

'Wat hebt u een boeiend effect op deze buitenlanders, majoor Lin,' merkte de kamerheer lijzig op. 'Ik had verwacht dat ze juist blij zouden zijn om u te zien, maar het tegendeel lijkt waar te zijn. Wat hebt u gedaan dat ze zo'n hekel aan u hebben?'

Toen viel het oog van majoor Lin op Mary. 'Wie is zij?' blafte hij.

De dokter zat op zijn knieën naast Helen Frances, die snikkend in Nellies armen lag. Het zou even duren voordat de morfine begon te werken. Bezorgd keek hij omhoog. 'Majoor, dat meisje is een oude vriendin van ons,' zei hij voorzichtig. 'Ze is het slachtoffer van een ontvoering en staat nu onder mijn bescherming. Ik ben van plan haar met ons mee te nemen.'

'Dat kan niet,' snauwde Lin kortaf. 'Ze wordt niet gedekt door mijn bevelen.'

Airton ging staan en richtte zich in zijn volle lengte op. 'Ik sta erop,' zei hij zo doortastend mogelijk. Het effect werd grotendeels tenietgedaan door de smekende blik in zijn ogen en zijn trillende lippen.

Majoor Lin negeerde hem, draaide zich om en gaf een van zijn soldaten een bevel.

'Zonder haar gaan we niet weg,' riep Airton schril. 'Ik eis dat ze meegaat, majoor.'

Met een sardonisch glimlachje draaide Lin zich weer om. 'U bent niet in een positie om eisen te stellen,' meesmuilde hij.

'Ach, majoor, wat maakt een meer of minder nou uit,' suste kamerheer Jin. 'We verdoen onze kostbare tijd met dit gekissebis. Voordat we weggaan, moet ik nog even mijn opwachting maken bij Madame Liu. Daar verheug ik me nou echt op.'

Majoor Lin tilde zijn kin op en gaf zijn concubine een bevel. 'Toe maar. Breng hem bij haar. Snel.'

Henry en de dokter keken elkaar geschrokken aan. 'Dat lijkt me geen goed idee,' probeerde Henry. 'Madame Liu houdt rust en heeft te kennen gegeven dat ze beslist niet gestoord wil worden.'

Kamerheer Jin liep glimlachend langs hem heen. 'Wees maar niet bang, Ma Na Si, ik heb begrepen dat u Madame Liu rust láát houden. Ze heeft het ook zo druk! Ik zal die arme vrouw heus niet storen, daar is dit veel te komisch voor.'

Achter Fan Yimei aan liep hij de kamer binnen, en tot hun opluchting kwam hij even later zonder hun gevangene weer naar buiten.

'Hartelijk bedankt, Ma Na Si. Ik had niet verwacht dat het zo'n leuke avond zou worden. Wat keek ze me vuil aan! "De gewonde tijgerin kijkt woedend naar de jagers die haar jongen weghalen." Waar is dat jong van haar trouwens? Jullie hebben Ren Ren toch niet ook vastgebonden? Hè, wat jammer nou. Hoewel... eigenlijk ben ik opgelucht dat hij niet hier is. Hij is ongetwijfeld dorpen aan het platbranden en boeren aan het vermoorden met zijn Boxer-vriendjes. Dat vindt hij leuk. O, wat was ze grappig om te zien! Ze ontplofte toen ik de taël voor jullie opvang uittelde en op tafel legde. Ze kon niet eens onderhandelen. Zo nijdig als een spin was ze!'

'Kamerheer,' snauwde majoor Lin, 'we moeten echt weg als we voor de dageraad in het spoorwegkamp willen zijn.'

'Natuurlijk, natuurlijk,' zei de kamerheer monkelend. 'Maar zijn de buitenlanders wel klaar? Deze jonge vrouw lijkt me nogal slaperig. Ze staan trouwens geen van allen echt te trappelen.'

Majoor Lin gaf een bevel, en de grootste van zijn twee soldaten legde Helen Frances over zijn schouder. Airton en Nellie protesteerden niet; het leek hun de beste manier om de bewusteloze Helen Frances te vervoeren. Nellie gaf haar kinderen een hand, en de hele groep daalde de trap af, bang maar opgelucht dat ze eindelijk weg konden uit een schuilplaats met zoveel gruwelijke herinneringen, gevolgd door de soldaten.

Voor de verandering was het lot hun gunstig gezind. Iedereen in huis sliep, en ze bereikten zonder hindernissen de poort.

Buiten stonden de paarden van de soldaten en de bekende kar met hooi op hen te wachten.

De wagen ratelde door de stille straten. Bij de stadspoort werden ze uiteraard staande gehouden door de wachters, maar ze leken onder de indruk van de aanwezigheid van kamerheer Jin, die tot hun verbazing op een van Lins paarden reed.

De vluchtelingen waren weggekropen onder het hooi en dachten aan de vergelijkbare rit van een paar dagen daarvoor. Wat hadden ze in korte tijd veel drama's meegemaakt, en niemand wist wat de toekomst voor hen in petto had. Ze waren ontsnapt uit de stad, maar onzekerheid lag in het verschiet. Nu ze weg waren uit hun kooi in het Paleis van de Hemelse Lusten waren ze overgeleverd aan alle gevaren van de buitenwereld. Was ontsnappen wel mogelijk als het hele land in opstand was? Waar zouden ze bescherming vinden als elke hand was opgeheven tegen de gehate buitenlanders? Ze wisten alleen wat ze van majoor Lin hadden gehoord, dat ze onderweg waren naar het spoorwegkamp.

Het konvooi haastte zich door de nacht.

Ze bereikten het kamp toen de grijze dageraad begon aan te breken boven de mistige velden.

Met een schok werd Su Liping wakker. Wazig tuurde ze om zich heen. Ze had hoofdpijn en wist even niet waar ze was. Ze moest heel nodig plassen. IJzeren Man Wang lag languit op zijn rug op het bed. Het drong tot haar door dat Fan Yimei nergens te bekennen was, de trut. Opgeruimd staat netjes, dacht ze, en haar gezicht vertrok toen er een steek van pijn door haar hoofd ging.

De pispot in de kamer was vol, dus strompelde ze door de gang naar het privaat, waar ze hurkte boven het gat. Haar hoofd bonkte en ze was misselijk.

Waarom was Fan Yimei er eigenlijk niet? Meisjes mochten geen klanten alleen laten, daar hamerde Madame Liu altijd op.

En waarom was ze zo laat 's avonds nog bij Madame Liu geweest? Normaal gesproken verliet Fan Yimei het paviljoen van majoor Lin nooit. Vreemd, peinsde ze.

Toen herinnerde ze zich met een schok wat dat nieuwe meisje haar had verteld, Feniks. Madame Liu was ziek en mocht niet gestoord worden. Het was ondenkbaar dat ze Fan Yimei zou laten komen als ze zich onwel voelde. Als ze iemand nodig had, zou ze Su Liping hebben laten halen.

Dat was niet het enige waar een luchtje aan zat. Fan Yimei had nauwelijks geprotesteerd toen IJzeren Man het met haar wilde doen. IJzeren Man Wang was natuurlijk machtig, daarom had ze zelf speciaal verzocht om aan hem toegewezen te worden, maar Fan Yimei had majoor Lin. Bovendien was hij niet haar type, veel te ruw. Er was nog iets... dat speelse gedoe met die kruik wijn. Ja, heel verleidelijk, zo'n koket spelletje – ze had zelf soortgelijke trucjes geleerd – maar waarom had Fan Yimei eigenlijk met IJzeren Man gekoketteerd?

Opeens kreeg ze argwaan. Ze vergat haar hoofdpijn en rende terug naar de kamer, naar de tafel waar Fan Yimei de wijn had ingeschonken. De buidel was snel gevonden. Ze raapte hem op en rook eraan. Het secreet! Geen wonder dat ze misselijk was.

In allerijl, zonder zelfs eerst een peignoir aan te trekken, rende ze naar het eind van de gang en opende ze het paneel achter het schilderij. Ze hobbelde de trap op en klopte luid op Madame Liu's deur. Er kwam geen antwoord, en ze deed de deur open. De kamer was leeg. Ze ging terug naar de gang, opende elke deur totdat ze haar had gevonden, en slaakte een kreet van schrik toen ze haar vastgebonden op het bed zag liggen. Gejaagd maakte ze de pleister voor haar mond los.

'*Ta made*!' krijste Madame Liu. 'Waarom kom je nu pas? Heb je dan niet gemerkt dat ik er niet was, stomme trut?'

'Feniks zei dat u zich niet goed voelde,' kermde Su Liping terwijl ze koortsachtig aan de touwen frunnikte. 'Ik moet u iets vertellen over Fan Yimei, Madame Liu.'

'Ik weet alles van Fan Yimei,' tierde de oude vrouw, en ze rukte haar benen los uit de touwen. 'Waar is Ren Ren?'

'Uw... uw schouder. U bloedt,' hakkelde Su Liping.

'Zeur niet over mijn schouder! Waar is Ren Ren?'

'Niemand heeft hem gezien,' fluisterde het inmiddels doodsbange meisje. 'Niet meer sinds hij samen met u naar boven is gegaan.'

Madame Liu's ogen werden groot van schrik. 'De dokter!' hijgde ze. 'De dokter... waarom hield hij me tegen in de gang?'

'Ik... ik weet het niet,' stamelde Su Liping.

'Kom mee,' beval Madame Liu, en ze waggelde naar de deur. In de gang ging ze sneller lopen, en voor de deur van de kamer waar de Mandarijn zijn ontmoeting met het buitenlandse meisje had gehad bleef ze staan. Ze leek even te aarzelen. 'Doe die deur open,' zei ze nauwelijks verstaanbaar. 'Doe open.'

Su Liping deed wat haar werd gevraagd, en Madame Liu tuurde naar binnen.

'Haal de lantaarn uit de gang,' beval ze, en Su Liping dribbelde weg.

'Het kleed,' fluisterde Madame Liu. 'Dat kleed hoort hier niet. Til het op.'

Ze kreunde bij het zien van de bloedvlek, liet zich op haar knieën vallen en kroop langzaam naar het bed.

'Madame Liu,' jammerde Su Liping met haar knokkels tegen haar mond gedrukt, 'wat is er gebeurd?'

Madame Liu draaide haar lijkwitte gezicht naar haar om. Su Liping had nog nooit van haar leven zo'n vreselijke uitdrukking gezien. 'Ga weg,' siste ze. 'Sodemieter op! Ga naar IJzeren Man Wang en zeg dat hij hier moet komen. Maar ga weg, ga weg!'

Met een angstige blik over haar schouder liep Su Liping terug naar de gang. Toen ze beneden aan de trap was, begon het gillen, luid en snerpend, kreten die weergalmden in het trappenhuis en de gangen en tot in de kleinste hoekjes van het hele gebouw doordrongen.

Het eens zo bedrijvige spoorwegkamp lag er zo goed als verlaten bij. De meeste arbeiders waren terug naar huis, anderen hadden zich bij de Boxers aangesloten. Troepen van majoor Lin hielden rond het kamp de wacht, hun karabijnen binnen handbereik, hun ogen strak op het naderende konvooi met de majoor gericht.

De stoet ging tussen de lege tenten door, langs de schuren, naar de locomotief die nog steeds op de rails stond. Daar wachtte de Mandarijn hen op, staand in de deuropening van een eersteklas rijtuig.

Hoe ze hun best ook hadden gedaan, de Boxers waren er niet in geslaagd om de trein te vernielen, al had het koetswerk hier en daar deuken opgelopen. Er zaten roestplekken op de wielen, en geen enkele ruit in de rijtuigen was nog heel. Een kleine groep soldaten stapelde hout en kolen op naast de loc.

Met een spottend lachje stond de Mandarijn te kijken toen de Europeanen een voor een onder het hooi vandaan kropen. Ze zagen eruit als vogelverschrikkers. Hij fronste echter zorgelijk zijn wenkbrauwen toen hij zag dat Henry en de dokter een bewusteloze Helen Frances van de wagen tilden. 'Daifu!' riep hij. 'Wat is er met haar? Is ze ziek?'

Airtons ogen fonkelden van haat. 'U weet donders goed wat er met haar aan de hand is, smiecht!' siste hij.

Vragend keek de Mandarijn naar Henry.

'Ze is verkracht, Da Ren, en mishandeld...' Henry keek naar majoor Lin, die nog te paard zat en kil glimlachte. 'Door Ren Ren en een van zijn vrienden,' vervolgde hij ijzig.

Een donkere schaduw gleed over het gezicht van de Mandarijn. 'Is dat zo, majoor?'

'Ik weet niets van een verkrachting, Da Ren,' antwoordde hij met een uitgestreken gezicht.

'De majoor kan inderdaad niet weten wat deze twee mannen hebben gedaan, Da Ren, want hij was al weg toen het gebeurde.' Henry koos zijn woorden met zorg. 'Het zal hem wellicht interesseren dat deze twee mannen inmiddels dood zijn. Ja, we hebben hen gedood, majoor, kort na uw vertrek. Het is goed dat u dit weet, majoor. Als een vrouw die onder mijn bescherming staat ook maar een haar wordt gekrenkt, kunt u van me aannemen dat ik de schurk niet zal laten leven. Ik zal wraak nemen, hoe lang het ook duurt.'

Ernstig volgde de Mandarijn het tweegesprek tussen de twee mannen. Hij hoorde het dreigement en zag hoe giftig ze elkaar aankeken. 'Dus de daders zijn al door u gedood, Ma Na Si?' vroeg hij. 'U mag me op een ander moment uitleggen hoe u dit voor de andere bewoners van het huis verborgen hebt weten te houden. Kennelijk bent u erg vindingrijk. Ik moet bekennen dat ik niet begrijp waarom u zo vijandig bent tegen majoor Lin. Beschuldigt u hem van nalatigheid? Had hij deze wandaad wellicht kunnen voorkomen?'

'Ik zou majoor Lin nooit van nalatigheid durven betichten,' zei Henry met een bittere glimlach. 'Ik heb nooit iemand gekend die zo goed weet wat hij doet.'

De Mandarijn schudde zijn hoofd. 'Ik vind het heel erg dat dit is gebeurd. U zegt dat de dame in kwestie onder uw bescherming stond, Ma Na Si, maar in feite stond ze onder de mijne. Als er iemand nalatig is geweest, dan ben ik het wel. De dokter weet zo te zien precies wie hij de schuld moet geven. Ik weet niet hoe ik het goed kan maken, maar op dit moment lijkt het me van het grootste belang om haar – u allemaal – veilig en wel in deze trein te installeren. Ik heb deze rijtuigen laten ombouwen, en hoop dat u een comfortabele reis zult hebben. Maakt u het zich vooral gemakkelijk.

Als u op orde bent, Ma Na Si, zou ik graag met u willen praten. Zoals u weet moeten we een ingewikkelde overeenkomst bespreken. Ik hoop dat ook de dokter zo vriendelijk zal willen zijn om op een gegeven moment bij me langs te komen – als hij tenminste in staat is om zijn antipathie te overwinnen.'

Hij wilde zijn rijtuig binnengaan, maar draaide zich nog even om. 'Ik heb begrepen dat de trein spoedig gereed zal zijn voor het vertrek. De locomotief moet water innemen, of opwarmen, of zo. Ik heb geen verstand van dat soort dingen. Laten we in elk geval hopen dat we zonder verdere vertraging kunnen vertrekken. U bent de enige man van de spoorwegen hier, Ma Na Si, alle anderen hebben helaas het leven gelaten tijdens de recente onlusten. Ik heb een aantal soldaten aangewezen om u behulpzaam te zijn, en ik hoop dat u ze instructies kunt geven.'

De Mandarijn had geen woord te veel gezegd. Ondanks de gebroken ruiten waren de rijtuigen somptueus ingericht. In het rijtuig grenzend aan dat van de Mandarijn waren de oorspronkelijke banken verwijderd, om plaats te maken voor gemakkelijke stoelen en sofa's. Ook stonden er twee Chinese hemelbedden, elk aan een kant van het rijtuig. De vloer was bedekt met tapijten uit Tientsin, en op een laag mahoniehouten tafeltje stond een pot thee met zoete lekkernijen klaar.

Dolblij renden de kinderen heen en weer in hun ruime nieuwe onderkomen, kraaiend van blijdschap over hun vrijheid. Airton en Nellie legden Helen Frances in een van de bedden. Fan Yimei en Mary schonken thee in.

Henry werd door iedereen genegeerd. 'Ik ga naar de Mandarijn,' kondigde hij schaapachtig aan.

'Ja, ga maar gauw naar je vriend,' bitste Airton. 'Wij kunnen je hier missen als kiespijn.'

'Edward,' verzuchtte Nellie toen Henry wegliep, 'kun je niet wat vriendelijker zijn tegen die man? Zie je niet dat hij het ook moeilijk heeft?'

Henry hoorde het nog net voordat hij de deur van het rijtuig achter zich dichtdeed. Met een bedroefd glimlachje klopte hij op de deur van de Mandarijn. Zijn rijtuig was met nog meer luxe ingericht. Er stonden kastjes van rozenhout, tafels en stoelen, en aan de muren hingen rolschilderingen. Kennelijk was de Mandarijn aan een grote tafel aan het werk geweest, maar nu zat hij samen met kamerheer Jin op houten stoelen met een hoge rug een kopje thee te drinken uit porseleinen kommetjes. Aan de andere kant van het rijtuig zag Henry drie vrouwen, liggend op een sierlijk bed met gordijnen, bezig met een spelletje kaart. Hij nam aan dat het de vrouwen van de Mandarijn waren.

De Mandarijn stond op om hem te begroeten. 'Welkom, mijn vriend. Je hebt geen idee hoe opgelucht ik ben dat je veilig hebt kunnen ontsnappen. Ik kan alleen maar herhalen hoe erg ik het vind dat die jongedame van je is mishandeld. Het is nooit mijn bedoeling geweest dat haar iets zou overkomen, geloof me. Je moet me nog vertellen hoe je de daders hebt gestraft, maar ik ben blij dat je het hebt gedaan. Door Ren Ren te doden heb je de wereld van een stuk ongedierte verlost.

Maar drink nu eerst een kopje thee. We moeten andere belangrijke zaken bespreken. Om te beginnen wil ik je laten zien wat ik bij me heb. Je zult zien dat ik mijn kant van onze overeenkomst stipt nakom.'

Aan de zijkant stonden twee grote verlakte kisten. Hij maakte de gele koorden los waarmee de deksels vastzaten. 'Kijk zelf maar,' zei hij uitnodigend. 'Dit is de betaling die de Japanse kolonel verlangt.'

Henry opende het deksel van de dichtstbijzijnde kist. Erin lagen stapels glinsterende goudstaven. Hij knikte langzaam en liet zijn hand over het goud gaan. De andere kist bevatte zilver, staven en Mexicaanse zilveren dollars. Hij schepte er een handvol munten uit en liet ze rinkelend terugvallen.

Achter zich hoorde hij een katachtig gesis. Jin Lao leunde over zijn schouder en de ogen rolden haast uit zijn perkamenten gezicht van verwondering en hebzucht.

'Zelfs mijn kamerheer heeft nog nooit zo'n grote schat gezien,' zei de Mandarijn. 'Je mag het wegen, als je wil, maar ik verzeker je dat dit de afgesproken hoeveelheid is. Dit is het grootste deel van een fortuin dat ik de afgelopen jaren heb vergaard. Ik draag alles aan je over als jij me eenmaal hebt laten weten waar de wapens verborgen zijn. Jij kunt er dan je eigen regering of de Japanse kolonel van betalen, of je houdt het zelf, dat gaat mij verder niet aan.'

'Bedankt.' Henry deed de kisten weer dicht. 'Ik hoef het niet te wegen. Ik geloof u op uw woord.'

'Ik voel me vereerd met je vertrouwen. Nu moet je me nog vertellen waar de reis naartoe gaat om de wapens op te halen.'

'Voordat ik dat doe, wil ik graag eerst van u horen wat u met ons van plan bent wanneer ik mijn deel van de overeenkomst ben nagekomen.'

'Dan ben je vrij om te gaan en te staan waar je wil, Ma Na Si,' zei de Mandarijn. 'Wat anders?'

'Het is de vraag hoe we ons gaan verplaatsen, en belangrijker nog, waar we heen kunnen gaan. Volgens mijn informatie worden de gezantschappen in Peking belegerd, en is het leger uit Tientsin onder admiraal Seymour verpletterend verslagen, zodat ook die stad wordt belegerd. Als ik het goed begrepen heb, zijn zowel Peking als Tientsin in handen van de Boxers. Dan blijven er voor ons niet veel opties over.'

'Je hebt gelijk, Ma Na Si, Tientsin wordt inderdaad belegerd, net als de gezantschappen, maar ze houden wel stand. Ik moet ook bevestigen dat een leger van mariniers en vrijwilligers aanvankelijk is teruggedreven, maar het is niet in de pan gehakt. Ik heb gehoord dat ze nog standhouden op het platteland, zo'n dertig kilometer ten noorden van de stad. De soldaten kunnen zich niet terugtrekken naar Tientsin, maar aan de andere kant is ons eigen leger niet sterk genoeg om hen te verslaan.

Ondertussen is er een nieuw en veel sterker buitenlands leger in Taku aangekomen, en onze forten worden bestormd.'

'Is dat zo?' Henry floot.

'Ja, Ma Na Si, dat is zo. De succesvolle aanval vanuit zee vond twee of drie weken geleden plaats. Men verwacht dat dit leger binnenkort op zal rukken om eerst Tientsin te ontzetten, en vervolgens het gestrande leger van de admiraal. Ze zijn misschien nu al onderweg, want mijn nieuws is meer dan een week oud. Het leger zal ongetwijfeld naar Peking opmarcheren als de troepen eenmaal op sterkte zijn.'

'Dat is goed nieuws voor mij, maar slecht voor u.'

'Integendeel, Ma Na Si, ik beschouw dit als zeer goed nieuws. Ik zeg dit als patriot, geloof me. De buitenlandse troepen zullen de Boxers verslaan en een aftandse dynastie omverwerpen. Een nieuwer, beter China zal het resultaat zijn.'

'En u gaat uw positie in het noordoosten van China versterken doordat u over wapens beschikt?'

'Je hoeft niet zo cynisch te doen, Ma Na Si, maar je hebt wel gelijk. Ik ben dan in een betere positie om mijn land te dienen.'

'En wij? Waar gaan wij heen als ik u de wapens heb gegeven?'

'De kamerheer, majoor Lin en ikzelf verlaten de trein, samen met het grootste deel van de mannen. Het is de bedoeling dat onze troepen mobiel blijven – op dit moment worden de paarden van de cavalerie in de goederenwagons van deze trein geladen. Jullie zware geschut biedt extra zekerheid. Ik leen jullie een kleine compagnie en jullie kunnen per trein zo ver mogelijk in de richting van Tientsin reizen. De soldaten zullen behulpzaam zijn bij het oversteken van de Boxer-linies, totdat jullie de buitenlandse troepen hebben bereikt. Daarna keren ze per trein terug naar mij. Is dat een redelijk plan?'

'Het is een plan met vele voetangels en klemmen.'

'Ja, en ook met veel onzekerheden, maar dit zijn helaas gevaarlijke tijden. De dokter heeft me een keer een Engelse uitdrukking geleerd: "Wie niet waagt..."'

'"... die niet wint." Goed dan, Da Ren, ik ben tevreden met dit plan.'

'Vertelt u me nu dan waar de wapens zijn?'

Henry glimlachte. 'De wapens zijn verborgen op een plek hier ongeveer anderhalve dag reizen vandaan, aan de andere kant van de Zwarte Heuvels. Het spoor splitst zich daar op, in noordelijke richting naar Mukden, en naar Tientsin in het zuiden. De wapens liggen in een grot, ongeveer een halve dag te paard van deze splitsing. Kolonel Taro en ik kennen deze plek van onze jachtpartijen. Ik kan u er makkelijk naartoe brengen.'

'Jij wil ons ernaartoe brengen, Ma Na Si? Ik had eigenlijk gehoopt dat je ons de exacte locatie zou vertellen.'

'De exacte locatie is niet zo makkelijk te beschrijven, Da Ren,' antwoordde Henry, eveneens glimlachend. 'Als u het zonder mij probeert, loopt u het risico dat u verdwaalt.'

De Mandarijn lachte. Hij wilde iets gaan zeggen, maar op dat moment hoorden ze schoten buiten de trein. De vrouwen in het rijtuig gilden van schrik, en kamerheer Jin greep de armleuningen van zijn stoel beet. Henry en de Mandarijn renden naar het raam.

Bij de rij tenten zagen ze ongeveer vijf of zes cavaleristen die majoor Lin aan de rand van het kamp op wacht had gezet in volle galop de heuvel afkomen, vurend met hun karabijnen. Bij het begin van het bos, boven aan de heuvel, wapperden rode en gele vaandels, en honderden Boxers kwamen tussen de bomen vandaan. Voor hen uit reed een gezette, bebaarde man te paard, zwaaiend met een kolossale bijl.

Met zijn handen rond het raamkozijn geklemd leunde Henry zo ver mogelijk uit het raam naar buiten om te kunnen zien wat er links en rechts van hem bij de trein gebeurde. Rechts van hem zag hij soldaten uit de rijtuigen springen, klaar voor de strijd. Links van hem liepen de laatste paarden over de loopplank de goederenwagon in. Daarachter stond de locomotief. Het hout en de kolen waren al ingeladen, maar hij zag dat er nog water uit de toren in de tender werd gepompt.

De Mandarijn zag de zorgelijke uitdrukking op Henry's gezicht. 'Ik neem aan dat de trein nog niet klaar is voor het vertrek?' vroeg hij kalm. 'Dan kan majoor Lin nu bewijzen of hij zijn troepen de afgelopen jaren goed heeft opgeleid.'

'Ik ga naar de locomotief. Misschien kan ik zorgen dat het wat sneller gaat,' zei Henry.

'Ik wens je veel geluk. Ik hoef je er niet aan te herinneren dat ons leven ervan afhangt.'

De Mandarijn bleef beheerst bij het raam staan, kijkend naar majoor Lin, die zijn karabiniers in slagorde opstelde, als voorbereiding op de aanval van de Boxers die hun te wachten stond.

HOOFDSTUK 19

Doden. Zoveel mensen worden gedood. Ik ben alleen. Misschien dat

meester Zhang me had kunnen uitleggen waarom dit gebeurt,

maar hij is ook dood.

Henry sprong uit het rijtuig op het houten perron en begon te rennen. Hij hoorde dat iemand hem riep toen hij langs het rijtuig van de dokter kwam.

Nellie leunde uit het raam. 'Mr. Manners.'

'Ik moet met spoed naar de locomotief, Mrs. Airton.' Ongeduldig bleef hij staan. 'We kunnen een aanval verwachten. Jullie moeten allemaal op de grond gaan liggen.'

'Helen Frances is wakker geworden,' zei Nellie. 'Ze vraagt naar u.'

Op zijn gezicht waren snel achter elkaar tegenstrijdige gevoelens af te lezen: bezorgdheid, angst en hoop. 'Gaat het... gaat het...'

'Of het goed met haar gaat? Nee, Mr. Manners, het gaat helemaal niet goed met haar, maar ze is in elk geval weer bij haar positieven. Althans gedeeltelijk. Ze wil u graag zien. Dat heeft ze heel erg duidelijk gemaakt.'

Heel even bleef Henry besluiteloos staan. Twee soldaten die een kist munitie droegen botsten tegen hem op en renden verder. Hij schudde zijn hoofd. 'Ik... ik kan niet komen, Mrs. Airton. Niet nu. Ik moet de locomotief aan de praat krijgen. Geef haar... geef haar mijn liefs,' mompelde hij, en hij zette het weer op een lopen. 'Ga op

634

de grond liggen!' riep hij over zijn schouder.

'Geef haar liefs?' herhaalde Nellie voor zichzelf toen ze haar hoofd terugtrok. 'Had je het maar in je om te kunnen geven.'

Toen hij langs de twee goederenwagons kwam, hoorde hij het hinniken van bange paarden en het stampen van hun hoeven. De soldaten die voor de paarden hadden gezorgd liepen weg om zich bij de rest van majoor Lins mannen aan te sluiten. Een man was achtergebleven om de deuren te vergrendelen. Henry herkende de versleten jas van schapenbont en de smerige bontmuts, zelfs al voordat het vertrouwde gegroefde gezicht naar hem werd omgedraaid en hij de twinkelende ogen en de brede grijns van zijn oude *mafu* zag. 'Lao Zhao!' riep hij dolblij uit, en hij sloeg zijn armen om hem heen. 'Ik dacht dat je je bij de Boxers had aangesloten.'

Lao Zhao lachte. 'Die *wangbadans*, Xiansheng? U denkt toch niet dat die schurken me een behoorlijk loon betalen! Bovendien hebben ze mijn muildieren gestolen.'

'Kom mee,' zei Henry. 'Als je toch geen ezels meer hebt, kan ik je net zo goed leren hoe je een trein bestuurt.'

Samen renden ze verder langs de tender. Snel klom Henry via de ijzeren ladder naar de staanplaats op de locomotief. Hij keek om zich heen en zag hoe hachelijk de situatie was.

Twee soldaten stonden boven op de berg kolen en hielden de slang uit het watervat in de tender. Dat kostte moeite, en veel water stroomde naast het vulgat. Het waren nog echte jongens, ondanks hun uniformen, en ze lachten erom en spatten elkaar nat – en dat terwijl de Boxers van de heuvel stormden! In elk geval gaf de meter aan de voorkant van de loc aan dat de tank ongeveer halfvol was.

De stoomketel baarde Henry meer zorgen. Een korporaal staarde zenuwachtig in de open vuurkist, waar een paar houtblokken uitstaken. Er waren wel een paar vlammetjes te zien, en er kringelde zelfs rook uit de stapel omhoog, maar hiermee kon geen stoomtrein worden gestart. De moed zonk Henry in de schoenen toen hij besefte dat het uren zou duren om de loc op stoom te krijgen.

Onder andere omstandigheden zou hij misschien een cynische opmerking hebben gemaakt over de Chinese prioriteiten. Er was duidelijk veel aandacht en tijd besteed aan het inrichten van het rijtuig van de Mandarijn om hem in passende luxe te laten reizen, terwijl de tijd veel beter besteed had kunnen worden aan het opstoken van het vuur, als het tenminste de bedoeling was om levend weg te komen. Zuchtend keek hij naar de drukmeter. Er zat nauwelijks beweging in de wijzer.

Het had geen zin om zijn woede te uiten. De soldaten op de tender en de staanplaats hadden hem naar boven zien klimmen en keken hem nu verwachtingsvol aan, in afwachting van zijn instructies.

Hij leunde uit de cabine naar buiten om te kunnen zien wat er allemaal op de heuvel gebeurde. Ontelbare aantallen Boxers stroomden nog steeds uit het bos en de heuvel af. Binnen enkele minuten zouden ze het tentenkamp en het spoor bereiken. Met een militair oog bekeek hij de opstelling van Lins troepen.

De zuidkant van het spoorwegemplacement was in militair opzicht in elk geval redelijk beschermd. Een hoge bakstenen muur omsloot de ongeveer tweehonderd meter lange lus in het spoor. Daar stonden drie schuren en er lag een grote berg kolen, met aan de westelijke kant van het perron de watertoren. De muren waren stevig en de ijzeren hekken aan beide kanten zaten stevig op slot. Het hek aan de westelijke kant zou geopend moeten worden om de trein door te laten, maar zover was het nog niet. De eerste aanvallen zouden tenminste niet van die kant komen. Dat had ook majoor Lin geconcludeerd, en er stond daar niet meer dan een handjevol mannen op de uitkijk.

Het gevaar kwam uit het noorden. Er was geen muur tussen de tenten en de heuvel, en daar verzamelden de Boxers zich. De enige obstakels tussen hen en het perron waren de drie gebouwen van grijze baksteen die Fischer als opslagruimte en kantoor had gebruikt. Om het perron en de trein te bereiken, zouden de Boxers tussen de gebouwen door moeten lopen, en die ruimte was niet breder dan vijf meter. Bij deze doorgangen had Lin zijn schutters opgesteld, in twee linies, een geknield, een staand. Elke Boxer die door de openingen probeerde te lopen, zou zwaar onder vuur komen te liggen.

Henry zag dat Lin andere mannen via ladders naar de daken van de gebouwen liet klimmen om de omgeving in de lengte met geschut te kunnen bestrijken. Wat hij even niet begreep waren de activiteiten van een klein groepje onder leiding van een sergeant, dat draden spande tussen de gebouwen en het perron. Hij vermoedde dat er aan de andere kant een lading dynamiet aan vastzat. Majoor Lin bereidde zijn aftocht al voor.

Het aantal soldaten was uiteraard bedroevend, maar Henry was wel tevreden. Lin had zijn honderd man zo strategisch opgesteld als onder de omstandigheden mogelijk was; hij zou het zelf net zo hebben gedaan. 'Misschien houden ze stand,' mompelde hij. 'Als ze de eerste aanval overleven, maken we een kans.'

'Wat zei u, Xiansheng?' Lao Zhao keek hem niet-begrijpend aan.

'Niets,' zei Henry. 'We zijn goed in vorm, maar er is een hoop werk aan de winkel.'

Hij ging bevelen geven, om te beginnen aan de korporaal. 'Jij daar, ik wil dat je majoor Lin een boodschap gaat brengen. Zeg tegen hem dat hij de Boxers twee uur lang op afstand moet zien te houden. Begrepen? Twee uur.' De korporaal salueerde, sprong van de trein en draafde weg.

'Twee uur, Xiansheng?' vroeg Lao Zhao. 'Duurt het zo lang om dit beest in beweging te krijgen? Dat doet mijn oude merrie 's ochtends een stuk sneller.'

'Twee uur als het meezit,' zei Henry grimmig. 'Misschien duurt het nog langer. Deze loc staat al minstens zes weken stil. We moeten een lijk tot leven wekken, kerel. Laten we hopen dat we zelf niet net zo koud eindigen als deze trein. Kom op, we moeten iets aan de vuurkist doen.'

Ondanks het verbod van hun moeder, die aan de andere kant van het rijtuig met Helen Frances praatte, keken de kinderen uit het raam, en zo kwam het dat ze de eerste aanval zagen.

Majoor Lin stond in een open ruimte tussen zijn troepen, een pistool in zijn ene hand en een opgeheven sabel in de andere. De twee linies schutters richtten hun karabijnen strak op de doorgangen tussen de gebouwen en wachtten roerloos af. De zon stond hoog aan de wolkeloze hemel, en de bajonetten glinsterden. Een briesje dat over het open terrein streek deed wat stof opwaaien, en een paar eksters landden kort op het dak van een van de gebouwen, zonder aandacht te besteden aan de soldaten die plat op hun buik op de dakpannen lagen. Hoog boven hun hoofden cirkelden twee haviken.

'*Sha-aa-aa-aa!*' klonk de langgerekte kreet uit duizend kelen, maar het volgende moment was het weer stil. Nog steeds was er niemand te zien.

Eén enkele stem riep de inmiddels bekende leus: 'Verdelg de buitenlanders en behoed de Ch'ing!' Hierop volgde een luider *'Sha-aa-aa! Dóód!'* En weer werd het stil.

De lege ruimte tussen de gebouwen wachtte af. De wereld wachtte af. Majoor Lin controleerde of zijn troepen paraat waren. Jenny hoorde een gonzend geluid en schrok toen een wesp hun rijtuig binnenvloog. Ze zag het geel-zwart gestreepte lijf en het trillen van de vleugels. Met haar hand sloeg ze het insect weg, en toen ze weer naar buiten keek, leken er net zulke geel-zwart gestreepte wespen in de doorgangen te stromen. Een troep Boxers met oranje en blauwe tekens op hun tunieken en gele tulbanden leek uit het niets te zijn opgedoken. Alleen waren dit geen wespen met angels, maar woeste jonge kerels met zwaarden, speren en bijlen, die met hun ogen flonkerend van haat op hen afkwamen. De wapens in hun opgeheven armen glinsterden in het zonlicht en ze renden zo hard dat de stofwolken in het rond vlogen.

Majoor Lin liet zijn zwaard neerkomen als teken om de aanval te openen, en met een donderende knal verdwenen de twee rijen schutters in een wolk van kruitdampen. Ze vuurden en bleven vuren totdat hun magazijnen leeg waren. De rook begon op te trekken tijdens het herladen, en nu konden de kinderen de doorgangen tussen de gebouwen weer zien. In beide steegjes lag een tapijt van doden en stervenden, en er vormden zich grote bloedplassen in het zand.

'George, Jenny! Weg bij dat raam!' hoorden ze hun moeder schril roepen, en even later werden ze door sterke armen beetgepakt en tegen de grond gedrukt.

Buiten klonk weer de strijdkreet, gevolgd door een explosie van schoten. Jenny huilde een beetje, maar George gluurde met grote ogen tussen zijn moeders armen door. Hij zag Helen Frances heen en weer wiegen op het grote bed aan de andere kant van het rijtuig, haar handen tegen haar oren gedrukt. Fan Yimei en Mary zaten geknield op de grond, met hun armen om elkaar heen geslagen. Zijn vader stond bij de tafel in het midden. Hij had de kommetjes met fruit en zoetigheid, de theepot en de kopjes en de vaas met bloemen weggehaald, en legde nu zorgvuldig zijn scalpels klaar.

Toen de aanvallen weer doorgingen, even fanatiek als voorheen, klonken er nieuwe strijdkreten, gevolgd door nieuwe schoten. De ineengedoken figuren op de grond telden de minuten tussen de salvo's. Elk salvo was een opluchting, want het betekende dat de linies standhielden. Naarmate de pauzes tussen de schoten langer duurden, nam hun angst toe. De dokter was klaar met het neerleggen van zijn instrumenten en verbandmiddelen, en liep behoedzaam naar het raam.

'Edward, wees toch voorzichtig!' waarschuwde Nellie. 'Kun je ons vertellen wat er gebeurt?'

Zijn woorden gingen verloren in een reeks knallen en hij wachtte tot het weer stil werd. 'Ze staan nog steeds in formatie, maar de lichamen liggen letterlijk tot aan hun voeten. Het is een slachtpartij,' verzuchtte hij hoofdschuddend. 'O nee, daar komen ze weer.'

Er volgde opnieuw een oorverdovend salvo, maar deze keer bleef het erna niet stil. Ze konden kreten horen en geblafte bevelen, en een nieuw geluid, het angstaanjagende kletteren van staal op staal. Krampachtig omklemde dokter Airton het kozijn, zijn ogen op het strijdtoneel gericht. Zijn stem klonk schril en zijn woorden waren onsamenhangend door de spanning. 'O heer, ze zijn door de linies heen gebroken... Ja, de bajonetten, toe dan! Kom op! O heer, o nee... Daar man, dáár! Ha, hij heeft hem... O nee, o... Ja. Ja! Ze houden stand. God zij dank, die duivels slaan op de vlucht. Ze...'

Hij werd overstemd door geweervuur, en de vrouwen staarden hem angstig en geschrokken aan. Met een hand wiste hij zijn voorhoofd af. 'Dat scheelde niet veel,' zei hij zacht. 'Dat was op het nippertje. Wat hebben die soldaten een discipline! Ze hebben de Boxers met brute kracht teruggedreven, Nellie, met het blote staal. Allemachtig, ik dacht dat we...'

'Sha-aa-aaa!' klonk het weer. De geweren vuurden.

Dat was voor dat moment de laatste frontale aanval. Ze wachtten af, durfden nauwelijks adem te halen. Na een minuut of vijf hoorden ze majoor Lin bevelen schreeuwen.

Kort daarna werd er op de deur van hun rijtuig geklopt door een sergeant, die drie gewonde mannen kwam brengen. Ze bloedden uit wonden in hun schouders en op hun hoofd. Een van de mannen lag op een brancard en kronkelde van pijn; een zwaard had zijn buik doorboord. Ze droegen hem naar binnen en legden hem op tafel.

De dokter ging aan het werk, bijgestaan door Nellie, die hem de instrumenten aanreikte. Verbaasd keek hij op toen Helen Frances opeens naast hem stond en hem een rol verband en een fles met een desinfecterend middel aangaf. 'Wat doe jij nou, meisje?' vroeg hij zacht. 'Je moet rusten.'

'Vergeet niet dat u me zelf hebt opgeleid, dokter,' antwoordde ze met tamelijk vaste stem. 'Ik kan niet lijdzaam toekijken als er gewonden zijn.'

'Dank je wel, liefje, dank je wel,' mompelde hij, alweer gebogen over de buikwond.

Iedereen schrok toen de trommels begonnen te roffelen – hetzelfde monotone, dreigende dreunen dat hen tijdens de weken dat ze in het huis van de Airtons gevangen hadden gezeten dag en nacht had geteisterd. De kinderen, die met Fan Yimei en Mary op de grond zaten, begonnen te trillen nu de nachtmerrie terugkwam, maar hun ouders en Helen Frances gingen door met hun werk nadat ze vluchtig bezorgde blikken hadden uitgewisseld.

Het tromgeroffel dempte het geluid van een nieuw geweersalvo. De Boxers hadden hun suïcidale aanvallen gestaakt en lieten scherpschutters tegen de muren van de gebouwen klimmen. Er begon een duel tussen scherpschutters, waarbij de meer ervaren mannen van Lin in het voordeel waren, maar er arriveerden steeds meer gewonden bij het rijtuig van de dokter. Een van de soldaten had een pijl door zijn arm. George en Jenny staarden gefascineerd naar de veertjes aan het uiteinde van de pijl, terwijl de man onbewogen op een krukje op zijn beurt zat te wachten.

'Wat doet Mr. Manners toch?' fluisterde Nellie tegen de dokter nadat ze een soldaat met een hoofdwond hadden gehecht. 'Hij is al meer dan een uur geleden naar de locomotief gedaan. Gaan we hier nog weg of niet?'

'Dat weet alleen Onze-Lieve-Heer,' zei de dokter. 'Je weet hoe ik erover denk. We hebben het tot nu toe overleefd ondanks die man en zijn kuiperijen, niet dankzij.'

'Stil, Edward, straks hoort Helen Frances je nog,' waarschuwde Nellie. 'Maar waarom rijdt die trein nog niet?'

Op dat moment lag Henry op zijn rug onder de wielen om de moeren van een van de drijfstangen aan te draaien. Hij had al een koevoet verwijderd die op goed geluk tussen het wiel en de stang was gestoken in een poging om de trein onklaar te maken. De drijfstang was verbogen, en hij had de stang op een provisorisch aambeeld door twee soldaten met voorhamers weer enigszins recht laten slaan. Nu zette hij de stang terug, en de twee soldaten hadden hun posities weer ingenomen. De reparatie was amateuristisch uitgevoerd, maar hij dacht wel dat de stang het zou houden.

Lao Zhao stond met zijn rug tegen de trein een pijp te roken en keek nieuwsgierig naar wat hij deed. Henry herkende de uitdrukking op zijn gezicht van vroeger en wist dat zijn vriend hem iets te vertellen had. Voorlopig had hij er helaas geen tijd voor, hij had het veel te druk.

Hij had alleen het begin van de aanval gezien, en daarna was hij onafgebroken met de loc in de weer geweest. Het was hem vrijwel meteen duidelijk geworden dat de soldaten die waren aangewezen om de trein te laten rijden alleen maar in de weg stonden, maar gelukkig zat er inmiddels wel genoeg water in de tank. Met de zielige vlammetjes in de vuurkist zou de trein nooit in beweging komen, dus had hij alle houtblokken weg laten halen en zelf met aanmaakhout een nieuw vuur aangelegd. Daarna kon er pas steenkool worden toegevoegd. Het zou zeker een halfuur duren voordat er voldoende stoom zou zijn om de aanjager in werking te stellen, en dan zou het nog minstens een uur of langer duren voordat de locomotief kon gaan rijden.

Ondertussen was er genoeg te doen. Hij had de soldaten die de tender probeerden te vullen gezegd dat ze ermee op moesten houden; ze morsten meer water op de kolen dan er in de tender terechtkwam en de tank zat voor bijna driekwart vol, genoeg om weg te komen. Aangezien de trein zes weken stil had gestaan na een aanval door een met stenen en ijzeren staven gewapende meute, leek een grondige inspectie, met name van de wielen, hem verstandig. Hij had twee soldaten en Lao Zhao laten zien waar ze op moesten letten en hoe ze de drijfstangen en aandrijfassen moesten smeren. Ook moesten ze de koppelstukken tussen de rijtuigen bekijken. Zelf had hij de loc voor zijn rekening gekomen, en zo had hij de poging tot sabotage ontdekt. Het was hard werken geweest, vooral omdat hij steeds weer naar boven moest klimmen om de drukmeters te bekijken. Inmiddels begon de stoomketel aardig heet te worden en hij was er vrijwel zeker van dat de gerepareerde drijfstang het zou houden.

Hij draaide de laatste moer van de drijfstang vast, krabbelde overeind en veegde zijn zwarte handen af aan een oude lap. 'Kom maar op, voor de draad ermee, Lao Zhao. Wat zit je dwars?'

Lao Zhao spuugde en nam een paar trekjes van zijn pijp. 'Is er toevallig goud aan boord van deze trein, Xiansheng?' vroeg hij langs zijn neus weg.

Geschrokken keek Henry hem aan. 'Het zou kunnen,' antwoordde hij voorzichtig. 'En wat dan nog?'

Met veel vertoon deed Lao Zhao alsof hij zijn pijp opnieuw moest aansteken. 'Ik neem aan dat het goud aan de Mandarijn toebehoort?' Zijn intelligente ogen keken Henry doordringend aan.

'En?'

'Nou, is het wel gepast dat anderen belangstelling hebben voor dat goud?'

Henry's gezicht stond grimmig. 'Kom op, Lao Zhao, wat probeer je me nou te vertellen?'

'Het is natuurlijk niet netjes om voor luistervink te spelen,' zei Lao Zhao, 'maar ik moest van u onder de buik van dit ijzeren beest kruipen om olie in alle monden te laten lopen, en ik was net onder het rijtuig van de Mandarijn bezig, bij het trapje, toen ik majoor Lin uit zag stappen.'

'Waarschijnlijk had hij de Mandarijn op de hoogte gebracht van de ontwikkelingen. Daar is niets mis mee.'

'Maar hij was niet alleen, Xiansheng. Een oude man volgde hem naar buiten, en ze bleven op het perron met elkaar staan praten, zonder dat ze mij zagen. Die oude man is volgens mij een hoge functionaris.'

'Jin Lao,' concludeerde Henry.

'Ja, het was kamerheer Jin. Majoor Lin en hij stonden op gedempte toon met elkaar te praten, maar mijn oude oren doen het nog heel goed en ik kon alles verstaan. Lin zei: "Dus volgens jou is hij echt van plan om het goud aan die barbaar te geven?" De kamerheer antwoordde: "Ja, voor de wapens." "Maar we hebben de wapens én het goud nodig," protesteerde Lin. "Jij hebt de wapens nodig," zei de kamerheer, "en ik zou blij zijn met het goud." "De Mandarijn is niet goed bij zijn hoofd. We hebben niets meer aan hem," zei de majoor, en Jin Lao antwoordde: "Dit zijn gevaarlijke tijden, en er kunnen tijdens een riskante reis heel makkelijk ongelukken gebeuren." "Vind je dat we in de trein in actie moeten komen?" vroeg de majoor. "De soldaten zijn alleen trouw aan jou," zei de kamerheer.

Daarna werd er geschoten en kon ik niet verstaan wat ze tegen elkaar zeiden. De majoor rende vrijwel meteen weg naar zijn manschappen, en de oude man klom snel weer in het rijtuig. Volgens mij deed hij het in zijn broek van angst, Ma Na Si. Was dat geen boeiend gesprek?'

'Heel erg boeiend,' beaamde Henry, die met een pikzwarte lap afwezig het zweet van zijn voorhoofd wiste.

Lao Zhao lachte kakelend. 'Nu is uw hele gezicht zwart, Ma Na Si Xiansheng!'

Henry glimlachte. 'Bedankt, Lao Zhao. Ik zal niet vergeten wat je voor me hebt gedaan. Kom op, we gaan dat vuur opporren.'

'Ja, dit is een erg hongerig beest,' zei Lao Zhao, en hij liep achter Henry aan.

Ze moesten opzij om een compagnie soldaten door te laten, die in looppas naar de westelijke muur gingen omdat de Boxers eroverheen probeerden te klimmen.

Henry keek op de drukmeter, die een druk van niet meer dan 82 pond per vierkante inch aangaf. Het zou nog drie kwartier tot een uur duren voordat de druk van 120 pond was bereikt die minimaal nodig was om de trein te laten rijden, en het zag ernaar uit dat de Boxers elk moment door de linies heen konden breken.

Hij leunde naar buiten om de poort in de westelijke muur te kunnen zien. De soldaten hadden schoten gelost en staken nu de nog levende Boxers dood met hun bajonetten. Scherpschutters schoten Boxers van de bovenkant van de muur. Het was een efficiënte actie, maar hij wist dat Lin lang niet genoeg mannen had om alle punten waar de Boxers probeerden door te breken te bewaken. Zijn revolver zat in zijn zak, maar Fan Yimei had er Ren Ren en Aap mee doodgeschoten, dus had hij nog maar vier patronen over.

'Lao Zhao,' zei hij, 'ik zal je leren wat een machinist doet als er niets te doen is behalve wachten.' Hij wees op de ketel en twee emaillen mokken op de vuurkist. 'Hij zet een lekker kopje thee.'

De Mandarijn stond bij zijn bureau, penseel in de hand, en keek naar de twee karakters die hij met haast agressieve streken op het papier had gezet: *wu wei*. Letterlijk betekende het: 'de ontkenning van het bestaan', maar volgens de taoïstische leer was er ook een diepere betekenis, namelijk dat ware wijsheid alleen door het ontbreken van bewust denken bereikt kon worden, dat de juiste handelwijze alleen bepaald kan worden door een volledige overgave aan de gebeurtenissen om iemand heen, of simpelweg dat men alles kan bereiken door niets te doen. Hij glimlachte toen hij de schoten buiten het rijtuig hoorde, de kreten, de bevelen, de voetstappen van rennende soldaten op het perron.

Door het raam zag hij majoor Lin zwaaien met zijn zwaard en bevelen geven, en hij stelde zich Ma Na Si voor, die ongetwijfeld koortsachtig aan het werk was in de locomotief. Zoveel hectische activiteit om hem heen, terwijl hij bewegingloos naar de twee karakters op het papier staarde. Inactiviteit temidden van zoveel activiteit. *Wu wei* was bijzonder toepasselijk.

Hij draaide zich om en keek met verachting naar zijn vrouwen en kamerheer Jin. Hun bange gezichten keken hem aan uit een smalle ruimte tussen de bank en de tafel, waarmee ze een soort barricade om zich heen hadden gecreëerd. De scherpschutters van de Boxers hadden de trein nu al enige tijd onder schot, en af en toe boorden kogels zich in de houten wanden van het rijtuig. Door het raam was ook een pijl naar binnen gekomen, en die had de fruitschaal van tafel geveegd.

'Kamerheer,' zei hij sarcastisch, 'wat dapper van je dat je mijn vrouwen zo edelmoedig beschermt.'

'Maakt u een bange oude man maar belachelijk, Da Ren,' mompelde Jin Lao met hese stem.

'Ik zou niet durven,' zei de Mandarijn. 'Daarnet was je ook al zo heldhaftig toen je de veilige beschutting van het rijtuig verliet om majoor Lin naar buiten te vergezellen. Het moet wel een heel dringende kwestie zijn geweest dat je je leven ervoor op het spel wilde zetten.'

'Ik eh... ik wilde de situatie gewoon wat beter begrijpen, Da Ren.'

'Je was erbij toen majoor Lin mij verslag uitbracht.'

'Jawel, Da Ren,' zei Jin Lao, en hij nam een slokje koude thee om zijn droge keel te bevochtigen, 'maar er waren enkele details die ik niet helemaal kon volgen.'

'Werkelijk? Nooit gedacht dat jij geïnteresseerd zou zijn in militaire aangelegenheden.' Opeens had de Mandarijn genoeg van het gesprek. Hij liep naar het raam en gluurde naar buiten. Er werd hevig geschoten, net als tijdens de eerste aanvallen.

Even later draaide hij zich weer om naar zijn kamerheer. 'Nu je opeens belangstelling hebt voor krijgshandelingen, wil je misschien weten wat er buiten gebeurt. Zo te zien proberen onze Boxer-vrienden onze mannen van de daken te krijgen. Als ze daarin slagen, denk ik niet dat de verdediging van majoor Lin nog lang stand zal houden. Misschien heb je geluk en krijg je straks nog gevechten van dichtbij te zien. Ik vrees echter dat we in dat geval veruit in de minderheid zijn en dat de trein door de Boxers veroverd zal worden, dus je militaire opleiding is maar van korte duur. Tenzij Ma Na Si er natuurlijk toch nog in slaagt om de trein in beweging te krijgen. We zitten in een spannende situatie, vind je niet?'

Zijn laatste woorden gingen verloren door het gejammer van zijn vrouwen. Hij draaide zich weer om naar het raam. Op het dak van een van de gebouwen werd een sergeant van majoor Lin gestoken door een speer, en hij stootte zijn bajonet diep in zijn aanvaller. De beide mannen vielen omlaag in de gruwelijke omhelzing van de dood. De soldaten erachter vuurden een salvo af, en even was het dak vrij van Boxers. Maar het duurde niet lang of er kwamen nieuwe, gillend en krijsend.

Peinzend overzag de Mandarijn het strijdgewoel. Chinezen die vochten tegen Chinezen, daar kwam het op neer. Boxer-rebellen die probeerden de dynastie omver te werpen, zoals door de eeuwen heen al zo vaak was geprobeerd. Boxers of Taiping-opstandelingen, er was in feite geen enkel verschil. Ook deze strijd zou niet beslissend zijn, de geschiedenis zou zich altijd blijven herhalen. Als hij dit overleefde, zou hij Japanse wapens kopen en daarmee een nieuwe oorlog beginnen, en weer zouden Chinezen andere Chinezen doden.

Hij zuchtte. *Wu wei. Wu wei.*

Met bekers thee in hun hand keken Henry en zijn helpers vanaf de staanplaats op de locomotief naar de gevechten op de daken. Het was een wanhopige strijd, maar Henry moest met tegenzin toegeven dat de majoor – die hij haatte – een verdomd goede militair was. Op twee daken was geen Boxer meer over en lagen Lins mannen plat op hun buik bij de dakrand, schietend op wat naar alle waarschijnlijkheid een massa Boxers aan de andere kant was. Op het derde dak waren de gevechten met de bajonet nog in volle gang. Majoor Lin had een klein aantal mannen naar boven gestuurd als versterking voor de soldaten op de daken, terwijl de anderen de doorgangen tussen de gebouwen onder schot bleven houden.

Inmiddels was de felheid van de aanvallen afgenomen, deels omdat het voor de Boxers niet meeviel om over de lijken van hun gevallen kameraden heen te klauteren, en deels omdat ze een gezond respect voor Lins vuurkracht hadden ontwikkeld.

Henry vroeg zich af hoelang de munitie het zou houden. Tot nu toe hadden de soldaten voor een gestage aanvoer van munitie gezorgd. Ze renden heen en weer tussen het arsenaal en de trein en overhandigden nieuwe magazijnen in de pauzes tussen de salvo's, maar de voorraad kon niet onuitputtelijk zijn.

Het gevecht op het derde dak ging niet zoals majoor Lin wilde. Boxers met bijlen hadden de soldaten teruggedreven van de rand, zodat ze niet langer omlaag konden schieten. Majoor Lin brulde een bevel, en de soldaten op het dak ernaast begonnen van opzij op de Boxers te schieten. In de verwarring konden de soldaten een aanval uitvoeren, terwijl ondertussen versterking via de ladders naar boven klom. Al snel was de situatie ook op het derde dak weer onder controle.

Ze hielden dus stand. Maar hoelang nog?

Ondertussen wees de drukmeter 117 pond per vierkante inch aan. De ketel was aardig heet en er kwam nu dikke witte rook uit de schoorsteen. Het zou niet lang meer duren voordat ze weg konden rijden. Henry had zich voorgenomen om te wachten tot de druk 135 pond zou zijn. Met iets minder stoomdruk zou de trein misschien wel kunnen rijden, maar door het gewicht van de rijtuigen, waarvan twee met paarden, zouden ze niet meer dan stapvoets vooruitkomen, en dan zouden de Boxers gewoon in kunnen stappen. Het zou veiliger zijn om tot 150 pond te wachten, maar dat liet de tijd niet toe. De meter stond nu op 119. Het had erger kunnen zijn; in elk geval werd de ketel snel heet. In dit tempo... in dit tempo...

Hij maakte een berekening, nam een beslissing en riep een van de soldaten. 'Ren naar majoor Lin en zeg dat we over dertig minuten gaan rijden. We vertrekken over een halfuur, is dat duidelijk? Vertel hem dat en ren dan zo snel je kunt terug hierheen. En wees voorzichtig.'

De soldaat, een jongen van achttien met een meisjesachtig gezicht, grijnsde en salueerde. *'Yessir!'* riep hij in het Engels.

Henry vroeg zich af waar hij dat had leren zeggen. Hij keek de jongen gespannen na. Over open terrein rende hij naar Lin, die zijn manschappen opstelde. De jongen had hem bijna bereikt toen hij struikelde en plat op zijn gezicht viel. Kogels veroorzaakten kleine stofwolkjes toen scherpschutters de soldaat vanaf de muur onder vuur namen. 'Verdomme,' vloekte Henry. Hij draaide zich om naar de andere soldaat op de staanplaats en las de angst op zijn gezicht. 'Stik,' mompelde hij. 'Ik ga zelf wel.'

'Nee, Ma Na Si, ik ga,' zei Lao Zhao. 'De thee klotst in mijn buik en ik heb beweging nodig.'

'Goed, maar wees wel voorzichtig,' snauwde Henry, kwaad omdat hij wist dat het verstandiger was dat de enige persoon die de trein kon besturen geen risico's nam. Nerveus bleef hij staan kijken toen Lao Zhao behoedzaam als een jager die een spoor volgt over open terrein sloop.

Buiten adem maar triomfantelijk keerde hij terug, en vanaf de staanplaats op de loc waterde hij vrolijk over de rand. 'Majoor Lin zegt dat hij over twintig minuten met de evacuatie gaat beginnen,' meldde hij over zijn schouder.

'Prima,' zei Henry. 'Laten we dan maar zorgen dat we klaar zijn.'

Snel controleerde hij de meters. De watertank zat voor driekwart vol. Dat moest genoeg zijn. Een stoomdruk van 123 pond per vierkante inch. Prima. Hij opende de vuurkist. Vlammetjes dansten boven een bed van gloeiende kolen, en hij deed er nog drie scheppen bij. Voorlopig was dat genoeg. Waar moest hij verder nog rekening mee houden? Het hek. Het hek, vierhonderd meter verderop, zat nog dicht. Het zou zelfmoord zijn om het nu open te maken, want dan zouden de Boxers binnenkomen. Kon hij er gewoon met de trein doorheen rijden? Nee, het hek was gemaakt van stevig ijzer en het was met dikke kettingen vastgezet. De kettingen moesten worden losgemaakt, anders zou de trein misschien ontsporen. Verdorie. Nu moest hij Lao Zhao nog een keer naar Lin sturen om te zeggen dat hij soldaten bij het hek moest zetten die de kettingen los konden maken als de trein klaar was voor het vertrek. Die zouden zich flink moeten verweren tegen de Boxers. Verdorie.

Op het slagveld stonden de soldaten nog steeds in formatie. Even was hij verbaasd toen hij op de heuvel, net onder het begin van het bos, een wit rookwolkje zag verschijnen. Het volgende moment hoorde hij een luide knal, gevolgd door een fluitend geluid boven zijn hoofd. Met een enorme dreun ontplofte de kolenschuur aan de zuidkant van het emplacement. Rode vlammen laaiden hoog op, en hij moest wegduiken voor rondvliegende kolen. Aan de andere kant van de gebouwen barstten de Boxers in luid gejuich uit.

Kanonnen! Hoe kwamen ze aan zulk zwaar geschut? Toen herinnerde hij zich de stokoude veldkanonnen op de stadsmuren, waarvan de dokter had gezegd dat ze naar de missiepost waren gesleept. Kennelijk had IJzeren Man Wang ze hierheen laten brengen. Weer was er een rookwolkje zichtbaar, alleen kwam de kogel ditmaal niet verder dan de tenten in het kamp. Gelukkig waren de Boxers geen erg beste schutters, maar het betekende wel een drastische verandering van de situatie. Als de Boxers geluk hadden en de trein werd geraakt, zouden ze in de pan worden gehakt. Ze moesten nu meteen vertrekken, genoeg stoomdruk of niet.

'Lao Zhao, je moet terug. Zeg tegen majoor Lin dat we direct moeten vertrekken. Hij moet zijn mannen op de trein zetten. Snel!'

Lao Zhao wachtte niet eens om eerst nog te spugen, maar sprong van de loc en sprintte naar de soldaten.

'Stik!' riep Henry hardop. 'Nou heb ik niet gezegd dat ze het hek open moeten maken.' Laat ook maar, dacht hij. Hij zou proberen het te rammen. 'Jij daar!' riep hij naar de overgebleven soldaat. 'Zorg dat je klaarstaat om kolen te scheppen alsof je leven ervan afhangt. Wacht totdat ik zeg dat je kunt beginnen.' 125 pond per vierkante inch. 'Kom op, kom op,' fluisterde hij met opeengeklemde kaken.

Hij hoorde een geweersalvo. Aangemoedigd door de komst van

hun artillerie stormden de Boxers opnieuw tussen de gebouwen door. Gespannen tuurde Henry door de rookwolken. Ja, de terugtocht was begonnen. De soldaten op het dak klommen omlaag en voegden zich bij hun kameraden, die geknield op de Boxers schoten.

Koortsachtig zette Henry in gedachten nog een keer op een rijtje wat hij allemaal moest doen. De loc koppelen. Gedaan. De handrem van de tender losmaken. Gedaan. O nee, besefte hij geschrokken. Hij was de handrem van de personeelswagon vergeten. Die moest losgemaakt worden, anders konden ze niet rijden. Er was geen ontkomen aan. 'Luister,' zei hij tegen de soldaat. 'Zie je deze meter? Als de naald 128 aanwijst, begin je kolen te scheppen. Duidelijk? Vijf volle scheppen. Doe de vuurkist niet helemaal dicht, laat de deur half open. Onthou het goed: 128. Begrepen?'

Hij sprong van de loc en begon te rennen. De hele trein schudde toen een kogel insloeg op het emplacement. Achter de rijtuigen laaiden oranjezwarte vlammen op. Links van hem probeerde majoor Lin zijn mannen vechtend te laten terugtrekken — ze liepen in een rechthoek stap voor stap achteruit, telkens vurend. Hij kwam langs het rijtuig van de Mandarijn, die hem met een sardonische uitdrukking aankeek. Hij bleef niet staan, stoof het trapje van de laatste wagon op en stortte zich op het zware, rood geschilderde rad. Zodra hij voelde dat de remmen helemaal vrij waren, draaide hij zich om. Zijn adem stokte. Hij stond oog in oog met een Boxer.

Het was een pezige man van middelbare leeftijd met een smal snorretje. Hij droeg een rode tuniek en hield een kleine bijl en een schild in zijn handen. De ogen in het gerimpelde gezicht waren alert op de buitenlandse duivel gericht. Henry deinsde achteruit. De Boxer sprong op hem af, zwaaiend met de bijl. Henry wist de klap te ontwijken en gaf een trap, maar miste doel. Weer kwam de Boxer op hem af. Langzaam liep Henry achteruit. Tegen het rad kwam hij tot staan, en op de tast gingen zijn handen langs de houten zijkant van de wagon totdat hij de handspaak had gevonden. De bijl kwam weer omlaag en kletterde tegen de spaak, die Henry net op tijd met twee handen omhooghield. Henry schopte nog een keer, en ditmaal raakte hij de Boxer in zijn kruis. De man strompelde verbaasd achteruit, en Henry liet de handspaak op zijn hoofd neerkomen.

Nog twee Boxers drongen vanaf het balkon de wagon binnen en staarden hem aan, half geschrokken, half bang, hun zwaarden aarzelend geheven. Brullend stormde Henry op hen af. Als een bezetene zwaaide hij met de handspaak naar links en naar rechts. Hij hield pas op toen hij besefte dat hij in de lucht maaide. Behoedzaam stapte hij over de lijken heen naar de deur aan de kant van het perron. Hij hoorde rennende voetstappen en schoten. Een paar van Lins soldaten hadden gezien dat Boxers het terrein binnen waren gedrongen en openden het vuur. Snel deed Henry de deur open, hij sprong op het perron en rende naar de voorkant van de trein.

Onder het rennen zag hij dat Lins mannen het perron waren genaderd. Het terrein dat ze zo heldhaftig hadden verdedigd, lag bezaaid met lijken van Boxers, en toch stormden er nog steeds Boxers tussen de gebouwen door. Die waren inmiddels in handen van de vijand; op de daken liepen nu figuren met tulbanden. Nog even en ze zouden gaan schieten. Hij hoorde Lin het bevel geven om te vuren, en er klonken schoten vlak bij zijn oor.

Hij rende verder, langs het rijtuig van de dokter, en zag Lao Zhao op de loc, maaiend met zijn armen om hem aan te sporen. Op dat moment kwam een kanonskogel fluitend over. De watertoren ontplofte, en de locomotief werd bedolven door een muur van water en stoom.

Struikelend kwam hij tot staan. 'Verdomme!' riep hij luid. Hij besefte dat Nellie op het trapje van het rijtuig naar hem stond te kijken, een geschrokken uitdrukking op haar gezicht. 'Neem me niet kwalijk, mevrouw,' mompelde hij. 'Het was eruit voor ik het wist.'

'Zit er maar niet over in,' zei Nellie. 'Wat is er met uw arm gebeurd?'

Nu pas zag hij dat een zwaard van de Boxers een snee had gemaakt in zijn linkeronderarm. In verwarring keek hij op, en over Nellies schouder zag hij het lijkwitte gezicht van Helen Frances, die hem met open mond aankeek, haar ogen glinsterend van bezorgdheid.

'Kom binnen,' zei Nellie tegen hem, 'dan kunnen we die wond verbinden.'

'Het spijt me,' mompelde hij, kijkend naar Helen Frances, 'ik heb geen tijd.' En weg was hij.

De locomotief en de staanplaats waren bedolven onder het water, maar gelukkig brandde het vuur in de vuurkist nog en kwam er nog een grijze rookpluim uit de schoorsteen. Volgens de meter was de druk 129 pond per vierkante inch.

'Zijn we klaar?' schreeuwde hij, en hij drukte op het pedaal om overtollig water uit de zuigers te spuiten. Sissend ontsnapten grote stoomwolken aan weerszijden van de loc. Hij leunde naar buiten en zag dat de mannen van majoor Lin inmiddels vanaf het perron op de aanstormende Boxers vuurden.

De Boxers hadden zich voor de gebouwen verzameld. Het waren er ontelbaar veel. Als ze massaal de aanval openden, zou geen enkele kogelregen hen kunnen stuiten. 'Schiet op, schiet op,' mompelde hij, en hij trok aan het koord om een langgerekt fluitsignaal te geven, alsof hij op die manier Lins soldaten aan boord van de trein kon krijgen. Hij herinnerde zich dat hij voor het begin van de aanval soldaten met draden in de weer had gezien. Waarom brachten ze het dynamiet niet tot ontploffing?

Terwijl hij het dacht, kreeg hij de sergeant met de plunjer in het oog. Majoor Lin stond doodgemoedereerd naast hem, alsof de samengestroomde Boxers een volksdansje deden, en gebaarde haast achteloos met zijn gehandschoende hand. De sergeant leunde met zijn volle gewicht op de plunjer, en de drie gebouwen explodeerden in een zee van vlammen. Henry voelde de schok van de ontploffing door de loc gaan. De Boxers werden neergemaaid als koren door een zeis.

Majoor Lin blies op een fluitje, en zo ordelijk als onder de omstandigheden mogelijk was, renden zijn mannen naar de hun toegewezen rijtuigen en klommen ze erin. Van tevoren geselecteerde detachementen verschansten zich op de daken van de rijtuigen om te kunnen vuren als de Boxers zich hadden hersteld. Het duurde drie minuten voordat alle soldaten waren ingestapt en majoor Lin naar buiten leunde om met zijn zwaard een teken te geven aan de locomotief.

Zonder tijd te verliezen trok Henry aan de keerkoppeling en duwde hij tegen de zware stoomklep die de stoomtoevoer naar de cilinders reguleerde. Tergend traag begonnen de enorme wielen te draaien, ka-doeng, ka-doeng, ka-doeng, een kilometer per uur, twee, drie.

'Toe nou, kom op,' kreunde Henry. Maar in elk geval reden ze... naar een afgesloten ijzeren hek. Daar stonden Boxers die over de muur waren geklommen de trein op te wachten.

Ondertussen waren de Boxers bij de gebouwen van de schrik bekomen, en krijsend vielen ze aan. Majoor Lins soldaten op de daken vuurden, net als die in de rijtuigen vanuit de ramen, maar de kogels hadden geen effect op zulke grote aantallen, en de trein leek haast stil te staan, zo langzaam ging hij.

'Nou, Lao Zhao, we hebben ons best gedaan,' mompelde Henry, en hij trok de revolver uit zijn zak. Grimmig pakte Lao Zhao de bijl van de stoker.

Het was geheel aan de gebrekkige schutterskunst van IJzeren Man Wangs kanonniers te danken dat de trein niet werd overmeesterd. De volgende twee schoten uit de antieke kanonnen hadden niet beter gericht kunnen zijn als majoor Lin zelf het bevel had gegeven. De eerste kogel landde tussen de voorste gelederen van de aanvallende Boxers, en de tweede kwam precies op het ijzeren hek terecht. Een van de deuren werd uit de scharnieren geblazen, zodat de kettingen braken en de wachtende Boxers werden gedood. Statig, met een snelheid van vijf kilometer per uur, stoomde de loc door de opening.

Het lot was echter niet geheel op Lins hand. De kanonniers op de heuvel maakten het geschut snel weer schietklaar, en deze keer mikten ze beter, waarschijnlijk uit ergernis over de eerdere mislukkingen. Een kogel explodeerde tussen de kolenberg en de al vernielde watertoren, zonder schade aan te richten. De tweede kwam echter op het koppelstuk neer dat de laatste twee rijtuigen en de personeelswagon van de rest van de trein scheidde. Het koppelstuk werd geheel aan flarden geblazen. De locomotief meerderde vaart nu de lading opeens een stuk lichter was, en de Boxers die ernaast renden hadden het nakijken. De laatste drie wagons, met zestig van Lins soldaten aan boord, kwamen vlak buiten het hek tot stilstand.

Majoor Lin, die op het balkonnetje stond van wat nu het laatste rijtuig was, keek grimmig door een verrekijker naar zijn soldaten. Gezien hun standvastigheid tijdens de strijd werden ze nu opmerkelijk snel overmeesterd. De horde Boxers leek wel een gespikkelde slang die zich rond de rijtuigen kronkelde om alles en iedereen te verzwelgen, of een draak met rode, gele en zwarte schubben. Eerst hoorde Lin nog schoten omdat zijn mannen zich tevergeefs probeerden te verdedigen, maar daar maakte de Boxer-slang snel een einde aan.

De overwinnaars klommen op de daken van de rijtuigen, triomfantelijk zwaaiend met Boxer-vlaggen. Het leek wel of er uit de krioelende massa ledematen ontsproten, als een reusachtige duizendpoot op zijn rug die met al zijn poten maaide. Ingespannen tuurde majoor Lin door zijn verrekijker, en hij zag dat het speren en stokken waren, elk met het hoofd van een van zijn dappere mannen erop.

De trein stoomde in een gestaag tempo van dertig kilometer per uur over een vlakte met akkers. Een smal lint van water stroomde traag door het diepste deel van een verder opgedroogde rivierbedding. In de verte doemden de blauwachtige vormen van de Zwarte Heuvels op, zichtbaar door de grijze rook uit de schoorsteen en de witte stoomwolken uit de stoomketel. Binnen een uur zouden ze de uitlopers bereiken en ongeveer anderhalf uur daarna de tunnel.

Henry stuurde Lao Zhao naar majoor Lin om hem te laten weten dat hij van plan was om bij de ingang van de tunnel te stoppen. Er was daar een opslagruimte van de spoorwegarbeiders, met een watertoren, zodat ze water konden innemen. De locomotief reed nu eigenlijk vanzelf, hoewel Henry wel alert bleef. De uitgedunde bemanning – nu nog driekoppig – kon het rustig aan doen.

De jonge soldaat was trots op zijn rol als stoker, en als Henry hem een teken gaf, schepte hij energiek maar beheerst kolen in de vuurkist. Eerst was de jongen van slag geweest door het verlies van zijn vriend – de soldaat met het meisjesachtige gezicht die was gesneuveld toen hij majoor Lin een boodschap bracht – maar hij had zich nu een beetje hersteld en zat met zijn geweer over zijn knieën op de tender een deuntje uit een opera te zingen. Niet voor het eerst verbaasde Henry zich over de nuchterheid en veerkracht van de Noord-Chinese boeren.

Lao Zhao, die naast Henry stond op de staanplaats, sneed snippers van een stukje hout met zijn mes. Zoals gewoonlijk moest hij eerst moed verzamelen voordat hij een serieuze vraag kon stellen. 'Hebt u al besloten wat u gaat doen, Xiansheng?'

Onder hen ratelden de wielen.

'Nog niet,' zei Henry.

'Sommige mensen zouden dit beest weg hebben laten rijden zonder te wachten totdat majoor Lin en zijn soldaten waren ingestapt,' zei Lao Zhao.

'Zeker,' beaamde Henry, 'maar alleen als ze de trein snel genoeg konden laten rijden om te voorkomen dat majoor Lin en zijn mannen gewoon in de rijtuigen waren gesprongen op het moment dat de wielen gingen draaien. En als er geen Boxers waren die gehakt van hen zouden maken.'

'Het grootste deel van Lins mannen is achtergebleven,' zei Lao Zhao. 'Hij heeft nu misschien nog vijftien of twintig soldaten die niet zwaargewond zijn.'

'Het is niet mijn schuld dat ze achter zijn gebleven,' zei Henry. 'Arme drommels.'

'Dat is waar,' zei Lao Zhao, 'maar het komt wel goed uit dat er nu minder soldaten zijn. Dat maakt het makkelijker voor u.'

Henry kon een grijns niet onderdrukken. 'Ik heb geen idee wat je daarmee bedoelt.'

'Ha,' zei Lao Zhao glimlachend, 'dus u hebt wel een plan! Het zou zonde zijn geweest als u zich door majoor Lin en die kamerheer had laten afmaken. Het zou ook jammer zijn geweest als u de Mandarijn door die twee had laten vermoorden, want hij is aardig voor arme ezeldrijvers zoals ik. Ik zou het ook heel naar hebben gevonden als de vossenvrouw was vermoord, hoewel majoor Lin haar waarschijnlijk als concubine had genomen. Net zoals de oude kamerheer een schandknaap zal maken van die jongen, als hij hem te pakken kan krijgen...' Hij spuugde. 'Nee, ik had na afloop niet graag voor dat soort mensen willen werken.'

'Na afloop? Hoe weet je dat ze jou niet ook zouden doden?'

'Waarom zouden ze?' zei Lao Zhao opgeruimd. 'Niemand heeft last van een arme ezeldrijver zoals ik. Bovendien moet er iemand voor de paarden zorgen, wie er ook vecht met wie. Maar ik werk liever voor u, want u bent net zo dom als alle andere buitenlanders en u betaalt me altijd twee keer te veel loon. En misschien geeft u me wel iets van het goud dat de Mandarijn u voor de wapens gaat betalen.'

'Je hebt goed geluisterd naar wat Lin en Jin tegen elkaar zeiden.'

'Ik zei toch al dat ik niets aan mijn oren mankeer. Een jager heeft een goed gehoor nodig om zijn prooi op te kunnen sporen.'

'Als ik een plan zou hebben, zou jij me dan helpen?'

'Maar natuurlijk, Ma Na Si Xiansheng!' Lao Zhao lachte. 'Zou u me goud geven als ik niet hielp? Bovendien kunt u het onmogelijk alleen met een gewonde arm in een mitella. Maar houd uw instructies alstublieft simpel. Vergeet niet dat ik een domme oude man ben, en ik heb geen idee hoe die trein van u werkt, behalve dat je hem met grote scheppen vol kolen moet voeren.'

Rustig legde Henry uit wat hij van plan was. Lao Zhao luisterde aandachtig, zijn ogen gesloten. Hij knikte af en toe, en begon uiteindelijk breed te grijnzen.

'Het eerste wat je zou kunnen doen,' zei Henry peinzend, 'is naar het laatste rijtuig gaan. Het is niet zo moeilijk om langs de zijkant van de trein naar achteren te klauteren. Als majoor Lin vraagt wat je aan het doen bent, kun je zeggen dat je hem zocht omdat je wil weten of je de paarden water moet geven. Ik moet weten waar hij zijn mannen heeft opgesteld. Zitten ze allemaal in het laatste rijtuig, zoals ik denk, of verspreid door de hele trein? Zou jij dat kunnen bekijken?'

'Makkelijk zat.' Lao Zhao draaide zich om, opende de vuurkist en gooide het stukje geslepen hout in de vlammen. Daarna klom hij op de tender, en hij tikte de soldaat in het voorbijgaan speels op zijn schouder.

Helen Frances zat op het bed. Ze huilde. De dokter zat voor haar op een krukje. Hij had haar beide handen in de zijne genomen en praatte heftig op haar in.

De rust in het rijtuig van de Airtons was min of meer teruggekeerd, nadat het plotseling in een veldhospitaal was veranderd. De lichtgewonde mannen waren naar het laatste rijtuig gebracht, waar de andere soldaten zaten. Alleen twee zwaargewonde mannen waren achtergebleven, en die lagen op de tegen elkaar aan geschoven kussens van de bank, onder tafelkleden van rode zijde die als lakens dienst deden.

Een ervan was hun eerste patiënt, de man die met een zwaard in zijn buik was gestoken, en hij was op sterven na dood. Fan Yimei zat naast hem op haar knieën, hield zijn hand vast, veegde het zweet van zijn voorhoofd en hield hem rustig aan de praat over zijn dorp en zijn jeugd. De ander, van wie de dokter de schedel had moeten lichten om een kogel te verwijderen, zou waarschijnlijk ook sterven, maar hij was gelukkig bewusteloos omdat de dokter hem morfine had toegediend.

Nellie zat uitgeput van alle inspanningen te dommelen in een leunstoel. De kinderen speelden een spelletje met Mary. Af en toe verstoorde hun gegiechel de gedachtegang van de dokter. Ondanks zijn vermoeidheid – hij kon zich niet herinneren wanneer hij voor het laatst had geslapen – wist hij dat hij zich moest concentreren omdat het heel belangrijk was dat die arme Helen Frances begreep wat hij te zeggen had.

Aanvankelijk had ze nauwelijks aandacht aan hem besteed. Ondanks de verschrikkingen die ze aan den lijve had ondervonden, was ze tijdens de gevechten opgestaan van haar ziekbed om als een doorgewinterde verpleegster aan de slag te gaan. De dokter had enorme bewondering voor haar. Nu ze zich niet meer nuttig kon maken, was het niet zo vreemd dat haar energie wegebde en ze werd opgeslokt door het zwarte gat van haar herinneringen en de strijd tegen de opiumverslaving.

Haar werk in het missieziekenhuis had haar niet kunnen voorbereiden op de gewelddadige werkelijkheid van uiteengereten lichamen – de verbrijzelde ledematen, steekwonden waardoor ingewanden tot in de anatomische details werden blootgelegd, de onwerkelijke nachtmerrie van het amputeren van benen, het verwijderen van pijlen, van stervende mannen die niet gered konden worden. Dit allemaal terwijl er buiten fel werd gevochten, in de wetenschap dat hun rijtuig elk moment kon worden bestormd en ze dan allemaal een wisse dood zouden sterven – of erger nog.

Nou, dacht de dokter, Helen Frances wist al wat dat erger nog kon zijn, het arme kind. De afgelopen tijd had ze bewezen hoe moedig en sterk ze was. Door alles wat ze hadden meegemaakt voelde de dokter zich nu verplicht om haar te beschermen, en daarom was het ook zo belangrijk om haar te waarschuwen voor het nieuwe gevaar dat haar bedreigde.

Niet lang nadat de trein was weggereden uit het spoorwegkamp had de dokter voor de zoveelste keer een schokkende ontdekking gedaan. Majoor Lin liep door hun rijtuig naar dat van de Mandarijn om verslag uit te brengen. Toen hij binnenkwam, was de dokter net bezig met het lichten van de schedel, geholpen door Fan Yimei die hem de instrumenten aangaf en met een mengeling van afschuw en fascinatie naar de blootgelegde hersenen keek. Nellie en Helen Frances waren bezig met het verbinden van een schotwond in het been van een andere soldaat.

Lin beende door het rijtuig, zonder enige belangstelling voor zijn gewonde mannen, zoals gewoonlijk met een kalme, sardonische uitdrukking op zijn gezicht. Toen hij Helen Frances zag bleef hij echter staan, en zijn mondhoeken gingen omhoog in een kille grijns. Helen Frances verstijfde toen hij bij haar in de buurt kwam, maar het lukte haar om haar zelfbeheersing te bewaren, hoewel de dokter zag dat het bloed wegtrok uit haar wangen. Met een gehandschoende hand raakte Lin haar kin aan. Er ging een rilling door haar heen, maar ze bleef hem met grote, grijsgroene ogen aankijken, een grimmige trek rond haar mond.

Nellie sloeg de hand weg. 'Hoe durft u!' riep ze verontwaardigd uit. 'Laat haar met rust!'

Majoor Lin lachte koud, maakte een buiging en liep even kalm verder. Helen Frances sloot haar ogen. De dokter zag een traan glinsteren aan haar wimpers, maar ze rechtte haar schouders en ging verder met het verbinden van het been.

'Gaat het een beetje, Helen Frances?' vroeg Nellie bezorgd, en ze knikte, maar er stroomden wel tranen over haar wangen.

Op dat moment begon het Airton te dagen, en hij vervloekte zichzelf omdat hij de vreselijke waarheid niet eerder had gezien. Hij dacht aan haar reactie in het bordeel op de avond van hun vlucht, toen majoor Lin bovenkwam. Haar angst was haast tastbaar geweest, en de dokter had haar moeten verdoven. Natuurlijk! Majoor Lin was een van haar verkrachters, een andere verklaring kon er niet zijn. En Manners was er getuige van geweest, hoewel hij er niets over had gezegd. Dat kon maar één ding betekenen, namelijk dat Manners een nog groter monster was dan hij had gedacht.

Het werd Airton opeens allemaal duidelijk. Er was niet alleen sprake van een afspraak met de Mandarijn die op een vreselijke manier uit de hand was gelopen, waarschijnlijk had Manners ook de verkrachting geënsceneerd, de smerige verrader. Kennelijk had hij onder één hoedje gespeeld met Lin, om zijn eigen hachje te redden of vanwege andere cynische redenen die Airton niet kon bedenken. Hij was zelfs zo ver gegaan dat hij zich had laten vastbinden om te voorkomen dat hij van medeplichtigheid zou worden beschuldigd. Manners en Lin deden alleen maar alsof ze elkaar haatten, terwijl ze samen een complot hadden gesmeed. Op dat moment was zijn hand met de scalpel bijna uitgeschoten van pure ontzetting, maar hij was professioneel genoeg om gewoon door te gaan met de operatie.

Dat was nu een tijdje geleden, maar zijn verontwaardiging was nog even hevig. Dat arme meisje! Waarschijnlijk wist ze niet eens dat ze was verraden door de man van wie ze dacht te houden. Hij moest haar beschermen, en dat kon hij alleen doen door haar de weerzinwekkende waarheid te vertellen.

Vandaar dat hij bij haar was komen zitten in de betrekkelijke rust die er in het rijtuig heerste, met Nellie slapend op een stoel. Hij wilde haar alles vertellen wat hij van Manners wist.

Eerst wilde ze niet eens naar hem luisteren. 'Henry,' protesteerde ze, 'ik wil Henry zien.' Toen hij haar vertelde dat het dom was om een man als Manners te vertrouwen, schudde ze haar hoofd. 'Nee, hij houdt van me,' mompelde ze. 'Hij houdt van me.'

'Die man houdt van niemand,' zei de dokter. En hij vertelde haar van het verraad waar Manners bij betrokken was, het gesprek met de Mandarijn dat hij in de Zwarte Heuvels had opgevangen. Over de wapens die hij namens een ander land verkocht. Een man die bereid was om zijn eigen land te verraden, zei hij, kon alles en iedereen verraden. Manners was een onbetrouwbare crimineel.

'Maar hij heeft ons gered!' betoogde ze.

'Hij heeft ons gebruikt,' corrigeerde de dokter haar met stemverheffing, 'om er zelf beter van te worden. Hij heeft je tot prostitutie gedwongen.'

'Ik weet het,' kermde ze, 'ik weet het, maar er is niets gebeurd. Het was een spel. De Mandarijn heeft me niet onteerd.' In verwarring schudde ze haar hoofd.

'Een spel?' siste de dokter. 'Hij heeft geregeld dat Lin je kon verkrachten. Hij heeft je laten verkrachten, Helen Frances.'

Heftig schudde ze haar hoofd. 'Nee, nee, nee,' bleef ze fluisteren.

De dokter somde genadeloos al het indirecte bewijs op, hij legde uit welke lage motieven Manners had gehad, hoe ver hij ging met zijn bedrog en verraad. Hij moest haar overtuigen, hield hij zichzelf voor, hoe moe hij ook was. Het drong tot hem door dat de kinderen hun spel hadden gestaakt – hij voelde de stilte achter hem – en dat iedereen waarschijnlijk naar hem luisterde. Toch hield hij vol, herhaalde hij de details van 's mans trouweloosheid, beschreef hij nogmaals waaraan hij zich allemaal schuldig had gemaakt.

'Hij houdt niet van je,' besloot Airton. 'Hij houdt niet van je! Hij heeft nooit van je gehouden. Geloof me nou maar, meisje.'

Helen Frances slaakte een kreet door haar tranen heen. 'Wel waar! Hij houdt wél van me. Hij heeft het zelf gezegd!'

De dokter moest haar polsen beetpakken omdat ze hysterisch werd, en met fonkelende ogen keek hij haar strak aan om haar te dwingen de waarheid onder ogen te zien. 'Dat was een leugen, liefje. Hij loog!'

Na een tijdje begon ze zacht te huilen, en hij sloeg zijn armen om haar heen, wiegde haar heen en weer. 'Ik ga je iets kalmerends geven.'

'Ja,' fluisterde ze.

'En maak je maar geen zorgen. Ik ben hier om voor je te zorgen. Je hoeft die man nooit meer te zien.' De dokter was gerustgesteld toen ze knikte, en hij prepareerde een injectiespuit voor haar. 'Ga nu maar lekker slapen.'

'Wat was er aan de hand?' vroeg Nellie, die gapend uit haar dutje ontwaakte.

'Niets, schat,' antwoordde hij. 'Rust maar fijn uit. Ik heb Helen Frances net wat morfine gegeven om haar te kalmeren. Ze had een kleine aanval.'

'Is dat wel verstandig?' zei Nellie. 'Het ging net zo goed.'

'Het leek me beter,' zei de dokter terwijl hij zich zwaar in een stoel liet ploffen. 'Het was echt nodig.'

Oorspronkelijk was Henry van plan geweest om bij de werkplaats voor de tunnel zijn plan uit te voeren, als ze stopten om water in te nemen, maar majoor Lin was opvallend waakzaam geweest. Hij had zijn mannen in een kring rond de loc opgesteld, naar eigen zeggen als bescherming tegen mogelijke bandieten van IJzeren Man Wang die zich nog in de Zwarte Heuvels ophielden, maar het ontging Henry niet dat de soldaten met hun gezicht naar hem gekeerd stonden, met hun wapens gericht op hem.

Zelfs met dit kordon had hij nog wel willen riskeren om gewoon de tunnel binnen te rijden, in de hoop dat de soldaten niet snel genoeg konden instappen, maar de Mandarijn was ook uitgestapt, net als dokter Airton en zijn kinderen, die de benen wilden strekken en een frisse neus wilden halen, ondanks de bedompte atmosfeer tussen de sombere bergen.

Henry had zich erbij neergelegd, en samen met de jonge soldaat het water in de tender bijgevuld, terwijl Lao Zhao de paarden in de wagons water en voer bracht.

De Mandarijn wandelde naar de voorkant van de trein om Henry te feliciteren met hun ontsnapping uit het spoorwegkamp. 'Goed werk, Ma Na Si. Ik ben je zeer verplicht,' zei hij. 'Ik zal je gezelschap missen als onze zaken eenmaal zijn afgerond.'

Henry had hem graag willen waarschuwen voor wat Lao Zhao had afgeluisterd, maar die kans kreeg hij niet omdat Jin Lao geen moment van de zijde van de Mandarijn week.

Hij hoorde een korte woordenwisseling tussen de dokter en majoor Lin, en tot zijn verbazing klom de dokter even later sputterend naar de staanplaats, geëscorteerd door twee soldaten.

'Denk maar niet dat ik dit heb bedacht,' mompelde Airton geërgerd toen hij Henry's vragend opgetrokken wenkbrauwen zag. 'Ik kan me niets ergers voorstellen dan in jouw nabijheid te zijn, maar je goede vriend majoor Lin schijnt te denken dat je hulp nodig hebt. God mag weten waarom. Kennelijk beseft hij niet dat ik voor zijn gewonde mannen moet zorgen.'

Lao Zhao keek Henry veelbetekenend aan en leunde opzij om rochelend naast de trein te spugen. 'Ze halen de ongewenste ezels weg uit de stallen,' mompelde hij.

'Waar heeft die man het over?' snauwde de dokter.

'Niets,' zei Henry. 'Als u me echt wilt helpen, laat ik u zien wat u kunt doen.'

Toen iedereen weer was ingestapt, zette hij de trein in beweging. Hij trok aan het koord toen ze de tunnel binnenreden, en de langgerekte fluit werd opgeslokt door het kabaal van de wielen. Onder bulderend geraas reden ze door het donker.

Vijf minuten later waren ze aan de andere kant, waar een groenig halfdonker hun wachtte. Ze hadden het felle zonlicht van de vallei achter zich gelaten en waren nu in het hart van de Zwarte Heuvels. Hier rezen aan beide kanten van de rails steile hellingen op, dicht begroeid met naaldbomen die een boog boven hun hoofd vormden, afgewisseld met hoge grijze kliffen.

Henry leunde uit de cabine en tuurde in de onnatuurlijke schemering voor zich uit.

'Kunnen we niet beter snel iets doen?' schreeuwde Lao Zhao om zich boven het ratelen van de wielen verstaanbaar te maken. 'Als ik stiekeme plannen had, zou ik een plek als deze kiezen. En zij misschien ook.'

'Wat kletst die man allemaal?' vroeg de dokter.

Henry tuurde voor zich uit. De trein ratelde verder. Hij dacht koortsachtig na. Hij kon natuurlijk een smoesje verzinnen om de trein te laten stoppen, maar de achterdochtige Lin zou daar waarschijnlijk op zijn voorbereid, net als tijdens de stop voor de tunnel.

Zijn plan hing af van iets waar hij alleen maar op kon hopen. Hij klampte zich vast aan een gesprek dat hij ooit met Mr. Bowers had gehad, alsof het een talisman was. Bowers had geklaagd over de omgevallen bomen op het spoor, waar hij op dit traject altijd veel last van had. Henry had er op verzoek van Bowers bij Herr Fischer op aangedrongen om een team te sturen dat de bomen kon kappen, maar dat was natuurlijk nooit gebeurd. Nu was het bovendien zes weken geleden dat er een trein over dit traject was gereden.

'Dokter,' zei hij afwezig, 'u bent een man van God. Als u wilt helpen, bid dan om een omgevallen boom.'

'Nu sla jij ook al wartaal uit,' brieste Airton. 'Of proberen jullie me soms belachelijk te maken?'

De trein nam een bocht, en voor hen uit doemde een steile helling op die er veelbelovend uitzag, maar er was nog geen takje op de rails gevallen.

Lao Zhao sprong van de tender omlaag naar de staanplaats op de loc, buiten adem van zijn uitstapje, terwijl Henry en de dokter niet eens hadden gemerkt dat hij weg was geweest. 'Ik ben naar achteren geklommen om in het rijtuig van de Mandarijn te kijken. Ze zitten er alle drie – Lin, Jin en de Mandarijn – en volgens mij hebben ze ruzie. Het is zoals we al dachten,' concludeerde hij nuchter. 'U hebt waarschijnlijk niet veel tijd.'

'Een boom,' snauwde Henry. 'Ik heb een boom nodig.'

'Hebben jullie soms iets bekokstoofd?' riep Airton kwaad. 'Als ik het niet dacht! Jullie spannen samen met majoor Lin, tegen de Mandarijn.'

'Godzijdank,' verzuchtte Henry. 'Hou je vast!' Hij trok aan de rem terwijl hij tegelijk de stoomklep sloot.

De wielen blokkeerden, schuurden in een regen van vonken gierend over de rails. De hele locomotief schudde en bonkte, maar kwam uiteindelijk toch tot stilstand. Lao Zhao bediende de rem van de tender. De wagons rolden ratelend achter de loc aan, en de hele trein schoof als een concertina in elkaar. Maar ze stonden in elk geval stil.

De dokter en de soldaat op de tender waren achterover gevallen, en het had Henry en Lao Zhao de grootste moeite gekost om hun evenwicht te bewaren. Henry kon alleen maar raden naar de chaos in de rijtuigen. Hij keek naar de rails voor de trein. Minder dan een meter van de baanschuiver lag een omgevallen boom.

'Ja, dokter, ik ben bang dat we inderdaad iets van plan zijn,' zei Henry terwijl hij Airton overeind trok en hem omdraaide, 'en ik verzoek u om uw mond te houden. U voelt nu iets prikken in uw rug. Dat is mijn revolver, gericht op uw lever, dus probeer geen heldhaftige dingen te doen waar u later spijt van krijgt. Je zou het misschien niet zeggen, maar ik sta aan de kant van de engelen.'

Briesend van woede klom majoor Lin tegen de ladder op, en hij richtte zijn pistool op Henry's hoofd. 'Wat heeft dit te betekenen?' schreeuwde hij.

'Kijk even naar de rails, majoor,' zei Henry kalm. Zijn eigen revolver hield hij stevig tegen Airtons rug gedrukt, aan het oog onttrokken door de mitella waar hij zijn gewonde arm in droeg. 'Zoals u ziet ligt er een boom op het spoor. Zou u zo vriendelijk willen zijn om hem door een paar van uw soldaten te laten verwijderen? Het is geen grote boom, dus vier of vijf man is waarschijnlijk wel genoeg.'

Lin leunde naar buiten om te kijken. *'Ta made!'* vloekte hij, en hij sprong van de loc om de nodige bevelen te geven.

'Ben je niet goed bij je hoofd?' siste Airton. 'Waar ben je in godsnaam mee bezig?'

'Ik probeer jullie leven te redden, of u het gelooft of niet.' Henry zag vijf soldaten in looppas langskomen, geleid door de majoor. De soldaat op de tender hing over de rand om van het schouwspel te genieten. Lao Zhao was verdwenen.

'Majoor!' riep hij. 'Ik laat de trein een klein eindje achteruitrijden om die jongens van u de ruimte te geven.'

'Blijf waar je bent!' blafte Lin.

Maar Henry had de rem van de tender al losgedraaid, de keerkoppeling omgezet en tegen de stoomklep geduwd, en de trein reed langzaam achteruit.

Na een meter of veertig hees een hijgende majoor Lin zich aan de ladder omhoog. Zijn gezicht was verwrongen van woede. 'Zet die trein onmiddellijk stil!' schreeuwde hij, zijn pistool in de aanslag.

'Zoals u wilt.' Henry trok de pook van de gouverneur naar achteren en duwde tegen de keerkoppeling, en de trein kwam rustig tot stilstand.

Majoor Lin leunde achterover, zijn pistool nog steeds op Henry gericht, om te zien of de soldaten al klaar waren met de boom.

'Hoe gaat het, majoor?' vroeg Henry beleefd. 'Hebben ze hulp nodig?'

Fel keek Lin hem aan. De dokter voelde het kloppen van zijn hart terwijl de seconden verstreken.

'Instappen. Onmiddellijk!' beval Lin zijn mannen zodra de boom was weggehaald.

Op dat moment ramde Henry de stoomklep helemaal open, en hij haalde een hendel over waarmee hij zand op de rails strooide om de wielen extra tractie te geven. Met een ruk schoot de loc naar voren. Majoor Lins pistool zwaaide heen en weer omdat hij zijn evenwicht verloor en uit alle macht probeerde om niet van de staanplaats te vallen.

Henry duwde de dokter opzij, haalde de hand met de revolver uit de mitella en vuurde. Lins verbazing stond op zijn gezicht te lezen. Er kwam een gesmoord geluid uit zijn keel, en onwillekeurig haalde hij zijn hand van de reling om aan zijn gewonde schouder te voelen. Nog even stond hij zwaaiend op zijn benen op het randje van de staanplaats terwijl hij verbluft naar de rode veeg op zijn handpalm staarde. Henry vuurde nog een keer, maar hij miste, want Lin wierp zich met ogen die fonkelden van haat omlaag van de loc. Hij landde op zijn rug in de berm, waar hij snakkend naar adem bleef liggen terwijl de rijtuigen langs hem heen denderden.

Ondertussen was de soldaat op de tender weer overeind gekrabbeld, en Henry zag hem zijn geweer pakken. 'Heb de moed niet!' riep Henry, maar de jongen bracht het geweer al omhoog, met een smekende blik in zijn angstige ogen. Henry schoot, en de jongen viel achterover op de berg kolen. Na een paar stuiptrekkingen bleef hij stil liggen. Het geweer viel kletterend op de staanplaats.

'Moordenaar!' gilde Airton, en hij liet zich gefrustreerd op zijn knieën zakken.

'Hoofd omlaag,' riep Henry terwijl hij zich zelf ook op zijn knieën liet vallen. Kogels ketsten af tegen het dak van de cabine toen ze langs de soldaten reden die de boom hadden weggehaald. Henry hoorde een dreun en een krabbend geluid. Een van de mannen had de ladder van de loc beetgepakt en probeerde zich omhoog te hijsen. Hij pakte de schep van de stoker en liet die hard neerkomen op het hoofd dat boven de staanplaats verscheen. Met een kreet liet de soldaat los.

Hijgend, de bebloede spade nog in zijn hand, keek hij omlaag naar Airton, die hulpeloos en hoofdschuddend naast hem zat. 'Wat heb je gedaan?' kreunde hij. 'Wat denk je hiermee te bereiken? Je weet toch dat het laatste rijtuig vol zit met soldaten.'

'Dat heeft Lao Zhao losgekoppeld,' hijgde Henry. 'Daarom ging hij weg. We hebben nu nog maar één vijand in deze trein, en dat is Jin Lao.'

'Jin Lao?' riep de dokter uit. 'Maar dat is een oude man!'

'Een moordzuchtige oude man. Luister, dokter, ik leg het later allemaal uit, maar nu moet ik naar het rijtuig van de Mandarijn. Ik kan de trein niet laten stoppen, want Lin en zijn mannen zijn nu nog te dichtbij. Dat betekent dat u voor machinist moet spelen.'

'Je bent niet goed snik. Ik kan helemaal geen trein besturen. Bovendien weiger ik je te helpen. Ik vertrouw je voor geen cent. Straks vermoord je de Mandarijn nog, net zoals je met de anderen hebt gedaan.'

Zonder aandacht aan de dokter te besteden schepte Henry kolen in de vuurkist. 'Dat moet genoeg zijn,' zei hij. 'Luister, het is heel makkelijk. Ziet u deze grote hendel? Dat is de smoorklep waarmee je de snelheid van de trein regelt. Hoe verder naar voren, des te sneller gaat de trein. Er is kracht voor nodig, maar het lukt u wel. Ga niet te snel met al die bochten. Dat streepje hier, waar driekwart bij staat, is op dit traject echt het maximum.

Dit hier is de keerkoppeling, daarmee bepaal je de richting van de drijfstangen, dus of de loc vooruit of achteruit rijdt. Ziet u het? Er is echt niets aan. Duwen, vooruit, trekken, achteruit. Iedereen kan het. Dit is de hendel voor de luchtrem, mocht het nodig zijn. U moet stoppen als u weer een boom op de rails ziet liggen. Dat is alles. O ja, en dit is het koord voor de fluit. Trek eraan als u me nodig hebt. Nu weet u ongeveer net zoveel van deze locomotief als ik.'

'Ik heb niet naar je geluisterd,' zei de dokter koppig. 'Ik weiger mee te werken.'

'Zoals u wilt,' zei Henry, 'maar ik moet nu echt weg.' Hij raapte het gevallen geweer op en klom op de tender. Over zijn schouder keek hij om. Airton zat nog steeds als een zoutzak op de staanplaats. 'Vertrouw me nou maar, dokter. Vertrouw me alstublieft. Ik doe dit voor ons allemaal.'

'Je bent een moordenaar!' tierde Airton rood aangelopen van kwaadheid.

Henry zuchtte. Snel klom hij naar de achterkant van de tender, waar hij boven het zwaaiende koppelstuk bleef staan, wachtend op het juiste moment om de overstap naar de eerste wagon met paarden te maken. Hij klom tegen de ladder omhoog, rende slingerend naar de andere kant, en wachtte weer even op het juiste moment om naar de andere goederenwagon met paarden te springen. Hij kon ze horen bewegen en snuiven. Aan de andere kant van de wagon klom hij omlaag.

Het volgende rijtuig was dat van de Mandarijn. Hij stak over naar het kleine balkonnetje aan de achterkant, en met zijn rug tegen het rijtuig gedrukt controleerde hij het magazijn van het geweer en maakte hij de veiligheidspal los. Met ingehouden adem deed hij de deur open, en hij stortte zich in het rijtuig.

Zodra de deur openging, besefte hij dat hij te laat was. De Mandarijn hing in elkaar gezakt tegen de wand aan de achterkant, met een bloederige wond in zijn borst. Kamerheer Lin stond over hem heen gebogen, een revolver in zijn elegante hand. Links van hem klonken geluiden, en hij zag de bange gezichten van de vrouwen van de Mandarijn, die ineengedoken op de grond zaten. Hij keek niet langer dan een fractie van een seconde opzij, maar dat was een fatale vergissing. Toen hij zijn hoofd weer omdraaide naar de kamerheer was diens revolver op hem gericht. Ze vuurden tegelijkertijd.

In paniek staarde de dokter naar alle meters en hendels van het monster dat in vliegende vaart over het spoor denderde. Hij stak nerveus zijn hoofd naar buiten om te zien of er soms bomen of andere obstakels op de rails lagen. Gelukkig was dit deel van het traject minder bochtig en waren er niet meer van die steile rotswanden langs het spoor. De spanning vrat aan hem. Beelden van wat er op dat moment allemaal in het rijtuig van de Mandarijn zou kunnen gebeuren, streden met de angst voor de gevolgen van een stuurloze locomotief. Manners was een maniak, een meedogenloze moordenaar, en hij, Airton, had niet eens geprobeerd hem tegen te houden toen hij met snode plannen op zoek was gegaan naar de Mandarijn. Het was zelfs niet bij hem opgekomen. Maar hoe had hij hem tegen kunnen houden?

Het doffe ritme van de wielen klonk opeens scherper toen de locomotief een smalle brug over een stroompje overstak. De loc wiegde heen en weer. Verstijfd van angst maakte hij de oversteek, en hij kon zich pas weer ontspannen toen de trein aan de overkant was.

Eerder had hij Manners aan het werk gezien als machinist. Hij had de hele tijd allerlei hendels bijgesteld, onder andere deze hier, de keerkoppeling. Wat deed je ook al weer met die keerkoppeling? In welke stand hoorde dat ding te staan? Hij was volkomen de kluts kwijt.

Dit lukte hem nooit. Hij wilde die trein laten stoppen. De afstand tussen de trein en majoor Lin was nu toch wel groot genoeg. Het kon hem trouwens niet schelen. Hij wilde gewoon dat de trein stil zou staan.

Kon hij de trein stoppen? Manners had iets gezegd over een luchtrem, maar welke hendel was dat ook al weer? Dat grote rode ding moest de stoomklep zijn, waarmee je de snelheid regelde. Zou de loc vaart minderen als hij eraan trok? En moest hij dan tegelijkertijd iets met de keerkoppeling doen?

O, wat een ellende! Hij kon dit nooit. Een dokter als machinist op een stoomtrein, stel je voor! Misschien moest hij alles gewoon zo laten als het nu was en het gevaarte als spooktrein verder laten razen. Veel verschil maakte zijn aanwezigheid toch niet. En hij moest terug naar de rijtuigen, hij moest op de een of andere manier over de heen en weer wiegende tender en de wagons zien te klauteren. Misschien was het al te laat om te voorkomen dat Manners zijn laaghartige plannen met de Mandarijn uitvoerde, maar het was zijn plicht om zijn gezin te beschermen tegen deze gevaarlijke gek, deze moordenaar. Maar stel nou dat er nóg een omgevallen boom op het spoor lag? Als de trein ontspoorde, kwamen ze misschien allemaal om het leven. Er zat niets anders op. Hij moest de trein stoppen.

Wanhopig keek hij naar alle hendels en meters en probeerde hij zich te herinneren wat Manners had gedaan toen hij de trein stopte. Hij had aan de stoomklep getrokken, dat wist hij zeker, en ook aan die andere hendel, die van de luchtrem. Hij sloot zijn ogen en prevelde een schietgebedje.

Hij liet zijn ingehouden adem met een bange kreet ontsnappen en trok uit alle macht aan de hendel van de stoomklep. Er klonk een vreselijk geluid. Het kon hem niet schelen, hij moest doorgaan. Hij stortte zich met zijn volle gewicht op de hendel van de rem en trok die helemaal naar zich toe. Door de plotselinge schok werd hij eerst naar voren geworpen, zodat hij zijn hoofd stootte aan de meters, en toen naar achteren tegen de tender. Versuft keek hij op. Alles om hem heen was stoom en vonken en piepend metaal. Het deurtje van de vuurkist was opengevlogen, en als gehypnotiseerd staarde hij naar de gloeiende kolen, een visioen van de hel. De hele locomotief trilde en schudde.

Er viel iets zwaars boven op hem. Het was het lichaam van de jonge soldaat, die van de tender op de staanplaats was gevallen. De glazige ogen leken hem beschuldigend aan te kijken, en de mond zakte open alsof de jongen hem een verwijt wilde maken. Hij rilde van weerzin.

Maar godzijdank begon de loc langzamer te rijden, en uiteindelijk kwam de hele trein sissend in grote stoomwolken tot staan. Verder was alles stil. Een verademing. Het duurde even voordat de dokter bij zijn positieven was gekomen. Hij duwde het lijk van zich af en kwam moeizaam overeind. Hij zat onder het bloed en het kolenstof, maar dat kon hem niet schelen. Nu de trein stilstond, telde alleen nog het verijdelen van Manners' plannen. Hij had een wapen nodig, en bij gebrek aan beter raapte hij de schep op waarmee Manners de soldaat had doodgeslagen. Het metaal kletterde tegen de sporten van de ladder toen hij van de staanplaats omlaagklom. Hij begon te rennen zodra hij naast de trein stond en bleef pas bij het rijtuig van de Mandarijn staan.

Al voordat hij bij de deur was, hoorde hij geweeklaag. Hij herkende het geluid direct, en de moed zonk hem in de schoenen. Opeens herinnerde hij zich dat hij als jonge student medicijnen een keer naar de Hebriden was geweest, samen met een vriend. Ze waren toevallig op de begrafenisstoet van een verdronken visser gestuit en waren de stoet over de kliffen gevolgd naar een winderige begraafplaats. Daar huilde de wind en weeklaagden de vrouwen. Hij was het schrille gejammer nooit vergeten. En nu hoorde hij het weer, uit het rijtuig van de Mandarijn. Met een trillende hand maakte hij de deur open.

Het duurde even voordat zijn ogen gewend waren aan het halfdonker. De schemering was inmiddels gevallen. De zon zakte omlaag naar de boomtoppen en een rode gloed kleurde de hemel. In een zachtroze schijnsel zag hij de lijken.

De Mandarijn zat tegen de wand van het rijtuig, naast de deur naar het aangrenzende rijtuig. Het hoofd met de grijze vlecht was op zijn borst gezakt, en zijn armen hingen slap omlaag. De vingers van de mollige handen waren half gekromd, alsof hij iemand zijn grote jade ringen wilde laten zien. Zijn drie vrouwen zaten geknield naast hem. Ze hadden kermend aan zijn kleren getrokken, maar nu keken ze zwijgend en angstig omhoog naar de dokter, een zwarte, bebloede figuur, als een soort demon afgetekend tegen het paarse licht van buiten, een schep in de aanslag.

De oude kamerheer lag aan de voeten van zijn meester. De lichte dode ogen in het kalme, perkamenten gezicht waren naar boven gerold, alsof ze nieuwsgierig waren naar het donkere gat in het midden van het voorhoofd. Een zilverkleurige revolver lag net buiten het bereik van de lange vingers op de grond.

Henry Manners was ook gevallen, tegen een paar kisten langs de muur. Een van de kisten was omgevallen, en zijn lichaam was gedeeltelijk bedekt met goudstaven, die glinsterden in de schuine zonnestralen.

'Jij smerige dief. Moordenaar!' kreunde de dokter terwijl hij zich op zijn knieën liet vallen. De schep gleed uit zijn hand. 'Dus het ging allemaal om goud. Je hebt deze mannen gedood om hun goud.'

Hij schrok van een vertrouwde maar heel zwakke stem. 'Ik zie dat u het hebt overleefd, mijn beste Daifu.'

Airton haastte zich naar de Mandarijn. Voorzichtig schoof hij het zijden hemd open, maar hij zag direct dat er medisch gezien niets was wat hij kon doen. De kogel was zo'n acht centimeter boven de tepel de borst binnengedrongen en had een gapende wond veroorzaakt. Schuim bubbelde uit een geperforeerde long. Waarschijnlijk was een van de ribben gebroken, en de dokter vermoedde dat de rechter longslagader fataal was beschadigd. Het zou een kwestie van tijd zijn voordat de Mandarijn aan bloedverlies overleed.

Zelden had hij zich als medicus zo machteloos gevoeld. Verwoed keek hij om zich heen op zoek naar iets om in elk geval het bloeden mee te stelpen. Op de tafel bij het raam lag een vel perkament, en dat vouwde hij zorgvuldig op. Toen hij het opgevouwen perkament tegen de wond hield, zag hij dat er twee Chinese karakters op waren geschilderd: *wu wei*.

Al die tijd bleef de Mandarijn naar hem kijken. Er speelde iets van een glimlach over het bleke gezicht. 'Geen wonderen voor mij, Daifu, zoals uw Jezus ze kan verrichten?'

'Praat nou maar niet, goede vriend,' fluisterde hij.

'Ik ben blij dat u me nog steeds uw vriend noemt.' Het spreken kostte de Mandarijn veel moeite, en hij moest vaak en diep ademhalen. 'Ik hoop dat u van de treinrit hebt genoten. Ik weet nog dat u me een keer vertelde over bandieten die treinen overvallen. U had vast en zeker nooit gedacht dat u zelf op een dag...'

Zijn stem stierf weg, zo verzwakt was hij door de inspanning van het spreken. Hij hoestte, en een straaltje bloed liep over zijn kin. Airton pakte zijn hand beet. De Mandarijn had zijn ogen gesloten van pijn, maar deed ze nu weer langzaam open, en de slappe mond vormde een aarzelend lachje.

'Als u wat water voor me kunt vinden... zou ik u dankbaar zijn,' wist hij uit te brengen.

'Natuurlijk, Da Ren,' mompelde de dokter. 'Waarom heb ik dat zelf niet...' Natuurlijk. Door het bloedverlies moest hij heel erg dorstig zijn geworden. Hij gebaarde naar een van de vrouwen dat ze het perkament tegen de wond moest houden en ging zelf op zoek naar iets te drinken. Een pot koude thee was het enige dat hij kon vinden, en hij schonk een kommetje in en hield dat tegen de lippen van de Mandarijn. Veel kon hij niet drinken, maar hij zuchtte voldaan.

'Ik wil u graag nog zeggen dat ik altijd van onze gesprekken heb genoten,' fluisterde hij. 'U hebt me veel geleerd, echt waar,' benadrukte hij. 'U hebt een mooi beeld van een ideale wereld.'

'O, Da Ren,' verzuchtte de dokter, terwijl de tranen over zijn wangen liepen.

'Maar u bent nooit erg praktisch geweest.' De Mandarijn glimlachte. 'En ik moest wel.' Hij maakte een ratelend geluid dat misschien een lach kon zijn. Een straaltje bloed liep uit zijn mond. 'Mijn arme Daifu. Wat is het moeilijk voor u geweest. Maar misschien hebt u van mij geleerd om een beetje praktisch te zijn. Voor het eind. Nee?'

Hij sloot zijn ogen en haalde piepend adem. Airton veegde de zweetdruppels van zijn voorhoofd en het bloed van zijn kin. De Mandarijn kneep krampachtig in zijn hand en hij keek hem doordringend aan. Na een tijdje ontspande de Mandarijn zich weer. 'Niet dat het iets uitmaakt,' hijgde hij. 'We zijn allemaal machteloze pionnen van een meedogenloos lot. Op deze manier doodgaan is... bespottelijk.' Stuiptrekkingen gingen door het grote lichaam en het schuim borrelde in de longen. Uiteindelijk was er een lange zucht.

Airton sloot de starende ogen. De vrouwen begonnen weer te weeklagen.

Zonder aandacht aan hen te besteden kwam hij overeind. Omdat hij nu eenmaal arts was onderzocht hij ook de andere twee lichamen. De kamerheer was zo dood als een pier, en Manners' lichaam

670

was zo raar verwrongen dat hij er niet aan twijfelde dat ook hij het loodje had gelegd. Waarschijnlijk had de kamerheer hem doodgeschoten nadat Manners de Mandarijn in koelen bloede had vermoord. Kennelijk had hij het schot van de kamerheer beantwoord terwijl hij viel en geluk gehad dat hij raak had geschoten. Manners had altijd geluk, heel toepasselijk voor een avonturier en een samenzweerder zoals hij.

Dat was nu in elk geval afgelopen, bedacht de dokter toen hij naast hem knielde. Geen samenzweringen meer. Hij haalde de goudstaven die hem bedekten weg. Dat hij hierom mensen had gedood, om dit klatergoud, deze mammon. Hij draaide het lichaam om en zag de wond in de onderbuik. Manners had veel bloed verloren. Uit automatisme legde hij een hand rond de pols... en hij schrok.

Een kille huivering ging langs zijn rug en hij sprong overeind. Ontzet staarde hij omlaag naar het gewonde lichaam, dat nog leefde. Wat moest hij doen? De moordenaar leefde nog!

Voordat Henry de trein had gestopt, waren majoor Lin en Jin Lao naar het rijtuig van de Airtons gegaan, en terwijl de kamerheer hen onder schot hield, had Lin Nellie, Fan Yimei, Mary en de kinderen vastgebonden. Dit was een voorzorgsmaatregel om te voorkomen dat ze gestoord zouden worden als ze teruggingen naar het aangrenzende rijtuig om de Mandarijn hun laatste ultimatum voor te leggen.

Nellie, die het dichtst bij het andere rijtuig lag, hoorde een schot toen de trein na het verwijderen van de boom weer was gaan rijden. Een hele tijd daarna had ze meer schoten gehoord, gevolgd door een heel erg lange stilte.

Dit probeerde ze haar man uit te leggen terwijl hij hen losmaakte, maar hij luisterde niet naar haar. Hij wilde niet naar haar luisteren. Voor hem stond als een paal boven water dat Manners een schurk was en dat hij zijn verdiende loon had gekregen. Hij was niet bereid om rekening te houden met dingen die niet strookten met zijn versie van de gebeurtenissen.

Ondertussen had hij besloten wat hij moest doen om zijn gezin te redden, en toen hij uit het rijtuig van de Mandarijn stapte en Lao Zhao zag staan, had hij de ezeldrijver opdracht gegeven om paarden te zadelen. Ze moesten deze trein des doods verlaten. Alles was beter dan hier blijven. En er was haast bij, want Lin en zijn mannen zouden de trein zeker achterna komen en konden elk moment hier zijn...

Nellie informeerde naar Manners, en voor het eerst van zijn leven vertelde hij haar een leugen, namelijk dat Manners dood was. Hun veiligheid hing nu helemaal van hem af, en hij had besloten dat ze moesten maken dat ze wegkwamen. Onmiddellijk.

De uitdrukking op zijn gezicht was zo verwilderd dat niemand durfde te protesteren. Zwijgend stapten ze de een na de ander uit de trein, en ze bleven staan wachten totdat Lao Zhao de paarden kwam brengen. Helen Frances was versuft en traag, en Nellie en Mary moesten haar samen op de been houden. Zodra ze haar op het paard hielpen leek haar instinct wakker te worden, en ze zat stevig in het zadel en wachtte geduldig op instructies.

Toen iedereen was opgestegen, bedacht de dokter dat hij zijn tas was vergeten. Hij ging het rijtuig weer binnen, en zag dat Fan Yimei bij de deur naar de coupé van de Mandarijn stond. 'Schiet op,' zei hij bars. 'We vertrekken.'

'U neemt Ma Na Si niet mee,' zei ze zacht. Het was de vaststelling van een feit, geen vraag.

'Hij is dood.'

'U weet dat hij niet dood is, Daifu.'

'Nou, hij is zo goed als dood,' snauwde hij. 'Hij overleeft een rit te paard echt niet. Het spijt me, maar ik kan niets voor hem doen.'

Koud keek Fan Yimei hem aan.

'Denk je soms dat hij ons niet achter zou laten als de omstandigheden omgekeerd waren?' riep de dokter uit.

Fan Yimei draaide zich om, opende de deur en verdween in de coupé van de Mandarijn.

Airton bleef nog even staan, kwaad en verward. Hij was zo moe dat hij nauwelijks kon denken. Hij maakte aanstalten om achter haar aan te gaan, maar bedacht zich. Ze was de concubine van majoor Lin, ze zou best bij de samenzwering van Manners en majoor Lin betrokken kunnen zijn. Het feit dat Manners op Lin had geschoten klopte niet helemaal, maar het leek hem niet ondenkbaar dat Manners zijn eigen partner bedroog. Dieven die ruzie kregen over de buit. Het bekende liedje.

Hij sprong uit de trein, struikelde, krabbelde weer overeind en rende naar zijn paard. 'Ga je niet met ons mee?' zei hij tegen Lao Zhao, die de teugels voor hem had vastgehouden.

'Nee, Daifu. Ik moet voor de andere paarden zorgen.' Zijn toon was uitdrukkingsloos.

'God zij met je,' zei de dokter terwijl hij de teugels beetpakte.

'Nemen we Fan Yimei niet mee?' riep Nellie in consternatie.

De dokter vertelde haar dat ze had besloten om op majoor Lin te wachten. Het was geen leugen. Hij geloofde het zelf. 'Bovendien hebben we haast,' voegde hij er bits aan toe.

Er was nog een moment van verwarring omdat hij niet wist waar hij de anderen heen moest leiden in dit sombere woud. Toen zag hij iets wat op een pad leek en tegen een glooiende helling omhoogliep. Hij schopte zijn paard, en de anderen volgden. Nellie bleef de elleboog van Helen Frances stevig vasthouden. Een voor een verdwenen ze in de duisternis tussen de bomen.

Deel drie

HOOFDSTUK 20

Als het donker is, sluip ik weg uit het kamp. Het kan me niet schelen
als ze me grijpen. Ik wil naar huis.

Het was nauwelijks een stroompje, zelfs geen poel, alleen een plas
in een stukje modderige grond aan de voet van een grazige helling.
Toch kroop Nellie ernaartoe alsof het de rivier de Jordaan was waarheen de Israëlieten waren geleid na hun omzwervingen in de wildernis. Het was een wonder dat ze het water had gevonden.

De hele middag had ze door de dorre heuvels gestrompeld en haar
laatste restje wilskracht moeten gebruiken om de ene voet voor de
andere te zetten. Ze had geen idee in welke richting ze liep. Elke
stap kostte moeite. Haar heupbeen, de spieren in haar broodmagere
benen, haar opgezette knieën, alles brandde van de pijn. Haar blote
voeten waren bloederig en zaten onder de blaren, maar een innerlijke stem droeg haar op om door te gaan. Diep vanbinnen vocht
haar koppige aard – of misschien was het wat er van haar trots over
was – met het sterke verlangen om te gaan liggen en het op te geven. Ze weigerde te accepteren dat de Voorzienigheid hen na alle
ontberingen uiteindelijk in de steek zou laten.

De golvende heuvels strekten zich aan alle kanten tot aan de horizon uit, en op elke heuveltop werd meer van hetzelfde zichtbaar:
woestijn, omringd door woestijn, des te vreselijker omdat de heuvels
waren begroeid met gras. Het leek wel alsof de groene hellingen, die
van kleur veranderden als de wolken zich verplaatsten, een gemeen

spel met haar speelden omdat ze er zo veelbelovend uitzagen. Groen was de kleur van leven, en tussen het gras ritselden sprinkhanen en andere insecten. Er waren marmotten en vossen en andere wilde dieren, maar er was geen spoor te bekennen van het kostbare water dat dit leven mogelijk maakte.

Urenlang had ze vruchteloos rondgestrompeld, zich aan een strohalm vastgeklampt, maar haar laatste hoop was bijna vervlogen. Het lege geitenvel dat ze achter zich aan sleepte woog als lood, en haar magere ledematen werden met elke stap zwaarder. Het andere stemmetje in haar hoofd spoorde haar verraderlijk aan om uit te rusten. Uiteindelijk had ze zich op haar knieën laten zakken in het gras. Elk moment kon er een deken van slaap over haar heen worden getrokken, en hoewel ze wist dat het waarschijnlijk voor hen allemaal het einde zou betekenen, kon ze zich er niet langer tegen verzetten.

Toen gebeurde het wonder. Eén enkele zonnestraal drong door het wolkendek heen en scheen als de lichtbundel uit een lantaarn in de vallei beneden haar. Het duurde maar even voordat de wolken weer voor de zon schoven, maar dat ene moment was lang genoeg om de glinstering op te vangen. Ze begon te lachen, vergaarde de weinige energie die haar nog restte en begon langzaam van de heuvel omlaag te kruipen; lopen kon ze niet meer opbrengen. In haar versufte staat had ze het gevoel dat het gras voor haar uiteen week.

Eindelijk voelden haar handen de nattigheid, waar de grond zachter en modderiger werd. Ze sleepte zich voort, durfde haar zintuigen nauwelijks te vertrouwen. Opeens keek een gezicht naar haar omhoog, dat van een lelijke oude vrouw, met brandende, rood omrande ogen, uitgemergelde wangen en gele tanden in een uitgedroogde mond. Ontzet besefte ze dat het haar eigen spiegelbeeld moest zijn. Ze liet haar hoofd zakken naar de bruine plas, het dikke blok van haar tong kwam tussen gebarsten lippen door, en ze dronk.

Ze had geen idee hoe lang ze daar had gelegen, drinkend van het water. Het vocht verspreidde zich door haar lichaam en gaf haar nieuwe kracht en de wil om door te gaan. Toen ze zich op haar rug draaide en naar de lucht keek, wist ze dat de Heer in de hemel hen om de een of andere reden opnieuw had gespaard en ze weer een dag zouden blijven leven.

Terwijl ze haar krachten verzamelde voor de lange wandeling terug naar het dal waar de anderen waren, dacht ze met pijn in haar hart aan haar kinderen, met hun armen als luciferhoutjes, hun opgezette buik en hun veel te grote ogen in vroegtijdig verouderde gezichten. Toch behielden ze door dik en dun hun vertrouwen in haar, en ondanks alle beproevingen waren ze geestelijk niet gebroken.

Edward en Helen Frances waren er slechter aan toe. Helen Frances bewoog tegenwoordig als een ledenpop, ze maakte dapper alle bewegingen, maar lichamelijk was ze uitgeput en in gedachten was ze heel ergens anders. Ze glimlachte werktuiglijk en haar wezenloos starende ogen hadden iets vreselijks, alsof haar ziel al op het punt stond om te vertrekken. Nellie maakte zich grote zorgen om haar; de kaars des levens leek elk moment te kunnen doven. En Edward? Fysiek maakte hij het prima – hij sloeg zich beter door de ontberingen heen dan de anderen – maar ook hij maakte een melancholieke, in zichzelf gekeerde indruk. Hij had een barrière van zelfhaat en wanhoop opgeworpen, en ze kon hem niet meer bereiken.

Konden ze de troost die haar zelfs op de slechtste dagen op de been hield maar met elkaar delen. Het was geen fantasie, het was niet zomaar toeval dat ze het tot nu toe hadden overleefd, ze werden echt door een sturende hand geholpen. Die hand liet hun wortels zien als ze uitgehongerd waren, stuurde hen naar bronnen als ze uitgedroogd waren, en vaak werden ze door kleine vriendelijke gebaren verrast als iedereen zich tegen hen keerde.

Een week geleden – of was het langer geleden? Nellie had geen idee meer van tijd – hadden ze hun toevlucht gezocht in een dorp van holbewoners in de heuvels en waren ze met stenen bekogeld. De hoofdman had hen duivels genoemd en zelf de eerste steen gegooid. Toch was aan de rand van datzelfde dorp een klein jongetje achter hen aan gekomen om hun eten te geven en water in hetzelfde geitenvel dat nu naast haar lag. Dat was een klein wonder geweest, een van de vele die ze tijdens hun odyssee hadden ontmoet.

Met dit eten en het water hadden ze zich in leven gehouden tijdens de klim over de kale bergen, en zo waren ze ten slotte in deze woestijnachtige streek met grazige heuvels terechtgekomen. De waterzak hadden ze inmiddels regelmatig bijgevuld, een keer bij een kleine waterval, en nog een keer in een put bij enkele verlaten hutten. Pas de laatste drie dagen hadden ze niets meer te eten en te drinken.

Ook nu had de Voorzienigheid haar geholpen door haar naar deze bron te leiden. Toch was het einde van hun lange tocht nog steeds niet in zicht. Wekenlang zwierven ze nu al rond. Was het inmiddels augustus of september? Ze wist het niet.

Het leek maanden geleden dat ze de trein hadden verlaten, zo goed uitgerust, met mooie, sterke paarden. Dagenlang zwierven ze door het bos, compleet verdwaald, en een paar keer kwamen ze zelfs terug op een punt waar ze al eerder waren geweest. 's Nachts was er een keer onweer losgebarsten, en omdat ze de paarden niet hadden vastgezet, sloegen de dieren op hol, mét alle provisie in de zadeltassen. Een hele dag lang zochten ze tevergeefs naar de dieren, en toen nog een dag, voordat ze het onvermijdelijke accepteerden.

Nellie dacht terug aan de weken erna, aan hun eindeloze zwerftocht door het donkere bos. Wat een nachtmerrie. Ze hadden geen voedsel en Edward had hun verboden de bessen te eten die hier en daar zo verleidelijk aan struiken groeiden, voor het geval ze giftig waren.

In het begin had hij de leiding gehad, maar op een maniakale, genadeloze manier. Hij dreef hen voort, een verbeten trek rond zijn kaak. Nellie durfde hem niet eens te vragen waar hij heen ging. Zo fanatiek was de uitdrukking op zijn gezicht als hij bleef staan om door de takken naar de stand van de zon te turen. Op een gegeven moment kondigde hij aan dat ze in het vervolg 's nachts verder zouden trekken, zodat hij met behulp van de sterren kon bepalen waar ze waren.

Voor de kinderen was dat nog moeilijker, want ze waren bang voor de geluiden in het bos – dieren die ritselden tussen het struikgewas en vogels die krijsten. Helen Frances had last van ontwenningsverschijnselen omdat de morfine met de paarden was verdwenen. Af en toe was ze hysterisch, hoewel Nellie er bewondering voor had dat ze het opbracht om te blijven lopen.

Ze zouden zijn omgekomen in het bos als ze op een dag niet op het hutje van een woudbewoner waren gestuit. De man was vriendelijk en bood hun onderdak en eten aan, maar toen ze de volgende dag weggingen, eiste hij geld, onder bedreiging met zijn bijl. Edward was gedwongen om hem het weinige kleingeld dat hij op zak had te geven. Daarna glimlachte hij weer breed en legde hij uit hoe ze bij de hut van een andere woudbewoner moesten komen, een dag lopen bij hem vandaan. Daar beroofden een vader en zijn zoon hen schaamteloos van hun laatste bezittingen – Nellie moest haar halsketting met een zilveren kruisje afstaan en Edward zijn zegelring – maar de boeren gaven hun tenminste te eten.

De volgende keer dat ze bij bewoonde hutten kwamen, werden ze wantrouwig begroet, alsof ze paupers waren. In de twee hutten op een open plek woonde een boerenfamilie. Ze hadden een paar varkens en een moestuintje, maar ze waren arm en niet van plan om het weinige dat ze hadden met vreemden te delen. Schoorvoetend stonden ze toe dat het bezoek sliep in de stal van de twee broers die in een van de hutten woonden, maar toen ze om eten vroegen, schudden de boeren hun hoofd. Het duurde uren voordat ze in slaap vielen, want toen waren ze nog niet gewend aan het knagende hongergevoel dat nu niet meer weg te denken was.

Die nacht werden ze door Mary gewekt. Op een doek op de grond had ze tot ieders verbijstering een schaal met dampende groente, een grote kom rijst en een halve kippenborst neergezet.

Edward reageerde verrukt. 'Hoe heb je al dit lekkers van ze losgekregen, Mary?' vroeg hij opgewekt terwijl hij een stukje kip voor zichzelf afsneed.

Het meisje staarde strak naar de grond en haalde na een hele tijd haar schouders op. 'Ik heb de broers gewoon om eten gevraagd,' mompelde ze.

'Gelukkig bestaat er toch nog christelijke naastenliefde,' concludeerde Edward glimlachend. 'Je hebt verborgen talenten, jongedame, verborgen charmes, als je dit soort gevoelloze heidenen kunt vermurwen.'

Nellie besefte toen al wat voor betaling de mannen van Mary geëist moesten hebben, en ze zag dat ook Helen Frances somber naar haar voeten staarde en elk oogcontact vermeed. Toch zei Nellie niets en liet ze Edward van het maal genieten. Wat had het voor zin om iets te zeggen? Wat Mary ook had gedaan, gedane zaken namen geen keer, en ze moesten nu eenmaal eten.

Een paar dagen later, na lange voettochten en veel honger, bejegende een houthakker hen nog vijandiger. Hij bedreigde hen met een musket, en ze waren gedwongen om 's nachts in de buitenlucht te slapen.

Ook die nacht maakte Mary hen wakker omdat ze eten had – gestoofd konijn met groente – maar ditmaal was Edward minder traag van begrip. Hij ging tegen Mary tekeer, noemde haar ondankbaar, slecht, een hoer, en hij sloeg het bord uit haar handen, zodat het eten tussen de bladeren op de grond viel. Met zijn voet stampte hij het bord aan scherven, en hij beval het doodsbange meisje om boete te doen voor haar zonden. Nellie en Helen Frances keken verstijfd en zwijgend toe, en George en Jenny staarden hun vader angstig en niet-begrijpend aan.

Pas toen Edward was uitgeraasd ging Nellie kalm naar het huilende meisje en sloeg ze haar armen om haar heen. Helen Frances liep zonder de dokter aan te kijken naar het gebroken bord en begon zorgvuldig de stukjes vlees tussen de bladeren vandaan te halen.

'Jullie gaan je toch niet te goed doen aan dit loon der zonde?' brieste Edward, maar de vrouwen negeerden hem.

'Ik vind dat je Mary excuses moet aanbieden,' zei Nellie later.

'Allemachtig, mens, ze heeft voor hoer gespeeld! Besef je dan niet wat ze heeft gedaan?'

Kalm keek Nellie hem aan. 'Mary is geen hoer, Edward,' zei ze. 'Ze zorgt dat we te eten hebben, hoewel ze dat helemaal niet hoeft te doen.'

Nellie dacht nog vaak aan dat moment terug. Daarmee was de verandering in het gedrag van haar man ingezet; vanaf dat moment was hij humeurig en melancholiek en in de greep van een vreselijke passiviteit. Vanaf dat moment had zij stilzwijgend de leiding overgenomen.

Er was met geen woord meer over gerept. Edward bleef een eind bij hen vandaan koppig op een boomstronk zitten terwijl zij opaten wat er van het vlees te redden was. Nellie ging hem zijn portie brengen, maar hij wilde er niet van weten. De volgende ochtend gingen ze verder.

Sindsdien was er zoveel gebeurd, zoveel vreselijke dingen. Soms lukte het Mary dagenlang niet om eten te regelen, en als het haar wel lukte, zei niemand er iets van. Ze aten wat ze hun bracht, zelfs

Edward, hoewel hij na die ene uitbarsting nooit meer een woord tegen haar zei.

Op een dag ging ze bij hen weg. Inmiddels hadden ze de bossen
van de Zwarte Heuvels allang achter zich gelaten en zwierven ze
rond over het plateau, dat door diepe ravijnen werd doorsneden. Arme boeren groeven holen om in te wonen in de zachte steen van
de wanden en verbouwden wat gewassen op terrassen.

Al snel werd duidelijk dat ze deze primitieve dorpen beter konden mijden. Ze waren nu eenmaal buitenlanders, christenen in een
land dat had gezworen hen uit te roeien. Tekenen dat de Boxers hier
actief waren kwamen ze nergens tegen, maar in een van de dorpen
hing een aanplakbiljet met xenofobe leuzen en een vernietigend keizerlijk decreet. De dorpelingen waren vijandig, stonden in kluitjes
bij elkaar en wezen op hen. Nadat ze met stenen waren bekogeld,
maakten ze zich haastig uit de voeten.

In het vervolg gingen ze met een grote boog om deze dorpen
heen. Niemand zei het, maar in feite waren ze geheel afhankelijk van
Mary, die wegglipte als iedereen sliep. Op een nacht kwam ze niet
terug.

Bezorgd en hongerig bleven ze de hele dag en de volgende nacht
op haar wachten. De tweede dag gingen ze naar het dorp in de
buurt. De dorpelingen ontweken hen en wilden geen vragen beantwoorden. Uiteindelijk kwamen ze een oude vrouw tegen die
naar een van de holen aan het eind van het dorp wees voordat ze
maakte dat ze wegkwam. Daar vonden ze Mary, bezig met het koken van eten boven een vuur. Een boer met grijs haar zat kaarsrecht
op een kruk en negeerde hen. Mary barstte in tranen uit en vertelde dat de man erin had toegestemd om haar te houden. Ze had genoeg van het rondzwerven. Ze wilde niet meer. Het speet haar, ze
vroeg om vergeving. Het groepje kreeg manden vol eten van haar
mee.

De proviand was genoeg voor vijf dagen, en daarna moesten ze in
de dorpen waar ze doorheen kwamen om aalmoezen bedelen, hoe
riskant dat ook was. Soms ontmoetten ze vriendelijkheid, soms vijandigheid. Meestal werden ze uitgescholden en weggejaagd. Ze waren zelfs een keer door een dorpshoofd opgesloten in een cel, waar
ze een angstige nacht doorbrachten, maar de vrouw van de man had

medelijden gekregen met George en Jenny, en ze waren de volgende ochtend vrijgelaten.

Hun uitgemergelde lichamen zaten onder de zweren. Hun versleten schoenen boden nauwelijks enige bescherming aan hun met blaren overdekte voeten. Ze zaten onder de luizen. Insectenbeten raakten geïnfecteerd. Het was een wonder dat geen van hen aan ernstiger ziekten dan diarree leed, maar op deze hoogte was de hitte overdag niet drukkend en de nachten waren koel. Nellie was hun drijvende kracht. Zij was het die hen elke ochtend zover wist te krijgen dat ze opstonden als ze niet wilden, zij spoorde hen aan om door te gaan.

Nellie vond het verbijsterend dat Helen Frances het had overleefd. Vaak kon ze 's nachts niet slapen en gilde ze om verdovende middelen, en als ze wel sliep, riep ze in haar nachtmerries om Henry en Tom, of maaide ze wild met haar armen om een aanvaller af te weren. Dat ze in verwachting was kon je nu goed zien. Het leek zelfs wel of haar dikker wordende buik het leven uit de rest van haar lichaam wegzoog, als een hongerige parasiet die zich volvrat terwijl de gastheer honger leed.

Bij het uitdelen van het schamele beetje eten dat ze hadden, zorgde Nellie er altijd voor dat ze zichzelf wat minder gaf en Helen Frances een beetje extra. Uit medelijden met haar kinderen at ze zelf soms helemaal niet en verdeelde ze haar portie tussen Helen Frances, George en Jenny. Ze was sterk, hield ze zichzelf voor, vechtend tegen de honger. Zij zou het overleven omdat haar dierbaren van haar afhankelijk waren.

Ze koesterde een heftige, moederlijke liefde voor de broodmagere Helen Frances. Als ze haar over een met stenen bezaaid pad zag waggelen, besefte ze dat voor elke stap wilskracht nodig was met dat zware gewicht in haar buik, en voelde ze niet alleen medelijden met haar pleegdochter, maar was ze ook geweldig trots op haar moed. Haar gezicht was onder het lopen vertrokken van inspanning en ze haalde hijgend adem, en toch klaagde ze nooit, hoewel ze soms te uitgeput was om verder te lopen. Dan moesten ze allemaal uitrusten totdat Helen Frances weer een beetje op krachten was gekomen.

Als dat gebeurde, liep Edward lusteloos heen en weer of ging hij een eind bij de anderen vandaan op een steen zitten. Hij was niet langer de dokter. Binnen in hem was iets doodgegaan. Hij praatte alleen als hem iets werd gevraagd. Nellie had een paar keer gezien dat hij met betraande ogen naar zijn kinderen keek, maar afgezien daarvan ging hij geheel op in zijn eigen verbitterde gedachten. Hij meed het gezelschap van de anderen, deed 's avonds nooit mee aan de gesprekken rond het vuur.

Op een dag zag ze dat zijn haar bijna helemaal wit was geworden, en zijn gezicht was gerimpeld als dat van een oude man. Het deed haar verdriet hem zo te zien, maar hoewel ze het met tegenzin onder ogen zag, moest ze voor zichzelf toch toegeven dat ze hem was gaan minachten. Soms vroeg ze zich af of ze alle mannen was gaan minachten, met hun oppervlakkigheid, hun bravoure, hun agressiviteit, en hun ultieme zwakheid.

Af en toe dacht Nellie aan Frank, Helen Frances' onverantwoordelijke vader. Het was wel duidelijk dat ze haar wilskracht en uithoudingsvermogen niet van hem had. Ze vroeg zich af wat voor soort vrouw haar moeder was geweest. Helen Frances had haar nooit gekend, maar Frank had altijd over haar gepraat alsof ze een godin was geweest. Had Helen Frances haar uitzonderlijke kracht van haar moeder geërfd? Onzin, natuurlijk, om zo te denken. Helen Frances was gewoon sterk van zichzelf. Bovendien was ze in verwachting. Lichamelijk eiste dat veel van haar, maar aan de andere kant gaf het haar wat elke aanstaande moeder had: de wil om te leven.

Het verbaasde Nellie dat Helen Frances het nooit over Henry Manners had. Ze praatte wel af en toe over Tom, met genegenheid en soms zelfs met humor. Helen Frances wist dat haar minnaar dood was. De eerste avond rond het kampvuur had Edward het vreselijke tafereel beschreven dat hij in de coupé van de Mandarijn had aangetroffen. Nellie was geschokt geweest dat Manners nog veel slechter bleek te zijn dan ze had gedacht, en ze had verwacht dat Helen Frances het voor hem op zou nemen. Dat deed ze niet. Met gebogen hoofd luisterde ze naar het verhaal en ze had er nooit meer iets over gezegd.

Misschien was het beter zo. Nu kon iedereen denken dat Tom de vader van de baby was. Misschien konden ze zelfs een huwelijk verzinnen. Tom was als een martelaar gestorven, maar anders zou hij zeker met Helen Frances zijn getrouwd, daar was Nellie van overtuigd.

En Henry Manners had gewoon bewezen dat hij niet deugde voordat een kogel een eind aan zijn ellendige leven maakte. Verdrietig was het wel – ze was hem aardig gaan vinden en had zelfs een zekere bewondering voor hem gehad, maar zijn verraad was onvergeeflijk. Toch was het opmerkelijk dat Helen Frances hem zo makkelijk uit haar gedachten had gebannen.

Met een schok ontwaakte Nellie uit haar overpeinzingen. Dagdromen bij een plas water, terwijl het al bijna avond was en ze haar dorstige familie moest laven! Het probleem van Helen Frances' zwangerschap zou zichzelf oplossen als ze niet snel terugging. Ze was ernstig verzwakt en zelfs dit water was misschien niet genoeg om haar in leven te houden.

Ondanks haar vermoeidheid kwam ze overeind om het geitenvel met water te vullen. Wat zouden George en Jenny blij zijn, de lieve schatten, als hun moeder terugkwam. Ze had genoeg water voor vandaag, en morgen zou ze iedereen hier mee naartoe nemen. Misschien dat het George dan eindelijk een keer zou lukken om een marmot te vangen. Het wemelde in deze dorre streek van de kleine, witte knaagdieren. In het begin hadden ze de marmotten schattig gevonden, maar omdat het nooit lukte om er een te vangen, was vertedering omgeslagen in ergernis. Opeens zag ze in gedachten een pan met dampend stoofvlees voor zich, en ze sloot haar ogen. Genoeg. Zo werd ze nog gek. Ze bukte zich om het geitenvel op te pakken en begon te lopen. Na twee stappen verstijfde ze.

De middagzon wierp schaduwen op het gras, maar de schaduw die ze voor zich zag, scherp afgetekend, was niet de schaduw van een boom of een dier of een wolk. Denkend dat ze droomde draaide ze zich om. Even werd ze verblind door het zonlicht, maar toen tekende zich onmiskenbaar het silhouet van een man af. Hij was klein en gedrongen en zat op een pony. Hij hield de teugels van een andere pony in zijn hand. Over zijn schouder hing een geweer, en hij had een bontmuts zwierig op zijn hoofd geplant. Hij droeg een tuniek met een wijde rok tot op de bovenkant van zijn laarzen. Toen haar ogen gewend waren aan het felle licht, zag ze dat hij naar haar glimlachte.

De man keek zo vriendelijk dat ze zich onmiddellijk op haar gemak voelde.

De kinderen herinnerden zich de maanden bij Orkhon Baatar later als een gouden periode in hun leven.

's Nachts sliepen ze met zijn allen in een *ger*, een tent van vilt, en ze werden wakker als het eerste ochtendlicht door het gat boven in de tent naar binnen scheen. Dan was Sarantuya, de mollige vrouw van Orkhon Baatar, al bezig het vuur van gedroogde mest op te porren. Orkhon Baatar zelf was dan allang op, nadat hij stilletjes over de slapende mensen heen was gestapt om zijn schapen en paarden te weiden en te verzorgen.

Tegen de tijd dat de houten deur openging en zijn lachende, gerimpelde gezicht verscheen om zijn slaperige gasten met een vrolijke lach te begroeten, had hij meestal al een konijn of patrijs geschoten en kookte het water voor de thee. In een kring rond de warme kachel gebruikten ze het ontbijt, zittend op het enige gebloemde tapijt dat het echtpaar bezat. Elke ochtend was er gestremde melk, die Orkhon Baatar inschonk uit een koperen kan.

Hij wist dat George en Jenny popelden om op pad te gaan, maar om hen te plagen verzon hij excuses om te blijven, veinsde hij vermoeidheid of buikpijn, of hij knoopte met zijn vrouw een eindeloos gesprek aan over het weer, totdat de kinderen haast knapten van frustratie. Maar hij wist altijd wanneer hun geduld opraakte, en dan vroeg hij glimlachend in gebroken Chinees, met twinkelende ogen, of de kinderen zin hadden om hem te helpen bij het zoeken naar zijn schapen. Voor George en Jenny was dat het teken om overeind te springen en naar buiten te stuiven, het zonlicht tegemoet. (In hun herinnering regende het nooit en was het elke dag schitterend weer.)

Snel zadelden ze dan twee kleine pony's en volgden ze hem in een halsbrekend tempo door de vallei naar de glooiende heuvel waar zijn schapen graasden. Hij keek vaak om en daagde hen uit hem in te halen. Dan ging hij opzettelijk langzamer rijden totdat ze bijna bij hem waren, maar dan huilde hij als een wolf en leunde hij naar voren in zijn zadel en stoof hij in galop bij hen vandaan. Tegen de tijd dat zij eindelijk de voet van de heuvel bereikten, lachte hij hen triomfantelijk toe.

Terwijl Orkhon Baatar zijn vee verzorgde, lagen de kinderen in het gras en verzonnen ze namen voor de grote wolken boven hun hoofd. Orkhon Baatar had George geleerd hoe je een sprinkhaan ving en hem aan een touwtje rond zijn poot kon laten rondspringen, maar dat vond Jenny niet leuk. Zij vlocht liever kransen van bloemen.

Als Orkhon Baatar klaar was kwam hij op zijn hurken naast hen zitten en vroeg hij waar ze die dag zin in hadden. Soms gingen ze naar de rivier. Daar haalde hij dan een dode muis tussen de plooien van zijn jas vandaan, en die bond hij aan een stuk touw om als aas te gebruiken voor de *taimen*, een vervaarlijke zalm met scherpe tanden die wel anderhalve meter lang kon worden. Jenny bleef aan de kant om te kijken als Orkhon Baatar en George het water inliepen om te zien of er zich misschien zo'n monster verschool onder een struik. Als ze er een vingen, duurde het gevecht met de vis altijd minstens een halfuur. Uiteindelijk gooide Orkhon Baatar het beest altijd weer terug. Hij zei dat het ongeluk bracht om een vis te vangen. Als mensen doodgingen, nam hun ziel de gedaante van een vis in de rivier aan. Hij keek altijd heel ernstig als hij dit vertelde, maar het volgende moment lachte hij weer, dus wisten ze nooit of hij meende wat hij zei.

Op andere dagen maakten ze lange tochten te paard. Een favoriete bestemming was een hoge rots in het grasland, ongeveer tien kilometer van Orkhon Baatars kamp. De eerste keer dat ze er waren, vertelde hij de kinderen dat het een heilige berg was. Volgens de legende was er vroeger een vreselijke oorlog geweest, waarbij de koning was verslagen. Een van zijn krijgers was met de schat van de koning ontkomen, en die had hij op de helling van deze berg begraven om het goud in veiligheid te brengen. De vijand had de berg omsingeld, en omdat de overmacht te groot was, was hij op zijn paard van de bergtop gesprongen. De wind had hem meegevoerd naar de wolken en niemand had hem ooit nog gezien, dus bleef het geheim van de schat bewaard.

George wilde het goud gaan zoeken, maar Orkhon Baatar had gezegd dat het een grote zonde was om in de aarde te graven. Geen enkele Mongool deed dat, want de aarde leefde en zou de wond voelen. Ze moesten hem plechtig beloven dat ze de schat nooit zouden gaan zoeken. Ze zouden er sowieso weinig plezier aan beleven, voegde hij eraan toe, want die schat bracht ongeluk. Daarna knipoogde hij grijnzend en nam hij hen mee naar de top. Daar stonden ze, hun kleren wapperend in de wind, onder de indruk van het golvende grasland dat zich zover het oog reikte naar alle kanten uitstrekte.

Hun middagmaal bestond uit gedroogd vlees, dat Orkhon Baatar in zijn geweven zadeltas meenam, en daarna gingen ze op hun gemak terug naar huis.

's Middags kregen ze altijd les. Orkhon Baatar leerde hun een galopperende pony te vangen door ernaast te gaan rijden en in volle galop een lus aan het eind van een stok over zijn hoofd te gooien. Hij leerde hun de schapen 's avonds terug te drijven naar de stal. Hij legde uit hoe belangrijk de schapen waren voor de mensen. De wol werd gebruikt om kleding van te maken, en vilt voor de *ger*; de melk werd gedronken of er werd yoghurt van gemaakt; het vlees werd bij feestelijke gelegenheden gegeten; en de gedroogde mest was brandstof voor het vuur. Een koude winter kon een ramp betekenen, want soms kon de herder niet voorkomen dat zijn schapen stierven in de sneeuw, en dan hadden hij en zijn gezin niet te eten. Bovendien, hoe konden ze vuur maken zonder de gedroogde mest die als brandstof diende? Nee, de herder beschermde zijn dieren, dat was zijn plicht, maar hij deed het ook uit eigenbelang. Per slot van rekening hielden de schapen hém weer in leven. Als de mens verwachtte dat het schaap er voor hem was, legde Orkhon Baatar uit, dan was het op zijn beurt de plicht van de mens om goed voor het schaap te zorgen.

Op een dag liet hij de kinderen zien hoe je een ringworm uit de maag van een schaap moest snijden. Eerst vonden ze het griezelig en vies, maar Orkhon Baatar legde uit dat hij het alleen maar deed om het dier beter te maken door hem van een pijnlijke bloedzuiger te verlossen. Ook bij het doden van een dier moest de mens respect tonen. Hij deed voor hoe het moest. Een jong schaap was gewond geraakt aan een poot, en Sarantuya had hem gevraagd het te slachten; het was lang geleden dat ze vers vlees hadden gegeten. De kinderen keken toe toen Orkhon Baatar het dier op zijn zij legde en zijn mes pakte. Snel maakte hij een snee in de buik en hij stak zijn hele arm naar binnen om in het hart te knijpen. Het dier stierf met een zacht geblaat.

Glimlachend keek hij hen aan. 'Zien jullie wel?' zei hij. 'Het schaap is pijnloos gestorven, en er is geen druppel bloed gemorst. Ik zal jullie leren hoe het moet, dan kunnen jullie het de volgende keer zelf.'

George en Jenny waren vol afschuw weggerend, maar na een tijd-je leerden ze het toch, net als heel veel andere dingen die Orkhon Baatar voordeed.

Zo verstreken de gouden zomerdagen, en in de herfst bliezen de eerste koude winden over de steppen.

Voor Nellie en Helen Frances waren het ook rustige dagen, zo-dat ze de tijd kregen om alle gebeurtenissen te verwerken. Ze von-den troost in de vele huishoudelijke taken, zoals koken, wassen of het melken van de ooien. Er ontstond een hechte vriendschap met Sarantuya, die hen als zusters welkom had geheten. Sarantuya sprak in tegenstelling tot haar man geen woord Chinees, dus communi-ceerden ze door middel van gebarentaal en gezichtsuitdrukkingen, en soms maakten ze tekeningen in het zand, waar ze dan samen har-telijk om lachten. Na verloop van tijd leerden ze woorden en zin-nen in het Mongools en konden ze eenvoudige gesprekken voeren met Sarantuya. Zo ontdekten ze dat Sarantuya een diepzinnige en wijze vrouw was, met een goed gevoel voor humor.

Ook zij hadden een dagelijkse routine. Ze genoten vooral van de wandeling na het ontbijt naar de rivier, waar ze koperen vaten met water vulden en een keer in de week kleren wasten. Dan werd er gekletst en geroddeld en gelachen. Sarantuya was enorm openhartig en geneerde zich er niet voor om hun de meest persoonlijke vragen te stellen, en zij volgden haar voorbeeld.

De zwangerschap van Helen Frances was een bron van vreugde en trots voor Sarantuya. Vaak streek ze met haar handen over de steeds dikker wordende buik, en soms legde ze haar oor ertegen om te luisteren. De eerste keer dat ze de foetus voelde bewegen slaakte ze een kreet van verrukking, klapte ze in haar handen en drukte ze Helen Frances aan haar brede boezem terwijl tranen van blijdschap over haar wangen stroomden.

Binnen enkele dagen stelde ze vast dat Helen Frances een meisje zou krijgen. Ze tekende een vrouw in het zand met een puntige buik, gevolgd door een tekening van een baby met een enorme pe-nis. Daarna veegde ze de tekeningen uit en tekende ze een meisje, wijzend op de ronde buik van Helen Frances. Nellie en Helen Fran-ces begrepen dat een ronde buik een meisje betekende en een puntige een jongen. Het vormde de aanleiding voor veel gegiechel.

Op een dag vroeg Nellie aan Sarantuya of zij en Orkhon Baatar kinderen hadden. Sarantuya glimlachte triest, wees op haar buik en gebaarde met haar hand dat ze onvruchtbaar was. Nellie en Helen Frances werden erdoor in verlegenheid gebracht, maar Sarantuya pakte hun handen en maakte duidelijk dat ze niet verdrietig moesten zijn; het was iets wat haar man en zij hadden geaccepteerd. Daarna wees ze op de heuvel in de verte, waar George en Jenny aan het ravotten waren met Orkhon Baatar.

'Orkhon Baatar,' zei ze, kloppend op haar hart. 'Jay-nee. Zhoorj. Als eigen kinderen. Orkhon Baatars kinderen. Hij heel blij met Jay-nee en Zhoorj.' Glimlachend keek ze hen aan, haar bruine ogen een beetje vochtig.

Zo had Nellie een glimp opgevangen van de tragedie achter het eenvoudige leven van Orkhon Baatar en Sarantuya. Ze begreep nu ook dat dit misschien een van de redenen was geweest voor hun hartelijke ontvangst in dit huishouden. Impulsief omhelsde ze Sarantuya, en daarna voelde ze zo mogelijk een nog hechtere band met haar.

Waar Sarantuya nooit naar vroeg, was Nellies relatie met haar man. Airton kwam eigenlijk bijna nooit ter sprake. Overdag zwierf hij met gebogen hoofd door de heuvels, helemaal in zichzelf gekeerd. 's Avonds at hij samen met de anderen, en wachtte hij ineengedoken en zwijgend totdat Orkhon Baatar een kom *nernel* voor hem inschonk, een zure sterkedrank die van paardenmelk werd gedistilleerd. Soms dronken ze samen de ene kom na de andere, zonder een woord te zeggen. De drank leek nooit effect te hebben op Orkhon Baatar, maar de dokter dronk gestaag door totdat hij stomdronken was, geleund tegen het houten frame van de *ger*. Als Orkhon Baatar geen zin had om te drinken gaf hij Airton de kan en vertelde hij de anderen grappige verhalen. Soms tokkelde hij op zijn *er-hu*, of hij zong melancholieke nomadenliederen.

Orkhon Baatar fascineerde Helen Frances. Zijn gezicht was het eerste geweest dat ze had gezien toen ze bijkwam uit haar toestand van bewusteloosheid. Ze herinnerde zich vooral zijn ogen, zo warm, zo begripvol, zo vredig, zo wijs. Eerst dacht ze dat ze dood was en dat het gezicht boven het hare dat van een duivel of een engel was.

Het had dan ook iets duivelachtigs met die onregelmatige tanden, dat dunne snorretje en die gerimpelde, gelige huid. De gloed van het vuur speelde over zijn ronde gezicht. Ze had nog nooit zo'n soort gezicht gezien, zo ongewoon dat het nauwelijks menselijk leek, maar de ogen... De ogen waren die van een goed mens, en ze wist instinctief dat ze bij hem veilig was.

Verbazend zacht legde hij zijn leerachtige hand op haar voorhoofd. Zijn ogen gingen dicht, en ze hoorde woorden in een taal die ze niet verstond, alsof de man in trance was en toverspreuken prevelde. De hand op haar voorhoofd werd steeds warmer. Ze voelde golven van tevredenheid door haar lichaam gaan, en al snel was ze in een droomloze slaap gevallen.

Toen ze wakker werd lag ze in deze *ger*, nog steeds slaperig en hongerig, maar met een heerlijke loomheid in haar ledematen. Ze hoorde vertrouwde stemmen, die van George en Jenny, opgewonden roepen. 'Kom! Kom snel! Ze is wakker!' Het volgende moment boog Nellie zich glimlachend over haar heen, en achter haar zag ze de onbekende man staan.

Nellie vertelde haar hoe alles was gegaan. In het avondlicht reed ze samen met Orkhon Baatar weg bij de bron. Het groepje dat ze 's middags had achtergelaten, was totaal uitgeput van honger en dorst. Haar man zat lusteloos bij de gloeiende kooltjes van het vuur, zijn armen om de slapende kinderen geslagen. Hij herkende haar nauwelijks en besefte niet eens dat ze water bracht. Ze werd bang toen ze de kinderen niet meteen kon wekken, maar nadat ze water hadden gedronken herstelden ze zich snel. Het was echter onmogelijk om Helen Frances wakker te krijgen, ook al bevochtigde ze haar lippen en kneep ze in haar magere schouders. Uiteindelijk besefte ze met een gevoel van paniek dat Helen Frances in coma was geraakt en zou sterven als er niets gebeurde. Haar polsslag was zo zwak dat Nellie bijna niets kon voelen. Al die tijd bleef Orkhon Baatar op zijn paard zitten kijken.

Ze gilde dat haar man iets moest doen, maar de dokter keek haar alleen wezenloos aan en deed niets. Wanhopig keek ze naar de Mongoolse man. Het was al een wonder geweest dat hij plotseling was opgedoken. Kon hij nog meer wonderen verrichten? Hij sprong van zijn paard en liep rustig naar haar toe, knielde naast Helen Frances op de grond. Met zijn oor tegen haar borst luisterde hij naar haar hartslag, en hij hield zijn neus vlak boven haar gezicht, alsof hij naar haar ademhaling snuffelde. Hij legde zijn hand op haar buik en keek Nellie vragend aan. 'Ja, ja, ze is zwanger!' riep Nellie vertwijfeld. 'Wat maakt dat nou uit? Ze gaat dood!' Orkhon Baatar knikte, mompel-de iets dat op het Chinese woord 'terugkomen' leek, sprong weer op zijn paard en reed in galop weg.

Op dat moment wist Nellie wat het betekende om door alles en iedereen in de steek gelaten te worden.

Maar niet lang daarna kwam Orkhon Baatar terug. Uit zijn zadel-tas haalde hij een bundel waar vlees in zat, en die gaf hij aan Nellie voor de dokter en haar kinderen. Daarna porde hij handig het vuur op en kookte hij water in een koperen pot. Hij haalde gedroogde kruiden en bloemen uit een plooi in zijn jas, verkruimelde die in zijn handen en deed ze in de pot om er een of ander brouwsel van te trekken. Nadat hij wat water in Helen Frances' mond had ge-druppeld, begon hij tot Nellies verbazing haar bewusteloze lichaam te masseren terwijl hij gebeden of bezweringen mompelde. Vervol-gens tilde hij Helen Frances zachtjes overeind, hij hield de dampen-de pot onder haar neus en keek hoe ze reageerde. Daarna zette hij de pot neer om verder te gaan met zijn massage en bezweringen. Toen het brouwsel in de pot voldoende was afgekoeld, doopte hij er een doek in en kneep hij zorgvuldig enkele druppels in haar mond, waarna hij de massage hervatte.

Nellie zat bij het vuur naar hem te kijken. Ze was wanhopig, maar te verzwakt om tegen zijn in haar ogen zinloze hocus-pocus te pro-testeren. Na een tijdje was ze zelf ingedommeld. Ze werd pas wak-ker toen Orkhon Baatar haar bij de schouder pakte en door elkaar schudde. De lucht begon al roze te kleuren van de dageraad. Hij pak-te glimlachend haar hand, nam haar mee naar Helen Frances en ge-baarde dat ze haar pols moest voelen. De hartslag was nog steeds zwak, maar krachtiger dan de avond ervoor.

Orkhon Baatar had een paard voor de dokter en de kinderen, en zelf reed hij met Helen Frances over zijn knieën en Nellie achter zich. Ze reden de hele ochtend stapvoets door de heuvels en kwa-men aan het begin van de middag bij de ger. Ze bleken dagenlang rondgezworven te hebben in de buurt van de rivierbedding waar

Orkhon Baatar zijn kamp had opgeslagen, zonder het te beseffen.

De eerste twee dagen zorgde Orkhon Baatar zelf voor Helen Frances. Hij zat naast haar, masseerde haar en voerde haar zijn kruidenthee. Waarschijnlijk sliep hij wel, maar de anderen zagen het hem nooit doen. Op de derde dag kwam ze bij, en na een week was ze sterk genoeg om te lopen.

Uiteraard was ze niet meteen weer de oude. Wekenlang kreeg ze een dieet van yoghurt en krachtige schapenbouillon, en zo ging ze eindelijk weer een beetje op zichzelf lijken. Terwijl ze aansterkte, keerden haar nachtmerries terug, en daarmee ook haar verlangen naar opium. Nellie deed haar best om haar te kalmeren, maar ze moest machteloos toezien dat Helen Frances met de dag dieper in apathie en wanhoop wegzakte. Orkhon Baatar zag het gebeuren, maar het duurde een hele tijd voordat hij iets deed.

Op een nacht, toen ze uitzonderlijk rusteloos was en last had van vreselijke nachtmerries, maakte hij haar wakker. Hij pakte haar hand en gebaarde dat ze hem naar buiten moest volgen. Een volle maan stond aan een heldere sterrenhemel. Hij nam haar mee naar de rivier, en daar moest ze gaan zitten. Uit een buidel aan zijn riem haalde hij iets wat op een gedroogde paddestoel leek, en hij gebaarde dat ze die moest eten. Dat deed ze, en ze zag dat hij er zelf ook een nam. De smaak was bitter, maar ze dwong zichzelf de paddestoel door te slikken.

Een tijdlang zaten ze naar het ruisende water te luisteren. Geleidelijk leek het geluid aan te zwellen, en ze zag de heuvels om zich heen zo helder alsof het dag was. Haar lichaam voelde heel licht, gewichtloos, en haar hoofd was uitzonderlijk helder. Opeens besefte ze dat ze boven de grond zweefde, en ook Orkhon Baatar leek te zweven. Zijn ogen twinkelden vrolijk en hij keek haar met een warme glimlach aan.

Hij pakte haar hand en samen gingen ze omhoog, al klopte dat niet, want op de grond beneden haar kon ze hen duidelijk zien zitten. Was het soms een deel van haar bewustzijn dat buiten haar lichaam was getreden? Toch kon ze alles voelen, en ook Orkhon Baatar leek echt. Ze voelde het eelt op zijn hand. Lachend wees hij op de sterren, die steeds dichterbij leken te komen. Steeds hoger klommen ze, totdat ze op een teken van Orkhon Baatar weer omlaagdoken naar de rivier, en ze voelde dat ze werd meegezogen...

Orkhon Baatar nam haar mee naar de andere kant van de wereld, terug in de tijd. Ze zag zichzelf in haar jeugd, vrolijk babbelend tegen haar vader toen ze samen in een rijtuigje door het Engelse landschap hobbelden. Daarna zweefde ze boven het schip en zag ze Tom en zichzelf verkleed voor het bal. Ze verzette zich een beetje toen Orkhon Baatar haar bij die prettige herinnering vandaan trok en haar naar China bracht. Daar zag ze zichzelf met Tom in de trein, en toen met Henry in het Paleis van de Hemelse Lusten. Dat was op de dag dat ze voor het eerst opium had gerookt om stoer te doen, ook al had Henry haar gewaarschuwd. Ze wilde omlaagvliegen en de pijp uit haar eigen hand grissen, maar Orkhon Baatar schudde zijn hoofd. Later zag ze zichzelf morfine inspuiten in het ziekenhuis. Ze huilde een beetje, maar Orkhon Baatar dwong haar om te blijven kijken. Daarna werd het alleen maar erger. Ze smeekte hem om niet verder te gaan, maar hij schudde triest zijn hoofd en trok haar mee naar de massa-executie op het marktplein van Shishan, en toen ondanks haar heftige verzet naar de kamer in het bordeel waar ze zichzelf verkracht zag worden...

Gelukkig was dat het einde van de reis langs alle verschrikkingen. Het volgende moment liep ze samen met Orkhon Baatar over de Mongoolse steppen. Het was prachtig weer. Grote witte wolken dreven over, en ze kon naar alle kanten kilometers ver uitkijken over het landschap. Orkhon Baatar liep naast haar, met zijn handen op zijn rug, en praatte tegen haar over de seizoenen en waar de beste weiden waren. Op een gegeven moment zag ze een vos, en ze volgden het dier naar haar hol, waar ze drie schattige jongen aantroffen. Orkhon Baatar wees, en ze zag een hert met een enorm gewei op een heuvel staan. Even later renden ze met het hert mee, joelend van pret. Hij wees op een stipje aan de lucht, en ze vlogen tussen adelaars en haviken.

Later zaten ze aan de oever van een brede rivier – de heilige rivier voor de inwoners van Mongolië, die dezelfde naam droeg als haar begeleider. Hij stelde voor om te gaan zwemmen. Ze deed haar kleren uit en ging het water in. Iemand anders zwom naast haar. Ze dacht dat het Orkhon Baatar was, maar het lachende gezicht naast haar was dat van Henry. Zijn blauwe ogen glinsterden en zijn tanden leken extra wit in zijn zonverbrande gezicht. Hij spatte haar nat en zij hem, en toen nam hij haar in zijn armen en kuste hij haar hartstochtelijk. Ze voelde een enorme blijdschap toen hij haar binnenging, en ze was zich bewust van het leven in haar schoot dat ze samen creëerden.

Na het bedrijven van de liefde zakten ze onder de oppervlakte van het water en volgden ze de vissen tussen het riet. De stroom voerde hen mee. Na een tijdje besefte ze dat het niet langer Henry's hand was die ze vasthield, maar die van Orkhon Baatar. Zijn lange haar waaierde uit in het water, en zijn warme ogen keken haar vol sympathie aan. Ze besefte dat hij wist hoeveel verdriet ze om Henry had. Het leek wel of hij al haar gedachten kon lezen. Ze zweefden naar de oppervlakte en dreven onder de sterrenhemel op het water.

Toen ze de volgende ochtend wakker werd in haar bed in de *ger* vroeg ze zich af of het een droom was geweest, maar het voelde niet als een droom en ze kon zich alles herinneren wat er met haar was gebeurd. Ze begreep dat de paddestoel een geestverruimend middel was geweest, maar desondanks was ze ervan overtuigd dat Orkhon Baatar bij haar was geweest in haar visioenen, met haar mee was gereisd en haar had beschermd. Verstandelijk kon ze het niet bevatten, maar ze wist dat het zo was, en ze geloofde dat er een bedoeling zat achter de visioenen, al wist ze niet welke.

Die dag bij het ontbijt bedankte ze Orkhon Baatar nadrukkelijk toen hij haar een kom yoghurt aangaf, maar hij knipoogde alleen en ging verder met opscheppen. Nooit sprak ze met de anderen over haar ervaring, en Orkhon Baatar kwam er nooit op terug. Vreemd genoeg begon ze zich na die nacht beter te voelen. Nellie merkte het en zei tegen haar hoe fijn ze het voor haar vond. Het verlangen naar opium nam af, en ze had nog maar zelden nachtmerries.

Veel later, toen ze wat meer Mongools had geleerd, vroeg ze Sarantuya of haar man een sjamaan was, een magiër, zoals zij het noemde. Sarantuya lachte. 'Voor mij is mijn man altijd magisch,' antwoordde ze.

'Maar is hij een sjamaan?' drong Helen Frances aan. 'Kan hij wonderen verrichten?'

Sarantuya glimlachte en keek haar vanuit haar ooghoeken plagerig aan. 'Hij is heel wijs,' zei ze, 'en hij kan mensen genezen, zoals jij misschien beter weet dan ik. Maar ik denk niet dat een eenvoudige herder een magiër kan zijn,' voegde ze er schaterlachend aan toe. In de dagen daarna noemde Sarantuya haar man 'de magiër', maar zonder Helen Frances belachelijk te maken of de reden van hun onderonsje te verklappen.

Zo verstreek de zomer. De herfst maakte weinig verschil voor hun manier van leven. Orkhon Baatar had voor iedereen dikke bontvellen, en door het leven in de buitenlucht waren ze gehard tegen de kou. Ze misten de warme zonnige dagen, maar er waren andere genoegens. Orkhon Baatar beloofde de kinderen dat ze op vossen en wolven zouden gaan jagen als het begon te sneeuwen, en hij liet ze elke middag oefenen met zijn musket. Als ze raak schoten grijnsde hij breed, en als ze misten schudde hij joelend zijn hoofd. Toen ze eenmaal bedreven waren met het musket nam hij ze mee naar de vlakte, waar ze op marmotten mochten schieten.

Tegen de tijd dat de eerste sneeuw de heuvels onder een dun laagje wit poeder bedekte, was Helen Frances hoogzwanger. Sarantuya waakte over haar als een kloek, en ze verbood haar om mee te gaan naar de rivier, maar daar hielden ze het toch niet lang meer uit. Het weer was bijtend koud, vooral als er wind stond. Helen Frances vond het dan ook niet erg om lekker te blijven liggen in de *ger*.

Ze voelde de eerste weeën op de dag dat George zijn eerste vos schoot. Aan het eind van de middag stormde hij wildenthousiast de *ger* binnen om zijn verhaal te vertellen, maar tot zijn teleurstelling besteedde niemand aandacht aan hem. Zijn moeder en Sarantuya zaten op hun knieën naast Helen Frances. Ze wisselden zorgelijke blikken uit, en Helen Frances zelf kreunde van pijn. Het was nog te vroeg voor het breken van de vliezen, ze was pas ruim een maand later uitgerekend. Het was reden voor bezorgdheid, maar Nellie en Sarantuya waren niet in paniek. Ze zorgden voor kokend water en schone doeken, zodat alles in gereedheid was.

Regelmatig veegde Nellie het zweet van Helen Frances' voorhoofd, en van tijd tot tijd wierp ze een vernietigende blik op haar man, die op zijn gebruikelijke plekje zat en met zijn armen om zijn knieën geslagen tegen het frame van de *ger* leunde. Ze had hem om hulp gevraagd en hij had geweigerd, gezegd dat Nellie en Sarantuya heel goed in staat waren om bij een simpele bevalling te helpen. En waarom vroeg ze hém eigenlijk om hulp nu ze zelf de broek aanhad?

Orkhon Baatar en Jenny kwamen wat later omdat ze eerst de paarden hadden verzorgd. Nadat hij de situatie zwijgend had bekeken ging Orkhon Baatar naast de dokter zitten, klaar om te helpen als het nodig was. George en Jenny gluurden nieuwsgierig over hun moeders schouder, totdat ze hen geërgerd wegstuurde. Ze gingen naast Orkhon Baatar zitten, en hij knipoogde naar hen en nam hun handen in de zijne.

Hij kneep in hun vingers toen het gillen begon.

'Persen, meisje, persen,' riep Nellie bemoedigend. 'Arme schat van me,' fluisterde ze in de tussenpozen tussen de weeën, 'het komt heus allemaal goed.' Maar Helen Frances haalde hijgend adem, krimpend van de pijn, en haar ogen rolden wild in de kassen.

De uren verstreken.

Het gillen ging door.

Nellie liep naar haar man. 'Edward,' zei ze zacht, 'de baby komt er niet uit. Wil je helpen?'

Airton draaide zijn hoofd weg. Een traan biggelde over zijn wang.

'Stel je toch niet zo aan!' tierde Nellie. 'We hebben je nodig. Help ons alsjeblieft. Ik smeek het je.'

Airton hield zijn gezicht naar het tentdoek gedraaid.

Orkhon Baatar keek haar vragend aan.

'Leg jij het hem alsjeblieft uit, Jenny,' zei ze. 'Mijn Chinees is niet goed genoeg. Zeg tegen hem dat de baby er niet vanzelf uitkomt. Ik denk dat er een keizersnee nodig is. Weet je wat dat is? Mooi. Kan hij helpen? Weet hij hoe dat moet?'

Aandachtig luisterde Orkhon Baatar naar Jenny's vertaling, en zijn ogen werden groot van schrik. Hij gebaarde naar de dokter. 'Dat moet de dokter toch kunnen?'

'Hij kan het wel,' zei Nellie toonloos, 'maar hij doet het niet.' Ze liep terug naar Helen Frances, die ondersteund door Sarantuya nogmaals vergeefs perste.

Niemand van hen had Orkhon Baatar ooit kwaad gezien, maar nu zagen ze het wel. Hij bleef nog even zitten, een dreigende uitdrukking op zijn gezicht, en toen sprong hij overeind. Met gebalde vuisten keek hij op Airton neer, hij greep hem in zijn kraag en sleurde hem overeind. Met zijn vrije hand sloeg hij de dokter hard in zijn gezicht, en nog een keer met de rug van zijn hand. Airton knipperde met zijn ogen, eerder van verbazing dan van pijn.

Orkhon Baatar duwde hem met zijn rug tegen de wand van de *ger* en haalde met een snelle beweging zijn mes uit zijn riem. Airtons ogen werden groot van schrik. Orkhon Baatar trok aan Airtons rechterarm, drukte hem het mes in de hand en sloot zijn vingers rond het heft. Toen wees hij met fonkelende ogen op Helen Frances.

'Ik... ik kan het niet,' hakkelde de dokter. 'Ik vertrouw mezelf niet meer.'

Orkhon Baatar sloeg hem.

'Dwing me nou niet,' kreunde hij.

Orkhon Baatar sloeg hem nog een keer. Hij trok hem aan zijn kraag naar voren en gaf hem een harde zet, zodat de dokter wankelend op zijn benen naar de twee vrouwen strompelde.

'Dit... dit is een jachtmes,' fluisterde Airton, starend naar het mes in zijn hand.

'Je zult het ermee moeten doen,' zei Nellie. 'Het is ongetwijfeld scherp genoeg, maar je moet het wel eerst steriliseren in het vuur.'

'Wat... wat is er van me geworden?' kermde hij.

'Ik heb geen idee wat er van je is geworden, Edward,' zei Nellie terwijl ze hem bij zijn arm pakte. 'Je bent nog steeds mijn man, en nog steeds dokter. Probeer je daar dan naar te gedragen. Er staat meer dan een leven op het spel, en we hebben je nodig.'

Orkhon Baatar was nog steeds kwaad en zou achter de dokter zijn blijven staan om hem desnoods te dwingen de operatie uit te voeren, maar Sarantuya trok hem zacht bij Helen Frances vandaan. Op dit gebied had zij het gezag, en aan de manier waarop de dokter zijn patiënte onderzocht, kon ze zien dat hij wist wat hij deed.

Bij gebrek aan narcose lieten ze Helen Frances een hele kan *nernel* drinken, en om twee uur 's nachts werd ze verlost van een meisje.

Nadat de dokter de wond had gehecht en had vastgesteld dat Helen Frances' toestand naar omstandigheden redelijk goed was, kon hij geen betere manier bedenken om haar pijn te verzachten dan de baby op haar borst te leggen. Toen hij opstond pakte Nellie hem bij de hand, en samen liepen ze naar buiten, waar ze zich uitgeput tegen de *ger* lieten zakken. Nellie dekte hen toe met de dikke deken van geitenhaar die ze had meegenomen en ze kroop dicht tegen hem aan. Een tijdlang keken ze zwijgend naar de sterren.

Toen gaf Nellie hem een zoen. 'Goed gedaan, Edward. Ik ben trots op je.'

Hij gaf geen antwoord.

Nellie voelde het schokken van zijn schouders. 'Moet je nou huilen, mallerd?' zei ze. 'Daar is nu toch geen reden meer voor.'

'Ik... ik schaam me zo,' zei hij door zijn tranen heen.

Ze glimlachte naar hem. 'Je hebt je de laatste tijd een beetje vreemd gedragen, schat, dat zal ik niet ontkennen, maar het zijn voor ons allemaal vreselijke tijden geweest. En vanavond heb je het weer helemaal goedgemaakt.'

'Ik kan het mezelf niet vergeven.'

'Ach, iedereen heeft het weleens moeilijk,' zei ze. 'Ik heb zelf ook fouten gemaakt. Ik ben niet altijd zo sterk als ik wel zou willen, weet je.'

Er kwam geen reactie.

Ze schudde zijn knie. 'We zijn samen, Edward. We hebben het overleefd. Wij allemaal. En we zijn hier veilig, bij deze schatten van mensen. Besef je dan niet dat de Voorzienigheid ons nog altijd beschermt? Wees dankbaar. Wees niet zo somber.'

'Het is Manners,' zei hij zacht.

'Manners?' herhaalde ze verbaasd. 'Wat heeft die er nou opeens mee te maken?'

'Ik denk dat ik hem verkeerd heb beoordeeld,' zei de dokter hees. 'Ik had mezelf ervan overtuigd dat hij een moordenaar was, dat hij de Mandarijn had vermoord omdat hij zijn goud wilde stelen.'

'Dat heeft hij toch ook gedaan, dat monster?'

'Daar ben ik niet meer zo zeker van.' Gepijnigd keek de dokter haar aan. 'Toen hij wegging uit de locomotief zei hij dat hij op zoek zou gaan naar de Mandarijn om hem te redden, om ons te redden... Ik had zo'n hekel aan hem dat ik hem niet geloofde.'

'Nou, hij was toch ook een leugenaar. Dat weten we allemaal.' Ze viel stil en fronste haar wenkbrauwen. 'Edward, waarom blijf je over hem doorgaan?'

'Snap je het dan niet? Je hebt het me zelf verteld. Er was een lange tussenpoos tussen de schoten die je hebt gehoord. Je zei dat je één enkel schot hoorde, en pas een hele tijd later meer schoten. Ik denk niet dat het Manners geweest kan zijn die het eerste schot loste, toen was hij nog bij mij op de loc. Hij heeft me verteld dat kamerheer Jin onze vijand was. Waarschijnlijk heeft Jin de Mandarijn vermoord. Dat betekent dat Manners me de waarheid vertelde.'

Nellie bleef een tijdje zwijgen. 'Ik snap wat je bedoelt,' zei ze. 'Dus jij denkt dat we een moedig man hebben belasterd.'

'Ja,' beaamde de dokter. Hij staarde strak voor zich uit. 'God sta me bij.'

'Het is... betreurenswaardig dat we slecht over hem dachten, Edward.' Nellie koos haar woorden met zorg. 'We moeten dit op een gegeven moment natuurlijk aan Helen Frances vertellen. Ja, dat lijkt me belangrijk. Het lijkt me veel beter als ze positief denkt over de vader van haar kleine meisje. Maar ik begrijp absoluut niet waarom jij jezelf hier zo mee kwelt. Je had niets kunnen veranderen aan wat er is gebeurd. Manners is dood. Hij is doodgeschoten.'

'Nee,' fluisterde de dokter nog steeds starend. 'Hij leefde nog toen ik hem vond. Hij was zwaargewond, maar hij leefde nog wel.'

'Wát zeg je?' Ontzet staarde Nellie hem aan. 'Je zei tegen me... je hebt tegen ons allemaal gezegd dat hij... dat hij dood was.'

'Ik heb tegen je gelogen,' zei Airton toonloos. 'O god, wat heb ik gedaan?' Hij sloeg met zijn hand tegen zijn hoofd. 'Het kwam doordat ik hem haatte. Ik was woedend op hem. Ik wilde hem dood hebben. Ik wilde hem laten boeten voor alle misdaden waarvan ik hem verdacht.'

'Edward,' zei Nellie nauwelijks verstaanbaar, 'heb jij willens en wetens een zwaargewonde man in die trein achtergelaten? Zodat zijn vijanden hem konden vinden?'

'Ja,' bekende hij met verstikte stem. 'Ik heb mijn eed van Hippocrates gebroken. Ik heb een man laten sterven.'

'O, Edward. Dus daarom ben je al maanden zo stil...' Ze zat met haar rug tegen de *ger* en keek omhoog, maar ze zag de sterren niet langer.

'Snap je het nu? Hiervoor is geen vergiffenis.'

'Ik weet het niet,' stamelde ze. 'Ik weet het niet.'

Opnieuw begon Airton te snikken. Na een tijd sloeg ze haar arm om hem heen en ze streelde zijn voorhoofd. Hij huilde in haar armen, terwijl zij strak voor zich uit keek in het donker.

Een vallende ster schoot langs het firmament.

'Edward,' zei ze met een stem die even koud was als de nacht, 'dit mogen we nooit aan Helen Frances vertellen. Nooit en te nimmer.'

De dagen erna werden Helen Frances en de baby vertroeteld en betutteld. Nellie moest de leiding over het huishouden overnemen, want Sarantuya was helemaal weg van de baby, ze wiegde haar uren achter elkaar. Helen Frances zag alles tevreden glimlachend aan vanuit haar bed. Ze was nog erg zwak. Nellie haalde water en kookte het eten, maar ze werd wel geholpen door haar man. In die eerste paar dagen week Airton bijna niet van haar zijde, alleen af en toe om Helen Frances of de kleine te onderzoeken, die Helen Frances Catherine had genoemd. Als ze niet druk in de weer waren, maakten hij en Nellie lange wandelingen in de sneeuw. Soms gingen George en Jenny met hen mee.

Orkhon Baatar en Sarantuya reageerden met hun gebruikelijke hartelijkheid op de nieuwe rol die de dokter opeens speelde. Het was alsof zijn maandenlange apathie niet had bestaan. Aanvankelijk reageerde Airton een beetje verward op hun respect, dat grensde aan bewondering. In deze verlegen, bescheiden man zou niemand de zelfingenomen patriarch van de missiepost in Shishan hebben herkend.

Uiteraard kostte het hem tijd om aan de nieuwe omstandigheden te wennen, en om weer een beetje zelfvertrouwen op te bouwen. Orkhon Baatar, die een spirituele wond feilloos wist te herkennen, besloot hem te helpen.

Op de avond na de bevalling schonk Orkhon Baatar zoals gewoonlijk een kom *nernel* voor de dokter in, maar Airton probeerde te weigeren. Orkhon Baatar wilde er niet van horen. Hij stond erop om samen te drinken, en ze sloegen de ene kom na de andere achterover. Deze keer was het Orkhon Baatar die te veel dronk en heel erg vrolijk werd. Hij ging staan om een van zijn liederen te zingen, vergat halverwege de woorden en begon te giechelen. Hij trok de dokter overeind, omhelsde hem en begon met hem in zijn armen te dansen.

Airton geneerde zich, maar iedereen lachte en klapte, en het duurde niet lang of hij stampte mee in het aanstekelijke ritme. Orkhon Baatar schonk de kommen nog eens vol, en binnen de kortste keren was Airton net zo dronken en net zo vrolijk. Hij gaf een demonstratie van een Schotse reel, en terwijl de tranen over zijn wangen stroomden zong hij 'My Love Is Like a Red, Red Rose' voor Nellie. Ze noemde hem een mallerd en kuste hem. Orkhon Baatar danste met zijn armen om Sarantuya's schouders geslagen, zuchtend van blijdschap.

Op een ochtend stond Orkhon Baatar erop dat de dokter met hem en de kinderen mee uit rijden ging. Hij hees de dokter in een dikke jas van schapenbont, plantte een bontmuts op zijn hoofd en sleepte hem naar buiten. Hij tilde hem in het zadel van de wachtende pony en gaf het dier een ferme tik op zijn achterste. Zij aan zij galoppeerden ze door de vallei, waarbij Orkhon Baatar de dokter soms vast moest grijpen als hij van zijn pony dreigde te vallen, maar hij vertraagde het tempo niet. De kinderen reden achter hen aan, inmiddels zo vertrouwd met de Mongoolse pony's alsof ze zelf in deze streek waren opgegroeid.

Er lag een dik pak sneeuw op de grasvlaktes. Orkhon Baatar ging langzamer rijden toen ze een heuveltop bereikten. Hij leek iets te zoeken, legde een hand boven zijn ogen tegen het felle licht van de zon. De anderen tuurden in dezelfde richting, maar ze zagen alleen de witte vlakte die zich tot aan de horizon uitstrekte, hier en daar onderbroken door een rots of een paar bomen. Toen slaakte Orkhon Baatar een vreugdekreet en hij leunde naar voren in zijn zadel. Zijn pony stoof vooruit, en de anderen volgden, zonder dat ze enig idee hadden waar hij heen ging.

Aan de voet van een kleine heuvel sprong Orkhon Baatar van zijn pony, en hij gebaarde dat de anderen hetzelfde moesten doen. Hij legde een vinger tegen zijn lippen om aan te geven dat ze stil moesten zijn en begon behoedzaam de heuvel te beklimmen. Airton sjokte nerveus achter hem aan, hijgend van inspanning. Bij de kam gebaarde Orkhon Baatar dat ze hun hoofd zo laag mogelijk moesten houden. Heel voorzichtig gluurde hij over de rand, en breed grijnzend, met twinkelende ogen, keek hij weer om. Hij legde een vinger tegen zijn lippen en wenkte dat de dokter naar hem toe moest komen. Nieuwsgierig tuurde de dokter over de rand.

Beneden hem, nog geen tien meter bij hem vandaan, stond een grote kudde rendieren te grazen tegen een achtergrond van sneeuw. Hij had nog nooit van zijn leven zoiets moois gezien.

Twee weken later, in november, kwamen de Russen.

Het was avond en het begon al donker te worden, en Orkhon Baatar en de kinderen hadden net de schapen in de stal gevoerd. Het was een sombere, bewolkte dag geweest, en het had de nacht ervoor flink gesneeuwd. Ze waren niet gaan rijden. De kinderen hadden toegekeken terwijl Orkhon Baatar de huid van een wolf, die George had geschoten, bewerkte. Het was een spannende jacht geweest, en de kinderen hadden twee dagen lang opgeschept over hun prestaties.

Jenny zag ze als eerste, een lange colonne van een stuk of twintig bereden soldaten die langzaam hun kant op kwam langs de rivierbedding. Tegen de tijd dat ze de *ger* bereikten, stond iedereen hen buiten op te wachten, behalve Helen Frances en haar baby.

De jonge bevelhebber liet niets blijken van de verbazing die hij ongetwijfeld moest voelen bij het zien van een buitenlands gezin voor een Mongoolse *ger*. Elegant sprong hij van zijn paard, hij salueerde en stelde zichzelf voor als luitenant Panin, bevelhebber van een compagnie kozakken. Hij sprak goed Engels, bijna zonder accent.

Toch deinsde zelfs Nellie achteruit toen hij dichterbij kwam. Deze gezonde, weldoorvoede soldaten leken wel marsmannetjes.

Luitenant Panin wachtte geduldig af, wenkbrauwen opgetrokken, een vriendelijke glimlach op zijn ronde gezicht. 'U bent?' informeerde hij beleefd.

'Neem me niet kwalijk, ik vergeet mijn manieren,' hakkelde ze na een tijdje. 'We hadden u niet verwacht.'

De luitenant kreeg een vrolijke twinkeling in zijn ogen. 'Wij u ook niet, mevrouw,' antwoordde hij. 'We hadden niet verwacht u hier aan te treffen.'

'Wij zijn de familie Airton uit Shishan,' zei ze langzaam. 'Er is nog iemand bij ons, Miss Helen Frances Delamere... Mrs. Cabot, bedoel ik. Ze is in de *ger*. Ze is onlangs bevallen van een baby. Dit... dit is de *ger* van Orkhon Baatar.'

Luitenant Panin maakte een buiging. 'Als ik zo vrij mag zijn het op te merken, Mrs. Airton, u bent een heel eind bij Shishan vandaan.'

'We zijn... we zijn hierheen gevlucht toen de Boxers...' Ze kon haar zin niet afmaken.

'Ik begrijp het,' zei de luitenant. 'We weten allemaal wat er in Shishan is gebeurd. Ik wist niet dat er mensen waren die het bloedbad hadden overleefd.' Hij leek even na te denken. 'Mrs. Airton, als Mr. Orkhon Baatar er geen bezwaar tegen heeft, zouden mijn mannen en ik hier graag ons kamp opslaan. We kunnen voor onszelf zorgen, we hebben genoeg proviand. Ik zou het als een eer beschouwen als u en uw gezin vanavond met ons willen dineren. Misschien kan ik u op de hoogte brengen van wat er in de wereld is gebeurd sinds uw... sinds uw...' Hij glimlachte. 'Ik feliciteer u met uw wonderbaarlijke ontsnapping. U hebt ongetwijfeld een bijzonder verhaal te vertellen.'

'Luitenant Panin,' zei Nellie aarzelend toen hij zich omdraaide om een bevel te geven, 'de Boxers... zijn die...'

'Ja, mevrouw,' zei de luitenant, 'ze zijn verslagen. Momenteel is Peking bezet door een geallieerd leger.'

Sarantuya huilde en knuffelde de baby voordat ze haar met tegenzin aan haar wachtende moeder gaf. Helen Frances had tranen in haar ogen, en ze was niet de enige.

'Ik wil niet weg!' protesteerde George. 'Ik wil bij Orkhon Baatar blijven.' Hij trok zijn hand los uit die van zijn vader en rende naar Orkhon Baatar toe.

Orkhon Baatar tilde hem op en omhelsde hem. 'Zhoorj, Zhoorj,' zei hij. 'Je bent een jager, je moet dapper zijn. Als je niet met je vader en moeder meegaat, ziet het er niet best voor hen uit. Ze hebben jou nodig om voor hen te zorgen. Je komt terug als je wat ouder bent, en dan gaan we weer samen op wolven jagen.'

Hij tilde de jongen op zijn pony. 'Deze is nu van jou,' zei hij. 'Ik geef je hem cadeau. Als je op hem rijdt, denk je misschien aan mij.'

Het was waar. Orkhon Baatar had geweigerd het geld dat luitenant Panin hem bood voor de pony's van de kinderen aan te nemen, hoewel hij schoorvoetend een royale som voor de andere paarden accepteerde, en voor de ponykar waar Helen Frances op zou rijden met haar baby.

De Airtons omhelsden hun gastheer en gastvrouw voor de laatste keer. Helen Frances snikte toen ze afscheid nam van Orkhon Baatar. Haar lichaam schokte in zijn armen. Airton moest haar met zachte hand wegtrekken.

Nellie was de laatste die vaarwel zei tegen Orkhon Baatar. Ze nam zijn eeltige hand in de hare. 'We zijn jullie zo dankbaar... Ik weet niet waar ik moet beginnen...'

Orkhon Baatar sloeg zijn armen om haar heen. 'Eigenlijk zou jij Baatar moeten heten, Nay-li, de Dappere. Ik zal je nooit vergeten. En je man is een goed mens,' vervolgde hij. 'Hij verdient respect. Ik vind het jammer dat ik de wond in zijn hart niet helemaal heb kunnen helen. De tijd...'

'Ja,' snufte Nellie. 'Vaarwel, Orkhon Baatar.'

Hij glimlachte. 'Vaarwel, Nay-li Baatar.'

Luitenant Panin, die geduldig had staan wachten, voelde dat het tijd was. Hij gaf een bevel, en de colonne kwam langzaam in beweging.

Terwijl ze door de rivierbedding in zuidelijke richting trokken, bleven ze op de heuvels die uit het dal omhoogrezen nog heel lang een ruiter zien die hen volgde. Boven hun hoofden pakten grote donkere wolken zich samen. Aan de horizon konden ze een grijs gordijn van sneeuw zien naderen. De ruiter liet zijn paard steigeren en leek met zijn muts te zwaaien voordat de wolken hem aan het zicht onttrokken. Even later dwarrelden er grote sneeuwvlokken stilletjes omlaag.

HOOFDSTUK 21

Moeder is dood. Ik heb geen huis. De buitenlandse soldaten
jagen ons op en doden ons.
Oom zegt dat ik me met Lao Tian en zijn bandieten
moet verbergen in het bos.

Het gezantschap was een ruïne. Na een beleg van bijna twee maanden waren de bijgebouwen vanbinnen helemaal uitgebrand. Alleen de residentie van sir Claude en lady MacDonald in het hart van het uitgestrekte complex had nog iets van de vroegere grandeur behouden. Het huis had in elk geval nog muren en een dak, hoewel niemand tegenwoordig nog had kunnen vermoeden dat het ooit het paleis van een aristocraat was geweest.

De elegante veranda en de ramen met filigreinwerk gingen schuil achter zandzakken. Het inmiddels verlaten geschutemplacement voor het machinegeweer boven de sierlijke dakrand herinnerde er nog aan dat dit vijfenvijftig dagen lang de commandopost voor de verdedigers van het gezantschap was geweest. De kanselarij aan de andere kant van de binnenplaats vertoonde nog littekens van granaatvuur, en door een gapend gat in de muur waren geen keurige rijen bureaus zichtbaar maar bedden en matrassen uit de tijd dat het gebouw als barak, slaapzaal en ziekenhuis dienst had gedaan.

De binnenplaats was bezaaid met overblijfselen uit de merkwaardige tijd dat de diplomaten, hun vrouwen en bedienden hier in het heetst van de strijd bescherming hadden gezocht. Zwetend in de hitte waren ze bij elkaar gekropen, stinkend als dieren, misselijk van de karige porties muilezelvlees waarmee ze zich in leven hielden, en vaak doodsbang als er vanaf de muren fel werd geschoten.

Toch hadden ze zich, behalve op dagen van uitzonderlijk zware beschietingen, gedragen alsof ze bij elkaar waren voor een picknick. Tijdens het kaarten werd er kwaadaardig geroddeld, men savoureerde luxueuze hapjes uit de voorraadkast van de ambassade, er werden recitals georganiseerd, en iedereen waakte angstvallig over zijn of haar status door zo nodig denigrerende opmerkingen te maken als de echtgenote van een tweede secretaris toevallig met een mooiere zonnehoed of parasol koketteerde. Zo'n soort beleg was het geweest.

De rommel op de binnenplaats vertelde het verhaal: aan de ene kant, onder het overblijfsel van de ginkgoboom, stonden kisten met munitie opgestapeld naast een kar die scheefhing op één wiel, terwijl aan de andere kant een veldschans was gemaakt van opgestapelde boeken uit de bibliotheek van de ambassadeur. Lege champagneflessen rolden over de grond tussen blikken met vlees, en de linten van een dameshoedje wapperden in het briesje vanaf een stapel geweren. Naast de grote klok waarmee de verdedigers elke ochtend waren opgeroepen voor het appel, stond een krukje waar sir Claude MacDonald op was gaan staan als hij belangrijke mededelingen te doen had. Nu stond er een oude grammofoon op, en er lag een stapel grammofoonplaten naast.

Het was nu bijna een maand geleden dat een voorhoede van Sikhs op een mooie dag in augustus door de Waterpoort in de oude stadsmuren heen was gebroken en het einde van de belegering had ingeluid, maar er was nog niets aan het gezantschap veranderd. Het was alsof de mensen geen zin hadden om na hun bevrijding de draad van het normale leven weer op te pakken, alsof ze het heroïsche beeld dat ze van zichzelf hadden wilden koesteren: helden die stand hadden gehouden tegen de verschrikkingen en de overmacht van het keizerlijke leger. Het opruimen van de binnenplaats zou gelijkstaan aan het wegvegen van hun mooie herinneringen aan de tijd dat ze krijgers waren geweest. Zelfs de diplomaten die weer in hun oude deftige pakken rondliepen, bleven pistolen in holsters en breedgerande hoeden dragen en op dikke sigaren kluiven. Het zou nog wel een tijdje duren voordat lady MacDonald weer hooggeplaatste personen kon uitnodigen voor een bal masqué in haar eens zo fraaie tuin.

Desondanks functioneerde het gezantschap wel. Eerste en tweede secretarissen draafden gewichtig heen en weer tussen de tenten die als provisorische kantoren waren ingericht, nu eens met een telegram, dan weer met stukken die door de ambassadeur moesten worden getekend. Op een klein gazon achter de residentie van de ambassadeur speelden beschaafd keuvelende dames van tijd tot tijd een spelletje croquet. De Engelsen bleven onverstoorbaar in hun kalmte, zelfs na een zware slag.

In de stad buiten de muren was de spanning om te snijden. Een bezoeker die gewend was aan de rumoerige turbulentie van een Chinese samenleving zou zich eerst hebben verbaasd over de ongebruikelijke stilte, en vervolgens over de opmerkelijke afwezigheid van Chinezen. De geïntimideerde bevolking bleef binnen. De weinigen die zich buitenshuis waagden, haastten zich met gebogen hoofd en neergeslagen ogen door de straten, alsof ze het liefst onzichtbaar wilden zijn.

De mensen hadden reden genoeg om bang te zijn. Slechts weinig huizen waren ontkomen aan de plunderingen die op de opheffing van het beleg waren gevolgd, en het bezettingsleger was ondanks de rijke oorlogsbuit nog niet verzadigd. Vooral de Duitsers met scherpe punten op hun helmen en de met bontmutsen getooide Russen werden gevreesd. Het was wel voorgekomen dat een man op straat door soldaten was aangehouden, opdracht had gekregen om zijn zijden gewaad uit te trekken en zo naakt als een koelie naar huis had moeten kruipen. Als ze hem tenminste geen dwangarbeid lieten verrichten, bijvoorbeeld om een muur te repareren of om de buit die ze tijdens een patrouille hadden vergaard terug te sjouwen naar hun linies. Geen enkele vrouw waagde zich op straat. Dochters en favoriete concubines die aan de eerste huiszoekingen waren ontsnapt, hielden zich schuil in kelders of tussen dakspanten.

De straten waren het domein van het bezettingsleger. Alleen het geluid van marcherende soldatenlaarzen verbrak de allesoverheersende stilte. De verschillende naties wedijverden met elkaar in militair vertoon, alsof ze achteraf probeerden te benadrukken dat ze tijdens de strijd een glansrol hadden gespeeld. Zoals gewoonlijk werden de Europeanen hiermee een karikatuur van zichzelf.

De superieure Engelsen marcheerden in smetteloos kaki op de geblafte en volstrekt overbodige bevelen van een arrogante sergeant-majoor, de Franse *matelots* en de Italiaanse *bersaglieri* toonden zich eerder zwierig en schalks dan gedisciplineerd als ze door de straten flaneerden, de Russen struinden, de Amerikanen sjokten, en de Oostenrijkers paradeerden. De Duitsers — die pas na de beëindiging van de Boxeropstand in Peking waren gearriveerd — waren het meest oorlogszuchtig; hun grenadiers vertoonden zich nooit zonder bajonetten op hun geweren, en met hun zware laarzen leken ze de straatstenen te willen verbrijzelen. Alleen de Japanners deden niet aan deze toneelstukjes mee. In kleine groepjes keken hun soldaten met raadselachtige passiviteit naar al het triomfantelijke machtsvertoon, waarna ze efficiënt verder gingen met hun werk.

In het hart van de Verboden Stad, waar de generaals hun hoofdkwartier hadden ingericht (de keizerin-weduwe was met haar hele hofhouding op de vlucht geslagen, nadat ze een van de concubines van haar neef in een put had verdronken), kuierden geallieerde officieren uit alle landen tussen de geplunderde paleizen, genietend van hun pijpen en sigaren.

Voor de Britse diplomaten, vormelijk als ze nu eenmaal waren, was het een opluchting dat ze terug konden keren naar hun gezantschap en hun werkzaamheden konden hervatten. Hoewel de kanselarij nu in een tent was gehuisvest, vertegenwoordigde het ratelen van de telegraaf voor hen de orde en regelmaat van een beschaving die in hun ogen ver boven de Chinese verheven was, zelfs al hadden de overwinnaars zich schuldig gemaakt aan plunderingen en standrechtelijke executies. Daar werd echter in de officiële stukken voor Whitehall of Westminster met geen woord over gerept; voor de duistere kant van de werkelijkheid sloten ze liever hun ogen.

Dat kon Douglas Pritchett zich echter niet permitteren, ook al had hij nog zulke verheven idealen. Als meesterspion van het gezantschap hield hij zich juist met duistere zaakjes bezig. Van nature was hij teergevoelig, maar dat had hem nooit belet zijn werk te doen; hij diende een nobel doel, hield hij zichzelf voor, en dat heiligde de middelen. In elk geval was hij niet langer de onervaren en bedeesde jongeman die ooit Helen Frances Delameres tafelheer was geweest tijdens een tuinfeest.

De weken met een geweer op de muren hadden hem hard gemaakt. Hij had gedood om te voorkomen dat hij zelf gedood zou worden, en niet alleen in de hitte van de strijd. Er was meer dan een verrader ontdekt onder het Chinese personeel dat op het gezantschap was achtergebleven, en hij had genadeloos en efficiënt met hen afgerekend, nadat hij ze met dezelfde genadeloze efficiency aan de tand had gevoeld.

De herinnering hieraan verstoorde soms zijn dromen, want geen enkel fatsoenlijk man – en Douglas Pritchett was een fatsoenlijk man – kan voor zijn eigen geweten ooit volledig de noodzaak van genadeloosheid rechtvaardigen. De wallen die hij 's ochtends onder zijn ogen had verrieden in welke mate hij vergetelheid zocht in de fles, maar zijn werk leed er niet onder. Zijn aarzelende houding behoorde tot het verleden. Uit gewoonte bleef hij vriendelijk glimlachen, maar zijn kille, berekenende ogen wezen op een nietsontziende meedogenloosheid. De douanejongens, die hem ooit tot het mikpunt van hun spot hadden gemaakt, hadden geleerd hem zoveel mogelijk te mijden.

Op dat moment zat hij aan een tafel in de tent die hij als kantoor gebruikte en observeerde hij een man die hij ooit om zijn meedogenloosheid had bewonderd, een man die achteroverleunde in een canvas stoel, zijn gipsen been rustend op een krukje, en afwezig een sigaar rookte terwijl hij een document las dat Douglas Pritchett hem had aangereikt. Aan de sardonische flikkering in de ogen met de donkere kringen eronder kon hij precies zien waar de man was. Pritchett kende het hele document uit zijn hoofd; hij had het zelf geschreven.

U hebt, mylord, inmiddels het rapport uit Newchang met het commentaar van de ambassadeur ontvangen. De stappen die worden ondernomen om de handel in deze regio te herstellen worden door ons als bemoedigend bestempeld. Bijna alle vertegenwoordigers van onze grootste handelshuizen zijn nu teruggekeerd uit hun gedwongen ballingschap in Japan, en we verwachten dat de situatie in het achterland binnenkort weer veilig genoeg is om onze activiteiten te hervatten…

'Moet ik echt al die onzin over handel lezen?' vroeg de man verveeld.

'Je zou er geen woord van moeten lezen,' mompelde Pritchett. 'Zoals je ziet staat er "strikt vertrouwelijk" boven. Het stuk gaat naar Salisbury.'

'Naar de minister-president in eigen persoon. Ben ik dan zo belangrijk?' De man glimlachte witte tanden bloot in een zonverbrand gezicht en las verder.

Wat de politieke situatie in het algemeen betreft heb ik helaas weinig goed nieuws toe te voegen aan de nota die ik u eind augustus stuurde. De drie provincies die samen het gebied vormen dat als Mantsjoerije bekendstaat, zijn stevig in Russische handen. In het oude paleis van Mukden zetelen de militaire machthebbers. Formeel werkt generaal Saboitisj samen met het Chinese burgerbewind, maar in feite heeft gouverneur-generaal Tseng Chi geen enkel gezag. De aanleg van de Russische spoorlijn tussen Harbin en Port Arthur is hervat, en de Chinese spoorlijn die Tientsin met Mukden verbindt, plus de zijsporen, staat nu onder toezicht van de Russen. Deze effectieve annexatie wordt gerechtvaardigd door het voortduren van de 'noodtoestand'. Russische troepen hebben de belangrijkste steden in de drie provincies bezet, en hun patrouilles zijn zelfs over de grens van Mongolië gesignaleerd.

Volgens meldingen is de onderdrukking van de 'Boxers' – in feite elke plaatselijke machtsgroepering die hun in de weg staat – met meedogenloze wreedheid tot stand gebracht. 'Rebellen' of 'bandieten' (er lijkt weinig onderscheid te zijn) worden standrechtelijk geëxecuteerd. We hebben berichten gehad over massa-executies (onthoofdingen en ophangingen), en naar het schijnt zijn zogenaamde rebellen hier en daar voor de loop van veldkanonnen gebonden. Naast dit soort strafmaatregelen hebben er grootschalige plunderingen plaatsgehad, vooral door regimenten kozakken. De plaatselijke bevolking wordt geïntimideerd en uitgebuit. De aanvankelijke opluchting over de verdrijving van de Boxers heeft allang plaatsgemaakt voor wrok jegens de 'bevrijders'. We hebben vernomen dat sommige mensen de korte bezetting door de Japanners aan het eind van het jaar 1895 hierbij vergeleken een beschaafde periode noemen.

'Ik zou weleens willen weten wat jij onder "beschaafd" verstaat,' zei de man. 'Vergeet niet dat de Jappen zich de laatste tijd keurig hebben gedragen. Het wordt tijd dat we ze als volwassenen gaan behandelen.'

'Lees maar verder,' mompelde Pritchett. 'De volgende passage geeft antwoord op je vraag.'

Uit gesprekken met collega's van het Japanse gezantschap blijkt dat zij momenteel kiezen voor de 'langetermijnvisie'. Het is niet waarschijnlijk dat ze openlijk iets zullen ondernemen om het verbond dat aan het begin van de Boxer-crisis is gesloten te verbreken, en we verwachten evenmin enige vorm van diplomatiek protest. Japanse mariniers hebben internationaal veel respect afgedwongen met hun moedige en efficiënte optreden tijdens de belegering en de bevrijding van de ambassade. Zolang terughoudendheid hun aan de onderhandelingstafel iets oplevert...

'O ja, herstelbetalingen,' zei de man. 'Daar gaan we weer.'

... zullen ze hun nieuwe reputatie als volwassen grootmacht niet in gevaar brengen.

De Russen hebben niet kunnen voorkomen dat de Japanners een militaire verbindingsofficier naar Mukden hebben gestuurd die hun regering op de hoogte moet brengen van de situatie in Mantsjoerije, en ongetwijfeld ook contact gaat leggen met de Chinese autoriteiten ter plaatse. De Japanse troepen die langs de Koreaanse grens zijn samengetrokken, blijven paraat om de Russische troepen in de toekomst uit deze voor hen zo belangrijke regio te verdrijven. Voorlopig wachten ze af, net als wij.

Enige tijd geleden maakte u een bedekte toespeling op gebeurtenissen die vóór de Boxer-opstand al dan niet in Shishan hebben plaatsgevonden. U merkte op dat het voor de regering van Hare Majesteit buitengewoon pijnlijk zou zijn als zij in verband zou worden gebracht met ongeautoriseerde transacties tussen Britse en Japanse agenten.

'Nu komen we aan de kern, nietwaar?' De blauwe ogen keken op van het papier.

'Ja, dit is de passage die ik je wilde voorleggen,' zei Pritchett. 'Lees hem aandachtig.'

Er is mij duidelijk te verstaan gegeven dat de Japanse regering het net zo

*pijnlijk, zo niet pijnlijker, zou vinden als dergelijke hypothetische betrek-
kingen aan het licht zouden komen.*

'Allicht,' mompelde de man.

*Ik merk hierbij nog op dat mijn collega van het Japanse gezantschap mij on-
langs heeft laten weten dat er een formeel rapport naar hun ministerie van
Oorlog is gestuurd met betrekking tot de verdwijning uit hun arsenaal in
Tientsin van een zekere hoeveelheid veldkanonnen, machinegeweren, houwitsers en ander wapentuig. Volgens de officiële versie is dit arsenaal door Chinese troepen bestormd – een overtuigende verklaring die waarschijnlijk de geschiedenisboeken zal ingaan.*

*Het zal u wellicht ook interesseren dat een van hun voormalige militaire
attachés, kolonel Taro Hideyoshi, door de keizer is onderscheiden voor zijn
moedige optreden tijdens de belegering en een post bij de keizerlijke staf in
Tokio heeft gekregen. Als hij al papieren in zijn bezit had, dan zijn die bij
de uitslaande brand in het Japanse gezantschap verloren gegaan. Ik heb er
dan ook het volste vertrouwen in dat onze regering niet hoeft te vrezen voor
pijnlijke onthullingen door de Japanners.*

*Inmiddels hebt u ongetwijfeld vernomen dat de Mandarijn van Shishan
dood is. Volgens de berichten is hij vermoord door een van zijn ondergeschikten
toen hij na onenigheid met de Boxers de stad probeerde te ontvluchten. Naar
het schijnt was roof het motief voor de moord. Hij schijnt met een grote hoeveelheid goud op de vlucht te zijn geslagen. Dit goud is sindsdien verdwenen. Het grootste deel van de militie van de Mandarijn is tijdens de vlucht
door de Boxers omgebracht.*

*Als er sprake zou zijn geweest van wapentransacties had de commandant
van deze militie, majoor Lin, erbij betrokken kunnen zijn. Van deze Lin ontbreekt ieder spoor; vermoedelijk is hij samen met zijn mannen gesneuveld. Het
kan niet anders dan bevredigend worden genoemd dat deze criminelen zonder
de noodzaak van een openbaar proces aan hun eind zijn gekomen. Zo niet,
dan zouden ze zeker zijn veroordeeld voor hun betrokkenheid bij het bloedbad dat in Shishan is aangericht – zoals u weet is de hele buitenlandse gemeenschap op bevel van de Mandarijn onthoofd. Het zou ons zeker in grote
verlegenheid hebben gebracht als aangetoond had kunnen worden dat een even-
tuele agent van ons betrekkingen had onderhouden met dergelijke criminelen.*

Tot slot rest ons nog de kwestie van onze zogenaamde agent.

'Jammer dat je brief nog niet af is.' De man liet de pagina's op tafel vallen. 'Ik had graag je commentaar op "onze zogenaamde agent" willen lezen. Staat hij ook op de nominatie voor een keizerlijke onderscheiding?'

'Dat lijkt me niet,' zei Pritchett. 'Gezien de omstandigheden.'

'Dus ik word voor de wolven gegooid,' concludeerde Henry Manners. 'Het zou niet de eerste keer zijn.'

'Ik hoop dat we een en ander zo kunnen spelen dat er helemaal geen wolven zijn,' zei Pritchett. 'Wat de Engelse regering betreft werkte jij voor de Chinese spoorwegen. Volgens mij is er niets wat jou op enigerlei wijze met ons in verband kan brengen.'

'Een kleinigheid misschien, maar je vergeet de verborgen wapens en het goud van de Mandarijn,' zei Manners. 'En mijn aankomst in Tientsin is niet bepaald onopgemerkt gebleven.'

Pritchett glimlachte geforceerd. Het verhaal over de spectaculaire manier waarop Henry Manners aan het beruchte bloedbad in Shishan was ontkomen, als machinist op een trein met zijn Chinese concubines als stokers, was van mond tot mond gegaan en elke keer verder aangedikt.

'Sir Claude was bijzonder ontstemd toen deze episode hem ter ore kwam,' zei Pritchett. 'Hij is trouwens ook ontstemd over de praktijken van jou en je vriendje B.J. Simpson van de douane. "Georganiseerd plunderen" noemde hij het vanochtend. Hij overwoog jullie te laten arresteren. Ik heb hem duidelijk gemaakt dat dat in jouw geval niet verstandig zou zijn, maar je kunt Simpson beter waarschuwen.'

'Bedankt voor de tip,' zei Manners. 'Zo te horen is hij geen spat veranderd. Nog steeds de schoolfrik.' Hij zweeg en liet zijn blik nadrukkelijk afdwalen naar een bijzettafeltje met een grote blauw-witte vaas erop. 'Op de markt gekocht?' vroeg hij. 'Of op een van de recente veilingen? Een mooi stuk. Keizerlijke kwaliteit, als je het mij vraagt.'

Pritchett hoestte, geërgerd dat hij zijn wangen voelde gloeien. Snel ging hij op een ander onderwerp over. 'Hoe kom je aan dat gebroken been?'

'Er is een stuk van een brandend gebouw op gevallen, in een *hutong*. Wees maar niet bang, het was niet in de Britse sector. Ik hou er misschien de rest van mijn leven een lamme poot aan over.'

'Rot voor je, kerel. Wat je ook aan het doen was toen het gebeurde, ik hoop dat het de moeite waard was. Je andere verwonding is helemaal genezen?'

'Af en toe doet het nog pijn.'

'Je mag van geluk spreken dat je nog leeft.'

'Als die kogel me net iets ernaast had geraakt, zou ik morsdood zijn. Nu heb ik alleen veel bloed verloren. Gelukkig heeft mijn oude knecht, Lao Zhao, me gevonden toen ik bewusteloos was. Hij heeft me verbonden. Die kerel is goud waard. Hij verdient het pensioen dat jij hem van mij moet uitkeren dubbel en dwars. Zonder hem zou ik de trein nooit in beweging hebben gekregen.'

'Dus het waren niet de vrouwen die je hebben geholpen?'

'De vrouwen van de Mandarijn? Laat me niet lachen. Ze zaten in hun coupé te jeremiëren. Nee, het waren Lao Zhao en Fan Yimei. Zij hebben me gered. Echt verbijsterend. Ze hebben de trein twee dagen bestuurd, terwijl ik half bewusteloos op de tender lag.'

'Fan Yimei, de concubine van de majoor? Tegenwoordig jouw... huishoudster?'

'Voorlopig.' Manners keek hem recht in de ogen.

'En ze is te vertrouwen?'

'Zonder enige twijfel,' zei Manners met een zekere hardheid in zijn stem.

'Sorry, ik moest het vragen. Zoals je net al zei, het gaat om het goud en de wapens.'

'Ze weet niets van de wapens.'

'Weet ze waar het goud is?'

'Natuurlijk weet ze dat. Ze heeft het zelf begraven, samen met Lao Zhao. Toen ze de eerste Russische patrouille aan de horizon zagen, heeft zij bedacht wat er moest gebeuren. Ze heeft Lao Zhao de trein laten stoppen, toen hebben ze samen de kisten begraven. We stoomden alweer verder voordat de Russen ons konden inhalen. Ik heb er niets van gemerkt, ik lag te slapen. Volgens mij ijlde ik in die tijd.'

'Dus zelf weet je niet waar het goud is begraven?'

'Dat heb ik niet gezegd, Pritchett. Ik weet precies waar het ligt. Ik weet ook waar de wapens zijn. En ik durf mijn hand in het vuur te steken voor Fan Yimei en Lao Zhao. Ze zijn volledig te vertrouwen.'

'Dat doet me deugd,' zei Pritchett na een lange stilte. 'Het is per slot van rekening jouw probleem, niet het mijne.'

'Pardon?' zei Manners. 'Uiteindelijk valt het toch onder jouw verantwoordelijkheid om het goud en de wapens terug te geven.'

'De regering van Hare Majesteit weet niets van wapens of goud. Dat had je uit die nota van me kunnen opmaken.' Hij zweeg en streek over het dunne snorretje dat hij tegenwoordig droeg. 'Ik ga schrijven dat de regering je eigenlijk niet wil kennen, Manners, en dat ze geen belangstelling hebben voor de infame en mogelijk verraderlijke activiteiten waar je in Shishan al dan niet bij betrokken bent geweest. Sir Claude MacDonald heeft in het verleden blijk gegeven van persoonlijke interesse voor jouw wel en wee, vanwege je vader, maar ik waarschuw je hierbij formeel dat je aanwezigheid in ons gezantschap niet langer op prijs wordt gesteld.'

'Nou, dat was een hele toespraak,' mompelde Manners. 'Wat moet ik dan wél met dat goud en die wapens doen?'

'Welk goud? Welke wapens?' Pritchetts blik was ijskoud.

'Aha,' zei Manners. 'Ik word met een gouden handdruk de laan uit gestuurd? Een forse handdruk als ik een manier kan vinden om het goud op te halen.'

Pritchett zei niets.

'Ik moet zeggen dat het royaal van je is.'

'Er is wel een voorwaarde aan verbonden,' zei Pritchett zacht.

'Zwijgen?'

'Zwijgen. Discretie. Je zegt nu niets en in de toekomst niet. Niets wat lord Salisbury of onze regering in verlegenheid kan brengen. Ik stel voor om in mijn rapport te schrijven dat we geen agent hadden in Shishan, en dat we nooit enige contacten met de plaatselijke autoriteiten hebben gehad, niet officieel en niet officieus. Mocht er ooit iets aan het licht komen van wat jij daar hebt gedaan, dan heb je geheel op eigen houtje geopereerd. Stem je daarmee in?'

'Of ik ermee instem om afgekocht te worden met een fortuin om mijn mond te houden? Natuurlijk stem ik daarmee in. Je geeft me de kans om een zeer gefortuneerd man te worden.'

'Ik nam aan dat je al gefortuneerd was nadat je de Verboden Stad had geplunderd.'

Afwezig staarde Manners voor zich uit en hij trommelde met zijn vingers op tafel. 'Je weet,' zei hij na een peinzende stilte, 'dat dokter Airton vermoedde dat ik met de Mandarijn onderhandelde?'

'Dokter Airton is dood,' zei Pritchett kil. 'Je hebt me zelf verteld dat hij en zijn gezin in de Zwarte Heuvels zijn verdwaald. We hebben inlichtingen ingewonnen bij de Russen, en er is niets van ze vernomen. Als ze hun zwerftocht door een of ander wonder hadden overleefd, zouden we dat zeker hebben gehoord.'

'Jullie hebben... inlichtingen ingewonnen?' Opeens kreeg Manners een zorgelijke uitdrukking op zijn gezicht.

'Uitgebreid,' beaamde Pritchett. 'Hoezo? Vind je het jammer dat je het die ouwe pillendraaier niet betaald kan zetten dat hij je zwaargewond heeft achtergelaten?'

Manners negeerde de sarcastische opmerking. 'En jullie hebben niets gehoord?'

'Je hoeft je echt geen zorgen te maken, Manners. Het is uitgesloten dat ze levend uit die wildernis zijn gekomen. Je geheim is echt – ' Hij brak zijn zin af toen hij Manners' gekwelde uitdrukking zag. 'Sorry,' zei hij, nu opeens vol sympathie. 'Ik was het vergeten. Dat meisje Delamere. Ik had gehoord dat jullie... Het spijt me, ik heb je bezorgdheid geheel verkeerd geïnterpreteerd. Vergeef me. Ja, het is heel treurig.' Hij zweeg even. 'We hebben de hoop nog niet helemaal opgegeven. Misschien in een of ander afgelopen dorp waar de Russen nog niet zijn geweest... hoewel het natuurlijk niet waarschijnlijk is...'

'Schrijf jij dat verrekte rapport nou maar.' Henry pakte zijn krukken.

'Zeg, als ik iets voor je kan doen...' Pritchett ging ook staan.

Henry duwde de ondersteunende hand weg en draaide zich bij de opening nog een keer om. 'Blijf gewoon zoeken. Probeer te achterhalen wat er met ze is gebeurd.'

Toen Henry weg was, zat Pritchett nog een hele tijd met een pen op de tafel te tikken. Zijn gezicht stond peinzend. Dat kon toch geen traan in Manners' oog zijn geweest, vlak voordat hij wegging? Nee, hij moest zich hebben vergist. Een speling van het licht. Huilen was niets voor hem. Manners was hard. Emotieloos. Praktisch. Omkoopbaar, en daarom betrouwbaar.

Hij schudde zijn hoofd, pakte de pagina's van de nota en begon na enig nadenken te schrijven.

De zomer ging over in de herfst. De officieren hadden ontdekt hoe mooi de Westelijke Heuvels waren, en hun patrouilles trokken tussen het felle rood van de esdoorns door naar de tempels die ze hadden gevorderd.

Nieuwe Duitse troepen arriveerden, onder bevel van de indrukwekkende generaal Von Waldersee. Ze hadden geen actieve rol gespeeld bij de vernietiging van het Gele Gevaar, maar nu waren ze extra actief bij het afstraffen van alle Boxers die ze in handen konden krijgen – en aangezien iedereen die ze in handen kregen automatisch tot Boxer werd bestempeld, hadden de vuurpelotons een drukke tijd. De inwoners van Peking, die zich inmiddels voorzichtig op straat hadden gewaagd, kropen weer weg in hun huizen om te wachten totdat de Teutonen waren uitgeraasd.

Er kwam een einde aan de golf van geweld, zoals aan alles een einde komt.

De bladeren begonnen te vallen. De herfst ging onmerkbaar over in de winter. Terwijl koude winden rukten aan de takken van de treurwilgen boven de gracht rond de nog steeds bezette Verboden Stad, begon de bevroren bevolking weer tot leven te komen.

Tegen de tijd dat de eerste sneeuw viel, eind november, was de gebruikelijke bedrijvigheid teruggekeerd in de straten van Peking. Hooghartige aristocraten die in draagstoelen tussen de paleizen heen en weer werden gedragen vonden het beneden hun waardigheid om de buitenlandse schildwachten op de gure kruispunten op te merken. Functionarissen die weer aan het werk waren gegaan in de verschillende *yamens* stopten onderweg naar huis bij de etensstalletjes in Wangfujing of Hatamen om toffeeappels te kopen voor hun concubines of kinderen, en stonden zij aan zij met korporaals en sergeanten van het bezettingsleger die hun vrije tijd gebruikten om de stad te verkennen.

Via de nog niet gerepareerde Qianmen-poort kwam je in de drukke straatjes van de uitgestrekte Chinese stad, waar kooplieden onderhandelden over de prijs van zijde in hun niet langer dichtgetimmerde winkels, en geleerden zich in de Liulichangstraat bogen over antieke boekrollen, terwijl anderen naar koopjes zochten in de vele nieuwe rommelwinkeltjes die als paddestoelen uit de grond rezen en goede zaken deden. In de chaos na de belegering waren het niet alleen de buitenlandse soldaten die zich aan plunderingen te buiten waren gegaan; ook vele Chinezen hadden fortuin gemaakt. Restauranthouders konden zich geen beter seizoen herinneren, en in de gokhallen en theehuizen leerden de animeermeisjes hoe ze de exotische buitenlandse klanten konden behagen. Er waren zelfs verschillende nieuwe huizen in de stad, die zich specialiseerden in het vermaken van de 'kreeften', zoals de buitenlandse soldaten niet zonder genegenheid werden genoemd.

De diplomatieke wijk was nog niet in de oude luister hersteld, hoewel koelies dag en nacht zwoegden tussen de ruïnes om nog luxeuzere residenties te bouwen voor de vertegenwoordigers van de buitenlandse machten. Op het Britse gezantschap was de rommel van de belegering eindelijk opgeruimd, en op een avond waren alle ramen van de residentie verlicht toen lady MacDonald haar eerste bal gaf. Het enige verschil tussen dit bal en dat van voor de belegering was het grote aantal militaire uniformen op de glimmende dansvloer. Zoals gewoonlijk gingen Monsieur en Madame Pichon van het Franse gezantschap als laatsten weg, en de Amerikaanse diplomaat Herbert Squiers, die onlangs promotie had gemaakt, en de journalist George Morrison hadden een verhitte discussie gehad bij de tafel met drankjes. Sommige dingen veranderden nooit.

Uiteraard hadden de diplomaten het razend druk. De acceptabele oude minister Li Hung-chang was teruggekeerd naar de *Tsungli Yamen* en leidde de interim-regering zolang er nog geen overeenstemming was bereikt over de mogelijke terugkeer van de keizerin-weduwe uit haar ballingschap in Shansi. De prijs voor haar terugkeer, had men duidelijk gemaakt, zou zeer hoog zijn. Volgens de geruchten zou een herstelbetaling van minstens honderd miljoen pond sterling worden geëist, plus de overdracht van nieuwe gebieden.

De luidruchtige jongens aan de bar van het Hôtel de Pékin, waar de inmiddels puissant rijke en nooit gearresteerde B.L. Simpson de scepter zwaaide, hadden forse kritiek op de terughoudendheid van de diplomaten. Zij waren van mening dat de corrupte Ch'ing gedwongen zou moeten worden om het tienvoudige van het geëiste bedrag te betalen, en dat de keizerin-weduwe, áls ze al toestemming kreeg om terug te keren, in het openbaar gegeseld zou moeten worden voor de Verboden Stad. B.L. Simpson had opgewekt aangeboden om het vonnis persoonlijk te voltrekken.

Henry Manners vertoonde zich zelden op dit soort bijeenkomsten. Sinds hij in de periode van de plunderingen gewond was geraakt, liet hij zich bijna helemaal niet meer zien. In het begin hadden de douanejongens obscene opmerkingen gemaakt over zijn afwezigheid. Iedereen wist dat hij bij zijn vlucht uit het noorden een uitzonderlijk mooi animeermeisje had meegenomen. Na zijn ontsnapping was hij als een held beschouwd, maar na verloop van tijd raakte hij in de vergetelheid.

Men wist dat hij ergens in de Chinese wijk woonde. Op een avond hadden B.L. Simpson en zijn vrienden, allemaal stomdronken, riksja's genomen en waren ze naar hem op zoek gegaan. Ze hadden stenen over de muur gegooid en scheldwoorden geschreeuwd. Hoewel ze de hele buurt hadden gewekt met hun kabaal, bleef het op de binnenplaats van Henry Manners' huis muisstil. De grote houten poort was gesloten gebleven, en na een tijdje begonnen ze zich te vervelen en waren ze naar een van de nieuwe bordelen gegaan.

Henry leidde een teruggetrokken bestaan. Als de douanejongens over de muur waren geklommen, zouden ze tot hun verbazing hebben gezien dat hun vroegere kameraad zich niet, zoals ze dachten, in de armen van zijn oosterse schone aan allerlei uitspattingen te buiten ging. Hij sliep alleen, en overdag zat hij in zijn eentje in een leren leunstoel, of op zonnige dagen in een rolstoel op de binnenplaats, vaak met een niet brandende sigaar in zijn hand en een afwezige uitdrukking op zijn gezicht.

Van tijd tot tijd kwam Lao Zhao naar buiten om zijn been te onderzoeken. Soms zei hij iets waarmee hij Henry aan het lachen maakte, en dan glinsterde er iets van de vroegere sardonische humor in de blauwe ogen. Meestal zaten de twee vrienden zonder veel te zeggen naast elkaar. Fan Yimei bracht hun thee. 's Avonds maakte ze soms een opiumpijp klaar. Iedereen ging vroeg naar bed, en Henry stond altijd laat op.

Lao Zhao en Fan Yimei maakten zich zorgen over Ma Na Si's vreemde lusteloosheid. Lao Zhao had er allerlei verschillende verklaringen voor: Ma Na Si's wonden waren niet helemaal geheeld, hij wachtte totdat er iets zou gebeuren, hij hield zich gedeisd, wachtte totdat de kust veilig was en hij terug kon gaan naar Mantsjoerije om het goud te halen, hij hield zich schuil voor de spionnen van het Britse gezantschap die hem zeker zouden volgen, hij stelde de reis uit totdat de Russische soldaten het gebied hadden verlaten... Fan Yimei luisterde zwijgend en keek hem met haar verdrietige ogen aan. Als Lao Zhao naar haar mening vroeg, schudde ze stil haar hoofd. Tot besluit stak Lao Zhao dan een pijp op, met de woorden: 'Ma Na Si weet wat hij doet. Wacht maar af. Je zult het zien.'

Fan Yimei vertelde hem niet van de lange gesprekken die ze met Ma Na Si had als hij 's nachts niet kon slapen en de binnenplaats overstak naar haar kamer, zacht op de rand van haar bed kwam zitten en wachtte totdat ze wakker werd. De eerste keer dat hij 's nachts naar haar toe kwam had ze het beddengoed opengeslagen en hem uitgenodigd om naast haar te komen liggen, maar hij had alleen glimlachend haar hand gepakt. Wat hij haar vertelde hield ze voor zich. Met geen woord repte ze over zijn pijn, en ze deed alsof ze zijn tranen niet zag. 's Ochtends begroette ze hem altijd met haar vertrouwde trieste glimlachje.

Een doodenkele keer kwam Pritchett van het gezantschap op bezoek en zaten hij en Ma Na Si zacht met elkaar te praten. Hij bleef nooit lang. Fan Yimei had een hekel aan hem, zonder te weten waarom, want hij was altijd even beleefd tegen haar, maar hij keek haar nooit aan met zijn koude ogen en leek zich altijd opgelaten te voelen. Op dagen dat hij langs was geweest, vroeg Ma Na Si 's avonds vaak om een opiumpijp.

Op een avond tegen het eind van de maand december kwam Pritchett veel later langs dan anders. Hij bleef niet lang en haastte zich terug naar zijn wachtende riksja. Toen Fan Yimei daarna naar Ma Na Si's kamer ging, zag ze hem stijf op zijn stoel zitten. Hij staarde strak naar de muur, maar zonder iets te zien. In zijn hand hield hij een verkreukeld vel papier, dat een telegram bleek te zijn.

Die nacht kwam hij naar haar kamer en vertelde hij haar dat dokter Airton en zijn vrouw en kinderen en Helen Frances door Russische soldaten waren gevonden in Mongolië. Helen Frances had het leven geschonken aan een kind. Ze waren per trein naar Tientsin gebracht en konden elk moment in Peking aankomen.

Toevallig waren de Airtons en Helen Frances met de kleine Catherine diezelfde middag op bezoek geweest bij de Britse vice-consul in Tientsin, een guitige, ongevoelige man. Met een schalks lachje had hij opgemerkt hoe blij hij was met het bezoek van een fatsoenlijke familie uit Shishan. Hij had al eens eerder een vluchteling uit die stad op het consulaat ontvangen, en de Airtons waren een hele verbetering.

Zijn bezoekers hadden met enige verbazing op zijn opmerking gereageerd, waarna hij schaterlachend een van de beste verhalen in zijn repertoire had verteld: op welke wijze Henry Manners per trein in Tientsin was gearriveerd. Dat wil zeggen, hij begon het verhaal te vertellen maar moest zijn relaas midden in een zin afbreken omdat de jongedame, Mrs. Cabot, plotseling lijkbleek werd, ging staan, een luide kreet slaakte, wankelde op haar benen en weer ging zitten, een vuist tegen haar mond gedrukt. Helaas raakte haar elleboog daarbij een hoog tafeltje, en een van de mooiste stukken van de consul, een beeldje van Guanyin, viel in gruzelementen op de vloer.

Het was allemaal erg gênant geweest, en bijzonder irritant, vertelde de vice-consul zijn vrienden die avond op de club, maar ja, wat kon je anders verwachten van hysterische zendelingen, vrouwelijke nog wel. Hij vermoedde dat ze gechoqueerd was geweest omdat hij zo openlijk over Manners' concubines had gepraat.

HOOFDSTUK 22

Ik wil geen bandiet zijn. Het is winter en de
oude mensen hebben me nodig.
Laat het nieuwe jaar regen brengen.

Henry leunde op zijn wandelstok, gedeeltelijk aan het oog onttrokken door de weelderige kamerplanten bij de ingang van de theesalon in het Hôtel de Pékin. Binnen was een *thé dansant* aan de gang.
Een treurig kijkende Hongaarse violist speelde een wals van Strauss.
Hij werd op de piano begeleid door een met juwelen behangen ma-
trone die haar ogen van pure extase gesloten hield terwijl haar dikke vingers over de toetsen gingen. Niemand danste. Obers in lange
bruine gewaden bewogen zich geruisloos tussen de tafels door met
zilveren theepotten op dienbladen en schalen met taartjes, sandwiches en scones. Luid geroezemoes van stemmen, doorspekt met geaffecteerde lachjes, overstemde af en toe de muziek. De dames droegen bontmutsen en boa's, naar de Petersburgse mode die dat
winterseizoen *de* grote rage was. Het was lang geleden dat hun echtgenoten strohoeden en kaki hadden gedragen. De elegantie van hun
jacquets en tweedkostuums zou in geen enkele salon in Parijs of Wenen hebben misstaan.

Henry keek omlaag naar zijn oxfords – Lao Zhao was er de hele
ochtend mee bezig geweest om ze te laten glimmen als spiegels. De
vouw in zijn broek was onberispelijk, en het jasje van zijn onlangs

op maat gemaakte pak sloot volmaakt rond een slank middel en brede schouders. De roos die Fan Yimei die ochtend in zijn revers had gestoken toen hij het huis verliet geurde nog een beetje, of misschien was het de eau de cologne waarmee hij zich had besprenkeld om zijn onzekerheid te maskeren. In de vergulde spiegels aan weerszijden van de *fin de siècle* lobby zag hij zijn iets verlengde spiegelbeeld. Hij was niet minder zwierig gekleed dan alle andere kosmopolieten in het hotel, maar zijn blik ging kritisch over de grijze haren op zijn slapen, de donkere kringen onder zijn ogen en de diepe rimpels in zijn voorhoofd.

Een Belgische vrouw uit de *demi-monde* die net wegging uit de theesalon keek hem goedkeurend aan; het ontging haar niet dat deze knappe man die als een tijger tussen de aspidistra's op de loer lag buitengewoon gedistingeerd was. Hij had iets wat haar verbeelding prikkelde, de onmiskenbare ervaring die hij uitstraalde, een element van raadselachtigheid, zelfs gevaar, in zijn koele, wrede ogen, de aanwezigheid van ternauwernood in toom gehouden energie. Het ontging haar niet dat hij op een wandelstok leunde, en ze vroeg zich af welk avontuur de verwonding aan zijn been veroorzaakt kon hebben.

Henry was zich echter niet van haar of haar bewonderende blikken bewust, zozeer werd hij in beslag genomen door de oudere, afgetobde man in de spiegel, niet meer dan een schaduw van zijn vroegere zelf. Zijn been deed zo'n pijn dat hij hinkte als een oude man, waardoor hij in zijn eigen ogen tot een mankepoot werd gereduceerd. Voor het eerst van zijn leven ontbrak het hem aan zelfvertrouwen, en terwijl hij tussen de planten door naar de gasten in de theesalon gluurde, besefte hij opeens dat hij geen flauw idee had van wat hij van plan was. Een hem volkomen onbekend gevoel ging langs zijn ruggengraat, als een straaltje koud water. Het zou angst kunnen zijn.

Hij had ze gezien zodra hij de eerste keer naar binnen keek. Ze zaten aan een tafel in een hoek van de zaal, zo ver mogelijk bij de piano vandaan, en dronken thee met een echtpaar aan wie hij lang geleden ooit eens was voorgesteld. Het waren Horace en Euphemia Dawson, de vertegenwoordigers van Babbit & Brenner in Peking, het bedrijf waar Helen Frances' vader en Tom Cabot voor hadden

gewerkt. Ze zagen er welvarend en welgesteld uit, net als alle andere buitenlanders in de salon. Mr. Dawson had drie onderkinnen en
pronkte met een groot gouden horloge, en zijn echtgenote droeg
een hoed met voile en een pauwenveer.

Dokter Airton, Nellie en Helen Frances zaten naast elkaar op een
sofa, een beetje kleintjes zo te zien, als provincialen die naar de grote stad waren gekomen voor een gesprek met de bankdirecteur. Hun
kleding was even bescheiden als hun houding, en ze luisterden aandachtig naar Mr. Dawson, die onafgebroken aan het woord was en
druk gesticuleerde met zijn mollige hand, terwijl zijn vrouw thee
schonk en hem af en toe glimlachend bijviel. Van tijd tot tijd keken
ze elkaar met superieure voldoening aan. Het was Henry direct duidelijk dat hij het over geld had.

Niet dat het hem interesseerde. Hij had alleen oog voor Helen
Frances. Ze droeg een eenvoudige groene japon met een keurig wit
kraagje, en haar lange kastanjebruine haar was opgestoken. Haar huid
was donkerder dan hij zich herinnerde, en haar uitdrukking was anders dan vroeger; koel en beschouwend, waakzaam, wereldwijs, eigenschappen die hij niet associeerde met het spontane meisje waar
hij al weken en maanden van droomde. Even dacht hij zelfs dat ze
net een vreemde was. Pas toen ze glimlachte om een of andere opmerking van Mr. Dawson, en hij humor – of was het minachting? –
zag glinsteren in haar groene ogen ging er een haast pijnlijke steek
van herkenning door hem heen.

Hij leunde met zijn hoofd tegen een pilaar en sloot zijn ogen terwijl een caleidoscoop van herinneringen door zijn gedachten ging,
als een pak kaarten dat op tafel valt. Ze zat te ver bij hem vandaan
om geluiden te kunnen onderscheiden, maar hij leek haar klaterende lach te kunnen horen. Opeens zag hij haar voor zich zoals ze met
haar vlammende rode haar wapperend in de wind naar hem omkeek
als ze haar paard aanspoorde en hem voor een wedstrijdje uitdaag-
de. Even was hij terug in Shishan, en met een gevoel van verwarring
keerde hij terug naar de werkelijkheid van het Hôtel de Pékin, het
geroezemoes van stemmen en de vioolmuziek.

Toen hij weer naar haar keek, was ze niet langer een vreemde voor
hem. Daar zat de Helen Frances die hij zich herinnerde, alleen had
ze nu een uitstraling waarmee ze respect afdwong. Ze had de gratie

en rijpheid van een volwassen vrouw, en tot zijn eigen verbazing en schrik zwom haar gezicht opeens in een waas van tranen; ze was mooier dan hij haar ooit eerder had gezien.

Beschaamd over zijn sentimentaliteit maakte hij zijn blik van haar los en focuste hij op de man die naast haar zat. Er ging een schok van sympathie door hem heen. Airton was oud geworden, zijn haar was helemaal wit en het leek wel alsof hij kleiner was dan vroeger, schuchter en bedeesd. De ogen die vroeger altijd vrolijk twinkelden, waren nu vochtig en triest. Het theekopje ratelde tegen het schoteltje in zijn meelijwekkend bevende hand.

Nellie was echter weinig veranderd. Ze zat met kaarsrechte rug op de sofa, waardig, beheerst, even indrukwekkend als hij zich haar herinnerde. Haar gezicht vertoonde rimpels die er voorheen niet waren geweest, haar huid leek iets strakker over de beenderen gespannen, en haar haar was onmiskenbaar grijs geworden, maar haar zwanenhals rees elegant op uit haar zwarte japon, en met haar rustige ogen keek ze de Dawsons geduldig aan. Ze was nog steeds een vorstelijke verschijning, met een integriteit en sereniteit waar maar weinig mensen aan konden tippen.

Henry probeerde zich voor te stellen welke beproevingen ze hadden doorstaan. Douglas Pritchett had hem iets verteld van alles wat ze hadden meegemaakt. Hij had zich een beeld gevormd van Helen Frances, zoals ze hongerig en zwanger door de bergen en woestijnen was gezworven. Het was te pijnlijk om er lang bij stil te staan, en opnieuw sloot hij zijn ogen. Toen hij ze weer opendeed, zag hij de beheerste jonge vrouw die eens, al leek dat nu onvoorstelbaar, zijn minnares was geweest, gracieus een theekopje naar haar lippen brengen. Hij was diep van haar onder de indruk, voelde de kracht en de moed die ze in zich had.

Geleidelijk, zoals het vallen van de schemering, werd hij zich ervan bewust dat hij vergeleken met haar een waardeloze figuur was, en diep vanbinnen voelde hij de voorzichtige hoop die hem hierheen had gedreven wegebben.

Een vreselijk gevoel van verlamming nam bezit van hem. Zijn laffe ik riep dat hij stilletjes weg moest glippen, de confrontatie moest vermijden, maar om de een of andere reden bleef hij als aan de grond genageld staan. Als motten naar vuur werden Henry's brandende ogen naar Helen Frances' schoonheid getrokken, en toch begon hij niet te gloeien; in plaats daarvan voelde hij een verdovende kilte in zijn aderen. Hoe meer hij naar haar keek, des te onbereikbaarder ze leek te worden. Met stijgende angst gluurde hij tussen de aspidistra's door. Hij had het gevoel dat hij aan het verdrinken was, dat het licht waarnaar hij verlangde wegzakte in een brij van wanhoop en zelfverachting.

De gerant, een indrukwekkende Chinees in een lang zwart gewaad, liep naar hem toe om te vragen of hij een tafel wilde, maar hij bedacht zich toen hij de uitdrukking op Henry's gezicht zag en maakte met een verontschuldiging rechtsomkeert.

Terwijl Henry stond te kijken, maakte het groepje aanstalten om weg te gaan. Mr. Dawson tekende het reçu, en zijn vrouw boog zich naar voren om de kusjes van haar gasten in ontvangst te nemen. Met knisterende zijde en gemeenplaatsen namen ze afscheid. Henry trok zich verder terug tussen de planten, en de Dawsons zagen hem niet toen ze als twee trotse fregatten langs hem zeilden. Hij bleef verborgen toen de Airtons volgden. Nellie en Helen Frances hadden de dokter allebei een arm gegeven om hem te ondersteunen.

Ze liep op niet meer dan een halve meter afstand langs hem. Hij zag de moedervlek in haar hals. Hij kon zelfs haar geur opvangen. Het verlangen om naar voren te komen, haar te omhelzen en te kussen, haar om vergiffenis te vragen, was heel sterk, maar hij wist zich te beheersen. Hij durfde nauwelijks adem te halen terwijl hij haar met koortsachtig glinsterende ogen volgde naar de trap. Hij hoorde haar iets zeggen, met de hese stem die hij zich herinnerde: 'Morgen bent u weer kiplekker, dokter. Volgens mij is het gewoon een koutje.' Hij wilde haar roepen, maar bleef verstijfd staan. Met een gevoel van wanhoop zag hij haar groene jurk over de traptreden slepen. Nog even en ze zou boven zijn en verdwijnen.

Wat het ook was – de gewoonte om in actie te komen, of waarschijnlijk trots, het onvermogen van de gokker om niet toch een laatste kans te wagen – hij kwam in beweging. Steunend op zijn stok liep hij naar het midden van de hal, en hij hoorde zichzelf haar naam roepen: 'Miss Delamere. Helen Frances.' Zijn stem klonk onnatuurlijk luid.

Het trio op de trap draaide zich om. De dokter zette grote ogen op van schrik en met een kreun – misschien van angst – zakte hij achterover. Nellie pakte hem snel vast, en met een streng gezicht keek ze omlaag naar Henry. Helen Frances liet de dokter los. Verstijfd bleef ze op de trap staan, haar armen slap langs haar zij, en met gefronste wenkbrauwen keek ze naar Henry's smekende gezicht. Haar lippen bewogen alsof ze iets wilde zeggen. Ze haalde diep adem... en toen pakte ze gejaagd haar rok weer op en draaide ze zich om naar de dokter. Ze gaf hem een arm en hielp Nellie hem overeind te trekken. Het volgende moment waren ze de hoek om en uit het zicht verdwenen.

Henry zakte in elkaar tegen een pilaar. Alle kracht trok weg uit zijn armen en benen.

'Mr. Manners?' Het was een vragende stem met een Schots accent.

Het was alsof hij omhoogkwam uit een diepe put. Uiteindelijk lukte het hem om te focussen, en hij zag dat Nellie hem bezorgd aankeek. Ze pakte zijn arm beet om hem in evenwicht te houden. 'Hemeltje, volgens mij voelt u zich niet goed,' zei ze. 'Neem me niet kwalijk dat het net was alsof we onbeleefd waren, maar mijn man verwachtte niet... Mr. Manners, we hebben zoveel te bespreken. Zullen we samen een kopje thee drinken, als oude vrienden?'

Als een patiënt onder de kalmerende middelen volgde hij haar naar de theesalon, en hij ging zitten in de stoel die ze hem aanwees, een leren fauteuil.

Nellie bestelde een pot thee en keek hem met haar heldere ogen aan. 'Mr. Manners,' begon ze, 'ik kan u niet zeggen hoe blij ik ben om u levend en in goede gezondheid aan te treffen. Een man van het gezantschap, Mr. Pritchett, is vanochtend bij ons langs geweest, en hij heeft ons iets verteld – vrij veel, om u eerlijk de waarheid te zeggen, misschien meer dan hij los had mogen laten – over het heldhaftige en ahum... vaderlandslievende werk dat u in Shishan hebt gedaan. Maakt u zich geen zorgen, we zullen zwijgen als het graf, nu en in de toekomst. Maar ik wil u wel bedanken, namens ons allemaal, voor de offers die u voor ons hebt gebracht, en omdat u... omdat u ons leven hebt gered.'

Op dat moment kwam de kelner de thee brengen. Tegen de tijd dat de kopjes waren ingeschonken, was Nellie helemaal van slag, al had Henry niets gezegd.

'Nou doe ik het alweer,' verzuchtte ze. 'Ik flap alles eruit. U denkt natuurlijk dat ik het allemaal van tevoren heb ingestudeerd. Nou, dat is niet zo, maar ik meen het oprecht. We hebben ons leven aan u te danken, Mr. Manners.' Ze zweeg even, en moest met stemverheffing verder gaan omdat de violist net een vrolijke polka had ingezet. 'We zijn u ook nog iets schuldig, Mr. Manners, en ik schaam me om dit te zeggen. We zijn u excuses schuldig. We... we hadden uw motieven verkeerd beoordeeld, en toen u gewond was geraakt – terwijl u ons probeerde te beschermen – heeft mijn ma... hebben wij u aan uw lot overgelaten.' Haar stem kraakte een beetje, maar ze herstelde zich snel. 'Het was misdadig van ons, en we zullen er een leven lang onder gebukt gaan. We zullen met dat schuldgevoel moeten leven, Mr. Manners. Ja, het was onvergeeflijk. Ik... ik begrijp heel goed dat u ons uit de weg ging bij de ingang van de theesalon. Ik zag u staan tussen de planten... Maar zelfs als u niemand van ons ooit nog wilt spreken, wil ik u toch laten weten hoe erg we het vinden, hoezeer het ons spijt, en als... als u het ons ooit kunt vergeven...' Beschroomd en met blozende wangen viel ze stil.

Henry leunde achterover en lachte. 'Neem me niet kwalijk, Mrs. Airton.' Hij herstelde zich. 'Neem me niet kwalijk, het is echt heel erg grappig. Ironisch, eigenlijk. De reden dat ik vandaag hier ben, is dat ik u om vergeving wilde vragen, omdat ik alles zo... zo slecht heb gedaan.'

De polka was afgelopen en er werd beleefd geapplaudisseerd.

Nellie bloosde nog steeds. 'Ik... ik geloof niet dat ik u kan volgen, Mr. Manners.'

'O, Mrs. Airton...' Hij haalde diep adem. Een kelner kwam langs, en Henry wenkte hem en bestelde een glas cognac, een dubbele, en snel een beetje. 'Sorry,' mompelde hij, 'ik heb iets sterkers nodig dan Darjeeling om dit te kunnen zeggen. Het ontbreekt mij aan uw innerlijke kracht,' voegde hij er met licht sarcasme aan toe.

Perplex staarde Nellie hem aan.

'Voordat u me met nog meer verontschuldigingen overlaadt,' vervolgde hij, 'kunt u maar beter weten hoe mijn niet zo fraaie verhaal afloopt.'

'Mr. Manners, ik – '

'Ik wil het u graag vertellen. U hebt vast gehoord dat we de trein weer aan de praat hebben gekregen. U had trouwens bij ons moeten blijven, dan waren u alle beproevingen in de wildernis bespaard gebleven...' Hij stak een hand op om te voorkomen dat Nellie hem in de rede viel. 'Nee, geen excuses. Ik begrijp het, echt waar. Ik neem u of uw man niets kwalijk. U moest aan uw kinderen en Helen Frances denken, en u dacht dat ik op sterven na dood was. Ik wás ook op sterven na dood. U hebt uzelf niets te verwijten. Bovendien was het mijn verdiende loon.

Nee, val me alstublieft niet in de rede, laat me mijn verhaal doen. U bent religieus, dus u gelooft in wonderen. Je zou kunnen zeggen dat ik door een wonder ben gered. Nee, geen goddelijk wonder, een heel menselijk wonder. Het was de moed, de trouw, de vindingrijkheid, het doorzettingsvermogen van twee Chinezen, Lao Zhao, de ezeldrijver, en Fan Yimei, de prostituee. Zij hebben me verbonden en ons op de een of andere manier, God mag weten hoe, met de trein in veiligheid gebracht.'

'Mensen kunnen ook wonderen verrichten,' zei Nellie zacht.

Henry's harde ogen bleven even op haar gezicht gericht. 'U zou gelijk kunnen hebben,' gaf hij toe. 'Hoe dan ook, ik ben blijven leven, al heb ik het niet verdiend. Niet na alles wat ik in Shishan heb gedaan. Toen had ik niet echt de tijd om erover na te denken. Ik had het te druk met praktisch zijn.' Hij herhaalde het woord op verbitterde toon. 'Praktisch.'

'U moest een aantal moeilijke beslissingen nemen, maar u hebt gedaan wat nodig was om ons het leven te redden,' zei Nellie vriendelijk.

'Ja, ik heb gedaan wat nodig was.' Henry lachte en dronk van de cognac die hem was gebracht. 'Maar u hebt een nogal rooskleurig beeld van mijn karakter als u denkt dat ik uit nobelheid levens redde. Zei u niet dat u Pritchett hebt gesproken? Ik zette me in ter meerdere eer en glorie van het Britse Rijk, Mrs. Airton.'

'U deed uw plicht, Mr. Manners.'

'Mijn plicht! Zeg dat wel. Boy, breng me nog een cognac. Ja, Mrs. Airton, mijn plicht. Ik heb veel nagedacht over mijn plicht toen ik lag te hobbelen op de tender, en later nog steeds, toen ik in het militaire ziekenhuis in bed lag. En ik kon mijn geweten er een beetje mee sussen. Al die doden... ik heb niet iedereen kunnen redden, Mrs.

Airton. In die tijd dacht ik dat u en Helen Frances ook dood waren, dat ik ook met u had gefaald. Maar zoals u zegt, ik had mijn plicht gedaan. De wapens waren verborgen, en het goud ook. Ik mocht mezelf troosten met de gedachte dat de Britse regering trots op me kon zijn.'

'Dit cynisme siert u niet, Mr. Manners.' Ze moest luid spreken omdat er een polonaise was ingezet.

'Aha,' zei Henry nadat hij een slok cognac had genomen, 'dus Pritchett heeft u niet verteld van de dertig zilverlingen die ik krijg voor de moeite? Heel begrijpelijk. Topgeheim. Het hoort in de kast met de rest van het vuile ondergoed van de koningin.'

'Mr. Manners!'

'Vergeef me, Mrs Airton. Ik ben geen beschaafd gezelschap meer gewend. Neem het me alstublieft niet kwalijk. Soms draaf ik een beetje door.'

'Ik begrijp nog steeds niet waarom u zichzelf verwijten maakt. Er zijn vreselijke dingen gebeurd, maar dat was niet uw schuld.'

'Aardig van u om dat te zeggen. Ik vind daarentegen dat ik het stukken beter had kunnen doen. Alle onschuldige mensen die zijn geëxecuteerd. De non. De Millwards. Tom. Wat Helen Frances is overkomen... o heer, wat haar is overkomen... Ik had nooit... nooit...'

'U bent God niet, Mr. Manners.' Nellie wilde zijn hand pakken, maar hij trok hem heftig weg.

'Integendeel, Mrs. Airton,' zei Henry in de stilte na afloop van de polonaise. 'Ik ben van mening dat ik mijn ziel aan de duivel heb verkocht.'

'Arme man,' verzuchtte Nellie. Ontdaan dronk ze haar inmiddels koud geworden thee.

'Weet u, toen ik weg mocht uit het ziekenhuis,' vervolgde Henry, 'werd ik helemaal krankzinnig. Ik meen het, ik was echt gek. Ik wilde alleen maar wraak, terugslaan. Ik had mezelf de tijd moeten gunnen om alles te verwerken, maar dat heb ik niet gedaan. Mijn wond was nog niet eens goed genezen, maar ik trok me niets aan van de pijn. Ik werd door een soort vreemde kracht voortgedreven.

De geallieerde troepen rukten op naar Peking. Joost mag weten waarom ze zo lang zijn blijven wachten in Tientsin, maar ik vond het allang best, want zo kreeg ik de kans om wraak te nemen. Ik heb me aangesloten bij een groep verkenners – ordinaire plunderaars, als ik heel eerlijk ben. We trokken voor de troepen uit en we zaaiden dood, Mrs. Airton, dood en verderf. In het wilde weg, al vonden we in die tijd dat het gerechtvaardigd was.'

'Mr. Manners, u hoeft me dit niet te vertellen.'

'Dat weet ik. Het was niet bepaald fraai, en u moet niet denken dat ik er trots op ben. Ik zal u de details besparen, op één na. Elke Boxer, elke Chinees die ik in het oog kreeg of aan mijn sabel reeg, had hetzelfde gezicht. Weet u welk? Dat van majoor Lin, Mrs. Airton.'

'Wat ontzettend.' Een koude rilling ging langs haar rug.

'Zelfs nadat de belegering van de gezantschappen was opgeheven bleef ik hem zien, elke keer dat ik naar buiten ging. Hij was de bedelaar op de hoek van de straat. Hij was de winkelier in een winkel. Hij zou die kelner daar zijn geweest.'

Geschrokken staarde Nellie hem aan.

'Ik zei toch dat ik gek was geworden – althans, half gek. Pas lang na het beleg hield het op. Ik kwam samen met de Amerikaanse mariniers over de stadsmuren. Er is toen nog flink gevochten. Ja, er is nog een hele hoop bloed vergoten. Toen ben ik aan het plunderen geslagen. Ik was samen met mannen die net zo gek waren als ik, en we waren heel grondig, Mrs. Airton. Maar u moet goed begrijpen dat het mij niet om de buit ging. Ik wilde dingen kapotmaken. Ik genoot van de angst die ik op de gezichten van de mensen zag, het gezicht van majoor Lin.'

'Arme man, wat afschuwelijk,' zei Nellie. 'Ga alstublieft niet verder.'

Het was alsof Henry haar niet had gehoord. 'Op een dag staken we in een van de *hutongs* het huis van een koopman in brand, eigenlijk zonder dat er een goede reden voor was. Mijn kameraden hadden de pest in omdat ze geen goud of jade bij hem hadden gevonden. Ik neem aan dat die man het goed had verstopt. Of hij bezat echt niets. Hoe dan ook, we staken het huis in de fik, en we bleven op straat naar de vlammen staan kijken. We dachten dat we alle mensen eruit hadden gehaald.

In die tijd waren we opgehouden met doden, moet u weten, al

deden we wel andere dingen. Allerlei andere dingen... Enfin, tot mijn verbazing zag ik een meisje naar buiten komen op de binnenplaats. Ze gilde van pijn omdat haar kleren vlam hadden gevat. Ik kan u niet vertellen waarom ik het deed, maar ik rende de binnenplaats op en doofde de vlammen op haar rug met mijn jas. Ik droeg haar naar buiten – ze was bang maar niet ernstig gewond – toen het branddende poortgebouw instortte, boven op mij. Het meisje bleef ongedeerd, maar ik... zoals u ziet heb ik problemen met mijn been. U zult wel vinden dat het mijn verdiende loon is.

Een paar dagen later liet Pritchett me naar het gezantschap komen. Hij betaalde me mijn dertig zilverlingen en deelde me mede dat mijn diensten niet langer nodig waren. Sindsdien leid ik een teruggetrokken leven. Ik geloof niet dat ik nog steeds gek ben. Eigenlijk is het veel erger. Ik geloof niet dat ik blij ben met het vooruitzicht om te blijven leven. Noem het wroeging, zo u wilt. Zendelingen zoals u kunnen tevreden zijn. Uiteindelijk heb ik bij mezelf toch nog een geweten ontdekt. Een nogal gekweld geweten, om precies te zijn.'

'O, Mr. Manners... mag ik Henry zeggen? We kennen elkaar al zo'n tijd. O, Henry, wat heb ik met je te doen.'

'Dat waardeer ik, Mrs. Airton. Nellie. Oprecht. Ik heb je altijd gerespecteerd. Jij veroordeelt mensen niet, zoals veel anderen, maar heb alsjeblieft geen medelijden met me. Voor mij zit er geen verlossing in. Er is geen weg naar Damascus voor mijn soort. Ik heb mijn eigen kuil gegraven.'

'Ik zal je niet beledigen met een christelijke dooddoener, Henry, maar ik geloof je niet. Ik heb gezien dat je een goed en moedig mens bent. Gooi je leven niet weg. Wraak is echt niet de oplossing.'

'Dat is waar, dat heb ik inmiddels wel geleerd. Ik... ik had alleen nog hoop. Eén laatste hoop. Nee, het is niet belangrijk.' Hij wilde zijn glas pakken en zag dat het leeg was. De *thé dansant* was afgelopen. Hoewel er nog steeds veel mensen waren, begonnen de kelners de lege tafels alvast te dekken voor het aperitief.

'Hoop? Je zegt dat je één laatste hoop had. Vertel het me alsjeblieft.'

Henry lachte bitter. 'Waarom ook niet? Ik heb je al het andere ook al verteld. Al weet ik dat het een illusie is. Ik heb gezien hoe ze net

734

op de trap naar me keek. Ik dacht dat Helen Frances... Ik had eigenlijk gehoopt dat Helen Frances me nog steeds...'

'O, Henry.' Nellie zuchtte diep.

'Deo volente,' zei Henry. 'Ach, het is wat me toekomt.'

Hij stak een hand in zijn borstzakje en trok achter het pochet een lange sigaar vandaan. Nellie zag dat hij zijn emoties probeerde te verbergen door een sigaar op te steken.

'De baby?' vroeg hij toen hij een rookwolk uitblies. 'Onbeleefd van me om er niet eerder naar te vragen. Is de baby goed gezond? Ik heb gehoord dat het een meisje is. Hoe heet ze?'

'Ja, ze is kerngezond, Henry. Een wolk van een baby. Ze heet Catherine.' Nellie zweeg even. 'Catherine Cabot.'

'Cabot?' De hand waarmee Henry de sigaar vasthield verstijfde, en er smeulde opeens woede in zijn ogen. Hij moest drie keer hard aan zijn sigaar trekken voordat hij zijn zelfbeheersing had hervonden, maar zijn blauwe ogen glinsterden als ijs. 'Cabot,' herhaalde hij. 'Zou je zo vriendelijk willen zijn om het uit te leggen?'

'Eigenlijk is het mijn schuld,' zei Nellie triest. 'Ik heb Helen Frances aan de Russische officier die ons heeft gevonden voorgesteld als Mrs. Cabot. Ik bedoelde het goed. Ik was bang dat ze met de nek aangekeken zou worden als bekend werd dat ze een ongehuwde moeder was. Vandaar dat we een huwelijk hebben verzonnen.'

'Wat fijngevoelig van je,' zei Henry kil. 'Ik ben kennelijk niet de enige die praktisch kan zijn. En Helen Frances vond het een goed idee?'

'Ik heb haar overgehaald. Edward en ik hebben haar ervan overtuigd dat het beter was voor haar en haar kind. Ja, ze stemde ermee in.' Nellies gezicht had een vermoeide uitdrukking gekregen. 'Het was bedoeld als een tijdelijke oplossing. We hadden geen idee dat de Russen een telegram zouden sturen naar het Britse gezantschap, en dat het gezantschap Mr. Dawson van Babbit & Brenner op de hoogte zou brengen, en dat die op zijn beurt contact zou zoeken met Toms ouders in Engeland. Dat is het probleem met een leugen. Die gaat een eigen leven leiden. Toen we in Peking aankwamen, was het al een – '

'*Fait accompli*,' vulde Henry aan. Opeens begon hij te lachen, eerst honend, maar tot Nellies verbazing klonk het uiteindelijk als oprechte vrolijkheid. 'Wel, wel,' zei hij. 'Goeie ouwe Tom. Zelfs vanuit het graf zet hij me nog buitenspel!'

'O, Henry, wat hebben we je veel pijn gedaan,' mompelde Nellie.

'Ik begrijp het, Nellie, heus. Jullie konden uit twee dode kandidaten kiezen: van de een wisten jullie zeker dat hij dood was, terwijl de ander... nou, ik zou waarschijnlijk aan mijn verwondingen zijn bezweken, of majoor Lin zou me een kopje kleiner hebben gemaakt als hij de kans had gekregen. Het is logisch dat jullie zo redeneerden. Ik begrijp het echt. Jullie hadden een dode gentleman, een christen, een martelaar, en daarnaast een... hoe zal ik het zeggen, een dubieuze figuur. Noem me maar het zwarte schaap. De keus lag voor de hand. Ik weet zeker dat het vooruitzicht van een pensioen van Babbit & Brenner en Toms erfenis in Lincolnshire niet eens bij je zijn opgekomen.'

Nellie liet haar hoofd hangen. '*Touché*.'

'Ik bedoel er niets mee,' zei Henry. 'Het is verstandig om er rekening mee te houden, al heb je dat toen misschien niet gedaan. Het is goed voor Catherine. Zo is ze een echte kleine erfgename. Á propos, hoe verliep jullie ontmoeting met de Dawsons?'

'Ze waren erg aardig,' zei Nellie. 'Een en al begrip.'

'Mooi zo,' zei Henry. 'Nou, ik moest maar eens gaan. Je hebt je plicht gedaan, Nellie. Heel tactvol, mag ik wel zeggen. Mij zul je niet meer zien, maar doe mijn liefs aan Mrs. Cabot.' Hij streek met een hand over zijn ogen. Het leek wel alsof hij letterlijk de emotie van zijn gezicht veegde, want toen hij zijn arm weer op de leuning legde, was zijn gezicht beheerst. Zijn stem klonk zelfs niet meer sarcastisch. 'Geloof me, Nellie, ik koester geen grief tegen jou of je man. Je hebt je van het begin tot het eind bewonderenswaardig gedragen, en Airton had de beste bedoelingen. Wat mij betreft, ik oogst gelijk ik heb gezaaid, en daarmee basta, maar zeg tegen Helen Frances... zeg alsjeblieft tegen Helen Frances...'

'Wat moet Nellie tegen me zeggen, Henry?' Hij hoorde haar hese stem achter zijn stoel. Het was alsof hetzelfde gevoel dat hem eerder tussen de planten had verlamd in alle hevigheid terug was. Hij kon geen vin verroeren. Zijn hart bonsde, en het bloed brandde in zijn aderen. Tegenstrijdige gevoelens – uitgelatenheid, wanhoop, hoop, angst, maar vooral angst – golfden door hem heen.

Met ritselende rokken kwam Helen Frances naast Nellie op de sofa zitten. Nellie maakte aanstalten om op te staan, maar Helen Frances legde een hand op haar knie. 'Je hoeft niet weg te gaan,' zei ze. Hoewel haar ogen schitterden en ze blossen op haar wangen had, klonk haar stem kalm en beheerst.

'Ik kan beter gaan, liefje. Edward. De kinderen,' mompelde Nellie.

'De dokter voelt zich niet lekker,' zei Helen Frances tegen Henry. 'Het is gewoon een koutje, maar hij vindt zichzelf enorm zielig. Waarschijnlijk zou hij je graag willen zien. De kinderen spelen met de *amah*.'

'Henry, ik hoop dat we elkaar snel weer zien.' Nellie stak haar hand uit. 'Je komt toch nog langs voordat we weggaan?'

Henry knikte automatisch, zijn ogen nog op Helen Frances gericht. Hij ging staan, drukte Nellie de hand, en ging met een plof weer zitten.

'Zeg maar tegen de amah dat ik niet lang wegblijf.' Helen Frances keek Nellie na toen ze gracieus tussen de tafels door liep. Een kelner kwam naar hun tafeltje. 'Een gekoeld glas muscatel, graag,' bestelde ze, 'en nog een cognac voor meneer.'

Toen de kelner weg was, keek ze Henry aan. 'Nou, Henry,' zei ze zacht, 'wat moest Nellie tegen me zeggen?'

Henry had het gevoel dat zijn tong bevroren was.

'Dat je van me houdt, misschien?' Ernstig keek ze hem aan. 'Er is een tijd geweest dat ik zielsgelukkig zou zijn geweest als ik die woorden van jou had gehoord.'

'En nu?' kraakte hij.

'Nou, ik vind het natuurlijk nog steeds fijn. Dank u,' zei ze tegen de kelner die de glazen op tafel zette.

'Fijn?' wist Henry uit te brengen.

'Ja, ik vind het vleiend dat je goede herinneringen aan me hebt,' zei Helen Frances. 'Is dat soms vreemd? Ik besef dat een man een andere reactie verwacht als hij die woorden tegen een meisje zegt – dat zij ook van hem houdt – maar ik weet niet of ik dat nu nog wel kan opbrengen.'

Henry bromde iets onverstaanbaars.

'Ik heb wel heel veel van je gehouden.' Ze nam een slokje wijn.

'En ik koester de herinnering aan onze tijd samen. Ik heb nergens spijt van. Nee, nergens van. Ik zal je altijd dankbaar zijn. Je was... ooit was je mijn lust en mijn leven.'

Fronste ze haar wenkbrauwen toen ze dat zei? Maar nee, ze keek hem strak aan met die groene ogen van haar.

'Maar nu niet meer?'

'Nee.' Weer fronste ze haar wenkbrauwen. 'Ik... ik accepteer dat het voorbij is. Er is te veel gebeurd. Het spijt me, Henry. Dit is heel moeilijk voor me.'

Henry zuchtte. Helen Frances leek zich ongemakkelijk te voelen.

'Pritchett heeft me iets verteld van de beproevingen die jullie hebben moeten doorstaan,' zei hij na een stilte. 'Het moet vreselijk zijn geweest.'

'Ja, het begin was echt heel erg,' beaamde ze, 'maar er waren ook goede dingen. De herder bij wie we een tijd zijn geweest. Hij was vriendelijk.'

'Pritchett zei dat hij een soort sjamaan was.'

'Hij kon mensen helen, ja,' zei Helen Frances. 'Hij... hij heeft ons geholpen.'

'Ik heb gehoord dat die inheemse mensen soms over een schat aan wijsheid beschikken,' zei Henry. 'Er is een hele hoop dat onze slimme wetenschappers nooit zullen begrijpen.'

'Precies,' zei ze. 'Dat heb je goed gezegd.'

'Zitten we hier alleen beleefdheden uit te wisselen?' zei Henry, alweer na een stilte. 'Als het helpt, wil ik graag tegen je zeggen dat ik het begrijp. En ik waardeer het dat je naar beneden bent gekomen om me recht in mijn gezicht de waarheid te vertellen. Het ontbreekt je niet aan moed, Helen Frances. En je hebt een groot hart. Ik zou het hebben begrepen als je me uit de weg was gegaan na alles wat je door mijn toedoen hebt meegemaakt. Als ik een andere manier had geweten, zou ik je hebben gespaard. Wat ik heb gedaan, heb ik alleen gedaan omdat ik geen andere manier kon verzinnen. Geloof me alsjeblieft. Ik begrijp heel goed dat je me nu veracht...'

Verbaasd keek ze op. 'Ik veracht je niet, Henry,' zei ze. 'Waarom zou ik?'

'Ik heb je abominabel slecht behandeld.'

'Je bent juist altijd erg lief voor me geweest. Je hebt me altijd met

738

respect behandeld. En je hebt mijn leven gered, en dat van mijn kind... ons kind.'

'Ik heb je met respect behandeld? Ik heb je voor hoer laten spelen,' fluisterde hij. 'Dat kan ik mezelf nooit vergeven.'

'Ja, je was zelfs bereid om dat offer te brengen,' zei ze. 'Je hebt door en door nobel gehandeld. Dat meen ik.' Ze zette haar halfvolle glas op tafel. 'Denk maar niet aan... aan dat andere,' vervolgde ze met een gepijnigde uitdrukking op haar gezicht. Ze sloot haar ogen en wendde haar gezicht af. 'Het is nooit gebeurd,' zei ze heel zacht. 'Nee, het is wel gebeurd. Het moet vreselijk voor je zijn geweest om het te zien. Ik heb medelijden met je, Henry, maar wat mezelf betreft...'

Ze pakte haar glas weer op, zette het nogmaals terug zonder te drinken. Haar gezicht stond peinzend terwijl ze woorden probeerde te formuleren. 'Het was een droom, Henry, een nare droom. Een beetje zoals de dromen van de opium. Het was niet echt. Het heeft me niet geraakt. Uiteindelijk hebben zij me niet geraakt. Ze konden me niet raken, niet de echte ik. Dat heb ik inmiddels geleerd. O, Henry,' zei ze terwijl ze zijn handen in de hare nam, 'jij moet die herinnering ook achter je laten. Het is niet belangrijk. Vergeef het ze, want alleen dan kun je met jezelf leven.'

Langzaam trok Henry zijn handen los uit te hare. 'Wat zeg je nou? Moet ik majoor Lin vergeven?'

'Ja, majoor Lin en de anderen,' drong ze heftig aan. 'Ik heb het ze vergeven.' Opnieuw pakte ze zijn handen. 'Hemel, wát een gesprek voor de theesalon in het Hôtel de Pékin.' Ze glimlachte.

Kil keek Henry haar aan. 'Zo te horen ben je tegenwoordig net zo christelijk als de Airtons.'

Helen Frances lachte. 'Je vergist je, en niet zo'n klein beetje ook. Hoewel,' voegde ze eraan toe, 'misschien heb je in zekere zin wel een beetje gelijk. Ik geloof niet dat ik een echte christen ben, niet zoals zij het graag zouden willen, maar misschien komt het allemaal op hetzelfde neer.'

'Juist,' zei Henry. 'Het zijn dus allemaal dromen. Was ik soms ook een nare droom, zo een die je achter je hebt gelaten?'

'Ik heb niets aan jou ooit naar gevonden. O, heer!' riep ze opeens uit, en ze liet zich achterover op de bank vallen. 'Ik weet het niet, Henry, ik weet het niet.' Haar zelfbeheersing was weg en haar stem klonk schril. Aan de tafeltjes om hen heen werden hoofden omgedraaid. 'Wat verwacht je van me? Je moet me de tijd geven. Ik... ik ben veranderd. Ik ben niet langer het meisje dat je kende.'

'Dat kan ik zien.' Hij wilde tegen haar zeggen dat ze door haar gepassioneerde uitbarsting mooier was dan ooit, maar zo'n opmerking paste niet in hun merkwaardige gesprek.

Helen Frances had zichzelf weer in de hand, al maakte ze zich inmiddels kwaad. 'Je kunt niet zomaar opstaan uit de dood en dan verwachten... verwachten dat je de draad gewoon weer op kunt pakken. Bovendien, wat was ik nou helemaal voor je? Je hebt een schoolmeisje veroverd. Ik was een verzetje terwijl je met belangrijker dingen bezig was.'

'Denk je dat echt?'

'Ja.' Uitdagend keek ze hem aan, maar het volgende moment zakten haar schouders omlaag. 'Nee, natuurlijk denk ik dat niet, maar het zou misschien wel beter zijn geweest. Waarom, Henry, waarom hield je van me? Wat zag je in me? Waarom heb je me zoveel gegeven?'

Een uitdrukking die het midden hield tussen een glimlach en verbazing gleed over Henry's gezicht. Zijn wenkbrauwen gingen omhoog en zijn blauwe ogen keken haar vragend aan. Het leek haar nog kwader te maken.

'Toe nou, Henry, had ik me nog dommer en onverantwoordelijker kunnen gedragen?' meesmuilde ze. 'Ik was net een kind in een snoepwinkel, zo hebberig was ik. Ik wilde jou en alles waar je voor stond. De vrijheid die je me bood. De geheime afspraakjes. Het genot in bed. De opium... zelfs de opium. Het was een vakantie voor me. Helen Frances gaat naar China en ze maakt het allemaal mee! Meer was ik niet, weet je, een toerist, een suffe toerist. Ik hoor niet thuis in jouw wereld. Toen niet en nu niet. Ik was dronken van je, maar nu ben ik weer nuchter. Ik moest wel. Door schade en schande wijs geworden. Hoe dan ook, ik denk dat ik inmiddels weet wie ik ben. Wat ik wil. Wat ik altijd had moeten willen.'

'En dat is?'

Helen Frances boog haar hoofd. 'Niemand zijn,' zei ze dof. 'Gewoon zijn. Mezelf zijn. Doodgewone, provinciaalse ik. Geloof me, Henry, ik zou je nooit gelukkig maken. Je zou genoeg van me krijgen. Ik zou je langzaam leegzuigen, je omlaagtrekken, de diepte in, en dat zou ik niet verdragen.'

'Ik had juist gehoopt dat jij me uit de diepte omhoog zou trekken,' mompelde Henry. 'Ik ben heus niet zo'n edelmoedige held als Nellie en jij schijnen te denken. Eigenlijk ben ik heel gewoontjes, om heel eerlijk te zijn. Het idee van een doodgewoon leven spreekt me enorm aan.'

'Jij bent in de verste verte niet gewoon, Henry Manners. Niets aan jou is gewoon. Laat me je iets vertellen. Toen de dokter ons vertelde dat je dood was, voelde ik alleen maar opluchting. Opluchting, hoor je me? Omdat ik wist dat ik niet langer van je hoefde te houden. Dokter Airton dacht dat hij me tegen je had opgestookt door me allerlei leugens te vertellen – dat jij mijn verkrachting op touw had gezet en zo – en daarom liet ik niet blijken hoe geschokt en verdrietig ik was, maar dat was niet de reden. Ik heb Airton nooit geloofd. Hij haatte je omdat hij jaloers op je was en jij telkens sterker bleek te zijn dan hij.

Nee, Airtons leugens waren niet de reden dat ik niet om je treurde. Het was opluchting voor mezelf, Henry. Toen jij er niet meer was, toen jij niet langer schitterde aan het firmament, had ik het gevoel dat ik op mijn eigen saaie manier heel misschien mijn leven terug zou kunnen krijgen. En ik droeg je kind in me, dat was genoeg. Het was mijn herinnering aan jou. Ik wist dat ik van mijn kind zou kunnen houden, en dat het geen eisen aan me zou stellen, zoals jij...'

'Je weet dat je onzin kletst, Helen Frances. Eisen? Wat voor eisen heb ik ooit aan je gesteld?'

'Geen enkele,' zei ze. 'Dat was nou precies het probleem. Je had me niet nodig. Je bleef om de vijf minuten mijn leven redden. Hoe kan een meisje nou een echtgenote zijn voor een man die steeds op de meest nobele manier haar leven blijft redden? Goeie ouwe Tom. Hij offerde zich op en werd een martelaar. Jij was zo volmaakt dat iedereen om je heen een martelaar werd. Zal ik je eens wat vertellen? Toen ik op de grond lag en werd verkracht en jij was vastgebonden aan het bed, weet je aan wie je me toen deed denken? Aan Christus, Henry, Christus aan het kruis. Ik kon in jouw ogen mijn eigen lijden zien. En ik haattte je, ik haatte je...' Haar schouders schokten en ze begon te snikken.

Henry haalde een zakdoek uit zijn zak en gaf die aan haar. 'Kalm aan, meisje,' zei hij. 'Hier. Je... je maakt een scène.'

Ze slikte haar tranen in en snoot luidruchtig haar neus. Toen hij dit keer haar handen pakte, liet ze het toe.

'Ik had mijn verdriet om jou verwerkt,' fluisterde ze. 'Ik was eroverheen. Op de steppe heb ik een keer over je gedroomd. Het was een prachtige droom. We bedreven de liefde en we namen afscheid van elkaar. Ik had er vrede mee.'

'Alweer dromen,' zei Henry.

'Ja, Henry, dromen. Is het niet altijd een droom geweest?'

'Voor mij niet.'

'Ik ben nu moeder,' zei ze. 'Ik heb iemand om voor te zorgen. Je zou Catherine moeten zien, Henry. Ze is zo mooi, en zo klein en kwetsbaar.'

'Ik wil haar graag zien,' zei Henry, en hij voegde er honend aan toe: 'de dochter van Tom Cabot.'

'Dat doet je pijn, hè? Maar weet je, ik had gewoon met Tom moeten trouwen. Ik kom uit zijn wereld. De provincie. Dat is de echte ik. Ik ben niet zo fatsoenlijk en goed als Tom, maar ik zou het kunnen zijn. Ik wil het. Nu heb ik de kans. Ik kan in elk geval doen alsof, en dan zou ik niet eens echt toneelspelen. Diep vanbinnen is dat de echte ik. Saai. Provinciaals. Het zou een eerzaam leven zijn, al bereik ik het via bedrog. Maar het is wat Tom gewild zou hebben. Geen opwindend bestaan – niet zoals het jouwe – maar ik wil ook geen opwinding meer. Ik heb mijn vakantie gehad. Mijn droom.'

'Catherine is geen droom, Helen Frances. Ik ben haar vader! Allemachtig, ik heb nog nooit zoveel onzin gehoord. Je houdt van me, en daarom haat je me. En je wil Toms weduwe zijn omdat het de ware jij is. Wat is dit, Helen Frances? Ik kan je niet eens volgen.'

Helen Frances fronste haar wenkbrauwen. 'Vind je niet dat we iets goed te maken hebben tegenover Tom? We hebben hem zo diep gekwetst.'

'Nee, dat vind ik eerlijk gezegd niet. We zijn hem niets schuldig. Je hebt destijds voor mij gekozen, lieve schat, zo simpel is het. Ik leef. Hij is dood. We houden van elkaar! Kunnen we dat niet gewoon accepteren? Laten we het verleden begraven. Goed, noem het een droom, als je wil. Maar ik wil graag samen met jou een toekomst opbouwen. Dat kan, weet je.'

Helen Frances liet Henry's handen los. 'Ach, Henry,' verzuchtte ze. 'Ik heb je zoveel pijn gedaan. Je bent zo verbitterd.'

'Dat valt wel mee,' zei hij lijzig. 'Ik vind dat ik er al met al heel aardig mee omga. Niet elke man zou accepteren dat zijn kind de naam krijgt van een ander.' Terwijl hij het zei, riep een stemmetje binnen in hem hoe stom hij was.

Triest schudde ze haar hoofd. 'Het is nu al gebeurd, Henry. Toms ouders verheugen zich erop om hun kleinkind te zien. Volgende week nemen we de trein naar Shanghai, en daarvandaan gaan we met de boot naar Engeland. Ik heb al beloofd dat ik met de Airtons meega. Zij gaan voor een langdurig verlof naar Schotland. Zoals je weet wonen daar hun twee oudste kinderen. Ze zijn van plan om terug te gaan naar China. Ik... ik weet nog niet of ik terugkom.'

'Het is één grote leugen, Helen Frances! Je bent nooit met Tom getrouwd geweest. Het is niet zijn kind.'

'Hij zei dat hij met me wilde trouwen. Dat zou hij hebben gedaan, en hij zou een vader zijn geweest voor Catherine. Zou jij dat hebben gedaan, Henry? Zou jij met me zijn getrouwd?'

'Kijk eens naar me,' zei hij. 'Ik ben op mijn paasbest uitgedost. Ik ben hierheen gekomen om je een aanzoek te doen. Dat wil ik nog steeds, als jij me tenminste wil hebben.'

'Had je het toen maar gedaan,' fluisterde ze met tranen in haar ogen. 'Nu is alles anders.'

'Hoezo?' Henry's vuisten dreunden op het tafeltje. De glazen rinkelden, maar de obers keken onverstoorbaar de andere kant op. 'Wat is er anders?'

'Nou huil ik alweer, en ik was zo van plan om flink te zijn. Het is gewoon anders.'

'Dat is niet goed genoeg,' hield hij vol. 'Wat is er veranderd?'

'Ik kan er gewoon niet tegen om in de buurt te zijn van alles wat me aan die vreselijke tijd in Shishan herinnert!' riep ze snikkend uit. 'En daar hoor jij ook bij. Júíst jij. Ik hield van je. Ik hou nog steeds van je. Je hebt geen idee hoe hevig ik soms naar je verlang, maar ik ben veranderd. Ik ben niet langer het domme gansje dat je ooit hebt verleid. Nu niet meer.'

Ze pakte een servet en veegde wild haar ogen af. 'Moet je mij eens zien. Ik maak een scène. Daar gaat mijn reputatie van de fatsoenlijke weduwe Mrs. Cabot.'

'Draait het daar allemaal om?' vroeg Henry zacht. 'Je reputatie?'

'Ja. Gedeeltelijk.' Ze giechelde door haar tranen heen. 'Ik zou nooit fatsoenlijk kunnen worden door met jou te trouwen, hè?'

'Nee,' beaamde hij. 'Waarschijnlijk niet.'

'Toe nou, Henry. Je woont samen met dat hoertje, Fan Yimei. Niet dat ik iets tegen haar heb. Ik bewonder haar juist. Ze is goed en moedig. Maar de hele stad roddelt over jullie tweeën.'

'Dat geloof ik graag,' zei Henry droog.

'Het kan me niet schelen dat je met haar slaapt. Dat heeft niets met mijn beslissing te maken.'

'Dus je besluit staat vast?' zei hij. 'Je beslissing is genomen?'

'Ik weet het niet, ik weet het gewoon niet. Waarom zet je me onder druk? Snap je dan niet dat ik tijd nodig heb? Ik moet weg bij jou. Weg uit China. Dit vreselijke oord. Ik heb de kans om vrij te zijn. Ik wil zelfstandig zijn. Is dat niet modern? Ik kan een zelfstandige vrouw worden. Ik heb een schat van een dochter. Ik ben een fatsoenlijke weduwe. Ja, met geld. Meer dan genoeg. Ik heb ruimte nodig om adem te halen, Henry. Begrijp je dat niet? Juist jij zou dat moeten begrijpen.'

'Pak je glas,' zei Henry. 'Proost. Op je vrijheid.' Hij tikte met zijn glas tegen het hare. 'Ik klink alleen niet op je fatsoen, Mrs. Cabot.'

'Dus je accepteert het?' zei ze. 'Dat ik wegga, bedoel ik?'

'Nee,' zei hij. 'Ik vind het gekkenwerk.'

'Je... je zou mee kunnen gaan. Dan kun je me in Lincolnshire het hof maken.'

'Ik denk niet dat dat goed zou gaan,' zei hij. 'Ik ben Engeland behoorlijk ontgroeid.'

'O, Henry, wat hou ik veel van je,' fluisterde ze.

'En ik hou van jou, liefste,' antwoordde hij. 'Maar dat is niet langer genoeg, hè?'

Heel lang zaten ze elkaar zwijgend aan te kijken.

'Ik wil niet dat we op deze manier uit elkaar gaan, Henry. Kunnen we geen vrienden zijn? Neem Nellies uitnodiging aan en kom ons opzoeken voordat we uit China weggaan. Kom naar Catherine kijken. Kom in elk geval naar haar kijken.'

Hij beloofde het. Dat was de makkelijkste manier. Henry was niet iemand om aan de goktafel te blijven zitten als hij wist dat hij alleen nog maar kon verliezen.

Zonder veel te zeggen dronken ze hun glazen leeg. Henry rookte zijn sigaar. Plotseling drukte hij hem uit in de asbak. Koel, met iets van een glimlach op zijn gezicht, keek hij haar aan. 'Volgens mij heb ik nog niet tegen je gezegd hoe mooi je bent,' zei hij. 'Ze krijgen de schrik van hun leven daar in Lincolnshire. Kom, liefste, dan gaan we hier weg. Hou je hoofd hoog,' voegde hij eraan toe toen hij haar zijn arm aanbood. 'We moeten aan onze reputatie denken, niet-waar?'

Arm in arm verlieten ze de salon. Hoofden werden omgedraaid, en het gonsde van de geanimeerde gesprekken in hun kielzog. Henry knipoogde samenzweerderig. 'Ik denk niet dat ze de weduwe Cabot snel zullen vergeten.' Hij glimlachte naar haar, en na een tijdje glimlachte ze terug.

Henry bracht haar naar de voet van de trap.

'Je komt toch langs voordat we weggaan?' drong ze aan. 'Je wil de baby toch zien?'

'Probeer me maar eens bij jullie vandaan te houden.'

Hij boog zich naar voren om haar wang te kussen. Ze pakte zijn hoofd beet en trok zijn mond omlaag op de hare. Gadegeslagen door gasten en personeel van het Hôtel de Pékin gaven ze elkaar een laatste, hartstochtelijke kus. Het was Helen Frances die zich losmaakte, en ze rende de trap op zo snel haar jurk het toeliet. De roddelaars waren het er later niet over eens of ze gesnik of gehijg hadden gehoord voordat ze boven aan de trap in de gang verdween.

Op de een of andere manier lukte het hem om te blijven glimlachen totdat ze weg was, maar toen hij zich omdraaide, had hij het gezicht van een dode. Langzaam liep hij naar de deur, zwaar leunend op zijn stok.

Hij hield niet meteen een riksja aan, maar hinkte langzaam in de richting van het kanaal. Inmiddels was het donker geworden, en er glinsterden sterren aan de hemel. Hij rookte een sigaar. De rook kringelde omhoog in de koude lucht. Na een tijd werd hij moe door de pijn in zijn been en hield hij een passerende riksja aan.

Op de hoek bij het Japanse gezantschap zat een bedelaar, die ongezien opstond toen Henry langs was gelopen en soepel achter de riksja aan rende.

Airton bleef op zijn kamer omdat hij lichte verhoging had. Bepaalde onvriendelijke types concludeerden dat deze verkoudheid de dokter verdacht goed uitkwam. Veel van zijn collega's uit de gemeenschap van zendelingen zouden bijvoorbeeld graag meer hebben gehoord over het bloedbad in Shishan. Sommige journalisten, die na het opheffen van het beleg over Peking waren uitgezwermd, roken een verhaal. Er waren zoveel vragen waarop nog geen antwoord was, vooral over de opmerkelijke wijze waarop de familie Airton aan de massamoord was ontkomen.

Aanvankelijk was er sympathie geweest voor de overlevenden van een zo gruwelijke slachtpartij, vooral vanwege de beproevingen die het gezin na hun vlucht had doorstaan. Airton bleef echter zwijgen, met als onvermijdelijk gevolg dat zelfs oude vrienden als de Gillespies zich tegen hem keerden. Niemand zei het hardop, maar over het algemeen vond men toch dat het hoofd van een missiepost het zinkende schip niet had mogen verlaten. Oudere zendelingen dronken hoofdschuddend hun thee, terwijl hun jongere broeders die aan het begin van een carrière stonden keer op keer te horen kregen hoe belangrijk het was om onbaatzuchtig en standvastig te zijn en in tijden van nood niet aan menselijke zwakheden toe te geven.

De Amerikaanse zendelingen bliezen uiteraard het hoogst van de toren. Een protestantse stichting gaf een pamflet uit met daguerrotypes van Burton Fielding en Septimus Millward, afgebeeld onder een wolkenhemel met engelen die hun armen naar hen uitstrekten. In de tekst werden de Airtons niet genoemd, net zomin als de twee katholieke nonnen.

Het hielp niet dat de Airtons in gezelschap verkeerden van de jonge, aantrekkelijke en wat al te beheerste weduwe, Mrs. Cabot. Als echtgenote van een van de martelaars – Tom was geen zendeling geweest, maar wel een heer, en hij kwam van een goede kostschool – zouden Mrs. Cabot en haar dochter sympathie hebben verdiend, maar afgezien van het feit dat zij de verschrikkingen wel had overleefd en haar man niet, werd er schande van gesproken dat ze bevriend was met de verdorven Mr. Manners, zelf ook een twijfelachtige overlevende.

Er zat een luchtje aan de hele affaire, en uiteindelijk vond men het makkelijker om Shishan en de martelaars maar helemaal niet meer te noemen. Als er over de Boxers en hun slachtoffers werd gepraat, had men het liever over Taiyuan en Baoding, waar tenminste geen dubieuze overlevenden waren.

Als Nellie en Helen Frances zich van deze gevoelens bewust waren, dan lieten ze dat niet blijken. Ze brachten de tien dagen dat ze in Peking waren door met winkelen op de zijdemarkten, of ze gingen met een gehuurde kinderwagen wandelen in het park van de Ritan-tempel. Ook namen ze de kinderen mee naar de Verboden Stad en de Tempel van de Hemel, bezienswaardigheden die onder bewaking van de geallieerde legers waren opengesteld voor het publiek, voornamelijk Europeanen.

De meeste dagen vergezelde Henry hen op deze wandelingen, ook al werd hij gehinderd door zijn lamme been. Een opmerkzame buitenstaander zou zeker de melancholieke uitdrukking op zijn gezicht hebben gezien, behalve als zijn blik naar de kinderwagen werd getrokken, wat vaak gebeurde. Als hij de dik ingepakte Catherine zag, die met grote ogen naar de wereld om haar heen keek, kwam zijn gezicht tot leven, werd zijn uitdrukking teder en verlangend, om plaats te maken voor een zo mogelijk nog diepere melancholie als hij zijn hoofd weer wegdraaide.

George en Jenny renden rond en speelden met elkaar als puppy's zonder riem. Soms tilde Henry Jenny op zijn schouders – het kostte hem tegenwoordig moeite – zoals hij ooit had gedaan in de verdwenen wereld van Shishan, en elke dag haalde hij voor George een aandenken uit zijn zak: een naamstempel, een interessante steen, en ook een keer een tegel in de vorm van een drakenkop.

In gezelschap van de kinderen leek hij zich beter op zijn gemak te voelen dan met de volwassenen. Als de kinderen voor hen uit renden, werd er weinig gepraat. Er werden onbeduidende opmerkingen over het weer gemaakt, over de gebouwen waar ze langs liepen, over hun plannen voor het volgende uitstapje, maar het contact verliep gelukkig zonder animositeit of spanningen. De stilte was juist prettig. Alles wat er gezegd moest worden was al gezegd, en ze vonden het een opluchting dat ze als oude vrienden naast elkaar konden lopen.

Soms ging Henry na het wandelen met hen mee naar het Hôtel de Pékin om thee te drinken, maar meestal ging hij terug naar zijn huis in de Chinese wijk, waar Fan Yimei op hem wachtte met een opiumpijp. Als hij alleen was, had hij geen melancholieke uitdrukking op zijn gezicht, maar een van onverholen wanhoop en verdriet.

Op de laatste dag voor hun vertrek – alle boodschappen waren gedaan, de koffers waren gepakt, alles was geregeld – gingen ze wandelen bij het bevroren meer achter de Verboden Stad. De kinderen schaatsten. Nellie, Helen Frances en Henry zaten op een bankje naar hen te kijken. Heimelijk, zodat Nellie het niet zou zien, legde Helen Frances haar gehandschoende hand in die van Henry. Verbaasd keek hij opzij, en hij zag tranen glinsteren in haar groene ogen. Ze glimlachte beverig. Tactvol wendde hij zijn blik af. Ze bleven hand in hand zitten totdat het tijd was om weg te gaan.

Terug in het Hôtel de Pékin vroeg Helen Frances of ze nog even met hem mee mocht naar zijn huis. 'Even maar, gewoon om een kop thee te drinken. Ik wil graag afscheid nemen van Lao Zhao en Fan Yimei. Om ze te bedanken.'

Henry keek vragend naar Nellie.

'Ga gerust,' zei ze glimlachend, en ze drukte een kusje op zijn wang. 'Wij nemen morgen afscheid, Henry, als je ons naar het station brengt.'

'Ik blijf niet lang, Nellie,' beloofde Helen Frances.

'Blijf maar zo lang je wil.' Ze draaide zich om en liep met de kinderen naar de deur.

Henry hield een riksja aan. Stijf zaten ze naast elkaar op het smalle bankje, toegedekt met een deken tegen de kou. In de Grote Oostelijke Straat dreigde de riksja om te vallen op het ongelijke plaveisel, en Helen Frances viel tegen Henry aan. Hij sloeg een arm om haar heen om haar in evenwicht te houden, en bleef haar vasthouden. Ze nestelde haar hoofd tegen zijn borst, tilde het toen weer op om hem aan te kijken, met een zachte, verlangende blik in haar ogen. Hij kuste haar zacht, toen hartstochtelijker. Ze reageerde heftig. In een wanhopige omhelzing reden ze onder de vernielde Hatamenpoort door.

Onder de deken, in haar bontjas, gleed zijn hand over haar middel naar voren, en onder haar blouse omhoog om haar borsten te strelen. Haar hand lag onder zijn overhemd tegen zijn huid. Hun lippen brandden, hun tongen waren verstrengeld. Ze merkten niets van de geamuseerde blikken van de voorbijgangers in de drukke straten, die door de leren gordijnen naar binnen gluurden. Hun riksjakoelie schreeuwde iets tegen een ezelkar die hem de weg versperde.

Genietend legde Helen Frances haar hoofd op zijn schouder. 'Dit is krankzinnig, Henry,' fluisterde ze. 'Het verandert niets.' Maar haar hand streek zacht over zijn buik en ze zuchtte toen ze zijn vingers op haar tepel voelde. Ze kusten elkaar nog een keer.

Bij de poort van zijn huis betaalde Henry de koelie, die grijnzend wegdraafde. Helen Frances keek hem glimlachend aan. 'Vertel me eens, wat heb je voor plannen met deze arme jonge weduwe die zich opnieuw door je heeft laten betoveren?' Ze legde haar armen op zijn schouders, en hij kuste haar voorhoofd, haar neus en haar lippen. In de verlaten straat omhelsden ze elkaar. Hij pakte haar hand en trok haar mee, en zij verzette zich speels en lachend.

Opeens verstijfde hij, zijn hand uitgestrekt naar de klopper. 'Wat raar,' zei hij. 'De poort staat open.'

Giechelend drukte ze zich tegen hem aan. 'Misschien wisten ze dat we zouden komen.'

De binnenplaats was verlaten. 'Waar is iedereen?' mompelde hij terwijl hij de krakende houten deur achter zich dichtdeed.

'Roep ze nou niet. Nog niet.' Helen Frances liet haar hand over zijn arm omhooggaan naar zijn kin en trok zijn mond omlaag naar de hare. Ze kusten elkaar teder, in een innige omhelzing.

Voorzichtig maakte Henry zich los. 'Nee, Helen Frances, er klopt iets niet. Lao Zhao zou hier moeten zijn,' zei hij zorgelijk. 'Hij zou in de keuken bezig moeten zijn met het eten. Daar is hij rond deze tijd altijd te vinden.'

Helen Frances bleef staan kijken, aanvankelijk ongeduldig, toen hij naar de keuken hinkte en naar binnen keek, maar ze schrok van de grimmige uitdrukking op zijn gezicht toen hij zich omdraaide.

Hij stak de binnenplaats over naar een kamer aan de zijkant en tuurde door het raam naar binnen in het donker. 'Fan Yimei is er ook niet,' stelde hij vast. 'Kom, dan breng ik je naar de zitkamer. Daar kun je wachten terwijl ik de rest van het huis doorzoek.'

Arm in arm liepen ze de drie treden naar het hoofdgebouw op, waar Henry zijn zitkamer en slaapkamer had. Hij hield de deur voor haar open. 'Hier hebben ze tenminste licht gemaakt,' zei hij, maar toen zag hij dat ze stokstijf in de deuropening bleef staan, starend naar iets in de kamer. Ze beefde als een riet en haar ogen waren groot van schrik.

Op hetzelfde moment hoorde hij een bekende stem, kil en sarcastisch. 'Jij kunt beter ook binnenkomen, Ma Na Si. Kom rustig achter je vossenvrouw aan.'

Over Helen Frances' schouder kon hij in de kamer kijken. Majoor Lin – het was onmiskenbaar majoor Lin, al was hij in lompen gehuld – zat onderuitgezakt in zijn leunstoel. Hij was ontspannen, hetgeen hij zich kon veroorloven, want in zijn hand hield hij een luger, waarvan de loop op hun hoofden was gericht.

'Kom alsjeblieft binnen, Ma Na Si, en ga op de bank zitten, met je handen op je schoot, zodat ik ze kan zien. En jij ook,' voegde hij eraan toe, gebarend naar Helen Frances met zijn pistool.

'Wees maar niet bang. Ik zorg ervoor dat hij je niets doet,' fluisterde Henry met zijn lippen tegen haar haren. Ze knikte en liep houterig de kamer binnen. Hij volgde haar, met een hand op haar arm. Hun ogen hielden ze op Lin gericht terwijl ze naar de bank liepen en gingen zitten. Tegenover hen, op een andere sofa, zaten Lao Zhao en Fan Yimei, die Lin daarvoor onder schot had gehouden.

Lao Zhao keek kwaad en vechtlustig. Hij wees met een vinger op Lins revolver en haalde zijn schouders op, alsof hij tegen Henry wilde zeggen: wat kon ik doen?

Henry was veel bezorgder om Fan Yimei. Ze had blauwe plekken en schrammen in haar gezicht, en ze hield haar ene schouder vast alsof ze pijn had. Lin bekeek hem aandachtig, met een geamuseerd glimlachje rond zijn lippen.

Fan Yimei zag dat Henry's ogen fonkelden van kwaadheid. 'Nee, Ma Na Si,' zei ze heftig. 'Doe alstublieft niets. Ik ben niet gewond. Blijf rustig. Denk aan de wijsheid van de nacht.'

'De wijsheid van de nacht?' Spottend trok Lin zijn wenkbrauwen op. 'Wat is die hoer van mij toch poëtisch. Heb je haar daarom soms van me gestolen, Ma Na Si? Of beschouw je het als een eerlijke ruil omdat ik van die hoer van jou heb geproefd? Ik kan wel zien dat de vossenvrouw me niet is vergeten. Ze kan haar ogen niet van me afhouden.'

Henry kneep in Helen Frances' hand. 'Trek het je niet aan,' zei hij zacht. 'Hij probeert je bang te maken, maar hij kan je niets doen. Hij kan je niet raken, dat heb je zelf tegen me gezegd. Hij bestaat gewoon niet.'

'Wat zeg je tegen haar, Ma Na Si? Vraag je met wie van ons tweeën ze het lekkerder vond? Ze heeft erg haar best voor me gedaan. Maar je was erbij, je hebt het zelf kunnen zien. Wil je kijken als ik haar nog een keer een beurt geef?'

'Ik had begrepen dat je liever een beurt kreeg dan gaf,' zei Henry zacht. 'Dat heeft kolonel Taro me tenminste verteld.'

Lins glimlach verzuurde. Zijn ogen schoten vuur, maar toen hij weer sprak, keek hij weer even kil als anders. 'Jij durft. Dat is een van de dingen die ik in je bewonder, Ma Na Si. Jij en ik hebben meer dan alleen onze vrouwen gemeen. Maar laten we het niet meer over die hoeren hebben. Ik heb schoon genoeg van ze. Ik geef ze aan jou. Allebei. Dit is niet het moment om wraak te nemen.'

'Ik ging ervan uit dat u juist was gekomen om wraak te nemen, majoor.'

'Je vergist je. Ik ben gekomen omdat jij nog steeds iets hebt wat van mij is.'

'Fan Yimei is niet van u of mij,' zei Henry.

'Ik zeg toch dat die hoeren me niet interesseren. Zelfs die niet. Hoewel ik terwijl ik op jou wachtte wel van de gelegenheid gebruik heb gemaakt om haar te straffen voor haar ondankbaarheid. Zij zal me net zomin vergeten.'

'Weet u wat me opvalt, majoor. U kunt zo gewichtig doen,' zei Henry. 'Net als uw vroegere meester, de Mandarijn, die u hebt vermoord.'

'Denk je nou echt dat je mij op stang kunt jagen door me te provoceren? Ik reageer niet op dat soort flauwekul, Ma Na Si. Ik gebruik deze revolver als jij me dwingt, maar dan schiet ik een van de anderen dood, niet jou. Maar ik doe liever zonder verder oponthoud zaken met je.'

'Ik wil maar op één manier zaken met u doen, majoor: van man tot man. Buiten.'

'Doe me een lol, Ma Na Si, ik word moe van je. Ik kom voor de wapens. Jij vertelt me waar ze zijn en dan ga ik weer weg. Je hebt voor wapens gezorgd, en daar ben je voor betaald. Nu moet je mij vertellen waar ik ze kan vinden. Als ik tevreden ben, ga ik weer weg. Ik vraag je zelfs niet om het goud van de Mandarijn terug te geven, hoewel je dat hebt gestolen zonder dat je jouw deel van de overeenkomst bent nagekomen.'

'Ik had alleen een overeenkomst met de Mandarijn.'

'Dat zie je verkeerd. Je hebt een afspraak gemaakt met heel China. De wapens zijn van China. Nu de Mandarijn er niet meer is vertegenwoordig ik hem, zoals hij China vertegenwoordigde.'

'U bent écht een dikdoener. Is het u misschien opgevallen dat China onlangs verpletterend is verslagen?'

'Het keizerlijk hof en de bijgelovige krachten zijn verslagen. Ik ga de wapens gebruiken om een nieuw China op te bouwen, nadat alle buitenlandse troepen zijn vertrokken. Een beter China.'

Henry wilde een sarcastische opmerking maken, maar hij zag dat Fan Yimei hem smekend aankeek. Hij draaide zijn hoofd opzij naar Helen Frances, die als versteend naast hem zat, haar mond een eindje open. Als een konijn onder hypnose van een slang staarde ze naar de majoor.

'Dus u gaat weg als ik u vertel waar de wapens zijn?'

'Als je mij ervan kunt overtuigen dat je de waarheid vertelt, als een gentleman tegenover een gentleman.' Lins koude ogen waren haast uitdrukkingsloos.

'En als u zou ontdekken dat ik tegen u heb gelogen?'

'Het zou een teleurstelling zijn om te ontdekken dat je geen gentleman bent, Ma Na Si, en in dat geval kom ik terug om wraak te nemen. Op jou, maar eerst op je hoeren. Denk maar niet dat je jezelf of je vrouwen tegen mij kunt beschermen, hoe hard je het ook probeert.'

'Goed,' zei Henry. 'Ik ga akkoord.'

'Is dit alweer een truc?'

'Nee. Ik zal u een kaart geven waar precies op staat aangegeven waar de wapens verborgen zijn. Hij ligt in het bureau achter u, in een afgesloten la. De sleutel ligt erin. Ga maar kijken.'

Lin glimlachte. 'Als ik met mijn rug naar je toe sta, zou jij wel-

eens domme dingen kunnen doen. Nee, jij pakt die kaart.' Hij richtte de luger op Helen Frances. 'Als ik bedrog vermoed, schiet ik haar
tussen haar ogen.'

Terwijl hij het pistool op Helen Frances bleef richten sprong hij
verbazend lenig overeind, en hij liep langzaam achteruit, totdat hij
een punt bereikte waarvan hij zowel het bureau als de gijzelaars kon
zien en bleef staan. 'Ga de kaart maar pakken,' zei hij tegen Henry.
'Als je tenminste echt een kaart hebt.'

Henry kneep nog een laatste keer in Helen Frances' hand. 'Het
komt heus goed,' verzekerde hij haar. 'Zorg alleen dat je heel rustig
blijft. Hij kan je niets doen. Goed zo,' voegde hij eraan toe toen ze
knikte.

Hij pakte zijn stok en hees zichzelf overeind. Langzaam hinkte hij
naar het bureau. Hij maakte de klep open en haalde een kleine sleutel uit een la, die hij open liet staan. Voorovergebogen stak hij de
sleutel in een slot aan de rechterkant, en hij draaide hem twee keer
om. Een heel diepe la ging open. Zijn hele onderarm verdween erin toen hij op de tast ergens naar zocht. Behoedzaam haalde hij er
een canvas pakje uit. Terwijl Lin argwanend toekeek, maakte hij het
touw los en vouwde hij het canvas open. Erin zat inderdaad een
kaart, die hij op de klep van het bureau uitspreidde. 'Kom maar kijken,' zei hij. 'Er staat een kruis op de juiste plek.'

Lin aarzelde.

'Moet ik hem komen brengen?' vroeg Henry. 'Ik kan het u beter
laten zien als hij hier ligt.'

'Geen trucjes,' waarschuwde Lin. Langzaam liep hij naar hem toe,
de luger nog steeds op Helen Frances gericht.

'Hier, bij mijn vinger,' verduidelijkte Henry. 'Kijk, hier splitst de
spoorlijn naar Mukden zich af. U ziet de contouren van de heuvels.
Nou, hier is een klein ravijn met een grot...'

Terwijl Henry uitleg gaf, boog Lin zich naar voren om het beter
te kunnen zien. Henry maakte van de gelegenheid gebruik om zijn
hand in de la te steken die hij het eerst had opengemaakt, en snel
haalde hij zijn dienstwapen eruit. Bliksemsnel drukte hij de loop tegen Lins hoofd, de haan van de revolver al gespannen. Lin verstijfde, maar zijn eigen wapen was nog steeds op Helen Frances gericht.
Niemand bewoog.

Na een hele tijd vormde zich rond Lins verwrongen mond een glimlach. 'Handig gedaan, Ma Na Si. Je hebt me om de tuin geleid door me de echte kaart te laten zien. Het is toch de echte, neem ik aan? Ja, natuurlijk. Wat gaan we nu doen? Ik schiet de vossenvrouw dood en jij mij? Of bedenken we een andere oplossing?'

'Ik geef je drie seconden de tijd om je wapen te laten vallen,' siste Henry met fonkelende ogen.

'En als ik die dame van je nou eerst neerschiet?'

'Dat risico zal ik moeten nemen,' zei Henry. 'Ik schiet over drie seconden. Eén... twee...'

Met een merkwaardig lachje liet Lin zijn luger vallen. Lao Zhao was al overeind voordat het pistool de grond raakte en griste het naar zich toe. Met een woeste kreet van opgekropte woede sloeg Henry Lin met de loop van zijn revolver in het gezicht. Lin wankelde naar achteren, en Henry sloeg hem nog een keer. Het bloed stroomde uit zijn gebroken neus toen Lin naar voren strompelde en op zijn knieën viel. Verblind door razernij bleef Henry hem slaan totdat hij voorover viel. Toen knielde hij, en hij trok Lins hoofd aan zijn haar omhoog. Hij duwde de loop van zijn revolver in Lins mond.

'Henry!' Van heel ver weg hoorde hij dat Helen Frances hem riep. 'Hou op! Genoeg.'

Hij voelde zachte handen op zijn schouders en keek verwilderd om. Helen Frances en Fan Yimei keken hem smekend aan. Met een kreun gooide hij zijn wapen weg, en hij liet zich door de twee vrouwen overeind trekken. Hij strompelde naar een stoel en liet zich er hijgend, helemaal uitgeput, op vallen.

Helen Frances kwam op haar knieën naast hem zitten en ze legde haar hoofd tegen zijn borst. Tranen liepen over haar wangen. 'Het is voorbij,' bleef ze herhalen. 'Het is voorbij, Henry, voorbij.'

Na een hele tijd knikte hij, en hij keek naar Lin, die kreunend op de grond lag. Lao Zhao stond naast hem, met de luger op hem gericht. 'Fan Yimei,' fluisterde hij, 'pak de kaart en geef hem die. Zeg tegen hem dat hij weg moet gaan en nooit meer terug moet komen.' Met zijn hoofd achterovergeleund tegen de stoel sloot hij zijn ogen.

Helen Frances kuste zijn gezicht, zijn lippen.

'U kunt hem niet gewoon laten gaan, Ma Na Si,' protesteerde Lao

Zhao. 'Ik neem hem wel mee naar de put. Of nee, gewoon verdrinken is te goed voor hem. Laat me hem eerst nog een paar klappen geven, dan verdrink ik hem daarna,' smeekte hij.

'Nee, Lao Zhao.' Henry glimlachte. 'Geef hem die kaart nou maar. Het is voorbij. Afgelopen.'

Mopperend trok Lao Zhao de liggende man overeind. Lin wankelde op zijn benen, een hand tegen zijn gebroken kaak gedrukt. In zijn andere hand hield hij de kaart. Lao Zhao gaf hem een schop, en Lin strompelde naar de deur.

Fan Yimei stond met neergeslagen ogen bij de bank. Toen Lin langs haar liep, bleef hij staan. Zelfs grijnzen lukte hem niet meer, maar hij kon nog wel spugen, en dat deed hij, in haar gezicht. Er zaten vlekjes bloed in. 'Hoer,' snauwde hij.

Lao Zhao bracht het pistool omhoog. 'Breng me niet in de verleiding,' riep hij. 'Donder op, jij smerige zak met paddenpis!'

Bij de deur bleef Lin nog even staan. Zijn blik ging door de kamer en bleef op Henry rusten. Hij wapperde met de kaart. 'China is je dankbaar,' zei hij, met moeite vanwege zijn gebroken tanden. 'Die hoer,' zei hij, wijzend op Fan Yimei, 'geef ik aan jou.' Ze zagen dat hij zijn andere hand snel in zijn kleren stak. Hij leek er iets uit te halen en gooide het. Het volgende moment was hij verdwenen.

Het ging allemaal zo snel dat ze eerst niet begrepen waarom Fan Yimei wankelde op haar benen. Het leek wel alsof ze nieuwsgierig naar iets keek wat uit haar borst stak. Met een zachte kreun zakte ze op haar knieën.

'*Ta made!*' riep Lao Zhao. 'Een mes!' Hij rende weg om Lin te achtervolgen.

Henry en Helen Frances liepen naar haar toe en ondersteunden haar. Ze hoestte een beetje, en er liep een straaltje bloed over haar kin. Verbaasd keek ze naar de twee bezorgde gezichten. Voorzichtig legden ze haar op de grond, en Henry legde een kussen onder haar hoofd. 'Helen Frances, kun je iets voor haar doen?' mompelde Henry. 'Toen je samenwerkte met de dokter, heb je toen...'

Zwijgend schudde ze haar hoofd.

Fan Yimei tilde een hand op om Henry's wang aan te raken, maar de inspanning was te groot. De hand viel terug en ze begon opnieuw te hoesten. Het duurde even voordat haar omfloerste ogen weer helder waren. 'Ma Na Si,' fluisterde ze, en ze glimlachte toen ze zijn naam zei. 'Ma Na Si, wilt u me beloven...'

'Ja,' zei Henry met verstikte stem. 'Alles.'

'Ma Na Si, wilt u me beloven... me beloven... dat u Lin Fubo zult vergeven? Zult u geen... geen... wraak nemen?' De laatste woorden klonken als een zucht.

'Wat zegt ze? Wat zegt ze?' vroeg Helen Frances dringend.

'Ze wil dat ik haar beloof dat ik geen wraak zal nemen op majoor Lin,' antwoordde Henry dof.

Fan Yimei kon geen woord meer uitbrengen, maar ze keek hem smekend aan.

'Beloof het haar, Henry.' Helen Frances staarde hem met haar grote ogen doordringend aan. Haar stem klonk schril. 'In godsnaam, als je van me houdt. Voor alles wat ik voor je beteken. Beloof het haar, Henry.'

Vertwijfeld keek Henry eerst naar haar, toen naar Fan Yimei, wier mond wel bewoog, al kon ze niet meer praten. Met tranen in zijn ogen pakte hij haar handen vast. 'Ik beloof het je,' zei hij. 'Ik beloof het.'

Fan Yimei glimlachte. De gespannen spieren in haar wangen verslapten. Ze bleef naar Henry's gezicht kijken alsof ze zijn trekken voor de eeuwigheid in haar geheugen wilde prenten. Haar zachte bruine ogen bleven rusten op zijn voorhoofd, zijn neus, zijn lippen, en gingen weer langzaam omhoog naar zijn ogen en daar bleven ze op gericht. Geleidelijk werd haar blik dromeriger, totdat haar ogen star en glazig werden.

Zacht kwam Lao Zhao binnen. In één oogopslag zag hij wat er was gebeurd aan de twee figuren die geknield, met gebogen hoofden, naast het ontzielde lichaam van Fan Yimei zaten. 'Ik ben hem kwijtgeraakt,' mompelde hij. 'Ik ben hem in de zijstraten uit het oog verloren.' Hij gooide de luger op de grond.

'Henry,' kermde Helen Frances, 'ik kan niet meer. Ik kan het niet meer aan. Ik wil naar huis.'

Het was een gejaagd afscheid. De Airtons waren pas laat op het perron, en toen moest al hun bagage nog worden ingeladen. De loc stoomde en de fluit kondigde het naderende vertrek van de trein aan.

De dokter en Henry drukten elkaar de hand. Airton vond het nog steeds moeilijk om Henry aan te kijken. Hij struikelde over zijn woorden. 'Mr. Manners, ik weet niet hoe... ik heb nog steeds niet...'

'U hoeft niets te zeggen, dokter,' zei Henry. 'We gaan als vrienden uit elkaar. En wees maar niet bang, we zien elkaar terug. Op een dag kom ik bij jullie langs en dan drinken we een glas whisky en kunt u me alles over het mooie Schotland vertellen.'

Nellie omhelsde hem met tranen in haar ogen. 'Je komt ons toch opzoeken in Shishan?' vroeg ze heftig.

'Dus jullie zijn vast van plan om terug te komen?' vroeg hij.

'O ja, we komen terug,' zei ze. 'Er moet toch iemand zijn die gaat proberen om alle schade te herstellen. Ik reken op je,' voegde ze eraan toe toen ze in het rijtuig stapte.

Hij gaf de kinderen hun laatste cadeautjes. 'Chinese vliegers,' legde hij uit. 'Ik wil dat jullie aan me denken als jullie ze oplaten vanaf het Edinburgh Castle.'

'Kijk, het is een draak!' kraaide George.

'En ik heb een adelaar. Dank u wel, Mr. Manners.' Jenny was inmiddels oud genoeg om te beseffen dat ze beleefd moest zijn.

Hij gaf Catherine een kus en bleef staan kijken toen de amah met de baby in haar armen in de trein stapte. Nu pas drong het tot hem door dat hij samen met Helen Frances op het perron was achtergebleven. 'Gaat het?' vroeg hij haar zacht.

'Ik dacht dat ik geen verdriet meer kon voelen,' zei ze, 'maar dat is niet waar. Waarom, Henry, waarom? Ze was zo goed. Zo lief.'

'Pritchett zegt dat hij de militaire politie zal waarschuwen. Niet dat het zin heeft. Ze vinden hem toch niet.'

'Vergeet niet wat je haar hebt beloofd,' zei ze.

'Nee.'

'Je hebt het haar beloofd, weet je. Belofte maakt schuld.'

'Ik ben haar veel meer schuldig.'

'Grappig,' zei ze, 'hoe wij afscheid nemen. Het enige waar we aan kunnen denken is een andere vrouw.'

'Schrijf je me?' vroeg hij. 'Je kunt het adres van mijn club gebruiken, dan sturen ze de brief door naar mij.'

'Wil je dat ik je schrijf?'

'Ja,' zei hij. 'Ik wil graag weten hoe het met Catherine gaat. En met jou, natuurlijk. Wat je meemaakt.'

'Ik denk niet dat er over mij veel te vertellen zal zijn. Ik ben van plan om een hele tijd niets te doen.'

'Dat lijkt me niets voor jou.'

'En jij, Henry? Wat zijn jouw plannen?'

'Er doet zich wel iets voor. Zo gaat het altijd. Ik vermaak me wel.'

'O Henry,' fluisterde ze.

De conducteur blies nog een keer op zijn fluit.

'Adieu, Helen Frances.' Hij drukte een kus op haar wang. 'Ik ga nu. Ik blijf niet graag tot het laatst.'

Abrupt draaide hij zich om. Ze keek hem na toen hij over het perron hinkte, zijn rug kaarsrecht. De machinist liet stoom ontsnappen uit de cilinders, en Henry vervaagde, om uiteindelijk in een grote wolk van stoom te verdwijnen.

HOOFDSTUK 23

Groene scheuten komen omhoog uit de vruchtbare, vochtige aarde. Mijn

vrouw moppert op me, maar op een dag zal ik mijn zoon vertellen

hoe dapper zijn vader is geweest.

10 april 1902

Toen de trein het station binnenreed, stak Arthur Topps zijn hoofd opgewonden uit het raam, nieuwsgierig naar de eerste indrukken van zijn nieuwe post. Op een groot bord boven het houten perron stond in drie talen het woord SHISHAN: Russisch, Engels en Chinees. De keurige witte hekken, de bloembedden en de glimlachende kruiers deden hem denken aan een landelijk station in Lancashire, waar hij vandaan kwam. Hij zag een grote vogel neerstrijken tussen de narcissen. Kon het een klauwier zijn? Hij popelde om in het schitterend geïllustreerde vogelboek te kijken dat hij in Liulichang had gekocht toen hij een middagje was wezen winkelen met de Dawsons, maar dat zat helemaal onder in zijn tas.

Arthur had alleen een kleine hutkoffer bij zich; de rest van zijn bagage was al eerder verscheept. De stationschef, een Rus met een zwarte baard, zorgde dat een paar kruiers de koffer op een karretje tilden, en liep met hem mee over het perron. 'Trein vroeg,' zei hij in zijn gebroken Engels terwijl hij Arthur een zakhorloge liet zien. 'Wacht bij mij kantoor. Heb samowar,' bood hij aan. 'Lekker kopje thee. Mr. Brown komen snel.'

'Mr. Brown?' vroeg Arthur een beetje verbaasd. 'Ik zou opgehaald worden door ene Mr. Lu, onze partner.'

'Kom. Heb samowar!' herhaalde de stationschef, en hij sloeg Arthur hartelijk op zijn rug.

Op dat moment zagen ze twee figuren die over het perron naar hen toe draafden. Een jonge Engelsman met blond, golvend haar en een nauwelijks zichtbaar snorretje riep hem al uit de verte. 'Bent u toevallig Topps? Ik ben Brown. Sorry dat we zo laat zijn.' Achter hem zag Arthur een ernstig kijkende Chinese man, keurig gekleed in het grijze gewaad van de kooplieden en een vest van zwarte zijde.

Hij maakte een beleefde buiging voor Arthur. 'Topasi Xiansheng,' zei hij formeel. *Jiu yang. Jiu yang.* Ik heet u hartelijk welkom in Shishan. Ik ben Lu Jincai. Ik werk al jaren voor uw prachtige bedrijf. Een hele eer.'

'Mr. Lu? Natuurlijk,' zei Arthur terwijl hij zich probeerde te herinneren wat hij nu hoorde te zeggen. 'Ik ben het die... eh... eigenlijk behoor ik *jiu yang* tegen u te zeggen, Mr. Lu. Wat u de afgelopen twee jaar voor Babbit & Brenner hebt gedaan wordt door ons bijzonder gewaardeerd, zelfs door onze directeuren in Londen. U bent eh... beroemd,' besloot hij hakkelend.

De man die zichzelf als Brown had voorgesteld moest erom lachen. 'Kom op, Mr. Topps, dat kunnen we later wel doen. Laten we nu eerst maar zorgen dat we u en uw bagage op de wagen krijgen – deftige koetsen hebben we hier niet, ben ik bang. Onderweg naar de stad kunnen we praten. Ik moet nog uitleggen wie ik ben. Ik werk met dokter Airton samen op de missiepost.'

Al snel ratelde de ponykar met de drie passagiers tegen de heuvel op. Arthur genoot van het adembenemende uitzicht: het kleine stationnetje, de golvende heuvels, de brede rivier en de trein die nu over een indrukwekkende spoorwegbrug stoomde. De rails glinsterden in de zon onder een strak blauwe hemel en verdwenen in noordelijke richting uit het zicht.

'Ha, u bewondert de grote trots van de Russen, de Nicolaasbrug,' zei Brown terwijl hij een pijp opstak. 'Eigenlijk hebben ze die brug niet gebouwd, ze hebben hem alleen voltooid. De Engelsen waren er al mee begonnen, onder leiding van een Duitser, om precies te zijn. Arme kerel. Hij was een van de slachtoffers van de Boxers. Voor mijn tijd.'

'O ja, daar heb ik over gehoord,' zei Arthur. 'Twee mensen van ons bedrijf zijn omgekomen bij het bloedbad. Ik kom ze vervangen nu Mr. Lu de zaken weer heeft aangezwengeld.' Hij glimlachte naar de Chinese koopman, die de wagen mende.

'Delamere en Cabot, die bedoelt u toch?' vroeg Brown. 'Airton praat niet graag over die tijd. Zelfs Nellie – dat is Mrs. Airton, u zult haar straks ontmoeten – zelfs Nellie laat er niet veel over los. Is de vrouw van Cabot niet ergens in Mongolië van een kind bevallen?'

'Klopt,' beaamde Arthur. 'Ik heb haar voor mijn vertrek in Engeland ontmoet. O, voor ik het vergeet...' Hij draaide zijn hoofd opzij naar Mr. Lu, die voor zich uit staarde terwijl de twee Engelse jongemannen in hun eigen taal met elkaar spraken, en ging over op het Chinees. 'U krijgt de groeten van Mrs. Cabot,' zei hij. 'Ze heeft me op het hart gedrukt dat ik u persoonlijk de hartelijke groeten moest doen.'

Lu glimlachte. 'De vossenvrouw,' zei hij. 'Ik herinner me haar nog heel goed. Haar vader was een groot man en een goede vriend van me. De Falang was enorm trots op zijn mooie dochter; hij was zo blij toen ze naar Shishan kwam! Ik heb me vaak afgevraagd wat er van haar is geworden.'

'Nou, ze is nog steeds erg mooi,' zei Arthur. 'Beeldschoon, zelfs, en ze heeft een schattig dochtertje. Ze stond op het punt om te gaan trouwen toen ik haar ontmoette.'

'Ach ja,' mijmerde Lu glimlachend. 'Met Ma Na Si Xiansheng, wellicht?'

Arthur fronste zijn wenkbrauwen. 'Nee, Mr. Lu, met een zekere Mr. Belvedere. Hij werkt voor een verzekeringsmaatschappij in de City. Maar vlak voordat ik wegging hoorde ik dat de hele trouwerij niet doorging – het schijnt dat er sprake was van een of ander schandaal – en dat ze aan het pakken was voor een vakantie in Japan, of iets in die geest.'

Lu Jincai knikte zwijgend, nog steeds glimlachend. Hij hield de teugels in omdat ze een kuil naderden. 'Nou, dan gaat ze misschien toch op zoek naar Ma Na Si,' zei hij met iets van voldoening in zijn stem.

Topps begreep er werkelijk niets meer van. 'Ik zou het niet weten, Mr. Lu.'

'Let maar niet op hem,' zei Brown op vertrouwelijke toon. 'Hij heeft het over een kerel die Manners heet, een vriend van de Airtons. Die man is hier een keer geweest, een maand of drie geleden, om te jagen. Hij is een paar dagen gebleven. Een rare snuiter, enorm verwaand. Ik mocht hem niet, eerlijk gezegd. Hij was hier ook al voor en tijdens de Boxer-waanzin.

Er waren geruchten dat hij en Mrs. Cabot... hoe zeg je dat? Allemaal onzin, natuurlijk, maar de Chinezen zijn ervan overtuigd dat ze iets met elkaar hadden. Ze zijn enorm vriendelijk, die Chinezen, maar wel onverbeterlijke roddelaars. En meestal zitten ze er faliekant naast. Ik zou er geen waarde aan hechten, als ik u was. En begin er alsjeblieft niet over met de Airtons, want dan raken ze alleen maar van streek. Ik weet waarover ik het heb.'

'Ik zal het onthouden,' beloofde Arthur een beetje geschrokken.

Een tijdlang reden ze zwijgend verder. De frisgroene blaadjes van de wilgen aan weerszijden van de weg ritselden in de wind.

'Hoe lang bent u al in Shishan, Mr. Brown?'

'Dokter Brown, als u echt officieel wilt doen. Ik ben zendeling-arts en dominee, maar zeg gerust Brown, hoor. Ik weet zeker dat we vrienden zullen worden. Ik ben hier net iets korter dan een jaar, sinds juni 1901. Het hoofdkwartier van onze zending heeft me hierheen gestuurd, een paar maanden voordat de Airtons terugkwamen van hun verlof in Schotland. Ze dachten dat de Airtons wel een beetje hulp konden gebruiken bij de wederopbouw van de missiepost. Een wat jonger iemand, als je snapt wat ik bedoel. Zij hadden de vreselijkste dingen meegemaakt.'

'Was er... was er veel te herstellen?' vroeg Arthur.

'Nou, en of! Het was een grote chaos. Om te beginnen waren de missiepost en het ziekenhuis tot de grond toe afgebrand. Bovendien waren er nogal wat spanningen met al die Russen hier. Er zijn executies geweest, en die arme Chinezen waren doodsbang, terwijl de meesten nooit iets met de Boxers te maken hebben gehad. Maar ja, wat wil je als je die onbehouwen kozakken hun gang laat gaan? In hun ogen was iedereen een Boxer, en meestal waren ze alleen maar uit op plunderingen. Erg beschamend allemaal. Een van de keren dat wij blanken níét het goede voorbeeld hebben gegeven.'

Hij schakelde over op het Chinees. 'We hebben het over de periode na de Boxers, Mr. Lu, toen ik net in Shishan was. U hebt toen toch ook problemen gehad met de Russen?'

'Dat waren geen vrolijke tijden,' zei Lu. 'Ik denk er liever niet aan terug.'

'De kozakken zijn Lu's woning binnengevallen,' legde Brown in het Engels uit. 'Hij praat er niet graag over. Ze hebben een van zijn beste vrienden geëxecuteerd – vermoord, kun je beter zeggen – een koopman die Jin heette. Die man was volmaakt onschuldig. Ja, dat soort verhalen zul je hier nog vaak te horen krijgen.'

'Maar wat de Boxers hier hebben gedaan was onvergeeflijk,' protesteerde Arthur. 'Na zo'n afschuwelijke slachtpartij moeten de schuldigen toch worden berecht?'

'Zeker, helemaal waar,' beaamde Brown, 'maar wie straf je? Het schijnt dat er wel een aantal leiders zijn gepakt. Een paar dagen na mijn komst is er een beruchte schurk geëxecuteerd op het grote plein, een of andere bandiet die IJzeren Man Wang werd genoemd. Hij is na zware gevechten in de heuvels gevangengenomen. Ik heb begrepen dat hij echt iets met alle wreedheden te maken heeft gehad, dat zeggen zelfs de Chinezen.

Maar de anderen? Wie was een Boxer en wie niet? Niemand zal ooit toegeven dat hij eraan heeft meegedaan, weet je. Bovendien, de meesten waren gewoon boerenjongens. Ze kwamen van het platteland, en nu zijn ze terug naar hun akkers. Tegenwoordig is het natuurlijk wel populair om een christen te zijn,' voegde hij er lachend aan toe.

'Echt waar?' vroeg Arthur verbaasd.

'Nee, ik overdrijf,' gaf Brown toe. 'Maar het is hartverwarmend om te zien dat het aantal bekeerlingen de afgelopen maanden gestaag is toegenomen. Eerlijk waar, ik heb het er maar druk mee, al word ik geholpen door een aantal uitstekende Chinese lekenbroeders die ik zelf heb opgeleid. Je moet maar snel naar een van onze diensten komen. We hebben tegenwoordig een echte kerk op de plek waar vroeger het huis van de Airtons stond.

En het wemelt hier natuurlijk van de katholieken. We moeten oppassen dat ze ons niet onder de voet lopen, met al hun volgelingen.

Ze hebben een weeshuis overgenomen dat vroeger onder leiding stond van een paar Amerikanen – ook omgekomen bij het bloedbad. Dokter Airton gaat er regelmatig langs om met de medische kant te helpen.'

'Ik heb in Peking het een en ander over dokter Airton gehoord,' zei Arthur behoedzaam.

'Ja, waarschijnlijk een hele hoop flauwekul!' zei Brown vrolijk. 'O ja, ik ken al die verhalen wel, maar het is allemaal kwaadsprekerij. Ik heb hem het afgelopen jaar goed leren kennen, en ik kan je wel vertellen dat niemand op deze wereld zo moedig en zo door en door fatsoenlijk is als hij. In zekere zin is hij echt een heilige. Het maakt hem niet uit van welke gezindte iemand is. Hij houdt zich tegenwoordig bijna niet meer met het zendingswerk bezig, dat laat hij aan mij over.

Hij richt zich op het werk waar hij goed in is: mensen genezen. Maar ik kan je wel vertellen dat er heel wat mensen bij mij aankloppen met vragen over Jezus nadat ze door hem zijn behandeld, of zelfs nadat ze hem hebben ontmoet. Heel wat meer dan ik er op eigen kracht zou kunnen bekeren. Hij is zeer bescheiden en onbaatzuchtig, en hij heeft altijd voor alles en iedereen tijd. Die man leeft echt helemaal voor zijn werk als arts. En zijn genezingen... het is dat ik zelf arts ben en dus weet wat hij doet, maar anders zou ik denken dat hij wonderen verrichtte, werkelijk waar.'

'Zo te horen is hij een bijzonder mens.'

'Zeker, zeg dat wel,' zei Brown. 'Een heilige is hij, een levende heilige, ik zei het net al. Geen greintje verbittering, terwijl je dat wel zou verwachten met alles wat hij hier heeft meegemaakt. Hij heeft veel van zijn vrienden zien sterven. Zoals die man met iedereen omgaat – echt met iedereen – zou je bijna gaan denken dat het nooit is gebeurd.

Er werkt een man in het ziekenhuis, Zhang Erhao, die met de administratie helpt. Nou, hij is echt een Boxer geweest, en ik heb van meerdere mensen gehoord dat hij de Airtons heeft verraden. Kort na de terugkeer van de Airtons is die man op zijn knieën naar ze toegekomen. Hij huilde en zei dat hij tegenwoordig een christen was, en Airton trok hem overeind, zelf ook in tranen, en gaf hem gewoon zijn oude baan weer terug.

Ja, Airton is een echte heilige. Dat vindt de plaatselijke bevolking trouwens ook, en dat komt ons goed uit. De katholieken hebben niet iemand zoals hij, snap je. Sakkerloot,' voegde hij er met een bezorgd gezicht aan toe, 'je bent toch niet toevallig katholiek, hè?'

'Nee, ik ben anglicaans,' zei Arthur.

'Wat een opluchting,' verzuchtte Brown. 'Ik dacht even dat ik een stommiteit had begaan. Niet dat ik iets tegen katholieken heb, geen sprake van, maar het is altijd prettig om iemand van de thuisclub aan boord te hebben.'

'Ik... ik kom graag naar de kerkdienst,' zei Arthur, denkend dat dit van hem werd verwacht.

'Mooi zo, mooi zo,' zei Brown, trekkend aan zijn pijp.

'Zijn er hier nog steeds Russische soldaten?' vroeg Arthur.

'Niet meer zoveel als voorheen,' antwoordde Brown. 'En geen kozakken meer, godzijdank. Er is alleen nog een peloton cavalerie. Hun bevelhebber, kolonel Toebaitsjev, dineert soms bij dokter Airton. Officieel hebben de Chinezen de macht weer in handen. Eind verleden jaar heeft een nieuwe mandarijn zijn intrek genomen in de *yamen*, maar ik heb geen idee wat die man doet. Het is Toebaitsjev die hier de lakens uitdeelt, hij is de feitelijke machthebber. Hij is geen slechte kerel – in tegenstelling tot zijn officieren.'

'Wat is daar dan mis mee?'

'Het is een stel goddeloze hoerenlopers,' snoof Brown. 'Dronkelappen zijn het, dag en nacht aan de zwier in het Paleis van de Hemelse Lusten.'

'Wat is dat?' vroeg Arthur.

'Het Paleis van de Hemelse Lusten?' Hij grinnikte. 'Dat kun je beter aan de oude Lu vragen. Ik ben er zelf nooit in de buurt geweest, dat kan ik je wel vertellen. Een hol van ontucht en zonde, onder leiding van een hardvochtige hoerenmadam die zo uit een goedkoop romannetje weggelopen kan zijn. Maar Lu komt er graag, die ouwe schurk. Hij verheugt zich er waarschijnlijk nu al op om je een keer mee te nemen. Mr. Lu,' vervolgde hij in het Chinees, 'bent u van plan om de goede zeden van Mr. Topps te bederven door hem mee te nemen naar het Paleis van de Hemelse Lusten?'

Lu Jincai glimlachte beleefd. 'Als Topasi Xiansheng dat zou willen,' zei hij. 'De gebakken krab is er verrukkelijk, en het is een plek waar wij kooplieden elkaar van tijd tot tijd ontmoeten.'

'Zorg dat je het bij de gebakken krab houdt, dat is mijn advies,' zei Brown. 'Laat de andere geneugten maar aan de Russische officieren over.'

Arthur keek van het ene glimlachende gezicht naar het andere. Hij wist niet goed hoe hij moest reageren. 'Nou, zo te horen kan dat een interessante ervaring worden.'

'Goed gezegd, Topps,' zei Brown. 'Ga alles maar ervaren. Het is de enige manier. En vergeet niet dat onze kerk altijd voor je openstaat, mocht je in de verleiding komen om van het rechte pad af te dwalen. Even serieus,' voegde hij eraan toe, 'je moet hier wel ruimdenkend zijn. Er wordt hier in China nog steeds gezondigd bij het leven. We doen wat we kunnen om die heidenen naar het ware pad te leiden, maar Airton heeft een keer iets tegen me gezegd wat ik altijd heb onthouden – het was een van de weinige keren dat hij over de Boxer-opstand wilde praten. "We hebben die waanzin over onszelf afgeroepen," zei hij, "omdat we geen bescheidenheid meer kenden."

Ik heb mijn hersens gepijnigd om te begrijpen wat hij ermee bedoelde, en ik denk dat ik het inmiddels weet. Je kunt iemand niet veranderen door te proberen hem net zo te maken als je zelf bent. Wij weten dat het christelijke pad het ware pad is, maar een Chinees kijkt op zijn eigen manier naar de wereld. We moeten een manier verzinnen om te zorgen dat ons geloof hem aanspreekt. Je bereikt niets door anderen te hard te veroordelen, of onze superieure kennis aan hen op te dringen.

De beste manier om iemand te bekeren, is hem helemaal niet bekeren. Is dat geen mooi raadsel? Airton gebruikte een Chinese uitdrukking, die hij nog had van de vroegere Mandarijn van Shishan: *"wu wei."'*

'Ja, dat komt uit Lao Tse, de *Tao Te Ching*,' mompelde Arthur.

'O, dus dat ken je?' zei Brown een beetje verbolgen. 'Nou, dan begrijp je waarschijnlijk wat Airton ermee bedoelt. Ik moet je eerlijk bekennen dat het mij een beetje boven m'n pet gaat, maar volgens mij betekent het zoiets als: "Alle goede dingen gebeuren als het moment ervoor gekomen is vanzelf. Je moet je er niet mee bemoeien en je moet er niet over inzitten."'

'Ja, zoiets.' Arthur bloosde omdat hij bang was dat Brown hem een uitslover vond.

De ponykar ratelde verder. Brown rookte zwijgend zijn pijp – misschien omdat Topps hem met zijn kennis van de Chinese klassieken de wind uit de zeilen had genomen – maar het lag niet in zijn aard om lang beteuterd te blijven. 'Vertel me eens, Topps, wat is er voor nieuws uit de grote wijde wereld?' vroeg hij opgewekt. 'Wat wordt er in Peking gezegd?'

'Over politiek, bedoel je? Nou, de keizerin-weduwe is in januari uit haar ballingschap teruggekeerd. De meeste buitenlandse troepen zijn terug naar huis. En de Chinese regering probeert te bedenken hoe ze ooit de geëiste herstelbetaling bij elkaar moet krijgen. Het is een astronomisch bedrag, dus dat zal niet makkelijk voor ze zijn.'

'Eigen schuld,' mompelde Brown, kauwend op zijn pijp. 'Ik hoop dat wij er wat van te zien krijgen. We doen het heel aardig met schenkingen, en we hebben het ziekenhuis herbouwd en een kerk neergezet, maar we zouden zoveel meer kunnen doen. Airton droomt ervan om hier een artsenopleiding op te zetten. Verder nog nieuws?'

'Er wordt veel gepraat over de verslechterende Japans-Russische betrekkingen. Ze liggen nog steeds met elkaar overhoop over dit deel van de wereld, Mantsjoerije,' zei Arthur. 'Sommige mensen denken dat het weleens op een oorlog zou kunnen uitlopen.'

'Klinkklare onzin,' snoof Brown.

'Ik hoop dat je gelijk hebt. Ik heb een gesprek gehad op het Britse gezantschap, met een rare snuiter die me wilde spreken toen hij hoorde dat ik hierheen ging. Ene Pritchett. Ken je hem?'

'Nee, nooit van gehoord.'

'Nou, hij wil dat ik hem schrijf als blijkt dat de Japanners hier verdachte dingen uitspoken.'

'Dat is nou typisch het probleem met diplomaten,' zei Brown. 'Ze leven in een fantasiewereld. Ze zien samenzweringen in de meest onschuldige dingen. Ik zou het maar gewoon vergeten, als ik jou was.'

'Dus... dus er zijn hier geen Japanners te bekennen?'

'Japanners? Nee hoor, niet dat ik weet. Ja, er is een Japanse kapper in de hoofdstraat. Een grappig mannetje, maar hij knipt uitstekend. De Russische officieren komen er. En er was hier een tijd geleden een Japanse officier op doorreis naar de Zwarte Heuvels, waar hij ging jagen. Een echte dandy, zeker voor een Aziaat. Hij droeg tweedpakken.

Dat was in dezelfde tijd dat Manners hier was, die kerel waar ik je net over vertelde. Nu ik erover nadenk, ik geloof dat ze elkaar kenden. Ja, ik weet het eigenlijk vrij zeker. Ze gingen samen bij kolonel Toebaitsjev dineren. Misschien zijn ze ook wel samen gaan jagen.

Nou ja, zo zie je maar weer. Die Pritchard van jou, of hoe die man ook heet, zou er van alles achter hebben gezocht, en wat is er nou onschuldiger dan een officier die gaat jagen als hij verlof heeft? Er zitten zelfs tijgers en beren in de Zwarte Heuvels. Het is een van de beste plekken om te jagen in heel Azië. En als Toebaitsjev had gemeend dat er een luchtje aan zat, zou hij ze toch nooit voor een dineetje hebben uitgenodigd, of wel soms?'

'Ik denk dat je gelijk hebt,' zei Arthur.

'Nee, van de Japanners hebben we niets te vrezen,' vervolgde Brown. 'Het zijn juist plaatselijke bandieten waar we hier last van hebben, met name van een groep ontevreden Chinese legerofficieren. Ze waren verleden jaar rond Kerstmis erg actief, overvielen karavanen met koopwaar voor Tsitsihar. Tot de tanden gewapend, met moderne geweren en houwitsers en veldkanonnen en noem maar op. Toebaitsjev moest om versterking vragen, en hij heeft persoonlijk een expeditie naar de Zwarte Heuvels geleid. Ze zijn niet gevonden, ze hadden zich al uit de voeten gemaakt in de bossen. Waarschijnlijk zitten ze nu in Mongolië. Het is de laatste tijd een stuk rustiger.'

Onder het praten keek hij ingespannen voor zich uit, en met een stralende glimlach draaide hij zich naar Arthur om. 'Daar, voor ons uit. Zie je het?'

Door de bomen zag Arthur een kleine heuvel, en op de top glinsterden groene pannendaken in de zon. Het gebouw had een vierkante torenspits die in dit Chinese landschap even misplaatst was als een pagode in een Engels dorp.

'Dat is onze missiepost,' vertelde Brown trots. 'Zie je de kerk? Gotisch. Ik heb hem zelf ontworpen. Is het geen plaatje? Bij het ziekenhuis stappen we uit, als Mr. Lu er geen bezwaar tegen heeft, dan kan ik je aan de Airtons voorstellen. Wees maar niet bang, daarna gaan we door naar de stad en breng ik je naar je hotel.'

De Airtons waren niet in het ziekenhuis. Zhang Erhao, de man die volgens Brown een Boxer was geweest, begroette hen bij de poort van een complex dat bestond uit bakstenen gebouwen van twee verdiepingen. De dakpannen waren dan wel Chinees, maar verder leken de robuuste gebouwen in alle opzichten op Engelse etagewoningen.

Arthur werd een beetje nerveus van de Chinees met zijn beminnelijke glimlach en grijze vlecht. Hij vroeg zich af op welke wijze hij de Airtons had verraden, maar Brown leek nergens last van te hebben. Ze kregen te horen dat Ai Er Dun Daifu naar Shishan was voor een bezoek aan het katholieke weeshuis, en dat Ai Er Dun Taitai in de kerk op de heuveltop was.

'Kom, dan gaan we erheen,' zei Brown. 'Waarschijnlijk is ze bezig op het kerkhof. Dat doet ze graag. Ze heeft er een soort monument voor de martelaars van gemaakt.'

'Een monument voor de martelaars?'

'Ja, heb ik dat niet verteld? Daar zijn alle slachtoffers van het bloedbad in Shishan begraven, of wat er van ze te vinden was. Kom mee, dan laat ik het je zien. Die twee kerels van jullie liggen er ook, Delamere en Cabot.'

Zenuwachtig liep Arthur achter Brown aan over het stenen pad dat naar de top voerde.

'Ik moet je nog waarschuwen voor Mrs. Airton – Nellie, bedoel ik,' zei Brown over zijn schouder. 'Op het eerste gezicht lijkt ze misschien een beetje ongenaakbaar. Dat komt door haar houding. Maar ze heeft een hart van goud, geloof me. Een hart van goud. We zijn dikke vrienden, Nellie en ik,' voegde hij eraan toe. 'Dikke vrienden.'

Naast de kerk, achter een ijzeren hek, was een kleine tuin, omringd met jonge taxusbomen. In de tuin zag Arthur een paar nette rijtjes grafstenen. Tussen de graven groeiden ontelbare narcissen. De bloembedden naast het pad waren nog niet ingezaaid. Hier in het noorden, besefte hij, begon de lente later. De sfeer was kalm en vredig, precies als op een kerkhof op het Engelse platteland.

Het leek alsof er niemand in de tuin was, maar even later zag hij een lange vrouw met grijs haar en een strohoed opstaan naast een van de grafzerken. In haar ene hand hield ze een snoeischaar en in de andere onkruid dat ze net had verwijderd.

'Zo, dokter Brown,' zei ze met een sterk Schots accent, 'bent u daar. En waar bent u de hele ochtend geweest, als ik vragen mag? De patiënten in het ziekenhuis hebben u nog niet gezien vandaag.'

'Eh...' hakkelde Brown een beetje geschrokken, 'ik ben... eh... ik was naar het station om Mr. Topps van de trein te halen.'

'Aha,' zei Mrs. Airton. 'En is Mr. Topps – deze jongeman hier, neem ik aan – niet in staat om zelf hierheen te komen van het station? Ik dacht dat Mr. Lu Jincai hem zou ophalen.'

'Zeker, Mrs. Airton, dat is waar,' mompelde Brown, 'maar het leek me eh... wel zo gastvrij als ik... ik...'

'Als u uw patiënten tijdelijk aan hun lot overliet, dokter Brown?'

'N-nee, natuurlijk niet, Mrs. Airton,' stotterde Brown. 'Ik... ik...'

'U was van plan om direct weer aan het werk te gaan? Is dat wat u wilde zeggen?'

'Ja, natuurlijk. Ik... ik ga meteen, Mrs. Airton. Eh... Topps, sorry, ik kan nu niet met je mee naar de stad. Het is hier nogal druk. Ik... ik moet ervandoor. Ik kom eh... een andere keer wel langs in je hotel.'

Blozend van schaamte maakte hij zich uit de voeten, en even later hoorden ze het klikken van zijn schoenen toen hij met gezwinde spoed de trap afdaalde.

De vrouw met het grijze haar wierp haar hoofd naar achteren en lachte klaterend. Met uitgestoken hand kwam ze naar Arthur toe. 'Ik ben Nellie Airton,' zei ze. 'Welkom in Shishan, Mr. Topps. De jonge dokter Brown heeft u ongetwijfeld gewaarschuwd voor de kenau die u hier zou aantreffen.'

Arthur beantwoordde haar glimlach. 'Niet met zoveel woorden, Mrs. Airton.'

'Het is een beste jongen,' zei ze. 'Enorm consciëntieus, maar nogal verstrooid en, hemeltjelief, wat een kletskous, zoals u ongetwijfeld zelf al heeft gemerkt. Van tijd tot tijd moet de kenau hem een beetje intomen.'

'Volgens mij is hij bijzonder op u gesteld,' zei Arthur, die zich direct op zijn gemak voelde bij deze hartelijke vrouw. 'Hij praatte heel aardig over u en uw man.'

Weer moest Nellie lachen. 'Op mij gesteld? Hij is als de dood voor me! Genoeg hierover. Ik ben enorm blij dat ik u eindelijk ontmoet.

Mr. Dawson heeft me over u geschreven. Hij was vol lof over u. Laten we nu eerst even praktisch zijn. Hebt u gegeten? Hebt u trek? Is uw hotel al besproken?'

'Volgens mij heeft Mr. Lu een kamer voor me besproken in een hotel in de stad. En ik heb een brief van Mrs. Cabot voor u, Mrs. Airton.'

'O, waarschijnlijk het antwoord op mijn brief aan haar. Dank u wel,' zei ze terwijl ze de envelop aanpakte en in de zak van haar schort stak. 'Wat aardig van u om hem helemaal mee te nemen naar China. Ik lees hem straks, als ik een bril bij de hand heb. Weet u, Mr. Topps, u kunt ook bij ons logeren totdat u een woning hebt gevonden. Nee? Ik begrijp het. U wilt deze nieuwe wereld zelf gaan ontdekken. U doet me denken aan de jonge Tom toen hij net in Shishan was. Die jongelui van tegenwoordig, jullie willen allemaal hetzelfde.'

'Tom?' vroeg Arthur. 'Bedoelt u...'

'Ja, Tom Cabot.' Ze wees op een van de graven. 'Daar ligt hij, de arme jongen. Ik hoop in vrede.'

Arthurs blik volgde haar wijzende vinger naar een kleine, vierkante steen met de simpele woorden: Thomas Charles Edgar Cabot, 1876-1900.

'Ik heb geen teksten op de stenen laten zetten,' zei Nellie. 'Ik vind dat de namen op zich al genoeg zeggen. Ze leven voort in de harten van de mensen die van hen hielden.'

'Mag ik... mag ik...'

'Even rondlopen? Maar natuurlijk, neem gerust de tijd,' zei Nellie. 'Ik moet hier nog een paar dingetjes doen. Daarna krijgen Mr. Lu en u een hapje te eten van me voordat jullie doorgaan naar de stad.'

Terwijl Nellie verder ging met onkruid wieden, liep Arthur langzaam over het pad tussen de graven door. De meeste namen zeiden hem niets: Frederick John Bowers, 1867-1900, Emil Hermann Fischer, 1850-1900, dominee Burton Elijah Fielding, 1852-1900, zuster Caterina Pozzi, 1873-1900, zuster Elena Giubilani, 1872-1900. Er waren ontelbare Millwards, de meesten heel jong – kleine kinderen. Kleine kinderen! 1894-1900, 1895-1900, 1897-1900. Dat desastreuze jaar 1900, het jaar waarin al die jonge levens op zo'n beestachtig wrede manier waren beëindigd. Arthur was een gevoelig mens, en hij kreeg tranen in zijn ogen. Hij had uiteraard gelezen wat er in Shishan was gebeurd, maar de confrontatie met de graven raakte hem diep. Hij voelde dat Nellie naast hem kwam staan.

'De jongste was nog maar drie jaar oud,' zei ze zacht. 'Kom, dan laat ik u Franks graf zien. Daarna gaan we naar beneden om te lunchen.'

Hij volgde haar over het pad. Ze kwamen langs twee stenen waar alleen namen op stonden: Ah Lee en Ah Sun.

'Dat waren onze bedienden,' legde Nellie uit. 'We konden hun lichamen niet vinden, maar we wilden wel een aandenken. Ze waren ons bijzonder dierbaar.'

Een hele tijd stond hij voor het stenen kruis op het graf van Frank Delamere, dat iets bij de andere graven vandaan lag, naast een wat oudere steen. Daar lag Nellies eigen doodgeboren zoontje uit 1897.

'Was het niet... enorm moeilijk om hier terug te komen?' vroeg hij na een tijdje. 'Met al die vreselijke herinneringen?'

'Het leven gaat door,' zei Nellie simpel. 'We moeten geloven dat er betere tijden komen. Dat er een bedoeling schuilt in de waanzin die de mensheid over zichzelf afroept. Anders zou het weinig zin hebben om te blijven leven. Vindt u niet, Mr. Topps?'

In de refter van het ziekenhuis gebruikten ze een eenvoudige lunch. Tegen het eind van het maal ging de deur open en kwam er een gebogen man met wit haar binnen, steunend op een stok. Nellie stelde hem aan Arthur Topps voor als haar echtgenoot. Dokter Airton glimlachte vriendelijk naar Topps, maar hij probeerde geen gesprek aan te knopen en begon zwijgend zijn soep te eten.

'Mr. Topps heeft een brief van Helen Frances meegenomen, schat,' zei Nellie nogal luid. Kennelijk was de dokter een beetje hardhorend.

'Mooi,' zei de dokter.

'Ze heeft besloten om toch maar niet met die man te trouwen.'

'O. Wat jammer,' zei Airton.

Nellie grinnikte. 'Ach, lieve schat, kun jij je Helen Frances in een Engels graafschap voorstellen? Waar ze croquet speelt met de vrouw van de bankdirecteur, en de dominee op de thee krijgt om het volgende dorpsfeest te bespreken?'

'Nee, dat is inderdaad niets voor haar.' Airton had de brief van haar aangepakt en vluchtig bekeken, en er speelde iets van een glimlach over zijn gezicht toen hij Nellie over zijn bril heen aankeek. 'Ik dacht dat ík hier de bemoeial was, liever.'

Nellie deed alsof ze van de prins geen kwaad wist. 'Ik heb haar alleen maar geschreven om haar te vertellen dat een wederzijdse vriend bij ons op bezoek was geweest, en misschien heb ik ook laten vallen dat hij naar Japan zou gaan. Ik snap werkelijk niet wat daar nou zo bemoeizuchtig aan is.'

'Nou, je weet wat je doet.' De dokter gaf haar de brief terug. 'Ik hoop alleen dat die lieve schat niet voor niets zo'n lange reis maakt, en dat ze vindt wat ze zoekt.'

'O, Edward,' zei Nellie, opeens helemaal ernstig, 'laten we daar om bidden. Ik hoop het echt uit de grond van mijn hart.'

Ze zag dat Arthur Topps haar met onverholen nieuwsgierigheid aankeek. 'Ja, Mr. Topps,' zei ze opgewekt, 'mijn man en ik hebben het over Helen Frances, Mrs. Cabot. Ik heb begrepen dat u haar in Engeland hebt ontmoet?'

'Helaas slechts één keer. Ik heb bij haar en haar tante geluncht in Sussex. Toen heb ik ook haar dochtertje leren kennen. Het was een heerlijke middag. We hebben over zoveel dingen gepraat. Over haar vader en zijn werk hier. De bezienswaardigheden in de omgeving. En... en over allerlei andere dingen. Ze is erg aardig.' Hij zweeg even. 'En... heel erg mooi.' Hij bloosde.

Nellie glimlachte. 'Aye, ze is een schoonheid. Een zeldzame bloem. Te exotisch, wellicht, voor een burgerlijke provinciaale tuin. Maar ik zie dat u dat zelf al had gemerkt, is het niet, Mr. Topps?' Ze lachte om zijn gêne. 'O, Mr. Topps, ik plaag u! U hebt geen idee waarover ik het heb, nietwaar, en waarom zou u ook? In elk geval hebt u ons vandaag heel blij nieuws gebracht, van een heel dierbare vriendin.'

'Mag ik u iets vragen, Mrs. Airton? Wie is Mr. Manners?'

Nellie wisselde een blik van verstandhouding met haar man, die een wenkbrauw optrok en zichzelf wat groente opschepte. Even keek ze Arthur streng aan, maar haar ogen twinkelden toen ze antwoord gaf. 'Ach, Mr. Topps, wat een vraag! Wie is Mr. Manners? Volgens mij is dat iets wat we allemaal graag zouden willen weten. Hij zelf misschien nog wel het meest, de arme schat.

Op een dag nemen we er de tijd voor, dat beloof ik u, dan vertel ik u alle verhalen van toen, maar niet op uw eerste dag in Shishan. Vandaag hebt u echt wel wat beters te doen, en Mr. Lu popelt om u mee te nemen.

Wilt u nog wat rijst voordat u gaat? Of een kopje thee? Nee? Dan vraag ik nog maar een ding van u. U moet me beloven dat u snel weer bij ons langs komt. We hopen u hier nog vaak te zien. Veel succes in Shishan, jongeman.' Ze gaf hem een hand.

Dokter Airton stond ook op om hem een hand te geven. Voor een zo broze man was zijn handdruk verbazend krachtig. 'Veel succes, beste jongen,' zei hij. 'Het ga je goed.'

Lu Jincai en Arthur Topps zetten hun tocht voort. Ze praatten over de zeepziederij, die Lu Jincai van zijn eigen geld weer had opgebouwd nadat de Boxers er hadden huisgehouden. Hij bracht Arthur op de hoogte van hun bloeiende handel met Tsitsihar en andere steden in de regio. Arthur vertelde hem van het nieuwe productieproces dat Babbit & Brenner wilde invoeren.

Na een bocht in de weg rezen opeens de stadsmuren voor hen op, als een sprookjeskasteel in de vlakte. De indrukwekkende poort met de grote toren erboven deed Arthur denken aan middeleeuwse ridderverhalen.

'Shishan,' zei Lu Jincai geheel ten overvloede.

'Mooi,' mompelde Arthur. 'Erg mooi.'

Ze moesten afstappen van de wagen, die door Russische soldaten werd geïnspecteerd. Arthur keek omhoog, naar de zwaluwen die nestelden tussen de kantelen.

Links van hem hoorde hij een vreemd miauwend geluid, en toen hij omlaagkeek, zag hij een bedelaar die met zijn rug tegen de stadsmuur zat. Het was een blinde man met een geschoren hoofd. Hij droeg de pij van een boeddhistische priester. De witte ogen leken hem griezelig doordringend aan te kijken. Een jongen die kennelijk bij de priester hoorde stak een houten bedelnap uit. Opgelaten klopte Arthur op zijn zakken, op zoek naar een muntstuk.

De munt viel rinkelend in de nap, en hij hoorde dat Lu Jincai hem riep. De inspectie was voorbij. Arthur vergat de bedelaar en klom onder het grote valhek weer op de kar.

Met stijgende opwinding ging Arthur Topps Shishan binnen. Hij had het gevoel dat hij aan een nieuw hoofdstuk van zijn leven begon: de start van een groot avontuur.

NAWOORD

Toen ik aan deze roman over de Boxer-opstand begon, deed ik dat met mijn eigen familiegeschiedenis in China in mijn achterhoofd. Ik zou er vandaag de dag helemaal niet zijn als mijn overgrootvader, een Schotse zendeling-arts, er niet in was geslaagd om de stad Changchun door de noordpoort te ontvluchten terwijl de Boxers door de zuidpoort binnenkwamen. Als de Boxers hem in de stad te pakken hadden gekregen, zou hij vrijwel zeker zijn gedood en zou mijn grootmoeder nooit zijn geboren.

Sinds die tijd heeft er altijd wel iemand in mijn familie iets met China te maken gehad, als arts, spoorwegbeambte of zakenman. Zelf ben ik in Hongkong geboren, mijn moeder zag in Qinhuangdao het levenslicht en haar moeder in Changchun. Ik ben opgegroeid op Victoria Peak, tussen de miljonairs in Hongkong, en woon en werk nu al achttien jaar in Peking (Beijing) voor een van China's oudste handelshuizen.

Dit is geen familieverhaal. Mijn dierbare grootmoeder zou zich omdraaien in haar graf bij de gedachte dat een van de vreselijke romanfiguren die aan mijn fantasie zijn ontsproten enige gelijkenis zou vertonen met haar eigen beminde ouders. Wel ben ik zo vrij geweest om een van mijn hoofdpersonen, de Schotse zendeling-arts Airton, verzot te maken op sensatieromannetjes die zich in het Wilde Westen afspelen – net als mijn verder voorbeeldige presbyteriaanse overgrootvader – en ik heb hem een onderscheiding toegekend voor zijn werk tijdens de pestepidemie. Zelf erfde ik zo'n zelfde soort erepenning – de Orde van de Gouden Draak – die in de nadagen van de Qingdynastie aan mijn eigen overgrootvader werd uitgereikt. De glinsterende, gele penning is zo groot als een schoteltje, en als je hem in je hand houdt, voel je een merkwaardige affiniteit met een verdwenen wereld: onbarmhartig en corrupt, weelderig en mysterieus.

De stad Shishan is geheel aan mijn fantasie ontsproten, maar de gebeurtenissen die ik beschrijf hebben wel degelijk in andere delen van China plaatsgevonden. In 1900 zijn in de stad Taiyuan in de provincie Shanxi meer dan zeventig zendelingen afgeslacht. Van mijn vroegere leraar klassieke talen, Hamish Aird, kreeg ik brieven van zijn oudoom, een van de slachtoffers, geschreven toen hij opgesloten zat in angstige afwachting van de massaonthoofding. Het zijn ontroerende brieven van een uitzonderlijk moedig man die als gelovig christen het martelaarschap aanvaardde, waaruit ik heb geput om mijn eigen verhaal kleur te geven. Vorige zomer zijn Hamish en ik naar Taiyuan gegaan en hebben we op het plein voor de *yamen* gestaan waar zijn oudoom de dood vond.

Enig historisch speurwerk leidde tot een verbluffende ontdekking: de overgrootvader van mijn Chinese vrouw blijkt in die tijd ambtenaar te zijn geweest in Taiyuan, en het lijkt waarschijnlijk dat hij de executies heeft bijgewoond. Toen Hamish nog bij ons logeerde, speelden we op een avond moordenaartje in het donker met mijn kinderen. Het spel kreeg een nogal dramatisch karakter toen mijn vrouw Fumei er op een gegeven moment van overtuigd raakte dat Hamish van het donker gebruik zou maken om wraak te nemen voor het onrecht dat haar familie zijn familie honderd jaar geleden had aangedaan!

Als westerlingen het over de Boxer-opstand hebben, denken de meesten aan de belegering van de gezantschappen. Iedereen die de film *Fifty-Five Days at Peking* heeft gezien, zal zich herinneren hoe doortastend David Niven, Charlton Heston en Ava Gardner weerstand boden aan de duivelse hordes. Er zijn uitstekende studies over het beleg verschenen. De beste in mijn ogen is nog steeds Peter Flemings *The Siege at Peking* uit 1959, hoewel er in het herdenkingsjaar 2000 verschillende nieuwe werken zijn uitgekomen, onder andere *The Boxer Rebellion* van Diana Preston, *The Fists of Righteous Harmony* van Henry Keown-Boyd en een verzameling contemporaine ooggetuigenverslagen, *China 1900: The Eyewitnesses Speak*. De meest fascinerende publicatie is in mijn ogen de bundel *The Siege of the Peking*

Embassy in 1900, samengesteld door Tim Coates, waarin sir Claude MacDonalds eigen verslag van de belegering is terug te vinden, naast andere papieren en telegrammen van het ministerie van buitenlandse zaken uit die tijd.

Daarnaast zijn de historische verslagen die nu en dan in druk verschijnen zeer de moeite waard. Twee werken kan ik warm aanbevelen: Polly Condit Smiths *Behind the Scenes in Peking* (geschreven onder het pseudoniem Mary Hooker) en *Indiscrete Letters from Peking* van B.L. Simpson (eveneens onder pseudoniem verschenen, B.L. Putnam Weale). Het laatste boek is zo schunnig en de schrijver zo dubieus dat ik de verleiding niet heb kunnen weerstaan om ene B.L. Simpson op te voeren in mijn verhaal.

Nu gaan al deze werken in de eerste plaats over het beleg en de heldendaden van de buitenlanders, die in mijn verhaal een betrekkelijk geringe rol spelen. Ik was meer geïnteresseerd in de Boxers zelf. Hoe heeft zo'n bizarre beweging kunnen ontstaan? En wat gebeurde er op het immens uitgestrekte Chinese platteland? Iedereen die in een zo in zichzelf gekeerd land als China heeft gewoond, weet dat de incidentele uitbarstingen van xenofobie meestal voortkomen uit de maatschappelijke dynamiek in het eigen land en weinig te maken hebben met de buitenlanders die er zogenaamd de aanleiding voor waren. Bovendien zijn de slachtoffers van deze uitbarstingen van geweld meestal Chinezen die door andere Chinezen worden vervolgd.

Het officiële standpunt van de Chinese Communistische Partij is dat de Boxers revolutionairen *avant la lettre* waren, opstandelingen die werden gedreven door patriottisme en een nationalistisch verlangen om het vaderland te beschermen. Dit is niet altijd de Chinese opvatting geweest, zoals Paul S. Cohen bewijst in zijn uitstekende studie naar de historiografie van de opstand, *A History in Three Keys*. In Chinese geschriften uit de jaren vlak na de opstand wordt afkeurend gesproken over de bijgelovigheid van de Boxers en de donkere, animistische kant van hun psyche, die tot zoveel extreem geweld heeft geleid. Sommige moderne Chinese historici (en zelfs hooggeplaatste figuren binnen de Communistische Partij, als je ze als privé-persoon spreekt) proberen te achterhalen op welke manier deze fundamentalistische boerenbeweging, die aanvankelijk apolitiek was (zoals

Joseph W. Esherick onthult in zijn briljante studie *The Origins of the Boxer Uprising*), is gemanipuleerd en ontwricht, zodat bepaalde facties aan het keizerlijk hof de Boxers voor hun eigen karretje konden spannen.

Heeft de Boxeropstand van toen nog invloed op de Chinese politiek van vandaag de dag? Welnu, de scherpe reactie van de Chinese overheid op wat veel mensen in het Westen als een onschuldige mystieke sekte zouden beschouwen, de Falungong, getuigt beslist van een zekere angst voor het animistische fundamentalisme dat ondanks alle eeuwen van confucianistische beschaving nog steeds niet is uitgebannen en door handig manipuleren voor politieke doeleinden zou kunnen worden gebruikt.

Het waren fundamentalistische bewegingen zoals de Witte Lotus, de Gele Tulbanden en de Taipings die in het verleden dynastieën omver hadden geworpen. Misschien was het verstandig van de intriganten aan het keizerlijk hof om de machtige boerenbeweging tegen de buitenlanders op te stoken, want de woede van deze vechtsportbeoefenaars had zich net zo goed tegen henzelf kunnen richten. Veel maakte het niet uit; elf jaar later werd de aftandse en corrupte Qingdynastie al omvergeworpen door de nationalistische revolutie van Sun Yat-sen. Het Hemels Mandaat van de Qing was duidelijk al opgeheven.

Voor meer informatie over de zendelingen en missionarissen in China en hun vreselijke ervaringen met de Boxer-waanzin op het afgelegen platteland heb ik uit historische boeken geput, zoals bijvoorbeeld *Fire and Sword in Shansi* uit 1902 (een gedetailleerde beschrijving van de christenen die twee jaar eerder als 'martelaren' waren gestorven, en *Thirty Years in Moukden* van Dugald Christie, de boeiende memoires van een zendeling-arts in Noord-China. (Hier duikt opnieuw een verband met mijn eigen familie op: in 1912 stichtte dokter Christie samen met mijn overgrootvader de Moukden Medical School.) Naast A.E Glovers historische *A Thousand Miles of Miracle in China* maakte ik nog van talloze andere werken gebruik, en ik heb me grondig verdiept in Nat Brandts ontroerende *Massacre in Shansi*, waarin hij het verhaal vertelt van de massamoord op de zendelingen van het Oberlin College.

Hoe de fabricage van alkali toentertijd in zijn werk ging, leerde ik uit *Crescent over Cathay*, waarin Patrick Brodie de geschiedenis van ICI in China optekende. Babbit & Brenner, het bedrijf van Frank Delamere, lijkt erg op ICI's Brunner Monde (en ook hier komt mijn familie om de hoek kijken: de tweede echtgenoot van mijn grootmoeder, R.D.L. Gordon, heeft dertig jaar voor ICI in China gewerkt).

Verder heb ik me kostelijk vermaakt met de buitengewone, tweeduizend jaar oude beschrijvingen van het liefdesspel waarmee Robert van Gulik het grote publiek kennis liet maken in zijn magnum opus: *Sexual Life in Ancient China*. Uit deze geschriften deed ik inspiratie op voor de activiteiten die zich in het Paleis van de Hemelse Lusten afspelen.

Toch zijn de meeste gebeurtenissen in mijn roman ondanks de historische context puur fictief. In het zoeken naar een evenwicht tussen feiten enerzijds en avontuur en romantiek anderzijds is de weegschaal overtuigend naar het laatste doorgeslagen, hopelijk tot vreugde van de lezer. Zelf heb ik er in elk geval veel plezier aan beleefd.

Er zijn veel mensen die ik graag wil bedanken. In de eerste plaats mijn vrouw en kinderen, die het goed vonden dat ik me in weekends en op feestdagen opsloot in mijn werkkamer, waardoor ik heel wat gezellige picknicks en uitstapjes naar de Chinese Muur moest laten schieten. Ik vrees dat ik de afgelopen vijf jaar geen erg attente vader ben geweest.

Ook noem ik Humphrey Hawksley, Philip Snow en David Mahon, die me onvermoeibaar hebben aangemoedigd en geadviseerd, en Peter Batey, die elk hoofdstuk met engelengeduld heeft gelezen en me waardevolle adviezen heeft gegeven over bijvoorbeeld het berijden van een Mongools paard, wat het Britse gezantschap voor een picknick op het menu zou kunnen zetten en de inrichting van een Chinese treinwagon.

Ik heb het aan Clinton Dines en Patrick Holt te danken dat ik een waarheidsgetrouwe beschrijving van het aan de praat krijgen van een stoomtrein kon geven, en ik wil stationschef Yang van de Liaoning Railways bedanken omdat ik op de staanplaats van een locomotief mocht plaats nemen.

Dank aan dokter Simon Helan, die me uitlegde hoe ik zou kunnen proberen het leven van een neergeschoten mandarijn te redden. Professor Wang Yi ben ik dankbaar voor zijn informatie over het animisme van de Boxers. T.C. Tang wil ik bedanken omdat hij me Chinees heeft geleerd, en Zijne Heiligheid professor Thomas Lin Yun omdat hij de lessen Chinees levendig maakte met zijn verhalen over *fengshui* en de Chinese mystiek.

Verder bedank ik Araminta Whitley, mijn agent, en redactrice Peta Nightingale voor hun opbouwende adviezen, en Carolyn Mays van Hodder & Stoughton, mijn uitgever.

Tot slot gaat mijn dank uit naar degenen uit wier werk ik heb mogen citeren:

Tang en Li Ho dichtregels uit *The Golden Peaches of Samarkand: A Study of T'Ang Exotics* van Edward H. Schafer. © 1963 University of California

'A Lonely Flute on the Phoenix Terrace' door Kenneth Rexroth, uit *One Hundred More Poems from the Chinese*. © 1970 Kenneth Rexroth. Herdrukt met toestemming van New Directions Publishing Corp.

'De bij steelt wilde nectar...' vertaald door Valentin Chu uit *The Yin Yang Butterfly: Ancient Chinese Sexual Secrets for Western Lovers* door Valentin Chu. © 1993 Valentin Chu
Met toestemming van Jeremy P. Archer, een imprint van Penguin Putnam Inc.

Boxer-slogan, geciteerd uit *The Origins of the Boxer Uprising*, © 1987 University of California

Wang Wei gedicht uit *Three Chinese Poets*, vertaald door Vikram Seth, Faber and Faber 1992 © Vikram Seth

ADAM CHARLES NEWMARCH WILLIAMS, Beijing, mei 2002